水滸傳

上

李卓吾評本

［明］施耐庵　羅貫中　著
［明］李贄　評
凌賡　恒鶴　刁寧　校點

圖書在版編目(CIP)數據

水滸傳：李卓吾評本 /（明）施耐庵,（明）羅貫中著;（明）李贄評;凌賡,恒鶴,刁寧校點. 一上海：上海古籍出版社，2021.6（2023. 11 重印）
ISBN 978－7－5325－9989－9

Ⅰ.①水… Ⅱ.①施… ②羅… ③李… ④凌… ⑤恒… ⑥刁… Ⅲ.①章回小説一中國一明代 Ⅳ.①I242.4

中國版本圖書館 CIP 數據核字(2021)第 076653 號

水滸傳 李卓吾評本
（全二册）
［明］施耐庵 羅貫中 著
［明］李 贄 評
凌賡 恒鶴 刁寧 校點
上海古籍出版社出版發行
（上海市閔行區號景路 159 弄 1-5 號 A 座 5F 郵政編碼 201101）
（1）網址：www.guji.com.cn
（2）E-mail：guji1@guji.com.cn
（3）易文網網址：www.ewen.co
蘇州市越洋印刷有限公司印刷
開本 850×1168 1/32 印張 50.375 插頁 10 字數 1,083,000
2021 年 6 月第 2 版 2023 年 11 月第 3 次印刷
印數：3,201— 4,300
ISBN 978－7－5325－9989－9
I・3565 定價：198.00 元
如有質量問題，請與承印公司聯繫

前言

《水滸》是我國古代的一部偉大的小說，在今天仍爲廣大讀者所喜愛。明容與堂刻百回本《李卓吾先生批評忠義水滸傳》是《水滸》流傳過程中一個十分重要的本子，對研究《水滸》具有重大價值；同時書中的評語也頗有值得注意之處，已引起研究明代文學批評者的重視。

《水滸》的版本情況相當複雜，有繁本和簡本兩個系統。在繁本中，現在所見到的最早本子爲一部明嘉靖（一五二二—一五六六）時的刻本，但只殘存五回（第五十一回至第五十五回）；其次是明萬曆十七年（一五八九）天都外臣序刻本，但係後印本，其中不少篇頁是清康熙間石渠閣補刻的，有一些篇頁可能還是在那以後補刻的；再其次即是此本，卷首有李贄（一五二七—一六〇二，號卓吾）的《忠義水滸傳敍》，《敍》的後邊有一行文字：「庚戌仲夏日虎林孫樸書于三生石畔。」當是此本刊刻時所書。則此本當刻于萬曆三十八年（一六一〇）庚戌，僅後于天都外臣序刻本二十一年。因此，也可以說，這是現今還保存着的繁本《水滸》的最早的完整的本子；或者說，這是現今還保存着的百回本《水滸》的唯一完整的萬曆刻本。總之，由于天都外臣序刻本和此本的存在，我們才能知道《水滸》繁本的較原始的面貌。現存天都外臣序刻本的大部分篇頁雖早于此本，但却也有不少篇頁遲于此本；兩種本子實可相互補正。對《水滸》研究者來説，它們都是不可或缺的。

此本雖名爲《李卓吾先生批評忠義水滸傳》，但研究者早已懷疑其評語并非出于李贄，而係後人假托。其主要依據是明代錢希言《戲瑕》卷三《贋籍》中的如下一段記載：

比來盛行温陵李贄書，則有梁溪人葉陽開名晝者刻晝摹仿，次第勒成，托于温陵之名以行。……于是有宏父批點《水滸傳》、《三國志》、《西遊記》、《紅拂》、《明珠》、《玉合》數種傳奇及《皇明英烈傳》，並出葉筆，何關于李？……晝，落魄不羈人也。家極貧，素嗜酒，時從人貸飲。醒即著書，輒爲人持金鬻去，不責其值，即所著《樗齋漫録》者也。近又輯《黑旋風集》行于世，以諷刺進賢，斯真滑稽之雄已。

錢希言與葉晝生活在同一時代，而且錢爲常熟人，葉爲無錫人，居住之地相近，希言所説，應屬可信。此外，周亮工《因樹屋書影》也有類似記載。研究者對于錢希言此説的可靠性也并未發生過懷疑。不過，傳世的署爲李卓吾批評的《水滸傳》共有兩種，一即此書，一爲萬曆時袁無涯刻《忠義水滸全傳》一百二十回。所以，雖然多數研究者都認爲錢希言所説葉晝假託的李卓吾批評《水滸傳》即是此書，但也有人認爲錢希言是指袁無涯刻《忠義水滸全傳》而言。按，李贄的《忠義水滸傳敍》對宋江極爲推崇，謂爲「忠義之烈」，而此書的評語却對宋江評價頗低。卷首《梁山泊一百單八人優劣》説：「若夫宋江者……的是假道學，真强盜也。然能以此收拾人心，亦非無用人也。」該文雖未署作者名，然實出于此書評語的作者之手，因爲第五十五回總評説：「吾嘗謂他假道學，真强盜，這六個字實録也。」所云「吾嘗謂」，顯然是就《梁山泊一百單八人優劣》中的那一段話而言，可見該文實亦評者所作。此外，評者在批語中還一再指責宋江「腐」、「惡毒」、「奸詐」、「可厭」等等，與《忠義水滸傳敍》中對宋江的看法很不一樣。所以，此書的評語不可能爲李贄所作，而當出于别人的假托。同時，上引錢希言的《戲瑕》中説到葉晝「近又輯《黑旋風集》行于世」，而容與堂刻《李卓吾先生批評忠義水滸傳》卷首署爲懷林所作的《批評水滸傳述語》中説：「和尚（指李贄。——引者）讀《水滸傳》，第一當意黑旋風李逵，謂爲梁山泊第一尊活佛，特爲手訂《壽張縣令黑旋風集》，此則令人絶倒者也。」該文之末並有容與堂的一則廣告：「本衙已精刻《黑旋風集》《清風史》將成矣，不日即公海内。附告。」容與堂既將葉晝的《黑旋風集》假託爲李贄的書予以出版，可見這原是一個與葉晝有關係的、並且是出版葉晝僞托的李卓吾書的書店，則這一部僞托爲李卓吾批評的《忠義水滸傳》，其評語當亦出于葉晝之手。

葉晝身世，現今所知不多。周亮工《因樹屋書影》卷一曾有一條記載：「葉文通，名晝，無錫人。多讀書，有才情，留心二氏學，故爲詭異之行。迹其生平，多似何心隱。或自稱錦翁，或自稱葉五葉，或稱葉不夜，最後名梁無知，謂梁溪無人知之也。……文通自有《中庸頌》《法海雪》《悦容編》諸集，今所傳者獨《悦容編》耳。文通甲子、乙丑間遊吾梁，與雍丘侯五汝戡倡爲海金社，合八郡知名之士，人鐫一集以行。中州文社之盛，自海金社始。後誤納一麗質，爲其夫毆死。」從中略可見其生平。又據《顧端文公年譜》所載，葉書曾于萬曆二十二年（一五九四）從東林領袖顧憲成學，周亮工所云甲子、乙丑，當指天啓四年甲子（一六二四）及天啓五年乙丑（一六二五）。

此書雖非李卓吾所批，但其評語仍然值得重視。首先，評語中對政治的黑暗充滿憤慨之情，如第二回正文寫到高俅的丑惡，他就批道：「這不只高俅。」在一百回眉批中甚至説：「一讀書做官，原是强盗了。」其次，評語中對反抗行爲多所贊揚，如第八十三回寫梁山的一個軍士隨宋江投降後，出于憤怒，殺了一個官員，後被宋江處以軍法，在該回總評中他批道：「這個軍校，却是妙人，他何常要活？只是宋公明有些秀才氣耳。即出至誠，一覺可厭，况參之以詐乎？」至于對反抗性强烈的魯智深、李逵等人的贊美，在評語裏更是不一而足。第三，在其藝術分析中，有許多在當時堪稱警闢的見解。如第十回總評説：「《水滸傳》文字原是假的，只爲他描寫得真情出，所以便可與天地相終始，即此回中李小二夫妻兩人情事，咄咄如畫。若到後來混天陣處都假了，費盡苦心亦不好看。」這意味着藝術并不要求也不應該照搬生活的真實，但却必須以生活的真實爲基礎。在當時能對生活真實與藝術真實的關係達到這樣的理解，頗爲不易。又如第三回總評説：「《水滸》文字妙絶千古，全在同而不同處有辨。如魯智深、李逵、武松、阮小七、石秀、呼延灼、劉唐等衆人，都是急性的，渠形容刻畫來各有派頭、各有光景、各有家數、各有身分，一毫不差，半些不混，讀去自有分辨，一睹事實，就知某人某人也。」這裏他不僅注意到了《水滸》人物在性格上的差異，而且認爲《水滸》之所以「妙絶千古」就在于它寫出了不同的人物性格，這種看法在當時更是難能可貴的。可以説，他的關于《水滸》的評論，包括對宋江的不滿，對《水滸》後半部的批評、在藝術分析中對形象的重視等等，都已開金聖嘆的《水滸》評論的先聲。

章培恒

一九八六年三月

校點説明

一、關於版本

《水滸傳》流傳的版本極多，大致可歸納爲繁本和簡本兩大系統。無論是從内容的完整性，或者是藝術上的造詣來看，繁本皆明顯優於簡本。今天所能見到的繁本，有百回本、百二十回本和七十回本三種。其中，百回本的成書早於百二十回本和七十回本。百回本中，以刻於明萬曆十七年（一五八九）前有「天都外臣」（即汪道昆）序的本子爲最早。但它缺佚甚多，所缺篇頁，是據清康熙間石渠閣本補綴的。另一個百回本，即是我們這次標點整理的容與堂本。它的成書，雖然較天都外臣序本稍晚（在萬曆三十年前後），但内容完整無缺。可以説，容與堂本是目前存世的完備的百回本中最早的一個本子。百二十回本，現見有明末所刻前有楊定見小引的本子。七十回本，即經過金聖嘆删節的明末貫華堂本。《水滸傳》還有一些殘本傳世，其中有明嘉靖年間（一五二二——一五六六）的二十卷本，爲武定侯郭勛所刻。它也屬於百回繁本系統，成書比天都外臣序本還要早。可惜只殘存第十一卷，即五十一回至五十五回。此本原爲鄭振鐸先生收藏，不易得見。好在鄭先生在一九五四年人民文學出版社所出《水滸全傳》中，已將此殘本和天都外臣序本作了仔細勘對。根據其校勘記，我們也就等於看到了這一珍貴的殘本。

這次校點，是以一九七三年上海人民出版社影印北京圖書館藏杭州容與堂本爲底本。對於其中缺頁缺字，則據該書末所附據日本内閣文庫藏容與堂本照片所作校補表補全；同時校以上述各繁本，擇善而從，保留原文，不另出校記。

二、關於體例

甲，評點文字處理

明容與堂本有署名爲明代李贄（卓吾）的評點文字，分夾批、眉批和回末總評三類。其中夾批、眉批所指正文，字旁大都加了圈點。現參照這些圈點，用小一號字排入相應正文之後。眉批前加一「眉」字，同時括以六角括號。若夾批、眉批連排，則先夾後眉，中間空一格。回末總評，與正文間空一行，比正文低一格排。

乙，校改原則

（一）逕改例

①混用不分之刻體字如：「巳己已」，「戍戌」，「祇祗」，「剌刺」，皆逕改爲正確表達原意之字。

②異體字、俗體字如：咲——笑，酧、𨠮——酬，幺——幻，恠——怪，堦——階，等。

③形近而訛及不合現行習慣的字（包括部分古今字）如：納（喊）——吶，嚮（聲）——響，隄（防、備）——提，稍（公、棒）——梢，般（動）——搬，毆（氣）——嘔，（理）采——睬，卓（子、櫈）——桌，根（前）——跟等。

④明顯錯別字（例略）。

（二）不改例與現行習慣不合，但不致引起誤解者。如：拏（東西）——不改拿，（能）勾——不改够，見（今、在）——不改現，等。

（三）校改例字義不同而有錯者（例略）。

丙，校改符號

衍文、錯文、倒文，加尖括號〈 〉，以示刪去。

補文、改文及乙正文字，加圓括號（ ），以示補正。

評點者批「可刪」部分，加黑體方括號【 】，以示所欲刪去內容。

三、關於插圖及附録文字

容與堂本每回前各以兩句回目爲題，配有兩幅插圖，均予保留，仍置於各回前。唯圖上所書回目，間有與正文回目不同處，或顛倒處，今一仍其舊。

原正文前署名「小沙彌懷林」的四篇賞析性質的文字，以及日本内閣文庫藏本書前署名爲李卓吾的序文，亦予保留，但附載於全書之後。

本書的校點整理工作，由淩賡、恒鶴、刁寧三人承擔，淩賡通閱全稿。

一九八六年三月

目録

引首

詞曰：

試看書林隱處，幾多俊逸儒流。虛名薄利不關愁。裁冰及翦雪，談笑看吴鈎。評議前王并後帝，分真僞占據中州，七雄擾擾亂春秋。興亡如脆柳，身世類虛舟。見成名無數，圖形無數，更有那逃名無數。霎時新月下長川，江湖變桑田古路。訝求魚緣木，擬窮猿擇木，恐傷弓遠之曲木。不如且覆掌中杯，再聽取新聲曲度。

詩曰：

紛紛五代亂離間，一旦雲開復見天。草木百年新雨露，車書萬里舊江山。尋常巷陌成羅綺，幾處樓臺奏管絃。人樂太平無事日，鶯花無限日高眠。

話説這八句詩，乃是故宋神宗天子朝中一個名儒，未必。姓邵，諱堯夫，道號康節先生所作。爲嘆五代殘唐天下干戈不息，那時朝屬梁，暮屬晋，正謂是：「朱李石劉郭，梁唐晋漢周，都來十五帝，播亂五十秋。」後來感的天道循環，向甲馬營中生下太祖武德皇帝來。這朝聖人出世，紅光滿天，異香經宿不散，乃是上界霹靂大仙下降。英雄勇猛，智量寬洪，自古帝王都不及這朝天子。一條桿棒等身齊，打四百座軍州都姓趙。那天子掃清寰宇，蕩静中原，國號大宋，建都汴梁。九朝八帝班頭，四百年開基帝主。因此上邵堯夫先生贊道：「一旦雲開復見天。」正如教百姓再見天日之面。

不則這個先生吟贊，那時西岳華山有個陳摶處士，是個道高有德之人，能辨風雲氣色。一日騎驢下山，向那華陰道中正行之間，聽得路上客人傳説：「如今東京柴世宗讓位與趙檢點登基。」那陳摶先生聽得，心中歡喜，以手加額，在驢背上大笑，攧下驢來。人問其故，那先生道：「天下從此定矣。」正應上合天心，下合地理，中合人和。自庚申年間受禪，開基即位，在位一十七年，天下太平，自此定矣。傳位與御弟太宗即位。太宗皇帝在位二十二年，傳位與〈真宗皇帝。真宗又傳位與仁宗皇帝，這仁宗皇帝〉〈太子即位。這朝皇帝〉乃是上界赤脚大仙。降生之時，晝夜啼哭不止。朝廷出給黄榜，召人醫治。感動天庭，差遣太白金星下界，化作一老叟，前來揭了黄榜，能治太子啼哭。看榜官員引至殿下，朝見真宗天子。聖旨教進内苑，看視太子。那老叟直至宫中，抱着太子，耳邊低低説了八個字，太子便不啼哭。那老叟不言姓名，只見化一陣清風而去。耳邊道八個甚字？道是：「文有文曲，武有武曲。」端的是玉帝差遣紫微宫中兩座星辰下來，輔佐這朝天子。文曲星乃是南衙開封府主龍圖閣大學士包拯，武曲星乃是征西夏國大元帥狄青。這兩個賢臣，出來輔佐。

這朝皇帝，廟號仁宗天子。在位四十二年，改了九個年號。自天聖元年癸亥登基，至天聖九年，那時天下太平，五穀豐登，萬民樂業，路不拾遺，户不夜閉。這九年謂之一登。自明道元年至皇祐三年，這九年亦是豐富，謂之二登。自皇祐四年至嘉祐二年，這九年田禾大熟，謂之三登。一連三九二十七年，號爲三登之世。那時百姓受了些快樂。誰想道樂極悲生，嘉祐三年上春間，天下瘟疫盛行，自江南直至兩京，無一處人民不染此症。天下各州各府，雪片也似申奏將來。

且説東京城裏城外，軍民無其大半。開封府主包待制親將惠民和濟局方，自出俸資合藥，救治萬民，那裏醫治得住，瘟疫越盛。文武百官商議，都向待漏院中聚會，伺候早朝，奏聞天子。專要祈禱，禳謝瘟疫。不因此事，如何教三十六員天罡下臨凡世，七十二座地煞降在人間，鬨動宋國乾坤，鬧遍趙家社稷。有詩爲證：

詩曰：

萬姓熙熙化育中，三登之世樂無窮。豈知禮樂笙鏞治，變作兵戈劍戟叢。水滸寨中屯節俠，梁山泊内聚英雄。細推治亂興亡數，盡屬陰陽造化功。

張天師祈禳瘟疫

洪太尉悞走妖魔
伏魔
遇洪而開

第一回　張天師祈禳瘟疫　洪太尉誤走妖魔

詩曰：

絳幘雞人報曉籌，尚衣方進翠雲裘。九天閶闔開宫殿，萬國衣冠拜冕旒。日色纔臨仙掌動，香煙欲傍袞龍浮。朝罷須裁五色詔，佩聲歸到鳳池頭。

話説大宋仁宗天子在位，嘉祐三年三月三日五更三點，天子駕坐紫宸殿，受百官朝賀。但見：

祥雲迷鳳閣，瑞氣罩龍樓。含烟御柳拂旌旗，帶露宫花迎劍戟。天香影裏，玉簪珠履聚丹墀；仙樂聲中，綉襖錦衣扶御駕。珍珠簾捲，黄金殿上現金輿；鳳尾扇開，白玉階前停寶輦。隱隱淨鞭三下響，層層文武兩班齊。

當有殿頭官喝道：「有事出班早奏，無事捲簾退朝。」只見班部叢中，宰相趙哲、參政文彦博出班奏曰：「目今京師瘟疫盛行，民不聊生，傷損軍民多矣。伏望陛下釋罪寬恩，省刑薄税，以禳天災，救濟萬民。」天子聽奏，急敕翰林院隨即草詔，一面降赦天下罪囚，應有民間税賦，悉皆赦免；一面命在京宫觀寺院，修設好事禳災。聖主。不料其年瘟疫轉盛，仁宗天子聞知，龍體不安，復會百官，衆皆計議。向那班部中，有一大臣，越班啓奏。天子看時，乃是參知政事范仲淹，拜罷起居，奏曰：「目今天災盛行，軍民塗炭，日夕不能聊生，人遭縲絏之厄。以臣愚意，要禳此災，可宣嗣漢天師星夜臨朝，就京師禁院，修設三千六百分羅天大醮，奏聞上帝，可以禳保民間瘟疫。」冤枉，冤枉！〔眉〕冤我小范老子。仁宗天子准奏，急令翰林學士草詔一道，天子御筆親書，并降御香一炷，欽差内外提點殿前太尉洪信爲天使，前往江西信州龍虎山，宣請嗣漢天師張真人星夜臨朝，祈禳瘟疫。就金殿上焚起御香，親將丹詔付與洪太尉爲使，即便登程前去。洪信領了聖敕，辭别天子，不敢久停，從人背了詔書，金盒子盛了御香，帶了數十人，上了舖馬，一行部從離了東京，取路逕投信州貴溪縣來。於路上但見：

遥山疊翠，遠水澄清。奇花綻錦繡鋪林，嫩柳舞金絲拂地。風和日暖，時過野店山村；路直沙平，夜宿郵亭驛館。羅衣蕩漾紅塵内，駿馬驅馳紫陌中。

且說太尉洪信賫擎御書丹詔，一行人從上了路途，夜宿郵亭，朝行驛〈跕〉（站），遠程近接，渴飲飢餐，不止一日，來到江西信州。大小官員出郭迎接，隨即差人報知龍虎山上清宫住持道衆，准備接詔。次日，衆位官同送太尉到於龍虎山下，只見上清宫許多道衆，鳴鐘擊鼓，香花燈燭，幢幡寶蓋，一派仙樂，都下山來迎接丹詔，直至上清宫前下馬。太尉看那宫殿時，端的是好座上清宫！但見：

青松屈曲，翠柏陰森。門懸敕額金書，户列靈符玉篆。虚皇壇畔，依稀垂柳名花；煉藥爐邊，掩映蒼松老檜。左壁廂天丁力士，參隨着太乙真君；右勢下玉女金童，簇捧定紫微大帝。披髮仗劍，北方真武踏龜蛇；靸履頂冠，南極老人伏龍虎。前排二十八宿星君，後列三十二帝天子。階砌下流水潺湲，牆院後好山環繞。鶴生丹頂，龜長綠毛。樹梢頭獻菓蒼猿，莎草内銜芝白鹿。三清殿上，鳴金鐘道士步虛；四聖堂前，敲玉磬真人禮斗。獻香臺砌，彩霞光射碧琉璃；召將瑤壇，赤日影摇紅瑪瑙。早來門外祥雲現，疑是天師送老君。〔眉〕瘟疫盛行，爲君爲相底無調燮手段，反去求一道士，可笑，可笑！

當下上至住持真人下及道童侍從，前迎後引，接至三清殿上，請將詔書居中供養着。洪太尉便問監宫真人道：「天師今在何處？」住持真人向前稟道：「好教太尉得知：這代祖師，號曰虛靖天師，性好清高，倦於迎送，自向龍虎山頂結一茅庵，修真養性，因此不住本宫。」太尉道：「目今天子宣詔，如何得見真人？」答道：「容稟：詔敕權供在殿上，貧道等亦不敢開讀，且請太尉到方丈獻茶，再煩計議。」當時將丹詔供養在三清殿上，與衆官都到方丈。太尉居中坐下，執事人等獻茶，就進齋供，水陸俱備。齋罷，太尉再問真人道：「既然天師在山頂庵中，何不着人請將下來相見，開宣丹詔？」真人稟道：「太尉，這代祖師，雖在山頂，其實道行非常，清高自在，倦惹凡塵，能駕霧興雲，蹤迹不定，未嘗下山。貧道等如常亦難得見，怎生教人請得下來？」太尉道：「似此如何得見！目今京師瘟疫盛行，今上天子特遣下官爲使，賫捧御書丹詔，親奉龍香，來請天師，要做三千六百分羅天大醮，以禳天災，救濟萬民。似此怎生奈何？」真人稟道：「朝廷天子要救萬民，只除是太尉辦一點志誠心，齋戒沐浴，更換布衣，休帶從人，自背詔書，焚燒御香，步行上山禮拜，叩請天師，方許得見。如若心不志誠，空走一遭，亦難得見。」太尉聽説，便道：「俺從京師食素到此，如何心不志誠？吃素便志誠了？既然恁地，依着你説，明日絶早上山。」當晚各自權歇。

次日五更時分，衆道士起來，備下香湯齋供，請太尉起來香湯沐浴，換了一身新鮮布衣，脚下穿上麻鞋草履，吃了素齋，取過丹詔，用黄羅包袱背在脊梁上，手裏提着銀手爐，降降地燒着御香。癡子，癡子！許多道衆人等，送到後山，指與路徑。真人又稟道：「太尉要救萬民，休生退悔之心，只顧志誠上去。」太尉别了衆人，口誦天尊寶號，〈蹤〉（縱）步上山來。將至半山，望見大頂直侵霄漢，果然好座大山！正是：

根盤地角，頂接天心。遠觀磨斷亂雲痕，近看平吞明月魄。高低不等謂之山，側石通道謂之岫，孤嶺崎嶇謂之路，上面極平謂之頂，頭圓下壯謂之巒，隱虎藏豹謂之穴，隱風隱雲謂之岩，高人隱居謂之洞，有境有界謂之府，樵人出没謂之徑，能通車馬謂之道，流水有聲謂之澗，古渡源頭謂之溪，巖崖滴水謂之泉。左壁爲掩，右壁爲映。出的是雲，納的是霧。〈維〉（錐）尖像小，崎峻似峭，懸空似險，削巇如平。千峯競秀，萬壑争流。瀑布斜飛，藤蘿倒掛。虎嘯時風生谷口，猿啼時月墜山腰。恰似青黛染成千塊玉，碧紗籠罩萬堆烟。〔眉〕扯淡。

這洪太尉獨自一個行了一回，盤坡轉徑，攬葛攀藤，約莫走過了數個山頭，三二里多路。看看脚酸腿軟，正走不動，口裏不説，肚裏躊躇。心中想道：「我是朝廷貴官公子，好貨。在京師時，重裀而卧，列鼎而食，尚兀自倦怠，何曾穿草鞋走這般山路！知他天師在那裏，却教下官受這般苦！」又行不到三五十步，掇着肩氣喘，只見山凹裏起一陣風。風過處，向那松樹背後，奔雷也似吼一聲，撲地跳出一個弔睛白額錦毛大蟲來。洪太尉吃了一驚，叫聲：「呵呀！」撲地望後便倒。偷眼看那大蟲時，但見：

毛披一帶黃金色，爪露銀鈎十八隻。睛如閃電尾如鞭，口似血盆牙似戟。伸腰展臂勢狰獰，擺尾摇頭聲霹靂。山中狐兔盡潛藏，澗下獐麅皆斂迹。

那大蟲望着洪太尉，左盤右旋，咆哮了一回，托地望後山坡下跳了去。洪太尉倒在樹根底下，諕的三十六個牙齒捉對兒厮打，那心頭一似十五個弔桶，七上八落的響，渾身却如重風麻木，兩腿一似鬥敗公雞，口裏連聲叫苦。大蟲去了一盞茶時，方纔爬將起來，再收拾地上香爐，還把龍香燒着，再上山來，務要尋見天師。又行過三五十步，口裏嘆了數口氣，怨道：「皇帝御限差俺來這裏，教我受這場驚恐。」説猶未了，只覺得那裏又一陣風，吹得毒氣直沖將來。太尉定睛看時，山邊竹藤裏簌簌地響，搶出一條弔桶大小雪花也似蛇來。太尉見了，又吃一驚，撇了手爐，叫一聲：「我今番死也！」望後便倒在盤砣石邊。微閃開眼來看那蛇時，但見：

昂首驚飆起，掣目電光生。動蕩則折峽倒岡，呼吸則吹雲吐霧。鱗甲亂分千片玉，尾梢斜捲一堆銀。

那條大蛇逕搶到盤砣石邊，朝着洪太尉盤做一堆，兩隻眼迸出金光，張開巨口，吐出舌頭，噴那毒氣在洪太尉臉上，驚得太尉三魂蕩蕩，七魄悠悠。那蛇看了洪太尉一回，望山下一溜，却早不見了。太尉方纔爬得起來，説道：「慚愧！驚殺下官！」看身上時，寒粟子比餶飿兒大小，口裏駡那道士：

「叵耐無禮，戲弄下官，教俺受這般驚恐。若山上尋不見天師，下去和他别有話説。」再拿了銀提爐，整頓身上詔敕并衣服巾幘，却待再要上山去。正欲移步，只聽得松樹背後隱隱地笛聲吹響，漸漸近來。太尉定睛看時，只見那一個道童，倒騎着一頭黄牛，横吹着一管鐵笛，轉出山凹來。太尉看那道童時，但見：

頭綰兩枚丫髻，身穿一領青衣。腰間絛結草來編，脚下芒鞋麻間隔。明眸皓齒，飄飄並不染塵埃；緑鬢朱顔，耿耿全然無俗態。

昔日吕洞賓有首牧童詩道得好：

草鋪横野六七里，笛弄晚風三四聲。歸來飽飯黄昏後，不脱蓑衣卧月明。好數演。

只見那個道童笑吟吟地騎着黄牛，横吹着那管鐵笛，正過山來。洪太尉見了，便唤那個道童：「你從那裏來？認得我麽？」蠢。道童不睬，只顧吹笛。太尉連問數聲，道童呵呵大笑，拿着鐵笛指着洪太尉，説道：「你來此間，莫非要見天師麽？」太尉大驚，便道：「你是牧童，如何得知？」〔眉〕蠢。道童笑道：「我早間在草庵中伏侍天師，聽得天師説道：『朝中今上仁宗天子，差個洪太尉，賫擎丹詔御香，到來山中宣我往東京，做三千六百分羅天大醮，祈禳天下瘟疫。我如今乘鶴駕雲去也。』這早晚想是去了，不在庵中。你休上去，山内毒蟲猛獸極多，恐傷害了你性命。」太尉再問道：「你不要説謊。」道童笑了一聲，也不回應，又吹着鐵笛，轉過山坡去了。高。太尉尋思道：「這小的如何盡知此事？想是天師分付他，已定是了。」欲待再上山去，方纔驚諕的苦，争些兒送了性命，不如下山去罷。

太尉拿着提爐，再尋舊路，奔下山來。衆道士接着，請至方丈坐下。真人便問太尉道：「曾見天師麽？」太尉説道：「我是朝廷中貴官，如何教俺走得山路，吃了這般辛苦，争些兒送了性命！爲頭上至半山裏，跳出一隻吊睛白額大蟲，驚得下官魂魄都没了。又行不過一個山嘴，竹藤裏搶出一條雪花大蛇來，盤做一堆，攔住去路，若不是俺福分大，如何得性命回京？又説嘴了。盡是你這道衆戲弄下官。」真人覆道：「貧道等怎敢輕慢大臣？這是祖師試探太尉之心。本山雖有蛇虎，並不傷人。」太尉又道：「我正走不動，方欲再上山坡，只見松樹傍邊轉出一個道童，騎着一頭黄牛，吹着管鐵笛，正過山來。我便問他：『那裏來？識得俺麽？』他道：『已都知了。』説天師分付，早晨乘鶴駕雲，望東京去了。下官因此回來。」真人道：「太尉可惜錯過，這個牧童正是天師。」太尉道：「他既是天師，如何這等猥獕？」蠢。真人答道「這代天師，非同小可，雖然年幼，其實道行非常。他是額外之人，四方顯化，極是靈驗。世人皆稱爲道通祖師。」洪太尉道：「我直如此有眼不識真師，當面錯過。」還是無眼。真人道：「太尉但請放心，既然祖師法旨道是去了，比及太尉回京之日，這場醮事，祖師已都完了。」太尉見説，方纔放心。真人一面教安排筵宴，管待太尉，請將丹詔收藏於御書匣内，放了留在上清宫中，龍香就三清殿上燒了。當日方丈内大排齋供，設宴飲酌，至晚席罷，止宿到曉。

次日早膳已後，真人、道衆并提點、執事人等，請太尉遊山。太尉大喜。許多人從跟隨着，步行出方丈，前面兩個道童引路。行至宫前宫後，看玩許多景致。三清殿上，富貴不可盡言。左廊下九天殿、紫微殿、北極殿，右廊下太乙殿、三官殿、驅邪殿。諸宫看遍，行到右廊後一所去處，洪太尉看時，另外一所殿宇，一遭都是搗椒紅泥牆，正面兩扇朱紅槅子，門上使着肐膊大鎖鎖着，交叉上面貼着十數道封皮，封皮上又是重重疊疊使着朱印。簷前一面硃紅漆金字牌額，上書四個金字，寫道「伏魔之殿」。太尉指着門道：「此殿是甚麼去處？」真人答道：「此乃是前代老祖天師鎖鎮魔王之殿。」太尉又問道：「如何上面重重疊疊，貼着許多封皮？」真人答道：「此是祖老大唐洞玄國師封鎖魔王在此。但是經傳一代天師，親手便添一道封皮，使其子子孫孫不敢妄開。走了魔君，非常利害。今經八九代祖師，誓不敢開。鎖用銅汁灌鑄，誰知裏面的事。小道自來住持本宮三十餘年，也只聽聞。」洪太尉聽了，心中驚怪，想道：「我且試看魔王一看。」便對真人說道：「你且開門來，我看魔王甚麼模樣。」真人告道：「太尉，此殿決不敢開！先祖天師叮嚀告戒：今後諸人不許擅開。」太尉笑道：「胡說！你等要安生怪事，煽惑百姓良民，是。故意安排這等去處，假稱鎖鎮魔王，顯耀你們道術。大是。我讀一鑑之書，賣弄。何曾見鎖魔之法！神鬼之道，處隔幽冥，我不信有魔王在內。秀才氣。快疾與我打開，我看魔王如何！」真人三回五次稟說：「此殿開不得，恐惹利害，有傷於人。」太尉大怒，指着道衆說道：「你等不開與我看，回到朝廷，先奏你們衆道士阻當宣詔，違別聖旨，不令我見天師的罪犯；是。後奏你等私設此殿，假稱鎖鎮魔王，扇惑軍民百姓，是。把你都追了度牒，刺配遠惡軍州受苦。」真人等懼怕太尉權勢，只得喚幾個火工道人來，先把封皮揭了，將鐵鎚打開大鎖。衆人把門推開，看裏面時，黑洞洞地，但見：

昏昏默默，杳杳冥冥，數百年不見太陽光，億萬載難瞻明月影。不分南北，怎辨東西。黑烟靄靄撲人寒，冷氣陰陰侵體顫。人迹不到之處，妖精往來之鄉。閃開雙目有如盲，伸出兩手不見掌。常如三十夜，却似五更時。

衆人一齊都到殿内，黑暗暗不見一物。太尉教從人取十數個火把點着，將來打一照時，四邊並無别物，只中央一個石碑，約高五六尺，下面石龜趺坐，太半陷在泥裏。照那碑碣上時，前面都是龍章鳳篆，天書符籙，人皆不識；照那碑後時，却有四個真字大書，鑿着「遇洪而〈間〉（開）」。却不是：一來天罡星合當出世，二來宋朝必顯忠良，好忠良！三來湊巧遇着洪信，豈不是天數？洪太尉看了這四個字，大喜，便對真人説道：「你等阻當我，却怎地數百年前已註我姓字在此？直得賣弄。『遇洪而開』，分明是教我開，看却何妨！我想這個魔王，都只在石碑底下，聰明。汝等從人，與我多唤幾個火工人等，將鋤頭鐵鍬來掘開。」真人慌忙諫道：「太尉不可掘動，恐有利害，傷犯於人，不當穩便。」癡。太尉大怒，喝道：「你等道衆，省得甚麽！碑上分明鑿着遇我教開，你如何阻當！說得有理。快與我唤人來開。」真人又三回五次稟道：「恐有不好。」癡道士。太尉那裏肯聽；只得聚集衆人，先把石碑放倒，一齊併力掘那石龜，半日方纔掘得起。又掘下去，約有三四尺深，見一片大青石板，可方丈圍。洪太尉叫：「再掘起來！」真人又苦稟道：「不可掘動。」一發癡了。太尉那裏肯聽，衆人只得把石板一齊扛起，看時，石板底下却是一個萬丈深淺地穴。只見穴内刮刺刺一聲響亮。那響非同小可，恰似：

天摧地塌，岳撼山崩。錢塘江上，潮頭浪擁出海門來；泰華山頭，巨靈神一劈山峯碎。共工奮怒，去盔撞倒了不周山；力士施威，飛鎚擊碎了始皇輦。一風撼折千竿竹，十萬軍中半夜雷。

那一聲響亮過處，只見一道黑氣，從穴裏滾將起來，掀塌了半個殿角。那道黑氣，直衝上半天裏，空中散作百十道金光，望四面八方去了。衆人吃了一驚，發聲喊，都走了，撇下鋤頭鐵鍬，盡從殿内奔將出來，推倒攧翻無數。驚得洪太尉目睜癡呆，罔知所措，面色如土，不濟。奔到廊下，只見真人向前叫苦不迭。太尉問道：「走了的却是甚麼妖魔？」那真人言不過數句，話不過一席，説出這個緣由。有分教：一朝皇帝，夜眠不穩，晝食忘餐，直使宛子城中藏猛虎，蓼兒洼内聚飛龍。畢竟龍虎山真人説出甚言語來，且聽下回分解。

李載贄曰：《水滸傳》事節都是假的，説來却似逼真，所以爲妙。常見近來文集，乃有真事説做假者，真鈍漢也，何堪與施耐庵、羅貫中作奴！

王教頭私走延安府
黃应光

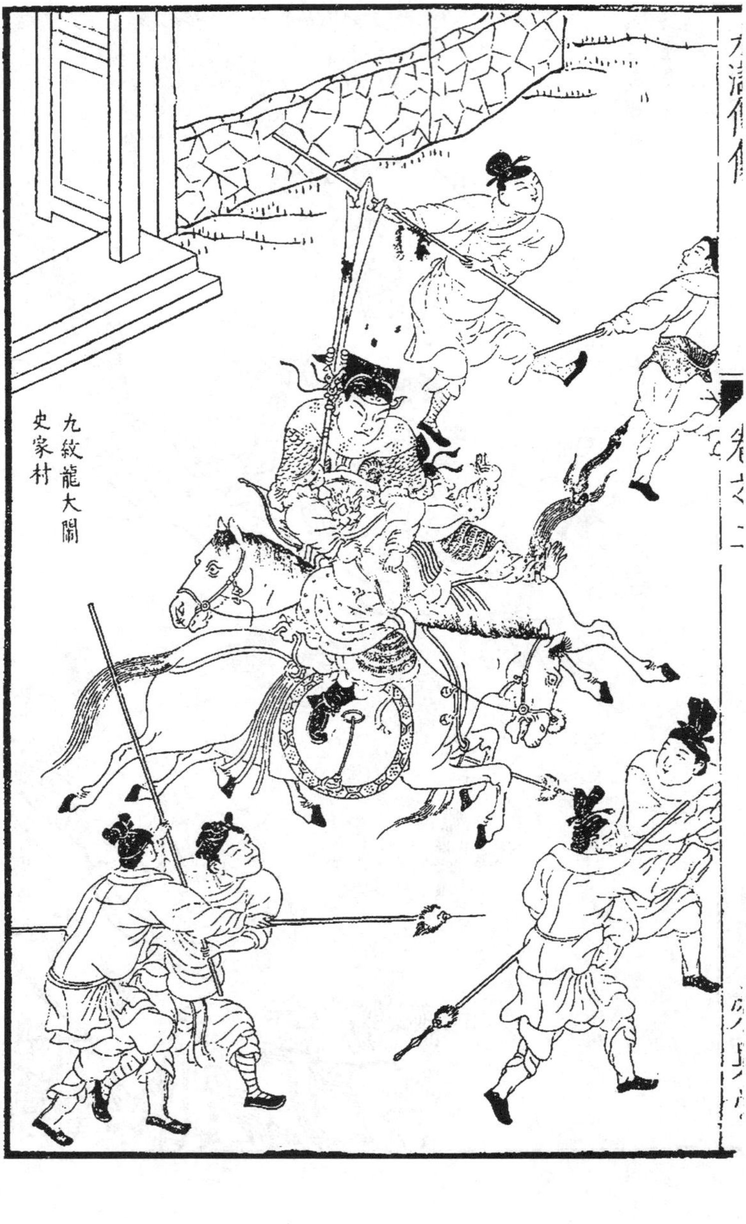
九紋龍大鬧
史家村

第二回　王教頭私走延安府　九紋龍大鬧史家村

詩曰：

千古幽扃一旦開，天罡地煞出泉臺。自來無事多生事，本爲禳災却惹災。社稷從今雲擾擾，兵戈到處鬧垓垓。高俅奸佞雖堪恨，洪信從今釀禍胎。

話説當時住持真人對洪太尉説道：「太尉不知，此殿中當初是祖老天師洞玄真人傳下法符，囑付道：『此殿内鎮鎖着三十六員天罡星，七十二座地煞星，共是一百單八個魔君在裏面。何不早説。上立石碑，鑿着龍章鳳篆天符，鎮住在此。若還放他出世，必惱下方生靈。』如今太尉(放他)走了，怎生是好？他日必爲後患！」洪太尉聽罷，渾身冷汗，捉顫不住，急急收拾行李，引了從人，下山回京。真人並道衆送官已罷，自回宮内，修整殿宇，豎立石碑，不在話下。

再説洪太尉在路上分付從人，教把走妖魔一節，休説與外人知道，恐天子知而見責。何不對天子説道「遇洪而開」？於路無話。星夜回至京師，進得汴梁城，聞人所説：「天師在東京禁院做了七晝夜好事，普施符籙，禳救災病，瘟疫盡消，軍民安泰。天師辭朝，乘鶴駕雲，自回龍虎山去了。」洪太尉次日早朝，見了天子，奏說：「天師乘鶴駕雲，先到京師，臣等驛站而來，纔得到此。」仁宗准奏，賞賜洪信，復還舊職，亦不在話下。後來仁宗天子在位共四十二年晏駕，無有太子，傳位濮安懿王允讓之子，太祖皇帝的孫，立帝號曰英宗。在位四年，傳位與太子〈仁〉（神）宗天子，在位一十八年，傳位與太子哲宗皇帝登基。那時天下盡皆太平，四方無事。

且說東京開封府汴梁宣武軍，一個浮浪破落户子弟，姓高，排行第二，自小不成家業，只好刺鎗使棒，最是踢得好脚氣毬，京師人口順，不叫高二，却都叫他做高毬。太尉大名如此得來。後來發迹，便將氣毬那字去了毛傍，添作立人，便改作姓高名俅。這人吹彈歌舞，刺鎗使棒，相撲頑耍，頗能詩書詞賦，若論仁義禮智，信行忠良，却是不會，這不只高俅。只在東京城裏城外幫閑。因幫了一個生鐵王員外兒子使錢，每日三瓦兩舍，風花雪月，被他父親開封府裏告了一紙文狀，府尹把高俅斷了四十脊杖，迭配出界發放，東京城裏人民不許容他在家宿食。高俅無計奈何，只得來淮西臨淮州，投奔一個開賭坊的閑漢柳大郎，名喚柳世權。他平生專好惜客養閑人，招納四方干隔澇漢子。高俅投托得柳大郎家，一住三年。後來哲宗天子因拜南郊，感得風調雨順，放寬恩大赦天下。那高俅在臨淮州，因得了赦宥罪犯，思鄉要回東京。這柳世權却和東京城裏金梁橋下開生藥鋪的董將士是親戚，寫了一封書札，收拾些人事盤纏，賫發高俅回東京，投奔董將士家過活。

當時高俅辭了柳大郎，背上包裹，離了臨淮州，迤邐回到東京，竟來金梁橋下董生藥家，下了這封書。董將士一見高俅，看了柳世權來書，自肚裏尋思道：「這高俅我家如何安着得他！若是個志誠老實的人，可以容他在家出入，〔眉〕是。也教孩兒們學些好。他却是個幫閑的破落户，没信行的人，亦且當初有過犯來，被開封府斷配出境的人。倘或留住在家中，倒惹得孩兒們不學好了；待他不收留，又撇不過柳大郎面皮。」當時只得權且歡天喜地，相留在家宿歇，每日酒食管待。住了十數日，董將士思量出一個緣由，將出一套衣服，寫了一封書簡，對高俅説道：「小人家下螢火之光，照人不亮，恐後誤了足下。我轉薦足下與小蘇學士處，久後也得個出身，足下意内如何？」〔眉〕婉轉而來，遇合甚奇。高俅大喜，謝了董將士。董將士使個人將着書簡，引領高俅，竟到學士府内。門吏轉報小蘇學士，出來見了高俅，看罷來書，知道高俅原是幫閑浮浪的人，心下想道：「我這裏如何安得着他！不如做個人情，薦他去駙馬王晉卿府裏，做個親隨。人都唤他做小王都太尉，便喜歡這樣的人。」當時回了董將士書札，留高俅在府裏住了一夜。次日寫了一封書呈，使個幹人，送高俅去那小王都太尉處。

這太尉乃是哲宗皇帝妹夫，神宗皇帝的駙馬。他喜愛風流人物，正用這樣的人。一見小蘇學士差人馳書送這高俅來，拜見了，便喜。隨即寫回書，收留高俅在府内做個親隨。自此高俅遭際在王都尉府中出入，如同家人一般。自古道：「日遠日疏，日親日近。」忽一日，小王都太尉慶誕生辰，分付府中安排筵宴，專請小舅端王。這端王，乃是神宗天子第十一子，哲宗皇帝御弟，見掌東駕，排號九大王，是個聰明俊俏人物。這浮浪子弟門風，幫閑之事，無一般不曉，無一般不會，更無般不愛。更兼琴棋書畫，儒釋道教，無所不通；踢毬打彈，品竹調絲，吹彈歌舞，自不必説。當日王都尉府中，准備筵宴，水陸俱備。但見：

香焚寶鼎，花插金瓶。仙音院競奏新聲，教坊司頻逞妙藝。水晶壺内，盡都是紫府瓊漿；琥珀杯中，滿泛着瑶池玉液。玳瑁盤堆仙桃異果，玻璃碗供熊掌駝蹄。鱗鱗膾切銀絲，細細茶烹玉蕊。紅裙舞女，盡隨着象板鸞簫；翠袖歌姬，簇捧定龍笙鳳管。兩行珠翠立階前，一派笙歌臨座上。

且説這端王來王都尉府中赴宴，都尉設席，請端王居中坐定，太尉對席相陪。酒進數杯，食供兩套，那端王起身浄手，偶來書院裏少歇。猛見書案上一對兒羊脂玉碾成的鎮紙獅子，極是做得好，細巧玲瓏。端王拿起獅子，不落手看了一回，道：「好！」王都尉見端王心愛，便説道：「再有一個玉龍筆架，也是這個匠人一手做的，却不在手頭，明日取來，一併相送。」〔眉〕原來玉匠却是高俅的座主。端王大喜道：「深謝厚意，想那筆架，必是更妙。」王都尉道：「明日取出來，送至宫中便見。」端王又謝了，兩個依舊入席，飲宴至暮，盡醉方散。端王相别回宫去了。

次日，小王都太尉取出玉龍筆架，和兩個鎮紙玉獅子，着一個小金盒子盛了，用黄羅包袱包了，寫了一封書呈，却使高俅送去。高俅領了王都尉鈞旨，將着兩般玉玩器，懷中揣了書呈，逕投端王宫中來。把門官吏轉報與院公，没多時，院公出來問：「你是那個府裏來的人？」高俅施禮罷，答道：「小人是王駙馬府中，特送玉玩器來進大王。」院公道：「殿下在庭心裏和小黄門踢氣毬，你自過去。」高俅道：「相煩引進。」院公引到庭前，高俅看時，見端王頭戴軟紗唐巾，身穿紫綉龍袍，腰繫文武雙穗縧，把綉龍袍前襟拽札起，揣在縧兒邊。足穿一雙嵌金綫飛鳳靴，三五個小黄門相伴着蹴氣毬。高俅不敢過去衝撞，立在從人背後伺候。也是高俅合當發迹，時運到來，那個氣毬騰地起來，端王接個不着，向人叢裏直滾到高俅身邊。那高俅見氣毬來，也是一時的胆量，使個鴛鴦拐，踢還端王。〔眉〕夫子之求之也，其諸異乎人之求之也與？端王見了大喜，便問道：「你是甚人？」高俅向前跪下道：「小的是王都尉親隨，受東人使令，賫送兩般玉玩器來，進獻大王，有書呈在此拜上。」端王聽罷，笑道：「姐夫直如此掛心。」高俅取出書呈進上。端王開盒子看了玩器，都遞與堂候官收了去。那端王且不理玉玩器下落，却先問高俅道：「你原來會踢氣毬！你喚做甚麽？」高俅叉手跪覆道：「小的叫做高俅，胡踢得幾脚。」端王道：「好！你便下場來踢一回耍。」高俅拜道：「小的是何等樣人，敢與恩王下脚！」端王道：「這是『齊雲社』，名爲『天下圓』，但踢何傷！」高俅再拜道：「怎敢！」三回五次告辭，端王定要他踢，高俅只得叩頭謝罪，解膝下場。纔踢幾脚，端王喝采。高俅只得把平生本事都使出來，奉承端王。那身分模樣，這氣毬一似鰾膠黏在身上的。端王大喜，那裏肯放高俅回府去，就留在宮中過了一夜。

次日，排個筵會，專請王都尉宮中赴宴。却說王都尉當日晚不見高俅回來，正疑思間，只見次日門子報道：「九大王差人來傳令旨，請太尉到宮中赴宴。」王都尉出來，見了幹人，看了令旨，隨即上馬，來到九大王府前，下馬入宮來，見了端王。端王大喜，稱謝兩般玉玩器。入席飲宴間，端王說道：「這高俅踢得兩脚好氣毬，孤欲索此人做親隨，如何？」王都尉答道：「殿下既用此人，就留在宮中伏侍殿下。」端王歡喜，執杯相謝。二人又閑話一回，至晚席散，王都尉自回駙馬府去，不在話下。

且說端王自從索得高俅做伴之後，就留在宮中宿食。高俅自此遭際端王，每日跟着，寸步不離。

却在宮中未及兩個月，哲宗皇帝晏駕，無有太子。文武百官商議，册立端王爲天子，立帝號曰徽宗，便是玉清教主徽妙道君皇帝。登基之後，一向無事。忽一日，與高俅道：「朕欲要擡舉你，但有邊功，方可升遷。先教樞密院與你入名，只是做隨駕遷轉的人。」後來没半年之間，直擡舉高俅做到殿帥府太尉職事。

且說高俅得做了殿帥府太尉，選揀吉日良辰，去殿帥府裏到任。所有一應合屬公吏衙將，都軍禁軍，馬步人等，盡來參拜，各呈手本，開報花名。高殿帥一一點過，於内只欠一名八十萬禁軍教頭王進，半月之前，已有病狀在官，患病未痊，不曾入衙門管事。高殿帥大怒，喝道：「胡說！既有手本呈來，却不是那廝抗拒官府，搪塞下官！此人即係推病在家，快與我拿來。」隨即差人到王進家，來捉拿王進。且說這王進，却無妻子，止有一個老母，年已六旬之上。牌頭與教頭王進說道：「如今高殿帥新來上任，點你不着，軍正司稟說染患在家，見有病患狀在官。高殿帥焦躁，那裏肯信，定要拿你，只道是教頭詐病在家，教頭只得去走一遭。若還不去，定連累衆人，小人也有罪犯。」王進聽罷，只得捱着病來。進得殿帥府前，參見太尉，拜了四拜，躬身唱個喏，起來立在一邊。高俅道：「你那廝便是都軍教頭王昇的兒子？」王進稟道：「小人便是。」高俅喝道：「這廝！你爺是街市上使花棒賣藥的，你省的甚麽武藝！前官没眼，參你做個教頭，如何敢小覷我，不伏俺點視！你托誰的勢，要推病在家，安閑快樂！」王進告道：「小人怎敢，其實患病未痊。」高太尉罵道：「賊配軍！你既害病，如何來得？」王進又告道：「太尉呼喚，安敢不來？」高殿帥大怒，喝令左右，教拿下王進：「加力與我打這廝！」衆多牙將，都是和王進好的，只得與軍正司同告道：「今日是太尉上任好日頭，權免此人這一次。」高太尉喝道：「你這賊配軍，且看衆將之面，饒恕你今日之犯，明日却和你理會。」王進謝罪罷，起來擡頭看了，認得是高俅。出得衙門，嘆口氣道：「俺的性命，今番難保了。俺道是甚麽高殿帥，却原來正是東京幫閑的『圓社』高二。比先時曾學使棒，被我父親一棒打翻，三四個月將息不起，有此之仇。他今日發迹，得做殿帥府太尉，正待要報仇，我不想正屬他管。自古道：『不怕官，只怕管。』俺如何與他爭得？怎生奈何是好？」

回到家中，悶悶不已。對娘說知此事，母子二人抱頭而哭。娘道：「我兒，『三十六着，走爲上着。』高。〔眉〕賢母。只恐沒處走。」王進道：「母親說得是。兒子尋思，也是這般計較。只有延安府老种經略相公鎮守邊庭，他手下軍官，多有曾到京師，愛兒子使鎗棒的極多，何不逃去投奔他們，那裏是用人去處，足可安身立命。」娘兒兩個商議定了。其母又道：「我兒，和你要私走，只恐門前兩個牌軍，是殿帥府撥來伏侍你的，他若得知，須走不脫。」王進道：「不妨，母親放心，兒子自有道理措置他。」當下日晚未昏，王進先叫張牌入來，分付道「你先吃了些晚飯，我使你一處去幹事。」張牌道：「教頭使小人那裏去？」王進道：「我因前日病患，許下酸棗門外岳廟裏香願，明日早要去燒炷頭香，你可今晚先去分付廟祝，教他來日早開些廟門，等我來燒炷頭香，就要三牲，獻劉李王。你就廟裏歇了等我。」張牌（答）應，先吃了晚飯，叫了安置，望廟中去了。當夜子母二人，收拾了行李衣服，細軟銀兩，做一擔兒打挾了，又裝兩個料袋袱駄，拴在馬上。等到五更，天色未明，王進叫起李牌，分付道：「你與我將這些銀兩，去岳廟裏和張牌買個三牲煮熟，在那裏等候。我買些紙燭，隨後便來。」李牌將銀子望廟中去了。王進自去備了馬，牽出後槽，將料袋袱駄搭上，把索子拴縛牢了，牽在後門外，扶娘上了馬。家中粗重都棄了，鎖上前後門，挑了擔兒，跟在馬後，趁五更天色未明，乘勢出了西華門，取路望延安府來。

且説兩個牌軍，買了福物煮熟，在廟等到巳牌，也不見來。李牌心焦，走回到家中尋時，見鎖了門，兩頭無路。尋了半日，並無有人曾見。看看待晚，岳廟裏張牌疑忌，一直奔回家來，又和李牌尋了一黄昏，看看黑了。兩個見他當夜不歸，又不見了他老娘。次日，兩個牌軍又去他親戚之家訪問，亦無尋處。兩個恐怕連累，只得去殿帥府首告：「王教頭棄家在逃，子母不知去向。」高太尉見告了，大怒道：「賊配軍在逃，看那厮待走那裏去！」隨即押下文書，行開諸州各府，捉拿逃軍王進。二人首告，免其罪責，不在話下。

且説王教頭母子二人，自離了東京，在路免不得飢餐渴飲，夜住曉行，在路上一月有餘。忽一日，天色將晚，王進挑着擔兒，跟在娘的馬後，口裏與母親説道：「天可憐見，慚愧了我子母兩個，脱了這天羅地網之厄。此去延安府不遠了，高太尉便要差人拿我，也拿不着了。」子母兩個歡喜，在路上不覺錯過了宿頭。走了這一晚，不遇着一處村坊，那裏去投宿是好。正没理會處，只見遠遠地林子裏閃出一道燈光來。王進看了道：「好了，遮莫去那裏陪個小心，借宿一宵，明日早行。」當時轉入林子裏來看時，却是一所大莊院，一週遭都是土牆，牆外却有二三百株大柳樹。看那莊院，但見：

前通官道，後靠溪岡。一週遭楊柳緑陰濃，四下裏喬松青似染。草堂高起，盡按五運山莊；

亭館低軒，直造倚山臨水。轉屋角牛羊滿地，打麥場鵝鴨成羣。田園廣野，負傭莊客有千人；家眷軒昂，女使兒童難計數。正是：家有餘糧雞犬飽，户多書籍子孫賢。

當時王教頭來到莊前，敲門多時，只見一個莊客出來。王進放下擔兒，與他施禮。莊客道：「來俺莊上有甚事？」王進答道：「實不相瞞，小人子母二人，貪行了些路程，錯過了宿店。來到這裏，前不巴村，後不巴店，欲投貴莊借宿一宵。明日早行，依例拜納房金，萬望周全方便。」莊客道：「既是如此，且等一等，待我去問莊主太公。肯時，但歇不妨。」王進又道：「大哥方便。」莊客入去多時，出來説道：「莊主太公教你兩個入來。」王進請娘下了馬，王進挑着擔兒，就牽了馬隨莊客到裏面打麥場上，歇下擔兒，把馬拴在柳樹上。子母兩個，直到草堂上來見太公。那太公年近六旬之上，鬚髮皆白，頭戴遮塵暖帽，身穿直縫寬衫，腰繫皂絲縧，足穿熟皮靴。王進見了便拜，太公連忙道：「客人休拜，且請起來。你們是行路的人，辛苦風霜，且坐一坐。」王進母子兩個敍禮罷，都坐定。太公問道：「你們是那裏來？如何昏晚到此？」王進答道：「小人姓張，原是京師人。今來消折了本錢，無可營用，要去延安府投奔親眷。不想今日路上貪行了些程途，錯過了宿店，欲投貴莊，假宿一宵，來日早行。房金依例拜納。」太公道：「不妨。如今世上人那個頂着房屋走哩。你母子二位，敢未打火？」叫莊客安排飯來。没多時，就廳上放開條桌子，莊客托出一桶盤，四樣菜蔬，一盤牛肉，鋪放桌子上，先盪酒來（篩）下。太公道：「村落中無甚相待，休得見怪。」王進起身謝道：「小人子母無故相擾，得蒙厚意，此恩難報。」太公道：「休這般説。且請吃酒。」一面勸了五七杯酒，搬出飯來。二人吃了，收拾碗碟。太公起身，引王進子母到客房中安歇。王進告道：「小人母親騎的頭口，相煩寄養，草料望乞應付，一發拜還。」太公道：「這個亦不妨。我家也有頭口騾馬，教莊客牽去後槽，一發喂養，草料亦不用憂心。」王進謝了，挑那擔兒到客房裏來。莊客點上燈火，一面提湯來洗了脚，太公自回裏面去了。王進子母二人謝了莊客，掩上房門，收拾歇息。次日，睡到天曉，不見起來。莊主太公來到客房前過，聽得王進子母在房中聲喚。太公問道：「客官失曉，好起了。」〔眉〕好個賢地主。王進聽得，慌忙出房，來見太公，施禮説道：「小人起多時了。夜來多多攪擾，甚是不當。」太公問道：「誰人如此聲喚？」王進道：「實不敢瞞太公説，老母鞍馬勞倦，昨夜心疼病發。」太公道：「既然如此，客人休要煩惱。教你老母且在老夫莊上住幾日，我有個醫心疼的方，叫莊客去縣裏撮藥來，與你老母親吃。教他放心，慢慢地將息。」王進謝了。

話休絮繁。自此王進子母兩個在太公莊上服藥，住了五七日，覺道母親病患痊了，王進收拾要行。當日因來後槽看馬，只見空地上一個後生，脱膊着，刺着一身青龍，銀盤也似一個面皮，約有十八九歲，拿條棒在那裏使。王進看了半晌，不覺失口道：「這棒也使得好了。只是有破綻，贏不得真好漢。」誠于中，形于外。那後生聽得大怒，喝道：「你是甚麽人？敢來笑話我的本事！俺經了七八個有名的師父，我不信倒不如你。你敢和我扠一扠麽？」説猶未了，太公到來，喝那後生：「不得無禮！」那後生道：「叵耐這厮，笑話我的棒法。」太公道：「客人莫不會使鎗棒？」王進道：「頗曉得些。敢問長上，這後生是宅上的誰？」太公道：「是老漢的兒子。」王進道：「既然是宅内小官人，若愛學時，小人點撥他端正如何？」太公道：「恁地時，十分好。」便教那後生來拜師父。那後生那裏肯拜，心中越怒，道：「阿爹，休聽這厮胡説！若吃他贏得我這條棒時，我便拜他爲師。」王進道：「小官人若是不當村時，較量一棒耍子。」那後生就空地當中，把一條棒使得風車兒似轉，〔眉〕這小厮使得。向王進道：「你來，你來！怕的不算好漢。」王進只是笑，不肯動手。太公道：「客官既是肯教小頑時，使一棒何妨？」王進笑道：「恐衝撞了令郎時，須不好看。」太公道：「這個不妨。若是打折了手脚，也是他自作自受。」聖父。王進道：「恕無禮。」去鎗架上拿了一條棒在手裏，來到空地上，使個旗鼓。那後生看了一看，拿條棒滚將入來，逕奔王進。此子可教。王進托地拖了棒便走，那後生掄着棒又趕入來。王進回身，把棒望空地裏劈將下來。〔眉〕如畫。那後生見棒劈來，用棒來隔，王進却不打下來，將棒一掣，却望後生懷裏直搠將來，只一繳，那後生的棒丢在一邊，撲地望後倒了。王進連忙撇下棒，向前扶住道：「休怪，休怪。」那後生爬將起來，便去傍邊掇條凳子，納王進坐，便拜道：「我枉自經了許多師家，原來不值半分。師父，没奈何，只得請教。」也服善。王進道：「我子母二人，連日在此攪擾宅上，無恩可報，當以効力。」

太公大喜，叫那後生穿了衣裳，一同來後堂坐下。叫莊客殺一個羊，安排了酒食果品之類，就請王進的母親一同赴席。四個人坐定，一面把盞，太公起身，勸了一杯酒，説道：「師父如此高强，必是個教頭。小兒有眼不識泰山。」王進笑道：「奸不厮欺，俏不厮瞞。小人不姓張，俺是東京八十萬禁軍教頭王進的便是。這鎗棒終日搏弄。爲因新任一個高太尉，原被先父打翻，今做殿帥府太尉，懷挾舊仇，要奈何王進。小人不合屬他所管，和他争不得，只得子母二人逃上延安府，去投托老种經略相公處勾當。不想來到這裏，得遇長上父子二位如此看待，又蒙救了老母病患。連日管顧，甚是不當。既然令郎肯學時，小人一力奉教。只是令郎學的都是花棒，只好看，上陣無用。〔眉〕如今世上，那一件不是花棒？那一件上陣用得的？可嘆，可嘆！小人從新點撥他。」太公見説了，便道：「我兒可知輸了？快來再拜師父。」那後生又拜了王進。太公道：「教頭在上，老漢祖居在這華陰縣界，前面便是少華山。這村便唤做史家村，村中總有三四百家，都姓史。老漢的兒子，從小不務農業，只愛刺鎗使棒。母親説他不得，嘔氣死了。老漢只得隨他性子，不知使了多少錢財，投師父教他，又請高手匠人，與他刺了這身花綉，肩臂胸膛總有九條龍，滿縣人口順，都叫他做九紋龍史進。教頭今日既到這裏，一發成全了他亦好。老漢自當重重酬謝。」王進大喜道：「太公放心。既然如此説時，小人一發教了令郎方去。」自當日爲始，吃了酒食，留住王教頭子母二人在莊上。史進每日求王教頭點撥十八般武藝，一一從頭指教。那十八般武藝：

矛、鎚、弓、弩、銃，鞭、簡、劍、鏈、撾，斧、鉞并戈、戟，牌、棒與鎗、杈。

話説這史進每日在莊上管待王教頭母子二人，指教武藝。史太公自去華陰縣中承當里正，不在話下。不覺荏苒光陰，早過半年之上。正是：窗外日光彈指過，席間花影坐前移。一杯未進笙歌送，階下辰牌又報時。前後得半年之上，史進把這十八般武藝，從新學得十分精熟。多得王進盡心指教，點撥得件件都有奥妙。王進見他學得精熟了，自思：「在此雖好，只是不了。」一日想起來，相辭要上延安府去。史進那裏肯放？説道：「師父只在此間過了，小弟奉養你母子二人，以終天年，多少是好！」王進道：「賢弟，多蒙你好心，在此十分之好；只恐高太尉追捕到來，負累了你，恐教賢弟亦遭縲絏之厄，不當穩便，以此兩難。我一心要去延安府，投着在老种經略處勾當，那裏是鎮守邊庭，用人之際，足可安身立命。」史進並太公苦留不住，只得安排一個筵席送行。托出一盤兩個段子，一百兩花銀謝師。次日，王進收拾了擔兒，備了馬，子母二人相辭史太公、史進。請娘乘了馬，望延安府路途進發。史進叫莊客挑了擔兒，親送十里之程，中心難捨。史進當時拜别了師父，洒淚分手，和莊客自回。王教頭依舊自挑了擔兒，跟着馬，和娘兩個自取關西路裏去了。

話中不説王進去投軍役，只説史進回到莊上，每日只是打熬氣力，亦且壯年，又没老小，半夜三更起來，演習武藝，白日裏只在莊後射弓走馬。不到半載之間，史進父親太公染患病症，數日不起。史進使人遠近請醫士看治，不能痊可。嗚呼哀哉，太公歿了。史進一面備棺槨盛殮，請僧修設好事，追齋理七，薦拔太公。又請道士建立齋醮，超度生天，整做了十數壇好事功果道場，選了吉日良時，出喪安葬。滿村中三四百史家莊户，都來送喪掛孝，埋殯在村西山上祖墳内了。史進家自此無人管業，史進又不肯務農，只要尋人使家生，較量鎗棒。

自史太公死後，又早過了三四個月日。時當六月中旬，炎天正熱。那一日，史進無可消遣，捉個交牀，坐在打麥場邊柳陰樹下乘凉。對面松林透過風來，史進喝采道：「好凉風！」正乘凉哩，只見一個人探頭探腦，在那裏張望。史進喝道：「作怪！誰在那裏張俺莊上？」史進跳起身來，轉過樹背後，打一看時，認得是獵户摽兔李吉。史進喝道：「李吉，張我莊内做甚麽？莫不來相脚頭？」李吉向前聲喏道：「大郎，小人要尋莊上矮丘乙郎吃碗酒，因見大郎在此乘涼，不敢過來衝撞。」史進道：「我且問你：往常時，你只是擔些野味來我莊上賣，我又不曾虧了你，如何一向不將來賣與我？敢是欺負我没錢？」李吉答道：「小人怎敢！一向没有野味，以此不敢來。」史進道：「胡説！偌大一個少華山，恁地廣闊，不信没有個獐兒兔兒。」李吉道：「大郎原來不知，如今近日上面添了一夥强人，扎下個山寨，在上面聚集着五七百個小嘍囉，有百十疋好馬。爲頭那個大王，唤做神機軍師朱武，第二個唤做跳澗虎陳達，第三個唤做白花蛇楊春。這三個爲頭，打家劫舍，華陰縣裏不敢捉他，出三千貫賞錢，召人拿他，誰敢上去惹他？因此上小人們不敢上山打捕野味，那討來賣？」史進道：「我也聽得説有强人，不想那厮們如此大弄，必然要惱人。李吉，你今後有野味時，尋些來。」李吉唱個喏，自去了。

史進歸到廳前，尋思：「這厮們大弄，必要來薅惱村坊。既然如此，便叫莊客揀兩頭肥水牛來殺了，莊内自有造下的好酒，先燒了一陌順溜紙，便叫莊客去請這當村裏三四百史家莊户，都到家中草堂上序齒坐下，教莊客一面把盞勸酒。史進對衆人説道：「我聽得少華山上有三個强人，聚集着五七百小嘍囉，打家劫舍。這厮們既然大弄，必然早晚要來俺村中囉唣。我今特請你衆人來商議：倘若那厮們來時，各家准備。我莊上打起梆子，你衆人可各執鎗棒，前來救應。你各家有事，亦是如此，遞相救護，共保村坊。如若强人自來，都是我來理會。」衆人道：「我等村農，只靠大郎做主。梆子響時，誰敢不來。」當晚衆人謝酒，各自分〈付〉（散）回家，准備器械。自此史進修整門户墻垣，安排莊院，拴束衣甲，整頓刀馬，提防賊寇，不在話下。

且說少華山寨中三個頭領，坐定商議。爲頭的神機軍師朱武，雖無本事，廣有謀略。朱武當與陳達、楊春說道：「如今我聽知華陰縣裏出三千貫賞錢，召人捉我們。誠恐來時，要與他厮殺。只是山寨錢糧欠少，如何不去劫擄些來，以供山寨之用，聚積些糧食在寨裏，防備官軍來時，好和他打熬。」跳澗虎陳達道：「說得是。如今便去華陰縣裏，先問他借糧，看他如何。」白花蛇楊春道：「不要華陰縣去，只去蒲城縣，萬無一失。」陳達道：「蒲城縣人户稀少，錢糧不多，不如只打華陰縣，那裏人民豐富，錢糧廣有。」楊春道：「哥哥不知，若去打華陰縣時，須從史家村過。那個九紋龍史進，是個大蟲，不可去撩撥他。他如何肯放我們過去？」陳達道：「兄弟好懦弱！一個村坊過去不得，怎地敢抵敵官軍！」是。楊春道：「哥哥不可小覷了他，那人端的了得。」朱武道：「我也曾聞他十分英雄，說這人真有本事。兄弟休去罷。」陳達叫將起來，說道：「你兩個閉了鳥嘴！長别人志氣，滅自己威風。也只是一個人，須不三頭六臂，我不信！」是。〔眉〕這人通得。喝叫小嘍囉：「快備我的馬來！如今便去先打史家莊，後取華陰縣。」朱武、楊春再三諫勸，陳達那裏肯聽，隨即披掛上馬，點了一百四五十小嘍囉，鳴鑼擂鼓，下山望史家村去了。

且說史進正在莊内整製刀馬，只見莊客報知此事。史進聽得，就莊上敲起梆子來。那莊前、莊後、莊東、莊西，三四百史家莊户，聽得梆子響，都拖鎗拽棒，聚起三四百人，一齊都到史家莊上。看了史進頭戴一字巾，身披朱紅甲，上穿青錦襖，下着抹緑靴，腰繫皮搭膊，前後鐵掩心，一張弓，一壺箭，手裏拿一把三尖兩刃四竅八環刀。莊客牽過那疋火炭赤馬，史進上了馬，綽了刀，前面擺着三四十壯健的莊客，後面列着八九十村蠢的鄉夫，各史家莊户，都跟在後頭，一齊吶喊，直到村北路口擺開。却早望見來軍，但見：

紅旗閃閃，赤幟翩翩。小嘍囉亂搠叉鎗，莽撞漢齊擔刀斧。頭巾歪整，渾如三月桃花；衲襖緊拴，却似九秋落葉。個個圓睁横死眼，人人輒起夜叉心。

那少華山陳達，引了人馬，飛奔到山坡下，便將小嘍囉擺開。史進看時，見陳達頭戴乾紅凹面巾，身披裏金生鐵甲，上穿一領紅衲襖，脚穿一對弔墩靴，腰繫七尺攢綫搭膊，坐騎一疋高頭白馬，手中横着丈八點鋼矛。小嘍囉兩勢下吶喊，二員將就馬上相見。陳達在馬上看着史進，欠身施禮。史進喝道：「汝等殺人放火，打家劫舍，犯着迷天大罪，都是該死的人。你也須有耳朵，好大胆，直來太歲頭上動土！」陳達在馬上答道：「俺山寨裏欠少些糧食，欲往華陰縣借糧，經由貴莊，假一條路，並不敢動一根草。可放我們過去，回來自當拜謝。」史進道：「胡説！俺家見當里正，正要來拿你這夥賊。今日到來經由我村中過，却不拿你，到放你過去！本縣知道，須連累于我。」陳達道：「『四海之内，皆兄弟也。』相煩借一條路。」史進道：「甚麽閑話！我便肯時，有一個不肯，你問得他肯便去。」陳達道：「好漢，教我問誰？」史進道：「你問得我手裏這口刀，肯便放你去。」陳達大怒道：「趕人不要趕上，休得要逞精神！」史進也怒，掄手中刀，驟坐下馬，來戰陳達。陳達也拍馬挺鎗，來迎史進。兩個交馬，但見：

一來一往，一上一下。一來一往，有如深水戲珠龍；一上一下，却似半岩爭食虎。左盤右旋，好似張飛敵吕布；前迴後轉，渾如敬德戰秦瓊。俗。九紋龍忿怒，三尖刀只望頂門飛；跳澗虎生嗔，丈八矛不離心坎刺。好手中間逞好手，紅心裏面奪紅心。

史進、陳達兩個鬥了多時，只見戰馬咆哮，踢起手中軍器；鎗刀來往，各防架隔遮攔。兩個鬥到間深裏，史進賣個破綻，讓陳達把鎗望心窩裏搠來，史進却把腰一閃，陳達和鎗攧入懷裏來。史進輕舒猿臂，款扭狼腰，只一挾，把陳達輕輕摘離了嵌花鞍，款款揪住了綫褡膊，丢在馬前受降。那疋戰馬，撥風也似去了。史進叫莊客將陳達綁縛了，衆人把小嘍囉一趕都走了。史進回到莊上，將陳達綁在庭心内柱上，等待一發拿了那兩個賊首，一併解官請賞。且把酒來賞了衆人，教權且散。衆人喝采：「不枉了史大郎如此豪傑！」

休説衆人歡喜飲酒，却説朱武、楊春兩個，正在寨裏猜疑捉摸不定，且教小嘍囉再去探聽消息。只見回去的人牽着空馬，奔到山前，只叫道：「苦也！陳家哥哥不聽二位哥哥所説，送了性命。」朱武問其緣故，小嘍囉備説交鋒一節，怎當史進英勇。朱武道：「我的言語不聽，果有此禍。」楊春道：「我們盡數都去，和他死併如何？」朱武道：「亦是不可。他尚自輸了，你如何併得他過？我有一條苦計，若救他不得，我和你都休。」楊春問道：「如何苦計？」朱武附耳低言説道：「只除恁地。」楊春道：「好計！我和你便去，事不宜遲。」

再説史進正在莊上忿怒未消，只見莊客飛報道：「山寨裏朱武、楊春自來了。」史進道：「這廝合休。我教他兩個一發解官，快牽過馬來。」一面打起梆子，衆人早都到來。史進上了馬，正待出莊門，只見朱武、楊春步行已到莊前。兩個雙雙跪下，擎着兩眼淚。〔眉〕神機軍師朱武，真個好計！第一策只是投降而已。史進下馬來喝道：「你兩個跪下如何説？」朱武哭道：「小人等三個，累被官司逼迫，不得已上山落草。當初發願道：『不求同日生，只願同日死。』雖不及關、張、劉備的義氣，其心則同。今日小弟陳達不聽好言，誤犯虎威，已被英雄擒捉在貴莊。無計懇求，今來一逕就死，望英雄將我三人一發解官請賞，誓不皺眉。我等就英雄手内請死，並無怨心。」好個神機軍師妙計，只是如此！史進聽了，尋思道：「他們直恁義氣，我若拿他去解官請賞時，反教天下好漢們耻笑我不英雄。自古道：『大蟲不吃伏肉。』」真豪傑。史進便道：「你兩個且跟我進來。」朱武、楊春並無懼怯，隨了史進直到後廳前跪下，又教史進綁縛。史進三回五次叫起來，那兩個那裏肯起來。妙。惺惺惜惺惺，好漢識好漢。史進道：「你們既然如此義氣深重，我若送了你們，不是好漢。我放陳達還你，如何？」真英雄。朱武道：「休得連累了英雄，不當穩便，寧可把我們去解官請賞。」好，妙。史進道：「如何使得？你肯吃我酒食麽？」朱武道：「一死尚然不懼，何況酒肉乎？」妙。當時史進大喜，解放陳達，就後廳上座置酒設席，管待三人。朱武、楊春、陳達拜謝大恩。酒至數杯，少添春色。酒罷，三人謝了史進，回山去了。史進送出莊門，自回莊上。

却説朱武等三人歸到寨中坐下，朱武道：「我們不是這條苦計，怎得性命在此？還要説嘴。雖然救了一人，却也難得史進爲義氣上放了我們。過幾日備些禮物送去，謝他救命之恩。」

話休絮繁，過了十數日，朱武等三人收拾得三十兩蒜條金，使兩個小嘍囉，趁月黑夜送去史家莊上。當夜初更時分，小嘍囉敲門，莊客報知史進。史進火急披衣，來到門前，問小嘍囉：「有甚話説？」小嘍囉道：「三個頭領，再三拜覆。特地使小校送些薄禮，酬謝大郎不殺之恩，不要推卻，望乞笑留。」取出金子，遞與史進。初時推却，次後尋思道：「既然送來，回禮可酬。」受了金子，叫莊客置酒，管待小校。吃了半夜酒，把些零碎銀兩賞了小校，回山去了。又過半月有餘，朱武等三人在寨中商議，擄掠得一串好大珠子，又使小嘍囉連夜送來史家莊上。史進受了，不在話下。

又過了半月，史進尋思道：「也難得這三個敬重我，我也備些禮物回奉他。」次日，叫莊客尋個裁縫，自去縣裏買了三匹紅錦，裁成三領錦襖子；又揀肥羊，煮了三個，將大盒子盛了，委兩個莊客去送。史進莊上，有個爲頭的莊客王四，此人頗能答應官府，口舌利便，滿莊人都叫他做王伯當。史進教他同一個得力莊客，挑了盒擔，直送到山下。小嘍囉問了備細，引到山寨裏，見了朱武等三個頭領，大喜，受了錦襖子，並肥羊酒禮，把十兩銀子，賞了莊客。每人吃了十數碗酒，下山回歸莊内，見了史進，説道：「山上頭領，多多上覆。」史進自此常常與朱武等三人往來，不時間，只是王四去山寨裏送物事，不則一日。寨裏頭領也頻頻地使人送金銀來與史進。

荏苒光陰，時遇八月中秋到來。史進要和三人説話，約至十五夜，來莊上賞月飲酒。先使莊客王四，賫一封請書，直去少華山上，請朱武、陳達、楊春來莊上赴席。王四馳書逕到山寨裏，見了三位頭領，下了來書。朱武看了大喜，三個應允。隨即寫封回書，賞了王四五兩銀子，吃了十來碗酒。王四下得山來，正撞着如常送物事來的小嘍囉，一把抱住，那裏肯放？又拖去山路邊村酒店裏，吃了十數碗酒。好關目。王四相別了回莊，一面走着，被山風一吹，酒却湧上來，浪浪蹌蹌，一步一攧。走不得十里之路，見座林子，奔到裏面，望着那綠茸茸莎草地上，撲地倒了。原來摽兔李吉，正在那山坡下張兔兒，認得是史家莊上王四，趕入林子裏來扶他，那裏扶得動。只見王四搭膊裏突出銀子來，李吉尋思道：「這厮醉了，那裏討得許多！何不拿他些？」也是天罡星合當聚會，自然生出機會來。李吉解那搭膊，望地下只一抖，那封回書和銀子都抖出來。李吉拿起，頗識幾字，將書拆開看時，見上面寫着少華山朱武、陳達、楊春，中間多有兼文帶武的言語，却不識得。只認得三個名字。李吉道：「我做獵户，幾時能勾發迹？算命道我今年有大財，却在這裏。華陰縣裏見出三千貫賞錢，捕捉他三個賊人。叵耐史進那厮，前日我去他莊上，尋矮丘乙郎，他道我來相脚頭躧盤，你原來倒和賊人來往！」銀子并書都拿去了，〔眉〕關目都好。望華陰縣裏來出首。

却説莊客王四，一覺直睡到二更，方醒覺來。看見月光微微照在身上，王四吃了一驚，跳將起來，却見四邊都是松樹，便去腰裏摸時，搭膊和書都不見了。四下裏尋時，只見空搭膊在莎草地上，王四只管叫苦。尋思道：「銀子不打緊，這封回書，却怎生好？正不知被甚人拿去了？」眉頭一縱，計上心來。自道：「若回去莊上説脱了回書，大郎必然焦躁，定是趕我出去，不如只説不曾有回書，那裏查照？」計較定了，飛也似取路歸來莊上，却好五更天氣。史進見王四回來，問道：「你如何方纔歸來？」難道不睡的？王四道：「托主人福廕，寨中三個頭領都不肯放，留住王四，吃了半夜酒，因此回來遲了。」史進又問：「曾有回書麽？」王四道：「三個頭領要寫回書，却是小人道：『三位頭領既然準來赴席，何必回書？小人又有杯酒，路上恐有些失支脱節，不是耍處。』」史進聽了大喜，分明是供狀了，還喜什麼？說道：「不枉了諸人叫做賽伯當，真個了得。」〔眉〕好個賽伯當。王四應道：「小人怎敢差遲？路上不曾住脚，一直奔回莊上。」史進道：「既然如此，教人去縣裏買些果品、案酒伺候。」

不覺中秋節至，是日晴明得好。史進當日分付家中莊客，宰了一腔大羊，殺了百十個雞鵝，準備下酒食筵宴。看看天色晚來，怎見得好個中秋，但見：

午夜初長，黄昏已半，一輪月掛如銀。冰盤如晝，賞玩正宜人。清影十分圓滿，桂花玉兔交馨。簾櫳高捲，金杯頻勸酒，歡笑賀昇平。年年當此節，酩酊醉醺醺。莫辭終夕飲，銀漢露華新。

且説少華山上朱武、陳達、楊春三個頭領，分付小嘍囉看守寨栅，只帶三五個做伴，將了朴刀，各跨口腰刀，不騎鞍馬，步行下山，逕來到史家莊上。史進接着，各敍禮罷，請入後園，莊内已安排下筵宴。史進請三位頭領上坐，史進對席相陪，便叫莊客把前後莊門拴了。一面飲酒，莊内莊客輪流把盞，一邊割羊勸酒。酒至數杯，却早東邊推起那輪明月，但見：

桂花離海嶠，雲葉散天衢。彩霞照萬里如銀，素魄映千山似水。一輪爽塏，能分宇宙澄清；四海團圝，射映乾坤皎潔。影横曠野，驚獨宿之烏鴉；光射平湖，照雙栖之鴻雁。冰輪展出三千里，玉兔平吞四百州。

史進正和三個頭領在後園飲酒，賞玩中秋，敍説舊話新言。只聽得墻外一聲喊起，火把亂明，史進大驚，跳起身來分付：「三位賢友且坐，待我去看。」喝叫莊客不要開門，掇條梯子，上墻打一看時，只見是華陰縣縣尉在馬上，引着兩個都頭，帶着三四百士兵，圍住莊院。史進和三個頭領只管叫苦，外面火把光中，照見鋼叉、朴刀、五股叉、留客住，擺得似麻林一般。兩個都頭口裏叫道：「不要走了强賊！」不是這夥人來捉史進並三個頭領，有分教：史進先殺了一兩個人，結識了十數個好漢，大鬧動河北，直使天罡地煞一齊相會。直教蘆花深處屯兵士，荷葉陰中治戰船。畢竟史進與三個頭領怎地脱身，且聽下回分解。

李禿翁曰：史進是個漢子，只是朱武這様軍師忒難些。

史大郎夜走華陰縣

魯提轄拳打
鎮關西

第三回　史大郎夜走華陰縣　魯提轄拳打鎮關西

詩曰：

暑往寒來春復秋，夕陽西下水東流。時來富貴皆因命，運去貧窮亦有由。事遇機關須進步，人當得意便回頭。將軍戰馬今何在？野草閑花滿地愁。

話説當時史進道：「却怎生是好？」朱武等三個頭領跪下道：「哥哥，你是乾淨的人，休爲我等連累了。大郎可把索來綁縛我三個，出去請賞，免得負累了你不好看。」史進道：「如何使得！恁地時，是我賺你們來，捉你請賞，枉惹天下人笑。我若是死時，與你們同死，活時同活。你等起來，放心別作緣便。且等我問個來歷緣故情由。」史進上梯子問道：「你兩個都頭，何故半夜三更來劫我莊上？」那兩個都頭答道：「大郎，你兀自賴哩！見有原告人李吉在這裏。」史進喝道：「李吉！你如何誣告平人？」李吉應道：「我本不知，林子裏拾得王四的回書，一時間把在縣前看，因此事發。」史進叫王四問道：「你説無回書，如何却又有書？」王四道：「便是小人一時醉了，忘記了回書。」史進大喝道：「畜生！却怎生好？」外面都頭人等，懼怕史進了得，不敢奔入莊裏來捉人。三個頭領把手指道：「且答應外面。」是。〔眉〕有光景。史進會意，在梯子上叫道：「你兩個都頭都不要鬧動，權退一步，我自綁縛出來，解官請賞。」那兩個都頭却怕史進，只得應道：「我們都是没事的，等你綁出來，同去請賞。」史進下梯子，來到廳前，先叫王四，帶進後園，把來一刀殺了。不必。喝教許多莊客，把莊裏有的没的細軟等物，即便收拾，盡教打疊起了，一壁點起三四十個火把。〔眉〕也奇。莊裏史進和三個頭領，全身披掛，鎗架上各人跨了腰刀，拏了朴刀，拽扎起，把莊後草屋點着。莊客各自打拴了包裹。外面見裏面火起，都奔來後面看。

且説史進就中堂又放起火來，大開了莊門，吶聲喊，殺將出來。史進當頭，朱武、楊春在中，陳達在後，和小嘍囉并莊客，一衝一撞，指東殺西。史進却是個大蟲，那裏攔當得住！後面火光竟起，殺開條路，衝將出來，正迎着兩個都頭并李吉。史進見了大怒，讎人相見，分外眼明。兩個都頭見頭勢不好，轉身便走。李吉也却待回身。史進早到，手起一朴刀，把李吉斬做兩段。快人。兩個都頭正待走時，陳達、楊春趕上，一家一朴刀，結果了兩個性命。不是。縣尉驚得跑馬走回去了，衆士兵那裏敢向前，各自逃命散了，不知去向。史進引着一行人，且殺且走，衆官兵不敢趕來，各自散了。史進和朱武、陳達、楊春并莊客人等，都到少華山上寨内坐下，喘息方定。朱武等到寨中，忙教小嘍囉一面殺牛宰馬，賀喜飲宴，不在話下。

一連過了幾日，史進尋思：一時間要救三人，放火燒了莊院，雖是有些細軟家財，粗重什物盡皆没了。心内躊躇，在此不了，開言對朱武等説道：「我的師父王教頭，在關西經略府勾當。我先要去尋他，只因父親死了，不曾去得。今來家私莊院廢盡，我如今要去尋他。」朱武三人道：「哥哥休去，只在我寨中且過幾時，又作商議。如是哥哥不願落草時，待平淨了，小弟們與哥哥重整莊院，再作良民。」史進道：「雖是你們的好情分，只是我心去意難留。我想家私什物盡已沒了，再要去重整莊院，想不能勾。我今去尋師父，也要那裏討個出身，求半世快樂。」朱武道：「哥哥便只在此間做個寨主，却不快活？雖然寨小，不堪歇馬。」史進道：「我是個清白好漢，如何肯把父母遺體來點污了？（既知此矣，何故到此？）你勸我落草，再也休題。」史進住了幾日，定要去，朱武等苦留不住。史進帶去的莊客，都留在山寨，只自收拾了些少碎銀兩，打拴一個包裹，餘者多的，盡數寄留在山寨。史進頭帶白范陽毡大帽，上撒一撮紅纓，帽兒下裹一頂混青抓角軟頭巾，項上明黃縷帶，身穿一領白紵絲兩上領戰袍，腰繫一條查五指梅紅攢綫搭膊，青白間道行纏絞脚，襯着踏山透土多耳麻鞋，跨一口銅鈸磬口雁翎刀，背上包裹，提了朴刀，辭別朱武等三人。衆多小嘍囉都送下山來，朱武等洒淚而別，自回山寨去了。

只說史進提了朴刀，離了少華山，取路投關西五路，望延安府路上來。但見：

崎嶇山嶺，寂寞孤村。披雲霧夜宿荒林，帶曉月朝登險道。落日趲行聞犬吠，嚴霜早促聽雞鳴。山影將沉，柳陰漸没。斷霞映水散紅光，日暮轉收生碧霧。溪邊漁父歸村去，野外樵夫負重回。

史進在路，免不得飢餐渴飲，夜住曉行，獨自一個，行了半月之上，來到渭州。這裏也有經略府，「莫非師父王教頭在這裏？」史進便入城來。看時，依然有六街三市，只見一個小小茶坊，正在路口。

史進便入茶坊裏來，揀一付坐位坐了。茶博士問道：「客官吃甚茶？」史進道：「吃個泡茶。」茶博士點個泡茶，放在史進面前。史進問道：「這裏經略府在何處？」茶博士道：「只在前面便是。」史進道：「借問經略府内，有個東京來的教頭王進麽？」茶博士道：「這府裏教頭極多，有三四個姓王的，不知那個是王進。」道猶未了，只見一個大漢，大踏步竟入來，走進茶坊裏。史進看他時，是個軍官模樣，怎生結束，但見：

頭裹芝麻羅萬字頂頭巾，腦後兩個太原府紐絲金環，上穿一領鸚哥緑紵絲戰袍，腰繫一條文武雙股鴉青縧，足穿一雙鷹爪皮四縫乾黄靴。生得面圓耳大，鼻直口方，腮邊一部貉𦩍髯鬚。身長八尺，腰闊十圍。

那人入到茶坊裏面坐下，茶博士便道：「客官要尋王教頭，只問這個提轄，便都認得。」史進忙起身施禮，便道：「官人，請坐拜茶。」那人見了史進長大魁偉，象條好漢，便來與他施禮。兩個坐下，史進道：「小人大膽，敢問官人高姓大名？」那人道：「洒家是經略府提轄，姓魯，諱個達字。敢問阿哥，你姓甚麽？」史進道：「小人是華州華陰縣人氏，姓史，名進。請問官人，小人有個師父，是東京八十萬禁軍教頭，姓王名進，不知在此經略府中有也無？」魯提轄道：「阿哥，你莫不是史家村甚麽九紋龍史大郎？」史進拜道：「小人便是。」魯提轄連忙還禮，説道：「聞名不如見面，見面勝似聞名。你要尋王教頭，莫不是在東京惡了高太尉的王進？」史進道：「正是那人。」魯達道：「俺也聞他名字，那個阿哥，不在這裏。洒家聽得説，他在延安府老种經略相公處勾當。俺這渭州，却是小种經略相公鎮守，那人不在這裏。你既是史大郎時，多聞你的好名字，你且和我上街去吃杯酒。」魯提轄挽了史進的手，便出茶坊來。魯達回頭道：「茶錢洒家自還你。」茶博士應道：「提轄但吃不妨，只顧去。」

兩個挽了胳膊，出得茶坊來，上街行得三五十步，只見一簇衆人，圍住白地上。史進道：「兄長，我們看一看。」分開人衆看時，中間裏一個人，仗着十來條桿棒，地上攤着十數個膏藥，一盤子盛着，插把紙標兒在上面，却原來是江湖上使鎗棒賣藥的。史進看了，却認的他，原來是教史進開手的師父，叫做打虎〈匠〉(將)李忠。史進就人叢中叫道：「師父，多時不見。」李忠道：「賢弟如何到這裏？」魯提轄道：「既是史大郎的師父，同和俺去吃三杯。」李忠道：「待小子賣了膏藥，討了回錢，一同和提轄去。」魯達道：「誰奈煩等你！去便同去。」直人。李忠道：「小人的衣飯無計奈何，提轄先行，小人便尋將來。賢弟，你和提轄先行一步。」魯達焦躁，把那看的人一推一交，便罵道：「這厮們挾着屁眼撒開，不去的，洒家便打！」奇。衆人見是魯提轄，一鬨都走了。李忠見魯達兇猛，敢怒而不敢言，只得陪笑道：「好急性的人。」當下收拾了行頭藥囊，寄頓了鎗棒，三個人轉灣抹角，來到州橋之下一個潘家有名的酒店。門前挑出望竿，掛着酒旆，漾在空中飄蕩。怎見得好座酒肆，正是：李白點頭便飲，淵明招手回來。俗。有詩爲證：

風拂烟籠錦旆揚，太平時節日初長。能添壯士英雄胆，善解佳人愁悶腸。三尺曉垂楊柳外，一竿斜插杏花傍。男兒未遂平生志，且樂高歌入醉鄉。

三人上到潘家酒樓上，揀個濟楚閣兒裏坐下。魯提轄坐了主位，李忠對席，史進下首坐了。酒保唱了喏，認得是魯提轄，便道：「提轄官人，打多少酒？」魯提（轄）道：「先打四角酒來。」一面鋪下菜蔬果品案酒。又問道：「官人吃甚下飯？」魯達道：「問甚麽！但有，只顧賣來，一發算錢還你。這厮只顧來聒噪。」畫。酒保下去，隨即盪酒上來，但是下口肉食，只顧將來，擺一桌子。三個酒至數杯，正說些閑話，較量些鎗法。說得入港，只聽得隔壁閣子裏，有人哽哽咽咽啼哭。魯達焦躁，便把碟兒盞兒都丢在樓板上。奇。酒保聽得，慌忙上來看時，見魯提轄氣憤憤地，酒保抄手道：「官人要甚東西，分付賣來。」魯達道：「洒家要甚麽，你也須認的洒家。却恁地教甚麽人在間壁吱吱的哭，攪俺弟兄們吃酒。洒家須不曾少了你酒錢！」奇。酒保道：「官人息怒。小人怎敢教人啼哭，打攪官人吃酒？這個哭的，是綽酒座兒唱的父子兩人。不知官人們在此吃酒，一時間自苦了啼哭。」魯提轄道：「可是作怪！你與我唤的他來。」酒保去叫，不多時，只見兩個到來。前面一個十八九歲的婦人，背後一個五六十歲的老兒。手裏拿串拍板，都來到面前。看那婦人，雖無十分的容貌，也有些動人的顔色。但見：

鬅鬆雲髻，插一枝青玉簪兒；裊娜纖腰，繫六幅紅羅裙子。素白舊衫籠雪體，淡黄軟襪襯弓鞋。蛾眉緊蹙，汪汪淚眼落珍珠；粉面低垂，細細香肌消玉雪。若非雨病雲愁，定是懷憂積恨。大體還他肌骨好，不搽脂粉也風流。

那婦人拭着淚眼，向前來，深深的道了三個萬福。那老兒也都相見了。魯達問道：「你兩個是那裏人家？爲甚啼哭？」那婦人便道：「官人不知，容奴告禀：奴家是東京人氏，因同父母來這渭州投奔親眷，不想搬移南京去了。母親在客店裏染病身故，子父二人流落在此生受。此間有個財主，叫做鎮關西鄭大官人，因見奴家，便使强媒硬保，要奴作妾。誰想寫了三千貫文書，虚錢實契，要了奴家身體。未及三個月，他家大娘子好生利害，將奴趕打出來，不容完聚。〔眉〕世上都如此。着落店主人家追要原典身錢三千貫。父親懦弱，和他争執不的，他又有錢有勢。當初不曾得他一文，如今那討錢來還他？没計奈何，父親自小教得奴家些小曲兒，來這裏酒樓上趕座子。每日但得些錢來，將大半還他，留些少子父們盤纏。這兩日酒客稀少，違了他錢限，怕他來討時受他羞恥。子父們想起這苦楚來，無處告訴，因此啼哭。不想誤觸犯了官人，望乞恕罪，高抬貴手。」魯提轄又問道：「你姓甚麽？在那個客店裏歇？那個鎮關西鄭大官人在那裏住？」老兒答道：「老漢姓金，排行第二，孩兒小字翠蓮；鄭大官人便是此間狀元橋下賣肉的鄭屠，綽號鎮關西。老漢父子兩個，只在前面東門裏魯家客店安下。」魯達聽了道：「呸！俺只道那個鄭大官人，却原來是殺猪的鄭屠！這個腌臢潑才，投托着俺小种經略相公門下，做個肉舖户，却原來這等欺負人。」回頭看着李忠、史進道：「你兩個且在這裏，等洒家去打死了那廝便來。」〔眉〕真忠義。〔佛。〕史進、李忠抱住勸道：「哥哥息怒，明日却理會。」兩個三回五次勸得他住。魯達又道：「老兒你來，洒家與你些盤纏，明日便回東京去如何？」父子兩個告道：「若是能勾得回鄉去時，便是重生父母，再長爺娘。只是店主人家如何肯放？鄭大官人須着落他要錢。」魯提轄道：「這個不妨事！俺自有道理。」便去身邊摸出五兩來銀子，放在桌上，看着史進道：「洒家今日不曾多帶得些出來，你有銀子，借些與俺，洒家明日便送還你。」〔眉〕大丈夫，真男子。史進道：「直甚麽，要哥哥還。」去包裹裏取出一錠十兩銀子，放在桌上。魯達看着李忠道：「你也借些出來與洒家。」〔眉〕這個人會募緣，合做個和尚。李忠去身邊摸出二兩來銀子，魯提轄看了見少，便道：「也是個不爽利的人。」真爽利。魯達只把這十五兩銀子與了金老，分付道：「你父子兩個將去做盤纏，一面收拾行李，俺明日清早來，發付你兩個起身，看那個店主人敢留你！」金老並女兒拜謝去了。魯達把這二兩銀子丢還了李忠。畫。三人再吃了兩角酒，下樓來叫道：「主人家，酒錢洒家明日送來還你。」主人家連聲應道：「提轄只顧自去，但吃不妨，只怕提轄不來賒。」三個人出了潘家酒肆，到街上分手，史進、李忠各自投客店去了。只說魯提轄回到經略府前下處，到房裏，晚飯也不吃，氣憤憤的睡了。活佛。主人家又不敢問他。

再説金老得了這一十五兩銀子，回到店中，安頓了女兒，先去城外遠處覓下一輛車兒，回來收拾了行李，還了房宿錢，算清了柴米錢，只等來日天明。當夜無事。次早五更起來，子父兩個先打火做飯，吃罷，收拾了，天色微明。只見魯提轄大踏步走入店裏來，高聲叫道：「店小二，那裏是金老歇處？」小二哥道：「金公，提轄在此尋你。」金老開了房門，便道：「提轄官人，裏面請坐。」魯達道：「坐甚麼！你去便去，等甚麼！」畫。金老引了女兒，挑了擔兒，作謝提轄，便待出門。店小二攔住道：「金公，那裏去？」魯達問道：「他少你房錢？」小二道：「小人房錢，昨夜都算還了。須欠鄭大官人典身錢，着落在小人身上看管他哩！」魯提轄道：「鄭屠的錢，洒家自還他。你放這老兒還鄉去。」那店小二那裏肯放？魯達大怒，叉開五指，去那小二臉上只一掌，打的那店小二口中吐血；再復一拳，打下當門兩個牙齒。不是。小二爬將起來，一道烟走了。店主人那裏敢出來攔他？金老父子兩個，忙忙離了店中，出城自去尋昨日覓下的車兒去了。且說魯達尋思，恐怕店小二趕去攔截他，且向店裏掇條凳子，坐了兩個時辰。約莫金公去的遠了，方纔起身，佛。逕投狀元橋來。

且說鄭屠開着兩間門面，兩副肉案，懸掛着三五片猪肉。鄭屠正在門前櫃身内坐定，看那十來個刀手賣肉。魯達走到門前，叫聲：「鄭屠！」〔眉〕既放金老父子去了，便該罷了，不必又來鄭屠家尋事。鄭屠看時，見是魯提轄，慌忙出櫃身來，唱喏道：「提轄恕罪。」便叫副手掇條凳子來：「提轄請坐。」魯達坐下道：「奉着經略相公鈞旨，要十斤精肉，切做臊子，不要見半點肥的在上頭。」鄭屠道：「使頭，你們快選好的，切十斤去。」魯提轄道：「不要那等腌臢厮們動手，你自與我切。」鄭屠道：「説得是，小人自切便了。」自去肉案上，揀了十斤精肉，細細切做臊子。〔眉〕雖然是尋事，實是有趣。那店小二把手帕包了頭，正來鄭屠家報説金老之事，却見魯提轄坐在肉案門邊，不敢攏來，只得遠遠的立住在房簷下望。好點綴。這鄭屠整整的自切了半個時辰，用荷葉包了道：「提轄，教人送去。」魯達道：「送甚麽！且住！再要十斤，都是肥的，不要見些精的在上面，也要切做臊子。」鄭屠道：「却纔精的，怕府裏要裹餛飩，肥的臊子何用？」魯達睜着眼道：「相公鈞旨，分付洒家，誰敢問他？」鄭屠道：「是合用的東西，小人切便了。」又選了十斤實膘的肥肉，也細細的切做臊子，把荷葉來包了，整弄了一早晨，却得飯罷時候。那店小二那裏敢過來？連那正要買肉的主顧，也不敢攏來。鄭屠道：「着人與提轄拿了，送將府裏去。」魯達道：「再要十斤寸金軟骨，也要細細地剁做臊子，不要見些肉在上面。」鄭屠笑道：「却不是特地來消遣我！」魯達聽罷，跳起身來，拏着那兩包臊子在手裏，睜眼看着鄭屠説道：「洒家特的要消遣你！」把兩包臊子劈面打將去，却似下了一陣的肉雨。好文章。〔眉〕「肉雨」兩字，恁地形容，從未經人道過。鄭屠大怒，兩條忿氣從脚底下直衝到頂門心頭。那一把無明業火焰騰騰的按納不住，從肉案上搶了一把剔骨尖刀，托地跳將下來。也只得如此。魯提轄早拔步在當街上。衆鄰舍并十來個火家，那個敢向前來勸？兩邊過路的人，都立住了脚，和那店小二也驚的呆了。

鄭屠右手拿刀，左手便來要揪魯達。被這魯提轄就勢按住左手，趕將入去，望小腹上只一脚，騰地踢倒了在當街上。魯達再入一步，踏住胸脯，提起那〈錯〉（醋）鉢兒大小拳頭，看着這鄭屠道：「洒家始投老种經略相公，做到關西五路廉訪使，也不枉了叫做鎮關西。畫。你是個賣肉的操刀屠户，狗一般的人，也叫做鎮關西！畫。你如何强騙了金翠蓮？」撲的只一拳，正打在鼻子上，打得鮮血迸流，鼻子歪在半邊，却便似開了個油醬舖，鹹的、酸的、辣的，一發都滚出來。畫。鄭屠掙不起來，那把尖刀也丢在一邊。口裏只叫：「打得好！」畫。魯達罵道：「直娘賊，還敢應口！」妙。提起拳頭來，就眼眶際眉梢只一拳，打得眼睖縫裂，烏珠迸出，也似開了個彩帛舖的，紅的、黑的、絳的，都滚將出來。〔眉〕好文章，好文章！直令人手舞足蹈。兩邊看的人，懼怕魯提轄，誰敢向前來勸？鄭屠當不過，討饒，魯達喝道：「咄！你是個破落户，若是和俺硬到底，洒家倒饒了你，你如何叫俺討饒，洒家却不饒你。」又只一拳，太陽上正着，却似做了一個全堂水陸的道場，磬兒、鈸兒、鐃兒，一齊響。妙。魯達看時，只見鄭屠挺在地下，口裏只有出的氣，没了入的氣，動彈不得。魯提轄假意道：「你這厮詐死，洒家再打！」只見面皮漸漸的變了。魯達尋思道：「俺只指望痛打這厮一頓，不想三拳真個打死了他。洒家須吃官司，又没人送飯。不如及早撒開。」〔眉〕仁人、智人、勇人、聖人、神人、菩薩、羅漢、佛。拔步便走，回頭指着鄭屠屍道：「你詐死，洒家和你慢慢理會。」一頭罵，一頭大踏步去了。妙。街坊鄰舍，並鄭屠的火家，誰敢向前來攔他？魯提轄回到下處，急急捲了些衣服、盤纏、細軟、銀兩，但是舊衣粗重，都棄了。提了一條齊眉短棒，奔出南門，一道烟走了。

且說鄭屠家中衆人，救了半日不活，嗚呼死了。老小鄰人逕來州衙告狀，正直府尹升廳，接了狀子，看罷道：「魯達係是經略府提轄，不敢擅自逕來捕捉兇身。」府尹隨即上轎，來到經略府前，下了轎子，把門軍士，入去報知。經略聽得，教請到廳上，與府尹施禮罷，經略問道：「何來？」府尹稟道：「好教相公得知：府中提轄魯達，無故用拳打死市上鄭屠。不曾稟過相公，不敢擅自捉拏兇身。」經略聽説，吃了一驚。尋思道：「這魯達雖好武藝，只是性格粗鹵，今番做出人命事，俺如何護得短？須教他推問使得。」經略回府尹道：「魯達這人，原是我父親老經略處軍官。爲因俺這裏無人幫護，撥他來做提轄。既然犯了人命罪過，你可拿他依法度取問。如若供招明白，擬罪已定，也須教我父親知道，方可斷決，怕日後父親處邊上要這個人時，却不好看。」府尹稟道：「下官問了情由，合行申稟老經略相公知道，方敢斷遣。」

府尹辭了經略相公，出到府前，上了轎，回到州衙裏，升廳坐下。便喚當日緝捕使臣押下文書，捉拿犯人魯達。當時王觀察領了公文，將帶二十來個做公的人，逕到魯提轄下處。只見房主人道：「却纔拕了些包裹，提了短棒出去了。小人只道奉着差使，又不敢問他。」王觀察聽了，教打開他房門看時，只有些舊衣舊裳，和些被卧在裏面。王觀察就帶了房主人，東西四下裏去跟尋，州南走到州北，捉拿不見。王觀察又捉了兩家鄰舍並房主人，同到州衙廳上回話道：「魯提轄懼罪在逃，不知去向，只拿得房主人並鄰舍在此。」府尹見説，且教監下，一面教拘集鄭屠家鄰佑人等，點了仵作行人，着仰本地坊官人并坊廂里正，再三檢驗已了。鄭屠家自備棺木盛殮，寄在寺院。一面疊成文案，一壁差人杖限緝捕兇身。原告人保領回家。鄰佑杖斷，有失救應。房主人並下處鄰舍，止得個不應。魯達在逃，行開個海捕文書，各處追捉。出賞錢一千貫，寫了魯達的年甲、貫址，畫了他的模樣，到處張掛。一干人等，疏放聽候。鄭屠家親人，自去做孝，不在話下。

且説魯達自離了渭州，東逃西奔，却似：

失羣的孤雁，趁月明獨自貼天飛；漏網的活魚，乘水勢翻身衝浪躍。不分遠近，豈顧高低。心忙撞倒路行人，脚快有如臨陣馬。

這魯提轄忙忙似喪家之犬，急急如漏網之魚，行過了幾處州府，正是：逃生不避路，到處便爲家。自古有幾般：「飢不擇食，寒不擇衣，慌不擇路，貧不擇妻。」魯達心慌搶路，正不知投那裏去的是，一迷地行了半月之上，在路却走到代州雁門縣。入得城來，見這市井鬧熱，人烟輳集，車馬軿馳，一百二十行經商買賣，諸物行貨都有，端的整齊。雖然是個縣治，勝如州府。魯提轄正行之間，不覺見一簇人衆圍住了十字街口看榜，但見：

扶肩搭背，交頸並頭。紛紛不辨賢愚，攘攘難分貴賤。張三蠢胖，不識字只把頭摇；李四矮矬，看别人也將脚踏。〔眉〕趣。白頭老叟，盡將拐棒柱髭鬚；緑鬢書生，却把文房抄款目。行行總是蕭何法，句句俱依律令行。〔眉〕海捕不合如此遠。

魯達看見衆人看榜，挨滿在十字路口，也鑽在叢裏聽時，魯達却不識字，只聽得衆人讀道：「代州雁門縣依奉太原府指揮使司該准渭州文字，捕捉打死鄭屠犯人魯達，即係經略府提轄。如有人停藏在家宿食，與犯人同罪；若有人捕獲前來，或首告到官，支給賞錢一千貫文。」魯提轄正看到那裏，只聽得背後一個人大叫道：「張大哥，你如何在這裏？」攔腰抱住，直扯近縣前來。不是這個人看見了，横拖倒拽將去，有分教：魯提轄剃除頭髮，削去髭鬚，倒换過殺人姓名，薅惱殺諸佛羅漢。直教禪杖打開危險路，戒刀殺盡不平人。畢竟扯住魯提轄的是甚人，且聽下回分解。

李和尚曰：描畫魯智深，千古若活，真是傳神寫照妙手！且《水滸傳》文字妙絶千古，全在同而不同處有辨。如魯智深、李逵、武松、阮小七、石秀、呼延灼、劉唐等衆人，都是急性的，渠形容刻畫來，各有派頭，各有光景，各有家數，各有身分。一毫不差，半些不混。讀去自有分辨，不必見其姓名，一睹事實，就知某人某人也。讀者亦以爲然乎？讀者即不以爲然，李卓老自以爲然不易也。

趙員外重修文殊院

魯智深大閙五臺山

第四回　趙員外重修文殊院　魯智深大鬧五臺山

詩曰：

躲難逃災入代州，恩人相遇喜相酬。只因法網重重布，且向空門好好修。打坐參禪求解脱，粗茶淡飯度春秋。他年證果塵緣滿，好向彌陀國裏遊。

話説當下魯提轄扭過身來看時，拖扯的不是别人，却是渭州酒樓上救了的金老。那老兒直拖魯達到僻静處，説道：「恩人，你好大膽！見今明明地張掛榜文，出一千貫賞錢捉你，你緣何却去看榜？若不是老漢遇見時，却不被做公的拿了。榜上見寫着你年甲、貌相、貫址。」魯達道：「洒家不瞞你説，因爲你上，就那日回到狀元橋下，正迎着鄭屠那厮，被洒家三拳打死了。因此上在逃。一到處撞了四五十日，不想來到這裏。你緣何不回東京去，也來到這裏？」金老道：「恩人在上，自從得恩人救了，老漢尋得一輛車子，本欲要回東京去，又怕這厮趕來，亦無恩人在彼搭救，因此不上東京去。隨路望北來，撞見一個京師古鄰，來這裏做買賣，就帶老漢父子兩口兒到這裏。虧殺了他，就與老漢女兒做媒，結交此間一個大財主趙員外，養做外宅，衣食豐足，皆出于恩人。我女兒常常對他孤老説提轄大恩，那個員外也愛刺鎗使棒，常説道：『怎地得恩人相會一面也好。』想念如何能勾得見。且請恩人到家過幾日，却再商議。」

魯提轄便和金老行不得半里，到門首，只見老兒揭起簾子，叫道：「我兒，大恩人在此。」那女孩兒濃妝艷裹，從裏面出來，請魯達居中坐了，插燭也似拜了六拜，説道：「若非恩人垂救，怎能勾有今日？」魯達看那女子時，另是一般丰韻，比前不同。但見：

金釵斜插，掩映烏雲；翠袖巧裁，輕籠瑞雪。櫻桃口淺暈微紅，春筍手半舒嫩玉。纖腰嬝娜，緑羅裙微露金蓮；素體輕盈，紅繡襖偏宜玉體。臉堆三月嬌花，眉掃初春嫩柳。香肌撲簌瑶臺月，翠鬢籠鬆楚岫雲。

那女子拜罷，便請魯提轄道：「恩人上樓去請坐。」魯達道：「不須生受，洒家便要去。」金老便道：「恩人既到這裏，如何肯放教你便去？」老兒接了桿棒包裹，請到樓上坐定。老兒分付道：「我兒陪侍恩人坐一坐，我去安排來。」魯達道：「不消多事，隨分便好。」老兒道：「提轄恩念，殺身難報。量些粗食薄味，何足挂齒。」女子留住魯達在樓上坐地，金老下來，叫了家中新討的小厮，分付那個婭嬛，一面燒着火。老兒和這小厮上街來，買了些鮮魚、嫩雞、釀鵝、肥鮓、時新果子之類歸來。一面開酒，收拾菜蔬，都早擺了，搬上樓來。春臺上放下三個盞子，三雙筯，鋪下菜蔬、果子、下飯等物，婭嬛將銀酒壺盪上酒來。子父二人，輪番把盞。金老倒地便拜，魯提轄道：「老人家如何恁地下禮，折殺俺也。」金老説道：「恩人聽禀：前日老漢初到這裏，寫個紅紙牌兒，旦夕一炷香，子父兩個兀自拜哩。

今日恩人親身到此，如何不拜？」魯達道：「却也難得你這片心。」三人慢慢地飲酒。

將及晚也，只聽得樓下打將起來。魯提轄開窗看時，只見樓下三二十人，各執白木棍棒，口裏都叫：「拿將下來！」人叢裏一個人，騎在馬上，口裏大喝道：「休教走了這賊！」魯達見不是頭，拿起凳子，從樓上打將下來。佛。〔眉〕又争風了。金老連忙拍手叫道：「都不要動手！」那老兒搶下樓去，直至那騎馬的官人身邊，説了幾句言語。那官人笑將起來，便喝散了那二三十人，各自去了。那官人下馬，入到裏面。老兒請下魯提轄來，那官人撲翻身便拜道：「聞名不如見面，見面勝似聞名。義士提轄受禮。」魯達便問那金老道：「這官人是誰？素不相識，緣何便拜洒家？」老兒道：「這個便是我兒的官人趙員外。却纔只道老漢引甚麽郎君子弟在樓上吃酒，因此引莊客來厮打。老漢説知，方纔喝散了。」魯達道：「原來如此，怪員外不得。」趙員外再請魯提轄上樓坐定，金老重整杯盤，再備酒食相待。趙員外讓魯達上首坐地，魯達道：「洒家怎敢！」員外道：「聊表小弟相敬之禮。多聞提轄如此豪傑，今日天賜相見，實爲萬幸！」魯達道：「洒家是個粗鹵漢子，又犯了該死的罪過。若蒙員外不棄貧賤，結爲相識，但有用洒家處，便與你去。」佛。趙員外大喜。動問打死鄭屠一事，説些閑話，較量些鎗法，吃了半夜酒，各自歇了。

次日天明，趙員外道：「此處恐不穩便，可請提轄到敝莊住幾時。」魯達問道：「貴莊在何處？」員外道：「離此間十里多路，地名七寶村便是。」魯達道：「最好。」員外先使人去莊上，叫牽兩疋馬來。未及晌午，馬已到來。員外便請魯提轄上馬，叫莊客擔了行李，魯達相辭了金老父子二人，和趙員外上了馬。兩個並馬行程，於路説些舊話，投七寶村來。不多時，早到莊前下馬，趙員外攜住魯達的手，直至草堂上，分賓而坐，一面叫殺羊置酒相待。晚間收拾客房安歇，次日又備酒食管待。魯達道：「員外錯愛，洒家如何報答？」趙員外便道：「『四海之内，皆兄弟也。』如何言報答之事！」

話休絮煩。魯達自此之後，在這趙員外莊上住了五七日。忽一日，兩個正在書院裏閑坐説話，只見金老急急奔來莊上，逕到書院裏，見了趙員外并魯提轄。見没人，便對魯達道：「恩人，不是老漢心多，爲是恩人前日老漢請在樓上吃酒，員外誤聽人報，引領莊客來鬧了街坊，後却散了，人都有些疑心，説開去。昨日有三四個做公的來，鄰舍街坊打聽得緊，只怕要來村裏緝捕恩人。倘或有些疏失，如之奈何？」魯達道：「恁地時，洒家自去便了。」佛。趙員外道：「若是留提轄在此，誠恐有些山高水低，教提轄怨暢；若不留提轄來，許多面皮都不好看。趙某却有個道理，教提轄萬無一失，足可安身避難，只怕提轄不肯。」魯達道：「洒家是個該死的人，但得一處安身便了，做甚麼不肯？」佛。趙員外道：「若如此，最好。離此間三十餘里，有座山唤做五臺山，山上有一個文殊院，原是文殊菩薩道場。寺裏有五七百僧人，爲頭智真長老，是我弟兄。我祖上曾捨錢在寺裏，是本寺的施主檀越。我曾許下剃度一僧在寺裏，已買下一道五花度牒在此，只不曾有個心腹之人，了這條願心。如是提轄肯時，一應費用，都是趙某備辦，委實肯落髮做和尚麽？」魯達尋思：「如今便要去時，那裏投奔人？不如就了這條路罷。」便道：「既蒙員外做主，洒家情願做了和尚，專靠員外照管。」當時説定了，連夜收拾衣服盤纏，段匹禮物，排擔了。次日早起來，叫莊客挑了，兩個取路望五臺山來。辰牌已後，早到那山下。

魯提轄看那五臺山時，果然好座大山！但見：

雲遮峯頂，日轉山腰；嵯峨仿佛接天關，崒嵂參差侵漢表。巖前花木舞春風，暗吐清香；洞口藤蘿披宿雨，倒懸嫩綫。飛雲瀑布，銀河影浸月光寒；峭壁蒼松，鉄角鈴摇龍尾動。宜是由揉藍染出，天生工積翠粧成。根盤直壓三千丈，氣勢平吞四百州。

趙員外與魯提轄兩乘轎子擡上山來，一面使莊客前去通報。到得寺前，早有寺中都寺、監寺出來迎接。兩個下了轎子，去山門外亭子上坐定。寺内智真長老得知，引着首座、侍者，出山門外來迎接。趙員外和魯達向前施禮，真長老打了問訊，説道：「施主遠出不易。」趙員外答道：「有些小事，特來上刹相浼。」真長老便道：「且請員外方丈吃茶。」趙員外前行，魯達跟在背後，看那文殊寺，果然是好座大刹！但見：

山門侵峻嶺，佛殿接青雲。鐘樓與月窟相連，經閣共峯巒對立。香積廚通一泓泉水，衆僧寮納四面烟霞。老僧方丈斗牛邊，禪客經堂雲霧裏。白面猿時時獻果，將怪石敲響木魚；黄斑鹿日日啣花，向寶殿供養金佛。七層寶塔接丹霄，千古聖僧來大刹。

當時真長老請趙員外并魯達到方丈，長老邀員外向客席而坐，魯達便去下首，坐在禪椅上。佛。〔眉〕一知禮教，便不是佛了。員外叫魯達附耳低言：「你來這裏出家，如何便對長老坐地？」魯達道：「洒家不省得。」起身立在員外肩下。面前首座、維那、侍者、監寺、都寺、知客、書記，依次排立東西兩班。莊客把轎子安頓了，一齊搬將盒子入方丈來，擺在面前。長老道：「何故又將禮物來？寺中多有相瀆檀越處。」趙員外道：「些小薄禮，何足稱謝！」道人、行童收拾去了。趙員外起身道：「一事啓堂頭大和尚：趙某舊有一條願心，許剃一僧在上刹，度牒詞簿都已有了，到今不曾剃得。今有這個表弟姓魯名達，軍漢出身，因見塵世艱辛，情願棄俗出家。萬望長老收録，慈悲慈悲，看趙某薄面，披剃爲僧。一應所用，小子自當准備，煩望長老玉成，幸甚！」長老見説，答道：「這個事緣是光輝老僧山門，容易容易，且請拜茶。」只見行童托出茶來，【怎見得那盞茶的好處，有詩爲證：

玉蕊金芽真絶品，僧家製造甚工夫。兔毫盞内香雲白，蟹眼湯中細浪鋪。戰退睡魔離枕席，增添清氣入肌膚。仙茶自合桃源種，不許移根傍帝都。】〔眉〕可惡，删。

真長老與趙員外衆人茶罷，收了盞托。真長老便喚首座、維那商議剃度這人，分付監寺、都寺，安排辦齋。只見首座與衆僧自去商議道：「這個人不似出家的模樣，一雙眼恰似賊一般。」肉眼。衆僧道：「知客，你去邀請客人坐地，我們與長老計較。」知客出來，請趙員外、魯達到客館裏坐地。首座衆僧稟長老説道：「却纔這個要出家的人，形容醜惡，貌相兇頑，不可剃度他，恐久後累及山門。」長老道：「他是趙員外檀越的兄弟，如何别得他的面皮？你等衆人且休疑心，待我看一看。」焚起一炷信香，長老上禪椅，盤膝而坐，口誦咒語，入定去了。一炷香過，却好回來，對衆僧説道：「只顧剃度他。此人上應天星，心地剛直。雖然時下兇頑，命中駁雜，久後却得清淨，正果非凡，汝等皆不及他。可記吾言，勿得推阻。」首座道：「長老只是護短，我等只得從他。不諫不是，諫他不從，便了。」

長老叫備齋食，請趙員外等方丈會齋。齋罷，監寺打了單帳。趙員外取出銀兩，教人買辦物料；

一面在寺裏做僧鞋、僧衣、僧帽、袈裟、拜具。一兩日都已完備。長老選了吉日良時，教鳴鴻鐘，擊動法鼓，就法堂内會集大衆，整整齊齊，五六百僧人盡披袈裟，都到法座下合掌作禮，分作兩班。趙員外取出銀錠、表禮、信香，向法座前禮拜了。表白宣疏已罷，行童引魯達到法座下。維那教魯達除了巾幘，把頭髮分做九路綰了，揌揲起來。淨髮人先把一週遭都剃了，却待剃髭鬚，魯達道：「留了這些兒還洒家也好。」佛。衆僧忍笑不住。真長老在法座上道：「大衆聽偈。」念道：

「寸草不留，六根清淨，與汝剃了，免得爭競。」未必，未必。

長老念罷偈言，喝一聲：「咄！盡皆剃去。」淨髮人只一刀，盡皆剃了。首座呈將度牒上法座前，請長老賜法名。長老拿着空頭度牒而説偈曰：

「靈光一點，價值千金，佛法廣大，賜名智深。」

長老賜名已罷，把度牒轉將下來，書記僧填寫了度牒，付與魯智深收受。長老又賜法衣袈裟，教智深穿了。監寺引上法座前，長老用手與他摩頂受記道：「一要皈依三寶，二要歸奉佛法，三要歸敬師友，此是三歸。五戒者：一不要殺生，二不要偷盜，三不要邪淫，四不要貪酒，五不要妄語。」〔眉〕殺人、貪酒，恐怕戒不來。智深不曉得禪宗答應「是否」兩字，却便道：「洒家記得。」衆僧都笑。受記已罷，趙員外請衆僧到雲堂裏坐下，焚香設齋供獻。大小職事僧人，各有上賀禮物。都寺引魯智深參拜了衆師兄師弟，又引去僧堂背後叢林裏選佛場坐地。當夜無事。

次日，趙員外要回，告辭長老，留連不住，早齋已罷，並衆僧都送出山門。趙員外合掌道：「長老在上，衆師父在此，凡事慈悲。小弟智深乃是愚鹵直人，早晚禮數不到，言語冒瀆，誤犯清規，萬望覷趙某薄面，恕免恕免。」長老道：「員外放心，老僧自慢慢地教他念經誦咒，辦道參禪。」員外道：「日後〈日〉（自）得報答。」人叢裏喚智深到松樹下，低低分付道：「賢弟，你從今日難比往常，凡事自宜省戒，切不可托大。倘有不然，難以相見，保重保重。早晚衣服，我自使人送來。」智深道：「不索哥哥說，洒家都依了。」當時趙員外相辭長老，再別了衆人上轎，引了莊客，抬了一乘空轎，取了盒子，下山回家去了。當下長老自引了衆僧回寺。

話說魯智深回到叢林選佛場中禪牀上，撲倒頭便睡。佛。上下肩兩個禪和子推他起來，說道：「使不得。既要出家，如何不學坐禪？」智深道：「洒家自睡，干你甚事？」佛。禪和道：「善哉！」智深裸袖道：「團魚洒家也吃，甚麽『〈善〉（鱔）哉？』」佛。禪和子道：「却是苦也。」智深便道：「團魚大腹，又肥甜了，好吃，那得『苦也？』」佛。上下肩禪和子都不睬他，由他自睡了。次日要去對長老說知智深如此無禮，首座勸道：「長老說道他後來正果非凡，我等皆不及他，恨辭。只是護短，你們且沒奈何，休與他一般見識。」禪和子自去了。智深見沒人說他，到晚放翻身體，橫羅十字，倒在禪牀上睡。夜間鼻如雷響，如要起來浄手，大驚小怪，只在佛殿後撒屎撒尿，遍地都是。佛。侍者稟長老說：「智深好生無禮，全没些個出家人體面，叢林中如何安着得此等之人？」長老喝道：「胡說！且看檀越之面，後來必改。」自此無人敢說。

魯智深在五臺山寺中，不覺攪了四五個月。時遇初冬天氣，智深久静思動。當日晴明得好，智深穿了皂布直裰，繫了鴉青絛，換了僧鞋，大踏步走出山門來。信步行到半山亭子上，坐在鵝項懶凳上，尋思道：「干鳥麽！俺往常好酒好肉，每日不離口，如今教洒家做了和尚，餓得乾鱉了。趙員外這幾日又不使人送些東西來與洒家吃，口中淡出鳥來。這早晚，怎地得些酒來吃也好。」〔眉〕佛。正想酒哩，只見遠遠地一個漢子，挑着一付擔桶，唱上山來，上面蓋着桶蓋。那漢子手裏拿着一個鏇子，唱着上來，唱道：

「九里山前作戰場，牧童拾得舊刀鎗。順風吹動烏江水，好似虞姬别霸王。」

魯智深觀見那漢子擔擔桶上來，坐在亭子上，看這漢子也來亭子上，歇下擔桶。智深道：「兀那漢子，你那桶裏甚麽東西？」那漢子道：「好酒。」智深道：「多少錢一桶？」那漢子道：「和尚，你真個也是作耍。」智深道：「洒家和你耍甚麽？」那漢子道：「我這酒挑上去，只賣與寺内火工道人、直廳轎夫、老郎們做生活的吃。本寺長老已有法旨，但賣與和尚們吃了，我們都被長老責罰，追了本錢，趕出屋去。我們見關着本寺的〈錢本〉（本錢），見住着本寺的屋宇，如何敢賣與你吃？」智深道：「真個不賣？」那漢子道：「殺了我也不賣！」〔眉〕惡。智深道：「洒家也不殺你，只要問你買酒吃。」那漢子見不是頭，挑了擔桶便走。智深趕下亭子來，雙手拿住扁擔，只一脚，交當踢着，那漢子雙手掩着，做一堆蹲在地下，半日起不得。智深把那兩桶酒都提在亭子上，地下拾起鏇子，開了桶蓋，只顧舀冷酒吃。無移時，兩桶酒吃了一桶。〔眉〕佛。智深道：「漢子，明日來寺裏討錢。」那漢子方纔疼止，又怕寺裏長老得知，壞了衣飯，忍氣吞聲，那裏敢討錢。把酒分做兩半桶挑了，拿了鏇子，飛也似下山去了。

只説魯智深在亭子上坐了半日，酒却上來。下得亭子，松樹根邊又坐了半歇，酒越湧上來。智深把皂直裰褪膊下來，把兩隻袖子纏在腰裏，露出脊背上花繡來，搧着兩個膀子上山來。看時但見：

頭重脚輕，對明月，眼紅面赤；前合後仰，趁清風，東倒西歪。浪浪蹌蹌上山來，似當風之鶴；擺擺搖搖回寺去，如出水之龜。脚尖曾踢澗中龍，拳頭要打山下虎。指定天宫，叫罵天蓬元帥；踏開地府，要拿催命判官。裸形赤體醉魔君，放火殺人花和尚。

魯智深看看來到山門下，兩個門子遠遠地望見，拿着竹篦來到山門下，攔住魯智深便喝道：「你是佛家弟子，如何噇得爛醉了上山來？你須不瞎，也見庫局裏貼的曉示，但凡和尚，破戒吃酒，決打四十竹篦，趕出寺去。如門子縱容醉的僧人入寺，也吃十下。你快下山去！饒你幾下竹篦。」魯智深一者初做和尚，二來舊性未改，睁起雙眼罵道：「直娘賊！你兩個要打洒家，俺便和你厮打。」佛。門子見勢頭不好，一個飛也似入來報監寺，一個虚拖竹篦攔他。智深用手隔過，叉開五指，去那門子臉上，只一掌，打得浪浪蹌蹌；却待挣側，智深再復一拳，打倒在山門下，佛。只是叫苦。智深道：「洒家饒你這厮。」浪浪蹌蹌，攧入寺裏來。監寺聽得門子報説，叫起老郎、火工、直廳轎夫三二十人，各執白木棍棒，從西廊下搶出來，却好迎着智深。智深望見，大吼了一聲，却似嘴邊起個霹靂，大踏步搶入來。佛。衆人初時不知他是軍官出身，次後見他行得兇了，慌忙都退入藏殿裏去，便把亮槅關上。智深搶入階來，一拳一脚，打開亮槅。佛。三二十人都趕得没路，奪條棒，從藏殿裏打將出來。佛。

監寺慌忙報知長老。長老聽得，急引了三五個侍者，直來廊下，喝道：「智深不得無禮！」智深雖然酒醉，却認得是長老，撇了棒，向前來打個問訊，指着廊下對長老道：「智深吃了兩碗酒，又不曾撩撥他們，他衆人又引人來打洒家。」佛。長老道：「你看我面，快去睡了，明日却説。」魯智深道：「俺不看長老面，洒家直打死你那幾個秃驢！」佛。長老叫侍者扶智深到禪牀上，撲地便倒了，齁齁地睡了。衆多職事僧人，圍定長老告訴道：「向日徒弟們曾諫長老來，今日如何？本寺那裏容得這等野猫，亂了清規！」長老道：「雖是如今眼下有些囉唣，後來却成得正果。無奈何，且看趙員外檀越之面，容恕他這一番，我自明日叫去埋冤他便了。」衆僧冷笑道：「好個没分曉的長老！」要笑。〔眉〕不笑便不成衆僧了。各自散去歇息。

次日早齋罷，長老使侍者到僧堂裏坐禪處唤智深時，尚兀自未起。待他起來，穿了直裰，赤着脚，一道烟走出僧堂來。佛。侍者吃了一驚，趕出外來尋時，却走在佛殿後撒屎。佛。侍者忍笑不住，等他净了手，説道「長老請你説話。」智深跟着侍者到方丈，長老道：「智深雖是個武夫出身，今來趙員外檀越剃度了你，我與你摩頂受記，教你『一不可殺生，二不可偷盜，三不可邪淫，四不可貪酒，五不可妄語。』此五戒乃僧家常理。出家人第一不可貪酒，你如何夜來吃得大醉，打了門子，傷壞了藏殿上朱紅槅子？又把火工道人都打走了，口出喊聲，如何這般所爲？」智深跪下道：「今番不敢了。」佛。長老道：「既然出家，如何先破了酒戒，又亂了清規？我不看你施主趙員外面，定趕你出寺，再後休犯！」智深起來合掌道：「不敢不敢。」佛。長老留在方丈裏，安排早飯與他吃，又用好言語勸他；取一領細布直裰，一雙僧鞋，與了智深，教回僧堂去了。

昔大唐一個名賢，姓張名旭，作一篇《醉歌行》，單說那酒。端的做得好！道是：

金甌瀲灩傾歡伯，雙手擎來兩眸白。延頸長舒似玉虹，嚥吞猶恨江湖窄。昔年侍宴玉皇前，敵飲都無兩三客。蟠桃爛熟堆珊瑚，瓊液濃斟浮琥珀。流霞暢飲數百杯，肌膚潤澤腮微赤。天地聞知酒量洪，勑令受賜三千石。飛仙勸我不記數，酩酊神清爽筋骨。東君命我賦新詩，笑指三山詠標格。信筆揮成五百言，不覺尊前墮巾幘。宴罷昏迷不記歸，乘鸞誤入雲光宅。仙童扶下紫雲來，不辨東西與南北。一飲千鍾百首詩，草書亂散縱橫劃。

但凡飲酒，不可盡歡。常言酒能成事，酒能敗事。便是小膽的吃了，也胡亂做了大膽，何況性高的人。腐。

再說這魯智深自從吃酒醉鬧了這一場，一連三四個月，不敢出寺門去。佛。忽一日，天色暴熱，是二月間天氣。離了僧房，信步踱出山門外立地，看着五臺山，喝采一回。猛聽得山下叮叮噹噹的響聲，順風吹上山來。智深再回僧堂裏，取了些銀兩揣在懷裏，一步步走下山來。出得那五臺福地的牌樓來，看時，原來却是一個市井，約有五七百人家。智深看那市鎮上時，也有賣肉的，也有賣菜的，也有酒店麪店。智深尋思道：「干呆麽！俺早知有這個去處，不奪他那桶酒吃，也自下來買些吃。這幾日熬得清水流，且過去看，有甚東西買些吃。」佛。聽得那響處，却是打鐵的在那裏打鐵。間壁一家門上，寫着「父子客店」。智深走到鐵匠舖門前，看時，見三個人打鐵。智深便道：「兀那待詔，有好鋼鐵麽？」那打鐵的看見魯智深腮邊新剃，暴長短鬚，戧戧地好滲瀨人，先有五分怕他。那待詔住了手道：「師父請坐。要打甚麼生活？」智深道：「洒家要打條禪杖，一口戒刀，不知有上等好鐵麼？」待詔道：「小人這裏正有些好鐵，不知師父要打多少重的禪杖、戒刀？但憑分付。」智深道：「洒家只要打一條一百斤重的。」待詔笑道：「重了。師父，小人打怕不打了，只恐師父如何使得動？便是關王刀，也則只有八十一斤重。」智深焦躁道：「俺便不及關王？他也只是個人。」佛。王待詔道：「小人好心，只可打條四五十斤的，也十分重了。」智深道：「便依你說，比關王刀，也打八十一斤的。」佛。待詔道：「師父，肥了不好看，又不中使。依着小人，好生打一條六十二斤的水磨禪杖與師父，使不動時，休怪小人。戒刀已說了，不用分付，小人自用十分好鐵打造在此。」智深道：「兩件家生，要幾兩銀子？」待詔道：「不討價，實要五兩銀子。」智深道：「俺便依你五兩銀子。你若打得好時，再有賞你。」王待詔接了銀兩道：「小人便打在此。」智深道：「俺有些碎銀子在這裏，和你買碗酒吃。」待詔道：「師父穩便，小人趕趁些生活，不及相陪。」

智深離了鐵匠人家，行不到三二十步，見一個酒望子，挑出在房簷上。智深掀起簾子，入到裏面坐下，敲那桌子叫道：「將酒來！」賣酒的主人家說道：「師父少罪。小人住的房屋也是寺裏的，本錢也是寺裏的。長老已有法旨：但是小人們賣酒與寺裏僧人吃了，便要追了小人們本錢，又趕出屋。因此，只得休怪。」智深道：「胡亂賣些與洒家吃，俺須不說是你家便了。」佛。店主人道：「胡亂不得，師父別處去吃，休怪休怪！」智深只得起身，便道：「洒家別處吃得，却來和你說話。」佛。出得店門，行了幾步，又望見一家酒旗兒直挑出在門前。智深一直走進去，坐下叫道：「主人家！快把酒來賣與俺吃。」店主人道：「師父，你好不曉事，長老已有法旨，你須也知，却來壞我們衣飯。」智深不肯動身，三回五次，那裏肯賣。智深情知不肯，起身又走。連走了三五家，都不肯賣。智深尋思一計，若不生個道理，如何能勾酒吃。遠遠地杏花深處，市梢盡頭，一家挑出個草帚兒來。智深走到那裏，看時，却是個傍村小酒店。但見：

傍村酒肆已多年，斜插桑麻古道邊。白板凳鋪賓客坐，矮籬笆用棘荆編。破瓮榨成黄米酒，柴門挑出布青帘。更有一般堪笑處，牛屎泥墻畫酒仙。好。

魯智深揭起簾子，走入村店裏來，倚着小窗坐下，便叫道：「主人家，過往僧人買碗酒吃。」妙。莊家看了一看，道：「和尚，你那裏來？」智深道：「俺是行脚僧人，遊方到此經過，要買碗酒吃。」莊家道：「和尚，若是五臺山寺裏的師父，我却不敢賣與你吃。」智深道：「洒家不是，你快將酒賣來。」莊家看見魯智深這般模樣，聲音各別，便道：「你要打多少酒？」智深道：「休問多少，大碗只顧篩來。」約莫也吃了十來碗酒，智深問道：「有甚肉，把一盤來吃。」莊家道：「早來有些牛肉，都賣没了，只有些菜蔬在此。」智深猛聞得一陣肉香，走出空地上看時，只見牆邊沙鍋裏煮着一隻狗在那裏。智深便道：「你家見有狗肉，如何不賣與俺吃？」佛。莊家道：「我怕你是出家人不吃狗肉，因此不來問你。」智深道：「洒家的銀子有在這裏。」就將銀子遞與莊家道：「你且賣半隻與俺吃。」佛。那莊家連忙取半隻熟狗肉，搗些蒜泥，將來放在智深面前。智深大喜，用手扯那狗肉，蘸着蒜泥吃。佛。一連又吃了十來碗酒，佛。吃得口滑，只顧要吃，那裏肯住。佛。莊家倒都呆了，叫道：「和尚，只恁地罷！」智深睁起眼道：「洒家又不白吃你的，管俺怎地！」莊家道：「再要多少？」智深道：「再打一桶來。」莊家只得又舀一桶來。智深無移時，又吃了這桶酒。剩下一脚狗腿，把來揣在懷裏，佛。臨出門又道：「多的銀子，明日又來吃。」佛。嚇得莊家目睁口呆，罔知所措，看見他早望五臺山上去了。

智深走到半山亭子上，坐了一回，酒却湧上來，跳起身，口裏道：「俺好些時不曾拽拳使脚，覺道身體都困倦了，洒家且使幾路看。」佛。下得亭子，把兩隻袖子搭在手裏，上下左右使了一回。使得力發，只一膀子，搧在亭子柱上，只聽得刮刺刺一聲響亮，把亭子柱打折了，坍了亭子半邊。佛。門子聽得半山裏響，高處看時，只見魯智深一步一攧，搶上山來。兩個門子叫道：「苦也！前日這畜生醉了，今番又醉得不小可。」便把山門關上，把拴拴了；只在門縫裏張時，見智深搶到山門下，見關了門，把拳頭擂鼓也似敲門。佛。兩個門子那裏敢開。智深敲了一回，扭過身來，看了左邊的金剛，喝一聲道：「你這個鳥大漢！不替俺敲門，却拿着拳頭嚇洒家。俺須不怕你。」〔眉〕妙人説妙話。跳上臺基，把（栅）刺子只一拔，却似撧葱般拔開了。拿起一根折木頭，去那金剛腿上便打，簌簌的泥和顏色都脱下來。佛。門子張見道：「苦也！」只得報知長老。智深等了一回，調轉身來，看着右邊金剛，喝一聲道：「你這厮張開大口，也來笑洒家。」便跳過右邊臺基上，把那金剛脚上打了兩下。只聽得一聲震天價響，那尊金剛從臺基上倒撞下來。智深提着折木頭大笑。兩個門子去報長老，長老道：「休要惹他，你們自去。」只見這首座、監寺、都寺，并一應職事僧人，都到方丈稟説：「這野猫今日醉得不好，把半山亭子、山門下金剛都打壞了，如何是好？」長老道：「自古天子尚且避醉漢，何況老僧乎？若是打壞了金剛，請他的施主趙員外自來塑新的；倒了亭子，也要他修蓋。這個且由他。」衆僧道：「金剛乃是山門之主，如何把來換過？」長老道：「休説壞了金剛，便是打壞了殿上三世佛，也没奈何，只可迴避他。佛。你們見前日的行兇麽？」衆僧出得方丈，都道：「好個囫圇粥的長老！門子，你且休開門，只在裏面聽。」智深在外面大叫道：「直娘的禿驢們，不放洒家入寺時，山門外討把火來，燒了這個鳥寺。」衆僧聽得叫，只得叫門子：「拽了大拴，由那畜生入來；若不開時，真個做出來。」門子只得捻脚捻手，把拴拽了，飛也似閃入房裏躲了，衆僧也各自迴避。

只説那魯智深雙手把山門盡力一推，撲地攧將入來，吃了一交。爬將起來，把頭摸一摸，佛。直奔僧堂來。到得選佛場中，禪和子正打坐間，看見智深揭起簾子鑽將入來，都吃一驚，盡低了頭。智深到得禪牀邊，喉嚨裏咯咯地響，看着地下便吐。佛。衆僧都聞不得那臭，個個道：「善哉！」齊掩了口鼻。智深吐了一回，爬上禪牀，解下絛，把直裰帶子都咇咇剥剥扯斷了，脱下那脚狗腿來。智深道：「好好，正肚飢哩！」扯來便吃。佛。衆僧看見，便把袖子遮了臉，上下肩兩個禪和子遠遠地躲開。智深見他躲開，便扯一塊狗肉，看着上首的道：「你也到口。」佛。上首的那和尚，把兩隻袖子死掩了臉。智深道：「你不吃。」把肉望下首的禪和子嘴邊塞將去，佛。那和尚躲不迭，却待下禪牀，智深把他擗耳朵揪住，將肉便塞。對牀四五個禪和子跳過來勸時，智深撇了狗肉，提起拳頭，去那光腦袋上刎刎剥剥只顧鑿。佛。滿堂僧衆大喊起來，都去櫃中取了衣鉢要走。此亂喚做「捲堂大散」，首座那裏禁約得住？智深一味地打將出來，大半禪客都躲出廊下來。監寺、都寺不與長老説知，叫起一班職事僧人，點起老郎、火工道人、直廳轎夫，約有一二百人，都執杖叉棍棒，盡使手巾盤頭，一齊打入僧堂來。智深見了，大吼一聲，別無器械，搶入僧堂裏，佛面前推翻供桌，撧兩條桌脚，從堂裏打將出來。佛。但見：

心頭火起，口角雷鳴。奮八九尺猛獸身軀，吐三千丈淩雲志氣。按不住殺人怪胆，圓睜起捲海雙睛。直截橫衝，似中箭投崖虎豹；前奔後湧，如着鎗跳澗豺狼。直饒揭帝也難當，便是金剛須供手。恰似頓斷絨縧錦鷂子，猶如扯開鐵鎖火猢猻。

當時魯智深輪兩條桌脚，打將出來，衆多僧行，見他來得兇了，都拖了棒，退到廊下。智深兩條桌脚着地捲將來，衆僧早兩下合攏來。智深大怒，指東打西，指南打北，只饒了兩頭的。當時智深直打到法堂下，只見長老喝道：「智深不得無禮！衆僧也休動手。」兩邊衆人，被打傷了十數個，見長老來，各自退去。智深見衆人退散，撇了桌脚，叫道：「長老與洒家做主。」此時酒已七八分醒了。長老道：「智深，你連累殺老僧！前番醉了一次，攪擾了一場，我教你兄趙員外得知，他寫書來，與衆僧陪話。今番你又如此大醉無禮，亂了清規，打坍了亭子，又打壞了金剛。這個且由他。你攪得衆僧捲堂而走，這個罪業非小。我這裏五臺山文殊菩薩道場，千百年清浄香火去處，如何容得你這等穢污？你且隨我來方丈裏過幾日，我安排你一個去處。」智深隨長老到方丈去。長老一面叫職事僧人留住衆禪客，再回僧堂，自去坐禪。打傷了的和尚，自去將息。長老領智深到方丈，歇了一夜。

次日，真長老與首座商議，收拾了些銀兩賫發他，教他別處去，可先說與趙員外知道。長老隨即修書一封，使兩個直廳道人，逕到趙員外莊上説知就裏，立等回報。趙員外看了來書，好生不然。回書來拜覆長老説道：「壞了的金剛、亭子，趙某隨即備價來修。智深任從長老發遣。」長老得了回書，便叫侍者取領皂布直裰，一雙僧鞋，十兩白銀，房中喚過智深。長老道：「智深，你前番一次大醉，鬧了僧堂，便是誤犯。今次又大醉，打壞了金剛，坍了亭子，捲堂鬧了選佛場，你這罪業非輕。又把衆禪客打傷了。我這裏出家，是個清淨去處。你這等做，甚是不好。看你趙檀越面皮，與你這封書，投一個去處安身，我這裏决然安你不得了。我夜來看了，贈汝四句偈言，終身受用。」智深道：「師父教弟子那裏去安身立命？願聽俺師四句偈言。」真長老指着魯智深，説出這幾句言語，去這個去處。有分教：這人笑揮禪杖，戰天下英雄好漢；怒掣戒刀，砍世上逆子讒臣。直教名馳塞北三千里，證果江南第一州。畢竟真長老與智深説出甚言語來，且聽下回分解。

李和尚曰：此回文字，分明是個《成佛作祖圖》。若是那班閉眼合掌的和尚，决無成佛之理。何也？外面模樣儘好看，佛性反無一些。如魯智深，吃酒打人，無所不爲，無所不做，佛性反是完全的，所以到底成了正果。算來外面模樣，看不得人，濟不得事。此假道學之所以可惡也與？此假道學之所以可惡也與？

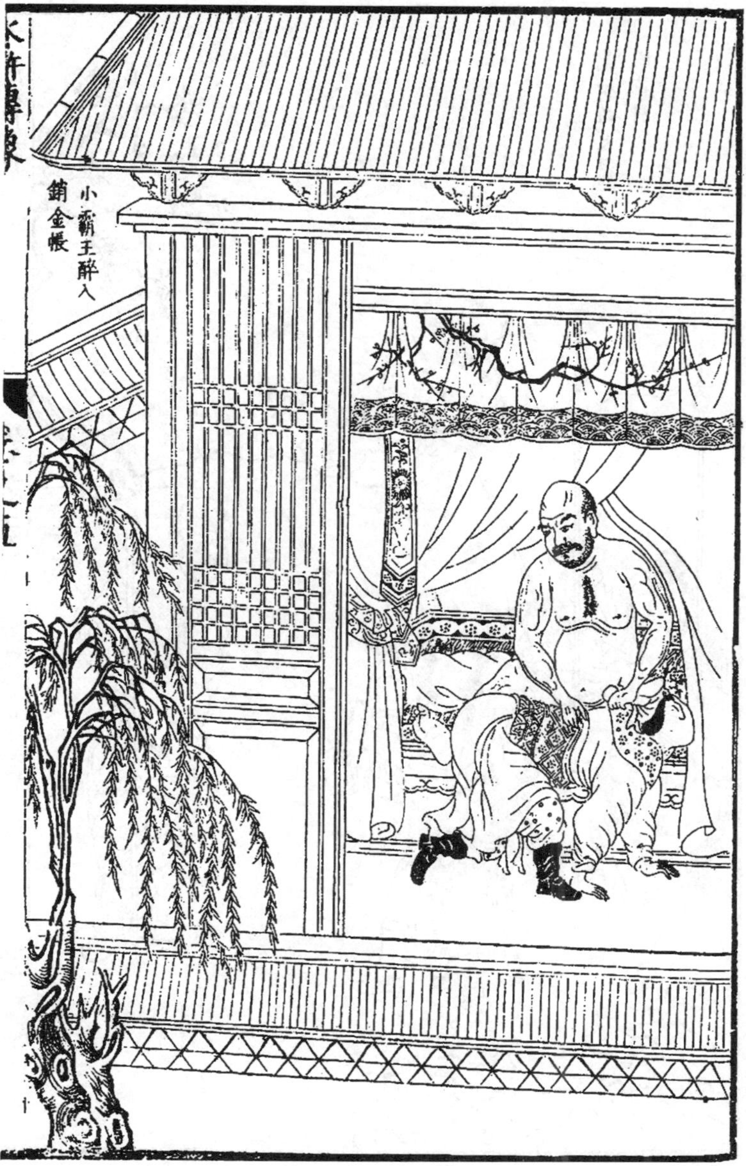

卷五 圖

花和尚大鬧
桃花村

第五回　小霸王醉入銷金帳　花和尚大鬧桃花村

詩曰：

禪林辭去入禪林，知己相逢義斷金。且把威風驚賊膽，謾將妙理悦禪心。綽名久喚花和尚，道號親名魯智深。俗願了時終證果，眼前争奈没知音。

話説當日智真長老道：「智深，你此間決不可住了。我有一個師弟，見在東京大相國寺住持，喚做智清禪師。我與你這封書，去投他那裏，討個職事僧做。我夜來看了，贈汝四句偈言，你可終身受用，記取今日之言。」智深跪下道：「洒家願聽偈言。」長老道：

「遇林而起，遇山而富，遇水而興，遇江而止。」

魯智深聽了四句偈言，拜了長老九拜，背了包裹、腰包、肚包，藏了書信，辭了長老並衆僧人，離了五臺山，逕到鐵匠間壁客店裏歇了，等候打了禪杖、戒刀完備就行。寺内衆僧得魯智深去了，無一個不歡喜。〔眉〕龍去蛇喜，鳳去雞喜，虎去犬喜，理固如此。長老教火工道人自來收拾打壞了的金剛、亭子。過不得數日，趙員外自將若干錢物來五臺山，再塑起金剛，重修起半山亭子，不在話下。

再説這魯智深，就客店裏住了幾日，等得兩件家生都已完備，做了刀鞘，把戒刀插放鞘内，禪杖却把漆來裹了。將些碎銀子，賞了鐵匠，背了包裹，跨了戒刀，提了禪杖，作別了客店主人并鐵匠，行程上路。過往人看了，果然是個莽和尚。但見：

皂直裰背穿雙袖，青圓縧斜綰雙頭。戒刀燦三尺春冰，深藏鞘内；禪杖揮一條玉蟒，横在肩頭。鷺鷥腿緊繫脚絣，蜘蛛肚牢拴衣鉢。嘴縫邊，攢千條斷頭鐵綫；胸脯上，露一帶蓋膽寒毛。生成食肉餐魚臉，不是看經念佛人。畫。

且説魯智深自離了五臺山文殊院，取路投東京來。行了半月之上，於路不投寺院去歇，只是客店内打火安身，白日間酒肆裏買吃。在路免不得飢餐渴飲，夜住曉行。一日正行之間，貪看山明水秀，不覺天色已晚。但見：

山影深沉，槐陰漸没。緑楊影裏，時聞鳥雀歸林；紅杏村中，每見牛羊入圈。落日帶煙生碧霧，斷霞映水散紅光。溪邊釣叟移舟去，野外村童跨犢歸。

魯智深因見山水秀麗，貪行了半日，趕不上宿頭。路中又没人作伴，那裏投宿是好？又趕了三二十里田地，過了一條板橋，遠遠地望見一簇紅霞，樹木叢中閃着一所莊院，莊後重重疊疊，都是亂山。魯智深道：「只得投莊上去借宿。」逕奔到莊前看時，見數十個莊家，忙忙急急，搬東搬西。

魯智深到莊前，倚了禪杖，與莊客打個問訊。莊客道：「和尚，日晚來我莊上做甚的？」智深道：「小僧趕不上宿頭，欲借貴莊投宿一宵，明早便行。」莊客道：「我莊上今夜有事，歇不得。」智深道：

「胡亂借洒家歇一夜，明日便行。」莊客道：「和尚快走，休在這裏討死。」智深道：「也是怪哉，歇一夜，打甚麼不緊？怎地便是討死？」莊家道：「去便去，不去時，便捉來縛在這裏！」魯智深大怒道：「你這廝村人，好没道理！俺又不曾説甚的，便要綁縛洒家。」莊家們也有罵的，也有勸的。魯智深提起禪杖，却待要發作，只見莊裏走出一個老人來。但見：

髭鬚似雪，髮鬢如霜。行時肩曲頭低，坐後耳聾眼暗。〔眉〕六旬之上，不至此。頭裹三山暖帽，足穿四縫寬靴。腰間條繫佛頭青，身上羅衫魚肚白。好似山前都土地，正如海底老龍君。

那老人年近六旬之上，拄一條過頭拄杖，走將出來，喝問莊客：「你們鬧甚麼？」莊客道：「可奈這個和尚，要打我們。」智深便道：「小僧是五臺山來的和尚，要上東京去幹事。今晚趕不上宿頭，借貴莊投宿一宵。莊家那廝無禮，要綁縛洒家。」那老人道：「既是五臺山來的僧人，隨我進來。」智深跟那老人直到正堂上，分賓主坐下。那老人道：「師父休要怪。莊家們不省得師父是活佛去處來的，他作繁華一例相看。老漢從來敬重佛天三寶，雖是我莊上今夜有事，權且留師父歇一宵了去。」智深將禪杖倚了，起身打個問訊，謝道：「感承施主，小僧不敢動問，貴莊高姓？」老人道：「老漢姓劉，此間喚做桃花村，鄉人都叫老漢做桃花莊劉太公。敢問師父俗姓，喚做甚麼諱字？」智深道：「俺的師父是智真長老，與俺取了個諱字。因洒家姓魯，喚做魯智深。」太公道：「師父請吃些晚飯，不知肯吃葷腥也不？」魯智深道：「洒家不忌葷酒，遮莫甚麼渾清白酒，都不揀選；牛肉狗肉，但有便吃。」妙。〔眉〕活佛。太公道：「既然師父不忌葷酒，先叫莊客取酒肉來。」没多時，莊客掇張桌子，放下一盤牛肉，三四樣菜蔬，一雙筯放在魯智深面前。智深解下腰包、肚包，坐定。那莊客旋了一壺酒，拏一隻盞子，篩下酒與智深吃。這魯智深也不謙讓，也不推辭，無一時，一壺酒一盤肉都吃了。佛。太公對席看見，呆了半晌。莊客搬飯來，又吃了，擡過桌子。

太公分付道：「胡亂教師父在外面耳房中歇一宵。夜間如若外面熱鬧，不可出來窺望。」智深道：「敢問貴莊今夜有甚事？」太公道：「非是你出家人閑管的事。」智深道：「太公緣何模樣不甚喜歡？莫不怪小僧來攪擾你麽？明日洒家算還你房錢便了。」太公道：「師父聽說：我家如常齋僧布施，那爭師父一個。只是我家今夜小女招夫，以此煩惱。」魯智深呵呵大笑道：「男大須婚，女大必嫁。這是人倫大事，五常之禮，何故煩惱？」〔眉〕佛。太公道：「師父不知，這頭親事，不是情願與的。」智深大笑道：「太公你也是個癡漢。既然不兩相情願，如何招贅做個女婿？」太公道：「老漢止有這個小女，今年方得一十九歲，被此間有座山，喚做桃花山，近來山上有兩個大王，扎了寨柵，聚集着五七百人，打家劫舍。此間青州官軍捕盜禁他不得。因來老漢莊上討進奉，見了老漢女兒，撇下二十兩金子、一疋紅錦爲定禮，選着今夜好日，晚間來入贅老漢莊上。又和他爭執不得，只得與他，因此煩惱。非是爭師父一個人。」智深聽了道：「原來如此。小僧有個道理，教他回心轉意，不要娶你女兒，如何？」太公道：「他是個殺人不斬眼魔君，你如何能勾得他回心轉意？」智深道：「洒家在五臺山真長老處，學得説因緣，便是鐵石人，也勸得他轉。今晚可教你女兒別處藏了，俺就你女兒房內説因緣，勸他便回心轉意。」太公道：「好却甚好，只是不要捋虎鬚。」智深道：「洒家的不是性命！你只依着俺行，並不要説有洒家。」太公道：「却是好也。我家有福，得遇這個活佛下降。」莊客聽得，都吃一驚。太公問智深：「再要飯吃麽？」智深道：「飯便不要吃，有酒再將些來吃。」太公道：「有，有！」隨即叫莊客取一隻熟鵝，大碗斟將酒來，叫智深盡意吃了三二十碗，那隻熟鵝也吃了。叫莊客將了包裹，先安放房裏，提了禪杖，帶了戒刀，問道：「太公，你的女兒躲過了不曾？」太公道：「老漢已把女兒寄送在鄰舍莊裏去了。」智深道：「引洒家新婦房内去。」太公引至房邊，指道：「這裏面便是。」智深道：「你們自去躲了。」太公與衆莊客自出外面安排筵席。智深把房中一椅獨桌都掇過了，將戒刀放在牀頭，禪杖把來，倚在牀邊。把銷金帳子下了，脱得赤條條地，跳上牀去坐了。太公見天色看看黑了，叫莊客前後點起燈燭熒煌，就打麥場上放下一條桌子，上面擺着香花燈燭，一面叫莊客大盤盛着肉，大壺温着酒。

約莫初更時分，只聽得山邊鑼鳴鼓響。這劉太公懷着鬼胎，莊家們都捏着兩把汗，盡出莊門外看時，只見遠遠地四五十火把，照耀如同白日，一簇人馬，飛奔莊上來。但見：

霧鎖青山影裏，滚出一夥没頭神；煙迷緑樹林邊，擺着幾行争食鬼。人人兇惡，個個狰獰。頭巾都戴茜根紅，衲襖盡披楓葉赤。纓鎗對對，圍遮定吃人心肝的小魔王；梢棒雙雙，簇捧着不養爹娘的真太歲。高聲齊道賀新郎，山上大蟲來下馬。

劉太公看見，便叫莊客大開莊門，前來迎接。只見前遮後擁，明晃晃的都是器械旗鎗，盡把紅緑絹帛縛着。小嘍囉頭巾邊亂插着野花。前面擺着四五對紅紗燈籠，照着馬上那個大王。怎生打扮，但見：

頭戴撮尖乾紅凹面巾，鬢傍邊插一枝羅帛像生花，上穿一領圍虎體挽絨金繡緑羅袍，腰繫一條稱狼身銷金包肚紅搭膊，着一雙對掩雲跟牛皮靴，騎一匹高頭捲毛大白馬。

那大王來到莊前下了馬，只見衆小嘍囉齊聲賀道：「帽兒光光，今夜做個新郎；衣衫窄窄，今夜做個嬌客。」劉太公慌忙親捧臺盞，斟下一杯好酒，跪在地下，好個知趣丈人。衆莊客都跪着。那大王把手來扶道：「你是我的丈人，如何倒跪我？」女婿亦有禮。太公道：「休説這話。老漢只是大王治下管的人户。」那大王已有七八分醉了，呵呵大笑道：「我與你家做個女婿，也不虧負了你。你的女兒匹配我，也好。未必做得成。我的哥哥大頭領，不下山來，教傳示你。」劉太公把了下馬杯，來到打麥場上，見了香花燈燭，便道：「泰山何須如此迎接？」那裏又飲了三杯，來到廳上，喚小嘍囉教把馬去繫在緑楊樹上。小嘍囉把鼓樂就廳前擂將起來，大王上廳坐下，叫道：「丈人，我的夫人在那裏？」在和尚房裏。太公道：「便是怕羞，不敢出來。」大王笑道：「且將酒來，我與丈人回敬。」那大王把了一杯，便道：「我且和夫人廝見了，却來吃酒未遲。」那劉太公一心只要那和尚勸他，便道：「老漢自引大王去。」拏了燭臺，引着大王，轉入屏風背後，直到新人房前。太公指與道：「此間便是，請大王自入去。」太公拏了燭臺，一直去了。未知凶吉如何，先辦一條走路。

那大王推開房門，見裏面黑洞洞地。大王道：「你看我那丈人，是個做家的人，房裏也不點碗燈，由我那夫人黑地裏坐地。明日叫小嘍囉山寨裏扛一桶好油來與他點。」空説大話，新人未必知。魯智深坐在帳子裏都聽得，忍住笑，不做一聲。那大王摸進房中叫道：「娘子，你如何不出來接我？你休要怕羞，我明日要你做壓寨夫人。」一頭叫娘子，一面摸來摸去。一摸摸着銷金帳子，便揭起來，探一隻手入去摸時，摸着魯智深的肚皮，被魯智深就勢劈頭巾帶角兒揪住，一按按將下牀來。那大王却待挣扎，魯智深把右手捏起拳頭，罵一聲：「直娘賊！」連耳根帶脖子，只一拳，那大王叫一聲：「做甚麽便打老公？」妙。〔眉〕這個新人也奇，又打老公了。魯智深喝道：「教你認的老婆！」趣。拖倒在牀邊，拳頭脚尖一齊上，打得大王叫救人。劉太公驚得呆了，只道這早晚正説因緣，勸那大王；却聽的裏面叫救人。太公慌忙把着燈燭，引了小嘍囉，一齊搶將入來。衆人燈下打一看時，只見一個胖大和尚，赤條條不着一絲，騎翻大王在牀面前打。〔眉〕好一個新人！爲頭的小嘍囉叫道：「你衆人都來救大王。」衆小嘍囉一齊拖鎗拽棒，打將入來救時，魯智深見了，撇下大王，牀邊綽了禪杖，着地打將出來。小嘍囉見來得兇猛，發聲喊都走了。劉太公只管叫苦。〔眉〕做得好親事。打鬧裏，那大王爬出房門，奔到門前，摸着空馬，樹上拆枝柳條，托地跳在馬背上，把柳條便打，那馬却〈跪〉（跑）不去。大王道：「苦也！畜生也來欺負我。」再看時，原來心慌，不曾解得韁繩。畫。連忙扯斷了，騎着揸馬飛走。出得莊門大罵劉太公：「老驢休慌，不怕你飛了！」把馬打上兩柳條，不喇喇地馱了大王上山去。

劉太公扯住魯智深道：「和尚，你苦了老漢一家兒了。」魯智深説道：「休怪無禮也，取衣服和直裰來，洒家穿了説話。」莊家去房裏取來，智深穿了。太公道：「我當初只指望你説因緣，勸他回心轉意。誰想你便下拳打他這一頓，定是去報山寨裏大隊强人來殺我家。」智深道：「太公休慌。俺説與你：洒家不是别人，俺是延安府老种經略相公帳前提轄官，爲因打死了人，出家做和尚。休道這兩個鳥人，便是一二千軍馬來，洒家也不怕他。你們衆人不信時，提俺禪杖看。」莊客們那裏提得動。智深接過來手裏，一似撚燈草一般使起來。太公道：「師父休要走了去，却要救護我們一家兒使得。」智深道：「甚麽閑話，俺死也不走。」太公道：「且將些酒來師父吃，休得要抵〈似〉（死）醉了。」魯智深道：「洒家一分酒，只有一分本事；十分酒，便有十分的氣力。」太公道：「恁地時最好。我這裏有的是酒肉，只顧教師父吃。」

且説這桃花山大頭領坐在寨裏，正欲差人下山來探聽做女婿的二頭領如何，只見數個小嘍囉氣急敗壞，走到山寨裏叫道：「苦也，苦也！」大頭領連忙問道：「有甚麽事，慌做一團？」小嘍囉道：「二哥哥吃打壞了！」大頭領大驚，正問備細，只見報道：「二哥哥來了。」大頭領看時，只見二頭領紅巾也没了，身上緑袍扯得粉碎，下得馬，倒在廳前，口裏説道：「哥哥救我一救。」大頭領問道：「怎麽來？」二頭領道：「兄弟下得山到他莊上，入進房裏去，叵耐那老驢把女兒藏過了，却教一個胖和尚躲在他女兒牀上。我却不提防，揭起帳子摸一摸，吃那厮揪住，一頓拳頭脚尖，打得一身傷損。那厮見衆人入來救應，放了手，提起禪杖打將出去。因此我得脱了身，拾得性命。哥哥與我做主報仇。」大頭領道：「原來恁地。你去房中將息，我與你去拏那賊禿來。」喝叫左右：「快備我的馬來！衆小嘍囉都去。」大頭領上了馬，綽鎗在手，盡數引了小嘍囉，一齊吶喊下山去了。

再説魯智深正吃酒哩，莊客報道：「山上大頭領盡數都來了。」智深道：「你等休慌，洒家但打翻的，你們只顧縛了解去官司請賞。取俺的戒刀來。」魯智深把直裰脱了，拽扎起下面衣服，跨了戒刀，大踏步提了禪杖，出到打麥場上。只見大頭領在火把叢中，一騎馬搶到莊前，馬上挺着長鎗，高聲喝道：「那禿驢在那裏？早早出來，決個勝負！」魯智深大怒，罵（道）：「腌臢打脊潑才，叫你認得洒家！」輪起禪杖，着地捲將來。那大頭領逼住鎗，大叫道：「和尚且休要動手！你的聲音好厮熟，你且通個姓名。」魯智深道：「洒家不是別人，老种經略相公帳前提轄魯達的便是。如今出了家做和尚，唤做魯智深。」那大頭領呵呵大笑，滚鞍下馬，撇了鎗，撲翻身便拜道：「哥哥別來無恙，可知二哥着了你手。」魯智深只道賺他，托地跳退數步，把禪杖收住，定睛看時，火把下認得不是別人，却是江湖上使鎗棒賣藥的教頭打虎將李忠。原來强人下拜，不説此二字，爲軍中不利，只唤做剪拂，此乃吉利的字樣。李忠當下剪拂了起來，扶住魯智深道：「哥哥緣何做了和尚？」智深道：「且和你到裏面説話。」劉太公見了，又只叫苦：「這和尚原來也是一路。」〔眉〕好點綴。

魯智深到裏面，再把直裰穿了，和李忠都到廳上敍舊。魯智深坐在正面，唤劉太公出來，那老兒不敢向前。智深道：「太公休怕他，他是俺的兄弟。」李忠坐了第二位，太公坐了第三位。魯智深道：「你二位在此，俺自從渭州三拳打死了鎮關西，逃走到代州雁門縣，因見了洒家賫發他的金老。那老兒不曾回東京去，却隨個相識，也在雁門縣住。他那個女兒，就與了本處一個財主趙員外，和俺厮見了，好生相敬。不想官司追捉的洒家要緊，那員外陪錢去送俺五臺山智真長老處落髮爲僧。洒家因兩番酒後，鬧了僧堂，本師長老與俺一封書，教洒家去東京大相國寺，投托智清禪師，討個職事僧做。因爲天晚，到這莊上投宿，不想與兄弟相見。却纔俺打的那漢是誰？你如何又在這裏？」李忠道：

「小弟自從那日與哥哥在渭州酒樓前同史進三人分散，次日聽得説哥哥打死了鄭屠，我去尋史進商議，他又不知投那裏去了。小弟聽得差人緝捕，慌忙也走了。却從這山下經過，却纔被哥哥打的那漢，先在這裏桃花山扎寨，唤做小霸王周通。那時引人下山來和小弟厮殺，被我贏了，他留小弟在山上爲寨主，讓第一把交椅教小弟坐了，以此在這裏落草。」智深道：「既然兄弟在此，劉太公這頭親事再也休題。他止有這個女兒，要養終身；不争被你把了去，教他老人家失所。」〔眉〕活佛。太公見説了大喜，安排酒食出來，管待二位。小嘍囉們，每人兩個饅頭，兩塊肉，一大碗酒，都教吃飽了。太公將出原定的金子段疋，魯智深道：「李忠兄弟，你與他收了去，這件事都在你身上。」〔眉〕惡姻緣反做了好姻緣。李忠道：「這個不妨事。且請哥哥去小寨住幾時，劉太公也走一遭。」太公叫莊客安排轎子，擡了魯智深，帶了禪杖、戒刀、行李，李忠也上了馬，太公也坐了一乘小轎，却早天色大明。

衆人上山來，智深、太公到得寨前，下了轎子，李忠也下了馬，邀請智深入到寨中，向這聚義廳上，三人坐定。李忠叫請周通出來，周通見了和尚，心中怒道：「哥哥却不與我報仇，倒請他來寨裏，讓他上面坐！」李忠道：「兄弟，你認得這和尚麽？」周通道：「我若認得他時，却不吃他打了。」李忠笑道：「這和尚，便是我日常和你説的三拳打死鎮關西的，便是他。」周通把頭摸一摸，叫聲：「呵呀！」撲翻身便剪拂。畫。魯智深答禮道：「休怪衝撞。」三個坐定，劉太公立在面前，魯智深便道：「周家兄弟，你來聽俺説：劉太公這頭親事，你却不知他只有這個女兒，養老送終，承祀香火，都在他身上。你若娶了，教他老人家失所，他心裏怕不情願。你依着洒家，把來棄了，别選一個好的。原定的金子段疋，將在這裏。你心下如何？」〔眉〕佛。周通道：「並聽大哥言語，兄弟再不敢登門。」智深道：「大丈夫作事，却休要翻悔。」〔眉〕佛。周通折箭爲誓，劉太公拜謝了，納還金子段疋，自下山回莊去了。

李忠、周通椎牛宰馬，安排筵席，管待了數日。引魯智深山前山後觀看景致，果是好座桃花山，生得兇怪，四圍險峻，單單只一條路上去，四下裏漫漫都是亂草。智深看了道：「果然好險隘去處。」住了幾日，魯智深見李忠、周通不是個慷慨之人，作事慳吝，只要下山。兩個苦留，那裏肯住，只推道：「俺如今既出了家，如何肯落草？」李忠、周通道：「哥哥既然不肯落草，要去時，我等明日下山，但得多少，盡送與哥哥作路費。」次日，山寨裏一面殺羊宰猪，且做送路筵席，安排整頓，却將金銀酒器，設放在桌上。正待入席飲酒，只見小嘍囉報來：「見山下有兩輛車，十數個人來也。」李忠、周通見報了，點起衆多小嘍囉，只留一兩個伏侍魯智深飲酒。兩個好漢道：「哥哥只顧請自在吃兩杯，我兩個下山去取得財來，就與哥哥送行。」分付已罷，引領衆人下山去了。

且說這魯智深尋思道：「這兩個人好生慳吝，見放着有許多金銀，却不送與俺，直等他去打劫得別人的，送與洒家。這個不是把官路當人情，只苦別人。洒家且教這厮吃俺一驚。」〔眉〕佛。便喚這幾個小嘍囉近前來篩酒吃。方纔吃得兩盞，跳起身來，兩拳打翻兩個小嘍囉，便解搭膊做一塊兒綑了，口裏都塞了些麻核桃。便取出包裹打開，没要緊的都撇了，只拿了桌上金銀酒器，都踏匾了，拴在包裹，胸前度牒袋内藏了真長老的書信，跨了戒刀，提了禪杖，頂了衣包，便出寨來。〔眉〕佛。到後山打一望時，都是險峻之處，又没深草存躲，（却尋思）：「洒家從前山去時，以定吃那厮們撞見，不如就此間滾將下去。」妙。先把戒刀和包裹拴了，望下丟落去，又把禪杖也攛落去。却把身望下只一滾，骨碌碌直滾到山脚邊，並無傷損。〔眉〕活佛。魯智深跳將起來，尋了包裹，跨了戒刀，拿了禪杖，拽開脚手，投東京便走。

再説李忠、周通下到山邊，正迎着那數十個人，各有器械。李忠、周通挺着鎗，小嘍囉吶着〈吶〉（喊），搶向前來喝道：「兀那客人，會事的留下買路錢。」那客人内有一個便撚着朴刀來鬥李忠，一來一往，一去一回，鬥了十餘合，不分勝負。周通大怒，趕向前來喝一聲，衆小嘍囉一齊都上，那夥客人抵當不住，轉身便走。有那走得遲的，盡被搠死七八個。劫了車子財物，和着凱歌，慢慢地上山來。到得寨裏，打一看時，只見兩個小嘍囉綑做一塊在亭柱邊；桌子上金銀酒器都不見了。周通解了小嘍囉，問其備細：「魯智深那裏去了？」小嘍囉説道：「把我兩個打翻綑縛了，捲了若干器皿，都拏了去。」周通道：「這賊禿不是好人，倒着了那廝手脚，却從那裏去了？」團團尋蹤迹，到後山，見一帶草木平平地都滾倒了。周通看了道：「這禿驢到是個老賊。小賊才知。這般險峻山岡，從這裏滾了下去。」李忠道：「我們趕上去問他討，也羞那廝一場。」周通道：「罷！罷！賊去了關門，那裏去趕？便趕得着時，也問他取不成。倘有些不然起來，我和你又敵他不過，後來倒難厮見了。不如罷手，後來倒好相見。〔眉〕倘或周通又去劉太公莊上做女婿，如何？卓吾曰：魯和尚也管不得許多。我們且自把車子上包裹打開，將金銀段疋分作三分，我和你各捉一分，一分賞了衆小嘍囉。」李忠道：「是我不合引他上山，折了你許多東西，我的這一分都與了你。」周通道：「哥哥，我和你同死同生，休〈認〉（恁）地計較。」看官牢記話頭，這李忠、周通自在桃花山打劫。

再説魯智深離了桃花山，放開脚步，從早晨只走到午後，約莫走了五六十里多路。肚裏又飢，路上又没個打火處，尋思：「早起只顧貪走，不曾吃得些東西，却投那裏去好？」東觀西望，猛然聽得遠遠地鈴鐸之聲，魯智深聽得道：「好了，不是寺院，便是宫觀，風吹得簷前鈴鐸之聲，洒家且尋去那裏投齋。」不是魯智深投那個去處，有分教：到那裏斷送了十餘條性命生靈，一把火燒了有名的靈山古迹，直教黄金殿上生紅焰，碧玉堂前起黑煙。畢竟魯智深投甚麽寺觀來，且聽下回分解。

李和尚曰：人説魯智深桃花山上竊取了李忠、周通的酒器，以爲不是丈夫所爲。殊不知智深後來作佛，正在此等〈去〉（處）。何也？率性而行，不拘小節，方是成佛作祖根基。若瞻前顧後，算一計十，幾何不向假道學門風去也？

九紋龍剪徑
赤松林

魯智深火燒瓦礶寺

第六回　九紋龍剪逕赤松林　魯智深火燒瓦罐寺

詩曰：

萍蹤浪迹入東京，行盡山林數十程。古刹今番經劫火，中原從此動刀兵。相國寺中重掛搭，種蔬園内且經營。自古白雲無去住，幾多變化任縱横。

話説魯智深走過數個山坡，見一座大松林，一條山路。隨着那山路行去，走不得半里，擡頭看時，却見一所敗落寺院，被風吹得鈴鐸響。看那山門時，上有一面舊朱紅牌額，内有四個金字，都昏了，寫着「瓦罐之寺」。又行不得四五十步，過座石橋，再看時，一座古寺已有年代。入得山門裏，仔細看來，雖是大刹，好生崩損。但見：

鐘樓倒塌，殿宇崩摧。山門盡長蒼苔，經閣都生碧蘚。釋迦佛蘆芽穿膝，渾如在雪嶺之時；觀世音荆棘纏身，却似守香山之日。諸天壞損，懷中鳥雀營巢；帝釋欹斜，口内蜘蛛結網。方丈凄涼，廊房寂寞。没頭羅漢，這法身也受災殃；折背金剛，有神通如何施展。香積廚中藏兔穴，龍華臺上印狐蹤。〔眉〕形容敗落寺院如畫。

魯智深入得寺來，便投知客寮去。只見知客寮門前大門也没了，四圍壁落全無。智深尋思道：「這個大寺，如何敗落的恁地？」直入方丈前看時，只見滿地都是燕子糞，門上一把鎖鎖着，鎖上盡是蜘蛛網。智深把禪杖就地下搠着，叫道：「過往僧人來投齋！」叫了半日，没一個答應。回到香積廚下看時，鍋也没了，竈頭都塌損。智深把包裹解下，放在監齋使者面前，提了禪杖，到處尋去。尋到廚房後面一間小屋，見幾個老和尚坐地，一個個面黄肌瘦。智深喝一聲道：「你們這和尚好没道理！由洒家叫喚，没一個應。」那和尚摇手道：「不要高聲。」智深道：「俺是過往僧人，討頓飯吃，有甚利害？」老和尚道：「我們三日不曾有飯落肚，那裏討飯與你吃？」智深道：「俺是五臺山來的僧人，粥也胡亂請洒家吃半碗。」老和尚道：「你是活佛去處來的僧，我們合當齋你。争奈我寺中僧衆走散，並無一粒齋糧，老僧等端的餓了三日。」智深道：「胡説！這等一個大去處，不信没齋糧。」老和尚道：「我這裏是個非細去處。只因是十方常住，被一個雲遊和尚引着一個道人，來此住持，把常住有的没的都毁壞了。他兩個無所不爲，把衆僧趕出去了。我幾個老的走不動，只得在這裏過，因此没飯吃。」智深道：「胡説！量他一個和尚、一個道人，做得甚事！却不去官府告他？」老和尚道：「師父你不知，這裏衙門又遠，便是官軍，也禁不的他。這和尚、道人好生了得！都是殺人放火的人，如今向方丈後面一個去處安身。」智深道：「這兩個唤做甚麽？」老和尚道：「那和尚姓崔，法號道成，綽號生鐵佛；道人姓丘，排行小乙，綽號飛天夜叉。這兩個那裏似個出家人，只是緑林中强賊一般，把這出家影占身體。」

智深正問間，猛聞得一陣香來。智深提了禪杖，踅過後面，打一看時，見一個土竈，蓋着一個草蓋，氣騰騰撞將起來。智深揭起看時，煮着一鍋粟米粥。智深罵道：「你這幾個老和尚没道理，只説三日没飯吃，如今見煮一鍋粥，出家人何故説謊？」那幾個老和尚吃智深尋出粥來，只(叫)得苦，把碗碟、鈴頭、杓子、水桶都搶過了。智深肚飢，没奈何，見了粥要吃，没做道理處，只見竈邊破漆春臺，只有些灰塵在面上。智深見了，人急智生，便把禪杖倚了，就竈邊拾把草，把春臺揩抹了灰塵，雙手把鍋掇起來，把粥望春臺只一傾。那幾個老和尚都來搶粥吃，纔吃幾口，被智深一推一交，倒的倒了，走的走了。智深却把手來捧那粥吃。纔吃幾口，那老和尚道：「我等端的三日没飯吃，却纔去村裏抄化得這些粟米，胡亂熬些粥吃，你又吃我們的。」智深吃五七口，聽得了這話，便撇了不吃。佛。

只聽得外面有人嘲歌。智深洗了手，提了禪杖出來看時，破壁子裏望見一個道人，頭戴皂巾，身穿布衫，腰繫雜色縧，脚穿麻鞋，挑着一擔兒，一頭是一個竹籃兒，裏面露些魚尾，并荷葉托着些肉；一頭擔着一瓶酒，也是荷葉蓋着。口裏嘲歌着唱道：

「你在東時我在西，你無男子我無妻。我無妻時猶閑可，你無夫時好孤恓。」

那幾個老和尚趕出來，指與智深道：「這個道人，便是飛天夜叉丘小乙。」智深見指説了，便提着禪杖，隨後跟去。那道人不知智深在後面跟來，只顧走入方丈後牆裏去。智深隨即跟到裏面，看時，見緑槐樹下放着一條桌子，鋪着些盤饌，三個盞子，三雙筯子，當中坐着一個胖和尚，生的眉如漆刷，眼似黑墨，肐膌的一身横肉，胸脯下露出黑肚皮來。邊廂坐着一個年幼婦人。那道人把竹籃放下，也來坐地。智深走到面前，那和尚吃了一驚，跳起身來便道：「請師兄坐，同吃一盞。」智深提着禪杖道：「你這兩個，如何把寺來廢了？」那和尚便道：「師兄請坐，聽小僧説……」智深睁着眼道：「你説，你説！」那和尚道：「在先敝寺十分好個去處，田莊又廣，僧衆極多，只被廊下那幾個老和尚吃酒撒潑，將錢養女，長老禁約他們不得，又把長老排告了出去。因此把寺來都廢了，僧衆盡皆走散，田土已都賣了。小僧却和這個道人新來住持此間。正欲要整理山門，修蓋殿宇。」智深道：「這婦人是誰？却在這裏吃酒？」那和尚道：「師兄容稟：這個娘子，他是前村王有金的女兒。在先他的父親是本寺檀越，如今消乏了家私，近日好生狼狽，家間人口都没了，丈夫又患病，因來敝寺借米。小僧看施主檀越面，取酒相待，别無他意，只是敬禮，好敬禮。師兄休聽那幾個老畜生説。」〔眉〕説得没理，亦没趣。智深聽了他這篇話，又見他如此小心，便道：「叵耐幾個老僧戲弄洒家。」提了禪杖，再回香積廚來。這幾個老僧方纔吃些飯，正在那裏。看見智深嗔忿的出來，指着老和尚道：「原來是你這幾個壞了常住，猶自在俺面前説謊。」〔眉〕魯和尚好不明白。老和尚們一齊都道：「師兄休聽他説，見今養着一個婦女在那裏。真。他恰纔見你有戒刀、禪杖，他無器械，不敢與你相争。你若不信時，再去走遭看，他和你怎地。師兄你自尋思，他們吃酒吃肉，是。我們粥也没的吃，恰纔只怕師兄吃了。」智深道：「也説得是。」方纔明白。倒提了禪杖，再往方丈後來，見那角門，却早關了。智深大怒，只一脚踢開了，搶入裏面看時，只見那生鐵佛崔道成仗着一條朴刀，從裏面趕到槐樹下來搶智深。智深見了，大吼一聲，輪起手中禪杖，來鬥崔道成。怎見的兩個和尚比試：

一個把袈裟不着，手中斜刺朴刀來；一個將直裰牢拴，掌内横飛禪杖去。一個咬牙必剥，渾如敬德戰秦瓊；一個睁眼圓輝，好似張飛迎吕布。一個盡世不看梁武懺，一個半生懶念《法華經》。〔眉〕生鐵佛亦是可兒。

那個生鐵佛崔道成，手中撚着朴刀，與智深厮併。兩個一來一往，一去一回，鬥了十四五合。那崔道成鬥智深不過，只有架隔遮攔，掣仗躲閃，抵當不住，却待要走。這丘道人見他當不住，却從背後拏了條朴刀，大踏步搠將來。智深正鬥間，只聽的背後脚步響，却又不敢回頭看他。不時見一個人影來，〈喝〉（知）道有暗算的人，叫一聲：「着！」那崔道成心慌，只道着他禪杖，托地跳出圈子外去。智深却待回身，正好三個摘脚兒厮見。〔眉〕畫。崔道成和丘道人兩個又併了十合之上。智深一來肚裏無食，二來走了許多路途，三者當不的他兩個生力，只得賣個破綻，拖了禪杖便走。兩個撚着朴刀，直殺出山門外來。智深又鬥了十合，鬥他兩個不過，掣了禪杖便走。兩個趕到石橋下，坐在闌干上，再不來趕。

智深走了二里，喘息方定，尋思道：「洒家的包裹放在監齋使者面前，只顧走來，不曾拿得。路上又没一分盤纏，又是飢餓，如何是好？待要回去，又敵他不過。他兩個併我一個，枉送了性命。」信步望前面去，行一步，懶一步。走了幾里，見前面一個大林子，都是赤松樹。但見：

虬枝錯落，盤數千條赤脚老龍；怪影參差，立幾萬道紅鱗巨蟒。遠觀却似判官鬚，近看宛如魔鬼髮。誰將鮮血洒林梢，疑是朱砂鋪樹頂。俗殺。

魯智深看了道：「好座猛惡林子。」觀看之間，只見樹影裏一個人探頭探腦，望了一望，吐了一口唾，閃入去了。智深看了道：「俺猜着這個撮鳥，是個剪逕的强人，正在此間等買賣。見洒家是個和尚，他道不利市，吐一口唾，走入去了。那厮却不是鳥晦氣，撞了洒家。洒家又一肚皮鳥氣正没處發落，且剥那厮衣裳當酒吃。」提了禪杖，逕搶到松林邊，喝一聲：「兀那林子裏的撮鳥！快出來。」那漢在林子裏聽的，大笑道：「我晦氣，他倒來惹我。」就從林子裏拿着朴刀，背翻身跳出來，喝一聲：「秃驢！你自當死，不是我來尋你。」智深道：「教你認的洒家。」輪起禪杖搶那漢，那漢撚着朴刀，來鬥和尚。恰待向前，肚裏尋思道：「這和尚聲音好熟。」便道：「兀那和尚，你的聲音好熟，你姓甚？」智深道：「俺且和你鬥三百合却説姓名。」那漢大怒，仗手中朴刀來迎禪杖。兩個鬥了十數合，那漢暗暗的喝采道：「好個莽和尚！」又鬥了四五合，那漢叫道：「少歇，我有話説。」兩個都跳出圈子外來，那漢便問道：「你端的姓甚名誰？聲音好熟。」智深説姓名畢，那漢撇了朴刀，翻身便剪拂，説道：「認得史進麽？」智深笑道：「原來是史大郎。」兩個再剪拂了，同到林子裏坐定。智深問道：「史大郎，自渭州别後，你一向在何處？」史進答道：「自那日酒樓前與哥哥分手，次日聽得哥哥打死了鄭屠，逃走去了。有緝捕的訪知史進和哥哥賫發那唱的金老，因此小弟也便離了渭州，尋師父王進，直到延州，又尋不着。回到北京，住了幾時，盤纏使盡，以此來在這裏，尋些盤纏。不想得遇哥哥，緣何做了和尚？」智深把前面過的話，從頭説了一遍。史進道：「哥哥，既是肚飢，小弟有乾肉燒餅在此。」便取出來與智深吃。史進又道：「哥哥，既有包裹在寺内，我和你討去。若還不肯時，一發結果了那厮。」智深道是。

當下和史進吃得飽了，各拏了器械，同回瓦罐寺來。到寺前，看見那崔道成、丘小乙兩個，兀自在橋上坐地。智深大喝一聲道：「你這厮們來，來！今番和你鬥個你死我活。」那和尚笑道：「你是我手裏敗將，如何再來敢厮併？」智深大怒，輪起鐵禪杖，奔過橋來。那生鐵佛生嗔，仗着朴刀殺下橋去。智深一者得了史進，肚裏膽壯；二乃吃得飽了，那精神氣力越使得出來。兩個鬥到八九合，崔道成漸漸力怯，只辦得走路。那飛天夜叉丘道人見和尚輸了，便仗着朴刀來協助。這邊史進見了，便從樹林子裏跳將出來，大喝一聲：「都不要走！」掀起笠兒，挺着朴刀，來戰丘小乙。四個人兩對厮殺，鬥的一似畫閣上的。但見：

和尚囂頑，禪僧勇猛。鐵禪杖飛一條玉蟒，鋒朴刀併萬道霞光。壯士翻身，恨不得平吞了宇宙；道人縱步，只待要撼動了乾坤。八臂相交，有如三戰吕布；一聲響亮，不若四座天王。溪邊鬥處鬼神驚，橋上戰時山石裂。

智深與崔道成正鬥到間深裏，智深得便處喝一聲：「着！」只一禪杖，把生鐵佛打下橋去。那道人見倒了和尚，無心戀戰，賣個破綻便走。史進喝道：「那裏去？」趕上望後心一朴刀，撲地一聲響，道人倒在一邊。史進踏入去，調轉朴刀，望下面只顧肐肢肐察的搠。智深趕下橋去，把崔道成後身一禪杖。可憐兩個强徒，化作南柯一夢。正是：從前作過事，無幸一齊來。智深、史進把這丘小乙、崔道成兩個屍首都縛了，攛在澗裏。

兩個再打入寺裏來，香積廚下那幾個老和尚，因見智深輸了去，怕崔道成、丘小乙來殺他，已自都弔死了。智深、史進直走入方丈後角門内看時，那個擄來的婦人投井而死。直尋到裏面八九間小屋，打將入去，並無一人。只見包裹已拏在彼，未曾打開。智深道：「既有了包裹，依原背了。」再尋到裏面，只見牀上三四包衣服，史進打開，都是衣裳，包了些金銀，揀好的包了一包袱，背在身上。尋到廚房，見有酒有肉，兩個都吃飽了，竈前縛了兩個火把，撥開火，爐炭上點着，焰騰騰的先燒着後面小屋，燒到門前，再縛幾個火把，直來佛殿下後檐，點着燒起來。湊巧風緊，刮刮雜雜地火起，竟天價燒起來。怎見的好火，但見：

濃煙滾滾，烈焰騰騰。須臾間燎徹天關，頃刻時燒開地户。燎飛禽翅盡墜雲霄，燒走獸毛焦投澗壑。多無一霎，佛殿盡通紅；那有半朝，僧房俱變赤。恰似老君推倒煉丹爐，一塊火山連地滾。

智深與史進看着，等了一回，四下火都着了，二人道：「梁園雖好，不是久戀之家。俺二人只好撒開。」二人厮趕着，行了一夜。天色微明，兩個遠遠地望見一簇人家，看來是個村鎮。兩個投那村鎮上來，獨木橋邊一個小小酒店。但見：

柴門半掩，布幕低垂。酸醨酒瓮土牀邊，墨畫神仙塵壁上。村童量酒，想非滌器之相如；醜婦當壚，不是當時之卓氏。壁間大字，村中學究醉時題；架上簑衣，野外漁郎乘興當。好。

智深、史進來到村中酒店内，一面吃酒，一面叫酒保買些肉來，借些米來，打火做飯。兩個吃酒，訴説路上許多事務。吃了酒飯，智深便問史進道：「你今投那裏去？」史進道：「我如今只得再回少華山去，投奔朱武等三人，入了夥，且過幾時，却再理會。」智深見説了，道：「兄弟也是。」便打開包裹，取些金銀與了史進，二人拴了包裹，拏了器械，還了酒錢。二人出得店門，離了村鎮，又行不過五七里，到一個三岔路口。智深道：「兄弟須要分手，洒家從東京去，你休相送。你打華州，須從這條路去，他日却得相會。若有個便人，可通個信息來往。」史進拜辭了智深，各自分了路，史進去了。

只説智深自往東京，在路又行了八九日，早望見東京。入得城來，但見：

千門萬户，紛紛朱翠交輝；三市六街，濟濟衣冠聚集。鳳閣列九重金玉，龍樓顯一派玻璃。鸞笙鳳管沸歌臺，象板銀箏鳴舞榭。滿目軍民相慶，樂太平豐稔之年；四方商旅交通，聚富貴榮華之地。花街柳陌，衆多嬌艷名姬；楚館秦樓，無限風流歌妓。豪門富户呼盧，公子王孫買笑。景物奢華無比並，只疑閬苑與蓬萊。

智深看見東京熱鬧，市井諠譁，來到城中，陪個小心，問人道：「大相國寺在何處？」街坊人答道：「前面州橋便是。」智深提了禪杖便走，早來到寺前。入得山門看時，端的好一座大刹！但見：

山門高聳，梵宇清幽。當頭敕額字分明，兩下金剛形勢猛。五間大殿，龍鱗瓦砌碧成行；四壁僧房，龜背磨磚花嵌縫。鐘樓森立，經閣巍峨。旛竿高峻接青雲，寶塔依稀侵碧漢。木魚横掛，雲板高懸。佛前燈燭熒煌，爐内香煙繚繞。幢幡不斷，觀音殿接祖師堂；寶蓋相連，水陸會通羅漢院。時時護法諸天降，歲歲降魔尊者來。

智深進得寺來，東西廊下看時，逕投知客寮內去，道人撞見，報與知客。無移時，知客僧出來，見了智深生的兇猛，提着鐵禪杖，跨着戒刀，背着個大包裹，先有五分懼他。知客問道：「師兄何方來？」智深放下包裹禪杖，打個問訊，知客回了問訊。智深説道：「小徒五臺山來，本師真長老有書在此，着小僧來投上刹清大師長老處，討個職事僧做。」知客道：「既是真大師長老有書劄，合當同到方丈裏去。」知客引了智深直到方丈，解開包裹取出書來，拏在手裏。知客道：「師兄，你如何不知體面？即目長老出來，你可解了戒刀，取出那七條、坐具、信香來，禮拜長老使得。」智深道：「你却何不早説！」隨即解了戒刀，包裹内取出片香一炷，坐具、七條，半晌没做道理處。知客又與他披了袈裟，教他先鋪坐具。知客問道：「有信香在那裏？」智深道：「甚麼信香，只有一炷香在此。」知客再不和他説，肚裏自疑忌了。

少刻，只見智清禪師兩個使者引着出來，禪椅上坐了。知客向前打個問訊，稟道：「這僧人從五臺山來，有真禪師書在此，上達本師。」清長老道：「好，好！師兄多時不曾有法帖來。」知客叫智深道：「師兄，把書來禮拜長老。」只見智深先把那炷香插在爐内，拜了三拜，將書呈上。清長老接書，把來拆開看時，上面寫道：

「智真和尚合掌白言賢弟清公大德禪師：不覺天長地隔，别顔睽遠。雖南北分宗，千里同意。今有小浼：敝寺檀越趙員外剃度僧人智深，俗姓是延安府老种經略相公帳前提轄官魯達。爲因打死了人，情願落髮爲僧。二次因醉鬧了僧堂，職事人不能和順，特來上刹，萬望作職事人員收録，幸甚！切不可推故。此僧久後正果非常，千萬容留。珍重珍重！」具眼。

清長老讀罷來書，便道：「遠來僧人，且去僧堂中暫歇，吃些齋飯。」智深謝了，收拾起坐具、七條，提了包裹，拏了禪杖、戒刀，跟着行童去了。

清長老喚集兩班許多職事僧人，盡到方丈，乃言：「汝等衆僧在此，你看我師兄智真禪師好没分曉。這個來的僧人，原來是經略府軍官，爲因打死了人，落髮爲僧，二次在彼鬧了僧堂，因此難着他。你那裏安他不的，却推來與我。待要不收留他，師兄如此萬千囑付，不可推故；待要着他在這裏，倘或亂了清規，如何使得？」知客道：「便是弟子們看那僧人，全不似出家人模樣。〔眉〕胡説。真正出家人，何必要似出家人模樣？本寺如何安着得他？」都寺便道：「弟子尋思起來，只有酸棗門外退居廨宇後那片菜園，如常被營内軍健們并門外那二十來個破落户時常來侵害，縱放羊馬，好生囉唣。一個老和尚在那裏住持，那裏敢管他？何不教智深去那裏住持，倒敢管的下。」清長老道：「都寺説的是。」教侍者去僧堂内客房裏等他吃罷飯，便喚將他來。

侍者去不多時，引着智深到方丈裏。清長老道：「你既是我師兄真大師薦將來我這寺中掛搭，做個職事人員，我這敝寺有個大菜園，在酸棗門外岳廟間壁，你可去那裏住持管領。每日教種地人納十擔菜蔬，餘者都屬你用度。」智深便道：「本師真長老着小僧投大刹討個職事僧做，却不教俺做個都寺、監寺，如何教洒家去管菜園？」妙。首座便道：「師兄你不省得。你新來掛搭，又不曾有功勞，如何便做得都寺？這管菜園也是個大職事人員了。」智深道：「洒家不管菜園，俺只要做都寺、監寺。」妙。

首座又道：「你聽我説與你，僧門中職事人員，各有頭項。且如小僧做個知客，只理會管待往來客官僧衆。假如維那、侍者、書記、首座，這都是清職，不容易得做。都寺、監寺、提點、院主，這個都是掌管常住財物。你纔到的方丈，怎便得上等職事？還有那管藏的，唤做藏主；管殿的，唤做殿主；管閣的，唤做閣主；管化緣的，唤做化主；管浴堂的，唤做浴主。這個都是主事人員，中等職事。還有那管塔的塔頭，管飯的飯頭，管茶的茶頭，管菜園的菜頭，管東廁的浄頭。這個都是頭事人員，末等職事。假如師兄你管了一年菜園，好，便升你做個塔頭；又管了一年，好，升你做個浴主；又一年，好，纔做監寺。」智深道：「既然如此，也有出身時，洒家明日便去。」畢竟是個爽利人。〔眉〕要思量出身，便不是尋常和尚。話休絮煩，清長老見智深肯去，就留在方丈裏歇了。當日議定了職事，隨即寫了榜文，先使人去菜園裏退居廨宇内，掛起庫司榜文，明日交割。當晚各自散了。次早，清長老升法座，押了法帖，委智深管菜園。智深到座前領了法帖，辭了長老，背上包裹，跨了戒刀禪杖，和兩個送入院的和尚，直來酸棗門外廨宇裏來住持。

且説菜園左近有二三十個賭博不成才破落户潑皮，泛常在園内偷盜菜蔬，靠着養身。因來偷菜，看見廨宇門上新掛一道庫司榜文，上説：「大相國寺仰委管菜園僧人魯智深前來住持，自明日爲始掌管，並不許閑雜人等入園攪擾。」那幾個潑皮看了，便去與衆破落户商議道：「大相國寺裏差一個和尚，甚麽魯智深，來管菜園。我們趁他新來，尋一場鬧，一頓打下頭來，教那厮伏我們。」數中一個道：「我有一個道理，他又不曾認的我，我們如何便去尋的鬧？等他來時，誘他去糞窖邊，只做參賀他，雙手搶住脚，翻筋斗攧那厮下糞窖去，只是小要他。」衆潑皮道：「好，好！」商量已定，且看他來。

却説魯智深來到廨宇退居内房中，安頓了包裹行李，倚了禪杖，挂了戒刀。那數個種地道人，都來参拜了，但有一應鎖鑰，盡行交割。那兩個和尚同舊住持老和尚，相别了盡回寺去。且説智深出到菜園地上，東觀西望，看那園圃。只見這二三十個潑皮，拿著些菓盒酒禮，都嘻嘻的笑道：「聞知和尚新來住持，我們鄰舍街坊都來作慶。」智深不知是計，直走到糞窖邊來。那夥潑皮一齊向前，一個來搶左脚，一個來搶右脚，指望來攧智深。只教智深脚尖起處，山前猛虎心驚；拳頭落時，海内蛟龍喪膽。正是方圓一片閑園圃，目下排成小戰場。那夥潑皮怎的來攧智深，且聽下回分解。

李和尚曰：如今世上都是瞎子，再無一個有眼的，看人只是皮相。如魯和尚，却是個活佛，倒叫他不似出家人模樣。請問似出家人模樣的，畢竟濟得恁事？模樣要他做恁？假道學之所以可惡，可恨，可殺，可剮，正爲忒似聖人模樣耳！

花和尚倒拔垂楊柳

白虎節堂
豹子頭誤入白虎堂
水滸傳
容與堂

第七回　花和尚倒拔垂楊柳　豹子頭誤入白虎堂

詩曰：

在世爲人保七旬，何勞日夜弄精神。世事到頭終有盡，浮花過眼總非真。貧窮富貴天之命，事業功名隙裏塵。得便宜處休歡喜，遠在兒孫近在身。

話説那酸棗門外三二十個潑皮破落户，中間有兩個爲頭的，一個叫做過街老鼠張三，一個叫做青草蛇李四。這兩個爲頭接將來，智深也却好去糞窖邊，看見這夥人都不走動，只立在窖邊，齊道：「俺特來與和尚作慶。」智深道：「你們既是鄰舍街坊，都來廨宇裏坐地。」張三、李四便拜在地上，不肯起來，只指望和尚來扶他，便要動手。智深見了，心裏早疑忌道：「這夥人不三不四，又不肯近前來，莫不要攧洒家？那廝却是倒來捋虎鬚。俺且走向前去，教那廝看洒家手脚。」智深大踏步近前，去衆人面前來。那張三、李四便道：「小人兄弟們特來參拜師父。」口裏説，便向前去，一個來搶左脚，一個來搶右脚。智深不等他占身，右脚早起，騰的把李四先踢下糞窖裏去。張三恰待走，智深左脚早起，兩個潑皮都踢在糞窖裏掙側。後頭那二三十個破落户驚的目瞪癡呆，都待要走，智深喝道：「一個走的，一個下去；兩個走的，兩個下去！」衆潑皮都不敢動彈。只見那張三、李四在糞窖裏探起頭來。原來那座糞窖没底似深，兩個一身臭屎，頭髮上蛆蟲盤滿，立在糞窖裏叫道：「師父饒恕我們。」畫。智深喝道：「你那衆潑皮，快扶那鳥上來，我便饒你衆人。」衆人打一救，攙到葫蘆架邊，臭穢不可近前。智深呵呵大笑道：「兀那蠢物，你且去菜園池子裏洗了來，和你衆人説話。」

兩個潑皮洗了一回，衆人脱件衣服，與他兩個穿了。智深叫道：「都來廨宇裏坐地説話。」智深先居中坐了，妙。指着衆人道：「你那夥鳥人，休要瞞洒家，你等都是甚麽鳥人，〈俺〉（來）這裏戲弄洒家？」那張三、李四并衆火伴一齊跪下説道：「小人祖居在這裏，都只靠賭博討錢爲生。這片菜園，是俺們衣飯碗，大相國寺裏幾番使錢，要奈何我們不得。師父却是那裏來的長老，恁的了得！相國寺裏，不曾見有師父，今日我等情願伏侍。」智深道：「洒家是關西延安府老种經略相公帳前提轄官，只爲殺的人多，因此情願出家，妙。五臺山來到這裏。洒家俗姓魯，法名智深。休説你這三二十個人，直甚麽，便是千軍萬馬隊中，俺敢直殺的入去出來。」衆潑皮喏喏連聲，拜謝了去。謝什麽。智深自來廨宇裏房内，收拾整頓歇卧。

次日，衆潑皮商量湊些錢物，買了十瓶酒，牽了一個猪來請智深。都在廨宇安排了，請魯智深居中坐了，兩邊一帶，坐定那二三十潑皮飲酒。智深道：「甚麽道理，叫你衆人們壞鈔。」衆人道：「我們有福，今日得師父在這裏與我等衆人做主。」智深大喜。吃到半酣裏，也有唱的，也有説的，也有拍手的，也有笑的。正在那裏喧鬨，只聽得門外老鴉哇哇的叫。衆人有扣齒的，齊道：「赤口上天，白舌入那裏取地。」妙。〔眉〕問得有趣。　智深道：「你們做甚麽鳥亂？」衆人道：「老鴉叫，怕有口舌。」智深道：「那裏取這話？」那種地道人笑道：「墻角邊緑楊樹上新添了一個老鴉巢，每日只聒到晚。」衆人道：「把梯子去上面拆了那巢便了。」有幾個道：「我們便去。」智深也乘着酒興，都到外面看時，果然緑楊樹上一個老鴉巢。衆人道：「把梯子上去拆了，也得耳根清浄。」李四便道：「我與你盤上去，不要梯子。」智深相了一相，走到樹前，把直裰脱了，用右手向下，把身倒繳着，却把左手拔住上截，把腰只一趁，將那株緑楊樹帶根拔起。妙人。　衆潑皮見了，一齊拜倒在地，只叫：「師父非是凡人，正是真羅漢身體。無千萬斤氣力，如何拔得起！」智深道：「打甚鳥緊，明日都看洒家演武使器械。」妙。　衆潑皮當晚各自散了。

從明日爲始，這二三十個破落户見智深匾匾的伏，每日將酒肉來請智深，看他演武使拳。過了數日，智深尋思道：「每日吃他們酒食多矣，洒家今日也安排些還席。」叫道人去城中買了幾般果子，沽了兩三擔酒，殺翻一口猪，一腔羊。那時正是三月盡，天氣正熱。智深道天色熱，叫道人緑槐樹下鋪了蘆蓆，請那許多潑皮團團坐定。大碗斟酒，大塊切肉，叫衆人吃得飽了，再取果子吃酒，又吃得正濃，衆潑皮道：「這幾日見師父演力，不曾見師父家生器械，怎得師父教我們看一看也好。」智深道：「説的是。」自去房内取出渾鐵禪杖，頭尾長五尺，重六十二斤。衆人看了，盡皆吃驚。都道：「兩臂膊没水牛大小氣力，怎使得動！」智深接過來，颼颼的使動，渾身上下没半點兒參差，衆人看了一齊喝采。

智深正使得活泛，只見墻外一個官人看見，喝采道：「端的使得好！」智深聽得，收住了手看時，只見墻缺邊立着一個官人，怎生打扮，但見：

頭戴一頂青紗抓角兒頭巾，腦後兩個白玉圈連珠鬢環。身穿一領單綠羅團花戰袍，腰繫一條雙搭尾龜背銀帶。穿一對磕瓜頭朝樣皂靴，手中執一把摺疊紙西川扇子。

那官人生的豹頭環眼，燕頷虎鬚，八尺長短身材，三十四五年紀。口裏道：「這個師父端的非凡，使的好器械。」衆潑皮道：「這位教師喝采，必然是好。」智深問道：「那軍官是誰？」衆人道：「這官人是八十萬禁軍鎗棒教頭林武師，名喚林沖。」智深道：「何不就請來厮見。」那林教頭便跳入墻來，兩個就槐樹下相見了，一同坐地。林教頭便問道：「師兄何處人氏？法諱喚做甚麽？」智深道：「洒家是關西魯達的便是。只爲殺的人多，情願爲僧。年幼時也曾到東京，認得令尊林提轄。」林沖大喜，就當結義，智深爲兄。智深道：「教頭今日原何到此？」林沖答道：「恰纔與拙荆一同來間壁岳廟裏還香願，林沖聽得使棒，看得入眼，着女使錦兒自和荆婦去廟裏燒香，林沖就只此間相等。不想得遇師兄。」智深道：「洒家初到這裏，正没相識。得這幾個大哥每日相伴，如今又得教頭不棄，結爲弟兄，十分好了。」便叫道人再添酒來相待。恰纔飲得三杯，只見女使錦兒慌慌急急，紅了臉，在墻缺邊叫道：「官人休要坐〈的〉（地）！娘子在廟中和人合口！」林沖連忙問道：「在那裏？」錦兒道：「正在五岳樓下來，撞見個詐奸不級的，把娘子攔住了不肯放。」林沖慌忙道：「却再來望師兄，休怪，休怪！」

林沖别了智深，急跳過墻缺，和錦兒逕奔岳廟裡來。搶到五岳樓看時，見了數個人拏着彈弓、吹筒、粘竿，都立在欄干邊；胡梯上一個年小的後生，獨自背立着，把林沖的娘子攔着道：「你且上樓去，和你説話。」林沖娘子紅了臉道：「清平世界，是何道理把良人調戲？」林沖趕到跟前，把那後生肩胛只一扳過來，喝道：「調戲良人妻子，當得何罪！」恰待下拳打時，認的是本管高太尉螟蛉之子高衙内。原來高俅新發迹，不曾有親兒，無人幫助，因此過房這高阿叔高三郎兒子在房内爲子。本是叔伯弟兄，却與他做乾兒子，因此高太尉愛惜他。那厮在東京倚勢豪强，專一愛淫〈妬〉（垢）人家妻女，京師人懼怕他權勢，誰敢與他争口？叫他做花花太歲。當時林沖扳將過來，却認得是本管高衙内，先自手軟了。高衙内説道：「林沖！干你甚事，你來多管！」原來高衙内不認得他是林沖的娘子。若還認得時，也没這場事。見林沖不動手，他發這話。衆多閑漢見鬧，一齊攏來勸道：「教頭休怪，衙内不認的，多有沖撞。」林沖怒氣未消，一雙眼睁着瞅那高衙内。衆閑漢勸了林沖，和哄高衙内出廟上馬去了。

林沖將引妻小並使女錦兒也轉出廊下來，只見智深提着鐵禪杖，引着那二三十個破落户，大踏步搶入廟來。林沖見了，叫道：「師兄那裏去？」智深道：「我來幫你厮打。」林沖道：「原來是本官高太尉的衙内，不認得荆婦，時間無禮。林沖本待要痛打那厮一頓，太尉面上須不好看。自古道：『不怕官，只怕管。』林沖不合吃着他的請受，權且讓他這一次。」智深道：「你却怕他本官太尉，洒家怕他甚鳥！俺若撞見那撮鳥時，且教他吃洒家三百禪杖了去。」〔眉〕真忠義。林沖見智深醉了，便道：「師兄説得是。林沖一時被衆人勸了，權且饒他。」智深道：「但有事時，便來唤洒家與你去。」衆潑皮見智深醉了，扶着道：「師父，俺們且去，明日再得相會。」智深提着禪杖道：「阿嫂休怪，莫要笑話。阿哥，明日再得相會。」智深相別，自和潑皮去了。林沖領了娘子並錦兒，取路回家，心中只是鬱鬱不樂。

且説這高衙内引了一班兒閑漢，自見了林沖娘子，又被他衝散了，心中好生着迷，怏怏不樂，回到府中納悶。過了三兩日，衆多閑漢都來伺候，見衙内自焦，没撩没亂，衆人散了。數内有一個幫閑的，唤作乾鳥頭富安，理會得高衙内意思，獨自一個到府中伺候。見衙内在書房中閑坐，那富安走近前去道：「衙内近日面色清減，心中少樂，必然有件不悦之事。」高衙内道：「你如何省得？」富安道：「小子一猜便着。」衙内道：「你猜我心中甚事不樂？」富安道：「衙内是思想那雙木的，這猜如何？」衙内笑道：「你猜得是。只没個道理得他。」富安道：「有何難哉！衙内怕林沖是個好漢，不敢欺他，這個無傷。他見在帳下聽使唤，大請大受，怎敢惡了太尉？輕則便刺配了他，重則害了他性命。〔眉〕小人可惡。小閑尋思有一計，使衙内能勾得他。」高衙内聽的，便道：「自見了多少好女娘，不知怎的，只愛他。心中着迷，鬱鬱不樂，你有甚見識能勾他時，我自重重的賞你。」富安道：「門下知心腹的陸虞候陸謙，他和林沖最好。明日衙内躲在陸虞候樓上深閣，擺下些酒食，却叫陸謙去請林沖出來吃酒，教他直去樊樓上深閣裏吃酒。小閑便去他家，對林沖娘子説道：『你丈夫教頭和陸謙吃酒，一時重氣，悶倒在樓上，叫娘子快去看哩。』賺得他來到樓上，婦人家水性，見了衙内這般風流人物，再着些甜話兒調和他，不由他不肯。小閑這一計如何？」高衙内喝采道：「好條計！就今晚着人去唤陸虞候來分付了。」原來陸虞候家只在高太尉家隔壁巷内。次日，商量了計策，陸虞候一時聽允，也没奈何。只要衙内歡喜，却顧不得朋友交情。

且說林沖連日悶悶不已，懶上街去。巳牌時，聽得門首有人叫道：「教頭在家麽？」林沖出來看時，却是陸虞候，慌忙道：「陸兄何來？」陸謙道：「特來探望兄，何故連日街前不見？」林沖道：「心裏悶，不曾出去。」陸謙道：「我同兄長去吃三杯解悶。」林沖道：「少坐拜茶。」兩個吃了茶起身，陸虞候道：「阿嫂，我同兄長到家去吃三杯。」林沖娘子趕到布簾下叫道：「大哥，少飲早歸。」林沖與陸謙出得門來，街上閑走了一回。陸虞候道：「兄長，我們休家去，只就樊樓内吃兩杯。」當時兩個上到樊樓内，占個閣兒，唤酒保分付，叫取兩瓶上色好酒，希奇果子案酒。兩個敍説閑話，林沖嘆了一口氣。陸虞候道：「兄長何故嘆氣？」林沖道：「賢弟不知。男子漢空有一身本事，不遇明主，屈沉在小人之下，受這般腌臢的氣。」陸虞候道：「如今禁軍中雖有幾個教頭，誰人及得兄長的本事？太尉又看承得好，却受誰的氣？」林沖把前日高衙内的事告訴陸虞候一遍，陸虞候道：「衙内必不認的嫂子。如此也不打緊，兄長不必忍氣，只顧飲酒。」〔眉〕富安可恕，陸謙必不可恕。可恨，可恨！林沖吃了八九杯酒，因要小遺，起身道：「我去浄手了來。」

林沖下得樓來，出酒店門，投東小巷内去浄了手，回身轉出巷口，只見女使錦兒叫道：「官人尋得我苦！却在這裏。」林沖慌忙問道：「做甚麽？」錦兒道：「官人和陸虞候出來，没半個時辰，只見一個漢子慌慌急急奔來家裏，對娘子説道：『我是陸虞候家鄰舍，你家教頭和陸謙吃酒，只見教頭一口氣不來，便重倒了，只叫娘子且快來看視。』娘子聽得，連忙央間壁王婆看了家，和我跟那漢子去，直到太府前小巷内一家人家。上至樓上，只見桌子上擺着些酒食，不見官人。恰待下樓，只見前日在岳廟裏囉唣娘子的那後生出來道：『娘子少坐，你丈夫來也。』錦兒慌慌下的樓時，只聽得娘子在樓上叫『殺人』。因此我一地裏尋官人不見，正撞着賣藥的張先生道：『我在樊樓前過，見教頭和一個人入去吃酒。』因此特奔到這裏。官人快去！」

林沖見說，吃了一驚，也不顧女使錦兒，三步做一步跑到陸虞候家，搶到胡梯上。却關着樓門，只聽得娘子叫道：「清平世界，如何把我良人妻子關在這裏？」又聽得高衙内道：「娘子，可憐見救俺。便是鐵石人，也告的回轉。」林沖立在胡梯上叫道：「大嫂開門！」那婦人聽的是丈夫聲音，只顧來開門，高衙内吃了一驚，斡開了樓窗，跳墻走了。林沖上的樓上，尋不見高衙内，問娘子道：「不曾被這厮點污了？」娘子道：「不曾。」林沖把陸虞候家打得粉碎，妙。將娘子下樓，出得門外看時，鄰舍兩邊都閉了門。女使錦兒接着，三個人一處歸家去了。

林沖拏了一把解腕尖刀，逕奔到樊樓前，去尋陸虞候，也不見了。却回來他門前等了一晚。不見回家，是。林沖自歸。娘子勸道：「我又不曾被他騙了，你休得胡做。」林沖道：「叵耐這陸謙畜生，我和你如兄若弟，你也來騙我！只怕不撞見高衙内，也照管着他頭面。」娘子苦勸，那裏肯放他出門。陸虞候只躲在太尉府内，亦不敢回家。林沖一連等了三日，並不見面。府前人見林沖面色不好，誰敢問他？

第四日飯時候，魯智深逕尋到林沖家相探，問道：「教頭如何連日不見面？」林沖答道：「小弟少冗，不曾探得師兄。既蒙到我寒舍，本當草酌三杯，争奈一時不能周備。且和師兄一同上街閑玩一遭，市沽兩盞如何？」智深道：「最好。」兩個同上街來，吃了一日酒，又約明日相會。自此每日與智深上街吃酒，把這件事都放慢了。

且説高衙内自從那日在陸虞候家樓上吃了那驚，跳墻脱走，不敢對太尉説知，因此在府中卧病。陸虞候和富安兩個來府裏望衙内，見他容顔不好，精神憔悴，陸謙道：「衙内何故如此精神少樂？」衙内道：「實不瞞你們説，我爲林沖老婆，兩次不能勾得他，又吃他那一驚，這病越添得重了。眼見的半年三個月，性命難保。」不死何爲！二人道：「衙内且寬心，只在小人兩個身上，好歹要共那婦人完聚，只除他自縊死了便罷。」正説間，府裏老都管也來看衙内病症。只見：

不痒不疼，渾身上或寒或熱；没撩没亂，滿腹中又飽又飢。白晝忘餐，黄昏廢寢。對爺娘怎訴心中恨，見相識難遮臉上羞。七魄悠悠，等候鬼門關上去；三魂蕩蕩，安排横死案中來。

那陸虞候和富安見老都管來問病，兩個商量道：「只除恁的……」等候老都管看病已了出來，兩個邀老都管僻浄處説道：「若要衙内病好，只除教太尉得知，害了林沖性命，方能勾得他老婆和衙内在一處，這病便得好。若不如此，已定送了衙内性命。」老都管道：「這個容易。老漢今晚便稟太尉得知。」兩個道：「我們已有了計，只等你回話。」

老都管至晚來見太尉，説道：「衙内不害别的症，却害林沖的老婆。」高俅道：「幾時見了他的渾家？」都管稟道：「便是前月二十八日在岳廟裏見來，今經一月有餘。」又把陸虞候設的計，備細説了。

高俅道：「如此，因爲他渾家，怎地害他？我尋思起來，若爲惜林沖一個人時，須送了我孩兒性命，却怎生是好？」都管道：「陸虞候和富安有計較。」高俅道：「既是如此，教喚二人來商議。」老都管隨即喚陸謙、富安入到堂裏，唱了喏。高俅問道：「我這小衙内的事，你兩個有甚計較？救得我孩兒好了時，我自擡舉你二人。」陸虞候向前稟道：「恩相在上，只除如此如此使得。」高俅見説了喝采道：「好計！你兩個明日便與我行。」〔眉〕如一夥不識道理、不知法度的畜生。不在話下。

再説林沖每日和智深吃酒，把這件事不記心了。那一日，兩個同行到閱武坊巷口，見一條大漢，頭戴一頂抓角兒頭巾，穿一領舊戰袍，手裏拿着一口寶刀，插着個草標兒，立在街上，口裏自言語説道：「好不遇識者，屈沉了我這口寶刀！」林沖也不理會，只顧和智深説着話走。那漢又跟在背後道：「好口寶刀！可惜不遇識者。」林沖只顧和智深走着，説得入巷。那漢又在背後説道：「偌大一個東京，没一個識的軍器的！」林沖聽的説，回過頭來。那漢颼的把那口刀掣將出來，明晃晃的奪人眼目。林沖合當有事，猛可地道：「將來看。」那漢遞將過來，林沖接在手内，同智深看了。但見：

清光奪目，冷氣侵人。遠看如玉沼春冰，近看似瓊臺瑞雪。花紋密布，鬼神見後心驚；氣象縱横，奸黨遇時膽裂。太阿巨闕應難比，干將莫邪亦等閑。

當時林沖看了，吃了一驚，失口道：「好刀！你要賣幾錢？」那漢道：「索價三千貫，實價二千貫。」林沖道：「值〈時〉（是）值二千貫，只没個識主。你若一千貫肯時，我買你的。」那漢道：「我急要些錢使，你若端的要時，饒你五百貫，實要一千五百貫。」林沖道：「只是一千貫，我便買了。」那漢嘆口氣道：「金子做生鐵賣了。罷，罷！一文也不要少了我的。」林沖道：「跟我來家中取錢還你。」回身却與智深道：「師兄且在茶房裏少待，小弟便來。」智深道：「洒家且回去，明日再相見。」林沖別了智深，自引了賣刀的那漢，去家去取錢與他。將銀子折算價貫準還與他，就問那漢道：「你這口刀那裏得來？」那漢道：「小人祖上留下，因爲家道消乏，没奈何，將出來賣了。」林沖道：「你祖上是誰？」那漢道：「若説時，辱末殺人。」林沖再也不問。那漢得了銀兩，自去了。林沖把這口刀翻來復去看了一回，喝采道：「端的好把刀！高太尉府中有一口寶刀，胡亂不肯教人看，我幾番借看，也不肯將出來。今日我也買了這口好刀，慢慢和他比試。」林沖當晚不落手看了一晚，夜間掛在壁上，未等天明，又去看那刀。

次日巳牌時分，只聽得門首有兩個承局叫道：「林教頭，太尉鈞旨，道你買一口好刀，就叫你將去比看。太尉在府裏專等。」林沖聽得説道：「又是甚麼多口的報知了。」兩個承局催得林沖穿了衣服，拏了那口刀，隨這兩個承局來。一路上，林沖道：「我在府中不認的你。」兩個人説道：「小人新近參隨。」却早來到府前，進得到廳前。林沖立住了脚，兩個又道：「太尉在裏面後堂内坐地。」轉入屏風，至後堂，又不見太尉。林沖又住了脚，兩個又道：「太尉直在裏面等你，叫引教頭進來。」又過了兩三重門，到一個去處，一週遭都是緑欄杆。兩個又引林沖到堂前，説道：「教頭，你只在此少待，等我入去稟太尉。」林沖拏着刀，立在簷前，兩個人自入去了，一盞茶時，不見出來。林沖心疑，探頭入簾看時，只見簷前額上有四個青字，寫道「白虎節堂」。林沖猛省道：「這節堂是商議軍機大事處，如何敢無故輒入?不是禮!」急待回身,只聽的靴履響,脚步鳴,一個人從外面入來,林沖看時,不是別人,却是本管高太尉。林沖見了,執刀向前聲喏。太尉喝道:「林沖!你又無呼喚,安敢輒入白虎節堂!你知法度否?你手裏拿着刀,莫非來刺殺下官?有人對我說,你兩三日前拏刀在府前伺候,必有歹心。」林沖躬身禀道:「恩相,恰纔蒙兩個承局呼喚林沖,將刀來比看。」太尉喝道:「承局在那裏?」林沖道:「恩相,他兩個已投堂裏去了。」太尉道:「胡說!甚麽承局,敢進我府堂裏去!左右與我拏下這廝!」説猶未了,傍邊耳房裏走出二十餘人,把林沖横推倒拽,恰似皂鵰追紫燕,渾如猛虎啖羊羔。高太尉大怒道:「你既是禁軍教頭,法度也還不知道。因何手執利刃,故入節堂,欲殺本官?」叫左右把林沖推下,不知性命如何。不因此等,有分教:大鬧中原,縱横海内。直教農夫背上添心號,漁父舟中插認旗。畢竟看林沖性命如何,且聽下回分解。

李生曰:小衙内是不知事小兒,富安是不識體光棍。兩個也不必説了。獨恨高俅害人,陸謙賣友,都差魯智深打他三百禪杖。

林教頭刺配滄州道

花和尚大鬧野猪林

第八回　林教頭刺配滄州道　魯智深大鬧野豬林

詩曰：

頭上青天只恁欺，害人性命霸人妻。須知奸惡千般計，要使英雄一命危。忠義縈心由秉賦，貪嗔轉念是慈悲。林沖合是災星退，却笑高俅枉作爲。

話説當時太尉喝叫左右排列軍校，拿下林沖要斬，林沖大叫寃屈。太尉道：「你來節堂有何事務？見今手裏拿着利刃，如何不是來殺下官？」林沖告道：「太尉不喚，如何敢見？有兩個承局望堂裏去了，故賺林沖到此。」太尉喝道：「胡説！我府中那有承局？這厮不服斷遣。」喝叫左右：「解去開封府，分付滕府尹好生推問，勘理明白處決，就把寶刀封了去。」左右領了鈞旨，監押林沖投開封府來，恰好府尹坐衙未退，但見：

緋羅繳壁，紫綬桌圍。當頭額掛朱紅，四下簾垂斑竹。官僚守正，戒石上刻御製四行；令史謹嚴，漆牌中書低聲二字。提轄官能掌機密，客帳司專管牌單。吏兵沉重，節級嚴威。執藤條祗候立階前，持大杖離班分左右。龐眉獄卒，挈沉枷顯耀狰獰；竪目押牢，提鐵鎖施逞猛勇。户婚詞訟，斷時有似玉衡明；鬥毆相争，判斷恰如金鏡照。雖然一郡宰臣官，果是四方民父母。直使囚從冰上立，盡教人向鏡中行。說不盡許多威儀，似塑就一堂神道。

高太尉幹人把林沖押到府前，跪在階下。府幹將太尉言語對滕府尹說了，將上太尉封的那把刀，放在林沖面前。府尹道：「林沖，你是個禁軍教頭，如何不知法度，手執利刃，故入節堂？這是該死的罪犯。」林沖告道：「恩相明鏡，念林沖負屈銜冤。小人雖是粗鹵的軍漢，頗識些法度，如何敢擅入節堂？爲是前月二十八日，林沖與妻到嶽廟還香願，正迎見高太尉的小衙内，把妻子調戲，被小人喝散了。次後又使陸虞候賺小人吃酒，却使富安來騙林沖妻子，到陸虞候家樓上調戲，亦被小人趕去。是把陸虞候家打了一場。兩次雖不成奸，皆有人證。次日，林沖自買這口刀，今日太尉差兩個承局來家呼喚林沖，叫將刀來府裏比看。因此林沖同二人到節堂下，兩個承局進堂裏去了。不想太尉從外面進來，設計陷害林沖。望恩相做主。」府尹聽了林沖口詞，且叫與了回文，一面取刑具枷杻來枷了，推入牢裏監下。林沖家裏自來送飯，一面使錢。林沖的丈人張教頭，亦來買上告下，使用財帛。

正值有個當案孔目，姓孫名定，爲人最鯁直，十分好善，只要週全人，因此人都唤做「孫佛兒」。他明知道這件事，轉轉宛宛在府上說知就裏，禀道：「此事果是屈了林沖，只可週全他。」府尹道：「他做下這般罪，高太尉批『仰定罪』，定要問他『手執利刃，故入節堂殺害本官』，怎週全得他？」孫定道：「這南衙開封府，不是朝廷的，是高太尉家的？」〔眉〕真是佛兒。府尹道：「胡說！」孫定道：「誰不知高太尉當權，倚勢豪强，更兼他府裏無般不做，但有人小小觸犯，便發來開封府，要殺便剮，却不是他家官府？」府尹道：「據你説時，林沖事怎的方便他施行斷遣？」孫定道：「看林沖口詞，是個無罪的人，只是没拿那兩個承局處。如今着他招認做『不合腰懸利刃誤入節堂』，脊杖二十，刺配遠惡軍州。」滕府尹也知這件事了，自去高太尉面前再三稟説林沖口詞。高俅情知理短，又礙府尹，只得准了。就此日府尹回來升廳，叫林沖除了長枷，斷了二十脊杖，唤個文筆匠刺了面頰，量地方遠近，該配滄州牢城。當廳打一面七斤半團頭鐵葉護身枷釘了，貼上封皮，押了一道牒文，差兩個防送公人監押前去。

兩個人是董超、薛霸。二人領了公文，押送林沖出開封府來。只見衆鄰舍並林沖的丈人張教頭，都在府前接着，同林沖兩個公人到州橋下酒店裏坐定。林沖道：「多得孫孔目維持，這棒不毒，因此走得動彈。」張教頭叫酒保安排案酒果子，管待兩個公人。酒至數杯，只見張教頭將出銀兩，賫發他兩個防送公人已了。林沖執手對丈人説道：「泰山在上，年災月厄，撞了高衙内，吃了一場屈官司。今日有句話説，上稟泰山：自蒙泰山錯愛，將令愛嫁事小人，已經三載，不曾有半些兒差池。雖不曾生半個兒女，未曾面紅面赤，半點相争。今小人遭這場横事，配去滄州，生死存亡未保。〔眉〕可憐。娘子在家，小人心去不穩，誠恐高衙内威逼這頭親事。況兼青春年少，休爲林沖誤了前程。却是林沖自行主張，非他人逼迫。小人今日就高鄰在此，明白立紙休書，任從改嫁，並無争執。如此林沖去的心穩，免得高衙内陷害。」張教頭道：「林沖，甚麽言語！你是天年不齊，遭了横事，又不是你作將出來的。今日權且去滄州躲災避難，早晚天可憐見，放你回來時，依舊夫妻完聚。老漢家中也頗有些過活，明日便取了我女家去，並錦兒，不揀怎得，三年五載，養贍得他。又不叫他出入，高衙内便要見，也不能勾。

休要憂心，都在老漢身上。你在滄州牢城，我自頻頻寄書並衣服與你，休得要胡思亂想，只顧放心去。」林沖道：「感謝泰山厚意。只是林沖放心不下，枉自兩相耽誤。泰山可憐見林沖，依允小人，便死也瞑目。」張教頭那裏肯應承。衆鄰舍亦説行不得。林沖道：「若不依允小人之時，林沖便挣扎得回來，誓不與娘子相聚。」張教頭道：「既然如此行時，權且由你寫下，我只不把女兒嫁人便了。」是。當時叫酒保尋個寫文書的人來，買了一張紙來，那人寫，林沖説，道是：

「東京八十萬禁軍教頭林沖，爲因身犯重罪，斷配滄州，去後存亡不保。有妻張氏年少，情願立此休書，任從改嫁，永無争執。委是自行情願，即非相逼。恐後無憑，立此文約爲照。年月日。」

林沖當下看人寫了，借過筆來，去年月下押個花字，打個手模。正在閣裏寫了，欲付與泰山收時，只見林沖的娘子，號天哭地叫將來，女使錦兒抱着一包衣服，一路尋到酒店裏。林沖見了，起身接着道：「娘子，小人有句話説，已稟過泰山了。爲是林沖年災月厄，遭這場屈事，今去滄州，生死不保，誠恐誤了娘子青春。今已寫下幾字在此，萬望娘子休等小人，有好頭腦，自行招嫁，莫爲林沖誤了賢妻。」那婦人聽罷，哭將起來，説道：「丈夫，我不曾有半些兒點污，如何把我休了！」林沖道：「娘子，我是好意，恐怕日後兩下相誤，賺了你。」張教頭便道：「我兒放心。雖是林沖恁的主張，我終不成下得將你來再嫁人。這事且由他放心去。他便（不）來時，我也安排你一世的終身盤費，只教你守志便了。」那婦人聽得説，心中哽咽，又見了這封書，一時哭倒聲絶在地。未知五臟如何，先見四肢不動。

但見：

荆山玉損，可惜數十年結髮成親；寶鑑花殘，枉費九十日東君匹配。花容倒卧，有如西苑芍藥倚朱闌；檀口無言，一似南海觀音來入定。小園昨夜春風惡，吹折江梅就地横。

林冲與泰山張教頭救得起來，半晌方纔甦醒，也自哭不住。林冲把休書與教頭收了，衆鄰舍亦有婦人來勸林冲娘子，攙扶回去。張教頭囑付林冲道：「你顧前程去，掙扎回來厮見。你的老小，我明日便取回去，養在家裏，待你回來完聚。你但放心去，不要掛念。如有便人，千萬頻頻寄些書信來。」林冲起身謝了，拜辭泰山并衆鄰舍，背了包裹，隨着公人去了。張教頭同鄰舍取路回家，不在話下。

且説兩個防送公人把林冲帶來使臣房裏寄了監，董超、薛霸各自回家收拾行李。只説董超正在家裏拴束包裹，只見巷口酒店裏酒保來説道：「董端公，一位官人在小人店裏請説話。」董超道：「是誰？」酒保道：「小人不認的，只叫請端公便來。」原來宋時的公人，都稱呼「端公」。當時董超便和酒保逕到店中閣兒内看時，見坐着一個人，頭戴頂萬字頭巾，身穿領皂紗背子，下面皂靴浄韤。見了董超，慌忙作揖道：「端公請坐。」董超道：「小人自來不曾拜識尊顔，不知呼唤有何使令？」那人道：「請坐少間便知。」董超坐在對席，酒保一面鋪下酒盞，菜蔬、果品、案酒都搬來擺了一桌。那人問道：「薛端公在何處住？」董超道：「只在前邊巷内。」那人唤酒保問了底脚，「與我去請將來。」酒保去了一盞茶時，只見請得薛霸到閣兒裏。董超道：「這位官人請俺説話。」薛霸道：「不敢動問大人高姓？」那人又道：「少刻便知，且請飲酒。」三人坐定，一面酒保篩酒。酒至數杯，那人去袖子裏取出十兩金子，放在桌上，說道：「二位端公各收五兩，有些小事煩及。」二人道：「小人素不認得尊官，何故與我金子？」那人道：「二位莫不投滄州去？」董超道：「小人兩個奉本府差遣，監押林沖直到那裏。」那人道：「既是如此，相煩二位。我是高太尉府心腹人陸虞候便是。」董超、薛霸喏喏連聲，說道：「小人何等樣人，敢共對席。」陸謙道：「你二位也知林沖和太尉是對頭。今奉着太尉鈞旨，教將這十兩金子送與二位，望你兩個領諾，不必遠去，只就前面僻静去處把林沖結果了，就彼處討紙回狀，回來便了。若開封府但有話說，太尉自行分付，並不妨事。」董超道：「却怕使不的。開封府公文只叫解活的去，却不曾教結果了他。亦且本人年紀又不高大，如何作的這緣故？倘有些兜答，恐不方便。」薛霸道：「董超，你聽我說：高太尉便叫你我死，也只得依他，莫說使這官人又送金子與俺。你不要多說，和你分了罷，落得做人情，日後也有照顧俺處。前頭有的是大松林猛惡去處，不揀怎的，與他結果了罷。」〔眉〕可殺。當下薛霸收了金子，說道：「官人放心，多是五〈跕〉（站）路，少只兩程，便有分曉。」陸謙大喜道：「還是薛端公真是爽利！明日到地了時，是必揭取林沖臉上金印回來做表證，陸謙再包辦二位十兩金子相謝。專等好音，切不可相誤。」原來宋時但是犯人徒流遷徙的，都臉上刺字，怕人恨怪，只喚做打金印。三個人又吃了一會酒，陸虞候算了酒錢，三人出酒肆來，各自分手。只說董超、薛霸將金子分受入己，送回家中，取了行李包裹，拏了水火棍，便來使臣房裏取了林沖，監押上路。

當日出得城來，離城三十里多路歇了。宋時途路上客店人家，但是公人監押囚人來歇，不要房錢。當下董、薛二人帶林沖到客店裏歇了一夜。第二日天明，起來打火，吃了飲食，投滄州路上來。

時遇六月天氣，炎暑正熱，林沖初吃棒時，倒也無事，次後三兩日間，天道盛熱，棒瘡却發，又是個新吃棒的人，路上一步挨一步走不動。董超道：「你好不曉事，此去滄州二千里有餘的路，你這樣般走，幾時得到！」畫。林沖道：「小人在太尉府裏折了些便宜，前日方纔吃棒，棒瘡舉發，這般炎熱，上下只得擔待一步。」薛霸道：「你自慢慢的走，休聽咭咶。」畫。董超一路上喃喃吶吶的口裏埋冤叫苦，說道：「却是老爺們晦氣，撞着你這個魔頭。」畫。看看天色又晚，【但見：

紅輪低墜，玉鏡將明。遙觀樵子歸來，近睹柴門半掩。僧投古寺，疏林穰穰鴉飛；客奔孤村，斷岸嗷嗷犬吠。佳人秉燭歸房，漁父收綸罷釣。唧唧亂蛩鳴腐草，紛紛宿鷺下莎汀。】〔眉〕刪。

當晚三個人投村中客店裏來，到得房內，兩個公人放了棍棒，解下包裹。林沖也把包來解了，不等公人開口，去包裹取些碎銀兩，央店小二買些酒肉，糴些米來，安排盤饌，請兩個防送公人坐了吃。董超、薛霸又添酒來，把林沖灌的醉了，和枷倒在一邊。薛霸去燒一鍋百沸滾湯，提將來傾在脚盆內，叫道：「林教頭，你也洗了脚，好睡。」林沖掙的起來，被枷礙了，曲身不得。薛霸便道：「我替你洗。」林沖忙道：「使不得。」薛霸道：「出路人那裏計較的許多。」林沖不知是計，只顧伸下脚來，被薛霸只一按，按在滾湯裏。惡。林沖叫一聲：「哎也！」急縮得起時，泡得脚面紅腫了。林沖道：「不消生受。」薛霸道：「只見罪人伏侍公人，那曾有公人伏侍罪人。好意叫他洗脚，顛倒嫌冷嫌熱，却不是好心不得好報。」畫。口裏喃喃的罵了半夜，林沖那裏敢回話，自去倒在一邊。他兩個潑了這水，自換些水，去外邊洗了脚。收拾睡到四更，同店人都未起，薛霸起來燒了面湯，安排打火做飯吃。林沖起來暈了，吃不得，又走不動。薛霸拿了水火棍，催促動身。董超去腰裏解下一雙新草鞋，耳朵並索兒却是麻編的，叫林沖穿。林沖看時，脚上滿面都是潦漿泡，只得尋覓舊草鞋穿，那裏去討。沒奈何，只得把新鞋穿上。惡。叫店小二算過酒錢，兩個公人帶了林沖出店，却是五更天氣。

林沖走不到三二里，脚上泡被新草鞋打破了，鮮血淋漓，正走不動，聲喚不止。薛霸罵道：「走便快走，不走便大棍搠將起來。」惡。林沖道：「上下方便，小人豈敢怠慢，俄延程途。其實是脚疼走不動。」董超道：「我扶着你走便了。」攙着林沖，又行不動，只得又挨了四五里路。看看正走(不)動了，早望見前面烟籠霧鎖，一座猛惡林子。但見：

層層如雨脚，鬱鬱似雲頭。杈枒如鸞鳳之巢，屈曲似龍蛇之勢。根盤地角，彎環有似蟒盤旋；影拂烟霄，高聳直教禽打捉。直饒膽硬心剛漢，也作魂飛魄散人。

這座猛惡林子，有名喚做野猪林，此是東京去滄州路上第一個險峻去處。宋時這座林子內，但有些冤仇的，使用些錢與公人，帶到這裏，不知結果了多少好漢在此處。今日這兩個公人帶林沖奔入這林子裏來，董超道：「走了一五更，走不得十里路程，似此滄州怎的得到？」薛霸道：「我也走不得了，且就林子裏歇一歇。」三個人奔到裏面，解下行李包裹，都搬在樹根頭。林沖叫聲：「呵也！」靠着一株大樹便倒了。只見董超説道：「行一步等一步，倒走得我困倦起來，且睡一睡却行。」放下水火棍，便倒在樹邊，略略閉得眼，從地下叫將起來。林沖道：「上下做甚麼？」董超、薛霸道：「俺兩個正要睡一睡，這裏又無關鎖，只怕你走了，我們放心不下，以此睡不穩。」林沖答道：「小人是個好漢，官司既已吃了，一世也不走。」董超道：「那裏信得你説？要我們心穩，須得縛一縛。」林沖道：「上下要縛便縛，小人敢道怎地？」薛霸腰裏解下索子來，把林沖連手帶脚和枷緊緊的綁在樹上。兩個跳將起來，轉過身來，拿起水火棍，看着林沖説道：「不是俺要結果你，自是前日來時，有那陸虞候傳着高太尉鈞旨，教我兩個到這裏結果你，立等金印回去回話。便多走的幾日，也是死數。只今日就這裏，倒作成我兩個回去快些。休得要怨我弟兄兩個，只是上司差遣，不由自己。你須精〈息〉（細）着：明年今日是你周年。我等已限定日期，亦要早回話。」林沖見説，淚如雨下，便道：「上下，我與你二位往日無讎，近日無冤，你二位如何救得小人，生死不忘！」董超道：「説甚麽閑話，救你不得。」薛霸便提起水火棍來，望着林沖腦袋上劈將來。可憐豪傑，等閑來赴鬼門關；惜哉英雄，到此翻爲槐國夢。萬里黄泉無旅店，三魂今夜落誰家！畢竟看林沖性命如何，且聽下回分解。

卓吾曰：形容公人情狀亦可。

柴進門招天下客

林冲棒打洪教頭

第九回　柴進門招天下客　林沖棒打洪教頭

《鷓鴣天》：

千古高風聚義亭，英雄豪傑盡堪驚。智深不救林沖死，柴進焉能擅大名。人猛烈，馬猙獰，相逢較藝論專精。展開縛虎屠龍手，來戰移山跨海人。

話説當時薛霸雙手舉起棍來，望林沖腦袋上便劈下來。説時遲，那時快，薛霸的棍恰舉起來，只見松樹背後雷鳴也似一聲，那條鐵禪杖飛將來，把這水火棍一隔丟去九霄雲外。跳出一個胖大和尚來，〔眉〕這個和尚是活佛。喝道：「洒家在林子裏聽你多時！」兩個公人看那和尚時，穿一領皂布直裰，跨一口戒刀，提起禪杖，輪起來打兩個公人。林沖方纔閃開眼看時，認得是魯智深。林沖連忙叫道：「師兄不可下手！我有話説。」智深聽得，收住禪杖。兩個公人呆了半晌，動彈不得。林沖道：「非干他兩個事，盡是高太尉使陸虞候分付他兩個公人，要害我性命。他兩個怎不依他？你若打殺他兩個，也是冤屈。」腐。魯智深扯出戒刀，把索子都割斷了，便扶起林沖，叫：「兄弟，俺自從和你買刀那日相別之後，洒家憂得你苦！自從你受官司，俺又無處去救你。打聽的你斷配滄州，洒家在開封府前又尋不見。却聽得人説，監在使臣房内，又見酒保來請兩個公人説道：『店裏一位官人尋説話。』以此酒家疑心，放你不下，恐這廝們路上害你，俺特地跟將來。見這兩個撮鳥帶你入店裏去，酒家也在那店裏歇。夜間聽得那廝兩個做神做鬼，把滚湯賺了你脚，那時俺便要殺這兩個撮鳥，却被客店裏人多，恐妨救了。妙人。〔眉〕魯智深是有用人。酒家見這廝們不懷好心，越放你不下。你五更裏出門時，酒家先投奔這林子裏來，等殺這廝兩個撮鳥，他到來這裏害你，正好殺這廝兩個。」是。林沖勸道：「既然師兄救了我，你休害他兩個性命。」腐。魯智深喝道：「你這兩個撮鳥！酒家不看兄弟面時，把你這兩個都剁做肉醬。且看兄弟面皮，饒你兩個性命。」就那裏插了戒刀，喝道：「你這兩個撮鳥！快攙兄弟，都跟酒家來。」妙。提了禪杖先走。兩個公人那裏敢回話，只叫「林教頭救俺兩個」。畫。依前背上包裹，提了水火棍，扶着林沖，又替他拕了包裹，一同跟出林子來。行得三四里路程，見一座小小酒店在村口，四個人入來坐下。看那店時，但見：

前臨驛路，後接溪村。數株槐柳緑陰濃，幾處葵榴紅影亂。門外森森麻麥，窗前猗猗荷花。輕輕酒旆舞薰風，短短蘆簾遮酷日。壁邊瓦瓮，白泠泠滿貯村醪；架上磁瓶，香噴噴新開社醖。白髮田翁親滌器，紅顔村女笑當壚。

當下深、沖、超、霸四人在村酒店中坐下，唤酒保買五七斤肉，打兩角酒來吃，回些麪米打餅。酒保一面整治，把酒來篩。兩個公人道：「不敢拜問師父在那個寺裏住持？」智深笑道：「你兩個撮鳥問俺住處做甚麽？莫不去教高俅做甚麽奈何酒家？別人怕他，俺不怕他。酒家若撞着那廝，教他吃三百禪杖。」兩個公人那裏敢再開口，妙，妙！畫。吃了些酒肉，收拾了行李，還了酒錢，出離了村店。林冲問道：「師兄，今投那裏去？」魯智深道：「『殺人須見血，救人須見徹。』洒家放你不下，直送兄弟到滄州。」活佛。畫。兩個公人聽了道：「苦也！却是壞了我們的勾當，轉去時怎回話？且只得隨順他一處行路。」正在途中，被魯智深要行便行，要歇便歇，那裏敢扭他？妙。好便罵，不好便打，兩個公人不敢高聲，更怕和尚發作。妙。快意。行了兩程，討了一輛車子，林冲上車將息，三個跟着車子行着。兩個公人懷着鬼胎，各自要保性命，只得小心隨順着行。魯智深一路買酒買肉，將息林冲，那兩個公人也吃。更妙。遇着客店，早歇晚行，都是那兩個公人打火做飯，誰敢不依他？妙。二人暗商量：「我們被這和尚監押定了，明日回去，高太尉必然奈何俺。」薛霸道：「我聽得大相國寺菜園廨宇裏，新來了一個僧人，（唤）做魯智深，想來必是他。回去實説，俺要在野猪林結果他，被這和尚救了，一路護送到滄州，因此下手不得。捨着還了他十兩金子，着陸謙自去尋這和尚便了。我和你只要躲得身上乾浄。」董超道：「也説的是。」兩個暗商量了不題。

話休絮繁。被智深監押不離，行了十七八日，近滄州只有七十來里路程。一路去都有人家，再無僻静處了。魯智深打聽得實了，就松林裏少歇。智深對林冲道：「兄弟，此去滄州不遠了，前路都有人家，别無僻静去處，洒家已打聽實了。俺如今和你分手，異日再得相見。」妙人。林冲道：「師兄回去，泰山處可説知，防護之恩，不死當以厚報。」腐。魯智深又取出一二十兩銀子與林冲，把三二兩與兩個公人，更妙。道：「你兩個撮鳥，本是路上砍了你兩個頭，兄弟面上，饒你兩個鳥命。如今没多路了，休生歹心！」妙。兩個道：「再怎敢？皆是太尉差遣。」接了銀子，却待分手，魯智深看着兩個公人道：「你兩個撮鳥的頭，硬似這松樹麽？」妙。二人答道：「小人頭是父母皮肉包着些骨頭。」趣。智深輪起禪杖，把松樹只一下，打的樹有二寸深痕，齊齊折了。喝一聲道：「你兩個撮鳥，但有歹心，教你頭也似這樹一般！」妙絶，快絶。擺着手，拖了禪杖，叫聲：「兄弟保重。」自回去了。〔眉〕真佛、真菩薩、真阿羅漢，南無阿彌陀佛。董超、薛霸都吐出舌頭來，半晌縮不入去。林沖道：「上下，俺們自去罷。」兩個公人道：「好個莽和尚，一下打折了一株樹。」林沖道：「這個直得甚麽！相國寺一株柳樹，連根也拔將起來。」癡子不濟。二人只把頭來摇，方纔得知是實。〔眉〕魯智深固不怕，不使他知也好。

三人當下離了松林，行到晌午，早望見官道上一座酒店。【但見：

古道孤村，路傍酒店。楊柳岸曉垂錦旆，杏花村風拂青帘。劉伶仰卧畫床前，李白醉眠描壁上。聞香駐馬，果然隔壁醉三家；知味停舟，真乃透瓶香十里。社醞壯農夫之膽，村醪助野叟之容。神仙玉佩曾留下，卿相金貂也當來】。要他何用。

三個人入酒店裏來，林沖讓兩個公人上首坐了。董〈超〉（薛）二人，半日方纔得自在。那酒店裏滿廚桌酒肉，店裏有三五個篩酒的酒保，都手忙脚亂，搬東搬西。林沖與兩個公人坐了半個時辰，酒保并不來問。林沖等得不耐煩，把桌子敲着説道：「你這店主人好欺客！見我是個犯人，便不來睬着，我須不白吃你的，是甚道理？」主人説道：「你這人，原來不知我的好意。」林沖道：「不賣酒肉與我，有甚好意？」店主人道：「你不知俺這村中有個大財主，姓柴名進，此間稱爲柴大官人，江湖上都喚做小旋風，他是大周柴世宗嫡派子孫。自陳橋讓位，有德太祖武德皇帝敕賜與他誓書鐵券在家中，【誰敢欺負他？】此句無謂。專一招接天下往來的好漢，三五十個養在家中。常常囑付我們酒店裏：『如有流配來的犯人，可叫他投我莊上來，我自資助他。』我如今賣酒肉與你，吃得面皮紅了，他道你自有盤纏，便不助你。我是好意。」林沖聽了，對兩個公人道：「我在東京教軍時，常常聽得軍中人傳説柴大官人名字，却原來在這裏。我們何不同去投奔他？」董超、薛霸尋思道：「既然如此，有甚虧了我們處？」就便收拾包裹，和林沖問道：「酒店主人，柴大官人莊在何處？我等正要尋他。」店主人道：「只在前面，約過三二里路，大石橋邊轉灣抹角，那個大莊院便是。」

林沖等謝了店主人，三個出門，果然三二里，見座大石橋。過得橋來，一條平坦大路，早望見緑柳陰中顯出那座莊院。四下一週遭一條闊河，兩岸邊都是垂楊大樹，樹陰中一遭粉墻。轉灣來到莊前看時，好個大莊院！但見：

門迎黄道，山接青龍。萬株桃綻武陵溪，千樹花開金谷苑。聚賢堂上，四時有不謝奇花；百卉廳前，八節賽長春佳景。堂懸敕額金牌，家有誓書鐵券。朱甍碧瓦，掩映着九級高堂；畫棟雕梁，真乃是三微精舍。仗義疏財欺卓茂，招賢納士勝田文。

三個人來到莊上，見條闊板橋上，坐着四五個莊客，都在那裏乘涼。三個人來到橋邊，與莊客施禮罷，林沖説道：「相煩大哥報與大官人知道：京師有個犯人，送配牢城，姓林的求見。」莊客齊道：「你没福，若是大官人在家時，有酒食錢財與你，今早出獵去了。」林沖道：「不知幾時回來？」莊客道：「說不定，敢怕投東莊去歇，也不見得。許你不得。」林沖道：「如此是我沒福，不得相遇，我們去罷。」別了衆莊客，和兩個公人再回舊路，肚裏好生愁悶。行了半里多路，只見遠遠的從林子深處一簇人馬來，但見：

人人俊麗，個個英雄。數十疋駿馬嘶風，兩三面綉旗弄日。粉青毡笠，似倒翻荷葉高擎；絳色紅纓，如爛熳蓮花亂插。飛魚袋内，高插着描金雀畫細輕弓；獅子壺中，整攢着點翠鵰翎端正箭。牽幾隻趕獐細犬，擎數對拿兔蒼鷹。穿雲俊鶻頓絨絛，脫帽錦鵰尋護指。摽鎗風利，就鞍邊微露寒光；畫鼓團圞，向鞍上時聞響震。鑾邊拴繫，都緣是天外飛禽；馬上擎擡，莫不是山中走獸。好似晉王臨紫塞，渾如漢武到長楊。

那簇人馬飛奔莊上來，中間捧着一位官人，騎一疋雪白捲毛馬。馬上那人，生得龍眉鳳目，皓齒朱脣，三牙掩口髭鬚，三十四五年紀。頭戴一頂皂紗轉角簇花巾，身穿一領紫綉團龍雲肩袍，腰繫一條玲瓏嵌寶玉絛環，足穿一雙金綫抹綠皂朝靴。帶一張弓，插一壺箭，引領從人都到莊上來。林沖看了，尋思道：「敢是柴大官人麼？」又不敢問，他只自肚裏躊躇。只見那馬上年少的官人，縱馬前來問道：「這位帶（枷）的是甚人？」林沖慌忙躬身答道：「小人是東京禁軍教頭，姓林名沖。爲因惡了高太尉，尋事發下開封府問罪，斷遣刺配此滄州。聞得前面酒店裏說，這裏有個招賢納士好漢柴大官人，因此特來相投。不遇官人，當以實訴。」那官人滚鞍下馬，飛近前來，說道：「柴進有失迎迓。」就草地上便拜。林沖連忙答禮。那官人攜住林沖的手，同行到莊上來。那莊客們看見，大開了莊門，柴進直請到廳前。兩個敍禮罷，柴進説道：「小可久聞教頭大名，不期今日來踏賤地，足稱平生渴仰之願。」林沖答道：「微賤林沖，聞大人貴名，傳播海宇，誰人不敬？不想今日因得罪犯，流配來此，得識尊顏，宿生萬幸！」柴進再三謙讓，林沖坐了客席；董超、薛霸也一帶坐了。跟柴進的伴當，各自牽了馬，去後院歇息，不在話下。

柴進便喚莊客，叫將酒來。不移時，只見數個莊客托出一盤肉，一盤餅，温一壺酒；又一個盤子，托出一斗白米，米上放着十貫錢，都一發將出來。柴進見了道：「村夫不知高下，教頭到此，如何恁地輕意！快將進去。先把菓盒酒來，隨即殺羊，然後相待。快去整治。」〔眉〕這裏都描寫得好。林沖起身謝道：「大官人不必多賜，只此十分勾了，感謝不當。」柴進道：「休如此説，難得教頭到此，豈可輕慢。」莊客不敢違命，先捧出菓盒酒來。柴進起身，一面手執三杯，林沖謝了柴進，飲酒罷，兩個公人一同飲了。柴進説：「教頭請裏面少坐。」忒遲了些。柴進隨即解了弓袋箭壺，就請兩個公人一同飲酒。柴進當下坐了主席，林沖坐了客席，兩個公人在林沖肩下。敍説些閑話，江湖上的勾當，不覺紅日西沉。安排得酒食菓品海味，擺在桌上，擡在各人面前。柴進親自舉杯，把了三巡，坐下叫道：「且將湯來吃。」吃得一道湯，五七杯酒，只見莊客來報道：「教師來也。」柴進道：「就請來一處坐地相會亦可，快擡一張桌來。」

林沖起身看時，只見那個教師入來，歪戴着一頂頭巾，挺着脯子，來到後堂。林沖尋思道：「莊客稱他做教師，必是大官人的師父。」急急躬身唱喏道：「林沖謹參。」那人全不睬着，也不還禮。野人。林沖不敢擡頭。柴進指着林沖，對洪教頭道：「這位便是東京八十萬禁軍槍棒教頭林武師林沖的便是，就請相見。」林沖聽了，看着洪教頭便拜。那洪教頭説道：「休拜，起來。」一發好笑了。却不躬身答禮。柴進看了，心中好不快意。林沖拜了兩拜，起身讓洪教頭坐。洪教頭亦不相讓，便去上首便坐。胡説。柴進看了，又不喜歡。林沖只得肩下坐了，兩個公人亦各坐了。洪教頭便問道：「大官人今日何故厚禮管待配軍？」忌心所使也。柴進道：「這位非比其他的，乃是八十萬禁軍教頭，師父如何輕慢？」洪教頭道：「大官人只因好習鎗棒上頭，往往流配軍人都來倚草附木，皆道『我是鎗棒教師』，來投莊上，誘些酒食錢米。也説得是。大官人如何忒認真？」林沖聽了，並不做聲。柴進説道：「凡人不可易相，休小覷他。」洪教頭怪這柴進説「休小覷他」，便跳起身來道：「我不信他，他敢和我使一棒看，我便道他是真教頭。」〔眉〕也是。柴進大笑道：「也好，也好！林武師，你心下如何？」林沖道：「小人却是不敢。」洪教頭心中忖量道：「那人必是不會，心中先怯了。」因此越來惹林沖使棒。柴進一來要看林沖本事，二者要林沖贏他，滅那廝嘴。柴進道：「且把酒來吃着，待月上來也罷。」

當下又吃過了五七杯酒，却早月上來了，照見廳堂裏面，如同白日。柴進起身道：「二位教頭較量一棒。」林沖自肚裏尋思道：「這洪教頭必是柴大官人師父，不争我一棒打翻了他，須不好看。」柴進見林沖躊躇，便道：「此位洪教頭也到此不多時，此間又無對手，林武師休得要推辭。妙人。小可也正要看二位教頭的本事。」柴進説這話，原來只怕林沖礙柴進的面皮，不肯使出本事來。林沖見柴進説開就裏，方纔放心。只見洪教頭先起身道：「來，來，來！和你使一棒看。」一齊都鬨出堂後空地上。

莊客拿一束桿棒來，放在地下。洪教頭先脱了衣裳，拽扎起裙子，掣條棒，使個旗鼓，喝道：「來，來，來！」〔眉〕大凡没本事的人肯出頭。柴進道：「林武師，請較量一棒。」林沖道：「大官人休要笑話。」就地也拿了一條棒起來道：「師父請教。」洪教頭看了，恨不得一口水吞了他。林沖拿着棒，使出山東大擂，打將入來。洪教頭把棒就地下鞭了一棒，來搶林沖。兩個教師就明月地上交手，真個好看。怎見是山東大擂，但見：

山東大擂，河北夾鎗。大擂棒是鰌魚穴内噴來，夾鎗棒是巨蟒窠中拔出。大擂棒似連根拔怪樹，夾鎗棒如遍地捲枯藤。兩條海内搶珠龍，一對岩前爭食虎。

兩個教頭在月明地上交手，使了四五合棒，只見林沖托地跳出圈子外來，叫一聲：「少歇。」柴進道：「教頭如何不使本事？」林沖道：「小人輸了。」妙。柴進道：「未見二位較量，怎便是輸了？」林沖道：「小人只多這具枷，因此權當輸了。」更妙。柴進道：「是小可一時失了計較。」大笑着道：「這個容易。」便叫莊客取十兩銀來，當時將至。柴進對押解兩個公人道：「小可大膽，相煩二位下顧，權把林教頭枷開了，明日牢城營内但有事務，都在小可身上。白銀十兩相送。」董超、薛霸見了柴進人物軒昂，不敢違他，落得做人情，又得了十兩銀子，亦不怕他走了。薛霸隨即把林沖護身枷開了，柴進大喜道：「今番兩位教師再試一棒。」洪教頭見他却纔棒法怯了，肚裏平欺他做，提起棒却待要使。柴進叫道：「且住！」叫莊客取出一錠銀來，重二十五兩，無一時，至面前。柴進乃言：「二位教頭比試，非比其他，這錠銀子權爲利物。若是贏的，便將此銀子去。」柴進心中只要林沖把出本事來，故意將銀子丟在地下。洪教頭深怪林沖來，又要争這個大銀子，又怕輸了鋭氣。把棒來盡心使個旗鼓，吐個門户，唤做「把火燒天勢」。林沖想道：「柴大官人心裏只要我贏他。」也横着棒，使個門户，吐個勢，唤做「撥草尋蛇勢」。〔眉〕使棒處也詳細。洪教頭喝一聲：「來，來，來！」便使棒蓋將入來。林沖望後一退，洪教頭趕入一步，提起棒，又復一棒下來。林沖看他步已亂了，被林沖把棒從地下一跳，洪教頭措手不及，就那一跳裏，和身一轉，那棒直掃着洪教頭臁兒骨上，撇了棒，撲地倒了。柴進大喜，（叫）快將酒來把盞。衆人一齊大笑。洪教頭那裏掙扎起來，衆莊客一頭笑着扶了。洪教頭羞顔滿面，自投莊外去了。柴進攜住林沖的手，再入後堂飲酒，叫將利物來，送還教師。林沖那裏肯受，推托不過，只得收了。

柴進留在莊上，一連住了幾日，每日好酒好食管待。又住了五七日，兩個公人催促要行，柴進又置席面相待送行，又寫兩封書，分付林沖道：「滄州大尹也與柴進好，牢城管營、差撥亦與柴進交厚。可將這兩封書去下，必然看覷教頭。」再將二十五兩一錠大銀，送與林沖；又將銀五兩賫發兩個公人，吃了一夜酒。次日天明，吃了早飯，叫莊客挑了三個的行李，林沖依舊帶上枷，辭了柴進便行。柴進送出莊門作別，分付道：「待幾日小可自使人送冬衣來與教頭。」林沖謝道：「如何報謝大官人！」兩個公人相謝了，三人取路投滄州來。

午牌時候，已到滄州城裏。雖是個小去處，亦有六街三市。逕到州衙裏下了公文，當廳引林沖參見了州官大尹，當下收了林沖，押了回文，一面帖下判送牢城營内來。兩個公人自領了回文，相辭了回東京去，不在話下。

只說林沖送到牢城營內來，【看那牢城營時，但見：

門高墻壯，地闊池深。天王堂畔，兩行垂柳緑如烟；點視廳前，一簇喬松青潑黛。來往的盡是咬釘嚼鐵漢，出入的無非降龍縛虎人。埋藏聶政、荆軻士，深隱專諸、豫讓徒。】删。

滄州牢城營內收管林沖，發在單身房裏，聽候點視。却有那一般的罪人，都來看覷他，對林沖說道：「此間管營、差撥十分害人，只是要詐人錢物。若有人情錢物送與他時，便覷的你好；若是無錢，將你撇在土牢裏，求生不生，求死不死。若得了人情，入門便不打你一百殺威棒，只說有病，把來寄下；若不得人情時，這一百棒打得七死八活。」林沖道：「衆兄長如此指教，且如要使錢，把多少與他？」衆人道：「若要使得好時，管營把五兩銀子與他，差撥也得五兩銀子送他，十分好了。」正說之間，只見差撥過來問道：「那個是新來配軍？」林沖見問，向前答應道：「小人便是。」那差撥不見他把錢出來，變了面皮，指着林沖罵道：「你這個賊配軍，見我如何不下拜！却來唱喏。畫。〔眉〕傳神。你這廝可知在東京做出事來，見我還是大剌剌的。我看這賊配軍，滿臉都是餓文，畫。一世也不發迹。打不死、拷不殺的頑囚！畫。你這把賊骨頭，好歹落在我手裏，畫。教你粉骨碎身，少間叫你便見功效。」畫。林沖只罵的一佛出世，那裏敢擡頭應答。衆人見罵，各自散了。林沖等他發作過了，去取五兩銀子，陪着笑臉告道：「差撥哥哥，些小薄禮，休嫌小微。」差撥看了道：「你教我送與管營和俺的，都在裏面？」畫。林沖道：「只是送與差撥哥哥的。另有十兩銀子，就煩差撥哥哥送與管營。」差撥見了，看着林沖笑道：「林教頭，我也聞你的好名字，端的是個好男子。畫。〔眉〕傳神。想是高太尉陷害你了。畫。

雖然目下暫時受苦，久後必然發迹。畫。據你的大名，這表人物，畫。必不是等閑之人，久後必做大官。」畫。林沖笑道：「皆賴差撥照顧。」差撥道：「你只管放心。」又取出柴大官人的書禮，說道：「相煩老哥將這兩封書下一下。」差撥道：「既有柴大官人的書，煩惱做甚？這一封書值一錠金子。我一面與你下書，少間管營來點你，要打一百殺威棒時，你便只說你『一路患病，未曾痊可』，我自來與你支吾，要瞞生人的眼目。」林沖道：「多謝指教。」差撥拿了銀子并書，離了單身房，自去了。林沖嘆口氣道：「『有錢可以通神』，此語不差，端的有這般的苦處。」

原來差撥落了五兩銀子，只將五兩銀子并書來見管營，備說：「林沖是個好漢，柴大官人有書相薦，在此呈上。已是高太尉陷害，配他到此，又無十分大事。」管營道：「況是柴大官人有書，必須要看顧他。」便教喚林沖來見。且說林沖正在單身房裏悶坐，只見牌頭叫道：「管營在廳上叫喚新到罪人林沖來點視。」林沖聽得呼喚，來到廳前。管營道：「你是新到犯人，太祖武德皇帝留下舊制，新入配軍，須吃一百殺威棒。左右與我馱起來！」林沖告道：「小人於路感冒風寒，未曾痊可，告寄打。」差撥道：「這人見今有病，乞賜憐恕。」管營道：「果是這人症候在身，權且寄下，待病痊可却打。」差撥道：「見今天王堂看守的，多時滿了，可叫林沖去替換他。」就廳上押了帖文，差撥領了林沖單身房裏取了行李，來天王堂交替。差撥道：「林教頭，我十分周全你，教看天王堂時，這是營中第一樣省氣力的勾當，早晚只燒香掃地便了。你看別的囚徒，從早起直做到晚，尚不饒他。還有一等無人情的，撥他在土牢裏，求生不生，求死不死。」林沖道：「謝得照顧。」又取三二兩銀子與差撥道：「煩望哥哥一發周全，開了項上枷亦好。」差撥接了銀子，便道：「都在我身上。」連忙去稟了管營，就將枷也開了。林沖自此在天王堂内安排宿食處，每日只是燒香掃地，不覺光陰早過了四五十日。那管營、差撥得了賄賂，日久情熟，由他自在，亦不來拘管他。柴大官人又使人來送冬衣並人事與他。那滿營内囚徒，亦得林沖救濟。

話不絮繁。時遇冬深將近，忽一日，林沖巳牌時分偶出營前閑走。正行之間，只聽得背後有人叫道：「林教頭，如何却在這裏？」林沖回頭過來看時，見了那人。有分教：林沖火烟堆裏，争些斷送了餘生；風雪途中，幾被傷殘性命。直使宛子城中屯甲馬，梁山泊上列旌旗。畢竟林沖見了的是甚人，且聽下回分解。

李卓吾曰：施耐庵、羅貫中真神手也。摩寫魯智深處，便是個烈丈夫模樣；摩寫洪教頭處，便是忌嫉小人底身分；至差撥處，一怒一喜，倏忽轉移，咄咄逼真，令人絶倒。異哉！

卷一〇 圖

陸虞候火燒草料場

第十回　林教頭風雪山神廟　陸虞候火燒草料場

詩曰：

天理昭昭不可誣，莫將奸惡作良圖。若非風雪沽村酒，定被焚燒化朽枯。自謂冥中施計毒，誰知暗裏有神扶。最憐萬死逃生地，真是瑰奇偉丈夫。

話説當日林沖正閑走間，忽然背後人叫，回頭看時，却認得是酒生兒李小二。當初在東京時，多得林沖看顧。這李小二先前在東京時，不合偷了店主人家財，被捉住了，要送官司問罪，却得林沖主張陪話，救了他，免送官司；又與他陪了些錢財，方得脱免。京中安不得身，又虧林沖賫發他盤纏，於路投奔人，不想今日却在這裏撞見。林沖道：「小二哥，你如何也在這裏？」李小二便拜道：「自從得恩人救濟，賫發小人，一地裏投奔人不着，迤逦不想來到滄州，投托一個酒店裏，姓王，留小人在店中做過賣。因見小人勤謹，安排的好菜蔬，調和的好汁水，來吃的人都喝采，以此買賣順當。主人家有個女兒，就招了小人做女婿。畫。如今丈人、丈母都死了，只剩得小人夫妻兩個，權在營前開了個茶酒店。因討錢過來，遇見恩人。恩人不知爲何事在這裏？」林沖指着臉上道：「我因惡了高太尉，生事陷害，受了一場官司，刺配到這裏。如今叫我管天王堂，未知久後如何。不想今日到此遇見。」李小二就請林沖到家裏面坐定，叫妻子出來拜了恩人。兩口兒歡喜道：「我夫妻二人正没個親眷，今日得恩人到來，便是從天降下。」畫。林沖道：「我是罪囚，恐怕玷辱你夫妻兩個。」李小二道：「誰不知恩人大名？休恁地說。但有衣服，便拿來家裏漿洗縫補。」畫。當時管待林沖酒食，至晚送回天王堂。次日又來相請，因此林沖得李小二家來往，不時間送湯送水來營裏，與林沖吃。林沖因見他兩口兒恭勤孝順，常把些銀兩與他做本錢，不在話下。有詩爲證：

纔離寂寞神堂路，又守蕭條草料場。李二夫妻能愛客，供茶送酒意偏長。

且把閑話休題，只說正話。迅速光陰，却早冬來。林沖的綿衣裙襖，都是李小二渾家整治縫補。閑話。忽一日，李小二正在門前安排菜蔬下飯，只見一個人閃將進來，酒店裏坐下，隨後又一人入來。看時，前面那個人是軍官打扮，後面這個走卒模樣，跟着也來坐下。李小二入來問道：「（可）要吃酒？」只見那個人將出一兩銀子，與小二道：「且收放櫃上，取三四瓶好酒來。客到時，果品酒饌只顧將來，不必要問。」李小二道：「官人請甚客？」那人道：「煩你與我去營裏請管營、差撥兩個來說話。問時，你只說有個官人請說話，商議些事務。專等專等。」李小二應承了，來到牢城裏，先請了差撥，同到管營家裏，請了管營，都到酒店裏。只見那個官人和管營、差撥兩個講了禮。管營道：「素不相識，動問官人高姓大名？」那人道：「有書在此，少刻便知，且取酒來。」李小二連忙開了酒，一面鋪下菜蔬果品酒饌，那人叫討副勸盤來，把了盞，相讓坐了。小二獨自一個攛梭也似伏侍不暇。那跟來的人討了湯桶，自行盪酒，約計吃過十數杯，再討了按酒，鋪放桌上。只見那人説道：「我自有伴當盪酒，不叫你休來，我等自要説話。」畫。

李小二應了，自來門首叫老婆道：「大姐，這兩個人來的不尷尬。」老婆道：「怎麽的不尷尬？」小二道：「這兩個人語言聲音是東京人。初時又不認得管營，向後我將按酒入去，只聽得差撥口裏訥出一句『高太尉』三個字來，這人莫不與林教頭身上有些干礙？畫。〔眉〕李小二儘停當。我自在門前理會，你且去閣子背後聽説甚麽。」畫。老婆道：「你去營中尋林教頭來，認他一認。」畫。李小二道：「你不省得。林教頭是個性急的人，摸不着便要殺人放火。倘或叫的他來看了，正是前日説的甚麽陸虞候，他肯便罷？做出事來，須連累了我和你。畫。你只去聽一聽再理會。」老婆道：「説的是。」便入去聽了一個時辰，出來説道：「他那三四個交頭接耳説話，正不聽得説甚麽。畫。只見那一個軍官模樣的人，去伴當懷裏取出一帕子物事，遞與管營和差撥。帕子裏面的，莫不是金銀。只聽差撥口裏説道：『都在我身上，好歹要結果了他性命。』」正説之間，閣子裏叫：「將湯來。」畫。李小二急去裏面換湯時，看見管營手裏拿着一封書。小二換了湯，添些下飯，又吃了半個時辰，算還了酒錢，管營、差撥先去了。次後，那兩個低着頭也去了。畫。

轉背没多時，只見林沖走將入店裏來，説道：「小二哥，連日好買賣！」李小二慌忙道：「恩人請坐，小人却待正要尋恩人，有些要緊話説。」有詩爲證：

潛爲奸計害英雄，一綫天教把信通。虧殺有情賢李二，暗中回護有奇功。

當下林沖問道：「甚麽要緊的事？」小二哥請林沖到裏面坐下，説道：「却纔有個東京來的尷尬人，在我這裏請管營、差撥吃了半日酒。差撥口裏訥出『高太尉』三個字來，小人心下疑，又着渾家聽了一個時辰。他却交頭接耳，説話都不聽得，臨了只見差撥口裏應道：『都在我兩個身上，好歹要結果了他。』那兩個把一包金銀都與管營、差撥，又吃一回酒，各自散了。不知甚麽樣人，小人心下疑，只怕恩人身上有些妨礙。」林沖道：「那人生得甚麽模樣？」李小二道：「五短身材，白浄面皮，没甚髭鬚，約有三十餘歲。那跟的也不長大，紫棠色面皮。」林沖聽了大驚道：「這三十歲却正是陸虞候。那潑賤賊，也敢來這裏害我！休要撞着我，只教他骨肉爲泥。」李小二道：「只要提防他便了。豈不聞古人言：『吃飯防噎，走路防跌。』」畫。〔眉〕。描畫李小二夫妻兩個，無不入神。怪哉，怪哉！林沖大怒，離了李小二家，先去街上買把解腕尖刀，帶在身上，前街後巷，一地裏去尋。李小二夫妻兩個捏着兩把汗。畫。當晚無事。次日天明起來，早洗漱罷，帶了刀，又去滄州城裏城外，小街夾巷，團團尋了一日。牢城營裏，都没動静。林沖又來對李小二道：「今日又無事。」畫。小二道：「恩人，只願如此。只是自放仔細便了。」畫。林沖自回天王堂，過了一夜，街上尋了三五日，不見消耗，林沖也自心下慢了。

到第六日，只見管營叫喚林沖到點視廳上，説道：「你來這裏許多時，柴大官人面皮，不曾擡舉的你。此間東門外十五里，有座大軍草場，每月但是納草納料的，有些常例錢取覓。原是一個老軍看管，我如今擡舉你去替那老軍來守天王堂，你在那里閣幾貫盤纏。你可和差撥便去那裏交割。」林沖應道：「小人便去。」當時離了營中，逕到李小二家，對他夫妻兩個説道：「今日管營撥我去大軍草場管事，却如何？」李小二道：「這個差使，又好似天王堂。那裏收草料時，有些常例錢鈔，往常不使錢時，不能勾這差使。」畫。林沖道：「却不害我，倒與我好差使，正不知何意？」畫。李小二道：「恩人休要疑心，只要没事便好了。畫。只是小人家離得遠了，過幾時那工夫來望恩人。」畫。就時家裏安排幾杯酒，請林沖吃了。

話不絮煩。兩個相別了，林沖自來天王堂取了包裹，帶了尖刀，拿了條花鎗，與差撥一同辭了管營，兩個取路投草料場來。正是嚴冬天氣，彤雲密布，朔風漸起，却早紛紛揚揚捲下一天大雪來。那雪早下得密了，怎見得好雪，有《臨江仙》詞爲證：

作陣成團空裏下，這回忒殺堪憐。剡溪凍住子猷船。玉龍鱗甲舞，江海盡平填。【宇宙樓臺都壓倒，長空飄絮飛綿。三千世界玉相連。冰交河北岸，凍了十餘年】。俗極，可删。

大雪下的正緊。林沖和差撥兩個，在路上又没買酒吃處，早來到草料場外。看時，一週遭有些黃土牆，兩扇大門，推開看裏面時，七八間草房做着倉廒，四下裏都是馬草堆，中間兩座草廳。到那廳裏，只見那老軍在裏面向火。差撥説道：「管營差這個林沖來替你回天王堂看守，你可即便交割。」老軍拿了鑰匙，引着林沖分付道：「倉廒内自有官司封記，這幾堆草，一堆堆都有數目。」老軍都點見了堆數，又引林沖到草廳上，老軍收拾行李，臨了説道：「火盆、鍋子、碗碟都借與你。」林沖道：「天王堂内，我也有在那裏。你要便拿了去。」老軍指壁上掛一個大葫蘆説道：「你若買酒吃時，只出草場，投東大路去三二里，便有市井。」〔眉〕老軍葫蘆，的有神助，不然，文人那得這等想頭。老軍自和差撥回營裏來。

只説林沖就床上放了包裹被臥，就坐下生些焰火起來。屋邊有一〈塊〉（堆）柴炭，拿幾塊來生在地爐裏。仰面看那草屋時，四下裏崩壞了，又被朔風吹撼，摇振得動。林沖道：「這屋如何過得一冬？待雪晴了，去城中唤個泥水匠來修理。」向了一回火，覺得身上寒冷，尋思：「却纔老軍所説，五里路外有那市井，何不去沽些酒來吃？」便去包裹取些碎銀子，把花鎗挑了酒葫蘆，將火炭蓋了，取毡笠子戴上，拿了鑰匙出來，把草廳門拽上。出到大門首，把兩扇草場門反拽上鎖了。帶了鑰匙，信步投東。雪地裏踏着碎瓊亂玉，迤逦背着北風而行。

那雪正下得緊，行不上半里多路，看見一所古廟，林沖頂禮道：「神明庇佑，改日來燒錢紙。」又行了一回，望見一簇人家，林沖住脚看時，見籬笆中挑着一個草帚兒在露天裏。林沖逕到店裏，主人道：「客人那裏來？」林沖道：「你認得這個葫蘆麽？」都好。主人看了道：「這葫蘆是草料場老軍的。」林沖道：「如何便認的？」店主道：「既是草料場看守大哥，且請少坐。天氣寒冷，且酌三杯，權當接風。」店家切一盤熟牛肉，盪一壺熱酒，請林沖吃。又自買了些牛肉，又吃了數杯，就又買了一葫蘆酒，包了那兩塊牛肉，留下碎銀子，把花鎗挑了酒葫蘆，懷内揣了牛肉，叫聲「相擾」，便出籬笆門，依舊迎着朔風回來。畫。看那雪，到晚越下的緊了。古時有個書生，做了一個詞，單題那貧苦的恨雪：

廣莫嚴風刮地，這雪兒下的正好。扯絮撏綿，裁幾片大如拷栳。見林間竹屋茅茨，争些兒被他壓倒。富室豪家，却言道壓瘴猶嫌少。向的是獸炭紅爐，穿的是綿衣絮襖。手撚梅花，唱道國家祥瑞，不念貧民些小。高卧有幽人，吟咏多詩草。

再説林沖踏着那瑞雪，迎着北風，飛也似奔到草場門口，開了鎖入内看時，只叫得苦。原來天理昭然，佑護善人義士。因這場大雪，救了林冲的性命。〔眉〕有天幸。那兩間草廳，已被雪壓倒了。林冲尋思：「怎地好？」放下花鎗、葫蘆在雪裏，恐怕火盆内有火炭延燒起來，搬開破壁子，探半身入去摸時，火盆内火種都被雪水浸滅了。密。林冲把手床上摸時，只拽的一條絮被。林冲鑽將出來，見天色黑了，尋思：「又没打火處，怎生安排？」想起離了這半里路上，有個古廟，可以安身。「我且去那裏宿一夜，等到天明，却做理會。」把被捲了，花鎗挑着酒葫蘆，依舊把門拽上鎖了，望那廟裏來。入的廟門，再把門掩上，傍邊止有一塊大石頭，掇將過來，靠了門。畫。入的裏面看時，殿上做着一尊金甲山神，兩邊一個判官，一個小鬼，側邊〈推〉（堆）着一堆紙。團團看來，又没鄰舍，又無廟主。林冲把鎗和酒葫蘆放在紙堆上，將那條絮被放開，先取下毡笠子，把身上雪都抖了。畫。把上蓋白布衫脱將下來，早有五分濕了，和毡笠放在供桌上。畫。把被扯來，蓋了半截下身。却把葫蘆冷酒提來便吃，就將懷中牛肉下酒。畫。

正吃時，只聽得外面必必剥剥地爆響。林冲跳起身來，就壁縫裏看時，只見草料場裏火起，刮刮雜雜燒着。看那火時，但見：

一點靈臺，五行造化，丙丁在世傳流。無明心内，災禍起滄州。烹鐵鼎能成萬物，鑄金丹還與重樓。思今古，南方離位，熒惑最爲頭。绿窗歸焰燼，隔花深處，掩映釣漁舟。【鏖兵赤壁，公瑾喜成謀。李晉王醉存館驛，田單在即墨驅牛。周褒姒驪山一笑，因此戲諸侯。】俗殺，可删。

當時張見草場内火起，四下裏燒着，林冲便拿鎗，却待開門來救火，只聽得前面有人説將話來。

畫。林沖就伏在廟聽時，是三個人脚步響，且奔廟裏來，用手推門，却被林沖靠住了，推也推不開。三人在廟簷下立地看火，數内一個道：「這條計好麽？」一個應道：「端的虧管營、差撥兩位用心，回到京師，稟過太尉，都保你二位做大官。畫。這番張教頭没的推故。」畫。那人道：「林沖今番直吃我們對付了，高衙内這病必然好了。」畫。又一個道：「張教頭那廝，三回五次托人情去説：『你的女婿殁了。』張教頭越不肯應承，因此衙内病患看看重了。太尉特使俺兩個央浼二位幹這件事，不想而今完備了。」又一個道：「小人直爬入牆裏去，四下草堆上點了十來個火把，待走那裏去？」畫。那一個道：「這早晚燒個八分過了。」畫。又聽一個道：「便逃得性命時，燒了大軍草料場，也得個死罪。」畫。又一個道：「我們回城裏去罷。」畫。一個道：「再看一看，拾得他一兩塊骨頭，回京府裏見太尉和衙内時，也道我們也能會幹事。」畫。〔眉〕便是三人供狀口辭。林沖聽那三個人時，一個是差撥，一個是陸虞候，一個是富安。林沖道：「天可憐見林沖！若不是倒了草廳，我准定被這廝們燒死了。」輕輕把石頭掇開，挺着花鎗，一手拽開廟門，大喝一聲：「潑賊那裏去！」三個人急要走時，驚得呆了。畫。正走不動，林沖舉手，肐察的一鎗，先戳倒差撥。陸虞候叫聲「饒命」，嚇的慌了手脚，走不動。畫。那富安走不到十來步，被林沖趕上，後心只一鎗，又戳倒了。畫。翻身回來，陸虞候却纔行的三四步，畫。林沖喝聲道：「〈好〉（奸）賊！你待那裏去！」批胸只一提，丢翻在雪地上，把鎗搠在地裏，用脚踏住胸脯，身邊取出那口刀來，便去陸謙臉上閣着，喝道：「潑賊！我自來又和你無甚麽冤讎，你如何這等害我？正是殺人可恕，情理難容。」陸虞候告道：「不干小人事，太尉差遣，不敢不來。」林沖罵道：「奸賊！我與你自幼相交，今日倒來害我，怎不干你事？且吃我一刀！」把陸謙上身衣服扯開，把尖刀向心窩裏只一剜，七竅迸出血來，將心肝提在手裏。〔眉〕殺得快活，殺得快活！若如那兩個也一鎗戳死，便没趣了。回頭看時，差撥正爬將起來要走。畫。林沖按住喝道：「你這廝原來也恁的歹，且吃我一刀。」又早把頭割下來，挑在鎗上，回來把富安、陸謙頭都割下來，把尖刀插了，將三個人頭髪結做一處，提入廟裏來，都擺在山神面前供桌上。趣。再穿了白布衫，繫了搭膊，把毡笠子帶上，將葫蘆裏冷酒都吃盡了。妙。被與葫蘆都丢了不要，更妙。提了鎗，便出廟門投東去走。不到三五里，早見近村人家都拿着水桶鈎子來救火。密。林沖道：「你們快去救應，我去報官了來。」妙。提着鎗只顧走，那雪越下的猛。但見：

凜凜嚴凝霧氣昏，空中祥瑞降紛紛。須臾四野難分路，頃刻千山不見痕。銀世界，玉乾坤，望中隱隱接崐崙。若還下到三更後，彷彿填平玉帝門。

林沖投東去了兩個更次，身上單寒，當不過那冷。在雪地裏看時，離的草場遠了。只見前面疏林深處，樹木交雜，遠遠地數間草屋被雪壓着，破壁縫裏，透出火光來。畫。林沖逕投那草屋來，推開門，只見那中間坐着一個老莊家，周圍坐着四五個小莊家向火，地爐裏面焰焰地燒着柴火。林沖走到面前叫道：「衆位拜揖，小人是牢城營差使人，被雪打濕了衣裳，借此火烘一烘，望乞方便。」莊客道：「你自烘便了，何妨得！」畫。林沖烘着身上濕衣服，略有些乾，只見火炭邊煨着一個瓮兒，裏面透出酒香。林沖便道：「小人身邊有些碎銀子，望煩回些酒吃。」好想頭。老莊客道：「我們每夜輪流看米囤，如今四更天氣正冷，我們這幾個吃尚且不勾，那得回與你，休要指望！」惡。林沖又道：「胡亂只回三五碗與小人盪寒。」沒趣。老莊家道：「你那人休纏，休纏！」林沖聞得酒香，越要吃，説道：「沒奈何回些罷。」可笑了。衆莊客道：「好意着你烘衣裳向火，便來要酒吃。去便去，不去時將來弔在這裏。」是。林沖怒道：「這廝們好無道理！」把手中鎗看着塊焰焰着的火柴頭，望老莊家臉上只一挑將起來，又把鎗去火爐裏只一攪，那老莊家的髭鬚焰焰的燒着，沒禮。衆莊客都跳將起來。林沖把鎗桿亂打，老莊家先走了，莊家們都動彈不得，被林沖趕打一頓，都走了。林沖道：「都走了，老爺快活吃酒。」土坑上却有兩個椰瓢，取一個下來，傾那瓮酒來。到此又有趣了。吃了一會，剩了一半。廉。提了鎗，出門便走。一步高，一步低，浪浪蹌蹌，捉脚不住。走不過一里路，被朔風一掉，隨着那山澗邊倒了，那裏掙得起來。【凡醉人，一倒便起不得，醉倒在雪地上。】可刪。

却説衆莊客引了二十餘人，拖鎗拽棒，都奔草屋下看時，不見了林沖。却尋着踪迹趕將來，只見倒在雪地裏，莊客齊道：「你却倒在這裏。」花鎗丢在一邊。衆莊客一發上手，就地拿起林沖來，將一條索縛了，趁五更時分，把林沖解投那個去處來。不是別處，有分教：蓼兒窪(内)，前後擺數千隻戰艦艨艟；水滸寨中，左右列百十個英雄好漢。攪擾得道君皇帝盤龍椅上魂驚，丹鳳樓中膽裂。正是：説時殺氣侵人冷，講處悲風透骨寒。畢竟看林沖被莊客解投甚處來，且聽下回分解。

禿翁曰：《水滸傳》文字原是假的，只爲他描寫得真情出，所以便可與天地相終始。即此回中李小二夫妻兩人情事，咄咄如畫。若到後來混天陣處，都假了，費盡苦心，亦不好看。

貴
力飛箭

林中
采山

第十一回　朱貴水亭施號箭　林沖雪夜上梁山

詞曰：

天丁震怒，掀翻銀海，散亂珠箔。六出奇花飛滚滚，平填了山中丘壑。皓虎顛狂，素麟猖獗，掣斷珍珠索。玉龍酣戰，鱗甲滿天飄落。誰念萬里關山，征夫僵立，縞帶沾旗脚。色映戈矛，光摇劍戟，殺氣横戎幕。貔虎豪雄，偏裨英勇，共與談兵略。須拚一醉，看取碧空寥廓。

話説這篇詞章，名《百字令》，乃是大金完顔亮所作。單題着大雪壯那胸中殺氣。爲是自家所説東京那籌好漢，姓林名沖，綽號豹子頭，只因天降大雪，險些兒送了性命。那林沖當夜醉倒在雪裏地上，掙扎不起，被衆莊客向前綁縛了，解送來一個莊院。只見一個莊客從院裏出來，説道：「大官人未起。」衆人且把林沖高弔起在門樓下。看看天色曉來，林沖酒醒，打一看時，果然好個大莊院。林沖大叫道：「甚麽人敢弔我在這裏？」那莊客聽得叫，手拿柴棍從門房裏走出來，喝道：「你這廝還自好口！」那個被燒了髭鬚的老莊家説道：「休要問他，只顧打！等大官人起來，好生推問。」衆莊客一齊上，林沖被打，掙扎不得，只叫道：「不妨事，我有分辨處。」只見一個莊客來叫道：「大官人來了。」

林沖看時，見那個官人背叉着手，行將出來，在廊下問道：「你等衆人打甚麽人？」衆莊客答道：「昨夜捉得個偷米賊人。」那官人向前來看時，認得是林沖，慌忙喝退莊客，親自解下，問道：「教頭緣何被弔在這裏？」衆莊客看見，一齊走了。林沖看時，不是別人，却是柴進，連忙叫道：「大官人救我！」柴進道：「教頭爲何到此，被村夫恥辱？」林沖道：「一言難盡。」兩個且到裏面坐下，把這火燒草料場一事，備細告訴。柴進聽罷道：「兄長如此命蹇！今日天假其便，但請放心。這裏是小弟的東莊，且住幾時，却再商議。」叫莊客取一籠衣裳出來，叫林沖徹裏至外都換了，請去暖閣裏坐地，安排酒食杯盤管待。自此林沖只在柴進東莊上住了五七日。

滄州牢城營裏管營首告：林沖殺死差撥、陸虞候、富安等三人，放火沿燒大軍草料場。州尹大驚，隨即押了公文帖，仰緝捕人員，將帶做公的，沿鄉歷邑，道店村坊，畫影圖形，出三千貫信賞錢，捉拿正犯林沖。看看挨捕甚緊，各處村坊講動了。

且說林沖在柴大官人東莊上聽得這話，如坐針毡，伺候柴進回莊，林沖便說道：「非是大官人不留小弟，争奈官司追捕甚緊，排家搜捉。倘或尋到大官人莊上時，須負累大官人不好。既蒙大官人仗義疏財，求借林沖些小盤纏，投奔他處棲身，異日不死，當以犬馬之報。」柴進道：「既是兄長要行，小人有個去處，作書一封與兄長去，如何？」

　　豪傑蹉跎運未通，行藏隨處被牢籠。不因柴進修書薦，焉得馳名水滸中。

林沖道：「若得大官人如此賙濟，教小人安身立命，只不知投何處去？」柴進道：「是山東濟州管下一個水鄉，地名梁山泊，方圓八百餘里，中間是宛子城、蓼兒洼。如今有三個好漢在那裏扎寨。爲頭的喚做白衣秀士王倫，第二個喚做摸着天杜遷，第三個喚做雲裏金剛宋萬。那三個好漢，聚集着七八百小嘍囉，打家劫舍。多有做下迷天大罪的人，都投奔那裏躲災避難，他都收留在彼。三位好漢亦與我交厚，常寄書緘來。我今修一封書與兄長，去投那裏入夥如何？」林沖道：「若得如此顧盼最好，深謝主盟。」柴進道：「只是滄州道口見今官司張掛榜文，又差兩個軍官在那裏搜檢，把住道口，兄長必用從那裏經過。」柴進低頭一想，道：「再有個計策，送兄長過去。」林沖道：「若蒙周全，死而不忘。」

柴進當日先叫莊客背了包裹，出關去等；柴進却備了三二十疋馬，帶了弓箭旗鎗，駕了鷹鵰，牽着獵狗，一行人馬都打扮了，却把林沖雜在裏面，一齊上馬，都投關外。却說把關軍官坐在關上，看見是柴大官人，却都認得。原來這軍官未襲職時，曾到柴進莊上，因此識熟。軍官起身道：「大官人又去快活！」柴進下馬問道：「二位官人緣何在此？」假惺惺。軍官道：「滄州大尹行移文書，畫影圖形，捉拿犯人林沖，特差某等在此守把。但有過往客商，一一盤問，纔放出關。」柴進笑道：「我這一夥人內中間夾帶着林沖，你緣何不認得？」〔眉〕賊智。軍官也笑道：「大官人是識法度的，不到得肯挾帶了出去？不。請尊便上馬。」柴進又笑道：「只恁地相托得過，拿得野味回來相送。」作別了，一齊上馬出關去了。行得十四五里，却見先去的莊客在那裏等候。柴進叫林沖下了馬，脫去打獵的衣服，却穿上莊客帶來的自己衣裳，繫了腰刀，戴上紅纓氈笠，背上包裹，提了袞刀，相辭柴進，拜別了便行。只說那柴進一行人上馬自去打獵，到晚方回，依舊過關，送些野味與軍官，回莊上去了。

林沖與柴大官人别後，上路行了十數日。時遇暮冬天氣，彤雲密布，朔風緊起，又早紛紛揚揚下着滿天大雪。行不到二十餘里，只見滿地如銀。但見：

冬深正清冷，昏晦路行難。長空皎潔，争看瑩净，埋没遥山。反覆風翻絮粉，繽紛輕點林巒。清沁茶烟濕，平鋪濮水船。樓臺銀壓瓦，松壑玉龍蟠。蒼松鬚髮皓拱，星攢珊瑚圓。輕柯渺漠汀灘，孤艇獨釣雪漫漫。村墟情冷落，悽慘少欣歡。

林沖踏着雪只顧走，看看天色冷得緊切，漸漸晚了。遠遠望見枕溪靠湖一個酒店，被雪漫漫地壓着。但見：

銀迷草舍，玉映茅檐。數十株老樹杈枒，三五處小窗關閉。疏荆籬落，渾如膩粉輕鋪；黄土繞牆，却似鉛華布就。千團柳絮飄簾幙，萬片鵝毛舞酒旗。

林沖看見，奔入那酒店裏來，揭起蘆簾，拂身入去，到側首看時，都是座頭。揀一處坐下，倚了衮刀，解放包裹，擡了氈笠，把腰刀也掛了。只見一個酒保來問道：「客官打多少酒？」林沖道：「先取兩角酒來。」酒保將個桶兒打兩角酒，將來放在桌上。林沖又問道：「有甚麽下酒？」酒保道：「有生熟牛肉、肥鵝、嫩雞。」林沖道：「先切二斤熟牛肉來。」酒保去不多時，將來鋪下一大盤牛肉，數般菜蔬，放個大碗，一面篩酒。林沖吃了三四碗酒，只見店裏一個人背叉着手，走出來門前看雪。那人問酒保道：「甚麽人吃酒？」林沖看那人時，頭戴深簷暖帽，身穿貂鼠皮襖，脚着一雙獐皮窄靿靴。身材長大，貌相魁宏。雙拳骨臉，三丫黄髯，只把頭來摸着看雪。林沖叫酒保只顧篩酒。林沖説道：「酒保，你也來吃碗酒。」酒保吃了一碗，林沖問道：「此間去梁山泊還有多少路？」也不仔細。酒保答道：「此間要去梁山泊，雖只數里，却是水路，全無旱路。若要去時，須用船去，方纔渡得到那裏。」林沖道：「你可與我覓隻船兒。」莽。酒保道：「這般大雪，天色又晚了，那裏去尋船隻？」林沖道：「我與你些錢，央你覓隻船來渡我過去。」酒保道：「却是沒討處。」林沖尋思道：「這般怎的好？」又吃了幾碗酒，悶上心來，驀然間想起：「以先在京師做教頭，禁軍中每日六街三市，遊玩吃酒，誰想今日被高俅這賊坑陷了我這一場，文了面，直斷送到這裏，閃得我有家難奔，有國難投，受此寂寞。」〔眉〕英雄定然墮淚。因感傷懷抱，問酒保借筆硯來，乘着一時酒興，向那白粉壁上寫下八句五言詩。寫道：

「仗義是林沖，爲人最朴忠。江湖馳聞望，慷慨聚英雄。身世悲浮梗，功名類轉蓬。他年若得志，威鎮泰山東！」

林沖題罷詩，撇下筆，再取酒來。正飲之間，只見那漢子走向前來，把林沖匹腰揪住，說道：「你好大膽！你在滄州做下迷天大罪，却在這裏。見今官司出三千貫信賞錢捉你，却是要怎的？」林沖道：「你道我是誰？」那漢道：「你不是林沖？」林沖道：「我自姓張。」痴。〔眉〕詩上已招了，如何賴得？那漢笑道：「你莫胡說，見今壁上寫下名字，你臉上文着金印，如何要賴得過？」林沖道：「你真個要拿我？」那漢笑道：「我却拿你做甚麼！你跟我進來，到裏面和你說話。」

那漢放了手，林沖跟着，到後面一個水亭上，叫酒保點起燈來，和林沖施禮，對面坐下。那漢問道：「却纔見兄長只顧問梁山泊路頭，要尋船去，那裏是强人山寨，你待要去做甚麼？」林沖道：「實不相瞞，如今官司追捕小人緊急，無安身處，特投這山寨裏好漢入夥，因此要去。」那漢道：「雖然如此，必有個人薦兄長來入夥。」林冲道：「滄州横海郡故友舉薦將來。」那漢道：「莫非柴進麼？」林冲道：「足下何以知之？」那漢道：「柴大官人與山寨中大王頭領交厚，常有書信往來。」原來是王倫當初不得地之時，與杜遷投奔柴進，多得柴進留在莊子上，住了幾時。臨起身，又齎發盤纏銀兩，因此有恩。林冲聽了，便拜道：「有眼不識太山，願求大名。」那漢慌忙答禮，説道：「小人是王頭領手下耳目，小人姓朱名貴，原是沂州沂水縣人氏，山寨裏教小弟在此間開酒店爲名，專一探聽往來客商經過。但有財帛者，便去山寨裏報知。但是孤單客人到此，無財帛的，放他過去；有財帛的來到這裏，輕則蒙汗藥麻翻，重則登時結果，將精肉片爲羓子，肥肉煎油點燈。却纔見兄長只顧問梁山泊路頭，因此不敢下手。次後見寫出大名來，曾有東京來的人，傳説兄長的豪傑，不期今日得會。既有柴大官人書緘相薦，亦是兄長名震寰海，王頭領必當重用。」隨即叫酒保安排分例酒來相待。林冲道：「何故重賜分例酒食？拜擾不當。」朱貴道：「山寨中留下分例酒食，但有好漢經過，必教小弟相待。既是兄長來此入夥，怎敢有失祗應？」隨即安排魚肉盤饌酒肴到來相待。兩個在水亭上吃了半夜酒，却不冷麼？林冲道：「如何能勾船來渡過去？」朱貴道：「這裏自有船隻，兄長放心。且暫宿一宵，五更却請起來同往。」當時兩個各自去歇息。

睡到五更時分，朱貴自來叫林冲起來，洗漱罷，再取三五杯酒相待，吃了些肉食之類，此時天尚未明。朱貴把水亭上窗子開了，取出一張鵲畫弓，搭上那一枝響箭，覷着對港敗蘆折葦裏面射將去。林沖道：「此是何意？」朱貴道：「此是山寨裏的號箭，少刻便有船來。」没多時，只見對過蘆葦泊裏三五個小嘍囉，摇着一隻快船過來，逕到水亭下。朱貴當時引了林沖，取了刀仗行李下船。小嘍囉把船摇開，望泊子裏去，奔金沙灘來。林沖看時，見那八百里梁山水泊，果然是個陷人去處。但見：

山排巨浪，水接遥天。亂蘆攢萬萬隊刀鎗，怪樹列千千層劍戟。濠邊鹿角，俱將骸骨攢成；寨内碗瓢，盡使骷髏做就。剥下人皮蒙戰鼓，截來頭髮做韁繩。〔眉〕佛。阻當官軍，有無限斷頭港陌；遮攔盜賊，是許多絶逕林巒。鵝卵石疊疊如山，苦竹鎗森森如雨。戰船來往，一周迴埋伏有蘆花；深港停藏，四壁下窩盤多草木。斷金亭上愁雲起，聚義廳前殺氣生。

當時小嘍囉把船摇到金沙灘岸邊，朱貴同林沖上了岸，小嘍囉背了包裹，拿了刀仗，兩個好漢上山寨來，那幾個小嘍囉自把船摇去小港裏去了。林沖看岸上時，兩邊都是合抱的大樹，半山裏一座斷金亭子。再轉將上來，見座大關，關前擺着刀鎗劍戟，弓弩戈矛，四邊都是擂木砲石。小嘍囉先去報知，二人進得關來，兩邊夾道遍擺着隊伍旗號。又過了兩座關隘，方纔到寨門口。林沖看見四面高山，三關雄壯，團團圍定，中間裏鏡面也似一片平地，可方三五百丈，靠着山口，纔是正門，兩邊都是耳房。

朱貴引着林沖來到聚義廳上，中間交椅上坐着王倫，左邊交椅上坐着杜遷，右邊交椅上坐着宋萬。朱貴、林沖向前聲喏了，林沖立在朱貴側邊。朱貴便道：「這位是東京八十萬禁軍教頭，姓林名沖，因被高太尉陷害，刺配滄州，那裏又被火燒了大軍草料場，争奈殺死三人，逃走在柴大官人家，好生相敬，因此特寫書來，舉薦入夥。」林沖懷中取書遞上，王倫接來拆開看了，便請林沖來坐第四位交椅，就胡説了。朱貴坐了第五位。一面叫小嘍囉取酒來，把了三巡，動問柴大官人近日無恙。林沖答道：「每日只在郊外獵較樂情。」王倫動問了一回，驀地尋思道：「我却是個不及第的秀才，因鳥氣，合着杜遷來這裏落草，續後宋萬來，聚集這許多人馬伴當。我又没十分本事，真。杜遷、宋萬武藝也只平常。真。如今不争添了這個人，他是京師禁軍教頭，必然好武藝。倘若被他識破我們手段，他須占强，我們如何迎敵？不若只是一怪，推却事故，發付他下山去便了，免致後患。只是柴進面上却不好看，忘了日前之恩。如今也顧他不得。」〔眉〕强盗也忌才，偏是强盗要忌才。有詩爲證：

英勇多推林教頭，薦賢柴進亦難儔。斗筲可笑王倫量，抵死推辭不肯留。

當下王倫叫小嘍囉一面安排酒食，整理筵宴，請林沖赴席，衆好漢一同吃酒。將次席終，王倫叫小嘍囉把一個盤子，托出五十兩白銀、兩匹紵絲來。王倫起來説道：「柴大官人舉薦將教頭來敝寨入夥，争奈小寨粮食缺少，屋宇不整，人力寡薄，恐日後誤了足下，亦不好看。略有些薄禮，望乞笑留。尋個大寨安身歇馬，切勿見怪。」林沖道：「三位頭領容復：小人千里投名，萬里投主，憑托柴大官人面皮，逕投大寨入夥。林沖雖然不才，望賜收録，當以一死向前，並無諂佞，實爲平生之幸，不爲銀兩賫發而來，乞頭領照察。」王倫道：「我這裏是個小去處，如何安着得你？休怪，休怪。」朱貴見了，便諫道：「哥哥在上，莫怪小弟多言。山寨中粮食雖少，近村遠鎮，可以去借；山場水泊，木植廣有，便要蓋千間房屋，却也無妨。這位是柴大官人力舉薦來的人，如何教他別處去？抑且柴大官人自來與山上有恩，日後得知不納此人，須不好看。這位又是有本事的人，便是怪他有本事。他必然來出氣力。」杜遷道：「山寨中那争他一個！哥哥若不收留，柴大官人知道時見怪，顯的我們忘恩背義。日前多曾虧了他，今日薦個人來，便恁推却，發付他去！」宋萬也勸道：「柴大官人面上，可容他在這裏做個頭領也好。不然，見的我們無意氣，使江湖上好漢見笑。」〔眉〕只怕江湖上好漢見笑，却不怕道學先生笑，大奇。王倫道：「兄弟們不知，他在滄州雖是犯了迷天大罪，今日上山，却不知心腹。倘或來看虛實，如之奈何？」林沖道：「小人一身犯了死罪，因此來投入夥，何故相疑？」王倫道：「既然如此，你若真心入夥時，把一個『投名狀』來。」林沖便道：「小人頗識幾字，乞紙筆來便寫。」朱貴笑道：「教頭你錯了：但凡好漢們入夥，須要納『投名狀』，是教你下山去殺得一個人，將頭獻納，他便無疑心。這個便謂之『投名狀』。」林沖道：「這事也不難，林沖便下山去等，只怕没人過。」王倫道：「與你三日限。若三日内有『投名狀』來，便容你入夥；若三日内没時，只得休怪。」林沖應承了，自回房中宿歇，悶悶不已。正是：

愁懷鬱鬱苦難開，可恨王倫忒弄乖。明日早尋山路去，不知那個送頭來。

當晚席散，朱貴相别下山，自去守店。林沖到晚，取了刀仗行李，小嘍囉引去客房内歇了一夜。次日早起來，吃些茶飯，帶了腰刀，提了朴刀，叫一個小嘍囉領路下山，把船渡過去，僻静小路上等候客人過往。從朝至暮，等了一日，並無一個孤單客人經過。林沖悶悶不已，和小嘍囉再過渡來，回到山寨中。王倫問道：「『投名狀』何在？」林沖答道：「今日並無一個過往，以此不曾取得。」王倫道：「你明日若無『投名狀』時，也難在這裏了。」討死。林沖再不敢答應，心内自已不樂，來到房中，討些飯吃了，又歇了一夜。次日清早起來，和小嘍囉吃了早飯，拿了朴刀，又下山來。小嘍囉道：「俺們今日投南山路去等。」兩個來到林裏潛伏等候，並不見一個客人過往。伏到午時後，一夥客人約有三百餘人，結踪而過，林沖又不敢動手，讓他過去。又等了一歇，看看天色晚來，又不見一個客人過。林沖對小嘍囉道：「我恁地晦氣！等了兩日，不見一個孤單客人過往，〈何以〉（如何）是好？」小嘍囉道：「哥哥且寬心，明日還有一日限，我和哥哥去東山路上等候。」當晚依舊上山。王倫說道：「今日『投名狀』如何？」林沖不敢答應，只嘆了一口氣。王倫笑道：「想是今日又沒了。我說與你三日限，今已兩日了。若明日再無，不必相見了，便請那步下山，投別處去。」胡說！却不是該死。林沖回到房中，端的是心內好悶。【有《臨江仙》詞一篇云：

悶似蛟龍離海島，愁如猛虎困荒田，悲秋宋玉淚漣漣。江淹初去筆，霸王恨無船。高祖滎陽遭困危，昭關伍相（受）憂煎，曹公赤壁火連天。李陵臺上望，蘇武陷居延。】可惡。

當晚林沖仰天長嘆道：「不想我今日被高俅那賊陷害，流落到此，直如此命蹇時乖！」過了一夜，次日天明起來，討些飯食吃了，打拴了那包裹，撇在房中，可憐。跨了腰刀，提了朴刀，又和小嘍囉下山過渡，投東山路上來。林沖道：「我今日若還取不得『投名狀』時，只得去別處安身立命。」兩個來到山下東路林子裏潛伏等候，看看日頭中了，又沒一個人來。時遇殘雪初晴，日色明朗，林沖提着朴刀對小嘍囉道：「眼見得又不濟事了。不如趁早，天色未晚，取了行李只得往別處去尋個所在。」小校用手指道：「好了！兀的不是一個人來？」林沖看時，叫聲：「慚愧！」只見那個人遠遠在山坡下〈望見〉

（大步）行來。待他來得較近，林沖把朴刀桿翦了一下，驀地跳將出來。那漢子見了林沖，叫聲：「阿也！」撇了擔子，轉身便走。林沖趕將去，那裏趕得上，那漢子閃過山坡去了。林沖道：「你看，我命苦麼！等了三日，〈負〉（甫）能等得一個人來，又吃他走了。」小校道：「雖然不殺得人，這一擔財帛，可以抵當。」林沖道：「你先挑了上山去，我再等一等。」小嘍囉先把擔兒挑上山去。只見山坡下轉出一個大漢來，林沖見了，說道：「天賜其便。」只見那人挺着朴刀，大叫如雷，喝道：「潑賊，殺不盡的强徒，將俺行李那裏去！洒家正要捉你這廝們，到來拔虎鬚。」飛也似踊躍將來。林沖見他來得勢猛，也使步迎他。不是這個人來鬥林沖，有分教：梁山泊内，添這個弄風白額大蟲；水滸寨中，凑幾隻跳澗金睛猛獸。直教掀翻天地重扶起，戳破蒼穹再補完。畢竟來與林沖鬥的正是甚人，且聽下回分解。

李生曰：嘗笑天下忌才之人，狗也不值。彼既有了才了，忌他何益？且他豈終爲你忌了？適以殺其軀而已矣。何也？有才者，定是恩怨分明：既可明珠報德，亦能匕首殺仇。你若不信，王倫便是樣子。

卷一二 圖

汴京城楊志賣刀

第十二回　梁山泊林冲落草　汴京城楊志賣刀

詩曰：

天罡地煞下凡塵，托化生身各有因。落草固緣屠國士，賣刀豈可殺平人。東京已降天蓬帥，北地生成黑煞神。豹子頭逢青面獸，同歸水滸亂乾坤。

話説林冲打一看時，只見那漢子頭戴一頂范陽毡笠，上撒着一把紅纓；穿一領白段子征衫，繫一條縱綫縧；下面青白間道行纏，抓着褲子口，獐皮韈，帶毛牛膀靴；跨口腰刀，提條朴刀。生得七尺五六身材，面皮上老大一搭青記，腮邊微露些少赤鬚。把毡笠子掀在脊梁上，坦開胸脯，帶着抓角兒軟頭巾，挺手中朴刀，高聲喝道：「你那潑賊，將俺行李財帛那裏去了？」林冲正没好氣，那裏答應，睁圓怪眼，倒竪虎鬚，挺着朴刀，搶將來鬥那個大漢。但見：

殘雪初晴，薄雲方散。溪邊踏一片寒冰，岸畔湧兩條殺氣。一上一下，似雲中龍鬥水中龍；一往一來，如岩下虎鬥林下虎。一個是擎天白玉柱，一個是架海紫金梁。那個没些破綻高低，這個有千般威風勇猛。一個盡氣力望心窩對戳，一個弄精神向脅肋忙穿。架隔遮攔，却似馬超逢翼德；盤旋點拗，渾如敬德戰秦瓊。鬥來半晌没輸贏，戰到數番無勝敗。果然巧筆畫難成，便是鬼神須膽落。

林沖與那漢鬥到三十來合，不分勝敗。兩個又鬥了十數合，正鬥到分〈積〉（際），只見山高處叫道：「兩個好漢不要鬥了！」林沖聽得，驀地跳出圈子外來。兩個收住手中朴刀，看那山頂上時，却是王倫和杜遷、宋萬並許多小嘍囉，走下山來，將船渡過了河，説道：「兩位好漢，端的好兩口朴刀，神出鬼没！這個是俺的兄弟林沖。青面漢，你却是誰？願通姓名。」那漢道：「洒家是三代將門之後，五侯楊令公之孫，姓楊名志。流落在此關西。年紀小時，曾應過武舉，做到殿司制使官。道君因蓋萬歲山，差一般十個制使去太湖邊搬運花石綱，赴京交納。不想洒家時乖運蹇，押着那花石綱來到黄河裏，遭風打翻了船，失陷了花石綱，不能回京赴任，逃去他處避難。如今赦了俺們罪犯，洒家今來收得一擔兒錢物，待回東京去樞密院使用，再理會本身的勾當。打從這裏經過，顧倩莊家挑那擔兒，不想被你們奪了。可把來還洒家如何？」王倫道：「你莫不是綽號唤青面獸的？」楊志道：「洒家便是。」王倫道：「既然是楊制使，就請到山寨吃三杯水酒，納還行李如何？」楊志道：「好漢既然認得洒家，便還了俺行李，更强似請吃酒。」王倫道：「制使，小可數年前到東京應武舉時，秀才本色。便聞制使大名。今日幸得相見，如何教你空去？且請到山寨少敍片時，並無他意。」楊志聽説了，只得跟了王倫一行人等過了河，上山寨來。就叫朱貴同上山寨相會，都來到寨中聚義廳上。左邊一帶四把交椅，却是王倫、杜遷、宋萬、朱貴；右邊一帶兩把交椅，上首楊志，下首林沖，都坐定了。王倫叫殺羊置酒，安排筵宴，管待楊志，不在話下。

話休絮煩，酒至數杯，王倫指着林沖對楊志道：「這個兄弟，他是東京八十萬禁軍教頭，唤做豹子頭林沖。因這高太尉那厮安不得好人，〔眉〕此處不象王倫行徑。把他尋事刺配滄州，那裏又犯了事，如今也新到這裏。却纔制使要上東京幹勾當，不是王倫裹合制使，小可兀自棄文就武，來此落草，制使又是有罪的人，雖經赦宥，難復前職。亦且高俅那厮見掌軍權，他如何肯容你？不如只就小寨歇馬，大秤分金銀，大碗吃酒肉，同做好漢，不知制使心下主意若何？」楊志答道：「重蒙衆頭領如此帶攜，只是洒家有個親眷，見在東京居住。前者官事連累了他，不曾酬謝得他。今日欲要投那裏走一遭，望衆頭領還了洒家行李。如不肯還，楊志空手也去了。」英雄。王倫笑道：「既是制使不肯在此，如何敢勒逼入夥？且請寬心住一宵，明日早行。」楊志大喜，當日飲酒到二更方散，各自去歇息了。次日早起來，又置酒與楊志送行。吃了早飯，衆頭領叫一個小嘍囉把昨夜擔兒挑了，一齊都送下山來，到路口與楊志作别，教小嘍囉渡河，送出大路。衆人相别了，自回山寨。王倫自此方纔肯教林沖坐第四位，朱貴做第五位。從此五個好漢在梁山泊打家劫舍，不在話下。

只說楊志出了大路，尋個莊家挑了擔子，發付小嘍囉自回山寨。楊志取路投東京來，路上免不得飢餐渴飲，夜住曉行，不數日來到東京。有詩爲證：

清白傳家楊制使，恥將身迹履危機。豈知奸佞殘忠義，頓使功名事已非。

那楊志入得城來，尋個客店安歇下。莊客交還擔兒，與了些銀兩，自回去了。楊志到店中放下行李，解了腰刀、朴刀，叫店小二將些碎銀子買些酒肉吃了。過數日，央人來樞密院打點理會本等的勾當。將出那擔兒內金銀財物，買上告下，再要補殿司府制使職役。把許多東西都使盡了，方纔得申文書，引去見殿帥高太尉。來到廳前，那高俅把從前歷事文書都看了，大怒道：「既是你等十個制使去運花石綱，九個回到京師交納了，偏你這廝把花石綱失陷了，又不來首告，到又在逃，許多時捉拿不着。今日再要勾當，雖經赦宥所犯罪名，難以委用。」把文書一筆都批倒了，〔眉〕惡。將楊志趕出殿司府來。

楊志悶悶不已，回到客店中，思量：「王倫勸俺，也見得是。只爲洒家清白姓字，不肯將父母遺體來點污了。指望把一身本事，邊庭上一鎗一刀，博個封妻廕子，也與祖宗爭口氣，不想又吃這一閃。高太尉，你忒毒害，恁地剋剥！」心中煩惱了一回，在客店裏又住幾日，盤纏都使盡了。楊志尋思道：「却是怎地好？只有祖上留下這口寶刀，從來跟着洒家，如今事急無措，只得拿去街上貨賣得千百貫錢鈔，好做盤纏，投往他處安身。」當日將了寶刀，插了草標兒，上市去賣。走到馬行街內，立了兩個時辰，並無一個人問。將立到晌午時分，轉來到天漢州橋熱鬧處去賣。楊志立未久，只見兩邊的人都跑入河下巷內去躲。楊志看時，只見都亂攛，口裏說道：「快躲了，大蟲來也。」楊志道：「好作怪！這等一片錦城池，却那得大蟲來？」當下立住脚看時，只見遠遠地黑凜凜一大漢，吃得半醉，一步一攧撞將來。楊志看那人時，形貌生得粗醜。但見：

面目依稀似鬼，身材仿佛如人。杈枒怪樹，變爲肐膊形骸；臭穢枯樁，化作腌臢魍魎。渾身遍體，都生滲滲瀨瀨沙魚皮；夾腦連頭，盡長拳拳彎彎捲螺髮。胸前一片錦頑皮，額上三條强拗皺。

原來這人是京師有名的破落户潑皮，叫做没毛大蟲牛二，專在街上撒潑行兇撞鬧。連爲幾頭官司，開封府也治他不下，以此滿城人見那厮來都躲了。却説牛二搶到楊志面前，就手裏把那口寶刀扯將出來，問道：「漢子，你這刀要賣幾錢？」楊志道：「祖上留下寶刀，要賣三千貫。」牛二喝道：「甚麽鳥刀，要賣許多錢！我三百文買一把，也切得肉，切得豆腐，你的鳥刀有甚好處，叫做寶刀？」楊志道：「洒家的須不是店上賣的白鐵刀，這是寶刀。」牛二道：「怎地唤做寶刀？」楊志道：「第一件，砍銅剁鐵刀口不捲；第二件，吹毛得過；第三件，殺人刀上没血。」牛二道：「你敢剁銅錢麽？」楊志道：「你便將來剁與你看。」牛二便去州橋下香椒鋪裏，討了二十文當三錢，一垛兒將來，放在州橋闌干上，叫楊志道：「漢子，你若剁得開時，我還你三千貫。」那時看的人雖然不敢近前，向遠遠地圍住了望。楊志道：「這個直得甚麽！」把衣袖捲起，拿刀在手，看的較勝，只一刀，把銅錢剁做兩半。衆人都喝采。牛二道：「喝甚麽鳥采！你且説第二件是甚麽？」楊志道：「吹毛過得。就把幾根頭髮望刀口上只一吹，齊齊都斷。」牛二道：「我不信。」自把頭上拔下一把頭髮，遞與楊志：「你且吹我看。」楊志左手接過頭髮，照着刀口上盡氣力一吹，那頭髮都做兩段，紛紛飄下地來。衆人喝采，看的人越多了。牛二又問：「第三件是甚麽？」楊志道：「殺人刀上没血。」牛二道：「怎地殺人刀上没血？」楊志道：「把人一刀砍了，並無血痕，只是個快。」牛二道：「我不信。你把刀來剁一個人我看。」楊志道：

「禁城之中，如何敢殺人？你不信時，取一隻狗來殺與你看。」牛二道：「你説殺人，不曾説殺狗。」楊志道：「你不買便罷，只管纏人做甚麽？」牛二道：「你將來我看。」楊志道：「你只顧没了當！洒家又不是你撩撥的。」牛二道：「你敢殺我？」楊志道：「和你往日無冤，昔日無仇，一物不成，兩物見在。没來由殺你做甚麽？」牛二緊揪住楊志，説道：「我鰲鳥買你這口刀。」楊志道：「你要買，將錢來。」牛二道：「我没錢。」楊志道：「你没錢，揪住洒家怎地？」牛二道：「我要你這口刀。」楊志道：「俺不與你。」牛二道：「你好男子，剁我一刀！」楊志大怒，把牛二推了一跤。牛二爬將起來，鑽入楊志懷裏。楊志叫道：「街坊鄰舍都是證見。楊志無盤纏，自賣這口刀。這個潑皮强奪洒家的刀，又把俺打。」街坊人都怕這牛二，誰敢向前來勸？牛二喝道：「你説我打你，便打殺直甚麽！」口裏説，一面揮起右手，一拳打來。楊志霍地躲過，拿着刀搶入來，一時性起，望牛二顙根上搠個着，撲地倒了。楊志趕入去，把牛二胸脯上又連搠了兩刀，血流滿地，死在地上。〔眉〕也是牛二自家討死。楊志叫道：「洒家殺死這個潑皮，怎肯連累你們！潑皮既已死了，你們都來，同洒家去官府裏出首。」真豪傑。坊隅衆人慌忙攏來，隨同楊志逕投開封府出首。

正值府尹坐衙，楊志拿着刀，和地方鄰舍衆人都上廳來，一齊跪下，把刀放在面前。楊志告道：「小人原是殿司制使，爲因失陷花石綱，削去本身職役，無有盤纏，將這口刀在街貨賣。不期被個潑皮破落户牛二强奪小人的刀，又用拳打小人，因此一時性起，將那人殺死。衆鄰舍都是證見。」衆人亦替楊志告説分訴了一回。府尹道：「既是自行前來出首，免了這厮入門的款打。」且叫取一面長枷枷了，差兩員相官，帶了仵作行人，監押楊志并衆鄰舍一干人犯，都來天漢州橋邊，登場檢驗了，疊成文案。衆鄰舍都出了供狀，保放隨衙聽候，當廳發落。將楊志於死囚牢裏監收。但見：

推臨獄内，擁入牢門。擡頭參青面使者，轉面見赤髮鬼王。黄鬚節級，麻繩準備吊綳揪；黑面押牢，木匣安排牢鎖鐐。殺威棒，獄卒斷時腰痛；撒子角，囚人見了心驚。休言死去見閻王，只此便爲真地獄。

且説楊志押到死囚牢裏，衆多押牢禁子、節級見説楊志殺死没毛大蟲牛二，都可憐他是個好男子，不來問他要錢，又好生看覷他。天漢州橋下衆人，爲是楊志除了街上害人之物，都斂些盤纏，湊些銀兩，來與他送飯，上下又替他使用。推司也覷他是個首身的好漢，又與東京街上除了一害，牛二家又没苦主，把款狀都改得輕了。三推六問，却招做一時鬥毆殺傷，誤傷人命。〔眉〕可見天理尚在人心。待了六十日限滿，當廳推司稟過府尹，將楊志帶出廳前，除了長枷，斷了二十脊杖，唤個文墨匠人，刺了兩行金印，迭配北京大名府留守司充軍。那口寶刀，没官入庫。當廳押了文牒，差兩個防送公人，免不得是張龍、趙虎，把七斤半鐵葉子，盤頭護身枷釘了。分付兩個公人，便教監押上路。天漢州橋那幾個大户，科斂些銀兩錢物，等候楊志到來，請他兩個公人一同到酒店裏吃了些酒食，把出銀兩賫發兩位防送公人，説道：「念楊志是個好漢，與民除害，今去北京路途中，望乞二位上下照覷，好生看他一看。」張龍、趙虎道：「我兩個也知他是好漢，亦不必你衆位分付，但請放心。」楊志謝了衆人，其餘多的銀兩，盡送與楊志做盤纏。衆人各自散了。話裏只説楊志同兩個公人來到原下的客店裏，算還了房錢飯錢，取了原寄的衣服行李，安排些酒食，請了兩個公人。尋醫士贖了幾個杖瘡的膏藥，貼了棒瘡，便同兩個公人上路，三個望北京進發。五里單牌，十里雙牌，逢州過縣，買些酒肉，不時間請張龍、趙虎吃。三個在路，夜宿旅館，曉行驛道，不數日來到北京。入得城中，尋個客店安下。

原來北京大名府留守司，上馬管軍，下馬管民，最有權勢。那留守，喚做梁中書，諱世傑，他是東京當朝太師蔡京的女婿。當日是二月初九日，留守升廳。兩個公人解楊志到留守司廳前，呈上開封府公文。梁中書看了，原在東京時也曾認得楊志，當下一見了，備問情由。楊志便把高太尉不容復職，使盡錢財，將寶刀貨賣，因而殺死牛二的實情，通前一一告稟了。梁中書聽得大喜，當廳就開了枷。留在廳前聽用。押了批迴與兩個公人，自回東京，不在話下。

只說楊志自在梁中書府中，早晚殷勤，聽候使喚。梁中書見他勤謹，有心要擡舉他，欲要遷他做個軍中副牌，月支一分請受。只恐衆人不伏，因此傳下號令：教軍政司告示大小諸將人員，來日都要出東郭門教場中去演武試藝。當晚，梁中書喚楊志到廳前。梁中書道：「我有心要擡舉你做個軍中副牌，月支一分請受，只不知你武藝如何？」楊志稟道：「小人應過武舉出身，曾做殿司府制使職役，這十八般武藝，自小習學。今日蒙恩相擡舉，如撥雲見日一般。楊志若得寸進，當效銜環背鞍之報。」梁中書大喜，賜與一副衣甲，當夜無事。有詩爲證：

楊志英雄偉丈夫，賣刀市上殺無徒。却教罪配幽燕地，演武場中敵手無。

次日天曉，時當二月中旬，正值風和日暖。梁中書早飯已罷，帶領楊志上馬，前遮後擁，往東郭門來。到得教場中，大小軍卒並許多官員接見，就演武廳前下馬。到廳上，正面撒下一把渾銀交椅坐下。左右兩邊，齊臻臻地排着兩行官員：指揮使、團練使、正制使、統領使、牙將、校尉、副牌軍，前後周圍惡狠狠地列着百員將校。正將臺上，立着兩個都監：一個喚做李天王李成，一個喚做聞大刀聞達。二人皆有萬夫不當之勇，統領着許多軍馬，一齊都來朝着梁中書呼三聲喏，却早將臺上竪起一面黄旗來。將臺兩邊，左右列着三五十對金鼓手，一齊發起擂來。品了三通畫角，發了三通擂鼓，教場裏面誰敢高聲。又見將臺上竪起一面淨平旗來，前後五軍一齊整肅。將臺上把一面引軍紅旗磨動，只見鼓聲響處，五百軍列成兩陣，軍士各執器械在手。將臺上又把白旗招動，兩陣馬軍齊齊地都立在面前，各把馬勒住。

梁中書傳下令來，叫喚副牌軍周謹向前聽令。右陣裏周謹聽得呼喚，躍馬到廳前，跳下馬，插了鎗，暴雷也似聲個大喏。梁中書道：「着副牌軍施逞本身武藝。」周謹得了將令，綽鎗上馬，在演武廳前左盤右旋，右盤左旋，將身中鎗使了幾路，衆人喝采。梁中書道：「叫東京對撥來的軍健楊志。」楊志轉過廳前，唱個大喏。梁中書道：「楊志，我知你原是東京殿司府制使軍官，犯罪配來此間。即目盗賊猖狂，國家用人之際，你敢與周謹比試武藝高低？如若贏時，便遷你充其職役。」楊志道：「若蒙恩相差遣，安敢有違鈞旨。」梁中書叫取一疋戰馬來，教甲仗庫隨行官吏應付軍器，教楊志披挂上馬，與周謹比試。楊志去廳後把夜來衣甲穿了，拴束罷，帶了頭盔、弓箭、腰刀，手拿長鎗上馬，從廳後跑將出來。梁中書看了道：「着楊志與周謹先比鎗。」周謹先怒道：「這個賊配軍，敢來與我交鎗！」誰知惱犯了這個好漢，來與周謹鬥武。不因楊志來與周謹比試，楊志在萬馬叢中聞姓字，千軍隊裏奪頭功。直教大斧横擔來水滸，鋼鎗斜拽上梁山。畢竟楊志與周謹比試引出甚麽人來，且聽下回分解。

卓吾曰：楊志是國家有用人，只爲高俅不能用他，以致爲宋公明用了。可見小人忌賢嫉能，遺禍國家不小。

青面獸北京鬭武
水滸傳像
卷之十三
容與堂

急先鋒東郭爭功

第十三回　急先鋒東郭争功　青面獸北京鬥武

詩曰：

得罪幽燕作配戎，當場比試較英雄。棋逢敵手難藏弃，將遇良才怎用功。鵲畫弓彎欺滿月，點鋼鎗刺耀霜風。直饒射虎穿楊手，盡在輸贏勝負中。

話説當時周謹、楊志兩個勒馬在于旗下，正欲出戰交鋒，只見兵馬都監聞達喝道：「且住！」自上廳來稟復梁中書道：「復恩相：論這兩個比試武藝，雖然未見本事高低，鎗刀本是無情之物，只宜殺賊勦寇。今日軍中自家比試，恐有傷損。輕則殘疾，重則致命，此乃於軍不利。可將兩根鎗去了鎗頭，各用毡片包裹，地下蘸了石灰，再各上馬，都與皂衫穿着。但是鎗尖厮搠，如白點多者，當輸。此理如何？」〔眉〕是，大是。梁中書道：「言之極當。」隨即傳令下去。兩個領了言語，向這演武廳後去了鎗尖，都用毡片包了，縛成骨朵，身上各换了皂衫；各用鎗去石灰桶裏蘸了石灰，再各上馬，出到陣前。楊志横鎗立馬，看那周謹時，果是弓馬熟閑。怎生結束？頭戴皮盔，皂衫籠着一付熟銅甲，下穿一對戰靴，繫一條緋紅包肚，騎一疋鵝黄馬。那周謹躍馬挺鎗，直取楊志；這楊志也拍戰馬，撚手中鎗，來戰周謹。兩個在陣前來來往往，番番復復，攪做一團，扭做一塊。鞍上人鬥人，坐下馬鬥馬。兩個鬥了四五十合，看周謹時，恰似打翻了豆腐的，斑斑點點，約有三五十處。看楊志時，只有左肩胛上一點白。梁中書大喜，叫唤周謹上廳，看了迹道：「前官參你做個軍中副牌，量你這般武藝，如何南征北討，怎生做的正請受的副牌？教楊志替此人職役。」

管軍兵馬都監李成，上廳稟復梁中書道：「周謹鎗法生疏，弓馬熟閑，不争把他來逐了職事，恐怕慢了軍心。再教周謹與楊志比箭如何？」梁中書道：「言之極當。」再傳下將令來，叫楊志與周謹比箭。兩個得了將令，都扎了鎗，各關了弓箭。楊志就弓袋内取出那張弓來，扣得端正，擎了弓，跳上馬跑到廳前，立在馬上，欠身稟復道：「恩相，弓箭發處事不容情，恐有傷損，乞請鈞旨。」也是。梁中書道：「武夫比試，何慮傷殘。但有本事，射死勿論。」胡説。楊志得令，回到陣前。李成傳下言語，叫兩個比箭好漢各關與一面遮箭牌，防護身體。兩個各領了遮箭防牌，綰在臂上。是。楊志道：「你先射我三箭，後却還你三箭。」周謹聽了，恨不得把楊志一箭射個透明。楊志終是個軍官出身，識破了他手段，全不把他爲事。怎見的兩個比試？

一個天姿英發，一個鋭氣豪强。一個曾向山中射虎，一個慣從風裏穿楊。彀滿處兔狐喪命，箭發時鵰鴞魂傷。較藝術當場比並，施手段對衆揄揚。一個磨鍬解實難抵當，一個閃身解不可提防。頃刻内要觀勝負，霎時間要見存亡。雖然兩個降龍手，必定其中有一强。

當時將臺上早把青旗磨動，楊志拍馬望南邊去，周謹縱馬趕來，將轡繩搭在馬鞍轎上，左手拏着弓，右手搭上箭，拽得滿滿地，望楊志後心颼地一箭。楊志聽得背後弓弦響，霍地一閃，去鐙裏藏身，那枝箭早射個空。周謹見一箭射不着，却早慌了。畫。再去壺中急取第二枝箭來，搭上弓弦，覷的楊志較親，望後心再射一箭。楊志聽得第二枝箭來，却不去鐙裏藏身。那枝箭風也似來，楊志那時也取弓在手，用弓梢只一撥，那枝箭滴溜溜撥下草地裏去了。〔眉〕好形容。周謹見第二枝箭又射不着，心裏越慌。畫。楊志的馬早跑到教場盡頭，霍地把馬一兜，那馬便轉身望正廳上走回來。周謹也把馬只一勒，那馬也跑回，就勢裏趕將來。去那緑茸茸芳草地上，八個馬蹄翻盞撒鈸相似，勃喇喇地風團兒也似般走。畫。周謹再取第三枝箭，搭在弓弦上，扣得滿滿地，儘平生氣力，眼睜睜地看着楊志後心窩上，只一箭射將來。楊志聽得弓弦響，扭回身，就鞍上把那枝箭只一綽，綽在手裏，便縱馬入演武廳前，撇下周謹的箭。畫。

梁中書見了大喜，傳下號令，却叫楊志也射周謹三箭。將臺上又把青旗磨動，周謹撇了弓箭，拿了傍牌在手，拍馬望南而走。楊志在馬上，把腰只一縱，略將脚一拍，畫。那馬勃喇喇的便趕。楊志先把弓虛扯一扯，周謹在馬上聽得腦後弓弦響，扭轉身來，便把傍牌來迎，却早接個空。周謹尋思道：「那廝只會使鎗，不會射箭。等我待他第三枝箭再虛詐時，我便喝住了他，便算我贏了。」畫。〔眉〕形容周謹、楊志比箭處如畫。周謹的馬早到教場南盡頭，那馬便轉望演武廳來。楊志的馬見周謹馬跑轉來，那馬也便回身。楊志早去壺中掣出一枝箭來，搭在弓弦上，心裏想道：「射中他後心窩，必至傷了他性命。他和我又没冤仇，洒家只射他不致命處便了。」左手如托泰山，右手如抱嬰孩，弓開如滿月，箭去似流星。説時遲，那時快，一箭正中周謹左肩。周謹措手不及，翻身落馬。那疋空馬直跑過演武廳背後去了。畫。衆軍卒自去救那周謹去了。梁中書見了大喜，叫軍政司便呈文案來，教楊志截替了周謹職役。楊志喜氣洋洋下了馬，便向廳前來拜謝恩相，充其職役。

只見階下左邊轉上一個人來，叫道：「休要謝職！我和你兩個比試。」楊志看那人時，身材凛凛，七尺以上長短，面圓耳大，唇闊口方，腮邊一部落腮鬍鬚，威風凛凛，相貌堂堂，直到梁中書面前聲了喏，稟道：「周謹患病未痊，精神不在，因此誤輸與楊志。小將不才，願與楊志比試武藝。如若小將折半點便宜與楊志，休教截替周謹，便教楊志替了小將職役，雖死而不怨。」梁中書看時，不是別人，却是大名府留守司正牌軍索超。爲是他性急，撮鹽入火，爲國家面上只要争氣，當先厮殺，以此人都叫他做急先鋒。李成聽得，便下將臺來，直到廳前稟覆道：「相公，這楊志既是殿司制使，必然好武藝。雖和周謹不是對手，正好與索正牌比試武藝，便見優劣。」梁中書聽了，心中想道：「我指望一力要擡舉楊志，衆將不伏；一發等他贏了索超，他們也死而無怨，却無話説。」梁中書隨即喚楊志上廳，問道「你與索超比試武藝如何？」楊志稟道：「恩相將令，安敢有違。」梁中書道：「既然如此，你去廳後換了裝束，好生披掛。」教甲仗庫隨行官吏取應用軍器給與，就叫：「牽我的戰馬借與楊志騎。小心在意，休覷得等閑。」楊志謝了，自去結束。却説李成分付索超道：「你却難比別人，周謹是你徒弟，先自輸了。你若有些疏失，吃他把大名府軍官都看得輕了。我有一疋慣曾上陣的戰馬，并一副披掛，都借與你。小心在意，休教折了鋭氣。」索超謝了，也自去結束。

梁中書起身，走出階前來。從人移轉銀交椅，直到月臺闌干邊放下。畫。梁中書坐定，左右祗候兩行，唤打傘的撑開那把銀葫蘆頂茶褐羅三簷涼傘來，蓋定在梁中書背後。〔眉〕閑處都不放過，神手，神手！將臺上傳下將令，早把紅旗招動。兩邊金鼓齊鳴，發一通擂，去那教場中兩陣内，各放了個砲。砲響處，索超跑馬入陣内藏在門旗下。楊志也從陣裏跑馬入軍中，直到門旗背後。將臺上又把黄旗招動，又發了一通擂，兩軍齊吶一聲喊。教場中誰敢做聲，静蕩蕩的。再一聲鑼響，扯起淨平白旗，兩下衆官没一個敢動胡言説話，静静地立着。將臺上又把青旗招動，只見第三通戰鼓響處，去那左邊陣内門旗下，看看分開。〔眉〕出陣處都如畫。異哉，此人！奇哉，此文！鸞鈴響處，正牌軍索超出馬，直到陣前兜住馬，拏軍器在手，果是英雄。怎生打扮，但見：

頭戴一頂熟銅獅子盔，腦後斗大來一顆紅纓。身披一副鐵葉攢成鎧甲，腰繫一條鍍金獸面束帶。前後兩面青銅護心鏡，上籠着一領緋紅團花袍。上面垂兩條緑絨縷領帶，下穿一雙斜皮氣跨靴。左帶一張弓，右懸一壺箭，手裏横着一柄金蘸斧。坐下李都監那疋慣戰能征雪白馬。

看那疋馬時，又是一疋好馬。但見：

兩耳如同玉筯，雙睛凸似金鈴。色按庚辛，仿佛南山白額虎；毛堆膩粉，如同北海玉麒麟。衝得陣，跳得溪，喜戰鼓，性如君子；負得重，走得遠，慣嘶風，必是龍媒。勝如伍相梨花馬，賽過秦王白玉駒。

左陣上急先鋒索超兜住馬，掗着金蘸斧，立馬在陣前。右邊陣内門旗下，看看分開。鸞鈴響處，楊志提手中鎗出馬，直至陣前勒住馬，横着鎗在手，果是勇猛。怎生結束，但見：

頭戴一頂鋪霜耀日鑌鐵盔，上撒着一把青纓。身穿一副鈎嵌梅花榆葉甲，繫一條紅絨打就勒甲縧，前後獸面掩心。上籠着一領白羅生色花袍，垂着條紫絨飛帶，脚登一雙黄皮襯底靴。一張皮靶弓，數根鑿子箭，手中挺着渾鐵點鋼鎗。騎的是梁中書那疋火塊赤千里嘶風馬。

看時，又是一疋無敵的好馬。但見：

鬃分火焰，尾擺朝霞。渾身亂掃胭脂，兩耳對攢紅葉。侵晨臨紫塞，馬蹄迸四點寒星；日暮轉沙堤，就地滚一團火塊。休言火德神駒，真乃壽亭赤兔。疑是南宫來猛獸，渾如北海出驪龍。

右陣上青面獸楊志撚手中鎗，勒坐下馬立於陣前。兩邊軍將暗暗地喝采，雖不知武藝如何，先見威風出衆。正南上旗牌官拏着銷金令字旗，驟馬而來，喝道：「奉相公鈞旨，教你兩個俱各用心。如有虧誤處，定行責罰。若是贏時，多有重賞。」二人得令，縱馬出陣，都到教場中心。兩馬相交，二般兵器並舉。索超忿怒，輪手中大斧，拍馬來戰楊志；楊志逞威，撚手中神鎗，來迎索超。兩個在教場中間，將臺前面，二將相交，各賭平生本事。一來一往，一去一回，四條臂膊縱横，八隻馬蹄撩亂。但見：

征旗蔽日，殺氣遮天。一個金蘸斧直奔頂門，一個渾鐵鎗不離心坎。這個是扶持社稷，毗沙門托塔李天王；那個是整頓江山，掌金闕天蓬大元帥。一個鎗尖上吐一條火焰，一個斧刃中迸幾道寒光。那個是七國中袁達重生，這個是三分内張飛出世。一個似巨靈神忿怒，揮大斧劈碎西華山；一個如華光藏生嗔，仗金鎗搠透鎖魔關。這個圓彪彪睁開雙眼，肐查查斜砍斧頭來；那個火剥剥咬碎牙關，火焰焰摇得鎗桿斷。這個弄精神，不放些兒空；那個覷破綻，安容半點閑。

當下楊志和索超兩個鬥到五十餘合，不分勝敗。月臺上梁中書看得呆了；兩邊衆軍官看了，喝采不迭。陣面上軍士們遞相厮覷道：「我們做了許多年軍，也曾出了幾遭征，何曾見這等一對好漢厮殺！」好點綴。李成、聞達在將臺上不住聲叫道：「好鬥！」聞達心裏只恐兩個内傷了一個，慌忙招呼旗牌官拿着令字旗，與他分了。將臺上忽的一聲鑼響，楊志和索超鬥到是處，各自要争功，那裏肯回馬。旗牌官飛來叫道：「兩個好漢歇了，相公有令。」楊志、索超方纔收了手中軍器，勒坐下馬，各跑回本陣來。好形容。立馬在旗下，看那梁中書，只等將令。

李成、聞達下將臺來，直到月臺下，稟覆梁中書道：「相公，據這兩個武藝一般，皆可重用。」梁中書大喜，傳下將令，叫唤楊志、索超。旗牌官傳令，唤兩個到廳前，都下了馬。小校接了二人的軍器，兩個都上廳來，躬身聽令。梁中書叫取兩錠白銀，兩副表裏來，賞賜二人。就叫軍政司將兩個都升做管軍提轄使，便叫貼了文案，從今日便參了他兩個。索超、楊志都拜謝了梁中書，將着賞賜下廳來，解了鎗刀弓箭，卸了頭盔衣甲，换了衣裳。索超也自去了披掛，换了錦襖，都上廳來，再拜謝了衆軍官，入班做了提轄。衆軍卒打着得勝鼓，把着那金鼓旗先散。

梁中書和大小軍官，都在演武廳上筵宴。看看紅日沉西，筵席已罷，衆官皆歡。梁中書上了馬，衆官員都送歸府。馬頭前擺着這兩個新參的提轄，上下肩都騎着馬，頭上都帶着花紅，迎入東郭門來。兩邊街道扶老攜幼，都看了歡喜。梁中書在馬上問道：「你那百姓歡喜爲何，莫非哂笑下官？」不象。衆老人都跪下稟道：「老漢等生在北京，長在大名府，不曾見今日這等兩個好漢將軍比試。今日教場中看了這般敵手，如何不歡喜？」梁中書在馬上聽了大喜。回到府中，衆官各自散了。索超自有一班弟兄，請去作慶飲酒；楊志新來，未有相識，自去梁府宿歇，早晚殷懃，聽候使喚。都不在話下。

且把這閑話丢過，只說正話。自東郭演武之後，梁中書十分愛惜楊志，早晚與他並不相離。月中又有一分請受，自漸漸地有人來結識他。那索超見了楊志手段高强，心中也自欽伏。不覺光陰迅速，又早春盡夏來，時逢端午，蕤賓節至。梁中書與蔡夫人在堂家宴，慶賀端陽。但見：

盆栽緑艾，瓶插紅榴。水晶簾捲蝦鬚，錦綉屏開孔雀。菖蒲切玉，佳人笑捧紫霞杯；角黍堆金，美女高擎青玉案。食烹異品，果獻時新。絃管笙簧，奏一派聲清韻美；綺羅珠翠，擺兩行舞女歌兒。當筵象板撒紅牙，遍體舞裙拖錦綉。消遣壺中閑日月，遨遊身外醉乾坤。好個醉乾坤。

當日梁中書正在後堂與蔡夫人家宴，慶賞端陽。酒至數杯，食供兩套，只見蔡夫人道：「相公自從出身，今日爲一統帥，掌握國家重任，這功名富貴，從何而來？」梁中書道：「世傑自幼讀書，頗知經史，人非草木，豈不知泰山之恩，提攜之力？感激不盡。」蔡夫人道：「丈夫既知我父親之恩德，如何忘了他生辰？」梁中書道：「下官如何不記得？泰山是六月十五日生辰，已使人將十萬貫收買金珠寶貝，送上京師慶壽。一月之前，幹人都關領去了，見今九分齊備。數日之間，也待打點停當，差人起程。只是一件，在此躊躇：上年收買了許多玩器并金珠寶貝，使人送去，不到半路，盡被賊人劫了，枉費了這一遭財物，至今嚴捕賊人不獲。今年教誰人去好？」蔡夫人道：「帳前見有許多軍校，你選擇知心腹的人去便了。」梁中書道：「尚有四五十日，早晚催併禮物完足，那時選擇去人未遲。夫人不必掛心，世傑自有理會。」當日家宴，午牌至二更方散，自此不在話下。

不說梁中書收買禮物玩器，選人上京去慶賀蔡太師生辰，且說山東濟州鄆城縣，新到任一個知縣，姓時名文彬，當日升廳公座。但見：

爲官清正，作事廉明。每懷惻隱之心，常有仁慈之念。争田奪地，辨曲直而後施行；鬥毆相争，分輕重方纔决斷。閑暇撫琴會客，也應分理民情。雖然縣治宰臣官，果是一方民父母。

當下知縣時文彬升廳公座，左右兩邊排着公吏人等。知縣隨即叫喚尉司捕盜官員，并兩個巡捕都頭。本縣尉司管下，有兩個都頭：一個唤做步兵都頭，一個唤做馬兵都頭。這馬兵都頭，管着二十疋坐馬弓手，二十個土兵；那步兵都頭，管着二十個使鎗的頭目，二十個土兵。這馬兵都頭，姓朱名仝，身長八尺四五，有一部虎鬚，髯長一尺五寸，面如重棗，目若朗星，似關雲長模樣，滿縣人都稱他做美髯公。原是本處富户，只因他仗義疏財，結識江湖上好漢，學得一身好武藝。怎見的朱仝氣象，但見：

義膽忠肝豪傑，胸中武藝精通，超羣出衆果英雄。彎弓能射虎，提劍可誅龍。一表堂堂神鬼怕，形容凛凛威風。面如重棗色通紅。雲長重出世，人號美髯公。

那步兵都頭，姓雷名横，身長七尺五寸，紫棠色面皮，有一部扇圈鬍鬚。爲他膂力過人，能跳二三丈闊澗，滿縣人都稱他做插翅虎。原是本縣打鐵匠人出身，後來開張碓坊，殺牛放賭。雖然仗義，只有些心匾窄。也學得一身好武藝。怎見得雷横氣象，但見：

天上罡星臨世上，就中一個偏能，都頭好漢是雷横。拽拳神臂健，飛脚電光生。江海英雄當武勇，跳墻過澗身輕。豪雄誰敢與相爭。山東插（翅）虎，寰海盡聞名。

因那朱仝、雷横兩個，非是等閑人也，以此衆人保他兩個做了都頭，專管擒拿賊盜。當日知縣呼喚，兩個上廳來，聲了喏，取台旨。知縣道：「我自到任以來，聞知本府濟州管下所屬水鄉梁山泊，賊盜聚衆打劫，拒敵官軍。亦恐各處鄉村盜賊猖狂，小人甚多。今喚你等兩個，休辭辛苦，與我將帶本管土兵人等，一個出西門，（一個出東門），分投巡捕。若有賊人，隨即勦獲申解，不可擾動鄉民。體知東溪村山上有株大紅葉樹，别處皆無，你們衆人採幾片來縣裏呈納，方表你們曾巡到那裏。各人若無紅葉，便是汝等虚妄，官府定行責罰不恕。」兩個都頭領了台旨，各自回歸，點了本管土兵，分投自去巡察。

不説朱仝引人出西門，自去巡捕。只説雷横當晚引了二十個土兵，出東門遶村巡察，遍地裏走了一遭，回來到東溪村山上，衆人採了那紅葉，就下村來。行不到三二里，早到靈官廟前，見殿門不關，雷横道：「這殿裏又没有廟祝，殿門不關，莫不有歹人在裏面麽？我們直入去看一看。」衆人拿着火，一齊照將入來，只見供桌上赤條條地睡着一個大漢。天道又熱，那漢子把些破衣裳團做一塊作枕頭，枕在項下，齁齁的沉睡着了在供桌上。雷横看了道：「好怪，好怪！知縣相公忒神明，原來這東溪村真個有賊。」大喝一聲，那漢却待要掙挫，被二十個士兵一齊向前，把那漢子一條索子綁了，押出廟門，投一個保正莊上來。不是投那個去處，有分教：直使得東溪村裏，聚三四籌好漢英雄；鄆城縣中，尋十萬貫金珠寶貝。正是天上罡星來聚會，人間地煞得相逢。畢竟雷横拿住那漢投解甚處來，且聽下回分解。

李贄曰：《水滸傳》文字形容既妙，轉換又神，如此回文字形容刻畫周謹、楊志、索超處，已勝太史公一籌；至其轉換到劉唐處來，真有出神入化手段，此豈人力可到？定是化工文字，可先天地始，後天地終也。不妄，不妄。

赤髮鬼醉臥靈官廟

晁天王認義東溪村

第十四回　赤髮鬼醉卧靈官殿　晁天王認義東溪村

詩曰：

勇悍劉唐命運乖，靈官殿裏夜徘徊。偶逢巡邏遭羈縛，遂使英雄困草萊。鹵莽雷横應墮計，仁慈晁蓋獨憐才。生辰綱貢諸珍貝，總被斯人送將來。

話説當時雷横來到靈官殿上，見了這條大漢睡在供桌上，衆士兵向前，把條索子綁了，捉離靈官殿來。天色却早，是五更時分，雷横道：「我們且押這厮去晁保正莊上，討些點心吃了，却解去縣裏取問。」一行衆人却都奔這保正莊上來。

原來那東溪村保正，姓晁名蓋，祖是本縣本鄉富户。平生仗義疏財，專愛結識天下好漢，但有人來投奔他的，不論好歹，便留在莊上住；若要去時，又將銀兩賫助他起身。最愛刺鎗使棒，亦自身强力壯，不娶妻室，終日只是打熬筋骨。鄆城縣管下東門外有兩個村坊，一個東溪村，一個西溪村，只隔着一條大溪。當初這西溪村常常有鬼，白日迷人下水在溪裏，無可奈何。忽一日，有個僧人經過，村中人備細説知此事，僧人指個去處，教用青石鑿個寶塔，放於所在，鎮住溪邊。其時西溪村的鬼，都趕過東溪村來。那時晁蓋得知了大怒，從溪裏走將過去，把青石寶塔獨自奪了過來東溪邊放下，因此人皆稱他做托塔天王晁蓋。獨霸在那村坊，江湖上都聞他名字。

却早雷横並土兵押着那漢來到莊前敲門，莊裏莊客聞知，報與保正。此時晁蓋未起，聽得報是雷都頭到來，慌忙叫開門。莊客開得莊門，衆土兵先把那漢子弔在門房裏，雷横自引了十數個爲頭的人，到草堂上坐下。晁蓋起來接待，動問道：「都頭有甚公幹到這裏？」雷横答道：「奉知縣相公鈞旨，着我與朱仝兩個引了部下土兵，分投下鄉村各處巡捕賊盜。因走得力乏，欲得少歇，逕投貴莊暫息。有驚保正安寢。」晁蓋道：「這個何礙。」一面教莊客安排酒食管待，先把湯來吃。晁蓋動問道：「敝村曾拿得個把小小賊麽？」雷横道：「却纔前面是靈官殿上，有個大漢睡着在那裏。我看那厮不是良善君子，以定是醉了，就便(睡)着。我們把索子縛綁了，本待便解去縣裏見官，一者忒早些，二者也要教保正知道，恐日後父母官問時，保正也好答應。未必。見今弔在貴莊門房裏。」晁蓋聽了記在心，稱謝道：「多虧都頭見報。」少刻，莊客捧出盤饌酒食。〔眉〕還是要騙酒飯吃。晁蓋喝道：「此間不好説話，不如去後廳軒下少坐。」有心救那人了。便叫莊客裏面點起燈燭，請都頭到裏面酌杯。晁蓋坐了主位，雷横坐了客席，兩個坐定，莊客鋪下果品案酒，菜蔬盤饌，莊客一面篩酒，晁蓋又叫置酒與土兵衆人吃。莊客請衆人都引去廊下客位裏管待，大盤酒肉只管教衆人吃。

晁蓋一頭相待雷横吃酒，一面自肚裏尋思：「村中有甚小賊吃他拿了？我且自去看是誰。」相陪吃了五七杯酒，便叫家裏一個主管出來，「陪奉都頭坐一坐，我去淨了手便來。」那主管陪侍着雷横吃酒，晁蓋却去裏面拿了個燈籠，逕來門樓下看時，土兵都去吃酒，没一個在外面。晁蓋便問看門的莊客：「都頭拿的賊弔在那裏？」莊客道：「在門房裏關着。」晁蓋去推開門，打一看時，只見高高弔起那漢子在裏面，露出一身黑肉，下面抓扎起兩條黑魆魆毛腿，赤着一雙脚。晁蓋把燈照那人臉時，紫黑闊臉，鬢邊一搭硃砂記，上面生一片黑黄毛。晁蓋便問道：「漢子，你是那裏人？我村中不曾見有你。」那漢道：「小人是遠鄉客人，來這裏投奔一個人，〔眉〕一僧疑劉唐只是要晁蓋救他，假説來投奔他，也是；但公孫勝來如何解？却把我來拿做賊，我須有分辨處。」難道不是賊？晁蓋道：「你來我這村中投奔誰」？那漢道：「我來這村裏投奔一個好漢。」晁蓋道：「這好漢叫做甚麽？」那漢道：「他唤做晁保正。」晁蓋道：「你却尋他有甚勾當？」那漢道：「他是天下聞名的義士好漢，如今我有一套富貴來與他説知，因此而來。」晁蓋道：「你且住，只我便是晁保正。却要我救你，你只認我做娘舅之親。少刻我送雷都頭那人出來時，你便叫我做阿舅，我便認你做外甥。只説四五歲離了這裏，今番來尋阿舅，因此不認得。」那漢道：「若得如此救護，深感厚恩，義士提攜則個！」正是：

黑甜一枕古祠中，被捉高懸草舍東。却是劉唐未應死，解圍晁正有奇功。

且説晁蓋提了燈籠，自出房來，仍舊把門拽上，急入後廳來見雷横，説道：「甚是慢客。」雷横道：「且是多多相擾，理甚不當。」兩個又吃了數杯酒，只見窗子外射入天光來，雷横道：「東方動了，小人告退，好去縣畫卯。」晁蓋道：「都頭官身，不敢久留。若再到敝村公幹，千萬來走一遭。」雷横道：「却得再來拜望，不須保正分付。請保正免送。」晁蓋道：「却罷，也送到莊門口。」兩個同走出來，那夥土兵衆人，都得了酒食吃得飽了，各自拿了槍棒，便去門房裏解了那漢，背剪縛着，帶出門外。晁蓋見了，説道：「好條大漢。」雷横道：「這厮便是靈官廟裏捉的賊。」説猶未了，只見那漢叫一聲：「阿舅救我則個！」晁蓋假意看他一看，喝問道：「兀的這厮不是王小三麽？」妙。那漢道：「我便是。阿舅救我！」衆人吃了一驚。雷横便問晁蓋道：「這人是誰？如何却認得保正？」晁蓋道：「原來是我外甥王小三。這厮如何却在廟裏歇？乃是家姐的孩兒，從小在這裏過活，四五歲時，隨家姐夫和家姐上南京去住，一去了十數年。這厮十四五歲又來走了一遭，跟個本京客人來這裏販棗子，向後再不曾見面。多聽得人説這厮不成器，如何却在這裏？小可本也認他不得，爲他鬢邊有這一搭朱砂記，因此影影認得。」妙。晁蓋喝道：「小三，你如何不逕來見我，却去村中做賊？」妙。〔眉〕老賊，老賊！妙人，妙人。那漢叫道：「阿舅，我不曾做賊。」晁蓋喝道：「你既不做賊，如何拿你在這裏？」妙。奪過土兵手裏棍棒，匹頭匹臉便打。妙，妙。雷横并衆人勸道：「且不要打，聽他説。」那漢道：「阿舅息怒，且聽我説。自從十四五歲時來走了這遭，如今不是十年了？昨夜路上多吃了一杯酒，不敢來見阿舅，權去廟裏睡得醒了，却來尋阿舅。不想被他們不問事由，將我拿了，却不曾做賊。」晁蓋拿起棍來，又要打，口裏罵道：「畜生，你却不逕來見我，且在路上貪噇這口黄湯，我家中没得與你吃，辱莫殺人！」妙不可言。雷横勸道：「保正息怒。你令甥本不曾做賊，我們見他偌大一條大漢，在廟裏睡得蹺蹊，亦且面生，又不認得，因此設疑，捉了他來這裏。若早知是保正的令甥，定不拿他。」唤土兵快解了綁縛的索子，放還保正。衆土兵登時解了那漢，雷横道：「保正休怪，早知是令甥，不致如此。甚是得罪，小人們回去。」晁蓋道：「都頭且住，請入小莊，再有話説。」雷橫放了那漢，一齊再入草堂裏來。晁蓋取出十兩花銀，送與雷橫道：「都頭休嫌輕微，望賜笑留。」雷橫道：「不當如此。」晁蓋道：「若是不肯收受時，便是怪小人。」雷橫道：「既是保正厚意，權且收受，改日却得報答。」晁蓋叫那漢拜謝了雷橫，晁蓋又取些銀兩賞了衆士兵，再送出莊門外。雷橫相別了，引着士兵自去。

晁蓋却同那漢到後軒下，取幾件衣裳與他換了，取頂頭巾與他帶了。便問那漢姓甚名誰，何處人氏。那漢道：「小人姓劉名唐，祖貫東潞州人氏。因這鬢邊有這搭朱砂記，人都喚小人做赤髮鬼。特地送一套富貴來與保正哥哥。昨夜晚了，因醉倒在廟裏，不想被這厮們捉住，綁縛了來。正是『有緣千里來相會，無緣對面不相逢』。今日幸得到此，哥哥坐定，受劉唐四拜。」拜罷，晁蓋道：「你且説送一套富貴與我，見在何處？」劉唐道：「小人自幼飄蕩江湖，多走途路，專好結識好漢。往往多聞哥哥大名，不期有緣得遇。曾見山東、河北做私商的，多曾來投奔哥哥，因此劉唐敢説這話。這裏別無外人，方可傾心吐膽對哥哥説。」晁蓋道：「這裏都是我心腹人，但説不妨。」劉唐道：「小弟打聽得北京大名府梁中書，收買十萬貫金珠寶貝玩器等物，送上東京與他丈人蔡太師慶生辰。去年也曾送十萬貫金珠寶貝，來到半路裏，不知被誰人打劫了，至今也無捉處。今年又收買十萬貫金珠寶貝，早晚安排起程，要趕這六月十五日生辰。小弟想此是一套不義之財，取而何礙。便可商議個道理，去半路上取了。天理知之，也不爲罪。〔眉〕是，大是。聞知哥哥大名，是個真男子，武藝過人。小弟不才，頗也學得本事。休道三五個漢子，便是一二千軍馬隊中，拿條鎗也不懼他。倘蒙哥哥不棄時，獻此一套富貴，不知哥哥心内如何？」晁蓋道：「壯哉！且再計較。你既來這裏，想你吃了些艱辛，且去客房裏將息少歇。暫且待我從長商議，來日說話。」晁蓋叫莊客引劉唐廊下客房裏歇息。莊客引到房中，也自去幹事了。

且說劉唐在房裏尋思道：「我着甚來由，苦惱這遭！多虧晁蓋完成，解脱了這件事。只叵奈雷横那廝，平白騙了晁保正十兩銀子，又弔我一夜。想那廝去未遠，我不如拿了條棒趕上去，齊打翻了那廝們，却奪回那銀子，送還晁蓋，他必然敬我。此計大妙。」〔眉〕此人也奇，只是家數小。劉唐便出房門，去槍架上拿了一條朴刀，便出莊門，大踏步投南趕來。此時天色已明。【但見：

北斗初横，東方漸白。天涯曙色纔分，海角殘星暫落。金雞三唱，喚佳人傅粉施朱；寶馬頻嘶，催行客争名競利。牧童樵子離莊，牝牡牛羊出圈。幾縷曉霞横碧漢，一輪紅日上扶桑。】要他何用！

這赤髮鬼劉唐挺着朴刀，趕了五六里路，却早望見雷横引着土兵，慢慢地行將去。劉唐趕上來，大喝一聲：「兀那都頭，不要走！」雷横吃了一驚，回過頭來，見是劉唐撚着朴刀趕來。雷横慌忙去土兵手裏奪條朴刀拿着，喝道：「你那廝趕將來做甚麽？」劉唐道：「你曉事的，留下那十兩銀子還了我，我便饒了你。」雷横道：「是你阿舅送我的，干你甚事！我若不看你阿舅面上，直結果了你這厮性命。剗地問我取銀子！」劉唐道：「我須不是賊，你却把我弔了一夜，又騙我阿舅十兩銀子。是會的將來還我，佛眼相看。你若不還我，叫你目前流血！」雷横大怒，指着劉唐大罵道：「辱門敗户的謊賊，怎敢無禮！」劉唐道：「你那詐害百姓的腌臢潑才，怎敢罵我！」雷横又罵道：「賊頭賊臉賊骨頭，必然要連累晁蓋。你這等賊心賊肝。我行須使不得！」劉唐大怒道：「我來和你見個輸贏！」撚着朴刀，直奔雷横。雷横見劉唐趕上來，呵呵大笑，挺手中朴刀來迎。兩個就大路上厮併。但見：

雲山顯翠，露草凝珠。天色初明林下，曉烟纔起村邊。一來一往，似鳳翻身；一撞一衝，如鷹展翅。一個照搠盡依良法，一個遮攔自有悟頭。妙。〔眉〕看來天下事都要悟頭。這個丁字脚，搶將入來；那個四換頭，奔將進去。兩句道：雖然不上淩烟閣，只此堪描入畫圖。

當時雷横和劉唐就路上鬥了五十餘合，不分勝敗。衆士兵見雷横贏不得劉唐，却待都要一齊上併他，只見側首籬門開處，一個人掣兩條銅鍊，叫道：「你們兩個好漢且不要鬥！我看了多時，權且歇一歇，我有話説。」便把銅鍊就中一隔，兩個都收住了朴刀，跳出圈子外來，立住了脚。看那人時，〔眉〕真賊頭出來了。似秀才打扮，戴一頂桶子樣抹眉梁頭巾，穿一領皂沿邊麻布寬衫，腰繫一條茶褐鑾帶，下面絲鞋浄襪。生得眉清目秀，面白鬚長。這秀才乃是智多星吴用，表字學究，道號加亮先生，祖貫本鄉人氏。曾有一首《臨江仙》，贊吴用的好處：

萬卷經書曾讀過，平生機巧心靈，六韜三略究來精。胸中藏戰將，腹内隱雄兵。謀略敢欺諸葛亮，陳平豈敵才能，略施小計鬼神驚。名稱吴學究，人號智多星。

當時吴用手提銅鍊，指着劉唐叫道：「那漢且住！你因甚和都頭争執？」劉唐光着眼看吴用道：「不干你秀才事。」雷横便道：「教授不知，這厮夜來赤條條地睡在靈官殿裏，被我們拿了這厮帶到晁保正莊上，原來却是保正的外甥。看他母舅面上，放了他。晁天王請我們吃酒了，送些禮物與我。這廝瞞了他阿舅，直趕到這裏問我取。你道這廝大膽麼？」吴用尋思道：「晁蓋我都是自幼結交，但有些事便和我相議計較。他的親眷相識，我都知道，不曾見有這個外甥。亦且年甲也不相登，必有些蹺蹊。我且勸開了這場鬧，却再問他。」吴用便道：「大漢休執迷，你的母舅與我至交，又和這都頭亦過得好。他便送些人情與這都頭，你却來討了，也須壞了你母舅面皮。且看小生面，我自與你母舅説。」劉唐道：「秀才，你不省得這個。不是我阿舅甘心與他，他詐取了我阿舅的銀兩。若是不還我，誓不回去。」雷横道：「只除是保正自來取，便還他。却不還你。」劉唐道：「你屈冤人做賊，詐了銀子，怎地不還？」雷横道：「不是你的銀子，不還，不還！」劉唐道：「你不還，只除問得我手裏朴刀肯便罷。」吴用又勸：「你兩個鬥了半日，又没輸贏，只管鬥到幾時是了？」劉唐道：「他不還我銀子，直和他拚個你死我活便罷。」雷横大怒道：「我若怕你，添個土兵來併你，也不算好漢。我自好歹搠翻你便罷。」劉唐大怒，拍着胸前叫道：「不怕，不怕！」便趕上來。這邊雷横便指手劃脚，也趕攏來。兩個又要厮併。這吴用横身在裏面勸，那裏勸得住。劉唐撚着朴刀，只待鑽將過來。雷横口裏千賊萬賊罵，挺起朴刀，正待要鬥。只見衆土兵指道：「保正來了。」劉唐回身看時，只見晁蓋披着衣裳，前襟攤開，從大路上趕來。大喝道：「畜生不得無禮！」那吴用大笑道：「須是保正自來，方纔勸得這場鬧。」晁蓋趕得氣喘，問道：「怎的趕來這裏鬥朴刀？」雷横道：「你的令甥拿着朴刀趕來，問我取銀子。小人道：『不還你，我自送還保正，非干你事。』他和小人鬥了五十合，教授解勸在此。」晁蓋道：「這畜生，小人並不知道，都頭看小人之面請回，自當改日登門陪話。」雷横道：「小人也知那厮胡爲，不與他一般見識。又勞保正遠出。」作别自去，不在話下。

且説吴用對晁蓋説道：「不〈自〉(是)保正自來，幾乎做出一場大事。這個令甥端的非凡，是好武藝。小生在籬笆裏看了，這個有名慣使朴刀的雷都頭，也敵不過，只辦得架隔遮攔。若再鬥幾合，雷横必然有失性命。因此小生慌忙出來間隔了。這個令甥從何而來？往常時莊上不曾見有。」晁蓋道：「却待正要來請先生到敝莊商議句話，正欲使人來，只見不見了他，鎗架上朴刀又没尋處。只見牧童報説：『一個大漢，拿條朴刀，望南一直趕去。』我慌忙隨後追得來，早是得教授諫勸住了。請尊步同到敝莊，有句話計較計較。」那吴用還至書齋，掛了銅鍊在書房裏，分付主人家道：「學生來時，説道先生今日有幹，權放一日〈暇〉(假)。」拽上書齋門，將鎖鎖了，一同晁蓋、劉唐直到晁家莊上。

晁蓋竟邀入後堂深處，分賓而坐。吴用問道：「保正，此人是誰？」晁蓋道：「江湖上好漢，此人姓劉名唐，是東潞州人氏。因〈此〉有一套富貴，特來投奔我。夜來他醉卧在靈官廟裏，只被雷横捉了，拿到我莊上，我因認他做外甥，方得脱身。他説有北京大名府梁中書，收買十萬貫金珠寶貝，送上東京，與他丈人蔡太師慶生辰，早晚從這裏經過。此等不義之財，取之何礙！他來的意，正應我一夢。我昨夜夢見北斗七星，直墜在我屋脊上。斗柄上另有一顆小星，化道白光去了。我想星照本家，安得不利？今早正要求請教授商議，不想又是這一套。此一件事若何？」吴用笑道：「小生見劉兄趕得來蹺蹊，也猜個七八分了。此一事却好。只是一件：人多做不得，人少又做不得。〔眉〕好話，的是有賊智底。

宅上空有許多莊客，一個也用不得。如今只有保正、劉兄、小生三人，這件事如何團弄？便是保正與兄十分了得，也擔負不下這段事。須得七八個好漢方可，多也無用。」晁蓋道：「莫非要應夢之星數？」吴用便道：「兄長這一夢不凡，也非同小可。莫非北地上再有扶助的人來？」吴用尋思了半晌，眉頭一縱，計上心來，説道：「有了，有了！」晁蓋道：「先生既有心腹好漢，可以便去請來，成就這件事。」吴用不慌不忙，疊兩個指頭，言無數句，話不一席，有分教：蘆花叢裏泊戰船，却似打魚船；荷葉鄉中聚義漢，翻爲真好漢。正是指麾説地談天口，來誘拿雲捉霧人。畢竟智多星吴用説出甚麽人來，且聽下回分解。

李生曰：晁蓋、劉唐、吴用都是偷賊底，若不是蔡京那個老賊，緣何引得這班小賊出來？

吴學究説
三阮撞籌

公孫勝應七
星聚義

第十五回　吴學究説三阮撞籌　公孫勝應七星聚義

詩曰：

英雄聚會本無期，水滸山涯任指揮。欲向生辰邀衆寳，特扳三阮協神機。一時豪俠欺黄屋，七宿光芒動紫微。衆守梁山同聚義，幾多金帛盡俘歸。

話説當時吴學究道：「我尋思起來，有三個人義胆包身，武藝出衆，敢赴湯蹈火，同死同生，義氣最重。只除非得這三個人，方纔完得這件事。」晁蓋道：「這三個却是甚麽樣人？姓甚名誰？何處居住？」吴用道：「這三個人是弟兄三個，在濟州梁山泊邊石碣村住。日常只打魚爲生，亦曾在泊子裏做私商勾當。本身姓阮，弟兄三人：一個唤做立地太歲阮小二，一個唤做短命二郎阮小五，一個唤做活閻羅阮小七。這三個是親弟兄，〈量〉（最）有義氣。小生舊日在那裏住了數年，與他相交時，他雖是個不通文墨的人，爲見他與人結交真有義氣，〔眉〕大抵通文墨的人少義氣。是個好男子，因此和他來往。今已二三年有餘，不曾相見。若得此三人，大事必成。」晁蓋道：「我也曾聞這阮家三弟兄的名字，只不曾相會。石碣村離這裏只有百十里以下路程，何不使人請他們來商議？」吴用道：「着人去請他們，如何肯來？小生必須自去那裏，憑三寸不爛之舌，説他們入夥。」晁蓋大喜道：「先生高見！幾時可行？」吴用答道：「事不宜遲，只今夜三更便去，明日晌午可到那裏。」晁蓋道：「最好。」當夜叫莊客且安排酒食來吃。吴用道：「北京到東京也曾行到，只不知生辰綱從那條路來？再煩劉兄休辭生受，連夜去北京路上探聽起程的日期，端的從那條路上來。」劉唐道：「小弟只今夜也便去。」吴用道：「且住。他生辰是六月十五日，如今却是五月初頭，尚有四五十日。等小生先去説了三阮弟兄回來，那時却叫劉兄去。」晁蓋道：「也是。劉兄弟只在我莊上等候。」

話休絮煩。當日吃了半晌酒食，至三更時分，吴用起來洗漱罷，吃了些早飯，討了些銀兩藏在身邊，穿上草鞋。晁蓋、劉唐送出莊門，吴用連夜投石碣村來。行到晌午時分，早來到那村中。但見：

青鬱鬱山峯疊翠，緑依依桑柘堆雲。四邊流水遶孤村，幾處疏篁沿小徑。茅簷傍澗，古木成林。籬外高懸沽酒旆，柳陰閑纜釣魚船。

吴學究自來認得，不用問人。來到石碣村中，逕投阮小二家來。到得門前看時，只見枯樁上纜着數隻小漁船，疏籬外晒着一張破魚網。倚山傍水，約有十數間草房。吴用叫一聲道：「二哥在家麽？」只見一個人從裏面走出來。生得如何，但見：

瞘兜臉兩眉竪起，略綽口四面連拳。胸前一帶蓋胆黄毛，背上兩枝横生板肋。臂膊有千百斤氣力，眼睛射幾萬道寒光。人稱立地太歲，果然混世魔王。

那阮小二走將出來，頭戴一頂破頭巾，身穿一領舊衣服，赤着雙脚，出來見了是吴用，慌忙聲喏道：「教授何來？甚風吹得到此？」吴用答道：「有些小事，特來相浼二郎。」阮小二道：「有何事，但說不妨。」吴用道：「小生自離了此間，又早二年。如今在一個大財主家做門館，他要辦筵席，用着十數尾重十四五斤的金色鯉魚，因此特地來相投足下。」阮小二笑了一聲，說道：「小人且和教授吃三杯卻說。」吴用道：「小生的來意，也欲正要和二哥吃三杯。」阮小二道：「隔湖有十個酒店，我們就在船裏盪將過去。」吴用道：「最好。也要就與五郎說句話，不知在家也不在？」阮小二道：「我們一同去尋他便了。」兩個來到泊岸邊，枯椿上纜的小船解了一隻，便扶這吴用下船坐了。樹根頭拿了一把撶揪，只顧盪，早盪將開去，望湖泊裏來。正盪之間，只見阮小二把手一招，叫道：「七哥，曾見五郎麼？」吴用看時，只見蘆葦叢中摇出一隻船來。那漢生的如何，但見：

疙疸臉横生怪肉，玲瓏眼突出雙睛。腮邊長短淡黄鬚，身上交加烏黑點。渾如生鐵打成，疑是頑銅鑄就。休言嶽廟惡司神，果是人間剛直漢。村中唤作活閻羅，世上降生真五道。

這阮小七頭戴一頂遮日黑箬笠，身上穿個棋子布背心，腰繫着一條生布裙，把那船隻盪着，問道：「二哥，你尋五哥做甚麽？」吴用叫一聲：「七郎，小生特來相央你們說話。」阮小七道：「教授恕罪，好幾時不曾相見。」吴用道：「一同和二哥去吃杯酒。」阮小七道：「小人也欲和教授吃杯酒，只是一向不曾見面。」兩隻船廝跟着在湖泊裏，不多時，撶到一個去處，團團都是水，高埠上有七八間草房。阮小二叫道：「老娘，五哥在麽？」那婆婆道：「說不得。魚又不得打，連日去賭錢，輸得没了分文。卻纔討了我頭上釵兒，出鎮上賭去了。」阮小二笑了一聲，便把船撶開。阮小七便在背後船上說道：

「哥哥正不知怎地，賭錢只是輸，却不晦氣！〈若〉（莫）説哥哥不贏，我也輸得赤條條地。」畫。吴用暗想道：「中了我的計。」兩隻船厮並着，投石碣村鎮上來。撑了半個時辰，只見獨木橋邊一個漢子，把着兩串銅錢，下來解船。阮小二道：「五郎來了。」吴用看時，但見：

一雙手渾如鐵棒，兩隻眼有似銅鈴。面皮上常有些笑容，心窩裏深藏着鴆毒。能生横禍，善降非災。拳打來獅子心寒，脚踢處蚖蛇喪胆。何處覓行瘟使者，只此是短命二郎。

那阮小五斜戴着一頂破頭巾，鬢邊插朵石榴花，好粧點。披着一領舊布衫，露出胸前刺着的青鬱鬱一個豹子來。裏面匾扎起袴子，上面圍着一條間道棋子布手巾。吴用叫一聲道：「五郎得采麽？」阮小五道：「原來却是教授，好兩年不曾見面。我在橋上望你們半日了。」阮小二道：「我和教授直到你家尋你，老娘説道：『出鎮上賭錢去了。』因此同來這裏尋你。且來和教授去水閣上吃三杯。」阮小五慌忙去橋邊解了小船，跳在艙裏，捉了撑楫，只一撑，三隻船厮並着。撑了一歇，早到那個水閣酒店前。看時，但見：

前臨湖泊，後映波心。數十株槐柳緑如烟，一兩蕩荷花紅照水。涼亭上四面明窗，水閣中數般清致。當壚美女，紅裙掩映翠紗衫；滌器山翁，白髮偏宜麻布襖。休言三醉岳陽樓，只此便爲蓬島客。

當下三隻船撑到水亭下荷花蕩中，三隻船都纜了。扶吴學究上了岸，入酒店裏來，都到水閣内，揀一副紅油桌凳。阮小二便道：「先生休怪我三個弟兄粗俗，請教授上坐。」吴用道：「却使不得。」阮小七道：「哥哥只顧坐主位，請教授坐客席，我兄弟兩個便先坐了。」吴用道：「七郎只是性快。」四個人坐定了，叫酒保打一桶酒來。店小二把四隻大盞子擺開，鋪下四雙筯，放下四般菜蔬，打一桶酒放在桌子上。阮小七道：「有甚麽下口？」小二哥道：「新宰得一頭黄牛，花糕也相似好肥肉。」阮小二道：「大塊切十斤來。」阮小五道：「教授休笑話，没甚孝順。」吴用道：「倒來相擾，多激惱你們。」阮小二道：「休恁地説。」催促小二哥只顧篩酒，早把牛肉切做兩盤，將來放在桌上。阮家三兄弟讓吴用吃了幾塊，便吃不得了。那三個狼餐虎食，吃了一回。

阮小五動問道：「教授到此貴幹？」阮小二道：「教授如今在一個大財主家做門館教學，今來要對付十數尾金色鯉魚，要重十四五斤的，特來尋我們。」阮小七道：「若是每常，要三五十尾也有，莫説十數個，再要多些，我弟兄們也包辦得。如今便要重十斤的，也難得。」阮小五道：「教授遠來，我們也對付十來個重五六斤的相送。」吴用道：「小生多有銀兩在此，隨算價錢。只是不用小的，須得十四五斤重的便好。」阮小七道：「教授，却没討處。便是五哥許五六斤的，也不能勾，須是等得幾日纔得。我的船裏有一桶小活魚，就把來吃酒。」阮小七便去船内取將一桶小魚上來，約有五七斤，自去灶上安排，盛做三盤，把來放在桌上。阮小七道：「教授胡亂吃些個。」四個又吃了一回，看看天色漸晚，吴用尋思道：「這酒店裏須難説話。今夜必是他家權宿，到那裏却又理會。」阮小二道：「今夜天色晚了，請教授權在我家宿一宵，明日却再計較。」吴用道：「小生來這裏走一遭，千難萬難，幸得你們弟兄今日做一處，眼見得這席酒不肯要小生還錢。今晚借二郎家歇一夜，小生有些須銀子在此，相煩就此店中沽一瓮酒，買些肉，村中尋一對雞，夜間同一醉如何？」阮小二道：「那裏要教授壞錢，我們弟兄自去整理，不煩惱没對付處。」吴用道：「逕來要請你們三位，若還不依小生時，只此告退。」阮小七道：「既是教授這般説時，且順情吃了，却再理會。」吴用道：「還是七郎性直爽快。」吴用取出一兩銀子，付與阮小七，就問主人家沽了一瓮酒，借個大瓮盛了，買了二十斤生熟牛肉，一對大雞。阮小二道：「我的酒錢一發還你。」店主人道：「最好，最好。」

四人離了酒店，再下了船，把酒肉都放在船艙裏，解了纜索，逕撑將開去，一直投阮小二家來。到得門前，上了岸，把船仍舊纜在樁上。取了酒肉，四人一齊都到後面坐地，便叫點起燈燭。原來阮家弟兄三個，只有阮小二有老小，阮小五、阮小七都不曾婚娶。四個人都在阮小二家後面水亭上坐定，阮小七宰了雞，叫阿嫂同討的小猴子在廚下安排。約有一更相次，酒肉都搬來擺在桌上。吴用勸他弟兄們吃了幾杯，又提起買魚事來，説道：「你這裏偌大一個去處，却怎地没了這等大魚？」阮小二道：「實不瞞教授説，這般大魚，只除梁山泊裏便有。我這石碣湖中狹小，存不得這等大魚。」吴用道：「這裏和梁山泊一望不遠，相通一派之水，如何不去打些？」阮小二嘆了一口氣道：「休説。」吴用又問道：「二哥如何嘆氣？」阮小五接了説道：「教授不知。在先這梁山泊是我弟兄們的衣飯碗，如今絶不敢去。」吴用道：「偌大去處，終不成官司禁打魚鮮？」阮小五道：「甚麽官司敢來禁打魚鮮，便是活閻王也禁治不得。」吴用道：「既没官司禁治，如何絶不敢去？」阮小五道：「原來教授不知來歷，且和教授説知。」吴用道：「小生却不理會得。」

阮小七接着便道：「這個梁山泊去處，難説難言。如今泊子裏新有一夥强人占了，不容打魚。」吴用道：「小生却不知，原來如今有强人，我那裏並不曾聞得説。」阮小二道：「那夥强人，爲頭的是個秀才，落科舉子，唤做白衣秀士王倫；第二個叫做摸着天杜遷；第三個叫做雲裏金剛宋萬。以下有個旱地忽律朱貴，見在李家道口開酒店，專一探聽事情，也不打緊。如今新來一個好漢，是東京禁軍教頭，甚麽豹子頭林沖，十分好武藝。這夥人好生了得，都是有本事的。這幾個賊男女，聚集了五七百人，打家劫舍，搶擄來往客人。我們有一年多不去那裏打魚，如今泊子裏把住了，絶了我們的衣飯，因此一言難盡。」吴用道：「小生實是不知有這段事。如何官司不來捉他們？」阮小五道：「如今那官司，一處處動彈便害百姓。但一聲下鄉村來，倒先把好百姓家養的猪羊雞鵝，盡都吃了，又要盤纏打發他。〔眉〕真情實話，言之酸鼻。如今也好教這夥人奈何！那捕盜官司的人，那裏敢下鄉村來！若是那上司官員差他們緝捕人來，都嚇得屎尿齊流，怎敢正眼兒看他。」阮小二道：「我雖然不打得大魚，也省了若干科差。」吴用道：「恁地時，那廝們倒快活！」阮小五道：「他們不怕天，不怕地，不怕官司，論秤分金銀，異樣穿綢錦，成瓮吃酒，大塊吃肉，如何不快活！我們弟兄三個空有一身本事，怎地學得他們。」吴用聽了，暗暗地歡喜道：「正好用計了。」阮小七又道：「人生一世，草生一秋。我們只管打魚營生，學得他們過一日也好。」吴用道：「這等人學他做甚麽！妙。他做的勾當，不是笞杖五七十的罪犯，空自把一身虎威都撇下。倘或被官司拿住了，也是自做的罪。」阮小二道：「如今該管官司没甚分曉，一片糊突，千萬犯了迷天大罪的，倒都没事。〔眉〕真。我弟兄們不能快活，若是但有肯帶挈我們的，也去了罷。」阮小五道：「我也常常這般思量。我弟兄三個的本事，又不是不如別人，誰是識我們的？」吴用道：「假如便有識你們的，你們便如何肯去？」阮小七道：「若是有識我們的，水裏水裏去，火裏火裏去。若能勾受用得一日，便死了開眉展眼。」吴用暗地想道：「這三個都有意了。我且慢慢地誘他。」吴用又勸他三個吃了兩巡酒。正是：

只爲奸邪屈有才，天教惡曜下凡來。試看小阮三兄弟，劫取生辰不義財。

吴用又説道：「你們三個敢上梁山泊捉這夥賊麽？」阮小七道：「便捉的他們，那裏去請賞？也吃江湖上好漢們笑話。」吴用道：「小生短見，假如你們怨恨打魚不得，也去那裏撞籌，却不是好？」阮小二道：「先生你不知，我弟兄們幾遍商量，要去入夥，聽得那白衣秀士王倫的手下人都説道他心地窄狹，安不得人。前番那個東京林沖上山，嘔盡他的氣。王倫那厮不肯胡亂着人，因此我弟兄們看了這般樣，一齊都心懶了。」阮小七道：「他們若似老兄這等慷慨，愛我弟兄們便好。」阮小五道：「那王倫若得似教授這般情分時，我們也去了多時，不到今日。我弟兄三個便替他死也甘心。」吴用道：「量小生何足道哉！如今山東、河北多少英雄豪傑的好漢。」阮小二道：「好漢們儘有，我弟兄自不曾遇着。」吴用道：「只此間鄆城縣東溪村晁保正，你們曾認得他麽？」阮小五道：「莫不是叫做托塔天王的晁蓋麽？」吴用道：「正是此人。」阮小七道：「雖然與我們只隔得百十里路程，緣分淺薄，聞名不曾相會。」吴用道：「這等一個仗義疏財的好男子，如何不與他相見？」阮小二道：「我弟兄們無事也不曾到那裏，因此不能勾與他相見。」吴用道：「小生這幾年也只在晁保正莊上左近教些村學。如今打聽得他有一套富貴待取，特地來和你們商議，我等就那半路裏攔住取了，如何？」阮小五道：「這個却使不得。他既是仗義疏財的好男子，我們却去壞他的道路，須吃江湖上好漢們知時笑話。」

吳用道：「我只道你們弟兄心志不堅，原來真個惜客好義。我對你們實説，果有協助之心，我教你們知此一事。我如今見在晁保正莊上住，保正聞知你三個大名，特地教我來請你們説話。」阮小二道：「我弟兄三個，真真實實地並沒半點兒假。晁保正敢有件奢遮的私商買賣，有心要帶挈我們，以定是煩老兄來。若還端的有這事，我三個若捨不得性命相幫他時，殘酒爲誓，教我們都遭横事，惡病臨身，死於非命。」阮小五和阮小七把手拍着脖項道：「這腔熱血，只要賣與識貨的。」壯哉！吳用道：「你們三位弟兄在這裏，不是我（壞）心術來誘你們，這件事非同小可的勾當。目今朝内蔡太師是六月十五日生辰，他的女婿是北京大名府梁中書，即目起解十萬貫金珠寶貝與他丈人慶生辰。今有一個好漢，姓劉名唐，特來報知。如今欲要請你們去商議，聚幾個好漢，向山凹僻静去處，取此一套富貴不義之財，大家圖個一世快活。因此特教小生只做買魚，來請你們三個計較，成此一事。不知你們心意如何？」阮小五聽了道：「罷，罷！」叫道：「七哥，我和你説甚麼來？」阮小七跳起來道：「一世的指望，今日還了願心。正是搔着我癢處，我們幾時去？」吳用道：「請三位即便去來。明日起個五更，一齊都去晁天王莊上去。」阮家三弟兄大喜。有詩爲證：

壯志淹留未得伸，今逢學究啓其心。大家齊入梁山泊，邀取生辰寶共金。

當夜過了一宿。次早起來，吃了早飯，阮家三弟兄分付了家中，跟着吳學究，四個人離了石碣村，拽開脚步，取路投東溪村來。行了一日，早望見晁家莊，只見遠遠地緑槐樹下晁蓋和劉唐在那裏等。望見吴用引着阮家三兄弟，直到槐樹前，兩下都厮見了。晁蓋大喜道：「阮氏三雄，名不虚傳。且請到莊裏説話。」六人却從莊外入來，到得後堂，分賓主坐定。吴用把前話説了，晁蓋大喜，便叫莊客宰殺猪羊，安排燒紙。阮家三弟兄見晁蓋人物軒昂，語言洒落，三個説道：「我們最愛結識好漢，原來只在此間。今日不得吴教授相引，如何得會！」三個弟兄好生歡喜。當晚且吃了些飯，説了半夜話。次日天曉，去後堂前面列了金錢紙馬，擺了夜來煮的猪羊、燒紙。三阮見晁蓋如此志誠，排列香花燈燭面前，個個説誓道：「梁中書在北京害民，詐得錢物，却把去東京與蔡太師慶生辰。此一等正是不義之財。我等六人中，但有私意者，天地誅滅，神明鑒察。」六人都説誓了，燒化錢紙。

六籌好漢正在後堂散福飲酒，只見一個莊客報説：「門前有個先生要見保正化齋粮。」晁蓋道：「你好不曉事！見我管待客人在此吃酒，你便與他三五升米便了，何須直來問我。」莊客道：「小人把米與他，他又不要，只要面見保正。」晁蓋道：「以定是嫌少，你便再與他三二斗米去。你説與他：『保正今日在莊上請人吃酒，没工夫相見。』」莊客去了多時，只見又來説道：「那先生與了他三斗米，又不肯去。自稱是一清道人，不爲錢米而來，只要求見保正一面。」晁蓋道：「你這厮不會答應。便説今日委實没工夫，教他改日却來相見拜茶。」莊客道：「小人也是這般説。那個先生説道：『我不爲錢米齋粮，聞知保正是個義士，特求一見。』」晁蓋道：「你也這般纏，全不替我分憂。他若再嫌少時，可與他三四斗米去，何必又來説。我若不和客人們飲時，便去厮見一面，打甚麽緊。你去發付他罷，再休要來説。」莊客去了没半個時，只聽得莊門外熱鬧。又見一個莊客飛也似來報道：「那先生發怒，把十來個莊客都打倒了。」〔眉〕奇。晁蓋聽得，吃了一驚，慌忙起身道：「衆位弟兄少坐，晁蓋自去看一看。」便從後堂出來，到莊門前看時，只見那個先生身長八尺，道貌堂堂，威風凛凛，生得古怪。正在莊門外綠槐樹下，打那衆莊客。晁蓋看那先生時，但見：

頭綰兩枚鬅鬆雙丫髻，身穿一領巴山短褐袍。腰繫雜色綵絲縧，背上松紋古銅劍。白肉脚襯着多耳麻鞋，綿囊手拿着鱉殼扇子。八字眉一雙杏子眼，四方口一部落腮鬍。

那先生一頭打莊客，一頭口裏説道：「不識好人。」晁蓋見了，叫道：「先生息怒。你來尋晁保正，無非是投齋化緣。他已與了你米，何故嗔怪如此？」那先生哈哈大笑道：「貧道不爲酒食錢米而來。我覷得十萬貫如同等閑，特地來尋保正有句話説。叵耐村夫無禮，毁駡貧道，因此性發。」晁蓋道：「你曾認得晁保正麽？」那先生道：「只聞其名，不曾會面。」晁蓋道：「小子便是，先生有甚説話？」那先生看了道：「保正休怪，貧道稽首。」晁蓋道：「先生少(禮)，請到莊裏拜茶如何？」那先生道：「多感。」兩人入莊裏來。吴用見那先生入來，自和劉唐、三阮一處躲過。

且説晁蓋請那先生到後堂吃茶已罷。那先生道：「這裏不是説話處，别有甚麽去處可坐？」晁蓋見説，便邀那先生又到一處小小閣兒内，分賓坐定。晁蓋道：「不敢拜問先生高姓？貴鄉何處？」那先生答道：「貧道覆姓公孫，單諱一個勝字，道號一清先生。小道是薊州人氏，自幼鄉中好習鎗棒，學成武藝多般，人但呼爲公孫勝大郎。因爲學得一家道術，亦能呼風唤雨，駕霧騰雲，江湖上都稱貧道做入雲龍。貧道久聞鄆城縣東溪村保正大名，無緣不曾拜識。今有十萬貫金珠寶貝，專送與保正作進見之禮，未知義士肯納否？」〔眉〕奇。晁蓋大笑道：「先生所言，莫非北地生辰綱麽？」那先生大驚道：「保正何以知之？」晁蓋道：「小子胡猜，未知合先生意否？」公孫勝道：「此一套富貴，不可錯過。古人有云：『當取不取，過後莫悔。』保正心下如何？」正說之間，只見一個人從閣子外搶將入來，劈胸揪住公孫勝，說道：「好呀！明有王法，暗有神靈，你如何商量這等的勾當？我聽得多時也。」唬得這公孫勝面如土色。正是機謀未就，爭奈窗外人聽；計策纔施，又早蕭牆禍起。直教七籌好漢當時聚，萬貫資財指日空。畢竟搶來揪住公孫勝的却是何人，且聽下回分解。

卓老曰：刻畫三阮處，各各不同，請自着眼。

又曰：劉唐固奇，公孫勝尤奇，却又都來尋晁保正，大奇，大奇！即此便可知保正已。

楊志押送金銀擔

吴用智取生辰綱

第十六回　楊志押送金銀擔　吴用智取生辰綱

《鷓鴣天》：

罡星起義在山東，殺曜縱横水滸中。可是七星成聚會，却於四海顯英雄。人似虎，馬如龍，黄泥岡上巧施功。滿馱金貝歸山寨，懊恨中書老相公。

話説當時公孫勝正在閣兒裏對晁蓋説：「這北京生辰綱，是不義之財，取之何礙。」只見一個人從外面搶將入來，揪住公孫勝道：「你好大胆！却纔商議的事，我都知了也。」那人却是智多星吴學究。晁蓋笑道：「先生休慌，且請相見。」兩個敘禮罷，吴用道：「江湖上久聞人説入雲龍公孫勝一清大名，不期今日此處得會。」晁蓋道：「這位秀士先生，便是智多星吴學究。」公孫勝道：「吾聞江湖上多人曾説加亮先生大名，豈知緣法却在保正莊上得會賢契。只是保正疏財仗義，以此天下豪傑都投門下。」晁蓋道：「再有幾位相識在裏面，一發請進後堂深處見。」三個人入到裏面，就與劉唐、三阮都相見了。衆人道：「今日此一會，應非偶然，須請保正哥哥正面而坐。」晁蓋道：「量小子是個窮主人，又無甚罕物相留好客，怎敢占上？」吴用道：「保正哥哥，依着小生，且請坐了。」晁蓋只得坐了第一位，吴用坐了第二位，公孫勝坐了第三位，劉唐坐了第四位，阮小二坐了第五位，阮小五坐第六位，阮小七坐第七位，却纔聚義飲酒，重整杯盤，再備酒肴，衆人飲酌。

吴用道：「保正夢見北斗七星墜在屋脊上，今日我等七人聚義舉事，豈不應天垂象。此一套富貴，唾手而取。我等七人和會，並無一人曉得。想公孫勝先生江湖上仗義疏財之士，所以得知這件事，來投保正。所説央劉兄去探聽路程從那裏來，今日天晚，來早便請登程。」公孫勝道：「這一事不須去了，貧道已打聽知他來的路數了。只是黄泥岡大路上來。」晁蓋道：「黄泥岡東十里路，地名安樂村，有一個閑漢叫做白日鼠白勝，也曾來投奔我，我曾賫助他盤纏。」吴用道：「北斗上白光，莫不是應在這人？自有用他處。」劉唐道：「此處黄泥岡較遠，何處可以容身？」吴用道：「只這個白勝家，便是我們安身處，亦還要用了白勝。」晁蓋道：「吴先生，我等還是軟取，却是硬取？」吴用笑道：「我已安排定了圈套，只看他來的光景。力則力取，智則智取。我有一條計策，不知中你們意否？如此如此……」晁蓋聽了大喜，攧着脚道：「好妙計！不枉了稱你做智多星，果然賽過諸葛亮。好計策！」吴用道：「休得再提。常言道：『隔牆須有耳，窗外豈無人。』只可你知我知。」〔眉〕做身分。晁蓋便道：「阮家三兄且請回歸，至期而來小莊聚會。吴先生依舊自去教學。公孫先生並劉唐，只在敝莊權住。」當日飲酒至晚，各自去客房裏歇息。

次日五更起來，安排早飯吃了。晁蓋取出三十兩花銀送與阮家三兄弟道：「權表薄意，切勿推却。」三阮那裏肯受。吴用道：「朋友之意，不可相阻。」三阮方纔受了銀兩。一齊送出莊外來。吴用附耳低言道：「這般這般……至期不可有誤。」阮家三弟兄相別了，自回石碣村去。晁蓋留住吳學究與公孫勝、劉唐在莊上，每日議事。

話休絮繁。却説北京大名府梁中書，收買了十萬貫慶賀生辰禮物完備，選日差人起程。當下一日在後堂坐下，只見蔡夫人問道：「相公，生辰綱幾時起程？」梁中書道：「禮物都已完備，明後日便用起身。只是一件事在此，躊躇未決。」蔡夫人道：「有甚事躊躇未決？」梁中書道：「上年費了十萬貫收買金珠寶貝，送上東京去，只因用人不着，半路被賊人劫將去了，至今無獲。今年帳前眼見得又没個了事的人送去，在此躊躇未決。」蔡夫人指着階下道：「你常説這個人十分了得，何不着他委紙領狀送去走一遭，不致失誤。」梁中書看階下那人時，却是青面獸楊志。梁中書大喜，隨即唤楊志上廳，説道：「我正忘了你。你若與我送得生辰綱去，我自有擡舉你處。」楊志叉手向前稟道：「恩相差遣，不敢不依。只不知怎地打點？幾時起身？」梁中書道：「着落大名府差十輛太平車子，帳前撥十個廂禁軍監押着車，每輛上各插一把黄旗，上寫着『獻賀太師生辰綱』。每輛車子再使個軍健跟着。三日内便要起身去。」楊志道：「非是小人推托，其實去不得。乞鈞旨别差英雄精細的人去。」〔眉〕是。梁中書道：「我有心要擡舉你，這獻生辰綱的札子内另修一封書在中間，太師跟前重重保你，受道敕命回來。如何倒生支調，推辭不去？」楊志道：「恩相在上，小人也曾聽得上年已被賊人劫去了，至今未獲。今歲途中盜賊又多，甚是不好。此去東京，又無水路，都是旱路，經過的是紫金山、二龍山、桃花山、傘蓋山、黄泥岡、白沙塢、野雲渡、赤松林，這幾處都是强人出没的去處。更兼單身客人，亦不敢獨自經過。他知道是金銀寶物，如何不來搶劫？枉結果了性命。以此去不得。」〔眉〕大是。梁中書道：「恁地時，多着軍校防護送去便了。」楊志道：「恩相便差五百人去，也不濟事。這厮們一聲聽得强人來時，都是先走了的。」〔眉〕大是。梁中書道：「你這般地説時，生辰綱不要送去了？」楊志又稟道：「若依小人一件事，便敢送去。」梁中書道：「我既委在你身上，如何不依你説。」楊志道：「若依小人説時，並不要車子。把禮物都裝做十餘條擔子，只做客人的打扮行貨。也點十個壯健的廂禁軍，却裝做脚夫挑着。只消一個人和小人去，却打扮做客人，悄悄連夜送上東京交付。恁地時方好。」〔眉〕大有見識。梁中書道：「你甚説的是。我寫書呈，重重保你受道誥命回來。」楊志道：「深謝恩相擡舉。」當日便叫楊志一面打拴擔脚，一面選揀軍人。

次日，叫楊志來廳前伺候，梁中書出廳來，問道：「楊志，你幾時起身？」楊志稟道：「告覆恩相，只在明早准行，就委領狀。」梁中書道：「夫人也有一擔禮物，另送與府中寶眷，也要你領。怕你不知頭路，特地再教奶公謝都管，并兩個虞候，和你一同去。」楊志告道：「恩相，楊志去不得了。」梁中書道：「禮物多已拴縛完備，如何又去不得？」楊志稟道：「此十擔禮物，都在小人身上，和他衆人都由楊志。要早行便早行，要晚行便晚行，要住便住，要歇便歇，亦依楊志提調。如今又叫老都管並虞候和小人去，他是夫人行的人，又是太師府門下奶公，倘或路上與小人鱉拗起來，楊志如何敢和他争執得？若誤了大事時，楊志那其間如何分説？」〔眉〕是，大是。梁中書道：「這個也容易，我叫他三個都聽你提調便了。」楊志荅道：「若是如此稟過，小人情願便委領狀。倘有疏失，甘當重罪。」梁中書大喜道：「我也不枉了擡舉你，真個有見識。」真。隨即喚老謝都管並兩個虞候出來，當廳分付道：「楊志提轄情願委了一紙領狀，監押生辰綱十一擔金珠寶貝赴京，太師府交割。這干係都在他身上。你三人和他做伴去，一路上早起晚行、住歇，都要聽他言語，不可和他鱉拗。夫人處分付的勾當，你三人自理會，小心在意，早去早回，休教有失。」老都管一一都應了。當日楊志領了。

次日早起五更，在府裏把擔仗都擺在廳前。老都管和兩個虞候又將一小擔財帛共十一擔，揀了十一個壯健的厢禁軍，都做脚夫打扮。楊志戴上凉笠兒，穿着青紗衫子，繫了纏帶行履麻鞋，跨口腰刀，提條朴刀。老都管也打扮做個客人模樣，兩個虞候假裝做跟的伴當。各人都拿了條朴刀，又帶幾根藤條。梁中書付與了札付書呈，一行人都吃得飽了，在廳上拜辭了梁中書。看那軍人擔仗起程，楊志和謝都管、兩個虞候監押着，一行共是十五人，離了梁府，出得北京城門，取大路投東京進發。五里單牌，十里雙牌。此時正是五月半天氣，雖是晴明得好，只是酷熱難行。昔日吳七郡王有八句詩道：

「玉屏四下朱闌遶，簇簇遊魚戲萍藻。簟鋪八尺白蝦鬚，頭枕一枚紅瑪瑙。六龍懼熱不敢行，海水煎沸蓬萊島。公子猶嫌扇力微，行人正在紅塵道。」

這八句詩單題着炎天暑月，那公子王孫在凉亭上水閣中，浸着浮瓜沉李，調冰雪藕避暑，尚兀自嫌熱。怎知客人爲些微名薄利，又無枷鎖拘縛，三伏內只得在那途路中行。〔眉〕若還途內走，便是福輕人。今日楊志這一行人，要取六月十五日生辰，只得在路途上行。自離了這北京五七日，端的只是起五更，趁早凉便行，日中熱時，便歇。

五七日後，人家漸少，行客又稀，一站站都是山路。楊志却要辰牌起身，申時便歇。是。那十一個廂禁軍，擔子又重，無有一個稍輕。天氣熱了，行不得，見着林子便要去歇息。楊志趕着催促要行，如若停住，輕則痛罵，重則藤條便打，胡説。逼趕要行。兩個虞候，雖只背些包裹行李，也氣喘了行不上。楊志也嗔道：「你兩個好不曉事，這干係須是俺的。你們不替洒家打這夫子，却在背後也慢慢地挨，這路上不是要處。」胡説。那虞候道：「不是我兩個要慢走，其實熱了行不動。」真。因此落後。前日只是趁早涼走，如今怎地正熱裏要行？正是好歹不均匀。」也説得是。楊志道：「你這般説話，却似放屁。放屁。前日行的須是好地面，如今正是尷尬去處。若不日裏趕過去，誰敢五更半夜走？」〔眉〕是則是矣，只是不合如此説。兩個虞候口裏不道，肚中尋思：「這厮不直得便罵人。」是。楊志提了朴刀，拿着藤條，自去趕那擔子。兩個虞候坐在柳陰樹下等得老都管來，兩個虞候告訴道：「楊家那厮，强殺只是我相公門下一個提轄，直這般做大。」是。老都管道：「須是我相公當面分付道：休要和他鱉拗。因此我不做聲。」真。這兩日也看他不得，權且奈他。」兩個虞候道：「相公也只是人情話兒，都管自做個主便了。」是。老都管又道：「且奈他一奈。」當日行到申牌時分，尋得一個客店裏歇了。那十個廂禁軍雨汗通流，都嘆氣吹嘘，對老都管説道：「我們不幸做了軍健，情知道被差出來，這般火似熱的天氣，又挑着重擔，這兩日又不揀早涼行，動不動老大藤條打來，都是一般父母皮肉，我們直恁地苦！」〔眉〕是，大是。老都管道：「你們不要怨悵，巴到東京時，我自賞你。」衆軍漢道：「若是似都管看待我們時，並不敢怨悵。」真。又過了一夜。次日，天色未明，衆人跳起來，趁早涼起身去。楊志跳起來喝道：「那裏去！且睡了，却理會。」衆軍漢道：「趁早不走，日裏熱時走不得，却打我們。」楊志大駡道：「你們省得甚麽！」拏了藤條要打。衆軍忍氣吞聲，只得睡了。當日直到辰牌時分，慢慢地打火吃了飯走。一路上趕打着，不許投涼處歇。那十一個廂禁軍口裏喃喃訥訥地怨悵，兩個虞候在老都管面前，絮絮聒聒地搬口。老都管聽了，也不着意，心内自惱他。〔眉〕楊志雖是能幹，却不善調停，如何濟得事。

話休絮繁。似此行了十四五日，那十四個人没一個不怨悵楊志。當日客店裏，辰牌時分，慢慢地打火吃了早飯行。正是六月初四日時節，天氣未及晌午，一輪紅日當天，没半點雲彩，其日十分大熱。古人有八句詩道：

「祝融南來鞭火龍，火旗焰焰燒天紅。日輪當午凝不去，萬國如在紅爐中。五岳翠乾雲彩滅，陽侯海底愁波竭。何當一夕金風起，爲我掃除天下熱。」

當日行的路，都是山僻崎嶇小徑，南山北嶺。却監着那十一個軍漢，約行了二十餘里路程。那軍人們思量要去柳陰樹下歇涼，被楊志拿着藤條打將來，喝道：「快走！教你早歇。」衆軍人看那天時，四下裏無半點雲彩，其時那熱不可當。但見：

熱氣蒸人，囂塵撲面。萬里乾坤如甑，一輪火傘當天。四野無雲，風穾穾波翻海沸；千山灼焰，必剝剝石烈灰飛。空中鳥雀命將休，倒攧入樹林深處；水底魚龍鱗角脱，直鑽入泥土窖裏。直教石虎喘無休，便是鐵人須汗落。

當時楊志催促一行人在山中僻路裏行，看看日色當午，那石頭上熱了，脚疼走不得。衆軍漢道：

「這般天氣熱，兀的不晒殺人。」楊志喝着軍漢道：「快走！趕過前面岡子去，胡説。却再理會。」正行之間，前面迎着那土岡子。衆人看這岡子時，但見：

　　頂上萬株緑樹，根頭一派黃沙。嵯峨渾似老龍形，險峻但聞風雨響。山邊茅草，亂絲絲攢遍地刀鎗；滿地石頭，磣可可睡兩行虎豹。休道西川蜀道險，須知此是太行山。

當時一行十五人奔上岡子來，歇下擔仗，那十四人都去松陰樹下睡倒了。楊志説道：「苦也！這裏是甚麼去處，你們却在這裏歇涼。起來，快走！」衆軍漢道：「你便剁做我七八段，其實去不得了。」是。楊志拿起藤條，劈頭劈腦打去。胡説。打得這個起來，那個睡倒。妙。楊志無可奈何。只見兩個虞候和老都管氣喘急急，也巴到岡子上松樹下坐了喘氣。看這楊志打那軍健，老都管見了説道：「提轄，端的熱了走不得，休見他罪過。」是。楊志道：「都管，你不知，這裏正是强人出没的去處，地名叫做黃泥岡。閑常太平時節，白日裏兀自出來劫人。休道是這般光景，誰敢在這裏停脚。」兩個虞候聽楊志説了，便道：「我見你説好幾遍了，只管把這話來驚嚇人。」也是。〔眉〕若是已前不説，不是這番聽你了？老都管道：「權且教他們衆人歇一歇，略過日中行如何？」楊志道：「你也没分曉了，如何使得！這裏下岡子去，兀自有七八里没人家。甚麼去處，敢在此歇涼？」老都管道：「我自坐一坐了走，你自去趕他衆人先走。」妙。楊志拿着藤條喝道：「一個不走的，吃俺二十棍。」胡説。衆軍漢一齊叫將起來。數内一個分説道：「提轄，我們挑着百十斤擔子，須不比你空手走的。你端的不把人當人。便是留守相公自來監押時，也容我們説一句。你好不知疼癢，只顧逞辦。」是。楊志罵道：「這畜生不嘔死俺，只是打便了。」拿起藤條，劈臉便打去。胡說。老都管喝道：「楊提轄且住，你聽我說。我在東京太師裏府做奶公時，門下官軍見了無千無萬，都向着我喏喏連聲。不是我口淺，量你是個遭死的軍人，相公可憐，擡舉你做個提轄，比得草介子大小的官職，直得恁地逞能！休說我是相公家都管，便是村莊一個老的，也合依我勸一勸。只顧把他們打，是何看待！」〔眉〕說得是。楊志道：「都管，你須是城市裏人，生長在相府裏，那裏知道途路上千難萬難。」老都管道：「四川、兩廣也曾去來，不曾見你這般賣弄。」妙。楊志道：「如今須不比太平時節。」都管道：「你說這話該剜口割舌。今日天下怎地不太平？」好。

楊志却待再要回言，只見對面松林裏，影着一個人在那裏舒頭探腦家望。楊志道：「俺說甚麼，兀的不是歹人來了！」撇下藤條，拿了朴刀，趕入松林裏來，喝一聲道：「你這廝好大胆！怎敢看俺的行貨。」只見松林裏一字兒擺着七輛江州車兒，七個人脫得赤條條的在那裏乘涼。一個鬢邊老大一搭朱砂記，拿着一條朴刀，望楊志跟前來。七個人齊叫一聲：「呵也！」都跳起來。楊志喝道：「你等是甚麼人？」那七人道：「你是甚麼人？」楊志又問道：「你等莫不是歹人？」那七人道：「你顛倒問，妙。我等是小本經紀，那裏有錢與你？」妙。楊志道：「你等小本經紀人，偏俺有大本錢？」那七人問道：「你端的是甚麼人？」楊志道：「你等且說那裏來的人？」那七人道：「我等弟兄七人，是濠州人，販棗子上東京去，路途打從這裏經過。聽得多人說，這裏黃泥岡上如常有賊打劫客商。我等一面走一頭自說道：『我七個只有些棗子，別無甚財賦，只顧過岡子來。』上得岡子，當不過這熱，權且在這林子裏歇一歇，待晚涼了行。只聽得有人上岡子來，我們只怕是歹人，因此使這個兄弟出來看一看。」楊志道：「原來如此，也是一般的客人。却纔見你們窺望，惟恐是歹人，因此趕來看一看。」那七個人道：「客官請幾個棗子了去。」楊志道：「不必。」提了朴刀，再回擔邊來。老都管道：「既是有賊，我們去休。」楊志說道：「俺只道是歹人，原來是幾個販棗子的客人。」老都管道：「似你方纔說時，他們都是没命的。」妙。楊志道：「不必相鬧，俺只要没事便好。真。你們且歇了，等凉些走。」衆軍漢都笑了。楊志也把朴刀插在地上，自去一邊樹下坐了歇凉。没半碗飯時，只見遠遠地一個漢子，挑着一付擔桶，唱上岡子來。唱道：

「赤日炎炎似火燒，野田禾稻半枯焦。農夫心内如湯煮，樓上王孫把扇摇。」

那漢子口裏唱着，走上岡子來，松林裏頭歇下擔桶，坐地乘凉。衆軍看見了，便問那漢子道：「你桶裏是甚麽東西？」那漢子應道：「是白酒。」衆軍道：「挑往那裏去？」那漢子道：「挑去村裏賣。」衆軍道：「多少錢一桶？」那漢子道：「五貫足錢。」衆軍商量道：「我們又熱又渴，何不買些吃，也解暑氣。」正在那裏凑錢，楊志見了喝道：「你們又做甚麽？」衆軍道：「買碗酒吃。」楊志調過朴刀桿便打，駡道：「你們不得洒家言語，胡亂便要買酒吃，好大胆！」胡說。衆軍道：「没事又來鳥亂。我們自凑錢買酒吃，干你甚事，也來打人！」是。楊志道：「你這村鳥，理會的甚麽？到來只顧吃嘴，全不曉得路途上的勾當艱難。多少好漢，被蒙汗藥麻翻了！」那挑酒的漢子看着楊志，冷笑道：「你這客官好不曉事！早是我不賣與你吃，却說出這般没氣力的話來。」妙。

正在松樹邊閙動争說，只見對面松林裏那夥販棗子的客人，都提着朴刀走出來，問道：「你們做甚麼鬧？」那挑酒的漢子道：「我自挑這酒過岡子村裏賣，熱了在此歇涼。他衆人要問我買些吃，我又不曾賣與他，妙。這個客官道我酒裏有甚麼蒙汗藥。你道好笑麼？說出這般話來！」〔眉〕好圈套。那七個客人說道：「我只道有歹人出來，原來是如此。妙。說一聲也不打緊，妙。我們倒着買一碗吃。既是他們疑心，且賣一桶與我們吃。」那挑酒的道：「不賣，不賣！」妙。這七個客人道：「你這鳥漢子也不曉事，我們須不曾說你。你左右將到村裏去賣，一般還你錢。便賣些與我們，打甚麼不緊。看你不道得捨施了茶湯，便又救了我們熱渴。」那挑酒的漢子便道：「賣一桶與你不爭，只是被他們說的不好。又沒碗瓢舀吃。」那七人道：「你這漢子忒認真！便說了一聲，打甚麼不緊。我們自有椰瓢在這裏。」只見兩個客人去車子前取出兩個椰瓢來，一個捧出一大捧棗子來。七個人立在桶邊，開了桶蓋，輪替換着舀那酒吃，把棗子過口。無一時，一桶酒都吃盡了。七個客人道：「正不曾問得你多少價錢？」那漢道：「我一了不說價，五貫足錢一桶，十貫一擔。」七個客人道：「五貫便依你五貫，只饒我們一瓢吃。」妙。那漢道：「饒不的，做定的價錢。」一個客人把錢還他，一個客人便去揭開桶蓋，兜了一瓢，妙。拿上便吃。那漢去奪時，這客人手拿半瓢酒，望松林裏便走。那漢趕將去，只見這邊一個客人從松林裏走將出來，手裏拿一個瓢，便桶裏舀了一瓢酒。那漢看見，搶來匹手奪住，來望桶裏一傾，便蓋了桶蓋，將瓢望地下一丟，口裏說道：「你這客人好不君子相！戴頭識臉的，也這般囉唣！」〔眉〕好圈套，如何識得破！

那對過衆軍漢見了，心內痒起來，真。都待要吃。數中一個看着老都管道：「老爺爺，與我們說一聲。那賣棗子的客人買他一桶吃了，我們胡亂也買他這桶吃，潤一潤喉也好。其實熱渴了，没奈何，這裏岡子上又没討水吃處。老爺方便。」老都管見衆軍所説，自心裏也要吃得些，竟來對楊志説：「那販棗子客人已買了他一桶酒吃，只有這一桶，胡亂教他們買了避暑氣。岡子上端的没處討水吃。」楊志尋思道：「俺在遠遠處望，這廝們都買他的酒吃了，那桶裏當面也見吃了半瓢，想是好的。打了他們半日，胡亂容他買碗吃罷。」楊志道：「既然老都管説了，教這廝們買吃了便起身。」衆軍健聽了這話，凑了五貫足錢來買酒吃。那賣酒的漢子道：「不賣了，不賣了！」妙。便道：「這酒裏有蒙汗藥在裏頭。」妙。衆軍陪着笑，説道：「大哥，直得便還言語。」那漢道：「不賣了，休纏！」這販棗子的客人勸道：「你這個鳥漢子，他也説得差了，你也忒認真，連累我們也吃你説了幾聲。須不關他衆人之事，胡亂賣與他衆人吃些。」那漢道：「没事討别人疑心做甚麽？」這販棗子客人把那賣酒的漢子推開一邊，只顧將這桶酒提與衆軍去吃。〔眉〕都妙。那軍漢開了桶蓋，無甚舀吃，陪個小心，問客人借這椰瓢用一用。衆客人道：「就送這幾個棗子與你們過酒。」衆軍謝道：「甚麽道理。」客人道：「休要相謝，都是一般客人，何争在這百十個棗子上。」衆軍謝了，先兜兩瓢，叫老都管吃一瓢，楊提轄吃一瓢。楊志那裏肯吃。老都管自先吃了一瓢。兩個虞候各吃一瓢。衆軍漢一發上，那桶酒登時吃盡了。楊志見衆人吃了無事，自本不吃，一者天氣甚熱，二乃口渴難熬，拿起來，只吃了一半，棗子分幾個吃了。那賣酒的漢子説道：「這桶酒吃那客人饒兩瓢吃了，少了你些酒，我今饒了你衆人〈兩貫半〉（半貫錢罷）。」衆軍漢把錢還他，那漢子收了錢，挑了空桶，依然唱着山歌，自下岡子去了。

只見那七個販棗子的客人，立在松樹傍邊，指着這一十五人説道：「倒也！倒也！」只見這十五個人頭重脚輕，一個個面面廝覷，都軟倒了。那七個客人從松樹林裏推出這七輛江州車兒，把車子上棗子都丢在地上，將這十一擔金珠寶貝却裝在車子内，叫聲：「聒噪！」一直望黄泥岡下推了去。妙。楊志口裏只是叫苦，軟了身體，扎挣不起。十五人眼睜睜地看着那七個人都把這金寶裝了去，只是起不來，挣不動，説不的。

我且問你：這七人端的是誰？不是别人，原來正是晁蓋、吴用、公孫勝、劉唐、三阮這七個。却纔那個挑酒的漢子，便是白日鼠白勝。却怎地用藥？原來挑上岡子時，兩桶都是好酒。七個人先吃了一桶，劉唐揭起桶蓋，又兜了半瓢吃，故意要他們看着，只是教人死心搭地。次後吴用去松林裏取出藥來，抖在瓢裏，只做趕來饒他酒吃，把瓢去兜時，藥已攪在酒裏，假意兜半瓢吃，那白勝劈手奪來，傾在桶裏。這個便是計策。那計較都是吴用主張。這個唤做「智取生辰綱」。

原來楊志吃的酒少，便醒得快，爬將起來，兀自捉脚不住。看那十四個人時，口角流涎，都動不得。正應俗語道：「饒你奸似鬼，吃了洗脚水。」（楊志憤悶道：）「不争你把了生辰綱去，教俺如何回去見得梁中書！這紙領狀須繳不得！」就扯破了。「如今閃得俺有家難奔，有國難投，待走那裏去？不如就這岡子上尋個死處！」撩衣破步，望黄泥岡下便跳。正是雖然未得身榮貴，到此先須禍及身。正是斷送落花三月雨，摧殘楊柳九秋霜。畢竟楊志在黄泥岡上尋死，性命如何，且聽下回分解。

禿翁曰：楊志是一勇之夫，如何濟得恁事！也須以恩結這十四人，方可商量事體；要行便行，要住便住。一味亂打，衆人自然拗起來。雖然由你智勇足備，亦不能跳出這七個人圈套了。徒自作惡耳。蠢人，蠢人！

花和尚単打二龍山

青面獸雙奪寶珠寺

第十七回　花和尚單打二龍山　青面獸雙奪寶珠寺

詩曰：

二龍山勢聳雲烟，松檜森森翠接天。乳虎鄧龍真嘯聚，惡神楊志更雕鐫。人逢忠義情偏洽，事到顛危志益堅。背綉僧同青面獸，寶珠奪得更周全。〔眉〕好詩。

話説楊志當時在黄泥岡上，被取了生辰綱去，如何回轉去見得梁中書，欲要就岡子上自尋死路。却待望黄泥岡下躍身一跳，癡。猛可醒悟，拽住了脚，尋思道：「爹娘生下洒家，堂堂一表，凛凛一軀，自小學成十八般武藝在身，終不成只這般休了。比及今日尋個死處，不如日後等他拿得着時却再理會。」是。回身再看那十四個人時，只是眼睁睁地看着楊志，没個掙扎得起。楊志指着罵道：「都是你這厮們不聽我言語，因此做將出來，連累了洒家。」不必怨了。〔眉〕就聽你言語，也要做將出來。癡子。樹根頭拿了朴刀，掛了腰刀，週圍看時，别無物件。楊志嘆了口氣，一直下岡子去了。

那十四個人，直到二更方纔得醒。一個個爬將起來，口裏只叫得連珠箭的苦。老都管道：「你們衆人不聽楊提轄的好言語，方知道好。今日送了我也。」衆人道：「老爺，今日事已做出來了，且通個商量。」老都管道：「你們有甚見識？」衆人道：「是我們不是了。古人有言：『火燒到身，各自去掃；蜂蠆入懷，隨即解衣。』若還楊提轄在這裏，我們都説不過。如今他自去的不知去向，我們回去見梁中書相公，何不都推在他身上？好計，好計。只説道：他一路上淩辱打罵衆人，逼迫的我們都動不得。他和强人做一路，把蒙汗藥將俺們麻翻了，縛了手脚，將金寶都虜去了。」老都管道：「這話也説的是。我們等天明，先去本處官司首告，留下兩個虞候隨衙聽候，捉拿賊人。我等衆人連夜趕回北京，報與本官知道，教動文書，申覆太師得知，着落濟州府追獲這夥强人便了。」次日天曉，老都管自和一行人來濟州府該管官吏首告，不在話下。

且説楊志提着朴刀，悶悶不已，離黄泥岡，望南行了半日，看看又走了半夜，去林子裏歇了。尋思道：「盤纏又没了，舉眼無個相識，却是怎地好？」漸漸天色明亮，只得趁早凉了行。又走了二十餘里，前面到一酒店門前。楊志道：「若不得些酒吃，怎地打熬得過。」便入那酒店去，向這桑木桌凳座頭上坐了，身邊倚了朴刀。只見竈邊一個婦人問道：「客官莫不要打火？」楊志道：「先取兩角酒來吃，借些米來做飯，有肉安排些個。少停一發算錢還你。」只見那婦人先叫一個後生來面前篩酒，一面做飯，一邊炒肉，都把來楊志吃了。楊志起身，綽了朴刀便出店門。妙人。〔眉〕方不是言必信、行必果的小人。那婦人道：「你的酒肉飯錢都不曾有。」楊志道：「待俺回來還你，權賒咱一賒。」妙人。説了便走。那篩酒的後生趕將出來揪住，被楊志一拳打翻了。更妙。那婦人叫起屈來。楊志只顧走，只見背後一個人趕來叫道：「你那廝走那裏去！」楊志回頭看時，那人大脱膊着，拖條桿棒鎗奔將來。楊志道：「這廝却不是晦氣，倒來尋洒家。」立脚住了不走。看後面時，那篩酒後生也拿條欓叉，隨後趕來。又引着兩三個莊客，各拿桿棒，飛也似都來。楊志道：「結果了這厮一個，那厮們都不敢追來。」是。便挺了手中朴刀，來鬥這漢。這漢也輪轉手中桿棒鎗來迎。兩個鬥了三二十合，這漢怎地敵的楊志，只辦得架隔遮攔，上下躲閃。那後來的後生並莊客，却待一發上，只見這漢托地跳出圈子外來，叫道：「且都不要動手，兀那使朴刀的大漢，你可通個姓名。」具眼。正是：

逃災避難受辛艱，曹正相逢且破顔。偶遇智深同戮力，三人計奪二龍山。

那楊志拍着胸道：「洒家行不更名，坐不改姓，青面獸楊志的便是。」漢子。這漢道：「莫不是東京殿司楊制使麽？」楊志道：「你怎地知道洒家是楊制使？」這漢撇了鎗棒，便拜道：「小人有眼不識泰山。」具眼。楊志便扶這人起來，問道：「足下是誰？」這漢道：「小人原是開封府人氏，乃是八十萬禁軍都教頭林冲的徒弟，姓曹名正，祖代屠户出身。小人殺得好牲口，挑筋剮骨，開剥推剝，只此被人喚做操刀鬼曹正。爲因本處一個財主，將五千貫錢教小人來此山東做客，不想折本，回鄉不得，在此入贅在這個莊農人家。却纔灶邊婦人，便是小人的渾家。這個拿欓叉的，便是小人的妻舅。却纔小人和制使交手，見制使手段和小人師父林教師一般，具眼。〔眉〕林教頭有此阿徒，不俗，不俗。因此抵敵不住。」楊志道：「原來你却是林教師的徒弟。你的師父被高太尉陷害，落草去了，如今見在梁山泊。」曹正道：「小人也聽得人這般説將來，未知真實。且請制使到家少歇。」

楊志便同曹正再回到酒店裏來。曹正請楊志裏面坐下，叫老婆和妻舅都來拜了楊志，一面再置酒食相待。不還酒錢，反要拜他、請他，氣人，氣人。飲酒中間，曹正動問道：「制使緣何到此？」楊志把做制使失陷花石綱，並如今又失陷了梁中書的生辰綱一事，從頭備細告訴了。曹正道：「既然如此，制使且在小人家裏住幾時，再有商議。」楊志道：「如此，却是深感你的厚意。只恐官司追捕將來，不敢久住。」曹正道：「制使這般說時，要投那裏去？」楊志道：「洒家欲投梁山泊去，尋你師父林教頭。俺先前在那裏經過時，正撞着他下山來與洒家交手。王倫見了俺兩個本事一般，因此都留在山寨裏相會，以此認得你師父。林冲、王倫當初苦苦相留洒家，俺却不肯落草。如今臉上又添了金印，却去投奔他時，好没志氣。有志有志，不愧名字。因此躊躇未決，進退兩難。」曹正道：「制使見的是。小人也聽的人傳說，王倫那廝心地褊窄，安不得人；說我師父林教頭上山時，受盡他的氣。以此多人傳說將來，方纔知道。不若小人此間，離不遠却是青州地面，有座山喚做二龍山，山上有座寺，喚做寶珠寺。那座山生來却好裏着這座寺，只有一條路上的去。如今寺裏住持還了俗，養了頭髮，餘者和尚，都隨順了。說道他聚集的四五百人，打家劫舍。爲頭那人，喚做金眼虎鄧龍。制使若有心落草時，到去那裏入夥，足可安身。」楊志道：「既有這個去處，何不去奪來安身立命。」當下就曹正家裏住了一宿，借了些盤纏，拿了朴刀，相別曹正，拽開脚步，投二龍山來。

行了一日，看看漸晚，却早望見一座高山。楊志道：「俺去林子裏且歇一夜，明日却上山去。」轉入林子裏來，吃了一驚。只見一個胖大和尚，脱的赤條條的，背上刺着花綉，坐在松樹根頭乘涼。那和尚見了楊志，就樹根頭綽了禪杖，跳將起來，大喝道：「兀那撮鳥！你是那裏來的？」楊志聽了道：

「原來也是關西和尚。俺和他是鄉中，問他一聲。」楊志叫道：「你是那裏來的僧人？」那和尚也不回說，輪起手中禪杖，只顧打來。奇。楊志道：「怎奈那禿厮無禮，且把他來出口氣。」挺起手中朴刀，來奔那和尚。兩個就林子裏一來一往，一上一下，兩個放對。但見：

兩條龍競寶，一對虎爭餐。朴刀舉露半截金蛇，禪杖起飛全身玉蟒。兩條龍競寶，攪長江，翻大海，魚鱉驚惶；一對虎爭餐，奔翠嶺，撼青林，豺狼亂竄。崒嵂嵂，忽喇喇，天崩地塌，黑雲中玉爪盤旋；惡狠狠，雄赳赳，雷吼風呼，殺氣內金睛閃爍。兩條龍競寶，嚇的那身長力壯、仗霜鋒周處眼無光；一對虎爭餐，驚的這胆大心粗、施雪刃卞莊魂魄喪。兩條龍競寶，眼珠放彩，尾擺得水母殿臺搖；一對虎爭餐，野獸奔馳，聲震的山神毛髮竪。〔眉〕文體亦奇。花和尚不饒楊制使，抵死交鋒；楊制使欲捉花和尚，設機力戰。〔眉〕文字甚好。

當時楊志和那僧人鬥到四五十合，不分勝敗。那和尚賣個破綻，托地跳出圈子外來，喝一聲：「且歇！」兩個都住了手。楊志暗暗地喝采道：「那裏來的這個和尚，真個好本事，手段高，俺却剛剛地只敵的他住。」那僧人叫道：「兀那青面漢子，你是甚麽人？」楊志道：「洒家是東京制使楊志的便是。」那和尚道：「你不是在東京賣刀殺了破落户牛二的？」楊志道：「你不見俺臉上金印？」那和尚笑道：「却原來在這裏相見。」楊志道：「不敢問師兄却是誰？緣何知道洒家賣刀？」那和尚道：「洒家不是別人，俺是延安府老种經略相公帳前軍官魯提轄的便是。爲因三拳打死了鎮關西，却去五臺山淨髮爲僧。人見洒家背上有花綉，都叫俺做花和尚魯智深。」楊志笑道：「原來是自家鄉里。俺在江湖上多聞師兄大名，聽的説道，師兄在大相國寺裏掛搭，如今何故來在這裏？」

魯智深道：「一言難盡。洒家在大相國寺管菜園，遇着那豹子頭林沖，被高太尉要陷害他性命，俺却路見不平，直送他到滄州，救了他一命。不想那兩個防送公人回來，對高俅那厮説道：『正要在野猪林裏結果林沖，却被大相國寺魯智深救了。那和尚直送到滄州，因此害他不得。』這日娘賊恨殺洒家，分付寺裏長老不許俺掛搭，又差人來捉洒家。却得一夥潑皮通報，不是着了那厮的手。吃俺一把火燒了那菜園裏廨宇，逃走在江湖上。東又不着，西又不着。來到孟州十字坡過，險些兒被個酒店裏婦人害了性命，把洒家着蒙汗藥麻翻了。得他的丈夫歸來的早，見了洒家這般模樣，又看了俺的禪杖、戒刀吃驚，連忙把解藥救俺醒來。因問起洒家名字，留住俺過了數日，結義洒家，做了弟兄。那人夫妻兩個，亦是江湖上好漢有名的，都叫他做菜園子張青，其妻母夜叉孫二娘，甚是好義氣。住了四五日，打聽的這裏二龍山寶珠寺可以安身，洒家特地來奔他鄧龍入夥。叵耐那厮，不肯安着洒家在這山上。鄧龍那厮和俺厮併，又敵洒家不過，只把這山下三座關牢牢地拴住，又没個道路上去。打緊這座山生的險峻，又没别路上去。那撮鳥由你叫駡，只是不下來厮殺，高。氣得洒家正苦在這裏没個委結。不想却是大哥來。」楊志大喜，兩個就林子裏剪拂了，就地坐了一夜。楊志訴説賣刀殺死了牛二的事，并解生辰綱失陷一節，都備細説了。又説曹正指點來此一事，便道：「既是閉了關隘，俺們休在這裏，如何得他下來？不若且去曹正家商議。」

兩個厮趕着行，離了那林子，來到曹正酒店裏。楊志引魯智深與他相見了，曹正慌忙置酒相待，商量要打二龍山一事。曹正道：「若是端的閉了關時，休説道你二位，便有一萬軍馬，也上去不得。似此只可智取，不可力求。」是。魯智深道：「叵耐那撮鳥，連輸與洒家兩遍。那廝小肚上被俺一脚點翻了，却待再要打那廝一頓，結果了他性命，被他那裏人多，救了上山去，閉了這鳥關。由你自在下面罵，只是不肯下來厮殺。」楊志道：「既然好去處，俺和你如何不用心去打？」魯智深道：「便是没做個道理上去，奈何不得他。」曹正道：「小人有條計策，不知中二位意也不中？」楊志道：「願聞良策則個。」曹正道：「制使也休這般打扮，只照依小人這裏近村莊家穿着。小人把這位師父禪杖、戒刀都拿了，却叫小人的妻弟帶六個火家，直送到那山下，把一條索子綁了師父。小人自會做活結頭。却去山下叫道：『我們近村開酒店莊家。這和尚來我店中吃酒，吃得大醉了，不肯還錢，妙。口裏説道：去報人來打你山寨。妙。因此我們聽的，乘他醉了，把他綁縛在這裏，獻與大王。』那厮必然放我們上山去。到得他山寨裏面，見鄧龍時，把索子拽脱了活結頭，小人便遞過禪杖與師父。你兩個好漢一發上，那厮走往那裏去！若結果了他時，以下的人不敢不伏。此計若何？」委實好計。魯智深、楊志齊道：「妙哉，妙哉！」真妙。

當晚吃了酒食，又安排了些路上乾粮。次日五更起來，衆人都吃得飽了。魯智深的行李包裹，都寄放在曹正家。當日楊志、魯智深、曹正，帶了小舅並五七個莊家，取路投二龍山來。晌午後，直到林子裏脱了衣裳，把魯智深用活結頭使索子綁了，教兩個莊家牢牢地牽着索頭。楊志戴了遮日頭涼笠兒，身穿破布衫，手裏提着朴刀。曹正拿着他的禪杖，〈倒〉衆人都提着棍棒，在前後簇擁着。到得山下看那關時，都擺着强弩硬弓，灰瓶砲石。小嘍囉在關上看時，綁得這個和尚來，飛也似報上山去。多樣時，只見兩個小頭目上關來，問道：「你等何處人？來我這裏做甚麽？那裏捉得這個和尚來？」曹正答道：「小人等是這山下近村莊家，開着一個小酒店。這個胖和尚不時來我店中吃酒，吃得大醉，不肯還錢，口裏説道：『要去梁山泊叫千百個人，來打這二龍山，和你這近村坊都洗蕩了。』因此小人只得又將好酒請他，灌得醉了，一條索子綁縛這厮來獻與大王，表我等村坊孝順之心，免得村中後患。」兩個小頭目聽了這話，歡天喜地説道：「好了！衆人在此少待一時。」

兩個小頭目就上山來，報知鄧龍，説拿的那胖和尚來。鄧龍聽了大喜，叫解上山來：「且取這厮的心肝來做下酒，不知可吃得成？消我這點冤仇之恨。」小嘍囉得令，來把關隘門開了，便叫送上來。楊志、曹正緊押魯智深，解上山來。看那三座關時，端的險峻：兩下裏山環繞將來，包住這座寺；山峯生得雄壯，中間只一條路上關來；三重關上擺着檑木砲石，硬弩强弓，苦竹鎗密密地攢着。過得三處關閘，來到寶珠寺前看時，三座殿門，一段鏡面也似平地，週遭都是木栅爲城。寺前山門下，立着七八個小嘍囉，看見縛的魯智深來，都指着駡道：「你這禿驢，傷了大王，今日也吃拿了，慢慢的碎割了這厮。」魯智深只不做聲。妙。押到佛殿看時，殿上都把佛來擡去了，中間放着一把虎皮交椅，衆多小嘍囉拿着鎗棒，立在兩邊。

少刻，只見兩個小嘍囉扶出鄧龍來，坐在交椅上。曹正、楊志緊緊地幫着魯智深到階下。鄧龍道：「你那厮禿驢，前日點翻了我，傷了小腹，至今青腫未消，今日也有見我的時節！」魯智深睜圓怪眼，大喝一聲：「撮鳥休走！」兩個莊家把索頭只一拽，拽脱了活結頭，散開索子。魯智深就曹正手裏接過禪杖，雲飛輪動。楊志撇了涼笠兒，提起手中朴刀，曹正又輪起桿棒，衆莊家一齊發作，併力向前。鄧龍急待掙扎時，早被魯智深一禪杖當頭打着，把腦蓋劈做兩半個，和交椅都打碎了。手下的小嘍囉，早被楊志搠翻了四五個。曹正叫道：「都來投降！若不從者，便行掃除處死！」寺前寺後五六百小嘍囉，并幾個小頭目，驚嚇的呆了，只得都來歸降投伏。隨即叫把鄧龍等屍首扛擡去後山燒化了，一面去點倉敖，整頓房舍。再去看那寺後，有多少物件，且把酒肉安排些來吃。魯智深並楊志做了山寨之主，置酒設宴慶賀。小嘍囉們盡皆投伏了，仍設小頭目管領。曹正別了二位好漢，領了莊家自回家去，不在話下。看官聽説，有詩爲證：

古刹清幽隱翠微，鄧龍雄據恣非爲。天生神力花和尚，斬草除根更可悲。

不説魯智深、楊志自在二龍山落草，却説那押生辰綱老都管，並這幾個廂禁軍，曉行夜住，趕回北京。到的梁中書府，直至廳前，齊齊都拜翻在地下告罪。梁中書道：「你們路上辛苦，多虧了你衆人。」又問：「楊提轄何在？」衆人告道：「不可説！這人是個大胆忘恩的賊。冤枉，冤枉！自離了此間，五七日後，行得到黄泥岡。天氣大熱，都在林子裏歇涼。不想楊志和七個賊人通同，冤枉。假裝做販棗子客商。楊志約會與他做一路，先推七輛江州車兒在這黄泥岡上松林裏等候，冤枉。却叫一個好漢挑一擔酒來岡子上歇下。小的衆人不合買他酒吃，被那廝把蒙汗藥都麻翻了，又將索子綑縛衆人。楊志和那七個賊人，却把生辰綱財寶並行李，盡裝載車上將了去。見今去本管濟州府陳告了，留兩個虞候在那裏隨衙聽候，捉拿賊人。小人等衆人星夜趕回來，告知恩相。」梁中書聽了大驚，駡道：「這賊配軍！你是犯罪的囚徒，我一力擡舉你成人，怎敢做這等不仁忘恩的事！冤枉。我若拿住他時，碎屍萬段！」隨即便喚書吏寫了文書，當時差人星夜來濟州投下；又寫一封家書，着人也連夜上東京，報與太師知道。

且不説差人去濟州下公文，只説着人上東京來到太師府報知，見了太師，呈上書札。蔡太師看了，大驚道：「這班賊人，甚是胆大。去年將我女婿送來的禮物打劫了去，至今未獲賊人。今年又來無禮，更待干罷，恐後難治。」〔眉〕好宰相，只是慶賀自家生辰便了。隨即押了一紙公文，着一個府幹親自賫了，星夜望濟州來，着落府尹，立等捉拿這夥賊人，便要回報。

且説濟州府尹，自從受了北京大名府留守司梁中書札付，每日理論不下。正憂悶間，只見門吏報道：「東京太師府裏差府幹見到廳前，有緊急公文要見相公。」府尹聽的，大驚道：「多管是生辰綱的事。」慌忙升廳，來與府幹相見了。説道：「這件事下官已受了梁府虞候的狀子，已經差緝捕的人跟捉賊人，未見踪迹。前日留守司又差人行札付到來，又經着仰尉司並緝捕觀察杖限跟捉，未曾得獲。若有些動静消息，下官親到相府回話。」府幹道：「小人是太師府裏心腹人，今奉太師鈞旨，特差來這裏要這一干人。臨行時太師親自分付，教小人到本府只就州衙裏宿歇，立等相公要拿這七個販棗子的並賣酒一人、在逃軍官楊志各賊正身。限在十日捉拿完備，差人解赴東京。若十日不獲得這件公事時，怕不先來請相公去沙門島走一遭。小人也難回太師府裏去，性命亦不知如何。相公不信，請看太師府裏行來的鈞帖。」

府尹看罷大驚，隨即便喚緝捕人等。只見階下一人聲喏，立在簾前，太守道：「你是甚人？」那人稟道：「小人是三都緝捕使臣何濤。」太守道：「前日黃泥岡上打劫了去的生辰綱，是你該管麼？」何濤答道：「稟覆相公：何濤自從領了這件公事，晝夜無眠，差下本管眼明手快的公人，去黃泥岡上往來緝捕。雖是累經杖責，到今未見踪迹。非是何濤怠慢官府，實出于無奈。」府尹喝道：「胡說！上不緊則下慢。我自進士出身，歷任到這一郡諸侯，非同容易。今日東京太師府差一幹辦來到這裏，領太師台旨，限十日内須要捕獲各賊正身完備解京。若還違了限次，我非止罷官，必陷我投沙門島走一遭。你是個緝捕使臣，倒不用心，以致禍及于我。先把你這厮迭配遠惡軍州雁飛不到去處！」便喚過文筆匠來，去何濤臉上刺下「迭配……州」字樣，胡說。空着甚處州名。發落道：「何濤，你若獲不得賊人，重罪决不饒恕。」

何濤領了台旨下廳，前來到使臣房裏，會集許多做公的，都到機密房中商議公事。衆做公的都面面相覷，如箭穿雁嘴，鈎搭魚腮，盡無言語。何濤道：「你們閑常時都在這房裏撰錢使用，如今有此一事難捉，都不做聲。你衆人也可憐我臉上刺的字樣。」衆人道：「上覆觀察，小人們人非草木，豈不省的？只是這一夥做客商的，必是他州外府深山曠野强人，遇着一時劫了，他得財寶自去山寨裏快活，如何拏的着？便是知道，也只看得他一看。」何濤聽了，當初只有三分煩惱，見説了這話，又添了五分煩惱。自離了使臣房裏，上馬回到家中，把馬牽去後槽上拴了，獨自一個悶悶不已。正是：

眉頭重上三鎗鎖，腹内填平萬斛愁。若是賊徒難捉獲，定教徒配入軍州。

只見老婆問道：「丈夫，你如何今日這般煩惱？」何濤道：「你不知，前日太守委我一紙批文，爲因黄泥岡上一夥賊人打劫了梁中書與丈人蔡太師慶生辰的金珠寶貝，計十一擔，正不知是甚麽樣人打劫了去。我自從領了這道鈞批，到今未曾得獲。今日正去轉限，不想太師府又差幹辦來，立等要拿這一夥賊人解京。太守問我賊人消息，我回復道：『未見次第，不曾獲的。』府尹將我臉上刺下『迭配……州』字樣，只不曾填甚去處，在後知我性命如何。」老婆道：「似此怎地好？却是如何得了？」

正説之間，只見兄弟何清來望哥哥。何濤道：「你來做甚麽？不去賭錢，却來怎地？」何濤的妻子乖覺，連忙招手説道：「阿叔，你且來廚下，和你説話。」何清當時跟了嫂嫂，進到廚下坐了。嫂嫂安排些肉食菜蔬，盪幾杯酒，請何清吃。何清問嫂嫂道：「哥哥忒殺欺負人，我不中也是你一個親兄弟，你便奢遮殺，只做得個緝捕觀察，便叫我一處吃盞酒，有甚麽辱莫了你！」畫。阿嫂道：「阿叔，你不知道，你哥哥心裏自過活不得哩！」何清道：「他每日趁了大錢大物那裏去了？有的是錢和米，有甚麽過活不的處？」阿嫂道：「你不知，爲這黄泥岡上前日一夥販棗子的客人，打劫了北京梁中書慶賀蔡太師的生辰綱去，如今濟州府尹奉着太師鈞旨，限十日内定要捉拿各賊解京。若還捉不着正身時，都要刺配遠惡軍州去，你不見你哥哥先吃府尹刺了臉上『迭配……州』字樣？只不曾填甚麽去處。早晚捉不着時，實是受苦。他如何有心和你吃酒？我却纔安排些酒食與你吃。他悶了幾時了，你却怪他不的。」何清道：「我也誹誹地聽的人説道，有賊打劫了生辰綱去。正在那裏地面上？」阿嫂道：「只聽的説道黄泥岡上。」何清道：「却是甚麽樣人劫了？」阿嫂道：「叔叔你又不醉，我纔方説了，是七個販棗子的客人打劫了去。」何清呵呵的大笑道：「原來恁地。知道是販棗子的客人了，却悶怎地？何不差精細的人去捉。」阿嫂道：「你倒説得好，便是没捉處。」何清笑道：「嫂嫂，倒要你憂！哥哥放着常來的一般兒好酒肉弟兄，閑常不睬的是親兄弟。今日纔有事，便叫没捉處。〔眉〕酒肉兄弟决不如親兄弟，千古至言。若是叫兄弟得知，撰得幾貫錢使，量這夥小賊有甚難處。」阿嫂道：「阿叔，你倒敢知得些風路？」何清笑道：「直等哥哥臨危之際，兄弟却來〈道理有個〉（有個道理）救他。」説了便起身要去。阿嫂留住再吃兩杯。

那婦人聽了這話説的蹺蹊，慌忙來對丈夫備細説了。何濤連忙叫請何清到面前。何濤陪着笑臉説道：「兄弟，你既知此賊去向，如何不救我？」何清道：「我不知甚麽來歷，我自和嫂子説耍，兄弟如何救的哥哥？」〔眉〕描畫何清處，咄咄逼真。何濤道：「好兄弟，休得要看冷暖。只想我日常的好處，休記我閑時的歹處，救我這條性命。」何清道：「哥哥，你管下許多眼明手快的公人，也有二三百個，何不與哥哥出些力氣。量兄弟一個，怎救的哥哥？」何濤道：「兄弟休説他們。你的話眼裏有些門路。休要把别人做好漢，你且説與我些去向，我自有補報你處。正教我怎地寬心？」何清道：「有甚麽去向？兄弟不省的。」何濤道：「你不要嘔我，只看同胞共母之面。」何清道：「不要慌，且待到至急處，兄弟自來出些氣力，拿這夥小賊。」阿嫂便道：「阿叔，胡亂救你哥哥，也是弟兄情分。如今被太師府鈞帖立等要這一干人。天來大事，你却説小賊。不知甚麽去處，只這等無門路了。」〔眉〕這婦人也用得。何清道：

「嫂嫂，你須知我只爲賭錢上，吃哥哥多少言語，但是打罵，不曾和他争涉。閑常有酒有食，只和别人快活。今日兄弟也有用處！」何濤見他話眼有些來歷，慌忙取一個十兩銀子放在桌上，説道：「兄弟權將這錠銀收了，日後捕得賊人時，金銀段疋賞賜，我一力包辦。」何清笑道：「哥哥正是『急來抱佛脚，閑時不燒香』。我却要你銀子時，便是兄弟勒措你。你且把去收了，不要將來賺我。你若如此，我便不説。既是你兩口兒我行陪話，我説與你，不要把銀子出來驚我。」何濤道：「銀兩都是官司信賞出的，如何没三五百貫錢。兄弟，你休推却。我且問你：這夥賊却在那裏有些來歷？」何清拍着大腿道：「這夥賊我都捉在便袋裏了。」何濤大驚道：「兄弟，你如何説這夥賊在你便袋裏？」何清道：「哥哥，你莫管我，自都有在這裏便了。你只把銀子收了去，不要將來賺我，只要常情便了。我却説與你知道。」何清不慌不忙叠着兩個指頭，言無數句，話不一席，有分教：鄆城縣裏，引出個仗義英雄；梁山泊中，聚一夥擎天好漢。直教紅巾名姓傳千古，青史功勳播萬年。畢竟何清對何濤説出甚人來，且聽下回分解。

李生曰：魯智深、楊志却是兩員上將，只爲當時無具眼者，使他流落不偶。若廟堂之上得有一曹正、張青其人者，亦何至此哉！李卓吾爲之放筆大笑一場。

宋公明私放晁天王

美髯公智穩插翅虎

第十八回　美髯公智穩插翅虎　宋公明私放晁天王

詩曰：

親愛無過弟與兄，便從酒後露真情。何清不篤同胞義，觀察安知衆賊名。玩寇長奸人暗走，驚蛇打草事難成。只因一紙閑文字，惹起天罡地煞兵。

當時何觀察與兄弟何清道：「這錠銀子是官司信賞得，非是我把來賺你，後頭再有重賞。兄弟，你且說這夥人如何在你便袋裏？」只見何清去身邊招文袋内摸出一個經摺兒來，指道：「這夥賊人都在上面。」何濤道：「你且說怎地寫在上面？」何清道：「不瞞哥哥說，兄弟前日爲賭博輸了，没一文盤纏。有個一般賭博的，引兄弟去北門外十五里，地名安樂村，有個王家客店内，湊些碎賭。爲是官司行下文書來，着落本村但凡開客店的，須要置立文簿，一面上用勘合印信。每夜有客商來歇宿，須要問他：那裏來，何處去，姓甚名誰，做甚買賣，都要抄寫在簿子上。官司查照時，每月一次去里正處報名。爲是小二哥不識字，央我替他抄了半個月。當日是六月初三日，有七個販棗子的客人，推着七輛江州車兒來歇。我却認得一個爲頭的客人，是鄆城縣東溪村晁保正。因何認得他？我比先曾跟一個閑漢去投奔他，因此我認得。我寫着文簿問他道：『客人高姓？』只見一個三髭鬚白淨面皮的，搶將過來答應道：『我等姓李，從濠州來，販棗子去東京賣。』我雖寫了，有些疑心。第二日，他自去了。店主帶我去村裏相賭，來到一處三叉路口，只見一個漢子挑兩個桶來，我不認得他，店主人自與他廝叫道：『白大郎那裏去？』那人應道：『有担醋將去村裏財主家賣。』店主人和我説道：『這人叫做白日鼠白勝，他是個賭客。』我也只安在心裏。後來聽得沸沸揚揚地説道：『黃泥岡上一夥販棗子的客人，把蒙汗藥麻翻了人，劫了生辰綱去。』我猜不是晁保正，却是兀誰？如今只捕了白勝，一問便知端的。〔眉〕是人頗慧。這個經摺兒是我抄的副本。」

何濤聽了大喜。隨即引了兄弟何清逕到州衙裏，見了太守。府尹問道：「那公事有些下落麼？」何濤稟道：「略有些消息了。」府尹叫進後堂來説，仔細問了來歷，何清一一稟説了。當下便差八個做公的，一同何濤、何清連夜來到安樂村，叫了店主人做眼，逕奔到白勝家裏。却是三更時分，叫店主人賺開門來打火。只聽得白勝在床上做聲，問他老婆時，却説道：「害熱病，不曾得汗。」從床上拖將起來，見白勝面色紅白，就把索子綁了，喝道：「黃泥岡上做得好事！」白勝那裏肯認；把那婦人綑了，也不肯招。衆做公的繞屋尋贓尋賊，尋到床底下，見地面不平，衆人掘開，不到三尺深，衆多公人發聲喊，白勝面如土色，就地下取出一包金銀。隨即把白勝頭臉包了，帶他老婆，扛擡贓物，都連夜趕回濟州城裏來。却好五更天明時分，把白勝押到廳前，便將索子綑了。問他主情造意，白勝抵賴，死不肯招晁保正等七人。連打三四頓，打的皮開肉綻，鮮血迸流。〔眉〕白日鼠是個賊骨。府尹喝道：「告的正主招了贓物，捕人已知是鄆城縣東溪村晁保正了，你這厮如何賴得過！你快說。那六人是誰，便不打你了。」智。白勝又捱了一歇，打熬不過，只得招道：「爲首的是晁保正，他自同六人來糾合白勝與他挑酒，其實不認得那六人。」知府道：「這個不難，只拿住晁保正，那六人便有下落。」先取一面二十斤死枷枷了白勝，他的老婆也鎖了，押去女牢裏監收。隨即押一紙公文，就差何濤親自帶領二十個眼明手快的公人，逕去鄆城縣投下，着落本縣，立等要捉晁保正並不知姓名六個正賊。就帶原解生辰綱的兩個虞候作眼拿人，一同何觀察領了一行人，去時不要大驚小怪，只恐怕走透了消息。星夜來到鄆城縣，先把一行公人並兩個虞候都藏在客店裏，只帶一兩個跟着來下公文，逕奔鄆城縣衙門前來。

當下巳牌時分，却值知縣退了早衙，縣前静悄悄地。何濤走去縣對門一個茶坊裏坐下，吃茶相等。吃了一個泡茶，問茶博士道：「今日如何縣前恁地静？」茶博士說道：「知縣相公早衙方散，一應公人和告狀的都去吃飯了未來。」何濤又問道：「今日縣裏不知是那個押司直日？」茶博士指着道：「今日直日的押司來也。」何濤看時，只見縣裏走出一個吏員來。看那人時，怎生模樣，但見：

眼如丹鳳，眉似卧蠶。滴溜溜兩耳垂珠，明皎皎雙睛點漆。唇方口正，髭鬚地閣輕盈；額闊頂平，皮肉天倉飽滿。坐定時渾如虎相，走動時有若狼形。年及三旬，有養濟萬人之度量；身軀六尺，懷掃除四海之心機。上應星魁，感乾坤之秀氣；下臨凡世，聚山嶽之降靈。志氣軒昂，胸襟秀麗。刀筆敢欺蕭相國，聲名不讓孟嘗君。〔眉〕太諛，强盜安得如此好相。

那押司姓宋名江，表字公明，排行第三，祖居鄆城縣宋家村人氏。爲他面黑身矮，人都喚他做黑宋江。又且于家大孝，爲人仗義疏財，人皆稱他做孝義黑三郎。上有父親在堂，母親喪早，下有一個兄弟，唤做鐵扇子宋清，自和他父親宋太公在村中務農，守些田園過活。這宋江自在鄆城縣做押司。他刀筆精通，吏道純熟，更兼愛習鎗棒，學得武藝多般。平生只好結識江湖上好漢，但有人來投奔他的，若高若低，無有不納，便留在莊上館穀，終日追陪，並無厭倦；若要起身，盡力資助，端的是揮霍，視金似土。人問他求錢物，亦不推托。且好做方便，每每排難解紛，只是賙全人性命。如常散施棺材藥餌，濟人貧苦，賙人之急，扶人之困，以此山東、河北聞名，都稱他做及時雨，却把他比的做天上下的及時雨一般，能救萬物。曾有一首《臨江仙》讚宋江好處：

起自花村刀筆吏，英靈上應天星。疏財仗義更多能。事親行孝敬，待士有聲名。濟弱扶傾心慷慨，高名冰月雙清。及時甘雨四方稱。山東呼保義，豪傑宋公明。

當時宋江帶着一個伴當，走將出縣前來。只見這何觀察當街迎住，叫道：「押司，此間請坐拜茶。」宋江見他似個公人打扮，慌忙答禮道：「尊兄何處？」何濤道：「且請押司到茶坊裏面吃茶説話。」宋公明道：「謹領。」兩個入到茶坊裏坐定，伴當都叫去門前等候。宋江道：「不敢拜問尊兄高姓？」何濤答道：「小人是濟州府緝捕使臣何觀察的便是。不敢動問押司高姓大名？」宋江道：「賤眼不識觀察，少罪。小吏姓宋名江的便是。」何濤倒地便拜，説道：「久聞大名，無緣不曾拜識。」宋江道：「惶恐！觀察請上坐。」何濤道：「小人是一小〈弟〉（役），安敢占上！」宋江道：「觀察是上司衙門的人，又是遠來之客。」兩個謙讓了一回，宋江坐了主位，何濤坐了客席。宋江便叫茶博士將兩杯茶來。没多時茶到，兩個吃了茶，茶盞放在桌子上。宋江道：「觀察到敝縣，不知上司有何公務？」何濤道：「實不相瞞押司，來貴縣有幾個要緊的人。」宋江道：「莫非賊情公事否？」何濤道：「有實封公文在此，敢煩押司作成。」宋江道：「觀察是上司差來該管的人，小吏怎敢怠慢。不知爲甚麽賊情緊事？」何濤道：「押司是當案的人，便説也不妨。〔眉〕不是不是，却先走漏消息了。敝府管下黄泥崗上一夥賊人，共是八個，把蒙汗藥麻翻了北京大名府梁中書差遣送蔡太師的生辰綱軍健一十五人，劫去了十一擔金珠寶貝，計該十萬貫正贓。今捕得從賊一名白勝，指説七個正賊都在貴縣。這是太師府特差一個幹辦，在本府立等要這件公事，望押司早早維持。」宋江道：「休説太師府着落，便是觀察自賫公文來要，敢不捕送。只不知道白勝供指那七人名字？」何濤道：「不瞞押司説，是貴縣東溪村晁保正爲首，更有六名從賊不識姓名，煩乞用心。」

宋江聽罷，吃了一驚，肚裏尋思道：「晁蓋是我心腹弟兄，他如今犯了迷天之罪，我不救他時，捕獲將去，性命便休了。」心内自慌。宋江且答應道：「晁蓋這厮奸頑役户，本縣内上下人没一個不怪他。今番做出來了，好教他受！」何濤道：「相煩押司便行此事。」宋江道：「不妨。這事容易，甕中捉鱉，手到拿來。只是一件，這實封公文須是觀察自己當廳投下，本官看了，便好施行發落，差人去捉。小吏如何敢私下擅開。這件公事非是小可，勿當輕泄於人。」何濤道：「押司高見極明，相煩引進。」宋江道：「本官發放一早晨事務倦怠了少歇。觀察略待一時，少刻坐廳時，小吏來請」。何濤道：「望押司千萬作成。」宋江道：「理之當然，休這等説話。小吏略到寒舍分撥了些家務便到，觀察少坐一坐。」

何濤道：「押司尊便，請治事。小弟只在此專等。」

宋江起身，出得閣兒，分付茶博士道：「那官人要再用茶，一發我還茶錢。」離了茶坊，飛也似跑到下處，先分付伴當去叫直司在茶坊門前伺候：「若知縣坐衙時，便可去茶坊裏安撫那公人道：『押司便來。』叫他略待一待。」却自槽上鞁了馬，牽出後門外去。宋江拿了鞭子，跳上馬，慢慢地離了縣治。出得東門，打上兩鞭，那馬不剌剌的望東溪村攛將去。没半個時辰，早到晁蓋莊上。〔眉〕梁山泊禍苗，全在此處。宋江非罪之魁、盜之首而何！　莊客見了，入去莊裏報知。正是：

有仁有義宋公明，交結豪强秉志誠。一旦陰謀皆外泄，六人星火夜逃生。只故放，便是强盜了。

且説晁蓋正和吴用、公孫勝、劉唐在後園葡萄樹下吃酒。此時三阮已得了錢財，自回石碣村去了。晁蓋見莊客報説宋押司在門前，晁蓋問道：「有多少人隨從着？」莊客道：「只獨自一個飛馬而來，説快要見保正。」晁蓋道：「必然有事。」慌忙出來迎接。宋江道了一個喏，攜了晁蓋手，便投側邊小房裏來。晁蓋問道：「押司如何來的慌速？」宋江道：「哥哥不知，兄弟是心腹弟兄，我捨着條性命來救你。如今黄泥岡事發了！白勝已自拿在濟州大牢裏了，供出你等六人。濟州府差一個何緝捕帶領若干人，奉着太師府鈞帖並本州文字，來捉你等七人，道你爲首。天幸撞在我手裏。我只推説知縣睡着，且教何觀察在縣對門茶坊裏等我，以此飛馬而來報你。哥哥，『三十六計，走爲上計。』若不快走時，更待甚麽！我回去引他當廳下了公文，知縣不移時便差人連夜下來。你們不可擔閣，倘有些疏失，如之奈何！休怨小弟不來救你。」晁蓋聽罷，吃了一驚，道：「賢弟大恩難報。」宋江道：「哥哥，你休要多説，只顧安排走路，不要纏障，我便回去也。」晁蓋道：「七個人三個是阮小二、阮小五、阮小七，已得了財，自回石碣村去了。後面有三個在這裏，賢弟且見他一面。」宋江來到後園，晁蓋指着道：「這三位：一個吴學究；一個公孫勝，薊州來的；一個劉唐，東潞州人。」宋江略講一禮，回身便走，囑付道：「哥哥保重，作急快走，兄弟去也。」宋江出到莊前，上了馬，打上兩鞭，飛也似望縣裏來了。

且説晁蓋與吴用、公孫勝、劉唐三人道：「你們認得進來相見的這個人麽？」吴用道：「却怎地慌慌忙忙便去了？正是誰人？」晁蓋道：「你三位還不知哩，我們不是他來時，性命只在咫尺休了。」三人大驚：「莫不走漏了消息，這件事發了？」晁蓋道：「虧殺這個兄弟，擔着血海也似干係來報與我們！原來白勝已自捉在濟州大牢裏了，供出我等七人。本州差個緝捕何觀察，將帶若干人，奉着太師鈞帖來，着落鄆城縣，立等要拿我們七個。虧了他穩住那公人在茶坊裏挨候，他飛馬先來報知我們。如今回去下了公文，少刻便差人連夜到來捕獲我們。却是怎地好？」吴用道：「若非此人來報，都打在網裏。這大恩人姓甚名誰？」晁蓋道：「他便是本縣押司，呼保義宋江的便是。」吴用道：「只聞宋押司大名，小生却不曾得會。雖是住居咫尺，無緣難得見面。」公孫勝、劉唐都道：「莫不是江湖上傳説的及時雨宋公明？」晁蓋點頭道：「正是此人。他和我心腹相交，結義弟兄。吴先生不曾得會。四海之内，名不虚傳。結義得這個兄弟，也不枉了。」

晁蓋問吴用道：「我們事在危急，却是怎地解救？」吴學究道：「兄長不須商議，『三十六計，走爲上計。』」晁蓋道：「却纔宋押司也教我們走爲上計，却是走那裏去好？」吴用道：「我已尋思在肚裏了。如今我們收拾五七擔挑了，一齊都走，奔石碣村三阮家裏去。」晁蓋道：「三阮是個打魚人家，如何安得我等許多人？」吴用道：「兄長你好不精細，石碣村那裏，一步步近去，便是梁山泊。如今山寨裏好生興旺，官軍捕盜，不敢正眼兒看他。若是趕得緊，我們一發入了夥。」晁蓋道：「這一論正合吾意。只恐怕他們不肯收留我們。」吴用道：「我等有的是金銀，送獻些與他，便入了夥。」晁蓋道：「既然恁地，商量定了，事不宜遲！吴先生，你便和劉唐帶了幾個莊客挑擔先去阮家安頓了，却來旱路上接我們。我和公孫先生兩個打併了便來。」吴用、劉唐把這生辰綱打劫得金珠寶貝，做五六擔裝了，叫五六個莊客一發吃了酒食。吴用袖了銅鍊，劉唐提了朴刀，監押着五七擔一行十數人，投石碣村來。晁蓋和公孫勝在莊上收拾，有些不肯去的莊客，賫發他些錢物，從他去投別主；願去的，都在莊上併叠財物，打拴行李。有詩爲證：

太師符督下州來，晁蓋逡巡受禍胎。不是宋江潛往報，七人難免這場災。

再説宋江飛馬去到下處，連忙到茶坊裏來。只見何觀察正在門前望。宋江道：「觀察久等，却被村裏有個親戚在下處説些家務，因此擔閣了些。」何濤道：「有煩押司引進。」宋江道：「請觀察到縣裏。」兩個入得衙門來，正直知縣時文彬在廳上發落事務。宋江將着實封公文，引着何觀察直至書案邊，叫左右掛上迴避牌，宋江向前稟道：「奉濟州府公文，爲賊情緊急公務，特差緝捕使臣何觀察到此下文書。」知縣接來拆開，就當廳看了，大驚，對宋江道：「這是太師府差幹辦來立等要回話的勾當，這一干賊便可差人去捉。」宋江道：「日間去只怕走了消息，只可差人就夜去捉。拿得晁保正來，那六人便有下落。」妙。時知縣道：「這東溪村晁保正，聞名是個好漢，他如何肯做這等勾當？」好貨。隨即叫喚尉司並兩個都頭，一個姓朱名仝，一個姓雷名横，他兩個非是等閑人也。

當下朱仝、雷横兩個來到後堂，領了知縣言語，和縣尉上了馬，逕到尉司，點起馬步弓手並士兵一百餘人，就同何觀察並兩個虞候作眼拿人。當晚都帶了繩索軍器，縣尉騎着馬，兩個都頭亦各乘馬，各帶了腰刀、弓箭，手拿朴刀，前後馬步弓手簇擁着，出得東門，飛奔東溪村晁家來。到得東溪村裏，已是一更天氣，都到一個觀音庵取齊。朱仝道：「前面便是晁家莊。晁蓋家有前後兩條路，若是一發去打他前門，他望後門走了；一齊鬨去打他後門，他奔前門走了。我須知晁蓋好生了得，又不知那六個是甚麽人，必須也不是良善君子。那廝們都是死命，倘或一齊殺出來，又有莊客協助，却如何抵敵他？只好聲東擊西，等那廝們亂攛，便好下手。不若我和雷都頭分做兩路，我與你分一半人，都是步行去，先望他後門埋伏了，等候唿哨響爲號，你等向前門只顧打入來，見一個捉一個，見兩個捉一雙。」〔眉〕朱仝又是一個强盗了。雷横道：「也説得是。朱都頭，你和縣尉相公從前門打入來，我與你截住後路。」朱仝道：「賢弟，你不省得。晁蓋莊上有三條活路，我閑常時都看在眼裏了。我去那裏，須認得他的路數，不用火把便見。你還不知他出没的去處，倘若走漏了事情，不是耍處。」縣尉道：「朱都頭説得是。你帶一半人去。」朱仝道：「只消得三十來個勾了。」朱仝領了十個弓手，二十個士兵，先去了。縣尉再上了馬。雷横把馬步弓手都擺在前後，幫護着縣尉。士兵等都在馬前，明晃晃照着三二十個火把，拏着欓叉、朴刀、留客住、鈎鐮刀，一齊都奔晁家莊來。

到得莊前，也兀自有半里多路，只見晁蓋莊裏一縷火起，從中堂燒將起來，涌得黑烟遍地，紅焰飛空。又走不到十數步，只見前後門四面八方，約有三四十把火發，焰騰騰地一齊都着。前面雷横挐着朴刀，背後衆土兵發着喊，一齊把莊門打開，都撲入裏面看時，火光照得如同白日一般明亮，並不曾見有一個人。只聽得後面發着喊，叫將起來，叫前面捉人。原來朱仝有心要放晁蓋，故意賺雷横去打前門。這雷横亦有心要救晁蓋，以此争先要來打後門，却被朱仝説開了，只得去打他前門。故意這等大驚小怪，聲東擊西，要催逼晁蓋走了。

朱仝那時到莊後時，兀自晁蓋收拾未了。莊客看見，來報與晁蓋説道：「官軍到了，事不宜遲。」晁蓋叫莊客四下裏只顧放火，他和公孫勝引了十數個去的莊客，吶着喊，挺起朴刀，從後門殺將出來。大喝道：「當吾者死，避我者生！」朱仝在黑影裏叫道：「保正休走，朱仝在這裏等你多時。」晁蓋那裏顧他説，與同公孫勝捨命只顧殺出來。是。朱仝虚閃一閃，放開條路，讓晁蓋走了。晁蓋却叫公孫勝引了莊客先走，他獨自押着後。朱仝使步弓手從後門撲入去，叫道：「前面趕捉賊人。」雷横聽的，轉身便出莊門外，叫馬步弓手分頭去趕。雷横自在火光之下，東觀西望，做尋人。朱仝撇了土兵，挺着刀去趕晁蓋。晁蓋一面走，口裏説道：「朱都頭，你只管追我做什麽？我須没歹處。」朱仝見後面没人，方纔敢説道：「保正，你兀自不見我好處。我怕雷横執迷，不會做人情，被我賺他打你前門，我在後面等你出來放你。你見我閃開條路讓你過去。你不可投别處去，只除梁山泊可以安身。」晁蓋道：「深感救命之恩，異日必報。」有詩爲證：

捕盜如何與盜通，只因仁義動其衷。都頭已自開生路，觀察焉能建大功。胡説，與盜私通，那裏仁義？

朱仝正趕間，只聽得背後雷横大叫道：「休教走了人！」朱仝分付晁蓋道：「保正，你休慌，只顧一面走，我自使轉他去。」朱仝回頭叫道：「有三個賊望東小路去了。雷都頭，你可急趕。」雷横領了人，便投東小路上，並土兵衆人趕去。朱仝一面和晁蓋説着話，一面趕他，却如防送的相似。好貨。漸漸黑影裏不見了晁蓋。朱仝只做失脚，撲地倒在地下。衆土兵向前扶起，急救得朱仝。答道：「黑影裏不見路徑，失脚走下野田裏滑倒了，閃挫了左腿。」縣尉道：「走了正賊，怎生奈何？」朱仝道：「非是小人不趕，其實月黑了，没做道理處。這些土兵全無幾個有用的人，不敢向前。」縣尉再叫土兵去趕，衆土兵心裏道：「兩個都頭尚兀自不濟事，近他不得，我們有何用。」都去虚趕了一回，轉來道：「黑地裏正不知那條路去了。」雷横也趕了一直回來，心内尋思道：「朱仝和晁蓋最好，多敢是放了他去，我没來由做甚麽惡人。我也有心亦要放他，今已去了，只是不見了人情。晁蓋那人也不是好惹的。」回來説道：「那裏趕得上，這夥賊端的了得。」縣尉和兩個都頭回到莊前時，已是四更時分。何觀察見衆人四分五落，趕了一夜，不曾拿得一個賊人，只叫苦道：「如何回得濟州去見府尹！」縣尉只得捉了幾家鄰舍家，〔眉〕從來捉都如此。解將鄆城縣裏來。

這時知縣一夜不曾得睡，立等回報。聽得道：「賊都走了，只拿得幾個鄰舍。」知縣把一干拏到的鄰舍當廳勘問。衆鄰舍告道：「小人等雖在晁保正鄰近住居，遠者三二里田地，近者也隔着些村坊。

他莊上如常有掤鎗使棒的人來，如何知他做這般的事？」知縣逐一問了時，務要問他們一個下落。數內一個貼鄰告道：「若要知他端的，除非問他莊客。」知縣道：「説道他家莊客也都跟着走了。」鄰舍道：「也有不願去的，還在這裏。」知縣聽了，火速差人，就帶了這個貼鄰做眼，來東溪村捉人。無兩個時辰，早拿到兩個莊客。當廳勘問時，那莊客初時抵賴，吃打不過，只得招道：「先是六個人商議，小人只認得一個是本鄉中教學的先生，叫做吴學究。一個叫做公孫勝，是全真先生。又有一個黑大漢，姓劉。更有那三個，小人不認得，却是吴學究合將來的。聽的説道：他姓阮，他在石碣（村）住，他是打魚的，弟兄三個。只此是實。」知縣取了一紙招狀，〈招〉（把）兩個莊客交割與何觀察，回了一道備細公文，申呈本府。宋江自賙全那一干鄰舍，保放回家聽候。

且説這衆人與何濤押解了兩個莊客，連夜回到濟州，正值府尹升廳。何濤引了衆人到廳〈何〉（前），稟説晁蓋燒莊在逃一事，再把莊客口詞説一遍。府尹道：「既是恁地説時，再拿出白勝來。」問道：「那三個姓阮的，端的住在那裏？」白勝抵賴不過，只得供説：「三個姓阮的，一個叫做立地太歲阮小二，一個叫做短命二郎阮小五，一個是活閻羅阮小七。都在石碣湖村裏住。」知府道：「還有那三個姓甚麽？」白勝告道：「一個是智多星吴用，一個是入雲龍公孫勝，一個叫做赤髮鬼劉唐。」知府聽了便道：「既有下落，且把白勝依原監了，收在牢裏。」隨即又喚何觀察，差去石碣村緝捕這幾個賊人。不是何濤去石碣村去，有分教：大鬧山東，鼎沸河北。天罡地煞，來尋際會風雲；水滸寨中，去聚縱横人馬。直使三十六員豪傑聚，七十二位煞星臨。畢竟何觀察怎生差去石碣村緝捕，且聽下回分解。

李生曰：梁山泊賊首，當以何濤、宋江爲魁；朱仝、雷横次之。一邊問個走漏消息，一邊問個故放賊犯，想他四人亦自甘心。又曰：從來捉賊做賊、捕盜做盜，的的不差。若要真正除得盜賊，只須除了捕快爲第一義。

林冲水寨
大併火

晁盖梁山
小夺泊

第十九回　林沖水寨大併火　晁蓋梁山小奪泊

詩曰：

獨據梁山志可羞，嫉賢傲士少優柔。祇將富貴爲身有，却把英雄作寇讎。花竹水亭生殺氣，鷺鷗沙渚落人頭。規模卑狹真堪笑，性命終須一旦休。〔眉〕王倫可鑒。

話説當下何觀察領了知府台旨下廳來，隨即到機密房裏與衆人商議。衆多做公的道：「若説這個石碣村湖蕩，緊靠着梁山泊，都是茫茫蕩蕩蘆葦水港。若不得大隊官軍，舟船人馬，誰敢去那裏捕捉賊人？」何濤聽罷説道：「這一論也是。」再到廳上稟覆府尹道：「原來這石碣村湖泊，正傍着梁山水泊。週迴盡是深港水汊，蘆葦草蕩，閑常時也兀自劫了人，莫説如今又添了那一夥强人在裏面。若不起得大隊人馬，如何敢去那裏捕獲得人？」府尹道：「既是如此説時，再差一員了得事的捕盜巡檢，點與五百官兵人馬，和你一處去緝捕。」何觀察領了台旨，再回機密房來，喚集這衆多做公的，整選了五百餘人，各各自去準備什物器械。次日，那捕盜巡檢領了濟州府帖文，與同何觀察兩個點起五百軍兵，同衆多做公的一齊奔石碣村來。

且説晁蓋、公孫勝自從把火燒了莊院，帶同十數個莊客來到石碣村，半路上撞見三阮弟兄，各執器械，却來接應到家。七個人都在阮小五莊上。那時阮小五已把老小搬入河泊裏。七人商議要去投梁山泊一事，吴用道：「見今李家道口，有那旱地忽律朱貴在那裏開酒店，招接四方好漢，但要入夥的，須是先投奔他。我們如今安排了船隻，把一應的物件裝在船裏，將些人情送與他引進。」大家正在那裏商議投奔梁山泊，只見幾個打魚的來報道：「官軍人馬飛奔村裏來也！」晁蓋便起身叫道：「這廝們趕來，我等休走！」阮小二道：「不妨，我自對付他！叫那廝大半下水裏去死，小半都搠殺他。」公孫勝道：「休慌！且看貧道的本事。」晁蓋道：「劉唐兄弟，你和學究先生且把財賦老小裝載船裏，逕撑去李家道口左側相等。我們看些頭勢，隨後便到。」阮小二選兩隻棹船，把娘和老小、家中財賦都裝下船裏；吴用、劉唐各押着一隻，叫七八個伴當摇了船，先投李家道口去等。又分付阮小五、阮小七撑駕小船，如此迎敵。兩個各棹船去了。

且説何濤並捕盜巡檢帶領官兵漸近石碣村，但見河埠有船，盡數奪了，便使會水的官兵且下船裏進發，岸上人馬，船騎相迎，水陸並進。到阮小二家，一齊納喊，人馬並起，撲將入去，早是一所空屋，裏面只有些粗重家火。何濤道：「且去拿幾家附近漁户。」問時，説道：「他的兩個兄弟阮小五、阮小七，都在湖泊裏住，非船不能去。」何濤與巡檢商議道：「這湖泊裏港汊又多，路逕甚雜，抑且水蕩坡塘，不知深淺。若是四分五落去捉時，又怕中了這賊人奸計。我們把馬疋都教人看守在這村裏，一發都下船裏去。」當時捕盜巡檢並何觀察一同做公的人等，都下了船。那時捉的船，非止〈千〉(百十)隻，也有撑的，亦有摇的，一齊都望阮小五打魚莊上來。行不到五六里水面，只聽得蘆葦中間有人嘲歌。衆人且住了船聽時，那歌道：

「打魚一世蓼兒窪，不種青苗不種麻。酷吏贓官都殺盡，忠心報答趙官家。」這個漁歌，有些氣魄。

何觀察並衆人聽了，盡吃一驚。只見遠遠地一個人，獨棹一隻小船兒唱將來。有認得的指道：「這個便是阮小五。」何濤把手一招，衆人併力向前，各執器械，挺着迎將去。只見阮小五大笑罵道：「你這等虐害百姓的贓官！直如此大胆，敢來引老爺做甚麽，却不是來捋虎鬚！」何濤背後有會射弓箭的，搭上箭，拽滿弓，一齊放箭。阮小五見放箭來，拿着搼揪，翻筋斗鑽下水裏去。衆人趕到跟前，拿個空。又行不到兩條港汊，只聽得蘆花蕩裏打唿哨。衆人把船擺開，見前面兩個人，棹着一隻船來。船頭上立着一個人，頭戴青箬笠，身披綠簑衣，手裏撚着條筆管鎗，口裏也唱着道：

「老爺生長石碣村，稟性生來要殺人。先斬何濤巡檢首，京師獻與趙王君。」

何觀察並衆人聽了又吃一驚。一齊看時，前面那個人，撚着鎗，唱着歌，背後這個，搖着櫓。有認得的説道：「這個正是阮小七。」何濤喝道：「衆人並力向前，先拿住這個賊，休教走了！」阮小七聽得笑道：「潑賊！」便把鎗只一點，那船便使轉來，望小港裏串着走。衆人發着喊，趕將去。這阮小七和那搖船的，飛也似搖着櫓，口裏打着唿哨，串着小港汊，只顧走。衆官兵趕來趕去，看見那水港窄狹了，何濤道：「且住！把船且泊了，都傍岸邊。」上岸看時，只見茫茫蕩蕩，都是蘆葦，正不見一些旱路。何濤心内疑惑，却商議不定，便問那當村住的人。説道：「小人們雖是在此居住，也不知道這裏有許多去處。」何濤便差摔着兩隻小船，船上各帶三兩個做公的，去前面探路去了。兩個時辰有餘，不見回報。何濤道：「這厮們好不了事！」再差五個做公的，又摔兩隻船去探路。這幾個做公的摔了兩隻船，又去了一個多時辰，並不見些回報。何濤道：「這幾個都是久慣做公的，四清六活的人，却怎地也不曉事，如何不着一隻船轉來回報？不想這些帶來的官兵，人人亦不知顛倒。天色又看看晚了，在此不着邊際，怎生奈何！我須用自去走一遭。」揀一隻疾快小船，選了幾個老郎做公的，各拿了器械，槳起五六把摔楫，何濤坐在船頭上，望這個蘆葦港裏蕩將去。

那時已自是日没沉西，摔得船開，約行了五六里水面，看見側邊岸上一個人提着把鋤頭走將來。何濤問道：「兀那漢子，你是甚人？這裏是甚麼去處？」那人應道：「我是這村裏莊家。這裏唤做斷頭溝，没路了。」何濤道：「你曾見兩隻船過來麽？」那人道：「不是來捉阮小五的？」何濤道：「你怎地知得是來捉阮小五的？」那人道：「他們只在前面烏林裏厮打。」何濤道：「離這裏還有多少路？」那人道：「只在前面，望得見便是。」何濤聽得，便叫攏船前去接應，便差兩個做公的拿了欓叉上岸來。只見那漢提起鋤頭來，手到，把這兩個做公的一鋤頭一個，翻筋斗都打下水裏去。何濤見了吃一驚，急跳起身來時，却待奔上岸，只見那隻船忽地搪將開去，水底下鑽起一個人來，把何濤兩腿只一扯，撲桶地倒撞下水裏去。那幾個船裏的却待要走，被這提鋤頭的趕將上船來，一鋤頭一個，排頭打下去，腦漿也打出來。這何濤被水底下這人倒拖上岸來，就解下他的膊膊來綑了。看水底下這人，却是阮小七；岸上提鋤頭的那漢，便是阮小二。弟兄兩個看着何濤罵道：「老爺弟兄三個，從來愛殺人放火，量你這廝直得甚麽！你如何大膽特地引着官兵來捉我們？」何濤道：「好漢，小人奉上命差遣，蓋不由己。小人怎敢大膽要來捉好漢！望好漢可憐見，家中有個八十歲的老娘無人養贍，望乞饒恕性命則個！」阮家弟兄道：「且把他來綑做個粽子，撇在船艙裏。」（眉）何濤這歲流年如此不利。把那幾個屍首都攛去水裏去了。兩個胡哨一聲，蘆葦叢中鑽出四五個打魚的人來，都上了船。阮小二、阮小七各駕了一隻船出來。

且説這捕盜巡檢領着官兵，都在那船裏，説道：「何觀察他道做公的不了事，自去探路，也去了許多時不見回來。」那時正是初更左右，星光滿天，衆人都在船上歇涼。忽然只見一陣怪風起處，那風，但見：

飛沙走石，捲水摇天。黑漫漫堆起烏雲，昏鄧鄧催來急雨。滿川荷葉，半空中翠蓋交加；遍水蘆花，遶湖面白旗繚亂。吹折崑崙山頂樹，唤醒東海老龍君。

那一陣怪風從背後吹將來，吹得衆人掩面大驚，只叫得苦，把那纜船索都刮斷了。正没擺布處，只聽得後面胡哨響。迎着風看時，只見蘆花側畔射出一派火光來。衆人道：「今番却休了！」那大船小船約有四五十隻，正被這大風刮得你撞我磕，捉摸不住，那火光却早來到面前。原來都是一叢小船，兩隻家幫住，上面滿滿堆着蘆葦柴草，刮刮雜雜燒着，乘着順風直衝將來。那四五十隻官船，屯塞做一塊，港汊又狹，又没迴避處。那頭等大船也有十數隻，却被他火船推來，鑽在大船隊裏一燒。水底下原來又有人扶助着船燒將來，燒得大船上官兵都跳上岸來逃命奔走。不想四邊盡是蘆葦野港，又没旱路。只見岸上蘆葦又刮刮雜雜也燒將起來，那捕盗官兵兩頭没處走。風又緊，火又猛，衆官兵只得鑽去，都奔爛泥裏立地。火光叢中，只見一隻小快船，船尾上一個摇着船，船頭上坐着一個先生，手裏明晃晃地拿着一口寶劍，口裏喝道：「休教走了一個！」衆兵都在爛泥裏，只得忍氣。説猶未了，只見蘆葦東岸，兩個人引着四五個打魚的，都手裏明晃晃拿着刀鎗走來。這邊蘆葦西岸，又是兩個人，也引着四五個打魚的，手裏也明晃晃拿着飛魚鈎走來。東西兩岸四個好漢並這夥人一齊動手，排頭兒搠將來。無移時，把許多官兵都搠死在爛泥裏。〔眉〕太惡。東岸兩個是晁蓋、阮小五，西岸兩個是阮小二、阮小七。船上那個先生，便是祭風的公孫勝。

五位好漢引着十數個打魚的莊家，把這夥官兵都搠死在蘆葦蕩裏，單單只剩得一個何觀察，綑做粽子也似，丢在船艙裏。阮小二提將上船來，指着駡道：「你這厮是濟州一個詐害百姓的蠢蟲！我本待把你碎屍萬段，却要你回去與那濟州府管事的賊驢妙。説：俺這石碣村阮氏三雄，東溪村天王晁蓋，都不是好撩撥的。我也不來你城裏借粮，他也休要來我這村中討死！倘或正眼兒覰着，休道你是一個小小州尹，也莫説蔡太師差幹人來要拿我們，便是蔡京親自來時，我也搠他三二十個透明的窟窿！妙。俺們放你回去，休得再來！傳與你的那個鳥官人，教他休要討死！這裏没大路，我着兄弟送你出路口去。」當時阮小七把一隻小快船載了何濤，直送他到大路口，喝道：「這裏一直去，便有尋路處。别的衆人都殺了，難道只恁地好好放了你去，也吃你那州尹賊驢笑。趣。且請下你兩個耳朵來做表證。」趣。阮小七身邊拔起尖刀，把何觀察兩個耳朵割下來，鮮血淋漓。插了刀，解下膊，放上岸去。〔眉〕惡則惡矣，趣實趣也。何濤得了性命，自尋路回濟州去了。

且說晁蓋、公孫勝和阮家三弟兄，並十數個打魚的，一發都駕了五七隻小船，離了石碣村湖泊，逕投李家道口來。到得那裏，相尋着吳用、劉唐船隻，合做一處。吳用問道拒敵官兵一事，晁蓋備細説了。吳用衆人大喜。整頓船隻齊了，一同來到旱地忽律朱貴酒店裏來相投。朱貴見了許多人來説投托入夥，慌忙迎接。吳用將來歷實説與朱貴聽了，大喜。逐一都相見了，請入廳上坐定，忙叫酒保安排分例酒來管待衆人。隨即取出一張皮靶弓來，搭上一枝響箭，望着那對港蘆葦中射去。響箭到處，早見有小嘍囉搖出一隻船來。朱貴急寫了一封書呈，備細説衆豪傑入夥來歷緣由，先付與小嘍囉賫了，教去寨裏報知。一面又殺羊管待衆好漢。過了一夜，次日早起，朱貴喚一隻大船，請衆多好漢下船，就同帶了晁蓋等來的船隻，一齊望山寨裏來。行了三個時辰，早來到一處水口。只聽的岸上鼓響鑼鳴，晁蓋看時，只見七八個小嘍囉撶出四隻哨船來，見了朱貴，都聲了喏，自依舊先去了。

再説一行人來到金沙灘上岸，便留老小船隻並打魚的人在此伺候。又見數十個小嘍囉下山來，接引到關上。王倫領着一班頭領出關迎接。晁蓋等慌忙施禮，王倫答禮道：「小可王倫，久聞晁天王大名，如雷灌耳。今日且喜光臨草寨。」晁蓋道：「晁某是個不讀書史的人，甚是粗鹵。不讀書史倒好。今日事在藏拙，甘心與頭領帳下做一小卒，不棄幸甚。」王倫道：「休如此説，且請到小寨再有計議。」一行從人都跟着兩個頭領上山來。到得大寨聚義廳下，王倫再三謙讓晁蓋一行人上階。晁蓋等七人在右邊一字兒立下，王倫與衆頭領在左邊一字兒立下。一個個都講禮罷，分賓主對席坐下。王倫喚階下衆小頭目聲喏已畢，一壁廂動起山寨中鼓樂。先叫小頭目去山下管待來的從人，關下另有客館安歇。詩曰：

【西奔東投竟莫容，那堪造物挫英雄。敝袍長鋏飄蓬客，特地來依水泊中。】無謂。

且説山寨裏宰了兩頭黄牛，十個羊，五個猪，大吹大擂筵席。衆頭領飲酒中間，晁蓋把胸中之事，從頭至尾都告訴王倫等衆位。王倫聽罷，駭然了半晌，心内躊躇，做聲不得。自己沉吟，虚應答。筵宴至晚席散，衆頭領送晁蓋等衆人關下客館内安歇，自有來的人伏侍。晁蓋心中歡喜，對吴用等六人説道：「我們造下這等迷天大罪，那裏去安身！不是這王頭領如此錯愛，瞎子。我等皆以失所。此恩不可忘報。」吴用只是冷笑。晁蓋道：「先生何故只是冷笑？有事可以通知。」吴用道：「兄長性直，只是一勇。你道王倫肯收留我們？兄長不看他的心，只觀他的顔色動静規模。」晁蓋道：「觀他顔色怎地？」吴用道：「兄長不看他早間席上，王倫與兄長説話，到有交情。次後因兄長説出殺了許多官兵捕盜巡檢，放了何濤，阮氏三雄如此豪傑，他便有些顔色變了。雖是口中應答，動静規模，心裏好生不然。〔眉〕畢竟是個賊通通。他若是有心收留我們，只就早上便議定了坐位。杜遷、宋萬這兩個，自是粗鹵的人，待客之事，如何省得。只有林冲那人，原是京師禁軍教頭，大郡的人，諸事曉得。今不得已而坐了第四位。早間見林冲看王倫答應兄長模樣，他自便有些不平之氣，頻頻把眼瞅這王倫，心内自已躊躇。我看這人倒有顧盻之心，只是不得已。小生略放片言，教他本寨自相火併。」惡。晁蓋道：「全仗先生妙策良謀，可以容身。」當夜七人安歇了。

次早天明，只見人報道：「林教頭相訪。」吳用便對晁蓋道：「這人來相探，中俺計了。」七個人慌忙起來迎接，邀請林沖入到客館裏面。吳用向前稱謝道：「夜來重蒙恩賜，拜擾不當。」林沖道：「小可有失恭敬，雖有奉呈之心，奈緣不在其位，望乞恕罪。」真。吳學究道：「我等雖是不才，非爲草木。豈不見頭領錯愛之心，顧眄之意。感恩不淺。」晁蓋再三謙讓林沖上坐，林沖那裏肯。推晁蓋上首坐了，林沖便在下首坐定。吳用等六人一帶坐下。晁蓋道：「久聞教頭大名，不想今日得會。」林沖道：「小人舊在東京時，與朋友交，禮節不曾有誤。雖然今日能勾得見尊顏，不得遂平生之願，特地逕來陪話。」晁蓋稱謝道：「深感厚意。」吳用便動問道：「小生舊日久聞頭領在東京時十分豪傑，不知緣何與高俅不睦，致被陷害？後聞在滄州亦被火燒了大軍草料場，又是他的計策。向後不知誰薦頭領上山？」林沖道：「若説高俅這賊陷害一節，但提起，毛髮直立，又不能報得此讎！來此容身，皆是柴大官人舉薦到此。」吳用道：「柴大官人莫非是江湖上人稱爲小旋風柴進的麼？」林沖道：「正是此人。」晁蓋道：「小可多聞人説柴大官人仗義疏財，接納四方豪傑，説是大周皇帝嫡派子孫，如何能勾會他一面也好。」吳用又對林沖道：「據這柴大官人，名聞寰海，聲播天下的人，教頭若非武藝超羣，他如何肯薦上山？非是吳用過稱，理合王倫讓這第一位頭領坐。此合天下之公論，也不負了柴大官人之書信。」妙。林沖道：「承先生高談。只因小可犯下大罪，投奔柴大官人，非他不留林沖，誠恐負累他不便，自願上山。不想今日去住無門，非在位次低微。且王倫心術不定，語言不准，失信於人，難以相聚。」吳用道：「王頭領待人接物一團和氣，如何心地倒恁窄狹？」林沖道：「今日山寨天幸得衆多豪傑到此，相扶相助，似錦上添花，如旱苗得雨。此人只懷妬賢嫉能之心，但恐衆豪傑勢力相壓。夜來因見兄長所説衆位殺死官兵一節，他便有些不然，就懷不肯相留的模樣，以此請衆豪傑來關下安歇。」吳用便道：「既然王頭領有這般之心，我等休要待他發付，自投別處去便了。」林沖道：「衆豪傑休生見外之心，林沖自有分曉。小可只恐衆豪傑生退去之意，特來早早説知。今日看他如何相待。若這厮語言有理，不似昨日，萬事罷論；倘若這厮今朝有半句話參差時，盡在林沖身上。」晁蓋道：「頭領如此錯愛，俺弟兄皆感厚恩。」吳用便道：「頭領爲我弟兄面上，倒教頭領與舊弟兄分顔。若是可容即容，不可容時，小生等登時告退。」林沖道：「先生差矣！古人有言：『惺惺惜惺惺，好漢惜好漢。』量這一個潑男女，腌臢畜生，終作何用！衆豪傑且請寬心。」林沖起身別了衆人，説道：「少間相會。」衆人相送出來，林沖自上山去了。正是：

惺惺自古惜惺惺，談笑相逢眼更青。
可恨王倫心量狹，真教魂魄喪幽冥。

當日沒多時，只見小嘍囉到來相請，説道：「今日山寨裏頭領相請衆好漢去山南水寨亭上筵會。」晁蓋道：「上覆頭領，少間便到。」小嘍囉去了。晁蓋問吳用道：「先生，此一會如何？」吳學究笑道：「兄長放心。此一會倒有分做山寨之主。通。今日林教頭必然有火併王倫之意。他若有些心懶，小生憑着三寸不爛之舌，不由他不火併。兄長身邊各藏了暗器，只看小生把手來撚鬚爲號，兄長便可協力。」〔眉〕此人大是用得。晁蓋等衆人暗喜。辰牌已後，三四次人來催請。晁蓋和衆頭領身邊各各帶了器械，暗藏在身上，結束得端正，却來赴席。只見宋萬親自騎馬，又來相請。小嘍囉擡過七乘山轎，七個人都上轎子，一逕投南山水寨裏來。到得山南看時，端的景物非常。直到寨後水亭子前，下了轎。王倫、杜遷、林沖、朱貴都出來相接邀，請到那水亭子上，分賓主坐定。看那水亭一遭景致時，但見：

四面水簾高捲，週迴花壓朱闌。滿目香風，萬朵芙蓉鋪緑水；迎眸翠色，千枝荷葉遶芳塘。
畫簷外陰陰柳影，瑣窗前細細松聲。一行野鷺立灘頭，數點沙鷗浮水面。盆中水浸，無非是沉李浮瓜；壺内馨香，盛貯着瓊漿玉液。江山秀氣聚亭臺，明月清風自無價。

當下王倫與四個頭領杜遷、宋萬、林沖、朱貴坐在左邊主位上，晁蓋與六個好漢吴用、公孫勝、劉唐、三阮坐在右邊客席。階下小嘍囉輪番把盞，酒至數巡，食供兩次，晁蓋和王倫盤話。但提起聚義一事，王倫便把閑話支吾開去。吴用把眼來看林沖時，只見林沖側坐交椅上，把眼瞅王倫身上。看看飲酒至午後，王倫回頭叫小嘍囉：「取來。」三四個人去不多時，只見一人捧個大盤子裏放着五錠大銀。王倫便起身把盞，對晁蓋説道：「感蒙衆豪傑到此聚義。只恨敝山小寨是一洼之水，如何安得許多真龍？聊備些小薄禮，萬望笑留。煩投大寨歇馬，小可使人親到麾下納降。」〔眉〕秀才身分，只好如此。晁蓋道：「小子久聞大山招賢納士，一逕地特來投托入夥。若是不能相容，我等衆人自行告退。重蒙所賜白金，决不敢領。非敢自誇豐富，小可聊有些盤纏使用，速請納回厚禮，只此告别。」王倫道：「何故推却？非是敝山不納衆位豪傑，奈緣只爲粮少房稀，恐日後誤了足下衆位，面皮不好，因此不敢相留。」

説言未了，只見林沖雙眉剔起，兩眼圓睜，坐在交椅上大喝道：「你前番我上山來時，也推道粮少房稀。今日晁兄與衆豪傑到此山寨，你又發出這等言語來。是何道理！」吴用便説道：「頭領息怒。自是我等來的不是，倒壞了你山寨情分。今日王頭領以禮發付我們下山，送與盤纏，又不曾熱趕將去。請頭領息怒，我等自去罷休。」〔眉〕妙。林沖道：「這是笑裏藏刀、言清行濁的人！知己。我其實今日放他不過！」王倫喝道：「你看這畜生，又不醉了，倒把言語來傷觸我，却不是反失上下！」林沖大怒道：「量你是個落第腐儒，胸中又没文學，知己。怎做得山寨之主！」吴用便道：「晁兄，只因我等上山相投，反壞了頭領面皮。只今〈扮〉（辦）了船隻，便當告退。」晁蓋等七人便起身要下亭子，王倫留道：「且請席終了去。」林沖把桌子只一脚，踢在一邊，搶起身來，衣襟底下掣出一把明晃晃刀來，掿的火雜雜。吴用便把手將髭鬚一摸，晁蓋、劉唐便上亭子來，虛攔住王倫，叫道：「不要火併！」吴用一手扯住林沖便道：「頭領不可造次！」公孫勝假意勸道：「休爲我等壞了大義。」阮小二便去幫住杜遷，阮小五幫住宋萬，阮小七幫住朱貴，嚇得小嘍囉們目瞪口呆。林沖拿住王倫，罵道：「你是一個村野窮儒，虧了杜遷，得到這裏。柴大官人這等資助你，賙給盤纏，與你相交，舉薦我來，尚且許多推却。今日衆豪傑特來相聚，又要發付他下山去。這梁山泊便是你的？你這嫉賢妬能的賊，不殺了要你何用！你也無大量之才，也做不得山寨之主！」〔眉〕罵得好！杜遷、宋萬、朱貴本待要向前來勸，被這幾個緊緊幫着，那裏敢動？王倫那時也要尋路走，却被晁蓋、劉唐兩個攔住。王倫見頭勢不好，口裏叫道：「我的心腹都在那裏？」雖有幾個身邊知心腹的人，本待要來救，見了林沖這般凶猛頭勢，誰敢向前？林沖拿住王倫，罵了一頓，去心窩裏只一刀，肐察地搠倒在亭上。佛。可憐王倫做了半世强人，今日死在林沖之手。正應古人言：「量大福也大，機深禍亦深。」晁蓋見殺了王倫，各掣刀在手。林沖早把王倫首級割下來，提在手裏，嚇得那杜遷、宋萬、朱貴都跪下説道：「願隨哥哥執鞭墜鐙！」晁蓋等慌忙扶起三人來，吴用就血泊裏拽過頭把交椅來，便納林沖坐地，叫道：「如有不伏者，將王倫爲例！今日扶林教頭爲山寨之主。」林沖大叫道：「差矣，先生！我今日只爲衆豪傑義氣爲重上頭，火併了這不仁之賊，實無心要謀此位。今日吴兄却讓此第一位與林沖坐，豈不惹天下英雄恥笑！若欲相逼，寧死而不坐。我有片言，不知衆位肯依我麽？」衆人道：「頭領所言，誰敢不依。願聞其言。」林沖言無數句，話不一席，有分教：聚義廳上，列三十六員天上星辰；斷金亭前，攞七十二位世間豪傑。正是替天行道人將至，仗義疏財漢便來。畢竟林沖對吴用説出甚言語來，且聽下回分解。

李卓吾曰：吴用此人，用得，用得！

又曰：天下秀才，都會嫉賢妬能，安得林教頭一一殺之也！

梁山泊義
士尊晁盖

鄆城縣月
夜走劉唐

第二十回　梁山泊義士尊晁蓋　鄆城縣月夜走劉唐

詩曰：

豪傑英雄聚義間，罡星煞曜降塵寰。王倫奸詐遭誅戮，晁蓋仁明主將班。魂逐斷雲寒冉冉，恨隨流水夜潺潺。林沖火併真高誼，凜凜清風不可攀。

話説林沖殺了王倫，手拿尖刀指着衆人説道：「據林沖雖係禁軍，遭配到此，今日爲衆豪傑至此相聚，争奈王倫心胸狹隘，嫉賢妬能，推故不納，因此火併了這厮。非林沖要圖此位。據着我胸襟胆氣，焉敢拒敵官軍，剪除君側元兇首惡。今有晁兄仗義疏財，智勇足備，方今天下，人聞其名，無有不伏。我今日以義氣爲重，立他爲山寨之主，好麽？」衆人道：「頭領言之極當。」晁蓋道：「不可！自古强兵不壓主。晁蓋强殺，只是個遠來新到的人，安敢便來占上？」林沖把手向前，將晁蓋推在交椅上，叫道：「今日事已到頭，請勿推却。若有不從者，將此王倫爲例！」妙。再三再四扶晁蓋坐了。林沖喝道：「衆人就于亭前參拜了。」一面使小嘍囉去大寨裏擺下筵席；一面叫人擡過了王倫屍首；一面又着人去山前山後，唤衆多小頭目，都來大寨裏聚義。

林沖等一行人請晁蓋上了轎馬，都投大寨裏來。到得聚義廳前，下了馬，都上廳來。衆人扶晁天王去正中第一位交椅上坐定，中間焚起一爐香來。林沖向前道：「小可林沖，只是個粗鹵匹夫，不過只會些鎗棒而已，無學無才，無智無術。今日山寨天幸，得衆豪傑相聚，大義既明，非比往日苟且。學究先生在此，便請做軍師，執掌兵權，調用將校，須坐第二位。」吴用答道：「吴某村中學究，胸次又無經綸濟世之才，雖只讀些孫吴兵法，未曾有半粒微功，怎敢占上？」林沖道：「事已到頭，不必謙讓。」吴用只得坐了第二位。林沖道：「公孫先生請坐第三位。」晁蓋道：「却使不得！若是這等推讓之時，晁蓋必須退位。」林沖道：「晁兄差矣！公孫先生名聞江湖，善能用兵，有鬼神不測之機，呼風唤雨之法，誰能及也。」公孫勝道：「雖有些小之法，亦無濟世之才，如何便敢占上？還是頭領請坐。」林沖道：「今番克敵制勝，誰人及得先生良法？正是鼎分三足，缺一不可。先生不必推却。」公孫勝只得坐了第三位。林沖再要讓時，晁蓋、吴用、公孫勝都不肯。三人俱道：「適蒙頭領所説鼎分三足，以此不敢違命。我三人占上，頭領再要讓人時，晁蓋等只得告退。」三人扶住林沖，只得坐了第四位。晁蓋道：「今番須請宋、杜二頭領來坐。」那杜遷、宋萬見殺了王倫，尋思道：「自身本事低微，如何近的他們？不若做個人情。」智。苦苦地請劉唐坐了第五位，阮小二坐了第六位，阮小五坐了第七位，阮小七坐了第八位，杜遷坐了第九位，宋萬坐了第十位，朱貴坐了第十一位。梁山泊自此是十一位好漢坐定。山前山後共有七八百人，都來廳前參拜了，分立在兩下。

晁蓋道：「你等衆人在此。今日林教頭扶我做山寨之主，吴學究做軍師，公孫勝同掌兵權，林教頭等共管山寨。汝等衆人，各依舊職，管領山前山後事務，守備寨栅灘頭，休教有失。各人務要竭力同心，共聚大義。」〔眉〕看大强盗施行。再教收拾兩邊房屋，安頓了阮家老小，便教取出打劫得的生辰綱金珠寶貝，並自家莊上過活的金銀財帛，就當廳賞賜衆小頭目，并衆多小嘍囉。當下椎牛宰馬，祭祀天地神明，慶賀重新聚義。衆頭領飲酒至半夜方散。次日又辦筵宴慶會，一連吃了數日筵席。晁蓋與吴用等衆頭領計議，整點倉厫，修理寨栅，打造軍器，鎗刀弓箭，衣甲頭盔，準備迎敵官軍；安排大小船隻，教演人兵水手，上船厮殺，好做提備，不在話下。自此梁山泊十一位頭領聚義，真乃是交情渾似股肱，義氣如同骨肉。有詩爲證：

古人交誼斷黄金，心若同時誼亦深。水滸請看忠義士，死生能守歲寒心。

因此林冲見晁蓋作事寬洪，疏財仗義，安頓各家老小在山。〔眉〕自然與秀才家數不同。驀然思念妻子在京師，存亡未保。遂將心腹備細訴與晁蓋道：「小人自從上山之後，欲要搬取妻子上山來。因見王倫不定，難以過活，一向蹉跎過了。流落東京，不知死活。」晁蓋道：「賢弟既有寶眷在京，如何不去取來完聚？你快寫書，便教人下山去，星夜搬取上山來，以絶心念，多少是好。」林冲當寫下了一封書，叫兩個自身邊心腹小嘍囉下山去了。不過兩個月回來，小嘍囉還寨説道：「直至東京城内殿帥府前，尋到張教頭家，聞説娘子被高太尉威逼親事，自縊身死，已故半載。張教頭亦爲憂疑，半月之前染患身故。止剩得女使錦兒，已招贅丈夫在家過活。訪問鄰里，亦是如此説。打聽得真實，回來報與頭領。」林冲見説了，潸然淚下，自此杜絶了心中掛念。晁蓋等見説了，悵然嗟嘆。山寨中自此無話，每日只是操練人兵，準備拒敵官軍。

忽一日，衆頭領正在聚義廳上商議事務，只見小嘍囉報上山來，説道：「濟州府差撥軍官，帶領約有一千人馬，乘駕大小船四五百隻，見在石碣村湖蕩裏屯住，特來報知。」晁蓋大驚，便請軍師吴用商議道：「官軍將至，如何迎敵？」吴用笑道：「不須兄長掛心，吴某自有措置。自古道：『水來土掩，兵到將迎。』此乃兵家常事。」隨即唤阮氏三雄，附耳低言道：「如此如此……」又唤林沖、劉唐受計道：「你兩個便這般這般……」再叫杜遷、宋萬，也分付了。正是：西迎項羽三千陣，今日先施第一功。

且説濟州府尹點差團練使黄安，并本府捕盜官一員，帶領一千餘人，拘刷本處船隻，就石碣村湖蕩調撥，分開船隻，作兩路來取泊子。且説團練使黄安帶領人馬上船，摇旗吶喊，殺奔金沙灘來。看看漸近灘頭，只聽得水面上嗚嗚咽咽吹將起來。黄安道：「這不是畫角之聲？」且把船來分作兩路，去那蘆花蕩中灣住。看時，只見水面上遠遠地三隻船來。看那船時，每隻船上只有五個人，四個人摇着雙櫓，船頭上立着一個人，頭帶絳紅巾，都一樣身穿紅羅綉襖，手裏各拿着留客住，三隻船上人都一般打扮。於内有人認得的，便對黄安説道：「這三隻船上三個人，一個是阮小二，一個是阮小五，一個是阮小七。」黄安道：「你衆人與我一齊併力向前，拿這三個人。」兩邊有四五十隻船，一齊發着喊，殺奔前去。那三隻船忽哨了一聲，一齊便回。黄團練把手内鎗撚搭動，向前來叫道：「只顧殺這賊，我自有重賞！」那三隻船前面走，背後官軍船上把箭射將去。那三阮去船艙裏，各拿起一片青狐皮來遮那箭矢。後面船隻只顧趕。趕不過三二里水港，黄安背後一隻小船，飛也似划來報道：「〈比〉（且）不要趕！我們那一條殺入去的船隻，都被他殺下水裏去後，把船都奪去了。」黃安問道：「怎的着了那廝的手？」小船上人答道：「我們正行船時，只見遠遠地兩隻船來，每船上各有五個人。我們併力殺去趕他，趕不過三四里水面，四下里小港鑽出七八隻小船來。船上弩箭似〈我〉(飛)蝗一般射將來。我們急把船回時，來到窄狹港口，只見岸上約有二三十人，兩頭牽一條大篾索，橫截在水面上。却待向前看索時，又被他岸上灰瓶石子如雨點一般打將來。衆官軍只得棄了船隻，下水逃命。我衆人逃得出來，到旱路邊看時，那岸上人馬皆不見了。馬也被他牽去了，看馬的軍人都殺死在水裏。我們蘆花蕩邊尋得這隻小船兒，逕來報與團練。」

黃安聽得説了，叫苦不迭。便把白旗招動，教衆船不要去趕，且一發回來。那衆船纔撥得轉頭，未曾行動，只見背後那三隻船又引着十數隻船，都只是這三五個人，把紅旗搖着，口裏吹着胡哨，飛也似趕來。黃安却待把船擺開迎敵時，只聽得蘆葦叢中砲響。黃安看時，四下裏都是紅旗擺滿，慌了手脚。後面趕來的船上叫道：「黃安！留下了首級回去。」妙。黃安把船儘力搖過蘆葦岸邊，却被兩邊小港裏鑽出四五十隻小船來。船上弩箭如雨點射將來。黃安就箭林裏奪路時，只剩得三四隻小船了。黃安便跳過快船内，回頭看時，只見後面的人一個個都撲桶的跳下水裏去了。有和船被拖去的，大半都被殺死。黃安駕着小快船正走之間，只見蘆花蕩邊一隻船上立着劉唐，一撓鈎搭住黃安的船，托地跳將過來，只一把，攔腰提住喝道：「不要挣扎！」別的軍人能識水者，水裏被箭射死；不敢下水的，就船裏都活捉了。

黄安被劉唐扯到岸邊，上了岸。遠遠的晁蓋、公孫勝山邊騎着馬，挺着刀，引五六十人，三二十疋馬，齊來接應。一行人生擒活捉得一二百人，奪的船隻，盡數都收在山南水寨裏安頓了。大小頭領一齊都到山寨。晁蓋下了馬，來到聚義廳上坐定，衆頭領各去了戎裝軍器，團團坐下。捉那黄安綁在將軍柱上，取過金銀段匹，賞了小嘍囉。點檢共奪得六百餘疋好馬，這是林沖的功勞；東港是杜遷、宋萬的功勞；西港是阮氏三雄的功勞；捉得黄安是劉唐的功勞。衆頭領大喜，殺牛宰馬，山寨裏筵會。自醖的好酒，水泊裏出的新鮮蓮藕，山南樹上自有時新的桃杏梅李，枇杷山棗柿栗之類，魚肉鵝雞品物，不必細説。衆頭領只顧慶賞。新到山寨，得獲全勝，非同小可。有詩爲證：

水滸英鋒不可當，黄安捕捉太譸張。戰船人馬俱虧折，更把何顔見故鄉。

正飲酒之間，只見小嘍囉報道：「山下朱頭領使人到寨。」晁蓋便唤來問道：「有甚麽事？」小嘍囉説道：「朱頭領探聽得有一起客商，約有十數人，結聯一處，今夜晚間必從旱路經過，特來報知。」晁蓋道：「正没金帛使用，誰可領人去走一遭？」三阮道：「我弟兄們去。」晁蓋道：「好兄弟，小心在意，速去早來。我使劉唐隨後來策應你們。」三阮便下廳去换了衣裳，跨了腰刀，拿了朴刀、欓叉、留客住，點起一百餘人，上廳來别了衆頭領，便下山去。就金沙灘把船載過朱貴酒店裏去了。晁蓋恐三阮擔負不下，又使劉唐點起一百餘人，教領了下山去接應，又分付道：「只可善取金帛財物，切不可傷害客商性命。」劉唐去了。晁蓋到三更不見回報，又使杜遷、宋萬引五十餘人下山接應。晁蓋與吴用、公孫勝、林沖飲酒至天明，只見小嘍囉報喜道：「三阮頭領得了二十餘輛車子金銀財物，并四五十疋驢騾頭口。」〔眉〕好生意。晁蓋又問道：「不曾殺人麽？」小嘍囉答道：「那許多客人見我們來得勢頭猛了，都撇下車子、頭口、行李逃命去了，並不曾傷害他一個。」晁蓋見説大喜：「我等初到山寨，不可傷害於人。」取一錠白銀賞了小嘍囉。四個將了酒果下山來，直接到金沙灘上。見衆頭領盡把車輛扛上岸來，再叫撑船去載頭口馬疋。衆頭領大喜。把盞已畢，教人去請朱貴上山來筵宴。晁蓋等衆頭領都上到山寨聚義廳上，簸箕掌、栲栳圈坐定。叫小嘍囉扛擡過許多財物在廳上，一包包打開，將綵帛衣服堆在一邊，行貨等物堆在一邊，金銀寶貝堆在正面。衆頭領看了打劫得許多財物，心中歡喜。便叫掌庫的小頭目每樣取一半收貯在庫，聽候支用；這一半分做兩分，廳上十一位頭領均分一分，山上山下衆人均分一分。把這新拿到的軍健，臉上刺了字號，選壯浪的分撥去各寨喂馬砍柴，軟弱的各處看車切草。黄安鎖在後寨監房内。

晁蓋道：「我等今日初到山寨，當初只指望逃災避難，投托王倫帳下爲一小頭目，多感林教頭賢弟推讓我爲尊，不想連得了兩場喜事：第一贏得官軍，收得許多人馬船隻，捉了黄安；二乃又得了若干財物金銀。此不是皆托衆弟兄的才能？」衆頭領道：「皆托得大哥哥的福廕，以此得采。」晁蓋再與吴用道：「俺們七人弟兄的性命，皆出于宋押司、朱都頭兩個。古人道：『知恩不報，非爲人也。』今日富貴安樂從何而來？早晚將些金銀，可使人親到鄆城縣走一遭，此是第一件要緊的事務。再有白勝陷在濟州大牢裏，我們必須要去救他出來。」這件要緊。吴用道：「兄長不必憂心，小生自有刋劃。宋押司處酬謝之恩，早晚必用一個兄弟自去。白勝的事，可教蓦生人去那裏使錢，買上囑下，鬆寬他，便好脱身。我等且商量屯粮造船，製辦軍器，安排寨柵城垣，添造房屋，整頓衣袍鎧甲，打造刀鎗弓箭，防備迎敵官軍。」晁蓋道：「既然如此，全仗軍師妙策指教。」吴用當下調撥衆頭領分派去辦，不在話下。

且不説梁山泊自從晁蓋上山，好生興旺。却説濟州府太守見黄安手下逃回的軍人，備説梁山泊殺死官軍、生擒黄安一事；又説梁山泊好漢十分英雄了得，無人近傍得他，難以收捕；抑且水路難認，港汊多雜，以此不能取勝。府尹聽了，只叫得苦，向太師府幹辦説道：「何濤先折了許多人馬，獨自一個逃得性命回來，已被割了兩個耳朵，自回家將息，至今不能痊。去的五百人，無一個回來。因此又差團練使黄安並本府捕盜官，帶領軍兵前去追捉，亦皆失陷。黄安已被活捉上山，殺死官軍不知其數，又不能取勝，怎生是好？」太守肚裏正懷着鬼胎，没個道理處，只見承局來報説：「東門接官亭上有新官到來，飛報到此。」太守慌忙上馬，來到東門外接官亭上，望見塵土起處，新官已到亭子前下馬。府尹接上亭子，相見已了。那新官取出中書省更替文書來度與府尹。太守看罷，隨即和新官到州衙裏交割牌印、一應府庫錢粮等項。當下安排筵席，管待新(官)。舊太守備説梁山泊賊盜浩大，殺死官軍一節。説罷，新官面如土色，心中思忖道：「蔡太師將這件勾當擡舉我，却是此等地面，這般府分。又没强兵猛將，如何收捕得這夥强人？倘或這厮們來城裏借粮時，却怎生奈何？」舊官太守次日收拾了衣裝行李，自回東京聽罪，不在話下。

且説新官宗府尹到任之後，請將一員新調來鎮守濟州的軍官來，當下商議招軍買馬，集草屯粮，招募悍勇民夫，智謀賢士，准備收捕梁山泊好漢。一面申呈中書省，轉行牌仰附近州郡併力勦捕；一面自行下文書所屬州縣，知會收勦，及仰屬縣着令守禦本境。這個都不在話下。

且說本州孔目，差人賫一紙公文，行下所屬鄆城縣，教守禦本境，防備梁山泊賊人。鄆城縣知縣看了公文，教宋江迭成文案，行下各鄉村，一體守備。正是：

一紙文書火急催，官司嚴督勢如雷。只因造下迷天罪，何日金雞放赦回。

且說宋江見了公文，心內尋思道：「晁蓋等衆人不想做下這般大事，犯了大罪，劫了生辰綱，殺了做公的，傷了何觀察，又損害了許多官軍人馬，又把黃安活捉上山。如此之罪，是滅九族的勾當！雖是被人逼迫，事非得已，於法度上，却饒不得！倘有疏失，如之奈何？」自己一個心中納悶。分付貼書後司張文遠，將此文書立成文案，行下各鄉各保，自理會文卷。

宋江却信步走出縣來，去對過茶房裏坐定吃茶。只見一個大漢，頭戴白范陽毡笠兒，身穿一領黑綠羅襖，下面腿絣護膝，八搭蔴鞋，腰裏跨着一口腰刀，背着一個大包，走得汗雨通流，氣急喘促，把臉別轉着看那縣裏。宋江見了這個大漢走得蹺蹊，慌忙起身趕出茶坊來，跟着那漢，走約走了二三十步。那漢回過頭來看了宋江，却不認得。宋江見了這人，略有些面熟：「莫不是那裏曾厮會來？」心中一時思量不起。那漢見宋江，看了一回，也有些認得，立住了脚，定睛看那宋江，又不敢問。宋江尋思道：「這個人好作怪，却怎地只顧看我？」宋江亦不敢問他。只見那漢去路邊一個篦頭鋪裏問道：「大哥，前面那個押司是誰？」篦頭待詔應道：「這位正是宋押司。」那漢提着朴刀走到面前，唱個大喏，說道：「押司，認得小的麽？」宋江道：「足下有些面善。」那漢道：「可借一步說話。」宋江便和那漢入一條僻静小巷。那漢〈個酒個〉(道:「這個)酒店裹好説話。」兩個上到酒樓,揀個僻静閣兒裹坐下。那漢倚了朴刀,解下包裹,撇在桌子底下。那漢撲翻身便拜。宋江慌忙答禮道:「不敢拜問足下高姓?」那人道:「大恩人如何忘了小弟?」宋江道:「兄長是誰?真個有些面熟,小人失忘了。」那漢道:「小弟便是晁保正莊上曾拜識尊顔、蒙恩救了性命的赤髮鬼劉唐便是。」宋江聽了大驚,説道:「賢弟,你好大胆!早是没做公的看見,險些兒惹出事來!」劉唐道:「感承大恩,不懼怕死,特地來酬謝大恩。」宋江道:「晁保正弟兄們近日如何?兄弟,誰教你來?」劉唐道:「晁頭領哥哥再三拜〈道這〉(上大)恩人,得蒙救了性命,如何不報。見今做了梁山泊主都頭領,吴學究做了軍師,公孫勝同掌兵權。林沖一力維持,火併了王倫。山寨裹原有杜遷、宋萬、朱貴和俺弟兄七個,共是十一個頭領。見今山寨裹聚集得七八百人,粮食不計其數。只想兄長大恩,無可報答,特使劉唐賫書一封,并黄金一百兩,相謝押司并朱、雷二都頭。」

劉唐便打開包裹取出書來,遞與宋江,看罷,拽起褶子前襟,摸出招文袋。打開包兒時,劉唐取出金子放在桌上。宋江把那封書,就取了一條金子,和這書包了,插在招文袋内。放下衣襟,便道:「賢弟將此金子依舊包了,還放桌上。且坐。」隨即便唤量酒的打酒來,叫大塊切一盤肉來,鋪下些菜蔬果子之類,叫量酒的篩酒與劉唐吃。看看天色晚了,劉唐吃了酒,把桌上金子包打開,要取出來。宋江慌忙攔住道:「賢弟,你聽我説。」宋江道:「你們七個弟兄,初到山寨,正要金銀使用。宋江家中頗有些過活,且放在你山寨裹,等宋江缺少盤纏時,却教兄弟宋清來取。今日非是宋江見外,于内(已)受了一條。朱仝那人也有些家私，不用與他，我自與他説知人情便了。雷橫這人又不知我報與保正，況兼這人貪賭，倘或將些出去賭時，他便惹出事來，不當穩便，金子切不可與他。賢弟，我不敢留你相請去家中住，倘或有人認得時，不是要處。今夜月色必然明朗，你便可回山寨去，莫在此擔閣。宋江再三申意衆頭領，不能前來慶賀，切乞恕罪。」劉唐道：「哥哥大恩，無可報答，特令小弟送些人情來與押司，微表孝順之心。保正哥哥今做頭領，學究軍師號令，非比舊日，小弟怎敢將回去？到山寨中必然受責。」宋江道：「既是號令嚴明，我便寫一封回書，與你將去便了。」劉唐苦苦相央宋江收受，宋江那裏肯接，隨即取一幅紙來，借酒家筆硯，備細寫了一封回書，與劉唐收在包内。劉唐是個直性的人，見宋江如此推却，想是不肯受了，便將金子依前包了。看看天色晚來，劉唐道：「既然兄長有了回書，小弟連夜便去。」宋江道：「賢弟，不及相留，以心相照。」劉唐又下了四拜。宋江喚量酒人來道：「有此位官人留下白銀一兩在此，你且權收了，我明日却自來算。」劉唐背上包裹，拿了朴刀，跟着宋江下樓來。離了酒樓，出到巷口，天色昏黄，是八月半天氣，月輪上來。宋江攜住劉唐的手，分付道：「賢弟保重，再不可來。此間做公的多，不是要處！我更不遠送，只此相別。」劉唐見月色明朗，拽〈門〉（開）脚步望西路便走，連夜回梁山泊來。

再説宋江與劉唐別了，自慢慢行回下處來。一頭走，一面肚裏尋思道：「早是没做公的看見，争些兒惹出一場大事來！」一頭想：「那晁蓋（倒去）落了草，直如此大弄！」〈倒去〉轉不過兩個灣，只聽得背後有人叫一聲：「押司，那裏去來？老身甚處不尋遍了？」不是這個人來尋宋押司，有分教：宋江小胆翻爲大胆，善心變爲惡心。正是言談好似鈎和綫，從頭釣出是非來。畢竟來叫宋押司的是甚麽人，且聽下回分解。

秃翁曰：可惜王倫那厮却自家送了性命。昔人云：秀才造反，十年不成。豈特造反，即做强盜也是不成底。嘗思天下無用可厭之物，第一是秀才了。

第二十一回　虔婆醉打唐牛兒　宋江怒殺閻婆惜

古風一首：

宋朝運祚將傾覆，四海英雄起寥廓。流光垂象在山東，天罡上應三十六。瑞氣盤纏繞鄆城，此鄉生降宋公明。神清貌古真奇異，一舉能令天下驚。幼年涉獵諸經史，長爲吏役決刑名。仁義禮智信皆備，未必。曾受九天玄女經。江湖結納諸豪傑，扶危濟困恩威行。他年自到梁山泊，綉旗影摇雲水濱。替天行道呼保義，上應玉府天魁星。

話説宋江在酒樓上與劉唐説了話，分付了回書，送下樓來，劉唐連夜自回梁山泊去了。只説宋江乘着月色滿街，信步自回下處來。一頭走，一面肚裏想：「那晁蓋却空教劉唐來走這一遭。早是没做公的看見，争些兒露出事來。」走不過三二十步，只聽得背後有人叫聲：「押司。」宋江轉回頭來看時，却是做媒的王婆，引着一個婆子，却與他説道：「你有緣，做好事的押司來也。」宋江轉身來問道：「有甚麽話説？」王婆攔住，指着閻婆對宋江説道：「押司不知，這一家兒從東京來，不是這裏人家。嫡親三口兒，夫主閻公，有個女兒婆惜。他那閻公，平昔是個好唱的人，自小教得他那女兒婆惜也會唱諸般要令。年方一十八歲，頗有些顏色。三口兒因來山東投奔一個官人不着，流落在此鄆城縣。不想這裏的人不喜風流宴樂，〔眉〕山東人到底有道學氣。因此不能過活，在這縣後一個僻淨巷内權住。昨日他的家公因害時疫死了，這閻婆無錢津送，停屍在家，没做道理處，央及老身做媒。我道這般時節那裏有這等恰好？又没借換處。正在這裏走頭没路的，只見押司打從這裏過來，以此老身與這閻婆趕來。望押司可憐見他則個，作成一具棺材。」宋江道：「原來恁地。你兩個跟我來，去巷口酒店裏借筆硯寫個帖子與你，去縣東陳三郎家取具棺材。」宋江又問道：「你有結果使用麽？」閻婆答道：「實不瞞押司説，棺材尚無，那討使用？其實缺少。」宋江道：「我再與你銀子十兩做使用錢。」〔眉〕宋江只是輕財，所以做得來。閻婆道：「便是重生的父母，再長的爹娘，做驢做馬，報答押司。」畫。宋江道：「休要如此説。」隨即取出一錠銀子，遞與閻婆，自回下處去了。且説這婆子將了帖子，逕來縣東街陳三郎家取了一具棺材，回家發送了當，兀自餘剩下五六兩銀子。娘兒兩個把來盤纏，不在話下。

忽一朝，那閻婆因來謝宋江，見他下處没有一個婦人家面，回來問間壁王婆道：「宋押司下處不見一個婦人面，他曾有娘子也無？」王婆道：「只聞宋押司家裏在宋家村住，不曾見説他有娘子。在這縣裏做押司，只是客居。常常見他散施棺材藥餌，極肯濟人貧苦。敢怕是未有娘子。」閻婆道：「我這女兒長得好模樣，又會唱曲兒，省得諸般要笑，從小兒在東京時，只去行院人家串，那一個行院不愛他。有幾個上行首要問我過房幾次，我不肯。只因我兩口兒無人養老，因此不過房與他。不想今來到苦了他。我前日去謝宋押司，見他下處無娘子，因此央你與我對宋押司説，他若要討人時，我情願把婆惜與他。我前日得你作成，虧了宋押司救濟，無可報答他，與他做個親眷來往。」王婆聽了這話，次日來見宋江，備細説了這件事。宋江初時不肯，怎當這婆子撮合山的嘴，攛掇宋江依允了。畫。就在縣西巷内，討了一所樓房，置辦些家火什物，安頓了閻婆惜娘兒兩個，在那裏居住。没半月之間，打扮得閻婆惜滿頭珠翠，遍體金玉。正是：

花容嬝娜，玉質娉婷。髻横一片烏雲，眉掃半彎新月。金蓮窄窄，湘裙微露不勝情；玉笋纖纖，翠袖半籠無限意。星眼渾如點漆，酥胸真似截肪。韻度若風裏海棠花，標格似雪中玉梅樹。金屋美人離御苑，蕊珠仙子下塵寰。

宋江又過幾日，連那婆子也有若干頭面衣服，端的養的婆惜豐衣足食。初時宋江夜夜與婆惜一處歇卧，向後漸漸來得慢了。却是爲何？原來宋江是個好漢，只愛學使鎗棒，於女色上不十分要緊。這閻婆惜水也似後生，况兼十八九歲，正在妙齡之際，因此宋江不中那婆娘意。〔眉〕要中他意怎的。

一日，宋江不合帶後司貼書張文遠來閻婆惜家吃酒。這張文遠，却是宋江的同房押司，那厮喚做小張三，生得眉清目秀，齒白唇紅。平昔只愛去三瓦兩舍，飄蓬浮蕩，學得一身風流俊俏，更兼品竹彈絲，無有不會。這婆惜是個酒色娼妓，一見張三，心裏便喜，倒有意看上他。那張三見這婆惜有意，以目送情。等宋江起身净手，倒把言語來嘲惹張三。常言道：「風不來，樹不動；船不摇，水不渾。」那張三亦是個酒色之徒，這事如何不曉得。因見這婆娘眉來眼去，十分有情，記在心裏。向後宋江不在時，這張三便去那裏，假意兒只做來尋宋江。那婆娘留住吃茶，言來語去，成了此事。誰想那婆娘自從和那張三兩個搭識上了，打得火塊一般熱。亦且這張三又是慣會弄此事的，豈不聞古人之言：「一不將，二不帶。」只因宋江千不合，萬不合，帶這張三來他家裏吃酒，以此看上了他。自古道：「風流茶説合，酒是色媒人。」正犯着這條款。閻婆惜是個風塵娼妓的性格，自從和那小張三兩個搭上了，他並無半點兒情分在那宋江身上。宋江但若來時，只把言語傷他，全不兜攬他些個。這宋江是個好漢胸襟，不以這女色爲念，因此半月十日去走得一遭。那張三和這婆惜，如膠似漆，夜去明來。街坊上人也都知了，却有些風聲吹在宋江耳朵裏。宋江半信不信，自肚裏尋思道：「又不是我父母匹配的妻室，畫。他若無心戀我，我没來由惹氣做甚麼。我只不上門便了。」〔眉〕無一處不描畫得逼真。自此有個月不去。閻婆〈惜〉累使人來請，宋江只推事故，不上門去。

忽一日晚間，却好見那閻婆趕到縣前來，叫道：「押司，多日使人相請，好貴人難見面。便是小賤人有些言語高低，傷觸了押司，也看得老身薄面，自教訓他，與押司陪話。畫。今晚老身有緣得見押司，同走一遭去。」宋江道：「我今日縣裏事務忙，擺撥不開，改日却來。」閻婆道：「這個使不得。我女兒在家裏專望押司，胡亂温顧他便了。直恁地下得！」畫。宋江道：「端的忙些個。明日準來。」閻婆道：「我今晚要和你去。」便把宋江衣袖扯住了，發話道：「是誰挑撥你？我娘兒兩個下半世過活，都靠着押司。外人説的閑是閑非，都不要聽他，押司自做個張主。我女兒但有差錯，都在老身身上。畫。押司胡亂去走一遭。」宋江道：「你不要纏，我的事務分撥不開在這裏。」閻婆道：「押司，便誤了些公事，知縣相公不到得便責罰你。這回錯過，後次難逢。押司只得和老身去走一遭，到家裏自有告訴。」

宋江是個快性的人，吃那婆子纏不過，便道：「你放了手，我去便了。」閻婆道：「押司不要跑了去，老人家趕不上。」宋江道：「直恁地這等！」兩個厮跟着來到門前。有詩爲證：

酒不醉人人自醉，花不迷人人自迷。直饒今日能知悔，何不當初莫去爲。

宋江立住了脚，閻婆把手一攔，説道：「押司來到這裏，終不成不入去了？」宋江進到裏面凳子上坐了。畫。那婆子是乖的，自古道：老虔婆，如何出得他手。只怕宋江走去，便幫在身邊坐了，叫道：「我兒，你心愛的三郎在這裏。」畫。那閻婆惜倒在牀上，對着盞孤燈，正在没可尋思處，只等這小張三來。聽得娘叫道：「你的心愛的三郎在這裏。」那婆娘只道是張三郎，慌忙起來，把頭掠一掠雲髻，口裏喃喃的罵道：「這短命，等得我苦也！老娘先打兩個耳刮子着。」畫。飛也似跑下樓來，就隔子眼裏張時，堂前琉璃燈却明亮，照見是宋江，那婆娘復翻身再上樓去了，依前倒在牀上。閻婆聽得女兒脚步下樓來了，又聽得再上樓去了，婆子又叫道：「我兒，你的三郎在這裏，怎地倒走了去？」畫。那婆惜在牀上應道：「這屋裏不遠，他不會來！他又不瞎，如何自不上來，直等我來迎接他。没了當絮絮聒聒地！」畫。閻婆道：「這賤人真個望不見押司來，氣苦了。」畫。恁地説也好，教押司受他兩句兒。」婆子笑道：「押司，我同你上樓去。」畫。宋江聽了那婆娘説這幾句，心裏自有五分不自在，被這婆子一扯，勉强只得上樓去。【原來是一間六椽樓屋，前半間安一副春臺桌凳，後半間鋪着卧房。貼裏安一張三面稜花的牀，兩邊都是欄干，上掛着一頂紅羅幔帳。側首放個衣架，搭着手巾，這邊放着個洗手盆。一張金漆桌子上，放一個錫燈臺，邊廂兩個杌子。正面壁上，掛一幅士女。對牀排着四把一字交椅。】〔眉〕可删。

宋江來到樓上，閻婆便拖入房裏去。宋江便望杌子上朝着牀邊坐了。畫。閻婆就牀上拖起女兒來，説道：「押司在這裏，我兒，你只是性氣不好，畫。把言語傷觸了他，惱得押司不上門，閑時却在家裏思量。畫。我如今不容易請得他來，你却不起來陪句話兒，顛倒使性！」畫。婆惜把手拓開，畫。説那婆子：「你做甚麼這般鳥亂，我又不曾做了歹事！畫。他自不上門，教我怎地陪話！」畫。宋江聽了，也不做聲。婆子便掇過一把交椅在宋江肩下，便推他女兒過來説道：「你且和三郎坐一坐，不陪話便罷，畫。不要焦躁。你兩個多時不見，也説一句有情的話兒。」畫。那婆娘那裏肯過來，便去宋江對面坐了。宋江低了頭不做聲。婆子看女兒時，也別轉了臉。閻婆道：「没酒没漿，做甚麼道場。老身有一瓶兒好酒在這裏，買些果品來與押司陪話。我兒，你相陪押司坐地，不要怕羞，不像。我便來也。」宋江自尋思道：「我吃這婆子釘住了，脱身不得，等他下樓去，我隨後也走了。」畫。那婆子瞧見宋江要走的意思，出得房門去，門上却有屈戍，便把房門拽上，將屈戍搭了。畫。宋江暗忖道：「那虔婆倒先算了我。」

且説閻婆下樓來，先去竈前點起個燈，竈裏見成燒着一鍋脚湯，再湊上些柴頭。拏了些碎銀子，出巷口去買得些時新果子，鮮魚嫩雞肥鮓之類，歸到家中，都把盤子盛了。取酒傾在盆裏，舀半鏇子，在鍋裏盪熱了，傾在酒壺裏。收拾了數盤菜蔬，三隻酒盞，三雙筯，一桶盤托上樓來，放在春臺上，開了房門，搬將入來，擺在桌子上。看宋江時，只低着頭；看女兒時，也朝着別處。畫。閻婆道：「我兒起來把盞酒。」婆惜道：「你們自吃，我不耐煩。」畫。婆子道：「我爺娘手裏從小兒慣了你性兒，別人面上須使不得。」畫。婆惜道：「不把盞便怎地我！終不成飛劍來取了我頭。」畫。那婆子倒笑起來，説道：「又是我的不是了。畫。押司是個風流人物，不和你一般見識。你不把酒便罷，且回過臉來吃盞兒酒。」婆惜只不回過頭來。那婆子自把酒來勸宋江，宋江勉意吃了一盞。婆子道：「押司莫要見責。閑話都打疊起，明日慢慢告訴。外人見押司在這裏，多少乾熱的不怯氣，胡言亂語，放屁辣臊，押司都不要聽，畫。且只顧飲酒。」篩了三盞在桌子上，説道：「我兒不要使小孩兒的性，胡亂吃一盞酒。」畫。婆惜道：「没得只顧纏我！我飽了，吃不得。」畫。閻婆道：「我兒，你也陪侍你的三郎吃盞酒使得。」婆惜一頭聽了，一面肚裏尋思：「我只心在張三身上，兀誰奈煩相伴這廝！若不把他灌得醉了，他必來纏我。」畫。婆惜只得勉意拏起酒來，吃了半盞。婆子笑道：「我兒只是焦躁，且開懷吃兩盞兒睡。畫。押司也滿飲幾杯。」宋江被他勸不過，連飲了三五盞。婆子也連連飲了幾盞，再下樓去盪酒。那婆子見女兒不吃酒，心中不悦。纔見女兒回心吃酒，歡喜道：「若是今夜兜得他住，那人惱恨都忘了。畫。且又和他纏幾時，却再商量。」婆子一頭尋思，一面自在竈前吃了三大鍾酒，畫。覺道有些癢麻上來，畫。却又篩了一碗吃。畫。旋了大半鏇，傾在注子裏，爬上樓來。見那宋江低着頭不做聲，畫。女兒也別轉着臉弄裙子。畫。這婆子哈哈地笑道：「你兩個又不是泥塑的，做甚麽都不做聲？押司，你不合是個男子漢，只得裝些温柔，説些風話兒耍。」畫。宋江正没做道理處，口裏只不做聲，肚裏好生進退不得。閻婆惜自想道：「你不來睬我，指望老娘一似閑常時來陪你話，相伴你耍笑，我如今却不耍！」畫。那婆子吃了許多酒，口裏只管夾七帶八嘈。正在那裏張家長，李家短，白説緑道。畫。有詩爲證：

假意虚脾却似真，花言巧語弄精神。幾多伶俐遭他陷，死後應知拔舌根。

却有鄆城縣一個賣糟醃的唐二哥，叫做唐牛兒，如常在街上只是幫閑，常常得宋江賫助他。但有些公事去告宋江，也落得幾貫錢使。宋江要用他時，死命向前。這一日晚，正賭錢輸了，没做道理處，却去縣前尋宋江。奔到下處尋不見。街坊都道：「唐二哥，你尋誰，這般忙？」唐牛兒道：「我喉急了，要尋孤老。一地里不見他。」畫。衆人道：「你的孤老是誰？」唐牛兒道：「便是縣裏宋押司。」衆人道：「我方纔見他和閻婆兩個過去，一路走着。」唐牛兒道：「是了。這閻婆惜賊賤蟲，他自和張三兩個打得火塊也似熱，只瞞着宋押司一個。他敢也知些風聲，好幾時不去了，今晚必然乞那老咬蟲假意兒纏了去。我正没錢使，喉急了，胡亂去那裏尋幾貫錢使，就幫兩碗酒吃。」畫。一逕奔到閻婆門前，見裏面燈明，門却不關。入到胡梯邊，聽的閻婆在樓上呵呵地笑。唐牛兒捏脚捏手上到樓上，板壁縫裏張時，畫。見宋江和婆惜兩個都低着頭，那婆子坐在横頭桌子邊，口裏七十三、八十四只顧嘈。唐牛兒閃將入來，看着閻婆和宋江、婆惜唱了三個喏，立在邊頭。宋江尋思道：「這厮來的最好。」把嘴望下一努，畫。唐牛兒是個乖的人，便瞧科，看着宋江便説道：「小人何處不尋過，原來却在這裏吃酒耍。好吃得安穩！」畫。宋江道：「莫不是縣裏有甚麽要緊事？」畫。唐牛兒道：「押司，你怎地忘了？便是早間那件公事，知縣相公在廳上發作，着四五替公人來下處尋押司，一地里又没尋處。相公焦躁做一片，押司便可動身。」畫。宋江道：「恁地要緊，只得去。」便起身要下樓。吃那婆子攔住道：「押司不要使這科段。這唐牛兒捻泛過來。你這精賊也瞞老娘，正是魯般手裏調大斧。畫。這早晚知縣自回衙去，和夫人吃酒取樂，妙。有甚麽事務得發作？你這般道兒，只好瞞魍魎，老娘手裏説不過去。」畫。唐牛兒便道：「真個是知縣相公緊等的勾當，我却不會説謊。」閻婆道：「放你娘狗屁！老娘一雙眼，却似琉璃葫蘆兒一般。畫。却纔見押司努嘴過來，叫你發科，你倒不攛掇押司來我屋裏，畫。顛倒打抹他去。常言道：『殺人可恕，情理難容。』」畫。這婆子跳起身來，便把那唐牛兒匹脖子只一叉，浪浪蹌蹌，直從房裏叉下樓來。唐牛兒道：「你做甚麽便叉我！」婆子喝道：「你不曉得，破人買賣衣飯，如殺父母妻子。你高做聲，便打你這賊乞丐！」唐牛兒鑽將過來道：「你打！」畫。這婆子乘着酒興，叉開五指，去那唐牛兒臉上連打兩掌，直攧出簾子外去。婆子便扯簾子，撇放門背後，却把兩扇門關上，拏拴拴了，口裏只顧罵。那唐牛兒吃了這兩掌，立在門前大叫道：「賊老咬蟲不要慌！我不看宋押司面皮，教你這屋裏粉碎，畫。教你雙日不着單日着。我不結果了你不姓唐！」拍着胸，大罵了去。畫。婆子再到樓上，看着宋江道：「押司没事，睬那乞丐做甚麽？畫。那厮一地里去搪酒吃，只是搬是搬非。畫。這等倒街卧巷的横死賊，也來上門上户欺負人。」畫。宋江是個真實的人，吃這婆子一篇道着了真病，倒抽身不得。畫。婆子道：「押司不要心裏見責老身，只恁地知重得了。我兒，和押司只吃這杯。我猜着你兩個多時不見，以定要早睡。收拾了罷休。」畫。婆子又勸宋江吃兩杯，收拾杯盤下樓來，自去竈下去。宋江在樓上自肚裏尋思説：「這婆子女兒和張三兩個有事，我心裏半信不信，眼裏不曾見真實，待要去來，只道我村。况且夜深了，我只得權睡一睡，且看這婆娘怎地，今夜與我情分如何？」

只見那婆子又上樓來，説道：「夜深了，我叫押司兩口兒早睡。」那婆娘應道：「不干你事，你自去睡。」畫。婆子笑下樓來，口裏道：「押司安置。今夜多歡，明日慢慢地起。」婆子下樓來，收拾了竈上，洗了脚手，吹滅燈，自去睡了。

却説宋江坐在杌子上，只指望那婆娘似比先時，先來偎倚陪話，胡亂又將就幾時。誰想婆惜心裏尋思道：「我只思量張三，吃他攪了，却似眼中釘一般。那厮倒直指望我一似先時前來下氣，老娘如今却不要耍。只見説撑船就岸，幾曾有撑岸就船。畫。你不來睬我，老娘倒落得。」畫。看官聽説，原來這色最是怕人。若是他有心戀你時，身上便有刀劍水火，也攔他不住，他也不怕；若是他無心戀你時，你便身坐在金銀堆裏，他也不睬你。常言道：「佳人有意村夫俏，紅粉無心浪子村。」宋江明是個勇烈大丈夫，爲女色的手段却不會。這閻婆惜被那張三小意兒百依百隨，輕憐重惜，賣俏迎奸，引亂這婆娘的心，如何肯戀宋江？當夜兩個在燈下坐着，對面都不做聲，各自肚裏躊躇，却似等泥乾掇入廟。看看天色夜深，只見窗上月光。但見：

銀河耿耿，玉漏迢迢。穿窗斜月映寒光，透户涼風吹夜氣。雁聲嘹喨，孤眠才子夢魂驚；蛩韻凄涼，獨宿佳人情緒苦。樵樓禁鼓，一更未盡一更催；别院寒砧，千搗將殘千搗起。畫簷間叮噹鐵馬，敲碎旅客孤懷；銀臺上閃爍清燈，偏照離人長嘆。貪淫妓女心如鐵，仗義英雄氣似虹。

當下宋江坐在杌子上，睃那婆娘時，復地嘆口氣。約莫也是二更天氣，那婆娘不脱衣裳，便上牀去，自倚了綉枕，扭過身，朝裏壁自睡了。畫。宋江看了尋思道：「可奈這賤人全不睬我些個，他自睡了。我今日吃這婆子言來語去，央了幾杯酒，打熬不得。夜深，只得睡了罷。」把頭上巾幘除下，放在桌子上，脱下上蓋衣裳，搭在衣架上。腰裏解下鑾帶，上有一把壓衣刀和招文袋，却掛在牀邊欄干子上。脱去了絲鞋凈韈，便上牀去那婆娘脚後睡了。半個更次，聽得婆惜在脚後冷笑。宋江心裏氣悶，如何睡得着。自古道：「歡娛嫌夜短，寂寞恨更長。」看看三更交半夜，酒却醒了。捱到五更，宋江起來，面桶裏洗了臉，便穿了上蓋衣裳，帶了巾幘，口裏罵道：「你這賊賤人好生無禮！」婆惜也不曾睡着，聽得宋江罵時，扭過身回道：「你不羞這臉！」畫。宋江忿那口氣，便下樓來。閻婆聽得脚步響，便在牀上説道：「押司且睡歇，等天明去。没來由起五更做甚麽？」宋江也不應，只顧來開門。婆子又道：「押司出去時，與我拽上門。」宋江出得門來，就拽上了。忿那口氣没出處，一直要奔回下處來。

却從縣前過，見一碗燈明，看時，却是賣湯藥的王公，來到縣前趕早市。那老兒見是宋江來，慌忙道：「押司，如何今日出來得早？」宋江道：「便是夜來酒醉，錯聽更鼓。」王公道：「押司必然傷酒，且請一盞醒酒二陳湯。」宋江道：「最好。」就凳上坐了。那老子濃濃地奉一盞二陳湯，遞與宋江吃。宋江吃了，驀然想起道：（眉）好關目。「如常吃他的湯藥，不曾要我還錢。我舊時曾許他一具棺材，不曾與得他。」想起前日有那晁蓋送來的金子，受了他一條在招文袋裏：「何不就與那老兒做棺材錢，教他歡喜？」宋江便道：「王公，我日前曾許你一具棺木錢，一向不曾把得與你。今日我有些金子在這裏，把與你，你便可將去陳三郎家買了一具棺材，放在家裏。你百年歸壽時，我却再與你些送終之資，若何？」王公道：「恩主如常覷老漢，又蒙與終身壽具。老子今世報答不得押司，後世做驢做馬，報答官人。」宋江道：「休如此説。」便揭起背子前襟，去取那招文袋時，吃了一驚，道：「苦也！昨夜正忘在那賤人的牀頭欄干子上，我一時氣起來，只顧走了，不曾繫得在腰裏。這幾兩金子直得甚麽，須有晁蓋寄來的那一封書包着這金。我本是在酒樓上劉唐前燒毁了，他回去説時，只道我不把他來爲念。畫。正要將到下處來燒，又誰想王婆布施棺材，就成了這件事，一向蹉跎忘了。昨夜晚正記起來，又不曾燒得，却被這閻婆纏將我去，因此忘在這賤人家裏牀頭欄干子上。我時常見這婆娘看些曲本，頗識幾字，若是被他拏了，到是利害。」便起身道：「阿公休怪。不是我説謊，只道金子在招文袋裏，不想出來得忙，忘了在家。我去取來與你。」王公道：「休要去取，明日慢慢的與老漢不遲。」宋江道：「阿公你不知道，我還有一件物事做一處放着，以此要去取。」宋江慌慌急急，奔回閻婆家裏來。正是：

合是英雄命運乖，遺前忘後可憐哉。循環莫謂天無意，醖釀原知禍有胎。

且説這閻婆惜聽得宋江出門去了，爬將起來，口裏自言語道：「那廝攪了老娘一夜睡不着。那廝〈舍〉(含)臉，只指望老娘陪氣下情。我不信你，老娘自和張三過得好，誰奈煩睬你。你不上門來，倒好。」口裏説着，一頭鋪被，脱下上截襖兒，解了下面裙子，袒開胸前，脱下截襯衣。牀面前燈却明亮，照見牀頭欄干子上拖下條紫羅鑾帶。婆惜見了，笑道：「黑三那廝吃嚯不盡，忘了鑾帶在這裏。老娘且捉了，把來與張三繫。」畫。便用手去一提，提起招文袋和刀子來。只覺袋裏有些重，便把手抽開，望桌子上只一抖，正抖出那包金子和書來。這婆娘拏起來看時，燈下照見是黄黄的一條金子。婆惜笑道：「天教我和張三買物事吃。這幾日我見張三瘦了，我也正要買些東西和他將息。」畫。將金子放下，却把那紙書展開來燈下看時，上面寫着晁蓋並許多事務。婆惜道：「好呀！我只道弔桶落在井裏，原來也有井落在弔桶裏！畫。我正要和張三兩個做夫妻，單單只多你這厮，今日也撞在我手裏。原來你和梁山泊强賊通同往來，送一百兩金子與你。且不要慌，老娘慢慢地消遣你！」就把這封書依原包了金子，還插在招文袋裏。「不怕你教五聖來攝了去。」

正在樓上自言自語，只聽得樓下呀地門響。婆子問道：「是誰？」宋江道：「是我。」婆子道：「我說早哩，押司却不信，要去。原來早了又回來，且再和姐姐睡一睡，到天明去。」宋江也不回話，一逕奔上樓來。那婆娘聽得是宋江回來，慌忙把鑾帶、刀子、招文袋一發捲做一塊，藏在被裏，緊緊地靠了牀裏壁，只做齁齁假睡着。畫。宋江撞到房裏，逕去牀頭欄干上取時，却不見了。宋江心内自慌，只得忍了昨夜的氣，把手去摇那婦人道：「你看我日前的面，還我招文袋。」畫。那婆惜假睡着，只不應。宋江又摇道：「你不要急躁，我自明日與你陪話。」畫。婆惜道：「老娘正睡哩，是誰攪我？」宋江道：「你曉的是我，假做甚麽。」婆惜扭轉身道：「黑三，你説甚麽？」宋江道：「你還了我招文袋。」婆惜道：「你在那裏交付與我手裏，却來問我討？」畫。宋江道：「忘了在你脚後小欄干上，這裏又没人來，只是你收得。」婆惜道：「呸！你不見鬼來！」宋江道：「夜來是我不是了，明日與你陪話。畫。你只還了我罷，休要作耍。」婆惜道：「誰和你作耍？我不曾收得。」宋江道：「你先時不曾脱衣裳睡，如今蓋着被子睡。以定是起來鋪被時拿了。」婆惜只是不與。正是：

雨意雲情兩罷休，無端懊惱觸心頭。重來欲索招文袋，致使鴛幃血漫流。

只見那婆惜柳眉踢竪，星眼圓睁，説道：「老娘拿是拿了，只是不還你。你使官府的人便拿我去做賊斷。」宋江道：「我須不曾冤你做賊。」婆惜道：「可知老娘不是賊哩。」畫。宋江見這話，心裏越慌。便説道：「我須不曾歹看承你娘兒兩個，畫。還了我罷，我要去幹事。」婆惜道：「閑常也只嗔老娘和張三有事，他有些不如你處，也不該一刀的罪犯，畫。不强似你和打劫賊通同。」宋江道：「好姐姐，不要叫。鄰舍聽得，不是要處。」畫。婆惜道：「你怕外人聽得，你莫做不得。畫。這封書老娘牢牢地收着，若要饒你時，只依我三件事便罷。」宋江道：「休説三件事，便是三十件事也依你。」婆惜道：「只怕依不得。」宋江道：「當行即行，敢問那三件事？」閻婆惜道：「第一件，你可從今日便將原典我的文書來還我，再寫一紙任從我改嫁張三，並不敢再來争執的文書。」宋江道：「這個依得。」婆惜道：「第二件，我頭上帶的，我身上穿的，家裏使用的，雖都是你辦的，也委一紙文書，不許你日後來討。」宋江道：「這個也依得。」閻婆惜道：「只怕你第三件依不得。」宋江道：「我已兩件都依你，緣何這件依不得？」婆惜道：「有那梁山泊晁蓋送與你的一百兩金子，快把來與我，我便饒你這一場天字第一號官司，還你這招文袋裏的款狀。」畫。宋江道：「那兩件到都依得。這一百兩金子，果然送來與我，我不肯受他的，依前教他把了回去。若端的有時，雙手便送與你。」婆惜道：「可知哩，常言道：『公人見錢，如蠅子見血。』畫。他使人送金子與你，你豈有推了轉去的？這話却似放屁！做公人的，那個猫兒不吃腥？閻羅王面前須没放回的鬼。畫。你待瞞誰？便把這一百兩金子與我，直得甚麽！你怕是賊贓時，快溶過了與我。」宋江道：「你也須知，我是老實的人，不會説謊。你若不信，限我三日，我將家私變賣一百兩金子與你。你還了我招文袋。」婆惜冷笑道：「你這黑三倒乖，把我一似小孩兒般捉弄。我便先還了你招文袋這封書，歇三日却問你討金子，正是棺材出了討挽歌郎錢。我這裏一手交錢，一手交貨，你快把來，兩相交割。」宋江道：「果然不曾有這金子。」婆惜道：「明朝到公廳上，你也説不曾有這金子？」畫。宋江聽了公廳兩字，怒氣直起，那裏按納得住！睁着眼道：「你還也不還？」畫。那婦人道：「你恁地狠，我便還你不迭！」畫。宋江道：「你真個不還？」婆惜道：「不還！再饒你一百個不還！」畫。若要還時，在鄆城縣還你。」宋江便來扯那婆惜蓋的被，婦人身邊却有這件物，倒不顧被，兩手只緊緊地抱住胸前。畫。宋江扯開被來，却見這鑾帶頭正在那婦人胸前拖下來。宋江道：「原來却在這裏。」一不做，二不休，兩手便來奪，那婆娘那裏肯放。宋江在牀邊捨命的奪，婆惜死也不放。宋江恨命只一拽，倒拽出那把壓衣刀子在蓆上，宋江便搶在手裏。那婆娘見宋江搶刀在手，叫：「黑三郎殺人也！」〔眉〕好關目。只這一聲，提起宋江這個念頭來，那一肚皮氣正没出處。婆惜却叫第二聲時，宋江左手早按住那婆娘，右手却早刀落，去那婆惜顙子上只一勒，鮮血飛出，佛。那婦人兀自吼哩。宋江怕他不死，再復一刀，那顆頭伶伶仃仃落在枕頭上。〔眉〕這是宋公明第一件好處。但見：

　　手到處青春喪命，刀落時紅粉亡身。七魄悠悠，已赴森羅殿上；三魂渺渺，應歸枉死城中。緊閉星眸，直挺挺屍橫蓆上；半開檀口，濕津津頭落枕邊。小院初春，大雪壓枯金綫柳；寒生庾嶺，狂風吹折玉梅花。三寸氣在千般用，一日無常萬事休。紅粉不知歸何處，芳魂今夜落誰家。

宋江一時怒氣，殺了閻婆惜，取過招文袋，抽出那封書來，便就殘燈下燒了。遲些。繫上鑾帶，走出樓來。那婆子在下面睡，聽他兩口兒論口，倒也不着在意裏。只聽得女兒叫一聲：「黑三郎殺人也！」正不知怎地，慌忙跳起來，穿了衣裳，奔上樓來，却好和宋江打個胸厮撞。閻婆問道：「你兩口兒做甚麽鬧？」宋江道：「你女兒忒無禮，被我殺了。」婆子笑道：「却是甚話！便是押司生的眼兇，又酒性不好，專要殺人？趣。押司，休取笑老身。」〔眉〕這個婆子儘趣，儘停當。宋江道：「你不信時，去房裏看，我真個殺了。」婆子道：「我不信！」推開房門看時，只見血泊裏挺着屍首。婆子道：「苦也！却是怎地好？」宋江道：「我是烈漢，一世也不走，是。隨你要怎地。」婆子道：「這賤人果是不好，押司不錯殺了。只是老身無人養贍。」宋江道：「這個不妨。既是你如此説時，你却不用憂心，我家豈無珍羞百味，只教你豐衣足食便了，快活過半世。」癡。閻婆道：「恁地時却是好也，深謝押司。妙。我女兒死在牀上，怎地斷送？」宋江道：「這個容易，我去陳三郎家買一具棺材與你，仵作行人入殮時，我自分付他來。我再取十兩銀子與你結果。」婆子謝道：「押司，只好趁天未明時，討具棺材盛了，鄰舍街坊，都不要見影。」妙。宋江道：「也好。你取紙筆來，我寫個批子與你去取。」癡。閻婆道：「批子也不濟事，妙。須是押司自去取，便肯早早發來。」宋江道：「也説得是。」癡。兩個下樓來，婆子去房裏拏了鎖鑰，出到門前，把門鎖了，帶了鑰匙。宋江與閻婆兩個投縣前來。

此時天色尚早，未明，縣門却纔開。那婆子約莫到縣前左側，把宋江一把結住，發喊叫道：「有殺人賊在這裏！」妙。嚇得宋江慌做一團，連忙掩住口道：「不要叫！」癡。那裏掩得住。縣前有幾個做公的，走將攏來看時，認得是宋江，便勸道：「婆子閉嘴，押司不是這般的人。有事只消得好説。」閻婆道：「他正是兇首，與我捉住同到縣裏。」原來宋江爲人最好，上下愛敬，滿縣人没一個不讓他。因此做公的都不肯下手拿他，又不信這婆子説。正在那裏没個解救，却好唐牛兒托一盤子洗浄的糟薑，來縣前趕趁，正見這婆子結扭住宋江在那裏叫冤屈。唐牛兒見是閻婆一把扭結住宋江，想起昨夜的一肚子鳥氣來，便把盤子放在賣藥的老王凳子上，鑽將過來，喝道：「老賊蟲！你做甚麽結扭住押司？」婆子道：「唐二，你不要來打奪人去，要你償命也！」唐牛兒大怒，那裏聽他説，把婆子手一拆，拆開了，不問事由，叉開五指，去閻婆臉上只一掌，打個滿天星。那婆子昏撒了，只得放手。宋江得脱，往鬧裏一直走了。不該走。〔眉〕若要走，何不早走。婆子便一把却結扭住唐牛兒，叫道：「宋押司殺了我的女兒，你却打奪去了！」唐牛兒慌忙道：「我那裏得知！」閻婆叫道：「上下！替我捉一捉殺人賊則個。不時須要帶累你們。」衆做公的只礙宋江面皮，不肯動手；拿唐牛兒時，須不擔閣。衆人向前，一個帶住婆子，三四個拿住唐牛兒，把他横拖倒拽，直推進鄆城縣裏來。古人云：「禍福無門，惟人自招。披麻救火，惹焰燒身。」正是：三寸舌爲誅命劍，一張口是葬身坑。畢竟唐牛兒被閻婆結住，怎地脱身，且聽下回分解。

卓吾曰：此回文字逼真，化工肖物。摩寫宋江、閻婆惜並閻婆處，不惟能畫眼前，且畫心上；不惟能畫心上，且並畫意外。顧虎頭、吴道子安得到此？至其中轉轉關目，恐施、羅二君亦不自料到此。余謂斷有鬼神助之也。

卷二二 圖

朱仝義釋
宋公明

第二十二回　閻婆大鬧鄆城縣　朱仝義釋宋公明

詩曰：

爲戀煙花起禍端，閻婆口狀去經官。若非〈挾〉（俠）士行仁愛，定使圜扉鎖鳳鸞。四海英雄思慷慨，一腔忠義動衣冠。九原難忘朱仝德，千古高名逼斗寒。〔眉〕佳句。

話說當時衆做公的拏住唐牛兒，解進縣裏來。知縣聽得有殺人的事，慌忙出來升廳。衆做公的把這唐牛兒簇擁在廳前，知縣看時，只見一個婆子跪在左邊，一個漢子跪在右邊。知縣問道：「甚麼殺人公事？」婆子告道：「老身姓閻，有個女兒，喚做婆惜，典與宋押司做外宅。昨夜晚間，我女兒和宋江一處吃酒，這個唐牛兒一逕來尋鬧，叫罵出門，鄰里盡知。今早宋江出去走了一遭回來，把我女兒殺了。老身結扭到縣前，這唐二又把宋江打奪了去。告相公做主。」知縣道：「你這廝，怎敢打奪了兇身？」唐牛兒告道：「小人不知前後因依。只因昨夜去尋宋江搪碗酒吃，被這閻婆叉小人出來。今早小人自出來賣糟薑，遇見閻婆結扭宋押司在縣前。小人見了，不合去勸他，他便走了。却不知他殺死他女兒的緣由。」知縣喝道：「胡說！宋江是個君子，誠實的人，如何肯造次殺人？這人命之事，必然在你身上！這便教做胡說。 左右在那裏？」便喚當廳公吏當下轉上押司張文遠來，看了，見說閻婆告宋江殺了他女兒，「正是我的表子。」隨即取了各人口詞，就替閻婆寫了狀子，疊了一宗案，便喚當地坊仵作行人，並地廂、里正、鄰佑一干人等，來到閻婆家，開了門，取屍首登場檢驗了。身邊放着行兇刀子一把。當日再三看驗得，係是生前項上被刀勒死。衆人登場了當，屍首把棺木盛了，寄放寺院裏。將一干人帶到縣裏。

知縣却和宋江最好，有心要出脱他，只把唐牛兒來再三推問。好知縣。〔眉〕好一個明白公道底知縣。 唐牛兒供道：「小人並不知前後。」知縣道：「你這廝，如何隔夜去他家鬧，以定是你殺了。」唐牛兒告道：「小人一時撞去搪碗酒吃。」知縣道：「胡説！且把這廝捆翻了，打這廝。」左右兩邊狼虎一般公人，把這唐牛兒一索捆翻了，打到三五十，前後語言一般。知縣明知他不知情，一心要救宋江，只把他來勘問。且叫取一面枷來釘了，禁在牢裏。那張文遠上廳來稟道：「雖然如此，見有刀子，是宋江的壓衣刀，可以去拿宋江來對問，便有下落。」是，大是。 知縣吃他三回五次來稟，遮掩不住，只得差人去宋江下處捉拿。宋江已自在逃去了。只拿得幾家鄰人來回話：「兇身宋江在逃，不知去向。」張文遠又稟道：「犯人宋江逃去，他父親宋太公並兄弟宋清，見在宋家村居住，可以勾追到官，責限比捕，跟尋宋江到官理問。」〔眉〕人但知張文遠妬色，不知實是執法。 知縣本不肯行移，只要朦朧做在唐牛兒身上，日後自慢慢地出他。怎當這張文遠立主文案，唆使閻婆上廳，只管來告。知縣情知阻當不住，只得押紙公文，差三兩個做公的，去宋家莊勾追宋太公並兄弟宋清。

公人領了公文，來到宋家村宋太公莊上。太公出來迎接，至草廳上坐定。公人將出文書，遞與太公看了。宋太公道：「上下請坐，容老漢告稟。老漢祖代務農，守此田園過活。不孝之子宋江，自小忤逆，不肯本分生理，要去做吏，百般説他不從。因此老漢數年前，本縣官長處告了他忤逆，出了他籍，不在老漢户内人數。他自在縣裏住居，老漢自和孩兒宋清在此荒村，守些田畝過活。他與老漢水米無交，並無干涉。老漢也怕他做出事來，連累不便，因此在前官手裏告了執憑文帖，在此存照。老漢取來教上下看。」衆公人都是和宋江好的，明知道這個是預先開的門路，苦死不肯做冤家。衆人回説道：「太公既有執憑，把將來我們看，抄去縣裏回話。」太公隨即宰殺些雞鵝，置酒管待了衆人，賫發了十數兩銀子，取出執憑公文，教他衆人抄了。衆公人相辭了宋太公，自回縣去回知縣的話，説道：「宋太公三年前出了宋江的籍，告了執憑文帖。見有抄白在此，難以勾捉。」知縣又是要出脱宋江的，便道：「既有執憑公文，他又别無親族，可以出一千貫賞錢，行移諸處海捕捉拿便了。」

那張三又挑唆閻婆去廳上披頭散髮來告道：「宋江〈以〉（實）是宋清隱藏在家，不令出官。相公如何不與老身做主，去拏宋江？」知縣喝道：「他父親已自三年前告了他忤逆在官，出了他籍，見有執憑公文存照，如何拏得他父親兄弟來比捕？」閻婆告道：「相公，誰不知道他叫做孝義黑三郎？這執憑是個假的。只是相公做主則個！」知縣道：「胡説！前官手裏押的印信公文，如何是假的！」閻婆在廳下叫屈叫苦，哽哽咽咽地假哭，告相公道：「人命大如天，若不肯與老身做主時，只得去州裏告狀。只是我女兒死得甚苦。」那張三又上廳來替他稟道：「相公不與他行移拏人時，這閻婆上司去告狀，倒是利害。詳議得本縣有弊，倘或來提問時，小吏難去回話。」〔眉〕是。知縣情知有理，只得押了一紙公文，便差朱仝、雷横二都頭當廳發落：「你等可帶多人，去宋家村宋大户莊上，搜捉犯人宋江來。」朱、雷二都頭領了公文，便來點起士兵四十餘人，逕奔宋家莊上來。宋太公得知，慌忙出來迎接。朱仝、雷横二人説道：「太公休怪，我們上司差遣，蓋不由己。你的兒子押司見在何處？」宋太公道：「兩位都頭在上，我這逆子宋江，他和老漢並無干涉。前官手裏已告開了他，見告的執憑在此。已與宋江三年多各户另籍，不同老漢一家過活。亦不曾回莊上來。」朱仝道：「然雖如此，我們憑書請客，奉帖勾人，難憑你説不在莊上。你等我們搜一搜看，好去回話。」便叫士兵三四十人圍了莊院。「我自把定前門。雷都頭，你先入去搜。」雷横便入進裏面，莊前莊後，搜了一遍出來，對朱仝説道：「端的不在莊裏。」朱仝道：「我只是放心不下。雷都頭，你和衆弟兄把了門，我親自細細地搜一遍。」宋太公道：「老漢是識法度的人，如何敢藏在莊裏。」朱仝道：「這個是人命的公事，你却嗔怪我們不得。」太公道：「都頭尊便，自細細地去搜。」朱仝道：「雷都頭，你監着太公在這裏，休教他走動。」朱仝自進莊裏，把朴刀倚在壁邊，把門來拴了，走入佛堂内去，把供牀拖在一邊，揭起那片地板來。板底下有條索頭，將索子頭只一拽，銅鈴一聲響，宋江從地窨子裏鑽將出來。見了朱仝，吃那一驚。朱仝道：「公明哥哥，休怪小弟今來捉你。閑常時和你最好，有的事都不相瞞。一日酒中，兄長曾説道：『我家佛座底下有個地窨子，上面放着三世佛。佛堂内有片地板蓋着，上面設着供牀。你有些緊急之事，可來那裏躲避。』小弟那時聽説，記在心裏。今日本縣知縣差我和雷横兩個來時，無奈何，要瞞生人眼目。相公也有覷兄長之心，只是被張三和這婆子在廳上發言發語，道本縣不做主時，定要在州裏告狀，因此上又差我兩個來搜你莊上。我只怕雷横執着，不會週全人，倘或見了兄長，没個做圓活處。因此小弟賺他在莊前，一逕自來和兄長説話。此地雖好，也不是安身之處。倘或有人知得，來這裏搜着，如之奈何？」宋江道：「我也自這般尋思。若不是賢兄如此週全，宋江定遭縲絏之厄。」朱仝道：「休如此説。兄長却投何處去好？」宋江道：「小可尋思，有三個安身之處：一是滄州横海郡小旋風柴進莊上；二乃是青州清風寨小李廣花榮處；三者是白虎山孔太公莊上，他有兩個孩兒，長男叫做毛頭星孔明，次子叫做獨火星孔亮，多曾來縣裏相會。那三處在這裏躊躇未定，不知投何處去好？」朱仝道：「兄長可以作急尋思，當行即行，今晚便可動身，勿請遲延自誤。」宋江道：「上下官司之事，全望兄長維持。金帛使用，只顧來取。」朱仝道：「這事放心，都在我身上。兄長只顧安排去路。」〔眉〕好個都頭，只管做自家人情。都做了人情，如王法何！

宋江謝了朱仝，再入地窨子去。朱仝依舊把地板蓋上，還將供牀壓了，開門拿朴刀出來，説道：「真個没在莊裏。」叫道：「雷都頭，我們只拏了宋太公去如何？」雷横見説要拿宋太公去，尋思：「朱仝那人和宋江最好，他怎地顛倒要拏宋太公？這話以定是反説。他若再提起，我落得做人情。」朱仝、雷横叫攏土兵，都入草堂上來。宋太公慌忙置酒管待衆人。朱仝道：「休要安排酒食，且請太公和四郎同到本縣裏走一遭。」雷横道：「四郎如何不見？」宋太公道：「老漢使他去近村打些農器，不在莊裏。宋江那廝，自三年已前把這逆子告出了户，見有一紙執憑公文，在此存照。」朱仝道：「如何説得過。我兩個奉着知縣台旨，叫拏你父子二人自去縣裏回話。」雷橫道：「朱都頭，你聽我說。宋押司他犯罪過，其中必有緣故。殺了這個婆娘，也未便該死罪。既然太公已有執憑公文，係是印信官文書，又不是假的。我們看宋押司日前交往之面，權且擔負他些個。只抄了執憑去回話便了。」朱仝尋思道：「我自反說，要他不疑。」朱仝道：「既然兄弟這般說了，我没來由做甚麼惡人。」宋太公謝了道：「深相感二位都頭相覷。」隨即排下酒食，犒賞衆人。將出二十兩銀子，送與兩位都頭。朱仝、雷橫堅執不受，把來散與衆人，四十個士兵分了。抄了一張執憑公文，相别了宋太公，離了宋家村。朱、雷二位都頭，自引了一行人回縣去了。縣裏知縣正值升廳，見朱仝、雷橫回來了，便問緣由。兩個稟道：「莊前莊後，四圍村坊，搜遍了二次，其實没這個人。宋太公卧病在牀，不能動止，早晚臨危。宋清已自前月出外未回。因此只把執憑抄白在此。」知縣道：「既然如此……」一面申呈本府，一面動了一紙海捕文書，不在話下。

縣裏有那一等和宋江好的相交之人，都替宋江去張三處説開。那張三也耐不過衆人面皮，因此也只得罷了。朱仝自湊些錢物把與閻婆，教不要去州裏告狀。這婆子也得了些錢物，没奈何，只得依允了。朱仝又將若干銀兩，教人上州裏去使用，文書不要駁將下來。又得知縣一力主張，出一千貫賞錢，行移開了一個海捕文書。只把唐牛兒問做成個故縱兇身在逃，脊杖二十，刺配五百里外，干連的人，盡數保放寧家。這是後話。有詩爲證：

為誅紅粉便逋逃，地窨藏身計亦高。不是朱家施意氣，英雄準擬入天牢。

且說宋江，他是個莊農之家，如何有這地窨子？原來故宋時爲官容易，做吏最難。爲甚的爲官容易？皆因只是那時朝廷奸臣當道，讒佞專權，非親不用，非財不取。爲甚做吏最難？那時做押司的，但犯罪責，輕則刺配遠惡軍州，重則抄扎家産，結果了殘生性命。以此預先安排下這般去處躲身。又恐連累父母，教爹娘告了忤逆，出了籍册，各户另居，官給執憑公文存照，不相來往。却做家私在屋裏。宋時多有這般算的。

且說宋江從地窨子出來，和父親兄弟商議：「今番不是朱仝相覷，須吃官司，此恩不可忘報。如今我和兄弟兩個，且去逃難。天可憐見，若遇寬恩大赦，那時回來父子相見，安家樂業。父親可使人暗暗地送些金銀去與朱仝處，央他上下使用，及資助閻婆些少，免得他上司去告擾官府。」太公道：「這事不用你憂心，你自和兄弟宋清在路小心。若到了彼處，那裏使個得托的人，寄封信來。」宋江、宋清收拾了動身。原來這宋清，滿縣人都叫他做鐵扇子。當晚弟兄兩個拴束包裹，到四更時分起來，洗漱罷，吃了早飯，兩個打扮動身。宋江戴着白范陽毡笠兒，上穿白段子衫，繫一條梅紅縱綫縧。下面纏脚絣，襯着多耳麻鞋。宋清做伴當打扮，背了包裹。都出草廳前，拜辭了父親宋太公。三人洒淚不住，太公分付道：「你兩個前程萬里，休得煩惱。」宋江、宋清却分付大小莊客：「小心看家，早晚慇勤伏侍太公，休教飲食有缺。」弟兄兩個各跨了一口腰刀，都拿了一條朴刀，逕出離了宋家村。兩個取路登程，五里單牌，十里雙牌，都不在話下。正遇着秋末冬初天氣，但見：

柄柄芰荷枯，葉葉梧桐墜。蛩吟腐草中，雁落平沙地。細雨濕楓林，霜重寒天氣。不是路行人，怎諳秋滋味。

話説宋江弟兄兩個行了數程，在路上思量道：「我們却投奔兀誰的是？」宋清答道：「我只聞江湖上人傳説滄州横海郡柴大官人名字，説他是大周皇帝嫡派子孫，只不曾拜識，何不只去投奔他？人都説仗義疏財，專一結識天下好漢，救助遭配的人，是個見世的孟嘗君。我兩個只投奔他去。」宋江道：「我也心裏是這般思想。他雖和我常常書信來往，無緣分上，不曾得會。」兩個商量了，逕望滄州路上來。途中免不得飢餐渴飲，夜住曉行，登山涉水，過府衝州。但凡客商在路，早晚安歇，有兩件事免不得：吃癩碗，睡死人牀。

且把閑話提過，只説正話。宋江弟兄兩個，不則一日，來到滄州界分，問人道：「柴大官人莊在何處？」問了地名，一逕投莊前來。便問莊客：「柴大官人在莊上也不？」莊客答道：「大官人在東莊上收租米，不在莊上。」宋江便問：「此間到東莊有多少路？」莊客道：「有四十餘里。」宋江道：「從何處落路去？」莊客道：「不敢動問二位官人高姓？」宋江道：「我是鄆城縣宋江的便是。」莊客道：「莫不是及時雨宋押司麽？」宋江道：「便是。」莊客道：「大官人如常説大名，只怨暢不能相會。既是宋押司時，小人領去。」莊客慌忙便領了宋江、宋清逕投東莊來。没三個時辰，早來到東莊。宋江看時，端的好一所莊院！十分幽雅。但見：

門迎闊港，後靠高峯。數千株槐柳疏林，三五處招賢客館。深院内牛羊騾馬，芳塘中鳧鴨雞鵝。仙鶴庭前戲躍，文禽院内優游。疏財仗義，人間今見孟嘗君，濟困扶傾，賽過當時孫武子。

正是家有餘糧雞犬飽，户無差役子孫閑。

當下莊客引領宋江來至東莊，便道：「二位官人且在此亭上坐一坐，待小人去通報大官人出來相接。」宋江道：「好。」自和宋清在山亭上倚了朴刀，解下腰刀，歇了包裹，坐在亭子上。那莊客入去不多時，只見那座中間莊門大開，柴大官人引着三五個伴當，慌忙跑將出來，亭子上與宋江相見。柴大官人見了宋江，拜在地下，口稱道：「端的想殺柴進！天幸今日甚風吹得到此，大慰平生渴仰之念。多幸，多幸！」宋江也拜在地下答道：「宋江疏頑小吏，今日特來相投。」柴進扶起宋江來，口裏説道：「昨夜燈花報，今早喜鵲噪，不想却是貴兄來。」滿臉堆下笑來。宋江見柴進接得意重，心裏甚喜。便喚兄弟宋清也來相見了。柴進喝叫伴當：「收拾了宋押司行李，在後堂西軒下歇處。」

柴進攜住宋江的手，入到裏面正廳上，分賓主坐定。柴進道：「不敢動問，聞知兄長在鄆城縣勾當，如何得暇，來到荒村弊處？」宋江答道：「久聞大官人大名，如雷灌耳。雖然節次收得華翰，只恨賤役無閑，不能勾相會。今日宋江不才，做出一件没出豁的事來，弟兄二人尋思無處安身，想起大官人仗義疏財，特來投奔。」柴進聽罷，笑道：「兄長放心，遮莫做下十惡大罪，既到弊莊，但不用憂心。不是柴進誇口，任他捕盜官軍，不敢正眼兒覷着小莊。」宋江便把殺了閻婆惜的事，一一告訴了一遍。柴進笑將起來，説道：「兄長放心。便殺了朝廷的命官，劫了府庫的財物，柴進也敢藏在莊裏。」胡説。説罷，便請宋江弟兄兩個洗浴，隨即將出兩套衣服、巾幘、絲鞋、净韈，教宋江弟兄兩個換了出浴的舊衣裳。兩個洗了浴，都穿了新衣服。莊客自把宋江弟兄的舊衣裳，送在歇宿處。柴進邀宋江去後堂深處，已安排下酒食了。便請宋江正面坐地，柴進對席，宋清有宋江在上，側首坐了。三人坐定，有十數個近上的莊客，並幾個主管，輪替着把盞，伏侍勸酒。柴進再三勸宋江弟兄寬懷飲幾杯，宋江稱謝不已。酒至半酣，三人各訴胸中朝夕相愛之念。看看天色晚了，點起燈燭。宋江辭道：「酒止。」柴進那裏肯放。直吃到初更左側。宋江起身去浄手。柴進喚一個莊客，點一碗燈，引領宋江東廊盡頭處去浄手。便道：「我且躲杯酒。」大寬轉掇出前面廊下來，俄延走着，却轉到東廊前面。

宋江已有八分酒，脚步趄了，只顧踏去。那廊下有一個大漢，因害瘧疾，當不住那寒冷，把一鍁火在那裏向。宋江仰着臉，只顧踏將去，正跐着火鍁柄上，把那火鍁裏炭火，都掀在那漢臉上。那漢吃了一驚，【驚出一身汗來，自此瘧疾好了。】刪。〔眉〕病既好了，又不該氣了。没關目。那漢氣將起來，把宋江匹胸揪住，大喝道：「你是甚麼鳥人，敢來消遣我！」宋江也吃一驚。正分說不得，那個提燈籠的莊客慌忙叫道：「不得無禮！這位是大官人的親戚客官。」那漢道：「客官，客官！我初來時也是客官，也曾相待的厚。如今却聽莊客搬口，便疏慢了我。正是人無千日好，花無摘下紅。」却待要打宋江，那莊客撇了燈籠，便向前來勸。正勸不開，只見兩三碗燈籠飛也似來。柴大官人親趕到說：「我接不着押司，如何却在這裏鬧？」那莊客便把跐了火鍁的事說一遍。柴進笑道，便叫：「大漢，你不認的這位奢遮的押司？」那漢道：「奢遮，奢遮，他敢比不得鄆城宋押司少些兒！」柴進大笑道：「大漢，你認的宋押司不？」那漢道：「我雖不曾認的，江湖上久聞他是個及時雨宋公明。且又仗義疏財，扶危濟困，是個天下聞名的好漢。」柴進問道：「如何見的他是天下聞名的好漢？」那漢道：「却纔說不了，他便是真大丈夫，有頭有尾，有始有終。〔眉〕柴皇親却是有頭没尾、有始没終了。我如今只等病好時，便去投奔他。」柴進道：「你要見他麽？」那漢道：「我可知要見他哩。」柴進便道：「大漢，遠便十萬八千，近便在面前。」柴進指着宋江便道：「此位便是及時雨宋公明。」那漢道：「真個也不是？」宋江道：「小可便是宋江。」那漢定睛看了看，納頭便拜，説道：「我不是夢裏麽？與兄長相見！」宋江道：「何故如此錯愛？」那漢道：「却纔甚是無禮，萬乞恕罪！有眼不識泰山。」跪在地下，那裏肯起來。宋江慌忙扶住道：「足下高姓大名？」柴進指着那漢，説出他姓名，叫甚諱字。有分教：山中猛虎，見時魄散魂離，林下强人，撞着心驚膽裂。正是説開星月無光彩，道破江山水倒流。畢竟柴大官人説出那漢還是何人，且聽下回分解。

李禿老曰：朱仝、雷横、柴進，不顧王法，只顧人情，所以到底做了强盜。若張文遠，倒是執法的，還是個良民。或曰：知縣相公也做人情，如何不做强盜？曰：你道知縣相公不是强盜麽？

橫海郡柴進留賓

景陽岡武
松打虎

第二十三回 横海郡柴進留賓 景陽岡武松打虎

詩曰：

延士聲華似孟嘗，有如東閣納賢良。武松雄猛千夫懼，柴進風流四海揚。自信一身能殺虎，浪言三碗不過岡。報兄誅嫂真奇特，贏得高名萬古香。

話說宋江因躲一杯酒，去浄手了，轉出廊下來，跐了火鍁柄，引得那漢焦躁，跳將起來，就欲要打宋江。柴進趕將出來，〈誤〉(偶)叫起宋押司，因此露出姓名來。與前不應。那大漢聽得是宋江，跪在地下，那裏肯起，説道：「小人有眼不識泰山，一時冒瀆兄長，望乞恕罪。」宋江扶起那漢，問道：「足下是誰？高姓大名？」柴進指着道：「這人是清河縣人氏，姓武名松，排行第二。今在此間一年也。」宋江道：「江湖上多聞説武二郎名字，不期今日却在這裏相會。多幸，多幸！」柴進道：「偶然豪傑相聚，實是難得，就請同做一席説話。」宋江大喜，攜住武松的手，一同到後堂席上，便唤宋清與武松相見。柴進便邀武松坐地。宋江連忙讓他一同在上面坐，武松那裏肯坐，謙了半晌，武松坐了第三位。柴進教再整杯盤，來勸三人痛飲。宋江在燈下看那武松時，果然是一條好漢。但見：

身軀凜凜，相貌堂堂。一雙眼光射寒星，兩彎眉渾如刷漆。胸脯橫闊，有萬夫難敵之威風；語話軒昂，吐千丈淩雲之志氣。心雄膽大，似撼天獅子下雲端；骨健筋强，如摇地貔貅臨座上。如同天上降魔主，真是人間太歲神。

當下宋江看了武松這表人物，心中甚喜，便問武松道：「二郎因何在此？」武松答道：「小弟在清河縣，因酒後醉了，與本處機密相争，一時間怒起，只一拳打得那厮昏沉。小弟只道他死了，因此一逕地逃來，投奔大官人處躲災避難。今已一年有餘。後來打聽得那厮却不曾死，救得活了。今欲正要回鄉去尋哥哥，不想染患瘧疾，不能勾動身回去。却纔正發寒冷，在那廊下向火，被兄長跐了鍁柄，吃了那一驚，驚出一身冷汗，覺得這病好了。」〔眉〕此處説便不妨。宋江聽了大喜，當夜飲至三更。酒罷，宋江就留武松在西軒下做一處安歇。次日起來，柴進安排席面，殺羊宰豬，管待宋江，不在話下。

過了數日，宋江將出些銀兩來，與武松做衣裳。柴進知道，那裏肯要他壞錢，自取出一箱段匹紬絹，門下自有針工，便教做三人的稱體衣裳。説話的，柴進因何不喜武松？原來武松初來投奔柴進時，也一般接納管待。次後在莊上，但吃醉了酒，性氣剛，莊客有些顧管不到處，他便要下拳打他們。因此滿莊裏莊客没一個道他好。衆人只是嫌他，都去柴進面前告訴他許多不是處。柴進雖然不趕他，只是相待得他慢了。却得宋江每日帶挈他一處飲酒相陪，武松的前病都不發了。相伴宋江住了十數日，武松思鄉，要回清河縣看望哥哥。柴進、宋江兩個都留他再住幾時，武松道：「小弟的哥哥多時不通信息，因此要去望他。」宋江道：「實是二郎要去，不敢苦留。如若得閑時，再來相會幾時。」武松相謝了宋江，柴進取出些金銀送與武松，武松謝道：「實是多多相擾了大官人。」武松縛了包裹，拴了梢棒要行，柴進又治酒食送路。武松穿了一領新衲紅紬襖，戴着個白范陽毡笠兒，背上包裹，提了桿棒，相辭了便行。宋江道：「弟兄之情，賢弟少等一等。」回到自己房内，取了些銀兩，趕出到莊門前來説道：「我送兄弟一程。」宋江和兄弟宋清兩個送武松，待他辭了柴大官人，宋江也道：「大官人，暫別了便來。」

三個離了柴進東莊，行了五七里路，武松作別道：「尊兄，遠了，請回。柴大官人必然專望。」宋江道：「何妨再送幾步。」路上説些閑話，不覺又過了三二里。武松挽住宋江，説道：「尊兄不必遠送。常言道：『送君千里，終須一別。』」宋江指着道：「容我再行幾步。兀那官道上有個小酒店，我們吃三鍾了作別。」三個來到酒店裏，宋江上首坐了，武松倚了梢棒，下席坐了，宋清横頭坐定。便叫酒保打酒來，且買些盤饌菓品菜蔬之類，都搬來擺在桌子上。三個人飲了幾杯，看看紅日平西，武松便道：「天色將晚，哥哥不棄武二時，就此受武二四拜，拜爲義兄。」〔眉〕此處方拜兄弟，極有關目。宋江大喜。武松納頭拜了四拜。宋江叫宋清身邊取出一錠十兩銀子，送與武松。〔眉〕這十兩銀子又買了武松了。賊，賊！武松那裏肯受，説道：「哥哥客中自用盤費。」宋江道：「賢弟不必多慮。你若推却，我便不認你做兄弟。」武松只得拜受了，收放纏袋裏。宋江取些碎銀子，還了酒錢。武松拏了梢棒，三個出酒店前來作別。武松墮淚，拜辭了自去。宋江和宋清立在酒店門前，望武松不見了，方纔轉身回來。行不到五里路頭，只見柴大官人騎着馬，背後牽着兩匹空馬來接。宋江望見了大喜，一同上馬回莊上來。下了馬，請入後堂飲酒。宋江弟兄兩個，自此只在柴大官人莊上。話分兩頭，有詩爲證：

　　別意悠悠去路長，挺身直上景陽岡。醉來打殺山中虎，揚得聲名滿四方。

只說武松自與宋江分別之後，當晚投客店歇了。次日早起來，打火吃了飯，還了房錢，拴束包裹，提了梢棒，便走上路。尋思道：「江湖上只聞說及時雨宋公明，果然不虛。結識得這般弟兄，也不枉了。」畫。武松在路上行了幾日，來到陽谷縣地面。此去離〈那〉縣(治)還遠。當日晌午時分，走得肚中飢渴，望見前面有一個酒店，挑着一面招旗在門前，上頭寫着五個字道：「三碗不過岡。」武松入到裏面坐下，把梢棒倚了，叫道：「主人家！快把酒來吃。」只見店主人把三隻碗、一雙筯、一碟熱菜，放在武松面前，滿滿篩一碗酒來。武松拿起碗，一飲而盡，叫道：「這酒好生有氣力！主人家，有肚飽的買些吃酒。」酒家道：「只有熟牛肉。」武松道：「好的切二三斤來吃酒。」店家去裏面切出二斤熟牛肉，做一大盤子將來，放在武松面前，隨即再篩一碗酒。武松吃了道：「好酒！」又篩下一碗，恰好吃了三碗酒，再也不來篩。武松敲着桌子，叫道：「主人家，怎的不來篩酒？」酒家道：「客官要肉便添來。」武松道：「我也要酒，也再切些肉來。」酒家道：「肉便切來添與客官吃，酒却不添了。」武松道：「却又作怪。」便問主人家道：「你如何不肯賣酒與我吃？」酒家道：「客官，你須見我門前招旗，上面明明寫道『三碗不過岡』。」武松道：「怎地喚做『三碗不過岡』？」酒家道：「俺家的酒，雖是村酒，却比老酒的滋味。但凡客人來我店中吃了三碗的，便醉了，過不得前面的山岡去，因此喚做『三碗不過岡』。若是過往客人到此，只吃三碗，更不再問。」武松笑道：「原來恁地。我却吃了三碗，如何不醉？」酒家道：

「我這酒，叫做『透瓶香』，又喚做『出門倒』。初入口時，醇醲好吃，少刻時便倒。」武松道：「休要胡說。沒地不還你錢，再篩三碗來我吃。」酒家見武松全然不動，又篩三碗。武松吃道：「端的好酒！主人家，我吃一碗，還你一碗錢，只顧篩來。」酒家道：「客官休只管要飲，這酒端的要醉倒人，沒藥醫。」武松道：「休得胡鳥説！便是你使蒙汗藥在裏面，我也有鼻子。」店家被他發話不過，一連又篩了三碗。武松道：「肉便再把二斤來吃。」酒家又切了二斤熟牛肉，再篩了三碗酒。武松吃得口滑，只顧要吃，去身邊取出些碎銀子，叫道：「主人家，你且來看我銀子，還你酒肉錢勾麽？」酒家看了道：「有餘，還有些貼錢與你。」武松道：「不要你貼錢，只將酒來篩。」酒家道：「客官，你要吃酒時，還有五六碗酒哩，只怕你吃不的了。」武松道：「就有五六碗多時，你盡數篩將來。」酒家道：「你這條長漢，倘或醉倒了時，怎扶的你住？」武松答道：「要你扶的不算好漢。」酒家那裏肯將酒來篩。武松焦躁道：「我又不白吃你的，休要引老爹性發，通教你屋裏粉碎，把你這鳥店子倒翻轉來！」酒家道：「這廝醉了，休惹他。」再篩了六碗酒與武松吃了，前後共吃了十五碗。綽了梢棒，立起身來道：「我却又不曾醉。」走出門前來，笑道：「却不説『三碗不過岡』！」手提梢棒便走。

酒家趕出來叫道：「客官那裏去？」武松立住了，問道：「叫我做甚麽？我又不少你酒錢，喚我怎地？」畫。酒家叫道：「我是好意，你且回來我家看官司榜文。」武松道：「甚麽榜文？」酒家道：「如今前面景陽岡上，有隻弔睛白額大蟲，晚了出來傷人，壞了三二十條大漢性命。官司如今杖限打獵捕户，擒捉發落。岡子路口兩邊人民，都有榜文。可教往來客人，結夥成隊，于巳、午、未三個時辰過岡，其餘寅、卯、申、酉、戌、亥六個時辰，不許過岡。更兼單身客人，不許白日過岡，務要等伴結夥而過。這早晚正是未末申初時分，我見你走都不問人，枉送了自家性命。不如就我此間歇了。等明日慢慢湊的三二十人，一齊好過岡子。」武松聽了，笑道：「我是清河縣人氏，這條景陽岡上少也走過了一二十遭。幾時見說有大蟲？你休說這般鳥話來嚇我。便有大蟲，我也不怕。」酒家道：「我是好意救你。你不信時，進來看官司榜文。」武松道：「你鳥子聲！便真個有虎，老爺也不怕。你留我在家裏歇，莫不半夜三更要謀我財，害我性命，却把鳥大蟲諕嚇我？」酒家道：「你看麽，我是一片好心，反做惡意，倒落得你恁地説。你不信我時，請尊便自行。」正是：

前車倒了千千輛，後車過了亦如然。分明指與平川路，却把忠言當惡言。

那酒店裏主人摇着頭，自進店裏去了。

這武松提了梢棒，大着步自過景陽岡來。約行了四五里路，來到岡子下，見一大樹，刮去了皮，一片白，上寫兩行字。武松也頗識幾字，擡頭看時，上面寫道：「近因景陽岡大蟲傷人，但有過往客商，可於巳、午、未三個時辰結夥成隊過岡。請勿自誤。」武松看了，笑道：「這是酒家詭詐，驚嚇那等客人，便去那厮家裏宿歇。〔眉〕是。我却怕甚麽鳥！」横拖着梢棒，便上岡子來。那時已有申牌時分。這輪紅日，厭厭地相傍下山。武松乘着酒興，只管走上岡子來。走不到半里多路，見一個敗落的山神廟。行到廟前，見這廟門上貼着一張印信榜文。武松住了脚讀時，上面寫道：

「陽谷縣(示)：爲這景陽岡上新有一隻大蟲，近來傷害人命。見今杖限各鄉里正並獵户人等，打捕未獲。如有過往客商人等，可于巳、午、未三個時辰結伴過岡。其餘時分及單身客人，白日不許過岡。恐被傷害性命不便。各宜知悉。」

武松讀了印信榜文，方知端的有虎。欲待發步再回酒店裏來，尋思道：「我回去時，須吃他恥笑，不是好漢，難以轉去。」〔眉〕是個硬漢。存想了一回，説道：「怕甚麼鳥！且只顧上去，看怎地！」武松正走，看看酒湧上來，便把氈笠兒背在脊梁上，將梢棒綰在肋下，一步步上那岡子來。回頭看這日色時，漸漸地墜下去了。此時正是十月間天氣，日短夜長，容易得晚。武松自言自説道：「那得甚麼大蟲！人自怕了，不敢上山。」武松走了一直，酒力發作，焦熱起來，一隻手提着梢棒，一隻手把胸膛前袒開，浪浪蹌蹌直奔過亂樹林來。見一塊光撻撻大青石，把那梢棒倚在一邊，放翻身體，却待要睡，只見發起一陣狂風來。看那風時，但見：

無形無影透人懷，四季能吹萬物開。就樹撮將黃葉去，入山推出白雲來。

原來但凡世上雲生從龍，風生從虎，那一陣風過處，只聽得亂樹背後撲地一聲響，跳出一隻弔睛白額大蟲來。武松見了叫聲：「呵呀！」從青石上翻將下來，便拏那條梢棒在手裏，閃在青石邊。那個大蟲又飢又渴，把兩隻爪在地下略按一按，和身望上一撲，從半空裏攛將下來。〔眉〕又畫虎矣，妙絶，妙絶！武松被那一驚，酒都做冷汗出了。説時遲，那時快，武松見大蟲撲來，只一閃，閃在大蟲背後。那大蟲背後看大最難，便把前爪搭在地下，把腰胯一掀，掀將起來。武松只一躲，躲在一邊。大蟲見掀他不着，吼一聲，却似半天裏起個霹靂，振得那山岡也動。把這鐵棒也似虎尾倒竪起來，只一剪，武松却又閃在一邊。原來那大蟲拿人，只是一撲、一掀、一剪，三般提不着時，氣性先自没了一半。那大蟲又剪不着，再吼了一聲，一兜兜將回來。武松見那大蟲復翻身回來，雙手輪起梢棒，盡平生氣力，只一棒，從半空劈將下來。只聽得一聲響，簌簌地將那樹連枝帶葉劈臉打將下來。定睛看時，一棒劈不着大蟲。原來慌了，正打在枯樹上，把那條梢棒折做兩截，只拏得一半在手裏。那大蟲咆哮，性發起來，翻身又只一撲，撲將來。武松又只一跳，却退了十步遠。那大蟲却好把兩隻前爪搭在武松面前。武松將半截棒丢在一邊，兩隻手就勢把大蟲頂花皮肐膌地揪住，一按按將下來。〔眉〕又畫武松打虎了，恐畫也没有這樣妙。那隻大蟲急要掙扎，早没了氣力，被武松儘氣力納定，那裏肯放半點兒鬆寬。武松把隻脚望大蟲面門上、眼睛裏只顧亂踢。那大蟲咆哮起來，把身底下扒起兩堆黄泥，做了一個土坑。武松把那大蟲嘴直按下黄泥坑裏去。那大蟲吃武松奈何得没了些氣力。武松把左手緊緊地揪住頂花皮，偷出右手來，提起鐵鎚般大小拳頭，儘平生之力，只顧打。打得五七十拳，那大蟲眼裏、口裏、鼻子裏、耳朵裏都迸出鮮血來。那武松儘平昔神威，仗胸中武藝，半歇兒把大蟲打做一塊，却似躺着一個錦布袋。有一篇古風，單道景陽岡武松打虎。但見：

景陽岡頭風正狂，萬里陰雲霾日光。焰焰滿川楓葉赤，紛紛遍地草芽黄。觸目晚霞掛林藪，侵人冷霧滿穹蒼。忽聞一聲霹靂響，山腰飛出獸中王。昂頭踴躍逞牙爪，谷口麋鹿皆奔忙。山中狐兔潛踪迹，澗内獐猿驚且慌。卞莊見後魂魄喪，存孝遇時心膽强。清河壯士酒未醒，忽在岡頭偶相迎。上下尋人虎飢渴，撞着猙獰來撲人。虎來撲人似山倒，人去迎虎如岩傾。臂腕落時墜飛砲，爪牙爬處成泥坑。拳頭脚尖如雨點，淋漓兩手鮮血染。穢污腥風滿松林，散亂毛鬚墜山奄。近看千鈞勢未休，遠觀八面威風斂。身横野草錦斑銷，緊閉雙睛光不閃。

當下景陽岡上那隻猛虎，被武松没頓飯之間，一頓拳脚打得那大蟲動彈不得，使得口裏兀自氣喘。武松放了手，來松樹邊尋那打折的棒橛，拏在手裏，只怕大蟲不死，把棒橛又打了一回。那大蟲氣都没了。武松再尋思道：「我就地拖得這死大蟲下岡子去。」就血泊裏雙手來提時，那裏提得動？原來使盡了氣力，手脚都酥軟了，動彈不得。〔眉〕畫。武松再來青石坐了半歇，尋思道：「天色看看黑了，倘或又跳出一隻大蟲來時，我却怎地鬥得他過？且掙扎下岡子去，明早却來理會。」就石頭邊尋了毡笠兒，轉過亂樹林邊，一步步捱下岡子來。

走不到半里多路，只見枯草叢中鑽出兩隻大蟲來。〔眉〕有波瀾。武松道：「呵呀！我今番死也！性命罷了！」只見那兩個大蟲於黑影裏直立起來，武松定睛看時，却是兩個人，把虎皮縫做衣裳，緊緊絣在身上。〔眉〕好想頭。文人之心如此變化，奇，奇。那兩個人手裏各拏着一條五股叉，見了武松，吃一驚道：「你那人吃了㺀律心、豹子肝、獅子腿，膽倒包着身軀！如何敢獨自一個，昏黑將夜，又没器械，走過岡子來！不知你是人？是鬼？」武松道：「你兩個是甚麽人？」那個人道：「我們是本處獵户。」武松道：「你們上嶺來做甚麽？」兩個獵户失驚道：「你兀自不知哩。如今景陽岡上有一隻極大的大蟲，夜夜出來傷人。只我們獵户，也折了七八個；過往客人，不記其數，都被這畜生吃了。本縣知縣着落當鄉里正和我們獵户人等捕捉。那業畜勢大，難近得他，誰敢向前！我們爲他正不知吃了多少限棒，只捉他不得。今夜又該我們兩個捕獵，和十數個鄉夫在此，上上下下放了窩弓藥箭等他。正在這裏埋伏，却見你大剌剌地從岡子上走將下來，我兩個吃了一驚。你却正是甚人？曾見大蟲麽？」武松道：「我是清河縣人氏，姓武，排行第二。却纔岡子上亂樹林邊，正撞着那大蟲，被我一頓拳脚打死了。」兩個獵户聽得癡呆了，説道：「怕没這話！」武松道：「你不信時，只看我身上兀自有血迹。」兩個道：「怎地打來？」武松把那打大蟲的本事，再説了一遍。兩個獵户聽了，又驚又喜，叫攏那十個鄉夫來。只見這十個鄉夫，都拏着鋼叉、踏弩、刀鎗，隨即攏來。武松問道：「他們衆人如何不隨着你兩個上山？」獵户道：「便是那畜生利害，他們如何敢上來！」一夥十數個人，都在面前。兩個獵户把武松打殺大蟲的事，説向衆人。衆人都不肯信。武松道：「你衆人不肯信時，我和你去看便了。」衆人身邊都有火刀、火石，隨即發出火來，點起五七個火把，衆人都跟着武松，一同再上岡子來。看見那大蟲做一堆兒死在那裏。衆人見了大喜，先叫一個去報知本縣里正，並該管上户。這裏五七個鄉夫，自把大蟲縛了，擡下岡子來。到得嶺下，早有七八十人都鬨將來，先把死大蟲擡在前面，將一乘兜轎，擡了武松，逕投本處一個上户家來。

那户里正都在莊前迎接，把這大蟲擡到草廳上。却有本鄉上户、本鄉獵户三二十人，都來相探武松。衆人問道：「壯士高姓大名？貴鄉何處？」武松道：「小人是此間鄰郡清河縣人氏，姓武名松，排行第二。因從滄州回鄉來，昨晚在岡子那邊酒店吃得大醉了，上岡子來，正撞見這畜生。」把那打虎的身分拳脚細説了一遍，衆上户道：「真乃英雄好漢！」衆獵户先把野味將來與武松把杯，武松因打大蟲困乏了，要睡。大户便教莊客打併客房，且教武松歇息。到天明，上户先使人去縣裏報知，一面合具虎牀，安排端正，迎送縣裏去。天明，武松起來洗漱罷，衆多上户牽一腔羊，挑一擔酒，都在廳前伺候。武松穿了衣裳，整頓巾幘，出到前面，與衆人相見。衆上户把盞，説道：「被這個畜生正不知害了多少人性命，連累獵户吃了幾頓限棒。今日幸得壯士來到，除了這個大害。（第）一，鄉中人民有福；第二，客侶通行，實出壯士之賜。」武松謝道：「非小子之能，托賴衆長上福蔭。」衆人都來作賀，吃了一早晨酒食。擡出大蟲，放在虎牀上。衆鄉村上户，都把段疋花紅來掛與武松。武松有些行李包裹，寄在莊上，一齊都出莊門前來。早有陽谷縣知縣相公，使人來接武松，都相見了。叫四個莊客，將乘涼轎來擡了武松，把那大蟲扛在前面，掛着花紅段疋，迎到陽谷縣裏來。

那陽谷縣人民聽得説一個壯士打死了景陽岡上大蟲，迎喝將來，盡皆出來看，鬨動了那個縣治。武松在轎上看時，只見亞肩疊背，鬧鬧穰穰，屯街塞巷，都來看迎大蟲。到縣前衙門口，知縣已在廳上專等。武松下了轎，扛着大蟲，都到廳前，放在甬道上。知縣看了武松這般模樣，又見了這個老大錦毛大蟲，心中自忖道：「不是這個漢，怎地打的這個猛虎？」便喚武松上廳來，武松去廳前聲了喏。知縣問道：「你那打虎的壯士，你却説怎生打了這個大蟲？」武松就廳前將打虎的本事説了一遍。廳上廳下衆多人等，都驚的呆了。知縣就廳上賜了幾杯酒，將出上户凑的賞賜錢一千貫，賞賜與武松。武松稟道：「小人托賴相公的福蔭，偶然僥倖，打死了這個大蟲。非小人之能，如何敢受賞賜？小人聞知這衆獵户因這個大蟲受了相公責罰，何不就把這一千貫給散與衆人去用？」知縣道：「既是如此，任從壯士。」武松就把這賞錢在廳上散與衆人獵户。我知縣見他忠厚仁德，有心要擡舉他，便道：「雖你原是清河縣人氏，與我這陽谷縣只在咫尺。我今日就參你在本縣做個都頭如何？」武松跪謝道：「若蒙恩相擡舉，小人終身受賜。」知縣隨即喚押司立了文案，當日便參武松做了步兵都頭。衆上户都來與武松作賀慶喜，連連吃了三五日酒。武松自心中想道：「我本要回清河縣去看望哥哥，誰想倒來做了陽谷縣都頭！」自此上官見愛，鄉里聞名。又過了三二日。那一日，武松心閑，走出縣前來閑玩。只聽得背後一個人叫聲：「武都頭，你今日發迹了，如何不看覷我則個？」武松回過頭來看了，叫聲：「阿也！你如何却在這裏？」不是武松見了這個人，有分教：陽谷縣裏，屍橫血染。直教鋼刀響處人頭滾，寶劍揮時熱血流。正是：只因酒色忘家國，幾見詩書誤好人。畢竟叫喚武都頭的正是甚人，且聽下回分解。

李卓吾曰：人以武松打虎到底有些怯在，不如李逵勇猛也。此村學究見識，如何讀得《水滸傳》？不知此正施、羅二公傳神處。李是爲母報仇，不顧性命者；武乃出于一時，不得不如此耳。俗人何足言此，俗人何足言此！

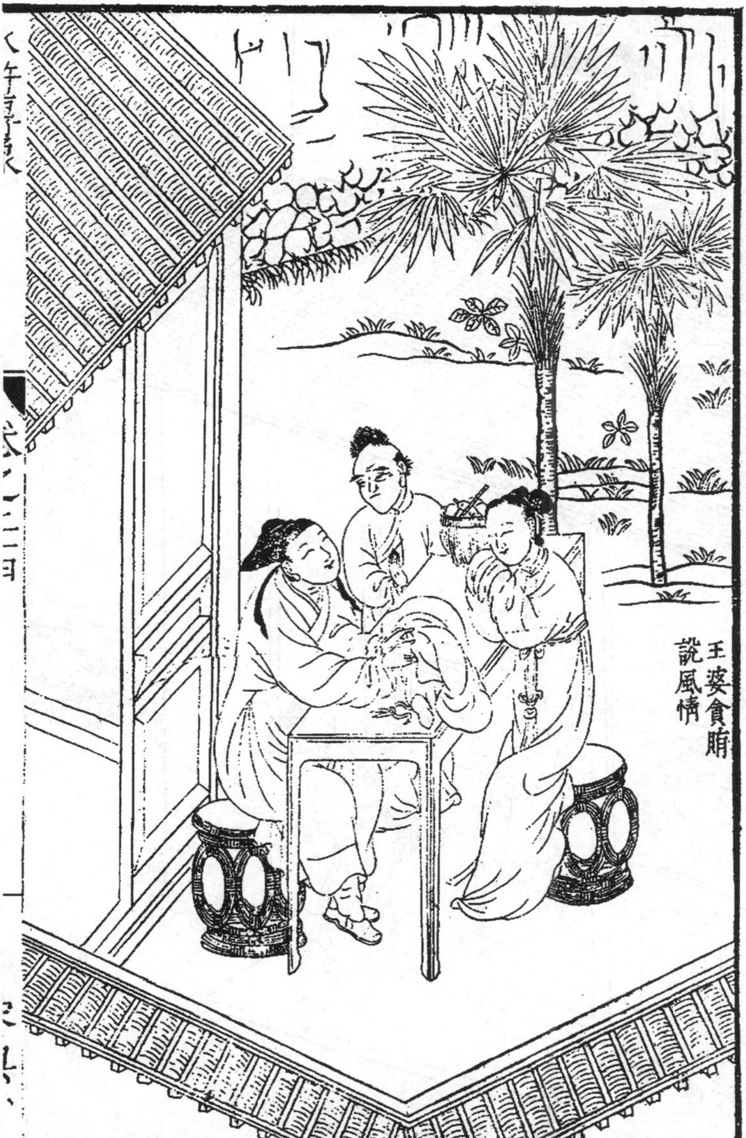
王婆貪賄
說風情

鄆哥不忿
鬧茶肆

第二十四回　王婆貪賄説風情　鄆哥不忿鬧茶肆

詩曰：

酒色端能誤國邦，由來美色陷忠良。紂因妲己宗祧失，吴爲西施社稷亡。自愛青春行處樂，豈知紅粉笑中鎗。武松已殺貪淫婦，莫向東風怨彼蒼。

話説當日武都頭回轉身來看見那人，撲翻身便拜。那人原來不是别人，正是武松的嫡親哥哥武大郎。武松拜罷，説道：「一年有餘不見哥哥，如何却在這裏？」武大道：「二哥，你去了許多時，如何不寄封書來與我？我又怨你，又想你。」武松道：「哥哥如何是怨我、想我？」武大道：「我怨你時，當初你在清河縣裏，要便吃酒醉了，和人相打，如常吃官司，教我要便隨衙聽候，不曾有一個月净辦，常教我受苦，這個便是怨你處。想你時，我近來取得一個老小，清河縣人不怯氣，都來相欺負，没人做主。你在家時，誰敢來放個屁？我如今在那裏安不得身，只得搬來這裏賃房居住，因此便是想你處。」

看官聽説，原來武大與武松是一母所生兩個，武松身長八尺，一貌堂堂，渾身上下有千百斤氣力，不恁地，如何打得那個猛虎？這武大郎身不滿五尺，面目生得猙獰，頭腦可笑，清河縣人見他生得短矮，起他一個諢名，叫做「三寸丁谷樹皮」。那清河縣裏有一個大户人家，有個使女，小名唤做潘金蓮，年方二十餘歲，頗有些顔色。因爲那個大户要纏他，這女使只是去告主人婆，意下不肯依從。那個大户以此恨記于心，却倒賠些房奩，不要武大一文錢，白白地嫁與他。自從武大娶得那婦人之後，清河縣裏有幾個奸詐的浮浪子弟們，却來他家裏薅惱。原來這婦人見武大身材短矮，人物猥獕，不會風流，這婆娘倒諸般好，爲頭的愛偷漢子。有詩爲證：

　　金蓮容貌更堪題，笑蹙春山八字眉。若遇風流清子弟，等閑雲雨便偷期。

却説那潘金蓮過門之後，武大是個懦弱依本分的人，被這一班人不時間在門前叫道：「好一塊羊肉，倒落在狗口裏。」因此武大在清河縣住不牢，搬來這陽谷縣紫石街賃房居住，每日仍舊挑賣炊餅。此日正在縣前做買賣，當下見了武松。武大道：「兄弟，我前日在街上聽得人沸沸地説道：『景陽岡上一個打虎的壯士，姓武，縣裏知縣參他做個都頭。』我也八分猜道是你，原來今日纔得撞見。我且不做買賣，一同和你家去。」武松道：「哥哥家在那裏？」武大用手指道：「只在面前紫石街便是。」武松替武大挑了擔兒，武大引着武松，轉彎抹角，一逕望紫石街來。

轉過兩個灣，來到一個茶坊間壁，武大叫一聲：「大嫂開門！」只見蘆簾起處，一個婦人出到簾子下，應道：「大哥，怎地半早便歸？」武大道：「你個叔叔在這裏，且來厮見。」武大郎接了擔兒入去，便出來道：「二哥，入屋裏來和你嫂嫂相見。」武松揭起簾子，入進裏面，與那婦人相見。武大説道：「大嫂，原來景陽岡上打死大蟲新充做都頭的，正是我這兄弟。」那婦人叉手向前道：「叔叔萬福。」武松道：「嫂嫂請坐。」武松當下推金山、倒玉柱，納頭便拜。那婦人向前扶住武松，道：「叔叔，折殺奴家。」武松道：「嫂嫂受禮。」那婦人道：「奴家也聽得說道，有個打虎的好漢迎到縣前，奴家也正待要去看一看，不想去得太遲了，趕不上，不曾看見。原來却是叔叔。且請叔叔到樓上去坐。」武松看那婦人時，但見：

眉似初春柳葉，常含着雨恨雲愁；臉如三月桃花，暗藏着風情月意。纖腰裊娜，拘束的燕懶鶯慵；檀口輕盈，勾引得蜂狂蝶亂。玉貌妖嬈花解語，芳容窈窕玉生香。

當下那婦人叫武大請武松上樓，主客席裏坐地。三個人同歸到樓上坐了。那婦人看着武大道：「我陪侍着叔叔坐地，你去安排些酒食來管待叔叔。」就妙了。武大應道：「最好。好貨。二哥你且坐一坐，我便來也。」武大下樓去了。那婦人在樓上看了武松這表人物，自心裏尋思道：「武松與他是嫡親一母兄弟，他又生的這般長大，我嫁得這等一個，也不枉了爲人一世。你看我那三寸丁谷樹皮，三分像人，七分似鬼，我直恁地晦氣！據着武松，大蟲也吃他打了，他必然好氣力。此中可思。說他又未曾婚娶，何不叫他搬來我家住？不想這段因緣却在這裏！」不要就作准了。那婦人臉上堆下笑來，問武松道：「叔叔來這裏幾日了？」武松答道：「到此間十數日了。」婦人道：「叔叔在那裏安歇？」武松道：「胡亂權在縣衙裏安歇。」那婦人道：「叔叔，恁地時却不便當。」武松道：「獨自一身，容易料理。早晚自有土兵伏侍。」婦人道：「那等人伏侍叔叔，怎地顧管得到。何不搬來一家裏住？早晚要些湯水吃時，奴家親自安排與叔叔吃，不强似這夥腌臢人安排飲食。叔叔便吃口清湯，也放心得下。」〔眉〕都有意思。

武松道：「深謝嫂嫂。」那婦人道：「莫不別處有嬸嬸？可取來廝會也好。」武松道：「武二並不曾婚娶」。婦人又問道：「叔叔青春多少？」武松道：「虛度二十五歲。」那婦人道：「長奴三歲。叔叔今番從那裏來？」武松道：「在滄州住了一年有餘，只想哥哥在清河縣住，不想却搬在這裏。」那婦人道：「一言難盡。自從嫁得你哥哥，吃他忒善了，被人欺負，清河縣裏住不得，搬來這裏。若得叔叔這般雄壯，誰敢道個不字。」武松道：「家兄從來本分，不似武二撒潑。」那婦人道：「怎地這般顛倒說！常言道：『人無剛骨，安身不牢。』奴家平生快性，看不得這般三答不回頭，四答和身轉的人。」有詩爲證：

叔嫂萍蹤得偶逢，嬌嬈偏逞秀儀容。私心便欲成歡會，暗把邪言釣武松。

却說潘金蓮言語甚是精細撇清。武松道：「家兄却不道得惹事，要嫂嫂憂心。」正在樓上說話未了，武大買了些酒肉果品歸來，放在廚下，走上樓來，叫道：「大嫂，你下來安排。」那婦人應道：「你看那不曉事的，叔叔在這裏坐地，却教我撇了下來。」武松道：「嫂嫂請自便。」那婦人道：「何不去叫間壁王乾娘安排便了？只是這般不見便！」武大自去央了間壁王婆，安排端正了，都搬上樓來，擺在桌子上。無非是些魚肉果菜之類。隨即盪酒上來，武大叫婦人坐了主位，武松對席，武大打橫。三個人坐下，武大篩酒在各人面前。那婦人拏起酒來道：「叔叔休怪，没甚管待，請酒一杯。」武松道：「感謝嫂嫂，休這般說。」武大只顧上下篩酒、盪酒，那裏來管別事。那婦人笑容可掬，滿口兒叫：「叔叔，怎地魚和肉也不吃一塊兒？」揀好的遞將過來。武松是個直性的漢子，只把做親嫂嫂相待，誰知那婦人是個使女出身，慣會小意兒，亦不想那婦人一片引人的心。武大又是個善弱的人，那裏會管待人。那婦人吃了幾杯酒，一雙眼只看着武松的身上。武松吃他看不過，只低了頭，不恁麼理會。當日吃了十數杯酒，武松便起身。武大道：「二哥，再吃幾杯了去。」武松道：「只好恁地，却又來望哥哥。」都送下樓來。那婦人道：「叔叔，是必搬來家裏住。若是叔叔不搬來時，教我兩口兒也吃別人笑話。親兄弟，難比別人。大哥，你便打點一間房屋，請叔叔來家裏過活，休教鄰舍街坊道個不是。」武大道：「大嫂說的是。二哥，你便搬來，也教我爭口氣。」武松道：「既是哥哥嫂嫂恁地說時，今晚有些行李便取了來。」那婦人道：「叔叔是必記心，奴這裏專望。」有詩爲證：

可怪金蓮用意深，包藏淫行蕩春心。武松正大元難犯，耿耿清名抵萬金。

那婦人情意十分慇懃，武松別了哥嫂，離了紫石街，逕投縣裏來。正值知縣在廳上坐衙，武松上廳來稟道：「武松有個親兄，搬在紫石街居住。武松欲就家裏宿歇，早晚衙門中聽候使喚。不敢擅去，請恩相鈞旨。」知縣道：「這是孝悌的勾當，我如何阻你？其理正當。你可每日來縣裏伺候。」武松謝了，收拾行李鋪蓋，有那新製的衣服並前者賞賜的物件，叫個土兵挑了，武松引到哥哥家裏。那婦人見了，却比半夜裏拾金寶的一般歡喜，堆下笑來。武大叫個木匠就樓下整了一間房，鋪下一張牀，裏面放一條桌子，安兩個杌子，一個火爐。武松先把行李安頓了，分付土兵自回去，當晚就哥嫂家裏歇臥。

次日早起，那婦人慌忙起來燒洗面湯，舀漱口水，叫武松洗漱了口面，裹了巾幘，出門去縣裏畫卯。那婦人道：「叔叔，畫了卯，早些個歸來吃飯，休去別處吃。」武松道：「便來也。」逕去縣裏畫了卯，伺候了一早晨，回到家裏。那婦人洗手剔甲，齊齊整整，安排下飯食。三口兒共桌兒食。武松是個直性的人，倒無安身之處。吃了飯，那婦人雙手捧一盞茶遞與武松吃。武松道：「教嫂嫂生受，武松寢食不安。縣裏撥一個土兵來使喚。」那婦人連聲叫道：「叔叔却怎地這般見外？自家的骨肉，又不伏侍了別人。便撥一個土兵來使用，這厮上鍋上竈地不乾淨，奴眼裏也看不得這等人。」〔眉〕處處傳神。武松道：「恁地時，却生受嫂嫂。」有詩爲證：

武松儀表甚温柔，阿嫂淫心不可收。籠絡歸來家裏住，要同雲雨會風流。

話休絮繁。自從武松搬將家裏來，取些銀子與武大，教買餅饊茶菓，請鄰舍吃茶。衆鄰舍鬥分子來與武松人情，武大又安排了回席，都不在話下。過了數日，武松取出一疋彩色段子與嫂嫂做衣裳。那婦人笑嘻嘻道：「叔叔，如何使得！既然叔叔把與奴家，不敢推辭，只得接了。」武松自此只在哥哥家裏宿歇。武大依前上街挑賣炊餅。武松每日自去縣裏畫卯，承應差使。不論歸遲歸早，那婦人頓羹頓飯，歡天喜地伏侍武松。武松倒安身不得。那婦人常把些言語來撩撥他，武松是個硬心直漢，却不見怪。

有話即長，無話即短。不覺過了一月有餘，看看是十一月天氣，連日朔風緊起，四下裏彤雲密布，又早紛紛揚揚飛下一天瑞雪來。怎見得好雪，正是：

盡道豐年瑞，豐年瑞若何。長安有貧者，宜瑞不宜多。

當日那雪直下到一更天氣，却似銀鋪世界，玉碾乾坤。次日，武松清早出去縣裏畫卯，直到日中未歸。武大被這婦人趕出去做買賣，央及間壁王婆買下些酒肉之類，去武松房裏簇了一盆炭火，心裏自想道：「我今日着實撩鬥他一撩鬥，不信他不動情。」那婦人獨自一個，冷冷清清立在簾兒下，看那大雪。但見：

萬里彤雲密布，空中祥瑞飄簾。瓊花片片舞前簷。剡溪當此際，凍住子猷船。頃刻樓臺如玉，江山銀色相連。飛瓊撒粉漫遥天。當時呂蒙正，窰内嘆無錢。

其日武松正在雪裏踏着那亂瓊碎玉歸來，那婦人推起簾子，陪着笑臉迎接道：「叔叔寒冷。」武松道：「感謝嫂嫂憂念。」入得門來，便把毡笠兒除將下來。那婦人雙手去接，武松道：「不勞嫂嫂生受。」自把雪來拂了，掛在壁上。解了腰裏纏袋，脱了身上鸚哥緑紵絲衲襖，入房裏搭了。那婦人便道：「奴等一早起，叔叔怎地不歸來吃早飯？」武松道：「便是縣裏一個相識，請吃早飯。却纔又有一個作杯，我不奈煩，一直走到家來。」那婦人道：「恁地，叔叔向火。」武松道：「便好。」脱了油靴，换了一雙襪子，穿了暖鞋，掇條杌子自近火邊坐地。那婦人把前門上了拴，後門也關了，却搬些按酒菓品菜蔬，入武松房裏來擺在桌子上。武松問道：「哥哥那裏去未歸？」婦人道：「你哥哥每日自出去做買賣，我和叔叔自飲三杯。」武松道：「一發等哥哥家來吃。」婦人道：「那裏等的他來。」説猶未了，早暖了一注子酒來。武松道：「嫂嫂坐地，等武二去盪酒正當。」婦人道：「叔叔，你自便。」那婦人也掇條杌子近火邊坐了。桌兒上擺着杯盤。那婦人拏盞酒擎在手裏，看着武松道：「叔叔，滿飲此杯。」武松接過手去，一飲而盡。那婦人又篩一杯酒來，説道：「天色寒冷，叔叔飲個成雙杯兒。」武松道：「嫂嫂自便。」接來又一飲而盡。武松却篩一杯酒遞與那婦人吃。婦人接過酒來吃了，却拿注子再斟酒來，放在武松面前。

那婦人將酥胸微露，雲鬟半軃，臉上堆着笑容，說道：「我聽得一個閑人說道，叔叔在縣前東街上養着一個唱的，敢端的有這話麽？」武松道：「嫂嫂休聽外人胡說，武二從來不是這等人。」婦人道：「我不信，只怕叔叔口頭不似心頭。」武松道：「嫂嫂不信時，只問哥哥。」那婦人道：「他曉的甚麽！曉的這等事時，不賣炊餅了。〔眉〕無一處不畫。叔叔，且請一杯。」連篩了三四杯酒飲了。那婦人也有三杯酒落肚，鬨動春心，那裏按納得住！只管把閑話來說。武松也知了八九分，自家只把頭來低了，却不來兜攬他。那婦人起身去盪酒，武松自在房裏拏起火筯簇火。那婦人暖了一注子酒，來到房裏，一隻手拏着注子，一隻手便去武松肩胛上只一捏，說道：「叔叔只穿這些衣裳，不冷？」武松已自有五分不快意，也不應他。那婦人見他不應，劈手便來奪火筯，口裏道：「叔叔你不會簇火，我與你撥火。只要一似火盆常熱便好。」武松有八分焦躁，只不做聲。那婦人慾心似火，不看武松焦躁，便放了火筯，却篩一盞酒來，自呷了一口，剩了大半盞，看着武松道：「你若有心，吃我這半盞兒殘酒。」武松劈手奪來，潑在地下，說道：「嫂嫂休要恁地不識羞恥！」把手只一推，争些兒把那婦人推一交。武松睁起眼來道：「武二是個頂天立地噙齒帶髮男子漢，不是那等敗壞風俗没人倫的豬狗！嫂嫂休要這般不識廉恥，爲此等的勾當。倘有些風吹草動，武二眼裏認的是嫂嫂，拳頭却不認的是嫂嫂。〔眉〕武二真是個頂天立地漢子。不可及，不可及！再來休要恁地！」那婦人通紅了臉，便收拾了杯盤盞碟，口裏說道：「我自作樂耍子，不值得便當真起來。好不識人敬重！」畫。搬了家火，自向廚下去了。有詩爲證：

潑賤操心太不良，貪淫無恥壞綱常。席間尚且求雲雨，反被都頭罵一場。

却説潘金蓮勾搭武松不動，反被搶白一場。武松自在房裏氣忿忿地。天色却早未牌時分，武大挑了擔兒歸來推門，那婦人慌忙開門。武大進來歇了擔兒，隨到廚下，見老婆雙眼哭的紅紅的。武大道：「你和誰鬧來？」那婦人道：「都是你不爭氣，教外人來欺負我。」畫。武大道：「誰人敢來欺負你？」婦人道：「情知是有誰！爭奈武二那廝，我見他大雪裏歸來，連忙安排酒請他吃。他見前後没人，便把言語來調戲我。」畫。武大道：「我的兄弟不是這等人，真。從來老實。休要高做聲，乞鄰舍家笑話。」武大撇了老婆，來到武松房裏，叫道：「二哥，你不曾吃點心，我和你吃些個。」武松只不則聲，尋思了半晌，再脱了絲鞋，依舊穿上油膀靴，着了上蓋，帶上毡笠兒，一頭繫纏袋，一面出門。武大叫道：「二哥那裏去？」也不應，一直地只顧去了。武大回到廚下來問老婆道：「我叫他又不應，只顧望縣前這條路走了去，正是不知怎地了？」那婦人罵道：「糊突桶！畫。有甚麽難見處！那廝羞了，没臉兒見你，走了出去。我猜他已定叫個人來搬行李，不要在這裏宿歇。却不〈説〉（要）你留他。」〔眉〕將一個烈漢、一個呆子、一個淫婦人描寫得十分肖像，真神手也。武大道：「他搬了去，須吃別人笑話。」那婦人道：「混沌魍魎！他來調戲我，到不吃別人笑！畫。你要便自和他道話，我却做不的這樣人。你還了我一紙休書來，你自留他便是了。」武大那裏敢再開口。畫。

正在家中兩口兒絮聒，只見武松引了一個土兵，拏着條匾担，逕來房裏收拾了行李，便出門去。

武大趕出來叫道：「二哥，做甚麼便搬了去？」武松道：「哥哥不要問，説起來裝你的幌子。你只由我自去便了。」武大那裏敢再問備細，由武松搬了去。那婦人在裏面喃喃吶吶的罵道：「却也好！只道説是親難轉債。人只道一個親兄弟做都頭，怎地養活了哥嫂，却不知反來嚼咬人。畫。正是：『花木瓜，空好看。』你搬了去，倒謝天地，且得冤家離眼前。」畫。武大見老婆這等罵，正不知怎地，心中只是咄咄不樂，放他不下。

自從武松搬了去縣衙裏宿歇，武大自依然每日上街挑賣炊餅。本待要去縣裏尋兄弟説話，却被這婆娘千叮萬囑，分付教不要去挽攬他，因此武大不敢去尋武松。有詩爲證：

雨意雲情不遂謀，心中誰信起戈矛。生將武二搬離去，骨肉翻令作寇讎。

撚指間，歲月如流，不覺雪晴，過了十數日。却説本縣知縣自到任已來，却得二年半多了。撰得好些金銀，欲待要使人送上東京去與親眷處收貯，恐到京師轉除他處時要使用。却怕路上被人劫了去，須得一個有本事的心腹人去便好。猛可想起武松來：「須是此人可去，有這等英雄了得。」當日便喚武松到衙内商議道：「我有一個親戚在東京城裏住，欲要送一擔禮物去，就捎封書問安則個。只恐途中不好行，須是得你這等英雄好漢方去得。你可休辭辛苦，與我去走一遭。回來我自重重賞你。」武松應道：「小人得蒙恩相擡舉，安敢推故。既蒙差遣，只得便去。【小人也自來不曾到東京，就那裏觀看光景一遭。相公明日打點端正了便行。】不像，删去妙。知縣大喜，賞了三杯，不在話下。

且説武松領下知縣言語，出縣門來，到得下處，取了些銀兩，叫了個土兵，却來街上買了一瓶酒並魚肉菓品之類，一逕投紫石街來，直到武大家裏。武大恰好賣炊餅了回來，見武松在門前坐地，叫土兵去廚下安排。那婦人餘情不斷，見武松把將酒食來，心中自想道：「莫不這厮思量我了，却又回來？那厮以定强不過我，且慢慢地相問他。」〔眉〕好點綴。那婦人便上樓去重勻粉面，再整雲鬟，換些艷色衣服穿了，來到門前迎接武松。

那婦人拜道：「叔叔，不知怎地錯見了，好幾日並不上門，教奴心裏没理會處。每日叫你哥哥來縣裏尋叔叔陪話，畫。歸來只説道：『没尋處。』今日且喜得叔叔家來。没事壞錢做甚麽？」畫。武松答道：「武二有句話，特來要和哥哥嫂嫂説知則個。」那婦人道：「既是如此，樓上去坐地。」三個人來到樓上客位裏，武松讓哥嫂上首坐了，武松掇條杌子，横頭坐了。土兵搬將酒肉上樓來擺在桌子上，武松勸哥哥嫂嫂吃酒。那婦人只顧把眼來睃武松，武松只顧吃酒。酒至五巡，武松討副勸杯，叫土兵篩了一杯酒，拏在手裏，看着武大道：「大哥在上，今日武二蒙知縣相公差往東京幹事，明日便要起程。多是兩個月，少是四五十日便回。有句話特來和你説知：你從來爲人懦弱，我不在家，恐怕被外人來欺負。假如你每日賣十扇籠炊餅，你從明日爲始，只做五扇籠出去賣；每日遲出早歸，不要和人吃酒。歸到家裏，便下了簾子，早閉上門，省了多少是非口舌。如若有人欺負你，不要和他爭執，待我回來自和他理論。大哥依我時，滿飲此杯。」武大接了酒，道：「我兄弟見得是。我都依你説。」吃過了一杯酒。畫。

武松再篩第二杯酒，對那婦人説道：「嫂嫂是個精細的人，不必用武松多説。我哥哥爲人質朴，全靠嫂嫂做主看覷他。常言道：『表壯不如裏壯。』嫂嫂把得家定，我哥哥煩惱做甚麼？豈不聞古人言：『籬牢犬不入。』」那婦人聽了這話，被武松說了這一篇，一點紅從耳朵邊起，紫漲了面皮，畫。指着武大便罵道：「你這個腌臢混沌，有甚麼言語在外人處，說來欺負老娘！畫。我是一個不帶頭巾男子漢，畫。叮叮噹噹響的婆娘，畫。拳頭上立得人，畫。肐膊上走的馬，畫。人面上行的人。畫。不是那等搠不出的鱉老婆。自從嫁了武大，真個螻蟻也不敢入屋裏來，畫。有甚麼籬笆不牢，犬兒鑽得入來？畫。你胡言亂語，一句句都要下落，畫。丢下磚頭瓦兒，一個也要着地。」〔眉〕傳神，傳神！當作淫婦譜看。武松笑道：「若得嫂嫂這般做主，最好。只要心口相應，却不要心頭不似口頭。既然如此，武二都記得嫂嫂說的話了，請飲過此杯。」那婦人推開酒盞，一直跑下樓來，走到半胡梯上發話道：「你既是聰明伶俐，恰不道長嫂爲母！畫。我當初嫁武大時，曾不聽得說有甚麼阿叔。畫。那裏走得來，是親不是親，便要做喬家公。畫。自是老娘晦氣了，鳥撞着許多事！」畫。哭下樓去了。〔眉〕無不如畫。何物文人，乃敢爾爾。有詩爲證：

苦口良言諫勸多，金蓮懷恨起風波。自家惶愧難存坐，氣殺英雄小二哥。

且說那婦人做出許多奸僞張致，那武大、武松弟兄兩個吃了幾杯，武松拜辭哥哥。武大道：「兄弟去了，早早回來，和你相見。」口裏說，不覺眼中墮淚。畫。武松見武大眼中垂淚，又說道：「哥哥便不做得買賣也罷，只在家裏坐地，盤纏兄弟自送將來。」武大送武松下樓來，臨出門，武松又道：「大哥，我的言語休要忘了。」武松帶了土兵，自回縣前來收拾。次日早起來，拴束了包裹，來見知縣。那知縣已自先差下一輛車兒，把箱籠都裝載車子上，點兩個精壯土兵，縣衙裏撥兩個心腹伴當，都分付了。那四個跟了武松就廳前拜辭了知縣，拽札起，提了朴刀，監押車子，一行五人離了陽谷縣，取路望東京來。在路免不得飢餐渴飲，夜宿曉行，都不在話下。

話分兩頭。只説武大郎自從武松説了去，整整的乞那婆娘罵了三四日。畫。武大忍氣吞聲，由他自罵，心裏只依着兄弟的言語。真個每日只做一半炊餅出去賣，未晚便歸；一脚歇了擔兒，便去除了簾子，關上大門，却來家裏坐地。畫。那婦人看了這般，心内焦躁，指着武大臉上罵道：「混沌濁物，我倒不曾見日頭在半天裏，便把着喪門關了，畫。也須吃別人道我家怎地禁鬼。聽你那兄弟鳥嘴，也不怕別人笑恥。」畫。武大道：「由他們笑道説我家禁鬼。我的兄弟説的是好話，畫。省了多少是非。」那婦人道：「呸！濁物！你是個男子漢，自不做主，却聽別人調遣。」畫。武大摇手道：「由他！他説的話是金子言語。」畫。自武松去了十數日，武大每日只是晏出早歸，歸到家裏，便關了門。那婦人也和他鬧了幾場，向後鬧慣了，不以爲事。自此，這婦人約莫到武大歸時，先自去收了簾子，關上大門。畫。武大見了，自心裏也喜，尋思道：「恁地時却好。」

又過了三二日，冬已將殘，天色回陽微暖。當日武大將次歸來，那婦人慣了，自先向門前來叉那簾子。也是合當有事，却好一個人從簾子邊走過。自古道：「没巧不成話。」這婦人正手裏拿叉竿不牢，失手滑將倒去，不端不正，却好打在那人頭巾上。那人立住了脚，正待要發作，回過臉來看時，是個生的妖嬈的婦人，先自酥了半邊。那怒氣直鑽過爪洼國去了，變作笑吟吟的臉兒。這婦人情知不是，叉手深深地道個萬福，說道：「奴家一時失手，官人休怪。」那人一頭把手整頭巾，一面把腰曲着地還禮道：「不妨事，娘子請尊便。」却被這間壁的王婆見了。那婆子正在茶局子裏水簾底下，看見了笑道：「兀誰教大官人打這屋簷邊過，打得正好！」畫。那人笑道：「到是小人不是，衝撞娘子，休怪。」畫。那婦人答道：「官人不要見責。」那人又笑着，大大地唱個肥喏，道：「小人不敢。」那一雙眼，都只在這婦人身上。臨動身，也回了七八遍頭，自摇摇擺擺踏着八字脚去了。有詩爲證：

風日清和漫出遊，偶從簾下識嬌羞。只因臨去秋波轉，惹起春心不肯休。

這婦人自收了簾子、叉竿歸去，掩上大門，等武大歸來。

再說那人姓甚名誰？那裏居住？原來只是陽谷縣一個破落户財主，就縣前開着個生藥舖。從小也是一個奸詐的人，使得些好拳棒，近來暴發迹，專在縣裏管些公事，與人放刁把濫，說事過錢，排陷官吏，因此滿縣人都饒讓他些個。那人覆姓西門，單諱一個慶字，排行第一，人都喚他做西門大郎。近來發迹有錢，人都稱他做西門大官人。不多時，只見那西門慶一轉，踅入王婆茶坊裏來，便去裏邊水簾下坐了。王婆笑道：「大官人，却纔唱得好個大肥喏！」西門慶也笑道：「乾娘，你且來。我問你：間壁這個雌兒是誰的老小？」王婆道：「他是閻羅大王的妹子，五道將軍的女兒，武大官的妻。〔眉〕都如畫。問他怎地？」西門慶道：「我和你說正話，休要取笑。」王婆道：「大官人怎麼不認得他老公？便是每日在縣前賣熟食的。」西門慶道：「莫非是賣棗糕徐三的老婆？」王婆搖手道：「不是。若是他的，也是一對兒。大官人再猜。」西門慶道：「敢是銀擔子李二的老婆？」王婆搖頭道：「不是。

若是他的時，也倒是一雙。」西門慶道：「倒敢是花肐膊陸小乙的妻子？」王婆大笑道：「不是。若是他的時，又是好一對兒。大官人再猜一猜。」西門慶道：「乾娘，我其實猜不着。」王婆哈哈笑道：「好教大官人得知了笑一聲。他的蓋老，便是街上賣炊餅的武大郎。」西門慶跌脚笑道：「莫不是人叫他『三寸丁谷樹皮』的武大郎？」王婆道：「正是他。」西門慶聽了叫起苦來，説道：「好塊羊肉，怎地落在狗口裏？」王婆道：「便是這般苦事。自古道：『駿馬却馱癡漢走，美妻常伴拙夫眠。』月下老偏生要是這般配合。」西門慶道：「王乾娘，我少你多少茶錢？」王婆道：「不多，由他，歇些時却算。」西門慶又道：「你兒子跟誰出去？」王婆道：「説不得，跟一個客人淮上去，至今不歸，又不知死活。」西門慶道：「却不叫他跟我？」王婆笑道：「若得大官人擡舉他，十分之好。」西門慶道：「等他歸來，却再計較。」再説了幾句閑話，相謝起身去了。

約莫未及兩個時辰，又踅將來王婆店門口簾邊坐地，朝着武大門前。半歇，王婆出來道：「大官人吃個梅湯。」西門慶道：「最好，多加些酸。」王婆做了一個梅湯，雙手遞與西門慶。西門慶慢慢地吃了，盞托放在桌子上。西門慶道：「王乾娘，你這梅湯做得好，有多少在屋裏？」王婆笑道：「老身做了一世媒，那討一個在屋裏？」西門慶道：「我問你梅湯，你却説做媒，差了多少！」王婆道：「老身只聽的大官人問這媒做得好，老身只道説做媒。」西門慶道：「乾娘，你既是撮合山，也與我做頭媒，説頭好親事，我自重重謝你。」王婆道：「大官人，你宅上大娘子得知時，婆子這臉怎吃得耳刮子！」西門慶道：「我家大娘子最好，極是容得人。見今也討幾個身邊人在家裏，只是没一個中得我意的。你有這般好的，與我張主一個，便來説不妨。若是回頭人也好，只是中得我意。」王婆道：「前日有一個倒好，只怕大官人不要。」西門慶道：「若好時，你與我説成了，我自謝你。」王婆道：「生得十二分人物，只是年紀大些。」西門慶道：「便差一兩歲，也不打緊。真個幾歲？」王婆道：「那娘子戊寅生，屬虎的，新年却好九十三歲。」西門慶笑道：「你看這風婆子，只要扯着風臉取笑。」西門慶笑了起身去。看看天色晚了，王婆却纔點上燈來，正要關門，只見西門慶又踅將來，逕去簾底下那座頭上坐了，朝着武大門前只顧望。王婆道：「大官人，吃個和合湯如何？」西門慶道：「最好。乾娘放甜些。」王婆點一盞和合湯，遞與西門慶吃。坐個一晚，起身道：「乾娘記了帳目，明日一發還錢。」王婆道：「不妨。伏惟安置，來日早請過訪。」西門慶又笑了去。當晚無事。

次日清早，王婆却纔開門，把眼看門外時，只見這西門慶又在門前兩頭來往踅。王婆見了道：「這個刷子踅得緊！你看我着些甜糖，抹在這厮鼻子上，只叫他舐不着。那厮會討縣裏人便宜，且教他來老娘手裏納些敗缺。」原來這個開茶坊的王婆，也是不依本分的。端的這婆子：

開言欺陸賈，出口勝隋何。只憑説六國神鎗，全仗話三齊〈口〉（舌）劍。隻鸞孤鳳，霎時間交仗成雙；寡婦鰥男，一席話搬唆捉對。解使三重門内女，遮麼九級殿中仙。玉皇殿下侍香金童，把臂拖來；王母宫中傳言玉女，攔腰抱住。略施妙計，使阿羅漢抱住比丘尼；稍用機關，教李天王摟住鬼子母。甜言説誘，男如封涉也生心；軟語調和，女似麻姑須動念。教唆得織女害相思，調弄得嫦娥尋配偶。

且說這王婆却纔開得門，正在茶局子裏生炭，整理茶鍋，張見西門慶從早晨在門前踅了幾遭，一徑奔入茶房裏來，水簾底下，望着武大門前簾子裏坐了看。王婆只做不看見，只顧在茶局裏煽風爐子，不出來問茶。西門慶呼道：「乾娘，點兩盞茶來。」王婆應道：「大官人來了，連日少見。且請坐。」便濃濃的點兩盞薑茶，將來放在桌子上。西門慶道：「乾娘相陪我吃個茶。」王婆哈哈笑道：「我又不是影射的。」西門慶也笑了一回，問道：「乾娘，間壁賣甚麽？」王婆道：「他家賣拖蒸河漏子，熱盪温和大辣酥。」西門慶笑道：「你看這婆子，只是風！」王婆笑道：「我不風，他家自有親老公！」西門慶道：「乾娘，和你說正經話：說他家如法做得好炊餅，我要問他做三五十個，不知出去在家？」王婆道：「若要買炊餅，少間等他街上回了買，何消得上門上户！」西門慶道：「乾娘説的是。」吃了茶，坐了一回，起身道：「乾娘記了帳目。」王婆道：「不妨事，老娘牢牢寫在帳上。」西門慶笑了去。

王婆只在茶局子裏張時，冷眼睃見西門慶又在門前，踅過東去，又看一看，走轉西來，又睃一睃；走了七八遍，逕踅入茶坊裏來。王婆道：「大官人稀行，好幾個月不見面。」西門慶笑將起來，去身邊摸出一兩來銀子遞與王婆，説道：「乾娘權收了做茶錢。」婆子笑道：「何消得許多？」西門慶道：「只顧放着。」婆子暗暗地喜歡道：「來了，這刷子當敗！」且把銀子來藏了，便道：「老身看大官人有些渴，吃個寬煎葉兒茶如何？」西門慶道：「乾娘如何便猜得着？」婆子道：「有恁麽難猜！自古(道)：『入門休問榮枯事，觀着容顏便得知。』老身異樣蹺蹊作怪的事都猜得着。」西門慶道：「我有一件心上的事，乾娘若猜的着時，輸與你五兩銀子。」王婆笑道：「老娘也不消三智五猜，只一智便猜個十分。

大官人，你把耳朵來。你這兩日脚步緊，趕趁得頻，以定是記掛着隔壁那個人。我這猜如何？」西門慶笑起來道：「乾娘，你端的智賽隋何，機强陸賈！不瞞乾娘說，我不知怎地，吃他那日叉簾子時見了這一面，却似收了我三魂七魄的一般，只是沒做個道理入脚處。不知你會弄手段麽？」王婆哈哈的笑起來道：「老身不瞞大官人說，我家賣茶，叫做鬼打更。三年前六月初三下雪的那一日，賣了一個泡茶，直到如今不發市，專一靠些雜趁養口。」西門慶問道：「怎地叫做雜趁？」王婆笑道：「老身爲頭是做媒，又會做牙婆，也會抱腰，也會收小的，也會說風情，也會做馬泊六。」西門慶道：「乾娘端的與我說得這件事成，便送十兩銀子與你做棺材本。」

王婆道：「大官人，你聽我說。但凡捱光的兩個字最難，要五件事俱全，方纔行得。第一件，潘安的貌；第二件，驢〈的大〉(兒大的)行貨；第三件，要似鄧通有錢；第四件，小，就要綿裏針忍耐；第五件，要閑工夫。此五件，喚做潘、驢、鄧、小、閑。五件俱全，此事便獲着。【西門慶道：「實不瞞你說，這五件事我都有些。第一，我的面兒雖比不得潘安，也充得過；第二，我小時也曾養得好大龜；第三，我家裏也頗有貫伯錢財，雖不及鄧通，也頗得過；第四，我最耐得，他便打我四百頓，休想我回他一拳；第五，我最有閑工夫，不然，如何來的恁頻？乾娘，你只作成我完備了時，我自重重的謝你。」有詩爲證：

西門浪子意猖狂，死下工夫戲女娘。虧殺賣茶王老母，生教巫女就襄王。】刪。〔眉〕說出便無味，亦沒關目。

西門慶意已在言表。只此反有味。王婆道：「大官人，雖然你說五件事都全，我知道還有一件事打攪，也多是劄地不得。」西門慶說：「你且道甚麽一件事打攪？」王婆道：「大官人，休怪老身直言。但凡捱光最難，十分光時，使錢到九分九釐，也有難成就處。我知你從來慳吝，不肯胡亂便使錢。只這一件打攪。」妙。西門慶道：「這個極容易醫治，我只聽你的言情便了。」王婆道：「若是大官人肯使錢時，老身有一條計，便教大官人和這雌兒會一面。只不知官人肯依我麽？」西門慶道：「不揀怎地，我都依你。乾娘有甚妙計？」王婆笑道：「今日晚了，且回去。過半年三個月却來商量。」妙。西門慶便跪下道：「乾娘休要撒科，你作成我則個！」

王婆笑道：「大官人却又慌了。老身那條計，是個上着，雖然入不得武成王廟，端的强如孫武子教女兵，十捉九着。大官人，我今日對你說，這個人原是清河縣大户人家討來的養女，却做得一手好針綫。大官人，你便買一疋白綾，一疋藍綢，一疋白絹，再用十兩好綿，都把來與老身。我却走將過去，問他討茶吃，却與這雌兒說道：『有個施主官人與我一套送終衣料，特來借曆頭，央及娘子與老身揀個好日，去請個裁縫來做。』他若見我這般說不睬我時，此事便休了。他若說：『我替你做。』不要我叫裁縫時，這便有一分光了。是。我便請他家來做。他若說：『將來我家裏做。』不肯過來，此事便休了。他若歡天喜地說：『我來做，就替你裁。』這光便有二分了。是。若是肯來我這裏做時，却要安排些酒食點心請他。第一日，你也不要來。第二日，他若說不便當時，定要將家去做，此事便休了。他若依前肯過我家做時，這光便有三分了。是。這一日，你也不要來。到第三日晌午前後，你整整齊齊打扮了來，咳嗽爲號。你便在門前説道：『怎地連日不見王乾娘？』我便出來，請你入房裏來。若是他見你入來，便起身跑了歸去，難道我拖住他？此事便休了。他若見你入來，不動身時，這光便有四分了。是。坐下時，便對雌兒説道：『這個便是與我衣料的施主官人，虧殺他！』我誇大官人許多好處，你便賣弄他的針綫。若是他不來兜攬應答，此事便休了。他若口裏應答説話時，這光便有五分了。是。我却説道：『難得這個娘子與我作成出手做。虧殺你兩個施主：一個出錢的，一個出力的。不是老身路歧相央，難得這個娘子在這裏，官人好做個主人，替老身與娘子澆手。』你便取出銀子來央我買。若是他抽身便走時，不成扯住他？此事便休了。他若是不動身時，事務易成，這光便有六分了。是。我若拿了銀子，臨出門對他道：『有勞娘子相待大官人坐一坐。』他若也起身走了家去時，我却難道阻當他？此事便休了。若是他不起身走動時，此事又好了，這光便有七分了。是。等我買得東西來，擺去桌子上，我便道：『娘子且收拾生活，吃一杯兒酒，難得這位官人壞鈔。』他若不肯和你同桌吃時，走了回去，此事便休了。若是他只口裏説要去，却不動身時，畫。此事又好了，這光便有八分了。是。待他吃的酒濃時，正説得入港，我便推道没了酒，再叫你買，你便又央我去買。我只做去買酒，把門拽上，關你和他兩個在裏面。他若焦躁，跑了歸去，此事便休了。他由我拽上門不焦躁時，這光便有九分了。是。只欠一分光了便完就。這一分倒難。大官人，你在房裏，着幾句甜净的話兒説將入去。你却不可躁暴，便去動手動脚，打攪了事，那時我不管。你先假做把袖子在桌上拂落一雙筯去，你只做去地下拾筯，將手去他脚上捏一捏。他若鬧將起來，我自來搭救，此事也便休了，再也難得成。

若是他不做聲時，此是十分光了。是。〔眉〕王婆要如此鋪排，只消同桌吃酒，便無不成了。他必然有意，這十分事做得成。這條計策如何？」西門慶聽罷大喜道：「雖然上不得淩煙閣，端的好計！」王婆道：「不要忘了許我的十兩銀子。」西門慶道：「但得一片橘皮吃，莫便忘了洞庭湖。這條計幾時可行？」王婆道：「只在今晚便有回報。我如今趁武大未歸，走過去細細地説誘他。你却便使人將綾紬絹疋並綿子來。」西門慶道：「得乾娘完成得這件事，如何敢失信。」作別了王婆，便去市上紬絹舖裏，買了綾紬絹段並十兩清水好綿，家裏叫個伴當，取包袱包了，帶了五兩碎銀，逕送入茶坊裏。王婆接了這物，分付伴當回去。正是：

兩意相交似蜜脾，王婆撮合更稀奇。安排十件挨光事，管取交歡不負期。

這王婆開了後門，走過武大家裏來。那婦人接着，請去樓上坐地。那王婆道：「娘子，怎地不過貧家吃茶？」那婦人道：「便是這幾日身體不快，懶走去的。」王婆道：「娘子家裏有曆日麼？借與老身看一看，要選個裁衣日。」那婦人道：「乾娘裁甚麼衣裳？」王婆道：「便是老身十病九痛，怕有些山高水低，頭先要製辦些送終衣服。難得近處一個財主，見老身這般説，布施與我一套衣料，綾紬絹段，又與若干好綿。放在家裏一年有餘，不能勾做。今年覺道身體好生不濟，又撞着如今閏月，趁這兩日要做，又被那裁縫勒掯，只推生活忙，不肯來做。老身説不得這等苦。」那婦人聽了笑道：「只怕奴家做得不中乾娘意。若不嫌時，奴出手與乾娘做如何？」〔眉〕此事就有一綫可通了。那婆子聽了這話，堆下笑來，説道：「若得娘子貴手做時，老身便死來也得好處去。久聞得娘子好手針綫，只是不敢來相央。」

那婦人道：「這個何妨得。既是許了乾娘，務要與乾娘做了。將曆頭去叫人揀個黃道好日，奴便與你動手。」王婆道：「若是娘子肯與老身做時，娘子是一點福星，何用選日。老身也前日央人看來，説道明日是個黃道好日。老身只道裁衣不用黃道日了，不記他。」那婦人道：「歸壽衣正要黃道日好，何用别選日。」王婆道：「既是娘子肯作成老身時，大膽只是明日，起動娘子到寒家則個。」那婦人道：「乾娘不必，將過來做不得？」王婆道：「便是老身也要看娘子做生活則個，又怕家裏没人看門前。」那婦人道：「既是乾娘恁地説時，我明日飯後便來。」那婆子千恩萬謝下樓去了。當晚回復了西門慶的話，約定後日准來。當夜無話。次日清早，王婆收拾房裏乾净了，買了些綫索，安排了些茶水，在家裏等候。

且説武大吃了早飯，打當了擔兒，自出去做道路。那婦人把簾兒掛了，從後門走過王婆家裏來。那婆子歡喜無限，接入房裏坐下，便濃濃地點薑茶，撒上些松子、胡桃，遞與這婦人吃了。抹得桌子乾净，便將出那綾紬絹段來。婦人將尺量了長短，裁得完備，便縫起來。婆子看了，口裏不住聲假喝采道：「好手段！老身也活了六七十歲，眼裏真個不曾見這般好針綫！」那婦人縫到日中，王婆便安排些酒食請他，下了一箸麪與那婦人吃了。再縫了一歇，將次晚來，便收拾起生活自歸去。恰好武大歸來，挑着空擔兒進門。那婦人拽開門，下了簾子。武大入屋裏來，看見老婆面色微紅，便問道：「你那裏吃酒來？」那婦人應道：「便是間壁王乾娘央我做送終的衣裳，日中安排些點心請我。」武大道：「呵呀！不要吃他的。我們也有央及他處。畫。他便央你做得件把衣裳，你便自歸來吃些點心，不值得攬惱他。你明日倘或再去做時，帶了些錢在身邊，也買些酒食與他回禮。常言道：『遠親不如近鄰。』休要失了人情。他若是不肯要你還禮時，你便只是拏了家來做去還他。」那婦人聽了，當晚無話。有詩爲證：

阿母牢籠設計深，大郎愚鹵不知音。帶錢買酒酬奸詐，却把婆娘白送人。

且説王婆子設計已定，賺潘金蓮來家。次日飯後，武大自出去了，王婆便踅過來相請去到他房裏，取出生活，一面縫將起來。王婆自一邊點茶來吃了，不在話下。看看日中，那婦人取出一貫錢付與王婆説道：「乾娘，奴和你買杯酒吃。」王婆道：「呵呀！那裏有這個道理！老身央及娘子在這裏做生活，如何顛倒教娘子壞錢？婆子的酒食，不到的吃傷了娘子。」那婦人道：「却是拙夫分付奴來。若還乾娘見外時，只是將了家去做還乾娘。」那婆子聽了，連聲道：「大郎直恁地曉事？〈直頭〉既然娘子這般説時，老身權且收下。」這婆子生怕打攪了這事，自又添錢去買些好酒好食希奇菓子來，慇懃相待。看官聽説：但凡世上婦人，由你十八分精細，被人小意兒過縱，十個九個着了道兒。再説王婆安排了點心，請那婦人吃了酒食，再縫了一歇，看看晚來，千恩萬謝歸去了。

話休絮煩。第三日早飯後，王婆只張武大出去了，便走過後頭來叫道：「娘子，老身大膽。」那婦人從樓上下來道：「奴却待來也。」兩個厮見了，來到王婆房裏坐下，取過生活來縫。那婆子隨即點盞茶來，兩個吃了。那婦人看看縫到晌午前後。却説西門慶巴不到這一日，裹了頂新頭巾，穿了一套整整齊的衣服，帶了三五兩碎銀子，逕投這紫石街來。到得茶坊門首，便咳嗽道：「王乾娘，連日如何不見？」那婆子瞧科，便應道：「兀誰叫老娘？」西門慶道：「是我。」那婆子趕出來看了，笑道：「我只道是誰，却原來是施主大官人。你來得正好，且請你入去看一看。」把西門慶袖子一拖，拖進房裏，看着那婦人道：「這個便是那施主，與老身這衣料的官人。」西門慶見了那婦人，便唱個喏。那婦人慌忙應道：「是是。」放下生活，還了萬福。王婆却借着這婦人對西門慶道：「難得官人與老身段疋，放了一年，不曾做得。如今又虧殺這位娘子出手與老身做成全了。真個是布機也似好針綫，又密又好，其實難得。大官人，你且看一看。」西門慶把起來看了喝采，口裏説道：「這位娘子怎地傳得這手好生活，神仙一般的手段！」那婦人笑道：「官人休笑話。」

西門慶問王婆道：「乾娘，不敢問這位是誰家宅上娘子？」王婆道：「大官人你猜。」西門慶道：「小人如何猜得着。」王婆吟吟的笑道：「便是間壁的武大郎的娘子。」西門慶道：「原來却是武大郎的娘子。小人只認的大郎是個養家經紀人，妙。且是在街上做些買賣，大大小小不曾惡了一個人。又會撰錢，又且好性格，真個難得這等人。」妙。王婆道：「可知哩。娘子自從嫁得這個大郎，但是有事，百依百隨。」那婦人應道：「拙夫是無用之人，官人休要笑話。」西門慶道：「娘子差矣。古人道：『柔軟是立身之本，剛强是惹禍之胎。』似娘子的大郎所爲良善時，萬丈水無涓滴漏。」王婆打着〈獵〉（攛）鼓兒道：「説的是。」西門慶獎了一回，便坐在婦人對面。王婆又道：「娘子，你認的這個官人麽？」那婦人道：「奴不認的。」婆子道：「這個大官人，是這本縣一個財主，知縣相公也和他來往，叫做西門大官人。萬萬貫錢財，開着個生藥舖在縣前。家裏錢過北斗，米爛成倉，赤的是金，白的是銀，圓的是珠，光的是寶，也有犀牛頭上角，亦有大象口中牙。」那婆子只顧誇奬西門慶，口裏假嘈。那婦人就低了頭縫針綫。有詩爲證：

水性從來是女流，背夫常與外人偷。金蓮心愛西門慶，淫蕩春心不自由。

西門慶得見潘金蓮，十分情思，恨不就做一處。王婆便去點兩盞茶來，遞一盞與西門慶，一盞遞與這婦人。説道：「娘子相待大官人則個。」吃罷茶，便覺有些眉目送情。王婆看着西門慶，把一隻手在臉上摸，西門慶心裏瞧科，已知有五分了。自古風流茶説合，酒是色媒人。王婆便道：「大官人不來時，老身也不敢來宅上相請。一者緣法，二乃來得恰好。常言道：『一客不煩二主。』大官人便是出錢的，這位娘子便是出力的。不是老身路歧相煩，難得這位娘子在這裏。官人好做個主人，替老身與娘子澆手。」西門慶道：「小人也見不到這裏。有銀子在此。」便取出來，和帕子遞與王婆，備辦些酒食。那婦人便道：「不消生受得。」口裏説，却不動身。王婆將了銀子便去，那婦人又不起身。婆子便出門，又道：「有勞娘子相陪大官人坐一坐。」那婦人道：「乾娘免了。」却亦是不動身。也是因緣，却都有意了。西門慶這厮一雙眼只看着那婦人。畫。這婆娘也把眼偷睃西門慶，畫。見了這表人物，心中倒有五七分意了。又低着頭自做生活。

不多時，王婆買了些見成的肥鵝熟肉、細巧菓子歸來，盡把盤子盛了，菓子菜蔬盡都裝了，搬來房裏桌子上，看着那婦人道：「娘子且收拾過生活，吃一杯兒酒。」那婦人道：「乾娘自便，相待大官人，奴却不當。」那婆子道：「正是專與娘子澆手，如何却説這話？」王婆將盤饌都擺在桌子上，三人坐定，把酒來斟。這西門慶拏起酒盞來説道：「娘子滿飲此杯。」那婦人謝道：「多感官人厚意。」王婆道：「老身知得娘子洪飲，且請開懷吃兩盞兒。」有詩爲證：

從來男女不同筵，賣俏迎奸最可憐。不獨文君奔司馬，西門慶亦偶金蓮。可笑。

却説那婦人接酒在手，那西門慶拏起筯來道：「乾娘替我勸娘子請些個。」那婆子揀好的遞將過來與那婦人吃。一連斟了三巡酒，那婆子便去盪酒來。西門慶道：「不敢動問娘子青春多少？」那婦人應道：「奴家虛度二十三歲。」西門慶道：「小人癡長五歲。」那婦人道：「官人將天比地。」王婆便插口道：「好個精細的娘子，不惟做得好針綫，諸子百家皆通。」趣。西門慶道：「却是那裏去討？武大郎好生有福。」妙。王婆便道：「不是老身説是非，大官人宅裏枉有許多，那裏討一個趕得上這娘子的？」妙。西門慶道：「便是這等，一言難盡。只是小人命薄，不曾招得一個好的。」王婆道：「大官人先頭娘子須好。」西門慶道：「休説！若是我先妻在時，却不恁地家無主，屋倒竪。如今枉自有三五七口人吃飯，都不管事。」那婦人問道：「官人，恁地時，殁了大娘子得幾年了？」西門慶道：「説不得！小人先妻是微末出身，却倒百伶百俐，是件都替的小人。妙。如今不幸，他殁了已得三年，家裏的事都七顛八倒，爲何小人只是走了出來？在家裏時便要嘔氣。」那婆子道：「大官人，休怪老身直言。你先頭娘子也没有武大娘子這手針綫。」妙。西門慶道：「便是小人先妻，也没此娘子這表人物。」妙。那婆子笑道：「官人，你養的外宅在東街上，如何不請老身去吃茶？」西門慶道：「便是唱慢曲兒的張惜惜，我見他是路歧人，不喜歡。」婆子又道：「官人，你和李嬌嬌却長久。」西門慶道：「這個人見今取在家裏，若得他會當家時，自冊正了他多時。」王婆道：「若有這般中的官人意的來宅上説，没妨事麽？」西門慶道：「我的爹娘俱已没了，我自主張，誰敢道個不字！」王婆道：「我自説要，急切那裏有中得官人意的。」西門慶道：「做甚麽了便没？只恨我夫妻緣分上薄，自不撞着。」

西門慶和這婆子一遞一句，説了一回，王婆便道：「正好吃酒，却又没了。官人休怪老身差撥，再買一瓶兒酒來吃如何？」西門慶道：「我手帕裏有五兩來碎銀子，一發撒在你處，要吃時只顧取來，多的乾娘便就收了。」那婆子謝了官人，起身睃這粉頭時，三鍾酒落肚，鬨動春心，又自兩個言來語去，都有意了，只低了頭，却不起身。那婆子滿臉堆下笑來，説道：「老身去取瓶兒酒來，與娘子再吃一杯兒。有勞娘子相待大官人坐一坐。注子裏有酒没？便再篩兩盞兒和大官人吃。老身直去縣前那家有好酒買一瓶來，有好歇兒擔閣。」那婦人口裏説道：「不用了。」坐着却不動身。婆子出到房門前，便把索兒縛了房門，却來當路坐了，手裏一頭績着緒。且説西門慶自在房裏，便斟酒來勸那婦人。却把袖子在桌上一拂，把那雙筯拂落地下。也是緣法，湊巧那雙筯正落在婦人脚邊。西門慶連忙蹲身下去拾。只見那婦人尖尖的一雙小脚兒，正趫在筯邊。西門慶且不拾筯，便去那婦人綉花鞋兒上捏一把。〔眉〕癡子，不必了。那婦人便笑將起來，説道：「官人休要囉唣。你有心，奴亦有意。你真個要勾搭我？」西門慶便跪下道：「只是娘子作成小生！」那婦人便把西門慶摟將起來。當時兩個就王婆房裏，脱衣解帶，共枕同歡。正似：

交頸鴛鴦戲水，並頭鸞鳳穿花。喜孜孜連理枝生，美甘甘同心帶結。將朱唇緊貼，把粉面斜偎。羅襪高挑，肩膊上露一彎新月；金釵倒溜，枕頭邊堆一朵烏雲。誓海盟山，搏弄得千般旖旎；羞雲怯雨，揉搓的萬種妖嬈。恰恰鶯聲，不離耳畔；津津甜唾，笑吐舌尖。楊柳腰脈脈春濃，櫻桃口呀呀氣喘。星眼朦朧，細細汗流香玉顆；酥胸蕩漾，涓涓露滴牡丹心。直饒匹配眷姻偕，真實偷期滋味美。

當下二人雲雨纔罷，正欲各整衣襟，只見王婆推開房門入來，說道：「你兩個做得好事！」西門慶和那婦人都吃了一驚。西門慶何驚？那婆子便道：「好呀，好呀！我請你來做衣裳，不曾叫你來偷漢子。妙。武大得知，須連累我。不若我先去出首。」回身便走。那婦人扯住裙兒道：「乾娘饒恕則個！」西門慶道：「乾娘低聲。」王婆笑道：「若要我饒恕你們，都要依我一件事。」那婦人便道：「休說一件，便是十件，奴也依乾娘。」王婆道：「你從今日爲始，瞞着武大，每日不要失約負了大官人，我便罷休。若是一日不來，我便對你武大說。」（眉）也不必，他自然來。只是王婆要在西門慶面前邀功耳。那婦人道：「只依着乾娘便了。」王婆又道：「西門大官人，你自不用老身說得。這十分好事已都完了。所許之物，不可失信。你若負心，我也要對武大說。」不必當面說。西門慶道：「乾娘放心，並不失信。」三人又吃幾杯酒，已是下午的時分。那婦人便起身道：「武大那廝將歸來，奴自回去。」便踅過後門歸家，先去下了簾子，武大恰好進門。

且說王婆看着西門慶道：「好手段麽？」西門慶道：「端的虧了乾娘。我到家裏，便取一錠銀送來與你。所許之物，豈可昧心。」王婆道：「眼望旌節至，專等好消息。不要叫老身棺材出了討挽歌郎錢。」西門慶笑了去，不在話下。

那婦人自當日爲始，每日踅過王婆家裏來和西門慶做一處，恩情似漆，心意如膠。自古道：「好事不出門，惡事傳千里。」不到半月之間，街坊鄰舍都知得了，只瞞着武大一個不知。有詩爲證：

好事從來不出門，惡言醜行便彰聞。可憐武大親妻子，暗與西門作細君。

斷章句，話分兩頭。且說本縣有個小的，年方十五六歲，本身姓喬，因爲做軍在鄆州生養的，就取名叫做鄆哥。家中止有一個老爹。那小厮生的乖覺，自來只靠縣前這許多酒店裏賣些時新菓品，如常得西門慶賫發他些盤纏。其日正尋得一籃兒雪梨，提着來遶街尋問西門慶。又有一等的多口人說道：「鄆哥，你若要尋他，我教你一處去尋。」鄆哥道：「聒噪阿叔，叫我去尋得他見，撰得三五十錢養活老爹也好。」那多口道：「西門慶他如今刮上了賣炊餅的武大老婆，每日只在紫石街上王婆茶坊裏坐地，這早晚多定正在那裏。你小孩兒家，只顧撞入去不妨。」那鄆哥得了這話，謝了阿叔指教。

這小猴子提了籃兒，一直望紫石街走來，逕奔入茶坊裏去，却好正見王婆坐在小凳兒上績緒。鄆哥把籃兒放下，看着王婆道：「乾娘拜揖。」那婆子問道：「鄆哥，你來這裏做甚麽？」鄆哥道：「要尋大官人，撰三五十錢養活老爹。」婆子道：「甚麽大官人？」鄆哥道：「乾娘情知是那個，便只是他。」畫。那個婆子道：「便是大官人，也有個姓名。」鄆哥道：「便是兩個字的。」婆子道：「甚麽兩個字的？」鄆哥道：「乾娘只是要作耍，我要和西門大官人說句話。」望裏面便走。那婆子一把揪住道：「小猴子，那裏去？人家屋裏，各有內外。」鄆哥道：「我去房裏便尋出來。」王婆道：「含鳥猢猻！我屋裏那得甚麽西門大官人？」鄆哥道：「乾娘不要獨吃自呵，也把些汁水與我呷一呷。我有甚麽不理會得！」婆子便罵道：「你那小猢猻，理會得甚麽！」鄆哥道：「你正是馬蹄刀木杓裏切菜，水泄不漏，半點兒也没得落地。直要我説出來，只怕賣炊餅的哥哥發作。」那婆子吃了他這兩句，道着他真病，心中大怒，喝道：「含鳥猢猻！也來老娘屋裏放屁辣臊！」鄆哥道：「我是小猢猻，你是馬泊六！」那婆子揪住鄆哥，鑿上兩個栗暴。鄆哥叫道：「做甚麽便打我？」婆子罵道：「賊猢猻！高則聲，大耳刮子打出你去！」鄆哥道：「老咬蟲！没事得便打我！」這婆子一頭叉，一頭大栗暴鑿，直打出街上去。雪梨籃兒也丢出去。那籃雪梨四分五落，滚了開去。這小猴子打那虔婆不過，一頭罵，一頭哭，一頭走，一頭街上拾梨兒，指着那王婆茶坊裏罵道：「老咬蟲！我教你不要慌！我不去説與他，不做出來不信！」提了籃兒，逕奔去尋這個人。不是鄆哥來尋這個人，却正是：從前作過事，没興一齊來。直教險道神脱了衣冠，小鄆哥尋出患害。畢竟這鄆哥尋甚麽人，且聽下回分解。

李生曰：説淫婦便像個淫婦，説烈漢便像個烈漢，説呆子便像個呆子，説馬泊六便像個馬泊六，説小猴子便像個小猴子，但覺讀一過，分明淫婦、烈漢、呆子、馬泊六、小猴子光景在眼，淫婦、烈漢、呆子、馬泊六、小猴子聲音在耳，不知有所謂語言文字也。何物文人，有此肺腸，有此手眼！若令天地間無此等文字，天地亦寂寞了也。不知太史公堪作此衙官否？

閻婆計啜西門慶
茶坊

淫婦藥鴆武大郎

第二十五回　王婆計啜西門慶　淫婦藥鴆武大郎

詩曰：

可怪狂夫戀野花，因貪淫色受波查。亡身喪己皆因此，破業傾資總爲他。半晌風流有何益，一般滋味不須誇。〔眉〕半晌句非，一般句是。　他時禍起蕭牆内，血污遊魂更可嗟。

話説當下鄆哥被王婆打了這幾下，心中没出氣處，提了雪梨籃兒，一逕奔來街上，直來尋武大郎。轉了兩條街，只見武大挑着炊餅擔兒，正從那條街上來。鄆哥見了，立住了脚，看着武大道：「這幾時不見你，怎麽吃得肥了？」畫。　武大歇下擔兒道：「我只是這般模樣，畫。有甚麽吃得肥處？」〔眉〕一個尖，一個呆。逼真，逼真！　鄆哥道：「我前日要糴些麥稃，一地里没糴處。人都道你屋裏有。」畫。　武大道：「我屋裏又不養鵝鴨，那裏有這麥稃？」畫。　鄆哥道：「你説没麥稃，你怎地棧得肥腤腤地？便攧倒提起你來，也不妨；畫。　煮你在鍋裏，也没氣。」畫。　武大道：「含鳥猢猻！倒罵得我好！我的老婆又不偷漢子，畫。　我如何是鴨？」畫。　鄆哥道：「你老婆不偷漢子，只偷子漢。」武大扯住鄆哥道：「還我主來！」鄆哥道：「我笑你只會扯我，却不咬下他左邊的來。」畫。　武大道：「好兄弟，你對我説是兀誰，我把十個炊餅送你。」鄆哥道：「炊餅不濟事。你只做個小主人，請我吃三杯，我便説與你。」武大道：「你會吃酒？跟我來。」

武大挑了擔兒，引着鄆哥到一個小酒店裏，歇了擔兒，拿了幾個炊餅，買了些肉，討了一旋酒，請鄆哥吃。那小廝又道：「酒便不要添了，肉再切幾塊來。」畫。武大道：「好兄弟，你且説與我則個。」鄆哥道：「且不要慌，等我一發吃了，却説與你。你却不要氣苦，我自幫你打捉。」〔眉〕從小孩子口中説出，真是匪夷所思！武大看那猴子吃了酒肉，道：「你如今却説與我。」鄆哥道：「你要得知，把手來摸我頭上肐䐴。」畫。武大道：「却怎地來有這肐䐴？」鄆哥道：「我對你説：我今日將這一籃雪梨，去尋西門大郎掛一小勾子，一地里没尋處。街上有人説道：『他在王婆茶房裏，和武大娘子勾搭上了，每日只在那裏行走。』我指望去撰三五十錢使，叵耐那王婆老猪狗，不放我去房裏尋他，大栗暴打我出來。我特地來尋你。我方纔把兩句話來激你，我不激你時，你須不來問我。」武大道：「真個有這等事？」畫。鄆哥道：「又來了！我道你是這般的鳥人，那廝兩個落得快活。只等你出來，便在王婆房裏做一處。你兀自問道真個也是假！」武大聽罷道：「兄弟，我實不瞞你説：那婆娘每日去王婆家裏做衣裳，歸來時便臉紅，我自也有些疑忌。畫。這話正是了。我如今寄了擔兒，便去捉奸，如何？」鄆哥道：「你老大一個人，原來没些見識！那王婆老狗，什麼利害怕人，你如何出得他手！他須三人也有個暗號，見你入來拿他，把你老婆藏過了，那西門慶須了得，打你這般二十來個。若捉他不着，干吃他一頓拳頭。他又有錢有勢，反告了一紙狀子，你便用吃他一場官司。又没人做主，乾結果了你。」武大道：「兄弟，你都説得是。却怎地出得這口氣？」鄆哥道：「我吃那老猪狗打了，也没出氣處。畫。〔眉〕全要知道，鄆哥也不爲武大，也不爲西門慶，只是要出王婆這口氣耳。妙，妙！我教你一着：你今日晚些歸去，都不要發作，也不可說，自只做每日一般。明朝便少做些炊餅出來賣，我自在巷口等你。若是見西門慶入去時，我便來叫你。你便挑着擔兒，只在左近等我。我便先去惹那老狗，必然打我時，我先將籃兒丢出街來。你却搶來，我便一頭頂住那婆子，你便只顧奔入房裏去，叫起屈來。此計如何？」武大道：「既是如此，却是虧了兄弟！我有數貫錢，與你把去糴米。明日早早來紫石街巷口等我。」鄆哥得了數貫錢，幾個炊餅，自去了。武大還了酒錢，挑了擔兒，自去賣了一遭歸去。

原來這婦人往常時只是駡武大，百般的欺負他。近日來也自知無禮，只得窩盤他些個。畫。當晚武大挑了擔兒歸家，也只和每日一般，並不説起。那婦人道：「大哥買盞酒吃？」武大道：「却纔和一般經紀人買三碗吃了。」那婦人安排晚飯與武大吃了，當夜無話。次日飯後，武大只做三兩扇炊餅，安在擔兒上。這婦人一心只想着西門慶，那裏來理會武大做多做少。太密。當日武大挑了擔兒，自出去做買賣。這婦人巴不能勾他出去了，便踅過王婆房裏來等西門慶。

且説武大挑着擔兒，出到紫石街巷口，迎見鄆哥提着籃兒在那裏張望。武大道：「如何？」鄆哥道：「早些個，你且去賣一遭了來。他七八分來了，你只在左近處伺候。」武大雲飛也去賣了一遭回來。鄆哥道：「你只看我籃兒撇出來，你便奔入去。」武大自把擔兒寄了，不在話下。

【虎有倀兮鳥有媒，暗中牽陷恣施爲。鄆哥指訐西門慶，他日分屍竟莫支。】要他何用。

却説鄆哥提着籃兒走入茶坊裏來，罵道：「老猪狗！你昨日做甚麽便打我？」那婆子舊性不改，便跳起身來喝道：「你這小猢猻！老娘與你無干，你做甚麽又來罵我？」鄆哥道：「便罵你這馬泊六，做牽頭的老狗，直甚麽屁！」畫。那婆子大怒，揪住鄆哥便打。鄆哥叫一聲：「你打我！」把籃兒丢出當街上來。那婆子却待揪他，被這小猴子叫聲「你打」時，就把王婆腰裏帶個住，看着婆子小肚上只一頭撞將去，争些了跌倒，却得壁子礙住不倒。那猴子死頂住在壁上，只見武大裸起衣裳，大踏步直搶入茶房裏來。那婆子見了是武大來，急待要攔當時，却被這小猴子死命頂住，那裏肯放。婆子只叫得：「武大來也！」那婆娘正在房裏，做手脚不迭，先奔來頂住了門。這西門慶便鑽入牀底下躲去。武大搶到房門邊，用手推那房門時，那裏推得開。口裏只叫説：「做得好事！」那婦人頂住着門，慌做一團，口裏便説道：「閑常時只如鳥嘴，賣弄殺好拳棒，畫。急上場時便没些用。見個紙虎，也嚇一交！」〔眉〕惡則惡矣，似却似也。那婦人這幾句話，分明教西門慶來打武大，奪路了走。西門慶在牀底下聽了婦人這幾句言語，提醒他這個念頭，便鑽出來，説道：「娘子，不是我没本事，一時間没這智量。」没工夫説話。便來拔開門，叫聲：「不要來！」武大却待要揪他，被西門慶早飛起右脚，武大矮短，正踢中心窩裏，撲地望後便倒了。西門慶見踢倒了武大，打鬧裏一直走了。鄆哥見不是話頭，撇了王婆撒開。街坊鄰舍都知道西門慶了得，誰敢來多管。王婆當時就地下扶起武大來，見他口裏吐血，面皮臘查也似黄了。便叫那婦人出來，舀碗水來，救得甦醒。兩個上下肩掺着，便從後門扶歸樓上去，安排他牀上睡了。當夜無話。

次日，西門慶打聽得没事，依前自來和這婦人做一處，只指望武大自死。武大一病五日，不能勾起。更兼要湯不見，要水不見，每日叫那婦人不應。又見他濃粧豔抹了出去，歸來時便面顔紅色。武大幾遍氣得發昏，又没人來睬着。武大叫老婆來分付道：「你做的勾當，我親手來捉着你奸，你倒挑撥奸夫踢了我心！至今求生不生，求死不死，你們却自去快活。我死自不妨，和你們争不得了。我的兄弟武二，你須得知他性格。倘或早晚歸來，他肯干休！你若肯可憐我，早早扶侍我好了，好貨。他歸來時，我都不提。畫。你若不肯覷我時，待他歸來，却和你們説話！」

這婦人聽了這話，也不回言，却踅過來，一五一十都對王婆和西門慶説了。那西門慶聽了這話，却似提在冰窨子裏，説道：「苦也！我須知景陽岡上打虎的武都頭，他是清河縣第一個好漢。我如今却和你眷戀日久，情孚意合，却不恁地理會。如今這等説時，正是怎地好？却是苦也！」王婆冷笑道：「我倒不曾見，你是個把舵的，我是趁船的。我倒不慌，你倒慌了手脚。」畫。西門慶道：「我枉自做了男子漢！到這般去處，却擺布不開。你有甚麽主見，遮藏我們則個。」王婆道：「你們却要長做夫妻，短做夫妻？」西門慶道：「乾娘，你且説如何是長做夫妻，短做夫妻？」王婆道：「若是短做夫妻，你們只就今日便分散，等武大將息好了起來，與他陪了話。武二歸來，都没言語。待他再差使出去，却再來相約。這是短做夫妻。你們若要長做夫妻，每日同一處不擔驚受怕，我却有一條妙計，只是難教你。」西門慶道：「乾娘周全了我們則個，只要長做夫妻。」王婆道：「這條計用着件東西，别人家裏都没，天生天化，大官人家裏却有。」畫。〔眉〕好想頭。西門慶道：「便是要我的眼睛，也剜來與你。却是甚麼東西？」王婆道：「如今這搗子病得重，趁他狼狽裏，便好下手。大官人家裏取些砒霜來，却教大娘子自去贖一帖心疼的藥來，把這砒霜下在裏面，把這矮子結果了，一把火燒得乾乾淨淨的，沒了踪迹。便是武二回來，待敢怎地？自古道『嫂叔不通問』，『初嫁從親，再嫁由身』。阿叔如何管得？畫。暗地裏來往半年一載，便好了。等待夫孝滿日，大官人娶了家去，這個不是長遠夫妻，諧老同歡？〔眉〕咄咄逼真。此計如何？」西門慶道：「乾娘此計神妙。自古道：『欲求生快活，須下死工夫。』罷，罷，罷！一不做，二不休！」王婆道：「可知好哩！這是斬草除根，萌芽不發。若是斬草不除根，春來萌芽再發。官人便去取些砒霜來，我自教娘子下手。事了時，却要重重的謝我。」西門慶道：「這個自然，不消你說。」有詩爲證：

雲情雨意兩綢繆，戀色迷花不肯休。畢竟難逃天地眼，武松還砍二人頭。

且說西門慶去不多時，包了一包砒霜來，把與王婆收了。這婆子却看着那婦人道：「大娘子，我教你下藥的法度。如今武大不對你說道教你看活他？你便把些小意兒貼戀他。畫。他若問你討藥吃時，便把這砒霜調在心痛藥裏。待他一覺身動，你便把藥灌將下去，却便走了起身。他若毒藥轉時，必然腸胃迸斷，大叫一聲，你却把被只一蓋，畫。都不要人聽得。預先燒下一鍋湯，煮着一條抹布。他若毒藥發時，必然七竅内流血，口唇上有牙齒咬的痕迹。他若放了命，便揭起被來，却將煮的抹布一揩，都沒了血迹，畫。〔眉〕這個婆子倒是老手。便入在棺材裏，扛出去燒了。有甚麼鳥事！」那婦人道：「好却是好，只是奴手軟了，臨時安排不得屍首。」王婆道：「這個容易。你只敲壁子，我自過來攛掇你。」

西門慶道：「你們用心整理，明日五更來討回報。」西門慶説罷，自去了。王婆把這砒霜用手捻爲細末，把與那婦人拿去藏了。

那婦人却踅將歸來，到樓上看武大時，一絲没兩氣，看看待死。那婦人坐在牀邊假哭，武大道：「你做甚麽來哭？」那婦人拭着眼淚，説道：「我的一時間不是了，畫。吃那厮局騙了。誰想却踢了你這脚。我問得一處好藥，我要去贖來醫你，又怕你疑忌了，不敢去取。」畫。武大道：「你救得我活無事了，一筆都勾，並不記懷。好貨。武二家來，亦不提起。快去贖藥來救我則個。」那婦人拿了些銅錢，逕來王婆家裏坐地，却叫王婆去贖了藥來，把到樓上教武大看了，説道：「這貼心疼藥，太醫叫你半夜裏吃。吃了倒頭把一兩牀被發些汗，明日便起得來。」武大道：「却是好也！生受大嫂，畫。今夜醒睡些個，半夜裏調來我吃。」那婦人道：「你自放心睡，我自伏侍你。」

看看天色黑了，那婦人在房裏點上碗燈，下面先燒了一大鍋湯，拏了一片抹布，煮在湯裏。聽那更鼓時，却好正打三更。那婦人先把毒藥傾在盞子裏，却舀一碗白湯把到樓上，叫聲：「大哥，藥在那裏？」武大道：「在我蓆子底下枕頭邊，你快調來與我吃。」那婦人揭起蓆子，將那藥抖在盞子裏，把那藥貼安了，將白湯充在盞内，把頭上銀牌兒只一攪，調得匀了；左手扶起武大，右手把藥便灌。武大呷了一口，説道：「大嫂，這藥好難吃！」那婦人道：「只要他醫治得病，管甚麽難吃！」武大再呷第二口時，被這婆娘就勢只一灌，一盞藥都灌下喉嚨去了。那婦人便放倒武大，慌忙跳下牀來。武大哎了一聲，説道：「大嫂，吃下這藥去，肚裏倒疼起來。苦呀！苦呀，倒當不得了！」這婦人便去脚後扯過兩牀被來，匹臉只顧蓋。武大叫道：「我也氣悶！」那婦人道：「太醫分付，教我與你發些汗，便好得快。」武大再要説時，這婦人怕他掙扎，便跳上牀來，騎在武大身上，把手緊緊地按住被角，那裏肯放些鬆。【正似：

油煎肺腑，火燎肝腸。心窩裏如雪刃相侵，滿腹中似鋼刀亂攪。痛剮剮煙生七竅，直挺挺鮮血模糊。渾身冰冷，口内涎流。牙關緊咬，三魂赴枉死城中；喉管枯乾，七魄投望鄉臺上。地獄新添食毒鬼，陽間没了捉奸人。】刪

那武大當時哎了兩聲，喘息了一回，腸胃迸斷，嗚呼哀哉，身體動不得了。那婦人揭起被來，見了武大咬牙切齒，七竅流血，怕將起來，只得跳下牀來敲那壁子。王婆聽得，走過後門頭咳嗽。那婦人便下樓來，開了後門。王婆問道：「了也未？」那婦人道：「了便了了，只是我手脚軟了，安排不得。」王婆道：「有甚麼難處！我幫你便了。」那婆子便把衣袖捲起，舀了一桶湯，把抹布撇在裏面，掇上樓來。捲過了被，先把武大嘴邊唇上都抹了，却把七竅淤血痕迹拭淨，便把衣裳蓋在屍上。兩個從樓上一步一荅，扛將下來，就樓下將扇舊門停了。與他梳了頭，戴上巾幘，穿了衣裳，取雙鞋襪與他穿了，將片白絹蓋了臉，揀牀乾淨被蓋在死屍身上。却上樓來收拾得乾淨了，王婆自轉將歸去了。那婆娘却號號地假哭起養家人來。看官聽説：原來但凡世上婦人哭，有三樣哭：有淚有聲謂之哭，有淚無聲謂之泣，無淚有聲謂之號。當下那婦人乾號了半夜。

次早五更，天色未曉，西門慶奔來討信。王婆説了備細。西門慶取銀子把與王婆，教買棺材津

送。就呼那婦人商議。這婆娘過來，和西門慶説道：「我的武大今日已死，我只靠着你做主。」西門慶道：「這個何須得你説〈費心〉。」王婆道：「只有一件事最要緊，地方上團頭何九叔，他是個精細的人，只怕他看出破綻，不肯殮。」西門慶道：「這個不妨，我自分付他便了。他不肯違我的言語。」王婆道：「大官人便用去分付他，不可遲誤。」西門慶去了。到天大明，王婆買了棺材，又買些香燭紙錢之類，歸來與那婦人做羹飯，點起一對隨身燈。鄰舍坊廂都來弔問，那婦人虛掩着粉臉假哭。衆街坊問道：「大郎因甚病患便死了？」那婆娘答道：「因患心疼病症，一日日越重了，看看不能勾好，不幸昨夜三更死了。」又哽哽咽咽假哭起來。衆鄰舍明知道此人死得不明，不敢死問他，只自人情勸道：「死自死了，活得自〈安〉（要）過，娘子省煩惱。」那婦人只得假意兒謝了，衆人各自散了。王婆取了棺材，去請團頭何九叔。但是入殮用的都買了，並家裏一應物件也都買了，就叫了兩個和尚，晚些伴靈。多樣時，何九叔先撥幾個火家來整頓。

且説何九叔到巳牌時分，慢慢地走出來，到紫石街巷口，迎見西門慶叫道：「九叔何往？」何九叔答道：「小人只去前面，殮這賣炊餅的武大郎屍首。」西門慶道：「借一步説話則個。」何九叔跟着西門慶，來到轉角頭一個小酒店裏，坐下在閣兒内。西門慶道：「何九叔請上坐。」何九叔道：「小人是何〈者〉（等）之人，對官人一處坐地！」西門慶道：「九叔何故見外？且請坐。」二人坐定，叫取瓶好酒來。小二一面鋪下菜蔬菓品按酒之類，〈延〉（即）便篩酒。何九叔心中疑忌，想道：「這人從來不曾和我吃酒，今日這杯酒，必有蹺蹊。」兩個吃了一個時辰，只見西門慶去袖子裏摸出一錠十兩銀子，放在桌上，説道：「九叔休嫌輕微，明日別有酬謝。」何九叔叉手道：「小人無半點用功効力之處，如何敢受大官人見賜銀兩？若是大官人便有使令小人處，也不敢受。」西門慶道：「九叔休要見外，請收過了却説。」何九叔道：「大官人但説不妨，小人依聽。」西門慶道：「別無甚事，少刻他家也有些辛苦錢。只是如今殮武大的屍首，凡百事遇全，一牀錦被遮蓋則個。別不多言。」何九叔道：「是這些小事，有甚利害，如何敢受銀兩。」西門慶道：「九叔不受時，便是推却。」那何九叔自來懼怕西門慶是個刁徒，把持官府的人，只得受了。兩個又吃了幾杯，西門慶呼酒保來記了帳，明日來舖裏支錢。兩個下樓，一同出了店門。西門慶道：「九叔記心，不可洩漏，改日別有報效。」分付罷，一直去了。

何九叔心中疑忌，肚裏尋思道：「這件事却又作怪！我自去殮武大郎屍首，他却怎地與我許多銀子？這件事必定有蹺蹊。」來到武大門前，只見那幾個火家在門首伺候。何九叔問道：「這武大是甚病死了？」火家答道：「他家説害心疼病死了。」何九叔揭起簾子入來，王婆接着道：「久等阿叔多時了。」何九叔應道：「便是有些小事絆住了脚，來遲了一步。」只見武大老婆穿着些素淡衣裳，從裏面假哭出來。何九叔道：「娘子省煩惱，可傷大郎歸天去了。」那婦人虛掩着淚眼道：「説不可盡！不想拙夫心疼症候，幾日子便休了，撇得奴好苦！」何九叔上上下下看了那婆娘的模樣，口裏自暗暗地道：「我從來只聽的説武大娘子，不曾認得他，原來武大却討着這個老婆！西門慶這十兩銀子有些來歷。」何九叔看着武大屍首，揭起千秋旛，扯開白絹，用五輪八寶〈萬〉（犯）着兩點〈唇〉（神）水眼定睛看時，何九叔大叫一聲，望後便倒，口裏噴出血來。但見指甲青，唇口紫，面皮黄，眼無光。未知五臟如何，先見四肢不舉。正是身如五鼓銜山月，命似三更油盡燈。畢竟何九叔性命如何，且聽下回分解。

李生曰：這回文字，種種逼真。第畫王婆易，畫武大難；畫武大易，畫鄆哥難。今試着眼看鄆哥處，有一語不傳神寫照乎？怪哉！

鄆哥大鬧授官廳

武松鬭殺西門慶
美酒

第二十六回　鄆哥大鬧授官廳　武松鬥殺西門慶

詩曰：

參透風流二字禪，好因緣是惡因緣。癡心做處人人愛，冷眼觀時個個嫌。野草閑花休采折，貞姿勁質自安然。山妻稚子家常飯，不害相思不損錢。〔眉〕殺風景。

話説當時何九叔跌倒在地下，衆火家扶住。王婆便道：「這是中了惡，快將水來。」噴了兩口，何九叔漸漸地動轉，有些甦醒。王婆道：「且扶九叔回家去却理會。」兩個火家使扇板門，一逕擡何九叔到家裏。大小接着，就在牀上睡了。老婆哭道：「笑欣欣出去，却怎地這般歸來！閑時曾不知中惡。」坐在床邊啼哭。何九叔覷得火家都不在面前，踢那老婆道：「你不要煩惱，我自没事。却纔去武大家入殮，到得他巷口，迎見縣前開藥舖的西門慶，請我去吃了一席酒，把十兩銀子與我，説道：『所殮的屍首，凡事遮蓋則個。』我到武大家，見他的老婆是個不良的人模樣，我心裏有八九分疑忌。到那裏揭起千秋旛看時，見武大面皮紫黑，七竅内津津出血，唇口上微露齒痕，定是中毒身死。我本待聲張起來，却怕他没人做主，惡了西門慶，却不是去撩蜂剔蠍？待要胡盧提入了棺殮了，武大有個兄弟，便是前日景陽岡上打虎的武都頭。他是個殺人不斬眼的男子，倘或早晚歸來，此事必然要發。」老婆便道：「我也聽得前日有人説道：『後巷住的喬老兒子鄆哥，去紫石街幫武大捉奸，鬧了茶坊。』正是這件事了。你却慢慢的訪問他。如今這事有甚難處，只使火家自去殮了，就問他幾時出喪。若是停喪在家，待武松歸來出殯，這個便没甚麼皂絲麻綫；若他便出去埋葬了，也不妨；若是他便要出去燒他時，必有蹺蹊。你到臨時，只做去送喪，張人眼錯，拿了兩塊骨頭。和這十兩銀子收着，便是個老大證見。他若回來，不問時便罷。却不留了西門慶面皮，做一碗飯却不好？」〔眉〕何九嬸亦慧。何九叔道：「家有賢妻，見得極明！」隨即叫火家分付：「我中了惡，去不得。你們便自去殮了，就問他幾時出喪，快來回報。你得的錢帛，你們分了，都要停當。與我錢帛，不可要。」火家聽了。自來武大家入殮。停喪安靈已罷，回報何九叔道：「他家大娘子説道：只三日便出殯，去城外燒化。」火家各自分錢散了，何九叔對老婆道：「你説這話正是了。我至期只去偷骨殖便了。」

且説王婆一力攛掇那婆娘，當夜伴靈。第二日，請四僧念些經文。第三日早，衆火家自來扛擡棺材，也有幾家鄰舍街坊相送。那婦人帶上孝，一路上假哭養家人，來到城外化人場上，便教舉火燒化。只見何九叔手裏提着一陌紙錢來到場裏。王婆和那婦人接見道：「九叔，且喜得貴體没事了。」何九叔道：「小人前日買了大郎一扇籠子母炊餅，不曾還得錢，特地把這陌紙來燒與大郎。」王婆道：「九叔如此志誠！」何九叔把紙錢燒了，就攛掇燒化棺材。王婆和那婦人謝道：「難得何九叔攛掇，回家一發相謝。」何九叔道：「小人到處只是出熱。娘子和乾娘自穩便，齋堂裏去相待衆鄰舍街坊，小人自替你照顧。」使轉了這婦人和那婆子，把火挾去揀兩塊骨頭，損去側邊，拿去潵骨池內只一浸，看那骨頭酥黑。何九叔收藏了，也來齋堂裏和鬨了一回。棺木過了殺火，收拾骨殖，潵在池子裏。衆鄰舍回家，各自分散。那何九叔將骨頭歸到家中，把幅紙都寫了年月日期，送喪的人名字，和這銀子一處包了，做個布袋兒盛着，放在房裏。

再說那婦人歸到家中，去槅子前面設個靈牌，上寫「亡夫武大郎之位」。靈牀子前點一盞琉璃燈。裏面貼些經旛、錢垛、金銀錠、采繒之屬。每日却自和西門慶在樓上任意取樂，却不比先前在王婆房裏，只是偷雞盜狗之歡，如今家中又没人礙眼，任意停眠整宿。自此西門慶整三五夜不歸去，家中大小亦各不喜歡。原來這女色坑陷得人，有成時必須有敗。有首《鷓鴣天》單道這女色。正是：

色膽如天不自由，情深意密兩綢繆。只思當日同歡慶，豈想蕭牆有禍憂。貪快樂，恣優游，英雄壯士報冤仇。請看褒姒幽王事，血染龍泉是盡頭。腐。

且說西門慶和那婆娘終朝取樂，任意歌飲。交得熟了，却不顧外人知道。這條街上遠近人家，無有一人不知此事，却都懼怕西門慶那廝是個刁徒潑皮，誰肯來多管。

常言道：「樂極生悲，否極泰來。」光陰迅速，前後又早四十餘日。却說武松自從領了知縣言語，監送車仗到東京親戚處，投下了來書，交割了箱籠，街上閑行了幾日，討了回書，領一行人取路回陽谷縣來。前後往回，恰好將及兩個月。去時新春天氣，回來三月初頭。於路上只覺得神思不安，身心恍惚，趕回要見哥哥，且先去縣裏交納了回書。知縣見了大喜，看罷回書，已知金銀寶物交得明白，賞了武松一錠大銀，酒食管待，不必用説。

武松回到下處房裏，換了衣服鞋襪，戴上個新頭巾，鎖上了房門，一逕投紫石街來。兩邊衆鄰舍看見武松回了，都吃一驚，大家揑兩把汗，暗暗地説道：「這番蕭牆禍起了！這個太歲歸來，怎肯干休？必然弄出事來！」畫。且説武松到門前揭起簾子，探身入來。見了靈床子寫着「亡夫武大郎之位」七個字，呆了，睁開雙眼道：「莫不是我眼花了？」叫聲：「嫂嫂，武二歸來！」那西門慶正和那婆娘在樓上取樂，聽得武松叫一聲，驚得屁滚尿流，一直奔後門從王婆家走了。那婦人應道：「叔叔少坐，奴便來也。」原來這婆娘自從藥死了武大，那裏肯帶孝，每日只是濃粧豔抹，和西門慶做一處取樂。聽得武松叫聲「武二歸來了」，慌忙去面盆裏洗落了胭粉，拔去了首飾釵環，蓬鬆挽了個髯兒，脱去了紅裙綉襖，旋穿上孝裙孝衫，便從樓上哽哽咽咽假哭下來。

武松道：「嫂嫂且住，休哭！我哥哥幾時死了？得甚麽症候？吃誰的藥？」那婦人一頭哭，一面説道：「你哥哥自從你轉背一二十日，猛可的害急心疼起來。病了八九日，求神問卜，甚麽藥不吃過！醫治不得，死了。撇得我好苦！」隔壁王婆聽得，生怕决撒，只得走過來幫他支吾。武松又道：「我的哥哥從來不曾有這般病，如何心疼便死了？」王婆道：「都頭却怎地這般説！天有不測風雲，人有暫時禍福。誰保得長没事？」那婦人道：「虧殺了這個乾娘。我又是個没脚蟹，不是這個乾娘，鄰舍家誰肯來幫我？」武松道：「如今埋在那裏？」婦人道：「我又獨自一個，那裏去尋墳地？没奈何，留了三日，把出去燒化了。」武松道：「哥哥死得幾日了？」婦人道：「再兩日便是斷七。」

武松沉吟了半晌，便出門去，逕投縣裏來。開了鎖，去房裏換了一身素浄衣服，便叫土兵打了一條麻縧繫在腰裏，身邊藏了一把尖長柄短、背厚刃薄的解腕刀，取了些銀兩帶在身邊。叫了個土兵，鎖上了房門，去縣前買了些米麵椒料等物，香燭冥紙，就晚到家敲門。那婦人開了門，武松叫土兵去安排羹飯，武松就靈牀子前點起燈燭，鋪設酒肴。到兩個更次，安排得端正，武松撲翻身便拜道：「哥哥陰魂不遠！你在世時軟弱，今日死後不見分明。你若是負屈銜冤，被人害了，托夢與我，兄弟替你做主報仇！」把酒澆奠了，燒化冥用紙錢，武松放聲大哭。哭得那一家鄰舍無不悽惶。那婦人也在裏面假哭。武松哭罷，將羹飯酒肴和土兵吃了，討兩條席子，叫土兵中門傍邊睡，武松把條席子就靈牀子前睡。那婦人自上樓去，下了樓門自睡。

約莫將近三更時候，武松翻來覆去睡不着。看那土兵時，齁齁的却似死人一般挺着。武松爬將起來，看了那靈牀子前琉璃燈半明半滅；側耳聽那更鼓時，正打三更三點。武松嘆了一口氣，坐在席子上自言自語，口裏說道：「我哥哥生時懦弱，死了却有甚分明！」說猶未了，只見靈牀子下捲起一陣冷氣來。那冷氣如何，但見：

無形無影，非霧非烟。盤旋似怪風侵骨冷，凜烈如煞氣透肌寒。昏昏暗暗，靈前燈火失光明；慘慘幽幽，壁上紙錢飛散亂。隱隱遮藏食毒鬼，紛紛飄動引魂旛。

那陣冷氣，逼得武松毛髮皆竪。定睛看時，只見個人從靈床底下鑽將出來，叫聲：「兄弟，我死得好苦！」武松看不仔細，却待向前來再問時，只見冷氣散了，不見了人。武松一交顛翻在席子上坐地，尋思是夢非夢。回頭看那土兵時，正睡着。武松想道：「哥哥這一死必然不明！却纔正要報我知道，又被我的神氣衝散了他的魂魄！」直在心裏不題，等天明却又理會。天色漸明了，土兵起來燒湯，武松洗漱了。那婦人也下樓來，看着武松道：「叔叔，夜來煩惱！」武松道：「嫂嫂，我哥哥端的甚麽病死了？」那婦人道：「叔叔却怎地忘了？夜來已對叔叔説了，害心疼病死了。」武松道：「却贖誰的藥吃？」那婦人道：「見有藥貼在這裏。」武松道：「却是誰買棺材？」那婦人道：「央及隔壁王乾娘去買。」武松道：「誰來扛擡出去？」那婦人道：「是本處團頭何九叔，盡是他維持出去。」武松道：「原來恁地。且去縣裏畫卯却來。」便起身帶了土兵，走到紫石街巷口，問土兵道：「你認得團頭何九叔麽？」土兵道：「都頭恁地忘了？前項他也曾來與都頭作慶。他家只在獅子街巷内住。」武松道：「你引我去。」土兵引武松到何九叔門前，武松道：「你自先去。」土兵去了。

武松却揭起簾子，叫聲：「何九叔在家麽？」這何九叔却纔起來，聽得是武松來尋，嚇得手忙脚亂，頭巾也戴不迭，畫。急急取了銀子和骨殖藏在身邊，便出來迎接道：「都頭幾時回來？」武松道：「昨日方回。到這裏有句話閑説則個，請那尊步同往。」何九叔道：「小人便去。都頭，且請拜茶。」武松道：「不必，免賜！」兩個一同出到巷口酒店裏坐下，叫量酒人打兩角酒來。何九叔起身道：「小人不曾與都頭接風，何故反擾？」武松道：「且坐。」何九叔心裏已猜八九分。量酒人一面篩酒，武松便不開口，且只顧吃酒。何九叔見他不做聲，倒捏兩把汗，却把些話來撩他。武松也不開言，並不把話來提起。酒已數杯，只見武松揭起衣裳，颼地掣出把尖刀來，插在桌子上。菩薩，聖賢。量酒的都驚得呆了，那裏肯近前看。何九叔面色青黄，不敢抖氣。武松將起雙袖，握着尖刀，對何九叔道：「小子粗疏，還曉得冤各有頭，債各有主。你休驚怕，只要實説，對我一一説知武大死的緣故，便不干涉你。我若傷了你，不是好漢。倘若有半句兒差錯，我這口刀立定教你身上添三四百個透明的窟窿。〔眉〕武二郎做事，知仁勇都足備得。妙人，妙人，漢子，漢子。閑言不道，你只直説，我哥哥死的屍首是怎地模樣？」武松道罷，一雙手按住肐膝，兩隻眼睜得圓彪彪地看着。

何九叔去袖子裏取出一個袋兒，放在桌子上道：「都頭息怒。這個袋兒便是一個大證見。」武松用手打開，看那袋兒裏時，兩塊酥黑骨頭，一錠十兩銀子，便問道：「怎地見得是老大證見？」何九叔道：「小人並然不知前後因地，忽于正月二十二日在家，只見開茶坊的王婆來呼喚小人殮武大郎屍首。至日，行到紫石街巷口，迎見縣前開生藥鋪的西門慶大郎，攔住邀小人同去酒店裏吃了一瓶酒。西門慶取出這十兩銀子，付與小人，分付道：『所殮的屍首，凡百事遮蓋。』小人從來得知道那人是個刁徒，不容小人不接。吃了酒食，收了這銀子。小人去到大郎家裏，揭起千秋旛，只見七竅内有瘀血，唇口上有齒痕，係是生前中毒的屍首。〔眉〕不得不直説了。小人本待聲張起來，只是又没苦主。他的娘子已自道是害心疼病死了，因此小人不敢聲言，自咬破舌尖，只做中了惡，扶歸家來了。只是火家自去殮了屍首，不曾接受一文。第三日，聽得扛出去燒化，小人買了一陌紙，去山頭假做人情，使轉了王婆並令嫂，暗拾了這兩塊骨頭，包在家裏。這骨殖酥黑，係是毒藥身死的證見。這張紙上，寫着年月日時，並送喪人的姓名。便是小人口詞了。都頭詳察！」〔眉〕何九叔這個干〈巳〉〈系〉脱得好。武松道：「奸夫還是何人？」癡，不必問了。何九叔道：「却不知是誰。小人聞聽得説來，有個賣梨兒的鄆哥，那小厮曾和大郎去茶坊裏捉奸。這條街上誰人不知？都頭要知備細，可問鄆哥。」武松道：「是。既然有這個人時，一同去走一遭。」

武松收了刀，入鞘藏了，算還酒錢，便同何九叔望鄆哥家裏來。却好走到他門前，只見那小猴子挽着個柳籠栲栳在手裏，糴米歸來。何九叔叫道：「鄆哥，你認得這位都頭麽？」鄆哥道：「解大蟲來時，我便認得了。好點綴。你兩個尋我做甚麽？」鄆哥那小厮也瞧了八分，便説道：「只是一件，我的老爹六十歲，没人養贍，我却難相伴你們吃官司要。」太早些，然實傳小猴子之神。武松道：「好兄弟。」便去身邊取五兩來銀子道：「鄆哥，你把去與老爹做盤纏，跟我來説話。」鄆哥自心裏想道：「這五兩銀子如何不盤纏得三五個月？便陪侍他吃官司也不妨。」將銀子和米把與老兒，便跟了二人出巷口一個飯店樓上來。武松叫過賣造三分飯來，對鄆哥道：「兄弟，你雖年紀幼小，倒有養家孝順之心。却纔與你這些銀子，且做盤纏。我有用着你處，妙。事務了畢時，我再與你十四五兩銀子做本錢。你可備細説與我，你怎地和我哥哥去茶坊裏捉奸？」鄆哥道：「我説與你，你却不要氣苦！肖。我從今年正月十三日，提得一籃兒雪梨，我去尋西門慶大郎掛一勾子，一地里没尋他處。問人時，説道：『他在紫石街王婆茶坊裏，和賣炊餅的武大老婆做一處，如今刮上了他，每日只在那裏。』我聽得了這話，一逕奔去尋他。叵耐王婆老猪狗，攔住不放我入房裏去。吃我把話來侵他底子，那猪狗便打我一頓栗暴，直叉我出來，將我梨兒都傾在街上。我氣苦了，去尋你大郎，説與他備細，他便要去捉奸。我道：『你不濟事，西門慶那廝手脚了得。你若捉他不着，反吃他告了，倒不好。我明日和你約在巷口取齊，你便少做些炊餅出來。我若張見西門慶入茶坊裏去時，我先入去，你便寄了擔兒等着，只看我丢出籃兒來，你便搶入來捉奸。』我這日又提了一籃梨兒，逕去茶坊裏。被我罵那老猪狗，那婆子便來打我。吃我先把籃兒撇出街上，一頭頂住那老狗在壁上。武大郎却搶入去時，婆子要去攔截，却被我頂住了，只叫得：『武大來也！』原來倒吃他兩個頂住了門。大郎只在房門外聲張，却不提防西門慶那廝，開了房門奔出來，把大郎一脚踢倒了。我見那婦人隨後便出來，扶大郎不動。我慌忙也自走了。過得五七日，説大郎死了。我却不知怎地死了。」〔眉〕描畫小猴子之狀，咄咄如畫。武松聽道：「你這話是實了？你却不要説謊！」鄆哥道：「便到官府，我也只是這般説。」武松道：「説得是，兄弟！」便討飯來吃了。還了飯錢，三個人下樓來。何九叔道：「小人告退。」武松道：「且隨我來，正要你們與我證一證。」把兩個一直帶到縣廳上。

知縣見了，問道：「都頭告甚麽？」武松告説：「小人親兄武大，被西門慶與嫂通奸，下毒藥謀殺性命。這兩個便是證見。要相公做主則個！」知縣先問了何九叔並鄆哥口詞，當日與縣吏商議。原來縣吏都是與西門慶有首尾的，官人自不必得説。因此官吏通同計較道：「這件事難以理問。」知縣道：「武松，你也是個本縣都頭，不省得法度？好貨。自古道：『捉奸見雙，捉賊見贓，殺人見傷。』你那哥哥的屍首又没了，你又不曾捉得他奸，如今只憑這兩個言語，便問他殺人公事，莫非忒偏向麽？你不可造次，須要自己尋思，當行即行。」武松懷裏去取出兩塊酥黑骨頭，一張紙，告道：「覆告相公，這個須不是小人捏合出來的。」知縣看了道：「你且起來，待我從長商議。可行時便與你拿問。」何九叔、鄆哥都被武松留在房裏。當日西門慶得知，却使心腹人來縣裏許官吏銀兩。

次日早晨，武松在廳上告稟，催逼知縣拿人。誰想這官人貪圖賄賂，回出骨殖並銀子來，説道：「武松，你休聽外人挑撥你和西門慶做對頭。這件事不明白，難以對理。聖人云：經目之事，猶恐未真；背後之言，豈能全信？不可一時造次！」〔眉〕好知縣。獄吏便道：「都頭，但凡人命之事，須要屍、傷、病、物、踪五件事全，方可推問得。」武松道：「既然相公不准所告，且却又理會。」有主意。收了銀子和骨殖，再付與何九叔收了。下廳來到自己房内，叫土兵安排飯食，與何九叔同鄆哥吃，留在房裏，「相等一等，我去便來也。」又自帶了三兩個土兵，離了縣衙，將了硯瓦筆墨，就買了三五張紙，藏在身邊；有主張。就叫兩個土兵買了個豬首，一隻鵝，一隻雞，一擔酒，和些果品之類，安排在家裏。

約莫也是巳牌時候，帶了個土兵來到家中。那婦人已知告狀不准，放下心不怕他，大着膽看他怎的。畫。武松叫道：「嫂嫂下來，有句話説。」那婆娘慢慢地行下樓來，問道：「有甚麽話説？」武松道：「明日是亡兄斷七。你前日惱了衆鄰舍街坊，我今日特地來把杯酒替嫂嫂相謝衆鄰。」那婦人大剌剌地説道：「謝他們怎地？」畫。武松道：「禮不可缺。」喚土兵先去靈牀子前，明晃晃地點起兩枝蠟燭，焚起一爐香，列下一陌紙錢，把祭物去靈前擺了，堆盤滿宴，鋪下酒食果品之類。叫一個土兵後面盪酒，兩個土兵門前安排桌櫈，又有兩個前後把門。武松自分付定了，便叫：「嫂嫂來待客，我去請來。」先請隔壁王婆。那婆子道：「不消生受，教都頭作謝。」武松道：「多多相擾了乾娘，自有個道理。

先備一杯菜酒，休得推故。」那婆子取了招兒，收拾了門户，從後頭走過來。這酒難吃，還是不吃好。武松道：「嫂嫂坐主位，乾娘對席。」婆子已知道西門慶回話了，放心着吃酒。兩個都心裏道：「看他怎地！」畫。武松又請這邊下鄰開銀鋪的姚二郎姚文卿。二郎道：「小人忙些，不勞都頭生受。」武松拖住便道：「一杯淡酒，又不長久，便請到家。」那姚二郎只得隨順到來，便教去王婆肩下坐了。又去對門請兩家：一家是開紙馬鋪的趙四郎趙仲銘，四郎道：「小人買賣撇不得，不及陪奉。」武松道：「如何使得？衆高鄰都在那裏了。」不由他不來，被武松扯到家裏道：「老人家爺父一般。」便請在嫂嫂肩下坐了。又請對門那賣冷酒店的胡正卿。那人原是吏員出身，便瞧道有些尷尬，那裏肯來。被武松不管他，拖了過來，却請去趙四郎肩下坐了。武松道：「王婆，你隔壁是誰？」王婆道：「他家是賣餶飿兒的張公。」却好正在屋裏，見武松入來，吃了一驚，道：「都頭沒甚話説？」武松道：「家間多擾了街坊，相請吃杯淡酒。」那老兒道：「哎呀！老子不曾有些禮數到都頭家，却如何請老子吃酒？」武松道：「〈不是微禮〉（不成微敬），便請到家。」老兒吃武松拖了過來，請去姚二郎肩下坐地。〔眉〕請客處亦如畫，大奇。説話的，爲何先坐的不走了？原來都有土兵前後把着門，都似監禁的一般。

且説武松請到四家鄰舍，並王婆和嫂嫂，共是六人。武松掇條櫈子，却坐在橫頭，便叫土兵把前後門關了。那後面土兵自來篩酒。武松唱個大喏，説道：「衆高鄰休怪小人粗鹵，胡亂請些個。」衆鄰舍道：「小人們都不曾與都頭洗泥接風，如今倒來反擾！」武松笑道：「〈不是微禮〉（不成意思），衆高鄰休得笑話則個！」土兵只顧篩酒，衆人懷着鬼胎，正不知怎地。看看酒至三杯，那胡正卿便要起身，説道：「小人忙些個。」武松叫道：「去不得！既來到此，便忙也坐一坐。」那胡正卿心頭十五個弔桶打水，七上八下，暗暗地尋思道：「既是好意請我們吃酒，如何却這般相待，不許人動身？」只得坐下。武松道：「再把酒來篩。」土兵斟到第四杯酒，前後共吃了七杯酒過。衆人却似吃了吕太后一千個筵宴。只見武松喝叫土兵：「且收拾過了杯盤，少間再吃。」武松抹了桌子。衆鄰舍却待起身，武松把兩隻手只一攔，道：「正要説話。一干高鄰在這裏，中間高鄰那位會寫字？」姚二郎便道：「此位胡正卿極寫得好。」武松便唱個喏道：「相煩則個！」便捲起雙袖，去衣裳底下颼地只一掣，掣出那口尖刀來。佛。右手四指籠着刀靶，大母指按住掩心，兩隻圓彪彪怪眼睜起，道：「諸位高鄰在此，小人冤各有頭，債各有主，只要衆位做個證見！」

只見武松左手拿住嫂嫂，右手指定王婆，四家鄰舍驚得目睜口呆，罔知所措，都面面相覷，不敢做聲。武松道：「高鄰休怪，不必吃驚。武松雖是粗鹵漢子，便死也不怕，還省得有冤報冤，有仇報仇，並不傷犯衆位。只煩高鄰做個證見。若有一位先走的，武松翻過臉來，休怪教他先吃我五七刀了去！武松便償他命也不妨。」衆鄰舍道：「却吃不得飯了。」癡。武松看着王婆喝道：「兀那老猪狗聽着！我的哥哥這個性命，都在你的身上，慢慢地却問你！」回過臉來看着婦人罵道：「你那淫婦聽着！你把我的哥哥性命怎地謀害了？從實招了，我便饒你。」那婦人道：「叔叔，你好没道理！你哥哥自害心疼病死了，干我甚事！」説猶未了，武松把刀胳查子插在桌子上，用左手揪住那婦人頭髻，右手劈胸提住，把桌子一脚踢倒了，隔桌子把這婦人輕輕地提將過來，一交放翻在靈牀〈子上〉（面前），兩脚踏住，右手拔起刀來，指定王婆道：「老猪狗！你從實説！」那婆子只要脱身脱不得，只得道：「不消都頭發怒，老身自説便了。」武松叫土兵取過紙墨筆硯，排在桌子上，把刀指着胡正卿道：「相煩你與我聽一句寫一句。」胡正卿肐搭搭抖着道：「小人便寫。」討了些硯水，磨起墨來。胡正卿拿起筆，拂開紙，道：「王婆，你實説！」那婆子道：「又不干我事，與我無干！」武松道：「老猪狗！我都知了，你賴那個去！你不説時，我先剮了這個淫婦，後殺你這老狗。」提起刀來，望那婦人臉上便撇兩撇。妙。那婦人慌忙叫道：「叔叔，且饒我。你放我起來，我説便了。」武松一提提起那婆娘，跪在靈牀子前。武松喝一聲：「淫婦快説！」

那婦人驚得魂魄都没了，只得從實招説：將那時放簾子因打着西門慶起，並做衣裳入馬通奸，一一地説。次後來怎生踢了武大，因何説討下藥，王婆怎地教唆撥置，從頭至尾説了一遍。武松再叫他説，却叫胡正卿寫了。王婆道：「咬蟲！你先招了，我如何賴得過？只苦了老身。」王婆也只得招認了。把這婆子口詞，也叫胡正卿寫了。從頭至尾都説在上面。叫他兩個都點指畫了字，妙。就叫四家鄰舍書了名，也畫了字。妙。〔眉〕難得如此從容詳審，誰道武二是一勇之夫。叫土兵解搭膞來，背剪綁了這老狗，捲了口詞，藏在懷裏。叫土兵取碗酒來，供養在靈牀子前，拖過這婦人來跪在靈前，喝那婆子也跪在靈前。武松道：「哥哥靈魂不遠，兄弟武二與你報仇雪恨！」叫土兵把紙錢點着。那婦人見頭勢不好，却待要叫，被武松腦揪倒來，兩隻脚踏住他兩隻肐膞，扯開胸脯衣裳。説時遲，那時快，把尖刀去胸前只一剜，口裏銜着刀，雙手去斡開胸脯，取出心肝五臟，佛。供養在靈前。肐查一刀，便割下那婦人頭來，佛。血流滿地。四家鄰舍吃了一驚，都掩了臉，見他兇了，又不敢動，只得隨順他。武松叫土兵去樓上取下一床被來，把婦人頭包了，揩了刀，插在鞘裏。洗了手唱個喏，有□數。說道：「有勞高鄰，甚是休〈愁〉（怪），且請衆位樓上少坐，待武二便來。」四家鄰舍都面面相看，不敢不依他，只得都上樓去坐了。武松分付土兵，也教押那婆子上樓去。關了樓門，着兩個土兵在樓下看守。

武松包了婦人那顆頭，一直奔西門慶生藥鋪前來。看着主管唱個喏：「大官人宅上在麽？」主管道：「却纔出去。」武松道：「借一步，閑說一句話。」那主管也有些認得武松，不敢不出來。武松一引，引到側首僻浄巷内。武松翻過臉來道：「你要死，却是要活？」主管慌道：「都頭在上，小人又不曾傷犯了都頭。」武松道：「你要死，休說西門慶去向；你若要活，實對我說西門慶在那裏？」主管道：「却纔和一個相識去獅子橋下大酒樓上吃酒。」武松聽了，轉身便走。那主管驚得半晌移脚不動，自去了。

且說武松逕奔到獅子橋下酒樓前，便問酒保道：「西門慶大郎和甚人吃酒？」酒保道：「和一個一般的財主，在樓上邊街閣兒裏吃酒。」武松一直撞到樓上，去閣子前張時，窗眼裏見西門慶坐着主位，對面一個坐着客席，兩個唱的粉頭坐在兩邊。武松把那被包打開一抖，那顆人頭血渌渌的滾出來。武松左手提了人頭，右手拔出尖刀，挑開簾子，鑽將入來，把那婦人頭望西門慶臉上慣將來。西門慶認得是武松，吃了一驚，叫聲：「哎呀！」便跳起在凳子上去，一隻脚跨上窗檻，要尋走路。見下面是街，跳不下去，心裏正慌。說時遲，那時快，武松却用手略按一按，托地已跳在桌子上，把些盞兒碟兒都踢下來。兩個唱的行院，驚得走不動；那個財主官人，慌了脚手，也驚倒了。西門慶見來得兇，便把手虛指一指，早飛起右脚來。武松只顧奔入去，見他脚起，略閃一閃，恰好那一脚正踢中武松右手，那口刀踢將起來，直落下街心裏去了。西門慶見踢去了刀，心裏便不怕他，右手虛照一照，左手一拳，照着武松心窩裏打來。却被武松略躲個過，就勢裏從脇下鑽入來，左手帶住頭，連肩胛只一提，右手早捽住西門慶左脚，叫聲：「下去！」那西門慶一者冤魂纏定，二乃天理難容，三來怎當武松勇力。只見頭在下，脚在上，倒撞落在當街心裏去了，跌得個發昏章第十一。〔眉〕好形容。街上兩邊人都吃了一驚。武松伸手去凳子邊提了淫婦的頭，也鑽出窗子外，湧身望下只一跳，跳在當街上。先搶了那口刀在手裏，看這西門慶已自跌得半死，直挺挺在地下，只把眼來動。武松按住，只一刀，割下西門慶的頭來。佛。把兩顆頭相結做一處，提在手裏，把着那口刀，一直奔回紫石街來。叫土兵開了門，將兩顆人頭供養在靈前，妙。把那碗冷酒澆奠了，說道：「哥哥魂靈不遠，早生天界。兄弟與你報仇，殺了奸夫和淫婦。今日就行燒化。」便叫土兵樓上請高鄰下來，把那婆子押在前面。武松拿着刀，提了兩顆人頭，再對四家鄰舍道：「我還有一句話，對你們四位高鄰說則個。」那四家鄰舍叉手拱立，盡道：「都頭但說，我衆人一聽尊命。」武松說出這幾句話來，有分教：名標千古，聲播萬年。直教英雄相聚滿山寨，好漢同心赴水洼。正是：古今壯士談英勇，猛烈强人仗義忠。畢竟武松對四家鄰舍說出甚言語來，且聽下回分解。

李和尚曰：武二郎殺此奸夫淫婦，妙在從容次第，有條有理。若是一竟殺了二人，有何難事？若武二郎者，正所謂動容周旋中禮者也。聖人，聖人！

又曰：我道周公尚非弟弟，武松方是弟弟。

母夜叉孟州
道賣人肉

武都頭十字坡遇張青

第二十七回　母夜叉孟州道賣人肉　武都頭十字坡遇張青

詩曰：

平生作善天加福，若是剛强受禍殃。舌爲柔和終不損，齒因堅硬必遭傷。杏桃秋到多零落，松柏冬深愈翠蒼。善惡到頭終有報，高飛遠走也難藏。

胡説。〔眉〕杏桃怎見得惡。

話説當下武松對四家鄰舍道：「小人因與哥哥報仇雪恨，犯罪正當其理，雖死而不怨。却纔甚是驚嚇了高鄰。小人此一去，存亡未保，死活不知。我哥哥靈床子就今燒化了。家中但有些一應物件，望煩四位高鄰與小人變賣些錢來，作隨衙用度之資，聽候使用。今去縣裏首告，休要管小人罪重，只替小人從實證一證。」隨即取靈牌和紙錢燒化了。樓上有兩個箱籠，取下來，打開看了，付與四鄰收貯變賣。却押那婆子，提了兩顆人頭，逕投縣裏來。

此時鬨動了一個陽谷縣，街上看的人不記其數。知縣聽得人來報了，先自駭然，隨即升廳。武松押那王婆在廳前跪下，行兇刀子和兩顆人頭放在階下。武松跪在左邊，婆子跪在中間，四家鄰舍跪在右邊。武松懷中取出胡正卿寫的口詞，從頭至尾告説一遍。知縣叫那令史先問了王婆口詞，一般供説。四家鄰舍指證明白，又喚過何九叔、鄆哥，都取了明白供狀。喚當該仵作行人，委吏一員，把這一干人押到紫石街檢驗了婦人身屍，獅子橋下酒樓前檢驗了西門慶身屍，明白填寫屍單格目，回到縣裏，呈堂立案。知縣叫取長枷，且把武松同這婆子枷了，收在監内。一干平人，寄監在門房裏。

且説縣官念武松是個義氣烈漢，又想他上京去了這一遭，一心要周全他，又尋思他的好處，便喚該吏商議道：「念武松那廝是個有義的漢子，把這人們招狀從新做過，改作：『武松因祭獻亡兄武大，有嫂不容祭祀，因而相争。婦人將靈床推倒。救護亡兄神主，與嫂鬥毆，一時殺死。次後西門慶因與本婦通奸，前來强護，因而鬥毆。互相不伏，扭打至獅子橋邊，以致鬥殺身死。』」〔眉〕可恨倒埋没了武松了。今之做官的都如此。寫了招解送文書，把一干人審問相同，讀款狀與武松聽了。寫一道申解公文，將這一干人犯解本管東平府，申請發落。這陽谷縣雖然是個小縣分，到有仗義的人。有那上户之家，都資助武松銀兩，也有送酒食錢米與武松的。天理原在人心。武松到下處，將行李寄頓土兵收了，將了十二三兩銀子，與了鄆哥的老爹。武松管下的土兵，大半相送酒肉不迭。當下縣吏領了公文，抱着文卷並何九叔的銀子、骨殖、招詞、刀仗，帶了一干人犯上路，望東平府來。衆人到得府前，看的人鬨動了衙門口。

且説府尹陳文昭，聽得報來，隨即升廳。那官人但見：

平生正直，稟性賢明。幼年向雪案攻書，長成向金鑾對策。常懷忠孝之心，每行仁慈之念。户口增，錢糧辦，黎民稱德滿街衢；詞訟減，盜賊休，父老讚歌喧市井。攀轅截鐙，名標青史播千年；勒石鐫碑，聲振黄堂傳萬古。慷慨文章欺李杜，賢良方正勝龔黄。

且説東平府府尹陳文昭，已知這件事了。便叫押過這一干人犯，就當廳先把陽谷縣申文看了，又把各人供狀招款看過，將這一干人一一審録一遍。把贓物並行兇刀仗封了，發與庫子，收領上庫。將武松的長枷換了一面輕罪枷枷了，下在牢裏。把這婆子換一面重囚枷釘了，禁在提事都監死囚牢裏收了。喚過縣吏，領了回文，發落何九叔、鄆哥、四家鄰舍：「這六人且帶回縣去，寧家聽候；本主西門慶妻子，留在本府羈管聽候。等朝廷明降，方始結斷。」那何九叔、鄆哥、四家鄰舍，縣吏領了，自回本縣去了。武松下在牢裏，自有幾個土兵送飯。西門慶妻子，羈管在里正人家。這裏有些古怪。

且説陳府尹哀憐武松是個有義的烈漢，如常差人看覷他。因此節級牢子都不要他一文錢，倒把酒食與他吃。〔眉〕天理何曾泯滅。陳府尹把這招藁卷宗都改得輕了，申去省院詳審議罪。却使個心腹人，賫了一封緊要密書，星夜投京師來，替他幹辦。那刑部官多有和陳文昭好的，把這件事直稟過了省院官，議下罪犯：「據王婆生情造意，哄誘通奸，立主謀故武大性命，唆使本婦下藥毒死親夫；又令本婦趕逐武松，不容祭祀親兄，以致殺傷人命；唆令男女故失人倫，擬合淩遲處死。〔眉〕快心。據武松雖係報兄之仇，鬥殺西門慶奸夫人命，亦則自首，難以釋免：脊杖四十，刺配二千里外。奸夫淫婦雖該重罪，已死勿論。其餘一干人犯釋放寧家。文書到日即便施行。」東平府尹陳文昭看了來文，隨即行移，拘到何九叔、鄆哥並四家鄰舍和西門慶妻小，一干人等都到廳前聽斷。牢中取出武松，讀了朝廷明降，開了長枷，脊杖四十。上下公人都看覷他，止有五七下着肉。取一面七斤半鐵葉團頭護身枷釘了，臉上免不得刺了兩行金印，迭配孟州牢城。其餘一干衆人，省諭發落，各放寧家。大牢裏取出王婆，當廳聽命。讀了朝廷明降，寫了犯由牌，畫了伏狀，便把這婆子推上木驢，四道長釘，三條綁索，東平府尹判了一個剮字，擁出長街。兩聲破鼓響，一棒碎鑼鳴，犯由前引，混棍後催，兩把尖刀舉，一朵紙花搖，帶去東平府市心裏，乞了一剮。〔眉〕快心得緊，只是如今世界剮不得許多。話裏只說武松帶上行枷，看剮了王婆。實好看。有那原舊的上鄰姚二郎，將變賣家私什物的銀兩交付與武松收受，作別自回去了。當廳押了文帖，着兩個防送公人領了，解赴孟州交割。府尹發落已了。只說武松自與兩個防送公人上路。有那原跟的土兵付與了行李，亦回本縣去了。武松自和兩個公人離了東平府，迤邐取路投孟州來。那兩個公人知道武松是個好漢，一路只是小心去伏侍他，不敢輕慢他些個。天理人心。武松見他兩個小心，也不和他計較。包裹內有的是金銀，但過村坊鋪店，便買酒買肉和他兩個公人吃。

話休絮繁。武松自從三月初頭殺了人，坐了兩個月監房，如今來到孟州路上，正是六月前後，炎炎火日當天，爍石流金之際，只得趕早涼而行。約莫也行了二十餘日，來到一條大路，三個人已到嶺上，却是巳牌時分。武松道：「兩個公人，你們且休坐了，趕下嶺去尋買些酒肉吃。」兩個公人道：「也說得是。」三個人奔過嶺來，只一望時，見遠遠地土坡下約有十數間草屋，傍着溪邊，柳樹上挑出個酒帘兒。武松見了，把手指道：「兀那裏不有個酒店！離這嶺下只有三五里路，那大樹邊廂便是酒店。」兩個公人道：「我們今早吃飯時五更，走了這許多路，如今端的有些肚飢。真個快走，快走！」三個人奔下嶺來，山岡邊見個樵夫，挑一擔柴過來。武松叫道：「漢子，借問你此去孟州還有多少路？」樵夫道：「只有一里便是。」武松道：「這裏地名叫做甚麽去處？」樵夫道：「這嶺是孟州道。嶺前面大樹林邊，便是有名的十字坡。」武松問了，自和兩個公人一直奔到十字坡邊看時，爲頭一株大樹，四五個人抱不交，上面都是枯藤纏着。看看抹過大樹邊，早望見一個酒店，門前窗檻邊坐着一個婦人，露出綠紗衫兒來，頭上黃烘烘的插着一頭釵環，鬢邊插着些野花。見武松同兩個公人來到門前，那婦人便走起身來迎接。下面繫一條鮮紅生絹裙，搽一臉胭脂鉛粉，大雅文物。敞開胸脯露出桃紅紗主腰，上面一色金鈕。見那婦人如何：

　　眉橫殺氣，眼露兇光。轆軸般蠢坌腰肢，棒槌似桑皮手脚。厚鋪着一層膩粉，遮掩頑皮；濃搽就兩暈胭脂，直侵亂髮。紅裙內斑斕裹肚，黃髮邊皎潔金釵。釧鐲牢籠魔女臂，紅衫照映夜叉精。好標致女人。

當時那婦人倚門迎接説道：「客官，歇脚了去。本家有好酒好肉，要點心時，好大饅頭。」兩個公人和武松入來，那婦人慌忙便道萬福。三個人入到裏面，一付柏木桌凳座頭上，兩個公人倚了棍棒，解下那纏袋，上下肩坐了。武松先把脊背上包裹解下來，放在桌子上。解了腰間搭膊，脱下布衫。兩個公人道：「這裏又沒人看見，我們躭些利害，且與你除了這枷，快活吃兩碗酒。」便與武松揭了封皮，除下枷來，放在桌子底下。都脱了上半截衣裳，搭在一邊窗檻上。只見那婦人笑容可掬道：「客官，打多少酒？」武松道：「不要問多少，只顧盪來。肉便切三五斤來，一發算錢還你。」那婦人道：「也有好大饅頭。」武松道：「也把三二十個來做點心。」那婦人嘻嘻地笑着，入裏面托出一大桶酒來。放下三隻大碗，三雙筯，切出兩盤肉來，一連篩了四五巡酒。去竈上取一籠饅頭來，放在桌子上。兩個公人拿起來便吃。

武松取一個拍開看了，叫道：「酒家，這饅頭是人肉的，是狗肉的？」那婦人嘻嘻笑道：「客官休要取笑。清平世界，蕩蕩乾坤，那裏有人肉的饅頭，狗肉的滋味？自來我家饅頭，積祖是黄牛的。」武松道：「我從來走江湖上，多聽得人説道：『大樹十字坡，客人誰敢那裏過？肥的切做饅頭餡，瘦的却把去填河。』」那婦人道：「客官，那得這話？這是你自揑出來的。」停當。武松道：「我見這饅頭餡内有幾根毛，一像人小便處的毛一般，以此疑忌。」妙。武松又問道：「娘子，你家丈夫却怎地不見？」那婦人道：「我的丈夫出外做客未回。」武松道：「恁地時，你獨自一個須冷落。」妙。那婦人笑着尋思道：「這賊配軍却不是作死，倒來戲弄老娘！對手。正是燈蛾撲火，惹焰燒身。不是我來尋你。我且先對付那厮！」這婦人便道：「客官，休要取笑。再吃幾碗了，去後面樹下乘涼。要歇，便在我家安歇不妨。」也妙。武松聽了這話，自家肚裏尋思道：「這婦人不懷好意了。你看我且先耍他。」對手。武松又道：「大娘子，你家這酒好生淡薄，别有甚好的，請我們吃幾碗。」那婦人道：「有些十分香美的好酒，只是渾些。」妙。武松道：「最好，越渾越好吃。」妙。〔眉〕作家相遇，分外有光景。那婦人心裏暗喜，便去裏面托出一鏇渾色酒來。武松看了道：「這個正是好生酒，只宜熱吃最好。」妙。那婦人道：「還是這位客官省得，妙。我盪來你嘗看。」婦人自忖道：「這個賊配軍，正是該死！倒要熱吃，這藥却是發作得快。那厮當是我手裏行貨！」盪得熱了，把將過來，篩做三碗。便道：「客官，試嘗這酒。」兩個公人那裏忍得飢渴，只顧拿起來吃了。武松便道：「大娘子，我從來吃不得寡酒。妙。你再切些肉來，與我過口。」張得那婦人轉身入去，却把這酒潑在僻暗處，口中虛把舌頭來咂道：「好酒！還是這酒衝得人動！」妙。

那婦人那曾去切肉，只虛轉一遭，便出來拍手叫道：「倒也，倒也！」那兩個公人只見天旋地轉，强禁了口，望後撲地便倒。武松也把眼來虛閉緊了，撲地仰倒在凳邊。妙。那婦人笑道：「着了！由你奸似鬼，吃了老娘的洗脚水。」便叫：「小二，小三，快出來！」只見裏面跳出兩個蠢漢來，先把兩個公人扛了進去。這婦人後來，桌上提了武松的包裹並公人的纏袋，捏一捏看，約莫裏面是些金銀。那婦人歡喜道：「今日得這三頭行貨，倒有好兩日饅頭賣。又得這若干東西。」把包裹纏袋提了入去，却出來看。這兩個漢子扛擡武松，那裏扛得動，直挺挺在地下，却似有千百斤重的。那婦人看了，見這兩個蠢漢拖扯不動，喝在一邊，説道：「你這鳥男女，只會吃飯吃酒，全没些用，直要老娘親自動手！這個鳥大漢却也會戲弄老娘，這等肥胖，好做黄牛肉賣。那兩個瘦蠻子，只好做水牛肉賣。扛進去先開剥這厮。」那婦人一頭説，一面先脱去了緑紗衫兒，解下了紅絹裙子，赤膊着便來把武松輕輕提將起來。武松就勢抱住那婦人，把兩隻手一拘，拘將攏來，妙人。當胸前摟住，却把兩隻腿望那婦人下半截只一挾，壓在婦人身上。妙人。那婦人殺猪也似叫將起來。〔眉〕趣絶。那兩個漢子急待向前，被武松大喝一聲，驚的呆了。那婦人被按壓在地上，只叫道：「好漢饒我！」那裏敢掙扎。

只見門前一人挑一擔柴，歇在門首，望見武松按倒那婦人在地上，那人大踏步跑將進來叫道：「好漢息怒！且饒恕了，小人自有話説。」武松跳將起來，把左脚踏住婦人，提着雙拳，豪傑。看那人時，頭帶青紗四面巾，身穿白布衫，下面腿絣護膝，八答麻鞋，腰繫着纏袋。生得三拳骨叉臉兒，微有幾根髭髯，年近三十五六。看着武松，叉手不離方寸，説道：「願聞好漢大名。」武松道：「我行不更名，坐不改姓，都頭武松的便是。」那人道：「莫不是景陽岡打虎的武都頭？」武松回道：「然也。」有氣象。那人納頭便拜道：「聞名久矣，今日幸得拜識。」武松道：「你莫非是這婦人的丈夫？」那人道：「是。小人的渾家有眼不識泰山，不知怎地觸犯了都頭？可看小人薄面，望乞恕罪。」正是：

自古嗔拳輸笑面，從來禮數服奸邪。只因義勇真男子，降伏兇頑母夜叉。

武松見他如此小心，慌忙放起婦人來，便問：「我看你夫妻兩個也不是等閑的人，願求姓名。」具眼。那人便叫婦人穿了衣裳，快近前來拜了都頭。武松道：「却纔衝撞阿嫂，休怪。」那婦人便道：「有眼不識好人，一時不是，望伯伯恕罪。且請去裏面坐地。」武松又問道：「你夫妻二位高姓大名？如何知我姓名？」那人道：「小人姓張名青，原是此間光明寺種菜園子。爲因一時間争些小事，性起把這光明寺僧行殺了，放把火燒做白地。後來也没對頭，官司也不來問，小人只在此大樹坡下剪徑。忽一日，有個老兒挑擔子過來。小人欺負他老，搶出去和他厮併。鬥了二十餘合，被那老兒一匾擔打翻。原來那老兒年紀小時專一剪徑，因見小人手脚活便，帶小人歸去到城裏，教了許多本事，又把這個女兒招贅小人做了女婿。城裏怎地住得？只得依舊來此間蓋些草屋，賣酒爲生。實是只等客商過往，有那入眼的，便把些蒙汗藥與他吃了，便死。將大塊好肉，切做黄牛肉賣。零碎小肉，做餡子包饅頭。小人每日也挑些去村裏賣。如此度日。〔眉〕如此度日也難。小人因好結識江湖上好漢，人都叫小人做菜園子張青。俺這渾家姓孫，全學得他父親本事，人都唤他做母夜叉孫二娘。他父親殁了三四年，江湖上前輩綠林中有名，他的父親喚做山夜叉孫元。小人却纔回來，聽得渾家叫喚，誰想得遇都頭！小人多曾分付渾家道三等人不可壞他：第一是雲遊僧道，他又不曾受用過分了，未必。又是出家的人。則恁地，也爭些兒壞了一個驚天動地的人。原是延安府老种經略相公帳前提轄，姓魯名達，爲因三拳打死了一個鎮關西，逃走上五臺山落髮爲僧。因他脊梁上有花綉，江湖上都呼他做花和尚魯智深。使一條渾鐵禪杖，重六十來斤，也從這裏經過。渾家見他生得肥胖，酒裏下了些蒙汗藥，扛入在作坊裏，正要動手開剝，小人恰好歸來，見他那條禪杖非俗，具眼。却慌忙把解藥救起來，結拜爲兄。打聽得他近日占了二龍山寶珠寺，和一個甚麼青面獸楊志霸在那坊落草。小人幾番收得他相招的書信，只是不能勾去。」武松道：「這兩個，我也在江湖上多聞他名。」張青道：「只可惜了一個頭陀，長七八尺，一條大漢，不可惜，就有這頭陀了。也把來麻壞了，小人歸得遲了些個，已把他卸下四足。如今只留得一個箍頭的鐵界尺，一領皂直裰，一張度牒在此。別的都不打緊，有兩件物最難得：一件是一百單八顆人頂骨做成的數珠，一件是兩把雪花鑌鐵打成的戒刀。想這頭陀也自殺人不少，直到如今，那刀要便半夜裏嘯響。小人只恨道不曾救得這個人，心裏常常意念他。又分付渾家道，第二等是江湖上行院妓女之人，他們是衝州撞府，逢場作戲，陪了多少小心得來的錢物。若還結果了他，那廝們你我相傳，去戲臺上説得我等江湖上好漢不英雄。又分付渾家道，第三等是各處犯罪流配的人，中間多有好漢在裏頭，真。切不可壞他。不想渾家不依小人的言語，今日又衝撞了都頭。幸喜小人歸得早些，却是如何了起這片心？」母夜叉孫二娘道：「本是不肯下手，一者見伯伯包裹沉重，二乃怪伯伯説起風話，因此一時起意。」武松道：「我是斬頭瀝血的人，何肯戲弄良人？我見阿嫂瞧得我包裹緊，先疑忌了，因此特地説些風話，漏你下手。那碗酒我已潑了，假做中毒。你果然來提我，一時拿住。甚是衝撞了嫂子，休怪！」

張青大笑起來，便請武松直到後面客席裏坐定。武松道：「兄長，〈然〉（若）是恁地，你且放出那兩個公人則個。」張青便引武松到人肉作坊裏看時，見壁上綳着幾張人皮，梁上吊着五七條人腿。見那兩個公人，一顛一倒，挺着在剥人櫈上。武松道：「大哥，你且救起他兩個來。」張青道：「請問都頭，今得何罪？配到何處去？」武松把殺西門慶並嫂的緣由，一一説了一遍。張青夫妻兩個，稱贊不已，便對武松説道：「小人有句話説，未知都頭如何？」武松道：「大哥，但説不妨。」張青不慌不忙，對武松説出那幾句話來。有分教：武松大鬧了孟州城，閧動了安平寨。倚八九分美酒神威，仗千百斤英雄氣力。直教打翻拽象拖牛漢，攧倒擒龍捉虎人。畢竟張青對武松説出甚言語來，且聽下回分解。

李贄曰：義氣事不可不做。你看武松殺了奸夫淫婦，知府知縣並一切上上下下的人，那一個不爲他？緣何衣冠之中反有坐視其家之醜，甚至對人喜談樂道也？嘗欲借武松之手以刃之，未及也。又曰：孫二娘、武二郎却好是一對敵手，覺得張青還不相配。

武松威鎮安平寨
安平寨

施恩議奪快活林

第二十八回　武松威鎮安平寨　施恩義奪快活林

詩曰：

功業如將智力求，當年盜跖合封侯。行藏有義真堪羨，富貴非仁實可羞。鄉黨陸梁施小虎，
江湖任俠武都頭。巨林雄寨俱侵奪，方把平生志願酬。

話説當下張青對武松説道：「不是小人心歹，比及都頭去牢城營裏受苦，不若就這裏把兩個公人做翻，且只在小人家裏過幾時。若是都頭肯去落草時，小人親自送至二龍山寶珠寺，與魯智深相聚入夥如何？」〔眉〕張青之見亦是。武松道：「最是兄長好心顧盼小弟。只是一件，却使不得。武松平生只要打天下硬漢，這兩個公人於我分上只是小心，一路上伏侍我來，我跟前又不曾道個不字。我若害了他，天理也不容我。你若敬愛我時，便與我救起他兩個來，不可害了他性命。」〔眉〕武二郎是個漢子，是個仁人。張青道：「都頭既然如此仗義，小人便救醒了。」當下張青叫火家便從剥人凳上攙起兩個公人來，孫二娘便去調一碗解藥來，張青扯住耳朵灌將下去。没半個時辰，兩個公人如夢中睡覺的一般，爬將起來。看了武松，説道：「我們却如何醉在這裏？這家甚麽好酒，我們又吃不多，便恁地醉了！記着他

家，回來再問他買吃。」〔眉〕記着，記着，管你一醉不醒。武松笑將起來，張青、孫二娘也笑，兩個公人正不知怎地。那兩個火家自去宰殺雞鵝，煮得熟了，整頓杯盤端正。張青教擺在後面葡萄架下，放了桌凳坐頭，張青便邀武松並兩個公人到後園內。

武松便讓兩個公人上面坐了，張青、武松在下面朝上坐了，孫二娘坐在横頭。兩個漢子輪番斟酒，來往搬擺盤饌。張青勸武松飲酒至晚，取出那兩口戒刀來，叫武松看了，果是鑌鐵打的，非一日之功。兩個又説些江湖上好漢的勾當，却是殺人放火的事。武松又説：「山東及時雨宋公明，仗義疏財，如此豪傑，如今也爲事逃在柴大官人莊上。」兩個公人聽得，驚得呆了，只是下拜。武松道：「難得你兩個送我到這裏了，終不成有害你之心？我等江湖上好漢們説話，你休要吃驚。我們並不肯害爲善的人，我不是忘恩負義的。你只顧吃酒，明日到孟州時，自有相謝。」當晚就張青家裏歇了。次日，武松要行，張青那裏肯放，一連留住管待了三日。武松因此感激張青夫妻兩個厚意，論年齒，張青却長武松五年，因此武松結拜張青爲兄。武松再辭了要行，張青又置酒送路，取出行李、包裹、纏袋來交還了，又送十來兩銀子與武松，把二三兩零碎銀子賫發兩個公人。武松就把這十兩銀子一發送了兩個公人，慷慨。〔眉〕留這銀子轉來買酒吃，何如？再帶上行枷，依舊貼了封皮。張青和孫二娘送出門前，武松作別了，自和公人投孟州來。

未及晌午，早來到城裏，直至州衙，當廳投下了東平府文牒。州尹看了，收了武松，自押了回文與兩個公人回去，不在話下。隨即却把武松帖發本處牢城營來。當日武松來到牢城營來，看見一座牌額，上書三個大字，寫着道「安平寨」。公人帶武松到單身房裏，公人自去下文書，討了收管，不必得說。

武松自到單身房裏，早有十數個一般的囚徒來看武松，說道：「好漢，你新到這裏，包裹裏若有人情的書信并使用的銀兩，取在手頭，〔眉〕畫。少刻差撥到來，便可送與他；若吃殺威棒時，也打得輕。若没人情送與他時，端的狼狽！我和你是一般犯罪的人，特地報你知道。豈不聞：『兔死狐悲，物傷其類。』我們只怕你初來不省得，通你得知。」〔眉〕同病相憐。武松道：「感謝你們衆位指教我。小人身邊略有些東西，若是他好問我討時，便送些與他；若是硬問我要時，一文也没。」漢子。衆囚徒道：「好漢休說這話！古人道：『不怕官，只怕管。』在人矮簷下，怎敢不低頭？只是小心便好。」畫。說猶未了，只見一個道：「差撥官人來了。」衆人都自散了。武松解了包裹，坐在單身房裏，只見那個人走將入來，問道：「那個是新到囚徒武松？」武松道：「小人便是。」差撥道：「你也是安眉帶眼的人，直須要我開口說。你是景陽岡打虎的好漢，陽谷縣做都頭，只道你曉事，如何這等不達時務？你敢來我這裏，貓兒也不吃你打了！」〔眉〕畫。武松道：「你倒來發話，指望老爺送人情與你，半文也没！我精拳頭有一雙相送！金銀有些，留了自買酒吃！看你怎地奈何我。没地里倒把我發回陽谷縣去不成？」硬漢。〔眉〕畫。那差撥大怒去了。又有衆囚徒走攏來，說道：「好漢，你和他强了，少間苦也！」畫。他如今去和管營相公說了，必然害你性命！」武松道：「不怕！隨他怎麽奈何我。文來文對，武來武對。」畫。

正在那裏說言未了，只見三四個人來單身房裏叫喚：「新到囚人武松。」武松應道：「老爺在這裏，又不走了，大呼小喝做甚麽！」妙。那來的人把武松一帶，帶到點視廳前。那管營相公正在廳上坐，五六個軍漢押武松在當面。管營喝叫除了行枷，説道：「你那囚徒，省得太祖武德皇帝舊制，但凡初到配軍，須打一百殺威棒。那兜拕的，背將起來！」武松道：「都不要你衆人鬧動。要打便打，也不要兜拕。妙。我若是躲閃一棒的，不是好漢。從先打過的都不算，從新再打起。妙。我若叫一聲，也不是好男子！」〔眉〕真是好男子。兩邊看的人都笑道：「這癡漢弄死！且看他如何熬！」武松又道：「要打便打毒些，妙。不要人情棒兒，打我不快活。」妙。兩下衆人都笑起來。那軍漢拏起棍來，却待下手，只見管營相公身邊立着一個人，六尺以上身材，二十四五年紀，白浄面皮，三柳髭鬚，額頭上縛着白手帕，身上穿着一領青紗上蓋，把一條白絹搭膊絡着手。那人便去管營相公耳朵邊略説了幾句話。只見管營道：「新到囚徒武松，你路上途中曾害甚病來？」武松道：「我於路不曾害！酒也吃的，肉也吃的，飯也吃得，路也走得。」妙。管營道：「這厮是途中得病到這裏，我看他面皮纔好，且寄下他這頓殺威棒。」兩邊行杖的軍漢，低低對武松道：「你快説病，這是相公將就你。你快只推曾害便了。」武松道：「不曾害，不曾害！打了倒乾浄！漢子。我不要留這一頓寄庫棒，寄下倒是鈎腸債，幾時得了！」兩邊看的人都笑。管營也笑道：「想是這漢子多管害熱病了，不曾得汗，故出狂言。不要聽他，且把去禁在單身房裏。」

三四個軍人引武松依先送在單身房裏，衆囚徒都來問道：「你莫不有甚好相識書信與管營麽？」武松道：「並不曾有。」衆囚徒道：「若没時，寄下這頓棒，不是好意，晚間必然來結果你。」武松道：

「他還是怎地來結果我？」衆囚徒道：「他到晚，把兩碗乾黃倉米飯，和些臭鯗魚來與你吃了。趁飽帶你去土牢裏去，把索子捆翻，着一牀乾藁薦把你捲了，塞住了你七竅，顛到豎在壁邊，不消半個更次，便結果了你性命。這個喚做盆弔。」武松道：「再有怎地安排我？」衆人道：「再有一樣，也是把你來捆了，却把一個布袋，盛一袋黃沙，將來壓在你身上，也不消一個更次，便是死的。這個喚土布袋壓殺。」武松又問道：「還有甚麼法度害我？」衆人道：「只是這兩件怕人些，其餘的也不打緊。」

衆人説猶未了，只見一個軍人托着一個盒子入來，問道：「那個是新配來的武都頭？」武松答道：「我便是。有甚麼話説？」那人答道：「管營叫送點心在這裏。」武松看時，一大旋酒，一盤肉，一盤子麪，又是一大碗汁。武松尋思道：「敢是把這些點心與我吃了，却來對付我？我且落得吃了，却又理會。」武松把那旋酒來一飲而盡，把肉和麪都吃盡了。那人收拾家火回去了。武松坐在房裏尋思，自己冷笑道：「看他怎地來對付我！」看看天色晚來，只見頭先那個人又頂一個盒子入來。武松問道：「你又來怎地？」那人道：「叫送晚飯在這裏。」擺下幾般菜蔬，又是一大旋酒，一大盤煎肉，一碗魚羹，一大碗飯。〔眉〕世上有如是知己，何難殺身以報之乎！武松見了，暗暗自忖道：「吃了這頓飯食，必然來結果我。且由他，便死也做個飽鬼，落得吃了，恰再計較。」那人等武松吃了，收拾碗碟回去了。不多時，那個人又和一個漢子兩個來，一個提着浴桶，一個提一大桶湯來，看着武松道：「請都頭洗浴。」武松想道：「不要等我洗浴了來下手？我也不怕他，且落得洗一洗。」那兩個漢子安排傾下湯，武松跳在浴桶裏面洗了一回，隨即送過浴裙手巾，教武松拭了，穿了衣裳。一個自把殘湯傾了，提了浴桶去。

一個便把藤簟紗帳將來挂起，鋪了藤簟，放個涼枕，叫了安置，也回去了。武松把門關上，拴了，自在裏面思想道：「這個是甚麼意思？隨他便了，且看如何。」放倒頭便自睡了，一夜無事。

天明起來，纔開得房門，只見夜來那個人提着桶洗面湯進來，教武松洗了面；又取漱口水漱了口；又帶個篦頭待詔來替武松篦了頭，綰上髻子，裹了巾幘；又是一個人將個盒子入來，取出菜蔬下飯，一大碗肉湯，一大碗飯。武松道：「由你走道兒，我且落得吃了。」武松吃罷飯便是一盞茶。却纔茶罷，只見送飯的那個人來請道：「這裏不好安歇，請都頭去那壁房裏安歇，搬茶搬飯却便當。」武松道：「這番來了！我且跟他去，看如何？」一個便來收拾行李被卧，一個引着武松離了單身房裏，來到前面一個去處，推開房門來，裏面乾乾浄浄的牀帳，兩邊都是新安排的桌凳什物。〔眉〕送供給處都序得變化。好文字，好文字！武松來到房裏看了，存想道：「我只道送我入土牢裏去，却如何來到這般去處？比單身房好生齊整！」

定擬將身入土牢，誰知此處更清標。
施恩暗地行仁惠，遂使生平夙恨消。

武松坐到日中，那個人又將一個大盒子入來，手裏提着一注子酒。將到房中，打開看時，排下四般菓子，一隻熟雞，又有許多蒸餅兒。那人便把熟雞來撕了，將注子裏好酒篩下，請都頭吃。武松心裏忖道：「由他對付我，我且落得吃了。」到晚，又是許多下飯，又請武松洗浴了，乘涼歇息。武松自思道：「衆囚徒也是這般說，我也這般想，却是怎地這般請我？」到第三日，依前又是如此送飯送酒。武松那日早飯罷，行出寨裏來閑走，只見一般的囚徒都在那裏擔水的，劈柴的，做雜工的，却在晴日頭裏晒着。正是五六月炎天，那裏去躲這熱。武松却背叉着手，問道：「你們却如何在這日頭裏做工？」衆囚徒都笑起來，回説道：「好漢，你自不知，我們撥在這裏做生活時，便是人間天上了，如何敢指望嫌熱坐地。還別有那没人情的，將去鎖在大牢裏，求生不得生，求死不得死，大鐵鏈鎖着，也要過哩。」〔眉〕這個點綴也好。武松聽罷，去天王堂前後轉了一遭，見紙爐邊一個青石墩，是插那天王紙旗的，約有四五百斤。武松看在眼裏，暫回房裏來坐地了，自存想，只見那個人又搬酒和肉來。

話休絮煩。武松自到那房裏，住了三日，每日好酒好食搬來請武松吃，並不見害他的意。武松心裏正委决不下。當日晌午，那人又搬將酒食來，武松忍耐不住，按定盒子問那人道：「你是誰家伴當？怎地只顧將酒食來請我？」那人答道：「小人前日已稟都頭説了，小人是管營相公家裏梯己人。」武松道：「我且問你，每日送的酒食，正是誰教你將來？請我吃了怎地？」那人道：「是管營相公的家裏小管營教送與都頭吃。」武松道：「我是個囚徒，犯罪的人，又不曾有半點好處到管營相公處，他如何送東西與我吃？」那人道：「小人如何省得。小管營分付道，教小人且送半年三個月却説話。」武松道：「却又作怪！終不成將息得我肥胖了，却來結果我，妙。這個鳥悶葫蘆，教我如何猜得破？這酒食不明，我如何吃得安穩？你只説與我，你那小管營是甚麽樣人？在那裏曾和我相會？我便吃他的酒食。」那個人道：「便是前日都頭初來時，廳上立的那個白手帕包頭，絡着右手，那人便是小管營。」武松道：「莫不是穿青紗上蓋，立在管營相公身邊的那個人？」那人道：「正是老管營相公兒子。」武松道：「我待吃殺威棒時，敢是他說救了我是麼？」那人道：「正是小管營對他父親說了，因此不打都頭。」武松道：「却又蹺蹊！我自是清河縣人氏，他自是孟州人，自來素不相識，如何這般看覷我？必有個緣故。我且問你，那小管營姓甚名誰？」那人道：「姓施名恩，使得好拳棒，人都叫他做金眼彪施恩。」武松聽了道：「想他必是個好男子，你且去請他出來和我相見了，這酒食便可吃你的。你若不請他出來和我廝見時，我半點兒也不吃你的。」那人道：「小管營分付小人道：『休要說知備細。』教小人待半年三個月方纔說知相見。」武松道：「休要胡說。你只去請小管營出來和我相會了便罷。」那人害怕，那裏肯去。武松有些焦躁起來，那人只得去裏面說知。

多時，只見施恩從裏面跑將出來，看着武松便拜。武松慌忙答禮，說道：「小人是個治下的囚徒，自來未曾拜識尊顏。前日又蒙救了一頓大棒，今又蒙每日好酒好食相待，甚是不當。又没半點兒差遣，正是無功受禄，寢食不安。」施恩答道：「小弟久聞兄長大名，如雷灌耳。只恨雲程阻隔，不能勾相見。今日幸得兄長到此，正要拜識威顔，只恨無物款待。因此懷羞，不敢相見。」武松問道：「却纔聽得伴當所說，且教武松過半年三個月却有話說。正是小管營要與小人說甚話？」施恩道：「村僕不省得事，脱口便對兄長說知道。却如何造次說得！」武松道：「管營恁地時，却是秀才耍！倒教武松鱉破肚皮，悶了怎地過得！妙語。你且說，正是要我怎地？」施恩道：「既是村僕說出了，小弟只得告訴。因爲兄長是個大丈夫，真男子，有件事欲要相央，除是兄長便行得。只是兄長路遠到此，氣力有虧，未經完足。且請將息半年三五個月，待兄長氣力完足，那時却對兄長說知備細。」武松聽了，呵呵大笑道：「管營聽稟：我去年害了三個月瘧疾，景陽岡上酒醉裏打翻了一隻大蟲，也只三拳兩脚，便自打死了，何況今日！」施恩道：「而今且未可說，且等兄長再將養幾時，待貴體完完備備，那時方敢告訴。」武松道：「只是道我没氣力了！既是如此說時，我昨日看見天王堂前那個石墩，約有多少斤重？」施恩道：「敢怕有四五百斤重。」武松道：「我且和你去看一看，武松不知拔得動也不？」施恩道：「請吃罷酒了同去。」武松道：「且去了回來吃未遲。」

兩個來到天王堂前，衆囚徒見武松和小管營同來，都躬身唱喏。武松把石墩略搖一搖，大笑道：「小人真個嬌惰了，那裏拔得動。」施恩道：「三五百斤石頭，如何輕視得他。」武松笑道：「小管營也信真個拏不起？你衆人且躲開，看武松拏一拏。」武松便把上半截衣裳脱下來，拴在腰裏，把那個石墩只一抱，輕輕地抱將起來。雙手把石墩只一撇，撲地打下地裏一尺來深。衆囚徒見了，盡皆駭然。武松再把右手去地裏一提，提將起來，望空只一擲，擲起去離地一丈來高。武松雙手只一接，接來輕輕地放在原舊安處。回過身來，看着施恩並衆囚徒，武松面上不紅，心頭不跳，口裏不喘。〔眉〕好形容。施恩近前抱住武松便拜道：「兄長非凡人也！真天神！」衆囚徒一齊都拜道：「真神人也！」施恩便請武松到私宅堂上請坐了。武松道：「小管營，今番須同說知，有甚事使令我去？」施恩道：「且請少坐，待家尊出來相見了時，却得相煩告訴。」武松道：「你要教人幹事，不要這等兒女像，顛倒恁地，不是幹事的人了，便是一刀一割的勾當，武松也替你去幹。若是有些諂佞的，非爲人也！」〔眉〕真漢子。那施恩叉手不離方寸，纔說出這件事來。有分教：武松顯出那殺人的手段，重施這打虎的威風，來奪一個有名的去處，攧翻那厮蓋世的英雄。正是：雙拳起處雲雷吼，飛脚來時風雨驚。畢竟施恩方對武松説出甚事來，且聽下回分解。

卓吾曰：這裏形容武松逼真英雄，比景陽岡上打虎差得多了。又曰：士爲知己者死。設令今日有施恩者，一如待武二郎者待卓吾老子，卓吾老子即手無縛雞之力，亦當爲之奪快活林、打蔣門神也。不知者以爲爲口腹也，不知者以爲爲口腹也。

水滸傳像
卷之二十九
容與堂
武松醉打蔣門神

施恩重霸孟州道

第二十九回　施恩重霸孟州道　武松醉打蔣門神

詩曰：

堪嘆英雄大丈夫，飄蓬四海謾嗟吁。武松不轉魁梧略，施子難爲遠大圖。頃刻趙城應返璧，逡巡合浦便還珠。他時水滸馳芳譽，方識男兒蓋世無。

説話當時施恩向前説道：「兄長請坐，待小弟備細告訴衷曲之事。」武松道：「小管營不要文文謅謅，揀緊要的話直説來！」快人。施恩道：「小弟自幼從江湖上師父學得些小鎗棒在身，孟州一境起小弟一個諢名，叫做金眼彪。小弟此間東門外有一座市井，地名喚做快活林。但是山東、河北客商們都來那裏做買賣，有百十處大客店，三二十處賭坊、兑坊。往常時，小弟一者倚仗隨身本事，二者捉着營裏有八九十個棄命囚徒，去那裏開着一個酒肉店，都分與衆店家和賭錢兑坊裏。但有過路妓女之人，到那裏來時，先要來參見小弟，然後許他去趁食。那許多去處，每朝每日都有閑錢，月終也有三二百兩銀子尋覓，如此撰錢。近來被這本營内張團練新從東路州來，帶一個人到此，那厮姓蔣名忠，有九尺來長身材，因此江湖上起他一個諢名，叫做蔣門神。那厮不説長大，原來有一身好本事，使得好鎗棒，拽拳飛脚，相撲爲最。自誇大言道：『三年上太嶽争交，不得有對；普天之下，没我一般的了！』因此來奪小弟的道路。小弟不肯讓他，吃那厮一頓拳脚打了，兩個月起不得牀。前日兄長來時，兀自包着頭，兜着手，直到如今，傷痕未消。本待要起人去和他厮打，他却有張團練那一班兒正軍。若是鬧將起來，和營中先自〈拆〉(折)理。有這一點無窮之恨不能報得。久聞兄長是個大丈夫，不在蔣門神之下，怎地得兄長與小弟出得這口無窮之怨氣，死而瞑目。只恐兄長遠路辛苦，氣未完，力未足，因此且教將息半年三月，等貴體氣完力足，方請商議。不期村僕脱口失言説了，小弟當以實告。」

武松聽罷，呵呵大笑，便問道：「那蔣門神還是幾顆頭，幾條臂膊？」妙。施恩道：「也只是一顆頭，兩條臂膊，如何有多！」武松笑道：「我只道他三頭六臂，有那吒的本事，我便怕他。原來只是一顆頭，兩條臂膊。既然没那吒的模樣，却如何怕他！」施恩道：「只是小弟力薄藝疏，便敵他不過。」武松道：「我却不是説嘴，憑着我胸中本事，平生只要打天下硬漢，不明道德的人！既是恁地説了，如今却在這裏做甚麽！有酒時，拿了去路上吃。快人。我如今便和你去，看我把這厮和大蟲一般結果他。拳頭重時打死了，我自償命！」施恩道：「兄長少坐，待家尊出來相見了，當行即行，未敢造次。等明日先使人去那裏探聽一遭，若是本人在家時，後日便去；若是那厮不在家時，却再理會。空自去打草驚蛇，倒吃他做了手脚，却是不好。」武松焦躁道：「小管營，你可知着他打了，原來不是男子漢做事。去便去，等甚麽今日明日！要去便走，怕他準備！」快人。正在那裏勸不住，只見屏風背後轉出老管營來，叫道：「義士，老漢聽你多時也。今日幸得相見義士一面，愚男如撥雲見日一般。且請到後堂少敍片時。」〔眉〕有是子，有是父。可供一笑。武松跟了到裏面，老管營道：「義士且請坐。」武松道：「小人是個囚徒，如何敢對相公坐地。」老管營道：「義士休如此說。愚男萬幸，得遇足下，何故謙讓？」武松聽罷，唱個無禮喏，相對便坐了。快人。施恩却立在面前。武松道：「小管營如何却立地？」施恩道：「家尊在上相陪，兄長請自尊便。」武松道：「恁地時，小人却不自在。」老管營道：「既是義士如此，這裏又無外人。」便教施恩也坐了。僕從搬出酒肴菓品盤饌之類。老管營親自與武松把盞，說道：「義士如此英雄，誰不欽敬！愚男原在快活林中做些買賣，非爲貪財好利，實是壯觀孟州，增添豪傑氣象。不期今被蔣門神倚勢豪强，公然奪了這個去處。非義士英雄不能報讎雪恨。義士不棄愚男，滿飲此杯，受愚男四拜，拜爲長兄，以表恭敬之心。」武松答道：「小人年幼無學，如何敢受小管營之禮？枉自折了武松的草料。」當下飲過酒，施恩納頭便拜了四拜。武松連忙答禮，結爲弟兄。當日武松歡喜飲酒，吃得大醉了，便教人扶去房中安歇。不在話下。

遠戍牢城作配軍，偶從公廨遇知音。施恩先有知人鑒，雙手擎還快活林。

次日，施恩父子商議道：「武松昨夜痛醉，必然中酒。今日如何敢叫他去？且推道使人探聽來，其人不在家裏，延挨一日，却再理會。」當日施恩來見武松，說道：「今日且未可去，小弟已使人探知，這厮不在家裏。明日飯後却請兄長去。」武松道：「明日去時不打緊，今日又氣我一日。」快人。早飯罷，吃了茶，施恩與武松去營前閑走了一遭，回來到客房裏，說些鎗法，較量些拳棒。看看晌午，邀武松到家裏，只具數杯酒相待，下飯按酒，不記其數。武松正要吃酒，見他只把按酒添來相勸，心中不快意。吃了晌午飯，起身別了，回到客房裏坐地。只見那兩個僕人又來伏侍武松洗浴。武松問道：「你家小管營今日如何只將肉食出來請我，却不多將些酒出來與我吃，是甚意故？」僕人答道：「不敢瞞都頭説，今早老管營和小管營議論，今日本是要央都頭去，怕都頭夜來酒多，恐今日中酒，怕誤了正事，因此不敢將酒出來。明日正要央都頭去幹正事。」武松道：「恁地時，道我醉了，誤了你大事？」僕人道：「正是這般計較。」僕人少間也自去了。

當夜武松巴不得天明，早起來，洗漱罷，頭上裹了一頂萬字頭巾，身上穿了一領土色布衫，腰裏繫條紅絹搭膊，下面腿絣護膝，八答麻鞋。討了一個小膏藥，貼了臉上金印。施恩早來請去家裏吃早飯，武松吃了茶飯罷，施恩便道：「後槽有馬，備來騎去。」武松道：「我又不脚小，騎那馬怎地？快人。只要依我一件事。」施恩道：「哥哥但説不妨，小弟如何敢道不依。」武松道：「我和你出得城去，只要還我無三不過望。」〔眉〕妙，妙。已前三碗不過岡，如今無三不過望。施恩道：「兄長，如何是無三不過望？小弟不省其意。」武松笑道：「我説與你，你要打蔣門神時，出得城去，但遇着一個酒店，便請我吃三碗酒。若無三碗時，便不過望子去。這個喚做無三不過望。」施恩聽了，想，道：「這快活林離東門去有十四五里田地，算來賣酒的人家，也有十二三家。若要每店吃三碗時，恰好有三十五六碗酒，纔到得那裏，恐哥哥醉也，如何使得！」武松大笑道：「你怕我醉了没本事？我却是没酒没本事，帶一分酒便有一分本事，妙人。五分酒五分本事，我若吃了十分酒，這氣力不知從何而來。〔眉〕真。若不是酒醉後了膽大，景陽岡上如何打得這隻大蟲！不必說。那時節，我須爛醉了好下手。又有力，又有勢！」施恩道：「却不知哥哥是恁地。家下有的是好酒，只恐哥哥醉了失事，因此夜來不敢將酒出來，請哥哥深飲。待事畢時，盡醉方休。既然哥哥原來酒後越有本事時，恁地先教兩個僕人，自將了家裏的好酒菓品餚饌，去前路等候，却和哥哥慢慢地飲將去。」武松道：「恁麽却纔中我意。去打蔣門神，教我也有些膽量。没酒時，如何使得手段出來！還你今朝打倒那厮，教衆人大笑一場。」施恩當時打點了，叫兩個僕人先挑食籮酒擔，拿了些銅錢去了。施老管營又暗暗地選揀了一二十條大漢壯健的人，慢慢的隨後來接應，都分付下了。

且説施恩和武松兩個離了安平寨，出得孟州東門外來。行過得三五百步，只見官道旁邊早望見一座酒肆望子挑出在簷前。看那個酒店時，但見：

門迎驛路，户接鄉村。芙蓉金菊傍池塘，翠柳黄槐遮酒肆。壁上描劉伶貪飲，窗前畫李白傳杯。淵明歸去，王弘送酒到東籬；佛印山居，蘇軾逃禪來北閣。聞香駐馬三家醉，知味停舟十里香。不惜抱琴沽一醉，信知終日卧斜陽。可删。

那兩個挑食擔的僕人已先在那裏等候。施恩邀武松到裏面坐下，僕人已自安下肴饌，將酒來篩。武松道：「不要小盞兒吃，大碗篩來，只斟三碗。」快人。僕人排下大碗，將酒便斟。武松也不謙讓，連吃了三碗便起身。快人。僕人慌忙收拾了器皿，奔前去了。武松笑道：「却纔去肚裏發一發，我們去休。」兩個便離了這座酒肆，出得店來。此時正是七月間天氣，炎暑未消，金風乍起。兩個解開衣襟，又行不得一里多路，來到一處，不村不郭，却早又望見一個酒旗兒，高挑出在林樹裏。來到林木叢中看時，却是一座賣村醪小酒店。但見：

古道村坊，傍溪酒店。楊柳陰森門外，荷花旖旎池中。飄飄酒旆舞金風，短短蘆簾遮酷日。磁盆架上，白泠泠滿貯村醪；瓦甕竈前，香噴噴初蒸社醞。村童量酒，想非昔日相如；少婦當壚，不是他年卓氏。休言三斗宿醒，便是二升也醉。都可刪。

當時施恩、武松來到村坊酒肆門前。施恩立住了脚，問道：「兄長，此間是個村醪酒店，哥哥飲麽？」此人可笑。武松道：「遮莫酸鹹苦澀，問甚滑辣清香，是酒還須飲三碗。若是無三，不過帘便了。」〔眉〕妙人。兩個入來坐下，僕人排了菓品按酒。武松連吃了三碗，便起身走。僕人急急收了家火什物，趕前去了。兩個出得店門來，又行不到一二里。路上又見個酒店，武松入來，又吃了三碗便走。話休絮繁。武松、施恩兩個一處走着，但遇酒店便入去吃三碗，約莫也吃過十來處好酒肆。施恩看武松時，不十分醉。武松問施恩道：「此去快活林還有多少路？」施恩道：「没多了，只在前面，遠遠地望見那個林子便是。」武松道：「既是到了，你且在別處等我，我自去尋他。」施恩道：「這話最好。小弟自有安身去處。望兄長在意，切不可輕敵。」武松道：「這個却不妨。你只要叫僕人送我，前面再有酒店時，我還要吃。」〔眉〕妙人。施恩叫僕人仍舊送武松，施恩自去了。武松又行不到三四里路，再吃過十來碗酒，此時已有午牌時分，天色正熱，却有些微風。武松酒却湧上來，把布衫〈拔〉（攤）開，雖然帶着五七分酒，却裝做十分醉的，前顛後偃，東倒西歪，來到林子前。那僕人用手指道：「只前頭丁字路口，便是蔣門神酒店。」武松道：「既是到了，你自去躲得遠着。等我打倒了，你們却來。」武松搶過林子背後，見一個金剛來大漢，披着一領白布衫，撒開一把交椅，拿着蠅拂子，坐在緑槐樹下乘涼。武松看那人時，生得如何，但見：

形容醜惡，相貌粗疏。一身紫肉横生，幾道青筋暴起。黄髯斜起，唇邊撲地蟬蛾；怪眼圓睁，眉目對懸星像。坐下猙獰如猛虎，行時仿佛似門神。

這武松假醉佯顛，斜着眼看了一看，心中自忖道：「這個大漢以定是蔣門神了。」直搶過去。又行不到三五十步，早見丁字路口一個大酒店，簷前立着望竿，上面挂着一個酒望子，寫着四個大字道：「河陽風月」。轉過來看時，門前一帶緑油闌干，插着兩把銷金旗，每把上五個金字，寫道：「醉裏乾坤大，壺中日月長。」一邊厢肉案砧頭，操刀的家生，一壁厢蒸作饅頭，燒柴的廚竈。去裏面一字兒擺着三隻大酒缸，半截埋在地裏，缸裏面各有大半缸酒。正中間裝列着櫃身子，裏面坐着一個年紀小的婦人，正是蔣門神初來孟州新娶的妾，原是西瓦子裏唱説諸般宫調的頂老。那婦人生得如何？

眉横翠岫，眼露秋波。櫻桃口淺暈微紅，春笋手輕舒嫩玉。冠兒小，明鋪魚魫，掩映烏雲；衫袖窄，巧染榴花，薄籠瑞雪。金釵插鳳，寶釧圍龍。儘教崔護去尋漿，疑是文君重賣酒。

武松看了，瞅着醉眼，逕奔入酒店裏來，便去櫃身相對一付座頭上坐了，把雙手按着桌子上，不轉眼看那婦人。在櫃身裏那婦人瞧見，回轉頭看了别處。畫。武松看那店裏時，也有五七個當撑的酒保。武松却敲着桌子叫道：「賣酒的主人家在那裏？」一個當頭的酒保過來，看着武松道：「客人要打多少酒？」武松道：「打兩角酒，先把些來嘗看。」那酒保去櫃上叫那婦人舀兩角酒下來，傾放桶裏，盪一碗過來，道：「客人嘗酒。」武松拿起來聞一聞，搖着頭道：「不好，不好！換將來！」酒保見他醉了，將來櫃上道：「娘子，胡亂換些與他。」那婦人接來，傾了那酒，又舀些上等酒下來。酒保將去，又盪一碗過來。武松提起來，呷了一口，叫道：「這酒也不好，快換來便饒你！」酒保忍氣吞聲，拏了酒去櫃邊道：「娘子，胡亂再換些好的與他，休和他一般見識。這客人醉了，只待要尋鬧相似。胡亂換些好的與他噇。」那婦人又舀了一等上色好的酒來與酒保。酒保把桶兒放在面前，又盪一碗過來。武松吃了道：「這酒略有些意思。」問道：「過賣，你那主人家姓甚麽？」酒保答道：「姓蔣。」武松道：「却如何不姓李？」妙。那婦人聽了道：「這厮那裏吃醉了，來這裏討野火麽！」酒保道：「眼見得是個外鄉蠻子，不省得了。休聽他放屁。」武松問道：「你説甚麽？」酒保道：「我們自説話，客人你休管，自吃酒。」武松道：「過賣，你叫櫃上那婦人下來相伴我吃酒。」妙。酒保喝道：「休胡説！這是主人家娘子。」武松道：「便是主人家娘子，待怎地？相伴我吃酒也不打緊！」妙。那婦人大怒，便罵道：「殺才！該死的賊！」推開櫃身子，却待奔出來。武松早把土色布衫脱下，上半截揣在腰裏，便把那桶酒只一潑，(潑)在地上，搶入櫃身子裏，却好接着那婦人。武松手硬，那裏掙扎得。被武松一手接住腰跨，一隻手把冠兒捏做粉碎，揪住雲髻，隔櫃身子提將出來，望渾酒缸裏只一丟。聽得撲同的一聲響，可憐這婦人正被直丟在大酒缸裏。妙。武松托地從櫃身前踏將出來，有幾個當撐的酒保，手脚活些個的，都搶來奔武松。武松手到，輕輕地只一提，攧入懷裏來。兩手揪住，也望大酒缸裏只一丟，樁在裏面。妙。又一個酒保奔來，提着頭只一掠，也丟在酒缸裏。妙。再有兩個來的酒保，一拳一脚，都被武松打倒了。先頭三個人，在三隻酒缸裏，那裏掙扎得起。後面兩個人，在地下爬不動。這幾個火家擣子，打得屁滾尿流。乖的走了一個。武松道：「那廝必然去報蔣門神來。我就接將去，大路上打倒他好看，教衆人笑一笑。」

武松大踏步趕將出來。那個擣子逕奔去報了蔣門神。蔣門神見説，吃了一驚，踢翻了交椅，丟去蠅拂子，便鑽將來。武松却好迎着，正在大闊路上撞見。蔣門神雖然長大，近因酒色所迷，淘虛了身子，先自吃了那一驚，奔將來，那步不曾停住，怎地及得武松虎一般似健的人，又有心來算他。蔣門神見了武松，心裏先欺他醉，只顧趕將入來。説時遲，那時快，武松先把兩個拳頭去蔣門神臉上虛影一影，忽地轉身便走。蔣門神大怒，搶將來。被武松一飛脚踢起，踢中蔣門神小腹上。雙手按了，便蹲下去。武松一踅，踅將過來，那隻右脚早踢起，直飛在蔣門神額角上，踢着正中，望後便倒。武松追入一步，踏住胸脯，提起這醋鉢兒大小拳頭，望蔣門神臉上便打。原來説過的，打蔣門神撲手，先把拳頭虛影一影，便轉身，却先飛起左脚，踢中了，便轉過身來，再飛起右脚。這一撲有名，喚做「玉環步，鴛鴦脚」。這是武松平生的真才實學，〔眉〕□□真才實學，可見天下事都要才學。非同小可！打的蔣門神在地下叫饒。武松説道：「若要我饒你性命，只要依我三件事。」蔣門神在地下叫道：「好漢饒我！休説三件，便是三百件，我也依得！」武松指定蔣門神，説出那三件事來，有分教：大鬧孟州城，來上梁山泊。且教改頭换面來尋主，剪髮齊眉去殺人。畢竟武松對蔣門神説出那三件事來，且聽下回分解。

李禿翁曰：武松固難得，而施恩尤不易得，蓋有伯樂自有千里馬也。故曰：賞鑑有時有，英雄無日無。

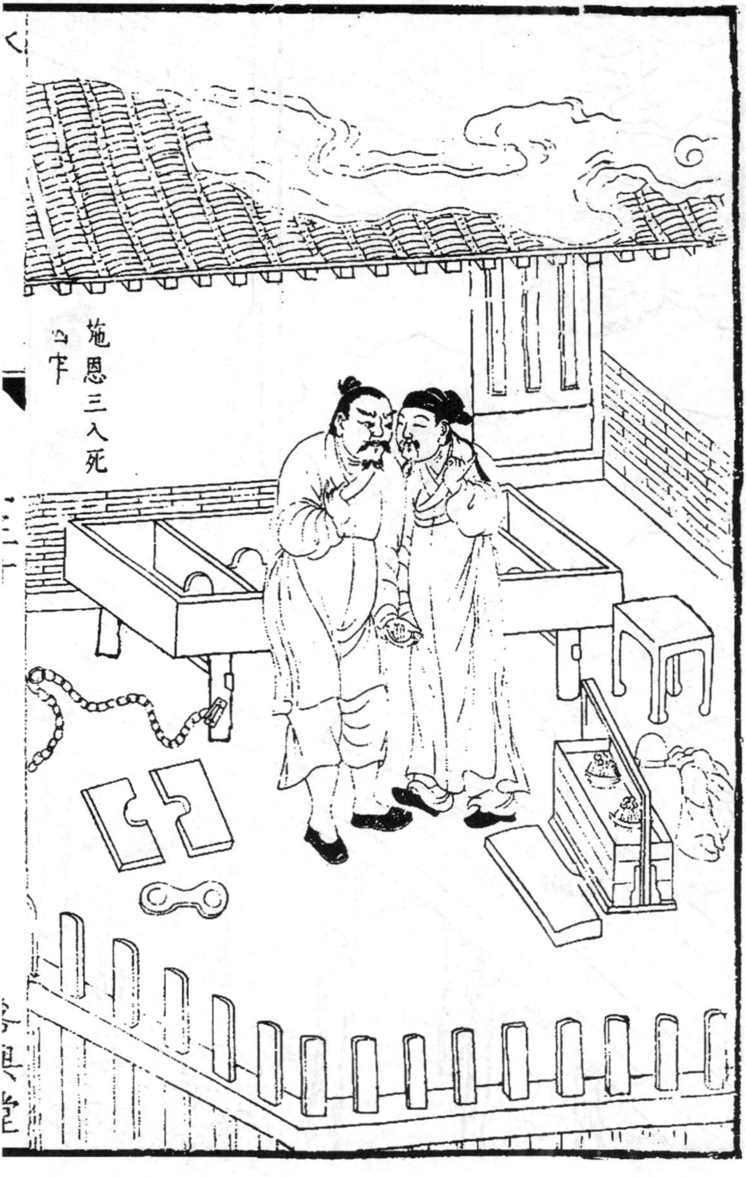
施恩三入死
囚牢

飛雲浦
武松大鬧飛雲浦

第三十回　施恩三入死囚牢　武松大鬧飛雲浦

詩曰：

一切諸煩惱，皆從不忍生。見機而耐性，妙悟生光明。佛語戒無論，儒書貴莫爭。好條快活路，只是少人行。

話説當時武松踏住蔣門神在地下，指定面門道：「若要我饒你性命，只依我三件事便罷。」蔣門神便道：「好漢但説，蔣忠都依。」武松道：「第一件，要你便離了快活林回鄉去，將一應家火什物，隨即交還原主金眼彪施恩。誰教你强奪他的？」蔣門神慌忙應道：「依得，依得！」武松道：「第二件，我如今饒了你起來，你便去央請快活林爲頭爲腦的英雄豪傑，都來與施恩陪話。」蔣門神道：「小人也依得。」武松道：「第三件，你從今日交割還了，便要你離了這快活林，連夜回鄉去，不許你在孟州住。在這裏不回去時，我見一遍打你一遍，我見十遍打十遍。輕則打你半死，重則結果了你命。你依得麼？」蔣門神聽了，要挣扎性命，連聲應道：「依得，依得！蔣忠都依。」武松就地下提起蔣門神來看時，打得臉青嘴腫，脖子歪在半邊，額角頭流出鮮血來。武松指着蔣門神説道：「休言你這廝鳥蠢漢，景陽岡上那隻大蟲，也只打三拳兩脚，我兀自打死了。量你這個值得甚的！快交割還他！但遲了些個，再是一頓，便一發結果了你這厮！」蔣門神此時方纔知是武松，只得喏喏連聲告饒。

正説之間，只見施恩早到，帶領着三二十個悍勇軍健，都來相幫。却見武松贏了蔣門神，不勝之喜，團團擁定武松。武松指着蔣門神道：「本主已自在這裏了。你一面便搬，一面快去請人來陪話。」蔣門神答道：「好漢，且請去店裏坐地。」武松帶一行人都到店裏看時，滿地盡是酒漿。這兩個鳥男女，正在缸裏扶牆摸壁扎掙，那婦人方纔從缸裏爬得出來，頭臉都吃磕破了，下半截淋淋漓漓都拖着酒漿。那幾個火家酒保走得不見影了。武松與衆人入到店裏坐下，喝道：「你等快收拾起身！」一面安排車子，收拾行李，先送那婦人去了。一面叫不着傷的酒保，去鎮上請十數個爲頭的豪傑之士，都來店裏替蔣門神與施恩陪話。儘把好酒開了，有的是按酒，都擺列了桌面，請衆人坐地。武松叫施恩在蔣門神上首坐定。各人面前放隻大碗，叫酒保只顧篩來。酒至數碗，武松開話道：「衆位高鄰都在這裏。小人武松，自從陽谷縣殺了人，配在這裏，聞聽得人説道：『快活林這座酒店，原是小施管營造的，屋宇等項買賣，被這蔣門神倚勢豪强，公然奪了，白白地占了他的衣飯。』你衆人休猜道是我的主人，我和他並無干涉。我從來只要打天下這等不明道德的人！我若路見不平，真乃拔刀相助，我便死了不怕！今日我本待把蔣家這厮一頓拳脚就打死，除了一害。且看你衆高鄰面上，權寄下這厮一條性命。則今晚便教他投外府去，若不離了此間，再撞見我時，景陽岡上大蟲便是模樣！」衆人纔知道他是景陽岡打虎的武都頭，都起身替蔣門神陪話道：「好漢息怒，教他便搬了去，奉還本主。」那蔣門神吃他一嚇，那裏敢再做聲。施恩便點了家火什物，交割了店肆。蔣門神羞慚滿面，相謝了衆人，自喚了一輛車兒去了。就裝了行李起身，不在話下。且説武松邀衆高鄰直吃得盡醉方休。至晚，衆人散了。武松一覺直睡到次日辰牌方醒。

却説施老管營聽得兒子施恩重霸得快活林酒店，自騎了馬直來店裏相謝武松，連日在店内飲酒作賀。快活林一境之人都知武松了得，那一個不來拜見武松。自此，重整店面，開張酒肆。老管營自回安平寨理事。施恩使人打聽蔣門神帶了家小不知去向，這裏只顧自做買賣，且不去理他。就留武松在店裏居住。自此，施恩的買賣比往常加增三五分利息。各店家並各賭坊、兑坊，加利倍送閑錢來與施恩。施恩得武松争了這口氣，把武松似爺娘一般敬重。施恩自此重霸得孟州道快活林，不在話下。正是：

惡人自有惡人魔，報了冤讎是若何。從此施恩心下喜，武松終日醉顔酡。

荏苒光陰，早過了一月之上。炎威漸退，玉霸生涼，金風去暑，已及深秋。有話即長，無話即短。當日施恩正和武松在店裏閑坐説話，論些拳棒鎗法。只見店門前兩三個軍漢，牽着一疋馬，來店裏，尋問主人道：「那個是打虎的武都頭？」施恩却認得是孟州守禦兵馬都監張蒙方衙内親隨人。施恩便向前問道：「你等尋武都頭則甚？」那軍漢説道：「奉都監相公鈞旨，聞知武都頭是個好男子，特地差我們將馬來取他。相公有鈞帖在此。」施恩看了，尋思道：「這張都監是我父親的上司官，屬他調遣。今者武松又是配來的囚徒，亦屬他管下，只得教他去。」施恩便對武松道：「兄長，這幾位郎中是張都監相公處差來取你。他既着人牽馬來，哥哥心下如何？」武松是個一勇之夫，終無計較，便道：

「他既是取我，只得走一遭，看他有甚話説。」隨即换了衣裳巾幘，帶了個小伴當，上了馬，一同衆人投孟州城裏來。

到得張都監宅前，下了馬，跟着那軍漢直到廳前參見張都監。那張蒙方在廳上見了武松來，大喜道：「教進前來相見。」武松到廳下，拜了張都監，叉手立在側邊。張都監便對武松道：「我聞知你是個大丈夫，男子漢，英雄無敵，敢與人同死同生。我帳前見缺恁地一個人，不知你肯與我做親隨梯己人麽？」武松跪下稱謝道：「小人是個牢城營内囚徒，若蒙恩相擡舉，小人當以執鞭墜鐙，伏侍恩相。」張都監大喜，便叫取菓盒酒出來。張都監親自賜了酒，叫武松吃的大醉，就前廳廊下收拾一間耳房與武松安歇。次日，又差人去施恩處取了行李來，只在張都監家宿歇。早晚都監相公不住地唤武松進後堂，與酒與食，放他穿房入户，把做親人一般看待。又叫裁縫與武松徹裏徹外做秋衣。武松見了，也自歡喜，心内尋思道：「難得這個都監相公，一力要擡舉我。自從到這裏住了，寸步不離，又没工夫去快活林與施恩説話。雖是他頻頻使人來相看我，多管是不能勾入宅裏來。」武松自從在張都監宅裏，相公見愛，但是人有些公事來央浼他的，武松對都監相公説了，無有不依。外人都送些金銀、財帛、段疋等件。武松買個柳箱子，把這送的東西都鎖在裏面。不在話下。時光迅速，却早又是八月中秋。怎見得中秋好景，但見：

玉露泠泠，金風淅淅。井畔梧桐落葉，池中菡萏成房。新雁初鳴，南樓上動人愁慘；寒蛩韻急，旅館中孤客憂懷。舞風楊柳半摧殘，帶雨芙蓉逞妖艷。秋色平分催節序，月輪端正照山河。

當時，張都監向後堂深處鴛鴦樓下安排筵宴，慶賞中秋，叫喚武松到裏面飲酒。武松見夫人宅眷都在席上，吃了一杯，便待轉身出來。張都監喚住武松問道：「你那裏去？」武松答道：「恩相在上，夫人宅眷在此飲宴，小人理合迴避。」張都監大笑道：「差了！我敬你是個義士，特地請將你來一處飲酒，如自家一般，何故却要迴避？你是我心腹人，何礙？便一處飲酒不妨。」武松道：「小人是個囚徒，如何敢與恩相坐地？」張都監道：「義士，你如何見外？此間又無外人，便坐不妨。」武松三回五次謙讓告辭，張都監那裏肯放，定要武松一處坐地。武松只得唱個無禮喏，遠遠地斜着身坐了。張都監着丫鬟、養娘斟酒，相勸一杯兩盞，看看飲過五七杯酒。張都監叫擡上菓桌飲酒，又進了一兩套食。次説些閑話，問了些鎗法，張都監道：「大丈夫飲酒，何用小杯？」叫：「取大銀賞鍾斟酒與義士吃。」連珠箭勸了武松幾鍾。看看月明光彩照入東窗。武松吃的半醉，却都忘了禮數，只顧痛飲。張都監叫喚一個心愛的養娘，叫做玉蘭，出來唱曲。那玉蘭生得如何，但見：

臉如蓮萼，唇似櫻桃。兩彎眉畫遠山青，一對眼明秋水潤。纖腰嬝娜，綠羅裙掩映金蓮；素體馨香，絳紗袖輕籠玉笋。鳳釵斜插籠雲髻，象板高擎立玳筵。

那張都監指着玉蘭道：「這裏別無外人，只有我心腹之人武都頭在此。你可唱個中秋對月時景的曲兒，教我們聽則個。」玉蘭執着象板，向前各道個萬福，頓開喉嚨，唱一隻東坡學士中秋《水調歌》。唱道是：

「明月幾時有，把酒問青天。不知天上宫闕，今夕是何年。我欲乘風歸去，只恐瓊樓玉宇，高處不勝寒。起舞弄清影，何似在人間。高捲珠簾，低綺户，照無眠。不應有恨，何事常向別時圓。人有悲歡離合，月有陰晴圓缺，此事古難全。但願人長久，萬里共嬋娟。」

這玉蘭唱罷，放下象板，又各道了一個萬福，立在一邊。張都監又道：「玉蘭，你可把一巡酒。」這玉蘭應了，便拿了一付勸杯，丫嬛斟酒，先遞了相公，次勸了夫人，第三便勸武松飲酒。張都監叫斟滿着。武松那裏敢擡頭，起身遠遠地接過酒來，唱了相公、夫人兩個大喏，拿起酒來一飲而盡，便還了盞子。張都監指着玉蘭，對武松道：「此女頗有些聰明伶俐，善知音律，極能針指。如你不嫌低微，數日之間，擇了良辰，將來與你做個妻室。」〈時〉武松起身再拜道：「量小人何者之人，怎敢望恩相宅眷爲妻？枉自折武松的草料。」張都監笑道：「我既出了此言，必要與你。你休推故阻，我必不負約。」當時一連又飲了十數杯酒。約莫酒湧上來，恐怕失了禮節，便起身拜謝了相公、夫人，出到廳前廊下房門前。開了門，覺道酒食在腹，未能便睡，去房裏脱了衣裳，除下巾幘，拿條梢棒，來廳心裏月明下使幾回棒，打了幾個輪頭。仰面看天時，約有三更時分。

〔眉〕可惜小人只因要陷害人，便將妻妾出來做引子，亦可笑也。

武松進到房裏，却待脱衣去睡，只聽得後堂裏一片聲叫起「有賊」來。武松聽得道：「都監相公如此愛我，又把花枝也似個女兒許我，痴。他後堂内裏有賊，我如何不去救護？」武松獻勤，提了一條梢棒，逕搶入後堂裏來。只見那個唱的玉蘭，慌慌張張走出來指道：「一個賊奔入後花園裏去了！」武松聽得這話，提着梢棒，大踏步直趕入花園裏去尋時，一週遭不見。復翻身却奔出來，不提防黑影裏撇出一條板凳，把武松一交絆翻，走出七八個軍漢，叫一聲：「捉賊！」就地下把武松一條麻索綁了。武松急叫道：「是我！」那衆軍漢那裏容他分説。只見堂裏燈燭熒煌，張都監坐在廳上，一片聲叫道：「拿將來！」

衆軍漢把武松一步一棍打到廳前，武松叫道：「我不是賊，是武松。」張都監看了大怒，變了面皮，喝罵道：「你這個賊配軍，本是個强盜，賊心賊肝的人！我倒要擡舉你一力成人，不曾虧負了你半點兒。却纔教你一處吃酒，同席坐地。我指望要擡舉與你個官，你如何却做這等的勾當？」武松大叫道：「相公，非干我事！我來捉賊，如何倒把我捉了做賊？武松是個頂天立地的好漢，不做這般的事！」張都監喝道：「你這厮休賴！且把他押去他房裏，搜看有無贓物！」衆軍漢把武松押着，逕到他房裏，打開他那柳藤箱子看時，上面都是些衣服，下面却是些銀酒器皿，約有一二百兩贓物。武松見了，也自目睜口呆，只得叫屈。衆軍漢把箱子擡出廳前，張都監看了，大駡道：「賊配軍，如此無禮！贓物正在你箱子裏搜出來，如何賴得過！常言道：『衆生好度人難度。』原來你這厮外貌像人，倒有這等賊心賊肝。既然贓證明白，没話説了。」連夜便把贓物封了，且叫：「送去機密房裏監收，天明却和這厮説話！」武松大叫冤屈，那裏肯容他分説。衆軍漢扛了贓物，將武松送到機密房裏收管了。張都監連夜使人去對知府説了，押司孔目上下都使用了錢。

次日天明，知府方纔坐廳，左右緝捕觀察把武松押至當廳，贓物都扛在廳上。張都監家心腹人賫着張都監被盜的文書，呈上知府看了。那知府喝令左右把武松一索捆翻。牢子節級將一束問事獄具放在面前。武松却待開口分說，知府喝道：「這厮原是遠流配軍，如何不做賊？以定是一時見財起意。既是贓證明白，休聽這厮胡說，只顧與我加力打這厮！」那牢子獄卒拏起批頭竹片，雨點地打下來。武松情知不是話頭，只得屈招做：「本月十五日，一時見本官衙内許多銀酒器皿，因而起意，至夜乘勢竊取入己。」與了招狀。知府道：「這厮正是見財起意，不必說了。且取枷來釘了監下。」牢子將過長枷，把武松枷了，押下死囚牢裏監禁了。正是：

　　都監貪污重可嗟，得人金帛售奸邪。假將歌女爲婚配，却把忠良做賊拏。

且說武松下在大牢裏，尋思道：「叵耐張都監那厮，安排這般圈套坑陷我。方才得知。我若能勾挣得性命出去時，却又理會！」牢子獄卒把武松押在大牢裏，將他一雙脚晝夜匣着，又把木杻釘住雙手，那裏容他些鬆寬。

話裏却說施恩已有人報知此事，慌忙入城來和父親商議。老管營道：「眼見得是張團練替蔣門神報仇，買囑張都監，却設出這條計策陷害武松。必然是他着人去上下都使了錢，受了人情賄賂，衆人以此不由他分說，必然要害他性命。我如今尋思起來，他須不該死罪。只是買求兩院押牢節級便好，可以存他性命，在外却又別作商議。」施恩道：「見今當牢節級姓康的，和孩兒最過得好。只得去求浼他如何？」老管營道：「他是爲你吃官司，你不去救他，更待何時！」

施恩將了一二百兩銀子，逕投康節級，却在牢未回。施恩叫他家着人去牢裏說知。不多時，康節級歸來，與施恩相見。施恩把上件事一一告訴了一遍。康節級答道：「不瞞兄長說，此一件事，皆是張都監和張團練兩個同姓結義做弟兄，見今蔣門神躲在張團練家裏，却央張團練買囑這張都監，商量設出這條計來。一應上下之人，都是蔣門神用賄賂。我們都接了他錢。廳上知府一力與他做主，定要結果武松性命。只有當案一個葉孔目不肯，因此不敢害他。這人忠直仗義，不肯要害平人，亦不貪愛金寶。只有他不肯要錢，以此武松還不吃虧。今聽施兄所說了，牢中之事盡是我自維持。如今便去寬他，今後不教他吃半點兒苦。你却快央人去，只買葉孔目，要求他早斷出去，便可救得他性命。」施恩取一百兩銀子與康節級，康節級那裏肯受，再三推辭，方纔收了。施恩相別出門來，逕回營裏，又尋一個和葉孔目知契的人，送一百兩銀子與他，只求早早緊急決斷。那葉孔目已知武松是個好漢，亦自有心周全他，已把那文案做得活着。只被這知府受了張都監賄賂囑托，不肯從輕勘來。武松竊取人財，又不得死罪，因此互相延挨，只要牢裏謀他性命。今來又得了這一百兩銀子，亦知是屈陷武松，却把這文案都改得輕了，盡出豁了武松，只待限滿決斷。有詩爲證：

贓吏紛紛據要津，公然白日受黃金。西廳孔目心如水，海內清廉播德音。只是也受施恩白銀一百兩。

且說施恩於次日安排了許多酒饌，甚是齊備，來央康節級引領，直進大牢裏看視武松，見面送飯。此時武松已自得康節級看覷，將這刑禁都放寬了。施恩又取三二十兩銀子分俵與衆小牢子，取酒食叫武松吃了。施恩附耳低言道：「這場官司明明是都監替蔣門神報仇，陷害哥哥。你且寬心，不要憂念，我已央人和葉孔目說通了，甚是周全你的好意。且待限滿斷決你出去，却再理會。」此時武松得鬆寬了，已有越獄之心。聽得施恩説罷，却放了那片心。施恩在牢裏安慰了武松，歸到營中。過了兩日，施恩再備些酒食錢財，又央康節級引領，入牢裏與武松説話。相見了，將酒食管待。又分俵了些零碎銀子與衆人做酒錢。回歸家來，又央浼人上下去使用，催趲打點文書。過得數日，施恩再備了酒肉，做了幾件衣裳，再央康節級維持，相引將來牢裏請衆人吃酒，買求看覰武松。叫他更換了些衣服，吃了酒食。出入情熟，一連數日，施恩來了大牢裏三次。却不提防被張團練家心腹人見了，回去報知。那張團練便去對張都監説了其事。張都監却再使人送金帛來與知府，就説與此事。那知府是個贓官，接受了賄賂，好太守。便差人常常下牢裏來閘看，但見閑人，便要拏問。施恩得知了，那裏敢再去看覰。武松却自得康節級和衆牢子自照管他。施恩自此早晚只去得康節級家裏討〈得信〉（信，得）知長短，都不在話下。

看看前後將及兩月，有這當案葉孔目一力主張，知府處早晚説開就理。那知府方纔知得張都監接受了蔣門神若干銀子，通同張團練設計排陷武松，自心裏想道：「你倒撰了銀兩，教我與你害人！」也要算計。因此心都懶了，不來管看。捱到六十日限滿，牢中取出武松，當廳開了枷。當案葉孔目讀了招狀，定擬下罪名：脊杖二十，刺配恩州牢城；原盜贓物給還本主。張都監只得着家人當官領了贓物。當廳把武松斷了二十脊杖，刺了金印，取一面七斤半鐵葉盤頭枷釘了，押一紙公文，差兩個壯健公人防送武松，限了時日要起身。那兩個公人領了牒文，押解了武松出孟州衙門便行。有詩爲證：

孔目推詳秉至公，武松垂死又疏通。今朝遠戍恩州去，病草凄凄遇暖風。

且說葉孔目從公擬斷，決配了武松。原來武松吃斷棒之時，却得老管營使錢通了，葉孔目又看覷他，知府亦知他被陷害，不十分來打重，因此斷得棒輕。武松忍着那口氣，帶上行枷，出得城來，兩個公人監在後面。約行得一里多路，只見官道傍邊酒店裏鑽出施恩來，看着武松道：「小弟在此專等。」武松看施恩時，又包着頭，絡着手臂，武松問道：「我好幾時不見你，如何又做恁地模樣？」施恩答道：「實不相瞞哥哥說，小弟自從牢裏三番相見之後，知府得知了，不時差人下來牢裏點閘。那張都監又差人在牢門口左近兩邊尋看着。因此小弟不能勾再進大牢裏來看望兄長，只在得康節級家裏討信。半月之前，小弟正在快活林中店裏，只見蔣門神那厮又領着一夥軍漢到來厮打。小弟被他又痛打一頓，也要小弟央浼人陪話，却被他仍復奪了店面，依舊交還了許多家火什物。小弟在家將息未起，今日聽得哥哥斷配恩州，特有兩件綿衣送與哥哥路上穿着，煮得兩隻熟鵝在此，請哥哥吃兩塊了去。」施恩便邀兩個公人，請他入酒肆。那兩個公人那裏肯進酒店裏去，便發言發語道：「武松這厮，他是個賊漢！不争我們吃你的酒食，明日官府上須惹口舌。你若怕打，快走開去！」施恩見不是話頭，便取十來兩銀子送與他兩個公人。那厮兩個那裏肯接，惱忿忿地只要催促武松上路。施恩討兩碗酒叫武松吃了，把一個包裹拴在武松腰裏，把這兩隻熟鵝掛在武松行枷上。施恩附耳低言道：「包裹裏有兩件綿衣，一帕子散碎銀子，路上好做盤纏，也有兩雙八答麻鞋在裏面。只是要路上仔細提防，這兩個賊男女不懷好意！」武松點頭道：「不須分付，我已省得了，再着兩個來也不懼他，你自回去將息，且請放心。我自有措置。」施恩拜辭了武松，哭着去了，不在話下。有詩爲證：

朝磨暮折走天涯，坐贊行催重可嗟。多謝施恩深餽送，稜稜義氣實堪誇。

武松和兩個公人上路，行不數十里之上，兩個公人悄悄地商議道：「不見那兩個來？」武松聽了，自暗暗地尋思，冷笑道：「没你娘鳥興！那厮倒來撲復老爺！」武松右手却吃釘住在行枷上，左手却散着。武松就枷上取下那熟鵝來，只顧自吃，也不睬那兩個公人。又行了一二里路，再把這隻熟鵝除來，右手扯着，把左手撕來只顧自吃。行不過五里路，把這兩隻熟鵝都吃盡了。

約莫離城也有八九里多路，只見前面路邊先有兩個人，提着朴刀，各跨口腰刀，先在那裏等候。見了公人監押武松到來，便幫着做一路走。武松又見這兩個公人與那兩個提朴刀的擠眉弄眼，打些暗號，武松早睃見，自瞧了八分尷尬，只安在肚裏，却且只做不見。又走不過數里多路，只見前面來到一處，濟濟蕩蕩魚浦，四面都是野港闊河。五個人行至浦邊，一條闊板橋，一座牌樓，上有牌額，寫着道「飛雲浦」三字。武松見了，假意問道：「這裏地名喚做甚麽去處？」兩個公人應道：「你又不眼瞎，須見橋邊牌額上寫道『飛雲浦』！」武松踅住道：「我要浄手則個。」那一個公人走近一步，却被武松叫聲：「下去！」一飛脚早踢中，翻筋斗踢下水裏去。這一個急待轉身，武松右脚早起，撲咚地也踢下水裏去。那兩個提朴刀的漢子望橋下便走。武松喝一聲：「那裏去！」把枷只一扭，折做兩半個，扯開封皮，將來撇在水裏，趕將下橋來。那兩個先自驚倒了一個。武松奔上前去，望那一個走的後心上只一拳打翻，便奪過朴刀來，搠上幾朴刀，死在地上。却轉身回來。這個纔掙得起，正待要走。武松追着，劈頭揪住，喝道：「你這厮實説，我便饒你性命！」〔眉〕真漢子。那人道：「小人兩個是蔣門神徒弟。

今被師父和張團練定計，使小人兩個來相幫防送公人，一處來害好漢。」武松道：「你師父蔣門神今在何處？」那人道：「小人臨來時，和張團練都在張都監家裏後堂鴛鴦樓上吃酒，專等小人回報。」武松道：「原來恁地，却饒你不得！」手起刀落，也把這人殺了。解下他腰刀來，揀好的帶了一把。將兩個屍首都攛在浦裏。又怕那兩個公人不死，提起朴刀，每人身上搠了幾朴刀。立在橋上看了一回，思量道：「雖然殺了這四個賊男女，不殺得張都監、張團練、蔣門神，如何出得這口恨氣！」提着朴刀，躊躇了半晌，一個念頭，竟奔回孟州城裏來。不是這個武松投孟州城裏來要殺張都監，有分教：畫堂深處，屍橫廳事階前；紅燭光中，血滿彩樓閣内。鬨動乾坤，大鬧寰宇。正是兩隻大蟲分勝敗，一雙惡獸併輸贏。畢竟武松再奔回孟州城裏來，怎地結末，且聽下回分解。

李生曰：看此回文字，乃知腹中劍、笑裏刀，世上無所不有。雖然，畢竟張都監作何結果！害人者，人先害之矣，又何益哉！

張都監血濺鴛鴦樓

武行者夜走蜈蚣嶺

第三十一回　張都監血濺鴛鴦樓　武行者夜走蜈蚣嶺

詞曰：

神明照察，難除奸狡之心；國法昭彰，莫絶兇頑之輩。損人益己，終非悠遠之圖；害衆成家，豈是久長之計。福緣善慶，皆因德行而生；禍起傷財，蓋爲不仁而至。知廉識恥，不遭羅網之災；舉善薦賢，必有榮華之地。行慈行孝，乃後代之昌榮；懷妬懷奸，是終身之禍患。廣施恩惠，人生何處不相逢；多結冤讎，路逢狹處難迴避。

話説這篇言語，勸人行善逢善，行惡逢惡。話裏所説，張都監聽信這張團練説誘囑托，替蔣門神報仇，貪圖賄賂，設出這條奇計，陷害武松性命。臨斷出來，又使人買囑兩個防送公人，却教蔣門神兩個徒弟相幫公人，同去路上結果他性命。誰想四個人倒都被武松搠死在飛雲浦了。當時武松立於橋上，尋思了半晌，躊躇起來，怨恨沖天：「不殺得張都監，如何出得這口恨氣！」便去死屍身邊解下腰刀，選好的取把將來跨了，揀條好朴刀提着，再逕回孟州城裏來。進得城中，早是黄昏時候。只見家家閉户，處處關門。但見：

十字街熒煌燈火，九曜寺香靄鐘聲。一輪明月掛青天，幾點疏星明碧漢。六軍營内，嗚嗚畫角頻吹；五鼓樓頭，點點銅壺正滴。四邊宿霧，昏昏罩舞榭歌臺；三市寒煙，隱隱蔽緑窗朱户。兩兩佳人歸繡幕，雙雙士子掩書幃。

當下武松入得城來，逕踅去張都監後花園牆外，却是一個馬院。武松就在馬院邊伏着。聽得那後槽却在衙裏，未曾出來。正看之間，只見「呀」地角門開，後槽提着個燈籠出來，裏面便關了角門。武松却躲在黑影裏，聽那更鼓時，早打一更四點。那後槽上了草料，掛起燈籠，鋪開被卧，脱了衣裳，上牀便睡。武松却來門邊挨那門響。後槽喝道：「老爺方纔睡，你要偷我衣裳，也早些哩。」武松把朴刀倚在門邊，却掣出腰刀在手裏，又「呀呀」地推門。那後槽那裏忍得住，便從牀上赤條條地跳將起來，拏了攪草棍，拔了拴，却待開門，被武松就勢推開去，搶入來把這後槽匹頭揪住。却待要叫，燈影下見明晃晃地一把刀在手裏，先自驚得八分軟了，口裏只叫得一聲：「饒命！」畫。武松道：「你認得我麼？」後槽聽得聲音，方纔知是武松。便叫道：「哥哥，不干我事，你饒了我罷！」武松道：「你只實説，張都監如今在那裏？」後槽道：「今日和張團練、蔣門神他三個吃了一日酒。如今兀自在鴛鴦樓上吃哩。」武松道：「這話是實麼？」後槽道：「小人説〈慌〉(謊)，就害疔瘡！」畫。武松道：「恁地却饒你不得！」手起一刀，把這後槽殺了，砍下頭來，一脚踢過屍首。武松把刀插入鞘裏，就燈影下去腰裏解下施恩送來的綿衣，將出來，脱了身上舊衣裳，把那兩件新衣穿了，拴縛得緊凑，把腰刀和鞘跨在腰裏。却把後槽一牀絮被包了散碎銀兩，入在纏袋裏，却把來掛在門邊。又將兩扇門立在牆邊，先去吹滅了燈火，却閃將出來，拿了朴刀，從門上一步步爬上牆來。月却明亮，照耀如同白日。武松從牆頭上一跳，却跳在牆裏。便先來開了角門，掇過了門扇，復翻身入來，虛掩上角門，拴都提過了。武松却望燈明處來看時，正是廚房裏。只見兩個丫嬛正在那湯罐邊埋怨，説道：「伏侍了一日，兀自不肯去睡，只是要茶吃！那兩個客人也不識羞恥，噇得這等醉了，也兀自不肯下樓去歇息，只説個不了。」畫。那兩個女使正口裏喃喃訥訥地怨悵。武松却倚了朴刀，掣出腰裏那口帶血刀來，把門一推，「呀」地推開門，搶入來。先把一個女使髽角兒揪住，一刀殺了。那一個却待要走，兩隻脚一似釘住了的，畫。再要叫時，口裏又似啞了的，畫。端的是驚得呆了。休道是兩個丫嬛，便是説話的見了，也驚得口裏半舌不展。武松手起一刀，也殺了。却把這兩個屍首拖放竈前，去了廚下燈火，趁着那窗外月光，一步步挨入堂裏來。

武松原在衙裏出入的人，已自都認得路數，逕踅到鴛鴦樓胡梯邊來。捏脚捏手摸上樓時，畫。早聽得那張都監、張團練、蔣門神三個説話。武松在胡梯口聽，只聽得蔣門神口裏稱讚不了。只説：「虧了相公與小人報了冤仇，再當重重地答報恩相。」這張都監道：「不是看我兄弟張團練面上，誰肯幹這等的事！你雖費用了些錢財，却也安排得那厮好。這早晚多是在那裏下手，那厮敢是死了。只教在飛雲浦結果他。待那四人明早回來，便見分曉。」張團練道：「這一夜四個對付他一個，有甚麼不了！再有幾個性命也没了。」蔣門神道：「小人也分付徒弟來，只教就那裏下手，結果了快來回報。」

正是：

暗室從來不可欺，古今奸惡盡誅夷。金風未動蟬先覺，暗送無常死不知。

武松聽了，心頭那把無明業火高三千丈，沖破了青天。右手持刀，左手叉開五指，畫。搶入樓中。只見三五枝畫燭高明，一兩處月光射入，樓上甚是明朗。面前酒器，皆不曾收。蔣門神坐在交椅上，見是武松，吃了一驚，把這心肝五臟都提在九霄雲外。說時遲，那時快，蔣門神急待掙扎時，武松早落一刀，劈臉剁着，和那交椅都砍翻了。武松便轉身回過刀來，那張都監方纔伸得脚動，畫。被武松當時一刀，齊耳根連脖子砍着，撲地倒在樓板上。兩個都在掙命。這張團練終是個武官出身，雖然酒醉，還有些氣力。見剁翻了兩個，料道走不迭，便提起一把交椅輪將來。有伸縮。武松〈只接過〉（早接個）住，就勢只一推。休說張團練酒後，便清醒白醒時，也近不得武松神力，撲地望後便倒了。武松趕入去，一刀先剁下頭來。蔣門神有力，掙得起來。武松左脚早起，翻筋斗踢一脚，按住也割下頭。轉身來，把張都監也割了頭。見桌子上有酒有肉，武松拿起酒鍾子，一飲而盡，連吃了三四鍾，便去死屍身上割下一片衣襟來，蘸着血，去白粉壁上大寫下八字道：「殺人者，打虎武松也！」佛。把桌子上銀酒器皿踏扁了，揣幾件在懷裏。

却待下樓，只聽得樓下夫人聲音叫道：「樓上官人們都醉了，快着兩個上去攙扶。」說猶未了，早有兩個人上樓來。武松却閃在胡梯邊看時，却是兩個自家親隨人，便是前日拿捉武松的。武松在黑處讓他過去，却攔住去路。兩個入進樓中，見三個屍首橫在血泊裏，驚得面面厮覷，做聲不得。畫。正如分開八片頂陽骨，傾下半桶冰雪水。急待回身，武松隨在背後，手起刀落，早剁翻了一個。那一個便跪下討饒。畫。武松道：「却饒你不得！」揪住也砍了頭。殺得血濺畫樓，屍橫燈影。武松道：「一不做，二不休！殺了一百個，也只是這一死！」惡。提了刀下樓來。夫人問道：「樓上怎地大驚小怪？」武松搶到房前，夫人見條大漢入來，兀自問道：「是誰？」武松的刀早飛起，劈面門剁着，倒在房前聲喚。武松按住，將去割時，刀切頭不入。武松心疑，就月光下看那刀時，已自都砍缺了。畫。武松道：「可知割不下頭來。」便抽身去後門外，去拿取朴刀，丢了缺刀，復翻身再入樓下來。只見燈明，前番那個唱曲兒的養娘玉蘭，引着兩個小的，把燈照見夫人被殺死在地下，方纔叫得一聲：「苦也！」武松握着朴刀，向玉蘭心窩裏搠着。兩個小的亦被武松搠死，一朴刀一個，結果了。惡。走出中堂，把拴拴了前門。又入來尋着兩三個婦女，也都搠死了在房裏。〔眉〕只合殺三個正身，其餘都是多殺的。武松道：「我方纔心滿意足。」有詩爲證：

都監貪婪甚可羞，謾施奸計結深讎。豈知天道能昭鑒，渍血横屍滿畫樓。

武松道：「走了罷休。」撇了刀鞘，提了朴刀，出到角門外來。馬院裏除下纏袋來，把懷裏踏扁的銀酒器，都裝在裏面，拴在腰裏，拽開脚步，倒提朴刀便走。到城邊尋思道：「若等開門，須吃拿了，不如連夜越城走。」便從城邊踏上城來。這孟州城是個小去處，那土城苦不甚高。就女牆邊，望下先把朴刀虚按一按，刀尖在上，棒梢向下，托地只一跳，把棒一拄，立在濠塹邊。月明之下看水時，只有一二尺深。此時正是十月半天氣，各處水泉皆涸。武松就濠塹邊脱了鞋襪，解下腿絣護膝，抓扎起衣服，從這城濠裏走過對岸。却想起施恩送來的包裹裏有兩雙八荅麻鞋，取出來穿在脚上。畫。聽城裏更點時，已打四更三點。武松道：「這口鳥氣今日方纔出得鬆憏！『梁園雖好，不是久戀之家。』只可撒開。」提了朴刀，投東小路，便走了一五更。天色朦朦朧朧，尚未明亮。

武松一夜辛苦，身體困倦，棒瘡發了又疼，那裏熬得過。望見一座樹林裏一個小小古廟。武松奔入裏面，把朴刀倚了，解下包裹來做了枕頭，撲翻身便睡。却待合眼，只見廟外邊探入兩把撓鈎，把武松搭住。兩個人便搶入來，將武松按定，一條繩索綁了。那四個男女道：「這鳥漢子却肥了，好送與大哥去。」〔眉〕這事都奇。武松那裏挣扎得脱，被這四個人奪了包裹、朴刀，却似牽羊的一般，脚不點地，拖到村裏來。這四個男女於路上自言自説道：「看這漢子一身血迹，却是那裏來？莫不做賊着了手來？」武松只不做聲，由他們自説。行不到三五里路，早到一所草屋内，把武松推將進去。側首一個小門裏面，點着碗燈，四個男女將武松剥了衣裳，綁在亭柱上。武松看時，見竈邊梁上，掛着兩條人腿。武松自肚裏尋思道：「却撞在横死人手裏，死得没了分曉！早知如此時，不若去孟州府裏首告了，便吃一刀一剮，却也留得一個清名於世！」真。

那四個男女提着那包裹，口裏叫道：「大哥、大嫂快起來，我們張得一個好行貨在這裏了。」只聽得前面應道：「我來也！你們不要動手，我自來開剥。」没一盞茶時，只見兩個人入屋後來。武松看時，前面一個婦人，背後一個大漢。兩個定睛看了武松，那婦人便道：「這個不是叔叔武都頭？」那大漢道：「快解了我兄弟！」武松看時，那大漢不是别人，却正是菜園子張青，這婦人便是母夜叉孫二娘。這四個男女吃了一驚，便把索子解了，將衣服與武松穿了。頭巾已自扯碎，且拿個毡笠子與他戴上。便請出前面客席裏，敍禮罷，張青大驚，連忙問道：「賢弟如何恁地模樣？」武松答道：「一言難盡！自從與你相别之後，到得牢城營裏，得蒙施管營兒子唤做金眼彪施恩，一見如故，每日好酒好肉管顧我。爲是他有一座酒肉店，在城東快活林内，甚是趁錢，却被一個張團練帶來的蔣門神那厮倚勢豪强，公然白白地奪了。施恩如此告訴，我却路見不平，我醉打了蔣門神，復奪了快活林，施恩以此敬重我。後被張團練買囑張都監，定了計謀，取我做親隨，設智陷害，替蔣門神報仇。八月十五日夜，只推有賊，賺我到裏面，却把銀酒器皿預先放在我箱籠内，拿我解送孟州府裏，强扭做賊，打招了監在牢裏。却得施恩上下使錢透了，不曾受苦。又得當案葉孔目仗義疏財，不肯陷害平人。又得當牢一個康節級，與施恩最好。兩個一力維持，待六十日限滿，脊杖二十，轉配恩州。昨夜出得城來，叵耐張都監設計，教蔣門神使兩個徒弟和防送公人相幫，就路上要結果我。到得飛雲浦僻静去處，正欲要動手，先被我兩脚把兩個公人踢下水裏去。趕上這兩個鳥男女，也是一朴刀一個搠死了，都撇在水裏。思量這口鳥氣怎地出得，因此再回孟州城裏去。一更四點進去，馬院裏先殺了一個養馬的後槽。爬入牆内去，就廚房裏殺了兩個丫嬛。直上鴛鴦樓上，把張都監、張團練、蔣門神三個都殺了，又砍了兩個親隨。下樓來，又把他老婆、兒女、養娘都戳死了。連夜逃走，跳城出來，走了一五更路。一時困倦，棒瘡發了又疼，因行不得，投一小廟裏權歇一歇。却被這四個綁縛了來。」

那四個擣身便拜在地下道：「我們四個都是張大哥的火家，因爲連日賭錢輸了，去林子裏尋些買賣。却見哥哥從小路來，身上淋淋漓漓都是血迹，却在土地廟裏歇，我四個不知是甚人。早是張大哥這幾時分付道：『只要捉活的。』不分付時，也壞了大哥性命。因此我們只拿撓鈎套索出去。正是有眼不識泰山，一時誤犯着哥哥，恕罪則個！」張青夫妻兩個笑道：「我們因有罣心，這幾時只要他們拿活的行貨。他這四個如何省的，那裏知我心裏事？【若是我這兄弟不困乏時，不說你這四個男女，更有四十個也近他不得。】雜，删去是。因此我叫你們等我自來。」武松道：「既然如此，他們没錢去賭，我賞你些。」會使用。便把包裹打開，取十兩銀子把與四人將去分。那四個搗子拜謝武松，張青看了，也取三二兩銀子，多。賞與他們四個自去分了。張青道：「賢弟不知我心。從你去後，我只怕你有些失支脱節，或早或晚回來。因此上分付這幾個男女，但凡拿得行貨，只要活的。那厮們慢仗些的趁活捉了；敵他不過的，必致殺害。以此不教他們將刀仗出去，只與他撓鈎、套索。方纔聽得說，我便心疑，不像。連忙分付等我自來看，誰想果是賢弟。我見一向無信，只道在孟州快活了，無事不寄書來。不期如此受苦。」孫二娘道：「【只聽得叔叔打了蔣門神，又是醉了贏他，那一個來往人不吃驚！有在快活林做買賣的客商，只說到這裏，却不知向後的事。】多，删去是。叔叔困倦，且請去客房裏將息，却再理會。」張青引武松去客房裏睡了。兩口兒自去廚下安排些佳肴美饌酒食，管待武松。不移時整治齊備，專等武松起來相敘。有詩爲證：

逃生潛越孟州城，虎穴狼坡暮夜行。珍重佳人識音語，便開綁縛敘高情。多，可删。

却說孟州城裏張都監衙内，也有躲得過的，直到五更，纔敢出來。衆人叫起裏面親隨，外面當直的軍牢，都來看視，聲張起來。街坊鄰舍，誰敢出來。捱到天明時分，却來孟州府裏告狀。知府聽說罷大驚，火速差人下來檢驗了殺死人數，行兇人出沒去處，填畫了圖樣格目，回府裏稟覆知府道：「先從馬院裏入來，就殺了養馬的後槽一人。有脱下舊衣二件。次到廚房裏，灶下殺死兩個丫嬛。後門邊遺下行兇缺刀一把。樓上殺死張都監一員，並親隨二人，外有請到客官張團練與蔣門神二人。白粉壁上，衣襟蘸血，大寫八字道：『殺人者，打虎武松也。』樓下搠死夫人一口，在外搠死玉蘭並奶娘二口，兒女三口。共計殺死男女一十五名，擄掠去金銀酒器六件。」〔眉〕如畫。知府看罷，便差人把住孟州四門，點起軍兵等官並緝捕人員，城中坊廂里正，逐一排門搜捉凶人武松。〔眉〕遲了。所謂賊出關門，今之事多如此。

次日，飛雲浦地里保正人等告稱：「殺死四人在浦内，見有殺人血痕在飛雲浦橋上，屍首俱在水中。」知府接了狀子，當差本縣縣尉下來，一面着人打撈起四個屍首，都檢驗了。兩個是本府公人，兩個自有苦主，各備棺木，盛殮了屍首，盡來告狀，催促捉拿凶首償命。城裏閉門三日，家至户到，逐一挨查。五家一連，十家一保，那裏不去搜尋。【眼見得施管營暗地使錢，不出城裏，捉獲不着。】不必。知府押了文書，委官下該管地面，各鄉各保各都各村，盡要排家搜捉，緝捕兇首。寫了武松鄉貫年甲，貌相模樣，畫影圖形，出三千貫信賞錢。如有人知得武松下落，赴州告報，隨文給賞；如有人藏匿犯人在家宿食者，事發到官，與犯人同罪。遍行鄰近州府，一同緝捕。

且説武松在張青家裏將息了三五日，打聽得事務篾刺一般緊急，紛紛攘攘，有做公人出城來各鄉村緝捕。張青知得，只得對武松説道：「二哥，不是我怕事不留你安身。如今官司搜捕得緊急，排門挨户，只恐明日有些疏失，必須怨恨我夫妻兩個。我却尋個好安身去處與你，在先也曾對你說來，只不知你中心肯去也不？」武松道：「我這幾日也曾尋思，想這事必然要發，如何在此安得身牢？【止有一個哥哥，又被嫂嫂不仁害了。〈負〉（甫）能來到這裏，又被人如此陷害。祖家親戚都没了。】多。今日若得哥哥有這好去處叫武松去，我如何不肯去？只不知是那裏地面？」張青道：「是青州管下一座二龍山寶珠寺，花和尚魯智深和一個青面獸好漢楊志，在那裏打家劫舍，霸着一方落草。青州官軍捕盜，不敢正眼覷他。賢弟只除去那裏安身立命，方纔免得這罪犯。若投別處去，終久要吃拿了。他那裏常常有書來取我入夥，我只爲戀土難移，不曾去的。我寫一封書去，備細說二哥的本事。於我面上，如何不着你入夥。那裏去做個頭領，誰敢來拿你！」武松道：「大哥也說的是。我也有心，恨時辰未到，緣法不能湊巧。今日既是殺了人，事發了，没潛身處，此爲最妙。大哥，你便寫書與我去，只今日便行。」張青隨即取幅紙來，備細寫了一封書，把與武松，安排酒食送路。

只見母夜叉孫二娘指着張青說道：「你如何便只這等叫叔叔去？前面定吃人捉了。」武松道：「阿嫂，你且說我怎地去不得，如何便吃人捉了？」孫二娘道：「阿叔，如今官司遍處都有了文書，出三千貫信賞錢，畫影圖形，明寫鄉貫年甲，到處張掛。阿叔臉上見今明明地兩行金印，走到前路，須賴不過！」〔眉〕這婦人通得。張青道：「臉上貼了兩個膏藥便了。」好計策。孫二娘笑道：「天下只有你乖，你說這癡話！這個如何瞞得過做公的？我却有個道理，只怕叔叔依不得。」武松道：「我既要逃災避難，如何依不得？」孫二娘大笑道：「我說出來，阿叔却不要嗔怪！」武松道：「阿嫂，但說的便依。」孫二娘道：「二年前，有個頭陀打從這裏過，吃我放翻了，把來做了幾日饅頭餡。却留得他一個鐵界箍，一身衣服，一領皂布直裰，一條雜色短繐絛，一本度牒，一串一百單八顆人頂骨數珠，一個沙魚皮鞘子插着兩把雪花鑌鐵打成的戒刀。這刀如常半夜裏鳴嘯的響。叔叔既要逃難，只除非把頭髮剪了，做個行者，須遮得頭上金印，又且得這本度牒做護身符，年甲貌相又和叔叔相等，却不是前緣前世。阿叔便應了他的名字，前路去誰敢來盤問。這件事好麽？」張青拍手道：「二嫂説得是。我倒忘了這一着。」正是：

緝捕急如星火，顛危好似風波。若要免除災禍，且須做個頭陀。

張青道：「二哥，你心裏如何？」武松道：「這個也使得，只恐我不像出家人模樣。」張青道：「我且與你扮一扮看。」孫二娘去房中取出包袱來打開，將出許多衣裳，教武松裏外穿了。武松自看道：「却一似與我身上做的。」着了皂直裰，繫了絛，把毡笠兒除下來，解開頭髮，摺疊起來，將戒箍兒箍起，掛着數珠。張青、孫二娘看了，兩個喝采道：「却不是前生注定！」武松討面鏡子照了，也自哈哈大笑起來。張青道：「二哥爲何大笑？」武松道：「我照了自也好笑，我也做得個行者！大哥便與我剪了頭髮。」張青拿起剪刀，替武松把前後頭髮都剪了。武松見事務看看緊急，便收拾包裹要行。張青又道：「二哥，你聽我說。不是我要便宜，你把那張都監家裏的酒器留下在這裏，我換些零碎銀兩與你去路上做盤纏，萬無一失。」武松道：「大哥見的分明。」盡把出來與了張青，換了一包散碎金銀，都拴在纏袋內，繫在腰裏。武松飽吃了一頓酒飯，拜辭了張青夫妻二人，腰裏跨了這兩口戒刀，當晚都收拾了。孫二娘取出這本度牒，就與他縫個錦袋盛了，教武松掛在貼肉胸前。武松拜謝了他夫妻兩個，臨行，張青又分付道：「二哥於路小心在意，凡事不可托大。酒要少吃，休要與人争鬧，也做些出家人行逕。諸事不可躁性，省得被人看破了。如到了二龍山，便可寫封回信寄來。我夫妻兩個在這裏也不是長久之計，敢怕隨後收拾家私也來山上入夥。二哥，保重，保重！千萬拜上魯、楊二頭領。」武松辭了出門，插起雙袖，摇擺着便行。張青夫妻看了，喝采道：「果然好個行者！」但見：

前面髮掩映齊眉，後面髮參差際頸。皂直裰好似烏雲遮體，雜色絛如同花蟒纏身。額上界箍兒燦爛，依稀火眼金〈精〉（睛）；身間布衲襖斑斕，仿佛銅筋鐵骨。戒刀兩口，擎來殺氣横秋；頂骨百顆，念處悲風滿路。神通廣大，遠過回生起死佛圖澄；相貌威嚴，好似伏虎降龍盧六祖。直饒揭帝也歸心，便是金剛須拱手。

當晚武行者辭了張青夫妻二人，離了大樹十字坡，便落路走。此時是十月間天氣，日正短，轉眼便晚了。約行不到五十里，早望見一座高嶺。武行者趁着月明，一步步上嶺來，料道只是初更天色。武行者立在嶺頭上看時，見月從東邊上來，照得嶺上草木光輝。看那嶺時，果然好座高嶺！但見：

高山峻嶺，峭壁懸崖。石角稜層侵斗柄，樹梢仿佛接雲霄。烟嵐堆裏，時聞幽鳥閑啼；翡翠陰中，每聽哀猿孤嘯。弄風山鬼，向溪邊侮弄樵夫；揮尾野狐，立岩下驚張獵户。好似峨嵋山頂過，渾如大庾嶺頭行。

當下武行者正在嶺上看着月明，走過嶺來，只聽得前面林子裏有人笑聲。武行者道：「又來作怪！這般一條浄蕩蕩高嶺，有甚麽人笑語？」走過林子那邊去，打一看，只見松樹林中，傍山一座墳庵，約有十數間草屋，推開着兩扇小窗，一個先生摟着一個婦人，在那窗前看月戲笑。武行者見了，怒從心上起，惡向膽邊生，便想道：「這是山間林下出家人，却做這等勾當！」便去腰裏掣出那兩口爛銀也似戒刀來，在月光下看了道：「刀却自好，到我手裏不曾發市，且把這個鳥先生試刀！」〔眉〕管閑事。手腕上懸了一把，再將這把插放鞘内，把兩隻直裰袖結起在背上，竟來到庵前敲門。那先生聽得，便把後窗關上。武行者拿起塊石頭，便去打門。只見「呀」地側首門開，走出一個道童來，喝道：「你是甚人！如何敢半夜三更，大驚小怪，敲門打户做甚麽？」武行者睁圓怪眼，大喝一聲：「先把這鳥道童祭刀！」説猶未了，手起處，錚地一聲響，道童的頭落在一邊，倒在地下。只見庵裏那個先生大叫道：「誰敢殺了我道童！」托地跳將出來。那先生手輪着兩口寶劍，竟奔武行者。武松大笑道：「我的本事不要箱兒裏去取，正是撓着我的痒處！」便去鞘裏再拔了那口戒刀，輪起雙戒刀，來迎那先生。兩個就月明之下，一來一往，一去一回，兩口劍寒光閃閃，雙戒刀冷氣森森。鬥了良久，渾如飛鳳迎鸞；戰不多時，好似角鷹拏兔。兩個鬥了十數合，只聽得山嶺傍邊一聲響亮，兩個裏倒了一個。〔眉〕難道是武松？但見月光影裏，紛紛紅雨噴人腥；殺氣叢中，一顆人頭從地滚。正是三寸氣在千般用，一旦無常萬事休。畢竟兩個裏厮殺倒了一個的是誰，且聽下回分解。

卓翁曰：武二郎是個漢子，勿論其他，即殺人留姓字一節，已超出尋常萬萬矣。

卷三二 圖

錦毛虎義釋宋江

第三十二回　武行者醉打孔亮　錦毛虎義釋宋江

詩曰：

風波世事不堪言，莫把行藏信手拈。投藥救人翻致恨，當場排難每生嫌。婵娟負德終遭辱，譎詐行兇獨被殲。列宿相逢同聚會，大施恩惠及閭閻。

當時兩個鬥了十數合，那先生被武行者賣個破綻，讓那先生兩口劍砍將入來，被武行者轉過身來，看得親切，只一戒刀，那先生的頭滚落在一邊，屍首倒在石上。武行者大叫：「庵裏婆娘出來！我不殺你，只問你個緣故。」只見庵裏走出那個婦人來，倒地便拜。武行者道：「你休拜我。你且説，這裏是甚麽去處？那先生却是你的甚麽人？」那婦人哭着道：「奴是這嶺下張太公家女兒。這庵是奴家祖上墳庵。這先生不知是那裏人，來我家裏投宿，言説善習陰陽，能識風水。我家爹娘不合留他在莊上，因請他來這裏墳上觀看地理，被他説誘，又留他住了幾日。那厮一日見了奴家，便不肯去了。住了三兩個月，把奴家爹娘哥嫂都害了性命，却把奴家强騙在此墳庵裏住。〔眉〕風水先生害人者，不止于此。這個道童也是别處擄掠來的。這嶺唤做蜈蚣嶺。這先生見這條嶺好風水，以此他便自號飛天蜈蚣王道人。」武行者道：「你還有親眷麽？」那婦人道：「親戚自有幾家，都是莊農之人，誰敢和他爭論？」武行者道：「這厮有些財帛麽？」婦人道：「他已積蓄得一二百兩金銀。」武行者道：「有時，你快去收拾，我便要放火燒庵也。」那婦人問道：「師父，你要酒肉吃麽？」武行者道：「有時，將來請我。」那婦人道：「請師父進庵裏去吃。」武行者道：「怕别有人暗算我麽？」是。那婦人道：「奴有幾顆頭，敢賺得師父！」武行者隨那婦人入到庵裏，見小窗邊桌子上擺着酒肉。武行者討大碗吃了一回。那婦人收拾得金銀財帛已了，武行者便就裏面放起火來。那婦人捧着一包金銀，獻與武行者乞性命。武行者道：「我不要你的，你自將去養身。快走，快走！」〔眉〕既不貪財，又不好色，武行者非聖人而何？那婦人拜謝了，自下嶺去。武行者把那兩個屍首，都攛在火裏燒了，插了戒刀，連夜自過嶺來。迤邐取路，免不得饑餐渴飲，夜宿曉行，望着青州地面來。

又行了十數日，但遇村房道店，市鎮鄉城，果然都有榜文張掛在彼處，捕獲武松。到處雖有榜文，武松已自做了行者，於路却没人盤詰他。時遇十一月間，天色好生嚴寒。當日武松一路上買酒買肉吃，只是敵不過寒威。上得一條土岡，早望見前面有一座高山，生得十分險峻。武行者下土岡子來，走得三五里路，早見一個酒店，門前一道清溪，屋後都是顛石亂山。看那酒店時，却是個村落小酒肆。但見：

門迎溪澗，山映茅茨。疏籬畔梅開玉蕊，小窗前松偃蒼龍。烏皮桌椅，盡列着瓦鉢磁甌；黃泥牆壁，盡畫着酒仙詩客。一條青旆舞寒風，兩句詩詞招過客。端的是走驃騎聞香須住馬，使風帆知味也停舟。

武行者過得那土岡子來，逕奔入那村酒店裏坐下，便叫道：「酒店主人家，先打兩角酒來，肉便買些來吃。」店主人應道：「實不瞞師父説，酒却有些茅柴白酒，肉却都賣没了。」武行者道：「且把酒來盪寒。」店主人便去打兩角酒，大碗價篩來，教武行者吃，將一碟熟菜與他過口。片時間吃盡了兩角酒，又叫再打兩角酒來。店主人又打了兩角酒，大碗篩來。武行者只顧吃。比及過岡子時，先有三五分酒了，一發吃過這四角酒，又被朔風一吹，酒却湧上。武松却大呼小叫道：「主人家，你真個没東西賣，你便自家吃的肉食，也回些與我吃了，一發還你銀子。」店主人笑道：「也不曾見這個出家人，酒和肉只顧要吃，却那裏去取？師父，你也只好罷休。」武行者道：「我又不白吃你的，如何不賣與我？」店主人道：「我和你説過，只有這些白酒，那得别的東西賣。」正在店裏論口，只見外面走入一條大漢，引着三四個人入店裏來。武行者看那大漢時，但見：

頂上頭巾魚尾赤，身上戰袍鴨頭緑。脚穿一對踢土靴，腰繫數尺紅膳膊。面圓耳大，唇闊口方。長七尺以上身材，有二十四五年紀。相貌堂堂强壯士，未侵女色少年郎。

那條大漢引着衆人入進店裏，主人笑容可掬，迎着道：「大郎請坐。」那漢道：「我分付你的，安排也未？」店主人答道：「雞與肉都已煮熟了，只等大郎來。」那漢道：「我那青花瓮酒在那裏？」店主人道：「有在這裏。」那漢引了衆人，便向武行者對席上頭坐了。那同來的三四人却坐在肩下。店主人却捧出一尊青花瓮酒來，開了泥頭，傾在一個大白盆裏。武行者偷眼看時，却是一瓮窨下的好酒，被風吹過酒的香味來。武行者聞了那酒香味，喉嚨痒將起來，恨不得鑽過來搶吃。只見店主人又去廚下把盤子托出一對熟雞、一大盤精肉來，放在那漢面前，便擺下菜蔬，用杓子舀酒去盪。武行者看了自己面前，只是一碟兒熟菜，不由的不氣。正是眼飽肚中饑。武行者酒又發作，恨不得一拳打碎了那桌子，大叫道：「主人家，你來！你這厮好欺負客人！豈我不還你錢！」店主人連忙來問道：「師父休要焦躁，要酒便好說。」武行者睁着雙眼喝道：「你這厮好不曉道理！這青花瓮酒和雞肉之類如何不賣與我？我也一般還你銀子。」店主人道：「青花瓮酒和雞肉都是那大郎家裏自將來的，只借我店裏坐地吃酒。」武行者心中要吃，那裏聽他分說，一片聲喝道：「放屁，放屁！」店主人道：「也不曾見你這個出家人恁地蠻法！」武行者喝道：「怎地是老爺蠻法？我白吃你的？」那店主人道：「我倒不曾見出家人自稱『老爺』！」武行者聽了，跳起身來，叉開五指，望店主人臉上只一掌，把那店主人打個踉蹌，直撞過那邊去。

那對席的大漢見了大怒。看那店主人時，打的半邊臉都腫了，半日挣扎不起。那大漢跳起身來，指定武松道：「你這個鳥頭陀好不依本分，却怎地便動手動脚的！却不道是出家人勿起嗔心！」武行者道：「我自打他，干你甚事！」那大漢怒道：「我好意勸你，你這鳥頭陀敢把言語傷我？」武行者聽得大怒，便把桌子推開，走出來喝道：「你那厮説誰？」那大漢笑道：「你這鳥頭陀要和我厮打，正是來太歲頭上動土！」那大漢便點手叫道：「你這賊行者出來！和你説話！」武行者喝道：「你道我怕你，不敢打你？」一搶搶到門邊。那大漢便閃出門外去。武行者趕到門外。那大漢見武松長壯，那裏敢輕敵，便做個門户等着他。武行者搶入去，接住那漢手。那大漢却待用力跌武松，怎禁得他千百斤神力，就手一扯，扯入懷來；只一撥，撥將去，恰似放翻小孩兒的一般，那裏做得半分手脚。那三四個村漢看了，手顫脚麻，那裏敢上前來。武行者踏住那大漢，提起拳頭來只打實落處，打了二三十拳，就地下提起來，望門外溪裏只一丢。那三四個村漢叫聲苦，不知高低，都下溪裏來救起那大漢，就攙扶著投南去了。這店主人吃了這一掌，打得麻了，動彈不得，自入屋後去躲避了。武行者道：「好呀，你們都去了，老爺却吃酒肉。」把個碗去白盆内舀那酒來只顧吃。桌子上那對雞，一盤子肉，都未曾吃動。武行者且不〈問〉(用)筯，雙手扯來任意吃。没半個時辰，把這酒肉和雞都吃個八分。

武行者醉飽了，把直裰袖結在背上，便出店門，沿溪而走。却被那北風捲將起來，武行者捉脚不住，一路上搶將來。離那酒店走不得四五里路，傍邊土牆裏走出一隻黄狗，看着武松叫。武行者看時，一隻大黄狗趕着吠。武行者大醉，正要尋事，恨那隻狗趕着他只管吠，便將左手鞘裏掣出一口戒刀來，大踏步趕。那隻黄狗遶着溪岸叫，武行者一刀砍將去，却砍個空，使得力猛，頭重脚輕，翻筋斗倒撞下溪裏去，却起不來。〔眉〕畫醉景亦好。冬月天道，溪水正涸，雖是只有一二尺深淺的水，却寒冷的當不得。爬起來，淋淋的一身水。却見那口戒刀浸在溪裏，武行者便低頭去撈那刀時，撲地又落下去了，只在那溪水裏滚。岸上側首牆邊轉出一夥人來。當先一個大漢，頭戴毡笠子，身穿鵝黄紵絲衲襖，手裏拿着一條梢棒，背後十數個人跟着，都拏木杷白棍。數内一個指道：「這溪裏的賊行者，便是打了小哥哥的。如今小哥哥尋不見大哥哥，自引了二三十個莊客逕奔酒店裏捉他去了。他却來到這裏！」說猶未了，只見遠遠地那個吃打的漢子，換了一身衣服，手裏提着一條朴刀，背後引着三二十個莊客，【都是有名的漢子。怎見的，正是叫做：

長王三，矮李四，急三千，慢八百，笆上糞，屎裏蛆，米中蟲，飯內屁，鳥上刺，沙小生，木伴哥，牛筋等。】〔眉〕可刪。

這一二十個盡是爲頭的莊客，餘者皆是村中搗子。都拖鎗拽棒，跟着那個大漢，吹風胡哨來尋武松。趕到牆邊見了，那漢指着武松，對那穿鵝黃襖子的大漢道：「這個賊頭陀正是打兄弟的。」那個大漢道：「且捉這廝，去莊裏細細拷打。」那漢喝聲：「下手！」三四十人一發上。可憐武松醉了，掙扎不得，急要爬起來，被衆人一齊下手，橫拖倒拽，捉上溪來。轉過側首牆邊，一所大莊院，兩下都是高牆粉壁，垂柳喬松，圍遶着牆院。衆人把武松推搶入去，剝了衣裳，奪了戒刀、包裹，揪過來綁在大柳樹上，教取一束藤條來，細細的打那廝。

却纔打得三五下，只見莊裏走出一個人來，問道：「你兄弟兩個又打甚麼人？」只見這兩個大漢叉手道：「師父聽稟：兄弟今日和鄰莊三四個相識，去前面小路店裏吃三杯酒，叵耐這個賊行者到來尋鬧，把兄弟痛打了一頓，又將來攧在水裏，頭臉都磕破了，險不凍死，却得相識救了回來。歸家換了衣服，帶了人再去尋他。那廝把我酒肉都吃了，却大醉倒在門前溪裏，因此捉拿在這裏，細細的拷打。看起這賊頭陀來，也不是出家人，臉上見刺着兩個金印，這賊却把頭髮披下來遮了，必是個避罪在逃的囚徒。問出那廝根原，解送官司理論。」這個吃打傷的大漢道：「問他做甚麼！這禿賊打得我一身傷損，不着一兩個月將息不起。不如把這秃賊一頓打死了，一把火燒了罷，纔與我消得這口恨氣！」説罷拿起藤條，恰待又打。只見出來的那人説道：「賢弟，且休打，待我看他一看。這人也像是一個好漢。」此時武行者心中，已自酒醒了，理會得，只把眼來閉了，由他打，只不做聲。妙。那個人先去背上看了杖瘡，便道：「作怪！這模樣想是決斷不多時的疤痕。」轉過面前看了，便將手把武松頭髮揪起來，定睛看了，叫道：「這個不是我兄弟武二郎？」武行者方纔閃開〈着〉（雙）眼，看了那人道：「你不是我哥哥？」那人喝叫：「快與我解下來！這是我的兄弟。」那穿鵝黄襖子的並吃打的盡皆吃驚，連忙問道：「這個行者如何却是師父的兄弟？」那人便道：「他便是我時常和你們説的那景陽岡上打虎的武松。我也不知他如今怎地做了行者。」那弟兄兩個聽了，慌忙解下武松來，便討幾件乾衣服與他穿了，便扶入草堂裏來。武松便要下拜，那個人驚喜相半，扶住武松道：「兄弟酒還未醒，且坐一坐説話。」武松見了那人，歡喜上來，酒早醒了五分。討些湯水洗漱了，吃些醒酒之物，便來拜了那人，相敘舊話。

那人不是別人，正是鄆城縣人氏，姓宋名江，表字公明。武行者道：「只想哥哥在柴大官人莊上，却如何來在這裏？【兄弟莫不是和哥哥夢中相會麽？】」不像。宋江道：「我自從和你在柴大官人莊上分別之後，我却在那裏住得半年。不知家中如何，恐父親煩惱，先發付兄弟宋清歸去。後却收拾得家中書信，説道官司一事，全得朱、雷二都頭氣力，已自家中無事，只要緝捕正身，因此已動了個海捕文書各處追獲。這事已自慢了。却有這裏孔太公屢次使人去莊上問信，後見宋清回家，説道宋江在柴大官人莊上，因此特地使人直來柴大官人莊上取我在這裏。此間便是白虎山，這莊便是孔太公莊上。恰纔和兄弟相打的，便是孔太公小兒子。因他性急，好與人厮鬧，到處叫他做獨火星孔亮。這個穿鵝黄襖子的，便是孔太公大兒子，人都叫他做毛頭星孔明。因他兩個好習鎗棒，却是我點撥他些個，以此叫我做師父。我在此間住半年了，我如今正欲要上清風寨走一遭，這兩日方欲起身。我在柴大官人莊上時，只聽得人傳説道兄弟在景陽岡上打了大蟲；又聽知你在陽谷縣做了都頭；又聞鬥殺了西門慶。向後不知你配到何處去。兄弟如何做了行者？」武松答道：「小弟自從柴大官人莊上别了哥哥去，到得景陽岡上，打了大蟲，送去陽谷縣。知縣就擡舉我做了都頭。後因嫂嫂不仁，與西門慶通奸，藥死了我先兄武大。被武松把兩個都殺了，自首告到本縣，轉發東平府。後得陳府尹一力救濟，斷配孟州。……」至十字坡怎生遇見張青、孫二娘；到孟州怎地會施恩，怎地打了蔣門神，如何殺了張都監一十五口，又逃在張青家，母夜叉孫二娘教我做了頭陀行者的緣故；過蜈蚣嶺，試刀殺了王道人；至村店吃酒，醉打了孔兄。把自家的事，從頭備細告訴了宋江一遍。孔明、孔亮兩個聽了大驚，撲翻身便拜。武松慌忙答禮道：「却纔甚是衝撞。休怪，休怪！」孔明、孔亮道：「我弟兄兩個有眼不識泰山，萬望恕罪。」武行者道：「既然二位相覷武松時，却是與我烘焙度牒書信，並行李衣服，不可失落了那兩口戒刀，這串數珠。」孔明道：「這個不須足下掛心，小弟已自着人收拾去了，整頓端正拜還。」武行者拜謝了。宋江請出孔太公，都相見了。孔太公置酒設席管待，不在話下。

當晚宋江邀武松同榻，敍説一年有餘的事，宋江心内喜悦。武松次日天明起來，都洗漱罷，出到中堂，相會吃早飯。孔明自在那裏相陪；孔亮捱着疼痛，也來管待。孔太公便叫殺羊宰猪，安排筵宴。是日，村中有幾家街坊親戚都來相探，又有幾個門下人亦來謁見。宋江心中大喜。當日筵宴散了，宋江問武松道：「二哥今欲要往何處去安身立命？」武松道：「昨日已對哥哥説了，菜園子張青寫書與我，着兄弟投二龍山寶珠寺花和尚魯智深那裏入夥。他也隨後便上山來。」宋江道：「也好。我不瞞你説，我家近日有書來，説道清風寨知寨小李廣花榮，他知道我殺了閻婆惜，每每寄書來與我，千萬教我去寨裏住幾時。此間又離清風寨不遠，我這兩日正待要起身去，因見天氣陰晴不定，未曾起程。早晚要去那裏走一遭，不若和你同往，如何？」武松道：「哥哥怕不是好情分，帶攜兄弟投那裏去住幾時。只是武松做下的罪犯至重，遇赦不宥，因此發心只是投二龍山落草避難。亦且我又做了頭陀，難以和哥哥同往，路上被人設疑。便是跟着哥哥去，倘或有些決撒了，須連累了哥哥。便是哥哥與兄弟同死同生，也須累及了花榮山寨不好。只是由兄弟投二龍山去了罷。〔眉〕是。天可憐見，異日不死，受了招安，那時却來尋訪哥哥未遲。」宋江道：「兄弟既有此心歸順朝廷，皇天必祐。若如此行，不可苦諫。你只相陪我住幾日了去。」

自此兩個在孔太公莊上，一住過了十日之上，宋江與武松要行，相辭孔太公父子。孔明、孔亮那裏肯放，又留住了三五日。宋江堅執要行，孔太公苦留不住，只得安排筵席送行了。次日，將出新做的一套行者衣服，皂布直裰，並帶來的度牒、書信、界箍、數珠、戒刀、金銀之類，交還武松。又各送銀五十兩，權爲路費。宋江推卻不受，孔太公父子那裏肯，只顧將來拴縛在包裹裏。宋江整頓了衣服、器械，武松依前穿了行者的衣裳，帶上鐵界箍，掛了人頂骨數珠，跨了兩口戒刀，收拾了包裹，拴在腰裏。宋江提了朴刀，懸口腰刀，帶上毡笠子，辭別了孔太公。孔明、孔亮叫莊客背了行李，弟兄二人直送了二十餘里路，拜辭了宋江、武行者兩個。宋江自把包裹背了，說道：「不須莊客遠送，我自和武兄弟去。」孔明、孔亮相別，自和莊客歸家，不在話下。

只說宋江和武松兩個在路上行着，於路說些閑話，走到晚，歇了一宵。次日早起，打伙又行。兩個吃罷飯，又走了四五十里，却來到一市鎮上，地名喚做瑞龍鎮，却是個三岔路口。宋江借問那裏人道：「小人們欲投二龍山清風寨上，不知從那條路去？」那鎮上人答道：「這兩處不是一條路去了。這裏要投二龍山去，只是投西落路；若要投清風鎮去，須用投東落路，過了清風山便是。」宋江聽了備細，便道：「兄弟，我和你今日分手，就這裏吃三杯相別。」詞寄《浣溪沙》，單題別意：

握手臨期話別難，山林景物正闌珊。壯懷寂寞客衣單。旅次愁來魂欲斷，郵亭宿處鋏空彈。獨憐長夜苦漫漫。

武行者道：「我送哥哥一程了却回來。」宋江道：「不須如此。自古道：『送君千里，終有一別。』兄弟，你只顧自己前程萬里，早早的到了彼處。入夥之後，少戒酒性。如得朝廷招安，你便可攛掇魯智深、楊志投降了。日後但是去邊上，一鎗一刀，博得個封妻廕子，久後青史上留得一個好名，也不枉了爲人一世。我自百無一能，雖有忠心，不能得進步。兄弟，你如此英雄，決定得做大官。可以記心，聽愚兄之言，圖個日後相見。」武行者聽了。酒店上飲了數杯，還了酒錢，二人出得店來，行到市鎮稍頭三岔路口，武行者下了四拜。宋江洒泪，不忍分別，又分付武松道：「兄弟，休忘愚兄之言，少戒酒性，保重，保重！」武行者自投西去了。看官牢記話頭，武行者自來二龍山投魯智深、楊志入夥了，不在話下。

且說宋江自別了武松，轉身投東望清風山路上來。於路只憶武行者。又自行了幾日，却早遠遠的望見清風山。看那山時，但見：

八面嵯峨，四圍險峻。古怪喬松盤翠蓋，杈枒老樹掛藤蘿。瀑布飛流，寒氣逼人毛髮冷；巔崖直下，清光射目夢魂驚。澗水時聽，樵人斧響；峯巒倒卓，山鳥聲哀。麋鹿成羣，狐狸結黨，穿荆棘往來跳躍，尋野食前後呼號。竚立草坡，一望並無商旅店；行來山坳，週迴盡是死屍坑。若非佛祖修行處，定是强人打劫場。

宋江看了前面那座高山，生得古怪，樹木稠密，心中歡喜，觀之不足，貪走了幾程，不曾問的宿頭。看看天色晚了，宋江心内驚慌，肚裏尋思道：「若是夏月天道，胡亂在林子裏歇一夜。却恨又是仲冬天氣，風霜正冽，夜間寒冷，難以打熬。倘或走出一個毒蟲虎豹來時，如何抵當，却不害了性命！」只顧望東小路裏撞將去，約莫走了也是一更時分，心裏越慌，看不見地下，躧了一條絆脚索。樹林裏銅鈴響，走出十四五個伏路小嘍囉來，發聲喊，把宋江捉翻，一條麻索縛了，奪了朴刀、包裹，吹起火把，將宋江解上山來。宋江只得叫苦。却早押到山寨裏。宋江在火光下看時，四下裏都是木柵，當中一座草廳，廳上放着三把虎皮交椅，後面有百十間草房。小嘍囉把宋江捆做粽子相似，將來綁在將軍柱上。有幾個在廳上的小嘍囉説道：「大王方纔睡，且不要去報。等大王酒醒時，却請起來剖這牛子心肝做醒酒湯，我們大家吃塊新鮮肉。」好趣話。宋江被綁在將軍柱上，心裏尋思道：「我的造物只如此偃蹇！只爲殺了一個烟花婦人，變出得如此之苦。誰想這把骨頭却落在這裏，斷送了殘生性命！」只見小嘍囉點起燈燭熒煌。宋江已自凍得身體麻木了，動彈不得，只把眼來四下裏張望，低了頭嘆氣。

約有二三更天氣，只見廳背後走出三五個小嘍囉來，叫道：「大王起來了。」便去把廳上燈燭剔得明亮，宋江偷眼看時，見那個出來的大王，頭上綰着鵝梨角兒，一條紅絹帕裹着，身上披着一領棗紅紵絲衲襖，便來坐在當中虎皮交椅上。看那大王時，生得如何，但見：

赤髮黄鬚雙眼圓，臂長腰闊氣沖天。江湖稱作錦毛虎，好漢原來却姓燕。

那個好漢祖貫山東萊州人氏，姓燕名順，别號錦毛虎。原是販羊馬客人出身，因爲消折了本錢，流落在緑林叢内打劫。那燕順酒醒起來，坐在中間交椅上問道：「孩兒們，那裏拏得這個牛子？」小嘍囉答道：「孩兒們正在後山伏路，只聽得樹林裏銅鈴響。原來這個牛子獨自個背些包裹，撞了繩索，一跤絆翻，因此拏得來獻與大王做醒酒湯。」燕順道：「正好，快去與我請得二位大王來同吃。」小嘍囉去不多時，只見廳側兩邊走出兩個好漢來。左邊一個五短身材，一雙光眼，怎生打扮，但見：

駝褐衲襖錦繡補，形貌崢嶸性粗鹵。貪財好色最强梁，放火殺人王矮虎。

這個好漢祖貫兩淮人氏，姓王名英。爲他五短身材，江湖上叫他做矮脚虎。原是車家出身，爲因半路裏見財起意，就勢劫了客人，事發到官，越獄走了。上清風山，和燕順占住此山，打家劫舍。左邊這個生的白淨面皮，三牙掩口髭鬚，瘦長膀闊，清秀模樣，也裹着頂絳紅頭巾。怎地結束，但見：

綠衲襖圈金翡翠，錦征袍滿縷紅雲。江湖上英雄好漢，鄭天壽白面郎君。

這個好漢祖貫浙西蘇州人氏，姓鄭，雙名天壽。爲他生得白淨俊俏，人都號他做白面郎君。原是打銀爲生，因他自小好習鎗棒，流落在江湖上，因來清風山過，撞着王矮虎，和他鬥了五六十合，不分勝敗。因此燕順見他好手段，留在山上，坐了第三把交椅。當下三個頭領坐下。王矮虎便道：「孩兒們，正好做醒酒湯。快動手取下這牛子心肝來，造三分醒酒酸辣湯來。」只見一個小嘍囉掇一大銅盆水來，放在宋江面前；又一個小嘍囉捲起袖子，手中明晃晃拏着一把剜心尖刀。那個掇水的小嘍囉便把雙手潑起水來，澆那宋江心窩裏。原來但凡人心都是熱血裹着，把這冷水潑散了熱血，取出心肝來時，便脆了好吃。〔眉〕若作戒殺文字的善知識見此，定當合眼合掌，念三聲南無阿彌陀佛。那小嘍囉把水直潑到宋江臉上，宋江嘆口氣道：「可惜宋江死在這裏！」燕順親耳聽得「宋江」兩字，便喝住小嘍囉道：「且不要潑水。」燕順問道：「他那廝説甚麼『宋江』？」小嘍囉答道：「這廝口裏説道：『可惜宋江死在這裏。』」燕順便起身來問道：「兀那漢子，你認得宋江？」宋江道：「只我便是宋江。」燕順走近跟前，又問道：「你是那裏的宋江？」宋江答道：「我是濟州鄆城縣做押司的宋江。」燕順道：「你莫不是山東及時雨宋公明，殺了閻婆惜逃出在江湖上的宋江麽？」宋江道：「你怎得知？我正是宋三郎。」燕順聽罷，吃了一驚，便奪過小嘍囉手內尖刀，把麻索都割斷了，便把自身上披的棗紅紵絲衲襖脱下來，裹在宋江身上，抱在中間虎皮交椅上，喚起王矮虎、鄭天壽快下來，三人納頭便拜。

宋江滚下來答禮，問道：「三位壯士何故不殺小人，反行重禮？此意如何？」亦拜在地。那三個好漢一齊跪下，燕順道：「小弟只要把尖刀剜了自己的眼睛！〔眉〕若今人都如此剜起眼睛來，當成一片瞽世界。原來不識好人，一時間見不到處，少問個緣由，争些兒壞了義士！若非天幸，使令仁兄自説出大名來，我等如何得知仔細！小弟在江湖上緑林叢中走了十數年，也只久聞得賢兄仗義疏財、濟困扶危的大名，只恨緣分淺薄，不能拜識尊顔。今日天使相會，真乃稱心滿意。」宋江答道：「量宋江有何德能，教足下如此掛心錯愛。」燕順道：「仁兄禮賢下士，結納豪强，名聞寰海，誰不欽敬！梁山泊近來如此興旺，四海皆聞，曾有人説道，盡出仁兄之賜。不知仁兄獨自何來，今却到此？」宋江把這救晁蓋一節，殺閻婆惜一節，却投柴進，向孔太公許多時，並今次要往清風寨尋小李廣花榮這幾件事，一一備細説了。三個頭領大喜，隨即取套衣服與宋江穿了。一面叫殺牛宰馬，連夜筵席。當夜直吃到五更，叫小嘍囉伏侍宋江歇了。次日辰牌起來，訴説路上許多事務，又説武松如此英雄了得，三個頭領拊髀長嘆道：「我們無緣。若得他來這裏，十分是好。却恨他投那裏去了！」話休絮繁。宋江自到清風山住了五七日，每日好酒好食管待，不在話下。

當時臘月初旬，山東人年例，臘日上墳。只見小嘍囉山下報上來説道：「大路上有一乘轎子，七八個人跟着，挑着兩個盒子，去墳頭化紙。」王矮虎是個好色之徒，見報了，想此轎子必是個婦人，便點起三五十小嘍囉，便要下山。宋江、燕順那裏攔當得住。綽了鎗刀，敲一棒銅鑼，下山去了。宋江、燕順、鄭天壽三人自在寨中飲酒。那王矮虎去了約有三兩個時辰，遠探小嘍囉報將來説道：「王頭領直趕到半路裏，七八個軍漢都走了，拏得轎子裏擡着的一個婦人。只有一個銀香盒，别無物件財帛。」燕順問道：「那婦人如今擡在那裏？」小嘍囉道：「王頭領已自擡在山後房中去了。」燕順大笑。宋江道：「原來王英兄弟要貪女色，不是好漢的勾當。」燕順道：「這個兄弟諸般都肯向前，只是有這些毛病。」宋江道：「二位和我同去勸他。」燕順、鄭天壽便引了宋江直來到後山王矮虎房中。推開房門，只見王矮虎正摟住那婦人求歡。見了三位人來，慌忙推開那婦人，讓三位坐。宋江看那婦人時，但見：

身穿縞素，腰繫孝裙。不施脂粉，自然體態妖嬈；懶染鉛華，生定天姿秀麗。雲鬟半整，有沉魚落雁之容；星眼含愁，有閉月羞花之貌。恰似嫦娥離月殿，渾如織女下瑶池。

宋江看見那婦人，便問道：「娘子，你是誰家宅眷？這般時節出來閑走，有甚麽要緊？」那婦人含羞向前，深深地道了三個萬福，便答道：「侍兒是清風寨知寨的渾家。爲因母親棄世，今得小祥，特來墳前化紙。那裏敢無事出來閑走。告大王垂救性命！」宋江聽罷，吃了一驚。肚裏尋思道：「我正來投奔花知寨，莫不是花榮之妻？我如何不救？」宋江問道：「你丈夫花知寨如何不同你出來上墳？」那婦人道：「告大王，侍兒不是花知寨的渾家。」宋江道：「你恰纔説是清風寨知寨的恭人。」那婦人道：「大王不知，這清風寨如今有兩個知寨，一文一武。武官便是知寨花榮，文官便是侍兒的丈夫知寨劉高。」宋江尋思道：「他丈夫既是和花榮同僚，我不救時，明日到那裏須不好看！」〔眉〕是。宋江便對王矮虎説道：「小人有句話説，不知你肯依麽？」王英道：「哥哥有話但説不妨。」宋江道：「但凡好漢，犯了『溜骨髓』三個字的，好生惹人恥笑。我看這娘子説來，是個朝廷命官的恭人。怎生看在下薄面並江湖上大義兩字，放他下山回去，教他夫妻完聚如何？」王英道：「哥哥聽稟：王英自來没個押寨夫人做伴，况兼如今世上都是那大頭巾弄得歹了。好話。〔眉〕大頭巾聽之何如？哥哥管他則甚！胡亂容小弟這些個。」宋江便跪一跪道：「賢弟，若要壓寨夫人時，日後宋江揀一個停當好的，在下納財進禮，娶一個伏侍賢弟。那個肯嫁强盜？只是這個娘子，是小人友人同僚正官之妻，怎地做得人情，放了他則個。」燕順、鄭天壽一齊扶住宋江道：「哥哥且請起來。這個容易。」宋江又謝道：「恁地時，重承不阻。」燕順見宋江堅意要救這婦人，因此不顧王矮虎肯與不肯，燕順喝令轎夫擡了去。那婦人聽了這話，插燭也似拜謝宋江，一口一聲叫道：「謝大王！」宋江道：「恭人你休謝我，我不是山寨裏大王，我自是鄆城縣客人。」那婦人拜謝了下山，兩個轎夫也得了性命，擡着那婦人下山來，飛也似走，只恨爺娘少生了兩隻脚。這王矮虎又羞又悶，只不做聲。被宋江拖出前廳，勸道：「兄弟，你不要焦躁。宋江日後好歹要與兄弟完娶一個，教你歡喜便了。小人並不失信。」燕順、鄭天壽都笑起來。王矮虎一時被宋江以禮義縛了，雖不滿意，敢怒而不敢言，只得陪笑，自同宋江在山寨中吃筵席。不在話下。

且説清風寨軍人一時間被虜了恭人去，只得回來，到寨裏報與劉知寨，説道：「恭人被清風山强人擄去了！」劉高聽了大怒，喝駡去的軍人不了事，「如何撇了恭人！」大棍打那去的軍漢。衆人分説道：「我們只有五七個，他那裏三四十人，如何與他敵得！」劉高喝道：「胡説！你們若不去奪得恭人回來時，我都把你們下在牢裏問罪！」那幾個軍人吃逼不過，没奈何，只得央浼本寨内軍健七八十人，各執鎗棒，用意來奪。不想來到半路，正撞見兩個轎夫擡得恭人飛也似來了。衆軍漢接見恭人，問道：「怎地能勾下山？」那婦人道：「那厮捉我到山寨裏，見我説道是劉知寨的夫人，諕得那厮慌忙拜我，便叫轎夫送我下山來。」〔眉〕口不准，便不是好婦人了。 衆軍漢道：「恭人可憐見我們，只對相公説我們打奪得恭人回來，權救我衆人這頓打。」那婦人道：「我自有道理説便了。」衆軍漢拜謝了，簇擁着轎子便行。【衆人見轎夫走得快，便説道：「你兩個閑常在鎮上擡轎時，只是鵝行鴨步，如今却怎地這等走的快？」那兩個轎夫應道：「本是走不動，却被背後老大栗暴打將來。」衆人笑道：「你莫不見鬼？背後那得人？」轎夫方纔敢回頭，看了道：「哎也！是我走的慌了。脚後跟只打着腦杓子。」衆人都笑；】〔眉〕鄙俚可笑，可删，可删！ 簇着轎子，回到寨中。劉知寨見了大喜，便問恭人道：「你得誰人救了你回來？」那婦人道：「便是那厮們擄我去，不從奸騙，正要殺我，見我説是知寨的恭人，不敢下手，慌忙拜我，却得這許多人來搶奪得我回來。」〔眉〕如此婦人，只好做强盜婆子。 劉高聽了這話，便叫取十瓶酒，一口猪，賞了衆人，不在話下。

且説宋江自救了那婦人下山，又在山寨中住了五七日，思量要來投奔花知寨，當時作别要下山。三個頭領苦留不住，做了送路筵席餞行，各送些金寶與宋江，打縛在包裹裏。當日宋江早起來，洗漱罷，吃了早飯，拴束了行李，作别了三位頭領下山。那三個好漢將了酒果肴饌，直送到山下二十餘里官道傍邊，把酒分别。三人不捨，叮囑道：「哥哥去清風寨回來，是必再到山寨相會幾時。」宋江背上包裹，提了朴刀，説道：「再得相見。」唱個大喏，分手去了。若是説話的同時生，並肩長，攔腰抱住，把臂拖回。宋公明只因要來投奔花知寨，險些兒死無葬身之地。只教青州城外，出幾籌好漢英雄；清風寨中，聚六個丈夫豪傑。正是遭逢龍虎皆天數，際會風雲豈偶然。畢竟宋江來尋花知寨撞着甚人，且聽下回分解。

李和尚曰：今人只看後來事體，便道宋公明不該救劉高妻子。殊不知宋公明若無這些，直是王矮虎一輩人了，如何幹得許多大事？彼一百單七人者，亦何以兄事之哉！

卷三三　圖

花榮大鬧清風寨

第三十三回　宋江夜看小鼇山　花榮大鬧清風寨

詩曰：

【花開不擇貧家第，月照山河到處明。世間只有人心惡，萬事還須天養人。盲聾瘖啞家豪富，智慧聰明却受貧。年月日時該載定，算來由命不由人。】〔眉〕無謂。

話説這清風山離青州不遠，只隔得百里來路。這清風寨却在青州三岔路口，地名清風鎮。因爲這三岔路上通三處惡山，因此特設這清風寨在這清風鎮上。那裏也有三五千人家，却離這清風山只有一〈跕〉（站）多路。當日三位頭領自上山去了。

只説宋公明獨自一個，背着些包裹，迤逞來到清風鎮上，便借問花知寨住處。那鎮上人答道：「這清風寨衙門在鎮市中間。南邊有個小寨，是文官劉知寨住宅；北邊那個小寨，正是武官花知寨住宅。」宋江聽罷，謝了那人，便投北寨來。到得門首，見有幾個把門軍漢，問了姓名，入去通報。只見寨裏走出那個年少的軍官來，拖住宋江便拜。那人生得如何，但見：

齒白唇紅雙眼俊，兩眉入鬢常清，細腰寬膀似猿形。能騎乖劣馬，愛放海東青。百步穿楊神臂健，弓開秋月分明，雕翎箭發迸寒星。人稱小李廣，將種是花榮。

出來的年少將軍不是別人，正是清風寨武知寨小李廣花榮。宋江見了，看那花榮怎生打扮，但見：

身上戰袍金翠綉，腰間玉帶嵌山犀。滲青巾幘雙環小，文武花靴抹緑低。

花榮見宋江，拜罷，喝叫軍漢接了包裹、朴刀、腰刀，扶住宋江，直至正廳上，便請宋江當中涼床上坐了。花榮又納頭拜了四拜，起身道：「自從別了兄長之後，屈指又早五六年矣，常常念想。聽得兄長殺了一個潑烟花，官司行文書各處追捕。小弟聞得，如坐針毡，連連寫了十數封書去貴莊問信，不知曾到也否？今日天賜，幸得哥哥到此，相見一面，大稱平生渴仰之思。」說罷又拜。〔眉〕禮太多了。宋江扶住道：「賢弟休只顧講禮，請坐了，聽在下告訴。」花榮斜坐着。宋江把殺閻婆惜一事和投奔柴大官人並孔太公莊上遇見武松、清風山上被捉遇燕順等事，細細地都說了一遍。花榮聽罷，答道：「兄長如此多磨難！今日幸得仁兄到此，且住數年，却又理會。」宋江道：「若非兄弟宋清寄書來孔太公莊上時，在下也特地要來賢弟這裏走一遭。」花榮道：「前次連連奉書去拜問兄長，不見回音。後聞知令弟說，兄長在白虎山孔太公莊上，也特地要差人請兄長來此間住幾時。今蒙仁兄不棄到此，只恨無甚罕物管待。」便請宋江去後堂裏坐，喚出渾家崔氏來拜伯伯。拜罷，花榮又叫妹子出來拜了哥哥。便請宋江更換衣裳鞋襪，香湯沐浴，在後堂安排筵席洗塵。

當日筵宴上，宋江把救了劉知寨恭人的事，備細對花榮說了一遍。花榮聽罷，皺了雙眉說道：

「兄長没來由救那婦人做甚麼！正好教滅這廝的口。」〔眉〕不是。宋江道：「却又作怪！我聽得説是清風寨知寨的恭人，因此把做賢弟同僚面上，特地不顧王矮虎相怪，一力要救他下山。你却如何恁的説？」花榮道：「兄長不知。不是小弟説口，這清風寨還是青州緊要去處，若還是小弟獨是在這裏守把時，遠近强人怎敢把青州攪得粉碎！近日除將這個窮酸餓醋來做個正知寨，這廝又是文官，又没本事，自從到任，把此鄉間些少上户詐騙，亂行法度，無所不爲。小弟〈自〉（是）個武官副知寨。每每被這廝嘔氣，恨不得殺了這濫污賊禽獸！兄長却如何救了這廝的婦人！打緊這婆娘極不賢，只要調撥他丈夫行不仁的事，殘害良民，貪圖賄賂。正好叫那賤人受些玷辱。兄長錯救了這等不才的人。」宋江聽了，便勸道：「賢弟差矣！自古道：『冤仇可解不可結。』他和你是同僚官，又不合活生世。亦且他是個文墨的人，你如何不諫他？他雖有些過失，你可隱惡而揚善。賢弟休如此淺見。」〔眉〕大是道學。花榮道：「兄長見得極明。來日公廨内見劉知寨時，與他説過救了他老小之事。」宋江道：「賢弟若如此，見常也顯你的好處。」花榮夫妻幾口兒，朝暮精精致致供茶獻酒供食，伏侍宋江。當時就晚，安排牀帳在後堂軒下，請宋江安歇。次日，又備酒食筵宴管待。

話休絮煩。宋江自到花榮寨裏，吃了四五日酒。【花榮手下有幾個梯己人，一日換一個，撥些碎銀子在他身邊，每日教相陪宋江去清風鎮街上觀看市井喧譁，村落宫觀寺院，閑走樂情。自那日爲始，這梯己人相陪着閑走，邀宋江去市井上閑玩。那清風鎮上也有幾座小勾欄並茶房酒肆，自不必説得。當日宋江與這梯己人在小勾欄裏閑看了一回，又去近村寺院道家宫觀遊賞一回，請去市鎮上酒肆中飲酒。臨起身時，那梯己人取銀兩還酒錢。宋江那裏肯要他還錢，却自取碎銀還了。宋江歸來，又不對花榮說。那個同去的人歡喜，又落得銀子，又得身閑。自此，每日撥一個相陪，和宋江緩步閑遊，又只是宋江使錢。自從到寨裏，無一個不敬他的。宋江在花榮寨裏〔眉〕既道話休絮煩，緣何反絮煩起來。住了將及一月有餘，看看臘盡春回，又早元宵節近。

且說這清風寨鎮上居民商量放燈一事，准備慶賞元宵，科斂錢物，去土地大王廟前扎縛起一座小鰲山，上面結綵懸花，張掛五七百碗花燈。土地大王廟内，逞應諸般社火。家家門前扎起燈棚，賽懸燈火。市鎮上，諸行百藝都有。雖然比不得京師，只此也是人間天上。當下宋江在寨裏和花榮飲酒，不覺又早是元宵節到。至日，晴明得好。花榮到巳牌前後，上馬去公廨内點起數百個軍士，教晚間去市鎮上彈壓；又點差許多軍漢，分頭去四下裏守把栅門。未牌時分，回寨來邀宋江吃點心。宋江對花榮說道：「聽聞此間市鎮上今晚點放花燈，我欲去觀看觀看。」花榮答道：「小弟本欲陪侍兄長去看燈，正當其理。只是奈緣我職役在身，不能勾自在閑步同往。今夜兄長自與家間二三人去看燈，早早的便回。小弟在家專待，家宴三杯，以慶佳節。」宋江道：「最好。」却早天色向晚，東邊推出那輪明月上來。正是：

玉漏銅壺且莫催，星橋火樹徹明開。鰲山高聳青雲上，何處遊人不看來。

當晚，宋江和花榮家親隨梯己人兩三個，跟隨着宋江緩步徐行。到這清風鎮上看燈時，只見家家門前搭起燈棚，懸掛花燈，不記其數。燈上畫着許多故事，也有剪綵飛白牡丹花燈，並荷花芙蓉異樣燈火。四五個人手廝挽着，來到土地大王廟前，看那小鰲山時，怎見的好燈，但見：

> 山石穿雙龍戲水，雲霞映獨鶴朝天。金蓮燈，玉梅燈，晃一片琉璃；荷花燈，芙蓉燈，散千團錦綉。銀蛾鬥綵，雙雙隨綉帶香毬；雪柳争輝，縷縷拂華旛翠幕。村歌社鼓，花燈影裏競喧闐；織女蠶奴，畫燭光中同賞玩。雖無佳麗風流曲，盡賀豐登大有年。

當下宋江等四人在鰲山前看了一回，迤逦投南看燈。走不過五七百步，只見前面燈燭熒煌，一夥人圍住在一個大牆院門首熱鬧，鑼聲響處，衆人喝采。宋江看時，却是一夥舞鮑老的。宋江矮矬，人背後看不見。那相陪的梯己人却認得社火隊裏，便教分開衆人，讓宋江看。那跳鮑老的，身軀扭得村村勢勢的。宋江看了，呵呵大笑。只見這牆院裏面，却是劉知寨夫妻兩口兒和幾個婆娘在裏面看。聽得宋江笑聲，那劉知寨的老婆於燈下却認的宋江，便指與丈夫道：「兀那個黑矮漢子，便是前日清風山搶擄下我的賊頭！」劉知寨聽了，吃一驚，便喚親隨六七人，叫捉那個笑的黑漢子。宋江聽得，回身便走。走不過十餘家，衆軍漢趕上，把宋江捉住，拏了來。却似皂鵰追紫燕，正如猛虎啖羊羔。拏到寨裏，用四條麻索綁了，押至廳前。那三個梯己人見捉了宋江去，自跑回來報與花榮知道。

且說劉知寨坐在廳上，叫：「解過那廝來！」衆人把宋江簇擁在廳前跪下。劉知寨喝道：「你這廝是清風山打劫强賊，如何敢擅自來看燈！今被擒獲，你有何理說？」宋江告道：「小人自是鄆城縣客人張三，與花知寨是故友，來此間多日了，即不曾在清風山打劫。」劉知寨老婆却從屏風背後轉將出來，喝道：「你這廝兀自賴哩！你記得教我叫你做大王時？」宋江告道：「恭人差矣！那時小人不對恭人說來，小人自是鄆城縣客人，亦被擄掠在此間，不能勾下山去？」劉知寨道：「你既是客人被擄劫在那裏，今日如何能勾下山來，却到我這裏看燈？」那婦人便說道：「你這廝在山上時，大落落的坐在中間交椅上，由我叫大王，那裏睬人！」宋江道：「恭人全不記我一力救你下山，如何今日到把我强扭做賊？」那婦人聽了大怒，指着宋江罵道：「這等頑皮賴骨，不打如何肯招！」劉知寨道：「說得是。」喝叫：「取過批頭來打那廝！」一連打了兩料。打得宋江皮開肉綻，鮮血迸流。便叫：「把鐵鎖鎖了，明日合個囚車，把鄆城虎張三解上州裏去。」

却說相陪宋江的梯己人慌忙奔回來報知花榮。花榮聽罷大驚，連忙寫一封書，差兩個能幹親隨人去劉知寨處取。親隨人賫了書，急忙到劉知寨門前。把門軍士入去報覆道：「花知寨差人在門前下書。」劉高叫喚至當廳。那親隨人將書呈上。劉高拆開封皮讀道：「花榮拜上僚兄相公座前：所有薄親劉丈，近日從濟州來，因看燈火，誤犯尊威，萬乞情恕放免，自當造謝。草字不恭，煩乞照察不宣。」〔眉〕宋公明招做張三，花知寨寫做劉丈，原都好。劉高看了大怒，把書扯的粉碎，大罵道：「花榮這廝無禮！你是朝廷命官，如何却與强賊通同！也來瞞我！這賊已招是鄆城縣張三，你却如何寫道是劉丈？俺須不是你侮弄的！你寫他姓劉，是和我同姓，恁地我便放了他？」〔眉〕也說的是。喝令左右把下書人推搶出去。那親隨人被趕出寨門，急急歸來稟復花榮知道。花榮聽了，只叫得：「苦了哥哥！快備我的馬來！」花榮披掛，拴束了弓箭，綽鎗上馬，帶了三五十名軍漢，都拖鎗拽棒，直奔到劉高寨裏來。把門軍人見了，那裏敢攔當，見花榮頭勢不好，盡皆吃驚，都四散走了。花榮搶到廳前，下了馬，手中拏着鎗。那三五十人都兩攊在廳前。花榮口裏叫道：「請劉知寨説話！」劉高聽得，見花榮頭勢不好，驚的魂飛魄散，懼怕花榮是個武官，那裏敢出來相見。花榮見劉高不出來，立了一回，喝叫左右去兩邊耳房裏搜人。那三五十軍漢一齊去搜時，早從廊下耳房裏尋見宋江，被麻索高弔起在梁上，又使鐵索鎖着兩腿，打得肉綻。幾個軍漢便把繩索割斷，鐵鎖打開，救出宋江。〔眉〕到底有些武氣。花榮便叫軍士先送回家裏去。花榮上了馬，綽鎗在手，口裏發語道：「劉知寨！你便是個正知寨，待怎的奈何了花榮！誰家没個親眷，你却甚麽意思？我的一個表兄，直拏在家裏，强扭做賊，好欺負人！明日和你説話，却再理會！」花榮帶了衆人，自回到寨裏來看視宋江。

却説劉知寨見花榮救了人去，急忙點起一二百人，也叫來花榮寨奪人。〔眉〕劉高原來奪人也是。那二百人内，新有兩個教頭，爲首的教頭雖然了得些鎗刀，終不及花榮武藝，不敢不從劉高，只得引了衆人奔花榮寨裏來。把門軍士入去報知花榮，此時天色未甚明亮，那二百來人擁在門首，誰敢先入去，都懼怕花榮了得。看看天大明了，却見兩扇大門不關，只見花知寨在正廳上坐着，左手拏着弓，右手拏着箭。衆人都擁在門前。花榮竪起弓，大喝道：「你這軍士們！不知冤各有頭，債各有主？劉高差你來，休要替他出色。你那兩個新參教頭，還未見花知寨的武藝。今日先教你衆人看花知寨弓箭，然後你那厮們要替劉高出色，不怕的入來。看我先射大門上左邊門神的骨朵頭。」搭上箭，拽滿弓，只一箭，喝聲道：「着！」正射中門神骨朵頭。衆人看了，都吃一驚。花榮又取第二枝箭，大叫道：「你們衆人再看我這第二枝箭，要射右邊門神的頭盔上朱纓。」颼的又一箭，不偏不斜，正中纓頭上。那兩枝箭却射定在兩扇門上。花榮再取第三枝箭，喝道：「你衆人看我第三枝箭，要射你那隊裏穿白的教頭心窩。」那人叫聲：「〈却要〉（哎呀！」便）轉身先走。衆人發聲喊，一齊都走了。

花榮且教閉上寨門，却來後堂看覷宋江。花榮説道：「小弟誤了哥哥，受此之苦。」宋江答道：「我却不妨。只恐劉高那厮不肯和你干休，我們也要計較個常便。」花榮道：「小弟捨着棄了這道官誥，和那厮理會！」真忠義。宋江道：「不想那婦人將恩作怨，教丈夫打我這一頓。我本待自説出真名姓來，却又怕閻婆惜事發，因此只説鄆城客人張三。叵耐劉高無禮，要把我做鄆城虎張三解上州去，合個囚車盛我。要做清風山賊首時，頃刻便是一刀一剮。不得賢弟自來力救，便有銅唇鐵舌，也和他分辯不得。」花榮道：「小弟尋思，只想他是讀書人，須念同姓之親，因此寫了劉丈，便是忘了忌諱這一句話。如今既已救了來家，且却又理會。」宋江道：「賢弟差矣！既然〈乞〉（仗）你豪勢，救了人來，凡事三思而後行，再思可矣。有文理。自古道：『吃飯防噎，行路防跌。』他被你公然奪了人來，急使人來搶，又被你一嚇，盡都散了。我想他如何肯干罷？必然要和你動文書。今晚我先走上清風山去躲避，你明日却好和他白賴，終久只是文武不和相毆的官司。我若再被他拏出去時，你便和他分説不過。」〔眉〕是，極是。花榮道：「小弟只是一勇之夫，却無兄長的高明遠見。只恐兄長傷重了，走不動。」宋江道：「不妨。事急難以擔閣，我自捱到山下便了。」當日敷貼了膏藥，吃了些酒肉，把包裹都寄在花榮處。黄昏時分，便使兩個軍漢送出柵外去了。宋江自連夜捱去，不在話下。

再説劉知寨見軍士一個個都散回寨裏來，説道：「花知寨十分英勇了得，誰敢去近前當他弓箭！」兩個教頭道：「着他一箭時，射個透明窟窿，却是都去不得！」劉高那厮終是個文官，還有些謀略算計。花榮雖然勇猛豪傑，不及劉高的智量。正是「將在謀而不在勇」。當下劉高尋思起來：「想他這一奪去，必然連夜放他上清風山去了，明日却來和我白賴。便爭競到上司，也只是文武不和鬥毆之事，我却如何奈何的他？我今夜差二三十軍漢，去五里路頭等候。倘若天幸捉着時，將來悄悄的關在家裏，却暗地使人連夜去州裏報知軍官下來取，就和花榮一發拏了，都害了他性命。那時我獨自霸着這清風寨，省得受這厮們的氣。」〔眉〕停當。有算計，只怕還有計不到處。只是花榮緣何不着人送到山下？大可笑，大可笑！當晚點了二十餘人，各執鎗棒，就夜去了。約莫有二更時候，去的軍漢背剪綁得宋江到來。劉知寨見了，大喜道：「不出吾之所計！且與我囚在後院裏，休教一個人得知。」連夜便寫了實封申狀，差兩個心腹之人星夜來青州府飛報。次日，花榮只道宋江上清風山去了，坐視在家，心裏自道：「我且看他怎的。」竟不來睬着。劉高也只做不知。兩下都不説着。

且説青州府知府正值升廳坐公座。那知府覆姓慕容，雙名彦達，是今上徽宗天子慕容貴妃之兄，倚托妹子的勢要，在青州横行，殘害良民，欺罔僚友，無所不爲。正欲回後堂退食，只見左右公人接上劉知寨申狀，飛報賊情公事。知府接來看了劉高的文書，吃了一驚。便道：「花榮是個功臣之子，如何結連清風山强賊？這罪犯非小，未委虚的。」便教唤那本州兵馬都監來到廳上，分付他去。

原來那個都監姓黄名信，爲他本身武藝高强，威鎮青州，因此稱他爲鎮三山。那青州地面所管下有三座惡山，第一便是清風山，第二便是二龍山，第三便是桃花山。這三處都是强人草寇出没的去處。黄信却自誇要捉盡三山人馬，因此喚做鎮三山。那人生的如何，但見：

相貌端方如虎豹，身軀長大似蛟龍。平生慣使喪門劍，威鎮三山立大功。

這兵馬都監黄信上廳來領了知府的言語出來，點起五十個壯健軍漢，披掛了衣甲，馬上擎着那口喪門劍，連夜便下清風寨來，逕到劉高寨前下馬。劉知寨出來接着，請到後堂敍禮罷，一面安排酒食管待，一面犒賞軍士。後面取出宋江來，教黄信看了。黄信道：「這個不必問了。連夜合個囚車，把這厮盛在裏面。」頭上抹了紅絹，插一個紙旗，上寫着「清風山賊首鄆城虎張三」。宋江那裏敢分辯，只得由他們安排。黄信再問劉高道：「你拏得張三時，花榮知也不知？」劉高道：「小官夜來二更拏了他，悄悄提得來藏在家裏。花榮只知道張三去了，自坐視在家。」黄信道：「既是恁地，却容易。明日天明，安排一付羊酒去大寨裏公廳上擺着，却教四下裏埋伏下二三十人預備着。我却自去花榮家請得他來，只推道慕容知府聽得你文武不和，因此特差我來置酒勸諭。賺到公廳，只看我擲盞爲號，就下手拏住了，一同解上州裏去。此計如何？」〔眉〕好，好，有算計。劉高喝采道：「還是相公高見！此計大妙，却似瓮中捉鱉，手到拿來。」當夜定了計策。

次日天曉，先去大寨左右兩邊帳幕裏，預先埋伏了軍士。廳上虛設着酒食筵宴。早飯前後，黄信上了馬，只帶三兩個從人，來到花榮寨前。軍人入去傳報，花榮問道：「來做甚麽？」軍漢答道：「只聽得教報道：黄都監特來相探。」花榮聽罷，便出來迎接。黄信下馬，花榮請至廳上，敍禮罷，便問道：「都監相公有何公幹到此？」黄信道：「下官蒙知府呼喚，發落道：爲是你清風寨内文武官僚不和，未知爲甚緣由。知府誠恐二官因私仇而誤其公事，特差黄某賫到羊酒，前來與你二官講和。已安排在大寨公廳上，便請足下上馬同往。」花榮笑道：「花榮如何敢欺罔劉高！他又是個正知寨，只是本人累累要尋花榮的過失。不想驚動知府，有勞都監下臨草寨，花榮將何以報？」〔眉〕好莽撞。黄信附耳低言道：「知府只爲足下一人，倘有些刀兵動時，他是文官，做得何用！你只依着我行。」妙人。花榮道：「深謝都監過愛。」黄信便邀花榮同出門首上馬。花榮道：「且請都監少敍三杯了去。」黄信道：「待説開了，暢飲何妨。」妙。花榮只得叫備馬。

當時兩個並馬而行，直來到大寨，下了馬。黄信攜着花榮的手，同上公廳來。只見劉高已自先在公廳上，三個人都相見了。黄信叫取酒來。從人已先自把花榮的馬牽將出去，閉了寨門。花榮不知是計，只想黄信是一般武官，必無歹意。黄信擎一盞酒來，先勸劉高道：「知府爲因聽得你文武二官同僚不和，好生憂心。今日特委黄信到來，與你二公陪語。煩望只以報答朝廷爲重，再後有事，和同商議。」〔眉〕此人用得。劉高答道：「量劉高不才，頗識些理法，何足道哉，直教知府恩相如此掛心。我二人也無甚言語争執，此是外人妄傳。」妙。黄信大笑道：「妙哉！」劉高飲過酒，黄信又斟第二杯酒來勸花榮道：「雖然是劉知寨如此説了，想必是閑人妄傳，故是如此。且請頭一杯。」花榮接過酒吃了。劉高拏副臺盞，斟一盞酒，回勸黄信道：「動勞都監相公降臨敝地，滿飲此杯。」黄信接過酒來，拏在手裏，把眼四下一看，〈了〉有十數個軍漢簇上廳來。黄信把酒盞望地下一擲，只聽得後堂一聲喊起，兩邊帳幕裏走出三五十個壯健軍漢，一發上，把花榮拏倒在廳前。黄信喝道：「綁了！」花榮一片聲叫道：「我得何罪？」黄信大笑，喝道：「你兀自敢叫哩！你結連清風山强賊，一同背反朝廷，當得何罪？我念你往日面皮，不去驚動挈你家老小。」花榮道：「相公也有個證見！」黄信道：「還你一個證見，教你看真贓正賊，我不屈你。左右，與我推得來！」無移時，一輛囚車，一個紙旗兒，一條紅抹額，從外面推將入來。花榮看了，見是宋江陷着，目睁口呆，面面厮覷，做聲不得。黄信喝道：「這須不干我事，見有告人劉高在此。」花榮道：「不妨，不妨。這是我的親眷，他自是鄆城縣人。你要强扭他做賊，到上司自有分辯處。」黄信道：「你既然如此説時，我只解你上州裏，你自去分辯。」便叫劉知寨點起一百寨兵防送。「就要你同去，便解投青州。此時知府相公立等回報的公事，不可躭遲。」花榮便對黄信説道：「都監賺我來，雖然捉了我，便到朝廷，和他還有分辯。可看我和都監一般武職官面，休去我衣服，容我坐在囚車裏。」黄信道：「這幾件容易，便都依你。就叫劉知寨一同去州裏折辯明白，休要枉害人性命。」當時黄信與劉高都上了馬，監押着兩輛囚車，並帶三五十軍士、一百寨兵，簇擁着車子，取路奔青州府來。不是黄信、劉高解宋江、花榮望青州來，有分教：火焰堆裏，送數百間屋宇人家；刀斧叢中，殺一二千殘生性命。且教大鬧了青州，縱横山寨。直使玉屏風上題名字，丹鳳門中降赦書。畢竟解宋江投青州來怎地脱身，且聽下回分解。

李生曰：劉高妻子是個淫悍之婦，不消説了。獨是花知寨太莽，宋公明亦欠細密。臨去時着幾人護送，也好討個信息，緣何如此托大。如黄信者，真可人也，用得，用得！

卷三四 圖

霹靂火夜走瓦礫場

第三十四回　鎮三山大鬧青州道　霹靂火夜走瓦礫場

詩曰：

【妙藥難醫冤業病，横財不富命窮人。虧心折盡平生福，行短天教一世貧。生事事生君莫怨，害人人害汝休嗔。得便宜處休歡喜，遠在兒孫近在身。】〔眉〕勸世文。删。

話説那黄信上馬，手中横着這口喪門劍。劉知寨也騎着馬，身上披掛些戎衣，手中拿一把叉。那一百四五十軍漢、寨兵，各執着纓鎗棍棒，腰下都帶短刀利劍。兩下鼓，一聲鑼，解宋江和花榮望青州來。衆人都離了清風寨，行不過三四十里路頭，前面見一座大林子。正來到那山嘴邊，前頭寨兵指道：「林子裏有人窺望。」都立住了脚。黄信在馬上問道：「爲甚不行？」軍漢答道：「前面林子裏有人窺看。」黄信喝道：「休睬他，只顧走！」看看漸近林子前，只聽得噹噹的二三十面大鑼一齊響起來。那寨兵人等都慌了手脚，只待要走。黄信喝道：「且住！都與我擺開。」叫道：「劉知寨，你壓着囚車。」劉高在馬上答應不得，只口裏念道：「救苦救難天尊！便許下十萬卷經，三百座寺，救一救！」驚的臉如成精的東瓜，青一回，黄一回。妙。

這黄信是個武官，終有些膽量。便拍馬向前看時，只見林子西邊，齊齊的分過三五百個小嘍囉來，一個個身長力壯，都是面惡眼兇，頭裹紅巾，身穿衲襖，腰懸利劍，手執長鎗，早把一行人圍住。林子中跳出三個好漢來，一個穿青，一個穿緑，一個穿紅，都戴着一頂銷金萬字頭巾，各跨一口腰刀，又使一把朴刀，擋住去路。中間是錦毛虎燕順，上首是矮脚虎王英，下首是白面郎君鄭天壽。三個好漢大喝道：「來往的到此當住脚！留下三千兩買路黄金，任從過去。」黄信在馬上大喝道：「你那廝們不得無禮，鎮三山在此！」三個好漢睁着眼大喝道：「你便是鎮萬山，也要三千兩買路黄金！没時，不放你過去。」黄信説道：「我是上司取公事的都監，有甚麽買路錢與你？」那三個好漢笑道：「莫説你是上司一個都監，便是趙官家駕過，也要三千貫買路錢。若是没有，且把公事人當在這裏，待你取錢來贖。」黄信大怒，駡道：「强賊怎敢如此無禮！」喝叫左右擂鼓鳴鑼，黄信拍馬舞劍，直奔燕順。三個好漢一齊挺起朴刀，來戰黄信。黄信見三個好漢都來併，他奮力在馬上鬥了十合，怎地當得他三個住。亦且劉高是個文官，又向前不得，見了這般頭勢，只待要走。黄信怕吃他三個拿了，壞了名聲，只得一騎馬撲剌剌跑回舊路。三個頭領挺着朴刀趕將來。黄信那裏顧的衆人，獨自飛馬奔回清風鎮去了。衆軍見黄信回馬時，已自發聲喊，撇了囚車，都四散走了。只剩得劉高，見頭勢不好，慌忙勒轉馬頭，連打三鞭。那馬正待跑時，被那小嘍囉拽起絆馬索，早把劉高的馬掀翻，倒撞下來。衆小嘍囉一發向前，拿了劉高，搶了囚車，打開車輛，花榮已把自己的囚車掀開了，便跳出來，將這縛索都挣斷了。却打碎那個囚車，救出宋江來。自有那幾個小嘍囉，已自綁了劉高，又向前去搶得他騎的馬，亦有三匹駕車的馬。却剥了劉高的衣服，與宋江穿了，把馬先送上山去。這三個好漢一同花榮並小嘍囉，把劉高赤條條的綁了，押回山寨來。

原來這三位好漢，爲因不見宋江回來，差幾個能幹的小嘍囉下山，直來清風鎮上探聽，聞人説道：「都監黄信擲盞爲號，拏了花知寨並宋江，陷車囚了，解投青州來。」因此報與三個好漢得知，帶了人馬，大寬轉兜出大路來，預先截住去路。小路裏亦差人伺候。因此救了兩個，拿得劉高，都回山寨裏來。當晚上的山時，已是二更時分，都到聚義廳上相會。請宋江、花榮當中坐定，三個好漢對席相陪，一面且備酒食管待。燕順分付：「叫孩兒們各自都去吃酒。」花榮在廳上稱謝三個好漢，説道：「花榮與哥哥皆得三位壯士救了性命，報了冤仇，此恩難報。只是花榮還有妻小妹子在清風寨中，必然被黄信擒捉，却是怎生救得？」燕順道：「知寨放心，料應黄信不敢便拏恭人。若拏時，也須從這條路裏經過。我明日弟兄三個下山去取恭人和令妹還知寨。」王英不可去。便差小嘍囉下山，先去探聽。花榮謝道：「深感壯士大恩！」宋江便道：「且與我拿過劉高那厮來！」燕順便道：「把他綁在將軍柱上，割腹取心，與哥哥慶喜！」（眉）好慶喜筵席。花榮道：「我親自下手割這厮！」妙。宋江罵道：「你這厮！我與你往日無冤，近日無讎，你如何聽信那不賢的婦人害我！今日擒來，有何理説？」花榮道：「哥哥問他則甚！」把刀去劉高心窩裏只一剜，那顆心獻在宋江面前。小嘍囉自把屍首拖於一邊。宋江道：「今日雖殺了這厮濫污匹夫，只有那個淫婦不曾殺得，出那口怨氣！」王矮虎便道：「哥哥放心，我明日自下山去拿那婦人，今番還我受用。」趣人。衆皆大笑。當夜飲酒罷，各自歇息。次日起來，商議打清風寨一事。燕順道：「昨日孩兒們走得辛苦了，今日歇他一日，明日早下山去也未遲。」宋江道：「也見得是。正要將息人强馬壯，用兵正是如此，不在促忙。」

不說山寨整點兵馬起程。且說都監黄信一騎馬奔回清風鎮上大寨内，便點寨兵人馬，緊守四邊栅門。黄信寫了申狀，叫兩個教軍頭目飛馬報與慕容知府。知府聽得飛報軍情緊急公務，連夜升廳，看了黄信申狀：「反了花榮，結連清風山强盜，時刻清風寨不保。事在告急，早遣良將，保守地方。」知府看了大驚，便差人去請青州指揮司總管本州兵馬秦統制，急來商議軍情重事。那人原是山後開州人氏，姓秦諱個明字。因他性格急躁，聲若雷霆，以此人都呼他做霹靂火秦明。祖是軍官出身。使一條狼牙棒，有萬夫不當之勇。那人聽得知府請喚，逕到府裏來見知府。各施禮罷。那慕容知府將出那黄信的飛報申狀來，教秦統制看了。秦明大怒道：「紅頭子敢如此無禮！不須公祖憂心，不才便起軍馬，不拏了這賊，誓不再見公祖！」慕容知府道：「將軍若是遲慢，恐這厮們去打清風寨。」秦明答道：「此事如何敢遲悮，只今連夜便去點起人馬，來日早行。」知府大喜，忙叫安排酒肉乾糧，先去城外等候賞軍。秦明見說反了花榮，便怒從心上起，惡向膽邊生，氣忿忿地上馬，奔到指揮司裏，便點起一百馬軍、四百步軍，先教出城去取齊，擺布了起身。

却說慕容知府先在城外寺院裏蒸下饅頭，擺了大碗，盪下酒，每一個人三碗酒，兩個饅頭，一斤熟肉。方纔備辦得了，却望見軍馬出城。看那軍馬時，擺得整齊。但見：

列列旌旗似火，森森戈戟如麻。陣分八卦擺長蛇，委實神驚鬼怕。鎗晃緑沉紫焰，旗飄繡帶紅霞，馬蹄來往亂交加。乾坤生殺氣，成敗屬誰家。

當日清早，秦明擺布軍馬，出城取齊，引軍紅旗上大書「兵馬總管秦統制」，領兵起行。慕容知府看見秦明全副披掛了出城來，果是英雄無比。但見：

盔上紅纓飄烈焰，錦袍血染猩猩，獅蠻寶帶束金鞓。雲根靴抹綠，龜背鎧堆銀。坐下馬如同獬豸，狼牙棒密嵌銅釘，怒時兩目便圓睜。性如霹靂火，虎將是秦明。

當下霹靂火秦明在馬上出城來，見慕容知府在城外賞軍，慌忙叫軍漢接了軍器，下馬來和知府相見。施禮罷，知府把了盞，將些言語囑付總管道：「善覷方便，早奏凱歌。」賞軍已罷，放起信砲。秦明辭了知府，飛身上馬，擺開隊伍，催趲軍兵，大刀闊斧，逕奔清風寨來。原來這清風鎮却在青州東南上，從正南取清風山較近，可早到山北小路。

却說清風山寨裏這小嘍囉們探知備細，報上山來。山寨裏衆好漢正待要打清風寨去，只聽的報道：「秦明引兵馬到來！」都面面厮覷，俱各駭然。花榮便道：「你衆位且不要慌。自古兵臨告急，必須死敵。教小嘍囉飽吃了酒飯，只依着我行。先須力敵，後用智取。如此如此，好麼？」宋江道：「好計！正是如此行。」當時宋江、花榮先定了計策，便叫小嘍囉各自去准備。花榮自選了一騎好馬，一副衣甲，弓箭鐵鎗都收拾了等候。

再說秦明領兵來到清風山下，離山十里下了寨柵。次日五更造飯了，軍士吃罷，放起一個信砲，直奔清風山來，揀空闊去處，擺開人馬，發起擂鼓。只聽見山上鑼聲震天響，飛下一彪人馬出來。秦明勒住馬，横着狼牙棍，睁着眼看時，却見衆小嘍囉簇擁着小李廣花榮下山來。到得山坡前，一聲鑼響，列成陣勢。花榮在馬上擎着鐵鎗，朝秦明聲個喏。秦明大喝道：「花榮！你祖代是將門之子，朝廷命官，教你做個知寨，掌握一境地方，食禄於國，有何虧你處，却去結連賊寇，背反朝廷？〔眉〕是。我今特來捉你。會事的下馬受縛，免得腥手污脚。量你何足道哉！」花榮陪着笑道：「總管容覆聽稟：量花榮如何肯背反朝廷？實被劉高這厮無中生有，官報私仇，逼迫得花榮有家難奔，有國難投，權且躲避在此。〔眉〕實情。望總管詳察救解。」秦明道：「你兀自不下馬受縛，更待何時？〈暫〉（剗）地巧言令色，煽惑軍心。」喝叫左右兩邊擂鼓，秦明輪動狼牙棒，直奔花榮。花榮大笑，喝道：「秦明，你這厮原來不識好人饒讓。我念你是個上司官，你道俺真個怕你？」便縱馬挺鎗，來戰秦明。兩個就清風山下厮殺，真乃是棋逢敵手難藏倖，將遇良才好用功。這兩個將軍比試，但見：

一對南山猛虎，兩條北海蒼龍。龍怒時頭角峥嶸，虎鬥處爪牙獰惡。爪牙獰惡，似銀鈎不離錦毛團；頭角峥嶸，如銅葉振摇金色樹。翻翻復復，點鋼鎗没半米放閑；往往來來，狼牙棒有千般解數。狼牙棒當頭劈下，離頂門只隔分毫；點鋼鎗用力刺來，望心坎微争半指。使點鋼鎗的壯士，威風上逼斗牛寒；舞狼牙棒的將軍，怒氣起如雷電發。一個是扶持社稷天蓬將，一個是整頓江山黑煞神。〔眉〕好形容。

當下秦明和花榮兩個交手，鬥到四五十合，不分勝敗。花榮連鬥了許多合，賣個破綻，撥回馬望山下小路便走。秦明大怒，趕將來。花榮把鎗去事環上帶住，把馬勒個定，左手拈起弓，右手去拔箭，拽滿弓，扭過身軀，望秦明盔頂上只一箭，正中盔上，射落斗來大那顆紅纓，却似報個信與他。秦明吃了一驚，不敢向前追趕，霍地撥回馬，恰待趕殺衆小嘍囉，一鬨地都上山去了。花榮自從別路也轉上山寨去了。

秦明見他都走散了，心中越怒道：「叵耐這草寇無禮！」喝叫鳴鑼擂鼓，取路上山。衆軍齊聲吶喊，步軍先上山來。轉個三兩個山頭，只見上面檑木、砲石、灰瓶、金汁，從險峻處打將下來。向前的退步不迭，早打倒三五十個。只得再退下山來。秦明是個性急的人，心頭火起，那裏按納得住，帶領軍馬，繞山下來尋路上山。尋到午牌時分，只見西山邊鑼響，樹林叢中閃出一對紅旗軍來。秦明引了人馬趕將去時，鑼也不響，紅旗都不見了。秦明看那路時，又沒正路，都只是幾條砍柴的小路，却把亂樹折木交叉當了路口，又不能上去得。正待差軍漢開路，只見軍漢來報道：「東山邊鑼響，一隊紅旗軍出來。」秦明引了人馬，飛也似奔過東山邊來看時，鑼也不鳴，紅旗也不見了。〔眉〕秦明性急，所以被他弄了。大凡性急最害事。秦明縱馬去四下裏尋路時，都是亂樹折木塞斷了砍柴的路逕。只見探事的又來報道：「西邊山上鑼又響，紅旗軍又出來了。」秦明拍馬再奔來西山邊看時，又不見一個人，紅旗也沒了。秦明是個急性的人，恨不得把牙齒都咬碎了。正在西山邊氣忿忿的，又聽得東山邊鑼聲震地價響。急帶了人馬又趕過來東山邊看時，又不見有一個賊漢，紅旗都不見了。秦明氣滿胸脯，又要趕軍漢上山尋路。只聽得西山邊又發起喊來。秦明怒氣衝天，大驅兵馬投西山邊來，山上山下看時，並不見一個人。秦明喝叫軍漢兩邊尋路上山。數內有一個軍人稟說道：「這裏都不是正路，只除非東南上有一條大路，可以上去。若是只在這裏尋路上去時，惟恐有失。」秦明聽了便道：「既有那條大路時，連夜趕將去。」便驅一行軍馬奔東南角上來。

看看天色晚了，又走得人困馬乏，巴得到那山下時，正欲下寨造飯，只見山上火把亂起，鑼鼓亂鳴。秦明轉怒，〔眉〕癡子，你越怒越中他計了。引領四五十馬軍跑上山來。只見山上樹林内，亂箭射將下來，又射傷了些軍士。秦明只得回馬下山，且教軍士只顧造飯。却纔舉得火着，只見山上有八九十把火光，呼風唿哨下來。秦明急待引軍趕時，火把一齊都滅了。當夜雖有月光，亦被陰雲籠罩，不甚明朗。秦明怒不可當，便叫軍士點起火把，燒那樹木。只聽得山嘴上鼓笛之聲吹響。秦明縱馬上來看時，見山頂上點着十餘個火把，照見花榮陪侍着宋江，在上面飲酒。秦明看了，心中没出氣處，勒着馬在山下大罵。花榮回言道：「秦統制，你不必焦躁，且回去將息着。我明日和你併個你死我活的輸贏便罷。」妙。秦明大叫道：「反賊，你便下來，我如今和你併個三百合，却再做理會！」花榮笑道：「秦總管，你今日勞困了，我便贏得你也不爲强。你且回去，明日却來。」妙。秦明越怒，只管在山下罵。本待尋路上山，却又怕花榮的弓箭，因此只在山坡下罵。正叫罵之間，只聽得本部下軍馬發起喊來。秦明急回到山下看時，只見這邊山上火砲、火箭一發燒將下來。背後二三十個小嘍囉做一羣，把弓弩在黑影裏射人。衆軍馬發喊一聲，都擁過那邊山側深坑裏去躲。此時已有三更時分。衆軍馬正躲得弩箭時，只叫得苦，上溜頭滚下水來，一行人馬却都在溪裏，各自掙扎性命。爬得上岸的，盡被小嘍囉撓鈎搭住，活捉上山去了；爬不上岸的，盡淹死在溪裏。

且說秦明此時怒氣衝天，腦門粉碎。却見一條小路在側邊，秦明把馬一撥，搶上山來。走不到三五十步，和人連馬攧下陷坑裏去。兩邊埋伏下五十個撓鈎手，把秦明搭將起來，剝了渾身戰襖衣甲，頭盔軍器，拿條繩索綁了，把馬也救起來，都解上清風山來。原來這般圈套，都是花榮和宋江的計策。先使小嘍囉或在東或在西，引誘的秦明人困馬乏，策立不定。預先又把這土布袋填住兩溪的水，等候夜深，却把人馬逼趕溪裏去，上面却放下水來，那急流的水都結果了軍馬。你道秦明帶出的五百人馬如何？一大半淹死在水中，都送了性命；生擒活捉得一百五七十人，奪了七八十疋好馬，不曾逃得一個回去，次後陷馬坑裏，活捉了秦明。

當下一行小嘍囉捉秦明到山寨裏，早是天明時候。五位好漢坐在聚義廳上，小嘍囉縛綁秦明，解在廳前。花榮見了，連忙跳離交椅，接下廳來，親自解了繩索，扶上廳來，納頭拜在地下。秦明慌忙答禮，便道：「我是被擒之人，由你們碎屍而死，何故却來拜我？」花榮跪下道：「小嘍囉不識尊卑，誤有冒瀆，切乞恕罪。」隨即便取衣服與秦明穿了。秦明問花榮道：「這位爲頭的好漢，却是甚人？這清風山不曾見有。」花榮道：「這位是花榮的哥哥，鄆城縣宋押司宋江的便是。這三位是山寨之主，燕順、王英、鄭天壽。」秦明道：「這三位我自認得。這宋押司莫不是唤做山東及時雨宋公明麽？」宋江答道：「小人便是。」秦明連忙下拜道：「聞名久矣，不想今日得會義士！」宋江慌忙答禮不迭。秦明見宋江腿脚不便，問道：「兄長如何貴足不便？」好點綴。宋江却把自離鄆城縣起頭，直至劉知寨拷打的事故，從頭對秦明說了一遍。秦明只把頭來摇道：「若聽一面之詞，誤了多少緣故！容秦明回州去對慕容知府説知此事。」燕順相留且住數日，隨即便叫殺牛宰馬，安排筵席飲宴。拏上山的軍漢，都藏在山後房裏，也與他酒食管待。秦明吃了數杯，起身道：「衆位壯士，既是你們的好情分，不殺秦明，還了我盔甲、馬疋、軍器回州去。」燕順道：「總管差矣！你既是引了青州五百兵馬都没了，如何回得州去？慕容知府如何不見你罪責？不如權在荒山草寨住幾時。本不堪歇馬，權就此間落草，論秤分金銀，整套穿衣服，不强似受那大頭巾的氣！」也是。〔眉〕大頭巾爲人所厭惡如此。秦明聽罷，便下廳道：「秦明生是大宋人，死爲大宋鬼。朝廷教我做到兵馬總管，兼受統制使官職，又不曾虧了秦明，我如何肯做强人，背反朝廷？你們衆位要殺時，便殺了我。休想我隨順你們。」是個忠義漢子。花榮趕下廳來，拖住道：「秦兄長息怒，聽小弟一言。我也是朝廷命官之子，無可奈何，被逼迫的如此。總管既是不肯落草，如何相逼得你隨順？只且請少坐，席終了時，小弟討衣甲、頭盔、鞍馬、軍器還兄長去。」秦明那裏肯坐。花榮又勸道：「總管夜來勞神費力了一日一夜，人也尚自當不得，那疋馬如何不喂得他飽了去？」秦明聽了，肚内尋思：「他説得是。」再上廳來，坐了飲酒。那五位好漢輪番把盞，陪話勸酒。秦明一則軟困，二乃吃衆好漢勸不過，開懷吃得醉了，扶入帳房睡了。這裏衆人自去行事，不在話下。

且説秦明一覺直睡到次日辰牌方醒。跳將起來，洗漱罷，便欲下山。衆好漢都來相留道：「總管，且吃早飯動身，送下山去。」秦明性急的人，便要下山。衆人慌忙安排些酒食管待了，取出頭盔、衣甲與秦明披掛了，牽過那疋馬來，並狼牙棒，先叫人在山下伺候。五位好漢都送秦明下山來，相别了，交還馬疋、軍器。秦明上了馬，拏着狼牙棒，趁天色大明，離了清風山，取路飛奔青州來。到得十里路頭，恰好巳牌前後。遠遠地望見煙塵亂起，並無一個人來往。秦明見了，心中自有八分疑忌。到得城外看時，原來舊有數百人家，却都被火燒做白地，一片瓦礫場上，横七竪八，殺死的男子婦人，不記其數。〔眉〕這計忒惡了，真强盗，真强盗！秦明看了大驚。打那疋馬在瓦礫場上〈砲〉（跑）到城邊，大叫開門時，只見門邊弔橋高拽起了，都擺列着軍士旌旗，擂木砲石。秦明勒着馬，大叫：「城上放下弔橋，度我入城。」城上早有人看見是秦明，便擂起鼓來，吶着喊。秦明叫道：「我是秦總管，如何不放我入城？」只見慕容知府立在城上女牆邊，大喝道：「反賊！你如何不識羞恥。昨夜引人馬來打城子，把許多好百姓殺了，又把許多房屋燒了，今日兀自又來賺哄城門。朝廷須不曾虧負了你，你這廝倒如何行此不仁！已自差人奏聞朝廷去了，早晚拏住你時，把你這廝碎屍萬段！」秦明大叫道：「公祖差矣！秦明因折了人馬，又被這廝們捉了上山去，方纔得脱，昨夜何曾來打城子？」知府喝道：「我如何不認的你這廝的馬匹、衣甲、軍器、頭盔？城上衆人明明地見你指撥紅頭子殺人放火，你如何賴得過！便做你輸了被擒，如何五百軍人没一個逃得回來報信？你如今指望賺開城門取老小，你的妻子今早已都殺了。你若不信，與你頭看！」軍士把鎗將秦明妻子首級挑起在鎗上，教秦明看。秦明是個性急的人，看了渾家首級，氣破胸脯，分説不得，只叫得苦屈！城上弩箭如雨點般射將下來，秦明只得回避。看見遍野處火焰，尚兀自未滅。

秦明回馬在瓦礫場上，恨不得尋個死處。肚裏尋思了半晌，縱馬再回舊路。行不得十來里，只見林子裏轉出一夥人馬來。當先五疋馬上，五個好漢，不是别人，宋江、花榮、燕順、王英、鄭天壽，隨從一二百小嘍囉。宋江在馬上欠身道：「總管何不回青州，獨自一騎投何處去？」秦明見問，怒氣道：「不知是那個天不蓋、地不載該剮的賊，裝做我去打了城子，壞了百姓人家房屋，殺害良民，到結果了我一家老小。閃得我如今有家難奔，有國難投，着我上天無路，入地無門！我若尋見那人時，直打碎這條狼牙棒便罷！」宋江便道：「總管息怒。既然没了夫人，不妨，小人自當與總管做媒。我有個好見識，請總管回去，這裏難説，直請到山寨裏告稟。一同便往。」秦明只得隨順，再回清風山來。

於路無話。早到山亭前下馬。衆人一齊都進山寨内，小嘍囉已安排酒菓肴饌在聚義廳上。五個好漢邀請秦明上廳，都讓他中間坐定。五個好漢齊齊跪下。秦明連忙答禮，也跪在地。宋江開話道：「總管休怪。昨日因留總管在山，堅意不肯。却是宋江定出這條計來，叫小卒似總管模様的，却穿了足下的衣甲、頭盔，騎着那馬，横着狼牙棒，直奔青州城下，點撥紅頭子殺人。燕順、王矮虎帶領五十餘人助戰，只做總管去家中取老小。因此殺人放火，先絶了總管歸路的念頭。今日衆人特地請罪！」秦明見説了，怒氣於心。欲待要和宋江等厮併，却又自肚裏尋思。這如何尋思得？一則是上界星辰契合；二乃被他們軟困，以禮待之；三則又怕鬥他們不過，因此只得納了這口氣。便説道：「你們弟兄雖是好意要留秦明，只是害得我忒毒些個！斷送了我妻小一家人口。」宋江答道：「不恁地時，兄長如何肯死心答地？〔眉〕宋公明此等事都惡毒，如何信得他是好人，只是多智耳。雖然没了嫂嫂夫人，宋江恰知得花知寨有一妹，甚是賢慧，宋江情願主婚，陪備財禮與總管爲室，若何？」秦明見衆人如此相敬相愛，方纔放心歸順。衆人都讓宋江在居中坐了，秦明上首，花榮肩下，三個好漢依次而坐，大吹大擂，飲酒商議打清風寨一事。秦明道：「這事容易，不須衆弟兄費心。黄信那人亦是治下，二者是秦明教他的武藝，三乃和我過的最好。明日我便先去叫開柵門，一席話説他入夥投降，就取了花知寨寶眷，要妻子了。拏了劉高的潑婦，與仁兄報仇雪恨，作進見之禮，如何？」宋江大喜道：「若得總管如此慨然相許，却是多幸多幸！」當日筵席散了，各自歇息。次日早起來，吃了早膳，都各各披掛了。秦明上馬，先下山來，拏了狼牙棒，飛奔清風鎮來。

却説黄信自到清風鎮上，發放鎮上軍民，點起寨兵，曉夜提防，牢守柵門，又不敢出戰，累累使人探聽，不見青州調兵策應。當日只聽得報道：「柵外有秦統制獨自一騎馬到來，叫開柵門。」黄信聽了，便上馬飛奔門邊看時，果是一人一騎，又無伴當。黄信便叫開柵門，放下弔橋，迎接秦總管入來，直到大寨公廳前下馬。請上廳來敍禮罷，黄信便問道：「總管緣何單騎到此？」秦明當下先説了損折軍馬，後説：「山東及時雨宋公明疏財仗義，結識天下好漢，誰不欽敬！他如今見在清風山上，我今次也在山寨入了夥。你又無老小，何不聽我言語，也去山寨入夥，免受那文官的氣！」〔眉〕文官無益有害如此。黄信答道：「既然恩官在彼，黄信安敢不從。只是不曾聽得説有宋公明在山上。今次却是及時雨宋公明，自何而來在山寨？」秦明笑道：「便是你前日解去的鄆城虎張三便是。他怕説出真名姓，惹起自己的官司，以此只認説是張三。」黄信聽了，跌脚道：「若是小弟得知是宋公明時，路上也是放了他。一時見不到處，只聽了劉高一面之詞，險些壞了他性命。」秦明、黄信兩個正在公廨内商量起身，只見寨兵報道：「有兩路軍馬，鳴鑼擂鼓殺奔鎮上來。」秦明、黄信聽得，都上了馬，前來迎敵軍馬。到得柵門邊望時，只見塵土蔽日，殺氣遮天。正是兩路軍兵投鎮上，一行人馬下山來。畢竟秦明、黃信怎地迎敵來軍，且聽下回分解。

李和尚曰：國有賊臣，家有賊婦，都貽禍不淺。只如青州府失了秦明、黃信、花榮三個良將，皆劉高一人誤事；而劉高又妻子誤之也。真有意爲天下者，先從妻子處整頓一番，何如？

卷之三十五

石將軍村店
寄書

空與閣

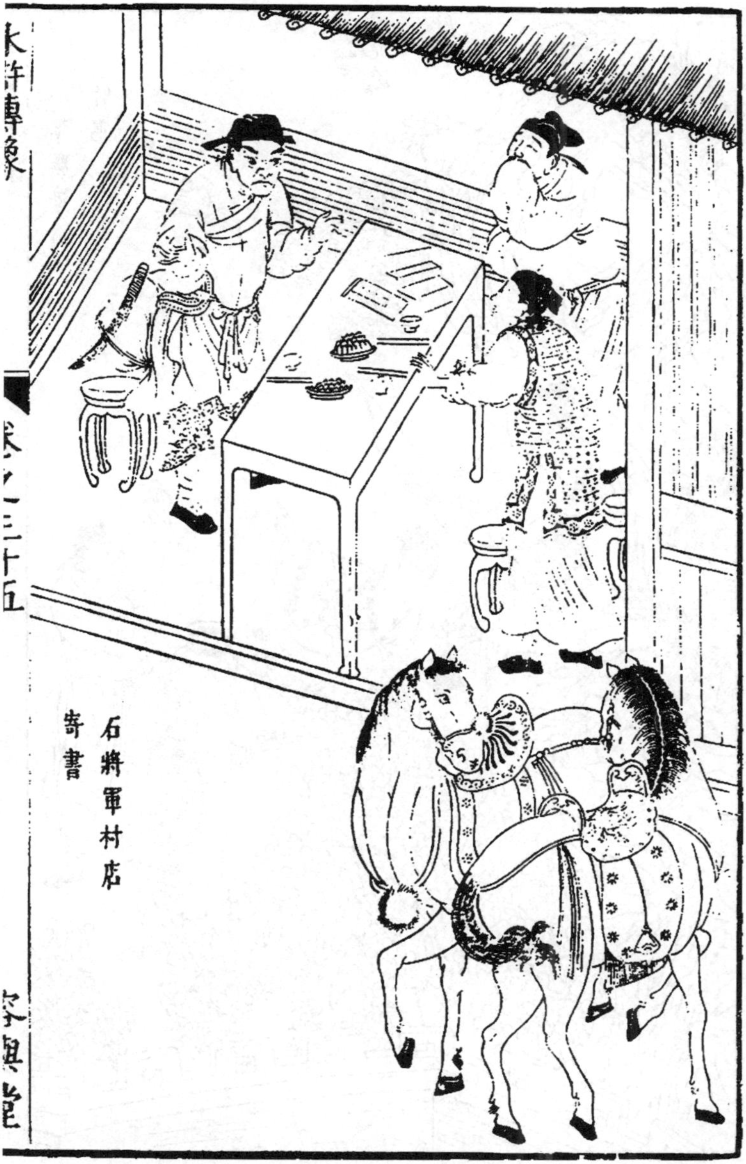

小李廣梁山射鴈

第三十五回　石將軍村店寄書　小李廣梁山射雁

詩曰：

幸短虧心只是貧，休生奸計害他人。天公自有安排處，失却便宜損自身。十分惺惺使五分，留取五分與兒孫。若是十分都使盡，後代兒孫不如人。

當下秦明、黃信兩個到柵門外下看時，望見兩路來的軍馬，却好都到。一路是宋江、花榮，一路是燕順、王矮虎，各帶一百五十餘人。黃信便叫寨兵放下弔橋，大開柵門，迎接兩路人馬都到鎮上。宋江早傳下號令：休要害一個百姓，是。休傷一個寨兵。叫先打入南寨，把劉高一家老小盡都殺了。王矮虎自先奪了那個婦人。也妙。小嘍囉盡把應有家私，金銀財物寶貨之資，都裝上車子，再有馬疋牛羊，盡數牽了。花榮自到家中，將應有的財物等項，裝載上車，搬取妻小妹子。內有清風鎮上人數，都發還了。衆多好漢收拾已了，一行人馬離了清風鎮，都回到山寨裏來。

車輛人馬都到山寨，向聚義廳上相會。黃信與衆好漢講禮罷，坐〈與〉（于）花榮肩下。宋江叫把花榮老小安頓一所歇處，將劉高財物分賞與衆小嘍囉。王矮虎拿得那婦人，將去藏在自己房內。燕順便問道：「劉高的妻今在何處？」王矮虎答道：「今番須與小弟做個押寨夫人。」燕順道：「與却與你，且喚他出來，我有一句話説。」宋江便道：「我正要問他。」王矮虎便喚到廳前，那婆娘哭着告饒。宋江喝道：「你這潑婦！我好意救你下山，念你是個命官的恭人，你如何反將冤報？今日擒來，有何理説？」燕順跳起身來便道：「這等淫婦，問他則甚！」拔出腰刀，一刀揮爲兩段。妙。王矮虎見砍了這婦人，心中大怒，奪過一把朴刀，便要和燕順交併。不是人。宋江等起身來勸住。宋江便道：「燕順殺了這婦人也是。兄弟，你看我這等一力救了他下山，教他夫妻團圓完聚，尚兀自轉過臉來叫丈夫害我。賢弟你留在身邊，久後有損無益。宋江日後別娶一個好的，教賢弟滿意。」燕順道：「兄弟便是這等尋思，不殺了要他何用？久後必被他害了。」王矮虎被衆人勸了，默默無言。燕順喝叫小嘍囉打掃過屍首血迹，且排筵席慶賀。

次日，宋江和黃信主婚，燕順、王矮虎、鄭天壽做媒説合，要花榮把妹子嫁與秦明。〔眉〕王矮虎要眼熱。一應禮物，都是宋江和燕順出備。吃了三五日筵席。自成親之後，又過了五七日，小嘍囉探得事情，上山來報道：「打聽得青州慕容知府申將文書去中書省，奏説反了花榮、秦明、黃信，要起大軍來征勦掃蕩清風山。」衆好漢聽罷，商量道：「此間小寨，不是久戀之地。倘或大軍到來，四面圍住，又無退步，如何迎敵？若再無糧草，必是難逃。可以計較個常便。」宋江道：「小可有一計，不知中得諸位心否？」當下衆好漢都道：「願聞良策，望兄長指教。」宋江道：「自這南方有個去處，地名喚做梁山泊，方圓八百餘里，中間宛子城、蓼兒洼。晁天王聚集着三五千軍馬，把住着水泊，官兵捕盜，不敢正眼覷他。我等何不收拾起人馬，去那裏入夥？」秦明道：「既然有這個去處，却是十分好。只是没人引進，他如何肯便納我們？」宋江大笑，〈道〉却把這打劫生辰綱金銀一事，直說到：「劉唐寄書，將金子謝我，因此上殺了閻婆惜，逃走在江湖上。」秦明聽了，大喜道：「恁地，兄長正是他那裏大恩人。事不宜遲，可以收拾起快去！」

只就當日商量定了，便打併起十數輛車子，把老小併金銀財物衣服行李等件，都裝載車子上。共有三二百疋好馬。小嘍囉們有不願去的，賫發他些銀兩，任從他下山去投別主；有願去的，編入隊裏，就和秦明帶來的軍漢，通有三五百人。宋江教分作三起下山，只做去收捕梁山泊的官軍。是。山上都收拾的停當，裝上車子，放起火來，把山寨燒做光地。分爲三隊下山。宋江便與花榮先引着四五十人，三五十騎馬，簇擁着五七輛車子老小隊仗先行。秦明、黄信引領八九十疋馬和這應用車子作第二起。後面便是燕順、王矮虎、鄭天壽三個，引着四五十疋馬，一二百人。離了清風山，取路投梁山泊來。於路中見了這許多軍馬，旗號上又明明寫着「收捕草寇官軍」，因此無人敢來阻當。在路行五七日，離得青州遠了。

且說宋江、花榮兩個騎馬在前頭。背後車輛載着老小，與後面人馬只隔着二十來里遠近。前面到一個去處，地名喚對影山，兩邊兩座高山，一般形勢，中間却是一條大闊驛路。兩個在馬上正行之間，只聽得前山裏鑼鳴鼓響。花榮便道：「前面必有强人。」把鎗帶住，取弓箭來整頓得端正，再插放飛魚袋内。一面叫騎馬的軍士催趲後面兩起軍馬上來，且把車輛人馬扎住了。宋江和花榮兩個，引了二十餘騎軍馬向前探路。至前面半里多路，早見一簇人馬，約有一百餘人，前面簇擁着一個騎馬的年少壯士。怎生打扮，但見：

頭上三叉冠，金圈玉鈿；身上百花袍，錦織團花。甲披千道火龍鱗，帶束一條紅瑪瑙。騎一疋胭脂抹就如龍馬，使一條朱紅畫桿方天戟。背後小校，盡是紅衣紅甲。

那個壯士穿一身紅，騎一疋赤馬，立在山坡前，大叫道：「今日我和你比試，分個勝敗，見個輸贏。」只見對過山岡子背後，早擁出一隊人馬來，也有百十餘人，前面也捧着一個年少騎馬的壯士。怎生模樣，但見：

頭上三叉冠，頂一團瑞雪；身上鑌鐵甲，披千點寒霜。素羅袍光射太陽，銀花帶色欺明月。坐下騎一疋征駝玉獸，手中輪一枝寒戟銀蛟。背後小校，都是白衣白甲。〔眉〕刪。可惜費精神于無用，有恁要緊。

這個壯士穿一身白，騎一疋白馬，手中也使一枝方天畫戟。這一邊都是素白旗號，那壁都是絳紅旗號。只見兩邊紅白旗搖，震地花腔鼓擂。那兩個壯士更不打話，各挺手中畫戟，縱坐下馬，兩個就中間大闊路上交鋒，比試勝敗。花榮和宋江見了，勒住馬看時，果然是一對好廝殺。正是：棋逢敵手，將遇良才。但見：

絳霞影裏，捲一道凍地冰霜，白雪光中，起幾縷衝天火焰。故園冬暮，山茶和梅蕊争輝；上苑春濃，李粉共桃脂鬥彩。這個按南方丙丁火，似焰摩天上走丹爐；那個按西方庚辛金，如泰華峯頭翻玉井。宋無忌忿怒，騎火騾子飛走到人間；馮夷神生嗔，跨玉狻猊縱橫臨世上。左右紅雲侵白氣，往來白霧間紅霞。

當時兩個壯士，各使方天畫戟，鬥到三十餘合，不分勝敗。花榮和宋江兩個在馬上看了喝采。花榮一步步趲馬向前看時，只見那兩個壯士鬥到深間裏，這兩枝戟上一枝是金錢豹子尾，一枝是金錢五色旛，却攪做一團，上面絨條結住了，那裏分拆得開。花榮在馬上看見了，便把馬帶住，左手去飛魚袋內取弓，右手向走獸壺中拔箭，搭上箭，拽滿弓，覰着豹尾絨縧較親處，颼的一箭，恰好正把絨縧射斷。只見兩枝畫戟分開做兩下，那二百餘人一齊喝聲采。也好。

那兩個壯士便不鬥，都縱馬跑來，直到宋江、花榮馬前，就馬上欠身聲喏，都道：「願求神箭將軍大名！」花榮在馬上答道：「我這個義兄，乃是鄆城縣押司山東及時雨宋公明。我便是清風鎮知寨小李廣花榮。」那兩個壯士聽罷，扎住了戟，便下馬，推金山，倒玉柱，都拜道：「聞名久矣。」宋江、花榮慌忙下馬，扶起那兩位壯士道：「介冑在身，未可講禮。且請問二位壯士高姓大名。」那個穿紅的説道：「小人姓呂名方，祖貫潭州人氏。平昔愛學呂布爲人，因此習學這枝方天畫戟，人都喚小人做小温侯呂方。因販生藥到山東，消折了本錢，不能勾還鄉，權且占住這對影山打家劫舍。近日走這個壯士來，要奪呂方的山寨。和他各分一山，他又不肯，因此每日下山厮殺。不想原來緣法注定，今日得遇及時雨尊顏，又遇得花將軍，名不虚傳。專聽二公指教。」宋江又問這穿白的壯士高姓。那人答道：「小人姓郭名盛，祖貫西川嘉陵人氏。因販水銀貨賣，黄河裏遭風翻了船，回鄉不得。原在嘉陵學得本處兵馬張提轄的方天戟，向後使得精熟，人都稱小人做賽仁貴郭盛。江湖上聽得説對影山有個使戟的占住了山頭，打家劫舍，因此一逕來比並戟法奪山。連連戰了十數日，不分勝敗。不期今日得遇二公，天與之幸。」宋江把上件事都告訴了，「就與二位勸和，如何？」二位壯士大喜，都依允了。後隊人馬已都到了，一個個都引着相見了。吕方先請上山，殺牛宰馬筵會。次日却是郭盛置酒設席筵宴。宋江就説他兩個撞籌入夥，凑隊上梁山泊去，投奔晁蓋聚義。那兩個歡天喜地，都依允了。便將兩山人馬點起，收拾了財物，待要起身。宋江便道：「且住。非是如此去。假如我這裏有三五百人馬投梁山泊去，他那裏亦有探細的人在四十里探聽。倘或只道我們來收捕他，不是耍處。等我和燕順先去報知了，你們隨後却來，還作三起而行。」花榮、秦明道：「兄長高見。正是如此計較，陸續進程。兄長先行半日，我等催督人馬，隨後起身來。」

且不説對影山人馬陸續登程。只説宋江和燕順各騎了馬，帶領隨行十數人，先投梁山泊來。在路上行了兩日。當日行到晌午時分，正走之間，只見官道傍邊一個大酒店。宋江看了道：「孩兒們走得困乏，都叫買些酒吃了過去。」當時宋江和燕順下了馬，入酒店裏來，叫孩兒們鬆了馬肚帶，都入酒店裏坐。宋江和燕順先入店裏來看時，只有三付大座頭，小座頭不多幾付。只見一付大座頭上，先有一個在那裏占了。宋江看那人時，怎生打扮，但見：

裹一頂猪嘴頭巾，腦後兩個太原府金不换紐絲銅環。上穿一領皂綢衫，腰繫一條白䏿膊，下面腿絣護膝，八答麻鞋。桌子邊倚着根短棒，横頭上放着個衣包。

那人生得八尺來長，淡黃骨查臉，一雙鮮眼，没根髭髯。宋江便叫酒保過來，説道：「我的伴當人多，我兩個借你裏面坐一坐。你叫那個客人移換那付大座頭與我伴當們坐地吃些酒。」酒保應道：「小人理會得。」宋江與燕順裏面坐了，先叫酒保打酒來：「大碗先叫伴當一人三碗，有肉便買些來與他衆人吃，却來我這裏斟酒。」酒保又見伴當們都立滿在壚邊，酒保却去看着那個公人模樣的客人道：「有勞上下，那借這付大座頭與裏面兩個官人的伴當坐一坐。」那漢嗔怪呼他做「上下」，便焦躁道：「也有個先來後到！甚麼官人的伴當要換座頭，老爺不換！」〔眉〕是。燕順聽了，對宋江道：「你看他無禮麼？」宋江道：「由他便了，你也和他一般見識。」却把燕順按住了。只見那漢轉頭看了宋江、燕順冷笑。妙人。酒保又陪小心道：「上下，周全小人的買賣，换一换有何妨？」那漢大怒，拍着桌子道：「你這鳥男女，好不識人！欺負老爺獨自一個，要換座頭。便是趙官家，老爺也鱉鳥不換！高則聲，大脖子拳不認得你！」〔眉〕是。酒保道：「小人又不曾説甚麼。」那漢喝道：「量你這厮敢説甚麼！」妙。燕順聽了，那裏忍耐得住，便説道：「兀那漢子，你也鳥强！不換便罷，没可得鳥嚇他！」那漢便跳起來，綽了短棒在手裏，便應道：「我自罵他，要你多管！老爺天下只讓得兩個人，其餘的都把來做脚底下的泥。」〔眉〕妙人。燕順焦躁，便提起板櫈，却待要打將去，宋江因見那人出語不俗，具眼。横身在裏面勸解：「且都不要鬧。我且請問你：你天下只讓的那兩個人？」那漢道：「我説與你，驚得你呆了。」宋江道：「願聞那兩個好漢大名。」那漢道：「一個是滄州横海郡柴世宗的孫子，唤做小旋風柴進柴大官人。」宋江暗暗的點頭。又問道：「那一個是誰？」那漢道：「這一個又奢遮，是鄆城縣押司山東及時雨呼保義宋公明。」宋江看了燕順暗笑。燕順早把板凳放下了。有光景。那漢又道：「老爺只除了這兩個，便是大宋皇帝也不怕他！」宋江道：「你且住。我問你：你既説起這兩個人，我却都認得。柴大官人、宋江，你在那裏與他兩個廝會？」那漢道：「你既認得，我不説謊。三年前在柴大官人莊上，住了四個月有餘，只不曾見得宋公明。」宋江道：「你曾認得黑三郎麽？」那漢道：「你既説起，我如今正要去尋他。」宋江問道：「誰教你尋他？」那漢道：「他的親兄弟鐵扇子宋清，教我寄家書去尋他。」

宋江聽了大喜，向前拖住道：「『有緣千里來相會，無緣對面不相逢。』只我便是黑三郎宋江。」那漢相了一面，便拜道：「天幸使令小弟得遇哥哥，争些兒錯過，空去孔太公那裏走一遭。」宋江便把那漢拖入裏面，問道：「家中近日没甚事？」那漢道：「哥哥聽稟：小人姓石名勇，原是大名府人氏。日常只靠放賭爲生，本鄉起小人一個異名，喚做石將軍。爲因賭博上一拳打死了個人，逃走在柴大官人莊上。多聽得往來江湖上人説哥哥大名，因此特去鄆城縣投奔哥哥。却又聽得説道爲事在逃。因見四郎，聽得小人説起柴大官人來，却説哥哥在白虎山孔太公莊上。因此又令小弟要拜識哥哥。四郎特寫這封家書與小人寄來孔太公莊上，如尋見哥哥時，『可叫兄長作急回來。』」宋江見説，心中疑忌，便問道：「你到我莊上住了幾日？曾見我父親麽？」石勇道：「小人在彼只住的一夜便來了，不曾得見太公。」宋江把上梁山泊一節，都對石勇説了。石勇道：「小人自離了柴大官人莊上，江湖中也只聞得哥哥大名，疏財仗義，濟困扶危。如今哥哥既去那裏入夥，是必攜帶。」宋江道：「這個不必你説，可争你一個人。且來和燕順厮見。」叫酒保：「一面這裏斟酒，莫要别處去。」三杯酒罷，石勇便去包裹内取出家書，慌忙遞與宋江。宋江接來看時，封皮逆封着，又没「平安」二字。宋江心内越是疑惑，連忙扯開封皮，從頭讀至一半，後面寫道：「父親於今年正月初頭，因病身故，見今停喪在家，專等哥哥來家遷葬。千萬，千萬！切不可悮！宋清泣血奉書。」

宋江讀罷，叫聲苦，不知高低，自把胸脯搥將起來，自罵道：「不孝逆子，做下非爲，老父身亡，不能盡人子之道，畜生何異！」自把頭去壁上磕撞，大哭起來。燕順、石勇抱住。宋江哭得昏迷，半晌方纔甦醒。燕順、石勇兩個勸道：「哥哥且省煩惱。」宋江便分付燕順道：「不是我寡情薄意，其實只有這個老父記掛。今已殁了，只得星夜趕歸去奔喪。教兄弟們自上山則個。」燕順勸道：「哥哥，太公既已殁了，便到家時，也不得見了。世上人無有不死的父母。且請寬心，引我們弟兄去了，那時小弟却陪侍哥哥歸去奔喪，未爲晚矣。〔眉〕胡説。自古道：『蛇無頭而不行。』若無仁兄去時，他那裏如何肯收留我們？」宋江道：「若等我送你們上山去時，誤了我多少日期，却是使不得。我只寫封備細書札，都説在内，就帶了石勇一發入夥，等他們一處上山。我如今不知便罷，既是天教我知了，正是度日如年。燒眉之急，我馬也不要，從人也不帶一個，連夜自趕回家。」燕順、石勇那裏留得住。宋江問酒保借筆硯討了一幅紙，一頭哭着，一面寫書，再三叮嚀在上面。寫了，封皮不粘，交與燕順收了。討石勇的八答麻鞋穿上，取了些銀兩藏放在身邊，跨了一口腰刀，就拿了石勇的短棒，酒食都不肯沾唇，便出門要走。燕順道：「哥哥也等秦總管、花知寨都來相見一面了去，也未遲。」宋江道：「我不等了。我的書去，並無阻滯。石家賢弟自説備細緣故，可爲我上覆衆兄弟們，可憐見宋江奔喪之急，休怪則個。」宋江恨不得一步跨到家中，飛也似獨自一個去了。〔眉〕這樣變幻，真是文人之心無所不有，無所不到。

且説燕順同石勇只就那店裏吃了些酒食點心，還了酒錢。却教石勇騎了宋江的馬，帶了從人，只離酒店三五里路，尋個大客店，歇了等候。次日辰牌時分，全夥都到。燕順、石勇接着，備細説宋江哥哥奔喪去了。衆人都埋怨燕順道：「你如何不留他一留？」石勇分説道：「他聞得父親歿了，恨不得自也尋死，如何肯停脚？巴不得飛到家裏。寫了一封備細書札在此，教我們只顧去，他那裏看了書，並無阻滯。」花榮與秦明看了書，與衆人商議道：「事在途中，進退兩難。回又不得，散了又不成。只顧且去。還把書來封了，都到山上，看那裏不容，却别作道理。」

九個好漢併作一夥，帶了三五百人馬，漸近梁山泊來，尋大路上山。一行人馬正在蘆葦中過，只見水面上鑼鼓振響。衆人看時，漫山遍野，都是雜彩旗旛。水泊中棹出兩隻快船來。當先一隻船上，擺着三五十個小嘍囉，船頭上中間坐着一個頭領，乃是豹子頭林沖。背後那隻哨船上，也是三五十個小嘍囉，船頭上也坐着一個頭領，乃是赤髮鬼劉唐。前面林沖在船上喝問道：「汝等是甚麼人？那裏的官軍？敢來收捕我們！教你人人皆死，個個不留。你也須知俺梁山泊的大名！」花榮、秦明等都下馬立在岸邊，答應道：「我等衆人非是官軍，有山東及時雨宋公明哥哥書札在此，特來相投大寨入夥。」林沖聽了道：「既有宋公明兄長的書札，且請過前面，到朱貴酒店裏先請書來看了，却來相請厮會。」船上把青旗只一招，蘆葦裏棹出一隻小船，上有三個漁人，一個看船，兩個上岸來說道：「你們衆位將軍都跟我來。」水面上見兩隻哨船，一隻船上把白旗招動，銅鑼響處，兩隻哨船一齊去了。一行衆人看了，都驚呆了，說道：「端的此處官軍誰敢侵傍！我等山寨如何及得！」

衆人跟着兩個漁人，從大寬轉直到旱地忽律朱貴酒店裏。朱貴見說了，迎接衆人都相見了，便叫放翻兩頭黄牛，散了分例酒食。討書札看了。先向水亭上放一枝響箭，射過對岸。蘆葦中早摇過一隻快船來。朱貴便唤小嘍囉分付罷，叫把書先賫上山去報知。一面店裏殺宰猪羊，管待九個好漢。把軍馬屯住，在四散歇了。第二日辰牌時分，只見軍師吴學究自來朱貴酒店裏迎接衆人。一個個都相見了。敘禮罷，動問備細。早有二三十隻大白棹船來接。吴用、朱貴邀請九位好漢下船，老小車輛人馬行李亦各自都搬在各船上，前望金沙灘來。上得岸，松樹逕裏，衆多好漢隨着晁頭領，全副鼓樂來接。晁蓋爲頭，與九個好漢相見了，迎上關來，各自乘馬坐轎，直到聚義廳上。一對對講禮罷。左邊一帶交椅上，却是晁蓋、吴用、公孫勝、林冲、劉唐、阮小二、阮小五、阮小七、杜遷、宋萬、朱貴、白勝。那時白日鼠白勝，數月之前已從濟州大牢裏越獄，逃得到了山上入夥。周密。皆是吴學究使人去用度，救得白勝脱身。右邊一帶交椅上，却是花榮、秦明、黄信、燕順、王英、鄭天壽、吕方、郭盛、石勇。列兩行坐下，共是二十一位好漢。中間焚起一爐香來，各設了誓。當日大吹大擂，殺牛宰馬筵席。一面叫新到火伴，廳下參拜了，自和小頭目管待筵席。收拾了後山房舍，教搬老小家眷都安頓了。秦明、花榮在席上稱讚宋公明許多好處，清風山報冤相殺一事，衆頭領聽了大喜。後說吕方、郭盛兩個比試戟法，花榮一箭射斷絨縧，分開畫戟。晁蓋聽罷，意思不信，口裏含糊應道：「直如此射得親切，改日却看比箭。」

當日酒至半酣，食供數品，衆頭領都道：「且去山前閑玩一回，再來赴席。」當下二十一位頭領相謙相讓，下階閑步樂情，觀看山景。行至寨前第三關上，只聽得空中數行賓鴻嘹嚦。花榮尋思道：「晁蓋却纔意思，不信我射斷絨縧。何不今日就此施逞些手段，教他們衆人看，日後敬伏我？」把眼一觀，隨行人伴數内却有帶弓箭的。花榮便問他討過一張弓來，在手看時，却是一張泥金鵲畫細弓，正中花榮意。急取過一枝好箭，便對晁蓋道：「恰纔兄長見説花榮射斷絨縧，衆頭領似有不信之意。遠遠的有一行雁來，花榮未敢誇口，小弟這枝箭，要射雁行内第三隻雁的頭上。射不中時，衆頭領休笑。」花榮搭上箭，拽滿弓，覷得親切，望空中只一箭射去。看時，但見：

鵲畫弓彎開秋月，鵰翎箭發迸寒星。塞雁排空，八字縱横不亂；將軍撚箭，一發端的不差。孤影向雲中倒墜，數聲在草内哀鳴。血模糊半涴緑稍翎，大寨下衆人齊喝采。

當下花榮一箭，果然正中雁行内第三隻，直墜落山坡下。急叫軍士取來看時，那枝箭正穿在雁頭上。晁蓋和衆頭領看了，盡皆駭然，都稱花榮做「神臂將軍」。吳學究稱讚道：「休言將軍比小李廣，便是養由基也不及神手。真乃是山寨有幸。」自此梁山泊無一個不欽敬花榮。衆頭領再回廳上筵會，到晚各自歇息。

次日，山寨中再備筵席，議定坐次。本是秦明才及花榮，因爲花榮是秦明大舅，衆人推讓花榮在林沖肩下坐了第五位，秦明第六位，劉唐坐了第七位，黄信坐第八位；三阮之下，便是燕順、王矮虎、吕方、郭盛、鄭天壽、石勇、杜遷、宋萬、朱貴、白勝，一行共是二十一個頭領坐定。慶賀筵宴已畢，義聚梁山泊。山寨裏添造大船屋宇，車輛什物，打造鎗刀軍器，鎧甲頭盔，整頓旌旗袍襖，弓弩箭矢，准備抵捕官軍，不在話下。

却説宋江自離了村店，連夜趕歸。當日申牌時候，奔到本鄉村口張社長酒店裏暫歇一歇。那張社長却和宋江家來往得好。張社長見了宋江容顔不樂，眼淚暗流。張社長動問道：「押司有年半來不到家中，今日且喜歸來，如何尊顔有些煩惱，心中爲甚不樂？且喜官事已遇赦了，必是減罪了。」宋江答道：「老叔自説得是。家中官事且靠後。只有一個生身老父殁了，如何不煩惱！」張社長大笑道：「押司真個也是作耍？令尊太公却纔在我這裏吃酒了回去，只有半個時辰來去，如何却説這話！」宋江道：「老叔休要取笑小侄。」便取出家書，教張社長看了。「兄弟宋清明明寫道：父親於今年正月初頭殁了，專等我歸來奔喪。」張社長看罷，説道：「呸！那〈裏〉（得）這般事！只午時前後和東村王太公在我這裏吃酒了去，我如何肯説謊？」宋江聽了，心中疑影没做道理處。尋思了半晌，只等天晚，别了社長，便奔歸家。入得莊門看時，没些動静。莊客見了宋江，都來參拜。宋江便問道：「我父親和四郎有麽？」莊客道：「太公每日望得押司眼穿，今得歸來，却是歡喜。方纔和東村裏王社長，在村口張社長店裏吃酒了回來，睡在裏面房内。」宋江聽了大驚，撇了短棒，逕入草堂上來。只見宋清迎着哥哥便拜。宋江見了兄弟不戴孝，心中十分大怒，便指着宋清駡道：「你這忤逆畜生，是何道理！父親見今在堂，如何却寫書來戲弄我？教我兩三遍自尋死處，一哭一個昏迷。你做這等不孝之子！」

宋清恰待分説，只見屏風背後轉出宋太公來，叫道：「我兒不要焦躁。這個不干你兄弟之事，是我每日思量要見你一面，因此教宋清只寫道我歿了，你便歸來得快。我又聽得人説，白虎山地面多有强人，又怕你一時被人攛掇落草去了，做個不忠不孝的人。爲此急急寄書去喚你歸家。〔眉〕宋太公是大慈父，只是宋公明不曾做得孝子。又得柴大官人那裏來的石勇寄書去與你。這件事盡都是我主意，不干四郎之事，你休埋怨他。我恰纔在張社長店裏回來，睡在房裏，聽得是你歸來了。」宋江聽罷，納頭便拜。太公憂喜相伴。宋江又問父親道：「不知近日官司如何？已經赦宥，必然減罪，適間張社長也這般説了。」宋太公道：「你兄弟宋清未回之時，多得朱仝、雷横的氣力。向後只動了一個海捕文書，再也不曾來勾擾。我如今爲何唤你歸來？近聞朝廷册立皇太子，已降下一道赦書，應有民間犯了大罪，盡減一等科斷。俱已行開各處施行。便是發露到官，也只該個徒流之罪，不道得害了性命。且由他，却又别作道理。」宋江又問道：「朱、雷二都頭曾來莊上麽？」宋清説道：「我前日聽得説來，這兩個都差出去了。朱仝差往東京去，雷横不知差到那裏去了。如今縣裏却是新添兩個姓趙的勾攝公事。」宋太公道：「我兒遠路風塵，且去房裏將息幾時。」合家歡喜，不在話下。

天色看看將晚，玉兔東生。約有一更時分，莊上人都睡了，只聽得前後門發喊起來。看時，四下裏都是火把，團團圍住宋家莊，一片聲叫道：「不要走了宋江！」太公聽了，連聲叫苦。不因此起，有分教：大江岸上，聚集好漢英雄；鬧市叢中，來顯忠肝義膽。天罡有分皆相會，地煞同心盡協從。畢竟宋公明在莊上怎地脱身，且聽下回分解。

卓吾曰：此回文字不可及處，只在石勇寄書一節。若無此段，一同到梁山泊來，只是做强盜耳，有何波瀾，有何變幻。真是不可思議文字。

梁山泊吳用舉戴宗

揭陽嶺宋江逢李俊

第三十六回　梁山泊吴用舉戴宗　揭陽嶺宋江逢李俊

箴曰：

上臨之以天鑒，下察之以地祇。明有王法相繼，暗有鬼神相隨。忠直可存於心，喜怒戒之在氣。爲不節而忘家，因不廉而失位。勸君自警平生，可嘆可驚可畏。扯淡。

話説當時宋太公掇個梯子上牆頭來看時，只見火把叢中約有一百餘人。當頭兩個便是鄆城縣新〈添〉（參）的都頭。却是弟兄兩個：一個叫做趙能，一個叫做趙得。兩個便叫道：「宋太公！你若是曉事的，便把兒子宋江獻出來，我們自將就他；若是隱藏不發教他出官時，和你這老子一發捉了去！」宋太公道：「宋江幾時回來？」趙能道：「你便休胡説！有人在村口見他從張社長家店裏吃了酒歸來，亦有人跟到這裏。你如何説得過！」宋江在梯子邊説道：「父親，你和他論甚口！孩兒便挺身出了官，縣裏府上都有相識，明日便吃官司也不妨。已經赦宥事了，必當減罪。求告這廝們做甚麼！趙家那廝是個刁徒，如今暴得做個都頭，知道甚麼義理！他又和孩兒没人情，空自求他，不如出官，免得受這廝腌臢氣！」〔眉〕漢子。宋太公哭道：「是我苦了孩兒！」宋江道：「父親休煩惱。官司見了，到是有幸。明日孩兒躲在江湖上，撞了一班兒殺人放火的弟兄們，打在網裏，如何能勾見父親面。便斷配在他州外府，也須有程限。日後歸來負農時，也得早晚伏侍父親終身。」宋太公道：「既是孩兒恁地説時，我自來上下使用，買個好去處。」

宋江便上梯來叫道：「你們且不要鬧。我的罪犯又不該死，今已赦宥，必已減等。且請二位都頭進敝莊少敍三杯，明日一同見官。」趙能道：「你休使見識賺我入來。」宋江道：「我如何連累父親兄弟。你們只顧進家裏來。」宋江便下梯子來，開了莊門，請兩個都頭到莊裏堂上坐下，連夜殺雞宰鵝，置酒相待。那一百士兵人等，都與酒食管待，送些錢物之類。取二十兩花銀，把來送與兩位都頭做好看錢。當夜，兩個都頭在宋江莊上歇了。次早五更，同到縣前下處。等待天明，解到縣裏來時，知縣纔出升堂。只見都頭趙能、趙得押解宋江出官。知縣時〈聞〉(文)彬見了大喜，責令宋江供狀。當下宋江一筆供招：「不合於前年秋間，典贍到閻婆惜爲妾。爲因不良，一時恃酒，爭論鬥毆，致被悞殺身死，一向避罪在逃。今蒙緝捕到官，取勘前情，所供甘罪無詞。」知縣看罷，且叫收禁牢裏監候。

滿縣人見説拿得宋江，誰不愛惜他，都替他去知縣處告説討饒，備説宋江平日的好處。「亦且閻婆惜家又没了苦主，只是相公方便他則個。」知縣自心裏也有八分出豁他。當時依准了供狀，免上長枷手杻，只散禁在牢裏。宋太公自來買上告下，使用錢帛。那時閻婆已自身故了半年，這張三又没了粉頭，不來做甚冤家。縣裏疊成文案，待六十日限滿，結解上濟州聽斷。本州府尹看了申解情由，赦前恩宥之事，已成減罪。擬定得罪犯，將宋江脊杖二十，刺配江州牢城。本州官吏亦有認得宋江的，更兼他又有錢帛使用，名喚做斷杖刺配，又無苦主執證，衆人維持下來，都不甚深重。各廳帶上行枷，押了一道牒文，差兩個防送公人，無非是張千、李萬。

當下兩個公人領了公文，監押宋江到州衙前。宋江的父親宋太公同兄弟宋清，都在那裏等候，置酒相請管待兩個公人，賫發了些銀兩與他放寬。教宋江换了衣服，打拴了包裹，穿上麻鞋。宋太公唤宋江到僻静處叮囑道：「我知江州是個好地面，魚米之鄉，特地使錢買將那裏去。你可寬心守奈。我自使四郎來望你，盤纏有便人常常寄來。你如今此去，正從梁山泊過，倘或他們下山來劫奪你入夥，切不可依隨他，教人罵做不忠不孝。此一節牢記於心。〔眉〕賢父。孩兒，路上慢慢地去，天可憐見，早得回來，父子團圓，弟兄完聚。」宋江洒淚拜辭了父親。兄弟宋清送一程路。宋江臨别時，囑付兄弟道：「我的官司此去不要你們憂心。只有父親年紀高大，我又不能盡人子之道，累被官司纏擾，背井離鄉而去。兄弟，你早晚只在家侍奉，休要爲我來江州來，棄〈搬〉（撇）父親，無人看顧。我自江湖上相識多，見的那一個不相助？盤纏自有對付處。天若見憐，有一日歸來也。」宋清洒淚拜辭了，自回家中去侍奉父親宋太公，不在話下。有詩爲證：

殺人亡命匿家山，暮夜追兵欲避難。自此便從縲絏去，江州行見展雲翰。

只説宋江自和兩個公人上路。那張千、李萬已得了宋江家中銀兩，又因他是個好漢，因此於路上只是伏侍宋江。三個人上路，行了一日，到晚投客店安歇了，打火做些飯吃，又買些酒肉請兩個公人。宋江對他説道：「實不瞞你兩個説，我們明日此去，正從梁山泊邊過。山寨上有幾個好漢，聞我的名字，怕他下山來奪我，枉驚了你們。我和你兩個明日早起些，只揀小路裏過去，寧可多走幾里不妨。」兩個公人道：「押司，你不說，俺們如何得知。我等自認得小路過去，定不得撞着他們。」當夜計議定了。

次日，起個五更來打火。兩個公人和宋江離了客店，只從小路裏走。約莫也走了三十里路，只見前面山坡背後轉出一夥人來。宋江看了，只叫得苦。來的不是别人，爲頭的好漢正是赤髮鬼劉唐，將領着三五十人，便來殺那兩個公人。這張千、李萬諕做一堆兒跪在地下。宋江叫道：「兄弟，你要殺誰？」劉唐道：「哥哥，不殺了這兩個男女，等甚麼！」宋江道：「不要你污了手，把刀來，我殺便了。」妙。兩個人只叫得苦。「今番到不好了！」劉唐把刀遞與宋江，宋江接過，問劉唐道：「你殺公人何意？」劉唐答道：「奉山上哥哥將令，特使人打聽得哥哥吃官司，直要來鄆城縣劫牢。却知道哥哥不曾在牢裏，不曾受苦。今番打聽得斷配江州，只怕路上錯了路道，教大小頭領分付去四路等候，迎接哥哥，便請上山。這兩個公人不殺了如何？」宋江道：「這個不是你們弟兄擡舉宋江，到要陷我於不忠不孝之地，萬劫沉埋。若是如此來挾我，只是逼宋江性命。我自不如死了！」把刀望喉下自刎。妙。〔眉〕到底此人有些賊智。劉唐慌忙攀住肐膊道：「哥哥，且慢慢地商量！」就手裏奪了刀。宋江道：「你弟兄們若是可憐見宋江時，容我去江州牢城，聽候限滿回來，那時却得與你們相會。」劉唐道：「哥哥，小弟這話不敢主張。前面大路上有軍師吴學究同花知寨在那裏專等，迎迓哥哥，容小弟着小校請來商議。」宋江道：「我只是這句話，由你們怎地商量。」

小嘍囉去報，不多時，只見吳用、花榮兩騎馬在前，後面數十騎馬跟着，飛到面前下馬。敘禮罷，花榮便道：「如何不與兄長開了枷？」宋江道：「賢弟，是甚麼話！此是國家法度，如何敢擅動？」腐。吳學究笑道：「我知兄長的意了。這個容易，只不留兄長在山寨便了。晁頭領多時不曾得與仁兄相會，今次也正要和兄長説幾句心腹的話。略請到山寨少敘片時，便送登程。」宋江聽了道：「只有先生便知道宋江的意。」扶起兩個公人來，宋江道：「要他兩個放心，寧可我死，不可害他。」兩個公人道：「全靠押司救命！」畫。

一行人都離了大路，來到蘆葦岸邊，已有船隻在彼。當時載過山前大路，却把山轎教人擡了，直到斷金亭上歇了。叫小嘍囉四下裏去報請衆頭領都來聚會，迎接上山，到聚義廳上相見。晁蓋謝道：「自從鄆城救了性命，弟兄們到此，無日不想大恩。前者又蒙引薦諸位豪傑上山，光輝草寨，恩報無門。」宋江答道：「小可自從別後，殺死淫婦，逃在江湖上，去了半年。本欲上山相探兄長一面，偶然村店裏遇得石勇，捎寄家書，只説父親棄世，不想却是父親恐怕宋江隨衆好漢入夥去了，因此詐寫書來喚我回家。雖然明吃官司，多得上下之人看覷，不曾重傷。今配江州，亦是好處。適蒙呼喚，不敢不至。今來既見了尊顏，奈我限期相逼，不敢久住，只此告辭。」【詩曰：

方枷鐵鎖並臨頭，坐守行監不少休。天與英雄逢水滸，劫囚行見出江州。】反把血脈梗斷了，可惡，可惡。

晁蓋道：「只如此忙？且請少坐。」兩個中間坐了。宋江便叫兩個公人只在交椅後坐，與他寸步不離。晁蓋叫許多頭領都來參拜了宋江，都兩行坐下。小頭目一面斟酒上來。先是晁蓋把盞了，向後軍師吴學究、公孫勝起，至白勝把盞下來。酒至數巡，宋江起身相謝道：「足見弟兄們衆位相愛之情！宋江是個得罪囚人，不敢久停，只此告辭。」晁蓋道：「〈三〉(仁)兄直如此見怪？雖然賢兄不肯要壞兩個公人，多與他些金銀，發付他回去，只説我梁山泊搶擄了去，不道得治罪於他。」宋江道：「哥哥，你這話休題。這等不是擡舉宋江，明明的是苦我。家中上有老父在堂，宋江不曾孝敬得一日，如何敢違了他的教訓，負累了他！前者一時乘興，與衆位來相投。天幸使令石勇在村店裏撞見在下，指引回家。父親説出這個緣故，情願教小可明吃了官司，急斷配出來，又頻頻囑付；臨行之時，又千叮萬囑，教我休爲快樂，苦害家中，免累老父愴惶驚恐。因此父親明明訓教宋江，小可不争隨順了哥哥，便是上逆天理，下違父教，做了不忠不孝的人在世，雖生何益。如哥哥不肯放宋江下山，情願只就兄長手裏乞死！」〔眉〕的確是個假道學。説罷，淚如雨下，便拜倒在地。晁蓋、吴用、公孫勝一齊扶起。衆人道：「既是哥哥堅意要往江州，今日且請寬心住一日，明日早送下山。」三回五次，留得宋江就山寨裏吃了一日酒。教去了枷。也不肯除，只和兩個公人同起同坐。

當晚住了一夜，次日早起來，堅心要行。吴學究道：「兄長聽稟：吴用有個至愛相識，見在江州充做兩院押牢節級，姓戴名宗，本處人稱爲戴院長。爲他有道術，一日能行八百里，人都唤他做神行太保。此人十分仗義疏財。夜來小生修下一封書在此，與兄長去，到彼時可和本人做個相識。但有甚事，可教衆兄弟知道。」衆頭領挽留不住，安排筵宴送行，取出一盤金銀送與宋江，又將二十兩銀子送與兩個公人。就與宋江挑了包裹，都送下山來。一個個都作別了。吳學究和花榮直送過渡，到大路二十里外，衆頭領回上山去。

只説宋江自和兩個防送公人取路投江州來。那個公人見了山寨裏許多人馬，衆頭領一個個都拜宋江，又得他那裏若干銀兩，一路上只是小心伏侍宋江。好點綴。三個人在路，免不得饑餐渴飲，夜住曉行。在路約行了半月之上，早來到一個去處，望見前面一座高嶺。兩個公人説道：「好了！過得這條揭陽嶺，便是潯陽江。到江州却是水路，相去不遠。」宋江道：「天色暄熱，趁早涼過嶺去，尋個宿頭。」公人道：「押司説得是。」三個人厮趕着，奔過嶺來。行了半日，巴過嶺頭，早看見嶺脚邊一個酒店，背靠顛崖，門臨怪樹，前後都是草房，去那樹陰之下挑出一個酒旆兒來。宋江見了，心中歡喜，便與公人道：「我們肚裏正饑渴哩，原來這嶺上有個酒店，我們且買碗酒吃去了便走。」三個人入酒店來，兩個公人把行李歇了，將水火棍靠在壁上。宋江讓他兩個公人上首坐定，宋江下首坐了。半個時辰，不見一個人出來。宋江叫道：「怎地不見主人家？」只聽得裏面應道：「來也，來也！」側首屋下走出一個大漢來。宋江看這漢子時，怎生模樣，但見：

赤色虬鬚亂撒，紅絲虎眼睁圓。揭嶺殺人魔祟，酆都催命判官。

那人出來，頭上一頂破頭巾，身穿一領布背心，露着兩臂，下面圍一條布手巾。看着宋江三個人唱個喏道：「拜揖！客人打多少酒？」宋江道：「我們走得肚饑，你這裏有甚麽肉賣？」那人道：「只有熟牛肉和渾白酒。」宋江道：「最好。你先切二斤熟牛肉來，打一角酒來。」那人道：「客人休怪説。

我這裏嶺上賣酒，只是先交了錢，方纔吃酒。」宋江道：「這個何妨，倒是先還了錢吃酒，我也歡喜。等我先取銀子與你。」那人道：「恁地最好。」宋江便去打開包裹，取出些碎銀子。那人立在側邊偷眼睃着，見他包裹沉重，有些油水，心内自有八分歡喜。接了宋江的銀子，便去裏面舀一桶酒，切一盤牛肉出來。放下三隻大碗，三雙筯，一面篩酒。三個人一頭吃，一面口裏説道：「如今江湖上歹人多，有萬千好漢着了道兒的。酒肉裏下了蒙汗藥，麻翻了，劫了財物，人肉把來做饅頭餡子。我只是不信，那裏有這話！」那賣酒的人笑道：「你三個説了，不要吃。我這酒和肉裏面，都有了麻藥。」宋江笑道：「這個大哥瞧見我們説着麻藥，便來取笑。」兩個公人道：「大哥，熱吃一碗也好。」那人道：「你們要熱吃，我便將去盪來。」那人盪熱了將來，篩做三碗。正是饑渴之中，酒肉到口，如何不吃。三人各吃了一碗下去。只見兩個公人瞪了雙眼，口角邊流下涎水來，你揪我扯，望後便倒。宋江跳起來道：「你兩個怎地吃得三碗便恁醉了？」向前來扶他，不覺自家也頭暈眼花，撲地倒了，光着眼，都面面厮覷，麻木了動彈不得。酒店裏那人道：「慚愧！好幾日没買賣，今日天送這三頭行貨來與我。」先把宋江倒拖了，入去山崖邊人肉作房裏，放在剥人凳上。又來把這兩個公人也拖了入去。那人再來，却把包裏行李都提在後屋内，解開看時，都是金銀。那人自道：「我開了許多年酒店，不曾遇着這等一個囚徒。量這等一個罪人，怎地有許多財物。却不是從天降下，賜與我的。」

那人看罷包裹，却再包了，且去門前望幾個火家歸來開剥。立在門前看了一回，不見一個男女歸來，只見嶺下這邊三個人奔上嶺來。那人恰認得，慌忙迎接道：「大哥，那裏去來？」那三個内一個大漢應道：「我們特地上嶺來接一個人，料道是來的程途日期了。我每日出來，只在嶺下等候。不見到，正不知在那裏擔閣了。」那人道：「大哥却是等誰？」那大漢道：「等個奢遮的好男子。」〔眉〕奇。那人問道：「甚麼奢遮的好男子？」那大漢答道：「你敢也聞他的大名，便是濟州鄆城縣宋押司宋江。」那人道：「莫不是江湖上説的山東及時雨宋公明？」那大漢道：「正是此人。」那人又問道：「他却因甚打這裏過？」那大漢道：「我本不知。近日有個相識，從濟州來，説道：『鄆城縣宋押司宋江，不知爲甚麼事發在濟州府，斷配江州牢城。』我料想他必從這裏過來，别處又無路過去。他在鄆城縣時，我尚且要去和他厮會；今次正從這裏經過，如何不結識他。因此在嶺下連日等候。接了他四五日，並不見有一個囚徒過來。我今日同這兩個兄弟信步踱上嶺，來你這裏買碗酒吃，就望你一望。近日你店裏買賣如何？」那人道：「不瞞大哥説，這幾個月裏好生没買賣。今日謝天地，捉得三個行貨，又有些東西。」那大漢慌忙問道：「三個甚樣人？」那人道：「兩個公人和一個罪人。」那漢失驚道：「這囚徒莫不是黑矮肥胖的人？」〔眉〕奇。那人應道：「真個不十分長大，面貌紫棠色。」那大漢連忙問道：「不曾動手麽？」那人答道：「方纔〈抱〉（拖）進作房去，等火家未回，不曾開剥。」那大漢道：「等我認他一認！」

當下四個人進山巖邊人肉作房裏，只見剥人凳上挺着宋江和兩個公人，顛倒頭放在地下。那大漢看見宋江，却又不認得；相他臉上金印，又不分曉。没可尋思處，猛想起道：「且取公人的包裹來，我看他公文便知。」那人道：「説得是。」便去房裏取過公人的包裹打開，見了一錠大銀，尚有若干散碎銀兩。解開文書袋來，看了差批，衆人只叫得「慚愧」。那大漢便道：「天使令我今日上嶺來，早是不曾動手，争些兒誤了我哥哥性命。」〔眉〕奇。正是：

冤仇還報難迴避，機會遭逢莫遠圖。踏破鐵鞋無覓處，得來全不費工夫。

那大漢便叫那人：「快討解藥來，先救起我哥哥。」那人也慌了，連忙調了解藥，便和那大漢去作房裏先開了枷，扶將起來，把這解藥灌將下去。四個人將宋江扛出前面客位裏，那大漢扶住着，漸漸醒來，光着眼，看了衆人立在面前，又不認得。只見那大漢教兩個兄弟扶住了宋江，納頭便拜。宋江問道：「是誰？我不是夢中麽？」只見賣酒的那人也拜。宋江答禮道：「兩位大哥請起。這裏正是那裏？不敢動問二位高姓？」那大漢道：「小弟姓李名俊，祖貫廬州人氏，專在楊子江中撑船梢公爲生。能識水性，人都呼小弟做混江龍李俊便是。這個賣酒的，是此間揭陽嶺人，只靠做私商道路，人盡呼他做催命判官李立。這兩個兄弟是此間潯陽江邊人，專販私鹽來這裏貨賣，却是投奔李俊家安身。大江中伏得水，駕得船，是弟兄兩個：一個唤做出洞蛟童威，一個叫做翻江蜃童猛。」兩個也拜了宋江四拜。宋江問道：「却纔麻翻了宋江，如何却知我姓名？」李俊道：「小弟有個相識，近日做買賣從濟州回來，説道哥哥大名，爲事發在江州牢城來。李俊未得拜識尊顔，往常思念，只要去貴縣拜識哥哥。只爲緣分淺薄，不能勾去。今聞仁兄來江州，必從這裏經過。小弟連連在嶺下等接仁兄五七日了，不見來。今日無心，天幸使令李俊同兩個弟兄上嶺來，就買杯酒吃，遇見李立，説將起來。因此小弟大驚，慌忙去作房裏看了，却又不認得哥哥。猛可思量起來，取討公文看了，纔知道是哥哥。不敢拜問仁兄，聞知在鄆城縣做押司，不知爲何事配來江州？」宋江把這殺了閻婆惜，直至石勇村店寄書，回家事發，今次配來江州，備細說了一遍。四人稱嘆不已。李立道：「哥哥何不只在此間住了，休上江州牢城去受苦。」宋江答道：「梁山泊苦死相留我，尚兀自不肯住，恐怕連累家中老父。此間如何住得！」李俊道：「哥哥義士，必不肯胡行，你快救起那兩個公人來。」李立連忙叫了火家，已都歸來了。便把公人扛出前面客位裏來，把解藥灌將下去，救得兩個公人起來，面面厮覷，你看我，我看你，都對宋江說道：「此間店裏恁麽好酒，我們又吃不多，便恁醉了？記着他家，我們回來，還在這裏買吃。」須記着。衆人聽了都笑。

當晚李立置酒管待衆人，在家裏過了一夜。次日，又安排了酒食管待了，送出包裹，還了宋江並兩個公人。當時相別了。宋江自和李俊、童威、童猛、兩個公人下嶺來，逕到李俊家歇下。致備酒食，殷懃相待，結拜宋江爲兄，留住家裏。過了數日，宋江要行，李俊留不住，取些銀兩賫發兩個公人。宋江再帶上行枷，收拾了包裹行李，辭别李俊、童威、童猛，離了揭陽嶺下，取路望江州來。

三個人行了半日，早是未牌時分。行到一個去處，只見人烟輳集，市井喧譁。正來到市鎮上，只見那裏一夥人圍住着看。宋江分開人叢，也挨入去看時，却原是一個使鎗棒賣膏藥的。宋江和兩個公人立住了脚，看他使了一回鎗棒。那教頭放下了手中鎗棒，又使了一回拳。宋江喝采道：「好鎗棒拳脚！」那人却拿起一個盤子來，口裏開呵道：「小人遠方來的人，投貴地特來就事。雖無驚人的本事，全靠恩官作成，遠處誇稱，近方賣弄。如要筋重膏，當下取贖；如不用膏藥，可煩賜些銀兩銅錢，賫發咱家，休教空過了盤子。」那教頭盤子掠了一遭，没一個出錢與他。那漢又道：「看官高擡貴手！」又掠了一遭，衆人都白着眼看，又没一個出錢賞他。宋江見他惶恐，掠了兩遭，没人出錢，便叫公人取出五兩銀子來。宋江叫道：「教頭，我是個犯罪的人，没甚與你。這五兩白銀權表薄意，休嫌輕微。」那漢子得了這五兩白銀，托在手裏，便收呵道：「恁地一個有名的揭陽鎮上，没一個曉事的好漢擡舉咱家！難得這位恩官，本身見自爲事在官，又是過往此間，顛倒賫發五兩白銀！正是：

『當年却笑鄭元和，只向青樓買笑歌。慣使不論家豪富，風流不在着衣多。』

這五兩銀子强似别的五十兩。自家拜揖，願求恩官高姓大名，使小人天下傳揚。」宋江答道：「教師，量這些東西直得幾多，不須致謝。」

正説之間，只見人叢裏一條大漢分開人衆，搶近前來，大喝道：「兀那厮是甚麽鳥漢！那裏來的囚徒，敢來滅俺揭陽鎮上威風！（眉）奇。教頭這厮，那裏學得這些鎗棒，來我這裏逞强！俺已都分付了衆人，不許賫發他，如何敢來出尖！」搳着雙拳來打宋江。不因此起處相争，有分教：潯陽江上，聚數籌攪海蒼龍的好漢；梁山泊中，添一夥巴山猛虎的英雄。直教殺人路口人頭滚，聚義場中熱血流。畢竟來打宋江的是甚麽樣人，且聽下回分解。

李和尚曰：凡是有用人，老天畢竟要多方磨難他。只如宋公明，不過一盜魁耳，你看他經了多少磨難。此揭陽嶺上，其一也。若是那些飽食暖衣、平風静浪的驕子弟，真是檻羊圈豕。

没遮攔追赶及時雨

舡火兒大鬧潯陽江

第三十七回　没遮攔追趕及時雨　船火兒夜鬧潯陽江

詩曰：

壯士當場展藝能，虎馳熊撲實堪驚。人逢喜事精神爽，花藉陽和發育榮。江上不來生李俊，牢城難免宋公明。誰知顛（沛）存亡際，翻使洪濤縱巨鯨。

話説當下宋江不合將五兩銀子賫發了那個教師。只見這揭陽鎮上衆人叢中，鑽過這條大漢，掿起雙拳來打宋江。衆人看那大漢時，怎生模樣，但見：

花蓋膀雙龍〈鳳〉（捧）項，錦袍肚二鬼争環。潯陽岸英雄豪傑，但到處便没遮攔。

那大漢睁着眼喝道：「這厮那裏學得這些鳥鎗棒，來俺這揭陽鎮上逞强！我已分付了衆人休睬他，你這厮如何賣弄有錢，把銀子賞他，滅俺揭陽鎮上的威風！」宋江應道：「我自賞他銀兩，却干你甚事？」那大漢揪住宋江，喝道：「你這賊配軍，敢回我話！」宋江説道：「做甚麽不敢回你話？」那大漢提起雙拳匹臉打來，宋江躲個過，那大漢又趕入一步來。宋江却待要和他放對，只見那個使鎗棒的教頭從人背後趕將來，一隻手揪住那大漢頭巾，一隻手提住腰胯，望那大漢肋骨上只一兜，浪蹌一交，顛翻在地。那大漢却待掙扎起來，又被這教頭只一脚踢翻了。兩個公人勸住教頭。那大漢從地下爬將起來，看了宋江和教頭，説道：「使得使不得，教你兩個不要慌！」一直望南去了。

宋江且請問：「教頭高姓？何處人氏？」教頭答道：「小人祖貫河南洛陽人氏，姓薛名永。祖父是老种經略相公帳前軍官，爲因惡了同僚，不得升用。子孫靠使鎗棒賣藥度日。江湖上但喚小人病大蟲薛永。不敢拜問恩官高姓大名？」宋江道：「小可姓宋名江，祖貫鄆城縣人氏。」薛永道：「莫非山東及時雨宋公明麽？」宋江道：「小可便是。何足道哉！」薛永聽罷，便拜道：「聞名不如見面，見面勝似聞名。」宋江連忙扶住道：「少敍三杯如何？」薛永道：「好，正要拜識尊顔，小人無門得遇兄長。」慌忙收拾起鎗棒和藥囊，同宋江便往鄰近酒肆内去吃酒。只見酒家説道：「酒肉自有，只是不敢賣與你們吃。」宋江問道：「緣何不賣與我們吃？」酒家道：「却纔和你們厮打的大漢，已使人分付了：若是賣與你們吃時，把我這店子都打得粉碎。我這裏却是不敢惡他。這人是此間揭陽鎮上一霸，誰敢不聽他説！」宋江道：「既然恁地，我們去休。那厮必然要來尋鬧。」薛永道：「小人也去店裏算了房錢還他，一兩日間也來江州相會。兄長先行。」宋江又取一二十兩銀子與了薛永，相辭了自去。宋江只得自和兩個公人也離了酒店，又自去一處吃酒。其店家説道：「小郎已自都分付了，我們如何敢賣與你們吃！你枉走，干自費力，不濟事。他盡着人分付了。」宋江和兩個公人都則聲不得，連連走了幾家，都是一般話説。三個來到市梢盡頭，見了幾家打火小客店，正待要去投宿，却被他那裏不肯相容。宋江問時，都道他已着小郎連連分付去了，「不許安着你們三個。」當下宋江見不是話頭，三個便拽開脚步望大路上走。看看見一輪紅日低墜，天色昏晚。但見：

　　暮煙迷遠岫，寒霧〈瑣〉（鎖）長空。羣星拱皓月争輝，緑水共青山鬥碧。疏林古寺，數聲鐘韻悠揚；小浦漁舟，幾點殘燈明滅。枝上子規啼夜月，園中粉蝶宿花叢。

宋江和兩個公人見天色晚了，心裏越慌。三個商量道：「没來由看使鎗棒，惡了這廝。如今閃得前不巴村，後不着店，却是投那裏去宿是好？」只見遠遠地小路上，望見隔林深處射出燈光來。宋江見了道：「兀那裏燈火明處，必有人家。遮莫怎地陪個小心，借宿一夜，明日早行。」公人看了道：「這燈光處，又不在正路上。」宋江道：「没奈何，雖然不在正路上，明日多行三二里，却打甚麽不緊！」三個人當時落路來。行不到二里多路，林子背後閃出一座大莊院來。宋江看那莊院時，但見：

　　前臨村塢，後倚高岡。數行楊柳緑含煙，百頃桑麻青帶雨。高隴上牛羊成陣，芳塘中鵝鴨成羣。正是家有稻粱雞犬飽，架多書籍子孫賢。通。

當晚宋江和兩個公人來到莊院前敲門。莊客聽得，出來開門道：「你是甚人，黄昏夜半來敲門打户？」宋江陪着小心答道：「小人是個犯罪配送江州的人。今日錯過了宿頭，無處安歇，欲求貴莊借宿一宵，來早依例拜納房金。」莊客道：「既是恁地，你且在這裏少待，等我入去報知莊主太公，可容即歇。」莊客入去通報了，復翻身出來，説道：「太公相請。」宋江和兩個公人到裏面草堂上，參見了莊主太公。太公分付教莊客領去門房裏安歇，就與他們些晚飯吃。莊客聽了，引去門首草房下，點起一碗燈，教三個歇定了；取三分飯食羹湯菜蔬，教他三個吃了。莊客收了碗碟，自入裏面去。兩個公人道：「押司，這裏又無外人，一發除了行枷，好乾人情。快活睡一夜，明日早行。」宋江道：「説得是。」當時依允，去了行枷，和兩個公人去房外净手，看見星光滿天，又見打麥場邊屋後是一條村僻小路，宋江看在眼裏。三個净了手，入進房裏，關上門去睡。宋江和兩個公人説道：「也難得這個莊主太公留俺們歇這一夜。」正説間，聽得莊裏有人點火把來打麥場上，一到處照看。宋江在門縫裏張時，見是太公引着三個莊客，把火一到處照看。宋江對公人道：「這太公和我父親一般，件件都要自來照管，這早晚也未曾去睡，一地裏親自點看。」好點綴。

正説之間，只聽得外面有人叫：「開莊門！」莊客連忙來開了門，放入五七個人來。爲頭的手裏拿着朴刀，背後的都拿着稻叉棍棒。火把光下，宋江張看時，「那個提朴刀的，正是在揭陽鎮上要打我們的那漢。」宋江又聽得那太公問道：「小郎，你那裏去來？和甚人厮打？日晚了，拖槍拽棒！」那大漢道：「阿爹不知。哥哥在家裏麽？」太公道：「你哥哥吃得醉了，去睡在後面亭子上。」那漢道：「我自去叫他起來，我和他趕人。」太公道：「你又和誰合口？叫起哥哥來時，他却不肯干休，又是殺人放火。你且對我説這緣故。」那漢道：「阿爹你不知，今日鎮上一個使鎗棒賣藥的漢子，叵耐那厮不先來見我弟兄兩個，便去鎮上撇呵賣藥，教使鎗棒。被我都分付了鎮上的人，分文不要與他賞錢。不知那裏走出一個囚徒來，那厮好漢出尖，把五兩銀子賞他，滅俺揭陽鎮上威風，我正要打那厮，堪恨那賣的腦揪翻我，打了一頓，又踢了我一脚，至今腰裏還疼。我已教人四下裏分付了酒店客店，不許着這厮們吃酒安歇。先教那厮三個今夜没存身處。隨後吃我叫了賭房裏一夥人，趕將去客店裏拿得那賣藥的來，儘氣力打了一頓。如今把來弔在都頭家裏，明日送去江邊，綑做一塊，抛在江裏，出那口鳥氣！却只趕這兩個公人押的囚徒不着，前面又没客店，竟不知投那裏去宿了。我如今叫起哥哥來，分投趕去，捉拿這廝。」太公道：「我兒，休恁地短命相。他自有銀子賞那賣藥的，却干你甚事？你去打他做甚麽？可知道着他打了，也不曾傷重，快依我口便罷休。教哥哥得知你吃人打了，他肯干罷？又是去害人性命。你依我説，且去房裏睡了，半夜三更莫去敲門打户，激惱村坊，你也積些陰德。」那漢不顧太公説，拿着朴刀，逕入莊内去了。太公隨後也趕入去。

宋江聽罷，對公人説道：「這般不巧的事，怎生是好！却又撞在他家投宿。我們只宜走了好，是。倘或這廝得知，（必）然吃他害了性命。便是太公不肯説破，莊客如何敢瞞，難以遮蓋。」兩個公人都道：「説的是。事不宜遲，及早快走。」宋江道：「我們休從大路出去，掇開屋後一堵壁子出去。」兩個公人挑了包裹，宋江自提了行枷，便從房裏挖開屋後一堵壁子，三個人便趁星月之下，望林木深處小路上只顧走。正是慌不擇路，走了一個更次，望見前面滿目蘆花，一派大江，滔滔浪滚，正是來到潯陽江邊。有詩爲證：

撞入天羅地網來，宋江時蹇實堪哀。纔離黑煞凶神難，又遇喪門白虎災。

只聽得背後大叫：「賊配軍休走！」火把亂明，風吹胡哨趕將來。宋江只叫得苦道：「上蒼救一救則個！」三人躲在蘆葦叢中，望後面時，那火把漸近。三人心裏越慌，脚高步低，在蘆葦裏撞。前面一看，不到天盡頭，早到地盡處。定目一觀，看見大江攔截，側邊又是條闊港。宋江仰天嘆道：「早知如此的苦，悔莫先知，只在梁山泊也罷。自有日子。誰想直斷送在這裏，喪了殘生！」後面的正吹風胡哨趕來，前面又被大江阻當。

宋江正在危急之際，只見蘆葦叢中，悄悄地忽然摇出一隻船來。宋江見了，便叫「梢公，且把船來救我們三個，俺與你十兩銀子。」那梢公在船上問道：「你三個是甚麼人，却走在這裏來？」宋江道：「背後有强人打劫，我們一昧地撞在這裏。你快把船來渡我們，我與你些銀兩。」那梢公聽得多與銀兩，把船便放攏來到岸邊。三個連忙跳下船去。一個公人便把包裹丢下艙裏，一個公人便將水火棍拱開了船。那梢公一頭搭上櫓，一面聽着包裹落艙有些好響聲，心裏暗喜歡。把櫓一摇，那隻小船早蕩在江心裏去。岸上那夥趕來的人，早趕到灘頭，有十數個火把。爲頭兩個大漢，各挺着一條朴刀，隨從有二十餘人，各執鎗棒，口裏叫道：「你那梢公，快摇船攏來！」宋江和兩個公人做一塊兒伏在船艙裏，說道：「梢公，却是不要攏船！我們自多與你些銀子相謝。」那梢公點頭，只不應岸上的人，把船望上水咿咿啞啞摇將去。那岸上這夥人大喝道：「你那梢公不摇攏船來，教你都死！」那梢公冷笑幾聲，也不應。岸上那夥人又叫道：「你是那個梢公，直恁大膽不摇攏來！」那梢公冷笑應道：「老爺叫做張梢公，你不要咬我鳥！」岸上火把叢中那個長漢說道：「原來是張大哥！你見我弟兄兩個麼？」那梢公應道：「我又不瞎，做甚麼不見你？」那長漢道：「你既見我時，且摇攏來和你說話。」那梢公道：「有話明朝來說，趁船的要去得緊。」那長漢道：「我弟兄兩個正要捉這趁船的三個人！」那梢公道：「趁船的三個都是我家親眷，衣食父母，請他歸去吃碗板刀麵了來。」好麵。那長漢道：「你且摇攏來，和你商量。」那梢公又道：「我的衣飯，倒摇攏來把與你，到樂意！」那長漢道：「張大哥，不是這般説。我弟兄只要捉這囚徒，你且攏來！」那梢公一頭摇櫓，一面説道：「我自好幾日接得這個主顧，却是不摇攏來，倒吃你接了去。你兩個只得休怪，改日相見！」宋江在船艙裏悄悄的和兩個公人説：「也難得這個梢公救了我們三個性命，未必。又與他分説。不要忘了他恩德！却不是幸得這隻船來渡了我們！」

却説那梢公摇開船去，離得江岸遠了。三個人在艙裏望岸上時，火把也自去蘆葦中明亮。宋江道：「慚愧！正是好人相逢，惡人遠離。且得脱了這場災難！」只見那梢公摇着櫓，口裏唱起湖州歌來。唱道：

「老爺生長在江邊，不怕官司不怕天。昨夜華光來趁我，臨行奪下一金磚。」

宋江和兩個公人聽了這首歌，都酥軟了。宋江又想道：「他是唱耍。」三個正在艙裏議論未了，只見那梢公放下櫓，説道：「你這個撮鳥，兩個公人，平日最會詐害做私商的人，今夜却撞在老爺手裏！你三個却是要吃板刀麵？却是要吃餛飩？」宋江道：「家長休要取笑，怎地唤做板刀麵？怎地是餛飩？」那梢公睁着眼道：「老爺和你耍甚鳥！若還要吃板刀麵時，俺有一把潑風也似快刀在這艎板底下，我不消三刀五刀，我只一刀一個，都剁你三個人下水去。你若要吃餛飩時，你三個快脱了衣裳，都赤條條地跳下江裏自死！」宋江聽罷，扯定兩個公人説道：「却是苦也！正是福無雙至，禍不單行！」那梢公喝道：「你三個好好商量，快回我話！」宋江答道：「梢公不知，我們也是没奈何犯下了罪，迭配江州的人。你如何可憐見饒了我三個。」那梢公喝道：「你説甚麼閑話，饒你三個？我半個也不饒你！老爺喚做有名的狗臉張爹爹，來也不認得爺，去也不認得娘！你便都閉了鳥嘴，快下水裏去！」宋江又求告道：「我們都把包裹內金銀財帛衣服等項盡數與你，只饒了我三人性命。」那梢公便去艎板底下摸出那把明晃晃板刀來，大喝道：「你三個要怎地？」宋江仰天嘆道：「爲因我不敬天地，不孝父母，腐。犯下罪責，連累了你兩個！」那兩個公人也扯住宋江道：「押司，罷，罷！我們三個一處死休！」那梢公又喝道：「你三個好好快脱了衣裳，便跳下江裏去！跳便跳，不跳時老爺便剁下水裏去。」

宋江和那兩個公人抱做一塊，恰待要跳水。只見江面上咿咿啞啞櫓聲響，宋江探頭看時，一隻快船飛也似從上水頭摇將下來。船上有三個人：一條大漢手裏橫着托叉，立在船頭上；梢頭兩個後生，摇着兩把快櫓。星光之下，早到面前。那船頭上橫叉的大漢便喝道：「前面是甚麼梢公，敢在當港行事？船裏貨物，見者有分！」這船梢公回頭看了，慌忙應道：「原來却是李大哥，我只道是誰來！大哥又去做買賣？只是不曾帶挈兄弟。」大漢道：「是張大哥。你在這裏又弄得一手，船裏甚麼行貨？有些油水麽？」梢公答道：「教你得知好笑。我這幾日没道路，又賭輸了，没一文。正在沙灘上悶坐，岸上一夥人趕這三頭行貨來我船裏，却是兩個鳥公人，解一個黑矮囚徒，正不知是那裏人。他説道迭配江州來的，却又項上不帶行枷。趕來的岸上那夥人，却是鎮上穆家哥兒兩個，定要討他。我見有些油水，吃我不還他。」船上那大漢道：「咄！莫不是我哥哥宋公明？」宋江聽得聲音廝熟，便艙裏叫道：「船上好漢是誰？救宋江則個！」那大漢失驚道：「真個是我哥哥！早不做出來！」宋江鑽出船上來看時，星光明亮，那立在船頭上的大漢，不是別人，正是：

家住潯陽江浦上，最稱豪傑英雄。眉濃眼大面皮紅，髭鬚垂鐵綫，語話若銅鐘。凛凛身軀長八尺，能揮利劍霜鋒，衝波躍浪立奇功。廬州生李俊，綽號混江龍。

那船頭上立的大漢，正是混江龍李俊；背後船稍上兩個摇櫓的，一個是出洞蛟童威，一個是翻江蜃童猛。這李俊聽得是宋公明，便跳過船來，口裏叫苦道：「哥哥驚恐！若是小弟來得遲了些個，誤了仁兄性命！今日天使李俊在家坐立不安，棹船出來江裏趕些私鹽，不想又遇着哥哥在此受難！」那稍公呆了半晌，做聲不得，方纔問道：「李大哥，這黑漢便是山東及時雨宋公明麽？」李俊道：「可知是哩！」那稍公便拜道：「我那爺，你何不早通個大名！省得着我做出歹事來，争些兒傷了仁兄！」宋江問李俊道：「這個好漢是誰？高姓何名？」李俊道：「哥哥不知。這個好漢却是小弟結義的兄弟，原是小孤山下人氏，姓張名横，綽號船火兒。專在此潯陽江做這件穩善的道路。」真穩善。宋江和兩個公人都笑起來。當時兩隻船並着摇奔灘邊來，纜了船，艙裏扶宋江並兩個公人上岸。李俊又與張横説道：「兄弟，我常和你説：「天下義士，只除非山東及時雨鄆城宋押司。今日你可仔細認看。」張横撲翻身，又在沙灘上拜道：「望哥哥恕兄弟罪過！」宋江看那張横時，但見：

七尺身軀三角眼，黄髯赤髮紅睛，潯陽江上有聲名。衝波如水怪，躍浪似飛鯨。惡水狂風都不懼，蛟龍見處魂驚，天差列宿害生靈。小孤山下住，船火號張横。

那梢公船火兒張横拜罷，問道：「義士哥哥爲何事配來此間？」李俊便把宋江犯罪的事説了，今來迭配江州。張横聽了説道：「好教哥哥得知，小弟一母所生的親弟兄兩個，長的便是小弟；我有個兄弟，却又了得，渾身雪練也似一身白肉，沒得四五十里水面，水底下伏得七日七夜，水裏行一似一根白條，更兼一身好武藝，因此人起他一個名，唤做浪裏白跳張順。當初我弟兄兩個只在楊子江邊做一件依本分的道路。」宋江道：「願聞則個。」張横道：「我弟兄兩個但賭輸了時，我便先駕一隻船，渡在江邊浄處做私渡。有那一等客人貪省貫百錢的，又要快，便來下我船。〔眉〕慳吝客人看樣。等船裏都坐滿了，却教兄弟張順也扮做單身客人，背着一個大包，也來趁船。我把船摇到半江裏，歇了櫓，抛了釘，插一把板刀，却討船錢。本合五百足錢一個人，我便定要他三貫。却先問兄弟討起，教他假意不肯還我，我便把他來起手。直依本分。一手揪住他頭，一手提定腰胯，撲同地攛下江裏。排頭兒定要三貫。一個個都驚得呆了，把出來不迭。都斂得足了，却送他到僻浄處上岸。我那兄弟自從水底下走過對岸，等没了人，却與兄弟分錢去賭。那時我兩個只靠這件道路過日。」宋江道：「可知江邊多有主顧來尋你私渡。」善謔。李俊等都笑起來。張横又道：「如今我弟兄兩個都改了業，我便只在這潯陽江裏做些私商。兄弟張順，他却如今自在江州做賣魚牙子。如今哥哥去時，小弟寄一封書去，只是不識字，寫不得。」真豪傑。李俊道：「我們都去村裏，央個門舘先生來寫。」留下童威、童猛看了船，三個人跟了李俊、張横，五個人投村裏來。

走不過半里路，看見火把還在岸上明亮。張横説道：「他弟兄兩個還未歸去。」李俊道：「你説兀誰弟兄兩個？」張橫道：「便是鎮上那穆家哥兒兩個。」李俊道：「一發叫他兩個來拜見哥哥。」宋江連忙説道：「使不得！他兩個趕着要捉我。」怕。李俊道：「仁兄放心。他弟兄不知是哥哥，他亦是我們一路人。」李俊用手一招，胡哨了一聲，只見火把人伴都飛奔將來面前。看見李俊、張橫都恭奉着宋江做一處説話，那弟兄二人大驚道：「二位大哥却如何與這三人厮熟？」李俊大笑道：「你道他兀誰？」李那二人道：「便是不認得。只見他在鎮上出銀兩賞那使鎗棒的，滅俺鎮上威風，正待要捉他。」李俊道：「他便是我日常和你們説的山東及時雨鄆城宋押司公明哥哥。你兩個還不快拜！」那弟兄兩個俊撇了朴刀，撲翻身便拜道：「聞名久矣，不期今日方得相會。却纔甚是冒瀆，犯傷了哥哥，望乞憐憫恕罪。」宋江扶起二位道：「壯士，願求大名。」李俊便道：「這弟兄兩個富户，是此間人，姓穆名弘，綽號没遮攔。兄弟穆春，唤做小遮攔。是揭陽鎮上一霸。我這裏有三霸，〔眉〕合着齊桓、晉文，却是五伯。哥哥不知，一發説與哥哥知道：揭陽嶺上嶺下便是小弟和李立一霸；揭陽鎮上是他弟兄兩個一霸；潯陽江邊做私商的，却是張橫、張順兩個一霸。以此謂之三霸。」宋江答道：「我們如何省得！既然都是自家弟兄情分，望乞放還了薛永。」穆弘笑道：「便是使鎗棒的那厮？哥哥放心。」隨即便教兄弟穆春：「去取來還哥哥。我們且請仁兄到敝莊伏禮請罪。」李俊説道：「最好，最好。便到你莊上去。」

穆弘叫莊客着兩個去看了船隻，就請童威、童猛一同都到莊上去相會；一面又着人去莊上報知，置辦酒食，殺羊宰猪，整理筵宴。一行衆人等了童威、童猛，一同取路投莊上來。却好五更天氣，都到莊裏，請出穆太公來相見了，就草堂上分賓主坐下。宋江看那穆弘時，端的好表人物。但見：

面似銀盆身似玉，頭圓眼細眉單，威風凛凛逼人寒。靈官離斗府，佑聖下天關。武藝高强心膽大，陣前不肯空還，攻城野戰奪旗旛。穆弘真壯士，人號没遮攔。

宋江與穆太公對坐説話。未久，天色明朗，穆春已取到病大蟲薛永進來，一處相會了。穆弘安排筵席，管待宋江等衆位飲宴。當日，衆人在席上所説各自經過的許多事務。至晚，都留在莊上宿歇。次日，宋江要行，穆弘那裏肯放，把衆人都留莊上。陪侍宋江去鎮上閑玩，觀看揭陽市村景一遭。又住了三日，宋江怕違了限次，堅意要行。穆弘並衆人苦留不住，當日做個送路筵席。次日早起來，宋江作别穆太公並衆位好漢，臨行分付薛永：「且在穆弘處住幾時，却來江州再得相會。」穆弘道：「哥哥但請放心，我這裏自看顧他。」取出一盤金銀送與宋江，又賫發兩個公人些銀兩。臨動身，張横在穆弘莊上央人修了一封家書，央宋江付與張順。當時宋江收放包裹内了。一行人都送到潯（陽）江邊。穆弘叫隻船來，取過先頭行李下船，衆人都在江邊，安排行枷，取酒食上船餞行。當下衆人洒淚而别。李俊、張横、穆弘、穆春、薛永、童威、童猛一行，都回穆家莊，分别各自回家，不在話下。

只説宋江自和兩個公人下船，投江州來。這梢公非比前番，拽起一帆風篷，早送到江州上岸。宋江依前帶上行枷，兩個公人取出文書，挑了行李，直至江州府前來。正直府尹升廳。原來那江州知府姓蔡，雙名得章，是當朝蔡太師蔡京的第九個兒子，因此江州人叫他做蔡九知府。那人爲官貪濫，作事驕奢。肖子。爲這江州是個錢糧浩大的去處，抑且人廣物盛，因此太師特地教他來做個知府。當時兩個公人當廳下了公文，押宋江投廳下。蔡九知府看見宋江一表非俗，便問道：「你爲何枷上没了本州的封皮？」兩個公人告道：「於路上春雨淋漓，却被水濕壞了。」知府道：「快寫個帖來，便送下城外牢城營裏去。本府自差公人押解下去。」這兩個公人就送宋江到牢城營内交割。當時江州府公人賫了文帖，監押宋江並同公人出州衙前，來酒店裏買酒吃。宋江取三兩來銀子，與了江州府公人。當討了收管，將宋江押送單身房裏聽候。那公人先去對管營、差撥處替宋江説了方便。交割討了收管，自回江州府去了。這兩個公人也交還了宋江包裹行李，千酬萬謝，相辭了入城來。兩個自説道：「我們雖是吃了驚恐，却撰得許多銀兩。」自到州衙府裏伺候，討了回文，兩個取路往濟州去了。

話裏只説宋江又自央浼人情。差撥到單身房裏，送了十兩銀子與他；管營處又自加倍送銀兩並人事；營裏管事的人並使喚的軍健人等，都送些銀兩與他們買茶吃，因此無一個不歡喜宋江。少刻，引到點事廳前，除了行枷參見。管營已得了賄賂，在廳上説道：「這個新配到犯人宋江聽着：先皇太祖武德皇帝聖旨事例，但凡新入流配的人，須先吃一百殺威棒。左右，與我捉去背起來。」宋江告道：「小人於路感冒風寒時症，至今未曾痊可。」管營道：「這漢端的似有病的。不見他面黄肌瘦，有些病症？且與他權行寄下這頓棒。此人既是縣吏出身，着他本營抄事房做個抄事。」就時立了文案，便教發去抄事。宋江謝了，去單身房取了行李，到抄事房安頓了。衆囚徒見宋江有面目，都買酒來與他慶賀。次日，宋江置備酒食與衆人回禮。不時間又請差撥、牌頭遞杯，管營處常常送禮物與他。宋江身邊有的是金銀財帛，自落的結識他們。住了半月之間，滿營裏没一個不歡喜他。

自古道：「世情看冷暖，人面逐高低。」宋江一日與差撥在抄事房吃酒，那差撥説與宋江道：「賢兄，我前日和你説的那個節級常例人情，如何多日不使人送去與他？今已一旬之上了，他明日下來時，須不好看，連我們也無面目。」宋江道：「這個不妨。那人要錢不與他。若是差撥哥哥但要時，只顧問宋江取不妨。那節級要時，一文也沒！等他下來，宋江自有話説。」差撥道：「押司，那人好生利害，更兼手脚了得。倘或有些言語高低，吃了他些羞辱，却道我不與你通知。」宋江道：「兄長由他。但請放心，小可自有措置。敢是送些與他，也不見得；他有個不敢要我的，也不見得。」正恁的説未了，只見牌頭來報道：「節級下在這裏了，正在廳上大發作，罵道：『新到配軍如何不送常例錢來與我！』」差撥道：「我説是麽！那人自來，連我們都怪。」宋江笑道：「差撥哥哥休罪，不及陪侍，改日再得作杯。小可且去和他説話，容日再會。」差撥也起身道：「我們不要見他。」宋江别了差撥，離了抄事房，自來點視廳上見這節級。那差撥也自去了。不是宋江來和這人厮見，有分教：江州城裏，翻爲虎窟狼窩；十字街頭，變作屍山血海。直教撞破天羅歸水滸，掀開地網上梁山。畢竟宋江來與這個節級怎地相見，且聽下回分解。

李和尚曰：宋公明每至盡頭處，便有救星，的是真命强盜。

及時雨會神行
太保

黑旋風鬭浪裡白跳

第三十八回　及時雨會神行太保　黑旋風鬥浪裏白跳

詩曰：

心安茅屋穩，性定菜羹香。世味薄方好，人情澹最長。因人成事業，避難遇豪强。他日梁山泊，高名四海揚。

話説當時宋江別了差撥，出抄事房來，到點視廳上看時，見那節級掇條欖子坐在廳前，高聲喝道：「那個是新配到囚徒？」牌頭指着宋江道：「這個便是。」那節級便罵道：「你這矮黑殺才！倚仗誰的勢要，不送常例錢來與我？」宋江道：「人情，人情，在人情願。你如何逼取人財，好小哉相！」兩邊看的人聽了，倒捏兩把汗。那人大怒，喝罵：「賊配軍，安敢如此無禮，顛倒説我小哉！那兜馱的，與我背起來，且打這廝一百訊棍！」兩邊營裏衆人，都是和宋江好的，見説要打他，一閧都走了，只剩得那節級和宋江。那人見衆人都散了，肚裏越怒，拿起訊棍便奔來打宋江。宋江説道：「節級，你要打我，我得何罪？」那人大喝道：「你這賊配軍是我手裏行貨，輕咳嗽便是罪過！」宋江道：「你便尋我過失，也不計利害，也不到的該死。」那人怒道：「你説不該死，我要結果你也不難，只似打殺一個蒼蠅。」宋江冷笑道：「我因不送得常例錢便該死時，結識梁山泊吴學究的却該怎地？」那人聽了這聲，慌忙丢了手中訊棍，不濟。便問道：「你説甚麽？」宋江又答道：「自説那結識軍師吴學究的，你問我怎地？」那人慌了手脚，拖住宋江問道：「足下高姓？你正是誰？那裏得這話來？」宋江笑道：「小可便是山東鄆城縣宋江。」那人聽了大驚，連忙作揖，説道：「原來兄長正是及時雨宋公明。」宋江道：「何足掛齒。」那人便道：「兄長，此間不是説話處，未敢下拜。同往城裏敍懷，請兄長便行。」宋江道：「好。節級少待，容宋江鎖了房門便來。」

宋江慌忙到房裏取了吴用的書，自帶了銀兩出來，鎖上房門，分付牌頭看管，便和那人離了牢城營内，奔入江州城裏來，去一個臨街酒肆中樓上坐下。那人問道：「兄長何處見吴學究來？」宋江懷中取出書來遞與那人。那人拆開看了封皮，從頭讀了，藏在袖内，起身望着宋江便拜。宋江慌忙答禮道：「適間言語衝撞，休怪，休怪！」那人道：「小弟只聽得説有個姓宋的發下牢城營裏來。往常時，但是發來的配軍，常例送銀伍兩。今番已經十數日不見送來，今日是個閑暇日頭，因此下來取討。不想却是仁兄。恰纔在營内甚是言語冒瀆了哥哥，萬望恕罪！」宋江道：「差撥亦曾常對小可説起大名。宋江有心要拜識尊顔，又不知足下住處，亦無因入城。特地只等尊兄下來，要與足下相會一面。以此躭誤日久。不是爲這五兩銀子不捨得送來，只想尊兄必是自來，故意延挨。今日幸得相見，以慰平生之願。」説話的，那人是誰？便是吴學究所薦的江州兩院押牢節級戴院長戴宗。那時故宋時，金陵一路節級都稱呼「家長」，湖南一路節級都稱呼做「院長」。原來這戴院長有一等驚人的道術：但出路時，賫書飛報緊急軍情事，把兩個甲馬拴在兩隻腿上，作起神行法來，一日能行五百里；把四個甲馬拴在腿上，便一日能行八百里。因此人都稱做神行太保戴宗。更看他生的如何，但見：

面闊唇方神眼突，瘦長清秀身材，皂紗巾畔翠花開。黃旗書令字，紅串映宣牌。兩隻脚行千里路，羅衫常惹塵埃，程途八百去還來。神行真太保，院長戴宗才。

當下戴院長與宋公明説罷了來情去意，戴宗、宋江俱各大喜。兩個坐在閣子裏，叫那賣酒的過來，安排酒菓肴饌菜蔬來，就酒樓上兩個飲酒。宋江訴説一路上遇見許多好漢，衆人相會的事務。戴宗也傾心吐膽，把和這吴學究相交來往的事，告訴了一遍。兩個正説到心腹相愛之處，纔飲得兩杯酒過，只聽樓下喧鬧起來。過賣連忙走入閣子來對戴宗説道：「這個人只除非是院長説得他下。没奈何，煩院長去解拆則個。」戴宗問道：「在樓下作鬧的是誰？」過賣道：「便是如常同院長走的那個唤做鐵牛李大哥，在底下尋主人家借錢。」（眉）趣人來了。戴宗笑道：「又是這厮在下面無禮，我只道是甚麽人。兄長少坐，我去叫了這厮上來。」戴宗便起身下去，不多時引了那個人上樓來。宋江看見了吃一驚。看那人生得如何，但見：

黑熊般一身粗肉，鐵牛似遍體頑皮。交加一字赤黃眉，雙眼赤絲亂繫。怒髮渾如鐵刷，猙獰好似狻猊。天蓬惡殺下雲梯。李逵真勇悍，人號鐵牛兒。

宋江見了那人，便問戴宗道：「院長，這大哥是誰？」戴宗道：「這個是小弟身邊牢裏一個小牢子，姓李名逵。祖貫是沂州沂水縣百丈村人氏。本身一個異名，唤做黑旋風李逵。他鄉中都叫他做李鐵牛。因爲打死了人，逃走出來。雖遇赦宥，流落在此江州，不曾還鄉。爲因酒性不好，多人懼他。能使兩把板斧，及會拳棍。見今在此牢裏勾當。」李逵看着宋江，問戴宗道：「哥哥，這黑漢子是誰？」雅。戴宗對宋江笑（道）：「押司，你看這厮恁麽粗鹵，全不識些體面！」李逵便道：「我問大哥，怎地是粗鹵？」妙。戴宗道：「兄弟，你便〈問請〉（請問）『這位官人是誰』便好；你倒却説『這黑漢子是誰』，這不是粗鹵，却是甚麽？我且與你説知，這位仁兄便是閑常你要去投奔他的義士哥哥。」李逵道：「莫不是山東及時雨黑宋江？」雅。戴宗喝道：「咄！你這厮敢如此犯上，直言叫喚，全不識些高低！兀自不快下拜，等幾時！」李逵道：「若真個是宋公明，我便下拜；妙。若是閑人，我却拜甚鳥！節級哥哥，不要瞞我拜了，你却笑我。」巧妙。宋江便道：「我正是山東黑宋江。」李逵拍手叫道：「我那爺！你何不早説些個，也教鐵牛歡喜！」撲翻身軀便拜。畫。宋江連忙答禮，説道：「壯士大哥請坐。」戴宗道：「兄弟，你便來我身邊坐了吃酒。」李逵道：「不奈煩小盞吃，換個大碗來篩。」妙人。宋江便問道：「恰纔大哥爲〈爲〉（何）在樓下發怒？」李逵道：「我有一錠大銀，解了十兩小銀使用了。却問這主人家那借十兩銀子，去贖那大銀，出來便還他，自要些使用。叵耐這鳥主人不肯借與我。却待要和那厮放對，打得他家粉碎，却被大哥叫了我上來。」宋江〈這〉（道）：「只用十兩銀子去取，再要利錢麽？」李逵道：「利錢已有在這裏了，只要十兩本錢去討。」宋江聽罷，便去身邊取出一個十兩銀子把與李逵，説道：「大哥，你將去贖來用度。」戴宗要阻當時，宋江已把出來了。李逵接得銀子，便道：「却是好也！兩位哥哥只在這裏等我一等。贖了銀子，便來送還，就和宋哥哥去城外吃碗酒。」宋江道：「且坐一坐，吃幾碗了去。」李逵道：「我去了便來。」推開簾子，下樓去了。

戴宗道：「兄長休借這銀與他便好。恰纔小弟正欲要阻，兄長已把在他手裏了。」宋江道：「却是爲何，尊兄説這話？」戴宗道：「這厮雖是耿直，只是貪酒好賭。他却幾時有一錠大銀解了！兄長吃他賺漏了這個銀去。他慌忙出門，必是去賭。若還贏得時，便有的送來還哥哥；若是輸了時，那裏討這十兩銀來拜還兄長。戴宗面上須不好看。」宋江笑道：「院長尊兄，何必見外。量這些銀兩，何足掛齒，由他去賭輸了罷。若要用時，再送些與他使。我看這人倒是個忠直漢子。」具眼。戴宗道：「這厮本事自有，只是心粗膽大不好。〔眉〕戴院長真個小哉！在江州牢裏，但吃醉了時，却不奈何罪人，只要打一般强的牢子。我也被他連累得苦。專一路見不平，好打强的人。以此江州滿城人都怕他。」有詩爲證：

天性由來太惡粗，江州人號李兇徒。他時大展屠龍手，始識人中大丈夫。

宋江道：「俺們再飲兩杯，却去城外閑翫一遭。」戴宗道：「小弟也正忘了，和兄長去看江景則個。」宋江道：「小可也要看江州的景致，如此最好。」

且不説兩個再飲酒。只説李逵得了這個銀子，尋思道：「難得宋江哥哥，又不曾和我深交，便借我十兩銀子，果然仗義疏財，名不虛傳。〔眉〕只這十兩銀子，便買了李逵，真是大賊。如今來到這裏，却恨我這幾日賭輸了，没一文做好漢請他。如今得他這十兩銀子，且將去賭一賭。倘或贏得幾貫錢來，請他一請也好看。」當時李逵慌忙跑出城外小張乙賭房裏來，便去場上將這十兩銀子撇在地下，叫道：「把頭錢過來我博。」那小張乙得知李逵從來賭直，便道：「大哥，且歇這一博，下來便是你博。」李逵道：「我要先賭這一博。」小張乙道：「你便傍猜也好。」李逵道：「我不傍猜，只要博這一博。五兩銀子做一〈柱〉（注）。」有那一般賭的，却待要博，被李逵匹手奪過頭錢來，便叫道：「我博兀誰？」小張乙道：「便博我五兩銀子。」李逵叫一聲，肐膊地博一個叉，小張乙便拿了銀子過來。李逵叫道：「我的銀子是十兩！」小張乙道：「你再博我五兩，快，便還了你這錠銀子。」李逵又拿起頭錢，叫聲：「快！」肐膊的又博個叉。小張乙笑道：「我教你休搶頭錢，且歇一博，不聽我口。如今一連博了兩個叉。」李逵道：「我這銀子是別人的。」小張乙道：「遮莫是誰的，也不濟事了。你既輸了，却說甚麼！」李逵道：「没奈何，且借我一借，明日便送來還你。」小張乙道：「說甚麼閑話！自古賭錢場上無父子。你明明地輸了，如何倒來革争！」李逵把布衫拽起在前面，口裏喝道：「你們還我也不還？」小張乙道：「李大哥，你閑常最賭的直。今日如何恁麽没出豁？」李逵也不答應他，便就地下擄了銀子，又搶了別人賭的十來兩銀子，都摟在布衫兜裏，睁起雙眼說道：「老爺閑常賭直，今日權且不直一遍。」妙。小張乙急待向前奪時，被李逵一指一交。十二三個賭博的，一發齊上，要奪那銀子。被李逵指東打西，指南打北。李逵把這夥人打得没地躲處，便出到門前。把門的問道：「大郎那裏去？」被李逵提在一邊，一脚踢開了門便走。那夥人隨後趕將出來，都只在門前叫道：「李大哥，你恁地没道理，都搶了我們衆人的銀子去！」只在門前叫喊，没一個敢近前來討。

李逵正走之時，只見背後一人趕上來，扳住肩臂喝道：「你這厮如何却搶擄別人財物？」李逵口裏應道：「干你鳥事！」回過臉來看時，却是戴宗，背後立着宋江。李逵見了惶恐滿面，便道：「哥哥休怪！鐵牛閑常只是賭直，今日不想輸了哥哥的銀子，又没得些錢來相請哥哥，喉急〈下了時〉(了，時下)做出這些不直來。」宋江聽了大笑道：「賢弟但要銀子使用，只顧來問我討。今日既是明明地輸與他了，快把來還他。」李逵只得從布衫兜裏取出來，都遞在宋江手裏。宋江便叫過小張乙前來，都付與他。小張乙接過來説道：「二位官人在上，小人只拿了自己的。這十兩原銀雖是李大哥兩博輸與小人，如今小人情願不要他的，省的記了冤仇。」宋江道：「你只顧將去，不要記懷。」小張乙那裏肯。宋江便道：「他不曾打傷了你們麼？」小張乙道：「討頭的，拾錢的，和那把門的，都被他打倒在裏面。」宋江道：「既是恁的，就與他衆人做將息錢。弟兄自不敢來了，我自看他去。」小張乙收了銀子，拜謝了回去。宋江道：「我們和李大哥吃三杯去。」戴宗道：「前面靠江有那琵琶亭酒館，是唐朝白樂天古迹。我們去亭上酌三杯，就觀江景。」有詩爲證：

白傅高風世莫加，畫船秋水聽琵琶。欲舒老眼求陳迹，孤鶩齊飛帶落霞。略通。

宋江道：「可於城中買些肴饌之物將去。」戴宗道：「不用。如今那亭上有人在裏面賣酒。」宋江道：「恁地時却好。」當時，三人便望琵琶亭上來。到得亭子上看時，一邊靠着潯陽江，一邊是店主人家房屋。琵琶亭上，有十數付座頭。戴宗便揀一付乾净座頭，讓宋江坐了頭位。戴宗坐在對席，肩下便是李逵。三個坐定，便叫酒保鋪下菜蔬菓品海鮮按酒之類。酒保取過兩樽玉壺春酒，此是江州有名的上色好酒，開了泥頭。宋江縱目一觀，看那江上景致時，端的是景致非常。但見：

雲外遥山聳翠，江邊遠水翻銀。隱隱沙汀，飛起幾行鷗鷺；悠悠别浦，撑回數隻漁舟。紅蓼灘頭，白髮公垂鈎下釣；黄蘆岸口，青髻童牧犢騎牛。俗。翻翻雪浪拍長空，拂拂涼風吹水面。紫霄峯上接穹蒼，琵琶亭畔臨江岸。四圍空闊，八面玲瓏。欄杆影浸玻璃，窗外光浮玉壁。昔日樂天聲價重，當年司馬淚痕多。

當時三人坐下，李逵便道：「酒把大碗來篩，不奈煩小盞價吃。」戴宗喝道：「兄弟好村！你不要做聲，只顧吃酒便了。」宋江分付酒保道：「我兩個面前放兩隻盞子，這位大哥面前放個大碗。」酒保應了下去，取隻碗來，放在李逵面前。一面篩酒，一面鋪下肴饌。李逵笑道：「真個好個宋哥哥，人説不差了！便知我兄弟的性格。結拜得這位哥哥，也不枉了！」

酒保斟酒，連篩了五七遍。宋江因見了這兩人，心中歡喜，吃了幾杯，忽然心裏想要魚辣湯吃，便問戴宗道：「這裏有好鮮魚麽？」戴宗笑道：「兄長，你不見滿江都是漁船。此間正是魚米之鄉，如何没有鮮魚！」宋江道：「得些辣魚湯醒酒最好。」戴宗便唤酒保，教造三分加辣點紅白魚湯來。頃刻造了湯來，宋江看見道：「美食不如美器。雖是個酒肆之中，端的好整齊器皿！」拿起筯來，相勸戴宗、李逵吃。自也吃了些魚，呷了幾口湯汁。李逵也不使筯，便把手去碗裏撈起魚來，和骨頭都嚼吃了。宋江看見忍笑不住，再呷了兩口汁，便放下筯不吃了。戴宗道：「兄長，已定這魚醃了，不中仁兄吃。」宋江道：「便是不才酒後，只愛口鮮魚湯吃。這個魚真是不甚好。」戴宗應道：「便是小弟也吃不得，是醃的不中吃。」李逵嚼了自碗裏魚，便道：「兩位哥哥都不吃，我替你們吃了。」便伸手去宋江碗裏撈將過來吃了，又去戴宗碗裏也撈過來吃了。滴滴點點，淋一桌子汁水。〔眉〕李大哥真是文雅。宋江見李逵把三碗魚湯和骨頭都嚼吃了，便叫酒保來分付道：「我這大哥，想是肚饑。你可去大塊肉切二斤來與他吃，少刻一發算錢還你。」酒保道：「小人這裏只賣羊肉，却没牛肉。要肥羊儘有。」李逵聽了，便把魚汁劈臉潑將去，淋那酒保一身。戴宗喝道：「你又做甚麽？」李逵應道：「叵耐這厮無禮，欺負我只吃牛肉，不賣羊肉與我吃！」是。酒保道：「小人問一聲，也不多説。」宋江道：「你去只顧切來，我自還錢。」酒保忍氣吞聲，去切了二斤羊肉，做一盤將來，放在桌子上。李逵見了，也不謙讓，大把家撾來只顧吃，撚指間把這二斤羊肉都吃了。宋江看了道：「壯哉，真好漢也！」李逵道：「這宋大哥便知我的鳥意，吃肉不强似吃魚！」

戴宗叫酒保來問道：「却纔魚湯，家生甚是整齊，魚却醃了不中吃。別有甚好鮮魚時，另造些辣湯來與我這位官人醒酒。」酒保答道：「不敢瞞院長説，這魚端的是昨夜的。今日的活魚，還在船内，等魚牙主人不來，未曾敢賣動，因此未有好鮮魚。」李逵跳起來道：「我自去討兩尾活魚來與哥哥吃。」戴宗道：「你休去，只央酒保去回幾尾來便了。」李逵道：「船上打魚的不敢不與我，直得甚麽！」戴宗攔當不住，李逵一直去了。戴宗對宋江説道：「兄長休怪。小弟引這等人來相會，全没些個體面，羞辱殺人。」宋江道：「他生性是恁的，如何教他改得。我到敬他真實不假。」兩個自在琵琶亭上笑語説話取樂。詩曰：

湓内烟景出塵寰，江上峯巒擁髻鬟。明月琵琶人不見，黄蘆苦竹暮朝還。

却説李逵走到江邊看時，見那漁船一字排着，約有八九十隻，都纜繫在緑楊樹下。船上漁人，有斜枕着船梢睡的，有在船頭上結網的，也有在水裏洗浴的。此時正是五月半天氣，一輪紅日將及沉西，不見主人來開艙賣魚。李逵走到船邊，喝一聲道：「你們船上活魚，把兩尾來與我！」那漁人應道：「我們等不見漁牙主人來，不敢開艙。你看那行販都在岸上坐地。」李逵道：「等甚麽鳥主人！先把兩尾魚來與我！」那漁人又答道：「紙也未曾燒，如何敢開艙？那裏先拿魚與你？」李逵見他衆人不肯拿魚，便跳上一隻船去，漁人那裏攔當得住。李逵不省得船上的事，只顧便把竹笆篾一拔，漁人在岸上只叫得：「罷了！」李逵伸手去艎板底下一絞摸時，那裏有一個魚在裏面！原來那大江裏漁船，船尾開半截大孔，放江水出入，養着活魚，却把竹笆篾攔住，以此船艙裏活水往來，養放活魚，因此江州有好鮮魚。這李逵不省得，倒先把竹笆篾提起了，將那一艙活魚都走了。李逵又跳過那邊船上，去拔那竹篾。那七八十漁人都奔上船，把竹篙來打李逵。李逵大怒，焦躁起來，便脱下布衫，裏面單單繫着一條棋子布梢兒。見那亂竹篙打來，兩隻手一駕，早搶了五六條在手裏。一似扭葱般都扭斷了。漁人看見，盡吃一驚，却都去解了纜，把船撑開去了。李逵忿怒，赤條條地拿兩截折竹篙，上岸來趕打，行販都亂紛紛地挑了擔走。

正熱鬧裏，只見一個人從小路裏走出來。衆人看見，叫道：「主人來了！這黑大漢在此搶魚，都趕散了漁船！」那人道：「甚麽黑大漢，敢如此無禮！」衆人把手指道：「那廝兀自在岸邊尋人厮打！」那人搶將過去，喝道：「你這厮吃了豹子心，大蟲膽，也不敢來攪亂老爺的道路！」李逵看那人時，六尺五六身材，三十二三年紀，三柳掩口黑髯，頭上裹頂青紗萬字巾，掩映着穿心紅一點髻兒。上穿一領白布衫，腰繫一條絹搭膊。下面青白褭脚多耳麻鞋。手裏提條行秤。那人正來賣魚，見了李逵在那裏橫七竪八打人，便把秤遞與行販接了，趕上前來，大喝道：「你這厮要打誰！」李逵也不回話，輪過竹篙，却望那人便打。那人搶入去，早奪了竹篙。李逵便一把揪住那人頭髮，那人便奔他下三面，要跌李逵。怎敵得李逵水牛般氣力，直推將開去，不能勾攏身。那人便望肋下躢得幾拳，李逵那裏着在意裏。那人又飛起脚來踢，被李逵直把頭按將下去，提起鐵鎚大小拳頭，去那人脊梁上擂鼓也似打。那人怎生挣扎。李逵正打哩，一個人在背後匹腰抱住，一個人便來幫住手，喝道：「使不得！使不得！」李逵回頭看時，却是宋江、戴宗。李逵便放了手。那人略得脱身，一道烟走了。戴宗埋冤李逵道：「我教你休來討魚，又在這裏和人厮打。倘或一拳打死了人，你不去償命坐牢！」李逵應道：「你怕我連累你，我自打死了一個，我自去承當！」宋江便道：「兄弟休要論口，壞了義氣。拿了布衫，且去吃酒。」李逵向那柳樹根頭拾起布衫，搭在肐膊上，跟了宋江、戴宗便走。

行不得十數步，只聽的背後有人叫罵道：「黑殺才！今番來和你見個輸贏！」李逵回轉頭來看時，便是那人，脱得赤條條地，匾扎起一條水裩兒，露出一身雪練也似白肉；頭上除了巾幘，顯出那個穿心一點紅俏鬏兒來。在江邊獨自一個，把竹篙撑着一隻漁船趕將來，口裏大罵道：「千刀萬剮的黑殺才！老爺怕你的不算好漢，走的不是好男子！」李逵聽了大怒，吼了一聲，撇了布衫，搶轉身來。那人便把船略攏來凑在岸邊，一手把竹篙點定了船，口裏大罵着。李逵也罵道：「好漢便上岸來！」那人把竹篙去李逵腿上便搠，撩撥得李逵火起，托地跳在船上。説時遲，那時快，那人只要誘得李逵上船，便把竹篙望岸邊一點，雙脚一蹬，那隻漁船一似狂風飄敗葉，箭也似投江心裏去了。李逵雖然也識得水，却不甚高。當時慌了手脚。那人也不叫罵，撇了竹篙，叫聲：「你來！今番和你定要見個輸贏！」便把李逵肐膊拿住，口裏説道：「且不和你厮打，先教你吃些水。」兩隻脚把船只一晃，船底朝天，英雄落水。兩個好漢撲捅地都翻筋斗撞下江裏去。宋江、戴宗急趕至岸邊，那隻船已翻在江裏。兩個只在岸上叫苦。江岸邊早擁上三五百人在柳陰樹下看，都道：「這黑大漢今番却着道兒。便掙扎得性命，也吃了一肚皮水。」宋江、戴宗在岸邊看時，只見江面開處，那人把李逵提將起來，又淹將下去。兩個正在江〈州〉（心）裏面，清波碧浪中間，一個顯渾身黑肉，一個露遍體霜膚。兩個打做一團，絞做一塊。江岸上那三五百人貪看，没一個不喝采。論這兩個好漢時，但見：

一個是沂水縣成精異物，一個是小孤山作怪妖魔。這個似酥團結就肌膚，那個如炭屑湊成皮肉。一個是色依壬癸，一個體按庚辛。那個如三冬瑞雪重鋪，這個似半夜陰雲輕罩。一個是馬靈官白蛇托化，一個是趙元帥黑虎投胎。這個似萬萬鎚打就銀人，那個如千千火煉成鐵漢。一個是五臺山銀牙白象，一個是九曲河鐵甲老龍。這個如布漆羅漢顯神通，那個似玉碾金剛施勇猛。一個盤旋良久，汗流遍體迸真珠；一個揪扯多時，水浸渾身傾墨汁。那個學華光藏教主，向碧波深處現形骸；這個〈相〉（像）黑殺天神，在雪浪堆中呈面目。正是玉龍攪暗天邊日，黑鬼掀開水底天。

當時宋江、戴宗看見李逵被那人在水裏揪住，浸得眼白又提起來，又納下去，何止淹了數十遭。宋江見李逵吃虧，便叫戴宗央人去救。戴宗問衆人道：「這白大漢是誰？」有認得的説道：「這個好漢便是本處賣魚主人，喚做張順。」宋江聽得，猛省道：「莫不是綽號浪裏白跳的張順？」衆人道：「正是，正是。」宋江對戴宗説道：「我有他哥哥張横的家書在營裏。」戴宗聽了，便向岸邊高聲叫道：「張二哥，不要動手！有你令兄張横家書在此。這黑大漢是俺們兄弟，你且饒了他，上岸來説話。」張順在江心裏見是戴宗叫他，却也如常認得，便放了李逵幾分，早到岸邊，爬上岸來，看着戴宗，唱個喏道：「院長，休怪小人無禮！」戴宗道：「足下可看我面，且去救了我這兄弟上來，却教你相會一個人。」張順再跳下水裏，赴將開去。李逵正在江裏探頭探腦假掙扎汲水。張順早汲到分際，帶住了李逵一隻手，自把兩條腿踏着水浪，如行平地。那水浸不過他肚皮，淹着臍下，擺了一隻手，直托李逵上岸來。江邊看的人個個喝采。宋江看得呆了半晌。張順、李逵都到岸下，各自爬將起來。戴宗見李逵喘做一團，口裏只吐白水。戴宗道：「且都請你們到琵琶亭上説話。」

張順討了布衫穿着，李逵也穿了布衫，四個人再到琵琶亭上來坐下。戴宗便對張順道：「二哥，你認得我麽？」張順道：「小人自識得院長。只是無緣，不曾拜會。」戴宗指着李逵，問張順道：「足下日常曾認得他麽？今日倒沖撞了你。」張順道：「小人如何不認的李大哥，只是不曾交手。」李逵道：「你也淹得我勾了。」張順道：「你也打得好了。」李逵道：「恁麽便和你兩折過了。」戴宗道：「你兩個今番却做個至交的弟兄。常言道：『不打不成相識。』」李逵道：「你路上休撞着我。」張順道：「我只在水裏等你便了。」四人都笑起來。大家唱個無禮喏。戴宗指着宋江對張順道：「二哥，你曾認得這位兄長麽？」張順看了道：「小人却不認得，這裏亦不曾見。」李逵跳起身來道：「這哥哥便是黑宋江！」張順道：「莫非是山東及時雨鄆城宋押司？」戴宗道：「正是公明哥哥。」張順納頭便拜道：「久聞大名，不想今日得會。多聽的江湖上來往的人説兄長清德，扶危濟困，仗義疏財。」宋江答道：「量小可何足道哉！前日來時，揭陽嶺下混江龍李俊家裏，住了幾日。後在潯陽江上，因穆弘相會，得遇令兄張横，修了一封家書寄來與足下。放在營内，不曾帶得來。今日便和戴院長並李大哥來這裏琵琶亭吃三杯，就觀江景。宋江偶然酒後思量些鮮魚湯醒酒，怎當的他定要來討魚。我兩個阻他不住，只聽得江岸上發喊熱鬧。叫酒保看時，説道：『是黑大漢和人厮打。』我兩個急急走來解勸，不想却與壯士相會。今日得遇三位，豈非天幸！且請同坐，菜酌三杯。」再唤酒保重整杯盤，再備肴饌。

張順道：「既然哥哥要好鮮魚吃，兄弟去取幾尾來。」宋江道：「最好。依例納錢。」張順道：「既然得遇仁兄，事非偶然。兄長何故見外，如此説錢！」李逵道：「我和你去討。」戴宗喝道：「又來了！你還吃的水不快活？」張順笑將起來，綰了李逵手説道：「我今番和你去討魚，看别人怎地。」兩個下琵琶亭來，到得江邊。張順略哨一聲，只見江面上漁船都撑攏來到岸邊。張順問道：「那個船裏有金色鯉魚？」只見這個應道：「我船上來。」那個應道：「我船裏有。」一霎時却湊攏十數尾金色鯉魚來。張順選了四尾大的，把柳條穿了，先教李逵將來亭上整理。張順自點了行販，分付小牙子去把秤賣魚。張順却自來琵琶亭上陪待宋江。宋江謝道：「何須許多，但〈見〉(賜)一尾，也十分勾了。」張順答道：「些小微物，何足掛齒！兄長食不了時，將回行館做下飯。」兩個序齒，李逵年長，坐了第三位，張順坐第四位。再叫酒保討兩樽玉壺香上色酒來，並些海鮮按酒菓品之類。四人正飲酒間，張順分付酒保把一尾魚做辣湯，用酒蒸一尾，教酒保切鱠。四人飲酒中間，各敍胸中之事。

正説得入耳，只見一個女娘，年方二八，穿一身紗衣，來到跟前，深深的道了四個萬福。宋江看了那個女子時，生的如何，但見：

冰肌玉骨，粉面酥胸。杏臉桃腮，醞釀出十分春色；柳眉星眼，粧點就一段精神。花月儀容，蕙蘭情性。心地裏百伶百俐，身材兒不短不長。聲如鶯囀喬林，體似燕穿新柳。正是春睡海棠晞曉露，一枝芍藥醉春風。

那女娘道罷萬福，頓開喉音便唱。李逵正待要賣弄胸中許多豪傑的事務，却被他唱起來一攪，三個且都聽唱，打斷了他話頭。李逵怒從心上起，惡向膽邊生，跳起身來，把兩個指頭去那女娘子額上一點，那女子大叫一聲，驀然倒地。衆人近前看時，只見那女娘子桃腮似土，檀口無言。未知五臟如何，先見四肢不舉。那酒店主人一發向前攔住四人，要去經官告理。正是只因一念錯，現出百般形。且看這女子性命如何？古云：「好句有情憐夜月，落花無語怨東風。」畢竟宋江等四人在酒店裏怎地脱身，且聽下回分解。

李生曰：凡言詞修飾，禮數閑熟的，心肝倒是强盜。如李大哥，雖是鹵莽，不知禮數，却是情真意實，生死可托。所以孔夫子曰：巧言令色，鮮矣仁，君子不可小知而可大受也。上大人丘乙已真是個人精，真是個人極。

卷三九 圖

梁山泊宋江傳假信

第三十九回　潯陽樓宋江吟反詩　梁山泊戴宗傳假信

詩曰：

閑來乘興入江樓，渺渺煙波接素秋。呼酒謾澆千古恨，吟詩欲瀉百重愁。贋書不遂英雄志，失脚翻成狴犴囚。搔動梁山諸義士，一齊雲擁鬧江州。

話説當下李逵把指頭納倒了那女娘。酒店主人攔住説道：「四位官人，如何是好？」主人心慌，便叫酒保、過賣都向前來救他。就地下把水噴噀，看看甦醒。扶將起來看時，額角上抹脱了一片油皮，因此那女子暈昏倒了。救得醒來，千好萬好。他的爹娘聽得説是黑旋風，先自驚得呆了半晌，那裏敢説一言。看那女子已自説得話了，娘母取個手帕自與他包了頭，收拾了釵環。宋江見他有不願經官的意思，便喚那老婦人問道：「你姓甚麽？那裏人家？如今待要怎地？」那婦人道：「不瞞官人説，老身夫妻兩口兒，姓宋，〔眉〕這個婆子委是姓宋，與花榮以宋公明姓劉的不同。原是京師人。只有這個女兒，小字玉蓮。因爲家窘，他爹自教得他幾曲兒，胡亂叫他來這琵琶亭上賣唱養口。爲他性急，不看頭勢，不管官人説話，只顧便唱。今日這哥哥失手傷了女兒些個，終不成經官動詞，連累官人。」宋江見他説得本分，又且同姓，宋江便道：「你着甚人跟我到營裏，我與你二十兩銀子將息女兒，日後嫁個良人，免在這裏賣唱。」那夫妻兩口兒便拜謝道：「怎敢指望許多！但得三五兩也十分足矣。」宋江道：「我說一句是一句，並不會說謊。你便叫你老兒自跟我去討與他。」那夫妻二人拜謝道：「深感官人救濟。」戴宗埋怨李逵道：「你這厮要便與人合口，又教哥哥壞了許多銀子。」李逵道：「只指頭略擦得一擦，趣。他自倒了。不曾見這般鳥女子，恁地嬌嫩！你便在我臉上打一百拳也不妨！」〔眉〕李大哥再不自是。宋江等衆人都笑起來。張順便叫酒保去說：「這席酒錢我自還他。」酒保聽得道：「不妨，不妨。只顧去。」宋江那裏肯，便道：「兄弟，我勸二位來吃酒，倒要你還錢，於禮不當。」張順苦死要還，說道：「難得哥哥會面。仁兄在山東時，小弟哥兒兩個也兀自要來投奔哥哥。今日天幸得識尊顏，權表薄意，非足爲禮。」戴宗道：「公明兄長，既然是張二哥相敬之心，仁兄曲允。」宋江道：「這等却不好看。既然兄弟還了，改日却另置杯復禮。」張順大喜，就將了兩尾鯉魚，和戴宗、李逵帶了這個宋老兒，都送宋江離了琵琶亭，來到營裏。五個人都進抄事房裏坐下。宋江先取兩錠小銀二十兩，與了宋老兒。〔眉〕把這二十兩銀子與他三人看樣，賊，賊。那老兒拜謝了去，不在話下。天色已晚，張順送了魚，宋江取出張橫書付與張順，相別去了。戴宗、李逵也自作別趕入城去了。

只說宋江把一尾魚送與管營，留一尾自吃。宋江因見魚鮮，貪愛爽口，多吃了些，至夜四更，肚裏絞腸刮肚價疼，天明時一連瀉了二十來遭，昏暈倒了，睡在房中。宋江爲人最好，營裏衆人都來煮粥燒湯，看覷伏侍他。次日，張順因見宋江愛魚吃，又將得好金色大鯉魚兩尾送來，就謝宋江寄書之義。

却見宋江破腹瀉倒在床，衆囚徒都在房裏看視。張順見了，要請醫人調治。宋江道：「自貪口腹，吃了些鮮魚，苦無甚深傷，只壞了肚腹。你只與我贖一貼止瀉六和湯來吃，便好了。」叫張順把這兩尾魚，一尾送與王管營，一尾送與趙差撥。張順送了魚，就贖了一貼六和湯藥來，與宋江了，自回去，不在話下。營内自有衆人煎藥伏侍。次日，却見戴宗、李逵備了酒肉，逕來抄事房看望宋江。只見宋江暴病纔可，吃不得酒肉，兩個自在房面前吃了。直至日晚，相別去了，亦不在話下。

只説宋江自在營中將息了五七日，覺得身體沒事，病症已痊，思量要入城中去尋戴宗。又過了一日，不見他一個來。次日早飯罷，辰牌前後，揣了些銀子，鎖上房門，離了營裏，信步出街來，逕走入城，去州衙前左邊，尋問戴院長家。有人説道：「他又無老小，只止本身，只在城隍廟間壁觀音庵裏歇。」宋江聽了，尋訪直到那裏，已自鎖了門出去了。却又來尋問黑旋風李逵時，多人説道：「他是個没頭神，又無住處，只在牢裏安身。没地里的巡檢，東邊歇兩日，西邊歪幾時，正不知他那裏是住處。」宋江又尋問賣魚牙子張順時，亦有人説道：「他自在城外村裏住。便是賣魚時，也只在城外江邊。只除非討賒錢入城來。」〔眉〕三答亦傳神。

宋江聽罷，又尋出城來，直要問到那裏。獨自一個，悶悶不已，信步再出城外來。看見那一派江景非常，觀之不足。正行到一座酒樓前過，仰面看時，傍邊竪着一根望竿，懸掛着一個青布酒旆子，上寫道「潯陽江正庫」，雕簷外一面牌額，上有蘇東坡大書「潯陽樓」三字。宋江看了，便道：「我在鄆城縣時，只聽得説江州好座潯陽樓，原來却在這裏。我雖獨自一個在此，不可〈不〉錯過，何不且上樓自己看玩一遭。」宋江來到樓前看時，只見門邊朱紅華表柱上，兩面白粉牌，各有五個大字，寫道：「世間無比酒，天下有名樓。」宋江便上樓來，去靠江占一座閣子裏坐了，憑闌舉目看時，端的好座酒樓！但見：

雕簷映日，畫棟飛雲。碧闌干低接軒窗，翠簾幕高懸户牖。吹笙品笛，盡都是公子王孫；執盞擎壺，擺列着歌姬舞女。消磨醉眼，倚青天萬疊雲山；勾惹吟魂，翻瑞雪一江煙水。白蘋渡口，時聞漁父鳴榔；紅蓼灘頭，每見釣翁擊楫。樓畔緑槐啼野鳥，門前翠柳繫花驄。

宋江看罷潯陽樓，喝采不已，憑闌坐下。酒保上樓來，唱了個喏，下了簾子，請問道：「官人還是要待客，只是自消遣？」宋江道：「要待兩位客人，未見來。你且先取一尊好酒，菓品肉食，只顧賣來。魚便不要。」點綴。〔眉〕魚便不要，是何等照顧，直恁聰明。酒保聽了，便下樓去。少時，一托盤把上樓來。一尊藍橋風月美酒，擺下菜蔬時新菓品按酒，列幾般肥羊、嫩雞、釀鵝、精肉，盡使朱紅盤碟。宋江看了，心中暗喜，自誇道：「這般整齊肴饌，濟楚器皿，端的是好個江州。我雖是犯罪遠流到此，却也看了些真山真水。我那裏雖有幾座名山古迹，却無此等景致。」獨自一個，一杯兩盞，倚闌暢飲，不覺沉醉。猛然驀上心來，思想道：「我生在山東，長在鄆城，學吏出身，結識了多少江湖上人，雖留得一個虛名，目今三旬之上，名又不成，功又不就，倒被文了雙頰，配來在這裏。我家鄉上老父和兄弟，如何得相見！」不覺酒湧上來，潸然淚下。臨風觸目，感恨傷懷。〔眉〕真情。忽然做了一首《西江月》詞調，便喚酒保，索借筆硯。起身觀玩，見白粉壁上，多有先人題詠。宋江尋思道：「何不就書於此？倘若他日身榮，再來經過，重睹一番。以記歲月，想今日之苦。」乘其酒興，磨得墨濃，蘸得筆飽，去那白粉壁上，揮毫便寫道：

「自幼曾攻經史，長成亦有權謀。恰如猛虎卧荒丘，潛伏爪牙忍受。不幸刺文雙頰，那堪配在江州。他年若得報冤仇，血染潯陽江口。」觀此，可知宋公明真品格矣。

宋江寫罷，自看了，大喜大笑。一面又飲了數杯酒，不覺歡喜，自狂蕩起來，手舞足蹈，又拏起筆來，去那《西江月》後，再寫下四句詩，〔眉〕光景欲真。道是：

「心在山東身在吴，飄蓬江海謾嗟吁。他時若遂淩雲志，敢笑黄巢不丈夫！」

宋江寫罷詩，又去後面大書五字道：「鄆城宋江作。」寫罷，擲筆在桌上，又自歌了一回，再飲過數杯酒，不覺沉醉，力不勝酒。便唤酒保計算了，取些銀子算還，多的都賞了酒保。拂袖下樓來，浪浪蹌蹌，取路回營裏來。開了房門，便倒在牀上，一覺直睡到五更。酒醒時，全然不記得昨日在潯陽江樓上題詩一節。當日害酒，自在房裏睡卧，不在話下。

且説這江州對岸有個去處，唤做無爲軍，却是個野去處。城中有個在閑通判，姓黄，雙名文炳。這人雖讀經書，却是阿諛諂佞之徒，〔眉〕如今讀經書的，那一個不是阿諛諂佞之徒！心地褊窄，只要嫉賢妬能。勝如己者害之，不如己者弄之，專在鄉里害人。聞知這蔡九知府是當朝蔡太師兒子，每每來浸潤他，時常過江來謁訪知府，指望他引薦出職，再欲做官。也是宋江命運合當受苦，撞了這個對頭。真對頭。當日這黄文炳在私家閑坐，無可消遣，帶了兩個僕人，買了些時新禮物，自家一隻快船渡過江來，逕去府裏探望蔡九知府。恰恨撞着府裏公宴，不敢進去，却再回船邊來歸去，不期那隻船僕人已纜在潯陽樓下。黄文炳因見天氣暄熱，且去樓上閑玩一回，信步入酒庫裏來，看了一遭，轉到酒樓上，憑欄消遣。觀見壁上題詠甚多，説道：「前人詩詞也有作得好的，亦有歪談亂道的。」還是歪談亂道的多。黄文炳看了冷笑。正看到宋江題《西江月》詞並所吟四句詩，大驚道：「這個不是反詩？誰寫在此？」後面却書道「鄆城宋江作」五個大字。黄文炳再讀道：「自幼曾攻經史，長成亦有權謀。」冷笑道：「這人自負不淺。」畫。〔眉〕真知己。又讀道：「恰如猛虎卧荒丘，潛伏爪牙忍受。」黄文炳道：「那厮也是個不依本分的人。」畫。又讀：「不幸刺文雙頰，那堪配在江州。」黄文炳道：「也不是個高尚其志的人，看來只是個配軍。」畫。又讀道：「他年若得報冤仇，血染潯陽江口。」黄文炳道：「這厮報仇兀誰？却要在此間報仇！量你是個配軍，做得甚用！」通判見識。又讀詩道：「心在山東身在吴，飄蓬江海謾嗟吁。」黄文炳道：「這兩句兀自可恕。」又讀道：「他時若遂淩雲志，敢笑黄巢不丈夫！」黄文炳摇着頭道：「這厮無禮，他却要賽過黄巢！不謀反，待怎地？」再看了「鄆城宋江作」，黄文炳道：「我也多曾聞這個名字，那人多管是個小吏。」便叫酒保來問道：「作這兩篇詩詞，端的是何人題下在此？」酒保道：「夜來一個人獨自吃了一瓶酒，醉後疏狂，寫在這裏。」黄文炳道：「約模甚麽樣人？」酒保道：「面頰上有兩行金印，多管是牢城營内人。生得黑矮肥胖。」黄文炳道：「是了。」就借筆硯，取幅紙來抄了，藏在身邊，分付酒保休要刮去了。〔眉〕有用之人。黄文炳下樓，自去船中歇了一夜。

次日飯後，僕人挑了盒仗，一逕又到府前。正值知府退堂在衙内，使人入去報復。多樣時，蔡九知府遣人出來，邀請在後堂。蔡九知府却出來與黃文炳敍罷寒温已畢，送了禮物，分賓坐下。黃文炳稟説道：「文炳夜來渡江，到府拜望，聞知公宴，不敢擅入。今日重復拜見恩相。」蔡九知府道：「通判乃是心腹之交，逕入來同坐何妨。下官有失迎迓。」左右執事人獻茶。茶罷，黃文炳道：「相公在上，不敢拜問，不知近日尊府太師恩相曾使人來否？」畫。知府道：「前日纔有書來。」黃文炳道：「不敢動問，京師近日有何新聞？」知府道：「家尊寫來書上分付道：近日太史院司天監奏道：夜觀天象，罡星照臨吴楚分野之地。敢有作耗之人，隨即體察剿除。囑付下官，緊守地方。更兼街坊小兒謡言四句道：

『耗國因家木，刀兵點水工。縱横三十六，播亂在山東。』

因此特寫封家書來，教下官提備。」黃文炳尋思了半晌，笑道：「恩相，事非偶然也。」（眉）果不偶然。黃文炳袖中取出所抄之詩，呈與知府道：「不想却在於此處。」蔡九知府看了道：「這個却正是反詩，通判那裏得來？」黃文炳道：「小生夜來不敢進府，回至江邊，無可消遣，却去潯陽樓上避熱閑玩，觀看前人吟咏，只見白粉壁上新題下這篇。」知府道：「却是何等樣人寫下？」黃文炳回道：「相公，上面明題着姓名，道是『鄆城宋江作』。」知府道：「這宋江却是甚麽人？」黃文炳道：「他分明寫，自道：『不幸刺文雙頰，〈只今〉（那堪）配在江州。』眼見得只是個配軍，牢城營犯罪的囚徒。」知府道：「量這個配軍做得甚麽！」都是這般見識。黃文炳道：「相公不可小覷了他。恰纔相公所言，尊府恩相家書説，小兒謡言，正應在本人身上。」知府道：「何以見得？」黃文炳道：「『耗國因家木』，耗散國家錢糧的人，必是家頭着個木字，明明是個宋字。第二句『刀兵點水工』，興起刀兵之人，水邊着個工字，明是個江字。這個人姓宋名江，又作下反詩，明是天數，萬民有福。」知府又問道：「何爲『縱横三十六，播亂在山東』？」黄文炳答道：「或是六六之年，或是六六之數，『播亂在山東』，今鄆城縣正是山東地方。〔眉〕此人用得。這四句謡言，已都應了。」知府又道：「不知此間有這個人麽？」黄文炳回道：「小生夜來問那酒保〈以〉（時），説道這人只是前日寫下了去。這個不難，只取牢城營文册一查，便見有無。」知府道：「通判高見極明。」便唤從人叫庫子取過牢城營裏文册簿來看。當時從人於庫内取至文册，蔡九知府親自檢看，見後面果有於今五月間新配到囚徒一名，鄆城縣宋江。黄文炳看了道：「正是應謡言的人，非同小可。如是遲緩，誠恐走透了消息。可急差人捕獲，下在牢裏，却再商議。」知府道：「言之極當。」隨即升廳，叫唤兩院押牢節級過來。廳下戴宗聲喏。知府道：「你與我帶了做公的人，快下牢城營裏捉拏潯陽樓吟反詩的犯人鄆城縣宋江來，不可時刻違誤！」戴宗聽罷，吃了一驚，心裏只叫得苦。隨即出府來點了衆節級牢子，都叫各去家裏取了各人器械，「來我間壁城隍廟裏取齊。」戴宗分付了衆人，各自歸家去。

戴宗即自作起神行法，先來到牢城營裏，逕入抄事房，推開門看時，宋江正在房裏。見是戴宗入來，慌忙迎接，便道：「我前日入城來，那裏不尋遍！因賢弟不在，獨自無聊，自去潯陽樓上飲了一瓶酒。這兩日迷迷不好，正在這裏害酒。」戴宗道：「哥哥，你前日却寫下甚言語在樓上？」宋江道：「醉後狂言，忘記了，誰人記得！」戴宗道：「却纔知府唤我當廳發落，叫多帶從人，拏捉潯陽樓上題反詩的犯人鄆城縣宋江正身赴官。兄弟吃了一驚，先去穩住衆做公的，在城隍廟等候。如今我特來先報知哥哥，却是怎地好！如何解救？」宋江聽罷，撓頭不知痒處，只叫得苦：「我今番必是死也！」詩曰：

一首新詩寫壯懷，誰知銷骨更招災。戴宗特地傳消息，明炳機先早去來。

戴宗道：「我教仁兄一着解手，未知如何？如今小弟不敢擔閣，回去便和人來捉你。你可披亂了頭髮，把尿屎潑在地上，就倒在裏面，詐作風魔。我和衆人來時，你便口裏胡言亂語，只做失心風便好。我自去替你回復知府。」〔眉〕胡説，何不就走。宋江感道：「謝賢弟指教，萬望維持則個！」戴宗慌忙别了宋江，回到城裏，逕來城隍廟，唤了衆人做公的，一直奔入牢城營裏來，徑喝問了：「那個是新配來的宋江？」牌頭引衆人到抄事房裏，只見宋江披散頭髮，倒在尿屎坑裏滚。見了戴宗和做〈工〉（公）的人來，便説道：「你們是甚麼鳥人？」戴宗假意大喝一聲：「捉拏這厮！」宋江白着眼，却亂打將來，口裏亂道：「我是玉皇大帝的女婿，丈人教我領十萬天兵，來殺你江州人。閻羅大王做先鋒，五道將軍做合後。與我一顆金印，重八百餘斤。殺你這般鳥人！」衆做公的道：「原來是個失心風的漢子，我們拏他去何用？」戴宗道：「説得是。我們且去回話，要拏時再來。」衆人跟了戴宗回到州衙裏，蔡九知府在廳上專等回報。戴宗和衆做公的在廳下回復知府道：「原來這宋江是個失心風的人，尿屎穢污全不顧，口裏胡言亂語，全無正性。渾身臭糞不可當，因此不敢拏來。」蔡九知府正待要問緣故時，黄文炳早在屏風背後轉將出來，對知府道：「休信這話！本人作的詩詞，寫的筆迹，不是有風症的人，其中有詐。好歹只顧拏來，便走不動，扛也扛將來。」〔眉〕這個通判通。蔡九知府道：「通判説得是。」便發落戴宗：「你們不揀怎地，只與我拏得來，在此專等。」

戴宗領了鈞旨，只叫得苦。再將帶了衆人，下牢城營裏來，對宋江道：「仁兄，事不諧矣。兄長只得去走一遭。」便把一個大竹籮，扛了宋江，直擡到江州府裏，當廳歇下。知府道：「拏過這厮來！」衆做公的把宋江押於階下。宋江那裏肯跪，睜着眼，見了蔡九知府道：「你是甚麽鳥人，敢來問我！我是玉皇大帝的女婿，丈人教我引十萬天兵，來殺你江州人。閻羅大王做先鋒，五道將軍做合後。有一顆金印，重八百餘斤。你也快躲了我。不時，教你們都死！」〔眉〕小計較，如何使得。蔡九知府看了，没做理會處。黄文炳又對知府道：「且喚本營差撥並牌頭來問，這人來時有風，近日却纔風？若是來時風，便是真症候；若是近日纔風，必是詐風。」什麽要緊，大家風些好。知府道：「言之極當。」便差人喚到管營差撥，問他兩個時，那裏敢隱瞞，只得直説道：「這人來時不見有風病，敢只是近日舉發此症。」知府聽了大怒，喚過牢子獄卒，把宋江捆翻，一連打上五十下。打得宋江一佛出世，二佛涅槃，皮開肉綻，鮮血淋漓。戴宗看了，只叫得苦，又没做道理救他處。宋江初時也胡言亂語，次後吃拷打不過，只得招道：「自不合一時酒後，誤寫反詩，别無主意。」蔡九知府明取了招狀，將一面二十五斤死囚枷枷了，推放大牢裏收禁。宋江吃打得兩腿走不動。當廳釘了，直押赴死囚牢裏來。却得戴宗一力維持，分付了衆小牢子，都教好覷此人。戴宗自安排飯食，供給宋江，不在話下。【詩曰：

江上高樓風景濃，偶因登眺氣如虹。興狂忽漫題新句，却被拘攣狴犴中。】删。

再説蔡九知府退廳，邀請黃文炳到後堂，稱謝道：「若非通判高明遠見，下官險些兒被這厮瞞過了。」黃文炳又道：「相公在上，此事也不可宜遲，只好急急修一封書，便差人星夜上京師，報與尊府恩相知道，顯得相公幹了這件國家大事。就一發稟道：若要活的，便着一輛陷車解上京；如不要活的，恐防路途走失，就於本處斬首號令，以除大害，萬民稱快。便是今上得知，必喜。」蔡九知府道：「通判所言有理，見得極明。下官即〈目〉（日）也要使人回家送禮物去，書上就薦通判之功，使家尊面奏天子，早早升授富貴城池，去享榮華。」黃文炳拜謝道：「小生終身皆托於門下，自當銜環背鞍之報。」畫。〔眉〕通判此時快活不可言，只怕未必。黃文炳就攛掇蔡九知府寫了家書，印上圖書。黃文炳問道：「相公差那個心腹人去？」知府道：「本州自有個兩院節級，喚做戴宗，會使神行法，一日能行八百里路程。只來早便差此人逕往京師，只消旬日，可以往回。」黃文炳道：「若得如此之快，最好，最好！」蔡九知府就後堂置酒管待了黃文炳，次日相辭知府，自回無爲軍去了。詩曰：

堪恨奸邪用意深，事非干己苦侵尋。難道沒干己？致將忠義囚囹圄，報應終當活剖心。

且説蔡九知府安排兩個信籠，打點了金珠寶貝玩好之物，上面都貼了封皮。次日早晨，喚過戴宗到後堂，囑付道：「我有這般禮物，一封家書，要送上東京太師府裏去，慶賀我父親六月十五日生辰。日期將近，只有你能幹去得。你休辭辛苦，可與我星夜去走一遭，討了回書，便轉來。我自重重地賞你。你的程途，都在我心上，我已料着你神行的日期，專等你回報。切不可沿途耽閣，有誤事情！」戴宗聽了，不敢不依。只得領了家書信籠，便拜辭了知府，挑回下處安頓了。却來牢裏對宋江説道：

「哥哥放心。知府差我上京師去，只旬日之間便回，就太師府裏使些見識，解救哥哥的事。每日飯食，我自分付在李逵身上，委着他安排送來，不教有缺。仁兄且寬心守奈幾日。」宋江道：「望煩賢弟救宋江一命則個！」戴宗叫過李逵，當面分付道：「你哥哥誤題了反詩，在這裏吃官司，未知如何。我如今又吃差往東京去，早晚便回。牢裏哥哥飯食，朝暮全靠着你看覷他則個。」李逵應道：「吟了反詩，打甚麽鳥緊！萬千謀反的，倒做了大官。是。你自放心東京去，牢裏誰敢奈何他！我好便好，不好，我使老大斧頭砍他娘！」戴宗臨行，又囑付道：「兄弟小心，不要貪酒，失誤了哥哥飯食。休得出去噇醉了，餓着哥哥。」李逵道：「哥哥你自放心去，若是這等疑忌時，兄弟從今日就斷了酒，快人。待你回來却開。早晚只在牢裏伏侍宋江哥哥，有何不可！」戴宗聽了大喜道：「兄弟若得如此發心堅意，守看哥哥，又好。」當日作別自去了。李逵真個不吃酒，早晚只在牢裏伏侍宋江，寸步不離。信。

不説李逵自看覷宋江，且説戴宗回到下處，換了腿絣護膝，八搭麻鞋，穿上杏黄衫，整了腤膊，腰裏插了宣牌，換了巾幘，便袋裏藏了書信、盤纏，挑上兩個信籠，出到城外。身邊取出四個甲馬，去兩隻腿上每隻各拴兩個，肩上挑上兩個信籠，口裏念起神行法呪語來。怎見得神行法効驗，有《西江月》爲證：

> 仿佛渾如駕霧，依稀好似騰雲。如飛兩脚蕩紅塵，越嶺登山去緊。頃刻纔離鄉鎮，片時又過州城。金錢甲馬果通神，萬里如同眼近。

當日戴宗離了江州，一日行到晚，投客店安歇。解下甲馬，取數陌金紙燒送了。過了一宿，次日早起來，吃了素食，離了客店，又拴上四個甲馬，挑起信籠，放開脚步便行。端的是耳邊風雨之聲，脚不點地。路上略吃些素飯、素酒、點心又走。看看日暮，戴宗早歇了，又投客店宿歇一夜。次日起個五更，趕早涼行，拴上甲馬，挑上信籠又走。約行過了三二百里，已是巳牌時分，不見一個乾净酒店。此時正是六月初旬天氣，蒸得汗雨淋漓，滿身蒸濕，又怕中了暑氣。正飢渴之際，早望見前面樹林側首一座傍水臨湖酒肆。戴宗撚指間走到跟前看時，乾乾净净，有二十付座頭，盡是紅油桌凳，一帶都是檻窗。戴宗挑着信籠，入到裏面，揀一付穩便座頭，歇下信籠，解下腰裏搭膊，脱下杏黄衫，噴口水，晾在窗欄上。戴宗坐下，只見個酒保來問道：「上下，打兩角酒？要甚麽肉食下酒？或鵝猪羊牛肉？」戴宗道：「酒便不要多，與我做口飯來吃。」酒保又道：「我這裏賣酒賣飯，又有饅頭粉湯。」戴宗道：「我却不吃葷酒，有甚素湯下飯？」酒保道：「加料麻辣爊豆腐如何？」戴宗道：「最好，最好！」酒保去不多時，爊一碗豆腐，放兩碟菜蔬，連篩三大碗酒來。戴宗正饑又渴，一上把酒和豆腐都吃了，却待討飯吃，只見天旋地轉，頭暈眼花，就凳邊便倒。酒保叫道：「倒了！」只見店裏走出一個人來。怎生模樣，但見：

臂闊腿長腰細，待客一團和氣。梁山作眼英雄，旱地忽律朱貴。

當下朱貴從裏面出來，説道：「且把信籠將入去，先搜那厮身邊有甚東西？」便有兩個火家去他身上搜看。只見便袋裏搜出一個紙包，包着一封書，取過來遞與朱頭領。朱貴扯開，却是一封家書，見封皮上面寫道：「平安家書，百拜奉上父親大人膝下，男蔡德章謹封。」朱貴便拆開，從頭看了。見上面寫道：「見今拏得應謡言題反詩山東宋江，監收在牢一節，聽候施行。」朱貴看罷，驚得呆了半晌，則聲不得。火家正把戴宗扛起來，背入殺人作坊裏去開剥。只見凳頭邊溜下膞膊，上掛着硃紅緑漆宣牌。朱貴拏起來看時，上面雕着銀字，道是「江州兩院押牢節級戴宗」。朱貴看了道：「且不要動手。我常聽的軍師所説，這江州有個神行太保戴宗，是他至愛相識，莫非正是此人？如何倒送書去害宋江？這一段事却又得天幸躭住，宋哥哥性命不當死，撞在我手裏。你那火家，且與我把解藥救醒他來，問個虚實緣由。」

當時火家把水調了解藥，扶起來灌將下去。須臾之間，只見戴宗舒眉展眼，便爬起來，却見朱貴拆開家書在手裏看。戴宗便叫道：「你是甚人？好大膽！却把蒙汗藥麻翻了我。如今又把太師府書信擅開，拆毁了封皮，却該甚罪！」朱貴笑道：「這封鳥書打甚麽不緊！休説拆開了太師府書札，便有利害，俺這裏兀自要和大宋皇帝做個對頭的！」（眉）此人不俗。戴宗聽了大驚，便問道：「足下好漢，你却是誰？願求大名。」朱貴答道：「俺這裏行不更名，坐不改姓，梁山泊好漢旱地忽律朱貴的便是。」戴宗道：「既然是梁山泊頭領時，〈怎地却〉（定然）認得吴學究先生。」朱貴道：「吴學究是俺大寨裏軍師，執掌兵權，足下如何認得他？」戴宗道：「他和小可至愛相識。」朱貴道：「亦聞軍師多曾説來，兄長莫非是江州神行太保戴院長？」戴宗道：「小可便是。」朱貴又問道：「前者宋公明斷配江州，經過山寨，吴軍師曾寄一封書與足下。如今却倒去害宋三郎性命！」戴宗又説道：「宋公明和我又是至愛弟兄，他如今爲吟了反詩，救他不得。我如今正要往京師尋門路救他，我如何肯害他性命！」朱貴道：「你不信，請看蔡九知府的來書。」戴宗看了，自吃一驚。却把吳學究初寄的書，與宋公明相會的話，並宋江在潯陽樓醉後誤題反詩一事，都將備細説了一遍。朱貴道：「既然如此，請院長親到山寨裏與衆頭領商議良策，可救宋公明性命。」

朱貴慌忙叫備分例酒食，管待了戴宗。便向水亭上，覷着對港放了一枝號箭。響箭到處，早有小嘍囉摇過船來。朱貴便同戴宗帶了信籠下船，到金沙灘上岸，引至大寨。吳用見報，連忙下關迎接。見了戴宗，敍禮道：「間別久矣！今日甚風吹得到此？且請到大寨裏來。」與衆頭領相見了，朱貴説起戴宗來的緣故，「如今宋公明見監在彼。」晁蓋聽得，慌忙請戴院長坐地，備問：「緣何我宋三郎吃官司，爲因甚麽事起來？」戴宗却把宋江吟反詩的事，一一對晁蓋等衆人説了。晁蓋聽罷大驚，便要起請衆頭領，點了人馬，下山去打江州，救取宋三郎上山。吳用諫道：「哥哥不可造次。江州離此間路遠，軍馬去時，誠恐因而惹禍，打草驚蛇，倒送宋公明性命。此一段事，不可力敵，只可智取。〔眉〕是。吳用不才，略施小計，只在戴院長身上，定要救宋三郎性命。」晁蓋道：「願聞軍師妙計。」吳學究道：「如今蔡九知府却差院長送書上東京去，討太師回報。只這封書上，將計就計，寫一封假回書，教院長回去。書上只説教把犯人宋江切不可施〈行〉（刑），便須密切差的當人員解赴東京，問了詳細，定行處決示衆，斷絶童謡。等他解來此間經過，我這裏自差人下山奪了。〔眉〕大是。此計如何？」晁蓋道：「倘若不從這裏經過，却不誤了大事？」公孫勝便道：「這個何難。我們自着人去遠近探聽，遮莫從那裏過，務要等着，好歹奪了。只怕不能勾他解來。」晁蓋道：「好却是好，只是没人會寫蔡京筆迹。」吳學究道：「吴用已思量心裏了。如今天下盛行四家字體，是蘇東坡、黄魯直、米元章、蔡太師四家字體。蘇、黄、米、蔡，宋朝四絶。小生曾和濟州城裏一個秀才做相識，那人姓蕭名讓，因他會寫諸家字體，人都唤他做聖手書生。〈及〉（又）會使鎗弄棒，舞劍輪刀。吴用知他寫得蔡京筆迹，不若央及戴院長就到他家，賺道泰安州岳廟裏要寫道碑文，先送五十兩銀子在此，作安家之資，便要他來。隨後却使人賺了他老小上山，就教本人入夥，如何？」晁蓋道：「書有他寫，便好歹也須用使個圖書印記。」吴學究又道：「吴用再有個相識，小生亦思量在肚裏了。這人也是中原一絶，見在濟州城裏居住，本身姓金，雙名大堅。開得好石碑文，剔得好圖書玉石印記，亦會鎗棒厮打。因爲他雕得好玉石，人都稱他做玉臂匠。也把五十兩銀去，就賺他來鐫碑文。到半路上，却也如此行便了。這兩個人山寨裏亦有用他處。」晁蓋道：「妙哉！」當日且安排筵席，管待戴宗，就晚歇了。

次日早飯罷，煩請戴院長打扮做太保模樣，將了一二百兩銀子，拴上甲馬，便下山，把船渡過金沙灘上岸，拽開脚步奔到濟州來。没兩個時辰，早到城裏。尋問聖手書生蕭讓住處，有人指道：「只在州衙東首文廟前居住。」戴宗逕到門首，咳嗽一聲，問道：「蕭先生有麽？」只見一個秀才從裏面出來。那人怎生模樣，有詩爲證：

青衫烏帽氣棱棱，頃刻龍蛇筆底生。米蔡蘇黄能仿佛，善書聖手有名聲。

那蕭讓出到外面，見了戴宗，却不認得，便問道：「太保何處？有甚見教？」戴宗施禮罷，説道：「小可是泰安州嶽廟裏打供太保。今爲本廟重修五岳樓，本州上户要刻道碑文，特地教小可賫白銀五十兩作安家之資，請秀才便那尊步，同到廟裏作文則個。選定了日期，不可遲滯。」蕭讓道：「小生只會作文及書丹，別無甚用。如要立碑，還用刊字匠作。」戴宗道：「小可再有五十兩白銀，就要請玉臂匠金大堅刻石。揀定了好日，萬望二位便那尊步。」蕭讓得了五十兩銀子，便和戴宗同來尋請金大堅。正行過文廟，只見蕭讓把手指道：「前面那個來的，便是玉臂匠金大堅。」戴宗擡頭看時，見那人眉目不凡，資質秀麗。那人怎生模樣，有詩爲證：

鳳篆龍章信手生，雕鐫印信更分明。人稱玉臂非虚譽，藝苑馳聲第一名。

當時蕭讓喚住金大堅，教與戴宗相見，且説泰安州嶽廟裏重修五岳樓，衆上户要立道碑文碣石之事，「這太保特地各賫五十兩銀子，來請我和你兩個去。」金大堅見了銀子，心中歡喜。兩個邀請戴宗就酒肆中市沽三杯，置些蔬食，管待了。戴宗就付與金大堅五十兩銀子，作安家之資。又説道：「陰陽人已揀定了日期，請二位今日便煩動身。」蕭讓道：「天氣暄熱，今日便動身也行不多路，前面趕不上宿頭。只是來日起個五更，挨門出去。」金大堅道：「正是如此説。」兩個都約定了來早起身，各自歸家，收拾動用。蕭讓留戴宗在家宿歇。

次日五更，金大堅持了包裹行頭，來和蕭讓、戴宗三人同行。離了濟州城裏，行不過十里多路。戴宗道：「二位先生慢來，不敢催逼。小可先去報知衆上户來接二位。」拽開步數，争先去了。這兩個背着些包裹，自慢慢而行。看看走到未牌時分，約莫也走過了七八十里路，只見前面一聲胡哨響，山城坡下跳出一夥好漢，約有四五十人。當頭一個好漢，正是那清風山王矮虎。大喝一聲道：「你那兩個是甚麼人？那裏去？孩兒們，拿這厮取心兒吃酒！」蕭讓告道：「小人兩個是上泰安州刻石鐫文的，又没一分財賦，止有幾件衣服。」王矮虎喝道：「俺不要你財賦衣服，只要你兩個聰明人的心肝做下酒！」吃不得，使盡心，没味了。蕭讓和金大堅焦躁，倚仗各人胸中本事，便挺着桿棒逕奔王矮虎。王矮虎也挺朴刀來鬥兩個。三人各使手中器械，約戰了五七合，王矮虎轉身便走。兩個却待去趕，聽得山上鑼聲又響，左邊走出雲裏金剛宋萬，右邊走出摸着天杜遷，背後却是白面郎君鄭天壽。各帶三十餘人，一發上，把蕭讓、金大堅横拖倒拽，捉投林子裏來。四籌好漢道：「你兩個放心，我們奉着晁天王的將令，特來請你二位上山入夥。」蕭讓道：「山寨裏要我們何用？我兩個手無縛雞之力，只好吃飯。」杜遷道：「吴軍師一來與你相識，二乃知你兩個武藝本事，特使戴宗來宅上相請。」蕭讓、金大堅都面面厮覷，做聲不得。當時都到旱地忽律朱貴酒店裏，相待了分例酒食，連夜唤船，便送上山來。

到得大寨，晁蓋、吴用並頭領衆人都相見了，一面安排筵席相待。且説修蔡京回書一事，「因請二位上山入夥，共聚大義。」（眉）好個吴用，只是要人做强盗，何也？兩個聽了，都扯住吴學究〈笑〉道：「我們在此趨侍不妨，只恨各家都有老小在彼。明日官司知道，必然壞了。」吴用道：「二位賢弟不必憂心。天明時便有分曉。」當夜只顧吃酒歇了。次日天明，只見小嘍囉報道：「都到了。」吴學究道：「請二位賢弟親自去接寶眷。」蕭讓、金大堅聽得，半信半不信。兩個下至半山，只見數乘轎子，擡着兩家老小上山來。兩個驚得呆了，問其備細，老小説道：「你兩個出門之後，只見這一行人將着轎子來，説家長只在城外客店裏中了暑風，快叫取老小來看救。出得城時，不容我們下轎，直擡到這裏。」兩家都一般説。蕭讓聽了，與金大堅兩個閉口無言，只得死心塌地，再回山寨入夥，安頓了兩家老小。吴學究却請出來與蕭讓商議寫蔡京字體回書，去救宋公明。金大堅便道：「從來雕得蔡京的諸樣圖書名諱字號。」當時兩個動手完成，安排了回書，備個筵席，便送戴宗起程，分付了備細書意。戴宗辭了衆頭領，相别下山。小嘍囉已把船隻渡過金沙灘，送至朱貴酒店裏。戴宗取四個甲馬拴在腿上，作别朱貴，拽開脚步，登程去了。

且説吴用送了戴宗過渡，自同衆頭領再回大寨筵席。正飲酒之間，只見吴學究叫聲苦，不知高低。衆頭領問道：「軍師何故叫苦？」吴用便道：「你衆人不知。是我這封書，倒送了戴宗和宋公明性命也。」衆頭領大驚，連忙問道：「軍師書上却是怎地差錯？」吴學究道：「是我一時只顧其前，不顧其後，書中有個老大脱卯。」蕭讓便道：「小生寫的字體，和蔡太師字體一般，語句又不曾差了，請問軍師，不知那一處脱卯？」金大堅又道：「小生雕的圖書，亦無纖毫差錯，怎地見得有脱卯處？」吴學究叠兩個指頭，説出這個差錯脱卯處。有分教：衆好漢大鬧江州城，鼎沸白龍廟。直教弓弩叢中逃性命，刀鎗林裏救英雄。畢竟軍師吴學究説出怎生脱卯來，且聽下回分解。

李和尚曰：黄通判大通。

又曰：回書脱卯處，有生意。

梁山

白龍廟英雄小聚義

第四十回　梁山泊好漢劫法場　白龍廟英雄小聚義

詩曰：

有忠有信天顔助，行德行仁後必昌。九死中間還得活，六陰之下必生陽。若非吴用施奇計，焉得公明離法場。古廟英雄歡會處，彩旗金鼓勢鷹揚。

話説當時晁蓋並衆人聽了，請問軍師道：「這封書如何有脱卯處？」吴用説道：「早間戴院長將去的回書，是我一時不仔細，見不到處。纔使的那個圖書，不是玉筯篆文『翰林蔡京』四字？只是這個圖書，便是教戴宗吃官司。」金大堅便道：「小弟每每見蔡太師書緘，並他的文章，都是這樣圖書。今次雕得無纖毫差錯，如何有破綻？」你那得知。吴學究道：「你衆位不知。如今江州蔡九知府，是蔡太師兒子，如何父寫書與兒子，却使個諱字圖書？因此差了。是我見不到處。此人到江州，必被盤詰。問出實情，却是利害。」晁蓋道：「快使人去趕喚他回來，别寫如何？」吴學究道：「如何趕得上。他作起神行法來，這早晚已走過五百里了。只是事不宜遲，我們只得恁地，可救他兩個。」晁蓋道：「怎生去救？用何良策？」吴學究便向前與晁蓋耳邊説道：「這般這般，如此如此。主將便可暗傳下號令與衆人知道，只是如此動身，休要誤了日期。」衆多好漢得了將令，各各拴束行頭，連夜下山，望江州來，不在話下。【說話的，如何不說計策出？管教下回便見。】多。

且說戴宗扣着日期，回到江州，當廳下了回書。蔡九知府見了戴宗如期回來，好生歡喜，先取酒來賞了三鍾，親自接了回書，便道：「你曾見我太師麽？」戴宗稟道：「小人只住得一夜便回了，不曾得見恩相。」知府拆開封皮，看見前面說：「信籠內許多物件都收了。」背後說：「妖人宋江，今上自要他看，可令牢固陷車盛載，密切差的當人員，連夜解上京師。沿途休教走失。」書尾說：「黃文炳早晚奏過天子，必然自有除授。」蔡九知府看了，喜不自勝，教取一錠二十五兩花銀，賞了戴宗。一面分付教合陷車，商量差人解發起身。戴宗謝了，自回下處，買了些酒肉來牢裏看覷宋江，不在話下。

且說蔡九知府催併合成陷車。過得一二日，正要起程，只見門子來報道：「無爲軍黃通判特來相探。」蔡九知府叫請至後堂相見。又送些禮物時新酒菓。知府謝道：「累承厚意，何以克當！」黃文炳道：「村野微物，何足掛齒。不以爲禮，何勞稱謝。」知府道：「恭喜早晚必有榮除之慶。」黃文炳道：「相公何以知之？」知府道：「昨日下書人已回。妖人宋江教解京師。通判榮任，只在早晚奏過今上，升擢高任。家尊回書，備說此事。」黃文炳道：「既是恁地，深感恩相主〈監〉（薦）。那個人下書，真乃神行人也。」知府道：「通判如不信時，就教觀看家書，顯得下官不謬。」黃文炳道：「小生只恐家書不敢擅看。如若相托，求借一觀。」巧。知府便道：「通判乃心腹之交，看有何妨。」便令從人取過家書，遞與黃文炳看。黃文炳接書在手，從頭至尾，讀了一遍，捲過來看了封皮，又見圖書新鮮。黃文炳搖着頭道：「這封書不是真的。」〔眉〕仔細，此人大用得。 知府道：「通判錯矣！此是家尊親手筆迹，真正字體，如何不是真的？」黄文炳道：「相公容覆：往常家書來時，曾有這個圖書麽？」知府道：「往常來的家書，却不曾有這個圖書來，只是隨手寫的。今番以定是圖書匣在手邊，就便印了這個圖書在封皮上。」好貨。 黄文炳道：「相公，休怪小生多言。這封書被人瞞過了相公。方今天下盛行蘇、黄、米、蔡四家字體，誰不習學得？況兼這個圖書，是令尊府恩相做翰林大學士時使出來，法帖文字上，多有人曾見。如今升轉太師丞相，如何肯把翰林圖書使出來？更兼亦是父寄書與子，須不當用諱字圖書。令尊府太師恩相，是個識窮天下學，覽遍世間書，高明遠見的人，奉承。 安肯造次錯用？相公不信小生輕薄之言，可細細盤問下書人，曾見府裏誰來。若説不對，便是假書。休怪小生多言，只是錯愛至厚，方敢僭言。」〔眉〕是國家大有用之人，如何叫他閑住在家。可惜，可恨。 蔡九知府聽了，説道：「這事不難。此人自來不曾到東京，一盤問便顯虚實。」知府留住黄文炳在屏風背後坐地，隨即升廳，公吏兩邊排立。知府叫喚戴宗有委用的事。當下做公的領了鈞旨，四散去尋。有詩爲證：

遠貢魚書達上台，機深文炳獨疑猜。神謀鬼計無人會，又被奸邪誘出來。胡説，他如何是奸邪。

且説戴宗自回到江州，先去牢裏見了宋江，附耳低言，將前事説了。宋江心中暗喜。次日，又有人請去酌杯。戴宗正在酒肆中吃酒，只見做公的四下來尋。當時把戴宗唤到廳上，蔡九知府問道：「前日有勞你走了一遭，真個辦事，未曾重重賞你。」戴宗答道：「小人是承奉恩相差使的人，如何敢怠慢。」知府道：「我正連日事忙，未曾問得你個仔細。你前日與我去京師，那座門入去？」戴宗道：「小人到東京時，那日天色晚了，不知唤做甚麽門。」好。知府又道：「我家府裏門前誰接着你？留你在那裏歇？」戴宗道：「小人到府前，尋見一個門子，接了書入去。少頃，門子出來，交收了信籠，着小人自去尋客店裏歇了。次日早五更，去府門前伺候時，只見那門子回書出來。小人怕誤了日期，那裏敢再問備細。慌忙一逕來了。」〔眉〕此處難支吾了。知府再問道：「你見我府裏那個門子，却是多少年紀？或是黑瘦也白浄肥胖？長大也是矮小？有鬚的也是無鬚的？」戴宗道：「小人到府裏時，天色黑了。次早回時，又是五更時候，天色昏暗，不十分看得仔細。只覺不甚麽長，中等身材，敢是有些髭鬚。」知府大怒，喝一聲：「拿下廳去！」傍邊走過十數個獄卒牢子，將戴宗驅翻在當面。戴宗告道：「小人無罪。」知府喝道：「你這廝該死！我府裏老門子王公已死了數年，如今只是個小王看門。如何却道他年紀大、有髭鬚？况兼門子小王，不能勾入府堂裏去，但有各處來的書信緘帖，必須經由府堂裏張幹辦，方纔去見李都管，然後達知裏面，纔收禮物。便要回書，也須得伺候三日。我這信籠東西，如何没個心腹的人出來，問你個常便備細，就胡亂收了？我昨日一時間倉卒，被你這廝瞞過了。」賣嘴。你如今只好好招説，這封書那裏得來？」戴宗道：「小人一時心慌，要趕程途，因此不曾看得分曉。」蔡九知府喝道：「胡説！這賊骨頭，不打如何肯招！左右，與我加力打這廝！」獄卒牢子情知不好，覷不得面皮，把戴宗捆翻，打得皮開肉綻，鮮血迸流。戴宗捱不過拷打，只得招道：「端的這封書是假的。」知府道：「你這廝怎地得這封假書來？」戴宗告道：「小人路經梁山泊過，走出那一夥强人來，把小人劫了，綁縛上山，要割腹剖心。去小人身上搜出書信看了，把信籠都奪了，却饒了小人。情知回鄉不得，只要山中乞死。他那裏却寫這封書與小人，回來脱身。一時怕見罪責，小人瞞了恩相。」〔眉〕也好。知府道：「是便是了，中間還有些胡説。眼見得你和梁山泊賊人通同造意，謀了我信籠物件，却如何説這話。再打那厮！」戴宗由他拷訊，只不肯招和梁山泊通情。妙人。蔡九知府再把戴宗拷訊了一回，語言前後相同，説道：「不必問了，取具大枷枷了，下在牢裏。」却退廳來，稱謝黄文炳道：「若非通判高見，下官險些兒誤了大事。」黄文炳又道：「眼見得這人也結連梁山泊，通同造意，謀叛爲黨。若不祛除，必爲後患。」〔眉〕是。知府道：「便把這兩個問成了招狀，立了文案，押去市曹斬首，然後寫表申朝。」黄文炳道：「相公高見極明。似此，一者朝廷見喜，知道相公幹這件大功；二乃却是免得梁山泊草寇來劫牢。」知府道：「通判高見甚遠。下官自當動文書，親自保舉通判。」當日管待了黄文炳，送出府門。自回無爲軍去了。

次日，蔡九知府升廳，便唤當案孔目來分付道：「快教叠了文案，把這宋江、戴宗的供狀招款粘連了，一面寫下犯由牌，教來日押赴市曹斬首施行。自古謀逆之人，决不待時。斬了宋江、戴宗，免致後患。」當案却是黄孔目，本人與戴宗頗好，却無緣便救他，只替他叫得苦。當日稟道：「明日是個國家忌日，後日又是七月十五日中元之節，皆不可行刑。大後日亦是國家景命。直待五日後，方可施行。」一者天幸救濟宋江，二乃梁山泊好漢未至。蔡九知府聽罷，依准黄孔目之言，直待第六日早晨，先差人去十字路口打掃了法場。飯後點起土兵和刀仗劊子，約有五百餘人，都在大牢門前伺候。巳牌已後，獄官稟了，知府親自來做監斬官。黄孔目只得把犯由牌呈堂，當廳判了兩個斬字，便將片蘆席貼起來。江州府衆多節級牢子，雖是和戴宗、宋江過得好，却没做道理救得他。衆人只替他兩個叫苦。當時打扮已了，就大牢裏把宋江、戴宗兩個匾札起，又將膠水刷了頭髮，綰個鵝梨角兒，各插上一朵紅綾子紙花。驅至青面聖者神案前，各與了一碗長休飯，永别酒，吃罷，辭了神案，漏轉身來，搭上利子。六七十個獄卒，早把宋江在前，戴宗在後，推擁出牢門前來。宋江和戴宗兩個面面厮覷，各做聲不得。宋江只把脚來跌。戴宗低了頭，只嘆氣。江州府看的人，真乃壓肩叠背，何止一二千人。但見：

愁雲荏苒，怨氣氛氲。頭上日色無光，四下悲風亂吼。纓鎗對對，數聲鼓響喪三魂；棍棒森森，幾下鑼鳴催七魄。犯由牌高貼，人言此去幾時回；白紙花雙摇，都道這番難再活。長休飯顙内難吞，永别酒口中怎嚥。猙獰劊子仗鋼刀，醜惡押牢持法器。皂纛旗下，幾多魍魎跟隨；十字街頭，無限强魂等候。監斬官忙施號令，仵作子準備扛屍。英雄氣概霎時休，便是鐵人須落淚。

劊子叫起惡殺都來，將宋江和戴宗前推後擁，押到市曹十字路口，團團鎗棒圍住。把宋江面南背北，將戴宗面北背南，兩個納坐下，只等午時三刻監斬官到來開刀。那衆人仰面看那犯由牌，上寫道：「江州府犯人一名宋江，故吟反詩，妄造妖言，結連梁山泊强寇，通同造反。律斬。犯人一名戴宗，與宋江暗遞私書，結勾梁山泊强寇，通同謀叛。律斬。監斬官江州府知府蔡某。」那知府勒住馬，只等報來。

只見法場東邊一夥弄蛇的丐者，强要挨入法場裏看，衆土兵趕打不退。正相鬧間，只見法場西邊一夥使鎗棒賣藥的，也强挨將入來。土兵喝道：「你那夥人好不曉事！這是那裏，强挨入來要看？」

那夥使鎗棒的説道：「你倒鳥村！我們衝州撞府，那裏不曾去！到處看出人。便是京師天子殺人，也放人看。你這小去處，砍得兩個人，鬧動了世界。我們便挨入來看一看，打甚麽鳥緊！」正和土兵鬧將起來。監斬官喝道：「且趕退去，休放過來！」鬧猶未了，只見法場南邊一夥挑擔的脚夫，又要挨將入來。土兵喝道：「這裏出人，你擔那裏去？」那夥人説道：「我們是挑東西送知府相公去的，你們如何敢阻當我？」土兵道：「便是相公衙裏人，也只得去別處過一過。」那夥人就歇了擔子，都掣了扁擔，立在人叢裏看。只見法場北邊一夥客商，推兩輛車子過來，定要挨入法場上來。土兵喝道：「你那夥人那裏去？」客人應道：「我們要趕路程，可放我等過去。」土兵道：「這裏出人，如何肯放你？你要路程，從別路過去。」那夥客人笑道：「你倒説得好。俺們便是京師來的人，不認得你這裏鳥路，那裏過去？我們只是從這大路走。」土兵那裏肯放。那夥客人齊齊的挨定了不動。四下裏吵鬧不住。這蔡九知府也禁治不得，又見那夥客人都盤在車子上，立定了看。

没多時，法場中間，人分開處，一個報，報道一聲：「午時三刻。」監斬官便道：「斬訖報來！」兩勢下刀棒劊子便去開枷，行刑之人執定法刀在手。説時遲，一個個要見分明；那時快，看人人一齊發作。只見那夥客人在車子上聽得斬訖，數内一個客人，便向懷中取出一面小鑼兒，立在車子上，噹噹地敲得兩三聲，四下裏一齊動手。有詩爲證：

兩首詩成便被囚，梁山豪傑定謀猷。贗書舛印生疑惑，致使潯陽血漫流。

又見十字路口茶坊樓上，一個虎形黑大漢，脱得赤條條的，兩隻手握兩把板斧，大吼一聲，却似半天起個霹靂，從半空中跳將下來。手起斧落，早砍翻了兩個行刑的劊子，便望監斬官馬前砍將來。衆土兵急待把鎗去搠時，那裏攔當得住。〔眉〕真忠義，真好漢。只消這一個，也自幹得事來。衆人且簇擁蔡九知府逃命去了。只見東邊那夥弄蛇的丐者，身邊都掣出尖刀，看着土兵便殺。西邊那夥使鎗棒的，大發喊聲，只顧亂殺將來，一派殺倒土兵獄卒。南邊那夥挑擔的脚夫，輪起扁擔，橫七竪八，都打翻了土兵和那看的人。北邊那夥客人，都跳下車來，推過車子，攔住了人，兩個客商鑽將入來，一個背了宋江，一個背了戴宗。其餘的人，都去箱子裏，取出弓弩來射的，也有取出石子來打的，也有取出標鎗來標的。原來扮客商的這夥，便是晁蓋、花榮、黄信、吕方、郭盛；那夥扮使鎗棒的，便是燕順、劉唐、杜遷、宋萬；扮挑擔的，便是朱貴、王矮虎、鄭天壽、石勇；那夥扮丐者的，便是阮小二、阮小五、阮小七、白勝。這一行，梁山泊共是十七個頭領到來，帶領小嘍囉一百餘人，四下裏殺將起來。只見那人叢裏，那個黑大漢輪兩把板斧，一味地砍將來。晁蓋等却不認得，只見他第一個出力，殺人最多。晁蓋猛省起來：「戴宗曾説，一個黑旋風李逵，和宋三郎最好，是個莽撞之人。」晁蓋便叫道：「前面那好漢，莫不是黑旋風？」那漢那裏肯應，火雜雜地輪着大斧，只顧砍人。妙。晁蓋便教背宋江、戴宗的兩個小嘍囉，只顧跟着那黑大漢走。當下去十字街口，不問軍官百姓，殺得屍橫遍野，血流成渠。推倒攧翻的，不計其數。衆頭領撇了車輛擔仗，一行人盡跟了黑大漢，直殺出城來。背後花榮、黄信、吕方、郭盛，四張弓箭，飛蝗般望後射來。那江州軍民百姓，誰敢近前。這黑大漢直殺到江邊來，身上血濺滿身，兀自在江邊殺人。百姓撞着的，都被他翻筋斗，都砍下江裏去。晁蓋便挺朴刀叫道：「不干百姓事，休只管傷人！」是。那漢那裏來聽叫喚，一斧一個，排頭兒砍將去。

約莫離城沿江上也走了五七里路。前面望見盡是滔滔一派大江，却無了旱路。晁蓋看見，只叫得苦。那黑大漢方纔叫道：「不要慌！且把哥哥背來廟裏。」衆人都到來看時，靠江一所大廟，兩扇門緊緊地閉着。黑大漢兩斧砍開，便搶入來。晁蓋衆人看時，兩邊都是老檜蒼松，林木遮映，前面牌額上，四個金書大字，寫道「白龍神廟」。小嘍囉把宋江、戴宗背到廟裏歇下，宋江方纔敢開眼。見了晁蓋等衆人，哭道：「哥哥！莫不是夢中相會？」晁蓋便勸道：「恩兄不肯在山，致有今日之苦。這個出力殺人的黑大漢是誰？」宋江道：「這個便是叫做黑旋風李逵。他幾番就要大牢裏放了我，却是我怕走不脱，不肯依他。」晁蓋道：「却是難得這個人！出力最多，又不怕刀斧箭矢！」花榮便叫：「且將衣服與俺二位兄長穿了。」正相聚間，只見李逵提着雙斧，從廊下走出來。宋江便叫住道：「兄弟那裏去？」李逵應道：「尋那廟祝，一發殺了！叵耐那厮不來接我們，倒把鳥廟門關上了！我指望拿他來祭門，却尋那厮不見。」趣。宋江道：「你且來，先和我哥哥頭領相見。」李逵聽了，丢了雙斧，望着晁蓋跪了一跪，説道：「大哥，休怪鐵牛粗鹵。」與衆人都相見了。却認得朱貴是同鄉人，兩個大家歡喜。花榮便道：「哥哥，〈俺〉（你）教衆人只顧跟着李大哥走，如今來到這裏，前面又是大江攔截住，斷頭路了，却又没一隻船接應。倘或城中官軍趕殺出來，却怎生迎敵，將何接濟？」李逵便道：「也不消得叫怎地好。我與你們再殺入城去，和那個鳥蔡九知府一發都砍了便走。」妙人。戴宗此時方纔甦醒，便叫道：「兄弟，使不得莽性，城裏有五七千軍馬，若殺入去，必然有失。」阮小七便道：「遠望隔江那裏有數隻船在岸邊，我弟兄三個赴水過去，奪那幾隻船過來載衆人，如何？」晁蓋道：「此計是最上着。」

當時阮家三弟兄都脱剥了衣服，各人插把尖刀，便鑽入水裏去。約莫赴開得半里之際，只見江面上溜頭流下三隻棹船，吹風胡哨飛也似摇將來。衆人看時，見那船上各有十數個人，都手裏拿着軍器。衆人却慌將起來。宋江聽得説了，便道：「我命裏這般合苦也！」奔出廟前看時，只見當頭那隻船上，坐着一條大漢，倒提一把明晃晃五股叉，頭上挽個穿心紅一點鬏兒，下面拽起條白絹水裩，口裏吹着胡哨。宋江看時，不是别人，正是：

萬里長江東到海，内中一個雄夫，面如傅粉體如酥。上山剜虎目，入水拔龍鬚。七晝波心能暗伏，水晶宫偷得明珠，翻江攪海勇身軀。人將張順比，浪裏白跳魚。

當時張順在頭船上看見，喝道：「你那夥是甚麽人？敢在白龍廟裏聚衆？」宋江挺身出廟前，叫道：「兄弟救我！」張順等見是宋江衆人，大叫道：「好了！」那三隻棹船，飛也似摇攏到岸邊。三阮看見，也赴來。一行衆人都上岸來到廟前。宋江看時，張順自引十數個壯漢在那隻頭船上。張横引着穆弘、穆春、薛永，帶十數個莊客在一隻船上。第三隻船上，李俊引着李立、童威、童猛，也帶十數個賣鹽火家，都各執鎗棒上岸來。張順見了宋江，喜從天降。衆人便拜道：「自從哥哥吃官司，兄弟坐立不安，又無路可救。近日又聽得拿了戴院長，李大哥又不見面，我只得去尋了我哥哥，引到穆弘太公莊上，叫了許多相識。今日我們正要殺入江州，要劫牢救哥哥。不想仁兄已有好漢們救出，來到這裏。不敢拜問，這夥豪傑莫非是梁山泊義士晁天王麽？」宋江指着上首立的道：「這個便是晁蓋哥哥。你等衆位，都來廟裏敍禮則個。」張順等九人，晁蓋等十七人，宋江、戴宗、李逵，共是二十九人，都入白龍廟聚會。這個唤做「白龍廟小聚會」。

當下二十九籌好漢，兩兩講禮已罷。只見小嘍囉入廟來報道：「江州城裏，鳴囉鼓，整頓軍馬，出城來追趕。遠遠望見旗旛蔽日，刀劍如麻，前面都是帶甲馬軍，後面盡是擎鎗兵將，大刀闊斧，殺奔白龍廟路上來。」李逵聽了，大叫一聲：「殺將去！」提了雙斧，便出廟門。晁蓋叫道：「一不做，二不休！衆好漢相助着晁某，直殺盡江州軍馬，方纔回梁山泊去。」衆英雄齊聲應道：「願依尊命！」一百四五十人，一齊吶喊，殺奔江州岸上來。有分教：潯陽岸上，果然血染波紅；湘浦江邊，真乃屍如山積。直〈殺〉（教）跳浪蒼龍噴毒火，巴山猛虎吼天風。畢竟晁蓋等衆好漢怎地脱身，且聽下回分解。

李禿翁曰：晁蓋也須十七人纔來幹事，張順亦是九人方來劫牢，那裏如李大哥，獨自一個，兩把板斧，便自救人，是如何膽略！如何忠義！或曰：若無晁蓋、張順等衆人，終須喪了三人性命。卓吾曰：如此一算，便無膽略，便不是忠義了。若是真正忠義漢子，即事不濟，亦不礙其爲忠義也。此李大哥之所以不可及也與！此李大哥之所以不可及也與！

宋江智取無為軍

張騫泛槎書天駭

第四十一回　宋江智取無爲軍　張順活捉黄文炳

《念奴嬌》：

大江東去，浪淘盡、千古風流人物。故壘西邊，人道是、三國周瑜赤壁。亂石巉崖，驚濤拍岸，捲起千堆雪。江山如畫，昔時多少豪傑！遥想公瑾當年，小喬初嫁後，雄姿英發。羽扇綸巾，談笑間、檣櫓灰飛烟滅。故國神遊，多情應笑我，早生華髮。人生如夢，一樽還酹江月。

話説這篇詞乃《念奴嬌》，是這故宋時東坡先生題詠《赤壁懷古》。漢末三分，曹操起兵百萬之衆，水陸並進。被周瑜用火，孔明祭風，跨江一戰，殺得血染波紅，屍如山疊。爲何自家引這一段故事將大比小？説不了江州城外白龍廟中，梁山泊好漢小聚義，劫了法場，救得宋江、戴宗。正是晁蓋、花榮、黄信、吕方、郭盛、劉唐、燕順、杜遷、宋萬、朱貴、王矮虎、鄭天壽、石勇、阮小二、阮小五、阮小七、白勝，共是一十七人，領帶着八九十個悍勇壯健小嘍囉；潯陽江上來接應的好漢：張順、張横、李俊、李立、穆弘、穆春、童威、童猛、薛永九籌好漢，也帶四十餘人，都是江面上做私商的火家，撑駕三隻大船前來接應；城裏黑旋風李逵引衆人殺至潯陽江邊，兩路救應，通共有一百四五十人，都在白龍廟裏聚義。

只聽得小嘍囉報道：「江州城裏軍兵擂鼓摇旗，鳴鑼發喊，追趕到來。」那黑旋風李逵聽得，大吼了一聲，提兩把板斧先出廟門。衆好漢吶聲喊，都挺手中軍器，齊出廟來迎敵。劉唐、朱貴先把宋江、戴宗護送上船。是。李俊同張順、三阮整頓船隻，就江邊看時，見城裏出來的官軍約有五七千：馬軍當先，都是頂盔衣甲，全副弓箭，手裏都使長鎗。背後步軍簇擁，摇旗吶喊，殺奔前來。這裏李逵當先輪着板斧，赤條條地飛奔砍將入去。真忠義。背後便是花榮、黄信、吕方、郭盛四將擁護。花榮見前面的馬軍都扎住了鎗，只怕李逵着傷，偷手取弓箭出來，搭上箭，拽滿弓，望着爲頭領的一個馬軍，〈憧〉（颼）地一箭，只見翻筋斗射下馬去。那一夥馬軍吃了一驚，各自奔命，撥轉馬頭便走，倒把步軍先衝倒了一半。妙。〔眉〕好馬軍！今之良將，大率如此。這裏衆多好漢們一齊衝突將去，殺得那官軍屍横遍野，血染江紅，直殺到江州城下。城上策應官軍早把擂木砲石打將下來，官軍慌忙入城，關上城門。衆多好漢拖轉黑旋風，回到白龍廟前下船。畫。晁蓋整點衆人完備，都叫分投下船，開江便走。

却值順風，拽起風帆，三隻大船載了許多人馬頭領，却投穆太公莊上來。一帆順風，早到岸邊埠頭，一行衆人都上岸來。穆弘邀請衆好漢到莊内學堂上，想不到。穆太公出來迎接，宋江等衆人都相見了。太公道：「衆頭領連夜勞神，且請客房中安歇，將息貴體。」各人且去房裏暫歇將養，整理衣服器械。當日穆弘叫莊客宰了一頭黄牛，殺了十數個猪羊，雞鵝魚鴨，珍肴異饌，排下筵席，管待衆頭領。飲酒中間，説起許多情節，晁蓋道：「若非是二哥衆位把船相救，我等皆被陷于縲絏。」穆太公道：「你等如何却打從那條路上來？」李逵道：「我自只揀人多處殺將去，趣。他們自要跟我來，我又不曾叫他。」趣。〔眉〕李大哥開口盡是天機。衆人聽了都大笑。

宋江起身與衆人道：「小人宋江、戴院長若無衆好漢相救時，皆死於非命。今日之恩，深於滄海，如何報答得衆位？只恨黄文炳那廝，無中生有，要害我們，這冤仇如何不報！怎地啓請衆位好漢，再做個天大人情，去打了無爲軍，殺得黄文炳那廝，也與宋江消了這口無窮之恨。那時回去如何？」晁蓋道：「賢弟衆人在此，我們衆人偷營劫寨，只可使一遍，如何再行得？似此奸賊已有提備，不若且回山寨去，聚起大隊人馬，一發和學究、公孫二先生，並林沖、秦明都來報讎，也未爲晚矣。」〔眉〕不濟。宋江道：「若是回山去了，再不能勾得來：一者山遥路遠；二乃江州必然申開明文，幾時得來？不要癡想。只是趁這個機會便好下手。不要等他做了准備，難以報仇。」是。花榮道：「哥哥見得是。然雖如此，只是無人識得路〈境〉（徑），不知他地理如何。可先得個人去那裏城中探聽虚實，也要看無爲軍出没的路徑去處，就要認黄文炳那賊的住處了，然後方好下手。」〔眉〕大是。薛永便起身説道：「小弟多在江湖上行，此處無爲軍最熟，我去探聽一遭如何？」宋江道：「若得賢弟去走一遭，最好。」薛永當日别了衆人自去了。

只説宋江自和衆頭領在穆弘莊上商議要打無爲軍一事，整頓軍器鎗刀，安排弓弩箭矢，打點大小船隻等項提備。衆人商量已了，只見薛永去了五日回來，帶將一個人回到莊上來拜見宋江。宋江看那人時，但見：

　　黑瘦身材兩眼鮮，智高膽大性如綿。荆湖第一裁縫手，侯健人稱通臂猿。

宋江並衆頭領看見薛永引這個人來，宋江便問道：「兄弟，這位壯士是誰？」薛永答道：「這人姓侯名健，祖居洪都人氏。江湖上人稱他第一手裁縫，端的是飛針走綫。更兼慣習鎗棒，曾拜薛永爲師。人都見他瘦，因此喚他做通臂猿。見在這無爲軍城裏黄文炳家做生活，因見了小弟，就請在此。」宋江大喜，便教同坐商議。那人也是一座地煞星之數，自然義氣相投。

宋江便問江州消息，無爲軍路徑如何。薛永説道：「如今蔡九知府計點官軍百姓，被殺死有五百餘人，帶傷中箭者不計其數，見今差人星夜申奏朝廷去了。城門日中後便關，出入的好生盤問得緊。原來哥哥被害一事，倒不干蔡九知府事，都是黄文炳那厮，三回五次點撥知府教害二位。如今見劫了法場，城中甚慌，曉夜提備。小弟又去無爲軍打聽，正撞見侯健這個兄弟出來食飯，因是得知備細。」宋江道：「侯兄何以知之？」侯健道：「小人自幼只愛習學鎗棒，多得薛師父指教，因此不敢忘恩。近日黄通判特取小人來無爲軍他家做衣服，因出來行食遇見師父，題起仁兄大名，説出此一節事來。小人要結識仁兄，特來報知備細。這黄文炳有個嫡親哥哥喚做黄文燁，與這文炳是一母所生二子。這黄文燁平生只是行善事，修橋補路，塑佛齋僧，扶危濟困，救拔貧苦，那無爲軍城中都叫他黄佛子。這黄文炳雖是罷閑通判，心裏只要害人。勝如己者妬之，不如己者害之，只是行歹事，無爲軍都叫他做黄蜂刺。〔眉〕黄文炳平時人品不佳則可，若點撥蔡九知府一事，則未嘗不是，不可並掩其長。個個如渠兄做佛子，則國家之事付之誰人？他弟兄兩個分開做兩處住，只在一條巷内出入，靠北門裏便是他家。黄文炳貼着城住，黄文燁近着大街。小人在他那裏做生活，打聽得黄通判回家來説：『這件事，蔡九知府已被瞞過了，却是我點撥他，教知府先斡了然後奏去。』黄文燁聽得説時，只在背後駡，説道：『又做這等短命促掐的事！於你無干，何故定要害他？倘或有天理之時，報應只在目前，却不是反招其禍？』胡説。這兩日聽得劫了法場，好生吃驚。昨夜去江州探望蔡九知府，與他計較，尚未回來。」宋江道：「黄文炳隔着他哥哥家多少路？」侯健道：「原是一家分開的，如今只隔着中間一個菜園。」宋江道：「黄文炳家多少人口？有幾房頭？」侯健道：「男子婦人通有四五十口。」宋江道：「天教我報仇，特地送這個人來。天那裏知道？雖是如此，全靠衆弟兄維持。」衆人齊聲應道：「當以死向前。正要驅除這等贓濫奸惡之人，與哥哥報仇雪恨，當効死力。」宋江又道：「只恨黄文炳那賊一個，却與無爲軍百姓無干。是。他兄既然仁德，亦不可害他，休教天下人駡我等不仁。衆弟兄去時，不可分毫侵害百姓。大是。〔眉〕既知道與無爲軍百姓無干，也須知與他家男子婦人四五十口無干，何故又侵害他？今去那裏，我有一計，只望衆人扶助扶助。」衆頭領齊聲道：「專聽哥哥指教。」宋江道：「有煩穆太公對付八九十個叉袋，又要百十束蘆柴，用着五隻大船、兩隻小船。央及張順、李俊駕兩隻小船，在江面上與他如此行。五隻大船上用着張横、三阮、童威和識水的人護船，此計方可。」穆弘道：「此間蘆葦、油柴、布袋都有，我莊上的人都會使水駕船，便請哥哥行事。」宋江道：「却用侯家兄弟引着薛永並白勝，先去無爲軍城中藏了。來日三更二點爲期，只聽門外放起帶鈴鵓鴿，便教白勝上城策應。先插一條白絹號帶近黄文炳家，便是上城去處。再又教石勇、杜遷扮做丐者，去城門邊左近埋伏，只看火起爲號，便下手殺把門軍士。李俊、張順只在江面上往來巡綽，等候策應。」

宋江分撥已定，薛永、白勝、侯健先自去了。隨後再是石勇、杜遷扮做丐者，身邊各藏了短刀暗器，也去了。這裏是一面扛擡沙土布袋和蘆葦、油柴上船裝載。衆好漢至期，各各拴縛了，身上都准備了器械，船艙裏埋伏軍漢。衆頭領分撥下船：【晁蓋、宋江、花榮在童威船上，燕順、王矮虎、鄭天壽在張横船上，戴宗、劉唐、黄信在阮小二船上，吕方、郭盛、李立在阮小五船上，穆弘、穆春、李逵在阮小七船上。】可删。只留下朱貴、宋萬在穆太公莊，看理江州城裏消息。先使童威棹一隻打漁快船前去探路。小嘍囉並軍健都伏在艙裏，〈大家〉莊客水手撑駕船隻，當夜密地望無爲軍來。【那條大江週接三江、潯陽江、揚子江，從四川〈只〉(直)到大海，一派本計九千三百里，作呼爲萬里長江。中間通着多少去處，有名的是雲夢澤，鄰接著洞庭湖。古人有詩爲證：

萬里長江水似傾，重湖七澤共流行。滔滔駭浪應知險，渺渺洪濤誰不驚。千古戰争思晉宋，三分割據想英靈。乾坤草昧生豪傑，掻動貔貅百萬兵。

當夜五隻棹船，裝載許多人伴，逕奔無爲軍來。此時正是七月盡天氣，夜凉風静，月白江清，水影山光，上下一碧。

昔日參寥子有首詩題這江景，道是：

「驚濤滾滾烟波杳，月淡風清九江曉。欲從舟子問如何，但覺廬山眼中小。」】可删。

是夜初更前後，大小船隻都到無爲江岸邊，揀那有蘆葦深處，一字兒纜定了船隻。只見童猛回船來報道：「城裏並無些動静。」宋江便叫手下衆人，把這沙土布袋和蘆葦乾柴都搬上岸，望城邊來。聽那更鼓時，正打二更。宋江叫小嘍囉各各馱了沙土布袋並蘆柴，就城邊堆垛了。衆好漢各挺手中軍器，只留張横、三阮、兩童守船接應，其餘頭領都奔城邊來。望城上時，約離北門有半里之路，宋江便叫放起帶鈴鵓鴿。只見城上一條竹竿縛着白號帶，風飄起來。宋江見了，便叫軍士：「就這城邊堆起沙土布袋。」分付軍漢，一面挑擔蘆葦油柴上城。只見白勝已在那裏接應等候，把手指與衆軍漢道：「只那條巷便是黄文炳住處。」宋江問白勝道：「薛永、侯健在那裏？」白勝道：「他兩個潛入黄文炳家裏去了，只等哥哥到來。」宋江又問道：「你曾見石勇、杜遷麽？」白勝道：「他兩個在城門邊左近伺候。」宋江聽罷，引了衆好漢下城來，逕到黄文炳門前。却見侯健閃在房簷下，宋江唤來附耳低言道：「你去將菜園門開了，放他軍士把蘆葦油柴堆放裏面。可教薛永尋把火來點着，却去敲黄文炳門，道間壁大官人家失火，有箱籠什物搬來寄頓。敲得門開，我自有擺布。」宋江教衆好漢分幾個把住兩頭。侯健先去開了菜園門，軍漢把蘆柴搬來堆在裏面。侯健就討了火種，遞與薛永，將來點着。侯健便閃出來，却去敲門，叫道：「間壁大官人家失火，有箱籠搬來寄頓，快開門則個！」裏面聽得，便起來看時，望見隔壁火起，連忙開門出來。晁蓋、宋江等吶聲喊殺將入去，衆好漢亦各動手。見一個殺一個，見兩個殺一雙，把黄文炳一門内外大小四五十口盡皆殺了，不留一人，惡。只不見了文炳一個。衆好漢把他從前酷害良民，積攢下許多家私金銀，收拾俱盡。大哨一聲，衆多好漢都扛了箱籠家財，却奔城上來。

且說石勇、杜遷見火起，各掣出尖刀，便殺把門軍人。又見前街鄰舍拿了水桶梯子都來救火，密。石勇、杜遷大喝道：「你那百姓休得向前！我們是梁山泊好漢數千在此，來殺黃文炳一門良賤，與宋江、戴宗報仇，不干你百姓事。你們快回家躲避了，休得出來閑管事！」〔眉〕是。衆百姓還有不信的，立住了脚看。只見黑旋風李逵輪起兩把板斧，着地捲將來，衆鄰舍方纔吶聲喊，擡了梯子水桶一閧都走了。〔眉〕好點綴。這邊後巷也有幾個守門軍漢，帶了些人，馱了麻搭火鈎，都奔來救火。早被花榮張起弓，當頭一箭射翻了一個，大喝道：「要死的便來救火！」那夥軍漢一齊都退去了。只見薛永拿着火把，便就黃文炳家裏前後點着，亂亂雜雜火起。【看那火時，但見：

黑雲匝地，紅焰飛天。焠律律走萬道金蛇，焰騰騰散千團火塊。狂風相助，雕梁畫棟片時休；炎焰漲空，大廈高堂彈指没。驪山頂上，多應褒姒戲諸侯；赤壁坡前，有若周瑜施妙計。丙丁神忿怒，踏翻回禄火車；南陸將施威，鼓動祝融爐冶。咸陽宮殿焚三月，即墨城池縱萬牛。馮夷捲雪罔施功，神術欒巴實難救。】可删。

當時石勇、杜遷已殺倒把門軍士，李逵砍斷了鐵鎖，大開了城門。一半人從城上出去，一半人從城門下出去。張橫、三阮、兩童都來接應，合做一處，扛擡財物上船。無爲軍已知江州被梁山泊好漢劫了法場，殺死無數的人，如何敢出來追趕，只得回避了。這宋江一行人，衆好漢只恨拿不着黃文炳，都上了船去，摇開江，自投穆弘莊上來，不在話下。

却說江州城裏望見無爲軍火起，蒸天價紅，滿城中講動，只得報知本府。這黃文炳正在府裏議事，聽得報説了，慌忙來稟知府道：「敝鄉失火，急欲回家看覷。」蔡九知府聽得，忙叫開城門，差一隻官船相送。黄文炳謝了知府，隨即出來，帶了從人慌速下船，摇開江面，望無爲軍來。看見火勢猛烈，映得江面上都紅。梢公説道：「這火只是北門裏火。」黄文炳見説了，心裏越慌。畫。看看摇到江心裏，只見一隻小船從江面上摇過去了。不多時，又是一隻小船摇將過來，却不逕過，望着官船直撞將來。從人喝道：「甚麽船，敢如此直撞來！」只見那小船上一個大漢跳起來，手裏拿着撓鉤，口裏應道：「去江州報失火的船。」黄文炳便鑽出來，問道：「那裏失火？」畫。那大漢道：「北門裏黄通判家，被梁山泊好漢殺了一家人口，劫了家私，如今正燒着哩。」妙。黄文炳失口叫聲苦，不知高低。那漢聽了，一撓鉤搭住了船，便跳過來。黄文炳是個乖覺的人，早瞧了八分，便奔船梢而走，望江裏踊身便跳。忽見江面上一隻船，水底下早鑽過一個人，把黄文炳匹腰抱住，攔頭揪起，扯上船來。船上那個大漢早來接應，便把麻索綁了。水底下活捉了黄文炳的，便是浪裏白跳張順；船上把撓鉤的，便是混江龍李俊。兩個好漢立在船上，那摇官船的梢公只顧下拜。李俊説道：「我不殺你們，只要捉黄文炳這廝。是。你們自回去説與那蔡九知府賊驢知道，俺梁山泊好漢們權寄下他那顆驢頭，早晚便要來取！」妙。梢公道：「小人去説。」也妙。李俊、張順拿了黄文炳過自己的船上，放那官船去了。兩個好漢棹了兩隻快船，逕奔穆弘莊上來。早摇到岸邊，望見一行頭領都在岸上，等候搬運箱籠上岸。見説道拿得黄文炳，宋江不勝之喜，衆好漢一齊心中大喜，黄通判却不喜。説：「正要此人見面。」李俊、張順早把黄文炳帶上岸來。衆人看了，監押着離了江岸，到穆太公莊上來。朱貴、宋萬接着，衆人入到莊裏草廳上坐下。

宋江把黃文炳剥了濕衣服，綁在柳樹上，請衆頭領團團坐定。宋江叫取一壺酒來，與衆人把盞，好消遣。上自晁蓋，下至白勝，共是三十位好漢，都把遍了。宋江大駡：「黃文炳！你這厮！我與你往日無冤，近日無仇，你如何只要害我？三回五次教唆蔡九知府殺我兩個。你既讀聖賢之書，如何要做這等毒害的事？我又不與你有殺父之仇，你如何定要謀我？〔眉〕怪他不得，宋江没禮。你哥哥黃文燁與你這厮一母所生，他怎恁般修善，扶危濟困，救貧拔苦，久聞你那城中都稱他做黃佛子，我昨夜分毫不曾侵犯他。你這厮在鄉中只是害人，交結權勢之人，浸潤官長，欺壓良善。這便説得是。勝如你的你便要妬他，不如你的你又要害他。我知道無爲軍人民都叫你做黃蜂刺，我今日且替你拔了這個刺。」趣。黃文炳告道：「小人已知過失，只求早死。」晁蓋喝道：「你那賊驢，怕你不死？你這厮早知今日，悔莫當初！」宋江便問道：「那個兄弟替我下手？」只見黑旋風李逵跳起身來，説道：「我與哥哥動手割這厮！我看他肥胖了，倒好燒吃。」佛。晁蓋道：「説得是。教取把尖刀來，就討盆炭火來，細細地割這厮，燒來下酒，與我賢弟消這怨氣。」李逵拿起尖刀，看着黃文炳笑道：「你這厮在蔡九知府後堂，且會説黃道黑，撥置害人，無中生有攛掇他。今日你要快死，老爺却要你慢死。」趣。便把尖刀先從腿上割起，揀好的就當面炭火上炙來下酒。割一塊，炙一塊，無片時，割了黃文炳。李逵方纔把刀割開胸膛，取出心肝，把來與衆頭領做醒酒湯。〔眉〕太甚。衆多好漢看割了黃文炳，都來草堂上與宋江賀喜。何喜可賀？不通，不通！有詩爲證：

【文炳趨炎巧計乖，却將忠義苦擠排。奸謀未遂身先死，難免剜心炙肉災。】這樣詩也罷。

只見宋江先跪在地下，衆頭領慌忙都跪下，齊道：「哥哥有甚事，但說不妨，兄弟們敢不聽？」宋江便道：「小可不才，自小學吏，初世爲人，便要結識天下好漢。奈緣是力薄才疏，家貧不能接待，以遂平生之願。自從刺配江州，經過之時，多感晁頭領並衆豪傑苦苦相留。宋江因見父命嚴訓，不曾肯住。正是天賜機會，於路直至潯陽江上，又遭際許多豪傑。不想小可不才，一時間酒後狂言，險累了戴院長性命。感謝衆位豪傑不避凶險，來虎穴龍潭，力救殘生；又蒙協助報了冤仇，恩同天地。今日如此犯下大罪，鬧了兩座州城，必然申奏去了。今日不由宋江不上梁山泊投托哥哥去，未知衆位意下若何？如是相從者，只今收拾便行；如不願去的，一聽尊命。只恐事發，反遭負累。煩可尋思。」說言未絕，李逵跳將起來，便叫道：妙人。「都去，都去！但有不去的，吃我一鳥斧，砍做兩截便罷！」〔眉〕畢竟宋江假，李逵真。宋江道：「你這般粗鹵說話！全在各人弟兄們心肯意肯，方可同去。」衆人議論道：「如今殺死了許多官軍人馬，鬧了兩處州郡，他如何不申奏朝廷？必然起軍馬來擒獲。今若不隨哥哥去同死同生，却投那裏去？」宋江大喜，謝了衆人。當日先叫朱貴和宋萬前回山寨裏去報知，次後分作五起進程。【頭一起便是晁蓋、宋江、花榮、戴宗、李逵，第二起便是劉唐、杜遷、石勇、薛永、侯健，第三起便是李俊、李立、吕方、郭盛、童威、童猛，第四起便是黄信、張横、張順、阮家三弟兄，第五起便是燕順、王矮虎、穆弘、穆春、鄭天壽、白勝。】〔眉〕可删。五起二十八個頭領，帶了一干人等，將這所得黄文炳家財，各各分開，裝載上車子。穆弘帶了穆太公並家小人等，將應有家財金寶裝載車上。莊客數内有不願去的，都賫發他些銀兩，自投別主去傭工。有願去的，一同便往。前四起陸續去了，已自行動。穆弘收拾莊内已了，放起十數個火把，燒了莊院，撇下了田地，自投梁山泊來。

且不説五起人馬登程，節次進發，只隔二十里而行。先説第一起，晁蓋、宋江、花榮、戴宗、李逵五騎馬，帶着車仗人等，在路行了三日，前面來到一個去處，地名唤做黄門山。宋江在馬上與晁蓋説道：「這座山生得形勢怪惡，莫不有大夥在内？可着人催趲後面人馬上來，一同過去。」説猶未了，已見前面山嘴上鑼鳴鼓響。宋江道：「我説麽！且不要走動，等後面人馬到來，好和他厮殺。」花榮便拈弓搭箭在手，晁蓋、戴宗各執朴刀，李逵拿着雙斧，擁護着宋江，一齊趲馬向前。只見山坡邊閃出三五百個小嘍囉，當先簇擁出四籌好漢，各挺軍器在手，高聲喝道：「你等大鬧了江州，劫掠了無爲軍，殺害了許多官軍百姓，待回梁山泊去。我四個等你多時！會事的只留下宋江，都饒了你們性命！」宋江聽得，便挺身出去，跪在地下，是。説道：「小可宋江被人陷害，寃屈無伸。今得四方豪傑救了宋江性命。小可不知在何處觸犯了四位英雄？萬望高擡貴手，饒恕殘生。」那四籌好漢見了宋江跪在前面，都慌忙滚鞍下馬，撇了軍器，飛奔前來拜倒在地下，〔眉〕奇。説道：「俺弟兄四個，只聞山東及時雨宋公明大名，想殺也不能勾見面。俺聽知哥哥在江州爲事吃官司，我弟兄商議定了，正要來劫牢，更奇。只是不得個實信。前日使小嘍囉直到江州來探望，回來説道：『已有多少好漢鬧了江州，劫了法場，救出往揭陽鎮去了。後又燒了無爲軍，劫掠黄通判家。』料想哥哥必從這裏來。節次使人路中來探望，不期今日得見仁兄之面。小寨裏略備薄酒粗食，權當接風。請衆好漢同到敝寨，盤桓片時，別當拜會。」宋江大喜，扶起四位好漢，逐一請問大名。爲頭的那人姓歐，名鵬，祖貫是黄州人氏。守把大江軍户，因惡了本官，逃走在江湖上。緑林中熬出這個名字，唤做摩雲金翅。有詩爲證：

黄州生下英雄士，力壯身强武藝精。行步如飛偏出衆，摩雲金翅是歐鵬。

第二個好漢姓蔣，名敬，祖貫是湖南潭州人氏。原是落科舉子出身，科舉不第，棄文就武，〔眉〕好個武，則其文可知。頗有謀略，精通書算，積萬累千，纖毫不差。亦能刺鎗使棒，布陣排兵，因此人都唤他做神算子。有詩爲證：

高額尖峯智慮精，先明何處可屯兵。湖南秀氣生豪傑，神算人稱蔣敬名。

第三個好漢姓馬，名麟，祖貫是南京建康人氏。原是小番子閑漢出身，吹得雙鐵笛，使得好大滚刀，百十人近他不得，因此人都唤他做鐵笛仙。有詩爲證：

鐵笛一聲山石裂，銅刀兩口鬼神驚。馬麟形貌真奇怪，人道神仙再降生。

第四個好漢姓陶，名宗旺，祖貫是光州人氏。莊家田户出身，慣使一把鐵鍬，有的是氣力，亦能使鎗輪刀，因此人都唤做九尾龜。有詩爲證：

五短身材黑面皮，鐵鍬敢掘泰山基。光州莊户陶宗旺，古怪人稱九尾龜。

這四籌好漢接住宋江，小嘍囉早捧過果盒，一大壺酒兩大盤肉，托過來把盞。先遞晁蓋、宋江，次遞花榮、戴宗、李逵，與衆人都相見了，一面〈遍〉（遞）酒。没兩個時辰，第二起頭領又到了，一個個盡都相見。把盞已遍，邀請衆位上山。兩起十位頭領，先來到黄門山寨内。那四籌好漢便叫椎牛宰馬管待，却教小嘍囉陸續下山，接請後面那三起十八位頭領上山來筵宴。未及半日，三起好漢已都來到了，盡在聚義廳上筵席相會。宋江飲酒中間，在席上開話道：「今次宋江投奔了哥哥晁天王，上梁山泊去一同聚義。未知四位好漢肯棄了此處，同往梁山泊大寨相聚否？」四個好漢齊答道：「若蒙二位義士不棄貧賤，情願執鞭墜鐙。」宋江、晁蓋大喜，便説道：「既是四位肯從大義，便請收拾起程。」衆多頭領俱各歡喜。在山寨住了一日，過了一夜。次日宋江、晁蓋仍舊做頭一起下山，進發先去。次後依例而行，只隔着二十里遠近而來。四籌好漢收拾起財帛金銀等項，帶領了小嘍囉三五百人，便燒毁了寨柵，隨作第六起登程。宋江又合得這四個好漢，心中甚喜。於路在馬上對晁蓋説道：「小弟來江湖上走了這幾遭，雖是受了些驚恐，却也結識得這許多好漢。今日同哥哥上山去，這回只得死心塌地與哥哥同死同生。」畫。一路上説着閑話，不覺早來到朱貴酒店裏了。

且説四個守山寨的頭領吴用、公孫勝、林冲、秦明和兩個新來的蕭讓、金大堅，已得朱貴、宋萬先回報知，每日差小頭目棹船出來酒店裏迎接，一起起都到金沙灘上岸。擂鼓吹笛，衆好漢們都乘馬〈驕〉(轎)，迎上寨來。到得關下，軍師吴學究等六人把了接風酒，都到聚義廳上，焚起一爐好香。晁蓋便請宋江爲山寨之主，坐第一把交椅。宋江那裏肯，便道：「哥哥差矣！感蒙衆位不避刀斧，救拔宋江性命。哥哥原是山寨之主，如何却讓不才坐？若要堅執如此相讓，宋江情願就死！」晁蓋道：「賢弟如何這般説？當初若不是賢弟擔那血海般干〈巳〉(系)，救得我等七人性命上山，如何有今日之衆？你正是山寨之恩主，你不坐誰坐？」宋江道：「仁兄，論年齒，兄長也大十歲。宋江若坐了，豈不自羞？」再三推晁蓋坐了第一位，宋江坐了第二位，吳學究坐了第三位，公孫勝坐了第四位。宋江道：「休分功勞高下，梁山泊一行舊頭領，去左邊主位上坐；新到頭領，去右邊客位上坐。待日後出力多寡，那時另行定奪。」衆人齊道：「哥哥言之極當。」左邊一帶是林沖、劉唐、阮小二、阮小五、阮小七、杜遷、宋萬、朱貴、白勝。右邊一帶論年甲次序，互相推讓。花榮、秦明、黄信、戴宗、李逵、李俊、穆弘、張横、張順、燕順、吕方、郭盛、蕭讓、王矮虎、薛永、金大堅、穆春、李立、歐鵬、蔣敬、童威、童猛、馬麟、石勇、侯健、鄭天壽、陶宗旺，共是四十人頭領坐下。大吹大擂，且吃慶喜筵席。

宋江説起江州蔡九知府捏造謡言一事，説與衆人：「叵耐黄文炳那廝，事又不干他己，却在知府面前胡言亂道，解説道：『耗國因家木』，耗散國家錢糧的人，必是家頭着個木字，不是個宋字？『刀兵點水工』，興動刀兵之人，必是三點水着個工字，不是個江字？這個正應宋江身上。那後兩句道：『縱横三十六，播亂在山東』，合主宋江造反在山東。以此拿了小可。不期戴院長又傳了假書，以此黄文炳那廝攛掇知府，只要先斬後奏。若非衆好漢救了，焉得到此！」李逵跳將起來道：「好！哥哥正應着天上的言語。妙人。雖然吃了他些苦，黄文炳那賊也吃我殺得快活。放着我們有許多軍馬，便造反怕怎地？晁蓋哥哥便做了大皇帝，宋江哥哥便做了小皇帝，吳先生做個丞相，公孫道士便做個國師，我們都做個將軍。殺去東京，奪了鳥位，在那裏快活，却不好！不强似這個鳥水泊裏？」〔眉〕「天上的言語」、「大皇帝」、「小皇帝」，都是不經人道語。正使晉人捉麈尾十年也道不出。李大哥當是不食烟火人。戴宗慌忙喝道：「鐵牛，你這廝胡説！你今日既到這裏，不可使你那在江州性兒，須要聽兩位頭領哥哥的言語號令；亦不許你胡言亂語，多嘴多舌。再如此多言插口，先割了你這顆頭來爲令，以警後人！」李逵道：「嗳也！若割了我這顆頭，幾時再長的一個出來？趣甚，妙甚。我只吃酒便了。」衆多好漢都笑。晁蓋先叫安頓穆太公一家老小，叫取過黄文炳的家財，賞勞了衆多出力的小嘍囉。取出原將來的信籠，交還戴院長收用。戴宗那裏肯要，定交收放庫内公支使用。晁蓋叫衆多小嘍囉參拜了新頭領李俊等，都參見了。連日山寨裏殺牛宰馬作慶賀筵席，不在話下。

再説晁蓋教向山前山後各撥定房屋居住。山寨裏再起造房舍，修理城垣。至第三日酒席上，宋江起身對衆頭領説道：「宋江還有一件大事，正要稟衆弟兄：小可今欲下山走一遭，乞假數日，未知衆位肯否？」晁蓋便問道：「賢弟今欲要往何處，幹甚麼大事？」宋江不慌不忙説出這個去處。有分教：鎗刀林裏，再逃一遍殘生；山嶺邊傍，傳授千年勳業。正是：只因玄女書三卷，留得清風史數篇。畢竟宋公明要往何處去走一遭，且聽下回分解。

李卓吾曰：黄文炳也是個聰明漢子，國家有用之人。渠既見反詩，如何不要着緊？宋公明也怪他不得。江州劫法場，只爲要救二人性命，不得不如此。若是無爲軍，竟可省事，胡爲又做這一場？大不是，大不是！

宋公明遇九天玄女

還道村受三卷天書

第四十二回　還道村受三卷天書　宋公明遇九天玄女

詩曰：

爲人當以孝爲先，定省須教效聖賢。一念不差方合義，寸心無愧可通天。路通還道非僥倖，神授天書豈偶然。遇宿逢高先降讖，宋江元是大羅仙。

話說當下宋江在筵上對衆好漢道：「小可宋江自蒙救護上山，到此連日飲宴，甚是快樂。不知老父在家正是如何。孝子。即〈目〉(日)江州申奏京師，必然行移濟州，着落鄆城縣追捉家屬，比捕正犯。此事恐老父受驚，性命存亡不保。宋江想念：『哀哀父母，生我劬勞，欲報深恩，昊天罔極。』因老父生育之恩難報，暫離山寨，欲往敝鄉，去家中搬取老父上山，昏定晨省，以盡孝敬，以絶掛念。不知衆弟兄還肯容否？」晁蓋道：「賢弟，這件是人倫中大事，養生送死，人子之道。不成我和你受用快樂，到教家中老父吃苦！如何不依賢弟？只是衆兄弟們連日辛苦，寨中人馬未定，再停兩日，點起山寨些少人馬，一逕去取了來。」宋江道：「仁兄，再過幾日不妨。只恐江州行移到濟州追捉家屬，這一件不好。以此事不宜遲。〔眉〕自不宜遲。也不須點多人去，只宋江潛地自去，和兄弟宋清搬取老父，連夜上山來。

那時使鄉中神不知，鬼不覺。亦是。若還多帶了人伴去時，必然驚嚇鄉里，反招不便。」晁蓋道：「賢弟路中倘有疏失，無人可救。」宋江道：「若爲父親，死而無怨。」〔眉〕模寫孝子，便是孝子。當日苦留不住。宋江堅執要行，便取個氈笠戴了，提條短棒，腰帶利刃，便下山去。衆頭領送過金沙灘自回。

且說宋江過了渡，到朱貴酒店裏上岸，出大路投鄆城縣來。路上少不得飢餐渴飲，夜住曉行。一日，奔宋家村晚了，到不得，且投客店歇了。次日，趲行到宋家村時却早，且在林子裏伏了。等待到晚，却投莊上來敲後門。莊裏聽得，只見宋清出來開門。見了哥哥，吃那一驚，慌忙道：「哥哥，你回家來怎地？」宋江道：「我特來家取父親和你。」宋清道：「哥哥，你在江州做了的事，如今這裏都知道了。本縣差下這兩個趙都頭，每日來勾取，管定了我們不得轉動。只等江州文書到來，便要捉我們父子二人，下在牢裏監禁，聽候拏你。日裏夜間，一二百土兵巡綽。你不宜遲，快去梁山泊請下衆頭領來救父親並兄弟。」宋江聽了，驚得一身冷汗，不敢進門，轉身便走，奔梁山泊路上來。是夜月色朦朧，路不分明。宋江只顧揀僻浄小路去處走，約莫也走了一個更次，只聽得背後有人發喊起來。宋江回頭聽得只隔一二里路，看見一簇火把照亮。只聽得叫道：「宋江休走，早來納降！」宋江一頭走，一面肚裏尋思：「不聽晁蓋之言，果有今日之禍。皇天可憐，垂救宋江！」遠遠望見一個去處，只顧走。少間，風掃薄雲，現出那輪明月。宋江方纔認得仔細，叫聲苦，不知高低。看了那個去處，有名喚做還道村。原來團團都是高山峻嶺，山下一遭澗水，中間單單只一條路。入來這村，左來右去走，只是這條路，更没第二條路。宋江認的這個村口，欲待回身，却被背後趕來的人已把住了路口，火把照耀如同白日。宋江只得奔入村裏來尋路躲避。抹過一座林子，早看見一所古廟，但見：

牆垣頹損，殿宇傾斜。兩廊畫壁長青苔，滿地花磚生碧草。門前小鬼，折臂膊不顯猙獰；殿上判官，無幞頭不成禮數。供牀上蜘蛛結網，香爐内螻蟻營窠。狐狸常睡紙爐中，蝙蝠不離神帳裏。料想經年無客過，也知盡日有雲來。

宋江只得推開廟門，乘着月光入進廟裏來，尋個躲避處。前殿後殿，相了一回，安不的身，心裏越慌。只聽的外面有人道：「多管只走在這廟裏。」宋江聽時，是趙能聲音，急没躲處。見這殿上一所神廚，宋江揭起帳幔，望裏面探身便鑽入神廚裏。安了短棒，做一堆兒伏在廚内，氣也不敢喘，屁也不敢放。只聽的外面拿着火把，照將入來。宋江在神廚裏偷眼看時，趙能、趙得引着四五十人，拿着火把，各到處照。看看照上殿來。宋江道：「我今番走了死路，望陰靈遮護則個！神明庇佑！」一個個都走過了，没人看着神廚裏。宋江道：「却不是天幸！」只見趙得將火把來神廚内照一照。宋江道：「我這番端的受縛！」趙得一隻手將朴刀桿挑起神帳，上下把火只一照，火烟沖將起來，沖下一片屋塵來，正落在趙得眼裏，眯了眼。便將火把丢在地下，一脚踏滅了，走出殿門外來，對土兵們道：「這廝不在廟裏，别又無路，却走向那裏去了？」土兵衆人答道：「多是這廝走入村中樹林裏去了。這裏不怕他走到那裏去，這個村唤做還道村，只有這條路出入，裏面雖有高山林木，却無路上的去，亦不怕他走了。小都頭把住村口，他便會插翅飛上天去，也走不脱了。待天明，村裏去細細搜捉。」趙能、趙得道：「也是。」引了土兵下殿去了。宋江道：「却不是神明護佑！若還得了性命，必當重修廟宇，再建祠堂。陰靈保佑則個！」

說猶未了，只聽的有幾個士兵在于廟門前叫道：「都頭，在這裏了！」趙能、趙得和衆人一夥搶入來。宋江道：「却不又是晦氣，這遭必被擒捉！」趙能到廟前問時：「在那裏？」士兵道：「都頭你來看，廟門上兩個塵手迹，以定是却纔推開廟門，閃在裏面去了。」趙能道：「說的是，再仔細搜一搜看。」〔眉〕有波瀾。這夥人再入廟裏來搜看。宋江道：「我命運這般蹇拙，今番必是休了！」那夥人去殿前殿後搜遍，只不曾翻過磚來。衆人又搜了一回，火把看看照上殿來。趙能道：「多是只在神廚裏。却纔兄弟看不仔細，我自照一照看。二個士兵拿着火把，趙能一手揭起帳幔，五七個人伸頭來看。不看萬事俱休，纔看一看，只見神廚裏捲起一陣惡風，將那火把都吹滅了，黑騰騰罩了廟宇，對面不見。趙能道：「却又作怪，平地裏捲起這陣惡風來！想是神明在裏面，定嗔怪我們只管來照，因此起這陣惡風顯應。我們且去罷休。只守住村口，待天明再來尋獲。」趙得道：「只是神廚裏不曾看得仔細，再把鎗去搠一搠。」趙能道：「也是。」〔眉〕更有波瀾。兩個却待向前，只聽的殿後又捲起一陣怪風，吹的飛砂走石滚將下來，搖的那殿宇吸吸地動。罩下一陣黑雲，布合了上下，冷氣侵人，毛髮竪立。趙能情知不好，叫了趙得道：「兄弟快走，神明不樂！」衆人一鬨都奔下殿來，望廟門外跑走。有幾個攧翻了的，也有閃朒了腿的，爬的起來奔命。走出廟門，只聽的廟裏有人叫：「饒恕我們！」趣。趙能再入來看時，兩三個士兵跌倒在龍墀裏，被樹根鈎住了衣服，死也掙不脫，手裏丢了朴刀，扯着衣裳叫饒。宋江在神廚裏聽了，忍不住笑。趙能把士兵衣服解脫了，領出廟門去。有幾個在前面的士兵說道：「我說這神道最靈，你們只管在裏面纏障，引的小鬼發作起來！我們只去守住了村口等他，須不吃他飛了去。」趙能、趙得道：「説得是。只消村口四下裏守定。」衆人都望村口去了。

只説宋江在神廚裏，口稱慚愧道：「雖不被這厮們拿了，却怎能勾出村口去？」正在廚内尋思，百般無計，只聽的後面廊下有人出來。宋江道：「却又是苦也！早是不鑽出去。」只見兩個青衣童子逕到廚邊，舉口道：「小童奉娘娘法旨，請星主説話。」宋江那裏敢做聲答應。外面童子又道：「娘娘有請，星主可行。」宋江也不敢答應。外面童子又道：「宋星主休得遲疑，娘娘久等。」宋江聽的鶯聲燕語，不是男子之音，便從椅子底下鑽將出來看時，却是兩個青衣女童，侍立在此牀邊。宋江吃了一驚，却是兩個泥神。只聽的外面又説道：「宋星主，娘娘有請。」宋江分開帳幔鑽將出來，只見是兩個青衣螺髻女童，齊齊躬身各打個稽首。宋江看那女童時，但見：

朱顏緑髮，皓齒明眸。飄飄不染塵埃，耿耿天仙風韻。螺螄髻，山峯堆擁；鳳頭鞋，蓮瓣輕盈。領抹深青，一色織成銀縷；帶飛真紫，雙環結就金霞。依稀閬苑董雙成，仿佛蓬萊花鳥使。

當下宋江問道：「二位仙童自何而來？」青衣道：「奉娘娘法旨有請星主赴宫。」宋江道：「仙童差矣！我自姓宋，名江，不是甚麼星主。」青衣道：「如何差了？請星主便行，娘娘久等。」宋江道：「甚麼娘娘？亦不曾拜識，如何敢去？」青衣道：「星主到彼便知，不必詢問。」宋江道：「娘娘在何處？」青衣道：「只在後面宫中。」青衣前引便行，宋江隨後跟下殿來。轉過後殿側首一座子牆角門，青衣道：「宋星主，從此間進來。」宋江跟入角門來看時，星月滿天，香風拂拂，四下裏都是茂林修竹。

宋江尋思道：「原來這廟後又有這個去處。早知如此，却不來這裏躲避，不受那許多驚恐。」真。宋江行着，覺道兩邊松樹，香塢兩行，夾種着都是合抱不交的大松樹，中間平坦一條龜背大街。宋江看了，暗暗尋思道：「我到不想古廟後有這般好路徑。」真。跟着青衣行不過一里來路，聽得潺潺的澗水響。看前面時，一座青石橋，兩邊都是朱欄杆。岸上栽種奇花異草，蒼松茂竹，翠柳夭桃。橋下翻銀滾雪般的水流從石洞裏去。過的橋基看時，兩行奇樹，中間一座大朱紅欞星門。宋江入的欞星門看時，擡頭見一所宫殿。但見：

金釘朱户，碧瓦雕簷。飛龍盤柱戲明珠，雙鳳幃屏鳴曉日。紅泥牆壁，紛紛御柳間宫花；翠靄樓臺，淡淡祥光籠瑞影。窗横龜背，香風冉冉透黄紗；簾捲鰕鬚，皓月團團懸紫綺。若非天上神仙府，定是人間帝主家。

宋江見了尋思道：「我生居鄆城縣，不曾聽的説有這個去處。」真。心中驚恐，不敢動脚。青衣催促：「請星主行。」一引，引入門内，有個龍墀，兩廊下盡是朱紅亭柱，都掛着綉簾。正中一所大殿，殿上燈燭熒煌。青衣從龍墀内一步步引到月臺上，聽得殿上階前又有幾個青衣道：「娘娘有請星主進來！」宋江到大殿上，不覺肌膚戰慄，毛髮倒豎。下面都是龍鳳磚階。青衣入簾内奏道：「請至宋星主在階前。」宋江到簾前御階之下，躬身再拜，俯伏在地，口稱：「臣乃下濁庶民，不識聖上，伏望天慈，俯賜憐憫！」御簾内傳旨：「教請星主坐。」宋江那裏敢擡頭。教四個青衣扶上錦墩坐，宋江只得勉强坐下。殿上喝聲「捲簾」，數個青衣早把朱簾捲起，搭在金鈎上。娘娘問道：「星主別來無恙？」宋江起身再拜道：「臣乃庶民，不敢面覷聖容。」娘娘道：「星主既然至此，不必多禮。」宋江恰纔敢擡頭舒眼，看見殿上金碧交輝，點着龍燈鳳燭。兩邊都是青衣女童，執笏捧圭，執旌擎扇侍從。正中七寶九龍牀上坐着那個娘娘。宋江看時，但見：

頭綰九龍飛鳳髻，身穿金縷絳綃衣。藍田玉帶曳長裾，白玉圭璋擎彩袖。臉如蓮萼，天然眉目映雲環；唇似櫻桃，自在規模端雪體。猶如王母宴蟠桃，却似嫦娥居月殿。正大仙容描不就，威嚴形像畫難成。

那娘娘坐於九龍牀上，手執白玉圭璋，口中説道：「請星主到此，命童子獻酒。」兩下青衣女童執着奇花金瓶，捧酒過來斟在玉杯內。一個爲首的女童，執玉杯遞酒來勸宋江。宋江起身，不敢推辭，接過玉杯，朝娘娘跪飲了一杯。宋江覺道這酒馨香馥郁，如醍醐灌頂，甘露洒心。又是一個青衣捧過一盤仙棗，上勸宋江。宋江戰戰兢兢，怕失了體面，真。尖着指頭拿了一枚，就而食之，懷核在手。描寫得妙。青衣又斟過一杯酒來勸宋江，宋江又一飲而盡。娘娘法旨教：「再勸一杯。」青衣再斟一杯酒過來勸宋江，宋江又飲了。仙女托過仙棗，又食了兩枚。共飲過三杯仙酒，三枚仙棗，宋江便覺道春色微醺。又怕酒後，醉失體面，再拜道：「臣不勝酒量，望乞娘娘免賜。」殿上法旨道：「既是星主不能飲酒，可止。教取那三卷天書賜與星主。」青衣去屏風背後玉盤中托出黃羅袱子，包着三卷天書，度與宋江。〔眉〕〈這〉〈還〉是燕青得赦書難些。宋江拜受看時，可長五寸，闊三寸，厚三寸。不敢開看，再拜祇受，藏於袖中。娘娘法旨道：「宋星主，傳汝三卷天書，汝可替天行道爲主，全忠仗義爲臣，輔國安民，去邪歸正。他日功成果滿，作爲上卿。吾有四句天言，汝當記取，終身佩受，勿忘於心，勿泄於世。」宋江再拜：「願受天言，臣不敢輕泄於世人。」娘娘法旨道：

「遇宿重重喜，逢高不是凶。北幽南至睦，兩處見奇功。」

宋江聽畢，再拜謹受。娘娘法旨道：「玉帝因爲星主魔心未斷，道行未完，暫罰下方，不久重登紫府，切不可分毫失忘。若是他日罪下酆都，吾亦不能救汝。此三卷之書，可以善觀熟視。只可與天機星同觀，其他皆不可見。功成之後，便可焚之，勿留在世。所囑之言，汝當記取。目今天凡相隔，難以久留，汝當速回。」便令童子急送星主回去，「他日瓊樓金闕，再當重會。」宋江便謝了娘娘，跟隨青衣女童，下得殿庭來，出得欞星門，送至石橋邊。青衣道：「恰纔星主受驚，不是娘娘護佑，已被擒拏。仙人也要邀功。天明時自然脱離了此難。星主，看石橋下水裏二龍相戲。」宋江凭欄看時，果見二龍戲水。二青衣望下一推，宋江大叫一聲，却撞在神廚内，覺來乃是南柯一夢。

宋江爬將起來看時，月影正午，料是三更時分。宋江把袖子裏摸時，手裏棗核三個，袖裏帕子包着天書。摸將出來看時，果是三卷天書。又只覺口裏酒香，宋江想道：「這一夢真乃奇異，似夢非夢。〔眉〕你道是夢不是夢？若把做夢來，如何有這天書在袖子裏，口中又酒香，棗核在手裏，説與我的言語都記得，不曾忘了一句？不把做夢來，我自分明在神廚裏，一交攧將出來。有甚難見處？想是此間神聖最靈，顯化如此。只是不知是何神明？」揭起帳幔看時，九龍椅上坐着一個娘娘，正和夢中一般。宋江尋思道：「這娘娘呼我做星主，想我前生非等閑人也。這三卷天書必然有用，分付我的四句天言，不曾忘了。青衣女童道：『天明時，自然脱離此村之厄。』如今天色漸明，我却出去。」便探手去廚裏摸了短棒，把衣服拂拭了，一步步走下殿來，便從左廊下轉出廟前。仰面看時，舊牌額上刻着四個金字，道「玄女之廟」。宋江以手加額稱謝道：「慚愧，原來是九天玄女娘娘，傳受與我三卷天書，又救了我的性命。如若能勾再見天日之面，必當來此重修廟宇，再建殿庭。伏望聖慈，俯垂護佑！」稱謝已畢，有詩爲證：

還道村中夜避災，荒涼古廟側身來。只因一念通溟漠，方得天書降上台。

宋江只得望着村口悄悄出來。離廟未遠，只聽得前面遠遠地喊聲連天。宋江尋思道：「又不濟了！」立住了脚，「且未可出去。我若到他前面，定吃他拿了。不如且在這裏路傍樹背後躲一躲。」却纔閃得入樹背後去，只見數個土兵急急走得喘做一堆，把刀鎗拄着，一步步攧將入來，口裏聲聲都只叫道：「神聖救命則個！」宋江在樹背後看了，尋思道：「却又作怪，他們把着村口，等我出來拿我，却又怎地衆人搶入來？」再看時，趙能也搶入來，口裏叫道：「我們都是死也！」宋江道：「那厮如何恁地慌？」却見背後一條大漢追將入來。那大漢上半截不着一絲，露出鬼怪般肉，手裏拿着兩把夾鋼板斧，口裏喝道：「含鳥休走！」遠觀不睹，近看分明，正是黑旋風李逵。宋江想道：「莫非是夢裏麽？」真。不敢走出去。那趙能正走到廟前，被松樹根只一絆，一交攧在地下。李逵趕上，就勢一脚踏住脊背，手起大斧却待要砍。背後又是兩籌好漢趕上來，把毡笠兒掀在脊梁上，各挺一條朴刀：上首的是歐鵬，下首的是陶宗旺。李逵見他兩個趕來，恐怕争功壞了義氣，就手把趙能一斧，砍做兩半，連胸堂都砍開了。跳將起來，把土兵趕殺四散走了。宋江兀自不敢便走出來。癡。背後只見又趕上三籌好漢，也殺將來：前面赤髮鬼劉唐，第二石將軍石勇，第三催命判官李立。這六籌好漢說道：「這廝們都殺散了，只尋不見哥哥，却怎生是好？」石勇叫道：「兀那松樹背後一個人立在那裏。」宋江方纔敢挺身出來，說道：「感謝衆兄弟們，又來救我性命，將何以報大恩？」六籌好漢見了宋江，大喜道：「哥哥有了！快去報與晁頭領得知！」石勇、李立分投去了。

宋江問劉唐道：「你們如何得知來這裏救我？」劉唐答道：「哥哥前脚下得山來，晁頭領與吳軍師放心不下，便叫戴院長隨即下來探聽哥哥下落。晁頭領又自己放心不下，再着我等衆人前來接應，只恐哥哥倘有些疏失。半路裏撞見戴宗道：『兩個賊驢追趕捕捉哥哥。』晁頭領大怒，分付戴宗去山寨，只教留下吳軍師、公孫勝、阮家三弟兄、吕方、郭盛、朱貴、白勝看守寨柵，其餘兄弟都教來此間尋趕哥哥。聽得人說道：『趕宋江入還道村去了。』村口守把的這廝們盡數殺了，不留一個。只有這幾個奔進村裏來。隨即李大哥追來，我等都趕入來。不想哥哥在這裏！」說猶未了，石勇引將晁蓋、花榮、秦明、黃信、薛永、蔣敬、馬麟到來，李立引將李俊、穆弘、張橫、張順、穆春、侯健、蕭讓、金大堅一行，衆多好漢都相見了。宋江作謝衆位頭領。晁蓋道：「我叫賢弟不須親自下山，不聽愚兄之言，險些兒又做出來。」宋江道：「小可兄弟只爲父親這一事懸腸掛肚，坐卧不安，不由宋江不來取。」晁蓋道：「好教賢弟歡喜，令尊並令弟家眷，我先叫戴宗引杜遷、宋萬、王矮虎、鄭天壽、童威、童猛送去，已到山寨中了。」宋江聽得大喜，拜謝晁蓋道：「若得仁兄如此施恩，宋江死亦無怨。」晁蓋、宋江俱各歡喜，與衆頭領各各上馬，離了還道村口。宋江在馬上以手加額，望空頂禮，稱謝：「神明庇佑之力，容日專當拜還心願。」有詩爲證：

且喜餘生得命歸，剥牀深喜脱災非。仰天祝謝仁晁蓋，暗把家園載得回。

且説一行人馬離了還道村，逕回梁山泊來。吴學究領了守山頭領直到金沙灘，都來迎接着。到得大寨聚義廳上，衆好漢都相見了。宋江問道：「老父何在？」晁蓋便叫：「請宋太公出來。」不多時，鐵扇子宋清策着一乘山轎，擡着宋太公到來。衆人扶策下轎，上廳來。宋江見了，喜從天降，笑逐顔開。宋江再拜道：「老父驚恐！宋江做了不孝之子，負累了父親吃驚受怕。」宋太公道：「叵耐趙能那厮弟兄兩個，每日撥人來守定了我們，只待江州公文到來，便要捉取我父子二人解送官司。聽得你在莊後敲門，此時已有八九個土兵在前面草廳上，續後不見了，不知怎地趕出去了。到三更時候，又有二百餘人把莊門開了，將我搭扶上轎擡了。教你兄弟四郎收拾了箱籠，放火燒了莊院。那時不由我問個緣由，逕來到這裏。」宋江道：「今日父子團圓相見，皆賴衆兄弟之力也！」叫兄弟宋清拜謝了衆頭領。晁蓋衆人都來參見宋太公已畢，一面殺牛宰馬，且做慶喜筵席，作賀宋公明父子團圓。當日盡醉方散。次日又排筵宴賀喜，大小頭領盡皆歡喜。

第三日又做筵席，慶賀宋江父子完聚。忽然感動公孫勝一個念頭，思憶老母在薊州，離家日久，未知如何。衆人飲酒之時，只見公孫勝起身對衆頭領説道：「感蒙衆位豪傑相帶貧道許多時，恩同骨肉。只是小道自從跟隨着晁頭領到山，逐日宴樂，一向不曾還鄉。薊州(老)母在彼，亦恐我真人本師懸望，欲待回鄉省視一遭。暫別衆頭領，三五個月再回來相見，以滿小道之願，免致老母掛念懸望之心。」晁蓋道：「向日已聞先生所言，令堂在北方無人侍奉。今既如此説時，難以阻當，只是不忍分別。雖然要行，只是來日相送。」公孫勝謝了，當日盡醉方散，各自歸帳内安歇。次日早，就關下排了筵席，與公孫勝餞行。其日衆頭領都在關下送路。

且説公孫勝依舊做雲遊道士打扮了，腰裏腰包、肚包，背上雌雄寶劍，肩胛上掛着棕笠，手中拿把鱉殼扇，便下山來。衆頭領接住，就關下筵席，各各把盞送別。餞行已遍，晁蓋道：「一清先生！此去難留，却不可失信。本是不容先生去，只是老尊堂在上，不敢阻當。百日之外，專望鶴駕降臨，切不可爽約。」公孫勝道：「重蒙列位頭領看待許久，小道豈敢失信。回家參過本師真人，安頓了老母，便回山寨。」宋江道：「先生何不將帶幾個人去，一發就搬取老尊堂上山，早晚也得侍奉。」公孫勝道：「老母平生只愛清幽，吃不得驚諕，因此不敢取來。家中自有田產山莊，老母自能料理。小道只去省視一遭便來，再得聚義。」宋江道：「既然如此，專聽尊命。只望早早降臨爲幸！」晁蓋取出一盤黄白之資相送。公孫勝道：「不消許多，但只要三分足矣。」晁蓋定教收了一半，打拴在腰包裏，打個稽首，別了衆人，過金沙灘便行，望薊州去了。

衆頭領席散却待上山，只見黑旋風李逵就關下放聲大哭起來。孝子。宋江連忙問道：「兄弟，你如何煩惱？」李逵哭道：「干鳥氣麽！這個也去取爺，那個也去望娘，偏鐵牛是土掘坑裏鑽出來的！」是。晁蓋便問道：「你如今待要怎地？」李逵道：「我只有一個老娘在家裏，我的哥哥又在别人家做長工，如何養得我娘快樂？我要去取他來這裏，快樂幾時也好。」直人。晁蓋道：「李逵說的是。我差幾個人同你去取了上山來，也是十分好事。」宋江便道：「使不得！李家兄弟生性不好，回鄉去必然有失。若是教人和他去，亦是不好。況且他性如烈火，到路上必有衝撞。他又在江州殺了許多人，那個不認得他是黑旋風？這幾時官司如何不行移文書到那裏了？必然原籍追捕。你又形貌兇惡，倘有疏失，路程遙遠，如何得知？你且過幾時，打聽得平浄了去取未遲。」李逵焦躁，叫道：「哥哥，你也是個不平心的人！是。你的爺便要取上山來快活，我的娘由他在村裏受苦。兀的不是氣破了鐵牛的肚子！」宋江道：「兄弟，你不要焦躁。既是要去取娘，只依我三件事，便放你去。」李逵道：「你且說那三件事？」宋江點兩個指頭，說出這三件事來。有分教：李逵去高山頂上，殺一窩猛獸毒蟲；沂水縣中，損幾個生靈性命。直使施爲撼地摇天手，來鬥巴山跳澗蟲。畢竟宋江對李逵說出那三件事來，且聽下回分解。

李贄曰：李大哥是個天性孝子。宋公明取爺有些道學氣味，亦算計利害耳。公孫勝望娘，一團奸詐。如李大哥者，只是要娘快樂，再無第二個念頭。

假李逵剪徑
劫单身

黑旋風沂嶺
殺四虎

第四十三回　假李逵剪徑劫單人　黑旋風沂嶺殺四虎

詩曰：

家住沂州翠嶺東，殺人放火恣行兇。因餐虎肉長軀健，好吃人心兩眼紅。閑向溪邊磨巨斧，悶來岩畔斫喬松。有人問我名和姓，撼地摇天黑旋風。

話説李逵道：「哥哥，你且説那三件事，盡依！」宋江道：「你要去沂州沂水縣搬取母親，第一件，徑回，不可吃酒；第二件，因你性急，誰肯和你同去，你只自悄悄地取了娘便來；第三件，你使的那兩把板斧，休要帶去，路上小心在意，早去早回。」李逵道：「這三件事有甚麼依不得？哥哥放心，我只今日便行，我也不住了。」好個直性人。當下李逵拽扎得爽俐，只跨一口腰刀，提條朴刀，帶了一錠大銀，三五個小銀子，吃了幾杯酒，唱個大喏，别了衆人，便下山來，過金沙灘去了。

晁蓋、宋江並衆頭領送行已罷，回到大寨裏聚義廳上坐定。宋江放心不下，對衆人説道：「李逵這個兄弟此去必然有失。不知衆兄弟們誰是他鄉中人，可與他那裏探聽個消息？」杜遷便道：「只有朱貴原是沂州沂水縣人，與他是鄉里。」宋江聽罷説道：「我却忘了！前日在白龍廟聚會時，李逵已自認得朱貴是同鄉人。」刻畫逼真。宋江便着人去請朱貴。小嘍囉飛報下山來，直至店裏，請的朱貴到來。宋江道：「今有李逵兄弟前往家鄉搬取老母，因他酒性不好，爲此不肯差人與他同去。誠恐路上有失，我們難得知道。今知賢弟是他鄉中人，你可去他那裏探聽走一遭。」朱貴答道：「小弟是沂州沂水縣人，見在一個兄弟喚做朱富，在本縣西門外開着個酒店。【這李逵，他是本縣百丈村董店東住，有個哥哥喚做李達，專與人家做長工。這李逵自小兇頑，因打死了人逃走在江湖上，一向不曾回歸。】贅，可删。如今着小弟去那裏探聽也不妨，只怕店裏無人看管。小弟也多時不曾還鄉，亦就要回家探望兄弟一遭。」宋江道：「這個無人看店，不必你憂心，我自教侯健、石勇替你暫管幾日。」朱貴領了這言語，相辭了衆頭領下山來，便走到店裏收拾包裹，交割舖面與石勇、侯健，自奔沂州去了。這裏宋江與晁蓋在寨中每日筵席飲酒快樂，與吳學究看習天書，不在話下。

且說李逵獨自一個離了梁山泊，取路來到沂水縣界。於路李逵端的不吃酒，信人。因此不惹事，無有話說。行至沂水縣西門外，見一簇人圍着榜看。李逵也立在人叢中，聽得讀道：「榜上第一名正賊宋江，係鄆城縣人；第二名賊戴宗，係江州兩院押獄；第三名從賊李逵，係沂州沂水縣人。」李逵在背後聽了，正待指手畫脚，没做奈何處，奇。只見一個人搶向前來，攔腰抱住叫道：「張大哥！你在這裏做甚麽？」李逵扭過身看時，認得是旱地忽律朱貴。李逵問道：「你如何也來在這裏？」朱貴道：「你且跟我來説話。」兩個一同來西門外近村一個酒店内，直入到後面一間静房中坐了。朱貴指着李逵道：「你好大膽！那榜上明明寫着賞一萬貫錢捉宋江，五千〈錢〉（貫）捉戴宗，三千〈錢〉（貫）捉李逵，你却如何立在那裏看榜？倘或被眼疾手快的拿了送官，如之奈何？宋公明哥哥只怕你惹事，不肯教人和你同來；又怕你到這裏做出怪來，續後特使我趕來探聽你的消息。我遲下山來一日，又先到你一日，你如何今日纔到這裏？」李逵道：「便是哥哥分付教我不要吃酒，以此路上走得慢了。妙。你如何認得這個酒店裏？你是這裏人家，在那裏住？」朱貴道：「這個酒店便是我兄弟朱富家裏。我原是此間人，因在江湖上做客消折了本錢，就於梁山泊落草，今次方回。」便叫兄弟朱富，來與李逵相見了。朱富置酒管待李逵。李逵道：「哥哥分付教我不要吃酒，今日我已到鄉里了，便吃兩碗兒，打甚麼鳥緊！」畫。朱貴不敢阻當他，由他吃。當夜直吃到四更時分，安排些飯食，李逵吃了，趁五更曉星殘月，霞光明朗，便投村裏去。朱貴分付道：「休從小路去，只從大朴樹轉灣，投東大路一直望百丈村去，便是董店東。快取了母親來，和你早回山寨去。」李逵道：「我自從小路去，却不近？大路走，誰奈煩！」朱貴道：「小路走，多大蟲，又有乘勢奪包裹的剪逕賊人。」李逵應道：「我却怕甚鳥！」畫。戴上毡笠兒，提了朴刀，跨了腰刀，別了朱貴、朱富，便出門投百丈村來。

約行了數十里，天色漸漸微明，去那露草之中，趕出一隻白兔兒來，望前路去了。〔眉〕好想頭。李逵趕了一直，笑道：「那畜生到引了我一程路。」趣。有詩爲證：

山逕崎嶇静復深，西風黄葉滿疏林。偶逢雙斧嘍囉漢，横索行人買路金。

正走之間，只見前面有五十來株大樹叢雜，時值新秋，葉兒正紅。李逵來到樹林邊廂，只見轉過一條大漢，喝道：「是會的留下買路錢，免得奪了包裹！」李逵看那人時，帶一頂紅絹抓髯兒頭巾，穿一領粗布衲襖，手裏拿着兩把板斧，把黑墨搽在臉上。李逵見了，大喝一聲：「你這廝是甚麼鳥人，敢在這裏剪徑！」那漢道：「若問我名字，嚇碎你心胆！老爺叫做黑旋風！你留下買路錢並包裹，便饒了你性命，容你過去。」李逵大笑道：「没你娘鳥興！你這廝是甚麼人？那裏來的？也學老爺名目在這裏胡行！」李逵挺起手中朴刀來奔那漢。那漢那裏抵當得住，却待要走，早被李逵腿股上一朴刀，搠翻在地，一脚踏住胸脯，喝道：「認得老爺麽？」那漢在地下叫道：「爺爺！饒恕孩兒性命！」李逵道：「我正是江湖上的好漢黑旋風李逵便是。你這廝辱莫老爺名字！」那漢道：「小人雖然姓李，不是真的黑旋風。爲是爺爺江湖上有名目，〔眉〕請問李大哥名目如何？提起好漢大名，神鬼也怕，因此小人盗學爺爺名目，胡亂在此剪徑。但有孤單客人經過，聽得説了黑旋風三個字，便撇了行李奔走了去。以此得這些利息，實不敢害人。小人自己的賤名叫做李鬼，只在這前村住。」李逵道：「叵耐這廝無禮，却在這裏奪人的包裹行李，却壞我的名目！學我使兩把板斧，且教他先吃我一斧。」趣。匹手奪過一把斧來便砍。李鬼慌忙叫道：「爺爺！殺我一個，便是殺我兩個！」李逵聽得，住了手問道：「怎的殺你一個，便是殺你兩個？」李鬼道：「小人本不敢剪徑。家中因有個九十歲的老母，無人養贍，因此小人單題爺爺大名唬嚇人，奪些單身的包裹，養贍老母，其實並不曾敢害了一個人。如今爺爺殺了小人，家中老母必是餓殺。」李逵雖是個殺人不斬眼的魔君，聽的説了這話，自肚裏尋思道：「我特地歸家來取娘，却倒殺了一個養娘的人，天地也不佑我。罷，罷，我饒了你這廝性命！」〔眉〕李大哥纔是孝子，所稱錫類之孝，非乎？放將起來，李鬼手提着斧，納頭便拜。李逵道：「只我便是真黑旋風。你從今已後，休要壞了俺的名目。」李鬼道：「小人今番得了性命，自回家改業，再不敢倚着爺爺名目，在這裏剪徑。」李逵道：「你有孝順之心，我與你十兩銀子做本錢，便去改業。」真聖人。李鬼拜謝道：「重生的父母！再長的爹娘！」李逵便取出一錠銀子，把與李鬼，拜謝去了。李逵自笑道：「這廝却撞在我手裏！既然他是個孝順的人，必去改業。我若殺了他，也不合天理。（眉）君子可欺也，不可罔也。我也自去休。」拿了朴刀，一步步投山僻小路而來。走到巳牌時分，看看肚裏又飢又渴，四下裏都是山逕小路，不見有一個酒店飯店。

正走之間，只見遠遠地山凹裏露出兩間草屋。李逵見了，奔到那人家裏來。只見後面走出一個婦人來，髽髻鬢邊插一簇野花，搽一臉胭脂鉛粉。李逵放下朴刀道：「嫂子，我是過路客人，肚中飢餓，尋不着酒食店。我與你一貫足錢，央你回些酒飯吃。」那婦人見了李逵這般模樣，不敢説没，只得答道：「酒便没買處，飯便做些與客人吃了去。」李逵道：「也罷，只多做些個，正肚中飢出鳥來。」那婦人道：「做一升米不少麽？」李逵道：「做三升米飯來吃。」那婦人向廚中燒起火來，便去溪邊淘了米，將來做飯。李逵却轉過屋後山邊來净手。只見一個漢子攧手攧脚，從山後歸來。李逵轉過屋後聽時，那婦人正要上山討菜，開後門見了，便問道：「大哥，那裏閃肭了腿？」那漢子應道：「大嫂，我險些兒和你不斷見了。你道我晦鳥氣麽！指望出去尋個單身的過，整整的等了半個月，不曾發市。〈付〉〈甫〉能今日抹着一個，你道是誰？原來正是那真黑旋風。却恨撞着那驢鳥，我如何敵得他過？倒吃〈我〉〈他〉一朴刀搠翻在地，定要殺我。吃我假意叫道『你殺我一個，却害了我兩個』，他便問我緣故。我便告道家中有個九十歲的老娘，無人贍養，定是餓死。那驢鳥真個信我，饒了我性命，又與我一個銀子做本錢，教我改了業養娘。我恐怕他省悟了趕將來，且離了那林子裏，僻浄處睡了一回，從後山走回家來。」那婦人道：「休要高聲！却纔一個黑大漢來家中教我做飯，莫不正是他？如今在門前坐地，你去張一張看。若是他時，你去尋些麻藥來，放在菜内，教那厮吃了，麻翻在地。我和你却對付了他，謀得他些金銀，搬往縣裏住去，做些買賣，却不强似在這裏剪徑？」李逵已聽得了，便道：「叵耐這厮！我到與了他一個銀子，又饒了性命，他到又要害我。這個正是情理難容！」一轉踅到後門邊。這李鬼却待出門，被李逵匹胷揪住。那婦人慌忙自望前門走了。李逵捉住李鬼，按翻在地，身邊掣出腰刀，早割下頭來。拿着刀却奔前門尋那婦人時，正不知走那裏去了。再入屋内來，去房中搜看，只見有兩個竹籠盛些舊衣裳，底下搜得些碎銀兩並幾件釵環，李逵都拿了。又去李鬼身邊搜了那錠小銀子，都打縛在包裹裏。却去鍋裏看時，三升米飯早熟了，只没菜蔬下飯。李逵盛飯來吃了一回，看着自笑道：「好癡漢！放着好肉在面前却不會吃。」趣人。拔出腰刀，便去李鬼腿上割下兩塊肉來，把些水洗浄了，竈裏扒些炭火來便燒，一面燒，一面吃。〔眉〕好下飯。吃得飽了，把李鬼的屍首把放屋下，放了把火，提了朴刀，自投山路裏去了。那草屋被風一扇，都燒没了。有詩爲證：

劫掠貲財害善良，誰知天道降災殃。家園蕩盡身遭戮，到此翻爲没下塲。

李逵趕到董店東時，日已平西。逕奔到家中，推開門入進裏面。只聽得娘在牀上問道：「是誰入來？」李逵看時，見娘雙眼都盲了，坐在牀上念佛。聖母佛娘。李逵道：「娘！鐵牛來家了！」娘道：「我兒，你去了許多時，這幾年正在那裏安身？你的大哥只是在人家做長工，止博得些飯食吃，養娘全不濟事。我如常思量你，眼淚流乾，因此瞎了雙目。你一向正是如何？」李逵尋思道：「我若說在梁山泊落草，娘定不肯去。我只假說便了。」達說。李逵應道：「鐵牛如今做了官，上路特來取娘。」亦是妙人，亦是孝子。〔眉〕李大哥真是言不必信，行不必果的大人，俗人不知，乃以爲誑母。 娘道：「恁地却好也！只是你怎生和我去得？」李逵道：「鐵牛背娘到前路，失了官瞻，如何？ 却覓一輛車兒載去。」娘道：「你等大哥來，却商議。」李逵道：「等做甚麽！我自和你去便了。」好直性人。 恰待要行，只見李達〈見〉(提)了一罐子飯來。入得門，李逵見了，便拜道：「哥哥，多年不見。」李達罵道：「你這厮歸來則甚？又來負累人！」娘便道：「鐵牛如今做了官，特地家來取我。」李達道：「娘呀，休信他放屁！當初他打殺了人，教我披枷帶鎖，受了萬千的苦。如今又聽得他和梁山泊賊人通同劫了法場，鬧了江州，見在梁山泊做了强盜。前日江州行移公文到來，着落原籍追捕正身，却要捉我到官比捕。又得財主替我官司分理，說：『他兄弟已自十來年不知去向，亦不曾回家，莫不是同名同姓的人冒供鄉貫？』又替我上下使錢，因此不吃官司，杖限追要。見今出榜賞三千〈錢〉(貫)捉他。你這厮不死，却走家來胡說亂道！」李逵道：「哥哥不要焦躁，一發和你同上山去快活，多少是好！」孝子弟弟。 李達大怒，本待要打李逵，却又敵他不過，把飯罐撇在地下，一直去了。李逵道：「他這一去，必然報人來捉我，却是脱不得身，不如急早走罷。我大哥從來不曾見這大銀，我且留下一錠五十兩的大銀子放在牀上。弟弟。〔眉〕今人爲一錢五分，便自兄弟傷了和氣，那肯把五十兩銀子與令兄？ 大哥歸來見了，必然不趕來。」李逵便解下腰包，取一錠大銀放在牀上，叫道：

「娘，我自背你去休。」娘道：「你背我那裏去？」李逵道：「你休問我，只顧去快活便了。我自背你去，不妨。」李逵當下背了娘，提了朴刀，出門望小路裏便走。却説李達奔來財主家報了，領着十來個莊客，飛也似趕到家裏看時，不見了老娘，只見牀上留下一錠大銀子。李達見了這錠大銀，心中忖道：「鐵牛留下銀子，背娘去那裏藏了。必是梁山泊有人和他來。我若趕去，倒吃他壞了性命。想他背娘必去山寨裏快活。」〔眉〕見了銀子，便是兄弟了。衆人不見了李逵，都没做理會處。李達却對衆莊客説道：「這鐵牛背娘去，不知往那條路去了。這裏小路甚雜，怎地去趕他？」衆莊客見李達没理會處，各自回去了，不在話下。

這裏只説李逵怕李達領人趕來，背着娘只奔亂山深處僻静小路而走。看看天色晚了，但見：

暮烟横遠岫，宿霧鎖奇峯。慈鴉撩亂投林，百鳥喧呼傍樹。行行雁陣墜長空，飛入蘆花；點點螢光明野逕，偏依腐草。茅荆夾路，驚聞更鼓之聲；古木懸崖，時見龍蛇之影。捲起金風飄敗葉，吹來霜氣布深山。

當下李逵背娘到嶺下，天色已晚了。娘雙眼不明，不知早晚。李逵却自認得，這條嶺喚做沂嶺。過那邊去，方纔有人家。娘兒兩個趁着星明月朗，一步步捱上嶺來。娘在背上説道：「我兒，那裏討口水來我吃也好。」李逵道：「老娘，且待過嶺去借了人家安歇了，做些飯吃。」娘道：「我日中吃了些乾飯，口渴的當不得。」李逵道：「我喉嚨裏也烟發火出。你且等我背你到嶺上，尋水與你吃。」娘道：「我兒，端的渴殺我也，救我一救！」李逵道：「我也困倦的要不得。」李逵看看捱得到嶺上，松樹邊一塊大青石上把娘放下，插了朴刀在側邊，分付娘道：「奈心坐一坐，我去尋水來你吃。」李逵聽得溪澗裏水響，聞聲尋將去，爬過了兩三處山脚，到得那澗邊看時，一溪好水。怎見得，有詩爲證：

穿崖透壑不辭勞，遠望方知出處高。溪澗豈能留得住，終歸大海作波濤。

李逵爬到溪邊，捧起水來自吃了幾口。尋思道：「怎地能勾得這水去把與娘吃？」立起身來東觀西望，遠遠地山頂上見個庵兒。李逵道：「好了！」攀藤攬葛，上到庵前。推開門看時，却是個泗州大聖祠堂。面前有個石香爐，李逵用手去掇，原來却是和座子鑿成的。李逵拔了一回，那裏拔得動。一時性起來，連那座子掇出，前面石階上一磕，佛。把那香爐磕將下來。〔眉〕好茶碗。拿了再到溪邊，將這香爐水裏浸了，拔起亂〈香〉（草），洗得乾浄，挽了半香爐水，雙手擎來。再尋舊路，夾七夾八走上嶺來。到得松樹裏邊，石頭上不見了娘，只見朴刀插在那裏。李逵叫娘吃水，杳無蹤迹，叫了幾聲不應。李逵定住眼四下裏看時，尋不見娘。走不得三十餘步，只見草地上一段血迹，李逵見了，心裏越疑惑。趁着那血迹尋將去，尋到一處大洞口，只見兩個小虎兒在那裏舐一條人腿。（李）逵心裏忖道：「我從梁山泊歸來，特爲老娘來取他。千辛萬苦背到這裏，却把來與你吃了！說得是。那鳥大蟲拖着這條人腿，不是我娘的是誰的？」心頭火起，赤黄鬚豎立起來，將手中朴刀挺起，來搠那兩個小虎。這小大蟲被搠得慌，也張牙舞爪鑽向前來。被李逵手起，先搠死了一個。那一個望洞裏便鑽了入去。李逵趕到洞裏也搠死了，却鑽入那大蟲洞内。李逵却便伏在裏面張外面時，只見那母大蟲張牙舞爪望窩裏來。李逵道：「正是你這業畜吃了我娘！」〔眉〕這所謂父母之仇，不共戴天。放下朴刀，跨邊掣出腰刀。那母大蟲到洞口，先把尾去窩裏一剪，便把後半截身軀坐將入去。李逵在窩内看得仔細，把刀朝母大蟲尾底下，盡平生氣力捨命一戳，正中那母大蟲糞門。李逵使得力重，和那刀靶也直送入肚裏去了。那老大蟲吼了一聲，就洞口帶着刀，跳過澗邊去了。李逵却拿了朴刀，就洞裏趕將出來。那老虎負疼，直搶下山石岩下去了。李逵恰待要趕，只見就樹邊捲起一陣狂風，吹得敗葉樹木如雨一般打將下來。自古道：「雲生從龍，風生從虎。」那一陣風起處，星月光輝之下，大吼了一聲，忽地跳出一隻弔睛白額虎來。李逵看那大蟲，但見：

一聲吼叫轟霹靂，兩眼圓睜閃電光。搖頭擺尾欺存孝，舞爪張牙啖狄梁。

那大蟲望李逵勢猛一撲。那李逵不慌不忙，趁着那大蟲的勢力，手起一刀，正中那大蟲〈額〉（頷）下。那大蟲不曾再展再撲，一者護那疼痛，二者傷着他那氣管。那大蟲退不勾五七步，只聽得響一聲，如倒半壁山，登時間死在岩下。那李逵（一）時間殺了子母四虎，還又到虎窩邊，將着刀，復看了一遍，只恐還有大蟲，已無有蹤迹。李逵也困乏了，走向泗州大聖廟裏，睡到天明。次日早晨，李逵却來收拾親娘的兩腿及剩的骨殖，把布衫包裹了，直到泗州大聖庵後掘土坑葬了。李逵大哭了一場，有詩爲證：

沂嶺西風九月秋，雌雄猛虎聚林丘。因將老母身軀啖，致使英雄血淚流。手執鋼刀探虎穴，心如烈火報寃讎。立誅四虎威神力，千古傳名李鐵牛。

這李逵肚裏又飢又渴，不免收拾包裹，拿了朴刀，尋路慢慢的走過嶺來。只見五七個獵户，都在那裏收窩弓弩箭。見了李逵一身血污，行將下嶺來，衆獵户吃了一驚，問道：「你這客人莫非是山神土地？如何敢獨自過嶺來？」李逵見問，自肚裏尋思道：「如今沂水縣出榜賞三千貫錢捉我，我如何敢説實話？只謊説罷。」答道：「我是客人。昨夜和娘過嶺來，因我娘要水吃，我去嶺下取水，被那大蟲把我娘拖去吃了。我直尋到虎巢裏，先殺了兩個小虎，後殺了兩個大虎，泗州大聖廟裏睡到天明，方纔下來。」衆獵户齊叫道：「不信你一個人如何殺得四個虎？也是。便是李存孝和子路，也只打得一個。〔眉〕博學君子亦知子路打虎的故事麽？這兩個小虎且不打緊，那兩個大虎非同小可。我們爲這兩個畜生，正不知都吃了幾頓棍棒。這條沂嶺自從有了這窩虎在上面，整三五個月没人敢行。我們不信，敢是你哄我？」李逵道：「我又不是此間人，没來由哄你做甚麽？你們不信，我和你上嶺去尋討與你，就帶些人去扛了下來。」衆獵户道：「若端的有時，我們自得重重的謝你。却是好也！」衆獵户打起胡哨來，一霎時聚起三五十人，都拿了撓鈎鎗棒，跟着李逵，再上嶺來。此時天大明朗。都到那山頂上，遠遠望見窩邊果然殺死兩個小虎：一個在窩内，一個在外面。一隻母大蟲死在山岩邊，一隻雄虎死在泗州大聖廟前。衆獵户見了殺死四個大蟲，盡皆歡喜，便把索子抓縛起來，衆人扛擡下嶺，就邀李逵同去請賞。一面先使人報知里正上户，都來迎接着，擡到一個大户人家，唤做曹太公莊上。那人原是閑吏，專一在鄉放刁把濫。近來暴有幾貫浮財，只是爲人行短。當時曹太公親自接來相見了，邀請李逵到草堂上坐定，動問那殺虎的緣由。李逵却把夜來同娘到嶺上要水吃，因此殺死大蟲的話説了一遍。衆人都呆了。曹太公動問：「壯士高姓名諱？」李逵答道：「我姓張，無諱，只唤做張大胆。」妙。

曹太公道：「真乃是大胆壯士！不恁的胆大，如何殺的四個大蟲！」一壁廂叫安排酒食管待，不在話下。

且説當村裏得知沂嶺殺了四個大蟲，擡在曹太公家，講動了村坊道店，閧的前村後村，山僻人家，大男幼女，成羣拽隊都來看虎。入見曹太公相待着打虎的壯士在廳上吃酒。數中却有李鬼的老婆，逃在前村爹娘家裏，〔眉〕好關目。隨着衆人也來看虎，却認得李逵的模樣。慌忙來家對爹娘説道：「這個殺虎的黑大漢，便是殺我老公，燒了我屋的。他正是梁山泊黑旋風李逵。」爹娘聽得，連忙來報知里正。里正聽了道：「他既是黑旋風時，正是嶺後百丈村打死了人的李逵。逃走在江州，又做出事來，行移到本縣原籍追捉。如今官司出三千貫賞錢拿他，他却走在這裏！」暗地使人去請得曹太公到來商議。曹太公推道更衣，急急的到里正家。里正説：「這個殺虎的壯士，便是嶺後百丈村裏的黑旋風李逵。見今官司着落拿他。」曹太公道：「你們要打聽得仔細。倘不是時，倒惹得不好；若真個是時，却不妨。要拿他時，也容易。只怕不是他時，却難。」〔眉〕曹老兒却仔細。凡做惡人，再無不仔細的。里正道：「見有李鬼的老婆認得他，曾來李鬼家做飯吃，殺了李鬼。」曹太公道：「既是如此，我們且只顧置酒請他。却問他今番殺了大蟲，還是要去縣請功，只是要村裏討賞。若還他不肯去縣裏請功時，便是黑旋風了。着人輪換把盞，灌得醉了，縛在這裏，却去報知本縣，差都頭來取去，萬無一失。」衆人道：「説得是。」里正説與衆人，商量定了。有《浣溪沙》詞爲證：

殺却兇人毀却房，西風林下路匆忙。忽逢猛虎聚前岡。格殺雖除村嶺患，潛謀難免報讎殃。

脱離羅網更高强。

曹太公回家來款住李逵，一面且置酒來相待，便道：「適間拋撇，請勿見怪。且請壯士解下腰間包裹，放下朴刀，寬鬆坐一坐。」畫。李逵道：「好，好！我的腰刀已搠在雌虎肚裏了，只有刀鞘在這裏。若是開剥時，可討來還我。」曹太公道：「壯士放心，我這裏有的是好刀，相送一把與壯士懸帶。」李逵解了腰〈刀尖刀〉(間刀鞘)並纏袋包裹，都遞與莊客收貯，便把朴刀倚在壁邊。曹太公叫取大盤肉來，大壺酒來。衆多大户並里正獵户人等，輪番把盞，大碗大鍾只顧勸李逵。曹太公又請問道：「不知壯士要將這虎解官請功，只是在這裏討些賚發？」李逵道：「我是過往客人，忙些個。偶然殺了這窩猛虎，不須去縣裏請功，只此有些賚發便罷；若無，我也去了。」〔眉〕李大哥原停當。曹太公道：「如何敢輕慢了壯士？少刻村中斂取盤纏相送。我這裏自解虎到縣裏去。」李逵道：「布衫先借一領與我換了上蓋。」曹太公道：「有，有。」當時便取一領細青布納襖，就與李逵換了身上的血污衣裳。只見門前鼓響笛鳴，都將酒來與李逵把盞作慶。一杯冷，一杯熱，李逵不知是計，只顧開懷暢飲，全不記宋江分付的言語。〔眉〕李大哥好處，正在一毫不計利害。不兩個時辰，把李逵灌得酩酊大醉，立脚不住。衆人扶到後堂空屋下，放翻在一條板櫈上，就取兩條繩子，連板櫈綁住了。便叫里正帶人飛也似去縣裏報知，就引李鬼老婆去做原告，補了一紙狀子。

此時鬨動了沂水縣裏，知縣聽的大驚，連忙升廳問道：「黑旋風拿住在那裏？這是謀叛的人，不可走了！」原告人並獵户答應道：「見縛在本鄉曹大户家，爲是無人禁得他，誠恐有失路上走了，不敢解來。」知縣隨即叫喚本縣都頭去取來。就廳前轉過一個都頭來聲喏。那人是誰？有詩爲證：

面闊眉濃鬚鬢赤，雙睛碧緑似番人。沂水縣中青眼虎，豪傑都頭是李雲。

當下知縣喚李雲上廳來分付道：「沂嶺下曹大户莊上拿住黑旋風李逵。你可多帶人去密地解來，休要鬨動村坊，被他走了。」李都頭領台旨下廳來了，點起三十個老郎士兵，各帶了器械，便奔沂嶺村中來。這沂水縣是個小去處，如何掩飾得過？此時街市上講動了，説道：「拿着了鬧江州的黑旋風，如今差李都頭去拿來。」朱貴在東莊門外朱富家聽得了這個消息，慌忙來後面對兄弟朱富説道：「這黑厮又做出來了！如何解救？宋公明特爲他誠恐有失，差我來打聽消息。如今他吃拿了，我若不救得他時，怎的回寨去見哥哥？似此怎生是好！」朱富道：「大哥且不要慌。這李都頭一身好本事，有三五十人近他不得。我和你只兩個同心合意，如何敢近傍他？只可智取，不可力敵。李雲日常時最是愛我，常常教我使些器械。我即有個道理〈教〉（對）他，只是在這裏安不得身了。今晚煮了三二十斤肉，將十數瓶酒，把肉大塊切了，却將些蒙汗藥拌在裏面。我兩個五更帶數個火家挑着，去半路裏僻静處等候。他解來時只做與他把酒賀喜，將衆人都麻翻了，却放李逵如何？」朱貴道：「此計大妙，事不宜遲。可以整頓，急早便去。」朱富道：「只是李雲不會吃酒，便麻翻了，終久醒得快。還有件事，倘或日後得知，須在此安身不得。」朱貴道：「兄弟，你在這裏賣酒也不濟事。不如帶領老小跟我上山，一發入了夥。論秤分金銀，換套穿衣服，却不快活。今夜便叫兩個火家，覓了一輛車兒，先送妻子和細軟行李起身，約在十里牌等候，都去上山。我如今包裹内帶得一包蒙汗藥在這裏，李雲不會吃酒時，肉裏多糝些。逼着他多吃些，也麻倒了。救得李逵同上山去，有何不可？」朱富道：「哥哥說得是。」便叫人去覓下了一輛車兒，打拴了三五個包箱，捎在車兒上，家中粗物都棄了。叫渾家和兒女上了車子，分付兩個火家，跟着車子，只顧先去，救了李逵，後面隨即便來。有詩爲證：

殺人放火慣爲非，好似於菟插翅飛。朱貴不施邀截計，定擒枷鎖入圜扉。

且說朱貴、朱富當夜煮熟了肉，切做大塊，將藥來拌了，連酒裝做兩擔。帶了二三十個空碗，又有若干菜蔬，也把藥來拌了，恐有不吃肉的，也教他着手。兩擔酒肉，兩個火家各挑一擔，弟兄兩個自提了些果盒之類。四更前後，直接將來僻靜山路口坐等。到天明，遠遠地只聽得敲着鑼響，朱貴接到路口。

且說那三十來個土兵，自村裏吃了半夜酒，四更前後，把李逵背剪綁了解將來。後面李都頭坐在兜轎兒上。看看早來到面前，朱富便向前攔住，叫道：「師父且喜！小弟將來接力。」桶內舀一壺酒來，斟一大鍾，上勸李雲。朱貴托着肉來，火家捧過菓盒。李雲見了，慌忙下轎，跳向前來說道：「賢弟，何勞如此遠接？」朱富道：「聊表徒弟的孝順之心。」李雲接過酒來，到口不吃。朱富跪下道：「小弟已知師父不飲酒，今日這個喜酒也飲半盞兒，見徒弟的孝順之意。」李雲推却不過，略呷了兩口。朱富便道：「師父不飲酒，須請些肉。」李雲道：「夜間已飽，吃不得了。」朱富道：「師父行了許多路，肚裏也飢了，雖不中吃，胡亂請些，也免小弟之羞。」揀兩塊好的遞將過來。李雲見他如此慇懃，只得勉意吃了兩塊。朱富把酒來勸上户里正並獵户人等，都勸了三鍾。朱貴便叫土兵莊客衆人都來吃酒。

這夥男女那裏顧個冷熱好吃不好吃，酒肉到口只顧吃，正如這風捲殘雲、落花流水，一齊上來搶着吃了。李逵光着眼，看了朱貴弟兄兩個，已知用計，故意道：「你們也請我吃些！」趣。朱貴喝道：「你是歹人，有何酒肉與你吃？這般殺才，快閉了口！」妙。李雲看着土兵喝道叫：「走！」只見一個個都面面廝覷，走動不得，口顫脚麻，都跌倒了。李雲急叫：「中了計了！」恰待向前，不覺自家也頭重脚輕，暈倒了，軟做一堆，睡在地下。當時朱貴、朱富各奪了一條朴刀，喝聲：「孩兒們休走！」兩個挺起朴刀，來趕這夥不曾吃酒肉的莊客並那看的人。走得快的走了，走得遲的就搠死在地。李逵大叫一聲，把那綁縛的麻繩都掙斷了，畫。便奪過一條朴刀來殺李雲。朱富慌忙攔住，叫道：「不要害他！是我的師父，爲人最好。你只顧先走。」李逵應道：「不殺得曹太公老驢，如何出得這口氣！」李逵趕上，手起一朴刀，先搠死曹太公並李鬼的老婆。續後里正也殺了。性起來，把獵户排頭兒一味價搠將去，那三十來個土兵都被搠死了。這看的人和衆莊客，只恨爹娘少生兩隻脚，却望深村野路逃命去了。李逵還直顧尋人要殺。朱貴喝道：「不干看的人事，休只管傷人！」慌忙攔住。李逵方纔住了手，就土兵身上剥了兩件衣服穿上。三個人提着朴刀，便要從小路裏走。朱富道：「不好，却是我送了師父性命！他醒時，如何見的知縣？必然趕來。你兩個先行，我等他一等。我想他日前教我的恩義，且是爲人忠直，等他趕來，就請他一發上山入夥，也是我的恩義。免得教回縣去吃苦。」朱貴道：「兄弟，你也見的是。我便先去跟了車子行。留李逵在路傍幫你等他。只有李雲那廝吃的藥少，沒一個時辰便醒。若是他不趕來時，你們兩個休執迷等他。」是。朱富道：「這是自然了。」當下朱貴前行去了。

只說朱富和李逵坐在路傍邊等候，果然不到一個時辰，只見李雲挺着一條朴刀，飛也似趕來，大叫道：「强賊休走！」李逵見他來的兇，跳起身，挺着朴刀來鬥李雲，恐傷朱富。正是有分教：梁山泊內添雙虎，聚義廳前慶四人。畢竟黑旋風鬥青眼虎，二人勝敗如何，且聽下回分解。

李卓老曰：只有假李逵，再無李逵假。又自評曰：卓老此言若是李大哥知道，定以我爲大座師也。

又曰：李大哥殺死四虎，不特勇猛過人，亦是純孝格天地，至誠感鬼神，志壹神凝，有進無退故耳。若作勇猛論者，猶非李大哥知己也。識此，然後可與言射石飲羽之事。

錦豹子小徑逢戴宗

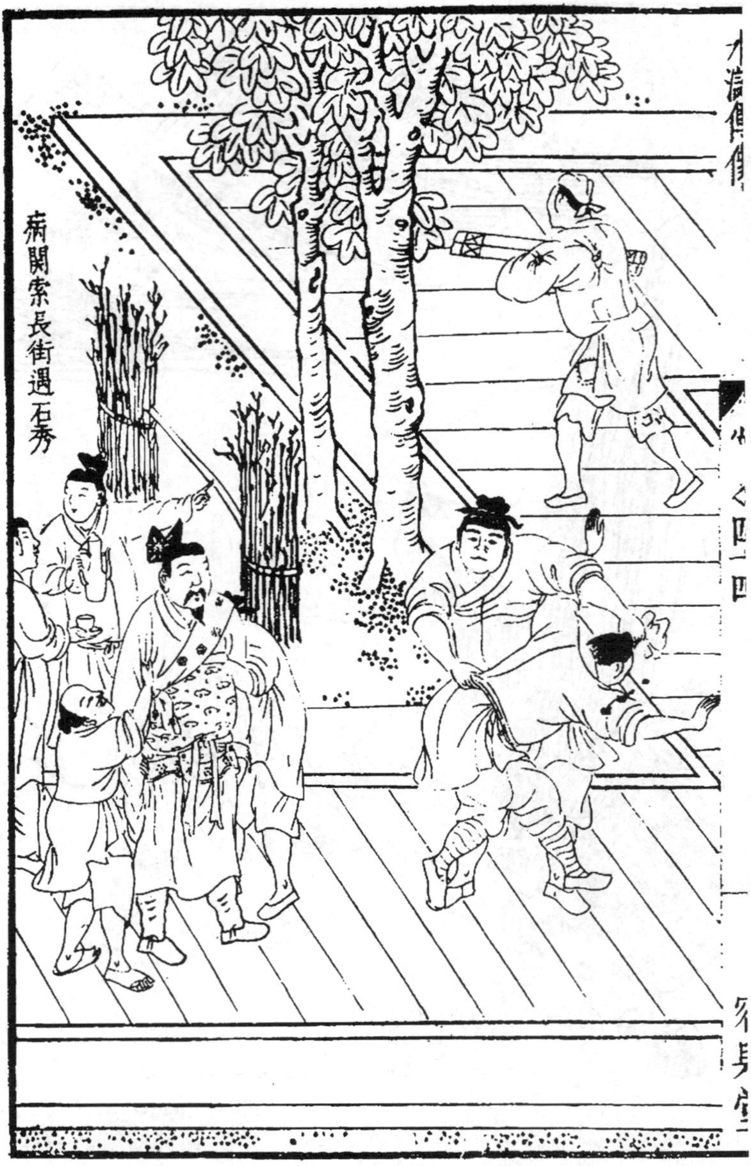
病關索長街遇石秀

第四十四回　錦豹子小徑逢戴宗　病關索長街遇石秀

詩曰：

豪傑遭逢信有因，連環鈎鎖共相尋。矢言一德情堅石，歃血同心義斷金。七國争雄今繼迹，五胡雲擾振遺音。漢廷將相由屠釣，罵得好。莫惜梁山錯用心。

話説當時李逵挺着朴刀來鬥李雲，兩個就官路傍邊鬥了五七合，不分勝敗。朱富便把朴刀去中間隔開，叫道：「且不要鬥！都聽我説。」二人都住了手。朱富道：「師父聽説：小弟多蒙錯愛，指教鎗棒，非不感恩。只是我哥哥朱貴見在梁山泊做了頭領，今奉及時雨宋公明將令，着他來照管李大哥。不争被你拿了解官，教我哥哥如何回去見得宋公明？因此做下這場手段。却纔李大哥乘勢要壞師父，妙。却是小弟不肯容他下手，只殺了這些土兵。我們本待去得遠了，猜道師父回去不得，必來趕我。妙。小弟又想師父日常恩念，特地在此相等。師父，你是個精細的人，妙。有甚不省得？妙。如今殺害了許多人性命，又走了黑旋風，你怎生回去見得知縣？你若回去時，定吃官司責怪，妙。又無人來相救。妙。不如今日和我們一同上山，投奔宋公明入了夥。未知尊意若何？」妙。〔眉〕要與他説知。李雲尋思了半晌，便道：「賢弟，只怕他那裏不肯收留我麽？」朱富笑道：「師父，你如何不知山東及時雨大名？專一招賢納士，結識天下好漢。」李雲聽了嘆口氣道：「悶得我有家難奔，有國難投。只喜得我又無妻小，不怕吃官司拿了，〔眉〕看來妻小真是累人。只得隨你們去休。」李逵便笑道：「我哥哥，你何不早説。」便和李雲剪拂了。這李雲不曾娶老小，亦無家當。當下三人合作一處，來趕車子。半路上朱貴接見了，大喜。四籌好漢跟了車仗便行，於路無話。看看相近梁山泊，路上又迎着馬麟、鄭天壽，都相見了。説道：「晁、宋二頭領又差我兩個下山來探聽你消息。今既見了，我兩個先去回報。」當下二人先上山來報知。

次日，四籌好漢帶了朱富家眷，都至梁山泊大寨聚義廳來。朱貴向前，先引李雲拜見晁、宋二頭領，相見衆好漢，説道：「此人是沂水縣都頭，姓李名雲，綽號青眼虎。」次後朱貴引朱富參拜衆位，説道：「這是舍弟朱富，綽號笑面虎。」都相見了。李逵訴説取娘至沂嶺，被虎吃了，因此殺了四虎。又説假李逵剪徑被殺一事。衆人大笑。〔眉〕他的娘被老虎吃了，倒都大笑起來。絶無一些道學氣，妙，妙！晁、宋二人笑道：「被你殺了四個猛虎，今日山寨裏又添的兩個活虎上山，也聰明。正宜作慶。」衆多好漢大喜，便教殺羊宰牛，做筵席慶賀。兩個新到頭領，晁蓋便叫去左邊白勝上首坐定。

吴用道：「近來山寨十分興旺，感得四方豪傑望風而來，皆是二公之德也，衆兄弟之福也。然是如此，還請朱貴仍復掌管山東酒店，替回石勇、侯健。朱富老小另撥一所房舍住居。目今山寨事業大了，非同舊日，可再設三處酒館，專一探聽吉凶事情，往來義士上山。如若朝廷調遣官兵捕盜，可以報知如何進兵，好做准備。西山地面廣闊，可令童威、童猛弟兄兩個帶領十數個火伴那裏開店。令李立帶十數個火家，去山南邊那裏開店。令石勇也帶十來個伴當，去北山那裏開店。仍復都要設立水亭、號箭，接應船隻，但有緩急軍情，飛捷報來。山前設置三座大關，專令杜遷總行守把，但有一應委差，不許調遣，是。早晚不得擅離。」又令陶宗旺把總監工，掘港汊，修水路，開河道，整理宛子城垣，築彼山前大路。他原是莊户出身，修理久慣。令蔣敬掌管庫藏倉廒，支出納入，積萬累千，精通書算。令蕭讓設置寨中寨外、山上山下、三關把隘許多行移關防文約，大小頭領號數。煩令金大堅刊造雕刻一應兵符、印信、牌面等項。令侯健管造衣袍鎧甲、五方旗號等件。令李雲監造梁山泊一應房舍廳堂。令馬麟監管修造大小戰船。令宋萬、白勝去金沙灘下寨。令王矮虎、鄭天壽去鴨嘴灘下寨。令穆春、朱富管收山寨錢糧。吕方、郭盛於聚義廳兩邊耳房安歇。令宋清專管筵宴。也好供膳宋太公。都分撥已定，筵席了三日，不在話下。梁山泊自此無事，每日只是操練人馬，教演武藝。水寨裏頭領都教習駕船赴水，船上厮殺，亦不在話下。

　　忽一日，宋江與晁蓋、吳學究並衆人閑話道：「我等弟兄衆位，今日都共聚大義，只有公孫一清不見回還。我想他回薊州探母參師，期約百日便回。今經日久，不知信息，莫非昧信不來？可煩戴宗兄弟與我去走一遭，探聽他虛實下落，如何不來。」戴宗道：「願往。」宋江大喜，説道：「只有賢弟去得快，旬日便知信息。」當日戴宗别了衆人，次早打扮做個承局下山去了。但見：

　　雖爲走卒，不占軍班。一生常作異鄉人，兩腿欠他行路債。尋常結束，青衫皂帶繫其身；趕趁程途，信籠文書常愛護。監司出入，皂花藤杖掛宣牌；帥府行軍，夾棒黄旗書令字。家居千里，日不移時，便到廳階；緊急軍情，時不過刻，不違宣限。早向山東餐黍米，晚來魏府吃鵝梨。

且説戴宗自離了梁山泊，取路望薊州來，把四個甲馬拴在腿上，作起神行法來，於路只吃些素茶素食。在路行了三日，來到沂水縣界，只聞人説道：「前日走了黑旋風，傷了好多人，連累了都頭李雲，不知去向，至今無獲處。」好點綴。戴宗聽了冷笑。當日正行之次，只見遠遠地轉過一個人來，看見了戴宗走得快，那人立住了脚，便叫一聲：「神行太保。」戴宗聽得，回過臉來定睛看時，見山坡下小徑邊立着一個大漢。怎生模樣，但見：

白范陽笠子，如銀盤拖着紅纓；皂團領戰衣，似翡翠圍成錦綉。搭膊纏裹肚，腿絣護膝襯鞝鞋；沙魚鞘斜插腰刀，筆管鎗銀絲纏桿。那人頭圓耳大，鼻直口方，生得眉秀目疏，腰細膀闊。遠看毒龍離石洞，近觀飛虎下雲端。

戴宗聽得那人叫了一聲「神行太保」，連忙回轉身來問道：「壯士，素不曾拜識，如何呼唤賤名？」那漢慌忙答道：「足下真乃是神行太保！」撇了鎗，便拜倒在地。戴宗連忙扶住答禮，問道：「足下高姓大名？」那漢道：「小弟姓楊，名林，祖貫彰德府人氏。多在緑林叢中安身，江湖上都叫小弟做錦豹子楊林。數月之前，路上酒肆裏遇見公孫勝先生，同在店中吃酒相會，備説梁山泊晁、宋二公招賢納士，如此義氣。寫下一封書，教小弟自來投大寨入夥，只是不敢擅進，誠恐不納。因此心意未定，進退蹉跎，不曾敢來。外日公孫先生所説，李家道口舊有朱貴開酒店在彼，招引上山入夥的人。山寨裏亦有一個招賢飛報頭領，唤做神行太保戴院長，日行八百里路。今見兄長行步非常，因此唤一聲看，不想果是仁兄。正是天幸，無心而得遇。」戴宗道：「小可特爲公孫勝先生回薊州去，杳無音信。今奉晁、宋二公將令差遣，來薊州探聽消息，尋取公孫勝還寨，不期却遇足下相會。」楊林道：「小弟雖是彰德府人，這薊州管下地方州郡都走遍了，倘若不棄，就隨侍〈行〉兄長同走一遭。」戴宗道：「若得足下作伴，實是萬幸。尋得公孫先生見了，一同回梁山泊去未遲。」楊林見説了大喜，就邀住戴宗結拜爲兄。

戴宗收了甲馬，兩個緩緩而行，到晚就投村店歇了。楊林置酒請戴宗，戴宗道：「我使神行法，不敢食葷。」兩個只買些素飯相待，結義爲兄弟。過了一夜，次日早起，打火吃了早飯，收拾動身。楊林便問道：「兄長使神行法走路，小弟如何走得上？只怕同行不得。」戴宗笑道：「我的神行法也帶得人同走。我把兩個甲馬拴在你腿上，作起法來，也和我一般走得快，要行便行，要住便住。不然你如何趕得我走？」楊林道：「只恐小弟是凡胎濁骨的人，比不得兄長神體。」戴宗道：「不妨，是我的這法，諸人都帶得，作用了時，和我一般行。只是我自吃素，並無妨礙。」當時取兩個甲馬，替楊林縛在腿上，戴宗也只縛了兩個。作用了神行法，吹口氣在上面，兩個輕輕地走了去，要緊要慢，都隨着戴宗行。兩個於路閑説些江湖上的事，雖只見緩緩而行，正不知走了多少路。

兩個行到巳牌時分，前面來到一個去處，四圍都是高山，中間一條驛路。楊林却自認得，便對戴宗説道：「哥哥，此間地名唤做飲馬川。前面兀那高山裏，常常有大夥在内，近日不知如何。因爲山勢秀麗，水遶峯環，以此喚做飲馬川。」兩個正來到山邊過，只聽得忽地一聲鑼響，戰鼓亂鳴，走出一二百小嘍囉攔住去路。當先擁着兩籌好漢，各挺一條朴刀，大喝道：「行人須住脚，你兩個是甚麼鳥人，那裏去的！會事的，快把買路錢來，饒你兩個性命。」楊林笑道：「哥哥你看我結果那呆鳥！」撚着筆管鎗搶將入去。那兩個頭領見他來得兇，走近前來看了，上首的那個便叫道：「且不要動手，兀的不是楊林哥哥麼？」楊林見了，却纔認得。上首那個大漢，提着軍器向前剪拂了，便喚下首這個長漢都來施禮罷。楊林請過戴宗，説道：「兄長，且來和這兩個弟兄相見。」戴宗問道：「這兩個壯士是誰？如何認得賢弟？」楊林便道：「這個認得小弟的好漢，他原是蓋天軍襄陽府人氏，姓鄧名飛，爲他雙睛紅赤，江湖上人都喚他做火眼狻猊。能使一條鐵鏈，人皆近他不得。多曾合夥，一別五年不曾見面，誰想今日他却在這裏相遇着。」鄧飛便問道：「楊林哥哥，這位兄長是誰？必不是等閑人也。」楊林道：「我這仁兄是梁山泊好漢中神行太保戴宗的便是。」鄧飛聽了道：「莫不是江州的戴院長，能行八百里路程的？」戴宗答道：「小可便是。」那兩個頭領慌忙剪拂道：「平日只聽得説大名，不想今日在此拜識尊顏。」戴宗看那鄧飛時，生得如何，有詩爲證：

原是襄陽〈關〉（閑）撲漢，江湖飄蕩不思歸。多餐人肉雙睛赤，火眼狻猊是鄧飛。

當下二位壯士施禮罷，戴宗又問道：「這位好漢高姓大名？」鄧飛道：「我這兄弟姓孟，名康，祖貫是真定州人氏，善造大小船隻。原因押送花石綱要造大船，嗔怪這提調官催併責罰，他把本官一時殺了，棄家逃走，在江湖上緑林中安身，已得年久。因他長大白淨，人都見他一身好肉體，起他一個綽號叫他做玉幡竿孟康。」戴宗見説大喜，看那孟康時怎生模樣，有詩爲證：

能攀强弩衝頭陣，善造艨艟越大江。真州妙手樓船匠，白玉幡竿是孟康。

當時戴宗見了二人，心中甚喜。四籌好漢説話間，楊林問道：「二位兄弟在此聚義幾時了？」鄧飛道：「不瞞兄長説，也有一年之上。只近半載之前，在這直西地面上遇着一個哥哥，姓裴名宣，祖貫是京兆府人氏。原是本府六案孔〈兄〉（目）出身，極好刀筆。爲人忠直聰明，分毫不肯苟且，本處人都稱他鐵面孔目。亦會拈鎗使棒，舞劍輪刀，智勇足備。爲因朝廷除將一員貪濫知府到來，把他尋事刺配沙門島，從我這裏經過，被我們殺了防送公人，救了他在此安身，聚集得三二百人。這裴宣極使得好雙劍，讓他年長，見在山寨中爲主。煩請二位義士同往小寨相會片時。」便叫小嘍囉牽過馬來，請戴宗、楊林都上了馬，四騎馬望山寨來。行不多時，早到寨前下了馬。裴宣已有人報知，連忙出寨降階而接。戴宗、楊林看裴宣時，果然好表人物，生得肉白肥胖，四平八穩，心中暗喜。怎見得，有詩爲證：

問事時智巧心靈，落筆處神號鬼哭。心平恕毫髮無私，稱裴宣鐵面孔目。

當下裴宣出寨來降階迎接，邀請二位義士到聚義廳上，俱各講禮罷，謙讓戴宗正面坐了，次是裴宣、楊林、鄧飛、孟康五籌好漢，賓主相待，坐定筵宴。當日大吹大擂飲酒，一團和氣。看官聽説，這也都是地煞星之數，時節到來，天幸自然義聚相逢。衆人吃酒中間，戴宗在筵上説起晁、宋二頭領招賢納士，結識天下四方豪傑，待人接物，一團和氣，仗義疏財，許多好處。衆頭領同心協力，八百里梁山泊如此雄壯，中間宛子城、蓼兒洼，四下裏都是茫茫烟水；更有許多軍馬，何愁官兵到來。只管把言語説他三個。裴宣回道：「小弟寨中也有三百來人馬，財賦亦有十餘輛車子，糧食草料不算。倘若仁兄不棄微賤時，引薦于大寨入夥，願聽號令効力。未知尊意若何？」戴宗大喜道：「晁、宋二公待人接納，並無異心。更得諸公相助，如錦上添花。若果有此心，可便收拾下行李，待小可和楊林去薊州見了公孫勝先生回來，那時一同扮做官軍，星夜前往。」衆人大喜。酒至半酣，移去後山斷金亭上，看那飲馬川景致吃酒。端的好個飲馬川。但見：

一望茫茫野水，週迴隱隱青山。幾多老樹映殘霞，數片綵雲飄遠岫。荒田寂寞，應無稚子看牛；古渡凄凉，那得奚人飲馬。只好强人安寨栅，偏宜好漢展旌旗。

戴宗看了這飲馬川一派山景，喝采道：「好山好水，真乃秀麗。你等二位如何來得到此？」鄧飛道：「原是幾個不成材小廝們在這裏屯札，後〈彼〉（被）我兩個來奪了這個去處。」衆皆大笑。五籌好漢吃得大醉，裴宣起身舞劍飲酒，戴宗稱贊不已。至晚各自回寨内安歇。次日，戴宗定要和楊林下山。三位好漢苦留不住，相送到山下作别，自回寨裏來收拾行裝，整理動身，不在話下。

且説戴宗和楊林離了飲馬川山寨，在路曉行夜住，早來到薊州城外，投個客店安歇了。楊林便道：「哥哥，我想公孫勝先生是個出家人，必是山間林下村落中住，不在城裏。」戴宗道：「説得是。」當時二人先到城外，一到處詢問公孫勝先生下落消息，並無一個人曉得他。住了一日，次早起來，又去遠近村坊街市訪問人時，亦無一個認得。兩個又回〈縣〉（店）中歇了。第三日，戴宗道：「敢怕城中有人認得他？」當日和楊林却入薊州城裏來尋他。兩個尋問老成人時，都道：「不認得。敢不是城中人，只怕是外縣名山大刹居住？」

楊林正行到一個大街，只見遠遠地一派鼓樂，迎將一個人來。戴宗、楊林立在街上看時，前面兩個小牢子，一個馱着許多禮物花紅，一個捧着若干段子采〈贈〉（繒）之物。後面青羅傘下罩着一個押獄劊子。那人生得好表人物：露出藍靛般一身花綉，兩眉入鬢，鳳眼朝天。淡黄面皮，細細有幾根髭髯。那人祖貫是河南人氏，姓楊名雄。因跟一個叔伯哥哥來薊州做知府，一向流落在此。續後一個新任知府却認得他，因此就參他做兩院押獄，兼充市曹行刑劊子。因爲他一身好武藝，面貌微黄，以此人都稱他做病關索楊雄。有一首《臨江仙》詞單道着楊雄好處。但見：

兩臂雕青鐫嫩玉，頭巾環眼嵌玲瓏。鬢邊愛插翠芙蓉。背心書劊字，衫串染猩紅。問事廳前逞手段，行刑處刀利如風。微黄面色細眉濃。人稱病關索，好漢是楊雄。

當時楊雄在中間走着，背後一個小牢子擎着鬼頭靶法刀。原來纔去市心裏決刑了回來，衆相識與他掛紅賀喜，送回家去，正從戴宗、楊林面前迎將過來。一簇人在路口攔住了把盞。只見側首小路裏，又撞出七八個軍漢來，爲頭的一個叫做踢殺羊張保。這漢是薊州守禦城池的軍，帶着這幾個都是城裏城外時常討閑錢使的破落户漢子，官司累次奈何他不改。爲見楊雄原是外鄉人來薊州，有人懼怕他，因此不怯氣。當日正見他賞賜得許多段匹，帶了這幾個没頭神，吃得半醉，却好趕來要惹他。又見衆人攔住他在路口把盞，那張保撥開衆人，鑽過面前叫道：「節級拜揖！」楊雄道：「大哥來吃酒。」張保道：「我不要酒吃，我特來問你借百十貫錢使用。」楊雄道：「雖是我認得大哥，不曾錢財相交，如何問我借錢？」張保道：「你今日詐得百姓許多財物，如何不借我些？」楊雄應道：「這都是別人與我做好看的，怎麽是詐得百姓的？你來放刁！我與你軍衛有司，各無統屬！」張保不應，便叫衆人向前一鬨，先把花紅段子都搶了去。楊雄叫道：「這厮們無禮！」却待向前打那搶物事的人，被張保匹胸帶住，背後又是兩個來拖住了手。那幾個都動起手來，小牢子們各自回避了。楊雄被張保並兩個軍漢逼住了，施展不得，只得忍氣，解拆不開。

正鬧中間，只見一條大漢挑着一擔柴來，看見衆人逼住楊雄，動彈不得。那大漢看了，路見不平，便放下柴擔，分開衆人，前來勸道：「你們因甚打這節級？」那張保睁起眼來喝道：「你這打脊餓不死凍不殺的乞丐，敢來多管！」那大漢大怒，焦躁起來，將張保匹頭只一提，一交攧翻在地。那幾個幫閑的見了，却待要來動手，早被那大漢一拳一個，都打的東倒西歪。佛。楊雄方纔脱得身，把出本事來，施展動一對拳頭，攛梭相似，那幾個破落户都打翻在地。張保尷尬不是頭，爬將起來一直走了。楊雄忿怒，大踏步趕將去。張保跟着搶包袱的走，楊雄在後面追着，趕轉小巷去了。那大漢兀自不歇手，在路口尋人厮打。戴宗、楊林看了，暗暗地喝采道：「端的是好漢！此乃路見不平，拔刀相助，真壯士也！」有詩爲證：

路見不平真可怒，拔刀相助是英雄。那堪石秀真豪傑，慷慨相投入夥中。

當時戴宗、楊林向前邀住，勸道：「好漢，且看我二人薄面，且罷休了。」兩個把他扶勸到一個巷內，楊林替他挑了柴擔，戴宗挽住那漢手，邀入酒店裏來。楊林放下柴擔，同到閣兒裏面。那大漢叉手道：「感蒙二位大哥，解救了小人之禍。」戴宗道：「我弟兄兩個也是外鄉人，因見壯士仗義之心，只恐足下拳手太重，誤傷人命，特地做這個出場。請壯士酌三杯，到此相會，結義則個。」那大漢道：「多得二位仁兄解拆小人這場，却又蒙賜酒相待，實是不當。」楊林便道：「四海之內，皆兄弟也。有何傷乎？太文雅些。且請坐。」戴宗相讓，那漢那裏肯僭上。戴宗、楊林一帶坐了，那漢坐于對席。叫過酒保，楊林身邊取出一兩銀子來，把與酒保道：「不必來問，但有下飯，只顧買來與我們吃了，一發總算。」酒保接了銀子去，一面鋪下菜蔬菓品案酒之類。

三人飲過數杯，戴宗問道：「壯士高姓大名，貴鄉何處？」那漢答道：「小人姓石名秀，祖貫是金陵建康府人氏。自小學得些鎗棒在身，一生執意路見不平，但要去相助，人都喚小弟作拚命三郎。因隨叔父來外鄉販羊馬賣，不想叔父半途亡故，消折了本錢，還鄉不得，流落在此薊州，賣柴度日。既蒙拜識，當以實告。」戴宗道：「小可兩個因來此間幹事，得遇壯士，如此豪傑。留落在此賣柴，怎能勾發迹？不若挺身江湖上去，做個下半世快樂也好。」石秀道：「小人只會使些鎗棒，别無甚本事，如何能勾發達快樂？」戴宗道：「這般時節認不得真。一者朝廷不明，二乃奸臣閉塞。小可一個薄識，因一口氣，去投奔了梁山泊宋公明入夥。如今論秤分金銀，換套穿衣服，只等朝廷招安了，早晚都做個官人。」石秀嘆口氣道：「小人便要去，也無門路可進。」戴宗道：「壯士若肯去時，小可當以相薦。」石秀道：「小人不敢拜問二位官人貴姓？」戴宗道：「小可姓戴名宗。兄弟姓楊名林。」石秀道：「江湖上聽的説個江州神行太保，莫非正是足下？」戴宗道：「小可便是。」叫楊林身邊包袱内取一錠十兩銀子送與石秀做本錢。石秀不敢受，再三謙讓，方纔收了，作謝二人，藏在身邊。纔知道他是梁山泊神行太保，正欲要和戴宗、楊林説些心腹之話，投托入夥，只聽的外面有人尋問入來。〔眉〕此處有關目。三個看時，却是楊雄帶領着二十餘人，都是做公的，趕入酒店裏來。戴宗、楊林見人多，吃了一驚，鬧閧（裏），兩個慌忙走了。是。

石秀起身迎住道：「節級那裏去來？」楊雄便道：「大哥，何處不尋你，却在這裏飲酒。我一時被那厮封住了手，施展不得，多蒙足下氣力，救了我這場便宜。一時間只顧趕了那厮，去奪他包袱，却撇了足下。這夥兄弟聽得我厮打，都來相助，依還奪得搶去的花紅段匹回來，只尋足下不見。却纔有人説道：『兩個客人勸他去酒店裏吃酒。』因此纔知得，特地尋將來。」石秀道：「却纔是兩個外鄉客人，邀在這裏酌三杯，説些閑話，不知節級呼喚。」楊雄大喜，便問道：「足下高姓大名，貴鄉何處，因何在此？」石秀答道：「小人姓石，名秀，祖貫是金陵建康府人氏。平生性直，路見不平，便要去捨命相護，以此都唤小人做拚命三郎。因隨叔父來此地販賣羊馬，不期叔父半途亡故，消折了本錢，流落在此薊州，賣柴度日。」楊雄看石秀時，果然好個壯士，生得上下相等。有首《西江月》詞，單道着石秀好處。但見：

身似山中猛虎，性如火上澆油。心雄膽大有機謀，到處逢人搭救。全仗一條桿棒，只憑兩個拳頭。掀天聲價滿皇州，拚命三郎石秀。

當下楊雄又問石秀道：「却纔和足下一處飲酒的客人，何處去了？」石秀道：「他兩個見節級帶人進來，只道相鬧，以此去了。」楊雄道：「恁地時，先喚酒保取兩甕酒來，大碗叫衆人一家三碗吃了去，明日却得來相會。」衆人都吃了酒，自去散了。楊雄便道：「石家三郎，你休見外。想你此間必無親眷，我今日就結義你做個弟兄，如何？」〔眉〕有見識。石秀見説大喜，便説道：「不敢動問節級貴庚？」楊雄道：「我今年二十九歲。」石秀道：「小弟今年二十八歲。就請節級坐，受小弟拜爲哥哥。」石秀拜了四拜，楊雄大喜，便叫酒保：「安排飲饌酒果來！我和兄弟今日吃個盡醉方休。」

正飲酒之間，只見楊雄的丈人潘公帶領了五七個人，直尋到酒店裏來。楊雄見了，起身道：「泰山來做甚麼？」潘公道：「我聽得你和人厮打，特地尋將來。」楊雄道：「多謝。這個兄弟救護了我，打得張保那厮見影也害怕。我如今就認義了石家兄弟做我兄弟。」潘公叫：「好，好！且叫這幾個弟兄吃碗酒了去。」楊雄便叫酒保討酒來，衆人三碗吃了去。便教潘公中間坐了，楊雄對席上首，石秀下首，三人坐下，酒保自來斟酒。潘公見了石秀這等英雄長大，心中甚喜，便説道：「我女婿得你做個兄弟相幫，也不枉了！公門中出入，誰敢欺負他！」又問道：「叔叔原曾做甚買賣道路？」石秀道：「先父原是操刀屠户。」潘公道：「叔叔曾省得殺牲口的勾當麽？」石秀笑道：「自小吃屠家飯，如何不省得宰殺牲口？」潘公道：「老漢原是屠户出身，只因年老做不得了。止有這個女婿，他又自一身入官府差遣，因此撇了這行衣飯。」三人酒至半酣，計算了酒錢，石秀將這擔柴也都准(折)了，三人取路回來。

楊雄入得門，便叫：「大嫂，快來與這叔叔相見。」只見布簾裏面應道：「大哥，你有甚叔叔？」楊雄道：「你且休問，先出來相見。」布簾起處，搖搖擺擺走出那個婦人來。生得如何，石秀看時，但見：

黑鬒鬒鬢兒，細彎彎眉兒，光溜溜眼兒，就是淫婦了。香噴噴口兒，直隆隆鼻兒，紅乳乳腮兒，粉瑩瑩臉兒，輕嬝嬝身兒，玉纖纖手兒，一捻捻腰兒，軟膿膿肚兒，竅尖尖脚兒，花簇簇鞋兒，肉奶奶胸兒，白生生腿兒。更有一件窄湫湫、緊搊搊、紅鮮鮮、黑稠稠，正不知是甚麽東西。說出便俗。

有詩爲證：

二八佳人體似酥，腰間仗劍斬愚夫。雖然不見人頭落，暗裏教君骨髓枯。

原來那婦人是七月七日生的，因此小字喚做巧雲。先嫁了一個吏員，是薊州人，喚做王押司，兩年前身故了，方纔晚嫁得楊雄，未及一年夫妻。石秀見那婦人出來，慌忙向前施禮道：「嫂嫂請坐。」石秀便拜。那婦人道：「奴家年輕，如何敢受禮？」楊雄道：「這個是我今日新認義的兄弟。你是嫂嫂，可受半禮。」當下石秀推金山、倒玉柱，拜了四拜。那婦人還了兩禮，請入來裏面坐地。收拾一間空房教叔叔安歇，不在話下。過了一宿。話休絮煩。次日，楊雄自出去應當官府，分付家中道：「安排石秀衣服巾幘。」客店内有些行李、包裹，都教去取來楊雄家裏安放了。

却說戴宗、楊林自酒店裏看見那夥做公的入來尋訪石秀，鬧鬨裏兩個自走了，回到城外客店中歇了。次日，又去尋問公孫勝。兩日，周匝。絶無人認得，又不知他下落住處。兩個商量了，且回去，要便再來尋訪。當日收拾了行李，便起身離了薊州，自投飲馬川來。和裴宣、鄧飛、孟康一行人馬，扮作官軍，星夜望梁山泊來。戴宗要見他功勞，又糾合得許多人馬上山。

這段話下來，接着再説：有楊雄的丈人潘公，自和石秀商量要開屠宰作坊。潘公道：「我家後門頭是一條斷路小巷，又有一間空房在後面，那裏井水又便，可做作坊。就教叔叔做房安歇在裏面，又好照管。」石秀見了也喜，「端的便益。」潘公再尋了個舊時識熟副手，「只央叔叔掌管帳目。」石秀應承了。叫了副手，便把大青大緑粧點起肉案子、水盆、砧頭，打磨了許多刀仗，整頓了肉案，打併了作坊猪圈，赶上十數個肥猪，選個吉日，開張肉鋪。衆鄰舍親戚都來掛紅賀喜，吃了一兩日酒。楊雄一家得石秀開了店，都歡喜，自此無話。一向潘公、石秀自做買賣，不覺光陰迅速，又早過了兩個月有餘。時值秋殘冬到，石秀裏裏外外身上都換了新衣穿着。

石秀一日早起五更，出外縣買猪，三日了方回家來。只見鋪店不開。却到家裏看時，肉案、砧頭也都收過了，刀仗家火亦藏過了。石秀是個精細的人，看在肚裏，便省得了。自心中忖道：「常言：『人無千日好，花無百日紅。』哥哥自出外去當官，不管家事；必然嫂嫂見我做了這些衣裳，以定背後有説話。又見我兩日不回，必有人搬口弄舌，想是疑心，不做買賣。我休等他言語出來，我自先辭了回鄉去休。是。自古道：『那得長遠心的人？』」〔眉〕果然精細。石秀已把猪趕在圈裏，却去房中換了脚手，收拾了包裹行李，細細寫了一本清帳，從後面入來。潘公已安排下些素酒食，請石秀坐定吃酒。潘公道：「叔叔遠出勞心，自趕猪來辛苦。」石秀道：「禮當。丈丈且收過了這本明白帳目，若上面有半點私心，天地誅滅。」潘公道：「叔叔何故出此言？並不曾有個甚事。」〔眉〕此處亦都有關目。石秀道：

「小人離鄉五七年了，今欲要回家去走一遭，特地交還帳目。今晚辭了哥哥，明早便行。」潘公聽了，大笑起來道：「叔叔差矣！你且住，聽老漢説。」那老子言無數句，話不一席。有分教：報恩壯士提三尺，破戒沙門喪九泉。畢竟潘公對石秀説出甚言語來，且聽下回分解。

李卓吾曰：拚命三郎是個漢子，一刀兩段，再無葛藤，却又精細。所稱智勇足備者，非耶？楊雄一見便認他爲弟，亦自具眼，到底得他氣力。豪傑相逢，多是如此。若是道學先生，便有多少瞻前顧後。

又曰：戴宗結識石家三郎一節，却自可取。

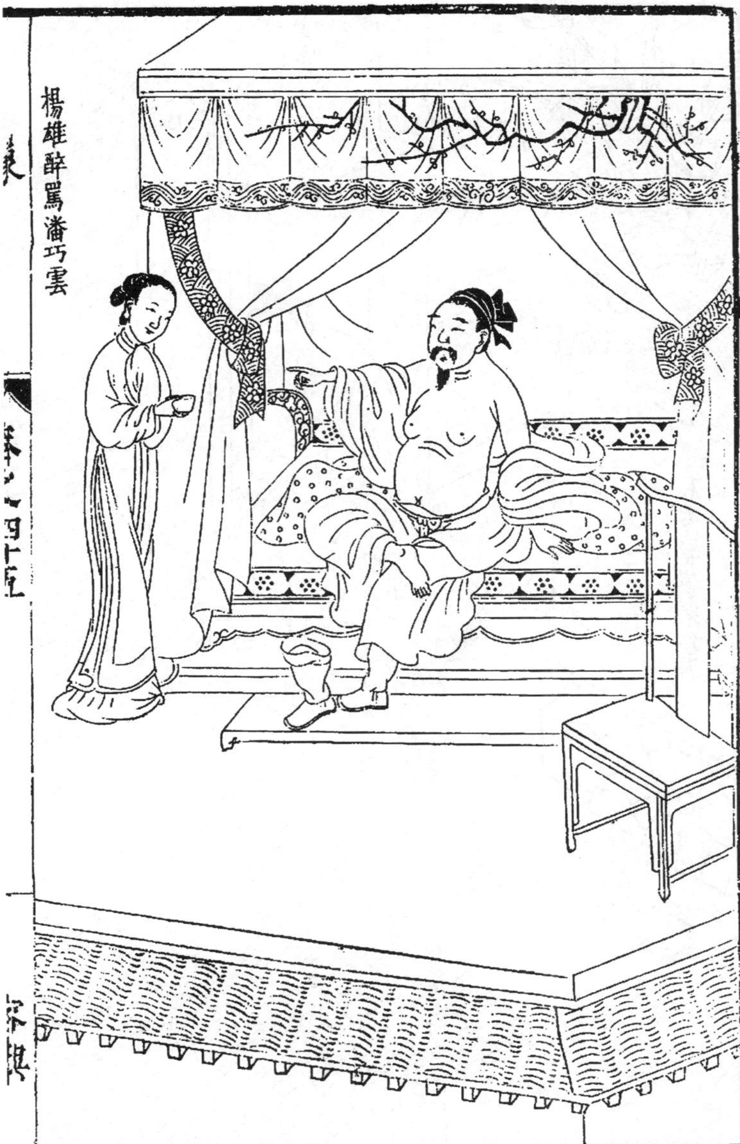
楊雄醉罵潘巧雲

石秀智殺裴如海

第四十五回　楊雄醉罵潘巧雲　石秀智殺裴如海

偈曰：

朝看《楞伽經》，暮念《華嚴咒》。種瓜還得瓜，種豆還得豆。經咒本慈悲，冤結如何救。照見本來心，方便多竟究。心地若無私，何用求天祐。地獄與天堂，作者還自受。

話說這一篇言語，古人留下，單說善惡報應，如影隨形。既修二祖四緣，當守三歸五戒。叵耐緇流之輩，專爲狗彘之行，辱莫前修，遺臭後世，庸深可惡哉！

當時潘公説道：「叔叔且住！老漢已知叔叔的意了。叔叔兩夜不曾回家，今日回來，見收拾過了家火什物，叔叔已定心裏只道是不開店了，因此要去。休説恁地好買賣，便不開店時，也養叔叔在家。不瞞叔叔説，我這小女先嫁得本府一個王押司，不幸没了。今得二週年，做些功果與他，因此歇了這兩日買賣。今日請下報恩寺僧人來做功德，就要央叔叔管待則個。老漢年紀高大，熬不得夜，因此一發和叔叔説知。」石秀道：「既然丈丈恁地説時，小人再納定性過幾時。」潘公道：「叔叔今後並不要疑心，只顧隨分且過。」當時吃了幾杯酒並些素食，收過了杯盤。

只見道人挑將經擔到來，鋪設壇場，擺放佛像、供器、鼓鈸、鐘磬、香燈、花燭，廚下一面安排齋食。楊雄到申牌時分，回家走一遭，分付石秀道：「賢弟，我今夜却限當牢，不得前來，凡事央你支持則個。」石秀道：「哥哥放心自去，晚間兄弟替你料理。」楊雄去了，石秀自在門前照管。没多時，只見一個年紀小的和尚，揭起簾子入來。石秀看那和尚時，端的整齊。但見：

一個青旋旋光頭新剃，把麝香松子勻搽；一領黄烘烘直裰初縫，使沉速栴檀香染。山根鞋履，是福州染到深青；九縷絲縧，係西施買來真紫。那和尚光溜溜一雙賊眼，只睃趁施主嬌娘；這秃驢美甘甘滿口甜言，專説誘喪家少婦。淫情發處，草庵中去覓尼姑；色胆動時，方丈内來尋行者。仰觀神女思同寢，每見嫦娥要講歡。

那和尚入到裏面，深深地與石秀打個問訊。石秀答〈裏〉（禮）道：「師父少坐。」隨背後一個道人挑兩個盒子入來。石秀便叫：「丈丈，有個師父在這裏。」潘公聽得，從裏面出來。那和尚便道：「乾爺，如何一向不到敝寺？」老子道：「便是開了這些店面，却没工夫出來。」那和尚便道：「押司週年，無甚罕物相送，些少掛麪，幾包京棗。」老子道：「阿也！甚麼道理，教師父壞鈔。」教：「叔叔收過了。」石秀自搬入去，叫點茶出來，門前請和尚吃。

只見那婦人從樓上下來，不敢十分穿〈孝重〉（重孝），只是淡妝輕抹，便問：「叔叔，誰送物事來？」石秀道：「一個和尚，叫丈丈做乾爺的送來。」那婦人便笑道：「是師兄海闍黎裴如海，一個老誠的和尚。就是供狀了。他是裴家絨綫鋪裏小官人，出家在報恩寺中。因他師父是家裏門徒，結拜我父做乾爺。長奴兩歲，因此上叫他做師兄。他法名叫做海公。叔叔，晚間你只聽他請佛念經，有這般好聲音。」〔眉〕你愛他聲，他却愛你色。石秀道：「緣來恁地！」自肚裏已有些瞧科。那婦人便下樓來見和尚。石秀却背叉着手，隨後跟出來，布簾裏張看。只見那婦人出到外面，那和尚便起身向前來，合掌深深的打個問訊。那婦人便道：「甚麽道理，教師兄壞鈔？」和尚道：「賢妹，些少薄禮微物，不足掛齒。」那婦人道：「師兄何故這般説。出家人的物事，怎的消受的？」自有消受處。和尚道：「敝寺新造水陸堂，也要來請賢妹隨喜，只恐節級見怪。」那婦人道：「家下拙夫却不恁的計較。難道不計較。老母死時，也曾許下血盆願心，早晚也要到上刹相煩還了。」和尚道：「這是自家的事，如何恁地説？但是分付如海的事，小僧便去辦來。」那婦人道：「師兄多與我娘念幾卷經便好。」只見裏面丫嬛捧茶出來。那婦人拿起一盞茶來，把帕子去茶鍾口邊抹一抹，畫。雙手遞與和尚。那和尚一頭接茶，兩隻眼涎瞪瞪的，畫。只顧看那婦人身上。這婦人也嘻嘻的笑着看這和尚。畫。人道色胆如天，却不〈妨〉（防）石秀在布簾裏張見。石秀自肚裏暗忖道：「莫信直中直，須防仁不仁。我幾番見那婆娘常常的只顧對我説些風話，我只以親嫂嫂一般相待。原來這婆娘倒不是個良人！莫教撞在石秀手裏，敢替楊雄做個出場也不見的！」石秀此時已有三分在意了。便揭起布簾，走將出來。那和尚放下茶盞，便道：「大郎請坐。」這婦人便〈察〉（插）口道：「這個叔叔便是拙夫新認義的兄弟。」那和尚虚心冷氣動問道：「大郎貴鄉何處？高姓大名？」石秀道：「我姓石名秀，金陵人氏。因爲只好閑管，替人出力，也説與他了。以此叫做拚命三郎。我是個粗鹵漢子，禮數不到，和尚休怪。」裴如海道：「不敢，不敢。小僧去接衆僧來赴道場。」相別出門去了。那婦人道：「師兄早來些個。」那和尚應道：「便來了。」婦人送了和尚出門，自入裏面來了。石秀却在門前低了頭，只顧尋思。

【看官聽説：原來但凡世上的人情，惟和尚色情最緊。爲何説這等話？且如俗人、出家人，都是一般父精母血所生，緣何見得和尚家色情最緊，説這句話？這上三卷書中所説潘、驢、鄧、小、閑，惟有和尚家第一閑。一日三餐，吃了檀越施主的好齋好供，住了那高堂大殿僧房，又無俗事所煩。房裏好牀好鋪睡着，無得尋思，只是想着此一件事。假如譬喻説，一個財主家，雖然十相俱足，一日有多少閑事惱心，夜間又被錢物掛念。到三更二更纔睡，總有嬌妻美妾同牀共枕，那得情趣。又有那一等小百姓們，一日價辛辛苦苦掙扎，早晨巴不到晚。起的是五更，睡的是半夜，到晚來未上床，先去摸一摸米瓮，看到底没顆米，明日又無錢。總然妻子有些顏色，也無些甚麽意興。因此上輸與這和尚們一心閑靜，專一理會這等勾當。那時古人評論到此去處，説這和尚們真個利害。因此蘇東坡學士道：「不秃不毒，不毒不秃；轉秃轉毒，轉毒轉秃。」和尚們還有四句言語，道是：

一個字便是僧，兩個字是和尚。三個字鬼樂官，四字色中餓鬼。】〔眉〕不必，可删。

且説這石秀自在門前尋思了半晌，又且去支持管待。不多時，只見行者先來點燭燒香，少刻海闍黎引領衆僧却來赴道場。潘公、石秀接着，相待茶湯已罷，打動鼓鈸，歌詠讚揚。只見海闍黎同一個一般年〈絶〉（紀）小的和尚做闍黎，摇動鈴杵發牒請佛，獻齋讚供諸天護法監壇主盟，「追薦亡夫王押司早生天界」。只見那婦人喬素梳妝，來到法壇上，執着手爐，拈香禮佛。那海闍黎越逞精神，摇着鈴杵，念動真言。畫。這一堂和尚見了楊雄老婆這等模樣，都七顛八倒起來。但見：

【班首輕狂，念佛號不知顛倒；闍黎没亂，誦真言豈顧高低。燒香行者，推倒花瓶；秉燭頭陀，錯拿香盒。宣名表白，大宋國稱做大唐；懺罪沙彌，王押司念爲押禁。動鐃的望空便撇，打鈸的落地不知。敲鈷子的軟做一團，擊響磬的酥做一塊。滿堂喧鬨，繞席縱橫。藏主心忙，擊鼓錯敲了徒弟手；維那眼亂，磬槌打破了老僧頭。十年苦行一時休，萬個金剛降不住。】〔眉〕太形容，亦太俗，刪。

那衆僧都在法壇上，看見了這婦人，自不覺都手之舞之，足之蹈之，一時間愚迷了佛性禪心，拴不定心猿意馬。以此上德行高僧，世間難得。石秀却在側邊看了，也自冷笑道：「似此有甚功德！正謂之作福不如避罪。」少問證盟已了，請衆人和尚就裏面吃齋。海闍黎却在衆僧背後，轉過頭來，看着那婦人嘻嘻的笑。那婆娘也掩着口笑。兩個都眉來眼去，以目送情。石秀都看在眼裏，自有五分來不快意。衆僧都坐了吃齋，先飲了幾杯素酒，搬出齋來，都下了襯錢。潘公道：「衆師父飽齋則個。」衆和尚説道：「感承施主虔心，足矣了。」少刻，衆僧齋罷，都起身行食去了。轉過一遭，再入道場。石秀心中好生不快意，只推肚疼，自去睡在板壁後了。那婦人一點情動，那裏顧的防備人看見，便自去支持。衆僧又打了一回鼓鈸動事，把些茶食果品煎點。海闍黎着衆僧用心看經，請天王拜懺，設浴召亡，參禮三寶。追薦到四更時分，衆僧困倦，這海闍黎越逞精神，高聲看誦。那婦人在布簾下看了，慾火熾盛，不覺情動。便教丫嬛請海和尚説話。那賊禿慌忙來到婦人面前。這婆娘扯住和尚袖子，説道：「師兄，明日來取功德錢時，就對爹爹說血盆願心一事，不要忘了！」〔眉〕把淫情淫態一一畫出。和尚道：「小僧記得。只説：要還願，也還了好。」和尚又道：「你家這個叔叔，好生利害！」婦人應道：「這個睬他則甚，又不是親骨肉。」海闍黎道：「恁的小僧却纔放心。我只道是節級的至親兄弟。」兩個又戲笑了一回，那和尚自出去判斛送亡。不想石秀却在板壁後假睡，正張得着，都看在肚裏了。當夜五更，道場滿散，送佛化紙已了，衆僧作謝回去。那婦人自上樓去睡了。石秀却自尋思了，氣道：「哥哥恁的豪傑，却恨撞了這個淫婦！」忍了一肚皮鳥氣，自去作坊裏睡了。

次日，楊雄回家，俱各不提。飯後，楊雄又出去了。只見海闍黎又換了一套整整齊齊的僧衣，逕到潘公家來。那婦人聽得是和尚來了，慌忙下樓出來接着，邀入裏面坐地，便叫點茶來。那婦人謝道：「夜來多教師父勞神，功德錢未曾拜納。」海闍黎道：「不足掛齒。小僧夜來所説血盆懺願心這一事，特稟知賢妹：要還時，小僧寺裏見在念經，只要都疏一道就是。」那婦人道：「好，好。」便叫丫嬛請父親出來商議。潘公便出來，謝道：「老漢打熬不得，夜來甚是有失陪侍；不想石叔叔又肚疼倒了，無人管待。却是休怪，休怪！」那和尚道：「乾爺正當自在。」那婦人便道：「我要替娘還了血盆懺舊願，師兄説道，明日寺中做好事，就附答還了。〔眉〕還是要還自己願心。先教師兄去寺裏念經，我和你明日飯罷去寺裏，只要證盟懺疏，也是了當一頭事。」潘公道：「也好。明日只怕買賣緊，櫃上無人。」那婦人道：「放着石叔叔在家照管，却怕怎的？」潘公道：「我兒，出口爲願，明日只得要去。」那婦人就取些銀子做功果錢與和尚去：「有勞師兄，莫責輕微。明日准來上刹討素麪吃。」恐怕倒是葷麪。海闍黎道：「謹候拈香。」收了銀子，便起身謝道：「多承布施，小僧將去分俵衆僧。來日專等賢妹來證盟。」那婦人直送和尚到門外去了。石秀自在作坊裏安歇，起來宰猪趕趁。

却說楊雄當晚回來安歇。那婦人待他吃了晚飯，洗了脚手，却去請潘公對楊雄說道：淫婦多是如此。「我的阿婆臨死時，孩兒許下血盆經懺願心在這報恩寺中。我明日和孩兒去那裏證盟，酬了便回，說與你知道。」楊雄道：「大嫂，你便自說與我何妨？」那婦人道：「我對你說，又怕你嗔怪；因此不敢與你說。」還是有心病，不敢說。當晚無話，各自歇了。次日五更，楊雄起來自去畫卯，承應官府。石秀起來，自理會做買賣。只見那婦人起來，濃妝艷飾，包了香盒，買了紙燭，討了一乘轎子。石秀自一早晨顧買賣，也不來管他。飯罷，把丫嬛迎兒也打扮了。巳牌時候，潘公換了一身衣裳，來對石秀道：「〈小弟〉相煩叔叔照管門前，老漢和拙女同去還些願心便回。」石秀笑道：「多燒些好香，早早來。」妙。石秀自肚裏已知了。且說潘公和迎兒跟着轎子，一逕望報恩寺裏來，有詩爲證：

眉眼傳情意不分，禿奴綣戀女釵裙。設言寶剎還經願，却向僧房會雨雲。

却說海闍黎這賊禿，單爲這婦人，結拜潘公做乾爺；只吃楊雄阻滯礙眼，因此不能勾上手。自從和這婦人結拜起，只是眉來眼去送情，未見真實的意。因這一夜道場裏，纔見他十分有意。期日約定了，那賊禿磨鎗備劍，整頓精神，先在山門下伺候着。見轎子到來，喜不自勝，畫。向前迎接。潘公道：「甚是有勞和尚。」那婦人下轎來，謝道：「多多有勞師兄。」海闍黎道：「不敢，不敢。小僧已和衆僧都在水陸堂上，從五更起來誦經，到如今未曾住歇。只等賢妹來證盟，却是多有功德。」把這婦人和老子一引到水陸堂上，已自先安排下花果香燭之類。有十數個僧人在彼看經。那婦人都道了萬福，參禮了三寶。海闍黎引到地藏菩薩面前，證盟懺悔。（通）罷疏頭，便化了紙，請衆僧自去吃齋，着徒弟陪侍。海和尚却請：「乾爺和賢妹去小僧房裏拜茶。」一邀把這婦人引到僧房裏深處，預先都準備下了，叫聲：「師哥，拿茶來！」只見兩個侍者捧出茶來，白雪錠器盞內，硃紅托子，絶細好茶。吃罷，放下盞子，「請賢妹裏面坐一坐。」又引到一個小小閣兒裏，琴光黑漆春臺，掛幾幅名人書畫，小桌兒上焚一爐妙香。潘公和女兒一帶坐了，和尚對席，迎兒立在側邊。那婦人道：「師兄，端的是好個出家人去處，清幽静樂。」海闍黎道：「娘子休笑話，怎生比得貴宅上。」潘公道：「生受了師兄一日，我們回去。」那和尚那裏肯，便道：「難得乾爺在此，又不是外人。今日齋食已是賢妹做施主，如何不吃筯麪了去？師哥，快搬來！」説言未了，却早托兩盤進來，都是日常裏藏下的希奇果子，異樣菜蔬，並諸般素饌之物，排一春臺。那婦人便道：「師兄何必治酒，無功受禄。」就有功了。和尚笑道：「不成禮數，微表薄情而已。」師哥兒將酒來斟在杯内。和尚道：「乾爺多時不來，試嘗這酒。」老兒飲罷道：「好酒，端的味重！」和尚道：「前日一個施主家傳得此法，做了三五石米，明日送幾瓶來與令婿吃。」自吃便是令婿吃了。老子道：「甚麽道理！」和尚又勸道：「無物相酬賢妹娘子，胡亂告飲一杯。」兩個小師哥兒輪番篩酒，迎兒也吃勸了幾杯。那婦人道：「酒住，吃不去了。」和尚道：「難得賢妹到此，再告飲幾杯。」潘公叫轎夫入來，各人與他一杯酒吃。和尚道：「乾爺不必記掛，小僧都分付了，已着道人邀在外面，自有坐處吃酒麪。乾爺放心，且請開懷自飲幾杯。」

原來這賊禿爲這個婦人，特地對付下這等有力氣的好酒。潘公吃央不過，多吃了兩杯，當不住醉了。和尚道：「且扶乾爺去牀上睡一睡。」和尚叫兩個師哥只一扶，把這老兒攙在一個浄房裏去睡了。這裏和尚自勸道：「娘子，再開懷飲幾杯。」那婦人一者有心，二乃酒入情懷。自古道：「酒亂性，色迷人。」那婦人三杯酒落肚，便覺有些朦朦朧朧上來，口裏嘈道：「師兄，你只顧央我吃酒做甚麼？」畫。和尚扯着口，嘻嘻的笑道：「只是敬重娘子。」畫。那婦人道：「我吃不得了。」和尚道：「請娘子去小僧房裏看佛牙。」妙。〔眉〕佛牙二字，亦奇亦妙。那婦人便道：「我正要看佛牙則個。」這和尚把那婦人一引引到一處樓上，却是海闍黎的卧房，鋪設得十分整齊。那婦人看了，先自五分歡喜，便道：「你端的好個卧房，乾乾浄浄！」和尚笑道：「只是少一個娘子。」畫。那婦人也笑道：「你便討一個不得？」畫。和尚道：「那裏得這般施主？」妙。婦人道：「你且教我看佛牙則個。」和尚道：「你叫迎兒下去了，我便取出來。」那婦人道：「迎兒，你且下去，看老爺醒也未。」迎兒自下的樓來，去看潘公。和尚把樓門關上。那婦人道：「師兄，你關我在這裏怎的？」畫。這賊禿淫心蕩漾，向前捧住那婦人，説道：「我把娘子十分錯愛，我爲你下了兩年心路。今日難得娘子到此，這個機會作成小僧則〈僧〉（個）！」那婦人又道：「我的老公不是好惹的！你却要騙我。倘若他得知，却不饒你。」畫。和尚跪下道：「只是娘子可憐見小僧則個！」那婦人張着手，説道：「和尚家倒會纏人，我老大耳刮子打你。」畫。和尚嘻嘻的笑着，説道：「任從娘子打，只怕娘子閃了手。」畫。那婦人淫心也動，便摟起和尚道：「我終不成真個打你。」畫。〔眉〕把淫婦情狀刻畫逼真。和尚便抱住這婦人，向牀前卸衣解帶，共枕歡娛。正是：

不顧如來法教，難遵佛祖遺言。一個色胆歪斜，管甚丈夫利害；一個淫心蕩漾，從他長老埋冤。這個氣喘聲嘶，却似牛齁柳影；那一個言嬌語澀，渾如鶯囀花間。〔眉〕好。一個耳邊訴雨意雲情，一個枕上説山盟海誓。闍黎房裏，翻爲快活道場；報恩寺中，反作極樂世界。可惜菩提甘露水，一朝傾在巧雲中。惡道。

從古及今，先人留人兩句言語，單道這和尚家是鐵裏蛀蟲，凡俗人家豈可惹他。自古説這禿子道：

色中餓鬼獸中狨，弄假成真説祖風。此物只宜林下看，豈堪引入畫堂中。

當時兩個雲雨纔罷，那和尚摟住這婦人，説道：「你既有心于我，我身死而無怨。只是今日雖然虧你作成了我，只得一霎時的恩愛快活，不能勾終夜歡娛，久後必然害殺小僧！」那婦人便道：「你且不要慌，我已尋思一條計了。我的老公一個月倒有二十來日當牢上宿。我自買了迎兒，教他每日在後門裏伺候。若是夜晚老公不在家時，便掇一個香桌兒出來，燒夜香爲號，你便入來不妨。只怕五更睡着了，不知省覺，却那裏尋得一個報曉的頭陀，買他來後門頭大敲木魚，高聲叫佛，便好出去。若買得這等一個時，一者得他外面策望，二乃不教你失了曉。」和尚聽了這話，大喜道：「妙哉！你只顧如此行，我這裏自有個頭陀胡道人，我自分付他來策望便了。」那婦人道：「我不敢留戀長久，恐這厮們疑忌。我快回去是得，你只不要誤約。」那婦人連忙再整雲鬟，重勻粉面，開了樓門，便下樓來。教迎兒叫起潘公，慌忙便出僧房來。轎夫吃了酒麪，已在寺門前伺候。海闍黎只送那婦人到山門外。那婦人作別了上轎，自和潘公迎兒歸家，不在話下。

却説這海闍黎自來尋報曉頭陀。本房原有個胡道，今在寺後退居裏小庵中過活，諸人都叫他做胡頭陀。每日只是起五更，來敲木魚報曉，勸人念佛，天明時收略齋飯。海和尚唤他來房中，安排三杯好酒相待了他，又取些銀子送與胡道。胡道起身説道：「弟子無功怎敢受禄？日常又承師父的恩惠。」海闍黎道：「我自看你是個志誠的人，我早晚出些錢，貼買道度牒剃你爲僧。這些銀子權且將去買些衣服穿着。」胡道感激恩念不盡。海闍黎日常時，只是教師哥不時送些午齋與胡道，待節下又帶挈他去看經，得些齋襯錢。胡道感恩不淺，尋思道：「他今日又與我銀兩，必有用我處，何必等他開口。」胡道便道：「師父但有使令小道處，即當向前。」海闍黎道：「胡道你既如此好心説時，我不瞞你。所有潘公的女兒要和我來往，約定後門首但有香桌兒在外時，便是教我來。我却難去那裏踅。若得你先去看探有無，我纔可去。又要煩你五更起來叫人念佛時，可就來那裏後門頭，看没人，便把木魚大敲報曉，高聲叫佛，我便好出來。」胡道便道：「這個有何難哉！」當時應允了。

〈期〉(其)日，先來潘公後門首討齋飯，只見迎兒出來説道：「你這道人，如何不來前門討齋飯，却在後門裏來？」原從前門而來。那胡道便念起佛來。裏面這婦人聽得了，已自瞧科，便出來後門問道：「你這道人，莫不是五更報曉的頭陀？」胡道應道：「小道便是五更報曉的頭陀，教人省睡；晚間宜燒些香，教人積福。」妙。那婦人聽了大喜，便叫迎兒去樓上取一串銅錢來布施他。這頭陀張得迎兒轉背，便對那婦人説道：「小道便是海闍黎心腹之人，特的使我先來探路。」那婦人道：「我已知道了。

今夜晚間你可來看，如有香桌兒在外，你可便報與他則個。」胡道把頭來點着，迎兒取將銅錢來與胡道去了。那婦人來到樓上，却把心腹之事對迎兒說了。自古道人家女使，謂之奴才，但得了些小便宜，如何不隨順了，天大之事也都做了。因此人家婦人女使，可用而不可多，却又少他不得。古語不差，有詩爲證：

送暖偷寒起禍胎，壞家端的是奴才。請看當日紅娘事，却把鶯鶯哄得來。

且說楊雄此日正該當牢，未到晚，先來取了鋪蓋去，自監裏上宿。這迎兒得了些小意兒，巴不到晚，自去安排了香桌兒，黃昏時掇在後門外。那婦人却閃在旁邊伺候。初更左側，一個人帶頂頭巾，閃將入來。迎兒問道：「是誰？」那人也不答應，便除下頭巾，露出光頂來。這婦人在側邊見是海和尚，罵一聲：「賊禿，倒好見識！」畫。兩個厮摟厮抱着上樓去了。迎兒自來掇過了香桌兒，關上了後門，也自去睡了。他兩個當夜如膠似漆，如糖似蜜，如酥似髓，如魚似水，快活淫戲了一夜。自古道：「莫說歡娛嫌夜短，只要金雞報曉遲。」兩個正好睡哩，只聽得咯咯地木魚響，高聲念佛。和尚和婦人夢中驚覺，海闍黎披衣起來道：「我去也，今晚再相會。」那婦人道：「今後但有香桌兒在後門外，你便不可負約。如無香桌兒在後門，你便切不可來。」和尚下牀，依前戴上頭巾，迎兒開後門放他去了。自此爲始，但是楊雄出去當牢上宿，那和尚便來。家中只有個老兒，未晚先自要去睡，迎兒這個丫頭，已自是做一路了。只要瞞石秀一個。那婦人淫心起來，那裏管顧；這和尚又知了婦人的滋味，兩個一似被攝了魂魄的一般。這和尚只待頭陀報了，便離寺來；那婦人專得迎兒做脚，放他出入，因此快活，偷養和尚戲耍。自此往來，將近一月有餘，這和尚也來了十數遍。

且説這石秀每日收拾了店時，自在坊裏歇宿，常有這件事掛心，每日委决不下，却又不曾見這和尚往來。每日五更睡覺，不時跳將起來料度這件事。只聽得報曉頭陀，直來巷裏敲木魚，高聲叫佛。石秀是個乖覺的人，早瞧了八分。冷地裏思量道：「這條巷是條死巷，如何有這頭陀連日來這裏敲木魚叫佛？事有可疑。」當是十一月中旬之日五更，石秀正睡不着，只聽得木魚敲響，頭陀直敲入巷裏，來到後門口高聲叫道：「普度衆生救苦救難諸佛菩薩！」石秀聽得叫得蹺蹊，便跳將起來。去門縫裏張時，只見一個人戴頂頭巾，從黑影裏閃將出來，和頭陀去了。隨後便是迎兒來關門。石秀見了，自説道：「哥哥如此豪傑，却恨討了這個淫婦！倒被這婆娘瞞過了，做成這等勾當！」巴得天明，把猪出去門前挑了，賣個早市。飯罷，討了一遭賒錢。日中前後，逕到州衙前來尋楊雄。

却好行至州橋邊，正迎見楊雄。楊雄便問道：「兄弟那裏去來？」石秀道：「因討賒錢，就來尋哥哥。」楊雄道：「我常爲官事忙，併不曾和兄弟快活吃三杯，且來這裏坐一坐。」楊雄把這石秀引到州橋下一個酒樓上，揀一處僻浄閤兒裏，兩個坐下。叫酒保取瓶好酒來，安排盤饌海鮮案酒。二人飲過三杯，楊雄見石秀只低了頭尋思。〔眉〕石家三郎却不是莽漢。楊雄是個性急的人，便問道：「兄弟，你心中有些不樂，莫不家裏有甚言語傷〈觴〉〈觸〉你處？」石秀道：「家中也無有甚話。兄弟感承哥哥把做親骨肉一般看待，有句話敢説麽？」楊雄道：「兄弟何故今日見外？有的話，但説不妨。」石秀道：「哥哥每日出來，只顧承當官府，却不知背後之事。這個嫂嫂不是良人，兄弟已看在眼裏多遍了，且未敢説。今日見得仔細，忍不住來尋哥哥，直言休怪！」楊雄道：「我却無背後眼，你且説是誰？」石秀道：「前者家裏做道場，請那個賊禿海闍黎來，嫂嫂便和他眉來眼去，兄弟都看見。第三日又去寺裏還血盆懺願心，兩個都帶酒歸來。我近日只聽一個頭陀直來巷内敲木魚叫佛，那厮敲得作怪。今日五更，被我起來張時，看見果然是這賊禿，戴頂頭巾，從家裏出去。似這等淫婦，要他何用？」漢子。楊雄聽了大怒道：「這賤人怎敢如此！」石秀道：「哥哥且息怒，今晚都不要提，只和每日一般。明日只推做上宿，三更後却再來敲門。那厮必然從後門先走，兄弟一把拏來，從哥哥發落。」楊雄道：「兄弟見得是。」石秀又分付道：「哥哥，今晚且不可胡發説話。」楊雄道：「我明日約你便是。」兩個再飲了幾杯，算還了酒錢，一同下樓來，出得酒肆，各散了。有詩爲證：

　　飲散高樓便轉身，楊雄怒氣欲沾巾。五更專等頭陀過，準備鋼刀要殺人。

只見四五個虞候叫楊雄道：「那裏不尋節級？知府相公在花園裏坐地，叫尋節級來和我們使棒。快走，快走！」楊雄便分付石秀道：「本官喚我，只得去應答。兄弟先回家去。」石秀當下自歸家裏來，收拾了店面，自去作坊裏歇息。

且説楊雄被知府喚去，到後花園中使了幾回棒，知府看了大喜，叫取酒來，一連賞了十大賞鍾。楊雄吃了，都各散了。衆人又請楊雄去吃酒，至晚吃得大醉，扶將歸去。那婦人見丈夫醉了，謝了衆人，却自和迎兒攙上樓梯去，明晃晃地點着燈燭。楊雄坐在牀上，迎兒去脱䩺鞋，婦人與他除頭巾，解巾幘。楊雄看了那婦人，一時驀上心來，自古道：「醉是醒時言。」指着那婦人罵道：〔眉〕這也是人情之所必至。「你這賤人！賤妮子！好歹是我結果了你！」那婦人吃了一驚，不敢回話，且伏侍楊雄睡了。楊雄一頭上牀睡，一面口裏恨恨地罵道：「你這賤人！腌臢潑婦！那厮敢大蟲口裏倒涎，我手裏不到得輕輕地放了你！」那婦人那裏敢喘氣，直待楊雄睡着。看看到五更，楊雄酒醒了，討水吃。那婦人便起，舀碗水遞與楊雄吃了。桌上殘燈尚明。楊雄吃了水，便問道：「大嫂，你夜來不曾脱衣裳睡？」那婦人道：「你吃得爛醉了，只怕你要吐，那裏敢脱衣裳。只在脚後倒了一夜。」楊雄道：「我不曾説甚麽言語？」那婦人道：「你往常酒性好，但吃醉了便睡。我夜來只有些兒放不下。」楊雄又問道：「石秀兄弟這幾日不曾和他快活吃得三杯，你家裏也自安排些請他。」那婦人也不應，自坐在踏牀上眼淚汪汪，口裏嘆氣。妙。楊雄又説道：「大嫂，我夜來醉了，又不曾惱你，做甚麽了煩惱？」那婦人掩着淚眼，只不應。畫。楊雄連問了幾聲，那婦人掩着臉假哭。畫。〔眉〕淫婦奸狀，千古如見。楊雄就踏牀上，扯起那婦人在牀上，務要問道爲何煩惱。那婦人一頭哭，一面口裏説道：「我爺娘當初把我嫁王押司，只指望一竹竿打到底，不想半路相抛。今日嫁得你十分豪傑，却又是好漢，誰想你不與我做主。」畫。楊雄道：「又作怪！誰敢欺負你，我不做主？」那婦人道：「我本待不説，却又怕你着他道兒；欲待説來，又怕你忍氣。」畫。楊雄聽了便道：「你且説怎麽地來。」那婦人道：「我説與你，你不要氣苦。畫。自從你認義了這個石秀家來，初時也好，妙。向後看看放出刺來。見你不歸時，如常看了我説道：『哥哥今日又不來，嫂嫂自睡，也好冷落。』妙。我只不睬他，不是一日了。這個且休説。妙。昨日早晨，我在廚下洗脖項。這厮從後走出來，看見没人，從背後伸隻手來摸我胸前道：『嫂嫂，你有孕也無？』妙。被我打脱了手。本待要聲張起來，又怕鄰舍得知笑話，裝你的望子。妙。巴得你歸來，却又濫泥也似醉了，妙。又不敢説。我恨不得吃了他，妙。你兀自來問石秀兄弟怎的！」妙。〔眉〕天下有如此妙手，活活畫出一個淫婦人來。這婦人反坐石秀，有詩爲證：

可怪潘姬太不良，偷情潛自入僧房。彌縫翻害忠貞客，一片虚心假肚腸。

楊雄聽了，心中火起，便罵道：「畫龍畫虎難畫骨，知人知面不知心！好貨。這厮倒來我面前，又説海闍黎許多事，説得個没巴鼻。眼見得那厮慌了，便先來説破，使個見識。」口裏恨恨地道：「他又不是我親兄弟，趕了出去便罷！」楊雄到天明，下樓來對潘公説道：「宰了的牲口醃了罷，從今日便休要做買賣！」一霎時，把櫃子和肉案都拆了。石秀天明正將了肉出來門前開店，只見肉案並櫃子都拆翻了。石秀是個乖覺的人，如何不省得，笑道：「是了，因楊雄醉裏出言，走透了消息，倒吃這婆娘使個見識，擬定是反説我無禮，他教楊雄叫收了肉店。我若便和他分辨，教楊雄出醜。我且退一步了，自却别作計較。」〔眉〕妙人。石秀便去作坊裏收拾了包裹。楊雄怕他羞恥，也自去了。豪傑本色尚在。石秀提了包裹，跨了解腕尖刀，來辭潘公道：「小人在宅上打攪了許多時，今日哥哥既是收了鋪面，小人告回。帳目已自明明白白，並無分文來去。如有毫釐昧心，天誅地滅。」潘公被女婿分付了，也不敢留他。

石秀相辭去了，却只在近巷内尋個客店安歇，賃了一間房住下。石秀却自尋思道：「楊雄與我結交，我若不明白得此事，枉送了他的性命。〔眉〕真忠義。他雖一時聽信了這婦人説，心中怪我，我也没分別不得，務要與他明白了此一事。我如今且去探聽他幾時當牢上宿，起個四更，便見分曉。」在店裏住了兩日，却去楊雄門前探聽。當晚只見小牢子取了鋪蓋出去，石秀道：「今晚必然當牢，我且做些工夫看便了。」當晚回店裏，睡到四更起來，跨了這口防身解腕尖刀，悄悄地開了店門，逕踅到楊雄後門頭巷内。伏在黑影裏張時，却好交五更時候，只見那個頭陀挾着木魚，來巷口探頭探腦。石秀一閃閃在頭陀背後，一隻手扯住頭陀，一隻手把刀去脖子上擱着，低聲喝道：「你不要掙扎！若高做聲，便殺了你。你只好好實説，海和尚叫你來做怎地？」〔眉〕從容中禮如此，聖人，聖人！頭陀道：「好漢，你饒我便説。」石秀道：「你快説！我不殺你。」頭陀道：「海闍黎和潘公女兒有染，每夜來往。教我只看後門頭有香桌兒爲號，唤他入鈸；五更裏却教我來打木魚叫佛，唤他出鈸。」石秀道：「他如今在那裏？」頭陀道：「他還在他家裏睡着。我如今敲得木魚響，他便出來。」石秀道：「你且借你衣服、木魚與我。」頭陀身上剥了衣服，奪了木魚。頭陀把衣服正脱下來，被石秀將刀就項上一勒，殺倒在地，頭陀已死了。佛。石秀却穿上直裰護膝，一邊插了尖刀，把木魚直敲入巷裏來。海闍黎在牀上，却好聽得木魚咯咯地響，連忙起來，披衣下樓。迎兒先來開門，和尚隨後從後門裏閃將出來。石秀兀自把木魚敲響，那和尚悄悄喝道：「只顧敲做甚麽！」石秀也不應他，讓他走到巷口，一跤放翻，按住喝道：「不要高則聲！高則聲便殺了你！只等我剥了衣服便罷。」海闍黎知道石秀，那裏敢掙扎則聲，被石秀都剥了衣裳，赤條條不着一絲。悄悄去屈膝邊拔出刀來，三四刀搠死了，佛。却把刀來放在頭陀身邊。將了兩個衣服，捲做一捆包了，再回客店裏，輕輕地開了門進去，悄悄地關上了自去睡，不在話下。

却説本處城中一個賣糕粥的王公，其日早挑着一擔糕粥，點個燈籠，一個小猴子跟着，出來趕早市。正來到死屍邊過，却被絆一交，把那老子一擔糕粥傾潑在地下。只見小猴子叫道：「苦也！一個和尚醉倒在這裏。」老子摸得起來，摸了兩手血迹，叫聲苦，不知高低。幾家鄰舍聽得，都開了門出來，把火照時，只見遍地都是血粥，兩個屍首躺在地上。衆鄰舍一把拖住老子，要去官司陳告。正是禍從天降，災向地生。恰似破屋更遭連夜雨，漏船又遇打頭風。王公畢竟被衆鄰舍拖住見官，怎地脱身，且聽下回分解。

李生曰：嗚呼！天下豈少有用之人哉，特無用之者耳！如石家三郎，楊雄用之，便得他氣力。且石秀爲人，非一勇之夫，委婉詳悉，矢不妄發，發無不中，的的大有用人。嗚呼！今天下豈少石秀其人哉？特無楊雄耳！可嘆，可嘆！

又曰：描畫淫婦人處，非導慾已也，亦可爲大丈夫背後之眼。鄭衞之詩俱然。

病關索大鬧翠屏

拚命三火
烧祝家庄

第四十六回　病關索大鬧翠屏山　拚命三火燒祝家莊

詩曰：

古賢遺訓太叮嚀，氣酒財花少縱情。〔眉〕道學氣。　李白沉江真鑒識，綠珠累主更分明。　銅山蜀道人何在，爭帝圖王客已傾。　寄語縉紳須領悟，休教四大日營營。

話説當下衆鄰舍結住王公，直到薊州府裏首告。　知府却纔升廳，一行人跪下告道：「這老子挑着一擔糕粥，潑翻在地下。　看時，却有兩個死屍在地下：　一個是和尚，一個是頭陀，俱各身上無一絲。頭陀身邊有刀一把。」老子告道：「老漢每日常賣糕糜營生，只是五更出來趕趁。　今朝起得早了些個，和這鐵頭猴子只顧走，不看下面，一交絆翻，碗碟都打碎了。　只見兩個死屍，血碌碌的在地上，一時失驚叫起來，倒被鄰舍扯住到官。　望相公明鏡，可憐見辨察。」知府隨即取了供詞，行下公文，委當方里甲帶了仵作行人，押了鄰舍、王公一干人等，下來檢驗屍首，明白回報。　衆人登場看檢已了，回州稟復知府：「爲被殺死僧人，係是報恩寺闍黎裴如海。　傍邊頭陀，係是寺後胡道。　和尚不穿一絲，身上三四道搠傷致命方死；　胡道身邊見有兇刀一把，只脖項上有勒死痕傷一道。　想是胡道掣刀搠死和尚，懼罪自行勒死。」知府叫拘本寺首僧，鞫問緣故，俱各不知情由。知府也没個決斷。當案孔目稟道：「眼見得是這和尚裸形赤體，必是和那頭陀幹甚不公不法的事，互相殺死，不干王公之事。鄰舍都教召保聽候。屍首着仰本寺住持，即備棺木盛殮，放在別處。立個互相殺死的文書便了。」知府道：「也是。」隨即發落了一干人等，不在話下。薊州城裏有些好事的子弟們亦知此事，在街上講動了，因此做成一隻曲兒來，道是：

巨耐禿囚無狀，做事只恁狂蕩。暗約嬌娥，要爲夫婦，永同鴛帳。怎禁貫惡滿盈，玷辱諸多和尚。血泊内横屍里巷，今日赤條條甚麼模樣。立雪齊腰，投岩喂虎，全不想祖師經上。目連救母生天，這賊禿爲（婆）娘身喪。

後來薊州城裏書會們備知了這件事，拿起筆來，又做了這隻《臨江仙》詞，教唱道：

破戒沙門情最惡，終朝女色昏迷。頭陀做作亦蹺蹊。睡來同衾枕，死去不分離。小和尚片時狂性起，大和尚魄喪魂飛。長街上露出這些兒。只因胡道者，害了海闍黎。

這件事滿城裏都講動了，那婦人也驚得呆了，自不敢説，只是肚裏暗暗地叫苦。楊雄在薊州府裏，有人告道殺死和尚、頭陀，心裏早瞧了七八分，尋思：「此一事准是石秀做出來了！我前日一時間錯怪了他。我今日閑些，且去尋他，問他個真實。」正走過州橋前來，只聽得背後有人叫道：「哥哥那裏去？」楊雄回過頭來，見是石秀，便道：「兄弟，我正没尋你處。」石秀道：「哥哥且來我下處，和你説話。」把楊雄引到客店裏小房内，説道：「哥哥，兄弟不説謊麽？」楊雄道：「兄弟，你休怪我，是我一時愚蠢不是了。酒後失言，反被那婆娘瞞過了，怪兄弟相鬧不得。我今特來尋賢弟負荊請罪。」石秀道：「哥哥，兄弟雖是個不才小人，却是頂天立地的好漢，如何肯做這等之事？怕哥哥日後中了奸計，因此來尋哥哥，有表記教哥哥看。」將過和尚、頭陀的衣裳：「盡剥在此。」楊雄看了，心頭火起，便道：「兄弟休怪！我今夜碎割了這賤人，出這口惡氣！」石秀笑道：「你又來了！你既是公門中勾當的人，如何不知法度？你又不曾拿得他真奸，如何殺得人？倘或是小弟胡說時，却不錯殺了人？」〔眉〕石三郎精細，真有意思。楊雄一莽漢耳。楊雄道：「〈是〉（似）此怎生罷休得？」石秀道：「哥哥只依着小弟的言說，教你做個好男子。」楊雄道：「賢弟，你怎地教我做個好男子？」石秀道：「此間東門外有一座翠屏山，好生僻静。哥哥到明日，只說道：『我多時不曾燒香，我今來和大嫂同去。』把那婦人賺將出來，就帶了迎兒同到山上。小弟先在那裏等候着，當頭對面，把這是非都對得明白了。哥哥那時許與一紙休書，棄了這婦人，却不是上着。」妙。楊雄道：「兄弟何必說得！你身上清潔，我已知了。都是那婦人謊說。」石秀道：「不然。我也要哥哥知道他往來真實的事。」楊雄道：「既然兄弟如此高見，必不差了。我明日准定和那賤人來，你却休要誤了。」石秀道：「小弟不來時，所言俱是虚謬。」

楊雄當下别了石秀，離了客店，且去府裏辦事。至晚回家，並不提起，亦不說甚，只和每日一般。次日天明起來，對那婦人說道：「我昨夜夢見神人叫我，說有舊願不曾還得。向日許下東門外嶽廟裏那炷香願，未曾還得。今日我閑些，要去還了，須和你同去。」那婦人道：「你便自去還了罷，要我去何用？」楊雄道：「這願心却是當初說親時許下的，必須要和你同去。」那婦人道：「既是恁地，我們早吃些素飯，燒湯洗浴了去。」楊雄道：「我去買香紙，雇轎子，你便洗浴了，梳頭插帶了等我。」就叫迎兒也去走一遭。」楊雄又來客店裏相約石秀：「飯罷便來，兄弟休誤。」石秀道：「哥哥，你若擡得來時，只教在半山裏下了轎。你三個步行上來，我自在上面一個僻處等你，不要帶閑人上來。」楊雄約了石秀，買了紙燭歸來，吃了早飯。那婦人不知有此事，只顧打扮的齊齊整整。迎兒也插帶了。轎夫扛轎子早在門前伺候。楊雄道：「泰山看家，我和大嫂燒香了便回。」潘公道：「多燒香，早去早回。」那婦人上了轎子，迎兒跟着，楊雄也隨在後面。出得東門來，楊雄低低分付轎夫道：「與我擡上翠屏山去，我自多還你些轎錢。」不到一個時辰，早來到那翠屏山上，但見：

遠如藍靛，近若翠屏。澗邊老檜摩雲，岩上野花映日。漫漫青草，滿目盡是荒墳；梟梟白楊，回首多應亂冢。一望並無閑寺院，崔嵬好似北邙山。

原來這座翠屏山，却在薊州東門外二十里，都是人家的亂墳，上面並無庵舍寺院，層層盡是古墓。當下楊雄把那婦人擡到半山，叫轎夫歇下轎子，拔去葱管，搭起轎簾，叫那婦人出轎來。婦人問道：「却怎地來這山裏？」楊雄道：「你只顧且上去。轎夫只在這裏等候，不要來，少刻一發打發你酒錢。」轎夫道：「這個不妨，小人自只在此間伺候便了。」楊雄引着那婦人並迎兒，三個人上了四五層山坡，只見石秀坐在上面。那婦人道：「香紙如何不將來？」楊雄道：「我自先使人將上去了。」把婦人一扶扶到一處古墓裏。石秀便把包裹、腰刀、桿棒都放在樹根前，來道：「嫂嫂拜揖！」那婦人連忙應道：「叔叔怎地也在這裏？」一頭說，一面肚裏吃了一驚。石秀道：「在此專等多時。」楊雄道：「你前日對我説道，叔叔多遍把言語調戲你，又將手摸着你胸前，問你有孕也未。今日這裏無人，你兩個對的明白。」那婦人道：「哎呀！過了的事，只顧説甚麽。」畫。石秀睁着眼來道：「嫂嫂，你怎麽説這般閑話？正要哥哥面前説個明白。」那婦人道：「叔叔，你没事自把髯兒提做甚麽？」畫。石秀道：「嫂嫂，你休要硬諍，教你看個證見。」便去包裹裏取出海闍黎並頭陀的衣服來，撒放地下道：「你認得麽？」那婦人看了飛紅了臉，無言可對。

石秀颼地掣出腰刀，便與楊雄説道：「此事只問迎兒，便知端的。」楊雄便揪過那丫頭跪在面前，喝道：「你這小賤人，快好好實説，怎地在和尚房裏入奸？怎生約會把香桌兒爲號？如何教頭陀來敲木魚？實對我説，饒你這條性命。但瞞了一句，先把你剁做肉泥！」迎兒叫道：「官人，不干我事，不要殺我！我説與你。」却把僧房中吃酒，上樓看佛牙，趕他下樓來看潘公酒醒説起，「兩個背地裏約下，第三日教頭陀來化齋飯，叫我取銅錢布施與他。娘子和他約定，但是官人當牢上宿，要我掇香桌兒放出後門外，便是暗號。頭陀來看了，却去報知和尚。當晚海闍黎扮做俗人，帶頂頭巾入來。五更裏，只聽那頭陀來敲木魚響，高聲念佛爲號，叫我開後門放他出去。但是和尚來時瞞我不得，只得對我説了，娘子許我一付釧鐲，一套衣裳，我只得隨順了。畫。似此往來，通有數十遭，後來便吃殺了。又與我幾件首飾，教我對官人説石叔叔把言語調戲一節。這個我眼裏不曾見，因此不敢説。畫。只此是實，並無虚謬。」迎兒説罷，石秀便道：「哥哥得知麽？這般言語須不是兄弟教他如此説，請哥哥却問嫂嫂備細緣由。」楊雄揪過那婦人來，喝道：「賊賤人！丫頭已都招了，便你一些兒休賴，再把實情對我説了，饒了你賤人一條性命！」那婦人説道：「我的不是了！你看我舊日夫妻之面，饒恕了我這一遍。」畫。石秀道：「哥哥，含糊不得，須要問嫂嫂一個明白備細緣由。」楊雄喝道：「賤人，你快説！」那婦人只得把偷和尚的事，從做道場夜裏説起，直至往來，一一都説了。石秀道：「你却怎地對哥哥倒説我來調戲你？」那婦人道：「前日他醉了罵我，我見他罵得蹺蹊，我只猜是叔叔看見破綻説與他。到五更裏，又提起來問叔叔如何，我却把這段話來支吾。實是叔叔並不曾恁地。」畫。

石秀道：「今日三面説得明白了，任從哥哥心下如何措置。」楊雄道：「兄弟，你與我拔了這賤人的頭面，剥了衣裳，我親自伏侍他。」石秀便把那婦人頭面、首飾、衣服都剥了，楊雄割兩條裙帶來，親自用手把婦人綁在樹上。石秀也把迎兒的首飾都去了，遞過刀來，説道：「哥哥，這個小賤人留他做甚麽？一發斬草除根。」楊雄應道：「果然。兄弟把刀來，我自動手。」迎兒見頭勢不好，却待要叫，楊雄手起一刀，揮作兩段。那婦人在樹上叫道：「叔叔，勸一勸！」石秀道：「嫂嫂，哥哥自來伏侍你。」楊雄向前，把刀先斡出舌頭，一刀便割了，且教那婦人叫不的。楊雄却指着罵道：「你這賊賤人，我一時間誤聽不明，險些被你〈備〉(瞞)過了！一者壞了我兄弟情分，二乃久後必然被你害了性命，不如我今日先下手爲强。我想你這婆娘心肝五臟怎地生着，我且看一看！」一刀從心窩裏直割到小肚子上，取出心肝五臟，掛在松樹上。楊雄又將這婦人七事件分開了，却將〈後〉(頭)面衣服都拴在包裹裏了。楊雄道：「兄弟，你且來，和你商量一個長便。如今一個奸夫，一個淫婦，都已殺了，只是我和你投那裏去安身立命？」石秀道：「兄弟已尋思下了，自有個所在，請哥哥便行，不可耽遲。」楊雄道：「却是那裏去？」石秀道：「哥哥殺了人，兄弟又殺人，不去投梁山泊入夥，却投那裏去？」正是：

奸淫婦女説緣因，頃刻屍骸化作塵。若欲避他災與禍，梁山泊裏好潛身。

楊雄道：「且住。我和你又不曾認得他那裏一個人，如何便肯收録我們？」石秀道：「哥哥差矣。如今天下江湖上皆聞山東及時雨宋公明，招賢納士，結識天下好漢，誰不知道？放着我和你一身好武藝，愁甚不收留。」楊雄道：「凡事先難後易，免得後患。我却不合是公人，只恐他疑心，不肯安着我們。」是。石秀笑道：「他不是押司出身？我教哥哥一發放心：前者哥哥認義兄弟那一日，先在酒店裏和我吃酒的那兩個人，一個是梁山泊神行太保戴宗，一個是錦豹子楊林。他與兄弟十兩一錠銀子，尚兀自在包裏，因此可去投托他。」楊雄道：「既有這條門路，我去收拾了些盤纏便走。」蠢。石秀道：「哥哥，你也這般兜答，倘或入城，事發拿住，如何脱身？放着包裹裏見有若干釵釧首飾，兄弟又有些銀兩，再有三五個人也勾用了，何須又去取討。惹起是非來，如何救解？這事少時便發，不可遲滯。我們只好望山後走。」

石秀便背上包裹，拿了桿棒，楊雄插了腰刀，在身邊提了朴刀。却待要離古墓，只見松樹後走出一個人來，叫道：「清平世界，蕩蕩乾坤，把人割了，却去投奔梁山泊入夥！我聽得多時了。」楊雄、石秀看時，那人納頭便拜。楊雄却認得這人，姓時名遷，祖貫是高唐州人氏。流落在此，只一地裏做些飛簷走壁、跳籬騙馬的勾當。曾在薊州府裏吃官司，却得楊雄救了他，人都叫他做鼓上蚤。怎見得時遷的好處，有詩爲證：

骨軟身軀健，眉濃眼目鮮。形容如怪族，行步似飛仙。夜靜穿牆過，更深繞屋懸。偷營高手客，鼓上蚤時遷。

當時楊雄〈喝道〉便問時遷：「你説甚麼！」時遷道：「節級哥哥聽稟：小人近日没甚道路，在這山裏掘些古墳，覓兩分東西。因見哥哥在此行事，不敢出來衝撞，却聽説去投梁山泊入夥。小人如今在此，只做得些偷雞盜狗的勾當，幾時是了？跟隨的二位哥哥上山去，却不好！未知尊意肯帶挈小人麼？」石秀道：「既是好漢中人物，他那裏如今招納壯士，那争你一個！若如此説時，我們一同去。」時遷道：「小人却認得小路去。」當下引了楊雄、石秀，三個人自取小路下後山，投梁山泊去了。

却説這兩個轎夫在半山裏，等到紅日平西，不見三個下來。分付了，又不敢上去。挨不過了，不免信步尋上山來，只見一羣老鴉成團打塊在古墓上。兩個轎夫上去看時，原來却是老鴉奪那肚腸吃，以此聒噪。轎夫看了，吃那一驚，慌忙回家報與潘公，一同去薊州府裏首告。知府隨即差委一員〈太〉（縣）尉，帶了仵作行人來翠屏山，檢驗屍首已了。回覆知府，稟道：「檢得一口婦人潘巧雲，割在松樹邊。使女迎兒，殺死在古墓下。墳邊遺下一堆婦人、頭陀衣服。」知府聽了，〈道〉想起前日海和尚、頭陀的事，備細詢問潘公。那老子把這僧房酒醉一節，和這石秀出去的緣由，都説了一遍。知府道：「眼見得是此婦人與這和尚通奸，那女使、頭陀做脚。想這石秀那厮路見不平，殺死頭陀、和尚。楊雄這厮，今日殺了婦人、女使無疑，定是如此。〔眉〕知府忒明白。只拿得楊雄、石秀，便知端的。」當即行移文書，出給賞錢，捕獲楊雄、石秀。其餘轎夫人等，各放回聽候。潘公自去買棺木將屍首殯葬，不在話下。

再説楊雄、石秀、時遷離了薊州地面，在路夜宿曉行，不則一日行到鄆州地面。過得香林洼，早望見一座高山，不覺天色漸漸晚了。看見前面一所靠溪客店，三個人行到門前看時，但見：

前臨官道，後傍大溪。數百株垂柳當門，一兩樹梅花傍屋。荆榛籬落，周迴遶定茅茨；蘆葦簾櫳，前後遮藏土炕。右壁廂一行書寫：門關暮接五湖賓；左勢下七字句(道)：庭户朝迎三島客。雖居野店荒村外，亦有高車駟馬來。

當日黄昏時候，店小二却待關門，只見這三個人撞將入來。小二問道：「客人來路遠，以此晚了。」時遷道：「我們今日走了一百里以上路程，因此到得晚了。」小二哥放他三個入來安歇，問道：「客人不曾打火麽？」時遷道：「我們自理會。」小二道：「今日没客歇，竈上有兩隻鍋乾浄，客人自用不妨。」時遷問道：「店裏有酒肉賣麽？」小二道：「今日早起有些肉，都被近村人家買了去。只剩得一瓮酒在這裏，並無下飯。」時遷道：「也罷，先借五升米來做飯，却理會。」小二哥取出米來與時遷，就淘了，做起一鍋飯來。石秀自在房中安頓行李，楊雄取出一隻釵兒把與店小二，先回他這瓮酒來吃，明日一發算帳。小二哥收了釵兒，便去裏面掇出那瓮酒來開了，將一碟兒熟菜放在桌子上。時遷先提一桶湯來，叫楊雄、石秀洗了脚手，一面篩酒來，就來請小二哥一處坐地吃酒。放下四隻大碗，斟下酒來吃。石秀看見店中簷下插着十數把好朴刀，問小二哥道：「你家店裏怎的有這軍器？」小二哥應道：「都是主人家留在這裏。」石秀道：「你家主人是甚麽樣人？」小二道：「客人，你是江湖上走的人，如何不知我這裏的名字？前面那座高山，便唤做獨龍岡山。山前有一座另巍巍岡子，便唤做獨龍岡。上面便是主人家住宅。這裏方圓三百里，却唤做祝家莊。莊主太公祝朝奉，有三個兒子，稱爲祝氏三傑。莊前莊後有五七百人家，都是佃户，各家分下兩把朴刀與他。這裏唤作祝家店，常有數十個家人來店裏上宿，以此分下朴刀在這裏。」石秀道：「他分軍器在店裏何用？」小二道：「此間離梁山泊不遠，地方較近，只恐他那裏賊人來借糧，因此准備下。」石秀道：「我與他些銀兩，回與我一把朴刀用如何？」小二哥道：「這個却使不得，器械上都編着字號。我小人吃不得主人家的棍棒，我這主人法度不輕。」石秀笑道：「我自取笑你，你却便慌，且只顧飲酒。」小二道：「小人吃不得了，先去歇了。客人自便，寬飲幾杯。」

小二哥去了，楊雄、石秀又自吃了一回酒。只見時遷道：「哥哥，要肉吃麽？」楊雄道：「店小二説没了肉賣，你又那裏得來？」時遷嘻嘻的笑着，去竈上提出一隻老大公雞來。楊雄問道：「那裏得這雞來？」時遷道：「小弟却纔去後面净手，見這隻雞在籠裏。尋思没甚與哥哥吃酒，被我悄悄把去溪邊殺了，提桶湯去後面，就那裏撏得乾净，煮得熟了，把來與二位哥哥吃。」楊雄道：「你這厮！還是這等賊手賊脚。」石秀笑道：「還不改本行。」三個笑了一回，把這雞來手撕開吃了，一面盛飯來吃。只見那店小二略睡一睡，放心不下，爬將起來，前後去照管。只見廚桌上有些雞毛，都是雞骨頭，却去竈上看時，半鍋肥汁。小二慌忙去後面籠裏看時，不見了雞，連忙出來問道：「客人，你們好不達道理！如何偷了我店裏報曉的雞吃？」時遷道：「見鬼了耶耶！我自路上買得這隻雞來吃，何曾見你的雞？」小二道：「我店裏的雞却那裏去了？」時遷道：「敢被野猫拖了，黄猩子吃了，鷂鷹撲了去，我却怎地得知？」小二道：「我的雞纔在籠裏，不是你偷了是誰？」石秀道：「不要争，值幾錢，賠了你便罷。」店小二道：「我的是報曉雞，店内少他不得，你便賠我十兩銀子也不濟，只要還我雞！」石秀大怒道：「你詐哄誰！老爺不賠你便怎地？」店小二笑道：「客人，你們休要在這裏討野火吃。只我店裏不比別處客店，拿你到莊上，便做梁山泊賊寇解了去。」石秀聽了大駡道：「便是梁山泊好漢，你怎麽拿了我去請賞？」楊雄也怒道：「好意還你些錢，不賠你，怎地拿我去！」小二叫一聲：「有賊！」只見店裏赤條條地走出三五個大漢來，逕奔楊雄、石秀來，被石秀手起，一拳一個，都打翻了。小二哥正待要叫，被時遷一掌打腫了臉，作聲不得。這幾個大漢都從後門走了。楊雄道：「兄弟，這厮們以定去報人來，我們快吃了飯走了罷。」三個當下吃飽了，把包裹分開腰了，穿上麻鞋，跨了腰刀，各人去鎗架上揀了一條好朴刀。石秀道：「左右只是左右，不可放過了他！」便去竈前尋了把草，竈裏點個火，望裏面四下焠着。看那草房被風一搧，刮刮雜雜火起來。那火頃刻間天也似般大。三個拽開脚步，望大路便走。正是：

小忿原來爲攘雞，便教兵燹及黔黎。智多星用連環計，祝氏莊園作粉齏。好詩。

三個人行了兩個更次，只見前面後面火把不計其數，約有一二百人發着喊趕將來。石秀道：「且不要慌，我們且揀小路走。」楊雄道：「且住！一個來，殺一個；兩個來，殺一雙。待天色明朗却走。」説猶未了，四下裏合攏來。楊雄當先，石秀在後，時遷在中，三個挺着朴刀來戰莊客。那夥人初時不知，輪着鎗棒趕來。楊雄手起朴刀，早戳翻了五七個。前面的便走，後面的急待要退。石秀趕入去，又搠翻了六七人。四下裏莊客見説殺傷了十數人，都是要性命的，思量不是頭，都退了去。三個得一步，趕一步。正走之間，喊聲又起。枯草裏舒出兩把撓鈎，正把時遷一撓鈎搭住，拖入草窩去了。石秀急轉身來救時遷，背後又舒出兩把撓鈎來，却得楊雄眼快，便把朴刀一撥，兩把撓鈎撥開去了。將朴刀望草裏便戳，發聲喊，都走了。兩個見捉了時遷，怕深入重地，亦無心戀戰，顧不得時遷了，且四下裏尋路走罷。見東邊火把亂明，小路上又無叢林樹木，兩個便望東邊來。衆莊客四下裏趕不着，自救了帶傷的人去，將時遷背剪綁了，押送祝家莊來。

且說楊雄、石秀走到天明，望見前面一座村落酒店。石秀道：「哥哥，前頭酒肆裏買碗酒飯吃了去，就問路程。」兩個便入村店裏來，倚了朴刀，對面坐下，叫酒保取些酒來，就做些飯吃。酒保一面鋪下菜蔬案酒，盪將酒來。方欲待吃，只見外面一個人奔將入來。身材長大，生得闊臉方腮，眼鮮耳大，貌醜形粗。穿一領茶褐紬衫，戴一頂萬字頭巾，繫一條白絹搭膊，下面穿一雙油膀靴。叫道：「大官人教你們挑擔來莊上納。」店主人連忙應道：「裝了擔，少刻便送到莊上。」那人分付了，便轉身又説道：「快挑來。」却待出門，正從楊雄、石秀面前過。楊雄却認得他，便叫一聲：「小郎，你如何却在這裏？不看我一看？」那人回轉頭來看了一看，却也認得，便叫道：「恩人！如何來到這裏？」望着楊雄、石秀便拜。不是楊雄撞見了這個人，有分教：梁山泊内惱犯了那個英雄，獨龍岡前亂殺下一堆屍首。直教祝家莊上三番鬧，宛子城中大隊來。畢竟楊雄、石秀遇見的那人是誰，且聽下回分解。

卓翁曰：石家三郎作事精細，勇而且智。如楊雄者，特草草耳。雖然，當局迷，旁觀清，一雄已哉？

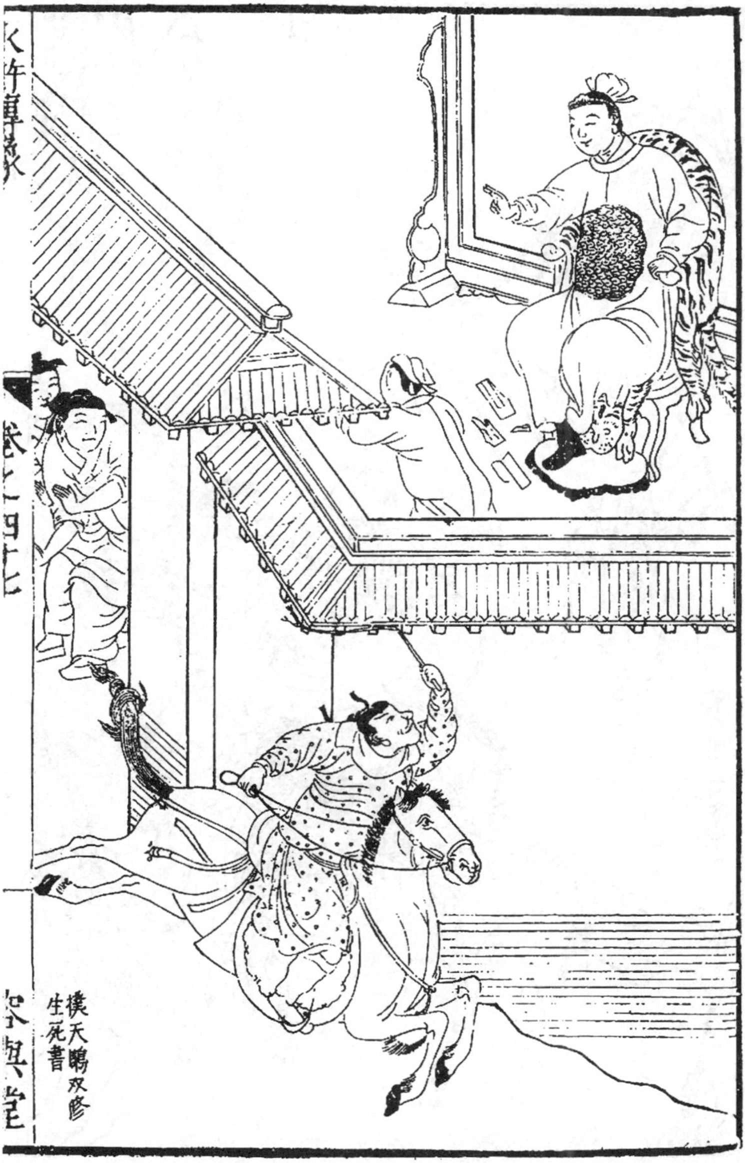

卷四七 圖

宋公明一打祝家庄

第四十七回　撲天鵰雙修生死書　宋公明一打祝家莊

詩曰：

聰明遭折挫，狡獪失便宜。損人終有報，倚勢必遭危。良善爲身福，剛强是禍基。直饒三傑勇，難犯宋江威。

話説當時楊雄扶起那人來，叫與石秀相見。石秀便問道：「這位兄長是誰？」楊雄道：「這個兄弟姓杜名興，祖貫是中山府人氏。因爲他面顏生得粗莽，以此人都唤他做鬼臉兒。上年間做買賣來到薊州，因一口氣上打死了同夥的客人，吃官司監在薊州府裏。楊雄見他説起拳棒都省得，一力維持救了他。不想今日在此相會。」杜興便問道：「恩人爲何公幹來到這裏？」楊雄附耳低言道：「我在薊州殺了人命，欲要投梁山泊去入夥。昨晚在祝家店投宿，因同一個來的火伴時遷，偷了他店裏報曉雞吃，一時與店小二鬧將起來，性起，把他店屋放火都燒了。我三個連夜逃走，不提防背後趕來。我弟兄兩個殺翻了他幾個，不想亂草中間舒出兩把撓鈎，把時遷搭了去。我兩個亂撞到此，正要問路，不想遇見賢弟。」杜興道：「恩人不要慌，我教放時遷還你。」楊雄道：「賢弟少坐，同飲一杯。」三人坐下，當時飲酒。

杜興便道：「小弟自從離了薊州，多得恩人的恩惠，來到這裏。感承此間一個大官人見愛，收録小弟在家中做個主管。每日撥萬論千，盡托付杜興身上，以此不想回鄉去。」楊雄道：「此間大官人是誰？」杜興道：「此間獨龍岡，前面有三座山岡，列着三個村坊：中間是祝家莊，西邊是扈家莊，東邊是李家莊。這三處莊上，三村裏算來，總有一二萬軍馬人等。惟有祝家莊最豪傑，爲頭家長唤做祝朝奉，有三個兒子，名爲祝氏三傑：長子祝龍，次子祝虎，三子祝彪。又有一個教師，唤做鐵棒欒廷玉，此人有萬夫不當之勇。莊上自有一二千了得的莊客。西邊有個扈家莊，莊主扈太公，有個兒子唤做飛天虎扈成，也十分了得。惟有一個女兒最英雄，名唤一丈青扈三娘，使兩口日月雙刀，馬上如法了得。這裏東村莊上却是杜興的主人，姓李名應，能使一條渾鐵點鋼鎗，背藏飛刀五口，百步取人，神出鬼没。這三村結下生死誓願，同心共意，但有吉凶，遞相救應。惟恐梁山泊好漢過來借糧，因此三村準備下抵敵他。如今小弟引二位到莊上，見了李大官人，求書去搭救時遷。」楊雄又問道：「你那李大官人，莫不是江湖上唤撲天鵰的李應？」杜興道：「正是他。」石秀道：「江湖上只聽得説獨龍岡有個撲天鵰李應是好漢，却原來在這裏。多聞他真個了得，是好男子，我們去走一遭。」楊雄便唤酒保計算酒錢，杜興那裏肯要他還，便自招了酒錢。

三個離了村店，便引楊雄、石秀來到李家莊上。楊雄看時，真個好大莊院：外面週迴一遭闊港，粉牆傍岸，有數百株合抱不交的大柳樹。門外一座弔橋，接着莊門。入得門來到廳前，兩邊有二十餘座鎗架，明晃晃的都插滿軍器。杜興道：「兩位哥哥在此少等，待小弟入去報知，請大官人出來相見。」杜興入去不多時，只見李應從裏面出來。楊雄、石秀看時，果然好表人物，有《臨江仙》詞爲證：

鶻眼鷹睛頭似虎，燕頷猿臂狼腰、疏財仗義結英豪。愛騎雪白馬，喜着絳紅袍。背上飛刀藏五把，點鋼鎗斜嵌銀條。性剛誰敢犯分毫。李應真壯士，名號撲天鵰。

當時李應出到廳前，杜興引楊雄、石秀上廳拜見。李應連忙答禮，便教上廳請坐。楊雄、石秀再三謙讓，方纔坐了。李應便叫取酒來且相待。楊雄、石秀兩個再拜道：「望乞大官人致書與祝家莊，求救時遷性命，生死不敢有忘。」李應教請門舘先生來商議，修了一封書緘，妙。填寫名諱，使個圖書印記。〔眉〕匪夷所思。便差一個副主管賫了，備一匹快馬，星火去祝家莊取這個人來。那副主管領了東人書札，上馬去了。楊雄、石秀拜謝罷，李應道：「二位壯士放心，小人書去，便當放來。」楊雄、石秀又謝了。李應道：「且請去後堂，少敍三杯等待。」兩個隨進裏面，就具早膳相待。飯罷，吃了茶，李應問些鎗法，見楊雄、石秀説的有理，心中甚喜。巳牌時分，那個副主管回來，李應喚到後堂問道：「去取的這人在那裏？」主管答道：「小人親見朝奉下了書，倒有放還之心。後來走出祝氏三傑，反焦躁起來，書也不回，人也不放，定要解上州去。」李應失驚道：「他和我三家村裏結生死之交，書到便當依允，如何恁地起來？必是你説得不好，以至如此。杜興，你須自去走一遭，親見祝朝奉，説個仔細緣由。」杜興道：「小人願去。只求東人親筆書緘，到那裏方纔肯放。」李應道：「説得是。」急取一幅花箋紙來，李應親自寫了書札，封皮面上使一個諱字圖書，把與杜興接了。後槽牽過一匹快馬，備上鞍轡，拿了鞭子，便出莊門，上馬加鞭奔祝家莊去了。李應道：「二位放心，我這封親筆書去，少刻定當放還，兄弟相見。」楊雄、石秀深謝了，留在後堂飲酒等待。看看天色待晚，不見杜興回來，李應心中疑惑。再教人去接，〔眉〕摹寫李應熱心處，亦妙。只見莊客報道：「杜主管回來了。」李應問道：「幾個人回來？」莊客道：「只是主管獨自一個跑馬回來。」李應搖着頭道：「却又作怪！往常這廝不是這等兜搭，今日緣何恁地？」楊雄、石秀都跟出前廳來看時，只見杜興下了馬，入得莊門。見他模樣，氣得紫漲了面皮，半晌說不的話。杜興怒氣時，有詩爲證：

怪眼圓睁誰敢近，神眉剔豎果難當。生來長在中山府，鬼臉英雄性最剛。

李應出到前廳，連忙問道：「你且說備細緣故，怎麽地來？」杜興道：「小人賫了東人書，呈到他那裏第三重門下，却好遇見祝龍、祝虎、祝彪弟兄三個坐在那裏。小人聲了三個喏，祝彪喝道：『你又來做甚麽！』小人躬身稟道：『東人有書在此拜上。』祝彪那廝變了臉，駡道：『你那主人恁地不曉人事！早晌使個潑男女來這裏下書，要討那個梁山泊賊人時遷。如今我正要解上州裏去，又來怎地？』小人說道：『這個時遷不是梁山泊人數。他自是薊州來的客人，今投敝莊東人，不想誤燒了官人店屋。明日東人自當依舊蓋還，萬望高擡貴手，寬恕，寬恕！』祝家三個都叫道：『不還，不還！』小人又道：『官人請看，東人書札在此。』祝彪那廝接過書去，也不拆開來看，就手扯的粉碎，喝叫把小人直叉出莊門。祝彪、祝虎發話道：『休要惹老爺們性發，把你那李應捉來，也做梁山泊强寇解了去！』小人〈若對東人〉（本）不（敢）盡言〈說〉，實被那三個畜生無禮，把東人百般穢駡。便喝叫莊客來拿小人，被小人飛馬走了。於路上氣死小人。叵耐那廝，枉與他許多年結生死之交，今日全無些仁義！」

那李應聽罷，怒從心上起，惡向膽邊生，心頭那把無明業火高舉三千丈，按納不下。大呼莊客：「快備我那馬來！」楊雄、石秀諫道：「大官人息怒。休爲小人們壞了貴處義氣。」李應那裏肯聽，便去房中披上一副黃金鎖子甲，前後獸面掩心，穿一領大紅袍，背胯邊插着飛刀五把，拿了點鋼鎗，戴上鳳翅盔，出到莊前，點起三百悍勇莊客。杜興也披一副甲，持把鎗上馬，帶領二十餘騎馬軍。楊雄、石秀也抓扎起，挺着朴刀，跟着李應的馬，逕奔祝家莊來。日漸銜山時分，早到獨龍岡前，但將人馬排開。原來祝家莊又蓋得好，占着這座獨龍山岡，四下一遭闊港。那莊正造在岡上，有三層城牆，都是頑石壘砌的，約高二丈。前後兩座莊門，兩條弔橋。牆裏四邊，都蓋窩舖。四下裏遍插着鎗刀軍器。門樓上排着戰鼓銅鑼。李應勒馬在莊前大罵：「祝家三子，怎敢毁謗老爺！」只見莊門開處，擁出五六十騎馬來，當先一騎似火炭赤的馬上，坐着祝朝奉第三子祝彪出馬。怎生打扮：

頭戴縷金鳳翅荷葉盔，身穿連環鎖子梅花甲。腰懸一付弓和箭，手執二件刀與鎗。馬額下紅纓如血染，寶鐙邊氣焰似雲霞。

當下李應見了祝彪，指着大罵道：「你這廝！口邊奶腥未退，頭上胎髮猶存。你爺與我結生死之交，誓願同心共意，保護村坊。你家但有事情要取人時，早來早放；要取物件，無有不奉。我今一個平人，二次修書來討，你如何扯了我的書札，恥辱我名，是何道理！」祝彪道：「俺家雖和你結生死之交，誓願同心協意，共捉梁山泊反賊，掃清山寨。你如何却結連反賊，意在謀叛！」李應喝道：「你説他是梁山泊甚人？你這厮却冤平人做賊，當得何罪！」祝彪道：「賊人時遷已自招了，你休要在這裏胡説亂道，遮掩不過！你去便去，不去時，連你捉了，也做賊人解送！」李應大怒，拍坐下馬，挺手中鎗，便奔祝彪。兩邊擂起鼓來。祝彪縱馬去戰李應，兩個就獨龍岡前，一來一往，一上一下，鬥了十七八合。祝彪戰李應不過，撥回馬便走。李應縱馬趕將去，祝彪把鎗横擔在馬上，左手拈弓，右手取箭，搭上箭，拽滿弓，覷得較親，背翻身一箭。李應急躲時，臂上早着，李應翻筋斗墜下馬來，祝彪便勒轉馬來搶人。楊雄、石秀見了，大喝一聲，撚兩條朴刀，直奔祝彪馬前殺將來。祝彪抵當不住，急勒回馬便走，早被楊雄一朴刀戳在馬後股上。那馬負疼，壁直立起來，險些兒把祝彪掀在馬下。却得隨從馬上的人，都搭上箭射將來，楊雄、石秀見了，自思又無衣甲遮身，只得退回不趕。杜興也自把李應救起，上馬先去了。楊雄、石秀跟了衆莊客也走了。祝家莊人馬趕了二三里路，見天色晚來，也自回去了。

杜興扶着李應回到莊前，下了馬，同入後堂坐，衆宅眷都出來看視。拔了箭矢，伏侍卸了衣甲，便把金瘡藥敷了瘡口，連夜在後堂商議。楊雄、石秀説道：「既是大官人被那厮無禮，又中了箭。非不効力，時遷亦不能勾出來。我弟兄兩個只得上梁山泊去，懇告晁、宋二公並衆頭領，來與大官人報仇，就救時遷。」李應道：「非是我不用心，實出無奈。兩位壯士，只得休怪！」叫杜興取些金銀相贈，楊雄、石秀那裏肯受。李應道：「江湖之上，二位不必推却。」兩個方纔收受，拜辭了李應。杜興送出村口，指與大路。杜興作別了，自回李家莊，不在話下。

且說楊雄、石秀取路投梁山泊來，早望見遠遠一處新造的酒店，那酒旗兒直挑出來。兩個入到店裏買些酒吃，就問路程。這酒店却是梁山泊新添設做眼的酒店，正是石勇掌管。兩個一面吃酒，一頭動問酒保上梁山泊路程。石勇見他兩個非常，便來答應道：「你兩位客人從那裏來？要問上山去怎地？」楊雄道：「我們從薊州來。」石勇猛可想起道：「莫非足下是石秀麽？」楊雄道：「我乃是楊雄，這個兄弟是石秀。大哥如何得知石秀名？」石勇慌忙道：「小子不認得。前者戴宗哥哥到薊州回來，多曾稱説兄長，聞名久矣。今得上山，且喜，且喜！」三個敍禮罷，楊雄、石秀把上件事都對石勇説了。石勇隨即叫酒保置辦分例酒來相待。推開後面水亭上窗子，拽起弓，放了一枝響箭。只見對港蘆葦叢中，早有小嘍囉摇過船來。石勇便邀二位上船，直送到鴨嘴灘上岸。石勇已自先使人上山去報知。早見戴宗、楊林下山來迎接，俱各敍禮罷，一同上至大寨裏。

衆頭領知道有好漢上山，都來聚會，大寨坐下。戴宗、楊林引楊雄、石秀上廳，參見晁蓋、宋江並衆頭領。相見已罷，晁蓋細問兩個蹤迹。楊雄、石秀把本身武藝、投托入夥先説了，衆人大喜，讓位而坐。楊雄漸漸説到：「有個來投托大寨同入夥的時遷，不合偷了祝家店裏報曉雞，一時争鬧起來，石秀放火燒了他店屋，時遷被捉。李應二次修書去討，怎當祝家三子堅執不放，誓願要捉山寨裏好漢，且又千般辱駡。叵耐那厮十分無禮！」不説萬事皆休，纔然説罷，晁蓋大怒，喝叫：「孩兒們，將這兩個與我斬訖報來！」〔眉〕是。正是：

楊雄石秀訴衷腸，可笑時遷行不臧。惹得羣雄齊發怒，興兵三打祝家莊。

宋江慌忙勸道：「哥哥息怒！兩個壯士不遠千里而來，同心協助，如何却要斬他？」晁蓋道：「俺梁山泊好漢，自從夥併王倫之後，便以忠義爲主，全施仁德於民。一個個兄弟下山去，不曾折了鋭氣。新舊上山的兄弟們，各各都有豪傑的光彩。這厮兩個把梁山泊好漢的名目去偷雞吃，因此連累我等受辱。今日先斬了這兩個，將這厮首級去那裏號令，便起軍馬去，就洗蕩了那個村坊，不要輸了鋭氣。如何？孩兒們，快斬了報來！」〔眉〕晁天王大是正經。宋江勸住道：「不然。哥哥不聽這兩位賢弟却纔所説，那個鼓上蚤時遷，他原是此等人，以致惹起祝家那厮來，豈是這二位賢弟要玷辱山寨。我也每每聽得有人説，祝家莊那厮要和俺山寨敵對。即〈目〉（日）山寨人馬數多，錢糧缺少，非是我等要去尋他，那厮倒來吹毛求疵，因而正好乘勢去拿那厮。若打得此莊，倒有三五年糧食。〔眉〕比偷雞又狠些。非是我們生事害他，其實那厮無禮。哥哥權且息怒，小可不才，親領一支軍馬，啓請幾位賢弟們，下山去打祝家莊。若不洗蕩得那個村坊，誓不還山。一是與山寨報仇，不折了鋭氣；二乃免此小輩，被他恥辱；三則得許多糧食，以供山寨之用；四者就請李應上山入夥。」吴學究道：「兄長之言最好，豈可山寨自斬手足之人。」戴宗便道：「寧乃斬了小弟，不可絶了賢路。」也是。衆頭領力勸，晁蓋方纔免了二人。楊雄、石秀也自謝罪。宋江撫諭道：「賢弟休生異心！此是山寨號令，不得不如此。便是宋江，倘有過失，也須斬首，不敢容情。如今新近又立了鐵面孔目裴宣做軍政司，賞功罰罪，已有定例。賢弟只得恕罪，恕罪。」〔眉〕周旋。楊雄、石秀拜罷，謝罪已了，晁蓋叫去坐于楊林之下。山寨裏都唤小嘍囉來參賀新頭領已畢，一面殺牛宰馬，且做慶喜筵席。撥定兩所房屋，教楊雄、石秀安歇，每人撥十個小嘍囉伏侍。

當晚席散。次日再備筵席，會衆商量議事。宋江教喚鐵面孔目裴宣計較下山人數，啓請諸位頭領，同宋江去打祝家莊，定要洗蕩了那個村坊。商議已定，除晁蓋頭領鎮守山寨不動外，留下吴學究、劉唐，並阮家三弟兄、吕方、郭盛護持大寨。原撥定守灘、守關、守店有職事人員，俱各不動。又撥新到頭領孟康管造船隻，頂替馬麟監督戰船。寫下告示，將下山打祝家莊頭領分作兩起：頭一撥，宋江、花榮、李俊、穆弘、李逵、楊雄、石秀、黄信、歐鵬、楊林，帶領三千小嘍囉，三百馬軍，披掛已了，下山前進；第二撥，便是林沖、秦明、戴宗、張横、張順、馬麟、鄧飛、王矮虎、〔眉〕王矮虎此行，倒有些喜氣。白勝，也帶領三千小嘍囉，三百馬軍，隨後接應。再着金沙灘、鴨嘴灘二處小寨，只教宋萬、鄭天壽守把，就行接應糧草。晁蓋送路已了，自回山寨。

且説宋江並衆頭領逕奔祝家莊來，於路無話。早來到獨龍山前，尚有一里多路，前軍下了寨柵。宋江在中軍帳裏坐下，便和花榮商議道：「我聽得説祝家莊裏路徑甚雜，未可進兵。且先使兩個人去探聽路途曲折，然後進去。知得順逆路程，却纔進去與他敵對。」李逵便道：「哥哥，兄弟閑了多時，不曾殺得一個人，我便先去走一遭。」宋江道：「兄弟，你去不得。若破陣衝敵，用着你先去。這是做細作的勾當，用你不着。」李逵笑道：「量這個鳥莊，何須哥哥費力。只兄弟自帶了三二百個孩兒們殺將去，把這個鳥莊上人都砍了，何須要人先去打聽！」宋江喝道：「你這厮休胡説！且一壁廂去，叫你便來。」李逵走開去了，自説道：「打死幾個蒼蠅，也何須大驚小怪。」妙。〔眉〕李大哥畢竟是個趣人。宋江便喚石秀來，説道：「兄弟曾到彼處，可和楊林走一遭。」石秀便道：「如今哥哥許多人馬到這裏，他莊上如何不提備，我們扮做甚麽樣人入去好？」楊林便道：「我自打扮了解魔的法師去，身邊藏了短刀，手裏擎着法環，於路摇將入去。你只聽我法環響，不要離了我前後。」石秀道：「我在薊州原曾賣柴，我只是挑一擔柴進去賣便了。身邊藏了暗器。有些緩急，扁擔也用得着。」妙。楊林道：「好，好！我和你計較了，今夜打點，五更起來便行。」宋江聽了，心中也喜。有詩爲證：

攘雞無賴笑時遷，被捉遭刑不可言。搔動宋江諸煞曜，三莊迅掃作平川。

且説石秀挑着柴擔先入去，行不到二十來里，只見路徑曲折多雜，四下裏灣環相似，樹木叢密，難認路頭。石秀便歇下柴擔不走。聽得背後法環響得漸近，石秀看時，却見楊林頭帶一個破笠子，身穿一領舊法衣，手裏擎着法環，於路摇將進來。石秀見没人，叫住楊林説道：「看見路徑灣雜難認，不知那裏是我前日跟隨李應來時的路。天色已晚，他們衆人都是熟路，正看不仔細。」楊林道：「不要管他路徑曲直，只顧揀大路走便了。」石秀又挑了柴，只顧望大路先走。見前面一村人家，數處酒店肉店。石秀挑着柴便望酒店門前歇了。只見店内把朴刀、鎗叉插在門前，每人身上穿一領黄背心，寫個大「祝」字。往來的人，亦各如此。石秀見了，便看着一個年老的人，唱個喏，拜揖道：「丈人，請問此間是何風俗，爲甚都把刀鎗插在當門？」妙。〔眉〕石秀此人，的是用得。那老人道：「你是那裏來的客人？原來不知，只可快走。」石秀道：「小人是山東販〈裏〉（棗）子的客人。消折了本錢，回鄉不得，因此擔柴來這裏賣。不知此間鄉俗地理。」老人道：「客人只可快走，别處躲避，這裏早晚要大廝殺也。」石秀道：

「此間這等好村坊去處，怎地了大廝殺？」妙。老人道：「客人，你敢真個不知？我説與你：俺這裏喚做祝家莊，村岡上便是祝朝奉衙裏。如今惡了梁山泊好漢，見今引領軍馬，在村口要來廝殺。却怕我這村裏路雜，未敢入來，見今駐扎在外面。如今祝家莊上行號令下來，每户人家，要我們精壯後生准備着，但有令傳來，便要去策應。」石秀道：「丈人村中總有多少人家？」老人道：「只我這祝家村，也有一二萬人家。東西還有兩村人接應：東村喚做撲天鵰李應李大官人；西村喚扈太公莊，有個女兒喚做扈三娘，綽號一丈青，十分了得。」石秀道：「似此如何却怕梁山泊做甚麼？」那老人道：「若是我們初來時，不知路的，也要吃捉了。」石秀道：「丈人，怎地初來要吃捉了？」老人道：「我這村裏的路，有首詩説道：『好個祝家莊，盡是盤陀路。容得入得來，只是出不去。』」

石秀聽罷，便哭起來，撲翻身便拜向那老人道：「小人是個江湖上折了本錢歸鄉不得的人。倘或賣了柴出去，撞見廝殺走不脱，却不是苦！爺爺，怎地可憐見，小人情願把這擔柴相送爺爺，只指與小人出去的路罷。」妙。那老人道：「我如何白要你的柴？我就買你的，你且入來，請你吃些酒飯。」石秀拜謝了，挑着柴跟那老人入到屋裏。那老人篩下兩碗白酒，盛一碗糕糜，叫石秀吃了。石秀再拜謝道：「爺爺，指教出去的路徑。」那老人道：「你便從村裏走去，只看有白楊樹便可轉灣。不問路道闊狹，但有白楊樹的轉灣，便是活路；没那樹時，都是死路。如有别的樹木轉灣，也不是活路。若還走差了，左來右去，只走不出去。更兼死路裏地下埋藏着竹簽、鐵蒺藜，若是走差了，踏着飛簽，准定吃捉了，待走那裏去？」石秀拜謝了，便問：「爺爺高姓？」那老人道：「這村裏姓祝的最多，惟有我覆姓鍾離，土居在此。」石秀道：「酒飯小人都吃勾了，即當厚報。」

正説之間，只聽得外面吵鬧。石秀聽得道「拿了一個細作。」石秀吃了一驚，跟那老人出來看時，只見七八十個軍人，背綁着一個人過來。石秀看時却是楊林，剥得赤條條的，索子綁着。石秀看了，只暗暗地叫苦，悄悄假問老人道：「這個拿了的是甚麽人，爲甚事綁了他？」妙。那老人道：「你不見説，他是宋江那裏來的細作？」石秀又問道：「怎地吃他拿了？」那老人道：「説這厮也好大胆，獨自一個來做細作，打扮做個解魔法師，閃入村裏來。却又不認這路，只揀大路走了，左來右去，只走了死路。又不曉的白楊樹轉灣抹角的消息。人見他走得差了，來路蹺蹊，報與莊上大官來捉他。這厮方纔又掣出刀來，手起傷了四五個人，當不住這裏人多，一發上去，因此吃拿了。有人認得他從來是賊，叫做錦豹子楊林。」説言未了，只聽得前面喝道，説是莊上三官人巡綽過來。石秀在壁縫裏張時，看見前面擺着二十對纓鎗，後面四五個人騎戰馬，都彎弓插箭。又有三五對青白哨馬，中間擁着一個年少的壯士，坐在一匹雪白馬上，全付披掛了弓箭，手執一條銀鎗。石秀自認得他，特地問老人道：「過去相公是誰？」那老人道：「這官人正是祝朝奉第三子，唤做祝彪，定着西村扈家莊一丈青爲妻。弟兄三個，只有他第一了得。」石秀拜謝道：「老爺爺，指點尋路出去。」那老人道：「今日晚了，前面倘或厮殺，枉送了你性命。」石秀道：「爺爺，可救一命則個！」那老人道：「你且在我家歇一夜，明日打聽得〈汲〉（没）事，便可出去。」石秀拜謝了，坐在他家。只聽得門前四五替報馬報將來，排門分付道：「你那百姓，今夜只看紅燈爲號，齊心併力，捉拿梁山泊賊人，解官請賞。」叫過去了，石秀問道：「這個人是誰？」那老人道：「這個官人是本處捕盜巡檢，今夜約會要捉宋江。」石秀見說，心中自忖了一回，討個火把，叫了安置，自去屋後草窩裏睡了。

却說宋江軍馬在村口屯駐，不見楊林、石秀出來回報，隨後又使歐鵬去到村口，出來回報道：「聽得那裏講動。說道捉了一個細作。小弟見路徑又雜，難認，不敢深入重地。」宋江聽罷，忿怒道：「如何等得回報了進兵！又吃拿了一個細作，必然陷了兩個兄弟。我們今夜只顧進兵殺將入去，也要救他兩個兄弟，未知你衆頭領意下如何？」只見李逵便道：「我先殺入去，看是如何！」〔眉〕李大哥不計利害，所以及他不得。宋江聽得，隨即便傳將令，教軍士都披掛了。李逵、楊雄前一隊做先鋒，使李俊等引軍做合後，穆弘居左，黃信在右，宋江、花榮、歐鵬等中軍頭領，摇旗吶喊，擂鼓鳴鑼，大刀闊斧殺奔祝家莊來。比及殺到獨龍岡上，是黃昏時分，宋江催趲前軍打莊。先鋒李逵脱得赤條條的，揮兩把夾鋼板斧，火剌剌地殺向前來。到得莊前看時，已把弔橋高高地拽起了，莊門裏不見一點火，李逵便要下水過去。楊雄扯住道：「使不得！關閉莊門，必有計策，待哥哥來別有商議。」李逵那裏忍得住，拍着雙斧，隔岸大駡道：「那鳥祝太公老賊！你出來，黑旋風爺爺在這裏！」莊上只是不應。宋江中軍人馬到來。楊雄接着報說，莊上並不見人馬，亦無動静。宋江勒馬看時，莊上不見刀鎗軍馬，心中疑忌。猛省道：「我的不是了！天書上明明戒說『臨敵休急暴』，是我一時見不到，只要救兩個兄弟，以此連夜起兵。不期深入重地，直到了他莊前，不見敵軍，他必有計策，快教三軍且退。」李逵叫道：「哥哥，軍馬到這裏了，休要退兵！我與你先殺過去，你都跟我來！」

説猶未了，莊上早知。只聽得祝家莊裏，一個號砲直飛起半天裏去。那獨龍岡上，千百把火把一齊點着。那門樓上，弩箭如雨點般射將來。宋江道：「取舊路回軍！」只見後軍頭領李俊人馬先發起喊來，説道：「來的舊路都阻塞了，必有埋伏。」宋江教軍兵四下裏尋路走。李逵揮起雙斧，往來尋人厮殺，不見一個敵軍。只見獨龍岡上山頂又放一個砲來，響聲未絶，四下裏喊聲震地，驚的宋公明目睜口呆，罔知所措。你便有文韜武略，怎逃出地網天羅；直饒班馬才能，難脱龍潭虎穴。正是：安排縛虎擒龍計，要捉驚天動地人。畢竟宋公明並衆將軍馬怎地脱身，且聽下回分解。

李和尚曰：人家少年子弟不識世務，任着他驕傲性氣，每足喪家亡身。如祝彪者，可鑑也！

一丈青单捉王矮虎

宋公明兩打祝家庄

第四十八回　一丈青單捉王矮虎　宋公明兩打祝家莊

詩曰：

虎噬狼吞滿四方，三莊人馬勢無雙。天王綽號惟晁蓋，時雨高名羡宋江。可笑金睛王矮虎，翻輸紅粉扈三娘。他年同聚梁山泊，女輩英華獨擅場。

話說當下宋江在馬上看時，四下裏都有埋伏軍馬，且教小嘍囉只往大路殺將去。只聽得五軍屯塞住了，衆人都叫苦起來。宋江問道：「怎麽叫苦？」衆軍都道：「前面都是盤〈蛇〉（陀）路，走了一遭，又轉到這裏。」宋江道：「教軍馬望火把亮處有房屋人家，取路出去。」又走不多時，只見前軍又發起喊來，叫道：「纔得望火把亮處取路，又有苦竹簽、鐵蒺藜，遍地撒滿，鹿角都塞了路口。」宋江道：「莫非天喪我也！」腐。正在慌急之際，只聽得左軍中間，穆弘隊裏鬧動。報來說道：「石秀來了！」宋江看時，見石秀撚着口刀，奔到馬前道：「哥哥休慌，兄弟已知路了。」暗傳下將令，教五軍只看有白楊樹便轉灣走去，不要管他路闊路狹。宋江催趲人馬，只看有白楊樹便轉。宋江去約走過五六里路，只見前面人馬越添得多了，宋江疑忌，便唤石秀問道：「兄弟，怎麽前面賊兵衆廣？」石秀道：「他有燭燈爲號，且尋燭燈便走。」花榮在馬上看見，把手指與宋江道：「哥哥，你看見那樹影裏這碗燭燈麽？只看我等投東，他便把那燭燈望東扯；若是我們投西，他便把那燭燈望西扯。只那些兒，想來便是號令。」宋江道：「怎地奈何的他那碗燈？」花榮道：「有何難哉！」便拈弓搭箭，縱馬向前，望着影中只一箭，不端不正，恰好把那碗紅燈射將下來。〔眉〕這番石秀、花榮都有用。四下裏埋伏軍兵不見了那碗紅燈，便都自亂攛起來。宋江叫石秀引路，且殺出村口去。只聽得前面喊聲連天，一帶火把縱横撩亂。宋江教前軍扎住，且使石秀領路去探。不多時，回來報道：「是山寨中第二撥軍馬到了接應，殺散伏兵。」宋江聽罷，進兵夾攻，奪路奔出村口併殺，祝家莊人馬四散去了。

會合着林沖、秦明等衆人軍馬，同在村口駐扎。却好天明，去高阜處下了寨柵，整點人馬，數内不見了鎮三山黄信。宋江大驚，詢問緣故。有昨夜跟去的軍人見的來説道：「黄頭領聽着哥哥將令，前去探路，不提防蘆葦叢中舒出兩把撓鈎，拖翻馬脚，被五七個人活捉去了，救護不得。」宋江聽罷大怒，要殺隨行軍漢：「如何不早報來？」是。林沖、花榮勸住宋江。衆人納悶道：「莊又不曾打得，到折了兩個兄弟，似此怎生奈何？」楊雄道：「此間有三個村坊結併。所有東村李大官人，前日已被祝彪那厮射了一箭，見今在莊上養疾。哥哥何不去與他計議？」宋江道：「我正忘了也，他便知本處地理虚實。」分付教取一對段疋羊酒，選一騎好馬並鞍轡，親自上門去求見。〈隨即與〉（便教）林沖、秦明權守栅寨。宋江帶同花榮、楊雄、石秀上了馬，隨行三百馬軍，取路投李家莊來。

到得莊前，早見門樓緊閉，弔橋高拽起了，墻裏擺着許多莊兵人馬，門樓上早擂起鼓來。宋江在馬上叫道：「俺是梁山泊義士宋江，特來謁見大官人，別無他意，休要提備。」莊門上杜興看見有楊雄、石秀在彼，慌忙開了莊門，放隻小船過來，與宋江聲喏。〔眉〕杜興不是。 宋江連忙下馬來答禮。 楊雄、石秀近前稟道：「這位兄弟便是引小弟兩個投李大官人的，喚做鬼臉兒杜興。」宋江道：「原來是杜主管。 相煩足下對李大官人說，俺梁山泊宋江久聞大官人大名，無緣不曾拜會。 今因祝家莊要和俺們做對頭，經過此間，特獻綵段、名馬、羊酒薄禮，只求一見，別無他意。」杜興領了言語，再渡過莊來，直到廳前。 李應帶傷披被，坐在牀上。 杜興把宋江要求見的言語說了。 李應道：「他是梁山泊造反的人，我如何與他廝見？無私有意。 你可回他話道，只說我卧病在牀，動止不得，難以相見，改日却得拜會。 禮物重蒙所賜，不敢祇受。」〔眉〕李應是。

三祝英雄不可干，便將羊酒事高談。 李應倨傲情辭僞，緊閉重門不放參。不通。

杜興再渡過來，見宋江稟道：「俺東人再三拜上頭領，本欲親身迎迓，奈緣中傷，患軀在牀，不能相見，容日專當拜會。 重蒙所賜厚禮，並不敢祇受。」宋江道：「我知你東人的意了，我因打祝家莊失利，欲求相見則個。 他恐祝家莊見怪，不肯出來相見。」杜興道：「非是如此，委實患病。杜興那得知？ 小人雖是中山人氏，到此多年了，頗知此間虛實事情： 中間是祝家莊，東是俺李家莊，西是扈家莊。 這三村莊上，誓願結生死之交，有事互相救應。 今番惡了俺東人，自不去救應。 只恐西村扈家莊上要來相助。 他莊上別的不打緊，只有一個女將喚做一丈青扈三娘，使兩口日月刀，好生了得。 却是祝家莊第三子祝彪定爲妻室，早晚要娶。 若是將軍要打祝家莊時，不須提備東邊，只要緊防西路。 祝家莊上前後有兩座莊門，一座在獨龍岡前，一座在獨龍岡後。若打前門，〈干〉(却)不濟事；若是兩面夾攻，方可得破。前門打緊，路雜難認，一遭都是盤〈蛇〉(陀)路徑，闊狹不等。但有白楊樹便可轉灣，方是活路。如無此樹，便是死路。」石秀道：「他如今都把白楊樹木砍伐去了，將何爲記？」蠢。杜興道：「雖然砍伐了樹，如何起得根盡？也須有樹根在彼。是。只宜白日進兵去攻打，黑夜不可進去。」宋江聽罷，謝了杜興，一行人馬却回寨裏來，林冲等接着，都到大寨裏坐下。宋江把李應不肯相見，並杜興說的話對衆頭領說了。李逵便插口道：「好意送禮與他，那厮不肯出來迎接哥哥。我自引三百人去打開鳥莊，腦揪這厮出來拜見哥哥。」趣。〔眉〕是。宋江道：「兄弟，你不省得。他是富貴良民，懼怕官府，如何造次肯與我們相見？」李逵笑道：「那厮想是個小孩子，怕見。」趣。〔眉〕李大哥一團天趣。衆人一齊都笑起來。宋江道：「雖然如此說了，兩個兄弟陷了，不知性命存亡。你衆兄弟可竭力向前，跟我再去攻打祝家莊。」衆人都起身說道：「哥哥將令，誰敢不聽？不知教誰前去。」黑旋風李逵說道：「你們怕小孩子，我便前去。」宋江道：「你做先鋒不利，妙。今番用你不着。」李逵低了頭忍氣。宋江便點馬麟、鄧飛、歐鵬、王矮虎四個，「跟我親自做先鋒去。」第二點戴宗、秦明、楊雄、石秀、李俊、張橫、張順、白勝，准備下水路用人。第三點林冲、花榮、穆弘、李逵，分作兩路，策應衆軍。標撥已定，都飽食了，披掛上馬。

且說宋江親自要去做先鋒，攻打頭陣。前面打着一面大紅「帥」字旗，引着四個頭領，一百五十騎馬軍，一千步軍，直殺奔祝家莊來。於路着人探路，直來到獨龍岡前。宋江勒馬，看那祝家莊時，果然雄壯。古人有篇詩讚，便見祝家莊氣象。但見：

獨龍山前獨龍岡，獨龍岡上祝家莊。遶岡一帶長流水，週遭環匝皆垂楊。墻内森森羅劍戟，門前密密排刀鎗。飄揚旗幟驚鳥雀，紛紜矛盾生光芒。强弩硬弓當要路，灰瓶砲石護垣墻。對敵盡皆雄壯士，當鋒多是少年郎。祝龍出陣真難敵，祝虎交鋒莫可當。更有祝彪多武藝，吒叱喑嗚比霸王。朝奉祝公謀略廣，金銀羅綺有千箱。樽酒常時延好客，山林鎮日會豪强。久共三村盟誓約，掃清强寇保村坊。白旗一對門前立，上面明書字兩行。填平水泊擒晁蓋，踏破梁山捉宋江。也豪傑。

當下宋江在馬上看了祝家莊那兩面旗，心中大怒，設誓道：「我若打不得祝家莊，永不回梁山泊！」衆頭領看了，一齊都怒起來。宋江聽得後面人馬都到了，留下第二撥頭領攻打前門。宋江自引了前部人馬，轉過獨龍岡後面來看祝家莊時，後面都是銅墻鐵壁，把得嚴整。正看之間，只見直西一彪軍馬，吶着喊，從後殺來。宋江留下馬麟、鄧飛把住祝家莊後門，自帶了歐鵬、王矮虎，分一半人馬，前來迎接。山坡下來軍約有二三十騎馬軍，當中簇擁着一員女將。〔眉〕想爲救老公而來，那知老公却不姓祝。怎生結束，但見：

霧鬢雲環嬌女將，鳳頭鞋寶鐙斜踏。黃金堅甲襯紅紗，獅蠻帶柳腰端跨。〈巨斧〉（霜刀）把雄兵亂砍，玉〈纖〉（手）將猛將生拿。天然美貌海棠花，一丈青當先出馬。

那來軍正是扈家莊女將一丈青扈三娘。一騎青騘馬上，輪兩口日月雙刀，引着三五百莊客，前來祝家莊策應。宋江道：「剛説扈家莊有這個女將好生了得，想來正是此人。誰敢與他迎敵？」説由未了，只見這王矮虎是個好色之徒，聽得説是個女將，指望一合便捉得過來。妙人。當時喊了一聲，驟馬向前，挺手中鎗，便出迎敵一丈青。兩軍吶喊，那扈三娘拍馬舞刀來戰王矮虎。一個雙刀的熟閑，一個單鎗的出衆，兩個鬥敵十數合之上。宋江在馬上看時，見王矮虎鎗法架隔不住。原來王矮虎初見一丈青，恨不得便捉過來，誰想鬥過十合之上，看看的手顫脚麻，鎗法便都亂了。妙人。不是兩個性命相撲時，王矮虎却要做光起來。畫。那一丈青是個乖覺的人，心中道：「這廝無理！」便將兩把雙刀，直上直下，砍將入來。這王矮虎如何敵得過，撥回馬却待要走。被一丈青縱馬趕上，把右手刀掛了，輕舒猿臂，將王矮虎提離雕鞍，活捉去了。〔眉〕可知捉去的便是老公。衆莊客齊上，把王矮虎橫拖倒拽捉了去。

歐鵬見折了王英，便提起刀來〈殺〉（救）。一丈青縱馬跨刀，接着歐鵬，兩個便鬥。原來歐鵬祖是軍班子弟出身，使得好大滾刀。宋江看了，暗暗的喝采。怎的一個歐鵬刀法精熟，也敵不得那女將半點便宜。鄧飛在遠遠處看見捉了王矮虎，歐鵬又戰那女將不下，跑着馬，提了鐵鎗，大發喊趕將來。祝家莊上已看多時，誠恐一丈青有失，慌忙放下弔橋，開了莊門。祝龍親自引了三百餘人，驟馬提鎗來捉宋江。馬麟看見，一騎馬使起雙刀，來迎住祝龍厮殺。鄧飛恐宋江有失，不離左右，看他兩邊厮殺，喊聲迭起。宋江見馬麟鬥祝龍不過，歐鵬鬥一丈青不下，正慌哩，只見一彪軍馬從刺斜裏殺將來。宋江看時，大喜。却是霹靂火秦明，聽得莊後厮殺，前來救應。宋江大叫：「秦統制，你可替馬麟！」

秦明是個急性的人，更兼祝家莊捉了他徒弟黄信，正没好氣，點綴。拍馬飛起狼牙棍，便來直取祝龍。祝龍也挺鎗來敵秦明。馬麟引了人却奪王矮虎，那一丈青看見了馬麟來奪人，便撇了歐鵬，却來接住馬麟厮殺。兩個都會使雙刀，馬上相迎着，正如這風飄玉屑，雪撒瓊花，宋江看得眼也花了。

這邊秦明和祝龍鬥到十合之上，祝龍如何敵得秦明過。莊門裏面那教師欒廷玉，帶了鐵鎚，上馬挺鎗，殺將出來。歐鵬便來迎住欒廷玉厮殺。欒廷玉也不來交馬，帶住鎗時，刺斜裏便走。歐鵬趕將去，被欒廷玉一飛鎚正打着，翻筋斗攧下馬去。鄧飛大叫：「孩兒們救人！」上馬飛着鐵鎗，逕奔欒廷玉。宋江急唤小嘍囉救得歐鵬上馬。那祝龍當敵秦明不住，拍馬便走。欒廷玉也撇了鄧飛，却來戰秦明。兩個鬥了一二十合，不分勝敗。欒廷玉賣個破綻，落荒即走。秦明舞棍逕趕將去。欒廷玉便望荒草之中跑馬入去。秦明不知是計，也追入去。原來祝家莊那等去處，都有人埋伏。見秦明馬到，拽起絆馬索來，連人和馬都絆翻了，發聲喊，捉住了秦明。鄧飛見秦明墜馬，慌忙來救，急見絆馬索拽，却待回身，兩下裏叫聲：「着！」撓鈎似亂麻一般搭來，就馬上活捉了去。宋江看見，只叫得苦，止救得歐鵬上馬。

馬麟撇了一丈青，急奔來保護宋江，望南而走。背後欒廷玉、祝龍、一丈青分投趕將來。看看没路，正待受縛。只見正南上一夥好漢飛馬而來，背後隨從約有五百人馬。宋江看時，乃是没遮攔穆弘。東南上也有三百餘人，兩個好漢飛奔前來，一個是病關索楊雄，一個是拚命三郎石秀。東北上又一個好漢，高聲大叫：「留下人着！」宋江看時，乃是小李廣花榮。三路人馬一齊都到，宋江心下大喜，一發併力來戰欒廷玉、祝龍。莊上望見，恐怕兩個吃虧，且教祝虎守把住莊門，小郎君祝彪騎一疋劣馬，使一條長鎗，自引五百餘人馬從莊後殺將出來，一齊混戰。莊前李俊、張橫、張順下水過來，被莊上亂箭射來，不能下手。戴宗、白勝只在對岸吶喊。宋江見天色晚了，急叫馬麟先保護歐鵬出村口去。宋江又教小嘍囉篩鑼，聚攏衆好漢，且戰且走。宋江自拍馬到處尋了看，只恐弟兄們迷了路。正行之間，只見一丈青飛馬回來，宋江措手不及，便拍馬望東而走。背後一丈青緊追着，八個馬蹄翻盞撒鈸相似，趕投深村處來。一丈青正趕上宋江，待要下手，只聽得山坡上有人大叫道：「那鳥婆娘，趕我哥哥那裏去！」宋江看時，却是黑旋風李逵，輪兩把板斧，引着七八十個小嘍囉，大踏步趕將來。一丈青便勒轉馬，望這樹林邊去。宋江也勒住馬看時，只見樹林邊轉出十數騎馬軍來，當先簇擁着一個壯士。怎生結束，但見：

嵌寶頭盔穩戴，磨銀鎧甲重披。素羅袍上綉花枝，獅蠻帶瓊瑶密砌。丈八蛇矛緊挺，霜花駿馬頻嘶。滿山都唤小張飛，豹子頭林沖便是。

那來軍正是豹子頭林沖，在馬上大喝道：「兀那婆娘走那裏去！」一丈青飛刀縱馬直奔林沖。林沖挺丈八蛇矛迎敵。兩個鬥不到十合，林沖賣個破綻，放一丈青兩口刀砍入來。林沖把蛇矛逼個住，兩口刀逼斜了，趕攏去，輕舒猿臂，款扭狼腰，把一丈青只一拽，活挾過馬來。宋江看見，喝聲采，不知高低。林沖叫軍士綁了，驟馬來〈向〉（問）道：「不曾傷犯了哥哥？」宋江道：「不曾傷着。」便叫李逵快走村中接應衆好漢，且教來村口商議，天色已晚，不可戀戰。黑旋風領本部人馬去了。林沖保護宋江，押着一丈青在馬上，取路出村口來。當晚衆頭領不得便宜，急急都趕出村口來。祝家莊人馬也收回莊上去了，滿村中殺死的人不計其數。祝龍教把捉到的人都將來陷車囚了，一發拏了宋江，却解上東京去請功。扈家莊已把王矮虎解送到祝家莊去了。

且說宋江收回大隊人馬，到村口下了寨柵，先教將一丈青過來。喚二十個老成的小嘍囉，斟酌。着四個頭領騎四匹快馬，把一丈青拴了雙手，也騎一疋馬，「連夜與我送上梁山泊去，交與我父親宋太公收管，便來回話。待我回山寨，自有發落。」衆頭領都只道宋江自要這個女子，盡皆小心送去。也好。就把一輛車兒，教歐鵬上山去將息。一行人都領了將令，連夜去了。宋江其夜在帳中納悶，一夜不睡，坐而待旦。次日，只見探事人報來說：「軍師吳學究引將三阮頭領，並呂方、郭盛帶五百人馬到來。」宋江聽了，出寨迎接了軍師吳用，到中軍帳裏坐下。吳學究帶將酒食來，與宋江把盞賀喜，一面犒賞三軍衆將。吳用道：「山寨裏晁頭領多聽得哥哥先次進兵不利，特地使將吳用並五個頭領來助戰。不知近日勝敗如何？」宋江道：「一言難盡。叵耐祝家那廝，他莊門上立兩面白旗，寫道『填平水泊擒晁蓋，踏破梁山捉宋江。』這廝無禮！先一遭進兵攻打，因爲失其地利，折了楊林、黃信。夜來進兵，又被一丈青捉了王矮虎，欒廷玉鎚打傷了歐鵬，絆馬索拖翻捉了秦明、鄧飛。如此失利。若不得林教頭恰活捉得一丈青時，折盡銳氣。今來似此，如之奈何？若是宋江打不得祝家莊破，救不出這幾個兄弟來，情願自死於此地，也無面目回去見得晁蓋哥哥。」吳學究笑道：「這個祝家莊也是合當天敗，却好有此這個機會。吳用想來，唾手而得，事在旦夕可破。」宋江聽罷大驚，連忙問道：「軍師神機妙策，人不敢及。請問先生，這祝家莊如何旦夕可破？機會自何而來？」吴學究笑着，不慌不忙疊兩個指頭，説出這個機會來。有分教：祝家莊上，殺數百個壯漢村夫；梁山泊中，添八九個英雄好漢。正是：空中伸出拿雲手，救出天羅地網人。畢竟軍師吴用對宋江説出甚麽機會來，且聽下回分解。

卓老曰：王矮虎還是個性之的聖人，實是好色，却不遮掩，即在性命相併之地，只是率其性耳。若是道學先生，便有無數藏頭蓋尾的所在，口夷行跖的光景。嗚呼，畢竟何益哉！不若王矮虎實在，得這一丈青做個妻子，也到底還是至誠之報。

卷四九　圖

孫立孫新大劫牢

第四十九回　解珍解寶雙越獄　孫立孫新大劫牢

《西江月》：

忠義立身之本，奸邪壞國之端。狼心狗倖濫居官，致使英雄扼腕。奪虎機謀可惡，劫牢計策堪觀。登州城郭痛悲酸，頃刻横屍遍滿。

話説當時吴學究對宋公明説道：「今日有個機會，却是石〈秀〉（勇）面上一起來投入夥的人，又與欒廷玉那廝最好，亦是楊林、鄧飛的至愛相識。他知道哥哥打祝家莊不利，特獻這條計策來入夥，以爲進身之報，隨後便至。五日之内，可行此計，却是好麽？」宋江聽了大喜道：「妙哉！」方纔笑逐顔開。説話的，却是甚麽計策，下來便見。看官牢記這段話頭。原來和宋公明初打祝家莊時一同事發，却難這邊説一句，那邊説一回，因此權記下這兩打祝家莊的話頭，却先説那一回來投入夥的人乘機會的話，下來接着關目。

原來山東海邊有個州郡，唤做登州。登州城外有一座山，山上多有豺狼虎豹出來傷人。因此登州知府拘集獵户，當廳委了杖限文書，捉捕登州山上大蟲。又仰山前山後里正之家，也要捕虎文狀，限外不行，解官痛責，枷號不恕。且説登州山下有一家獵户，弟兄兩個，哥哥唤做解珍，兄弟唤做解寶。弟兄兩個都使渾鐵點鋼叉，有一身驚人的武藝，當州裏的獵户們都讓他第一。那解珍一個綽號唤做兩頭蛇，這解寶綽號叫做雙尾蝎。二人父母俱亡，不曾婚娶。那哥哥七尺以上身材，紫棠色面皮，腰細膀闊。曾有一篇《臨江仙》，單道着解珍的好處：

雖是登州蒐獵户，忠良偏惡奸邪。虎皮戰襖鹿皮靴，硬弓開滿月，强弩蹬掙車。渾鐵鋼叉無敵手，縱横誰敢攔遮。怒時肝膽盡横斜，解珍心性惡，人號兩頭蛇。

那個兄弟解寶，更是利害，也有七尺以上身材，面圓身黑，兩隻腿上刺着兩個飛天夜叉。有時性起，恨不得騰天倒地，拔樹摇山。也有一篇《西江月》，單道着解寶的好處：

性格忘生拚命，生來驍勇英豪。趕翻麋鹿與猿猱，殺盡山中虎豹。手執蓮花鐵钂，腰懸蒲葉尖刀。腰間緊束虎筋條，雙尾蝎英雄解寶。

那弟兄兩個，當官受了甘限文書，回到家中，整頓窩弓、藥箭、弩子、钂叉，穿了豹皮袴，虎皮套體，拿了鐵叉，兩個逕奔登州山上，下了窩弓，去樹上等了一日，不濟事了，收拾窩弓下去。次日，又帶了乾粮，再上山伺候，看看天晚，弟兄兩個再把窩弓下了，爬上樹去，直等到五更，又没動静。兩個移了窩弓，却來西山邊下了，坐到天明，又等不着。兩個心焦，説道：「限三日内要納大蟲，遲時須用受責，却是怎地好！」兩個到第三日夜，伏至四更時分，不覺身體困倦，兩個背廝靠着且睡。畫。未曾合眼，忽聽得窩弓發響。兩個跳將起來，拿了鋼叉，四下裏看時，只見一個大蟲中了藥箭，在那地上滚。〔眉〕

敍三日事體逼真。兩個撚着鋼叉向前來，那大蟲見了人來，帶着箭便走。兩個追將向前去，不到半山裏時，藥力透來，那大蟲當不住，吼了一聲，骨渌渌滚將下山去了。解寶道：「好了！我認得這山是毛太公莊後園裏，我和你下去他家取討大蟲。」

解寶當時弟兄兩個，提了鋼叉，逕下山來，投毛太公莊上敲門。此時方纔天明，兩個敲開莊門入去，莊客報與太公知道。多時，毛太公出來。就有病了。解珍、解寶放下鋼叉，聲了喏，説道：「伯伯，多時不見，今日特來拜擾。」毛太公道：「賢侄如何來得這等早？有甚話説？」解珍道：「無事不敢驚動伯伯睡寢。如今小侄因爲官司委了甘限文書，要捕獲大蟲，一連等了三日。今早五更射得一個，不想從後山滚下在伯伯園裏。望煩借一路，取大蟲則個。」毛太公道：「不妨。既是落在我園裏，二位且少坐。敢弟兄肚飢，吃些早飯去取。」（眉）毛老是個老奸巨猾，然今人多是毛也。叫莊客且去安排早膳來相待，當時勸二位吃了酒飯。解珍、解寶起身謝道：「感承伯伯厚意，望煩引去取大蟲還小侄。」毛太公道：「既是在我莊後，却怕怎地？且坐吃茶，却去取未遲。」解珍、解寶不敢相違，只得又坐下，莊客拿茶來教二位吃了。毛太公道：「如今和賢侄去取大蟲。」解珍、解寶道：「深謝伯伯。」

毛太公引了二人入到莊後，叫莊客把鑰匙來開門，百般開不開。妙。毛太公道：「這園多時不曾有人來開，敢是鎖鏽了，因此開不得。去取鐵鎚來打開了罷。」妙。莊客便將鐵鎚來，敲開了鎖。衆人都入園裏去看時，遍山邊去看，尋不見。毛太公道：「賢侄，你兩個莫不錯看了，認不仔細，敢不曾落在我園裏？」解珍道：「我兩個怎地得錯看了！是這裏生長的人，如何不認得？」毛太公道：「你自尋便了，有時自擡去。」妙。解寶道：「哥哥，你且來看。這裏一帶草滚得平平地都倒了，又有血路在上頭，如何得不在這裏？必是伯伯家莊客擡過了。」毛太公道：「你休這等説！我家莊上的人，如何得知有大蟲在園裏，便又擡得過？却你也須看見，方纔當面敲開鎖來，老賊。和你兩個一同入園裏來尋。你如何這般説話！」解珍道：「伯伯，你須還我這個大蟲去解官。」毛太公道：「你這兩個好無道理！我好意請你吃酒飯，你顛倒賴我大蟲！」畫。解寶道：「有甚麽賴處！你家也見當里正，官府中也委了甘限文書，却没本事去捉，倒來就我見成。你倒將去請功，教我兄弟兩個吃限棒！」毛太公道：「你吃限棒，干我甚事？」畫。解珍、解寶睜起眼來，便道：「你敢教我搜一搜麽？」毛太公道：「我家比你家？各有内外。你看這兩個教化頭倒來無禮！」畫。〔眉〕兒子既將虎解去州裏了，便與他一搜何妨？解寶搶近廳前，尋不見，心中火起，便在廳前打將起來。解珍也就廳前搬折闌干，打將入去。毛太公叫道：「解珍、解寶，白晝搶劫！」畫。那兩個打碎了廳前椅桌，見莊上都有準備，兩個便拔步出門，指着莊上罵道：「你賴我大蟲，和你官司理會！」

解氏深機捕獲，毛家巧計牢籠。當日因争一虎，後來引起雙龍。

那兩個正罵之間，只見兩三疋馬投莊上來，引着一火伴當。解珍聽得是毛太公兒子毛仲義，接着説道：「你家莊上莊客，捉過了我大蟲。你爹不討還我，顛倒要打我弟兄兩個。」毛仲義道：「這厮村人不省事，妙。我父親〈故〉(必)是被他們瞞過了。你兩個不要發怒，隨我到家裏，討還你便了。」〔眉〕是父是子。解珍、解寶謝了。毛仲義叫開莊門，教他兩個進去。待得解珍、解寶入得門來，便教關上莊門，喝一聲：「下手！」兩廊下走出二三十個莊客，並恰纔馬後帶來的都是做公的。那兄弟兩個措手不及，衆人一發上，把解珍、解寶綁了。毛仲義道：「我家昨夜自射得一個大蟲，如何來白賴我的？乘勢搶擄我家財，打碎家中什物，當得何罪？解上本州，也與本州除了一害！」畫。

原來毛仲義五更時，先把大蟲解上州裏去了，却帶了若干做公的來捉解珍、解寶。不想他這兩個不識局面，正中了他的計策，分說不得。毛太公教把他兩個使的鋼叉並一包贓物，扛擡了許多打碎的家火什物，將解珍、解寶剥得赤條條地，背剪綁了，解上州裏來。本州有個六案孔目，姓王名正，却是毛太公的女婿，已自先去知府面前稟說了。纔把解珍、解寶押到廳前，不由分說，捆翻便打，定要他兩個招做「混賴大蟲，各執鋼叉，因而搶擄財物」。解珍、解寶吃拷不過，只得依他招了。知府教取兩面二十五斤的死囚枷來枷了，釘下大牢裏去。毛太公、毛仲義自回莊上，商議道：「這兩個男女却放他不得！不若一發結果了他，免致後患。」惡。當時子父二人自來州裏，分付孔目王正：「與我一發斬草除根，萌芽不發。我這裏自行與知府的打關節。」

却說解珍、解寶押到死囚牢裏，引至亭心上來見這個節級。爲頭的那人姓包名吉，已自得了毛太公銀兩，並聽信王孔目之言，教對付他兩個性命，便來亭心裏坐下。小牢子對他兩個說道：「快過來跪在亭子前！」包節級喝道：「你兩個便是甚麼兩頭蛇、雙尾蠍，是你麼？」解珍道：「雖然別人叫小人們這等混名，實不曾陷害良善。」包節級喝道：「你這兩個畜生！今番我手裏教你兩頭蛇做一頭蛇，雙尾蠍做單尾蠍。且與我押入大牢裏去！」那一個小牢子把他兩個帶在牢裏來。見没人，那小節級便道：「你兩個認得我麽？我是你哥哥的妻舅。」解珍道：「我只親弟兄兩個，別無那個哥哥。」那小牢子道：「你兩個須是孫提轄的兄弟？」解珍道：「孫提轄是我姑舅哥哥。我却不曾與你相會，足下莫非是樂和舅？」那小節級道：「正是。我姓樂名和，祖貫茅州人氏。先祖挈家到此，將姐姐嫁與孫提轄爲妻。我自在此州裏勾當，做小牢子。人見我唱得好，都叫我做鐵叫子樂和。姐夫見我好武藝，教我學了幾路鎗法在身。」怎見得，有詩爲證：

玲瓏心地衣冠整，俊俏肝腸語話清。能唱人稱鐵叫子，樂和聰慧是天生。

原來這樂和是個聰明伶俐的人，諸般樂品盡皆曉得，學着便會；作事見頭知尾；説起鎗棒武藝，如糖似蜜價愛。爲見解珍、解寶是個好漢，有心要救他，只是單絲不成綫，孤掌豈能鳴，只報得他一個信。樂和説道：「好教你兩個得知，如今包節級得受了毛太公錢財，必然要害你兩個性命。你兩個却是怎生好？」解珍道：「你不説起孫提轄則休，你既説起他來，只央你寄一個信。」樂和道：「你却教我寄信與誰？」解珍道：「我有個房分姐姐，是我爺面上的，却與孫提轄兄弟爲妻，見在東門外十里牌住。原來是我姑娘的女兒，叫做母大蟲顧大嫂，開張酒店，家裏又殺牛開賭。我那姐姐有三二十人近他不得，姐夫孫新這等本事，也輸與他。〔眉〕如今姐夫輸與姐姐的，不特一個孫新。只有那個姐姐和我弟兄兩個最好。孫新、孫立的姑娘却是我母親，以此他兩個又是我姑舅哥哥。央煩的你暗暗地寄個信與他，把我的事説知，姐姐必然自來救我。」樂和聽罷，分付説：「賢親，你兩個且寬心着。」先去藏些燒餅肉食來牢裏，開了門，把與解珍、解寶吃了。推了事故，鎖了牢門，教別個小節級看守了門，一逕奔到東門外，望十里牌來。早望見一個酒店，門前懸掛着牛羊等肉，後面屋下，一簇人在那裏賭博。樂和見酒店裏一個婦人坐在櫃上。用眼看時，生得如何，但見：

眉粗眼大，胖面肥腰，插一頭異樣釵環，露兩臂時興釧鐲。紅裙六幅，渾如五月榴花；翠領數層，染就三春楊柳。有時怒起，提井欄便打老公頭；忽地心焦，拿石碓敲翻莊客腿。〔眉〕好個幽閑貞靜的女人。生來不會拈針綫，正是山中母大蟲。

樂和入進店内，看着顧大嫂，唱個喏道：「此間姓孫麽？」顧大嫂慌忙答道：「便是。足下却要沽酒，却要買肉？如要賭錢，後面請坐。」畫。樂和道：「小人便是孫提轄妻弟樂和的便是。」顧大嫂笑道：「原來却是樂和舅，數年不曾拜會。尊顔和姆姆一般模樣。舅舅且請裏面拜茶。」樂和跟進裏面客位裏坐下，顧大嫂便動問道：「聞知得舅舅在州裏勾當，家下窮忙少閑，不曾相會。今日甚風吹得到此？」樂和答道：「小人無事也不敢來相惱。今日廳上偶然發下兩個罪人進來，雖不曾相會，多聞他的大名。一個是兩頭蛇解珍，一個是雙尾蠍解寶。」顧大嫂道：「這兩個是我的兄弟，不知因甚罪犯下在牢裏。」樂和道：「他兩個因射得一個大蟲，被本鄉一個財主毛太公賴了，又把他兩個强扭做賊，搶擄家財，解入州裏來。他又上上下下都使了錢物，早晚間要教包節級牢裏做翻他兩個，結果了性命。小人路見不平，獨力難救。只想一者占親，二乃義氣爲重，特地與他通個消息。他説道，只除是姐姐便救得他。若不早早用心着力，難以救拔。」顧大嫂聽罷，一片聲叫起苦來，便叫火家：「快去尋得二哥家來説話！」這幾個火家去不多時，尋得孫新歸來，與樂和相見。怎見得孫新的好處，有詩爲證：

軍班才俊子，眉目有神威。鞭起烏龍見，鎗來玉蟒飛。胸藏鴻鵠志，家有虎狼妻。到處人欽敬，孫新小尉遲。

原來這孫新，祖是瓊州人氏，軍官子孫。因調來登州駐扎，弟兄就此爲家。孫新生得身長力壯，全學得他哥哥的本事，使得幾路好鞭鎗，因此多人把他弟兄兩個比尉遲恭，叫他做小尉遲。有顧大嫂把上件事對孫新説了。孫新道：「既然如此，教舅舅先回去。他兩個已下在牢裏，全望舅舅看覷則個。我夫妻商量個長便道理，却逕來相投舅舅。」樂和道：「但有用着小人處，盡可出力而行，當得向前。」顧大嫂置酒相待已了，將出一包金銀付與樂和：「望煩舅舅將去牢裏，散與衆人並小牢子們，好生週全他兩個弟兄。」樂和謝了，收了銀兩，自回牢裏來替他使用，不在話下。

且説顧大嫂和孫新商議道：「你有甚麽道理，救我兩個兄弟？」〔眉〕不要説是個婦人，況且是姑舅姊妹，便肯如此出力。如今鬚眉丈夫，同胞兄弟，反有下石的，如何，如何！孫新道：「毛太公那厮有錢有勢，他防你兩個兄弟出來，須不肯干休，定要做翻了他兩個，似此必然死在他手。若不去劫牢，別樣也救他不得。」是。顧大嫂道：「我和你今夜便去。」孫新笑道：「你好粗鹵！我和你也要算個長便，劫了牢也要個去向。若不得我那哥哥和這兩個人時，行不得這件事。」顧大嫂道：「這兩個是誰？」孫新道：「便是那叔侄兩個，最好賭的鄒淵、鄒潤，如今見在登雲山臺峪裏聚衆打劫，他和我最好。若得他兩個相幫助，此事便成。」顧大嫂道：「登雲山離這裏不遠，你可連夜去請他叔侄兩個來商議。」孫新道：「我如今便去，你可收拾下酒食肴饌，我去定請得來。」顧大嫂分付火家宰了一口猪，鋪下數般菓品案酒，排下桌子。天色黄昏時候，只見孫新引了兩籌好漢歸來。那個爲頭的姓鄒名淵，原是萊州人氏。自小最好賭錢，閑漢出身，爲人忠良慷慨，更兼一身好武藝，氣性高强，不肯容人，江湖上喚他綽號出林龍。怎見得，有詩爲證：

平生度量寬如海，百萬呼盧一笑中。會使折腰飛虎棒，鄒淵名號出林龍。

第二個好漢名喚鄒潤，是他侄兒，年紀與叔叔仿佛，二人争差不多。身材長大，天生一等異相，腦後一個肉瘤，以此人都做綽號獨角龍。那鄒潤往常但和人争鬧，性起來，一頭撞去。忽然一日，一頭撞折了澗邊一株松樹，看的人都驚呆了。怎見得，有詩爲證：

腦後天生瘤一顆，少年撞折澗邊松。大頭長漢名鄒潤，壯士人稱獨角龍。

當時顧大嫂見了，請入後面屋下坐地。却把上件事告訴與他説了，商量劫牢一節。鄒淵道：「我那裏雖有八九十人，只有二十來個心腹的。明日幹了這件事，便是這裏安身不得了。我却有個去處，我也有心要去多時，只不知你夫婦二人肯去麽？」顧大嫂道：「遮莫甚麽去處，都隨你去，只要救了我兩個兄弟。」鄒淵道：「如今梁山泊十分興旺，宋公明大肯招賢納士。他手下見有我的三個相識在彼：一個是錦豹子楊林，一個是火眼狻猊鄧飛，一個是石將軍石勇。都在那裏入夥了多時。我們救了你兩個兄弟，都一發上梁山泊投奔入夥去，如何？」顧大嫂道：「最好，有一個不去的，我便亂鎗戳死他！」佛。鄒潤道：「還有一件，我們倘或得了人，誠恐登州有些軍馬追來，如之奈何？」孫新道：

「我的親哥哥見做本州兵馬提轄。如今登州只有他一個了得，幾番草寇臨城，都是他殺散了，到處聞名。我明日自去請他來，要他依允便了。」鄒淵道：「只怕他不肯落草。」孫新説道：「我自有良法。」當吃了半夜酒，歇到天明，留下兩個好漢在家裏。却使一個火家，帶領了一兩個人，推一輛車子：「快走城中營裏，請我哥哥孫提轄並嫂嫂樂大娘子，説道：『家中大嫂害病沉重，便煩來家看覷。』」顧大嫂又分付火家道：「只説我病重臨危，有幾句緊要的話，須是便來，只有〈幾〉（一）番相見囑付。」火家推車兒去了。孫新專在門前伺候等接哥哥。

飯罷時分，遠遠望見車兒來了，載着樂大娘子。背後孫提轄騎着馬，十數個軍漢跟着，望十里牌來。孫新入去報與顧大嫂得知，説：「哥嫂來了。」顧大嫂分付道：「只依我如此行。」孫新出來，接見哥嫂：「且請嫂嫂下了車兒，同到房裏看視弟媳婦病症。」孫提轄下了馬入門來，端的好條大漢：淡黄面皮，落腮鬍鬚，八尺以上身材，姓孫名立，綽號病尉遲。射得硬弓，騎得劣馬，使一管長鎗，腕上懸一條虎眼竹節鋼鞭，海邊人見了望風而降。怎見得，有詩爲證：

鬍鬚黑霧飄，性格流星急。鞭鎗最熟慣，弓箭常温習。闊臉似粧金，雙睛如點漆。軍中顯姓名，病尉遲孫立。

當下病尉遲孫立下馬來，進得門，便問道：「兄弟，嬸子害甚麽病？」孫新答道：「他害得症候，病得蹺蹊，請哥哥到裏面説話。」孫立便入來。孫新分付火家，着這夥跟馬的軍士去對門店裏吃酒。便教火家牽過馬，請孫立入到裏面來坐下。良久，孫新道：「請哥哥嫂嫂去房裏看病。」孫立同樂大娘子入進房裏，見没有病人。孫立問道：「嬸子病在那裏房内？」只見外面走入顧大嫂來，鄒淵、鄒潤跟在背後。孫立道：「嬸子，你正是害甚麼病？」顧大嫂道：「伯伯，拜了！我害些救兄弟的病。」孫立道：「却又作怪，救甚麼兄弟？」顧大嫂道：「伯伯，你不要推聾粧啞！你在城中，豈不知道他兩個是我兄弟，偏不是你的兄弟？」是。孫立道：「我並不知因由，是那兩個兄弟？」顧大嫂道：「伯伯在上，今日事急，只得直言拜稟：這解珍、解寶被登雲山下毛太公與同王孔目設計陷害，早晚要謀他兩個性命。我如今和這兩個好漢商量已定，要去城中劫牢，救出他兩個兄弟，都投梁山泊入夥去。恐怕明日事發，先負累伯伯，因此我只推患病，請伯伯姆姆到此，説個長便。若是伯伯不肯去時，我們自去上梁山泊去了。如今朝廷有甚分曉，走了的到没事，見在的便吃官司。常言道：『近火先焦。』伯伯便替我們吃官司坐牢，那時又没人送飯〈求〉（來）救你。伯伯尊意若何？」〔眉〕利害分明。孫立道：「我却是登州的軍官，怎地敢做這等事？」顧大嫂道：「既是伯伯不肯，我們今日先和伯伯併個你死我活。」顧大嫂身邊便掣出兩把刀來，〔眉〕好個温柔和婉的弟媳婦！鄒淵、鄒潤各拔出短刀在手。孫立叫道：「嬸子且住！休要急速，待我從長計較，慢慢地商量。」樂大娘子驚得半晌做聲不得。顧大嫂又道：「既是伯伯不肯去時，即便先送姆姆前行，我們自去下手。」孫立道：「雖要如此行時，也待我歸家去收拾包裹行李，看個虚實，方可行事。」顧大嫂道：「伯伯，你的樂阿舅透風與我們了！一就去劫牢，一就去取行李不遲。」孫立嘆了一口氣，説道：「你衆人既是如此行了，我怎地推却得開，不成日後倒要替你們吃官司。明白。罷，罷，罷！都做一處商議了行。」先叫鄒淵去登雲山寨裏，收拾起財物人馬，帶了那二十個心腹的人來店裏取齊。鄒淵去了。又使孫新入城裏來，問樂和討信，就約會了，暗通消息解珍、解寶得知。

次日，登雲山寨裏鄒淵收拾金銀已了，自和那起人到來相助。孫新家裏也有七八個知心腹的火家，並孫立帶來的十數個軍漢，共有四十餘人。孫新宰了兩個猪，一腔羊，衆人盡吃了一飽。教顧大嫂貼肉藏了尖刀，扮做個送飯的婦人先去。孫新跟着孫立，鄒淵領了鄒潤，各帶了火家，分作兩路入去。正是：

捉虎翻成縱虎災，贓官污吏巧安排。樂和不去通關節，怎得牢城鐵甕開。

且說登州府牢裏，包節級得了毛太公錢物，只要陷害解珍、解寶的性命。當日樂和拿着水火棍，正立在裏門裏獅子口邊，只聽得拽鈴子響。樂和道：「甚麼人？」顧大嫂應道：「送飯的婦人。」樂和已自瞧科了，便來開門，放顧大嫂入來，再關了門，將過廊下去。包節級正在亭心坐着看見，便喝道：「這婦人是甚麼人？敢進牢裏來送飯！自古獄不通風。」樂和道：「這是解珍、解寶的姐姐，自來送飯。」包節級喝道：「休要教他入去！你們自與他送進去便了。」樂和討了飯，却來開了牢門，把與他兩個。解珍、解寶問道：「舅舅，夜來所言的事如何？」樂和道：「你姐姐入來了，只等前後相應。」樂和便把匣牀與他兩個開了。只聽的小牢子入來報道：「孫提轄敲門要走入來。」包節級道：「他自是軍官，來我牢裏有何事幹？休要開門。」顧大嫂一踅，踅下亭心邊去。外面又叫道：「孫提轄焦躁了打門。」包節級忿怒，便下亭心來。顧大嫂大叫一聲：「我的兄弟在那裏？」身邊便掣出兩把明晃晃尖刀來。佛。包節級見不是頭，望亭心外便走。解珍、解寶提起枷，從牢眼裏鑽將出來，正迎着包節級。包節級措手不及，被解寶一枷梢打重，把腦蓋劈得粉碎。佛。當時顧大嫂手起，早戳翻了三五個小牢子。佛。一齊發喊，從牢裏打將出來。孫立、孫新把兩個當住了，見四個從牢裏出來，一發望州衙前便走。鄒淵、鄒潤早從州衙裏提出王孔目頭來。佛。街市上大喊起，行步的人先奔出城去。孫提轄騎着馬，彎着弓，搭着箭，壓在後面。街上人家都關上門，不敢出來。州裏做公的人認得是孫提轄，誰敢向前攔當？衆人簇擁着孫立奔出城門去，一直望十里牌來。扶攙樂大娘子上了車兒，顧大嫂上了馬，幫着便行。

解珍、解寶對衆人道：「叵耐毛太公老賊冤家，如何不報了去！」是。孫立道：「説得是。」便令：「兄弟孫新與舅舅樂和先護持車兒前行着，我們隨後趕來。」孫新、樂和簇擁着車兒先行去了。孫立引着解珍、解寶、鄒淵、鄒潤並火家伴當一逕奔毛太公莊上來。正值毛仲義與太公在莊上慶壽飲酒，好。〔眉〕這班祝壽的何如？却不提備。一夥好漢吶聲喊，殺將入去，就把毛太公、毛仲義並一門老小盡皆殺了，不留一個。太甚。去卧房裏搜檢得十數包金銀財寶，後院裏牽得七八疋好馬，把四疋捎帶馱載。解珍、解寶揀幾件好的衣服穿了，將莊院一把火齊放起燒了。各人上馬，帶了一行人，趕不到三十里路，早趕上車仗人馬，一處上路行程。於路莊户人家，又奪得三五疋好馬，不是。一行星夜奔上梁山泊去。

不一二日，來到石勇酒店裏。那鄒淵與他相見了，問起楊林、鄧飛二人。石勇答道説起：「宋公明去打祝家莊，二人都跟去，兩次失利。聽得報來説，楊林、鄧飛俱被陷在那裏，不知如何。備聞祝家莊三子豪傑，又有教師鐵棒樂廷玉相助，因此二次打不破那莊。」孫立聽罷，大笑道：「我等衆人來投大寨入夥，正没半分功勞。獻此一條計策，打破祝家莊，爲進身之報如何？」石勇大喜道：「願聞良策。」孫立道：「欒廷玉那厮和我是一個師父教的武藝。我學的鎗刀，他也知道；他學的武藝，我也盡知。我們今日只做登州對調來鄆州守把，〈徑〉（經）過來此相望，他必然出來迎接。我們進身入去，裏應外合，必成大事。此計如何？」正與石勇説計未了，只見小校報道：「吴學究下山來，前往祝家莊救應去。」石勇聽得，便叫小校快去報知軍師，請來這裏相見。説猶未了，已有軍馬來到店前，乃是吕方、郭盛並阮氏三雄。隨後軍師吴用帶領五百人馬到來。石勇接入店内，引着這一行人都相見了，備説投託入夥獻計一節。吴用聽了大喜，説道：「既然衆位好漢肯作成山寨，且休上山，便煩請往祝家莊行此一事，成全這段功勞如何？」孫立等衆人皆喜，一齊都依允了。吴用道：「小生今去也。如此見陣，我人馬前行，衆位好漢隨後一發便來。」

吴學究商議已了，先來宋江寨中，見宋公明眉頭不展，面帶憂容。吴用致酒與宋江解悶。備説起：「石勇、楊林、鄧飛三個的一起相識，是登州兵馬提轄病尉遲孫立，和這祝家莊教師欒廷玉是一個師父教的。今來共有八人，投託大寨入夥，特獻這條計策，以爲進身之報。今已計較定了，裏應外合，如此行事。隨後便來參見兄長。」宋江聽説罷大喜，把愁悶都撇在九霄雲外，忙叫寨内致酒，安排筵席等來相待。却説孫立教自己的伴當人等，跟着車仗人馬投一處歇下，只帶了解珍、解寶、鄒淵、鄒潤、孫新、顧大嫂、欒和共是八人來參宋江。都講禮已畢，宋江致酒設席管待，不在話下。吴學究暗傳號令與衆人，教第三日如此行，第五日如此行。分付已了，孫立等衆人領了計策，一行人自來和車仗人馬投祝家莊進身行事。

再說吴學究道：「啓動戴院長到山寨裏走一遭，快與我取將這四個頭領來，我自有用他處。」不是教戴宗連夜來取這四個人來，有分教：打破了祝家莊，壯觀得梁山泊。直教天罡龍虎相逢日，地煞風雲際會〈巳〉(時)。畢竟軍師吴學究取那四個人來，且聽下回分解。

卓吾曰：毛仲義父子只因要討小便宜，做出一場大是非，可鑑也。

又曰：顧大嫂一婦人耳，能緩急人如此。如今竟有戴紗帽的，國家若有小小利害，便想抽身遠害，不知可爲大嫂作婢否也！

水滸傳

李卓吾評本

下

[明] 施耐庵 羅貫中 著

[明] 李贄 評

凌賡 恒鶴 刁寧 校點

水滸尊像
吳李究双掌連環計

宋公明三打祝家庄

第五十回　吴學究雙用連環計　宋公明三打祝家莊

格言曰：

【乾坤宏大，日月照鑑分明；宇宙寬洪，天地不容奸黨。使心用倖，果報只在今生；積善存仁，獲福休言後世。千般巧計，不如本分爲人；萬種强爲，争奈隨緣儉用。心慈行孝，何須努力看經；意惡損人，空讀如來一藏。】無謂。

話説當時軍師吴用啓煩戴宗道：「賢弟可與我回山寨去取鐵面孔目裴宣、聖手書生蕭讓、通臂猿侯健、玉臂匠金大堅，可教此四人帶了如此行頭，連夜下山來，我自有用他處。」戴宗去了。只〈在〉(見)寨外軍士來報：「西村扈家莊上扈成牽牛擔酒，特來求見。」宋江叫請入來。扈成來到中軍帳前，再拜懇告道：「小妹一時粗鹵，年幼不省人事，却省得護老公。誤犯威顔。今者被擒，望乞將軍寬恕。奈緣小妹原許祝家莊上，小妹不合奮一時之勇，陷於縲絏。如蒙將軍饒放，但用之物，當依命拜奉。」宋江道：「且請坐説話。祝家莊那厮好生無禮，平白欺負俺山寨，因此行兵報讎，須與你扈家無寃。只是令妹引人捉了我王矮虎，因此還禮，這禮想是聘禮。拿了令妹。你把王矮虎放回還我，我便把令妹還你。」扈成答道：「不欺已被祝家莊拿了這個好漢去。」吴學究便道：「我這王矮虎今在何處？」扈成道：「如今擒鎖在祝家莊上，小人怎敢去取？」宋江道：「你不去取得王矮虎來還我，如何能勾得你令妹回去？」吴學究道：「兄長休如此說。只依小生一言，今後早晚祝家莊上但有些響亮，你的莊上切不可令人來救護。是。倘或祝家莊上有人投〈降降〉（奔）你處，你可就縛在彼。若是捉下得人時，那時送還令妹到貴莊。只是如今不在本寨，前日已使人送上山寨，奉養在宋太公處。你且放心回去，我這裏自有個道理。」扈成道：「今番斷然不敢去救應他。若是他莊上果有人來投我時，定縛來奉獻將軍麾下。」宋江道：「你若是如此，便强似送我金帛。」扈成拜謝了去。

且說孫立却把旗號上改换作「登州兵馬提轄孫立」，領了一行人馬，都來到祝家莊後門前。莊上墻裏望見是登州旗號，報入莊裏去。欒廷玉聽得是登州孫提轄到來相望，說與祝氏三傑道：「這孫提轄是我弟兄，自幼與他同師學藝，今日不知如何到此？」帶了二十餘人馬，開了莊門，放下弔橋，出來迎接。孫立一行人都下了馬，衆人講禮已罷。欒廷玉問道：「賢弟在登州守把，如何到此？」孫立答道：「總兵府行下文書，對調我來此間鄆州守把城池，提防梁山泊强寇。便道經過，聞知仁兄在此祝家莊，特來相探。本待從前門來，因見村口莊前俱屯下許多軍馬，不敢過來。特地尋覓村里，從小路問道莊後，入來拜望仁兄。」好。欒廷玉道：「便是這幾時連日與梁山泊强寇厮殺，已拿得他幾個頭領在莊裏了，只要捉了宋江賊首，一併解官。天幸今得賢弟來此間鎮守，正如錦上添花，旱苗得雨。」未必。孫立笑道：「小弟不才，且看相助捉拿這厮們，成全兄長之功。」妙。欒廷玉大喜，當下都引一行人進莊裏來，再拽起了弔橋，關上了莊門。孫立一行人安頓車仗人馬，更換衣裳，都出前廳來相見。祝朝奉與祝龍、祝虎、祝彪三傑都相見了，一家兒都在廳前相接，欒廷玉引孫立等上到廳上相見。講禮已罷，便對祝朝奉說道：「我這個賢弟孫立，綽號病尉遲，任登州兵馬提轄。今奉總兵府對調他來鎮守此間鄆州。」祝朝奉道：「老夫亦是治下。」趣。孫立道：「卑小之職，何足道哉。早〈望〉（晚）也要望朝奉提攜指教。」妙。祝氏三傑相請衆位尊坐。孫立動問道：「連日相殺，征陣勞神。」祝龍答道：「也未見勝敗。衆位尊兄，鞍馬勞神不易。」孫立便叫顧大嫂引了樂大娘子叔伯姆兩個，去後堂拜見宅眷。妙。喚過孫新、解珍、解寶參見了，說道：「這三個是我兄弟。」指着樂和便道：「這位是此間鄆州差來取的公吏。」指着鄒淵、鄒潤道：「這兩個是登州送來的軍官。」都妙。祝朝奉並三子雖是聰明，却見他又有老小，妙在此處。並許多行李車仗人馬，又是欒廷玉教師的兄弟，那裏有疑心。只顧殺牛宰馬做筵席，管待衆人，且飲酒食。

過了一兩日，到第三日，莊兵報道：「宋江又調軍馬殺奔莊上來了。」祝彪道：「我自去上馬拿此賊。」便出莊門，放下弔橋，引一百餘騎馬軍殺將出來。早迎見一彪軍馬，約有五百來人，當先擁出那個頭領，彎弓插箭，拍馬輪鎗，乃是小李廣花榮。祝彪見了，躍馬挺鎗向前來鬥。花榮也縱馬來戰祝彪。兩個在獨龍岡前約鬥了十數合，不分勝敗。花榮賣了個破綻，撥回馬便走，引他趕來。祝彪正待要縱馬追去，背後有認得的說道：「將軍休要去趕，恐防暗器。此人深好弓箭。」祝彪聽罷，便勒轉馬來不趕，領回人馬投莊上來，拽起弔橋。看花榮時，也引軍馬回去了。祝彪直到廳前下馬，進後堂來飲酒。孫立動問道：「小將軍今日拿得甚賊？」妙。祝彪道：「這廝們夥裏有個甚麼小李廣花榮，鎗法好生了得。鬥了五十餘合，那廝走了。我却待要趕去追他，軍人們道那廝好弓箭，因此各自收兵回來。」孫立道：「來日看小弟不才，拿他幾個。」妙。當日筵席上，叫樂和唱曲，衆人皆喜。亦好。至晚席散，又歇了一夜。

到第四日午牌，忽有莊兵報道：「宋江軍馬又來在莊前了」。當下祝龍、祝虎、祝彪三子都披掛了，出到莊前門外，遠遠地望見，早聽得鳴鑼擂鼓，吶喊搖旗，對面早擺成陣勢。這裏祝朝奉坐在莊門上，左邊欒廷玉，右邊孫提轄，祝家三傑並孫立帶來的許多人伴，都擺在兩邊。早見宋江陣上豹子頭林沖高聲叫罵。祝龍焦躁，喝叫放下弔橋，綽鎗上馬，引一二百人馬，大喊一聲，直奔林沖陣上。莊門下擂起鼓來，兩邊各把弓弩射住陣脚。林沖挺起丈八蛇矛，和祝龍交戰，連鬥到三十餘合，不分勝敗。兩邊鳴鑼，各回了馬。〔眉〕敘交鬥處，亦有次第。祝虎大怒，提刀上馬，跑到陣前高聲大叫：「宋江決戰！」説言未了，宋江陣上早有一將出馬，乃是没遮攔穆弘來戰祝虎。兩個鬥了三十餘合，又没勝敗。祝彪見了大怒，便綽鎗飛身上馬，引二百餘騎奔到陣前。宋江隊裏病關索楊雄，一騎馬，一條鎗，飛搶出來戰祝彪。孫立看見兩隊兒在陣前廝殺，心中忍耐不住，便喚孫新：「取我的鞭鎗來，就將我的衣甲、頭盔、袍襖把來。」披掛了，牽過自己馬來。這騎馬號烏騅馬，鞴上鞍子，扣了三條肚帶，腕上懸了虎眼鋼鞭，綽鎗上馬。祝家莊上一聲鑼響，孫立出馬在陣前。宋江陣上林沖、穆弘、楊雄都勒住馬，立於陣前。孫立早跑馬出來，説道：「看小可捉這廝們！」孫立把馬兜住，喝問道：「你那賊兵陣上有好廝殺的，出來與我決戰！」宋江陣内鸞鈴響處，一騎馬跑將出來，衆人看時，乃是拚命三石秀，來戰孫立。兩馬相交，雙鎗並舉，四條臂膊縱横，八隻馬蹄撩亂。兩個鬥到五十合，孫立賣個破綻，讓石秀一鎗搠入來，虚閃一個過，把石秀輕輕的從馬上捉過來，直挾到莊前撇下，喝道：「把來縛了！」妙。祝家三子把宋江軍馬一攪都趕散了。

三子收軍，回到門樓下，見了孫立，衆皆拱手欽伏。孫立便問道：「共是捉得幾個賊人？」妙。祝朝奉道：「起初先捉得一個時遷，次後拿得一個細作楊林，又捉得一個黄信。扈家莊一丈青捉得一個王矮虎。陣上拿得兩個：秦明、鄧飛。今番將軍又捉得這個石秀，這厮正是燒了我店屋的。那裏就知道？〔眉〕擾攘之中那裏就知是石秀？況且燒了店屋，亦未必便曉得是石秀。只爲太密不漏，所以關目便不像了。共是七個了。」孫立道：「一個也不要壞他，快做七輛囚車裝了，與些酒飯將養身體，休教餓損了他，不好看。他日拿了宋江，一並解上東京去，教天下傳名，妙。説這個祝家莊三子。」祝朝奉謝道：「多幸得提轄相助，想是這梁山泊當滅也。」邀請孫立到後堂筵宴，石秀自把囚車裝了。看官聽説：石秀的武藝不低似孫立，要賺祝家莊人，故意教孫立捉了，使他莊上人一發信他。也好。孫立又暗暗地使鄒淵、鄒潤、樂和去後房裏，把門户都看了出入的路數。楊林、鄧飛見了鄒淵、鄒潤，心中暗喜。樂和張看得没人，便透個消息與衆人知了。顧大嫂與樂大娘子在裏面已看了房户出入的門徑。話休絮繁。一是祝家莊當敗，二乃惡貫滿盈，早是祝家莊坦然不疑。

至第五日，孫立等衆人都在莊上閑行。當日辰牌時候，早飯已罷，只見莊兵報道：「今日宋江分兵做四路來打本莊。」孫立道：「分十路待怎地？妙。你手下人且不要慌，早作准備便了。先安排些撓鈎套索，須要活捉，拿死的也不算。」莊上人都披掛了。祝朝奉親自也引着一班兒上門樓來看時，見正東上一彪人馬，當先一個頭領乃是豹子頭林沖，背後便是李俊、阮小二，約有五百以上人馬在此。正西上又有五百來人馬，當先一個頭領乃是小李廣花榮，隨背後是張横、張順。正南門樓上望時，也有五百來人馬，當先三個頭領，乃是没遮攔穆弘、病關索楊雄、黑旋風李逵。四面都是兵馬，戰鼓齊鳴，喊聲大舉。欒廷玉聽了道：「今日這厮們厮殺，不可輕敵。我引了一隊人馬出後門，殺這正西北上的人馬。」祝龍道：「我出前門，殺這正東上的人馬賊兵。」祝虎道：「我也出後門，殺那正南上的人馬。」祝彪道：「我也出前門捉宋江，是要緊的賊首。」祝朝奉大喜，都賞了酒。各人上馬，盡帶了三百餘騎奔出莊門，其餘的都守莊院，門樓前吶喊。此時鄒淵、鄒潤已藏了大斧，只守在監門左側。解珍、解寶藏了暗器，不離後門。孫新、樂和已守定前門左右。顧大嫂先撥人兵保護樂大娘子，却自拿了兩把雙刀在堂前踅。只聽風聲，便乃下手。〔眉〕也妙，也妙。他家有個一丈青，這裏便有個顧大嫂對付他。

且說祝家莊上擂了三通戰鼓，放了一個砲，把前後門都開，放了弔橋，一齊殺將出來。四路軍兵出了門，四下裏分投去厮殺。臨後孫立帶了十數個軍兵，立在弔橋上。門裏孫新便把原帶來的旗號插起在門樓上。樂和便提着鎗，直唱將入來。鄒淵、鄒潤聽得樂和唱，便唿哨了幾聲，輪動大斧，早把守監房的莊兵砍翻了數十個，便開了陷車，放出七個大蟲來，各各尋了器械，一聲喊起。顧大嫂掣出兩把刀，直奔入房裏，把應有婦人，一刀一個盡都殺了。惡。祝朝奉見頭勢不好了，却待要投井時，早被石秀一刀剁翻，割了首級。那十數個好漢分投來殺莊兵。後門頭解珍、解寶便去馬草堆裏放起把火，黑焰沖天而起。四路人馬見莊上火起，併力向前。祝虎見莊裏火起，先奔回來。孫立守在弔橋上，大喝一聲：「你那廝那裏去！」攔住弔橋。祝虎省口，便撥轉馬頭，再奔宋江陣上來。這裏呂方、郭盛兩戟齊舉，早把祝虎和人連馬搠翻在地，衆軍亂上，剁做肉泥。前軍四散奔走。孫立、孫新迎接宋公明入莊。且說東路祝龍鬥林沖不住，飛馬望莊後而來。到得弔橋邊，〈扈〉（見）後門頭解珍、解寶把莊客的屍首一個個攛將下來。火焰裏祝龍急回馬望北而走，猛然撞着黑旋風，踴身便到，輪動雙斧，早砍翻馬脚。祝龍措手不及，倒撞下來，被李逵只一斧，把頭劈翻在地。祝彪見莊兵走來報知，不敢回，直望扈家莊投奔，關目好。被扈成叫莊客捉了，綁縛下。正解將來見宋江，恰好遇着李逵，只一斧，砍翻祝彪頭來。莊客都四散走了。李逵再輪起雙斧，便看着扈成砍來。扈成見局面不好，拍馬落荒而走，棄家逃命，投延安府去了。後來中興内也做了個軍官武將。忙裏偷閑。且說李逵正殺得手順，直搶入扈家莊裏，把扈太公一門老幼盡數殺了，不留一個。惡。叫小嘍囉牽了有的馬疋，把莊裏一應有的財賦，捎搭有四五十馱，將莊院門一把火燒了，却回來獻納。

再說宋江已在祝家莊上正廳坐下，衆頭領都來獻功，生擒得四五百人，奪得好馬五百餘疋，活捉牛羊不記其數。宋江看了，大喜道：「只可惜殺了欒廷玉那個好漢」。這是宋公明好處。正嗟嘆間，聞人報道：「黑旋風燒了扈家莊，砍得頭來獻納。」宋江便道：「前日扈成已來投降，誰教他殺了此人？如何燒了他莊院？」只見黑旋風一身血污，腰裏插着兩把板斧，直到宋江面前唱個大喏，文雅有禮數。說道：

「祝龍是兄弟殺了，祝彪也是兄弟砍了，扈成那廝走了，扈太公一家都殺得乾乾浄浄，兄弟特來請功。」宋江喝道：「祝龍曾有人見你殺了，别的怎地是你殺了？」黑旋風道：「我砍得手順，望扈家莊趕去。正撞見一丈青的哥哥解那祝彪出來，被我一斧砍了，只可惜走了扈成那廝。他家莊上被我殺得一個也没了。」宋江喝道：「你這厮！誰叫你去來！你也須知扈成前日牽牛擔酒前來投降了，如何不聽得我的言語，擅自去殺他一家，故違了我的將令！」李逵道：「你便忘記了，我須不忘記！妙。那廝前日教那個鳥婆娘趕着哥哥要殺，妙。你今却又做人情。妙。你又不曾和他妹子成親，便又思量阿舅、丈人。」妙人，趣人。〔眉〕若非李逵説破，安知宋公明不自家要了？此處且參一參看，你道宋公明要也不？宋江喝道：「你這鐵牛，休得胡説！我如何肯要這婦人？我自有個處置。你這黑厮，拿得活的有幾個？」李逵答道：「誰鳥奈煩！見着活的便砍了。」宋江道：「你這厮違了我的軍令，本合斬首，且把殺祝龍、祝彪的功勞折過了。下次違令，定行不饒！」黑旋風笑道：「雖然没了功勞，也吃我殺得快活。」妙人，妙人，超然物外，真是活佛轉世。

只見軍師吴學究引着一行人馬，都到莊上來與宋江把盞賀喜。宋江與吴用商議道，要把這祝家莊村坊洗蕩了。石秀稟説起：「這鍾離老人仁德之人，指路之力，救濟大恩。也有此等善心良民在内，亦不可屈壞了這等好人。」這是石秀大功德，亦是鍾離老人大功德。宋江聽罷，叫石秀去尋那老人來。〈煩〉(石)秀去不多時，引着那個鍾離老人來到莊上，拜見宋江、吴學究。宋江取一包金帛賞與老人，永爲鄉民：「不是你這個老人面上有恩，把你這個村坊盡數洗蕩了，不留一家。因爲你一家爲善，以此饒了你這一境村坊人民。」那鍾離老人只是下拜。宋江又道：「我連日在此攪擾你們百姓，今日打破了祝家莊，與你村中除害。有恁害？所有各家，賜粮米一石，以表人心。」乾人情。〔眉〕各家賜米一石，餘粮盡數裝載上山，這便是道學的衣鉢。就着鍾離老人爲頭給散，一面把祝家莊多餘粮米，盡數裝載上車；金銀財賦，犒賞三軍衆將；其餘牛羊騾馬等物，將去山中支用。打破祝家莊，得粮五千萬石，宋江大喜。大小頭領將軍馬收拾起身。又得若干新到頭領：孫立、孫新、解珍、解寶、鄒淵、鄒潤、樂和、顧大嫂。並救出七個好漢。孫立等將自己馬也稍帶了自己的財賦，同老小樂大娘子，跟隨了大隊軍馬上山。當有村坊鄉民扶老挈幼，香花燈燭，於路拜謝。却被道學先生哄了。宋江等衆將一齊上馬，將軍兵分作三隊擺開，前面鞭敲金鐙，後軍齊唱凱歌。但見：

雲開見日，霧散天清。旱苗得時雨重生，枯樹遇春風再活。一鞭喜色，如龍駿馬赴梁山；滿面笑容，似虎雄兵歸大寨。車上滿裝粮草，軍中盡是降兵。風捲旌旗，將將齊敲金鐙響；春風宇宙，人人都唱凱歌回。

宋江把這祝家莊兵都收在部下，一行軍馬盡出村口，鄉民百姓自把祝家莊村坊拆作白地。

話分兩頭。且說撲天鵰李應恰纔將息得箭瘡平復，閉門在莊上不出，暗地使人常常去探聽祝家莊消息。〈今次有人回報道〉（已知被宋江打破了，驚喜相半。）只見莊客入來報說：「有本州知府帶領三五十部漢到莊，便問祝家莊事情。」李應慌忙叫杜興開了莊門，放下弔橋，迎接入莊。李應【把條白絹搭膊絡着手，】太密，可刪。出來迎迓，邀請進莊裏前廳。知府下了馬，來到廳上，居中坐了。側首坐着孔目，下面一個押番，幾個虞候，階下盡是許多節級、牢子。李應拜罷，立在廳前。知府問道：「祝家莊被殺一事如何？」李應答道：「小人因被祝彪射了一箭，有傷左臂，一向閉門不敢出去，不知其實。」知府道：「胡説！祝家莊見有狀子，告你結連梁山泊强寇，引誘他軍馬打破了莊。前日又受他鞍馬羊酒、綵段金銀，你如何賴得過？知情是你！」李應告道：「小人是知法度的人，如何敢受他的東西？」知府道：「難信你説，且提去府裏，你自與他對理明白。」喝叫獄卒牢子捉了，「帶他州裏去與祝家分辨。」兩下押番虞候把李應縛了，衆人簇擁知府上了馬。知府又問道：「那個是杜主管杜興？」杜興道：「小人便是。」知府道：「狀上也有你名，一同帶去。」〔眉〕這段事情□有波瀾，做得亦無痕迹，是吴學究第一件好事。只是定要李應入夥，也是大惡極罪之事。也與他鎖了。一行人都出莊門。當時拿了李應、杜興，離了李家莊，脚不停地解來。行不過三十餘里，只見林子邊撞出宋江、林沖、花榮、楊雄、石秀一班人馬，攔住去路。林沖大喝道：「梁山泊好漢合夥在此！」那知府人等不敢抵敵，撇了李應、杜興，逃命去了。妙。〔眉〕不知强盗是知府，知府是强盗。宋江喝叫：「趕上！」衆人趕了一程回來，説道：「我們若趕上時，也把這個鳥知府殺了。但自不知去向。」便與李應、杜興解了縛索，開了鎖，便牽兩疋馬過來，與他兩個騎了。宋江便道：「且請大官人上梁山泊躲幾時如何？」李應道：「却是使不得。知府是你們殺了，不干我事。」癡人。宋江笑道：「官司裏怎肯與你如此分辨？我們去了，必然要負累了你。既是大官人不肯落草，且在山寨消停幾日，打聽得没事了時，再下山來不遲。」當下不由李應、杜興不行，大隊軍馬中間如何回得來，一行三軍人馬，迤邐回到梁山泊了。

寨裏頭領晁蓋等衆人，擂鼓吹笛下山來迎接，把了接風酒，都上到大寨裏聚義廳上，扇圈也似坐下。請上李應與衆頭領都相見了。兩個講禮已罷，李應稟宋江道：「小可兩個已送將軍到大寨了，既與衆頭領亦都相見了，在此趨侍不妨。只不知家中老小如何，可教小人下山則個。」吴學究笑道：「大官人差矣！寶眷已都取到山寨了。貴莊一把火已都燒做白地，大官人却回那裏去？」李應不信，早見車仗人馬，隊隊上山來。李應看時，却見是自家的莊客並老小人等。李應連忙來問時，妻子説道：「你被知府捉了來，隨後又有兩個巡檢引着四個都頭，帶領二百來土兵到來抄扎家私。把我們好好地教上車子，將家裏一應箱籠、牛羊、馬疋、驢騾等項都拿了去，又把莊院放起火來，都燒了。」李應聽罷，只叫得苦。晁蓋、宋江都下廳伏罪道：「我等弟兄們端的久聞大官人好處，因此行出這條計來，萬望大官人情恕！」李應見了如此言語，只得隨順了。宋江道：「且請宅眷後廳耳房中安歇。」李應又見廳前廳後這許多頭領，亦有家眷老小在彼，便與妻子道：「只得依允他過。」宋江等當時請至廳前敍説閑話，衆皆大喜。宋江便取笑道：「大官人，你看我叫過兩個巡檢並那知府過來。」扮知府的是蕭讓，扮巡檢的兩個是戴宗、楊林，(扮)孔目的是裴宣，扮虞候的是金大堅、侯健；又叫喚那四個都頭，却是李俊、張横、馬麟、白勝。〔眉〕這些儘趣。李應都見了，目睁口呆，言語不得。宋江喝叫小頭目快殺牛宰馬，與大官人陪話，慶賀新上山的十二位頭領，乃是：李應、孫立、孫新、解珍、解寶、鄒淵、鄒潤、杜興、樂和、時遷，女頭領扈三娘、顧大嫂同樂大娘子、李應宅眷另做一席在後堂飲酒。正廳上大吹大擂，衆多好漢飲酒至晚方散。

次日，又作席面，宋江主張一丈青與王矮虎作配，結爲夫婦，衆頭領都稱贊宋公明仁德之士。正飲宴間，只見山下有人來報道：「朱貴頭領酒店裏，有個鄆城縣人在那裏，要來見頭領。」晁蓋、宋江聽得報了，大喜道：「既是這恩人上山來入夥，足遂平生之願。」不知那個人來，有分教：枷梢起處，打翻路柳墻花；大斧落時，殺倒幼童稚子。皆是兩籌好漢恩逢義，一個軍師智隱情。畢竟來的是鄆城縣甚麽人，且聽下回分解。

秃翁曰：敍一個莊上的結果，都活變隱見，的是文章妙手。

卷五一 圖

第五十一回　插翅虎枷打白秀英　美髯公誤失小衙内

詩曰：

龍虎山中走煞罡，英雄豪傑起多方。魁罡飛入山東界，挺挺黄金架海梁。幼讀經書明禮義，長爲吏道志軒昂。名揚四海稱時雨，歲歲朝陽集鳳凰。運蹇時乖遭迭配，如龍失水困泥岡。曾將玄女天書受，漫向梁山水滸藏。報冤率衆臨曾市，挾恨興兵破祝莊。談笑西陲屯甲胄，等閑東府列刀鎗。兩贏童貫排天陣，三敗高俅在水鄉。施功紫塞遼兵退，報國清溪方臘亡。行道合天呼保義，高名留得萬年揚。太諛。

話説梁山泊聚義廳上，晁蓋、宋江並衆頭領與撲天鵰李應陪話，敲牛宰馬，做慶喜筵席，犒賞三軍，並衆大小嘍囉筵宴，置備禮物酬謝。孫立、孫新、解珍、解寶、鄒淵、鄒潤、樂和、顧大嫂俱各撥房安頓。次日，又作席面，會請衆頭領作主張。宋江唤王矮虎來説道：「我當初在清風山時，許下你一頭親事，懸懸掛在心中，不曾完得此願。今日我父親有個女兒，招你爲婿。」宋江自去請出宋太公來，引着一丈青扈三娘到筵前，宋江親自與他陪話，説道：「我這兄弟王英，雖有武藝，不及賢妹。實話。是我當初曾許下他一頭親事，一向未曾成得。今日賢妹你認義我父親了，衆頭領都是媒人，媒人太多。今朝是個良辰吉日，賢妹與王英結爲夫婦。」一丈青見宋江義氣深重，推却不得，兩口兒只得拜謝了。晁蓋等衆人皆喜，都稱賀宋公明真乃有德有義之士。當日盡皆筵宴，飲酒慶賀。

正飲宴間，只見朱貴酒店裏使人上山來報道：「林子前大〈路〉路上一夥客人經過，小嘍囉出去攔截，數内一個稱是鄆城縣都頭雷横。朱頭領邀請住了，見在店裏飲分例酒食，先使小校報知。」晁蓋、宋江聽了大喜，隨即與同軍師吴用三個下山迎接。朱貴早把船送至金沙灘上岸，宋江見了，慌忙下拜道：「久别尊顔，常切雲樹之思。今日緣何經過賤處？」雷横連忙答禮道：「小弟蒙本縣差遣，往東昌府公幹，回來經過路口，小嘍囉攔討買路錢，小弟提起賤名，因此朱兄堅意留住。」宋江道：「天與之幸！」請到大寨，教衆頭領都相見了，置酒管待。一連住了五日，每日與宋江閑話。晁蓋動問朱仝消息。雷横答道：「朱仝見今參做本縣當牢節級，新任知縣好生欣喜。」宋江宛曲把話來説雷横上山入夥。不是。〔眉〕如何平白地要人做强盜？不是，不是。雷横推辭：「老母年高，不能相從。待小弟送母終年之後，却來相投。」雷横當下拜辭了下山。宋江等再三苦留不住。衆頭領各以金帛相贈，宋江、晁蓋自不必説。雷横得了一大包金銀下山，衆頭領都送至路口作别，把船渡過大路，自回鄆城縣去了。不在話下。

且説晁蓋、宋江回至大寨聚義廳上，起請軍師吴學究定議山寨職事。吴用已與宋公明商議已定。次日，會合衆頭領聽號令。先撥外面守店頭領。宋江道：「孫新、顧大嫂原是開酒店之家，着令夫婦二人替回童威、童猛別用。」再令時遷去幫助石勇，樂和去幫助朱貴，鄭天壽去幫助李立，東南西北四座店内賣酒賣肉，招接四方入夥好漢。每店内設兩個頭領。一丈青、王矮虎後山下寨，監督馬疋。金沙灘小寨，童威、童猛弟兄兩個守把。鴨嘴灘小寨，鄒淵、鄒潤叔侄兩個守把。山前大路，黄信、燕順部領馬軍下寨守護。解珍、解寶守把山前第一關。杜遷、宋萬守把宛子城第二關。劉唐、穆弘守把大寨口第三關。阮家三雄守把山南水寨。孟康仍前監造戰船。李應、杜興、蔣敬總管山寨錢糧金帛。陶宗旺、薛永監築梁山泊内城垣雁臺。侯健專管監造衣袍、鎧甲、旌旗、戰襖。朱富、宋清提調筵宴。穆春、李雲監造屋宇寨柵。蕭讓、金大堅掌管一應賓客書信公文。有何賓客？有何書信公文？裴宣專管軍政司，賞功罰罪。其餘吕方、郭盛、孫立、歐鵬、馬麟、鄧飛、楊林、白勝，分調大寨八面安歇。晁蓋、宋江、吴用居於山頂寨内。花榮、秦明居於山左寨内。林沖、戴宗居於山右寨内。李俊、李逵居於山前。張横、張順居於山後。楊雄、石秀守護聚義廳兩側。一班頭領分撥已定，每日輪流一位頭領做筵席慶賀。山寨體統，甚是齊整。有詩爲證：

巍巍高寨水中央，列職分頭任所長。從此山東遭擾攘，難禁地煞與天罡。

再説雷横離了梁山泊，背了包裹，提了朴刀，取路回到鄆城縣。到家參見老母，更换些衣服，賫了回文，逕投縣裏來。拜見了知縣，回了話，銷繳公文批帖，且自歸家暫歇。依舊每日縣中書畫卯酉，聽候差使。因一日行到縣衙東首，只聽得背後有人叫道：「都頭幾時回來？」雷横回過臉來看時，却是本縣一個幫閑的李小二。雷横答道：「我却纔前日來家。」李小二道：「都頭出去了許多時，不知此處近日有個東京新來打踅的行院，色藝雙絶，叫做白秀英。那妮子來參都頭，却值公差出外不在。如今見在勾欄裏，説唱諸般品調。每日有那一般打散，或有戲舞，或有吹彈，或有歌唱，賺得那人山人海價看。都頭如何不去睃一睃？端的是好個粉頭。」

雷橫聽了，又遇心閑，便和那李小二逕到勾欄裏來看。只見門首掛着許多金字帳額，旗桿弔着等身靠背。入到裏面，便去青龍頭上第一位坐了。看戲臺上却做笑樂院本。那李小二人叢裏撇了雷橫，自出外面趕碗頭腦去了。院本下來，只見一個老兒裹着䙃腦兒頭巾，穿着一領茶褐羅衫，繫一條皂縧，拿把扇子，上來開呵道：「老漢是東京人氏白玉喬的便是。如今年邁，只憑女兒秀英歌舞吹彈，普天下伏侍看官。」鑼聲響處，那白秀英早上戲臺，參拜四方。拈起鑼棒，如撒豆般點動。拍下一聲界方，念了四句七言詩，便説道：「今日秀英招牌上明寫着，這場話本是一段風流蘊藉的格範，喚做『豫章城雙漸趕蘇卿』。」説了開話又唱，唱了又説，合棚價衆人喝采不絶。雷橫坐在上面看那婦人時，果然是色藝雙絶。但見：

羅衣疊雪，寶髻堆雲。櫻桃口杏臉桃腮，楊柳腰蘭心蕙性。歌喉宛轉，聲如枝上鶯啼；舞態蹁躚，影似花間鳳轉。腔依古調，音出天然。舞回明月墜秦樓，歌遏行雲遮楚館。高低緊慢，按宮商吐雪噴珠；輕重疾徐，依格範鏗金戛玉。笛吹紫竹篇篇錦，板拍紅牙字字新。

那白秀英唱到務頭，這白玉喬按喝道：「雖無買馬博金藝，要動聰明鑑事人。看官喝采道是過去了，我兒且回一回，下來便是襯交鼓兒的院本。」白秀英拿起盤子，指着道：「財門上起，〈後〉（利）地上住，吉地上過，旺地上行。手到面前，休教空過。」白玉喬道：「我兒且走一遭，看官都待賞你。」白秀英托着盤子，先到雷橫面前。雷橫便去身邊袋裏摸時，不想並無一文。雷橫道：「今日忘了，不曾帶得些出來，明日一發賞你。」白秀英笑道：「『頭醋不〈釅〉（釅）徹底薄』。官人坐當其位，可出個標首。」雷橫通紅了面皮道：真。「我一時不曾帶得出來，非是我捨不得。」白秀英道：「官人既是來聽唱，如何不記得帶錢出來？」雷橫道：「我賞你三五兩銀子也不打緊，却恨今日忘記帶來。」白秀英道：「官人今日見一文也無，提甚三五兩銀子。正是教俺望梅止渴，畫餅充饑。」白玉喬叫道：「我兒你自沒眼。不看城裏人村裏人，畫。只顧問他討甚麽？且過去自問曉事的恩官告個標首。」雷橫道：「我怎地不是曉事的？」白玉喬道：「你若省得這子弟門庭時，狗頭上生角。」衆人齊賀起來。雷橫大怒，便罵道：「這忤奴，怎敢辱我！」白玉喬道：「便罵你這三家村使牛的，打甚麽緊！」有認得的，喝道：「使不得！這個是本縣雷都頭！」白玉喬道：「只怕是驢筋頭。」（眉）都像。雷橫那裏忍耐得住，從坐椅上直跳下戲臺來，揪住白玉喬，一拳一脚，便打得唇綻齒落。衆人見打得兇，都來解拆開了，又勸雷橫自回去了。勾欄裏人，一鬨盡散了。

原來這白秀英却和那新任知縣舊在東京兩個來往，今日特地在鄆城縣開勾欄。那娼妓見父親被雷橫打了，又帶重傷，叫一乘轎子，逕到知縣衙内訴告：「雷橫毆打父親，攪散勾欄，意在欺騙奴家。」知縣聽了，好貨。大怒道：「快寫狀來！」這個唤做「枕邊靈」。便教白玉喬寫了狀子，驗了傷痕，指定證見。本處縣裏有人都和雷橫好的，替他去知縣處打關節。怎當那婆娘守定在衙内，撒嬌撒癡，不由知縣不行。〔眉〕想是知縣夫人不在。　立等知縣差人把雷橫捉拿到官，當廳責打，取了招狀，將具枷來枷了，押出去號令示衆。　那婆娘要逞好手，又去知縣行説了，定要把雷橫號令在勾欄門首。　第二日，那婆娘再去做場，知縣却教把雷橫號令在勾欄門首。好貨。　這一班禁子人等，都是和雷橫一般的公人，如何肯掤扒他。　這婆娘尋思一會：「既是出名奈何了他，只是一怪。」畫。　走出勾欄門，去茶坊裏坐下，叫禁子過去，發話道：「你們都和他有首尾，却放他自在。　知縣相公教你們掤扒他，你到做人情！　少刻我對知縣説了，看道奈何得你們也不！」禁子道：「娘子不必發怒，我們自去掤扒他便了。」白秀英道：「恁地時，我自將錢賞你。」禁子們只得來對雷橫説道：「兄長，没奈何，且胡亂掤一掤。」把雷橫掤扒在街上。

人鬧裏，却好雷橫的母親正來送飯，看見兒子吃他掤扒在那裏，便哭起來，罵那禁子們道：〔眉〕刻畫逼真。「你衆人也和我兒一般在衙門裏出入的人，錢財直這般好使！誰保的常没事？」禁子答道：「我那老娘，聽我説，我們却也要容情，怎禁被原告人監定在這裏要掤，我們也没做道理處。　不時，便要去和知縣説，苦害我們，因此上做不的面皮。」那婆婆道：「幾曾見原告人自監着被告號令的道理？」禁子們又低低道：「老娘，他和知縣來往得好，一句話便送了我們，因此兩難。」那婆婆一面自去解索，一頭口裏駡道：「這個賊賤人直恁的倚勢！　我且解了這索子，看他如今怎的！」白秀英却在茶房裏聽得，走將過來，便道：「你那老婢子，却纔道甚麽？」那婆婆那裏有好氣，便指着駡道：「你這千人騎、萬人壓、亂人入的賤母狗，做甚麽倒駡我！」白秀英聽得，柳眉倒竪，星眼圓睁，大駡道：「老咬蟲！吃貧婆！賤人！怎敢罵我？」婆婆道：「我罵你待怎的？你須不是鄆城縣知縣。」白秀英大怒，搶向前只一掌，把那婆婆打個踉蹌。那婆婆却待掙扎，白秀英再趕入去，老大耳光子只顧打。〔眉〕無一處不畫。這雷横是個大孝的人，見了母親吃打，一時怒從心發，扯起枷來，望着白秀英腦蓋上打將下來。那一枷梢打個正着，劈開了腦蓋，撲地倒了。佛。〔眉〕真孝子，真仁人，真菩薩，真聖人。衆人看時，那白秀英打得腦漿迸流，眼珠突出，動彈不得，情知死了。有詩爲證：

玉貌花顔俏粉頭，當場歌舞擅風流。只因窘辱雷横母，裂腦横屍一命休。

衆人見打死了白秀英，就押帶了雷横，一發來縣裏首告，見知縣備訴前事。知縣隨即差人押雷横下來，會集相官，拘喚里正鄰佑人等，對屍檢驗已了，都押回縣來。雷横一面都招承了，並無難意。真漢子。他娘自保領回家聽候。禁子都監下了。把雷横枷了，下在牢裏。當牢節級却是美髯公朱仝，見發下雷横來，也没做奈何處。只得安排些酒食管待，教小牢子打掃一間浄房，安頓了雷横。少間，他娘來牢裏送飯，哭着哀告朱仝道：「老身年紀六旬之上，眼睁地只看着這個孩兒。望煩節級哥哥可看日常間弟兄面上，可憐見我這個孩兒，看覷，看覷。」朱仝道：「老娘自請放心歸去，今後飯食不必來送，小人自管待他。倘有方便處，可以救之。」雷横娘道：「哥哥救得孩兒，却是重生父母。若孩兒有些好歹，老身性命也便休了。」朱仝道：「小人專記在心，老娘不必掛念。」那婆婆拜謝去了。朱仝尋思了一日，没做道理救他處。朱仝自央人去知縣處打關節，上下替他使用人情。那知縣雖然愛朱仝，只是恨這雷横打死了他表子白秀英，也容不得他説了。又怎奈白玉喬那廝，催併疊成文案，要知縣斷教雷横償命。因在牢裏六十日限滿斷結，解上濟州。主案押司抱了文卷先行，却教朱仝解送雷横。

朱仝引了十數個小牢子，監押雷横，離了鄆城縣。約行了十數里地，見個酒店，朱仝道：「我等衆人就此吃兩碗酒去。」衆人都到店裏吃酒。朱仝獨自帶過雷横，只做水火，乘後面僻浄處開了枷，放了雷横，分付道：「賢弟自回，快去家裏取了老母，星夜去別處逃難。這裏我自替你吃官司。」「眉」朱仝真孝子，真聖人，真菩薩，真佛。道學先生那堪作僕。雷横道：「小弟走了自不妨，必須要連累了哥哥，恐怕罪犯深重。」朱仝道：「兄弟你不知，知縣怪你打死了他表子，把這文案却做死了，解到州裏，必是要你償命。我放了你，我須不該死罪。况兼我又無父母掛念，家私儘可倍償。你顧前程萬里自去。」聖人。雷横拜謝了，便從後門小路奔回家裏，收拾了細軟包裹，引了老母，星夜自投梁山泊入夥去了，不在話下。

却説朱仝拿着空枷，攛在草裏，却出來對衆小牢子説道：「吃雷横走了，却是怎地好？」衆人道：「我們快趕去他家裏捉！」朱仝故意延遲了半日，料着雷横去得遠了，却引衆人來縣裏出首。朱仝告道：「小人自不小心，路上被雷横走了，在逃無獲，情願甘罪無辭。」知縣本愛朱仝，有心將就出脱他，被白玉喬要赴上司陳告「朱仝故意脱放雷横」，知縣只得把朱仝所犯情由申將濟州去。朱仝家中自着人去上州裏使錢透了，却解朱仝到濟州來。當廳審録明白，斷了二十脊杖，刺配滄州牢城。朱仝只得帶上行枷，兩個防送公人領了文案，押送朱仝上路。家間人自有送衣服盤纏，先賫發了兩個公人。當下離了鄆城縣，迤邐望滄州横海郡來，於路無話。到得滄州，入進城中，投州衙裏來。正值知府升廳，兩個公人押朱仝在廳階下，呈上公文。知府看了，見朱仝一表非俗，貌如重棗，美髯過腹，知府先有八分歡喜。便教：「這個犯人休發下牢城營裏，只留在本府聽候使喚。」〔眉〕奇遇。當下除了行枷，便與了回文，兩個公人相辭了自回。

只説朱仝自在府中，每日只在廳前伺候呼喚。那滄州府裏押番、虞候、門子、承局、節級、牢子都送了些人情，又見朱仝和氣，因此上都歡喜他。忽一日本官知府正在廳上坐堂，朱仝在階侍立，知府喚朱仝上廳，問道：「你緣何放了雷横，自遭配在這裏？」朱仝稟道：「小人怎敢故放了雷横？只是一時間不小心，被他走了。」知府道：「你如何得此重罪？」朱仝道：「被原告人執定要小人如此招做故放，以此問得重了。」知府道：「雷横爲何打死了那娼妓？」朱仝却把雷横上項的事備細説了一遍。知府道：「你敢見他孝道，爲義氣上放了他？」朱仝道：「小人怎敢欺公罔上。」正問之間，只見屏風背後轉出一個小衙内來，方年四歲，生得端嚴美貌，乃是知府親子，知府愛惜如金似玉。那小衙内見了朱仝，逕走過來，便要他抱。朱仝只得抱起小衙内在懷裏。那小衙内雙手扯住朱仝長髯，説道：「我只要這鬍子抱。」可曉得這鬍子是催命判官麽？知府道：「孩兒，快放了手，休要囉唣。」小衙内又道：「我只要這鬍子抱，和我去耍。」朱仝稟道：「小人抱衙内去府前閑走，耍一回了來。」知府道：「孩兒既是要你抱，你和他去耍一回了來。」朱仝抱了小衙内出府衙前來，買些細糖果子與他吃，轉了一遭，再抱入府裏來。知府看見，問衙内道：「孩兒，那裏去來？」小衙内道：「這鬍子和我街上看耍，又買糖和果子請我吃。」知府説道：「你那裏得錢買物事與孩兒吃？」朱仝稟道：「微表小人孝順之心，何足掛齒。」知府教取酒來與朱仝吃。府裏侍婢捧着銀瓶果盒篩酒，連與朱仝吃了三大賞鍾。知府道：「早晚孩兒要你耍時，你可自行去抱他耍去。」朱仝道：「恩相台旨，怎敢有違？」自此爲始，每日來和小衙内上街閑耍。朱仝囊篋又有，只要本官見喜，小衙内面上抵自賠費。

時過半月之後，便是七月十五日盂蘭盆大齋之日。年例各處點放河燈，修設好事。當日天晚，堂裏侍婢奶子叫道：「朱都頭，小衙内今夜要去看河燈，夫人分付你，可抱他去看一看。」〔眉〕好知府，一些關防體面也都没了。朱仝道：「小人抱去。」那小衙内穿一領緑紗衫兒，頭上角兒拴兩條珠子頭鬚，從裏面走出來。朱仝馱在肩頭上，轉出府衙内前來，望地藏寺裏去看點放河燈。那時恰纔是初更時分，但見：

鐘聲杳靄，旛影招摇。爐中焚百和名香，盤内貯諸般素食。僧持金杵，誦真言薦拔幽魂；人列銀錢，掛孝服超昇滯魄。合堂功德，畫陰司八難三塗；遶寺莊嚴，列地獄四生六道。楊柳枝頭分浄水，蓮花池内放明燈。

當時朱仝肩〈臂〉（背）着小衙内，遶寺看了一遭，却來水陸堂放生池邊看放河燈。那小衙内爬在欄干上，看了笑耍。只見背後有人拽朱仝袖子道：「哥哥，借一步説話。」朱仝回頭看時，却是雷横，吃了一驚，便道：「小衙内且下來，坐在這裏，我去買糖來與你吃，切不要走動。」小衙内道：「你快來，我要去橋上看河燈。」朱仝道：「我便來也。」轉身却與雷横説話。朱仝道：「賢弟因何到此？」雷横扯朱仝到静處，拜道：「自從哥哥救了性命，和老母無處歸着，只得上梁山泊投奔了宋公明入夥。小弟説哥哥恩德，宋公明亦然思想哥哥舊日放他的恩念。晁天王和衆頭領皆感激不淺，因此特地教吴軍師同兄弟前來相探。」朱仝道：「吴先生見在何處？」背後轉過吴學究道：「吴用在此。」言罷便拜。朱仝慌忙答禮道：「多時不見，先生一向安樂？」吳學究道：「山寨裏衆頭領多多拜意，今番教吳用和雷都頭特來相請足下上山，同聚大義。到此多日了，不敢相見。今夜伺候得着，望仁兄便那尊步，同赴山寨，以滿晁、宋二公之意。」朱仝聽罷，半晌答應不得，便道：「先生差矣！這話休題，恐被外人聽了不好。雷橫兄弟他自犯了該死的罪，我因義氣放了他。上山入夥，出身不得。我亦爲他配在這裏。天可憐見，一年半載掙扎還鄉，復爲良民，我却如何肯做這等的事？〔眉〕說得是。你二位便可請回，休在此間惹口面不好。」雷橫道：「哥哥在此，無非只是在人之下，伏侍他人，非大丈夫男子漢的勾當。〔眉〕也說得是。不是小弟裹合上山，端的晁、宋二公仰望哥哥久矣，休得遲延自誤。」朱仝道：「兄弟，你是甚麼言語！你不想我爲你母老家寒上放了你去，今日你到來陷我爲不義。」聖人之言。吳學究道：「既然都頭不肯去時，我們自告退，相辭了去休。」朱仝道：「說我賤名上覆衆位頭領。」一同出來。

朱仝回來，不見了小衙内，叫起苦來，兩頭沒路去尋。雷橫扯住朱仝：「哥哥休尋，多管是我帶來的兩個伴當聽得哥哥不肯去，因此到抱了小衙内去了。我們一處去尋。」朱仝道：「兄弟，不是耍處。這個小衙内是知府相公的性命，分付在我身上。」雷橫道：「哥哥且跟我來。」朱仝幫住雷橫、吳用三個，離了地藏寺，逕出城外。朱仝心慌，便問道：「你的伴當抱小衙内在那裏？」雷橫道：「哥哥且走到我下處，包還你小衙内。」朱仝道：「遲了時恐知府相公見怪。」吳用道：「我那帶來的兩個伴當是個沒分曉的，以定直抱到我們的下處去了。」朱仝道：「你那伴當姓甚名誰？」雷橫答道：「我也不認得，只聽聞叫做黑旋風李逵。」朱仝失驚道：「莫不是江州殺人的李逵麼？」吳用道：「便是此人。」朱仝跌脚叫苦，慌忙便趕。離城走下到二十里，只見李逵在前面叫道：「我在這裏。」朱仝搶近前來，問道：「小衙内放在那裏？」李逵唱個喏道：「拜揖節級哥哥，小衙内有在這裏。」朱仝道：「你好好的抱出小衙内還我。」李逵指着頭上道：「小衙内頭鬚兒却在我頭上。」朱仝看了，又問：「小衙内正在何處？」李逵道：「被我把些麻藥抹在口裏，直馱出城來，如今睡在林子裏，好睡。你自請去看。」朱仝乘着月色明朗，逕搶入林子裏尋時，只〈在〉(見)小衙内倒在地上。朱仝便把手去扶時，只見頭劈做兩半個，已死在那裏。有詩爲證：

遠從蕭寺看花燈，偶遇雷横便請行。只爲堅心慳入夥，更將嬰孺劈天靈。

當時朱仝心下大怒，奔出林子來，早不見了三個人。四下裏望時，只見黑旋風遠遠地拍着雙斧，叫道：「來，來，來！和你鬥二三十合。」朱仝性起，奮不顧身，拽扎起布衫，大踏步趕將來。〔眉〕畢竟兩個都是好人，只都落了吴用圈套。李逵回身便走，背後朱仝趕來。這李逵却是穿山度嶺慣走的人，朱仝如何趕得上，先自喘做一塊。李逵却在前面又叫：「來，來，來！和你併個你死我活。」朱仝恨不得一口氣吞了他，只是趕他不上。趕來趕去，天色漸明。李逵在前面急趕急走，慢趕慢行，不趕不走。看看趕入一個大莊院裏去了。朱仝看了道：「那厮既有下落，我和他干休不得！」朱仝直趕入莊院内廳前去，見裏面兩邊都插着許多軍器。朱仝道：「想必也是個官宦之家。」立住了脚，高聲叫道：「莊裏有人麼？」只見屏風背轉出一人來，那人是誰？正是：

累代金枝玉葉，先朝鳳子龍孫。丹書鐵券護家門，萬里招賢名振。待客一團和氣，揮金滿面陽春。能文會武孟嘗君，小旋風聰明柴進。

出來的正是小旋風柴進，問道：「兀是誰？」朱仝見那人人物軒昂，資質秀麗，慌忙施禮答道：「小人是鄆城縣當牢節級朱仝，犯罪刺配到此。昨晚因和知府的小衙內出來看放河燈，被黑旋風殺害小衙內，見今走在貴莊，望煩添力捉拿送官。」柴進道：「既是美髯公，且請坐。」朱仝道：「小人不敢拜問官人高姓。」柴進答道：「小生姓柴，名進，小旋風便是。」朱仝道：「久聞大名。」連忙下拜。又道：「不期今日得識尊顏。」柴進説道：「美髯公亦久聞名，且請後堂説話。」朱仝隨着柴進直到裏面。朱仝道：「黑旋風那廝，如何却敢逕入貴莊躲避？」柴進道：「容覆：小可平生專愛結識江湖上好漢，爲是家間祖上有陳橋讓位之功，先朝曾勅賜丹書鐵券，但有做下不是的人停藏在家，無人敢搜。近間有個愛友和足下亦是舊交，目今見在梁山泊做頭領，名唤及時雨宋公明，寫一封密書，令吳學究、雷横、黑旋風俱在敝莊安歇，禮請足下上山，同聚大義。因見足下推阻不從，故意教李逵殺害了小衙内，先絕了足下歸路，只得上山坐把交椅。明白説了。吳先生、雷兄，如何不出來陪話？」只見吳用、雷横從側首閤子裏出來，望着朱仝便拜，説道：「兄長，望乞恕罪！皆是宋公明哥哥將令分付如此，若到山寨，自有分曉。」朱仝道：「是則是你們弟兄好情意，只是忒毒些個！」柴進一力相勸。朱仝道：「我去則去，只教我見黑旋風面罷。」柴進道：「李大哥，你快出來陪話。」李逵也從側首出來，唱個大喏。朱仝見了，心頭一把無明業火高三千丈，按納不下，起身搶近前來，要和李逵性命相搏。〔眉〕癡人，癡人，與李大哥什麽□□。柴進、雷横、吳用三個苦死勸住。朱仝道：「若要我上山時，依得我一件事，我便去。」吳用道：

「休説一件事，遮莫幾十件也都依你。願聞那一件事？」不争朱仝説出這件事來，有分教：大鬧高唐州，惹〈得〉(動)梁山泊。直教招賢國戚遭刑法，好客皇親喪土坑。畢竟朱仝對柴進等説出甚麼事來，且聽下回分解。

秃翁曰：朱仝畢竟是個好人，只是言必信、行必果耳，安有大丈夫而爲一太守作一雄乳婆之理？即小衙内性命亦值恁麽，何苦爲此匹夫之勇，婦人之仁？好笑，好笑。

水滸傳像

卷之五十二

李逵打死殷天錫

容與堂

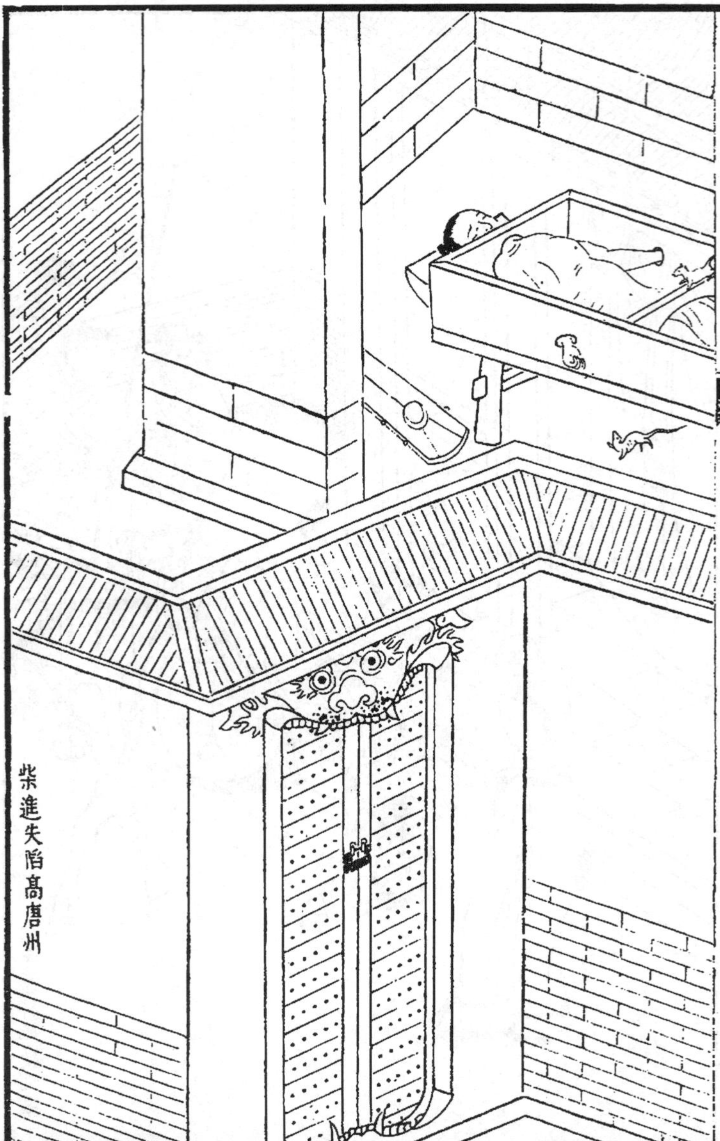
柴進失陷高唐州

第五十二回　李逵打死殷天錫　柴進失陷高唐州

詩曰：

縛虎擒龍不偶然，必須妙算出機先。只知悻悻全無畏，詎意冥冥却有天。非分功名真曉露，白來財物等浮烟。到頭撓擾爲身累，辜負日高花影眠。

話説當下朱仝對衆人説道：「若要我上山時，你只殺了黑旋風，與我出了這口氣，我便罷。」癡人，與他什麽相干。李逵聽了，大怒道：「教你咬我鳥！妙。晁、宋二位哥哥將令，干我屁事！」也不干二人事。朱仝怒發，又要和李逵厮併，三個又勸住了。朱仝道：「若有黑旋風時，我死也不上山去。」柴進道：「恁地也却容易，我自有個道理，只留下李大哥在我這裏便了。你們三個自上山去，以滿晁、宋二公之意。」朱仝道：「如今做下這件事了，知府必然行移文書，去鄆城縣追捉拿我家小，如之奈何？」吴學究道：「足下放心，此時多敢宋公明已都取寶眷在山上了。」朱仝方纔有些放心。柴進置酒相待，就當日送行，三個臨晚辭了柴大官人便行。柴進叫莊客備三騎馬，送出關外。臨別時，吴用又分付李逵道：「你且小心，只在大官人莊上住幾時，切不可胡亂惹事累人。待半年三個月，等他性定，却來取你還山，多管也來請柴大官人入夥。」好笑。三個自上馬去了。

不説柴進和李逵回莊，且只説朱仝隨吴用、雷横來梁山泊入夥。行了一程，出離滄州地界，莊客自騎了馬回去。三個取路投梁山泊來，於路無話。早到朱貴酒店裏，先使人上山寨報知。晁蓋、宋江引了大小頭目，打鼓吹笛，直到金沙灘迎接。一行人都相見了，各人乘馬回到山上大寨前下了馬，都到聚義廳上，敍説舊話。朱仝道：「小弟今蒙呼唤到山，滄州知府必然行移文書，去鄆城縣捉我老小，如之奈何？」宋江大笑道：「我教長兄放心，尊嫂並令郎已取到這裏多日了。」朱仝又問道：「見在何處？」宋江道：「奉養在家父宋太公歇處，兄長請自已去問慰便了。」朱仝大喜。宋江着人引朱仝直到宋太公歇所，見了一家老小並一應細軟行李。妻子説道：「近日有人賫書來，説你已在山寨入夥了，因此收拾，星夜到此。」朱仝出來拜謝了衆人，宋江便請朱仝、雷横山頂下寨，一面且做筵席，連日慶賀新頭領，不在話下。

却説滄州知府至晚不見朱仝抱小衙内回來，差人四散去尋了半夜。次日，有人見殺死在林子裏，報與知府知道。府尹聽了大怒，親自到林子裏看了，痛哭不已，備辦棺木燒化。次日升廳，便行移公文，諸處緝捕，捉拿朱仝正身。鄆城縣已自申報朱仝妻子挈家在逃，不知去向。行開各州縣，出給賞錢捕獲，不在話下。

只説李逵在柴進莊上住了一月之間，忽一日，見一個人賫一封書急急奔莊上來。柴大官人却好迎着，接書看了，大驚道：「既是如此，我只得去走一遭。」李逵便問道：「大官人有甚緊事？」柴進道：「我有個叔叔柴皇城，見在高唐州居住。今被本州知府高廉的老婆兄弟殷天錫那廝來要占花園，嘔了一口氣，卧病在床，早晚性命不保。必有遺囑的言語分付，特來喚我。想叔叔無兒無女，必須親身去走一遭。」李逵道：「既是大官人去時，我也跟大官人去走一遭如何？」柴進道：「大哥肯去時，就同走一遭。」柴進即便收拾行李，選了十數疋好馬，帶了幾個莊客。次日五更起來，柴進、李逵並從人都上了馬，離了莊院，望高唐州來。在路不免饑餐渴飲，夜宿曉行。來到高唐州，入城直至柴皇城宅前下馬，留李逵和從人在外面廳房内。柴進自逕入卧房裏來，看視那叔叔柴皇城時，但見：

【面如金紙，體似枯柴。悠悠無七魄三魂，細細只一絲兩氣。牙關緊急，連朝水米不沾唇；心膈膨脝，盡日藥丸難下腹。隱隱耳虛聞磬響，昏昏眼暗覺螢飛。六脈微沉，東岳判官催使去；一靈縹緲，西方佛子喚同行。喪門弔客已臨身，扁鵲盧醫難下手。】此等處作者極工，看者極俗，删。

柴進看了柴皇城，自坐在叔叔卧榻前，放聲慟哭。皇城的繼室出來勸柴進道：「大官人鞍馬風塵不易，初到此間，且省煩惱。」柴進施禮罷，便問事情。繼室答道：「此間新任知府高廉兼管本州兵馬，是東京高太尉的叔伯兄弟，倚仗他哥哥勢要，在這裏無所不爲。帶將一個妻舅殷天錫來，人盡稱他做殷直閣。那廝年紀却小，又倚仗他姐夫高廉的權勢，在此間横行害人。有那等獻勤的賣科，對他說我家宅後有個花園水亭蓋造的好。那廝帶將許多詐奸不及的三二十人，逕入家裏來宅子後看了，便要發遣我們出去，他要來住。皇城對他說道：『我家是金枝玉葉，有先朝丹書鐵券在門，諸人不許欺侮。你如何敢奪占我的住宅？趕我老小那裏去？』那廝不容所言，定要我們出屋。皇城去扯他，反被這廝推搶毆打，因此受這口氣，一卧不起，飲食不吃，服藥無効，眼見得上天遠入地近。今日得大官人來家做個主張，便有些山高水低，也更不憂。」柴進答道：「尊嬸放心，只顧請好醫士調治叔叔，但有門户，小侄自使人回滄州家裏去取丹書鐵券來，和他理會。便告到官府、今上御前，也不怕他。」繼室道：「皇城幹事全不濟事，還是大官人理論是得。」

柴進看視了叔叔一回，却出來和李逵並帶來人從説知備細。李逵聽了，跳將起來説道：「這廝好無道理！我有大斧在這裏，教他吃我幾斧，却再商量。」〔眉〕真忠義。柴進道：「李大哥，你且息怒，沒來由和他粗鹵做甚麼？他雖是倚勢欺人，我家放着有護持聖旨。這裏和他理論不得，須是京師也有大似他的，放着明明的條例，和他打官司。」李逵道：「條例，條例！若還依得，天下不亂了！我只是前打後商量。那廝若還去告，和那鳥官一發都砍了！」妙人。快人。柴進笑道：「可知朱仝要和你廝併，見面不得。這裏是禁城之内，如何比得你山寨裏横行？」李逵道：「禁城便怎地？江州無軍馬？偏我不曾殺人！」實話。柴進道：「等我看了頭勢，用着大哥時，那時相央；無事只在房裏請坐。」正説之間，裏面侍妾慌忙來請大官人看視皇城。柴進入到裏面卧榻前，只見皇城閣着兩眼淚，對柴進説道：「賢侄志氣軒昂，不辱祖宗。我今日被殷天錫毆死，你可看骨肉之面，親賫書往京師攔駕告狀，與我報仇。九泉之下，也感賢侄親意。保重，保重，再不多囑！」言罷，便放了命。柴進痛哭了一場。繼室恐怕昏暈，勸住柴進道：「大官人，煩惱有日，且請商量後事。」柴進道：「誓書在我家裏，不曾帶得來，星夜教人去取，須用將往東京告狀。叔叔尊靈，且安排棺槨盛殮，承了孝服，却再商量。」柴進教依官制備辦内棺外槨，依禮舖設靈位，一門穿了重孝，大小舉哀。李逵在外面聽得堂裏哭泣，自己磨拳擦掌價氣。真忠義。問從人，都不肯説。宅裏請僧修設好事功果。

至第三日，只見這殷天錫騎着一疋攛行的馬，將引閑漢三二十人，手執彈弓、川弩、吹筒、氣毬、拈竿、樂器，城外遊玩了一遭，帶五七分酒，佯醉假顛，逕來到柴皇城宅前，勒住馬，叫裏面管家的人出來説話。柴進聽得説，掛着一身孝服，慌忙出來答應。那殷天錫在馬上問道：「你是他家甚麽人？」柴進答道：「小可是柴皇城親侄柴進。」殷天錫道：「我前日分付道，教他家搬出屋去，如何不依我言語？」柴進道：「便是叔叔臥病，不敢移動。夜來已自身故，待斷七了搬出去。」殷天錫道：「放屁！我只限你三日，便要出屋！三日外不搬，先把你這廝枷號起，先吃我一百訊棍！」柴進道：「直閤休恁相欺！我家也是龍子龍孫，放着先朝丹書鐵券，誰敢不敬？」殷天錫喝道：「你將出來我看！」柴進道：「見在滄州家裏，已使人去取來。」殷天錫大怒道：「這廝正是胡説！便有誓書鐵券，我也不怕！左右，與我打這廝！」衆人却待動手，原來黑旋風李逵在門縫裏都看見。聽得喝打柴進，便拽開房門，大吼一聲，直搶到馬邊，早把殷天錫揪下馬來，一拳打翻。〔眉〕真忠義。那二三十人却待搶他，被李逵手起，早打倒五六個，一鬨都走了。李逵拿殷天錫提起來，拳頭脚尖一發上，柴進那裏勸得住。看那殷天錫時，嗚呼哀哉，伏惟尚饗。佛。有詩爲證：

慘刻侵謀倚横豪，豈知天憲竟難逃。李逵猛惡無人敵，不見閻羅不肯饒。如何少得李大哥！

李逵將殷天錫打死在地，柴進只叫得苦，便教李逵且去後堂商議。柴進道：「眼見得便有人到這裏，你安身不得了。官司我自支吾，你快走回梁山泊去。」李逵道：「我便走了，須連累你。」柴進道：「我自有誓書鐵券護身，你便快走，事不宜遲。」李逵取了雙斧，帶了盤纏，出後門自投梁山泊去了。

不多時，只見二百餘人各執刀杖鎗棒，果來圍住柴皇城家。柴進見來捉人，便出來說道：「我同你們府裏分訴去。」衆人先縛了柴進，便入家裏搜捉行兇黑大漢，不見，只把柴進綁到州衙內，當廳跪下。知府高廉聽得打死了他的舅子殷天錫，正在廳上咬牙切齒忿恨，只待拿人來，早把柴進驅翻在廳前階下。高廉喝道：「你怎敢打死了我殷天錫！」柴進告道：「小人是柴世宗嫡派子孫，家門有先朝太祖誓書鐵券，見在滄州居住。爲是叔叔柴皇城病重，特來看視，不幸身故，見今停喪在家。殷直閣將帶三二十人到家，定要趕逐出屋，不容柴進分說，喝令衆人毆打，被莊客李大救護，一時行兇打死。」高廉喝道：「李大見在那裏？」柴進道：「心慌逃走了。」高廉道：「他是個莊客，不得你的言語，如何敢打死人？你又故縱他走了，却來瞞昧官府。你這廝，不打如何肯招！牢子下手，加力與我打這廝！」柴進叫道：「莊客李大救主，誤打死人，非干我事。放着先朝太祖誓書，如何便下刑法打我？」高廉道：「誓書有在那裏？」是。柴進道：「已使人回滄州去取來也。」腐。〔眉〕柴大官人頗有些腐氣。誓書鐵券又不在身邊，只管說他做恁？高廉大怒，喝道：「這廝正是抗拒官府！左右，腕頭加力，好生痛打！」衆人下手，把柴進打得皮開肉綻，鮮血迸流，只得招做「使令莊客李大打死殷天錫」。取面二十五斤死囚枷釘了，發下牢裏監收。殷天錫屍首檢驗了，自把棺木殯葬，不在話下。這殷夫人要與兄弟報仇，教丈夫高廉抄扎了柴皇城家私，監禁下人口，占住了房屋園院，柴進自在牢中受苦。

却説李逵連夜逃回梁山泊，到得寨裏來見衆頭領。朱仝一見李逵，怒從心上起，惡向膽邊生，掣條朴刀，逕奔李逵。又有這個癡漢。黑旋風拔出雙斧，便鬥朱仝。晁蓋、宋江並衆頭領一發向前勸住。宋江與朱仝陪話道：「前者殺了小衙内，不干李逵之事，却是軍師吴學究因請兄長不肯上山，一時定的計策。今日既到山寨，便休記心，只顧同心協助，共興大義，休教外人恥笑。」便叫李逵：「兄弟，與朱仝陪話。」李逵睁着怪眼，叫將起來，説道：「他直恁般做得起！我也多曾在山寨出氣力，他又不曾有半點之功，却怎地倒教我陪話？」〔眉〕説得是。宋江道：「兄弟，却是你殺了小衙内。雖是軍師嚴令，論齒序他也是你哥哥。且看我面，與他伏個禮，我却是拜你便了。」李逵乞宋江央及不過，便道：「我不是怕你，爲是哥哥逼我，没奈何了，與你陪話。」大聖人。李逵吃宋江逼住了，只得撇了雙斧，拜了朱仝兩拜，朱仝方纔消了這口氣。山寨裏晁頭領且教安排筵席，與他兩個和(解)。李逵説：「柴大官人因去高唐州看親叔叔柴皇城病症，却被本州高知府妻舅殷天錫要奪屋宇花園，毆駡柴進。吃我打死了殷天錫那廝。」宋江聽罷，失驚道：「你自走了，須連累柴大官人吃官司！」吴學究道：「兄長休驚。等戴宗回山，便有分曉。」李逵問道：「戴宗哥哥那裏去了？」「我怕你在柴大官人莊上惹事不好，特地教他來唤你回山。他到那裏不見你時，必去高唐州尋你。」説言未絶，只見小校來報：「戴院長回來了。」宋江便去迎接，到來堂上坐下，便問柴大官人一事。戴宗答道：「去到柴大官人莊上，已知同李逵投高唐州去了。逕奔那裏去打聽，只見滿城人傳説殷天錫因争柴皇城莊屋，被一個黑大漢打死了。見今負累了柴大官人，陷於縲絏，下在牢裏。柴皇城一家人口家私，盡都抄扎了。柴大官人性命早晚不保。」晁蓋道：「這個黑廝又做出來了，但到處便惹口面。」李逵道：「柴皇城被他打傷嘔氣死了，又來占他房屋，又喝教打柴大官人，便是活佛也忍不得！」〔眉〕是，是。李大哥真活佛。晁蓋道：「柴大官人自來與山寨有恩，今日他有危難，如何不下山去救他？我親自去走一遭。」宋江道：「哥哥是山寨之主，如何使得輕動？小可和柴大官人舊來有恩，情願替哥哥下山。」吳學究道：「高唐州城地雖小，人物稠穰，軍廣粮多，不可輕敵。煩請林沖、花榮、秦明、李俊、吕方、郭盛、孫立、歐鵬、楊林、鄧飛、馬麟、白勝十二個頭領，部引馬步軍兵五千作前隊先鋒。中軍主帥宋公明、吳用，並朱仝、雷橫、戴宗、李逵、張橫、張順、楊雄、石秀十個頭領，部引馬步軍兵三千策應。」共該二十二位頭領，辭了晁蓋等衆人。前部已離山寨，中軍主將宋江、吳用督併人馬，望高唐州進發。端的好整齊，但見：

繡旗飄號帶，畫角間銅鑼。三股叉、五股叉，燦燦秋霜；點鋼鎗、蘆葉鎗，紛紛瑞雪。蠻牌遮路，强弓硬弩當先；火砲隨車，大戟長戈擁後。鞍上將，似南山猛虎，人人好鬥偏争；坐下馬，如北海蒼龍，騎騎能衝敢戰。端的鎗刀流水急，果然人馬撮風行。

梁山泊前軍已到高唐州地界，亦有軍卒報知高廉。高廉聽了冷笑道：「你這夥草賊，在梁山泊窩藏，我兀自要來勦捕；你今日你到來就縛，此是天教我成功。左右快傳下號令，整點軍馬出城迎敵，着那衆百姓上城守護。」這高知府上馬管軍，下馬管民，文武兩全。一聲號令下去，那帳前都統、監軍、統領、統制、提轄軍職一應官員，各各部領軍馬，就教場裏點視已罷，諸將便擺布出城迎敵。高廉〈首〉(手)下有三百梯己軍士，號爲飛天神兵，一個個都是山東、河北、江西、湖南、兩淮、兩浙選來的精壯好漢。那三百飛天神兵怎生結束，但見：

頭披亂髮，腦後撒一把烟雲；身掛葫蘆，背上藏千條火焰。黃抹額齊分八卦，豹皮褌盡按四方。熟銅面具似金裝，鑌鐵滾刀如掃帚。掩心鎧甲，前後竪兩面青銅；照眼旌旗，左右列千層黑霧。疑是天篷離斗府，正如月孛下雲衢。

那知府高廉引了三百神兵，披甲背劍，上馬出到城外。把部下軍官週回列成陣勢，却將三百神兵列在中軍，摇旗吶喊，擂鼓鳴金，只等敵軍到來。却說林沖、花榮、秦明引領五千人馬到來，兩軍相迎，旗鼓相望，各把强弓硬弩射住陣脚。兩軍中吹動畫角，發起擂鼓，花榮、秦明帶同十個頭領，都到陣前把馬勒住。頭領林沖橫丈八蛇矛，躍馬出陣，厲聲高叫：「高唐州納命的出來！」高廉把馬一縱，引着三十餘個軍官，都出到門旗下，勒住馬，指着林沖駡道：「你這夥不知死的叛賊！怎敢直犯俺的城池？」林沖喝道：「你這個害民的强盜，我早晚殺到京師，把你那廝欺君賊臣高俅碎屍萬段，方是願足！」駡得好。高廉大怒，回頭問道：「誰人出馬，先捉此賊去？」軍官隊裏轉出一個統制官，姓于，名直，拍馬輪刀，竟出陣前。林沖見了，逕奔于直。兩個戰不到五合，于直被林沖心窩裏一蛇矛刺着，翻筋斗攧下馬去。高廉見了大驚：「再有誰人出馬報讎？」軍官隊裏又轉出一個統制官，姓温，雙名文寶，使一條長鎗，騎一疋黃驃馬。鑾鈴響，珂珮鳴，早出到陣前。四隻馬蹄，蕩起征塵，直奔林沖。秦明見了，大叫：「哥哥稍歇，看我立斬此賊。」林沖勒住馬，收了點鋼矛，讓秦明戰温文寶。兩個約鬥十合之上，秦明放個門户，讓他鎗搠進來，手起棍落，把温文寶削去半個天靈，死于馬下，那疋馬跑回本陣去了。兩陣軍相對，齊吶聲喊。高廉見連折二將，便去背上掣出那口太阿寶劍來，口中念念有詞，喝聲道：「疾！」只見高廉隊中捲起一道黑氣。那道氣散至半空裏，飛砂走石，撼地摇天，刮起怪風，逕掃過對陣來。林冲、花榮等衆將對面不能相顧，驚得那坐下馬亂攛咆哮，衆人回身便走。高廉把劍一揮，指點那三百神兵從陣裏殺將出來，背後官軍協助，一掩過來。趕得林冲等軍馬星落雲散，七斷八續，呼兄唤弟，覓子尋爺，五千軍兵折了一千餘人，直退回五十里下寨。高廉見人馬退去，也收了本部軍兵，入高唐州城裏安下。

却説宋江中軍人馬到來，林冲等接着，具説前事。宋江、吴用聽了大驚。與軍師道：「是何神〈意〉（術），如此利害？」吴學究道：「想是妖法。若能回風返火，便可破敵。」宋江聽罷，打開天書看時，第三卷上有回風返火破陣之法。宋江大喜，用心記了呪語並秘訣，整點人馬，五更造飯吃了，摇旗擂鼓，殺奔城下來。有人報入城中，高廉再點了得勝人馬並三百神兵，開放城門，布下弔橋，出來擺成陣勢。宋江帶劍縱馬出陣前，望見高廉軍中一簇皂旗。吴學究道：「那陣内皂旗，便是神師計的軍兵。但恐又使此法，如何迎敵？」宋江道：「軍師放心，我自有破陣之法。諸軍衆將，勿得驚疑，只顧向前殺去！」高廉分付大小將校：「不要與他强敵挑鬥，但見牌響，一齊併力擒獲宋江，我自有重賞。」兩軍喊聲起處，高廉馬鞍轎上掛着那面聚獸銅牌，上有龍章鳳篆，手裏拿着寶劍出陣前。宋江指着高廉罵道：「昨夜我不曾到，兄弟們誤折一陣。今日我必要把你誅盡殺絶！」高廉喝道：「你這夥反賊！快早早下馬受縛，省得我腥手污脚！」言罷，把劍一揮，口中念念有詞，喝聲道：「疾！」黑氣起處，早捲起怪風來。宋江不等那風到，口中也念念有詞，左手捏訣，右手把劍一指，喝聲道：「疾！」那陣風不望宋江陣裏來，倒望高廉神兵隊裏去了。宋江却待招呼人馬殺將過去，高廉見回了風，急取銅牌，把劍敲動，向那神兵隊裏捲一陣黄砂，就中軍走出一羣猛獸。但見：

> 狻猊舞爪，獅子摇頭。閃金獬豸逞威雄，奮錦貔貅施勇猛。豺狼作對，吐獠牙直奔雄兵；虎豹成羣，張巨口來噙劣馬。帶刺野猪沖陣入，捲毛惡犬撞人來。如龍大蟒撲天飛，吞象頑蛇鑽地落。

高廉銅牌響處，一羣怪獸毒蟲直沖過來。宋江陣裏衆多人馬驚呆了。宋江撇了劍，撥回馬先走。衆頭領簇捧着盡都逃命。大小軍校你我不能相顧，奪路而走。高廉在後面把劍一揮，神兵在前，官軍在後，一齊掩殺將來，宋江人馬大敗虧輸。高廉趕殺二十餘里，鳴金收軍，城中去了。

宋江來到土坡下收住人馬，扎下寨栅。雖是損折了些軍卒，却喜衆頭領都有。屯住軍馬，便與軍師吴用商議道：「今番打高唐州，連折了兩陣，無計可破神兵，如之奈何？」吴學究道：「若使這厮會使神師計，他必然今夜要來劫寨，可先用計提備。此處只可屯扎些少軍馬，我等去舊寨内駐扎。」宋江傳令：「只留下楊林、白勝看寨，其餘人馬退去舊寨内將息。」且説楊林、白勝引人離寨半里草坡内埋伏，等到一更時分，但見：

> 雲生四野，霧漲八方。摇天撼地起狂風，倒海翻江飛急雨。雷公忿怒，倒騎火獸逞神威；電母生嗔，亂掣金蛇施聖力。大樹和根拔去，深波徹底捲乾。若非灌口斬蛟龍，疑是泗州降水母。

當夜風雷大作。楊林、白勝引着三百餘人伏在草裏看時，只見高廉步走，引領三百神兵，吹風唿哨殺入寨裏來。見是空寨，回身便走。楊林、白勝吶聲喊，高廉只怕中了計，四散便走，三百神兵各自奔逃。楊林、白勝亂放弩箭，只顧射去，一箭正中高廉左背。衆軍四散，冒雨趕殺。高廉引領了神兵去得遠了，楊林、白勝人少，不敢深入。少刻雨過雲收，復見一天星斗。月光之下，草坡前搠翻射死，拿得神兵二十餘人，解赴宋公明寨内，具説雷雨風雲之事。宋江、吴用見説，大驚道：「此間只隔得五里遠近，却又無雨無風。」衆人議道：「正是妖法。只在本處，離地只有三四十丈，雲雨氣味，是左近水泊中攝將來的。」楊林説：「高廉也自披髮仗劍殺入寨中，身上中了我一弩箭，回城中去了。爲是人少，不敢去追。」宋江分賞楊林、白勝，把拿來的中傷神兵斬了。分撥衆頭領，下了七八個寨柵，圍遶大寨，提備再來劫寨。一面使人回山寨取軍馬協助。且説高廉自中了箭，回到城中養病，令軍士：「守護城池，曉夜提備，且休與他厮殺。待我箭瘡平復，起來捉宋江未遲。」

却説宋江見折了人馬，心中憂悶，和軍師吴用商量道：「只這個高廉尚且破不得，倘或别添他處軍馬，併力來劫，如之奈何？」吴學究道：「我想要破高廉妖法，只除非依我如此如此。若不去請個人來，柴大官人性命也是難救，高唐州城子永不能得。」宋江又問道：「軍師，這個人是誰？」吴學究説出這個人來，有分教：翩翩鶴駕，請出這個神仙；靄靄雲程，來破幾年妖法。正是要除起霧興雲法，須請通天徹地人。畢竟軍師吴學究當下要請誰，且聽下回分解。

李生曰：我家阿逵只是直性，别無迴頭轉腦心腸，也無口是心非説話。如殷天錫横行，一拳打死便了，何必誓書鐵券。柴大官人到底有些貴介氣，不濟，不濟。

戴宗智取公孫勝

李逵斧劈羅真人

第五十三回　戴宗智取公孫勝　李逵斧劈羅真人

詩曰：

堪嘆人心毒似蛇，誰知天眼轉如車。去年妄取東鄰物，今日還歸北舍家。無義錢財湯潑雪，倘來田地水推沙。若將奸狡爲生計，恰似朝霞與暮霞。〔眉〕可惡。

話説當下吴學究對宋公明説道：「要破此法，只除非快教人去薊州尋取公孫勝〈請〉來，便可破得高廉。」宋江道：「前番戴宗去了幾時，全然打聽不着，却那裏去尋？」吴用道：「只説薊州有管下多少縣治、鎮市、鄉村，他須不曾尋得到。我想公孫勝他是個清高的人，必然在個名山洞府、大川真境居住。今番教戴宗可去遶薊州管下縣治名山仙境去處尋覓一遭，不愁不見他。」宋江聽罷，隨即教請戴院長商議，可往薊州尋取公孫勝。戴宗道：「小可願往，只是得一個做伴的去方好。」【吴用道：「你作起神行法來，誰人趕得你上？」戴宗道：「若是同伴的人，我也把甲馬拴在他腿上，教他也走得許多路程。」】這不必説了。李逵便道：「我與戴院長做伴走一遭。」〔眉〕此公出去，定有妙處。戴宗道：「你若要跟我去，須要一路上吃素，都聽我的言語。」李逵道：「這個有甚難處？我都依你便了。」未必。宋江、吴用分付道：「路上小心在意，休要惹事。若得見了，早早回來。」李逵道：「我打死了殷天錫，却教柴大官人吃官司，我如何不要救他？由衷之言。今番並不敢惹事了。」未必。二人同行，有詩爲證：

飛步神行説戴宗，李逵同伴去如風。若還尋着公孫勝，要使高廉永絶踪。豪傑士，黑旋風，一時赤手逞英雄。誰知一路經行處，惹禍招災頃刻中。

話説戴宗、李逵各藏了暗器，拴縛了包裹，兩個拜了宋江並衆人，離了高唐州，取路投薊州來。走了三十餘里，李逵立住脚道：「大哥，買碗酒吃了走也好。」來了。戴宗道：「你要跟我作神行法，須要只吃素酒，且向前面去。」李逵答道：「便吃些肉，也打甚麽緊。」妙。戴宗道：「你又來了。今日已晚，且尋客店宿了，明日早行。」兩個又走了三十餘里，天色昏黑，尋着一個客店歇了。燒起火來做飯，沽一角酒來吃。李逵搬一碗素飯並一碗菜湯，來房裏與戴宗吃。戴宗道：「你如何不吃飯？」李逵應道：「我且未要吃飯哩。」君子。戴宗尋思道：「這厮必然瞞着我背地裏吃葷。」戴宗自把素飯吃了，却悄悄地來後面張時，見李逵討兩角酒，一盤牛肉，在那裏自吃。戴宗道：「我説甚麽！且不要道破他，明日小小的耍他耍便了。」惡人。戴宗自去房裏睡了。李逵吃了一回酒肉，恐怕戴宗説他，自暗暗的來房裏睡了。到五更時分，戴宗起來，叫李逵打火，做些素飯吃了，各分行李在背上，算還了房宿錢，離了客店。行不到二里多路，戴宗説道：「我們昨日不曾使神行法，今日須要趕程途。你先把包裹拴得牢了，我與你作法，行八百里便住。」戴宗取四個甲馬，去李逵兩隻腿上也縛了，分付道：「你前面酒食店裏等我。」戴宗念念有詞，吹口氣在李逵腿上，李逵拽開脚步，渾如駕雲的一般，飛也似去了。戴宗笑道：「且着他忍一日餓！」也妙。戴宗也自拴上甲馬，隨後趕來。李逵不省得這法，只道和他走路一般。只聽耳朵邊風雨之聲，兩邊房屋樹木一似連排價倒了的，脚底下如雲催霧趲。李逵怕將起來，幾遍待要住脚，兩條腿那裏收拾得住，這脚却似有人在下面推的相似，脚不點地，只管得走去了。看見酒肉飯店，又不能勾入去買吃。妙。李逵只得叫：「爺爺，且住一住！」走的甚是神捷。有詩爲證：

李逵稟性實兇頑，酒肉堆盤似虎餐。只爲一時貪口腹，足行千里不能安。

李逵看看走到紅日平西，肚裏又飢又渴，越不能勾住脚，驚得一身臭汗，氣喘做一團。戴宗從背後趕來，叫道：「李大，怎的不買些點心吃了去？」惡。李逵應道：「哥哥，救我一救，餓殺鐵牛也！」戴宗懷裏摸出幾個炊餅來自吃。惡。李逵叫道：「我不能勾住脚買吃，你與兩個充饑。」戴宗道：「兄弟，你走上來與你吃。」惡。李逵伸着手，只隔一丈來遠近，只趕不上。李逵叫道：「好哥哥，等我一等！」戴宗道：「便是今日有些蹺蹊，我的兩條腿也不能勾住。」李逵道：「阿也！我的這鳥脚，不由我半分，自這般走了去，只好把大斧砍了那下半截下來！」妙人。戴宗道：「只除是恁的般方好，惡。不然直走到明年正月初一日，也不能住。」李逵道：「好哥哥，休使道兒耍我！砍了腿下來，你却笑我！」〔眉〕砍了腿下來只怕人笑，不怕自哭，也奇。戴宗道：「你敢是昨夜不依我？今日連我也走不得住，你自走去。」李逵叫道：「好爺爺，你饒我住一住！」戴宗道：「我的這法，第一不許吃葷並吃牛肉。若還吃了一塊牛肉，只要走十萬里方纔得住。」妙。李逵道：「却是苦也！我昨夜不合瞞着哥哥，真個偷買幾斤牛肉吃了。癡子。正是怎麽好！」戴宗道：「怪得今日連我的這腿也收不住，只用去天盡頭走一遭了，妙。慢慢地，却得三五年方纔回得來。」妙。李逵聽罷，叫起撞天屈來。戴宗笑道：「你從今已後只依得我一件事，我便罷得這法。」李逵道：「老爹，我今都依你便了。」癡。戴宗道：「你如今敢再瞞我吃葷麼？」李逵(道)：「今後但吃時，舌頭上生碗來大疔瘡。畫。我見哥哥要吃素，鐵牛却吃得不，因此上瞞着哥哥。今後並不敢了！」戴宗道：「既是恁的，饒你這一遍。」退後一步，把衣袖去李逵腿上只一拂，喝聲：「住！」李逵却似釘住了的一般，兩隻脚立定地下，那移不動。更妙。其法甚是靈。有詩爲證：

戴宗神術極專精，十步攢爲兩步行。可惜李逵多勇健，雲車風駕莫支撐。

戴宗道：「我先去，你且慢慢的來。」惡。李逵正待擡脚，那裏移得動？拽也拽不起，一似生鐵鑄就了的。妙。李逵大叫道：「又是苦也！晚夕怎地得去？」便叫道：「哥哥，救我一救！」癡。戴宗轉回頭來，笑道：「你今番依我説麼？」李逵道：「你是我親爺，却是不敢違了你的言語。」畫。戴宗道：「你今番却要依我！」便把手綰了李逵，喝聲：「起！」兩個輕輕地走了去。李逵道：「哥哥，可憐見鐵牛，早歇了罷！」前面到一個客店，兩個且來投宿。戴宗、李逵入到房裏，去腿上都卸下甲馬來，取出幾陌紙錢燒送了，問李逵道：「今番却如何？」李逵道：「這兩條腿方纔是我的了。」妙。戴宗道：「誰着你夜來私買酒肉吃？」李逵道：「爲是你不許我吃葷，偷了些吃，也吃你耍得我勾了！」戴宗叫李逵安排些素酒素飯吃了，燒湯洗了脚，上床歇了。睡到五更，起來洗漱罷，吃了飯，還了房錢，兩個又上路。行不到三里多路，戴宗取出甲馬道：「兄弟，今日與你只縛兩個，教你慢行些。」李逵道：「我不要縛了！」妙。戴宗道：「你既依我言語，我和你幹大事，如何肯弄你？你若不依我，教你一似夜來只釘住在這裏，妙。〔眉〕一味行得住不得，又收拾李大不來，妙處全在住得。只等我去薊州尋見了公孫勝，回來放你。」李逵慌忙叫道：「我依，我依！」畫。戴宗與李逵當日各只縛兩個甲馬，作起神行法，扶着李逵，兩個一同走。原來戴宗的法，要行便行，要住便住。李逵從此那裏敢違他言語，於路上只是買些素酒素飯，吃了便行，李逵方纔放心。有詩爲證：

戴宗術法久通神，去住遲延總在心。從此李逵方畏服，二人交誼斷黄金。

話休絮煩。兩個用神行法，不旬日，迤邐來薊州城外客店裏歇了。次日兩個入城來，戴宗扮做主人，李逵扮做僕者。遶城中尋了一日，並無一個認得公孫勝的，兩個自回店裏歇了。次日，又去城中小街狹巷尋了一日，絶無消耗。李逵心焦，罵道：「這個乞丐道人，却鳥躲在那裏？妙人，快人。我若見時，腦揪將去見哥哥！」戴宗瞅道：「你又來了！若不聽我的言語，我又教你吃苦。」也妙。李逵笑道：「我自這般説耍。」妙。〔眉〕此等處都傳神。戴宗又埋怨了一回，李逵不敢回話。兩個又來店裏歇了。次日早起，都去城外近村鎮市尋覓。戴宗但見老人，便施禮拜問公孫勝先生家在那裏居住，並無一人認得。戴宗也問過數十處。

當日晌午時分，兩個走得肚飢，路傍邊見一個素麪店，兩個直入來買些點心吃。只見裏面都坐滿，没一個空處。戴宗、李逵立在當路。過賣問道：「客官要吃麪時，和這老人合坐一坐。」戴宗見個老丈，獨自一個占着一付大座頭，便與他施禮唱個喏，兩個對面坐了。李逵坐在戴宗肩下，分付過賣造四個壯麪來。戴宗道：「我吃一個，你吃三個，不少麽？」李逵道：「不濟事，一發做六個來，我都包辦！」直人，快人。過賣見了也笑。等了半日，不見把麪來，李逵却見都搬入裏面去了，心中已有五分焦躁。只見過賣却搬一個熱麪放在合坐老人面前，那老人也不謙讓，拿起麪來便吃。那分麪却熱，老兒低着頭伏桌兒吃。李逵性急，見不搬麪來，叫一聲：「過賣！」罵道：「却教老爺等了這半日！」把那桌子只一拍，濺那老人一臉熱汁，那分麪都潑翻了。妙。老兒焦躁，便來揪住李逵，喝道：「你是何道理，打翻我麪！」李逵捻起拳頭要打老兒，妙。戴宗慌忙喝住。老人不肯罷休。有四句詩，單說李逵，詩曰：

李逵平昔性剛兇，欺負年高一老翁。麪汁濺來盈臉上，怒中說出指揮功。

戴宗與他陪話道：「丈丈休和他一般見識，小可賠丈丈一分麪。」那老人道：「客官不知，老漢路遠，早要吃了麪回去，聽講長生不死之法，遲時誤了程途。」戴宗問道：「丈丈何處人氏？却聽誰人講說長生不死之法？」老兒答道：「老漢是本處薊州管下九宮縣二仙山下人氏。因來這城中買些好香，回去聽山上羅真人講說長生不死之法。」戴宗尋思道：「莫不公孫勝也在那裏？」便問老人道：「丈丈，貴村曾有個公孫勝麽？」老人道：「客官問別人定不知，多有人不認的他，老漢和他是鄰舍。他只有個老母在堂。這個先生一向雲遊在外，比時唤做公孫一清。如今出姓，都只叫他清道人，不叫做公孫勝。此是俗名，無人認得。」戴宗道：「正是踏破鐵鞋無覓處，得來全不費工夫！」戴宗又拜問丈丈道：「九宮縣二仙山離此間多少路？清道人在家麽？」老人道：「二仙山只離本縣四十五里便是。清道人他是羅真人上首徒弟，他本師如何放他離左右？」戴宗聽了大喜，連忙催趲麪來吃，和那老兒一同吃了，算還麪錢，同出店肆，問了路途。戴宗道：「丈丈先行，小可買些香紙，也便來也。」老人作別去了。

戴宗、李逵回到客店裏，取了行李包裹，再拴上甲馬，離了客店，兩個取路投九宫縣二仙山來。戴宗使起神行法，四十五里片時到了。二人來到縣前，問二仙山時，有人指道：「離縣投東，只有五里便是。」兩個又離了縣治投東而行，果然行不到五里，早望見那座仙山，委實秀麗。但見：

青山削翠，碧岫堆雲。兩崖分虎踞龍蟠，四面有猿啼鶴唳。朝看雲封山頂，暮觀日掛林梢。流水潺湲，澗内聲聲鳴玉珮；飛泉瀑布，洞中隱隱奏瑶琴。若非道侶修行，定有仙翁煉藥。

當下戴宗、李逵來到二仙山下，見個樵夫，戴宗與他施禮説道：「借問此間清道人家在何處居住？」樵夫指道：「只過這個山嘴，門外有條小石橋的便是。」兩個抹過山嘴來，見有十數間草房，一週遭矮墻，墻外一座小小石橋。兩個來到橋邊，見一個村姑提一籃新果子出來。好點綴。戴宗施禮問道：「娘子從清道人家出來，清道人在家麽？」村姑答道：「在屋後煉丹。」戴宗心中暗喜，有詩爲證：

半空蒼翠擁芙蓉，天地風光迥不同。十里青松栖野鶴，一溪流水泛春紅。疏烟白鳥長空外，玉殿瓊樓罨畫中。欲識真仙高隱處，便從林下覓形蹤。

戴宗、李逵兩個立在門前，戴宗分付李逵道：「你且去樹背後躲一躲，待我自入去見了他，却來叫你。」戴宗自入到裏面看時，一帶三間草房，門上懸掛一個蘆簾。戴宗咳嗽了一聲，只見一個婆婆從裏面出來。戴宗看那婆婆，但見：

蒼然古貌，鶴髮駝顔。眼昏似秋月籠烟，眉白如曉霜映日。青裙素服，依稀紫府元君；布襖荆釵，仿佛驪山老姥。形如天上翔雲鶴，貌似山中傲雪松。

戴宗當下施禮道：「告稟老娘，小可欲求清道人相見一面。」婆婆問道：「官人高姓？」戴宗道：「小可姓戴，名宗，從山東到此。」婆婆道：「孩兒出外雲遊，不曾還家。」戴宗道：「小可是舊時相識，要説一句緊要的話，求見一面。」婆婆道：「不在家裏。有甚話説，留下在此不妨，待回家自來相見。」戴宗道：「小可再來。」就辭了婆婆，却來門外對李逵道：〔眉〕有計算。「今番須用着你。方纔他娘説道不在家裏，如今你可去請他。他若説不在時，你便打將起來，却不得傷犯他老母。我來喝住你便罷。」李逵先去包裹裏取出雙斧，插在兩胯下，入的門裏，叫一聲：「着個出來！」婆婆慌忙迎着問道：「是誰？」見了李逵睁着雙眼，先有八分怕他，問道：「哥哥有甚話説？」李逵道：「我是梁山泊黑旋風，奉着哥哥將令，教我來請公孫勝。你教他出來，佛眼相看；若還不肯出來，放一把鳥火，把你家當都燒做白地。莫言不是，早早出來。」〔眉〕這般請客也奇。婆婆道：「好漢莫要恁地。我這裏不是公孫勝家，自喚做清道人。」李逵道：「你只叫他出來，我自認得他鳥臉！」婆婆道：「出外雲遊未歸。」李逵拔出大斧，先砍翻一堵壁。婆婆向前攔住。李逵道：「你不叫你兒子出來，我只殺了你！」拿起斧來便砍，把那婆婆驚倒在地。只見公孫勝從裏面走將出來，叫道：「不得無禮！」有詩爲證：

李逵巨斧白如霜，驚得婆婆命欲亡。幸得戴宗來救護，公孫方肯出中堂。

戴宗便來喝道：「鐵牛！如何嚇倒老母？」戴宗連忙扶起，李逵撇了大斧，便唱個喏道：「阿哥休怪，不恁地你不肯出來。」公孫勝先扶娘入去了，却出來拜請戴宗、李逵，邀進一間静室坐下，問道：「虧二位尋得到此。」戴宗道：「自從師父下山之後，小可先來薊州尋了一遍，並無打聽處；只糾合得一夥弟兄上山。今次宋公明哥哥因去高唐州救柴大官人，致被知府高廉兩三陣用妖法贏了，無計奈何，只得叫小可和李逵逕來尋請足下。遶遍薊州，並無尋處。偶因素麪店中，得個此間老丈指引到此，却見村姑説足下在家燒煉丹藥，老母只是推却，因此使李逵激出師父來。這個太莽了些，望乞恕罪。哥哥在高唐州界上度日如年，請師父便可行程，以見始終成全大義之美。」公孫勝道：「貧道幼年飄蕩江湖，多與好漢們相聚。自從梁山泊分別回鄉，非是昧心，一者母親年老無人奉侍，二乃本師羅真人留在座前聽教。恐怕山寨有人尋來，故意改名清道人，隱居在此。」戴宗道：「今者宋公明正在危急之際，師父慈悲，只得去走一遭。」公孫勝道：「干礙老母無人養贍，本師羅真人如何肯放，其實去不得了。」戴宗再拜懇告。公孫勝扶起戴宗，説道：「再容商議。」公孫勝留戴宗、李逵在浄室裏坐定，出來叫個莊客安排些素酒素食相待。三個吃了一回，戴宗又苦苦哀告公孫勝道：「若是師父不肯去時，宋公明必被高廉捉了。山寨大義，從此休矣！」公孫勝道：「且容我去稟問本師，真人若肯容許時，便一同去。」戴宗道：「只今便去啓問本師。」公孫勝道：「且寬心住一宵，明日早去。」戴宗道：「哥哥在彼一日，如度一年，煩請師父同往一遭。」

公孫勝便起身，引了戴宗、李逵離了家裏，取路上二仙山來。此時已是秋殘冬初時分，日短夜長，容易得晚。來到半山腰，却早紅輪西墜。松陰裏面一條小路，直到羅真人觀前。見有硃紅牌額，上寫三個金字，書着「紫虛觀」。三人來到觀前，看那二仙山時，果然是好座仙境。但見：

青松鬱鬱，翠柏森森。一羣白鶴聽經，數個青衣碾藥。青梧翠竹，洞門深鎖碧窗寒；白雪黄芽，石室雲封丹竈暖。野鹿啣花穿徑去，山猿擎果引雛來。時聞道士談經，每見仙翁論法。虛皇壇畔，天風吹下步虛聲；禮斗殿中，鸞背忽來環珮韻。只此便爲真紫府，更於何處覓蓬萊。

三人就着衣亭上整頓衣服，從廊下入來，逕投殿後松鶴軒裏去。兩個童子看見公孫勝領人入來，報知羅真人。傳法旨，教請三人入來。當下公孫勝引着戴宗、李逵到松鶴軒内，正值真人朝真纔罷，坐在雲牀上養性。公孫勝向前行禮起居，躬身侍立。戴宗、李逵看那羅真人時，端的有神遊八極之表。但見：

星冠攢玉葉，鶴氅縷金霞。神清似長江皓月，貌古似泰華喬松。踏魁罡，朱履步丹霄；歌步虛，琅函浮瑞氣。長髯廣頰，修行到無漏之天；碧眼方瞳，服食造長生之境。三島十洲騎鳳往，洞天福地抱琴遊。高餐沆瀣，静品鸞笙。正是三更步月鸞聲遠，萬里乘雲鶴背高。都仙太史臨凡世，廣惠真人住世間。

戴宗當下見了，慌忙下拜，李逵只管着眼看。羅真人問公孫勝道：「此二位何來？」公孫勝道：「便是昔日弟子曾告我師，山東義友是也。今爲高唐州知府高廉顯逞異術，有兄宋江特令二弟來此呼喚。弟子未敢擅便，故來稟問我師。」羅真人道：「吾弟子既脱火坑，學煉長生，何得再慕此境？自宜慎重，不可妄爲。」戴宗再拜道：「容乞暫請公孫先生下山，破了高廉，便送還山。」羅真人道：「二位不知，此非出家人閑管之事，汝等自下山去商議。」公孫勝只得引了二人離了松鶴軒，連晚下山來。李逵問道：「那老仙先生説甚麽？」戴宗道：「你偏不聽得？」李逵道：「便是不省得這般鳥則聲。」妙。戴宗道：「便是他的師父説道，教他休去。」李逵聽了，叫起來道：「教我兩個走了許多路程，千難萬難尋見了，却放出這個屁來！妙。莫要引老爺性發，一隻手撳碎你這道冠兒，一隻提住腰胯，把那老賊倒直撞下山去！」快人。戴宗瞅着道：「你又要釘住了脚？」李逵道：「不敢，不敢！説一聲兒耍。」畫。

三個再到公孫勝家裏，當夜安排些晚飯吃了。公孫勝道：「且權宿一宵，明日再去懇告本師，若肯時便去。」戴宗至夜叫了安置，兩個收拾行李，都來浄室裏睡了。兩個睡到三更左側，李逵悄悄地爬將起來，聽得戴宗齁齁的睡着。妙人。自己尋思道：「却不是干鳥氣麽？你原是山寨裏人，却來問甚麽鳥師父！明朝那厮又不肯，却不誤了哥哥的大事？真忠義。我忍不得了！只是殺了那個老賊道，佛。教他没問處，只得和我去。」妙算。李逵要害真人，有詩爲證：

欲請公孫去解圍，真人不肯着他爲。李逵夜奮英雄力，斧到應教性命危。

李逵當時摸了兩把板斧，悄悄地開了房門，乘着星月明朗，一步步摸上山來。到得紫虚觀前，却見兩扇大門關了。傍邊籬墻苦不甚高，李逵騰地跳將過去，開了大門，一步步摸入裏面來。直至松鶴軒前，只聽隔窗有人看誦玉樞寶經之聲。李逵爬上來，舐破窗紙張時，見羅真人獨自一個坐在雲床上，面前桌兒上燒着一爐名香，點起兩枝畫燭，朗朗誦經。李逵道：「這賊道却不是當死！」一踅，踅過門邊來，把手只一推，呀地兩扇亮槅齊開。李逵搶將入去，提起斧頭便望羅真人腦門上劈將下來，砍倒在雲床上，無非是忠義所使。流出白血來。李逵看了，笑道：「眼見的這賊道是童男子身，頤養得元陽真氣不曾走瀉，正没半點的紅。」（眉）趣事趣話趣人，無所不趣。李逵再仔細看時，連那道冠兒劈做兩半，一顆頭直砍到項下。李逵道：「今番且除了一害，不煩惱公孫勝不去。」便轉身出了松鶴軒，從側首廊下奔將出來。只有一個青衣童子攔住李逵，喝道：「你殺了我本師，待走那裏去！」李逵道：「你這個小賊道，也吃我一斧！」手起斧落，把頭早砍下臺基邊去。二人都被李逵砍了。有詩爲證：

李逵雙斧白如霜，劈倒真人命已亡。料得精魂歸碧落，一心暗地喜非常。

且說李逵笑道：「只好撒開！」逕取路出了觀門，飛也似奔下山來。到得公孫勝家裏，閃入來，閉上了門。淨室裏聽戴宗時，兀自未覺，李逵依然原又去睡了。妙。直到天明，公孫勝起來安排早飯，相待兩個吃了。戴宗道：「再請先生同引我二人上山懇告真人。」李逵聽了，暗暗地冷笑。三個依原舊路再上山來，入到紫虛觀裏松鶴軒中，見兩個童子。公孫勝問道：「真人何在？」道童答道：「真人坐在雲床上養性。」李逵聽說，吃了一驚，把舌頭伸將出來，半日縮不入去。畫。三個揭起簾子入來看時，見羅真人坐在雲床上中間。李逵暗暗想道：「昨夜莫非是錯殺了？」趣。羅真人便道：「汝等三人又來何幹？」戴宗道：「特來哀告我師慈悲，救取衆人免難。」羅真人道：「這黑大漢是誰？」戴宗答道：「是小可義弟，姓李，名逵。」真人笑道：「本待不教公孫勝去，看他的面上，教他去走一遭。」戴宗拜謝。李逵自暗暗尋思道：「那廝知道我要殺他，却又鳥說！」只見羅真人道：「我教你三人片時便到高唐州如何？」三個謝了。戴宗尋思：「這羅真人又强似我的神行法。」好點綴。真人喚道童取三個手帕來。

戴宗道：「上告我師，却是怎生教我們便能勾到高唐州？」羅真人便起身：「都跟我來。」三個人隨出觀門外石岩上來。先取一個紅手帕鋪在石上，道：「吾弟子可登。」公孫勝雙脚在上面，羅真人把袖一拂，喝聲道：「起！」那手帕化做一片紅雲，載了公孫勝，冉冉騰空便起。離山約有二十餘丈，羅真人喝聲：「住！」那片紅雲不動。却鋪下一個青手帕，教戴宗踏上，喝聲：「起！」那手帕却化作一片青雲，載了戴宗，起在半空裏去了。那兩片青紅二雲如蘆蓆大，起在天上轉，李逵看得呆了。羅真人却把一個白手帕鋪在石上，唤李逵踏上。李逵笑道：「却不是耍！若跌下來，好個大疙瘩！」趣。羅真人道：「你見二人麽？」李逵立在手帕上，羅真人喝一聲：「起！」那手帕化做一片白雲飛將起去。李逵叫道：「阿也！我的不穩，放我下來！」趣。羅真人把右手一招，那青紅二雲平平墜將下來。戴宗拜謝，侍立在面前。公孫勝侍立在左手。李逵在上面叫道：「我也要撒尿撒屎，你不着我下來，我劈頭便撒下來也！」趣。羅真人問道：「我等自是出家人，不曾惱犯了你，你因何夜來越墻而過，入來把斧劈我？若是我無道德，已被殺了。又殺了我一個道童。」李逵道：「不是我，你敢錯認了？」妙。〔眉〕好白賴！羅真人笑道：「雖然只是砍了我兩個葫蘆，其心不善，且教你吃些磨難。」把手一招，喝聲：「去！」一陣惡風，把李逵吹入雲端裏。只見兩個黄巾力士押着，李逵耳邊只聽得風雨之聲，不覺逕到薊州地界，諕得魂不着體，手脚摇戰。忽聽得刮刺刺地響一聲，却從薊州府廳屋上骨碌碌滾將下來。當日正值府尹馬士弘坐衙，廳前立着許多公吏人等，看見半天裏落下一個黑大漢來，衆皆吃驚。有詩爲證：

李逵諕得大癡呆，忽向雲端落下來。官吏見來俱喪膽，只疑妖怪降庭階。

話説馬知府見了叫道：「且拿這厮過來！」當下十數個牢子獄卒，把李逵驅至當面。馬府尹喝道：「你這厮是那裏妖人？如何從半天裏弔將下來！」李逵吃跌得頭破額裂，半晌説不出話來。馬知府道：「必然是個妖人！」教去取些法物來。牢子節級將李逵綑翻，驅下廳前草地裏。一個虞候掇一盆狗血，劈頭一淋；又一個提一桶尿糞來，望李逵頭上直澆到脚底下。李逵口裏、耳朵裏都是尿屎。〔眉〕好報復。李逵叫道：「我不是妖人，我是跟羅真人的伴當。」〔眉〕李大哥原有智，誰〈誰〉〈能〉説他一味鹵莽？原來薊州人都知道羅真人是個現世的活神仙，因此不肯下手傷他，再驅李逵到廳前。早有吏人稟道：「這薊州羅真人是天下有名的得道活神仙，若是他的從者，不可加刑。」馬府尹笑道：「我讀千卷之書，未必。每聞今古之事，未見神仙有如此徒弟。即係妖人。牢子，與我加力打那厮！」衆人只得拿翻李逵，打得一佛出世，二佛涅槃。馬知府喝道：「你那厮！快招了妖人，便不打你。」李逵只得招做「妖人李二」，取一面大枷釘了，押下大牢裏去。李逵來到死囚獄裏，説道：「我是直日神將，如何枷了我？好歹教你這薊州一城人都死！」妙。那押牢節級禁子，都知羅真人道德清高，誰不欽服，都來問道：「你這個端的是甚麼人？」李逵道：「我是羅真人親隨直日神將。因一時有失，惡了真人，把我撇在此間，教我受些苦難，三兩日必來取我。你們若不把些酒食來將息我時，我教你們衆人全家都死。」妙。那節級牢子見了他説，到都怕他，只得買酒買肉請他吃。李逵見他們害怕，越説起風話來，牢裏衆人越怕了，又將熱水來與他洗浴了，換些乾净衣裳。李逵道：「若還缺了我酒食，我便飛了去，教你們受苦。」妙。牢裏禁子只得倒陪告他。李逵陷在薊州牢裏不提。

且說羅真人把上項的事，一一說與戴宗。戴宗只是苦苦哀告，求救李逵。羅真人留住戴宗在觀裏宿歇，動問山寨裏事務。戴宗訴說晁天王、宋公明仗義疏財，專只替天行道，誓不損害忠臣烈士、孝子賢孫、義夫節婦，許多好處，羅真人聽罷甚喜。一住五日。戴宗每日磕頭禮拜，求告真人乞救李逵。羅真人道：「這等人只可驅除了罷，休帶回去。」也妙。戴宗告道：「真人不知，這李逵雖然愚蠢，不省理法，也有些小好處：第一，耿直，分毫不肯苟取於人；第二，不會阿諂於人，雖死其忠不改；第三，並無淫慾邪心，貪財背義。敢勇當先。因此宋公明甚是愛他。不爭没了這個人，回去教小可難見兄長宋公明之面。」羅真人笑道：「貧道已知這人是上界〈地〉（天）殺星之數，爲是下土衆生作業太重，故罰他下來殺戮。吾亦安肯逆天，壞了此人？（眉）不合説破。只是磨他一會。我叫取來還你。」戴宗拜謝。羅真人叫一聲：「力士何在？」就鶴軒前起一陣風，風過處，一尊黃巾力士出現。但見：

面如紅玉，鬚似皂絨。仿佛有一丈身材，縱横有一千斤氣力。黃巾側畔，金環耀日噴霞光；繡襖中間，鐵甲鋪霜吞月影。常在壇前護法，每來世上降魔。脚穿抹緑雕蹴靴，手執宣花金蘸斧。

那個黃巾力士上告：「我師有何法旨？」羅真人道：「先差你押去薊州的那人罪業已滿，你還去薊州牢裏取他回來。速去速回！」力士聲喏去了。約有半個時辰，從虛空裏把李逵撇將下來。戴宗連忙扶住李逵，問道：「兄弟，這兩日在那裏？」李逵看了羅真人，只管磕頭拜說道：「鐵牛不敢了也！」趣。羅真人道：「你從今以後可以戒性，竭力扶持宋公明，休生歹心。」李逵再拜道：「敢不遵依真人言語！」戴宗道：「你正去那裏走了這幾日？」李逵道：「自那日一陣風，直刮我去薊州府裏，從廳屋脊上直滾下來，被他府裏衆人拿住。那個馬知府道我是妖人，捉翻我綑了，却教牢子獄卒把狗血和尿屎淋我一頭一身，打得我兩腿肉爛，把我枷了，下在大牢裏去。衆人問我是何神，從天上落下來？只吃我説道羅真人的親隨直日神將，因有些過失，罰受此苦，過三二日必來取我。雖是吃了一頓棍棒，却也詐得些酒肉噇。趣。那厮們懼怕真人，却與我洗浴，換了一身衣裳。方纔正在亭心裏詐酒肉吃，只見半空裏跳下這個黄巾力士，把枷鎖開了，喝我閉眼，一似睡夢中直扶到這裏。」公孫勝道：「師父似這般的黄巾力士有一千餘員，都是本師真人的伴當。」李逵聽了，叫道：「活佛！你何不早説，免教我做了這般不是。」趣。只顧下拜。戴宗也再拜懇告道：「小可端的來的多日了，高唐州軍馬甚急，望乞師父慈悲，放公孫先生同弟子去救哥哥宋公明，破了高廉，便送還山。」羅真人道：「我本不教他去，今爲汝大義爲重，權教他去走一遭。我有片言，汝當記取。」公孫勝向前跪聽真人指教。只因羅真人説了那幾句話，傳授秘訣，有分教：額角有光，日中無影。煉丹在石屋雲房，飛步去蓬萊閬苑。正是：滿還濟世安邦願，來作乘鸞跨鳳人。畢竟羅真人説教公孫勝怎地下山，且聽下回分解。

李和尚曰：有一村學究道：「李逵太凶狠，不該殺羅真人；羅真人亦無道氣，不該磨難李逵。」

此言真如放屁，不知《水滸傳》文字，當以此回爲第一。試看種種摩寫處，那一事不趣？那一言不趣？天下文章當以趣爲第一。既是趣了，何必實有是事，並實有是人？若一一推究如何如何，豈不令人笑殺！

又曰：羅真人處固妙絕千古，戴院長處亦令人絕倒。每讀至此，噴飯滿案。

水滸傳
卷之五十四
容與堂
公孫勝鬭法破高廉

黑旋風探穴救柴進

第五十四回　入雲龍鬥法破高廉　黑旋風探穴救柴進

詩曰：

奉辭伐罪號天兵，主將須將正道行。自謂魔君能破敵，豈知正法更專精。行仁柴進還存命，無德高廉早喪生。試把興亡重檢點，西風搔首不勝情。

話說當下羅真人道：「弟子，你往日學的法術，却與高廉的一般。吾今傳授與汝五雷天罡正法，依此而行，可救宋江，保國安民，替天行道。休被人慾所縛，誤了大事，專精從前學道之心。你的老母，我自使人早晚看視，勿得憂念。汝應上界天閑星，以此容汝去助宋公明。吾有八個字汝當記取，休得臨期有誤。」羅真人説那八個字，道是：「逢幽而止，遇汴而還。」公孫勝拜授了訣法，便和戴宗、李逵三人拜辭了羅真人，别了衆道伴下山。歸到家中，收拾了道衣、寶劍二口，並鐵冠、如意等物了當，拜辭了老母，離山上路。行過了三四十里路程，戴宗道：「小可先去報知哥哥，先生和李逵大路上來，却得再來相接。」公孫勝道：「正好。賢弟先往報知，吾亦趲行來也。」戴宗分付李逵道：「於路小心伏侍先生，但有些差池，教你受苦。」妙。李逵答道：「他和羅真人一般的法術，我如何敢輕慢了他？」趣。

戴宗拴上甲馬，作起神行法來，預先去了。

却説公孫勝和李逵兩個離了二仙山九宮縣，取大路而行，到晚尋店安歇。李逵懼怕羅真人法術，十分小心扶侍公孫勝，那裏敢使性。〔眉〕李大哥纔是個真人，羅真人反未必真。兩個行了三日，來到一個去處，地名唤做武岡鎮，只見街市人烟輳集。公孫勝道：「這兩日於路走的困倦，買碗素酒素麪吃了行。」李逵道：「也好。」却見驛道傍邊一個小酒店，兩個入來店裏坐下。公孫勝坐了上首，李逵解了腰包，下首坐了。叫過賣一面打酒，就安排些素饌來與二人吃。公孫勝道：「你這裏有甚素點心賣？」過賣道：「我店裏只賣酒肉，没有素點心。市口人家有棗糕賣。」李逵道：「我去買些來。」便去包内取了銅錢，一跺逕投市鎮上來，買了一包棗糕。欲待回來，只聽得路傍側首有人喝采道：「好氣力！」李逵看時，一夥人圍定一個大漢，把鐵瓜鎚在那裏使，衆人看了喝采他。李逵看那大漢時，七尺以上身材，面皮有麻，鼻子上一條大路。李逵看那鐵鎚時，約有三十來斤，那漢使的發了，一瓜鎚正打在壓街石上，把那石頭打做粉碎。衆人喝采。李逵忍不住，便把棗糕揣在懷中，便來拿那鐵鎚。那漢喝道：「你是甚麽鳥人，敢來拿我的鎚！」李逵道：「你使的甚麽鳥好，教衆人喝采！看了倒污眼。你看老爺使一回教衆人看。」那漢道：「我借與你，你若使不動時，且吃我一頓脖子拳了去。」李逵接過瓜鎚，如弄彈丸一般，使了一回，輕輕放下，面又不紅，心頭不跳，口内不喘。那漢看了，倒身便拜，説道：「願求哥哥大名。」李逵道：「你家在那裏住？」那漢道：「只在前面便是。」引了李逵到一個所在，見一把鎖鎖着門。那漢把鑰匙開了門，請李逵到裏面坐地。李逵看他屋裏都是鐵鉆、鐵鎚、火爐、鉗鑿家火，尋思道：「這人必是個打鐵匠人，山寨裏正用得着，何不叫他也去入夥？」李逵又道：「漢子，你通個姓名教我知道。」那漢道：「小人姓湯，名隆，父親原是延安府知寨官來。因爲打鐵上遭際老种經略相公，帳前敍用。近年父親在任亡故，小人貪賭，流落在江湖上，因此權在此間打鐵度日。入骨好使鎗棒，爲是自家渾身有麻點，人都叫小人做金錢豹子。敢問哥哥高姓大名？」李逵道：「我便是梁山泊好漢黑旋風李逵。」湯隆聽了，再拜道：「多聞哥哥威名，誰想今日偶然得遇！」李逵道：「你在這裏幾時得發迹？不如跟我上梁山泊入夥，教你也做個頭領。」〔眉〕李大哥原具眼，原憐才，原肯薦賢。湯隆道：「若得哥哥不棄，肯帶攜兄弟時，願隨鞭鐙。」就拜李逵爲兄。有四句詩單題着湯隆好處：

銅筋鐵骨身軀健，爐冶鉗鎚每用功。原是延安知寨後，金錢豹子是湯隆。

當時李逵認湯隆爲弟，湯隆道：「我又無家人伴當，同哥哥去市鎮上吃三杯淡酒，表結拜之意。今晚歇一夜，明日早行。」李逵道：「我有個師父在前面酒店裏，等我買棗糕去吃了便行，擔閣不得，只可如今便行。」湯隆道：「如何這般要緊？」李逵道：「你不知宋公明哥哥見今在高唐州界首廝殺，只等我這師父到來救應。」湯隆道：「這個師父是誰？」李逵道：「你且休問，快收拾了去。」湯隆急急拴了包裹盤纏銀兩，戴上毡笠兒，跨了口腰刀，提條朴刀，棄了家中破房舊屋、粗重家火，跟了李逵直到酒店裏來見公孫勝。公孫勝埋怨道：「李逵，你如何去了許多時？再來遲些，我依前回去了。」李逵不敢做聲回話，引過湯隆拜了公孫勝，備說結義一事。公孫勝見説他是打鐵出身，心中也喜。李逵取出棗糕，叫過賣將去整理，三個一同飲了幾杯酒，吃了棗糕，算還了酒錢。李逵、湯隆各背上包裹，與公孫勝離了武岡鎮，迤邐望高唐州來。

三個於路，三停中走了二停多路，那日早却好迎着戴宗來接。公孫勝見了大喜，連忙問道：「近日相戰如何？」戴宗道：「高廉那厮近日箭瘡平復，每日領兵來搦戰。哥哥堅守不敢出敵，只等先生到來。」公孫勝道：「這個容易。」李逵引着湯隆拜見戴宗，説了備細，四人一處奔高唐州來。離寨五里遠，早有吕方、郭盛引一百餘騎軍馬迎接着。四人都上了馬，一同到寨，宋江、吴用等出寨迎接。各施禮罷，擺了接風酒，敍問間闊之情，請入中軍帳内，衆頭領亦來作慶。李逵引過湯隆來參見宋江、吴用並衆頭領等。講禮已罷，寨中且做慶賀筵席。次日，中軍帳上宋江、吴用、公孫勝商議破高廉一事。公孫勝道：「主將傳令，且着拔寨都起，看敵軍如何，貧道自有區處。」當日宋江傳令各寨一齊引軍起身，直抵高唐州城壕，下寨已定。次日早五更造飯，軍人都披掛衣甲。宋公明、吴學究、公孫勝三騎馬直到軍前，摇旗擂鼓，吶喊篩鑼，殺到城下來。

再説知府高廉在城中箭瘡已痊。隔夜小軍來報知宋江軍馬又到，早晨都披掛了衣甲，便開了城門，放下弔橋，將引三百神兵並大小將校出城迎敵。兩軍漸近，旗鼓相望，各擺開陣勢。兩陣裏花腔鼉鼓擂，雜彩綉旗摇。【宋江陣門開處，分十騎馬來雁翅般擺開在西邊。左手下五將：花榮、秦明、朱仝、歐鵬、吕方。右手下五將是：林沖、孫立、鄧飛、馬麟、郭盛。中間三騎馬上，爲頭是主將宋公明。怎生打扮？

頭頂茜紅巾，腰繫獅蠻帶。錦征袍大〈紅〉（鵬）貼背，水銀盔彩鳳飛簷。抹緑靴斜踏寶鐙，黄金甲光動龍鱗。描金鞊隨定紫絲鞭，錦(鞍)韉穩稱桃花馬。

左邊那騎馬上，坐着的便是梁山泊掌握兵權軍師吳學究。怎生打扮？

五明扇齊攢白羽，九綸巾巧簇烏紗。素羅袍香皂沿邊，碧玉環絲絛束定。鳧舄穩踏葵花鐙，銀鞍不離紫絲韁。兩條銅鍊掛腰間，一騎青驄出戰場。

右邊那騎馬上，坐着的便是梁山泊掌握行兵布陣副軍師公孫勝。怎生打扮？

星冠耀日，神劍飛霜。九霞衣服綉春雲，六甲風雷藏寶訣。腰間繫雜色短鬚絛，背上懸松文古定劍。穿一雙雲頭點翠皂朝靴，騎一疋分鬃昂首黄花馬。名標蕊笈玄功著，身列仙班道行高。

三個總軍主將，三騎馬出到陣前。看對陣金鼓齊鳴，門旗開處，也有二三十個軍官簇擁着高唐州知府高廉出在陣前，立馬於門旗下。怎生結束，但見：

束髮冠珍珠鑲嵌，絳紅袍錦綉攢成。連環鎧甲耀黄金，雙翅銀盔飛彩鳳。足穿雲縫弔墩靴，腰繫獅蠻金鞓帶。手内劍横三尺水，陣前馬跨一條龍。【〔眉〕可删。

那知府高廉出到陣前，厲聲高叫，喝駡道：「你那水洼草賊，既有心要來厮殺，定要分個勝敗，見個輸贏，走的不是好漢！」宋江聽罷，問一聲：「誰人出馬立斬此賊？」小李廣花榮挺鎗躍馬，直至垓心。高廉見了，喝問道：「誰與我直取此賊去？」那統制官隊裏轉出一員上將，喚做薛元輝，使兩口雙刀，騎一疋劣馬，飛出垓心，來戰花榮。兩個在陣前鬥了數合，花榮撥回馬望本陣便走。薛元輝不知是計，縱馬舞刀儘力來趕。花榮略帶住了馬，拈弓取箭，扭轉身軀，只〈弓〉(一)箭，把薛元輝頭重脚輕射下馬去。兩軍齊吶聲喊。高廉在馬上見了，大怒，急去馬鞍前鞽取下那面聚獸銅牌，把劍去擊。那裏敲得三下，只見神兵隊裏捲起一陣黃沙來，罩的天昏地暗，日色無光。喊聲起處，豺狼虎豹、怪獸毒蟲就這黃砂内捲將出來。衆軍恰待都走，公孫勝在馬上早掣出那一把松文古定劍來，指着敵軍，口中念念有詞，喝聲道：「疾！」只見一道金光射去，那夥怪獸毒蟲，都就黃砂中亂紛紛墜於陣前。衆軍人看時，却都是白紙剪的虎豹走獸，黃砂盡皆蕩散不起。宋江看了，鞭稍一指，大小三軍一齊掩殺過去。但見人亡馬倒，旗鼓交橫。高廉急把神兵退走入城。宋江軍馬趕到城下，城上急拽起弔橋，閉上城門，檑木砲石如雨般打將下來。宋江叫且鳴金，收聚軍馬下寨，整點人數，各獲大勝。回帳稱謝公孫先生神功道德，隨即賞勞三軍。次日，分兵四面圍城，儘力攻打。公孫勝對宋江、吴用道：「昨夜雖是殺敗敵軍大半，眼見得那三百神兵退入城中去了。若是今日攻擊得緊，那厮今夜必來偷營劫寨。今晚可收軍一處，直至夜深分去四面埋伏。這裏虛扎寨栅，夜間教衆將只聽霹靂響，看寨中火起，一齊進兵。」傳令已了，當日攻城至未牌時分，都收四面軍兵還寨，却在營中大吹大擂飲酒。看看天色漸晚，衆頭領暗暗分撥開去，四面埋伏已定。

却說宋江、吴用、公孫勝、花榮、秦明、吕方、郭盛上土坡等候。是夜高廉果然點起三百神兵，背上各帶鐵葫蘆，於内藏着硫黃焰硝、烟火藥料。各人俱執鈎刃、鐵掃帚，口内都啣蘆哨。二更前後，大開城門，放下弔橋，高廉當先，驅領神兵前進，背後却帶三千餘騎，奔殺前來。離寨漸近，高廉在馬上作起妖法，却早黑氣沖天，狂風大作，飛砂走石，播土揚塵。三百神兵各取火種，去那葫蘆口上點着，一聲蘆哨齊響，黑氣中間，火光罩身，大刀闊斧滾入寨裏來。高埠處，公孫勝仗劍作法，就空寨中平地上刮剌剌起個霹靂。三百神兵急待退步，只見那空寨中火起，光焰亂飛，上下通紅，無路可出。四面伏兵齊趕，圍定寨柵，黑處偏見。三百神兵不曾走得一個，都被殺在寨裏。高廉急引了三十餘騎奔走回城。背後一枝軍馬追趕將來，乃是豹子頭林冲。看看趕上，急叫得放下弔橋，高廉只帶得八九騎入城，其餘盡被林冲和人連馬生擒活捉了去。高廉進到城中，盡點百姓上城守護。高廉軍馬神兵，被宋江、林冲殺個盡絶。有詩爲證：

虎略龍韜説宋江，高廉神術更無雙。一時殺戮無噍類，不日開門就納降。

次日，宋江又引軍馬四面圍城甚急。高廉尋思：「我數年學得術法，不想今日被他破了，似此如之奈何？」只得使人去鄰近州府求救急，急修書二封，教去東昌、寇州：「二處離此不遠，這兩個知府都是我哥哥擡舉的人，教星夜起兵來接應。」差了兩個帳前統制官，賫擎書信，放開西門，殺將出來，投西奪路去了。衆將却待去追趕，吴用傳令：「且放他去，可以將計就計。」宋江問道：「軍師如何作用？」吴學究道：「城中兵微將寡，所以他去求救。我這裏可使兩枝人馬，詐作應救軍兵，於路混戰。高廉必然開門助戰。乘勢一面取城，把高廉引入小路，必然擒獲。」是。〔眉〕只是那裏知道他是兩處求救麽？宋江聽了大喜，令戴宗回梁山泊另取兩枝軍馬，分作兩路而來。

且説高廉每夜在城中空闊處堆積柴草，竟天價放火爲號，城上只望救兵到來。過了數日，守城軍兵望見宋江陣中不戰自亂，急忙報知。高廉聽了，連忙披掛上城瞻望，只見兩路人馬，戰塵蔽日，喊殺連天，沖奔前來，四面圍城軍馬，四散奔走。高廉知是兩路救軍到了，盡點在城軍馬，大開城門，分投掩殺出去。且説高廉撞到宋江陣前，看見宋江引着花榮、秦明，三騎馬望小路而走。高廉引了人馬，急去追趕。忽聽後山坡後連珠砲響，心中疑惑，便收轉人馬回來。兩邊鑼響，左手下呂方，右手下郭盛，各引五百人馬沖將出來。高廉急奪路走時，部下軍馬折其大半，奔走脱得垓心時，望見城上已都是梁山泊旗號。舉眼再看，無一處是救應軍馬，只得引着些敗卒殘兵，投山僻小路而走。行不到十里之外，山背後撞出一彪人馬，當先擁出病尉遲孫立，攔住去路，厲聲高叫：「我等你多時，好好下馬受縛！」高廉引軍便回。背後早有一彪人馬截住去路，當先馬上却是美髯公朱仝。兩頭夾攻將來，四面截了去路。高廉便棄了坐下馬，便走上山。四下裏步軍一齊趕上山去。高廉慌忙口中念念有詞，喝聲道：「起！」駕一片黑雲，冉冉騰空，直上山頂。〔眉〕説夢。只見山坡邊轉出公孫勝來，見了，便把劍在馬上望空作用，口中也念念有詞，喝聲道：「疾！」將劍望空一指，只見高廉從雲中倒撞下來。側首搶過插翅虎雷横，一朴刀把高廉揮做兩段。可憐半世英雄漢，化作南柯夢裏人。有詩爲證：

五馬諸侯貴匪輕，自將妖術弄魔兵。到頭難敵公孫勝，致使陰陵一命傾。

且説雷横提了首級，都下山來，先使人去飛報主帥。宋江已知殺了高廉，收軍進高唐州城内。先傳下將令：「休得傷害百姓。」是。一面出榜安民，秋毫無犯。且去大牢中救出柴大官人來。那時當牢節級、押獄禁子已都走了，止有三五十個罪囚，盡數開了枷鎖釋放。是。數中只不見柴大官人一個。宋江心中憂悶。尋到一處監房内，却監着柴皇城一家老小。又一座牢内，監着滄州提捉到柴進一家老小，同監在彼。爲是連日厮殺，未曾取問發落。只是没尋柴大官人處。吴學究道：「叫喚集高唐州押獄、禁子。」跟問時，數内有一個稟道：「小人是當牢節級藺仁。前日蒙知府高廉所委，專一牢固監守柴進，不得有失。又分付道：『但有凶吉，你可便下手。』三日之前，知府高廉要取柴進出來施刑。小人爲見本人是個好男子，不忍下手，只推道本人病至八分，不必下手。後又催併得緊，小人回稱柴進已死。因是連日厮殺，知府不閑，却差人下來看視。小人恐見罪責，昨日引柴進去後面枯井邊，開了枷鎖，推放裏面躲避。如今不知存亡。」

宋江聽了，慌忙着藺仁引入。直到後牢枯井邊望時，見裏面黑洞洞地不知多少深淺。上面叫時，那得人應。把索子放下去探時，約有八九丈深。宋江道：「柴大官人眼見得多是没了。」宋江垂淚。吴學究道：「主軍且休煩惱，誰人敢下去探看一遭，便見有無。」説由未了，轉過黑旋風李逵來，大叫道：「等我下去！」真忠義。宋江道：「正好。當初也是你送了他，今日正宜報本。」李逵笑道：「我下去不怕，你們莫要割斷了繩索。」不。吴學究道：「你却也忒奸猾。」〔眉〕此處把李大哥説壞了。李大哥是個忠義漢子，况柴進事體又是他惹出來的，此時一心要救柴大官人，自然死亦不顧，那得工夫説閑話。不像，不像。且取一個大篾籮，把索子抓了，接長索頭，扎起一個架子，把索抓在上面。李逵脱得赤條條的，手拿兩把板斧，要他何用。坐在籮裏，却放下井裏去，索上縛兩個銅鈴。漸漸放到底下，李逵却從蘿裏爬將出來，去井底下摸時，摸着一堆，却是骸骨。李逵道：「爺娘！甚鳥東西在這裏？」又去這邊摸時，底下濕漉漉的，没下脚處。李逵把雙斧拔放籮裏，兩手去摸，底下四邊却寬。一摸摸着一個人，做一堆兒蹲在水坑裏。李逵叫一聲：

「柴大官人！」那裏見動。把手去摸時，只覺口内微微聲喚。李逵道：「謝天地，恁的時還有救性！」

「你可再下去，先把柴大官人放在籮裏，先發上來，却再放籮下來取你。」李逵道：「哥哥不知，我去薊州着了兩道兒，今番休撞第三遍！」不肖。宋江笑道：「我如何肯弄你？你快下去！」李逵只得再坐蘿裏，又下井去。到得底下，李逵爬將出籮去，却把柴大官人抱在籮裏，搖動索上銅鈴。上面聽得，早扯起來到上面。衆人看了大喜。宋江見柴進頭破額裂，兩腿皮肉打爛，眼目略開又閉。宋江心中甚是悽慘，叫請醫士調治。李逵却在井底下發喊大叫。宋江聽得，急叫把籮放將下去取他上來。李逵到得上面，發作道：「你們也不是好人，到此則不妨矣。便不把籮放下去救我！」宋江道：「我們只顧看顧柴大官人，因此忘了你，休怪。」宋江就令衆人把柴進扛扶上車睡了，先把兩家老小並奪轉許多家財，共有二十餘輛車子，叫李逵、雷横先護送上梁山泊去。却把高廉一家老小良賤三四十口，處斬於市。再把應有家私並府庫財帛、倉廒粮米，盡數裝載上山。大小將校離了高唐州，〈德〉（得）勝回梁山泊。所過州縣，秋毫無犯。鞭敲金鐙響，齊唱凱歌回。在路已經數日，回到大寨。柴進扶病起來，稱謝晁、宋二公并衆頭領。晁蓋教請柴大官人就山頂宋公明歇所，另建一所房子，與柴進並家眷安歇。晁蓋、宋江等衆皆大喜。自高唐州回來，又添得柴進、湯隆兩個頭領，且作慶賀筵席，不在話下。

再説東昌、寇州兩處，已知高唐州殺了高廉，失陷了城池，只得寫表，差人申奏朝廷。又有高唐州逃難官員，都到京師説知真實。高太尉聽了，知道殺死他兄弟高廉。次日五更，在待漏院中專等景陽鐘響，百官各具公服直臨丹墀，伺候朝見。道君皇帝設朝。正是：

雞鳴紫陌曙光寒，鶯囀皇州春色闌。金闕曉鐘開萬户，玉階仙仗列千官。花迎劍佩星初落，柳拂旌旗露未乾。獨有鳳凰池上客，陽春一曲和皆難。

當日五更三點，道君皇帝升殿。净鞭三下響，文武兩班齊。天子駕坐，殿頭官喝道：「有事出班啓奏，無事捲簾退朝。」高太尉出班奏曰：「今有濟州梁山泊賊首晁蓋、宋江，累造大惡，打劫城池，搶擄倉廒，聚集兇徒惡黨。見在濟州殺害官軍，鬧了江州、無爲軍，今又將高唐州官民殺戮一空，倉廒庫藏盡被擄去。此是心腹大患，若不早行誅戮勦除，他日養成賊勢，甚於北邊强虜敵國。微臣不勝惶懼，伏乞我皇聖斷。」天子聞奏大驚，隨即降下聖旨，就委高太尉選將調兵，前去勦捕，務要掃清水泊，殺絶種類。高太尉又奏道：「量此草寇，不必興舉大兵，臣保一人，可去收復。」天子道：「卿若舉用，必無差錯，即令起行，飛捷報功，加官賜賞，高遷任用。」高太尉奏道：「此人乃開國之初河東名將呼延贊嫡派子孫，單名呼個灼字。使兩條銅鞭，有萬夫不當之勇。見受汝寧郡都統制，手下多有精兵勇將。臣舉保此人，可以征勦梁山泊。可授兵馬指揮使，領馬步精鋭軍士，克日掃清山寨，班師還朝。」天子准奏，降下聖旨，着樞密院即便差人賫敕前往汝寧州星夜宣取。當日朝罷，高太尉就於帥府着樞密院撥一員軍官，賫擎聖旨，前去宣取。當日起行，限時定日要呼延灼赴京聽命。

却説呼延灼在汝寧州統軍司坐衙，聽得門人報道：「有聖旨特來宣取將軍赴京，有委用的事。」呼延灼與本州官員出郭迎接到統軍司。開讀已罷，設筵管待使臣。火急收拾了頭盔衣甲，鞍馬器械，帶引三四十從人，一同使命，離了汝寧州，星夜赴京。於路無話。早到京師城內殿司府前下馬，來見高太尉。當日高俅正在殿帥府坐衙，門吏報道：「汝寧州宣到呼延灼，見在門外。」高太尉大喜，叫喚進來，參見了。看那呼延灼一表非俗，正是：

開國功臣後裔，先朝良將玄孫。家傳鞭法最通神，英武慣經戰陣。仗劍能探虎穴，彎弓解射鵰羣。將軍出世定乾坤，呼延灼威名大振。

當下高太尉問慰已畢，與了賞賜。次日早朝，引見道君皇帝。徽宗天子看了呼延灼一表非俗，喜動天顏，就賜踢雪烏騅一疋。那馬渾身墨錠似黑，四蹄雪練價白，因此名爲踢雪烏騅馬，日行千里。聖旨賜與呼延灼騎坐。叫延灼就謝恩已罷，隨高太尉再到殿帥府，商議起軍勦捕梁山泊一事。呼延灼稟復：「恩相，小人覷探梁山泊兵多將廣，武藝高强，不可輕敵小覷。小人乞保二將爲先鋒，同提軍馬到彼，必獲大功。若是誤舉，甘當重罪。」高太尉聽罷大喜，問道：「將軍所保誰人，可爲前部先鋒？」不爭呼延灼舉保此二將，有分教：宛子城重添羽翼，梁山泊大破官軍。且教功名未上淩烟閣，身體先登聚義廳。畢竟呼延灼對高太尉保出誰來，且聽下回分解。

卓吾曰：此回文字不濟。

高太尉大興三路兵

呼延灼擺布連環馬

第五十五回　高太尉大興三路兵　呼延灼擺布連環馬

詩曰：

幼辭父母去鄉邦，鐵馬金戈入戰場。截髮爲繩穿斷甲，扯旗作帶裹金瘡。腹饑慣把人心食，口渴曾將虜血嘗。四海太平無事業，青銅愁見鬢如霜。

話説這八句詩，專道武將不容易得做，自古道「一將功成萬骨枯」，誠有此言也。且説高太尉問呼延灼道：「將軍所保何人，可爲先鋒？」呼延灼稟道：「小人舉保陳州團練使，姓韓，名滔，原是東京人氏。曾應過武舉出身，使一條棗木槊，人呼爲百勝將軍。此人可爲正先鋒。又有一人，乃是潁州團練使，姓彭，名玘，亦是東京人氏，乃累代將門之子。使一口三尖兩刃刀，武藝出衆，人呼爲天目將軍。此人可爲副先鋒。」高太尉聽了，大喜道：「若是韓、彭二將爲先鋒，何愁狂寇哉！」當日高太尉就殿帥府押了兩道牒文，着樞密院差人星夜往陳、潁二州調取韓滔、彭玘，火速赴京。不旬日之間，二將已到京師，逕來殿帥府參見了太尉並呼延灼。

次日，高太尉帶領衆人，都往御教場中敷演武藝。看軍了當，却來殿帥府，會同樞密院官計議軍機重事。高太尉問道：「你等三路總有多少人馬？」呼延灼答道：「三路軍馬計有五千，連步軍數及一萬。」高太尉道：「你三人親自回州，揀選精鋭馬軍三千，步軍五千，約會起程，收勦梁山泊。」呼延灼稟道：「此三路馬步軍兵，都是訓練精熟之士，人强馬壯，不必殿帥憂慮。但恐衣甲未全，只怕誤了日期，取罪不便，乞恩相寬限。」高太尉道：「既是如此説時，你三人可就京師甲仗庫内，不拘數目，任意選揀衣甲盔刀，關領前去，務要軍馬整齊，好與對敵。出師之日，我自差官來點視。」呼延灼領了鈞旨，帶人往甲仗庫關支。呼延灼選訖鐵甲三千副，熟皮馬甲五千副，銅鐵頭盔三千頂，長鎗二千根，衮刀一千把，弓箭不計其數，火砲、鐵砲五百餘架，都裝載上車。臨辭之日，高太尉又撥與戰馬三千疋。三個將軍各賞了金銀段疋，三軍盡關了糧賞。呼延灼與韓滔、彭玘都與了〈畢〉（必）勝軍狀，辭別了高太尉並樞密院等官。三人上馬，都投汝寧州來，於路無話。到得本州，呼延灼便道：「韓滔、彭玘各往陳、潁二州，起軍前來汝寧會合。」不勾半月之上，三路兵馬都已〈定〉（完）足。呼延灼便把京師關到衣甲、盔刀、旗鎗、鞍馬，並打造連環鐵鎧軍器等物，分俵三軍已了，伺候出軍。高太尉差到殿帥府兩員軍官，前來點視。犒賞三軍已罷，呼延灼擺布三路兵馬出城。端的是：

鞍上人披鐵鎧，坐下馬帶銅鈴。旌旗紅展一天霞，刀劍白鋪千里雪。弓彎鵲畫，飛魚袋半露龍梢；箭插鵰翎，獅子壺緊拴豹尾。人頂深盔垂護項，微漏雙睛；馬披重甲帶朱纓，單懸四足。開路人兵，齊擔大斧；合後軍將，盡撚長鎗。慣戰兒郎，個個英雄如子路；能征士卒，人人斗膽似姜維。數千甲馬離州城，三個將軍來水泊。

當下起軍，擺布兵馬出城。前軍開路韓滔，中軍主將呼延灼，後軍催督彭玘，馬步三軍人等，浩浩殺奔梁山泊來。

却說梁山泊遠探報馬逕到大寨，報知此事。聚義廳上當中晁蓋、宋江，上首軍師吴用，下首法師公孫勝並衆頭領，各與柴進賀喜，終日筵宴。聽知報道：「汝寧州雙鞭呼延灼，引着軍馬到來征進。」衆皆商議迎敵之策。吴用便道：「我聞此人祖乃開國功臣，河東名將呼延贊之後，嫡派子孫。此人武藝精熟，使兩條銅鞭，人不可近。必用能征敢戰之將，先以力敵，後用智擒。」說言未了，黑旋風李逵便道：「我與你去捉這廝！」宋江道：「你如何去得？我自有調度。可請霹靂火秦明打頭陣，豹子頭林沖打第二陣，小李廣花榮打第三陣，一丈青扈三娘打第四陣，病尉遲孫立打第五陣。將前面五陣一隊隊戰罷，如紡車般轉作後軍。我親自帶引十個弟兄，引大隊人馬押後。左軍五將：朱仝、雷横、穆弘、黄信、吕方。右軍五將：楊雄、石秀、歐鵬、馬麟、郭盛。水路中可請李俊、張横、張順、阮家三弟兄駕船接應。却叫李逵與楊林引步軍，分作兩路埋伏救應。」宋江調撥已定，前軍秦明早引人馬下山，向平川曠野之處列成陣勢。此時雖是冬天，却喜和暖。等候了一日，早望見官軍到來。先鋒隊裏，百勝將韓滔領兵扎下寨栅，當晚不戰。

次日天曉，兩軍對陣。三通畫角鳴處，聒天般擂起戰鼓來。宋江隊裏，門旗下捧出霹靂火秦明，出到陣前，馬上横着狼牙棍。望對陣門旗開處，先鋒韓滔出馬。怎生模樣，有八句詩爲證。但見：

韜略傳家遠，胸襟志氣高。解横棗木槊，愛着錦征袍。平地能擒虎，遥空慣射鵰。陳州團練使，百勝將韓滔。

先鋒將韓滔橫槊勒馬，大罵秦明道：「天兵到此，不思早早投降，還自敢抗拒，不是討死！我直把你水泊填平，梁山踏碎，生擒活捉你這夥反賊，解京碎屍萬段，吾之願也。」秦明又是性急的人，那裏聽了，也不打話，便拍馬舞起狼牙棍直取（韓滔）。韓滔挺槊躍馬來戰秦明。怎見得這對厮殺，但見：

縱兩疋龍媒馳驟，使二般兵器逢迎。往來不讓毫釐，上下豈饒分寸。狼牙棍起，望中只向頂門敲；鐵桿槊來，錯裏不離心坎刺。正是好手中間施好手，紅心裏面奪紅心。

當下秦明、韓滔兩個鬥到二十餘合，韓滔力怯，只待要走。背後中軍主將呼延灼已到，見韓滔戰秦明不下，便從中軍舞起雙鞭，縱坐下那疋御賜踢雪烏騅，咆哮嘶喊，來到陣前。秦明見了，欲待來戰呼延灼，第二撥豹子頭林沖已到陣前，便叫：「秦統制少歇，看我戰三百合却理會。」林沖挺起蛇矛，直奔呼延灼。秦明自把軍馬從左邊趄向山坡後去。這裏呼延灼自戰林沖。兩個正是對手，鎗來鞭去花一團，鞭去鎗來錦一簇。兩個鬥到五十合之上，不分勝敗。第三撥小李廣花榮軍到陣門下，大叫道：「林將軍少歇，看我擒捉這厮。」林沖撥轉馬便走。呼延灼因見林沖武藝高强，也回本陣。林沖自把本部軍馬一轉，轉過山坡後去，讓花榮挺鎗出馬。呼延灼後軍也到，天目將彭玘便來出馬。怎見得彭玘英雄，有八句詩爲證：

兩眼露光芒，聲雄性氣剛。刀横三尺雪，甲耀九秋霜。捨命臨邊塞，争先出戰場。人稱天目將，彭玘最高强。

當下合後將彭玘，橫着那三尖兩刃四竅八環刀，驟着五明千里黃花馬，出陣大罵花榮道：「反國逆賊，何足爲道，與吾併個輸贏！」花榮大怒，也不答話，便與彭玘交馬。兩個戰二十餘合，呼延灼見彭玘力怯，縱馬舞鞭，直奔花榮。鬥不到三合，第四撥一丈青扈三娘人馬已到，大叫：「花將軍少歇，看我捉這廝！」花榮也引軍望右邊踅轉山坡下去了。彭玘來戰一丈青未定，第五撥病尉遲孫立軍馬早到，勒馬於陣前擺着，看這扈三娘去戰彭玘。〔眉〕序五將戰三將處亦好。兩個正在征塵影裏，殺氣陰中，一個使大桿刀，一個使雙刀。兩個鬥到二十餘合，一丈青把雙刀分開，回馬便走。彭玘要逞功勞，縱馬趕來。一丈青便把雙刀掛在馬鞍鞽上，袍底下取出紅綿套索，上有二十四個金鈎。等彭玘馬來得近，扭過身軀，把套索望空一撒，看得親切，彭玘措手不及，早拖下馬來。孫立喝教衆軍一發向前，把彭玘捉了。呼延灼看見大怒，忿力向前來救。一丈青便拍馬來迎敵。呼延灼恨不得一口水吞了那一丈青。兩個鬥到十合之上，急切贏不得一丈青，〔眉〕一丈青是個戰手。呼延灼心中想道：「這個潑婦人在我手裏鬥了許多合，倒恁地了得！」也怯了。心忙意急，賣個破綻，放他入來，却把雙鞭只一蓋蓋將下來，那雙刀却在懷裏。提起右手銅鞭，望一丈青頂門上打下來，却被一丈青眼明手快，早把刀只一隔，右手那口刀望上直飛起來。却好那一鞭打將下來，正在刀口上，錚地一聲響，火光迸散，〔眉〕如畫。一丈青回馬望本陣便走。呼延灼縱馬趕來，病尉遲孫立見了，便挺鎗縱馬向前迎住廝殺。背後宋江却好引十對良將都到，列成陣勢。一丈青自引了人馬，也投山坡下去了。宋江見活捉拿得天目將彭玘，心中甚喜，且來陣前看孫立與呼延灼交戰。孫立也把鎗帶住，手腕上綽起那條竹節鋼鞭，來迎呼延灼。兩個都使鋼鞭，〈那〉（却）更一般打扮。病尉遲孫立是交角鐵幞頭，大紅羅抹額，百花點翠皂羅袍，烏油戧金甲，騎一疋烏騅馬，使一條竹節虎眼鞭，賽過尉遲恭。這呼延灼却是沖天角鐵幞頭，銷金黃羅抹額，七星打釘皂羅袍，烏油對嵌鎧甲，騎一疋御賜踢雪烏騅，使兩條水磨八稜鋼鞭，左手的重十二斤，右手重十三斤。〔眉〕倒好看。兩個在陣前左盤右旋，鬥到三十餘合，不分勝敗。宋江看了，喝采不已。

官軍陣裏韓滔見説折了彭玘，便去後軍隊裏盡起軍馬，一發向前厮殺。宋江只怕沖將過來，便把鞭梢一指，十個頭領引了大小軍士掩殺過去。背後四路軍兵，分作兩路夾攻攏來。呼延灼見了，急收轉本部軍馬，各敵個住。爲何不能全勝？却被呼延灼陣裏都是連環馬，官軍馬帶馬甲，人披鐵鎧，馬帶甲只露得四蹄懸地，人掛甲只露着一對眼睛。宋江陣上雖有甲馬，只是紅纓面具、銅鈴雉尾而已。這裏射將箭去，那裏甲都護住了。那三千馬軍各有弓箭對面射來，因此不敢近前。宋江急叫鳴金收軍，呼延灼也退二十餘里下寨。

宋江收軍，退到山西下寨，屯住軍馬，且叫左右羣刀手簇擁彭玘過來。宋江望見，便起身喝退軍士，親解其縛，扶入帳中，分賓而坐，宋江便拜。〔眉〕只是這個法兒。彭玘連忙答禮拜道：「小子被擒之人，理合就死，何故將軍以賓禮待之？」宋江道：「某等衆人無處容身，暫占水泊，權時避難，造惡甚多。今者朝廷差遣將軍前來收捕，本合延頸就縛，但恐不能存命，因此負罪交鋒，誤犯虎威，敢乞恕罪！」妙。

彭玘答道：「素知將軍仗義行仁，扶危濟困，不想果然如此義氣。倘蒙存留微命，當以捐軀保奏。」

好貨。宋江道：「某等衆弟兄也只待聖主寬恩，赦宥重罪，忘生保國，萬死不辭。」宋江當日就將天目將彭玘使人送上大寨，交與晁天王相見，留在寨裏。這裏自一面犒賞三軍並衆頭領，計議軍情。有詩爲證：

英風凜凜扈三娘，套索雙刀不可當。活捉先鋒彭玘至，梁山水泊愈增光。

再說呼延灼收軍下寨，自和韓滔商議，如何取勝梁山水泊。韓滔道：「今日這厮們見俺催軍近前，他便慌忙掩擊過來。明日盡數驅馬軍向前，必獲大勝。」呼延灼道：「我已如此安排下了，只要和你商量相通。」隨即傳下將令，教三千疋馬軍做一排擺着，每三十疋一連，却把鐵環連鎖。但遇敵軍，遠用箭射，近則使鎗，直沖入去。〔眉〕連環馬的是用得。三千連環馬軍，分作一百隊鎖定。五千步軍在後策應。「明日休得挑戰，我和你押後掠陣。但若交鋒，分將三面沖將過去。」計策商量已定，次日天曉出戰。却說宋江次日把軍馬分作五隊在前，後軍十將簇擁，兩路伏兵分於左右。秦明當先，搦呼延灼出馬交戰，只見對陣但知吶喊，並不交鋒。爲頭五軍都一字兒擺在陣前：中是秦明，左是林沖、一丈青，右是花榮與孫立。在後隨即宋江引十將也到，重重疊疊，擺着人馬。看對陣時，約有一千步軍，只是擂鼓發喊，並無一人出馬交鋒。宋江看了心中疑惑，暗傳號令，教後軍且退。却縱馬直到花榮隊裏窺望。猛聽對陣裏連珠砲響，一千步軍忽然分作兩下，就出三隊連環馬軍，直沖將來；兩邊把弓箭亂射，中間盡是長鎗。宋江看了大驚，急令衆軍把弓箭施放，那裏抵敵得住？每一隊三十疋馬一齊跑發，不容你(不)向前走。那連環馬軍漫山遍野，橫衝直撞將來。前面五隊軍馬望見，便亂攛了，策立不定。後面大隊人馬攔當不住，各自逃生。宋江飛馬慌忙便走，十將擁護而行。背後早有一隊連環馬軍追將來，却得伏兵李逵、楊林引人從蘆葦中殺出來，救得宋江。逃至水邊，却有李俊、張橫、張順、三阮六個水軍頭領擺下戰船接應。宋江急急上船，便傳將令，教分頭去救應衆頭領下船。那連環馬直趕到水邊，亂箭射來。船上却有傍牌遮護，不能損傷。慌忙把船棹到鴨嘴灘頭，盡行上岸。就水寨裏整點人馬，折其大半。却喜衆頭領都全，雖然折了些馬疋，都救得性命。少刻，只見石勇、時遷、孫新、顧大嫂都逃命上山，却說：「步軍衝殺前來，把店屋平拆了去。我等若無號船接應，盡被擒捉。」宋江一一親自撫慰。計點衆頭領時，中箭者六人：林沖、雷橫、李逵、石秀、孫新、黄信。小嘍囉中傷帶箭者不計其數。晁蓋聞知，與同吴用、公孫勝下山來動問。宋江眉頭不展，面帶憂容。吴用勸道：「哥哥休憂。勝敗乃兵家常事，何必掛心。別生良策，可破連環軍馬。」晁蓋便傳號令，分付水軍牢固寨栅船隻，保守灘頭，曉夜提備。請宋公明上山安歇。宋江不肯上山，只就鴨嘴灘寨内駐扎，只教帶(傷)頭領上山養病。有志。〔眉〕是。

却說呼延灼大獲全勝回到本寨，開放連環馬，都次第前來請功。殺死者不計其數，生擒的五百餘人，奪得戰馬三百餘疋。隨即差人前去京師報捷，一面犒賞三軍。却說高太尉正在殿帥府坐衙，門人報道：「呼延灼收捕梁山泊得勝，差人報捷。」心中大喜。次日早朝，越班奏聞天子，徽宗甚喜，敕賞黄封御酒十瓶，錦袍一領，差官一員，賫錢十萬貫，前去行營賞軍。高太尉領了聖旨，回到殿帥府，隨即差官賫捧前去。却說呼延灼聞知有天使至，與韓滔出二十里外迎接。接到寨中，謝恩受賞已畢，置酒管待天使。一面令韓先鋒俵錢賞軍。且將捉到五百餘人囚在寨中，待拿得賊首，一併解赴京師，示衆施行。天使問道：「彭團練如何失陷？」呼延灼道：「爲因貪捉宋江，深入重地，致被擒捉。今次羣賊必不敢再來。小可分兵攻打，務要肅清山寨，掃盡水洼，擒獲衆賊，拆毁巢穴。但恨四面是水，無路可進。遥觀寨栅，只除非得火砲飛打，以碎賊巢。隨軍縱有能戰者，奈緣無路可施展也。久聞東京有個砲手淩振，名號轟天雷。此人善造火砲，能去十四五里遠近，石砲落處，天崩地陷，山倒石裂。若得此人，可以攻打賊巢。更兼他深通武藝，弓馬熟閑。若得天使回京，於太尉前言知此事，可以急急差遣到來，克日可取賊巢。」使命應允。次日起程，於路無話。回到京師，來見高太尉，備説呼延灼求索砲手淩振，要建大功。高太尉聽罷，傳下鈞旨，教唤甲仗庫副使砲手淩振那人來。原來淩振祖貫燕陵人也，是宋朝盛世第一個砲手，人都呼他是轟天雷。更兼武藝精熟。曾有四句詩讚淩振的好處：

火砲落時城郭碎，烟雲散處鬼神愁。轟天雷起馳風砲，淩振名聞四百州。

當下淩振來參見了高太尉，就受了行軍統領官文憑，便教收拾鞍馬軍器起身。且説淩振把應有用的烟火藥料，就將做下的諸色火砲，並一應的砲石砲架，裝載上車。帶了隨身衣甲盔刀行李等件，並三四十個軍漢，離了東京，取路投梁山泊來。到得行營，先來參見主將呼延灼，次見先鋒韓滔。備問水寨遠近路程，山寨險峻去處，安排三等砲石攻打：第一是風火砲，第二是金輪砲，第三是子母砲。先令軍健振起砲架，直去水邊竪起，准備放砲。

却説宋江正在鴨嘴灘上小寨内和軍師吴學究商議破陣之法，無計可施。有探細人來報道：「東京新差一個砲手，唤做轟天雷淩振，即目在於水邊豎起架子，安排施放火砲，攻打寨栅。」吴學究道：「這個不妨。我山寨四面都是水泊，港汊甚多；宛子城離水又遠。總有飛天火砲，如何能勾打得到城邊？且棄了鴨嘴灘小寨，看他怎地設法施放，却做商議。」當日宋江棄了小寨，便都起身，且上關來。晁蓋、公孫勝接到聚義廳上，問道：「似此如何破敵？」動問未絶，早聽得山下砲響。一連放了三個火砲，兩個打在水裏，一個直打到鴨嘴灘邊小寨上。宋江見説，心中展轉憂悶，衆頭領盡皆失色。吴學究道：「若得一人誘引淩振到水邊，先捉了此人，方可商議破敵之法。」晁蓋道：「可着李俊、張横、張順、三阮六人棹船，如此行事；岸上朱仝、雷横，如此接應。」

且説六個水軍頭領得了將令，分作兩隊：李俊和張横先帶了四十五個會水的火家，棹兩隻快船，從蘆葦深處探路過去；背後張順、三阮棹四十餘隻小船接應。再説李俊、張横上到對岸，便去砲架子邊吶聲喊，把砲架推翻。軍士慌忙報與淩振知道。淩振便帶了風火二砲，上馬拿鎗，引了一千餘人趕將來。李俊、張横領人便走。淩振追至蘆葦灘邊，看見一字兒擺着四十餘隻小船，船上共有百十餘個水軍。李俊、張横早跳在船上，故意不把船開。淩振人馬趕到泊邊，看見李俊、張横並衆水軍吶聲喊，都跳下水裏去了。淩振人馬已到，便來搶船。朱仝、雷横却在對岸吶喊擂鼓。淩振奪得許多船隻，叫軍健盡數上船，便殺過去。船行纔到波心之中，只見岸上朱仝、雷横鳴起鑼來，水底下早鑽起三四百水軍，盡把船尾〈哨〉（楔）子拔了，水都滚入船裏來。外邊就勢扳翻船，軍健都撞在水裏。〔眉〕這陣亦爽快。

淩振急待回船，船尾舵櫓已自被拽下水底去了。兩邊却鑽上兩個頭領來，把船只一扳，仰合轉來，淩振却被合下水裏去。水底下却是阮小二，一把抱住，直拖到對岸來。岸上早有頭領接着，便把索子綁了，先解上山來。水中生擒二百餘人，一半水中淹死，些少逃得性命回去。呼延灼得知，急領馬軍趕將來時，船都已過鴨嘴灘去了。箭又射不着，人都不見了，只忍得氣。呼延灼恨了半晌，只得引了人馬回去。有詩爲證：

淩振素稱神砲手，金輪子母一窩風。如何失却驚天手，反被生擒水泊中。

且說衆頭領捉得轟天雷淩振，解上山寨，先使人報知。宋江便同滿寨頭領下第二關迎接。見了淩振，連忙親解其縛，便埋冤衆人道：「我教你們禮請統領上山，如何恁的無禮！」淩振拜謝不殺之恩。又哄着了。宋江便與他把盞已了，自執其手，相請上山。到大寨，見了彭玘已做了頭領，好貨。淩振閉口無言。彭玘勸道：「晁、宋二頭領替天行道，招納豪傑，專等招安，與國家出力。既然我等到此，只得從命。」好貨。宋江却又陪話，再三枚舉，淩振荅道：「小可在此趨侍不妨，爭奈老母妻子都在京師，倘或有人知覺，必遭誅戮，如之奈何？」宋江道：「但請放心，限日取還統領。」淩振謝道：「若得頭領如此週全，死而瞑目。」晁蓋道：「且教做筵席慶賀。」

次日，廳上大聚會，衆頭領飲酒之間，宋江與衆又商議破連環馬之策。正無良法，只見金錢豹子湯隆起身道：「小子不材，願獻一計。除是得這般軍器，和我一個哥哥，可以破得連環甲馬。」吳學究便問道：「賢弟，你且說用何等軍器？你那個令親哥哥是誰？」湯隆不慌不忙，叉手向前，說出這般軍器和那個人來。有分教：四五個頭領直往京師，三千餘馬軍盡遭毒手。正是計就玉京擒獬豸，謀成金闕捉狻猊。畢竟湯隆對衆説出那般軍器，甚麽人來，且聽下回分解。

李和尚曰：宋公明凡遇敗將，只是一個以恩結之，所云「知雄守雌」也，的是黄老派頭。吾嘗謂他「假道學真强盜」這六個字，實録也，即公明知之，定以爲然。

吳用使時迁盜甲

湯隆賺徐寧上山

第五十六回　吴用使時遷盜甲　湯隆賺徐寧上山

詩曰：

雁翅鎧甲人稀見，寢室高懸未易圖。寅夜便施掏摸手，潛行不畏虎狼徒。河傾斗落三更後，燭滅燈殘半夜初。神物竊來如拾芥，前身只恐是錢驢。

話說當時湯隆對衆頭領說道：「小可是祖代打造軍器爲生。先父因此藝上遭際老种經略相公，得做延安知寨。先朝曾用這連環甲馬取勝。欲破陣時，須用鈎鐮鎗可破。湯隆祖傳，已有畫樣在此，若要打造，便可下手。湯隆雖是會打，却不會使。若要會使的人，只除非是我那個姑舅哥哥，他在東京，見做金鎗班教師。這鈎鐮鎗法，只有他一個教頭。他家祖傳習學，不教外人。或是馬上，或是步行，都有法則，端的使動神出鬼没。」説言未了，林冲問道：「莫不是見做金鎗班教師徐寧？」湯隆應道：「正是此人。」林冲道：「你不説起，我也忘了。這徐寧的金鎗法、鈎鐮鎗法，端的是天下獨步。在京師時，多與我相會，較量武藝，彼此相敬相愛。只是如何能勾得他上山來？」湯隆道：「徐寧先祖留下一件寶貝，世上無對，乃是鎮家之寶。湯隆比時曾隨先父知寨，往東京視探姑姑時，多曾見來，是一副雁翎砌就圈金甲。這一副甲，披在身上又輕又穩，刀劍箭矢急不能透，人都喚做賽唐猊。多有貴公子要求一見，造次不肯與人看。這副甲是他的性命，用一個皮匣子盛着，直掛在卧房中梁上。若是先對付得他這副甲來時，不由他不到這裏。」〔眉〕湯隆也是個賊。吴用道：「若是如此，何難之有？放着有高手弟兄在此，今次却用着鼓上蚤時遷去走一遭。」時遷隨即應道：「只怕無有此一物在彼，若端的有時，好歹定要取了來。」湯隆道：「你若盜的甲來，我便包辦賺他上山。」宋江問道：「你如何去賺他上山？」湯隆去宋江耳邊，低低説了數句，宋江笑道：「此計大妙。」吴學究道：「再用得三個人同上東京走一遭：一個到京收買烟火藥料，並砲内用的藥材，兩個去取淩統領家老小。」彭玘見了，便起身稟宋江道：「若得一人到潁州取得小弟家眷上山，實拜成全之德。」宋江便道：「團練放心，便請二位修書，小可自教人去。」便喚楊林，可將金銀書信，帶領伴當，前往潁州取彭玘將軍老小。薛永扮作使鎗棒賣藥的，往東京取淩統領老小。李雲扮作客商，同往東京收賣烟火藥料等物。樂和隨湯隆同行，又幫薛永往來作伴。一面先送時遷下山去了。次後且叫湯隆打起一把鈎鎌鎗做樣，却叫雷横提調監督。原來雷横祖上也是打鐵出身。再説湯隆打起鈎鎌鎗樣子，教山寨裏打軍器的照着樣子打造，自有雷横提督，不在話下。大寨做個送路筵席，當下楊林、薛永、李雲、樂和、湯隆辭別下山去了。次日又送戴宗下山，往來探聽事情。這段話一時難盡。

這裏且説時遷離了梁山泊，身邊藏了暗器諸般行頭，在路迤逞來到東京，投個客店安下了。次日，踅進城來，尋問金鎗班教師徐寧家。有人指點道：「入得班門裏，靠東第五家黑角子門便是。」時遷轉入班門裏，先看了前門；次後趕來相了後門，見是一帶高牆，牆裏望見兩間小巧樓屋，側手却是一根戧柱。時遷看了一回，又去街坊問道：「徐教師在家裏麽？」人應道：「敢在內裏隨直未歸。」時遷又問道：「不知幾時歸？」人應道：「直到晚方歸來，五更便去內裏隨班。」時遷叫了「相擾」，且回客店裏來，取了行頭，藏在身邊。分付店小二道：「我今夜多敢是不歸，照管房中。」小二道：「但放心自去幹事，並不差池。」

再説時遷入到城裏，買了些晚飯吃了，却趕到金鎗班徐寧家左右看時，没一個好安身去處。看看天色黑了，時遷挾入班門裏面。是夜寒冬天色，却無月光。時遷看見土地廟後一株大柏樹，便把兩隻腿夾定，一節節爬將上去樹頭頂，騎馬兒坐在枝柯上。悄悄望時，只見徐寧歸來，望家裏去了。又見班裏兩個人，提着燈籠出來關門，把一把鎖鎖了，各自歸家去了。早聽得譙樓禁鼓，却轉初更。但見：

角韻纔聞三弄，鐘聲早轉初更。雲寒星斗無光，露散霜花漸白。六街三市，但聞喝號提鈴；萬户千家，各自關門閉户。對青燈，學子攻經史；秉畫燭，佳人上繡床。可羞。

這時遷見班裏静悄悄地，却從樹上溜將下來，趕到徐寧後門邊，從牆上下來，不費半點氣力，爬將過去，看裏面時，却是個小小院子。時遷伏在廚房外張時，見廚房下燈明，兩個丫嬛兀自收拾未了。時遷却從戧柱上盤到搏風板邊，伏做一塊兒。張那樓上時，見那金鎗手徐寧和娘子〈正〉(團)爐對坐向火，懷裏抱着一個六七歲孩兒。時遷看那卧房裏時，見梁上果然有個大皮匣拴在上面。卧房門口掛着一副弓箭、一口腰刀，衣架上掛着各色衣服。徐寧口裏叫道：「梅香，你來與我摺了衣服。」下面一個丫嬛上來，就側手春臺上先摺了一領紫繡圓領；又摺一領官綠襯裏襖子，並下面五色花綉踢串；一個護項彩色錦帕；一條紅緑結子並手帕一包。另用一個小黄帕兒，包着一條雙獺尾荔枝金帶，也放在包袱内，把來安在烘籠上。時遷都看在眼裏。〔眉〕《水滸傳》文字巧處亦在太密，瑣處亦在太密。

約至二更以後，徐寧收拾上床。娘子問道：「明日隨直也不？」徐寧道：「明日正是天子駕幸龍符宫，須用早起五更去伺候。」娘子聽了，便分付梅香道：「官人明日要起五更，出去隨班，你們四更起來燒湯，安排點心。」時遷自忖道：「眼見得梁上那個皮匣子，便是盛甲在裏面。我若趁半夜下手便好；倘若鬧將起來，明日出不得城，却不誤了大事？且捱到五更裏下手不遲。」聽得徐寧夫妻兩口兒上床睡了，兩個丫嬛在房門外打鋪，房裏桌上却點着碗燈。那五個人都睡着了。兩個梅香一日伏侍到晚，精神困倦，亦皆睡了。時遷溜下來，去身邊取個蘆管兒，就窗楞眼裏只一吹，把那碗燈早吹滅了。看看伏到四更左側，徐寧覺來，便唤丫嬛起來燒湯。那兩個使女從睡夢裏起來，看房裏没了燈，叫道：「阿呀！今夜却没了燈。」徐寧道：「你不去後面討燈，等幾時！」那個梅香開樓門下胡梯響，時遷聽得，却從柱上只一溜，來到後門邊黑影裏伏了。聽得丫嬛正開後門出來，便去開牆門。時遷却潛入廚房裏，貼身在廚桌下。梅香討了燈火入來看時，又去關門，却來竈前燒火。這個女使也起來生炭火上樓去。多時湯滚，捧面湯上去。徐寧洗漱了，叫盪些熱酒上來。丫嬛安排肉食炊餅上去，徐寧吃罷，叫把飯與外面當直的吃。時遷聽得徐寧下樓，叫伴當吃了飯，背着包袱，拕了金鎗出門。兩個梅香點着燈，送徐寧出去。時遷却從廚桌下出來，便上樓去，從槅子邊直踅到梁上，却把身軀伏了。兩個丫嬛又關閉了門户，吹滅了燈火，上樓來，脱了衣裳，倒頭便睡。時遷聽那兩個梅香睡着了，在梁上把那蘆管兒指燈一吹，那燈又早滅了。時遷却從梁上輕輕解了皮匣，正要下來。徐寧的娘子覺來，聽得響，叫梅香道：「梁上甚麽響？」時遷做老鼠叫。丫嬛道：「娘子，不聽得是老鼠叫？因厮打，這般響。」時遷就便學老鼠厮打，溜將下來，賊。悄悄地開了樓門，款款地背着皮匣，下得胡梯，從裏面直開到外門，來到班門口，已自有那隨班的人出門，四更便開了鎖。時遷得了皮匣，從人隊裏趁鬧出去了。有詩爲證：

狗盗雞鳴出在齊，時遷妙術更多奇。雁翎金甲逡巡得，鈎引徐寧大解危。

且説時遷奔出城外，到客店門前，此時天色未曉。敲開店門，去房裏取出行李，拴束做一擔兒挑了，計算還了房錢，出離店肆，投東便走。行到四十里外，方纔去食店裏打火做些飯吃。只見一個人也撞將入來，時遷看時，不是别人，却是神行太保戴宗。見時遷已得了物，兩個暗暗説了幾句話，戴宗道：「我先將甲投山寨去，你與湯隆慢慢地來。」時遷打開皮匣，取出那副雁翎鎖子甲來，做一包袱包了。戴宗拴在身上，出了店門，作起神行法，自投梁山泊去了。時遷却把空皮匣子明明的拴在擔子上。吃了飯食，還了打火錢，挑上擔兒，出店門便走。到二十里路上，撞見湯隆，兩個便入酒店裏商量。湯隆道：「你只依我從這條路去，但過路上酒店、飯店、客店，門上若見有白粉圈兒，你便可就在那店裏買酒買肉吃；客店之中，就便安歇。特地把這皮匣子放在他眼睛頭。〔眉〕賊。離此間一程外等我。」時遷依計去了，湯隆慢慢地吃了一回酒，却投東京城裏來。

且説徐寧家裏，天明兩個丫嬛起來，只是樓門也開了，下面中門大門都不關。慌忙家裏看時，一應物件都有。兩個丫嬛上樓來對娘子説道：「不知怎地門户都開了，却不曾失了物件。」娘子便道：「五更裏聽得梁上響，你説是老鼠厮打；你且看那皮匣子没甚麽事？」兩個丫嬛看了，只叫得苦：「皮匣子不知那裏去了！」那娘子聽了，慌忙起來道：「快央人去龍符宫裏報與官人知道，教他早來跟尋！」丫嬛急急尋人，去龍符宫報徐寧，連連央了三替人，都回來説道：「金鎗班直隨駕内苑去了，外面都是親軍護禦守把，誰人能勾入去？直須等他自歸。」徐寧妻子並兩個丫嬛如熱鏊子上螞蟻走頭無路，不茶不飯，慌做一團。畫。徐寧直到黄昏時候，方纔卸了衣袍服色，着當直的背了，將着金鎗逕回家來。到得班門口，鄰舍説道：「娘子在家失盜，等候得觀察不見回來。」徐寧吃了一驚，慌忙奔到家裏。兩個丫嬛迎門道：「官人五更出去，却被賊人閃將入來，單單只把梁上那個皮匣子盜將去了。」徐寧聽罷，只叫那連聲的苦，從丹田底下直滚出口角來。癡。娘子道：「這賊正不知幾時閃在屋裏？」徐寧道：「别的都不打緊，這副雁翎甲乃是祖宗留傳四代之寳，不曾有失。花兒王太尉曾還我三萬貫錢，我不曾捨得賣與他。恐怕久後軍前陣後要用。生怕有些差池，因此拴在梁上。多少人要看我的，只推没了。〔眉〕癡子，癡子。今次聲張起來，枉惹他人恥笑。真。今却失去，如之奈何！」徐寧一夜睡不着，思量道：「不知是甚麽人盜了去？也是曾知我這副甲的人。」娘子想道：「敢是夜來滅了燈時，那賊已躲在家裏了。必然是有人愛你的，將錢問你買不得，因此使這個高手賊來盜了去。你可央人慢慢緝訪出來，别作商議，且不要打草驚蛇。」徐寧聽了，到天明起來，在家裏納悶。怎見得徐寧納悶，正是：

【鳳落荒坡，盡脱渾身羽翼；龍居淺水，失却頷下明珠。蜀王春恨啼紅，宋玉悲秋怨緑。吕虔亡所佩之刀，雷煥失豐城之劍。好似蛟龍缺雲雨，猶如舟楫少波濤。奇謀勾引來山寨，大展擒王鐵馬蹄。】俱可删。

當日金鎗手徐寧正在家中納悶，早飯時分，只聽得有人扣門。當直的出來問了姓名，入去報道：「有個延安府湯知寨兒子湯隆，特來拜望哥哥。」徐寧聽罷，教請湯隆進客位裏相見。湯隆見了徐寧，納頭拜下，説道：「哥哥一向安樂！」徐寧答道：「聞知舅舅歸天去了，一者官身羈絆，二乃路途遥遠，不能前來弔問。並不知兄弟信息，一向正在何處？今次自何而來？」湯隆道：「言之不盡。自從父親亡故之後，時乖命蹇，一向流落江湖。今從山東逕來京師探望兄長。」徐寧道：「兄弟少坐。」便叫安排酒食相待。湯隆去包袱内取出兩錠蒜條金，重二十兩，送與徐寧，説道：「先父臨終之日，留下這些東西，教寄與哥哥做遺念。〔眉〕還是梁山泊賊臟，不是做遺念底。爲因無心腹之人，不曾稍來。今次兄弟特地到京師，納還哥哥。」徐寧道：「感承舅舅如此掛念。我又不曾有半分孝順之心，怎地報答？」湯隆道：「哥哥休恁地説。先父在日之時，只是想念哥哥這一身武藝。只恨山遥水遠，不能勾相見一面，因此留這些物與哥哥做遺念。」徐寧謝了湯隆，交收過了，且安排酒來管待。湯隆和徐寧飲酒中間，見徐寧眉頭不展，面帶憂容。湯隆起身道：「哥哥如何尊顔有些不喜？心中必有憂疑不决之事。」徐寧嘆口氣道：「兄弟不知，一言難盡，夜來家間被盜。」湯隆道：「不知失去了何物？」徐寧道：「單單只盜去了先祖留下那副雁翎鎖子甲，又喚做賽唐猊。昨夜失了這件東西，以此心下不樂。」湯隆道：「哥哥那副甲，兄弟也曾見來，端的無比。賊。先父常常稱讚不盡。却是放在何處來，被盜了去？」徐寧道：「我把一個皮匣子盛着，拴縛在卧房中梁上。正不知賊人甚麼時候入來盜了去。」湯隆問道：「却是甚等樣皮匣子盛着？」徐寧道：「我是個紅羊皮匣子盛着，裏面又用香綿裹住。」湯隆假意失驚道：「紅羊皮匣子？不是上面有白綫刺着緑雲頭如意，中間有獅子滚綉毬的？」徐寧道：「兄弟，你那裏見來？」湯隆道：「小弟夜來離城四十里，在一個村店裏沽些酒吃，見個鮮眼睛黑瘦漢子擔兒上挑着。我見了心中也自暗忖道：『這個皮匣子却是盛甚麼東西的？』臨出門時，我問道：『你這皮匣子作何用？』那漢子應道：『原是盛甲的，如今胡亂放些衣服。』必是這個人了。我見那廝却是閃朒了腿的，一步步捱着了走。何不我們追趕他去？」徐寧道：「若是趕得着時，却不是天賜其便！」湯隆道：「既是如此，不要擔閣，便趕去罷。」

徐寧聽了，急急換上蔴鞋，帶了腰刀，提條朴刀，便和湯隆兩個出了東郭門，拽開脚步，迤邐趕來。前面見有白圈壁上酒店裏，湯隆道：「我們且吃碗酒了趕，就這裏問一聲。」湯隆入得門，坐下便問道：「主人家，借問一問：曾有個鮮眼黑瘦漢子，挑個紅羊皮匣子過去麼？」店主人道：「昨夜晚是有這般一個人，挑着個紅羊皮匣子過去了。一似腿上吃跌了的，一步一攧走。」湯隆道：「哥哥你聽，却何如？」徐寧聽了，做聲不得。有詩爲證：

湯隆詭計賺徐寧，便把黄金表至情。誘引同歸忠義寨，共施威武破雄兵。

且説兩個人連忙還了酒錢，出門便去。前面又見一個客店，壁上有那白圈，湯隆立住了脚，説道：「哥哥，兄弟走不動了，和哥哥且就這客店裏歇了，明日早去趕。」徐寧道：「我却是官身，倘或點名不到，官司必然見責，如之奈何？」湯隆道：「這個不用兄長憂心，嫂嫂必自推個事故。」當晚又在客店裏問時，店小二答道：「昨夜有一個鮮眼黑瘦漢子，往我店裏歇了一夜，直睡到今日小日中，方纔去了。口裏只問山東路程。」湯隆道：「恁地可以趕了。明日起個四更，定是趕着，拿住那厮，便有下落。」當〈有〉(夜)兩個歇了。次日起個四更，離了客店，兩個又迤邐趕來。湯隆但見壁上有白粉圈兒，便做買酒買食，吃了問路，處處皆説得一般。徐寧心中急切要那副甲，只顧跟隨着湯隆趕了去。

看看天色又晚了，望見前面一所古廟，廟前樹下，時遷放着擔兒，在那裏坐地。湯隆看見，叫道：「好了！前面樹下那個，不是哥哥盛甲的匣子？」徐寧見了，搶向前來，一把揪住時遷，喝道：「你這厮好大膽！如何盜了我這副甲來？」時遷道：「住，住，不要叫！是我盜了你這副甲來，你如今却是要怎地？」徐寧喝道：「畜生無禮，倒問我要怎地！」時遷道：「你且看匣子裏，有甲也無？」湯隆便把匣子打開看時，裏面却是空的。徐寧道：「你這厮，把我這副甲那裏去了？」時遷道：「你聽我説。小人姓張，排行第一，泰安州人氏。本州有個財主，要結識老种經略相公，知道你家有這副雁翎鎖子甲，不肯貨賣，特地使我同一個李三兩人，來你家偷盜，許俺們一萬貫。不想我在你家柱子上跌下來，閃肭了腿，因此走不動，先教李三把甲拿了去，只留得空匣在此。你若要奈何我時，我到官司，只是拚着命，就打死我也不招，休想我指出别人來。若還肯饒我官司時，我和你去討這副甲還你。不知尊意如何？」妙。徐寧躊躇了半晌，決斷不下。湯隆便道：「哥哥，不怕他飛了去，只和他去討甲；若無甲時，須有本處官司告理。」徐寧道：「兄弟也説的是。」三個厮趕着，又投客店裏來歇了。徐寧、湯隆監住時遷一處宿歇。原來時遷故把些絹帛紮縛了腿，只做閃朒了脚，徐寧見他又走不動，因此十分中只有五分防他。三個又監了一夜。次日早起來再行，時遷一路買酒買肉陪告，又行了一日。次日，徐寧在路上心焦起來，不知畢竟有甲也無。有詩爲證：

寶鎧懸梁夜已偷，謾將空匣作緣由。徐寧不解牢籠計，相趁相隨到水頭。

三人正走之間，只見路傍邊三四個頭口，拽出一輛空車子，背後一個人駕車；傍邊一個客人看着湯隆，納頭便拜。湯隆問道：「兄弟因何到此？」那人答道：「鄭州做了買賣，要回泰安州去。」湯隆道：「最好，我三個要搭車子，也要到泰安州去走一遭。」那人道：「莫説三個搭車，再多些也不計較。」湯隆大喜，叫與徐寧相見。徐寧問道：「此人是誰？」湯隆答道：「我去年在泰安州燒香，結識得這個兄弟，姓李，名榮，是個有義氣的人。」徐寧道：「既然如此，這張一又走不動，都上車子坐地，只叫車客駕車了行。」四個人坐在車子上，徐寧問道時遷：「你且説與我那個財主姓名。」時遷乞逼不過，三回五次推托，只得胡亂説道：「他是有名的郭大官人。」徐寧却問李榮道：「你那泰安州曾有個郭大官人麽？」李榮答道：「我那本州郭大官人，是個上户財主，專好結識官宦來往，門下養着多少閑人。」妙。

徐寧聽罷，心中想道：「既有主坐，必不礙事。」又見李榮一路上説些鎗棒，唱幾個曲兒，不覺的又過了一日。

話休絮煩。看看到梁山泊只有兩程多路，只見李榮叫車客把葫蘆去沽些酒來，買些肉來，就車子上吃三杯。李榮把出一個瓢來，先傾一瓢來勸徐寧，徐寧一飲而盡。李榮再叫傾酒，車客假做手脱，把這一葫蘆酒都傾翻在地下。李榮喝駡車客：「再去沽些！」只見徐寧口角流涎，撲地倒在車子上了。李榮是誰？却是鐵叫子樂和。三個從車上跳將下來，趕着車子，直送到旱地忽律朱貴酒店裏。衆人就把徐寧扛扶下船，都到金沙灘上岸。宋江已有人報知，和衆頭領下山接着。徐寧此時麻藥已醒，衆人又用解藥解了。徐寧開眼見了衆人，吃了一驚，便問湯隆道：「兄弟，你如何賺我來到這裏？」湯隆道：「哥哥聽我説：小弟今次聞知宋公明招接四方豪傑，因此上在武崗鎮拜黑旋風李逵做哥哥，投托大寨入夥。今被呼延灼用連環甲馬衝陣，無計可破。是小弟獻此鈎鐮鎗法，只除是哥哥會使。（眉）力（？）兄弟。因此定這條計，使時遷先來盜了你的甲，却教小弟賺哥哥上路；後使樂和假做李榮，過山時下了蒙汗藥，請哥哥上山來坐把交椅。」徐寧道：「都是兄弟送了我也！」宋江執杯向前陪告道：「見今宋江暫居水泊，專待朝廷招安，盡忠竭力報國，非敢貪財好殺，行不仁不義之事。萬望觀察憐此真情，一同替天行道。」林沖也來把盞陪話道：「小弟亦在此間，多説兄長清德，休要推却。」徐寧道：「湯隆兄弟，你却賺我到此，家中妻子必被官司擒捉，如之奈何！」宋江道：「這個不妨，觀察放心，只在小可身上，早晚便取寶眷到此完聚。」有詩爲證：

鈎鐮鎗法古今稀，解破連環鐵馬蹄。不是徐寧施妙手，梁山怎得解重圍？

晁蓋、吴用、公孫勝都來與徐寧陪話，安排筵席作慶。一面選揀精壯小嘍囉學使鈎鐮鎗法，一面使戴宗和湯隆星夜往東京搬取徐寧老小。話休絮繁。旬日之間，楊林自潁州取到彭玘老小，薛永自東京取到淩振老小，李雲收買到五車烟火藥料回寨。更過數日，戴宗、湯隆取到徐寧老小上山。徐寧見了妻子到來，吃了一驚，問是如何便得到這裏。妻子答道：「自你轉背，官司點名不到，我使了些金銀首飾，只推道患病在床，因此不來叫喚。忽見湯叔叔賫着雁翎甲來，説道甲便奪得來了，哥哥只是於路染病，將次死在客店裏，叫嫂嫂和孩兒便來看視，把我賺上車子。我又不知路徑，迤邐來到這裏。」徐寧道：「兄弟，好却好了，只可惜將我這副甲陷在家裏了！」湯隆笑道：「我教哥哥歡喜，打發嫂嫂上車之後，我便復翻身去賺了這甲，誘了這兩個丫嬛，收拾了家中應有細軟，做一擔兒挑在這裏。」徐寧道：「恁地時，我們不能勾回東京去了！」湯隆道：「我又教哥哥再知一件事來：在半路上，撞見一夥客人，我把哥哥的雁翎甲穿了，搽畫了臉，説哥哥名姓，劫了那夥客人的財物。這早晚東京已自遍行文書，捉拿哥哥。」妙。徐寧道：「兄弟，你也害得我不淺！」晁蓋、宋江都來陪話道：「若不是如此，觀察如何肯在這裏住？」隨即撥定房屋，與徐寧安頓老小。

衆頭領且商議破連環馬軍之法。此時雷横監造鈎鐮鎗已都完備，宋江、吴用等啓請徐寧教衆軍健學使鈎鐮鎗法。徐寧道：「小弟今當盡情剖露，訓練衆軍頭目，揀選身材長壯之士。」衆頭領都在聚義廳上看徐寧選軍，説那個鈎鐮鎗法。不争山寨之人學了這件武藝，有分教：三千甲馬，鬥時腦裂蹄崩；一個英雄，見後魂飛魄喪。正是攛掇天罡來聚會，招摇地煞共相逢。畢竟金鎗徐寧怎地敷演鈎鐮鎗法，且聽下回分解。

李生曰：人生决不可有所嗜好，如徐寧愛戀這副雁翎甲，併這個身子亦喪却了也，可發一笑。真是纔有所戀，便是繫驢繫馬之橛。嗚呼哀哉！

徐寧教使鈎鐮鎗

宋江大破連環馬

第五十七回　徐寧教使鈎鐮鎗　宋江大破連環馬

詩曰：

人生切莫恃英雄，術業精粗自不同。猛虎尚然逢惡獸，毒蛇猶自怕蜈蚣。七擒孟獲奇諸葛，兩困雲長羡呂蒙。珍重宋江真智士，呼延頃刻入囊中。

話説晁蓋、宋江、吴用、公孫勝與衆頭領就聚義廳上啓請徐寧教使鈎鐮鎗法。衆人看徐寧時，果然一表好人物：六尺五六長身體，團團的一個白臉，三牙細黑髭髯，十分腰〈細〉(圍)膀闊。曾有一篇《西江月》，單道着徐寧模樣：

臂健開弓有準，身輕上馬如飛。彎彎兩道卧蠶眉，鳳翥鸞翔子弟。戰鎧細穿柳葉，烏巾斜帶花枝。常隨寶駕侍丹墀，神手徐寧無對。

當下徐寧選軍已罷，便下聚義廳來，拿起一把鈎鐮鎗，自使一回，衆人見了喝采。徐寧便教衆軍道：「但凡馬上使這般軍器，就腰胯裏做步上來：上中七路，三鈎四撥，一搠一分，共使九個變法。若是步行使這鈎鐮鎗，亦最得用：先使八步四撥，蕩開門户，十二步一變，十六步大轉身，分鈎、鐮、搠、繳；二十四步，那上攢下，鈎東撥西；三十六步，渾身蓋護，奪硬鬥强。此是鈎鐮鎗正法。」就一路路敷演，教衆頭領看。衆軍漢見了徐寧使鈎鐮鎗，都喜歡。就當日爲始，將選揀精鋭壯健之人，曉夜習學，又教步軍藏林伏草，鈎蹄拽腿，下面三路暗法。不到半月之間，教成山寨五七百人。宋江並衆頭領看了大喜，准備破敵。有詩爲證：

四撥三鈎通七路，共分九變合神機。二十四步那前後，一十大翻大轉圍。破鋭摧堅如拉朽，搴旗斬將有神威。聞風已落高俅膽，此法今無古亦稀。

却説呼延灼自從折了彭玘、淩振，每日只把馬軍來水邊搦戰。山寨中只教水軍頭領牢守各處灘頭，水底釘了暗樁。呼延灼雖是在山西、山北兩路出哨，決不能勾到山寨邊。梁山泊却叫淩振製造了諸般火砲，盡皆完備，尅日定時下山對敵。學使鈎鐮鎗軍士已都學成本事。宋江道：「不才淺見，未知合衆位心意否？」吴用道：「願聞其略。」宋江道：「明日並不用一騎馬軍，衆頭領都是步戰。孫吴兵法却利於山林沮澤。却將步軍下山，分作十隊誘敵。但見軍馬衝掩將來，都望蘆葦荆棘林中亂走。却先把鈎鐮鎗軍士埋伏在彼，每十個會使鈎鐮鎗的，間着十個撓鈎手。但見馬到，一攪鈎翻，便把撓鈎搭將入去捉了。平川窄路，也如此埋伏，此法如何？」吴學究道：「正如此藏兵捉將。」徐寧道：「鈎鐮鎗並撓鈎，正是此法。」宋江當日分撥十隊步軍人馬：劉唐、杜遷引一隊，穆弘、穆春引一隊，楊雄、陶宗旺引一隊，朱仝、鄧飛引一隊，解珍、解寶引一隊，鄒淵、鄒潤引一隊，一丈青、王矮虎引一隊，薛永、馬麟引一隊，燕順、鄭天壽引一隊，楊林、李雲引一隊。這十隊步軍先行，下山誘引敵軍。再差李俊、張横、張順、三阮、童威、童猛、孟康九個水軍頭領，乘駕戰船接應。再叫花榮、秦明、李應、柴進、孫立、歐鵬六個頭領，乘馬引軍，只在山邊搦戰。淩振、杜興專放號砲。却叫徐寧、湯隆總行招引使鈎鐮鎗軍士。中軍宋江、吴用、公孫勝、戴宗、吕方、郭盛總制軍馬，指揮號令。其餘頭領俱各守寨。宋江分撥已定，是夜三更，先載使鈎鐮鎗軍士過渡，四面去分頭埋伏已定。四更，却渡十隊步軍過去。淩振、杜興載過風火砲架，上高埠去處竪起砲架，閣上火砲。徐寧、湯隆各執號帶渡水。平明時分，宋江守中軍人馬隔水擂鼓，吶喊摇旗。

呼延灼正在中軍帳内，聽得探子報知，傳令便差先鋒韓滔先來出哨，隨即鎖上連環甲馬。呼延灼全身披掛，騎了踢雪烏騅馬，仗着雙鞭，大驅軍馬殺奔梁山泊來。隔水望見宋江引着許多軍馬，呼延灼教擺開馬軍。先鋒韓滔來與呼延灼商議道：「正南上一隊步軍，不知是何處來的？」呼延灼道：「休問他何處軍，只顧把連環馬衝將去。」韓滔引着五百馬軍，飛哨出去。又見東南上一隊軍兵起來，却欲分兵去哨，只見西南上又有起一隊旗號招颭吶喊。韓滔再引軍回來，對呼延灼道：「南邊三隊賊兵，都是梁山泊旗號。」呼延灼道：「這厮許多時不出來厮殺，必有計策。」説猶未了，只聽得北邊一聲砲響。呼延灼駡道：「這砲必是淩振從賊，教他施放！」衆人平南一望，只見北邊又擁起三隊旗號。呼延灼道：「此必是賊人奸計。我和你把人馬分爲兩路：我去殺北邊人馬，你去殺南邊人馬。」正欲分兵之際，只見西邊又是四路人馬起來。呼延灼心慌。又聽的正北上連珠砲響，一帶直接到土坡上。那一個母砲週迴接着四十九個子砲，名爲子母砲，響處風威大作。呼延灼軍兵不戰自亂，急和韓滔各引馬步軍兵四下衝突。這十隊步軍東趕東走，西趕西走，呼延灼看了大怒，引兵望北衝將來。宋江軍兵盡投蘆葦中亂走。呼延灼大驅連環馬，捲地而來。那甲馬一齊跑發，收勒不住，盡望敗葦折蘆之中、枯草荒休之内跑了去。只聽裏面胡哨響處，鈎鐮鎗一齊舉手，先鈎倒兩邊馬脚，中間的甲馬便自咆哮起來。那撓鈎手軍士一齊搭住，蘆葦中只顧縛人。呼延灼見中了鈎鐮鎗計，便勒馬回南邊去趕韓滔。背後風火砲當頭打將下來。這邊那邊，漫山遍野，都是步軍追趕着。韓滔、呼延灼部領的連環甲馬，都亂滚滚，都攧入荒草蘆葦之中，盡被捉了。二將情知中了計策，縱馬去四面跟尋馬軍奪路奔走時，更兼那幾條路上，麻林般擺着梁山泊旗號，不敢投那幾條路走，一直便望西北上來。行不到五六里路，早擁出一隊强人，當先兩個好漢攔路：一個是没遮攔穆弘，一個是小遮攔穆春。撚兩條朴刀，大喝道：「敗將休走！」呼延灼忿怒，舞起雙鞭，縱馬直取穆弘、穆春。略鬥四五合，穆春便走，呼延灼只怕中了計，不來追趕，望正北大路而走。山坡下又轉出一隊强人，當先兩個好漢攔路：一個是兩頭蛇解珍，一個雙尾蝎解寶。各挺鋼叉，直奔前來。呼延灼舞起雙鞭來戰兩個。鬥不到五七合，解珍、解寶拔步便走。呼延灼趕不過半里多路，兩邊鑽出二十四把鈎鐮鎗，着地捲將來。呼延灼無心戀戰，撥轉馬頭望東北上大路便走。又撞着王矮虎、一丈青夫妻二人截住去路。呼延灼見路徑不平，四下兼有荆棘遮攔，拍馬舞鞭，殺開條路直衝過(去)。王矮虎、一丈青趕了一直，趕不上，自回山聽令。呼延灼自投東北上去了。殺的大敗虧輸，雨零星散。有詩爲證：

十路軍兵振地來，將軍難免剥床災。連環鐵騎如烟散，喜得孤身出九垓。

話分兩頭。且說宋江鳴金收軍回山，各請功賞。三千連環甲馬，有停半被鈎鐮鎗撥倒，蹄子動〈旦〉（不得），剥去皮甲，把來做菜馬食。二停多好馬，捧上山去喂養，作坐馬。帶甲軍士都被生擒上山，五千步軍被三面圍得緊急，有望中軍躲的，都被鈎鐮鎗拖翻捉了；望水邊逃命的，盡被水軍頭領圍裹上船去，拽過灘頭，拘捉上山。先前被拿去的馬疋並捉去軍士，盡行復奪回寨。把呼延灼寨柵盡數拆來，水邊泊內搭蓋小寨。再造兩處做眼酒店房屋等項。仍前着孫新、顧大嫂、石勇、時遷兩處開店。劉唐、杜遷拏得韓滔，把來綁縛，解到山寨。宋江見了，親解其縛，套子。請上廳來，以禮陪話，相待筵宴。令彭玘、凌振說他入伙。韓滔也是七十二煞之數，自然義氣相投，就梁山泊做了頭領。宋江便教修書，使人往陳州搬取韓滔老小，來山寨中完聚。宋江喜得破了連環馬，又得了許多軍馬、衣甲、盔刀添助，每日做筵席慶喜，仍舊調撥各路守把，提防官兵，不在話下。

却說呼延灼折了許多官軍人馬，不敢回京。獨自一個騎着那疋踢雪烏騅馬，把衣甲拴在馬上，於路逃難。却無盤纏，解下束腰金帶賣來盤纏。似卓老。在路尋思道：「不想今日閃得我有家難奔，有國難投，却是去投誰好？」猛然想起：「青州慕容知府舊與我有一面相識，何不去那裏投奔他？却打慕（容）貴妃的關節，那時再引軍來報仇未遲。」

在路行了二日，當晚又饑又渴，見路傍一個村酒店，呼延灼下馬把馬拴在門前樹上，入來店內，把鞭子放在桌上，坐下了，叫酒保取酒肉來吃。酒保道：「小人這裏只賣酒，要肉時，村裏却纔殺羊；若要，小人去回買。」呼延灼把腰裹料袋解下來，取出些金帶倒換的碎銀兩，把與酒保道：「你可回一脚羊肉與我煮了，就對付草料，喂養我這疋馬。今夜只就你這裏宿一宵，明日自投青州府裏去。」酒保道：「官人，此間宿不妨，只是没好牀帳。」呼延灼道：「我是出軍的人，但有歇處便罷。」酒保拏了銀子，自去買羊肉。呼延灼把馬背上捎的衣甲取將下來，鬆了肚帶，坐在門前。等了半晌，只見酒保提一脚羊肉歸來。呼延灼便叫煮了，回三斤麪來打餅，打兩角酒來。酒保一面煮肉打餅，一面燒脚湯與呼延灼洗了脚，便把馬牽放屋後小屋下。酒保一面切草煮料。呼延灼先討熱酒吃了一回。少刻肉熟，呼延灼叫酒保，也與他些酒肉吃了，分付道：「我是朝廷軍官，爲因收捕梁山泊失利，待往青州投慕容知府。你好生與我喂養這疋馬，是今上御賜的，名爲踢雪烏騅馬。明日我重重賞你。」酒保道：「感承相公，却有一件事教相公得知：離此間不遠，有座山唤做桃花山。山上有一夥强人，爲頭的是打虎將李忠，第二個是小霸王周通。聚集着五七百小嘍囉，打家劫舍，如常來攪擾村坊。官司累次着仰捕盜官軍來收捕他不得，相公夜間須用小心省睡。」呼延灼説道：「我有萬夫不當之勇，還要説嘴。〔眉〕既有萬夫不當之勇，緣何又獨自逃難？老面皮！便道那厮們全夥都來，也待怎生！只與我好生喂養這疋馬。」吃了一回酒肉餅子，酒保就店裏打了一舖，安排呼延灼睡了。一者呼延灼連日心悶，二乃又多了幾杯酒，就和衣而卧，一覺直睡到三更方醒。只聽得屋後酒保在那裏叫屈起來。呼延灼聽得，連忙跳將起來，提了雙鞭，走去屋後問道：「你如何叫屈？」酒保道：「小人起來上草，只見籬笆推翻，被人將相公的馬偷將去了。遠遠地望見三四里火把尚明，一定是那裏去了！」有詩爲證：

舟横瀚海摧殘舵，車入深山壞却轅。不日呼延須入夥，降魔殿裏有因緣。

且説〈正是〉呼延灼道：「那裏正是何處？」酒保道：「眼見得那條路上，正是桃花山小嘍囉偷得去了。」呼延灼吃了一驚，便叫酒保引路，就田塍上趕了二三里。火把看看不見，正不知投那裏去了。呼延灼説道：「若無了御賜的馬，却怎地是好？」酒保道：「相公明日須去州裏告了，差官軍來勦捕，方纔能勾這疋馬。」呼延灼悶悶不已，坐到天明，早叫酒保挑了衣甲，逕投青州來。

到城裏時，天色已晚了，不敢見官，且在客店裏歇了一夜。次日天曉，逕到府堂階下，參拜了慕容知府。知府大驚，問道：「聞知將軍收捕梁山泊草寇，如何却到此間？」呼延灼只得把上項訴説了一遍。慕容知府聽了道：「雖是將軍折了許多人馬，此非慢功之罪，中了賊人奸計，亦無奈何。下官所轄地面多被草寇侵害，將軍到此，可先掃清桃花山，奪取那疋御賜的馬；却收伏二龍山、白虎山，未爲晚矣。一發勦捕了時，下官自當一力保奏，再教將軍引兵復仇如何？」呼延灼再拜道：「〈稱〉（深）謝恩相主監。若蒙如此復仇，誓當效死報德！」慕容知府教請呼延灼去客房裏暫歇，一面更衣宿食。那挑甲酒保，自叫他回去了。一住三日，呼延灼急欲要這匹御賜馬，又來稟覆知府，便教點軍。慕容知府傳點馬步軍二千，借與呼延灼，又與了一疋青驄馬。呼延灼謝了恩相，披掛上馬，帶領軍兵，前來報仇，逕往桃花山進發。

且説桃花山上打虎將李忠與小霸王周通，自得了這疋踢雪烏騅馬，每日在山上慶喜飲酒。當日有伏路小嘍囉報道：「青州軍馬來也！」小霸王周通起身道：「哥哥守寨，兄弟去退官軍。」便點起一百小嘍囉，〈掉〉（綽）鎗上馬，下山來迎敵官軍。却説呼延灼引起二千軍馬，來到山前，擺開陣勢。呼延灼當先出馬，厲聲高叫：「强賊早來受縛！」小霸王周通將小嘍囉一字擺開，便挺鎗出馬。怎生打扮？有詩爲證：

身着團花宮錦服，手持走水緑沉鎗。面闊體强身似虎，盡道周通小霸王。

當下呼延灼見了周通，便縱馬向前來戰，周通也躍馬來迎。二馬相交，鬥不到六七合，周通氣力不加，撥轉馬頭往山上便走。呼延灼趕了一直，怕有計策，急下山來扎住寨栅，等候再戰。却說周通回寨裏見李忠，訴說：「呼延灼武藝高强，遮攔不住，只得且退山上；倘或他趕到寨前來，如之奈何？」李忠道：「我聞二龍山寶珠寺花和尚魯智深在彼，多有人伴，更兼有個甚麼青面獸楊志，又新有個行者武松，都有萬夫不當之勇。不如寫一封書，使小嘍囉去那裏求救。若解得危難，拚得投托他大寨，月終納他些進奉也好。」周通道：「小弟也多知他那裏豪傑，只恐那和尚記當初之事，不肯來救。」李忠笑道：「他那時又打了你，又得了我們許多金銀酒器去，如何到有見怪之心？他是個直性的好人，使人到彼，必然親引軍來救應。」倒不知己？周通道：「哥哥也説得是。」就寫了一封書，差兩個了事的小嘍囉，從後山踅將下去，取路投二龍山來。行了兩日，早到山下，那裏小嘍囉問了備細來情。

且說寶珠寺裏大殿上坐着三個頭領：爲首是花和尚魯智深，第二是青面獸楊志，第三是行者二郎武松。前面山門下坐着四個小頭領：一個是金眼彪施恩，原是孟州牢城施管營的兒子，爲因武松殺了張都監一家人口，官司着落他家追捉兇身，以此連夜挈家逃走在江湖上；後來父母俱亡，打聽得武松在二龍山，連夜投奔入夥。一個是操刀鬼曹正，原是同魯智深、楊志收奪寶珠寺，殺了鄧龍，後來入夥。一個是菜園子張青。一個是母夜叉孫二娘。這是夫妻兩個，原是孟州道十字坡賣人肉饅頭的，亦來投奔入夥。曹正聽得説桃花山有書，先來問了詳細，直去殿上稟復三個大頭領知道。智深便道：「洒家當初離五臺山時，到一個桃花村投宿，好生打了那周通撮鳥一頓。李忠那厮却來認得洒家，却請去上山吃了一日酒，結識洒家爲兄，留俺做個寨主。俺見這厮們慳吝，被俺捲了若干金銀器撒開他。如今來求救，且看他説甚麽。放那小嘍囉上關來。」曹正去不多時，把那小嘍囉引到殿下，唱了喏，説道：「青州慕容知府近日收得個征進梁山泊失利的雙鞭呼延灼。如今慕容知府先教掃蕩俺這裏桃花山、二龍山、白虎山幾座山寨，却借軍與他收捕梁山泊復仇。俺的頭領今欲啓請大頭領將軍下山相救，明朝無事了時，情願來納進奉。」楊志道：「俺們各守山寨，保護山頭，本不去救應的是。洒家一者怕壞了江湖上豪傑；二者恐那厮得了桃花山，便小覷了洒家這裏。可留下張青、孫二娘、施恩、曹正看守寨柵，俺三個親自走一遭。」隨即點起五百小嘍囉，六十餘騎軍馬，各帶了衣甲軍器下山，逕往桃花山來。却説李忠知二龍山消息，自引了三百小嘍囉下山策應。呼延灼聞知，急引所部軍馬攔路列陣，舞鞭出馬，來與李忠相持。怎見李忠模樣？有詩爲證：

頭尖骨臉似蛇形，鎗棒林中獨擅名。打虎將軍心膽大，李忠祖是霸陵生。

原來李忠祖貫濠州定遠人氏，家中祖傳靠使鎗棒爲生。人見他身材壯健，因此呼他做打虎將。當時下山來，與呼延灼交戰，李忠如何敵得呼延灼過？鬥了十合之上，見不是頭，撥開軍器便走。呼延灼見他本事低微，縱馬趕上山來。小霸王周通正在半山裏看見，便飛下鵝卵石來。呼延灼慌忙回馬下山來，只見官軍迭頭吶喊。呼延灼便問道：「爲何吶喊？」後軍答道：「遠望見一彪軍馬飛奔而來。」呼延灼聽了，便來後軍隊裏看時，見塵頭起處，當頭一個胖大和尚，騎一疋白馬。那人是誰？正是：

自從落髮鬧禪林，萬里曾將壯士尋。臂負千斤扛鼎力，天生一片殺人心。欺佛祖，喝觀音，戒刀禪杖冷森森。不看經卷花和尚，酒肉沙門魯智深。

魯智深在馬上大喝道：「那個是梁山泊殺敗的撮鳥，敢來俺這裏唬嚇人？」呼延灼道：「先殺你這個禿驢，豁我心中怒氣！」魯智深輪動鐵禪杖，呼延灼舞起雙鞭，二馬相交，兩邊吶喊，鬥四五十合，不分勝敗。呼延灼暗暗喝采道：「這個和尚倒恁地了得！」兩邊鳴金，各自收軍暫歇。呼延灼少停，再縱馬出陣，大叫：「賊和尚，再出來與你定個輸贏，見個勝敗！」魯智深却待正要出馬，側首惱犯了這個英雄，叫道：「大哥少歇，看洒家去捉這厮！」那人舞刀出馬。來戰呼延灼的是誰？正是：

曾向京師爲制使，花石綱累受艱難。虹霓氣逼斗牛寒。刀能安宇宙，弓可定塵寰。虎體狼腰猿臂健，跨龍駒穩坐雕鞍。英雄聲價滿梁山。人稱青面獸，楊志是軍班。

當時楊志出馬來與呼延灼交鋒，兩個鬥到四十餘合不分勝敗。呼延灼見楊志手段高强，尋思道：「怎地那裏走出這兩個來，好生了得？不是綠林中手段。」楊志也見呼延灼武藝高强，賣個破綻，撥回馬，跑回本陣。呼延灼也勒轉馬頭，不來追趕。兩邊各自收軍。魯智深便和楊志商議道：「俺們初到此處，不宜逼近下寨，且退二十里，明日却再來厮殺。」帶領小嘍囉自過附近山崗下寨去了。却說呼延灼在帳中納悶，心内想道：「指望到此勢如劈竹，便拏了這夥草寇。怎知却又逢着這般對手？我直如此命薄！」正没擺布處，只見慕容知府使人來喚道：「叫將軍且領兵回來，保守城中。今有白虎山强人孔明、孔亮，引人馬來青州借粮，怕府庫有失，特令來請將軍回城守備。」呼延灼聽了，就這機會，帶領軍馬連夜回青州去了。次日，魯智深與楊志、武松又引了小嘍囉摇旗吶喊，直到山下來看時，一個軍馬也無了，到吃了一驚。山上李忠、周通引人下來，拜請三位頭領上到山寨裏，殺牛宰馬，筵席相待，一面使人下山探聽前路消息。

且説呼延灼引軍回到城下，却見了一彪軍馬正來到城邊，爲頭的乃是白虎山下孔太公兒子：毛頭星孔明、獨火星孔亮。兩個因和本鄉一個財主争競，把他一門良賤盡都殺了，聚集起五七百人，占住白虎山，打家劫舍。因爲青州城裏有他的叔叔孔賓，被慕容知府捉下監在牢裏。孔明、孔亮特地點起山寨小嘍囉來打青州，要救叔叔孔賓。正迎着呼延灼軍馬，兩邊撞着，敵住厮殺。呼延灼便出馬到陣前。慕容知府在城樓上觀看，見孔明當先挺鎗出馬。怎生模樣？有詩爲證：

白虎山中間氣生，學成武藝敢相争。性剛智勇身形異，綽號毛頭是孔明。

當時孔明便挺鎗出馬直取呼延灼。兩馬相交，鬥到二十餘合。呼延灼要在知府面前顯本事，又值孔明武藝不精，只辨得架隔遮攔。鬥到間深裏，被呼延灼就馬上把孔明活捉了去。孔亮只得引了小嘍囉便走。慕容知府在敵樓上，指着叫呼延灼引軍去趕。官兵一掩，活捉得百十餘人，孔亮大敗，四散奔走，至晚尋個古廟安歇。

却説呼延灼活捉得孔明，解入城中來見慕容知府。知府大喜，叫把孔明大枷釘下牢裏，和孔賓一處監收。一面賞勞三軍，一面管待呼延灼，備問桃花山消息。呼延灼道：「本待是甕中捉鼈，手到拿來；無端又被一夥强人前來救應。數内一個和尚，一個青臉大漢，二次交鋒，各無勝敗。這兩個武藝不比尋常，不是緑林中手段，因此未曾拿得。」慕容知府道：「這個和尚便是延安府老种經略帳前軍官提轄魯達，今次落髮爲僧，唤做花和尚魯智深。這一個青臉大漢，亦是東京殿帥府制使官，唤做青面獸楊志。再有一個行者，唤做武松，原是景陽崗打虎的武都頭，也如此武藝高强。這三個占住二龍山，打家劫舍，累次抵敵官軍，殺了三五個捕盜官，直至如今未曾捉得。」呼延灼道：「我見這廝們武藝精熟，原來却是楊制使和魯提轄，名不虚傳。恩相放心，呼延灼已見他們本事了，只在早晚，一個個活捉了解官。」說嘴。知府大喜，設筵管待已了，且請客房内歇，不在話下。

却説孔亮引領敗殘人馬，正行之間，猛可裏樹林中撞出一彪軍馬。當先一籌好漢，怎生打扮？有《西江月》爲證：

直裰冷披黑霧，戒箍光射秋霜。額前剪髮拂眉長，腦後護頭齊項。頂骨數珠燦白，雜絨絛結微黄。鋼刀兩口迸寒光，行者武松形像。

孔亮見了是武松，慌忙滚鞍下馬，便拜道：「壯士無恙！」武松連忙答禮，扶起問道：「聞知足下弟兄們占住白虎山聚義，幾次要來拜望，一者不得下山，二乃路途不順，以此難得相見。今日何事到此？」孔亮把救叔叔孔賓陷兄之事，告訴了一遍。武松道：「足下休慌！我有六七個弟兄，見在二龍山聚義。今爲桃花山李忠、周通被青州官軍攻擊得緊，來我山寨求救。魯、楊二頭領引了孩兒們，先來與呼延灼交戰，兩個厮併了他一日，呼延灼夜間去了。山寨中留我弟兄三個筵宴，把這疋御賜馬送與我們。今我部領頭隊人馬回山，他二位隨後便到。我叫他去打青州，救你叔兄如何？」孔亮拜謝。武松等了半晌，只見魯智深、楊志兩個並馬都到。武松引孔亮拜見二位，備說：「那時我與宋江在他莊上相會，多有相擾。今日俺們可以義氣爲重，聚集三山人馬，攻打青州，殺了慕容知府，擒獲呼延灼，各取府庫錢粮，以供山寨之用，如何？」魯智深道：「洒家也是這般思想。便使人去桃花山報知，叫李忠、周通引孩兒們來，俺三處一同去打青州。」楊志便道：「青州城池堅固，人馬强壯，又有呼延灼那厮英勇。不是俺自滅威風，若要攻打青州時，只除非依我一言，指日可得。」武松道：「哥哥，願聞其略。」那楊志言無數句，話不一席，有分教：青州百姓，家家瓦裂烟飛；水滸英雄，個個摩拳擦掌。直教同聲相應歸山寨，一氣相隨聚水濱。畢竟楊志對武松說出怎地打青州，且聽下回分解：

卓吾曰：一僧讀到此處，見桃花山、二龍山、白虎山都是强盜，嘆曰：「當時强盜直恁地多！」余曰：「當時在朝强盜還多些！」

三山聚義打青州

黃應光
衆虎同心歸水泊
嶺海遺珠

第五十八回　三山聚義打青州　衆虎同心歸水泊

詩曰：

一事參差百事難，一人辛苦衆人安。英雄天地彰名譽，鷹隼雲霄振羽翰。孔亮弟兄容易救，青州城郭等閑看。牢籠又得呼延灼，聯轡同歸大將壇。

當有武松引孔亮拜告魯智深、楊志，求救哥哥孔明並叔叔孔賓。魯智深便要聚集三千人馬，前去攻打。楊志便道：「若要打青州，須用大隊軍馬，方可打得。俺知梁山泊宋公明大名，江湖上都喚他做及時雨宋江。更兼呼延灼是他那裏仇人。俺們弟兄和孔家弟兄的人馬都併做一處，洒家這裏再等桃花山人馬齊備，一面且去攻打青州。孔亮兄弟，你可親身星夜去梁山泊，請下宋公明來，併力攻城，此爲上計。亦且宋三郎與你至厚。你們弟兄心下如何？」魯智深道：「正是如此。我只見今日也有人說宋三郎好，明日也有人說宋三郎好，可惜洒家不曾相會。衆人說他的名字，聒的洒家耳朵也聾了，〔眉〕畫出一個直性和尚。想必其人是個真男子，以致天下聞名。前番和花知寨在清風山時，洒家有心要去和他厮會；及至洒家去時，又聽得說道去了，以此無緣，不得相見。罷了，孔亮兄弟，你要救你哥哥時，快親自去那裏告請他們。洒家〈等〉（弟）兄在這裏和那撮鳥們厮殺。」孔亮交付小嘍囉與了魯智深，只帶一個伴當，扮做商客，星夜投梁山泊來。且説魯智深、楊志、武松三人，去山寨裏唤將施恩、曹正再帶一二百人下山來相助。桃花山李忠、周通得了消息，便帶本山人馬盡數起點，只留三五十個小嘍囉看守寨栅，其餘都帶下山來青州城下聚集，一同攻打城池，不在話下。

却説孔亮自離了青州，迤邐來到梁山泊邊催命判官李立酒店裏，買酒吃問路。李立見他兩個來得面生，便請坐地，問道：「客人從那裏來？」孔亮道：「從青州來。」李立問道：「客人要去梁山泊尋誰？」孔亮答道：「有個相識在山上，特來尋他。」李立道：「山上寨中都是大王住處，你如何去得？」孔亮道：「便是要尋宋大王。」李立道：「既是來尋宋頭領，我這裏有分例。」便叫火家快去安排分例酒來相待。孔亮道：「素不相識，如何見款？」李立道：「客官不知，但是來尋山寨頭領，必然是社火中人故舊交友，豈敢有失祗應？便當去報。」孔亮道：「小人便是白虎山前莊户孔亮的便是。」李立道：「曾聽得宋公明哥哥説大名來，今日且請上山。」二人飲罷分例酒，隨即開窗，就水亭上放了一枝響箭，見對港蘆葦深處，早有小嘍囉棹過船來，到水亭下。李立便請孔亮下了船，一同摇到金沙灘上岸，却上關來。孔亮看見三關雄壯，鎗刀劍戟如林，心下想道：「聽得説梁山泊興旺，不想做下這等大事業！」已有小嘍囉先去報知，宋江慌忙下來迎接。孔亮見了，連忙下拜。宋江問道：「賢弟緣何到此？」孔亮拜罷，放聲大哭。宋江道：「賢弟心中有何危厄不决之難，但請盡説不妨。便當不避水火，力爲救解，與汝相助。賢弟且請起來。」孔亮道：「自從師父離别之後，老父亡化。哥哥孔明與本鄉上户争些閑氣起來，殺了他一家老小。官司來捕捉得緊，因此反上白虎山，聚得五七百人，打家劫舍。青州城裏，却有叔父孔賓，被慕容知府捉了，重枷釘在獄中。因此我弟兄兩個去打城子，指望救取叔叔孔賓。誰想去到城下，正撞了一個使雙鞭的呼延灼，哥哥與他交鋒，致被他捉了，解送青州，下在牢裏，存亡未保。小弟又被他追殺一陣。次日，正撞着武松，説起師父大名來，見在梁山泊做頭領。他便引我去拜見同伴的，一個是花和尚魯智深，一個是青面獸楊志。他二人一見如故，便商議救兄一事。他道：『我請魯、楊二頭領，並桃花山李忠、周通，聚集三山人馬，攻打青州；你可連夜快去梁山泊内，告你師父宋公明，來救你叔兄兩個。』以此今日一逕到此，萬望師父覷先父之面，垂救性命，生死不敢有忘！」宋江道：「此是易爲之事，你且放心。先來拜見晁頭領，共同商議。」宋江便引孔亮參見晁蓋、吴用、公孫勝並衆頭領，備説呼延灼走在青州，投奔慕容知府，今來捉了孔明，以此孔亮來到，懇告求救。晁蓋道：「既然他兩處好漢尚兀自仗義行仁救叔，今者三郎和他至愛交友，如何不去？三郎賢弟，你連次下山多遍，今番權且守寨，愚兄替你走一遭。」宋江道：「哥哥是山寨之主，不可輕動。這個是兄弟的事，既是他遠來相投，哥哥若自去，恐他弟兄們心下不安。小可情願請幾位弟兄同走一遭。」説言未了，廳上廳下一齊都道：「願效犬馬之勞，跟隨同去！」宋江大喜。有詩爲證：

孔明行事太匆忙，輕引嘍囉犯犬羊。賴有宋江豪俠在，便將軍馬救危亡。

當日設筵管待孔亮，飲筵中間，宋江唤鐵面孔目裴宣，定撥下山人數，分作五軍起行：前軍便差花榮、秦明、燕順、王矮虎開路作先鋒；第二隊便差穆弘、楊雄、解珍、解寶；中軍便是主將宋江、吴用、吕方、郭盛；第四隊便是朱仝、柴進、李俊、張横；後軍便差孫立、楊林、歐鵬、淩振催軍作合後。梁山泊點起五軍，共計二十個頭領，馬步軍兵三千人馬。其餘頭領，自與晁蓋守把寨柵。當下宋江別了晁蓋，自同孔亮下山來。梁山人馬，分作五軍起發。正是：

初離水泊，渾如海内縱蛟龍；乍出梁山，却似風中奔虎豹。五軍並進，前後列二十輩英雄；一陣同行，首尾分三千名士卒。綉彩旗如雲似霧，朴刀鎗燦雪鋪霜。鸞鈴響，戰馬奔馳；畫鼓振，征夫踴躍。捲地黄塵靄靄，漫天土雨濛濛。寶纛旗中，簇擁着多智足謀吴學究；碧油幢下，端坐定替天行道宋公明。過去鬼神皆拱手，回來民庶盡歌謡。

話説宋江引了梁山泊二十個頭領，三千人馬，分作五軍前進，於路無事。所過州縣，秋毫無犯。已到青州，孔亮先到魯智深等軍中報知，衆好漢安排迎接。宋江中軍到了，武松引魯智深、楊志、李忠、周通、施恩、曹正都來相見了。宋江讓魯智深坐地。魯智深道：「久聞阿哥大名，無緣不曾拜會，今日且喜相認得阿哥。」肖。〔眉〕是魯和尚。宋江答道：「不才何足道哉！江湖上義士甚稱吾師清德，今日得識慈顔，平生甚幸。」楊志也起身再拜道：「楊志舊日經過梁山泊，多蒙山寨重意相留，爲是洒家愚迷，不曾肯住。今日幸得義士壯觀山寨，此是天下第一好事！」宋江答道：「制使威名播於江湖，只恨宋江相會太晚。」魯智深便令左右置酒管待，一一都相見了。次日，宋江問青州一節，勝敗如何。楊志道：「自從孔亮去了，前後也交鋒三五次，各無輸贏。如今青州只憑呼延灼一個，若是拿得此人，覷此城子，如湯潑雪。」吴學究笑道：「此人不可力敵，可用智擒。」宋江道：「用何智可獲此人？」吴學究道：「只除如此如此……」宋江大喜道：「此計大妙！」當日分撥了人馬，次早起軍，前到青州城下，四面盡着軍馬圍住，擂鼓摇旗，吶喊搦戰。城裏慕容知府見報，慌忙教請呼延灼商議：「今次羣賊又去報知梁山泊宋江到來，似此如之奈何？」呼延灼道：「恩相放心，羣賊到來，先失地利。這厮們只好在水泊裏張狂，今却擅離巢穴，一個來，捉一個，那厮們如何施展得？〔眉〕大是。不可以成敗論英雄也。請知府上城看呼延灼厮殺。」

呼延灼連忙披掛衣甲上馬，叫開城門，放下吊橋，引了一千人馬，近城擺開。宋江陣中一將出馬，那人手挐狼牙棍，厲聲高罵知府：「濫官！害民賊徒！把我全家誅戮，今日正好報仇雪恨！」慕容知府認得秦明，便罵道：「你這厮是朝廷命官，國家不曾負你，緣何敢造反？實是不曾造反。若拿住你時，碎屍萬段！可先下手拏這賊！」呼延灼聽了，舞起雙鞭，縱馬直取秦明。秦明也出馬，舞動狼牙大棍，來迎呼延灼。二將交馬，正是對手，有《西江月》爲證：

鞭舞兩條龍尾，棍横一串狼牙。三軍看得眼睛花，二將縱横交馬。使棍的聞名寰海，使鞭的聲播天涯。龍駒虎將亂交加，這厮殺堪描堪畫。儘不描畫。

秦明與呼延灼厮殺，正是對手。兩個鬥到四五十合，不分勝敗。慕容知府見鬥得多時，恐怕呼延灼有失，慌忙鳴金收軍入城。秦明也不追趕，退回本陣。宋江教衆頭領軍校且退十五里下寨。却説呼延灼回到城中，下馬來見慕容知府，説道：「小將正要拏那秦明，恩相如何收軍？」知府道：「我見你鬥了許多合，但恐勞困，因此收軍暫歇。秦明那厮原是我這裏統制，與花榮一同背反。冤枉。這厮亦不可輕敵。」呼延灼道：「恩相放心，小將必要擒此背義之賊。適間和他鬥時，棍法已自亂了。說嘴。來日教恩相看我立斬此賊。」知府道：「既是將軍如此英雄，來日若臨敵之時，可殺開條路，送三個人出去：一個教他去往東京求救；兩個教他去鄰近府州，會合起兵，相助勦捕。」呼延灼道：「恩相高見極明。」當日知府寫了求救文書，選了三個軍官，都發放了當。

只說呼延灼回到歇處，卸了衣甲暫歇。天色未明，只聽的軍校來報道：「城北門外土坡上有三騎私自在那裏看城。中間一個穿紅袍騎白馬的；兩邊兩個，只認得右邊的是小李廣花榮，左邊那個道粧打扮。」呼延灼道：「那個穿紅的眼見是宋江了，道粧的必是軍師吳用。你們且休驚動了他。」便點一百馬軍：「跟我捉這三個！」落在圈套裏了。呼延灼連忙披掛上馬，提了雙鞭，帶領一百餘騎馬軍，悄悄地開了北門，放下弔橋，引軍趕上坡來。宋江、吳用、花榮三個，只顧呆了臉看城。妙。呼延灼拍馬上坡，三個勒轉馬頭，慢〈地〉(慢)走去。妙。呼延灼奮力趕到前面幾株枯樹邊廂，宋江、吳用、花榮三個齊齊的勒住馬，妙。〔眉〕妙。呼延灼方纔趕到枯樹邊，只聽得吶聲喊，呼延灼正踏着陷坑，人馬都跌將下坑去了。兩邊走出五六十個撓鉤手，先把呼延灼鉤將起來，綁縛了拿去，後面牽着那疋馬。這許多趕來的馬軍，却被花榮拈弓搭箭，射倒當頭五七個，後面的勒轉馬，一鬨都走了。宋江回到寨裏坐，左右羣刀手却把呼延灼推將過來。宋江見了，連忙起身，喝叫快解了繩索，親自扶呼延灼上帳坐定，〔眉〕都是這假小心哄了人，賊，賊。宋江拜見。呼延灼慌忙跪下道：「義士何故如此？」宋江道：「小可宋江，怎敢背負朝廷？蓋爲官吏污濫，威逼得緊，誤犯大罪，因此權借水泊裏隨時避難，只待朝廷赦罪招安。不想起動將軍，致勞神力，實慕將軍虎威。今者誤有冒犯，切乞恕罪。」呼延灼道：「呼延灼被擒之人，萬死尚輕，義士何故重禮陪話？」宋江道：「量宋江怎敢壞得將軍性命？皇天可表寸心。」只是懇告哀求。呼延灼道：「兄長尊意，莫非教呼延灼往東京告請招安，到山赦罪？」宋江道：「將軍如何去得？高太尉那廝是個心地匾窄之徒，忘人大恩，記人小過。妙。將軍折了許多軍馬錢粮，他如何不見你罪責？〔眉〕搔着痒處。如今韓滔、彭玘、淩振已都在敝山入夥，倘蒙將軍不棄山寨微賤，宋江情願讓位與將軍。等朝廷見用，受了招安，那時盡忠報國，未爲晚矣！」呼延灼沉思了半晌，一者是天罡之數，自然義氣相投；二者見宋江禮貌甚恭，嘆了一口氣，跪下在地道：「非是呼延灼不忠於國，實慕兄長義氣過人，不容呼延灼不依。願隨鞭鐙。事既如此，決無還理。」有詩爲證：

親受泥書討不庭，虛張聲勢役生靈。如何世禄英雄士，握手同歸聚義廳。

宋江大喜，請呼延灼和衆頭領相見了，叫問李忠、周通討這疋踢雪烏騅馬還將軍騎坐。衆人再商議救孔明之計，吳用道：「只除教呼延灼將軍賺開城門，唾手可得；更兼絕了呼延指揮念頭。」惡。宋江聽了，來與呼延灼陪話道：「非是宋江貪劫城池，實因孔明叔侄陷在縲絏之中，非將軍賺開城門，必不可得。」呼延灼答道：「小將既蒙兄長收録，理當效力。」好貨。當晚點起秦明、花榮、孫立、燕順、呂方、郭盛、解珍、解寶、歐鵬、王英十個頭領，都扮作軍士衣服模樣，跟了呼延灼，共是十一騎軍馬，來到城邊，直至濠塹上，大叫：「城上開門！我逃得性命回來！」城上人聽得是呼延灼聲音，慌忙報與慕容知府。此時知府爲折了呼延灼，正納悶間，聽得報説呼延灼逃得回來，心中歡喜。連忙上馬，奔到城上。望見呼延灼有十數騎馬跟着，又不見面顏，只認得呼延灼聲音。知府問道：「將軍如何走得回來？」呼延灼道：「我被那厮的陷馬捉了我到寨裏，却有原跟我的頭目，暗地盜這疋馬與我騎，就跟我來了。」知府只聽得呼延灼説了，便叫軍士開了城門，放下弔橋。十個頭領跟到城門裏，迎着知府，早被秦明一棍把慕容知府打下馬來。解珍、解寶便放起火來，歐鵬、王矮虎奔上城，把軍士殺散。宋江大隊人馬見城上火起，一齊擁將入來。宋江急急傳令：休教殘害百姓，是。且收倉庫錢粮。就大牢裏救出孔明，並他叔叔孔賓一家老小。便教救滅了火。把慕容知府一家老幼盡皆斬首，抄扎家私，分俵衆軍。天明計點在城百姓被火燒之家，給散粮米救濟。是。把府庫金帛、倉廒米粮，裝載五六百車，又得了二百餘疋好馬。就青州府裏做個慶喜筵席，請三山頭領同歸大寨。有詩爲證：

呼延逃難不勝羞，忘却君恩事寇讎。因是天罡並地煞，故爲鄉導破青州。前二語極正，後二語便解說。

且説李忠、周通使人回桃花山，盡數收拾人馬錢粮下山，放火燒毁寨柵。魯智深也使施恩、曹正回二龍山，與張青、孫二娘收拾人馬錢粮，也燒了寶珠寺寨柵。數日之間，三山人馬都皆完備。宋江領了大隊人馬班師回山。先叫花榮、秦明、呼延灼、朱仝四將開路，所過州縣，分毫不擾。是。鄉村百姓扶老挈幼，燒香羅拜迎接。數日之間，已到梁山泊邊，衆多水軍頭領具舟迎接。晁蓋引領山寨馬步頭領，都在金沙灘迎接。直至大寨，向聚義廳上列位坐定。大排筵(席)，慶賀新到山寨頭領：呼延灼、魯智深、楊志、武松、施恩、曹正、張青、孫二娘、李忠、周通、孔明、孔亮共十二位新上山頭領。坐間林沖説起相謝魯智深相救一事，周匝。魯智深動問道：「洒家自與教頭滄州别後，曾知阿嫂信息否？」〔眉〕好點綴。林沖答道：「小可自火併王倫之後，使人回家搬取老小，已知拙婦被高太尉逆子所逼，隨即自縊而死。妻父亦爲憂疑，染病而亡。」楊志舉起舊日王倫手内上山相會之事。衆人皆道：「此皆註定，非偶然也。」晁蓋説起黄泥岡劫取生辰綱一事，衆皆大笑。無遺漏。〔眉〕好點綴。次日輪流做筵席，不在話下。

且説宋江見山寨又添了許多人馬，如何不喜，便叫湯隆做鐵匠總管，提督打造諸般軍器，並鐵葉連環等甲；侯健管做旌旗袍服總管，添造三才九曜四斗五方二十八宿等旗，飛龍飛虎飛熊飛豹旗，黄鉞白旄、朱纓皂蓋；山邊四面築起墩臺，重造西路、南路二處酒店，招接往來上山好漢，一就探聽飛報軍情。山西路酒店，今令張青、孫二娘夫妻——二人原是酒家——前去看守；山南路酒店，仍令孫新、顧大嫂夫妻看守；山東路酒店，依舊朱貴、樂和；山北路酒店，還是李立、時遷看守。三關之人，添造寨柵，分調頭領看守。部領已定，各宜遵守，不許違誤。有詩爲證：

天將摧鋒已受降，許多軍馬更精强。憑陵欲作恢宏計，須仗公明作主張。

數月之後，忽一日，花和尚魯智深來對宋公明説道：「智深有個相識，李忠兄弟也曾認的，〈足下〉喚做九紋龍史進。見在華州華陰縣少華山上，和那一個神機軍師朱武，又有一個跳澗虎陳達，一個白花蛇楊春，四個在那裏聚義。洒家常常思念他。昔日在瓦罐寺救助洒家，恩念不曾有忘。今洒家要去那裏探望他一遭，就取他四個同來入夥，未知尊意如何？」宋江道：「我也曾聞得史進大名。若得吾師去請他來最好。然是如此，不可獨自去，可煩武松兄（弟）相伴走一遭。他是行者，一般出家人，正好同行。」武松應道：「我和師父去。」當日便收拾腰包行李，掤頭笠，只做禪和子打扮；武松粧做隨侍行者。兩個相辭了衆頭領下山，過了金沙灘，曉行夜住。不止一日，來到華州華陰縣界，逕投少華山來。且説宋江自魯智深、武松去後，一時容他下山，常自放心不下，便喚神行太保戴宗隨後跟來，探聽消息。

再説魯智深、武松兩個來到少華山下，伏路小嘍囉出來攔住，問道：「你兩個出家人那裏來？」武松便答道：「這山上有史大官人麽？」小嘍囉説道：「既是要尋史大王的，且在這裏少等，我上山報知頭領，便下來迎接。」武松道：「你只説魯智深到來相探。」小嘍囉去不多時，只見神機軍師朱武，並跳澗虎陳達、白花蛇楊春，三個下山來接魯智深、武松，却不見有史進。魯智深便問道：「史大官人在那裏？却如何不見他？」朱武近前上覆道：「吾師不是延安府魯提轄麽？」魯智深道：「洒家便是。這行者便是景陽崗打虎都頭武松。」三個慌忙剪拂道：「聞名久矣！聽知二位在二龍山扎寨，今日緣何到此？」魯智深道：「俺們如今不在二龍山了，投托梁山泊宋公明大寨入夥。今者特來尋史大官人。」朱武道：「既是二位到此，且請到山寨中，容小可備細告訴。」魯智深道：「有話便説，待一待誰鳥奈煩！」好直性。武松道：「師父是個性急的人，有話便説何妨。」朱武道：「小人等三個在此山寨，自從史大官人上山之後，好生興旺。近日史大官人下山，正撞見一個畫匠，原是北京大名府人氏，姓王，名義，因許下西岳華山金天聖帝廟内粧畫影壁，前去還願。因爲帶將一個女兒，名喚玉嬌枝同行。却被本州賀太守——原是蔡太師門人，那厮爲官貪濫，非理害民——一日因來廟裏行香，不想正見了玉嬌枝有些顔色，累次着人來説，要娶他爲妾。王義不從，太守將他女兒强奪了去爲妾，又把王義刺配遠惡軍州。好太守！路經這裏過，正撞見史大官人，告説這件事。史大官人把王義救在山上，將兩個防送公人殺了，直去府裏要刺賀太守，被人知覺，倒吃拿了，見監在牢裏。又要〈弔〉（聚）起軍馬掃蕩山寨。我等正在這裏進退無路，無計可施，端的是苦。有詩爲證：

花顔雲鬢玉嬌枝，太守行香忽見之。不畏憲章强奪取，黄童白叟亦相嗤。

魯智深聽了道：「這撮鳥敢如此無禮，倒恁麽利害！洒家與你結果了那厮！」朱武道：「且請二位到寨裏商議。」一行五個頭領都到少華山寨中坐下。便叫王義見魯智深、武松，訴説賀太守貪酷害民，强占良家女子。朱武等一面殺牛宰馬，管待魯智深、武松。飲筵間，魯智深〈想〉道：「賀太守那厮好没道理！我明日與你去州裏，打死那厮罷。」武松道：「哥哥不得造次。我和你星夜回梁山泊去報知，請宋公明領大隊人馬來打華州，方可救得史大官人。」魯智深叫道：「等俺們去山寨裏叫得人來，史家兄弟性命不知那裏去了！」是。武松道：「便殺太守，也怎地救得史大官人？」也是。武松却斷然不肯放魯智深去。朱武又勸道：「吾師且息怒，武都頭也論得是。」魯智深焦躁起來，便道：「都是你這般慢性的人，以此送了俺史家兄弟。是。你也休去梁山泊報知，看洒家去如何。」衆人那裏勸得住，當晚又諫，不從。明早起個四更，提了禪杖，帶了戒刀，逕奔華州去了。武松道：「不聽我説，此去必然有失。」朱武隨即差兩個精細的小嘍囉，前去打聽消息。

却説魯智深奔到華州城裏，路傍借問州衙在那裏。人指道，只過州橋投東便是。魯智深却好來到浮橋上，只見人都道：「和尚且躲一躲，太守相公過來。」魯智深道：「俺正要尋他，却好正撞在洒家手裏，那廝多敢是當死！」賀太守頭踏一對對擺將過來，看見太守那乘轎子，却是暖轎。轎窗兩邊，各有十個虞候簇擁着，人人手執鞭鎗鐵鍊，守護兩邊。魯智深看了尋思道：「不好打那撮鳥。若打不着，倒吃他笑。」豪傑。賀太守却在轎窗眼裏，看見了魯智深欲進不進。過了渭橋，到府中下了轎，便叫兩個虞候，分付道：「你與我去請橋上那個胖大和尚到府裏赴齋。」虞候領了言語，來到橋上，對魯智深説道：「太守相公請你赴齋。」魯智深笑道：「這廝正合當死在洒家手裏！俺却纔正要打他，只怕打不着，讓他過去了。俺要尋他，他却來請洒家。」魯智深便隨了虞候，逕到府裏。太守已自分付下了，一見魯智深進到廳前，太守叫放了禪杖，去了戒刀，請後堂赴齋。魯智深初時不肯。衆人説道：「你是出家人，好不曉事！府堂深處，如何許你帶刀杖入去？」魯智深想道：「只俺兩個拳頭，也打碎了那廝腦袋。」漢子。廊下放了禪杖戒刀，跟虞候入來。賀太守正在後堂坐定，把手一招，喝聲：「捉下這禿賊！」兩邊壁衣内走出三四十個做公的來，横拖倒拽，捉了魯智深。你便是那吒太子，怎逃出地網天羅；火首金剛，難脱龍潭虎窟。正是飛蛾投火身傾喪，蝙蝠遭竿命必傷。畢竟魯智深被賀太守拏下，性命如何，且聽下回分解。

李生曰：近來太守姓賀的最多，只少史大官人、花和尚這樣不怕太守者耳。

吳用賺金鈴弔掛

宋江鬧西
岳華山

第五十九回　吴用賺金鈴弔掛　宋江鬧西嶽華山

詩曰：

堪嘆梁山智術優，捨身捐命報冤讎。神機運處良平懼，妙算行時鬼魅愁。平地已疏英士獄，青山先斬佞臣頭。可憐天使真尸位，坐閱危亡自不羞。

話説賀太守把魯智深賺到後堂内，喝聲：「拏下！」衆多做公的把魯智深捉住，却似皂雕追紫燕，猶如猛虎啖羊羔。衆做公的把魯智深簇擁到廳階下，賀太守喝道：「你這禿驢，從那裏來？」魯智深應道：「洒家有甚罪犯？」太守道：「你只實説，誰教你來刺我？」魯智深道：「俺是出家人，你却如何問俺這話？」太守喝道：「恰纔見你這禿驢，意欲要把禪杖打我轎子，却又思量不敢下手。你這禿驢，好好招了！」魯智深道：「洒家又不曾殺你，你如何拿住洒家，妄指平人？」佛。太守喝罵：「幾曾見出家人自稱洒家？這禿驢必是個關西五路打家劫舍的强賊，來與史進那厮報仇。具眼。不打如何肯招？左右，好生加力打那禿驢！」魯智深大叫道：「不要打傷老爺！趣。我説與你：俺是梁山泊好漢花和尚魯智深。我死倒不打緊，洒家的哥哥宋公明得知，下山來時，你這顆驢頭，趁早兒都砍了〈這〉（送）

去。」佛。賀太守聽了大怒，把魯智深拷打了一回，教取面大枷來釘了，押下死囚牢裏去。一面申聞都省，乞請明降如何。禪杖戒刀，封入府堂裏去了。此時鬨動了華州一府。小嘍囉得了這個消息，飛報上山來。武松大驚道：「我兩個來華州幹事，折了一個，怎地回去見衆頭領？」正没理會處，只見山下小嘍囉報道：「有個梁山泊差來的頭領，唤作神行太保戴宗，見在山下。」武松慌忙下來迎接上山，和朱武等三人都相見了，訴説魯智深不聽諫勸失陷一事。戴宗聽了，大驚道：「我不可久停久住了，就便回梁山泊報與哥哥知道，早遣兵將前來救取。」武松道：「小弟在這裏專等，萬望兄長早去急來，救應則可。」

戴宗吃了些素食，作起神行法去了，再回梁山泊來。三日之間，已到山寨。見了晁、宋二頭領，具説魯智深因救史進，要刺賀太守被陷一事。宋江聽罷，失驚道：「既然兩個兄弟有難，如何不救？是。我等不可擔閣，便須點起人馬，作三隊而行。」前軍點五員先鋒：花榮、秦明、林沖、楊志、呼延灼，引領一千甲馬、二千步軍先行，逢山開路，遇水疊橋。中軍領兵主將宋公明，軍師吴用，朱仝、徐寧、解珍、解寶，共是六個頭領，馬步軍兵二千。後軍主掌粮草，李應、楊雄、石秀、李俊、張順，共是五個頭領押後，馬步軍兵二千。共計七千人馬，離了梁山泊，端的是鎗刀流水急，人馬撮風行，直取華州來。在路趲行，不止一日，早過了半路。先使戴宗去報少華山上。朱武等三人安排下猪羊牛馬，醖造下好酒等候。有詩爲證：

智深雄猛不淹留，便向州中去報仇。
計拙不能成大事，反遭枷鎖入幽囚。

再說宋江軍馬三隊都到少華山下。武松引了朱武、陳達、楊春三人，又下山拜請宋江、吴用並衆頭領，都到山寨裏坐下。宋江備問城中之事，朱武道：「兩個頭領已被賀太守監在牢裏，只等朝廷明降發落。」宋江與吴用説道：「怎地定計去救史進、魯智深？」朱武説道：「華州城郭廣闊，濠溝深遠，急切難打。只除非得裏應外合，方可取得。」吴學究道：「明日且去城邊看那城池，如何用計，却再商量。」宋江飲酒到晚，巴不得天明，要去看城。吴用諫道：「城中監着兩隻大蟲在牢裏，如何不做提備？白日未可去看。今夜月色必然明朗，申牌前後下山，一更時分可到那裏窺望。」當日捱到午後，宋江、吴用、花榮、秦明、朱仝共是五騎馬下山，迤邐前行。初更時分，已到華州城外，在山坡高處，立馬望華州城裏時，正是二月中旬天氣，月華如晝，天上無一片雲彩。看見華州週圍有數座城門，城高地壯，塹濠深闊。看了半晌，遠遠地望見那西岳華山時，端的是好座名鎮高山。怎見得，但見：

峰名仙掌，觀隱雲臺。上連玉女洗頭盆，下接天河分派水。乾坤皆秀，尖峰仿佛接雲根；山嶽惟尊，怪石巍峨侵斗柄。青如潑黛，碧若浮藍。張僧繇妙筆畫難成，李龍眠天機描不就。深沉洞府，月光飛萬道金霞；崒嵂巖崖，日影動千條紫焰。傍人遥指，雲池深内藕如船；故老傳聞，玉井水中花十丈。巨靈神忿怒，劈開山頂逞神通；陳處士清高，結就茅庵來盹睡。千古傳名推華嶽，萬年香火祀金天。

宋江等看了西嶽華山，見城池厚壯，形勢堅牢，無計可施。吴用道：「且回寨裏去再作商議。」五騎馬連夜回到少華山上。宋江眉頭不展，面帶憂容，吴學究道：「且差十數個精細小嘍囉，下山去遠近探聽消息。」三日之間，忽有一人上山來報道：「如今朝廷差個殿司太尉，將領御賜金鈴弔掛來西嶽降香，從黄河入渭河而來。」吴用聽了，便道：「哥哥休憂，計在這裏了！」賊。便叫李俊、張順：「你兩個與我如此如此而行。」李俊道：「只是無人，不識地境，得一個引領路道最好。」白花蛇楊春便道：「小弟相幫同去如何？」宋江大喜。三個下山去了。次日，吴學究請宋江、李應、朱仝、呼延灼、花榮、秦明、徐寧共八個人，悄悄止帶五百餘人下山，逕到渭河渡口。李俊、張順、楊春已奪下一十餘隻大船在彼。吴用便教花榮、秦明、徐寧、呼延灼四個埋伏在岸上。宋江、吴用、朱仝、李應下在船裏。李俊、張順、楊春把船都去灘頭藏了。衆人等候了一夜。

次日天明，聽得遠遠地鑼鳴鼓響，三隻官船到來。船上插着一面黄旗，上寫「欽奉聖旨西岳降香太尉宿元景」。宋江看了，心中暗喜道：「昔日玄女有言：『遇宿重重喜。』今日既見此人，必有主意。」太尉官船將近河口，朱仝、李應各執長鎗，立在宋江、吴用背後。太尉船到，當港截住。船裏走出紫衫銀帶虞候二十餘人，喝道：「你等甚麽船隻？敢當港攔截住大臣！」宋江執着骨朵，躬身聲喏。吴學究立在船頭上，説道：「梁山泊義士宋江，謹參祗候。」有胆。〔眉〕如入無人之境，大胆，大胆，卓老亦不及也。船上客帳司出來答道：「此是朝廷太尉，奉聖旨去西嶽降香。汝等是梁山泊義士，何故攔截？」吴用道：「俺們義士只要求見太尉尊顏，有告覆的事。」客帳司道：「你等是甚麽人，造次要見太尉！」兩邊虞候喝道：「低聲！」宋江説道：「暫請太尉到岸上，自有商量的事。」客帳司道：「休胡説！太尉是朝廷命臣，如何與你商量！」宋江道：「太尉不肯相見，只怕孩兒們驚了太尉。」朱仝把鎗上小號旗只一招動，岸上花榮、秦明、徐寧、呼延灼引出馬軍來，一齊搭上弓箭，都到河口，擺列在岸上。那船上梢公都驚得鑽入梢裏去了。客帳司人慌了，只得入去稟覆。宿太尉只得出到船頭上坐定。宋江躬身唱喏道：「宋江等不敢造次。」宿太尉道：「義士何故如此邀截船隻？」宋江道：「某等怎敢邀截太尉，只欲求請太尉上岸，別有稟覆。」宿太尉道：「我今特奉聖旨，自去西嶽降香，與義士有何商議？朝廷大臣，如何輕易登岸？」宋江道：「太尉不肯時，只恐下面伴當亦不相容。」妙。李應把號帶鎗一招，李俊、張順、楊春一齊撐出船來。宿太尉看見大驚。李俊、張順明晃晃掣出尖刀在手，早跳過船來，手起，先把兩個虞候攧下水裏去。妙。宋江連忙喝道：「休得胡做，驚了貴人！」李俊、張順撲地也跳下水去，早把兩個虞候又送上船來。好。張順、李俊在水面上如登平地，托地又跳上船來。唬得宿太尉魂不着體。妙甚。宋江喝道：「孩兒們且退去，休得驚着太尉貴人。俺自慢慢地請太尉登岸。」宿太尉道：「義士有甚事，就此說不妨。」宋江道：「這裏不是說話處，謹請太尉到山寨告稟，並無損害之心。若懷此念，西嶽神靈誅滅。」到此時候，不容太尉不上岸。宿太尉只得離船上了岸。衆人牽過一匹馬來，扶策太尉上了馬，不得已隨衆同行。有詩爲證：

玉節龍旂出帝鄉，雲臺觀裏去燒香。却憐水寨神謀捷，暫假威名救困亡。

宋江先叫花榮、秦明陪奉太尉上山。宋江隨後也上了馬，分付教把船上一應人等，並御香、祭物、〈令〉〈金〉鈴弔掛，齊齊收拾上山，只留下李俊、張順帶領一百餘人看船。一行衆頭領都到山上。宋江下馬入寨，把宿太尉扶在聚義廳上當中坐定，衆頭領兩邊侍立着。宋江下了四拜，跪在面前告覆道：

「宋江原是鄆城縣小吏，爲被官司所逼，不得已嘯聚山林，權借梁山水泊避難，專等朝廷招安，與國家出力。今有兩個兄弟，無事被賀太守生事陷害，下在牢裏。欲借太尉御香儀從，並金鈴弔掛，去賺華州。事畢拜還。於太尉身上並無侵犯，乞太尉鈞鑒。」宿太尉道：「不争你將了御香等物去，明日事露，須連累下官！」宋江道：「太尉回京，都推在宋江身上便了。」好乾淨話。宿太尉看了那一班人模樣，怎生推托得，只得應允了。宋江執盞擎杯，設筵拜謝。就把太尉帶來的人穿的衣服，都借穿了。於小嘍囉數内選揀一個俊俏的，剃了髭鬚，穿了太尉的衣服，扮做宿元景。宋江、吴用扮做客帳司，解珍、解寶、楊雄、石秀扮做虞候。小嘍囉都是紫衫銀帶，執着旌節、旗旛、儀仗、法物，擎擡了御香、祭禮、金鈴弔掛。花榮、徐寧、朱仝、李應扮做四個衙兵。朱武、陳達、楊春款住太尉並跟隨一應人等，置酒管待。却教秦明、呼延灼引一隊人馬，林沖、楊志引一隊人馬，分作兩路取城。教武松預先去西嶽門下伺候，只聽號起行事。戴宗先去報知。

話休絮繁。且說一行人等離了山寨，逕到河口下船而行。不去報與華州太守，一逕奔西嶽廟來。戴宗報知雲臺觀觀主並廟裏職事人等，直至船邊，迎接上岸。香花燈燭，幢旛寶蓋，擺列在前。先請御香上了香亭，廟裏人夫扛擡了，導引金鈴弔掛前行。觀主見太尉，吴學究道：「太尉一路染病不快，且把轎子來。」左右人等扶策太尉上轎，逕到嶽廟裏官廳内歇下。客帳司吴學究對觀主道：「這是特奉聖旨，賫捧御香、金鈴弔掛來與聖帝供養。緣何本州官員輕慢，不來迎接？」妙。觀主答道：「已使人去報了，敢是便到。」

説猶未了，本州先使一員推官，帶領做公的五七十人，將着酒菓，來見太尉。原來那扮太尉的小嘍囉，雖然模樣相似，却言語發放不得。因此只教粧做染病，把靠褥圍定在床上坐。推官看了，見來的旌節、門旗、牙杖等物，都是東京來的，内府製造出的，如何不信。客帳司假意出入稟覆了兩遭，妙。却引推官入去，遠遠地階下參拜了。那假太尉只把手指，並不聽得説甚麽。吴用引到面前，埋怨推官道：「太尉是天子前近幸大臣，妙。不辭千里之遥，特奉聖旨到此降香，不想於路染病未痊。本州衆官如何不來遠接？」推官答道：「前路官司雖有文書到州，不見近報，因此有失迎迓，不期太尉先到廟裏。本是太守便來，奈緣少華山賊人糾合梁山泊草寇要打城池，每日在彼提防，以此不敢擅離；特差小官先來貢獻酒禮，太守隨後便來參見大臣。」吴學究道：「太尉涓滴不飲，只叫太守來商議行禮。」推官隨即教取酒來，與客帳司親隨人把盞了。吴學究又入去稟一遭，妙。將了鑰匙出來，引着推官去看金鈴弔掛。開了鎖，就香帛袋中取出那御賜金鈴弔掛來，叫推官看。便把條竹竿叉起看時，果然是製造得無比。但見：

渾金打就，五彩粧成。雙懸纓絡金鈴，上掛珠璣寶蓋。黄羅密布，中間八爪玉龍盤；紫帶低垂，外壁雙飛金鳳遶。對嵌珊瑚瑪瑙，重圍琥珀珍珠。碧琉璃掩映絳紗燈，紅菡萏參差青翠葉。堪宜金屋瓊樓掛，雅稱瑶臺寶殿懸。

這一對金鈴弔掛，乃是東京内府作分高手匠人做成的，渾是七寶珍珠嵌造，中間點着碗紅紗燈籠。乃是聖帝殿上正中掛的，不是内府降來，民間如何做得。吴用叫推官看了，再收入櫃匣内鎖了。

又將出中書省許多公文付與推官，妙。便叫太守來商議揀日祭祀。推官和衆多做公的，都見了許多物件文憑，便辭了客帳司，逕回到華州府裏來報賀太守。却說宋江暗暗地喝采道：「這厮雖然奸猾，也騙得他眼花心亂了。」此時武松已在廟門下了。吴學究又使石秀藏了尖刀，也來廟門下相幫武松行事。却又(叫)戴宗扮虞候。雲臺觀主進獻素齋，一面教執事人等安排舖陳嶽廟。宋江閑步看那西嶽廟時，果然是蓋造的好。殿宇非凡，真乃人間天上。怎見得？

金門玉殿，碧瓦朱甍。山河扶綉户，日月近雕梁。懸蝦鬚織錦攏簾，列龜背硃紅亮槅。廊廡下磨磚花間縫，殿臺邊牆壁搗椒泥。帳設黄羅，供案畔列九卿四相；扇開丹鳳，御榻邊擺玉女金童。堂堂廟貌肅威儀，赫赫神靈常祭享。

宋江來到正殿上拈香再拜，暗暗祈禱已罷，回至官廳前。門人報道：「賀太守來也。」宋江便叫花榮、徐寧、朱仝、李應四個衙兵，各執着器械，分列在兩邊；解珍、解寶、楊雄、戴宗各帶暗器，侍立在左右。

却説賀太守將帶三百餘人，來到廟前下馬，簇擁入來。假客帳司吴學究、宋江見賀太守帶着三百餘人，都是帶刀公吏人等入來。吴學究喝道：「朝廷太尉在此，閑雜人不許近前！」衆人立住了脚。賀太守親自進前來拜見太尉。客帳司道：「太尉教請太守入來厮見。」賀太守入到官廳前，望着假太尉便拜。吴學究道：「太守，你知罪麽？」太守道：「賀某不知太尉到來，伏乞恕罪。」吴學究道：「太尉奉敕到此西嶽降香，如何不來遠接？」太守答道：「不曾有近報到州，有失迎迓。」吴學究喝聲：「拏下！」解珍、解寶弟兄兩個，身邊早掣出短刀來，一脚把賀太守踢翻，便割了頭。佛。宋江喝道：「兄弟們動手！」早把那跟來的人三百餘個驚得呆了，正走不動。花榮等一發向前，把那一干人算子般都倒在地下。有一半搶出廟門下，武松、石秀舞刀殺將入來，小嘍囉四下趕殺，三百餘人不剩一個回去。續後到廟裏的，都被張順、李俊殺了。宋江急叫收了御香、弔掛下船。都趕到華州時，早見城中兩路火起，一齊殺將入來。先去牢中救了史進、魯智深，就打開庫藏，取了財帛，裝載上車。一行人離了華州，上船回到少華山上，都來拜見宿太尉，納還了御香、金鈴弔掛、旌節、門旗、儀仗等物，拜謝了太尉恩相。宋江教取一盤金銀相送太尉。隨從人等，不分高低，都與了金銀。就山寨裏做了個送路筵席，謝承太尉。衆頭領直送下山，到河口交割了一應什物船隻，一些不肯少了，還了來的人等。宋江謝了宿太尉，回到少華山上，便與四籌好漢商議收拾山寨錢粮，放火燒了寨柵。一行人等，軍馬粮草，都望梁山泊來。有詩爲證：

蚓結蛇蟠合計偕，便驅人馬下山來。雖然救得花和尚，太守何辜獨被災。好詩。

且說宿太尉下船來到華州城中，已知被梁山泊賊人殺死軍兵人馬，劫了府庫錢粮，城中殺死軍校一百餘人，馬匹盡皆虜去，西嶽廟中又殺了許多人性命。便叫本州推官動文書申達中書省起奏，都做「宋江先在途中劫了御香、弔掛，因此賺知府到廟，殺害性命」。宿太尉到廟内焚了御香，把這金鈴弔掛分付與了雲臺觀主，星夜急急自回京師奏知此事，不在話下。

再說宋江救了史進、魯智深，帶了少華山四個好漢，仍舊作三隊分俵人馬，回梁山泊來。所過州縣，秋毫無犯。先使戴宗前來上山報知，晁蓋並衆頭領下山迎接宋江等，一同到山寨裏聚義廳上，都相見已罷，一面做慶喜筵席。次日，史進、朱武、陳達、楊春各以己財做筵宴拜謝晁、宋二公並衆頭領。過了數日。

話休絮煩。忽一日，有旱地忽律朱貴上山報說：「徐州沛縣芒碭山中，新有一夥强人，聚集着三千人馬。爲頭一個先生，姓樊，名瑞，綽號混世魔王，能呼風喚雨，用兵如神。手下兩個副將：一個姓項，名充，綽號八臂那吒，能使一面團牌，牌上插飛刀二十四把，手中仗一條鐵標鎗；又有一個姓李，名衮，綽號飛天大聖，也使一面團牌，牌上插標鎗二十四根，手中仗一口寶劍。這三個結爲兄弟，占住芒碭山，打家劫舍。三個商量了，要來吞併俺梁山泊大寨。小弟聽得說，不得不報。」宋江聽了大怒道：「這賊怎敢如此無禮！不恕。我便再下山走一遭。」只見九紋龍史進便起身道：「小弟等四個初到大寨，無半米之功，情願引本部人馬，前去收捕這夥强人。」宋江大喜。當下史進點起本部人馬，與同朱武、陳達、楊春都披掛了，來辭宋江下山。把船渡過金沙灘，上路逕奔芒碭山來。三日之内，早望見那座山，乃是昔日漢高祖斬蛇起義之處。三軍人馬來到山下，早有伏路小嘍囉上山報知。且說史進把少華山帶來的人馬擺開，史進全身披掛，騎一匹火炭赤馬，當先出陣。怎見得史進的英雄，但見：

久在華州城外住，舊時原是莊農。學成武藝慣心胸。三尖刀似雪，渾赤馬如龍。體掛連環鐵鎧，戰袍風颭猩紅。雕青鐫玉更玲瓏。江湖稱史進，綽號九紋龍。

當時史進首先出馬，手中横着三尖兩刃刀。背後三個頭領，中間的便是神機軍師朱武。那人原是定遠縣人氏，平生足智多謀，亦能使兩口雙刀，出到陣前。亦有八句詩，單道朱武好處：

道服裁棕葉，雲冠剪鹿皮。臉紅雙眼俊，面白細髯垂。智可張良比，才將范蠡欺。軍中人盡伏，朱武號神機。

上首馬上坐着一籌好漢，手中横着一條出白點鋼鎗，綽號跳澗虎陳達，原是鄴城人氏。當時提鎗躍馬，出到陣前，也有一首詩，單道着陳達好處：

生居鄴郡上華胥，慣使長鎗伏衆威。跳澗虎稱多膂力，却將陳達比姜維。

下首馬上坐着一籌好漢，手中使一口大桿刀，綽號白花蛇楊春，原是解良縣蒲城人氏。當下挺刀立馬，守住陣門。也有一首詩，單題楊春的好處：

蒲州生長最奢遮，會使鋼刀賽左車。瘦臂長腰真勇漢，楊春綽號白花蛇。

四個好漢勒馬在陣前。望不多時，只見芒碭山上飛下一彪人馬來。當先兩個好漢：爲頭那一個便是徐州沛縣人氏，姓項，名充，綽號八臂那吒。使一面團牌，背插飛刀二十四把，百步取人，無有不中；右手仗一條標鎗。後面打着一面認軍旗，上書「八臂那吒」，步行下山。有八句詩，單題項充：

鐵帽深遮頂，銅環半掩腮。傍牌懸獸面，飛刃插龍胎。脚到如風火，身先降禍災。那吒號八臂，此是項充來。

次後那個好漢，便是邳縣人氏，姓李，名衮，綽號飛天大聖。會使一面團牌，背插二十四把標鎗，亦能百步取人；左手挽牌，右手仗劍。後面打着一面認軍旗，上書「飛天大聖」，出到陣前。有八句詩，單道李衮：

纓蓋盔兜項，袍遮鐵掩襟。胸藏拖地膽，毛蓋殺人心。飛刃齊攢玉，蠻牌滿畫金。飛天號大聖，李衮衆人欽。

當下項充、李衮見了對陣史進、朱武、陳達、楊春四騎馬在陣前，並不打話。小嘍囉篩起鑼來，兩個好漢舞動團牌齊上，直滚入陣來。史進等攔當不住，後軍先走。史進前軍抵敵，朱武等中軍吶喊，各自逃生。宋軍被他殺的人亡馬倒，敗退六七十里。史進險些兒中了飛刀。楊春轉身得遲，被一飛刀，戰馬着傷，棄了馬，逃命走了。

史進點軍，折了一半，和朱武等商議，欲要差人往梁山泊求救。正憂疑之間，只見軍士來報：「北邊大路上塵頭起處，約有二千軍馬到來。」史進等直迎來時，却是梁山泊旗號，當先馬上兩員上將，一個是小李廣花榮，一個是金鎗徐寧。史進接着，備説項充、李衮蠻牌滚動，軍馬遮攔不住。花榮道：「宋公明哥哥見兄長來了，放心不下，好生懊悔。特差我兩個到來幫助。」史進等大喜，合兵一處下寨。次日天曉，正欲起兵對敵，軍士報道：「北邊大路上，又有軍馬到來。」花榮、徐寧、史進一齊上馬接時，却是宋公明親自和軍師吴學究、公孫勝、柴進、朱仝、呼延灼、穆弘、孫立、黄信、吕方、郭盛帶領三千人馬來到。史進備説項充、李衮飛刀標鎗滚牌難近，折了人馬一事。宋江失驚。吴用道：「且把軍馬扎下寨柵，别作商議。」宋江性急，便要起兵勦捕，直到山下。此時天色已晚，望見芒碭山上都是青色燈籠。公孫勝看了，便道：「這一夥人必有妖法。此寨中青色燈籠，必是個會行妖法之人在内。我等且把軍馬退去，來日貧道獻一個陣法，要捉此二人。」宋江大喜，傳令教軍馬且退二十里，扎住營寨。次日清晨，公孫勝獻出這個陣法。有分教：飛天大聖，拱手來上梁山；八臂那吒，延頸便歸水泊。正是計就魔王須下拜，陣圓神將怎施爲。畢竟公孫勝對宋江獻出甚麽陣法來，且聽下回分解。

李生曰：如賺金鈴弔掛，都是兒戲，無不幹成大事，何也？只是才大、識大、胆大耳。不然，耶（即）驚天動地，濟得甚事！

公孫勝芒碭山降魔

晁天王曾頭市中箭

第六十回　公孫勝芒碭山降魔　晁天王曾頭市中箭

詩曰：

背後之言不可諶，得饒人處且饒人。雖收芒碭無家客，殞却梁山主寨身。諸將縞衣魂欲斷，九原金鏃恨難伸。可憐蓋世英雄骨，權厝荒城野水濱。

話説公孫勝對宋江、吴用獻出那個陣圖：「却是漢末三分諸葛孔明擺石爲陣的法：四面八方，分八八六十四隊，中間大將居之。其像四頭八尾，左旋右轉，按天地風雲之機，龍虎鳥蛇之狀。待他下山冲入陣來，兩軍齊開，如若伺候他入陣。只看七星號帶起處，把陣變爲長蛇之勢。貧道作起道法，教這三人在陣中，前後無路，左右無門。却於坎地上掘下陷坑，直逼此三人到於那裏，兩邊埋伏下撓鉤手，准備捉將。」宋江聽了大喜，便傳將令，將大小將校依令如此而行。再用八員猛將守陣。那八員：呼延灼、朱仝、花榮、徐寧、穆弘、孫立、史進、黄信。却叫柴進、吕方、郭盛權設中軍。宋江、吴用、公孫勝帶領陳達磨旗，叫朱武指引五個軍士，在近山高坡上看對陣報事。

是日巳牌時分，衆軍近山擺開陣勢，摇旗擂鼓搦戰。只見芒碭山上有三二十面鑼聲，震地價響。

三個頭領一齊來到山下，便將三千餘人擺開。左右兩邊，項充、李衮。中間馬上擁出那個爲頭的好漢，姓樊，名瑞，祖貫濮州人氏，幼年學作全真先生，江湖上學得一身好武藝，馬上慣使一個流星鎚，神出鬼没，斬將搴旗，人不敢近，綽號作混世魔王。怎見得樊瑞英雄，有《西江月》爲證：

頭散青絲細髮，身穿絨綉皂袍。連環鐵甲晃寒霄，慣使銅鎚更妙。好似北方真武，世間伏怪除妖。雲遊江海把名標，混世魔王綽號。

那個混世魔王樊瑞騎一匹黑馬，立於陣前。上首是項充，下首是李衮。那樊瑞雖會使神術妖法，却不識陣勢。看了宋江軍馬四面八方擺成陣勢，心中暗喜道：「你若擺陣，中我計了！」分付項充、李衮道：「若見風起，你兩個便引五百滚刀手殺入陣去。」項充、李衮得令，各執定蠻牌，挺着標鎗飛劍，只等樊瑞作用。只見樊瑞立在馬上，左手挽定流星銅鎚，右手仗着混世魔王寶劍，口中念念有詞，喝聲道：「疾！」只見狂風四起，飛沙走石，天愁地暗，日月無光。項充、李衮吶聲喊，帶了五百滚刀手殺將過去。宋江軍馬見殺將過來，便分開做兩下。項充、李衮一攪入陣，兩下裏强弓硬弩射住來人，只帶得四五十人入去，其餘的都回本陣去了。宋江在高坡上望見項充、李衮已入陣裏了，便叫陳達把七星號旗只一招，那座陣勢紛紛滚滚，變作長蛇之陣。項充、李衮正在陣裏東趕西走，左盤右轉，尋路不見。高坡上朱武把小旗在那裏指引。他兩個投東，朱武便望東指；若是投西，便望西指。公孫勝在高埠處看了，便拔出那松文古定劍來，口中念動呪語，喝聲道：「疾！」只見風盡隨着項充、李衮脚跟邊亂捲，兩個在陣中，只見天昏地暗，日色無光，四邊並不見一個軍馬，一望都是黑氣，後面跟的都不見了。項充、李衮心慌起來，只要奪路回陣，百般地没尋歸路處。正走之間，忽然地雷大振一聲，兩個在陣叫苦不迭，一齊揭了雙脚，翻筋斗攧下陷馬坑裏去。兩邊都是撓鉤手，早把兩個搭將起來，便把麻繩綁縛了，解上山坡請功。宋江把鞭梢一指，三軍一齊掩殺過去。樊瑞引人馬奔走上山，走不迭的，折其大半。

宋江收軍，衆頭領都在帳前坐下。軍健早解項充、李衮到於麾下。宋江見了，忙叫解了繩索，親自把盞，説道：「二位壯士，其實休怪。臨敵之際，不如此不得。小可宋江久聞三位壯士大名，欲來禮請上山，同聚大義，蓋因不得其便，因此錯過。倘若不棄，同歸山寨，不勝萬幸。」兩個聽了，拜伏在地道：「已聞及時雨大名，誰不知道？只是小弟等無緣，不曾拜識。原來兄長果有大義，我等兩個不識好人，要與天地相拗。今日既被擒獲，萬死尚輕，反以禮待。若蒙不殺收留，誓當効死報答大恩。樊瑞那人無我兩個，如何行得。義士頭領，若肯放我們一個回去，就説樊瑞來投拜，不知頭領尊意若何？」宋江便道：「壯士，不必留一人在此爲當。是。便請二位同回貴寨，宋江來日專候佳音。」兩個拜謝道：「真乃大丈夫！若是樊瑞不從投降，我等擒來奉獻頭領麾下。」有詩爲證：

八陣神機世最難，雄才諸葛許誰攀。多謀喜見公孫勝，樊瑞逡巡便入山。

宋江聽説大喜，請入中軍，待了酒食，換了兩套新衣，取兩匹好馬，叫小嘍囉拿了鎗牌，送二人下山回寨。兩個於路在馬上感恩不盡。來到芒碭山下，小嘍囉見了大驚，接上山寨。樊瑞問兩個來意如何，項充、李衮道：「我等逆天之人，合該萬死。」樊瑞道：「兄弟如何説這話？」兩個便把宋江如此義氣説了一遍。樊瑞道：「既然宋公明如此大賢，義氣最重，我等不可逆天，是。〔眉〕也是個人。來早都下山投拜。」兩個道：「我們也爲如此而來。」當夜把寨内收拾已了。次日天曉，三個一齊下山，直到宋江寨前，拜伏在地。宋江扶起三人，請入帳中坐定。三個見了宋江没半點相疑之意，彼各傾心吐膽，訴説平生之事。三人拜請衆頭領，都到芒碭山寨中，殺牛宰馬，管待宋公明等衆多頭領，一面賞勞三軍。飲筵已罷，樊瑞就拜公孫勝爲師。輸了。宋江立主教公孫勝傳授五雷天心正法與樊瑞，樊瑞大喜。數日之間，牽牛拽馬，捲了山寨錢粮，馱了行李，收聚人馬，燒毁了寨柵，跟宋江等班師回梁山泊，於路無話。

宋江同衆好漢回轉梁山泊來。戴宗於路飛報，聽得回山，早報上山來。宋江軍馬已到梁山泊邊，却欲過渡，只見蘆葦岸邊大路上，一個大漢望着宋江便拜。宋江慌忙下馬扶住，問道：「足下姓甚名誰？何處人氏？」那漢答道：「小人姓段，雙名景住。人見小弟赤髮黄〈髮〉（鬚），都呼小人爲金毛犬。祖貫是涿州人氏。平生只靠去北邊地面盜馬。今春去到鎗竿嶺北邊，盜得一匹好馬，雪練也似價白，渾身並無一根雜毛，頭至尾長一丈，蹄至脊高八尺。那馬又高又大，一日能行千里，北方有名，唤做照夜玉獅子馬。乃是大金王子騎坐的，放在鎗竿嶺下，被小人盜得來。江湖上只聞及時雨大名，無路可見，欲將此馬前來進獻與頭領，權表我進身之意。不期來到淩州西南上曾頭市過，被那曾家五虎奪了去。小人稱説是梁山泊宋公明的，不想那厮多有不穢的言語，小人不敢盡説。逃走得脱，特來告知。」宋江看這人時，雖是骨瘦形粗，却甚生得奇怪。怎見得，有詩爲證：

焦黃頭髮髭鬚捲，盜馬不辭千里遠。强夫姓段涿州人，被人唤做金毛犬。

宋江見了段景住一表非俗，心中暗喜，便道：「既然如此，且同到山寨裏商議。」帶了段景住，一同都下船，到金沙灘上岸。晁天王並衆頭領接到聚義廳上。宋江教樊瑞、項充、李袞和衆頭領相見，段景住一同都參拜了。打起聒廳鼓來，且做慶賀筵席。宋江見山寨連添了許多人馬，四方豪傑望風而來，因此叫李雲、陶宗旺監工添造房屋並四邊寨柵。段景住又説起那匹馬的好處。宋江叫神行太保戴宗，去曾頭市探聽那匹馬的下落消息，快來回報。仔細。

且説戴宗前去曾頭市探聽，去了三五日之間，回來對衆頭領説道：「這個曾頭市上共有三千餘家，内有一家唤做曾家府。這老子原是大金國人，名爲曾長者，生下五個孩兒，號爲曾家五虎。大的兒子唤做曾塗，第二個唤做曾參，污辱大賢。第三個唤做曾索，第四個唤做曾魁，第五個唤做曾昇。又有一個教師史文恭，一個副教師蘇定。去那曾頭市上，聚集着五七千人馬，扎下寨柵，造下五十餘輛陷車，發願説他與我們勢不兩立，定要捉盡俺山寨中頭領，做個對頭。那匹千里玉獅子馬，見今與教師史文恭騎坐。更有一般堪恨那廝之處，杜譔幾句言語，教市上小兒們都唱道：

『搖動鐵鐶鈴，神鬼盡皆驚。鐵車並鐵鎖，上下有尖釘。掃蕩梁山清水泊，勦除晁蓋上東京。生擒及時雨，活捉智多星。曾家生五虎，天下盡聞名。』」

晁蓋聽了戴宗説罷，心中大怒道：「這畜生怎敢如此無禮！我須親自走一遭，不捉的此輩，誓不回山。」宋江道：「哥哥是山寨之主，不可輕動，小弟願往。」晁蓋道：「不是我要奪你的功〈榮〉（勞），你下山多遍了，厮殺勞困。我今替你走一遭。下次有事，却是賢弟去。」宋江苦諫不聽。晁蓋忿怒，便點起五千人馬，請啓二十個頭領相助下山，其餘都和宋公明保守山寨。晁蓋點那二十個頭領：林沖、呼延灼、徐寧、穆弘、劉唐、張横、阮小二、阮小五、阮小七、楊雄、石秀、孫立、黄信、杜遷、宋萬、燕順、鄧飛、歐鵬、楊林、白勝。共是二十一〈人〉(個)頭領，部領三軍人馬下山，征進曾頭市。宋江與吴用、公孫勝衆頭領就山下金沙灘餞行。飲酒之間，忽起一陣狂風，正把晁蓋新製的認軍旗半腰吹折。衆人見了，盡皆失色。吴學究諫道：「此乃不祥之兆，兄長改日出軍。」宋江勸道：「哥哥方纔出軍，風吹折認旗，於軍不利。不若停待幾時，却去和那厮理會，未爲晚矣。」晁蓋道：「天地風雲，何足爲怪？是。趁此春暖之時，不去拏他；直待養成那厮氣勢，却去進兵，那時遲了。你且休阻我，遮莫怎地要去走一遭。」宋江那裏違拗得住。晁蓋引兵渡水去了，宋江悒怏不已。回到山寨，再叫戴宗下山去探聽消息。

且說晁蓋領着五千人馬，二十個頭領，來到曾頭市相近，對面下了寨栅。次日，先引衆頭領上馬去看曾頭市。衆多好漢立馬看時，果然這曾頭市是個險隘去處。但見：

週迴一遭野水，四圍三面高崗。塹邊河港似蛇盤，濠下柳林如雨密。凭高遠望緑陰濃，不見人家；附近潛窺青影亂，深藏寨栅。村中壯漢，出來的勇似金剛；田野小兒，生下的便如鬼子。僧道能輪棍棒，婦人慣使刀鎗。果然是鐵壁銅牆，端的盡人强馬壯。交鋒盡是哥兒將，上陣皆爲子父兵。

晁蓋與衆頭領正看之間，只見柳林中飛出一彪人馬來，約有七八百人。當先一個好漢，戴熟銅盔，披連環甲，使一條點鋼鎗，騎着匹沖陣馬，乃是曾家第四子曾魁。高聲喝道：「你等是梁山泊反國草寇，我正要來拏你解官請賞，原來天賜其便！如何不下馬受縛，更待何時？」晁蓋大怒，回頭一觀，早有一將出馬去戰曾魁。那人是梁山初結義的好漢豹子頭林沖。兩個交馬，鬥了〈三〉(二)十餘合，不分勝敗。曾魁鬥到二十合之後，料道鬥林沖不過，掣鎗回馬，便往柳林中走。林沖勒住馬不趕。晁蓋領轉軍馬回寨，商議打曾頭市之策。林沖道：「來日直去市口搦戰，就看虛實如何，再作商議。」

次日平明，引領五千人馬，向曾頭市口平川曠野之地列成陣勢，擂鼓吶喊。曾頭市上砲聲響處，大隊人馬出來，一字兒擺着七個好漢：中間便是都教師史文恭，上首副教師蘇定，下首便是曾家長子曾塗，左邊曾參、曾魁，右邊曾昇、曾索。都是全身披掛。教師史文恭彎弓插箭，坐下那匹却是千里玉獅子馬，手裏使一枝方天畫戟。三通鼓罷，只見曾家陣裏推出數輛陷車，放在廳前。曾塗指着對陣罵道：「反國草寇！見俺陷車麽？惡。我曾家府裏殺你死的不算好漢。我一個個直要捉你活的，裝載陷車裏，解上東京，碎屍萬段！你們趁早納降，再有商議。」〔眉〕也是漢子。晁蓋聽了大怒，挺鎗出馬，直奔曾塗。衆將怕晁蓋有失，一發掩殺過去，兩軍混戰。曾家軍馬一步步退入村裏。林沖、呼延灼緊護定晁蓋，東西趕殺。林沖見路途不好，急退回來收兵。看得兩邊各皆折了些人馬。晁蓋回到寨中，心中甚憂，衆將勸道：「哥哥且寬心，休得愁悶，有傷貴體。往常宋公明哥哥出軍，亦曾失利，好歹得勝回寨。

今日混戰，各折了些軍馬，又不曾輸了與他，何須憂悶！」晁蓋〈道〉只是鬱鬱〈自己〉不樂，在寨内一連了三日，每日搦戰，曾頭市上並不曾見一個。

第四日，忽有兩個和尚，直到晁蓋寨裏來投拜。軍人引到中軍帳前，兩個和尚跪下告道：「小僧是曾頭市上東邊法華寺裏監寺僧人。今被曾家五虎不時常來本寺作踐囉唣，索要金銀財帛，無所不爲。小僧已知他的備細出没去處，特地前來拜請頭領入去劫寨，剿除了他時，當坊有幸。」晁蓋見説大喜。莽。有詩爲證：

間諜從來解用兵，陳平昔日更專精。却慚晁蓋無先見，隨着秃奴暮夜行。

晁蓋便請兩個和尚坐〈的〉（地），置酒相待。林冲諫道：「哥哥休得聽信，其中莫非有詐？」和尚道：「小僧是個出家人，怎敢妄語？久聞梁山泊行仁義之道，所過之處，並不擾民，因此特來拜投，如何故來啜賺將軍？況兼曾家未必贏得頭領大軍，何故相疑？」妙。晁蓋道：「兄弟休生疑心，誤了大事。今晚我自去走一遭。」林冲道：「哥哥休去。我等分一半人馬去劫寨，哥哥在外面接應。」晁蓋道：「我不自去，誰肯向前？該死。你可留一半軍馬在外接應。」林冲道：「哥哥帶誰入去？」晁蓋道：「點十個頭領，分二千五百人馬入去。」十個頭領是：劉唐、阮小二、呼延灼、阮小五、歐鵬、阮小七、燕順、杜遷、宋萬、白勝。

當晚造飯吃了，馬摘鑾鈴，軍士啣枚，黑夜疾走。悄悄地跟了兩個和尚，直到法華寺内看時，是一個古寺。晁蓋下馬入到寺内，見没僧衆，問那兩個和尚道：「怎地這個大寺院没一個僧衆？」和尚道：「便是曾家畜生薅惱，不得已，各自歸俗去了。只有長老並幾個侍者，自在塔院裏居住。頭領暫且屯住了人馬，等更深些，小僧直引到那厮寨裏。」晁蓋道：「他的寨在那裏？」和尚道：「他有四個寨栅，只是北寨裏便是曾家弟兄屯軍之處。若只打得那個寨子時，别的都不打緊，這三個寨便罷了。」晁蓋道：「那個時分可去？」和尚道：「如今只是二更天氣，再待三更時分，他無准備。」初時聽得曾頭市上整整齊齊打更鼓響，又聽了半個更次，絶不聞更點之聲。和尚道：「軍人想是已睡了，如今可去。」和尚當先引路。晁蓋帶同諸將上馬，領兵離了法華寺，跟着和尚。行不到五里多路，黑影處不見了兩個僧人，前軍不敢行動。看四邊路雜難行，又不見有人家，軍士却慌起來，報與晁蓋知道。呼延灼便叫急回舊路。走不到百十步，只見四下裏金鼓齊鳴，喊聲振地，一望都是火把。晁蓋衆將引軍奪路而走。纔轉得兩個灣，撞出一彪軍馬，當頭亂箭射將來。不期一箭，正中晁蓋臉上，倒撞下馬來。却得呼延灼、燕順兩騎馬，死併將去。背後劉唐、白勝救得晁蓋上馬，殺出村中來。村口林沖等引軍接應，剛纔敵得住。兩軍混戰，直殺到天明，各自歸寨。

林沖回來點軍時，三阮、宋萬、杜遷水裏逃得性命。帶入去二千五百人馬，止剩得一千二三百人，跟着歐鵬，都回到帳中。衆頭領且來看晁蓋時，那枝箭正射在面頰上；急拔得箭出，血暈倒了。看那箭時，上有「史文恭」字。林沖叫取金鎗藥敷貼上，原來却是一枝藥箭。晁蓋中了箭毒，已自言語不得。林沖叫扶上車子，便差三阮、杜遷、宋萬先送回山寨，其餘十五個頭領在寨中商議：「今番晁天王哥哥下山來，不想遭這一場，正應了風折認旗之兆。我等只可收兵回去，這曾頭市急切不能取得。」呼延灼道：「須等宋公明哥哥將令來，方可回軍。」有詩爲證：

威鎮邊陲不可當，梁山寨主是天王。最憐率爾圖曾市，遽使英雄一命亡。

當日衆頭領悶悶不已，衆軍亦無戀戰之心，人人都有還山之意。當晚二更時分，天色微明，十五個頭領都在寨中納悶。正是蛇無頭而不行，鳥無翅而不飛，嗟咨嘆惜，進退無措。忽聽的伏路〈上〉（小）校慌急報來：「前面四五路軍馬殺來，火把不計其數！」林沖聽了，一齊上馬。三面山〈字〉（上）火把齊〈鳴〉（明），照晃如同白日，四下裏吶喊到寨前。林沖領了衆頭領，不去抵敵，拔寨都起，回馬便走。曾家軍馬背後捲殺將來，兩軍且戰且走，〈未〉（走）過了五六十里，方纔得脱。計點人兵，又折了五七百人，大敗輸虧。急取舊路，望梁山泊回來。退到半路，正迎着戴宗，傳下軍令，教衆頭領引軍且回山寨，別作良策。

衆將得令，引軍回到水滸寨，上山都來看視晁天王時，已自水米不能入口，飲食不進，渾身虛腫。宋江等守定在床前啼哭，親手敷貼藥餌，灌下湯散。衆頭領都守在帳前看視。當日夜至三更，晁蓋身體沉重，轉頭看着宋江，囑付道：「賢弟保重。若那個捉得射死我的，便叫他做梁山泊主。」英雄。言罷，便瞑目而死。宋江見晁蓋死了，比似喪考妣一般，哭得發昏。衆頭領扶策宋江出來主事。吴用、公孫勝勸道：「哥哥且省煩惱，生死人之分定，何故痛傷。且請理會大事。」宋江哭罷，便教把香湯沐浴了屍首，裝殮衣服巾幘，停在聚義廳上。衆頭領都來舉哀祭祀。一面合造内棺外椁，選了吉時，盛放在正廳上。建起靈幃，中間設個神主，上寫道「梁山泊主天王晁公神主」。山寨中頭領，自宋公明以下，都帶重孝；小頭目並衆小嘍囉，亦帶孝頭巾。把那枝誓箭，就供養在靈前。寨内揚起長旛，請附近寺院僧衆上山做功德，追薦晁天王。宋江每日領衆舉哀，無心管理山寨事務。

林沖與公孫勝、吴用並衆頭領商議，立宋公明爲梁山泊主，諸人拱聽號令。次日清晨，香花燈燭，林沖爲首，與衆等請出保義宋公明，在聚義廳上坐定。吴用、林沖開話道：「哥哥聽稟：治國一日不可無君，於家不可一日無主。今日山寨晁頭領是歸天去了，山寨中事業豈可無主？四海萬里疆宇之内，皆聞哥哥大名。來日吉日良辰，請哥哥爲山寨之主，諸人拱聽號令。」宋江道：「却乃不可忘了晁天王遺言，臨死時囑道：『如有人捉得史文恭者，便立爲梁山泊主。』此話衆頭領皆知，亦不可忘了。又不曾報得仇，雪得恨，如何便居得此位？」腐。吴學究又勸道：「晁天王雖是如此説，今日又未曾捉得那人，山寨中豈可一日無主？若哥哥不坐時，誰敢當此位？寨中人馬如何管領？然雖遺言如此，哥哥權且尊臨此位坐一坐，待日後别有計較。」宋江道：「軍師言之極當。今日小可權當此位，待日後報仇雪恨已了，拏住史文恭的，不拘何人，須當此位。」黑旋風李逵在側邊叫道：「哥哥休説做梁山泊主，便做了大宋皇帝却不好！」〔眉〕夫人不言，言必有中。宋江喝道：「這黑廝又來胡説！再休如此亂言，先割了你這廝舌頭！」李逵道：「我又不教哥哥做社長，請哥哥做皇帝，倒要割了我舌頭！」妙。吴學究道：「這廝不識尊卑的人，兄長不要和他一般見識。且請哥哥主張大事。」

宋江焚香已罷，權居主位，坐了第一把椅子。上首軍師吴用，下首公孫勝。左一帶林沖爲頭，右一帶呼延灼居長。衆人參拜了，兩邊坐下。宋江乃言道：「小可今日權居此位，全賴衆兄弟扶助，同心合意，同氣相從，共爲股肱，一同替天行道。如今山寨人馬數多，非比往日，可請衆兄弟分做六寨駐扎。聚義廳今改爲忠義堂。就有主。前後左右立四個旱寨，後山兩個小寨，前山三座關隘，山下一個水寨，兩灘兩個小寨，今日各請弟兄分投去管。」有詩爲證：

英雄晁蓋已歸天，主寨公明在所先。從此又須新號令，分兵授職盡恭虔。

「忠義堂上，是我權居尊位，第二位軍師吳學究，第三位法師公孫勝，第四位花榮，第五位秦明，第六位呂方，第七位郭盛。左軍寨内，第一位林沖，第二位劉唐，第三位史進，第四位楊雄，第五位石秀，第六位杜遷，第七位宋萬。右軍寨内，第一位呼延灼，第二位朱仝，第三位戴宗，第四位穆弘，第五位李逵，第六位歐鵬，第七位穆春。前軍寨内，第一位李應，第二位徐寧，第三位魯智深，第四位武松，第五位楊志，第六位馬麟，第七位施恩。後軍寨内，第一位柴進，第二位孫立，第三位黃信，第四位韓滔，第五位彭玘，第六位鄧飛，第七位薛永。水軍寨内，第一位李俊，第二位阮小二，第三位阮小五，第四位阮小七，第五位張橫，第六位張順，第七位童威，第八位童猛。六寨計四十三員頭領。山前第一關令雷橫、樊瑞守把，第二關令解珍、解寶守把，第三關令項充、李衮守把。金沙灘小寨内令燕順、鄭天壽、孔明、孔亮四個守把；鴨嘴灘小寨内令李忠、周通、鄒淵、鄒潤四個守把。山後兩個小寨，左一個旱寨内，令王矮虎、一丈青、曹正；右一個旱寨内，令朱武、陳達、楊春，六人守把。忠義堂内：左一帶房中，掌文卷蕭讓，掌賞罰裴宣，掌印信金大堅，掌算錢粮蔣敬；右一帶房中，管砲淩振，管造船孟康，管造衣甲侯健，管築城垣陶宗旺。忠義堂後兩廂房中管事人員：監造房屋李雲，鐵匠總管湯隆，監造酒醋朱富，監造筵宴宋清，掌管什物杜興、白勝。山下四路作眼酒店，原撥定朱貴、樂和、時遷、李立、孫新、顧大嫂、張青、孫二娘，已自定數。管北地收買馬匹：楊林、石勇、段景住。分撥已定，各自遵守，毋得違犯。」梁山泊水滸寨內，大小頭領，自從宋公明爲寨主，盡皆歡喜，人心悦服，諸將都皆拱聽約束。異日，宋江聚衆商議，欲要與晁蓋報仇，興兵去打曾頭市。軍師吴用諫道：「哥哥，庶民居喪，尚且不可輕動。哥哥興師，且待百日之後，方可舉兵，未爲遲矣。」宋江依吴學究之言，守住山寨居喪，每日修設好事，只做功果追薦晁蓋。〔眉〕竟忘却自家本等。妙，妙。

一日請到一僧，法名大圓，乃是北京大名府在城龍華寺僧人。只爲遊方來到濟寧，經過梁山泊，就請在寨内做道場。因吃齋之次閑話間，宋江問起〈說〉北京〈圓大師龍華寺住持〉（風土人物），那大圓和尚説道：「頭領如何不聞河北玉麒麟之名？」宋江、吴用聽了，猛然省起，説道：「你看我們未老，却恁地忘事！北京城裏是有個盧大員外，雙名俊義，綽號玉麒麟，是河北三絶。祖居北京人氏，一身好武藝，棍棒天下無對。梁山泊寨中若得此人時，何怕官軍緝捕，豈愁兵馬來臨？」生事。吴用笑道：「哥哥何故自喪志氣？若要此人上山，有何難哉！」宋江答道：「他是北京大名府第一等長者，如何能勾得他來落草？」吴學究道：「吴用也在心多時了，不想一向忘却。小生略施一計，便教本人上山。」可恨。宋江便道：「人稱足下爲智多星，端的是不枉了，名不虚傳。敢問軍師用甚計策，賺得本人上山？」吴用不慌不忙，叠兩個指頭，説出這段計來。有分教：北京城内，黎民廢寢忘餐；

梁山泊中，好漢驅兵領將。正是計就水鄉添虎將，謀成市井賺麒麟。畢竟吴學究怎地賺盧俊義上山，且聽下回分解。

李卓吾曰：改聚義廳爲忠義堂，是梁山泊第一關節，不可草草看過。

又曰：宋江、吴用也是多事，如何平白地要好人做强盜？最可恨是賺玉麒麟上山也！

吴用智賺玉麒麟

張順夜鬧金沙渡

第六十一回　吴用智賺玉麒麟　張順夜鬧金沙渡

《滿庭芳》：

通天徹地，能文會武，廣交四海豪英。胸藏錦綉，義氣更高明。瀟洒綸巾野服，笑談將白羽麾兵。聚義處，人人瞻仰，四海久馳名。韻度同諸葛，運籌帷幄，殫竭忠誠。有才能冠世，玉柱高擎。遂使玉麟歸伏，命風雷驅使天丁。梁山泊，軍師吴用，天上智多星。

話説這篇詞，單道着吴用的好處。有恁好處？因爲這龍華寺僧人，説出此三絶玉麒麟盧俊義名字與宋江，吴用道：「小生憑三寸不爛之舌，盡一點忠義之心，捨死忘生，直往北京説盧俊義上山，如探囊取物，手到拈來。賣弄，可惡。〔眉〕張子房決不如此。只是少一個粗心大膽的伴當，和我同去。」已是要李大哥去了。説猶未了，只見階下一個人高聲叫道：「軍師哥哥，小弟與你走一遭！」吴用大笑。那人是誰，却是好漢黑旋風李逵。宋江喝道：「兄弟，你且住着！若是上風放火，下風殺人，打家劫舍，衝州撞府，合用着你。這是做細的勾當，你性子又不好，去不的！」李逵道：「你們都道我生的醜，嫌我，不要我去。」宋江道：「不是嫌你。如今大名府做公的極多，倘或被人看破，枉送了你的性命。」李逵叫道：「不妨，我定要去走一遭。」吴用道：「你若依的我三件事，便帶你去；若依不的，只在寨中坐地。」李逵道：「莫説三件，便是三十件也依你。」吴用道：「第一件，你的酒性如烈火，自今日去便斷了酒，回來你却開；第二件，於路上做道童打扮隨着我，我但叫你，不要違拗；第三件最難，你從明日爲始，並不要説話，只做啞子一般。依的這三件，便帶你去。」李逵道：「不吃酒，做道童，却依的。〔眉〕不吃酒也難。閉着這個嘴不説話，却是鱉殺我！」吴用道：「你若開口，便惹出事來。」李逵道：「也容易，我只口裏啣着一文銅錢便了。」妙人。宋江道：「兄弟，你若堅執要去，恐有疏失，休要怨我。」李逵道：「不妨，不妨，我這兩把板斧，不到的只這般教他拏了去，少也砍他娘千百個鳥頭纔罷。」妙人。衆頭領都笑，那裏勸的住。當日忠義堂上做筵席送路，至晚各自去歇息。次日清早，吴用收拾了一包行李，〈及〉（教）李逵打扮做道童，挑擔下山。宋江與衆頭領都在金沙灘送行，再三分付吴用小心在意，休教李逵有失。吴用、李逵别了衆人下山，宋江等回寨。

且説吴用、李逵二人往北京去，行了四五日路程，却遇天色晚來，投店安歇。平明打火上路，於路上，吴用被李逵嘔的苦。自然。行了幾日，趕到北京城外店肆裏歇下。當晚李逵去廚下做飯，一拳打的店小二吐血。小二哥來房裏告訴吴用道：「你的啞道童，我小人不與他燒火，打的小人吐血。」認他啞道童，便該打；不與他燒火，又該打。打得是，打得是。吴用慌忙與他陪話，把十數貫錢與他將息，自埋怨李逵，不在話下。過了一夜，次日天明起來，安排些飯食吃了。吴用喚李逵入房中，分付道：「你這廝苦死要來，一路上嘔死我也。今日入城，不是耍處，你休送了我的性命！」李逵道：「不敢，不敢。」吴用道：「我再和你打個暗號，若是我把頭來摇時，你便不可動彈。」李逵應承了。兩個就店裏打扮入城。怎見的？

吴用戴一頂烏縐紗抹眉頭巾，穿一領皂沿邊白絹道服，繫一條雜綵呂公縧，着一雙方頭青布履，手裏拿一付賽黄金熟銅鈴杵。李逵戧幾根蓬松黄髮，綰兩枚渾骨丫髻，黑虎軀穿一領粗布短褐袍，飛熊腰勒一條雜色短鬚縧，穿一雙蹬山透土靴，擔一條過頭木拐棒，〔眉〕標致。挑着個紙招兒，上寫着「講命談天，卦金一兩」。

吴用、李逵兩個打扮了，鎖上房門，離了店肆，望北京城南門來。行無一里，却早望見城門，端的好個北京。但見：

城高地險，塹闊濠深。（一）週迴鹿角交加，四下裏排叉密布。敵樓雄壯，繽紛雜綵旗旛；堞道坦平，簇擺刀鎗劍戟。錢糧浩大，人物繁華。千百處舞榭歌臺，數萬座琳宫梵宇。東西院内，笙簫鼓樂喧天；南北店中，行貨錢財滿地。公子跨金鞍駿馬，佳人乘翠蓋珠軿。千員猛將統層城，百萬黎民居上國。

此時天下各處盜賊生發，各州府縣俱有軍馬守把。惟此北京是河北第一個去處，更兼又是梁中書統領大軍鎮守，如何不擺得整齊？

且説吴用、李逵兩個，摇摇擺擺，却好來到城門下。守門的左右約有四五十軍士，簇捧着一個把門的官人在那裏坐定。吴用向前施禮。軍士問道：「秀才那裏來？」吴用答道：「小生姓張，名用，這個道童姓李。江湖上賣卦營生，今來大郡與人講命。」身邊取出假文引，交軍士看了。衆人道：「這個道童的鳥眼，恰像賊一般看人。」也不差。李逵聽道，正待要發作。吳用慌忙把頭來摇，李逵便低了頭。吳用向前，與把門軍士陪話道：「小生一言難盡。這個道童又聾又啞，只有一分蠻氣力，却是家生的孩兒，没奈何帶他出來。這厮不省人事，望乞恕罪。」辭了便行。李逵跟在背後，脚高步低，望市心裏來。吳用手中摇着鈴杵，口裏念四句口號道：

「甘羅發早子牙遲，彭祖顔回壽不齊。范丹貧窮石崇富，八字生來各有時。」

吳用又道：「乃時也，運也，命也。知生知死，知因知道。若要問前程，先請銀一兩。」説罷，又摇鈴杵。北京城内小兒，約有五六十個，跟着看了笑。却好轉到盧員外解庫門首，自歌自笑，去了復又回來，小兒們鬨動。

盧員外正在解庫廳前坐地，看着那一班主管收解。只聽得街上喧鬨，唤當直的問道：「如何街上熱鬧？」當直的報覆員外：「端的好笑，街上一個别處來的算命先生，在街上賣卦，要銀一兩算一命，誰人捨的！後頭一個跟的道童，且是生的滲瀨，走又走的没樣範，小的們跟定了笑。」盧俊義道：「既出大言，必有廣學。癡。當直的，與我請他來。」也是天罡星合當聚會，自然生出機會來。當直的慌忙去叫道：「先生，員外有請。」吳用道：「是何人請我？」當直的道：「盧員外相請。」吳用便唤道童跟着轉來，揭起簾子，入到廳前，教李逵只在鵝項椅上坐定等候。吳用轉過前來見盧員外時，那人生的如何？有《滿庭芳》詞爲證：

目炯雙瞳，眉分八字。身軀九尺如銀。威風凛凛，儀表似天神。義膽忠肝貫日，吐虹蜺、志氣淩雲。馳聲譽，北京城内，元是富豪門。殺場臨敵處，衝開萬馬，掃退千軍。殫赤心報國，建立功勳。慷慨名揚宇宙，論英雄、播滿乾坤。盧員外，雙名俊義，河北玉麒麟。

這篇詞單道盧俊義豪傑處。吴用向前施禮，盧俊義欠身答禮，問道：「先生貴鄉何處？尊姓高名？」吴用答道：「小生姓張，名用，自號談天口。祖貫山東人氏。能算皇極先天數，知人生死貴賤。卦金白銀一兩，方纔算命。」盧俊義請入後堂小閣兒裏，分賓坐定。茶湯已罷，叫當直的取過白銀一兩，放於桌上，權爲壓命之資，「煩先生看賤造則個。」吴用道：「請貴庚月日下算。」盧俊義道：「先生，君子問災不問福。不必道在下豪富，只求推算目下行藏則個。在下今年三十二歲，甲子年乙丑月丙寅日丁卯時。」吴用取出一把鐵算子來，排在桌上，算了一回。拿起算子，桌上一拍，大叫一聲：「怪哉！」盧俊義失驚，問道：「賤造主何凶吉？」吴用道：「員外若不見怪，當以直言。」盧俊義道：「正要先生與迷人指路，真個是迷人。但説不妨。」吴用道：「員外這命，目下不出百日之内，必有血光之災。家私不能保守，死於刀劍之下。」盧俊義笑道：「先生差矣！盧某生於北京，長在豪富之家，祖宗無犯法之男，親族無再婚之女，更兼俊義作事謹慎，非理不爲，非財不取，又無寸男爲盜，亦無隻女爲非。如何能有血光之災？」〔眉〕畫出癡人模樣。吴用改容變色，急取原銀付還，起身便走，賊智全在此處。嗟嘆而言：「天下原來都要人阿諛諂佞。罷，罷！分明指與平川路，却把忠言當惡言。小生告退！」盧俊義道：「先生息怒。前言特地戲耳，願聽指教。」落了圈套了。吴用道：「小生直言，切勿見怪。」盧俊義道：「在下專聽，願勿隱匿。」吴用道：「員外貴造，一向都行好運。賊智。但今年時犯歲君，正交惡限。目今百日之内，屍首異處，此乃生來分定，不可逃也。」胡說。盧俊義道：「可以迴避否？」癡。吳用再把鐵算子搭了一回，便回員外道：「則除非去東南方巽地上一千里之外，方可免此大難。雖有些驚恐，却不傷大體。」〔眉〕此等圈套極淺極陋，三尺童子亦宜知之。雖然，豈特俊義一人已哉！盧俊義道：「若是免的此難，當以厚報。」吳用道：「命中有四句卦歌，小生說與員外，寫於壁上，後日應驗，方知小生靈處。」盧俊義道：「叫取筆硯來。」便去白粉壁上，寫吳用口歌四句：

「蘆花叢裏一扁舟，俊傑俄從此地遊。義士若能知此理，反躬逃難可無憂。」癡人全不知。

當時盧俊義寫罷，吳用收拾起算子，作揖便行。盧俊義留道：「先生少坐，過午了去。」吳用答道：「多蒙員外厚意，誤了小生賣卦，改日再來。」拜會抽身便起。盧俊義送到門首，李逵拿了拐棒兒走出外。吳學究別了盧俊義，引了李逵，逕出城來。回到店中，算還房宿飯錢，收拾行李包裹。李逵挑出卦牌。出離店肆，對李逵說道：「大事了也！我們星夜趕回山寨，安排圈套，准備機關，迎接盧俊義。他早晚便來也。」

且不說吳用、李逵還寨。却說盧俊義自從算卦之後，寸心如割，坐立不安。可憐。當夜無話。捱到次日天曉，洗漱罷，早飯已了，出到堂前，便叫當直的去喚衆多主管商議事務。少刻都到。那一個爲頭管家私的主管，姓李，名固。這李固原是東京人，因來北京投奔相識不着，凍倒在盧員外門前。盧俊義救了他性命，養他家中。因見他勤謹，寫的算的，教他管顧家間事務。五年之内，直擡舉他做了都管，一應裏外家私都在他身上，手下管着四五十個行財管幹。一家内都稱他做李都管。當日大小管事之人，都隨李固來堂前聲喏。盧員外看了一遭，便道：「怎生不見我那一個人？」説猶未了，階前走過一人來。看那來人怎生模樣，但見：

六尺以上身材，二十四五年紀。三牙掩口細髯，十分腰細膀闊。帶一頂木瓜心攢頂頭巾，穿一領銀絲紗團領白衫，繫一條蜘蛛斑紅綫壓腰，着一雙土黄皮油膀胛靴。腦後一對挨獸金環，護項一枚香羅手帕，腰間斜插名人扇，鬢畔常簪四季花。

這人是北京土居人氏，自小父母雙亡，盧員外家中養的他大。爲見他一身雪練也似白肉，盧俊義叫一個高手匠人，與他刺了這一身遍體花綉，却似玉亭柱上鋪着軟翠。若賽錦體，由你是誰，都輸與他。不則一身好花綉，那人更兼吹的、彈的、唱的、舞的，折白道字，頂真續麻，無有不能，無有不會。亦是説的諸路鄉談，省的諸行百藝的市語。更且一身本事，無人比的。拿着一張川弩，只用三枝短箭，郊外落生，並不放空，箭到物落。晚間入城，少殺也有百十個蟲蟻。若賽錦標社，那裏利物管取都是他的。亦且此人百伶百俐，道頭知尾。本身姓燕，排行第一，官名單諱個青字。北京城裏人口順，都叫他做浪子燕青。曾有一篇《沁園春》詞單道着燕青的好處。但見：

脣若塗朱，睛如點漆，面似堆瓊。有出人英武，淩雲志氣，資稟聰明。儀表天然磊落，梁山上端的馳名。《伊州》古調，唱出遶梁聲。果然是藝苑專精，風月叢中第一名。聽鼓板喧雲，笙聲嘹喨，暢敍幽情。棍棒參差，揎拳飛脚，四百軍州到處驚。人都羨，英雄領袖，浪子燕青。

原來這燕青是盧俊義家心腹人。都上廳聲喏了，做兩行立住。李固立在左邊，燕青立在右邊。

盧俊義開言道：「我夜來算了一命，道我有百日血光之災，只除非出去東南上一千里之外躲避。我想東南方有個去處，是泰安州，那裏有東嶽泰山天齊仁聖帝金殿，管天下人民生死災厄。我一者去那裏燒炷香，消災滅罪；二者躲過這場災悔；三者做些買賣，觀看外方景致。李固，你與我覓十輛太平車子，裝十輛山東貨物。你就收拾行李，跟我去走一遭。燕青小乙看管家裏庫房鑰匙，只今日便與李固交割。我三日之內便要起身。」李固道：「主人誤矣！常言道：『賣卜賣卦，轉回說話。』休聽那算命的胡言亂語。只在家中，怕做甚麽？」是。盧俊義道：「我命中註定了，癡。你休逆我。若有災來，悔却晚矣！」燕青道：「主人在上，須聽小乙愚見：這一條路去山東泰安州，正打從梁山泊邊過。近年泊內，是宋江一夥强人在那裏打家劫舍，官兵捕盜，近他不得。主人要去燒香，等太平了去，休信夜來那個算命的胡講，到敢是梁山泊歹人，假裝做陰陽人來扇惑，要賺主人那裏落草。小乙可惜夜來不在家裏，若在家時，三言兩句盤倒那先生，到敢有場好笑。」不必。〔眉〕說破便沒關目。盧俊義道：「你們不要胡說！誰人敢來賺我？梁山泊那夥賊男女打甚麽緊，我觀他如同草芥，兀自要去特地捉他，把日前學成武藝，顯揚於天下，也算個男子大丈夫！」

說猶未了，屏風背後走出娘子來，乃是盧員外渾家，年方二十五歲，姓賈，嫁與盧俊義纔方五載，琴瑟諧和。娘子賈氏便道：「丈夫，我聽你說多時了。自古道：『出外一里，不如屋裏。』也是。休聽那算命的胡說，撇了海闊一個家業，躭驚受怕，去虎穴龍潭裏做買賣。你且只在家内，清心寡慾，高居靜坐，自然無事。」〔眉〕此婦儘賢慧。只是賢慧的多犯拙病，何也？盧俊義道：「你婦人家省得甚麽！寧可信其有，不可信其無。癡。自古禍出師人口，必主吉凶。我既主(意)定了，你都不得多言多語。」燕青又道：「小人托主人福蔭，學的些個棒法在身。不是小乙說嘴，幫着主人去走一遭，路上便有些個草寇出來，小人也敢發落的三五十個開去。留下李都管看家，小人伏侍主人走一遭。」盧俊義道：「便是我買賣上不省的，要帶李固去，他須省的，又替我大半氣力。因此留你在家看守。自有別人管帳，只教你做個樁主。」李固又道：「小人近日有些脚氣的症候，十分走不的多路。」有病痛了。盧俊義〈敢〉(聽)了大怒道：「養兵千日，用在一朝！我要你跟我去走一遭，你便有許多推故。若是那一個再阻我的，教他知我拳頭的滋味！」李固嚇的面如土色，衆人誰敢再說，各自散了。李固只的忍氣吞聲，自去安排行李，討了十輛太平車子，喚了十個脚夫，四五十拽車頭口，把行李裝上車子，行貨拴縛完備。盧俊義自去結束。第三日，燒了神福，給散了家中大男小女，一個個都分付了。當晚先叫李固引兩個當直的，盡收拾了出城。李固去了。娘子看了車仗，流淚而去。咳！

次日五更，盧俊義起來，沐浴罷，更換一身新衣服，取出器械，到後堂裏辭別了祖先香火，出門上路。看盧俊義時，怎生打扮，但見：

頭戴范陽遮塵氊笠，拳來大小撒髮紅纓，斜紋緞子布衫，查開五指梅紅綫絛，青白行纏抓住襪口，軟絹襪襯多耳麻鞋。腰懸一把雁翎響銅鋼刀，海驢皮鞘子，手拿一條搜山攪海棍棒。端的是山東馳譽，河北揚名。

當下盧俊義拜辭家堂已了，分付娘子：「好生看家。多便三個月，少只四五十日便回。」賈氏道：

「丈夫路上小心，頻寄書信回來，家中知道。」說罷，燕青在面前拜了。盧俊義分付道：「小乙在家，凡事向前，不可出去三瓦兩舍打鬨。」燕青道：「主人在上，小乙不敢偷工夫閑耍。主人如此出行，怎敢怠慢！」盧俊義提了棍棒，出到城外。有詩一首單道盧俊義這條好棒。有詩爲證：

掛壁懸崖欺瑞雪，撑天拄地撼狂風。雖然身上無牙爪，出水巴山禿尾龍。

李固接着。盧俊義道：「你可引兩個伴當先去。但有乾净客店，先做下飯，等候車仗脚夫到來便吃，省的擔閣了路程。」李固也提條桿棒，先和兩個伴當去了。盧俊義和數個當直的，隨後押着車仗行。但見途中山明水秀，路闊坡平，心中歡喜道：「我若是在家，那裏見這般景致？」行了四十餘里，李固接着主人。吃點心中飯罷，李固又先去了。再行四五十里，到客店裏，李固接着車仗人馬宿食。盧俊義來到店房內，倚了棍棒，掛了氈笠兒，解下腰刀，換了鞋韈。宿食皆不必說。次日清早起來，打火做飯，衆人吃了，收拾車輛頭口，上路又行。

自此在路夜宿曉行。已經數日，來到一個客店裏宿食。天明要行，只見店小二哥對盧俊義說道：「好教官人得知，離小人店不得二十里路，正打梁山泊邊口子前過去。山上宋公明大王，雖然不害來往客人，官人須是悄悄過去，休的大驚小怪。」盧俊義聽了道：「原來如此！」便叫當直的取下衣箱，打開鎖，去裏面提出一個包袱，內取出四面白絹旗。問小二哥討了四根竹竿，每一根縛起一面旗來。每面拷栳大小幾個字寫道：〈有詩爲證〉

「慷慨北京盧俊義，遠馱貨物離鄉地。一心只要捉强人，那時方表男兒志。」

李固等衆人看了，一齊叫起苦來。店小二問道：「官人莫不和山上宋大王是親麽？」也好。盧俊義道：「我自是北京財主，腐。却和這賊們有甚麽親？我特地要來捉宋江這廝！」小二哥道：「官人低聲些，不要連累小人，不是耍處！真。你便有一萬人馬，也近他不的！」盧俊義道：「放屁！你這廝們都和那賊人做一路！」店小二叫苦不迭，衆車脚夫都癡呆了。李固跪在地下告道：「主人可憐見衆人，留了這條性命回鄉去，强似做羅天大醮！」盧俊義喝道：「你省的甚麽！這等燕雀，安敢和鴻鵠厮併？我思量平生學的一身本事，不曾逢着買主。今日幸然逢此機會，不就這裏發賣，更待何時！我那車子上叉袋裏，已准備下一袋熟麻索。倘或這賊們當死合亡，撞在我手裏，一朴刀一個砍翻，你們衆人與我便縛在車子上。撇了貨物不打緊，且收拾車子捉人，把這賊首解上京師，請功受賞，方表我平生之願。若你們一個不肯去的，只就這裏把你們先殺了！」〔眉〕是個豪傑。

前面擺四輛車子，上插了四把絹旗。後面六輛車子，隨從了行。那李固和衆人哭哭啼啼，只得依他。盧俊義取出朴刀，裝在桿棒上，三個丫兒扣牢了，趕着車子奔梁山泊路上來。李固等見了崎嶇山路，行一步怕一步，盧俊義只顧趕着要行。從清早起來，行到巳牌時分，遠遠地望見一座大林，有千百株合抱不交的大樹。却好行到林子邊，只聽的一聲胡哨響，唬的李固和兩個當直的没躲處。盧俊義教把車仗押在一邊。車夫衆人都躲在車子底下叫苦。盧俊義喝道：「我若搠翻，你們與我便縛！」説猶未了，只見林子邊走出四五百小嘍囉來。聽得後面鑼聲響處，又有四五百小嘍囉截住後路。林子裏一聲砲響，托地跳出一籌好漢。怎地模樣，但見：

茜紅頭巾，金花斜裊。鐵甲鳳盔，錦衣綉襖。血染髭髯，虎威雄暴。大斧一雙，人皆嚇倒。

又詩曰：

鐵額金睛老大蟲，翻身跳出樹林中。一聲咆吼如雷震，萬里傳名黑旋風。

當下李逵手搭雙斧，厲聲高叫：「盧員外，認得啞道童麽？」趣。盧俊義猛省，喝道：「我如常有心要來拿你這夥强盜，今日特地到此！快教宋江那廝下山投拜。倘或執迷，我片時間教你人人皆死，個個不留！」李逵呵呵大笑道：「員外，你今日中了俺的軍師妙計，快來坐把交椅。」盧俊義大怒，搭着手中朴刀來鬥李逵。李逵輪起雙斧來迎。兩個鬥不到三合，李逵托地跳出圈子外來，轉過身望林子裏便走。盧俊義挺着朴刀，隨後趕將入來。李逵在林木叢中東閃西躲，引得盧俊義性發，破一步搶入林來。李逵飛奔亂松叢裏去了。盧俊義趕過林子這邊，一個人也不見了。却待回身，只聽得松林傍邊轉出一夥人來，一個人高聲大叫：「員外不要走，認得俺麽？」盧俊義看時，却是一個胖大和尚，身穿皂直裰，倒提鐵禪杖。盧俊義喝道：「你是那裏來的和尚！」魯智深大笑道：「洒家是花和尚魯智深。今奉哥哥將令，着俺來迎接員外上山。」盧俊義焦躁，大罵：「禿驢，敢如此無禮！」撚手中朴刀，直取那和尚。魯智深輪起鐵禪杖來迎。兩個鬥不到三合，魯智深撥開朴刀，回身便走。盧俊義趕將去。正趕之間，嘍囉裏走出行者武松，輪兩口戒刀，直奔將來。盧俊義不趕和尚，來鬥武松。又不到三合，武松拔步便走。盧俊義哈哈大笑：「我不趕你！你這廝們，何足道哉！」癡。說猶未了，只見山坡下一個人在那裏叫道：「盧員外，你如何省得？豈不聞人怕落蕩，鐵怕落爐？是。哥哥定下的計策，你待走那裏去！」盧俊義喝道：「你這厮是誰？」那人笑道：「小可便是赤髮鬼劉唐。」盧俊義罵道：「草賊休走！」挺手中朴刀，直取劉唐。方纔鬥得三合，刺斜裏一個人大叫道：「好漢没遮攔穆弘在此！」當時劉唐、穆弘兩個，兩條朴刀，雙鬥盧俊義。正鬥之間，不到三合，只聽的背後脚步響。盧俊義喝聲：「着！」劉唐、穆弘跳退數步，盧俊義便轉身鬥背後的好漢，却是撲天鵰李應。三個頭領丁字脚圍定，盧俊義全然不慌，越鬥越健。是人品。正好步鬥，只聽得山頂上一聲鑼響，三個頭領各自賣個破綻，一齊拔步去了。盧俊義又鬥得一身臭汗，不去趕他。再回林子邊來尋車仗人伴時，十輛車子、人伴、頭口都不見了。口裏只管叫苦。有詩爲證：

避災因作泰山遊，暗裏機謀不自由。家產妻孥俱撇下，來吞水滸釣魚鈎。

盧俊義便向高阜處四下裏打一望，只見遠遠地山坡下一夥小嘍囉，把車仗頭口趕在前面，將李固一干人連連串串縛在後面，鳴鑼擂鼓，解投松樹那邊去。盧俊義望見，心如火熾，氣似烟生，提着朴刀，直趕將去。約莫離山坡不遠，只見兩籌好漢喝一聲道：「那裏去！」一個是美髯公朱仝，一個是插翅虎雷横。盧俊義見了，高聲罵道：「你這夥草賊，好好把車仗人馬還我！」朱仝手撚長髯大笑，説道：「盧員外，你還恁地不曉得，中了俺軍師妙計，便肋生兩翅，也飛不出去。快來大寨坐把交椅。」盧俊義聽了大怒，挺起朴刀，直奔二人。朱仝、雷横各將兵器相迎。三個鬥不到三合，兩個回身便走。盧俊義尋思道：「須是趕翻一個，却纔討得車仗。」癡。捨着性命，趕轉山坡，兩個好漢都不見了。只聽得山頂上鼓板吹簫。仰面看時，風刮起那面杏黄旗來，上面綉着「替天行道」四字。轉過來打一望，望見紅羅銷金傘下蓋着宋江，左有吴用，右有公孫勝。一行部從二百餘人，一齊聲喏道：「員外別來無恙！」盧俊義見了越怒，指名叫駡。山上吴用勸道：「兄長且須息怒。宋公明久聞員外清德，實慕威名，特令吴某親詣門牆，賺員外上山，一同替天行道。請休見責。」盧俊義大駡：「無端草賊，怎敢賺我！」今日方知。宋江背後轉過小李廣花榮，拈弓取箭，看着盧俊義，喝道：「盧員外休要逞能，先教你看花榮神箭！」説猶未了，颼地一箭，正中盧俊義頭上毡笠兒的紅纓。吃了一驚，回身便走。山上鼓聲震地，只見霹靂火秦明、豹子頭林沖，引一彪軍馬，摇旗呐喊，從山東邊殺出來；又見雙鞭將呼延灼、金鎗手徐寧，也領一彪軍馬，摇旗呐喊，從山西邊殺出來。嚇得盧俊義走投没路。看看天色將晚，脚又疼，肚又饑，正是慌不擇路，望山僻小逕只顧走。約莫黄昏時分，烟迷遠水，霧鎖深山，星月微明，不分叢莽。正走之間，不到天盡頭，須到地盡處。看看走到鴨嘴灘頭，只一望時，都是滿目蘆花，茫茫烟水。盧俊義看見，仰天長嘆道：「是我不聽好人言，今日果有悽惶事。」悔之晚矣。正煩惱間，只見蘆葦裏面一個漁人，摇着一隻小船出來。正是：

生涯臨野渡，茅屋隱晴川。沽酒渾家樂，看山滿意眠。棹穿波底月，船壓水中天。驚起閑鷗鷺，衝開柳岸烟。

那漁人倚定小船叫道：「客官好大膽！這是梁山泊出没的去處，半夜三更，怎地來到這裏？」盧俊義道：「便是我迷踪失路，尋不着宿頭。你救我則個！」漁人道：「此間大寬轉，有一個市井，却用走三十餘里向開路程；更兼路雜，最是難認。若是水路去時，只有三五里遠近。你捨得十貫錢與我，我便把船載你過去。」盧俊義道：「你若渡得我過去，尋得市井客店，我多與你些銀兩。」那漁人搖船傍岸，扶盧俊義下船，把鐵篙撐開。約行三五里水面，只聽得前面蘆葦叢中櫓聲響，一隻小船飛也似來。船上有兩個人，前面一個赤條條地拿着一條木篙，後面那個搖着櫓。前面的人橫定篙，口裏唱着山歌道：

「生來不會讀詩書，且就梁山泊内居。准備窩弓射猛虎，安排香餌釣鰲魚。」也通。

盧俊義聽得吃了一驚，不敢做聲。又聽得右邊蘆葦叢中也是兩個人，摇一隻小船出來。後面的摇着櫓，有咿啞之聲。前面横定篙，口裏也唱山歌道：

「乾坤生我潑皮身，賦性從來要殺人。萬兩黄金渾不愛，一心要捉玉麒麟。」

盧俊義聽了，只叫得苦。只見當中一隻小船飛也似摇將來，船頭上立着一個人，倒提鐵鎖木篙，口裏亦唱着山歌道：

「蘆花叢裏一扁舟，俊傑俄從此地遊。義士若能知此理，反躬逃難可無憂。」妙。

歌罷，三隻船一齊唱喏。中間是阮小二，左邊是阮小五，右邊的是阮小七。那三隻小船一齊撞將來。盧俊義聽了，心内轉驚，自想又不識水性，連聲便叫：「漁人，快與我攏船近岸！」那漁人呵呵大笑，對盧俊義説道：「上是青天，下是緑水，小生在潯陽江，來上梁山泊，三更不改名，四更不改姓，綽號混江龍李俊的便是。員外若還不肯降時，送了你性命！」盧俊義大驚，喝一聲，説道：「不是你，便是我！」拿着朴刀，望李俊心窩裏搠將來。李俊見朴刀搠將來，拿定棹牌，一個背拋筋斗，撲同的翻下水去了。那隻船滴溜溜在水面上轉，朴刀又搠將下水去了。只見船尾一個人從水底下鑽出來，叫一聲，乃是浪裏白跳張順，把手揪住船梢，脚踏水浪，把船只一側，船底朝天，英雄落水。未知盧俊義性命如何，正是鋪排打鳳牢龍計，坑陷驚天動地人。畢竟盧俊義落水性命如何，且聽下回分解。

李卓吾曰：今之算命賣卦的，雖不如梁山泊那班人，却也是個小賊。言禍言福，胡説亂道，不知誤陷了多少人，不道得單是一個盧員外也。要知得，要知得。

放冷箭燕青
救主

劫法場石秀跳樓

第六十二回　放冷箭燕青救主　劫法場石秀跳樓

詩曰：

烟水茫茫雲數重，罡星應合聚山東。岸邊埋伏金睛獸，船底深藏玉爪龍。風浩蕩，月朦朧，法華開處顯英雄。麒麟慢有擎天力，怎出軍師妙計中。

話説這盧俊義雖是了得，却不會水，被浪裏白跳張順排翻小船，倒撞下水去。張順却在水底下攔腰抱住，又鑽過對岸來，搶了朴刀。張順〈把〉（拖定）盧俊義直奔岸邊來，早點起火把，有五六十人在那裏等。接上岸來，團團圍住，解了腰刀，盡換下濕衣服，便要將索綁縛。只見神行太保戴宗傳令高叫將來：「不得傷犯了盧員外貴體！」隨即差人將一包袱錦衣綉襖與盧俊義穿着。八個小嘍囉擡過一乘轎來，扶盧員外上轎便行。只見遠遠地早有二三十對紅紗燈籠，照着一簇人馬，動着鼓樂，前來迎接。爲頭宋江、吴用、公孫勝，後面都是衆頭領，一齊下馬。盧俊義慌忙下轎。宋江先跪，後面衆頭領排排地都跪下。盧俊義亦跪下還禮道：「既被擒捉，願求早死。」宋江大笑，説道：「且請員外上轎。」衆人一齊上馬，動着鼓樂，迎上三關，直到忠義堂前下馬。請盧俊義到廳上，明晃晃地點着燈燭。

宋江向前陪話道：「小可久聞員外大名，如雷灌耳。今日幸得拜識，大慰平生。却纔衆兄弟甚是冒瀆，萬乞恕罪！」吴用上前説道：「昨奉兄長之命，特令吴某親詣門墻，以賣卦爲由，賺員外上山，共聚大義，一同替天行道。」宋江便請盧員外坐第一把交椅。盧俊義答禮道：「不才無識無能，誤犯虎威，萬死尚輕，何故相戲？」妙。宋江陪笑道：「怎敢相戲？實慕員外威德，如饑如渴。萬望不棄鄙處，爲山寨之主，早晚共聽嚴命。」盧俊義回説：「寧就死亡，實難從命。」是。吴用道：「來日却又商議。」當時〈到〉（置）備酒食管待。盧俊義無計奈何，只得飲了幾杯。是。小嘍囉請去後堂歇了。是。

次日，宋江殺羊宰馬，大排筵宴，請出盧員外來赴席；再三再四謙讓，在中間裏坐了。酒至數巡，宋江起身把盞，陪話道：「夜來甚是沖撞，幸望寬恕！雖然山寨窄小，不堪歇馬，員外可看『忠義』二字之面。套子。宋江情願讓位，休得推却。」盧俊義答道：「頭領差矣！小可身無罪累，頗有些少家私。生爲大宋人，死爲大宋鬼，寧死實難聽從！」〔眉〕是，大是！吴用並衆頭領一個個説，盧俊義越不肯落草。吴用道：「員外既然不肯，難道逼勒？只留得員外身，留不得員外心。只是衆弟兄難得員外到此，既然不肯入夥，且請小寨略住數日，却送還宅。」盧俊義道：「小可在此不妨，只恐家中知道這般的消息，憂損了老小。」未必。吴用道：「這事容易，先教李固送了車仗回去，員外遲去幾日却何妨。」正面上交椅坐定，都放了心。吴用道：「李都管，你的車仗貨物都有麽？」李固應道：「一些兒不少。」宋江叫取兩個大銀把與李固，兩個小銀賫發當直的，那十個車脚共與他白銀十兩。衆人拜謝，盧俊義分付李固道：「我的苦，你都知了。你回家中，分付娘子不要憂心，〔眉〕那得他憂心？我過三五日便回也。」李固只要脱身，滿口應説：「但不妨事。」畫。辭了，便下忠義堂去。吳用隨即便起身，説道：「員外寬心少坐，小生發送李固下山便來也。」有詩爲證：

梁山人馬太嘍囉，生賺盧公入綱羅。抵死不爲非理事，未知終始果如何。

吳用這次起身已有計了，只推發送李固，先到金沙灘等候。少刻，李固和兩個當直的，並車仗、頭口、人伴都下山來。吳用將引五百小嘍囉圍在兩邊，坐在柳陰樹下，便喚李固近前，説道：「你的主人已和我們商議定了，今坐第二把交椅。此乃未曾上山時，預先寫下四句反詩在家裏壁上。我教你們知道：壁上二十八個字，每一句包着一個字。『蘆花蕩裏一扁舟』，包個『盧』字；『俊傑那能此地遊』，包個『俊』字；『義士手提三尺劍』，包個『義』字；『反時須斬逆臣頭』，包個『反』字。這四句詩，包藏『盧俊義反』四字。今日上山，你們怎知？本待把你衆人殺了，顯得我梁山泊〈幸〉(行)短。今日放你們星夜自回去，休想望你主人回來！」〔眉〕吳用此人，當千生萬世作驢馬。李固等只顧下拜。吳用教把船送過渡口，一行人上路奔回北京。正是：鰲魚脱却金鈎去，擺尾摇頭更不回。

話分兩處，不説李固等歸家。且説吳用回到忠義堂上，再入酒席，用巧言令色説誘盧俊義。筵會且到二更方散。次日，山寨裏再排筵會慶賀。盧俊義説道：「感承衆頭領好意相留在下，只是小可度日如年，今日告辭。」宋江道：「小可不才，幸識員外。來日宋江梯己聊備小酌，對面論心一會，勿請推却。」又過了一日。明日宋江請，後日吳用請，大後日公孫勝請。話休絮繁，三十餘個上廳頭領，每日輪一個做筵席。光陰荏苒，日月如梭，早過一月有餘。盧俊義尋思，又要告別。宋江道：「非是不留員外，争奈急急要回，來日忠義堂上安排薄酒送行。」次日，宋江又梯己送路。只見衆頭領都道：「俺哥哥敬員外十分，俺等衆人當敬員外十二分。偏我哥哥筵席便吃！磚兒何厚，瓦兒何薄！」李逵在内大叫道：「我捨着一條性命，直往北京請得你來，却不吃我弟兄每筵席！我和你眉尾相結，性命相撲！」這個啞道童忒狠。吴學究大笑道：「不曾見這般請客的，好。甚是粗鹵，員外休怪。見他衆人薄意，再住幾時。」不覺又過了四五日，盧俊義堅意要行。只見神機軍師朱武，將引一般頭領直到忠義堂上，開話道：「我等雖是以次弟兄，也曾與哥哥出氣力，偏我們酒中藏着毒藥？盧員外若是見怪，不肯吃我們的，我自不妨；只怕小兄弟們做出事來，悔之晚矣！」好。吴用起身便道：「你們都不要煩惱，我與你央及員外再住幾時，有何不可？常言道：『將酒勸人，終無惡意。』」未必。盧俊義抑衆人不過，只得又住了幾日，前後却好三四十日。自離北京是四月的話，不覺在梁山泊早過了四個月有餘。〔眉〕四個月内，燕青却緣何不往梁山泊走一遭？但見金風淅淅，玉露泠泠，又早是中秋節近。盧俊義思量歸期，對宋江訴説。宋江見盧俊義思歸苦切，便道：「這個容易，來日金沙灘送别。」盧俊義大喜，有詩爲證：

一别家山歲月賒，寸心無日不思家。此身恨不生雙翼，欲借天風過水涯。

次日，還把舊時衣裳刀棒送還員外。一行衆頭領都送下山，宋江托一盤金銀相送。盧俊義推道：「非是盧某説口，金帛錢財家中頗有，但得到北京盤纏足矣。賜與之物，決不敢受。」宋江等衆頭領直送過金沙灘，作别自回，不在話下。

不説宋江回寨，只説盧俊義拽開脚步，星夜奔波。行了旬日，到得北京，日已薄暮。趕不入城，就在店中歇了一夜。次日早晨，盧俊義離了村店，飛奔入城。尚有一里多路，只見一人頭巾破碎，衣裳藍縷，看着盧俊義，納頭便拜。盧俊義擡眼看時，却是浪子燕青。便問燕青：「你怎地這般模樣？」燕青道：「這裏不是説話處。」盧俊義轉過土牆側首，細問緣故。燕青説道：「自從主人去後，不過數日，李固回來對娘子説道：『主人歸順了梁山泊宋江，坐了第二把交椅。』如今去官司首告了。他已和娘子做了一路，嗔怪燕青違拗，將我趕逐出門，將一應衣服盡行奪了，趕出城外。更兼分付一應親戚相識，但有人安着燕青在家歇的，他便捨半個家私和他打官司。因此無人敢着小乙。在城中安不得身，只得來城外求吃度日，權在庵内安身。主人可聽小乙言語，再回梁山泊去，别做個商議。若入城中，必中圈套！」是。盧俊義喝道：「我的娘子不是這般人，你這厮休來放屁！」好貨。燕青又道：「主人腦後無眼，怎知就裏。是。主人平昔只顧打熬氣力，不親女色。娘子舊日和李固原有私情。今日推門相就，做了夫妻。主人若去，必遭毒手。」盧俊義大怒，喝罵燕青道：「我家五代在北京住，誰不識得？量李固有幾顆頭，敢做恁般勾當！癡。莫不是你做出歹事來，今日到來反説？也是。我到家中問出虚實，必不和你干！休」燕青痛哭，拜倒地下，拖住主人衣服。盧俊義一脚踢倒燕青，大踏步便入城來。奔到城内，逕入家中，只見大小主管都吃一驚。李固慌忙前來迎接，請到堂上，納頭便拜。盧俊義便問：「燕青安在？」李固答道：「主人且休問端的，一言難盡。只怕發怒，待歇息定了却説。」賈氏從屏風後哭將出來。淫婦多如此。盧俊義説道：「娘子休哭！且説燕小乙怎地來？」賈氏道：「丈夫且休問，慢慢地却説。」盧俊義心中疑慮，定死要問燕青來歷。李固便道：

「主人且請換了衣服，吃了早膳，那時訴説不遲。」一邊安排飯食與盧員外吃。方纔舉筯，只聽得前門後門喊聲齊起，二三百個做公的搶將入來。盧俊義驚得呆了，就被做公的綁了，一步一棍，直打到留守司來。

其時梁中書正坐公廳，左右兩行，排列狼虎一般公人七八十個，把盧俊義拿到當面。賈氏和李固也跪在側邊。廳上梁中書大喝道：「你這厮是北京本處百姓良民，如何却去投降梁山泊落草，坐了第二把交椅？如今到來，裏勾外連，要打北京。今被擒來，有何理説？」盧俊義道：「小人一時愚蠢，被梁山泊吴用假做賣卦先生來家，口出訛言，扇惑良心，啜賺到梁山泊軟監，過了四個月。今日幸得脱身歸來，並無歹意。望恩相明鏡。」梁中書喝道：「如何説得過！你在梁山泊中，若不通情，如何住了許多時？沒得説。見放着你的妻子並李固出首，怎地是虚？」李固道：「主人既到這裏，招伏了罷。妙。家中壁上，見寫下藏頭反詩，便是老大的證見。不必多説。」賈氏道：「不是我們要害你，只怕你連累我。常言道：『一人造反，九族全誅。』是。」盧俊義跪在廳下，叫起屈來。李固道：「主人不必叫屈。是真難滅，是假易除。早早招了，免致吃苦。」賈氏道：「丈夫，虚事難入公門，實事難以抵對。你若做出事來，送了我的性命。自古丈夫造反，妻子不首。不奈有情皮肉，無情杖子。你便招了，也只吃得有數的官司。」妙。李固上下都使了錢。張孔目廳上稟説道：「這個頑皮賴骨，不打如何肯招？」梁中書道：「説的是！」喝叫一聲：「打！」左右公人把盧俊義綑翻在地，不由分説，打的皮開肉綻，鮮血迸流，昏暈去了三四次。盧俊義打熬不過，仰天嘆曰：「是我命中合當横死，我今屈招了罷。」張孔目當下取了招狀，討一面一百斤死囚枷釘了，押去大牢裏監禁。府前府後，看的人都不忍見。當日推入牢門，吃了三十殺威棒，押到亭心内，跪在面前。獄子坑上坐着那個兩院押牢節級，帶管劊子，把手指道：「你認的我麽？」盧俊義看了，不敢則聲。〔眉〕好描畫。那人是誰，有詩爲證：

兩院押牢稱蔡福，堂堂儀表氣淩雲。腰間緊繫青鸞帶，頭上高懸墊角巾。行刑問事人傾膽，使索施枷鬼斷魂。滿郡誇稱鐵臂膊，殺人到處顯精神。

這兩院押獄兼充行刑劊子，姓蔡名福，北京土居人氏。因爲他手段高强，人呼他爲鐵臂膊。傍邊立着一個嫡親兄弟，姓蔡名慶。亦有詩爲證：

押獄叢中稱蔡慶，眉濃眼大性剛强。茜紅衫上描鸂鶒，茶褐衣中綉木香。曲曲領沿深染皂，飄飄博帶淺塗黄。金環燦爛頭巾小，一朵花枝插鬢傍。

這個小押獄蔡慶，生來愛帶一枝花，河北人氏順口都叫他做一枝花蔡慶。那人拄着一條水火棍，立在哥哥側邊。蔡福道：「你且把這個死囚帶在那一間牢裏，我家去走一遭便來。」蔡慶把盧俊義自帶去了。

蔡福起身出離牢門來，只見司前墻下轉過一個人來，手裏提着飯罐，面帶憂容。蔡福認的是浪子燕青。蔡福問道：「燕小乙哥，你做甚麽？」燕青跪在地下，擎着兩行珠淚，告道：「節級哥哥！可憐見小人的主人盧員外，吃屈官司，又無送飯的錢財。小人城外叫化得這半罐子飯，權與主人充饑。節級哥哥，怎地做個方便，便是重生父母，再長爺娘！」説罷，淚如雨下，拜倒在地。蔡福道：「我知此事。你自去送飯把與他吃。」燕青拜謝了，自進牢裏去送飯。蔡福轉過州橋來，只見一個茶博士叫住唱喏道：「節級，有個客人在小人茶房内樓上，專等節級説話。」蔡福來到樓上看時，却是主管李固。各施禮罷。蔡福道：「主管有何見教？」李固道：「奸不厮瞞，俏不厮欺。小人的事都在節級肚裏。今夜晚間，只要光前絶後。無甚孝順，五十兩蒜條金在此，送與節級。廳上官吏，小人自去打點。」畫。蔡福笑道：「你不見正廳戒石上刻着『下民易虐，上蒼難欺』，畫。你的那瞞心昧己勾當，怕我不知？你又占了他家私，謀了他老婆，如今把五十兩金子與我，結果了他性命。日後提刑官下馬，我吃不的這等官司！」畫。李固道：「只是節級嫌少，小人再添五十兩。」蔡福道：「李固，你割貓兒尾伴貓兒飯。北京有名恁地一個盧員外，只直得這一百兩金子？畫。你若要我倒地他，不是我詐你，只把五百兩金子與我！」畫。李固便道：「金子有在這裏，便都送與節級，只要今夜晚些成事。」蔡福收了金子，藏在身邊，起身道：「明日早來扛屍。」畫。〔眉〕描畫。李固拜謝，歡喜去了。蔡福回到家裏。却纔進門，只見一人揭起蘆簾，隨即入來。那人叫聲：「蔡節級相見。」蔡福看時，但見那一個人生得十分標致。有詩爲證：

身穿鴉翅青團領，腰繫羊脂玉鬧粧。頭戴鵕鸃冠一具，足躡珍珠履一雙。規行矩步端詳士，目秀眉清年少郎。禮賢好客爲柴進，四海馳名小孟嘗。

那人進得門，看着蔡福便拜。蔡福慌忙答禮，便問道：「官人高姓？有何説話？」那人道：「可借裏面説話。」蔡福便請入來一個商議閣裏，分賓坐下。那人開話道：「節級休要吃驚，在下便是滄州横海郡人氏，姓柴名進，大周皇帝嫡派子孫，綽號小旋風的便是。〔眉〕忒膽大。只因好義疏財，結識天下好漢，不幸犯罪，流落梁山泊。今奉宋公明哥哥將令，差遣前來打聽盧員外消息。誰知被贓官污吏、淫婦奸夫通情陷害，監在死囚牢裏，一命懸絲，盡在足下之手。不避生死，特來到宅告知：如是留得盧員外性命在世，佛眼相看，不忘大德；但有半米兒差錯，兵臨城下，將至濠邊，無賢無愚，無老無幼，打破城池，盡皆斬首。〔眉〕這班人畢竟停當。久聞足下是個仗義全忠的好漢，無物相送，今將一千兩黃金薄禮在此。倘若要捉柴進，就此便請繩索，誓不皺眉。」妙。蔡福聽罷，嚇的一身冷汗，半晌答應不的。柴進起身道：「好漢做事，休要躊躇，便請一決。」妙。蔡福道：「且請壯士回步，小人自有措置。」柴進拜謝道：「既蒙語諾，當報大恩。」都好。出門唤過從人，取出黃金一包，遞在蔡福手裏，唱個喏便走。妙。外面從人，乃是神行太保戴宗，又是一個不會走的！蔡福得了這個消息，擺撥不下。思量半晌，回到牢中，把上項的事却對兄弟説了一遍。蔡慶道：「哥哥平生最會決斷，量這些小事，有何難哉！常言道：『殺人須見血，救人須救徹。』既然有一千兩金子在此，我和你替他上下使用。梁中書、張孔目都是好利之徒，接了賄賂，必然周全盧俊義性命。葫蘆提配將出去，救的救不的，自有他梁山泊好漢，俺們幹的事便了也！」〔眉〕好一個蔡慶。蔡福道：「兄弟這一論，正合我意。你且把盧員外安頓好處，牢中早晚把些好酒食將息他，傳個消息與他。」蔡福、蔡慶兩個商議定了，暗地裏把金子買上告下，關節已定。

次日李固不見動静，前來蔡福家催併。蔡慶回説：「我們正要下手結果他，中書相公不肯，已有人分付要留他性命。你自去上面使用，囑付下來，我這裏何難？」好。李固隨即又央人去上面使用。中間過錢人去囑托，梁中書道：「這是押牢節級的勾當，難道教我下手？過一兩日，教他自死。」兩下裏斷推。張孔目已得了金子，只管把文案拖延了日期。蔡福就裏又打關節，教及早發落。張孔目將了文案來稟，梁中書道：「這事如何決斷？」張孔目道：「小使看來，盧俊義雖有原告，却無實迹。是。雖是在梁山泊住了許多時，這個是扶同詿誤，難問真犯。脊杖四十，刺配三千里。不知相公意下如何？」梁中書道：「孔目見得極明，正與下官相合。」隨喚蔡福牢中取出盧俊義來，就當廳除了長枷，讀了招狀文案，決了四十脊杖，換一具二十斤鐵葉盤頭枷，就廳前釘了。便差董超、薛霸管押前去，直配沙門島。原來這董超、薛霸自從開封府做公人，押解林沖去滄州，路上害不得林沖，回來被高太尉尋事刺配北京。梁中書因見他兩個能幹，就留在留守司勾當。〔眉〕周匝。今日又差他兩個監押盧俊義。當下董超、薛霸領了公文，帶了盧員外，離了州衙，把盧俊義監在使臣房裏，各自歸家收拾行李包裹，即便起程。有詩爲證：

賈氏奸淫最不才，忍將夫主搆刑災。若非柴進行金諜，俊義安能配出來。

且說李固得知，只叫得苦，便叫人來請兩個防送公人說話。董超、薛霸到得那裏酒店内，李固接着，請至閣兒裏坐下，一面鋪排酒食管待。三杯酒罷，李固開言説道：「實不相瞞上下，盧員外是我仇家。如今配去沙門島，路途遥遠，他又没一文，教你兩個空費了盤纏。急待回來，也得三四個月。我没甚的相送，兩錠大銀，權爲壓手。多只兩程，少無數里，就便的去處，結果了他性命，揭取臉上金印回來表證，教我知道，每人再送五十兩蒜條金與你。你們只動得一張文書；留守司房裏，我自理會。」董超、薛霸兩兩相覷，沉吟了半晌。見了兩個大銀，如何不起貪心？畫。董超道：「只怕行不得。」薛霸便道：「哥哥，這李官人也是個好男子。我們也把這件事結識了他，若有急難之處，要他照管。」畫。李固道：「我不是忘恩失〈意〉(義)的人，慢慢地報答你兩個。」

董超、薛霸收了銀子，相別歸家，收拾包裹，連夜起身。盧俊義道：「小人今日受刑，杖瘡疼痛，容在明日上路。」薛霸罵道：「你便閉了鳥嘴！老爺自悔氣，撞着你這窮神！沙門島往回六千里有餘，費多少盤纏，你又没一文，教我們如何布擺！」盧俊義訴道：「念小人負屈含冤，上下看覷則個！」董超罵道：「你這財主們，閑常一毛不拔，畫。今日天開眼，報應得快！好說話。你不要怨暢，我們相幫你走。」盧俊義忍氣吞聲，只得走動。行出東門，董超、薛霸把衣包雨傘都掛在盧員外枷頭上。況是囚人，無計奈何。那堪又值晚秋天氣，紛紛黃葉墜，對對塞鴻飛。心懷四海三江悶，腹隱千辛萬苦愁。憂悶之中，只聽的橫笛之聲。俊義吟詩一首：好情懷。

「誰家玉笛弄秋清，撩亂無端惱客情。自是斷腸聽不得，非干吹出斷腸聲。」

兩個公人一路上做好做惡，管押了行。看看天色傍晚，約行了十四五里，前面一個村鎮，尋覓客店安歇。舊時客店，但見公人監押囚徒來歇，不敢要房錢。當時小二哥引到後面房裏，安放了包裹。薛霸說道：「老爺們苦殺是個公人，那裏到來扶侍罪人？你若要飯吃，快去燒火！」畫。盧俊儀只得帶着枷來到廚下，問小二哥討了個草柴，縛做一塊，來竈前燒火。小二哥替他淘米做飯，洗刷碗盞。盧俊義是財主出身，這般事却不會做。草柴火把又濕，又燒不着，一齊滅了。甫能盡力一吹，被灰眯了眼睛。好點綴。董超又喃喃訥訥地罵。畫。做得飯熟，兩個都盛去了，畫。盧俊義並不敢討吃。兩個自吃了一回，剩下些殘湯冷飯，與盧俊義吃了。薛霸又不住聲罵了一回。畫。吃了晚飯，又叫盧俊義去燒脚湯。等得湯滚，盧俊義方敢房裏去坐地。兩個自洗了脚，掇一盆百煎滚湯，賺盧俊義洗脚。方纔脱得草鞋，被薛霸扯兩條腿納在滚湯裏，大痛難禁。薛霸道：「老爺伏侍你，顛倒做嘴臉！」畫。兩個公人自去炕上睡了，把一條鐵索，將盧員外鎖在房門背後，聲喚到四更。兩個起來，叫小二哥做飯，自吃了出門，收拾了包裹要行。盧俊義看脚時，都是潦漿泡，點地不得。畫。尋那舊草鞋，又不見了。董超道：「我把一雙新草鞋與你。」却是夾麻皮做的，穿上都打破了脚，出不的門。當日秋雨紛紛，路上又滑，盧俊義一步一攧，薛霸拿起水火棍，攔腰便打，董超假意去勸。畫。〔眉〕將公人情狀一筆寫出，的是丹青上手。一路上埋冤叫苦。畫。

離了村店，約行了十餘里，到一座大林。盧俊義道：「小人其實捱不動了！可憐見，權歇一歇。」兩個公人帶入林子來。正是東方漸明，未有人行。薛霸道：「我兩個起得早了，好生困倦，欲要就林子裏睡一睡，只怕你走了。」妙。盧俊義道：「小人插翅也飛不去。」薛霸道：「莫要着你道兒，且等老爺縛一縛！」畫。腰間解麻索下來，兜住盧俊義肚皮，去那松樹上只一勒，反拽過脚來，綁在樹上。薛霸對董超道：「大哥，你去林子外立着。若有人來撞着，咳嗽爲號。」董超道：「兄弟，放手快些個！」薛霸道：「你放心去看着外面。」説罷，拿起水火棍，看着盧外員道：「你休怪我兩個。你家主管李固，教我們路上結果你。便到沙門島也是死，不如及早打發了。你陰司地府，不要怨我們。明年今日，是你週年！」盧俊義聽了，淚如雨下，低頭受死。薛霸兩隻手拿起水火棍，望着盧員外腦門上劈將下來。董超在外面，只聽得一聲撲地響，慌忙走入林子裏來看時，盧員外依舊縛在樹上，薛霸倒仰卧倒樹下，水火棍撇在一邊。董超道：「却又作怪！莫不是他使的力猛，倒吃一交？」畫。仰着臉四下裏看時，不見動静。薛霸口裏出血，心窩裏露出三四寸長一枝小小箭桿。却待要叫，只見東北角樹上坐着一個人，聽的叫聲：「着！」撒手響處，董超脖項上早中了一箭，兩脚蹬空，撲地也倒了。那人托地從樹上跳將下來，拔出解腕尖刀，割斷繩索，劈碎盤頭枷，就樹邊抱住盧員外，放聲大哭。盧俊義開眼看時，認得是浪子燕青。叫道：「小乙，莫不是魂魄和你相見麼？」燕青道：「小乙直從留守司前跟定這廝兩個。見他把主人監在使臣房裏，又見李固請去説話。小乙疑猜這廝們要害主人，連夜直跟出城來。主人在村店裏被他作賤，小乙伏在外頭壁子縫裏，都張得見。本要跳過來殺公人，却被店内人多，不敢下手。比及五更裏起來，小乙先在這裏等候，想這廝們必來這林子裏下手。被我兩弩箭，結果了他兩個，主人見麼？」〔眉〕如小乙者，真忠義也。這浪子燕青那把弩弓，三枝快箭，端的是百發百中。但見：

弩椿勁裁烏木，山根對嵌紅牙。撥手輕襯水晶，弦索半抽金綫。背纏錦袋，彎彎如秋月未圓；穩放鵰翎，急急似流星飛迸。緑槐影裏，嬌鶯膽戰心驚；翠柳陰中，野鵲魂飛魄散。好手人中稱好手，紅心裏面奪紅心。

盧俊義道：「雖是你强救了我性命，却射死這兩個公人，這罪越添得重了。待走那裏去的是？」燕青道：「當初都是宋公明苦了主人，今日不上梁山泊時，别無去處。」是。盧俊義道：「只是我杖瘡發作，脚皮破損，點地不得。」燕青道：「事不宜遲，我背着主人去。」〔眉〕真有用人。便去公人身邊搜出銀兩，帶着弩弓，插了腰刀，拿了水火棍，背着盧俊義，一直望東邊行。走不到十數里，早馱不動。見一個小小村店，入到裏面，尋房安下。買些酒肉，權且充飢。兩個暫時安歇這裏。

却説過往人看見林子裏射死兩個公人在彼，近處社長報與里正得知，却來大明府裏首告。隨即差官下來檢驗，却是留守司公人董超、薛霸。回覆梁中書，着落大明府緝捕觀察，限了日期，要捉兇身。做公的人都來看了，「論這弩箭，眼見得是浪子燕青的。事不宜遲！」一二百做公的，分頭去一到處帖了告示，説那兩個模樣，曉諭遠近村房道店，市鎮人家，挨捕捉拿。却是盧俊義正在村店房中將息杖瘡，又走不動，只得在那裏且住。不是。〔眉〕該急上梁山泊乃是。店小二聽得有殺人公事，村坊裏排頭説來，畫兩個模樣。小二見了，連忙去報本處社長：「我店裏有兩個人，好生脚叉，不知是也不是？」社長轉報做公的去了。

却説燕青爲無下飯，拿了弩子，去近邊處尋幾個蟲蟻吃。却待回來，只聽得滿村裏發喊。燕青躲在樹林裏張時，看見一二百做公的，鎗刀圍定，把盧俊義縛在車子上，推將過去。燕青要搶出去救時，又無軍器，只叫得苦。尋思道：「若不去梁山泊報與宋公明得知，叫他來救，却不是我誤了主人性命！」〔眉〕是。當時取路。行了半夜，肚裏又飢，身邊又没一文。走到一個土崗子上，叢叢雜雜，有些樹木，就林子裏睡到天明。心中憂悶。只聽得樹枝上喜雀咶咶噪噪，尋思道：「若是射得下來，村房人家討些水煮瀑得熟，也得充飢。」走出林子外，擡頭看時，那喜雀朝着燕青噪。燕青輕輕取出弩弓，暗暗問天買卦，望空祈禱説道：「燕青只有這一隻箭了！若是救的主人性命，箭到處，靈雀墜空；若是主人命運合休，箭到靈雀飛去。」搭上箭，叫聲：「如意不要誤我！」弩子響處，正中喜雀後尾，帶了那隻箭，直飛下崗子去。燕青大踏步趕下崗子去，不見了喜雀。正尋之間，只見兩個人從前面走來。怎生打扮，但見：

　　前頭的，帶頂猪嘴頭巾，腦後兩個金裹銀環，上穿香皂羅衫，腰繫銷金膌膊，穿半膝軟襪麻鞋，提一條齊眉棍棒。後面的，白范陽遮塵笠子，茶褐攢綫袖衫，腰繫緋紅纏袋，脚穿踢土皮鞋，背了衣包，提條短棒，跨口腰刀。

這兩個來的人，正和燕青打個肩厮拍。燕青轉回身看了這兩個，尋思道：「我正没盤纏，何不兩拳打倒兩個，奪了包裹，却好上梁山泊！」都忠厚。揣了弩弓，抽身回來。這兩個低着頭只顧走。燕青趕上，把後面帶毡笠兒的後心一拳，撲地打倒。却待拽拳再打那前面的，反被那漢子手起棒落，正中燕青左腿，打翻在地。後面那漢子爬將起來，踏住燕青，掣出腰刀，劈面門便剁。燕青大叫道：「好漢！我死不妨，着誰上梁山泊報信？」真忠義。那漢便不下刀，收住了手，提起燕青問道：「你這厮，上梁山泊報甚麼音信？」燕青道：「你問我待怎地？」那前面的好漢，把燕青手一拖，却露出手腕上花綉。慌忙問道：「你不是盧員外家甚麼浪子燕青？」燕青道：「左右是死，率性説了，教他捉去，和主人陰魂做一處。」忠義。便道：「我正是盧員外家浪子燕青。今要上梁山泊報信，教宋公明救我主人則個！」二人見說，呵呵大笑，說道：「早是不殺了你！原來正是燕小乙哥。你認得我兩個麽？」穿皂的不是別人，梁山泊頭領病關索楊雄；後面的便是拚命三郎石秀。楊雄道：「我兩個今奉哥哥將令，差往北京打聽盧員外消息。」燕青聽得是楊雄、石秀，把上件事都對兩個說了。楊雄道：「既是如此說時，我和燕青上山寨報知哥哥，別做個道理。你可自去北京打聽消息，便來回報。」石秀道：「最好。」便把包裹與燕青背了，跟着楊雄，連夜上梁山泊來，見了宋江。燕青把上項事備細說了一遍，宋江大驚，便會衆頭領商議良策。

且說石秀只帶自己隨身衣服，來到北京城外。天色已晚，入不得城，就城外歇了一宿。次日早飯罷，入得城來，但見人人嗟嘆，個個傷情。石秀心疑，來到市心裏，只見人家閉户關門。石秀問市户人家時，只見一個老丈回言道：「客人你不知。我這北京有個盧員外，等地財主。因被梁山泊賊人擄掠前去，逃得回來，倒吃了一場屈官司，迭配去沙門島。又不知怎地路上壞了兩個公人，昨夜拿來，今日午時三刻解來這裏市曹上斬他。客人可看一看。」石秀聽罷，走來市曹上看時，十字路口是個酒樓。石秀便來酒樓上，臨街占個閤兒坐下。酒保前來問道：「客官還是請人，只是獨自酌杯？」石秀睁着怪眼，說道：「大碗酒，大塊肉，只顧賣來，問甚麽鳥！」〔眉〕粧點得石秀便有氣色。酒保到吃了一驚。打兩角酒，切一大盤牛肉，將來只顧吃。石秀大碗吃了一回。坐不多時，只聽得樓下街上熱鬧。石秀便去樓窗外看時，只見家家閉户，舖舖關門。酒保上樓來道：「客官醉也！樓下出公事，快算了酒錢，別處去迴避。」石秀道：「我怕甚麽鳥！你快走下去，莫要討老爺打吃！」酒保不敢做聲，下樓去了。不多時，只見街上鑼鼓喧天價來。但見：

兩聲破鼓響，一棒碎鑼鳴。皂纛旗招展如雲，柳葉鎗交加似雪。犯由牌前引，白混棍後隨。押牢節級猙獰，仗刃公人猛勇。高頭馬上，監斬官勝似活閻羅；刀劍林中，掌法吏猶如追命鬼。可憐十字街心裏，要殺含冤負屈人。

石秀在樓窗外看時，十字路口，週迴圍住法場，十數對刀棒劊子，前排後擁，把盧俊義押到樓前跪下。鐵背膊〈綁着〉蔡福拿着法刀，一枝花蔡慶扶着枷梢，説道：「盧員外，你自精細看。不是我弟兄兩個救你不的，事做拙了！前面五聖堂裏，我已安排下你的坐位了，你可一魂去那裏領受。」説罷，人叢裏一聲叫道：「午時三刻到了！」一邊開枷。蔡慶早拿住了頭，蔡福早掣出法刀在手。當案孔目高聲讀罷犯由牌，衆人齊〈賀〉（和）一聲。樓上石秀只就那一聲〈賀〉（和）裏，掣着腰刀在手，應聲大叫：「梁山泊好漢全夥在此！」佛。〔眉〕石家三郎真菩薩，真聖人。蔡福、蔡慶撇了盧員外，扯了繩索先走。石秀從樓上跳將下來，手舉鋼刀，殺人似砍瓜切菜。走不迭的，殺翻十數個。一隻手拖住盧俊義投南便走。原來這石秀不認得北京的路，更兼盧員外驚得呆了，越走不動。梁中書聽得報來，大驚，便點帳前頭目，引了人馬，分頭去把城四門關上，差前後做公的合將攏來。快馬强兵，怎出高城峻壘？且看石秀、盧俊義走向那裏出去？正是分開陸地無牙爪，飛上青天欠羽毛。畢竟盧員外同石秀當下怎地脱身，且聽下回分解。

李載贄曰：燕青救主，已自難得。今之食君禄而不能爲其主者，既不堪作奴。若石家三郎固然拚命，乃竟以孤身獨力，從法場上救取盧生，非忠義包身，膽智雙絶，何以有此哉！如兩君者，真卓老所願百拜爲師者也。若夫依徊顧盼，算利算害，即做天官，何能博李卓老一盼乎？

宋江兵打北京城

關勝議取梁山泊

第六十三回　宋江兵打北京城　關勝議取梁山泊

詩曰：

北京留守多雄偉，四面高城崛然起。西風颯颯駿馬鳴，此日冤囚當受死。俊義之冤誰雪洗，時刻便爲刀下鬼。紛紛戈劍亂如麻，後擁前遮集如蟻。英雄忿怒舉青鋒，翻身直下如飛龍。步兵騎士悉奔走，凛凛殺氣生寒風。六街三市盡回首，屍横骸卧如猪狗。可憐力寡難抵當，將身就縛如摧朽。他時奮出囹圄中，膽氣英英大如斗。

話説當時石秀和盧俊義兩個，在城内走頭没路，四下裏人馬合來，衆做公的把撓鈎搭住，套索絆翻。可憐悍勇英雄，方信寡不敵衆，兩個當下盡被捉了。解到梁中書面前，叫押過劫法場的賊來。石秀押在廳下，睁圓怪眼，高聲大罵：佛。「你這敗壞國家、害百姓的賊！我聽着哥哥將令，早晚便引軍來打你城子，踏爲平地，把你砍做三截。先教老爺來和你們説知！」〔眉〕石秀是真菩薩，大聖人。石秀在廳前千賊萬賊價罵，廳上衆人都諕呆了。梁中書聽了，沉吟半晌，叫取大枷來且把二人枷了，監放死囚牢裏，不由他不如此。分付蔡福在意看管，休教有失。蔡福要結識梁山泊好漢，把他兩個做一處牢裏關着，每日好酒好肉與他兩個吃，因此不曾吃苦，倒將養得好了。

却説梁中書喚本州新任王太守，當廳發落，就城中計點被傷人數，殺死的有七八十個，跌傷頭面、磕損皮膚、撞折腿脚者不計其數，報名在官。梁中書支給官錢，醫治、燒化了當。次日城裏城外報説將來，收得梁山泊没頭帖子數十張，不敢隱瞞，只得呈上。梁中書看了，唬得魂飛天外，魄散九霄。〔眉〕好個梁中書。帖上寫道：

「梁山泊義士宋江，仰示大名府，布告天下：今爲大宋朝濫官當道，污吏專權，毆死良民，塗炭萬姓。北京盧俊義，乃豪傑之士，今者啓請上山，一同替天行道。特令石秀先來報知，不期俱被擒捉。如是存得二人性命，獻出淫婦奸夫，吾無侵擾；倘若誤傷羽翼，屈壞股肱，拔寨興兵，同心雪恨。人兵到處，玉石俱焚。天地咸扶，鬼神共佑。勦除奸詐，殄滅愚頑。談笑入城，並無輕恕。義夫節婦，孝子順孫，好義良民，清慎官吏，切勿驚惶，各安職業。諭衆知悉。」

當時梁中書看了没頭告示，便喚王太守到來，商議此事如何剖決。王太守是個善懦之人，〔眉〕好個王太守。聽得説了這話，便稟梁中書道：「梁山泊這一夥，朝廷幾次尚且收捕他不得，何況我這裏孤城小處？倘若這亡命之徒引兵到來，朝廷救兵不迭，那時悔之晚矣！若論小官愚意，且姑存此二人性命。一面寫表申奏朝廷，二乃奉書呈上蔡太師恩相知道，三者可教本處軍馬出城下寨，提備不虞。如此可保北京無事，軍民不傷。若將這兩個一時殺壞，仍恐寇兵臨城，一者無兵解救，二者朝廷見怪，三乃百姓驚慌，城中擾亂，深爲未便。」〔眉〕不殺這兩個，有恁便處？梁中書聽了道：「知府言之極當。」有是對手。

先喚押牢節級蔡福發放道：「這兩個賊徒非同小可，你若是拘束得緊，誠恐喪命；若教你寬鬆，又怕他走了。好貨。你弟兄兩個，早早晚晚，可緊可慢，在意堅固管候發落，休得時刻怠慢。」蔡福聽了，心中暗喜，如此發放，正中下懷。領了鈞旨，自去牢中安慰他兩個，不在話下。

只說梁中書便喚兵馬都監大刀聞達、天王李成兩個，都到廳前商議。梁中書備說梁山泊没頭告示，王太守所言之事。兩個都監聽罷，李成便道：「量這夥草寇，如何肯擅離巢穴，〔眉〕還是這人通。相公何必有勞神思。李某不才，食禄多矣，無功報德，願施犬馬之勞，統領軍卒，離城下寨。草寇不來，別作商議；如若那夥强寇年衰命盡，擅離巢穴，領衆前來。不是小將誇其大言，定令此賊片甲不回。上報國家俸禄之恩，下伸平生所學之志。肝膽塗地，並無異心。」梁中書聽了大喜，隨即取金碗綉段，賞勞二將。兩個辭謝，别了梁中書，各回營寨安歇。次日，李成升帳，喚大小官軍上帳商議。傍邊走過一人，威風凛凛，相貌堂堂，姓索名超，綽號急先鋒，慣使兩把金蘸斧。李成傳令道：「宋江草寇早晚臨城，要來打俺北京。你可點本部軍兵，離城三十五里下寨。我隨後却領軍來。」索超得了將令，次日點起本部軍兵，至三十五里地名飛虎峪，靠山下了寨柵。次日，李成引領正偏將，離城二十五里地名槐樹坡，下了寨柵。週圍密布鎗刀，四下深藏鹿角，三面掘下陷坑。衆軍磨拳擦手，諸將協力同心，只等梁山泊軍馬到來，便要建功。有詩爲證：

金鼓喧天大寨中，人如貔虎馬如龍。一心忠赤無餘事，只要當朝建大功。

話分兩頭。原來這没頭帖子，却是神行太保戴宗打聽得盧員外、石秀都被擒捉，因此虛寫告示，向没人處撇下，及橋梁道路上貼放，只要保全盧俊義、石秀二人性命。〔眉〕戴宗絶蠢，這個没頭帖子，如何便救得二人性命？回到梁山泊寨内，把上項事備細與衆頭領説知。宋江聽罷大驚，就忠義堂上打鼓集衆，大小頭領各依次序而坐。宋江開話對吴學究道：「當初軍師好意，啓請盧員外上山來聚義。今日不想却教他受苦，又陷了石秀兄弟。當用何計可救？」吴用道：「兄長放心。小生不才，願獻一計，乘此機會，就取北京錢糧，以供山寨之用。明日是個吉辰，請兄長分一半頭領把守山寨，其餘盡隨我等去打城池。」宋江道：「軍師之言極當。」便唤鐵面孔目裴宣，派撥大小軍兵，來日起程。黑旋風李逵便道：「我這兩把大斧，多時不曾發市。聽得打州劫縣，我也在廳邊歡喜。哥哥撥與我五百小嘍囉，搶到北京，把梁中書砍做肉泥，拿住李固和那婆娘，碎屍萬段，救取盧員外、石秀二人性命，是我心願。」宋江道：「兄弟雖然勇猛，這北京非比别處州府。且梁中書又是蔡太師女婿，更兼手下有李成、聞達，都有萬夫不當之勇，不可輕敵。」李逵大叫道：「哥哥這般長别人志氣，滅自己威風！且看兄弟去如何。若還輸了，誓不回山！」吴用道：「既然你要去，便教做先鋒，點與五百好漢相隨，就充頭陣，來日下山。」當晚宋江和吴用商議，撥定了人數。裴宣寫了告示，送到各寨，各依撥次施行，不得時刻有誤。

此時秋末冬初天氣，征夫容易披掛，戰馬易得肥滿。軍卒久不臨陣，皆生戰鬥之心；各恨不平，盡想報仇之念。得蒙差遣，歡天喜地，收拾鎗刀，拴束鞍馬，磨拳擦掌，時刻下山。第一撥，當先哨路黑旋風李逵，部領小嘍羅五百。第二撥，兩頭蛇解珍、雙尾蝎解寶、毛頭星孔明、獨火星孔亮，部領小嘍囉一千。第三撥，女頭領一丈青扈三娘，副將母夜叉孫二娘、母大蟲顧大嫂，部領小嘍囉一千。第四撥，撲天鵰李應，副將九紋龍史進、小尉遲孫新，部領小嘍囉一千。中軍主將都頭領宋江，軍師吴用。簇帳頭領四員：小温侯吕方、賽仁貴郭盛、病尉遲孫立、鎮三山黄信。前軍頭領霹靂火秦明，副將百勝將韓滔、天目將彭玘。後軍頭領豹子頭林沖，副將鐵笛仙馬麟、火眼狻猊鄧飛。左軍頭領雙鞭將呼延灼，副將摩雲金翅歐鵬、錦毛虎燕順。右軍頭領小李廣花榮，副將跳澗虎陳達、白花蛇楊春。並帶炮手轟天雷淩振。接應粮草頭領一員，神行太保戴宗。軍兵分撥已定，平明，各頭領依次而行，當日進發。只留下副軍師公孫勝並劉唐、朱仝、穆弘四個頭領統領馬步軍兵，守把山寨三關。水寨中自有李俊等守把，不在話下。有詩爲證：

石秀無端鬧法場，圜扉杻杻苦遭殃。梁山大舉鷹揚旅，水陸横行孰敢當。

却説索超正在飛虎峪寨中坐地，只見流星報馬前來報説：「宋江軍馬大小人兵不計其數，離寨約有二三十里，將近到來！」索超聽的，飛報李成槐樹坡寨内。李成聽了，一面報馬入城，一面自備了戰馬，直到前寨。索超接着，説了備細。次日五更造飯，平明拔寨都起，前到庾家疃，列成陣勢，擺開一萬五千人馬。李成、索超全付披掛，門旗下勒住戰馬。平東一望，遠遠地塵土起處，約有五百餘人，飛奔前來。李成鞭梢一指，軍健脚踏硬弩，手拽强弓。梁山泊好漢在庾家疃，一字兒擺成陣勢。只見：

人人都帶茜紅巾，個個齊穿緋衲襖。鷺鷥腿緊繫脚綳，虎狼腰牢拴裹肚。三股叉直迸寒光，四稜鐗横拖冷霧。柳葉鎗，火尖鎗，密密如麻；青銅刀，偃月刀，紛紛似雪。滿地紅旗飄火焰，半空赤幟耀霞光。

東陣上只見一員好漢，當前出馬，乃是黑旋風李逵。手搦雙斧，睜圓怪眼，咬碎鋼牙，高聲大叫：「認得梁山泊好漢黑旋風麽！」李成在馬上看了，與索超大笑道：「每日只説梁山泊好漢，原來只是這等腌臢草寇，何足爲道！以貌取人，失之子羽。先鋒，你看麽？何不先捉此賊！」索超笑道：「割雞焉用牛刀。自有戰將建功，不必主將掛念。」言未絶，索超馬後一員首將，姓王，名定，手撚長鎗，引領部下一百馬軍，飛奔衝將過來。李逵膽勇過人，雖是帶甲遮護，怎當軍馬一衝，當時四下奔走。索超引軍，直趕過庾家疃來。只見山坡背後鑼鼓喧天，早撞出兩彪軍馬：左有解珍、孔亮，右有孔明、解寶，各領五百小嘍囉，衝殺將來。索超見他有接應軍馬，方纔吃驚，不來追趕，勒馬便回。李成問道：「如何不拿賊來？」索超道：「趕過山去，正要拿他，原來這厮們到有接應人馬，伏兵齊起，難以下手。」李成道：「這等草寇，何足懼哉！」將引前部軍兵，盡數殺過庾家〈村〉（疃）來。只見前面摇旗吶喊，擂鼓鳴鑼，又是一彪軍馬。當先一騎馬上，却是一員女將，結束得十分標致。有《念奴嬌》爲證：

玉雪肌膚，芙蓉模樣，有天然標格。金鎧輝煌鱗甲動，銀滲紅羅抹額。玉手纖纖，雙持寶刃，恁英雄烜赫。眼溜秋波，萬種妖嬈堪摘。謾馳寶馬當前，霜刃如風，要把官軍斬馘粉面塵飛，征袍汗濕，殺氣騰胸腋。戰士消魂，敵人喪膽，女將中間奇特。得勝歸來，隱隱笑生雙頰。

且説這扈三娘，引軍紅旗上金書大字「女將一丈青」。左有顧大嫂，右有孫二娘，引一千餘軍馬，都是七長八短漢，四山五岳人。李成看了道：「這等軍人，作何用處？索超與我向前迎敵，我却分兵勒捕四下草寇。」索超領了將令，手搭金蘸斧，拍坐下馬，殺奔前來。一丈青勒馬回頭，望山凹裏便走。

李成分開人馬，四下裏趕殺。正趕之間，只聽的喊聲震地，霧氣遮天，一彪人馬飛也似追來。李成急急退兵十四五里，首尾不能管顧。急退入庾家疃時，左衝出解珍、孔明，部領人馬，趕殺將來；右衝出孔明、解寶，部領人馬，又殺到來；三員女將，撥轉馬頭，隨後殺來。趕的李成軍馬四分五落。急待回寨，黑旋風李逵當先攔住。李成、索超衝開人馬，奪路而去。比及回寨，大折一陣。宋江軍馬也不追趕，一面收兵暫歇，扎下營寨。

且說李成、索超慌忙入城報知梁中書，連夜再差聞達速領本部軍馬前來助戰。李成接着，就槐樹坡寨内商議退兵之策。聞達笑道：「疥癩之疾，何足掛意。只是要作痛作癢。聞某不才，來日願決一陣，勢不相負。」當夜商議定了，傳令與軍士得知。四更造飯，五更披掛，平明進兵。戰鼓三通，拔寨都起，前到庾家疃，早見宋江軍馬撥風也似價來。但見：

征雲冉冉飛晴空，征塵漠漠迷西東。十萬貔貅聲振地，車廂火炮如雷轟。鞞鼓鼕鼕撼山谷，旌旗獵獵摇天風。鎗影摇空翻玉蟒，劍光耀日飛蒼龍。六師鷹揚鬼神泣，三軍英勇貔虎同。罡星煞曜降凡世，六蓬丁甲離青穹。銀盔金甲濯冰雪，强弓勁弩真難攻。人人只欲盡忠義，擒王斬將非邀功。索超李成悉敗走，有如脱兔潛葭蓬。敗軍殘卒各逃命，陸路恐懼心怔忡。大刀聞達不知量，狂言逞技真雕蟲。四面伏兵一齊發，蜂兵蟻聚村疃中。亂兵俘獲竟難免，聚義堂上重相逢。

當日大刀聞達，便教將軍馬擺開，强弓硬弩，射住陣脚。花腔鼉鼓擂，雜彩綉旗摇。宋江陣中，當先捧出一員大將，紅旗銀字大書「霹靂火秦明」。怎生打扮：

頭上朱紅漆笠，身穿絳色袍鮮。連環鎧甲獸吞肩，抹綠戰靴雲嵌。鳳翅明盔耀日，獅蠻寶帶腰懸。狼牙混棍手中拈，凛凛英雄罕見。

秦明勒馬，應聲高叫：「北京濫官污吏聽着！多時要打你這城子，誠恐害了百姓良民。好好將盧俊義、石秀送將過來，淫婦奸夫一同解出，我便退兵罷戰，誓不相侵；若是執迷不悟，便教崑崙火起，玉石俱焚，只在目前。有話早說，休得俄延！」說猶未了，聞達大怒，便問首將：「誰與我力擒此賊！」說言未了，腦後鸞鈴響處，一員大將當先出馬。怎生打扮：

耀日兜鍪晃晃，連環鐵甲重重。團花點翠錦袍紅，金帶鈒成雙鳳。鵲畫弓藏袋內，狼牙箭插壺中。雕鞍穩定五花龍，大斧手中摩弄。

這個是北京上將，姓索名超，因爲此人性急，人皆呼他爲急先鋒。出到陣前，高聲喝道：「你這廝是朝廷命官，國家有何負你？你好人不做，却去落草爲賊！〔眉〕說得是。我今日拿住你時，碎屍萬段，死有餘辜！」這個秦明又是一個性急的人，聽了這話，正是爐中添炭，火上澆油，拍馬向前，輪動狼牙棍直奔將來。索超縱馬直挺秦明。二疋劣馬相交，兩般軍器並舉，衆軍吶喊。鬥到二十餘合，不分勝敗。宋江軍中，先鋒隊裏轉過韓滔，就馬上拈弓搭箭，覷的索超較親，颼地只一箭，正中索超左臂。撇了大斧，回馬望本陣便走。宋江鞭梢一指，大小三軍一齊捲殺過來，殺的屍橫遍野，流血成河，大敗虧輸。直追過庾家疃，隨即奪了槐樹坡小寨。當晚聞達直奔飛虎峪，計點軍兵，三停去一。宋江就槐樹坡寨内屯扎。吴用道：「軍兵敗走，心中必怯。若不乘勢追趕，誠恐養成勇氣，急忙難得。」宋江道：「軍師言之極當。」隨即傳令，當晚就將精鋭得勝軍將，分作四路，連夜進發，殺奔城來。

再説聞達奔到飛虎峪，忙忙似喪家之犬，急急如漏網之魚。正在寨中商議計策，小校來報，近山上一帶火起。聞達帶領軍兵上馬看時，只見東邊山上，火把不知其數，照的遍山遍野通紅。聞達便引軍兵迎敵。山後又是馬軍來到。當先首將小李廣花榮，引副將楊春、陳達，横殺將來。聞達措手不及，領兵便回飛虎峪。西邊山上，火把不知其數。當先首將雙鞭呼延灼，引副將歐鵬、燕順，衝擊將來。後面喊聲又起，却是首將霹靂火秦明，引副將韓滔、彭玘，併力殺來。聞達軍馬大亂，拔寨都起。只見前面喊聲又起，火光晃耀，却是轟天雷凌振，將帶副手從小路直轉飛虎峪那邊，放起砲來。聞達引軍奪路，奔城而去。只見前面鼓聲響處，早有一彪軍馬攔路。火光叢中，閃出首將豹子頭林沖，引副將馬麟、鄧飛，截住歸路。〔眉〕敍布人馬，的的分明，是好畫手。四下裏戰鼓齊鳴，烈火競起，衆軍亂攛，各自逃生。聞達手舞大刀，殺開條路走。正撞着李成，合兵一處，且戰且走。戰到天明，已至城下。梁中書聽的這個消息，驚的三魂蕩蕩，七魄幽幽，連忙點軍出城，接應敗殘人馬，緊閉城門，堅守不出。次日，宋江軍馬追來，直抵東門下寨，准備攻城，急於風火。有詩爲證：

梁山兵馬勢鷹揚，殺氣英風不可當。城内軍民俱被困，便須寫表告君王。

且説梁中書在留守司聚衆商議，難以解救。李成道：「賊兵臨城，事在告急，若是遲延，必至失陷。相公可修告急家書，差心腹之人，星夜趕上京師，報與蔡太師知道。早奏朝廷，調遣精兵前來救應，此是上策。〔眉〕許多大話都在那裏去了？第二，作緊行文，關報鄰近府縣，亦教早早調兵接應。第三，北京城内，着仰大名府起差民夫上城，同心協助，守護城池，准備擂木炮石，踏弩硬弓，灰瓶金汁，曉夜提備。如此可保無虞。」梁中書道：「家書隨便修下，誰人去走一遭？」當日差下首將王定，全付披掛，又差數個馬軍，領了密書，放開城門弔橋，望東京飛報聲息，及關報鄰近府分，發兵救應。先仰王太守起集民夫上城守護，不在話下。且説宋江分調衆將，引軍圍城，東西北三面下寨，只把南門不圍。每日引軍攻打。李成、聞達連日提兵出城交戰，不能取勝。索超箭瘡將息，未得痊可。

不説宋江軍兵打城，且説首將王定賫領密書，三騎馬直到東京太師府前下馬。門吏轉報入去，太師教喚王定進來。直到後堂拜罷，呈上密書。蔡太師拆開封皮看了，大驚，問其備細。王定把盧俊義的事一一説了，「如今宋江領了兵圍城，賊寇浩大，不可抵敵。」庾家疃、槐樹坡、飛虎峪三處厮殺，盡皆説罷。蔡京道：「鞍馬勞困，你且去館驛内安下，待我會官商議。」王定又稟道：「太師恩相，北京危如〈壘〉（纍）卵，破在旦夕，倘或失陷，河北縣郡，如之奈何？望太師恩相早早遣兵勦除。」蔡京道：「不必多説，你且退去。」王定去了。

太師隨即差當日府幹，請樞密官急來商議軍情重事。不移時，東廳樞密使使童貫，引三衙太尉都到節堂參見太師。蔡京把北京危急之事，備細説了一遍：「如今將甚計策，用何良將，可退賊兵，以保城郭？」説罷，衆官互相厮覷，各有懼色。有□（趣？）只見那步司太尉背後轉出一人，乃是衙門防禦〈使保義〉（保義使）姓宣名贊，掌管兵馬。此人生的面如鍋底，鼻孔朝天，捲髮赤鬚，彪形八尺。使口鋼刀，武藝出衆。先前在王府曾做郡馬，人呼爲醜郡馬。因對連珠箭贏了番將，（郡）王招做女婿。誰想郡主嫌他醜陋，懷恨而亡，因此不得重用，只做得個兵馬保義使。〔眉〕閑處都不放過，聖筆也。童貫是個阿諛諂佞之徒，與他不能相下，常有嫌疑之心。當時此人忍不住，出班來稟太師道：「小將當初在鄉中有個相識，此人乃是漢末三分義勇武安王嫡派子孫，姓關，名勝，生的規模與祖上雲長相似，使一口青龍偃月刀，人稱爲大刀關勝。見做蒲東巡檢，屈在下僚。此人幼讀兵書，深通武藝，有萬夫不當之勇。若以禮幣請他，拜爲上將，可以掃清水寨，殄滅狂徒。保國安民，開疆展土，端在此人。乞取鈞旨。」蔡京聽罷大喜，就差宣贊爲使，賫了文書，鞍馬連夜星火前往蒲東，禮請關勝赴京計議。衆官皆退。

話休絮繁。宣贊領了文書，上馬進發，帶將三五個從人。不則一日，來到蒲東巡檢司前下馬。當日關勝正和郝思文在衙内論説古今興廢之事，只聞見説東京有使命至。關勝忙與郝思文出來迎接，各施禮罷，請到廳上坐地。關勝問道：「故人久不相見，今日何事，遠勞親自到此？」宣贊回言：「爲因梁山泊草寇攻打北京，宣某在太師跟前，一力保舉兄長有安邦定國之策，降兵斬將之才，特奉朝廷敕旨，太師鈞命，彩幣鞍馬，禮請起行。兄長勿得推卻，便請收拾赴京。」關勝聽罷大喜，與宣贊説道：「這個兄弟姓郝，雙名思文，是我拜義弟兄。當初他母親夢井木犴投胎，因而有孕，後生此人，因此人唤他做井木犴郝思文。這兄弟十八般武藝無有不能。得蒙太師呼唤，一同前去，用功報國，有何不可？」宣贊喜諾，就行催請登程。

當下關勝分付老小，一同郝思文，將引關西漢十數個人，收拾刀馬盔甲行李，跟隨宣贊連〈家〉

（夜）起程。來到東京，逕投太師府前下馬。門吏轉報蔡太師得知，教喚進。宣贊引關勝、郝思文直到節堂。拜見已罷，立在階下。蔡京看了關勝，端的好表人材，堂堂八尺五六身軀，細細三柳髭髯，兩眉入鬢，鳳眼朝天，面如重棗，脣若塗硃。太師大喜，便問：「將軍青春多少？」關勝答道：「小將三旬有二。」蔡太師道：「梁山泊草寇圍困北京城郭，請問良將，願施妙策，以解其圍。」關勝稟道：「久聞草寇占住水洼，侵害黎民，劫擄城池。此賊擅離巢穴，自取其禍。若救北京，虛勞神力。乞假精兵數萬，先取梁山，後拿賊寇，教他首尾不能相顧。」（眉）是。太師見說大喜，與宣贊道：「此乃圍魏救趙之計，書生之談。正合吾心！」現成。隨即喚樞密院官，調撥山東、河北精鋭軍兵一萬五千，教郝思文爲先鋒，宣贊爲後合，關勝爲領兵指揮使，步軍太尉段常接應糧草。犒賞三軍，限日下起行。大刀闊斧，殺奔梁山泊來。直教龍離大海，不能駕霧騰雲；虎到平川，怎地張牙露爪。正是貪觀天上中秋月，失却盤中照殿珠。畢竟宋江軍馬怎地結末，且聽下回分解。

李和尚曰：戴宗没頭帖子，極没意思。若非梁中書、王太守，幾送盧俊義、石秀性命。蠢人，蠢人。又曰：關勝竟取梁山泊，的爲妙計。只是蔡京無恥，說道「此乃圍魏救趙之計」，已屬書生之言；又説「正合吾心」，這老面皮實有三寸之厚。

呼延灼月夜賺關勝

卷六四 圖

宋公明雪天
擒索超

第六十四回　呼延灼月夜賺關勝　宋公明雪天擒索超

古風一首：

古來豪傑稱三國，西蜀東吴魏之北。卧龍才智誰能如，吕蒙英鋭真奇特。中間虎將無人比，勇力超羣獨關羽。蔡陽斬首付一笑，芳聲千古傳青史。豈知世亂英雄亡，後代賢良有孫子。梁山兵困北京危，萬姓荒荒如亂蟻。梁公請救赴京師，玉殿絲綸傳睿旨。前軍後合狼虎威，左文右武生光輝。中軍主將是關勝，昂昂志氣烟雲飛。黄金鎧甲寒光迸，水銀盔展兜鍪重。面如重棗美鬚髯，錦征袍上蟠雙鳳。襯衫淡染鵝兒黄，雀鞾雕弓金鏃瑩。紫騮駿馬猛如龍，玉勒錦鞍雙獸並。寶刀燦燦霜雪光，冠世英雄不可當。除此威風真莫比，重生義勇武安王。

話説這篇古風，單道蒲東關勝，這人慣使口大刀，英雄蓋世，義勇過人。當日辭了太師，統領着一萬五千人馬，分爲三隊，離了東京，望梁山泊來。

話分兩頭。且説宋江與同衆將，每日北京攻打城池不下。李成、聞達那裏敢出對陣。索超箭瘡又未平復，亦無人出戰。宋江見攻打城子不破，心中納悶：離山已久，不見輸贏。是夜在中軍帳裏悶坐，點上燈燭，取出玄女天書。正看之間，猛然想起圍城已久，不見有救軍接應。戴宗回去，又不見來。默然覺得神思恍惚，寢食不安。便叫小校請軍師來計議。吴用到得中軍帳内，與宋江商量道：「我等衆軍圍許多時，如何杳無救軍來到？城中又不敢出戰。眼見的梁中書使人去京師告急，他丈人蔡太師必然有救軍到來。中間必有良將。倘用圍魏救趙之計，且不來解此處之危，反去取我梁山大寨，此是必然之理。兄長不可不慮。見得是。我等先着軍士收拾，未可都退。」正説之間，則見神行太保戴宗到來，報説：「東京蔡太師拜請關菩薩玄孫蒲東郡大刀關勝，引一彪軍馬飛奔梁山泊來。寨中頭領主張不定。請兄長、軍師早早收兵回來，且解山寨之難。」吴用道：「雖然如此，不可急還。今夜晚間，先教步軍前行。留下兩支軍馬，就飛虎峪兩邊埋伏。城中知道我等退軍，必然追趕，若不如此，我兵先亂。」〔眉〕是，大是。宋江道：「軍師言之極當。」傳令便差小李廣花榮，引五百軍兵，去飛虎峪左邊埋伏；豹子頭林沖引五百軍兵，去飛虎峪右邊埋伏。再叫雙鞭呼延灼引二十五騎馬軍，帶着淩振，將了風火等炮，離城十數里遠近，但見追兵過來，隨即施放號炮，令其兩下伏兵齊去併殺追兵。一面傳令前隊退兵，倒拖旌旗，不鳴戰鼓，却如雨散雲行，遇兵勿戰，自然退回。步軍隊裏，半夜起來，次第而行。直至次日巳牌前後，方纔鳴金收軍。城上望見宋江軍馬手拖旗旛，肩擔刀斧，人起還山之意，馬嘶歸寨之聲，紛紛滚滚，拔寨都起。城上看了仔細，報與梁中書知道：「梁山泊軍馬，今日盡數收兵，都回去了。」梁中書聽的，隨即唤李成、聞達商議。聞達道：「眼見的是京師救軍去取他梁山泊，這厮們恐失巢穴，慌忙歸去。可以乘勢追殺，必擒宋江。」説猶未了，城外報馬到來，賫東京文字，約會引兵去取賊巢。他若退兵，可以立追。〔眉〕有關目。梁中書便叫李成、聞達各帶一支軍馬，從東西兩路追趕宋江軍馬。

且說宋江引兵退回，見城中調兵追趕，捨命便走，直退到飛虎峪那邊。只聽的背後火炮齊響，李成、聞達吃了一驚。勒住戰馬看時，後面只見旗旛對刺，戰鼓亂鳴。李成、聞達火急回軍，左手下撞出小李廣花榮，右手下撞出豹子頭林沖，各引五百軍馬，兩邊殺來。措手不及，知道中了奸計，火速回軍。前面又撞出呼延灼，引着一支馬軍，大殺一陣。殺的李成、聞達金盔倒納，衣甲飄零，退入城中，閉門不出。宋江軍馬次第而回，早轉近梁山泊邊，却好迎着醜郡馬宣贊攔路。宋江約住軍兵，權且下寨，暗地使人從偏僻小路，赴水上山報知，約會水陸軍兵，兩下救應。有詩爲證：

宋江振旅暫回營，飛虎坡前暗伏兵。殺得李成無處走，倒戈棄甲入京城。

且說水寨内頭領船火兒張橫，與兄弟浪裏白跳張順當時議定：「我和你弟兄兩個，自來寨中不曾建功，只看着別人誇能說會，到受他氣。如今蒲東大刀關勝，三路調軍打我寨栅。不若我和你兩個先去劫了他寨，捉拿關勝，立這件大功，衆兄弟面上也好争口氣。」〔眉〕張横極是，只嫌□些。張順道：「哥哥，我和你只管的些水軍，倘或不相救應，枉惹人恥笑。」張橫道：「你若這般把細，何年月日能勾建功？你不去便罷，我今夜自去。」張順苦諫不聽。當夜張橫點了小船五十餘隻，每船上只有三五人，渾身都是軟戰，手執苦竹鎗，各帶蓼葉刀，趁着月光微明，寒露寂靜，把小船直抵旱路。此時約有二更時分。

却說關勝正在中軍帳裏點燈看書，有伏路小校悄悄來報：「蘆花蕩裏，約有小船四五十隻，人人各執長鎗，盡去蘆葦裏面兩邊埋伏。不知何意，特來報知。」關勝聽了，微微冷笑：「盜賊之徒，不足與吾對敵。」當時暗傳號令，教衆軍俱各如此准備，「賊兵入寨，帳前一聲鑼響，四下各自捉人。」三軍得令，各自潛伏。且説張橫將引二三百人，從蘆葦中間藏踪躡迹直到寨邊，拔開鹿角，逕奔中軍。望見帳中燈燭熒煌，關勝手撚髭髯，坐看兵書。張橫暗喜，手拈長鎗，搶入帳房裏來。傍邊一聲鑼響，衆軍喊動，如天崩地塌，山倒江翻。嚇的張橫倒拖長鎗，轉身便走。不濟。四下裏伏兵亂起。可憐會水張橫，怎脱平川羅網，二三百人不曾走的一個，盡數被縛推到帳前。關勝看了笑罵：「無端草賊，小輩匹夫，安敢侮吾！」罵得是。將張橫陷車盛了，其餘者盡數監了，「直等捉了宋江，一併解上京師，不負宣贊舉薦之意。」

不説關勝捉了張橫。却説水寨内三阮頭領正在寨中商議，使人去宋江哥哥處聽令。只見張順到來，報説：「我哥哥因不聽小弟苦諫，去劫關勝營寨，不料被捉，囚車監了。」阮小七聽了，叫將起來，説道：「我兄弟們同死同生，吉凶相救。你是他嫡親兄弟，却怎地被人捉了，你不去救？怎見宋公明哥哥？我弟兄三個自去救他。」阮小七是佛。〔眉〕張橫、阮小七真是忠義。若定要計算利害，如何做得？可恨俗人專以成敗相人也！張順道：「爲不曾得哥哥將令，却不敢輕動。」張順假道學。阮小七道：「若等將令來時，你哥哥吃他剐做八段！」阮小二、阮小五都道：「説的是！」張順〈迭〉（説）他三個不過，只得依他。當夜四更，點起大小水寨頭領，各駕船隻一百餘隻，一齊殺奔關勝寨來。岸上小軍，望見水面上戰船如螞蟻相似，都傍岸邊，慌忙報知主帥。關勝笑道：「無見識賊奴，何足爲慮！」隨即唤首將附耳低言，如此如此。且説三阮在前，張順在後，吶聲喊，搶入寨來。只見寨内鎗刀豎立，旌旗不倒，並無一人。三阮大驚，轉身便走。帳前一聲鑼響，左右兩邊，馬軍步軍分作八路，簸箕掌，栲栳圈，重重疊疊，圍裹將來。張順見不是頭，「撲同」地先跳下水去。道學先生多是如此。三阮奪路便走。急到的水邊，後軍趕上，撓鈎齊下，套索飛來，把這活閻羅阮小七搭住，横拖倒拽捉去了。阮小二、阮小五、張順，却得混江龍李俊帶的童威、童猛死救回去。

不説阮小七被捉，囚在陷車之中。且説水軍報上梁山泊來，劉唐便使張順從水路裏直到宋江寨中報説這個消息。宋江便與吴用商議：「怎生退的關勝？」吴用道：「來日決戰，且看勝敗如何。」説猶未了，猛聽得戰鼓齊鳴，却是醜郡馬宣贊部領三軍，直到大寨。宋江舉衆出迎。門旗開處，宣贊出馬。怎生打扮，但見：

征袍穿蜀錦，鎧甲露銀花。金盔鳳翅披肩，抹緑雲靴護腿。馬蹄蕩起紅塵，刀面平鋪秋水。滿空殺氣從天降，一點朱纓滚地來。

宋江看了宣贊在門旗下勒戰，便唤首將：「那個出馬先拿這廝？」只見小李廣花榮拍馬持鎗，直取宣贊。宣贊舞刀來迎，一來一往，一上一下。鬥到十合，花榮賣個破綻，回馬便走。宣贊趕來，花榮就了事環帶住鋼鎗，拈弓取箭，側坐雕鞍，輕舒猿臂，翻身一箭。宣贊聽的弓弦響，却好箭來，把刀只一隔，錚地一聲響，射在刀面上。花榮見一箭不中，再取第二枝箭。看的較近，望宣贊胸膛上射來。宣贊鐙裏藏身，又躲過了。宣贊見他弓箭高强，不敢追趕，霍然勒回馬，跑回本陣。花榮見他不趕來，連忙便勒轉馬頭，望宣贊趕來。又取第三枝箭，望得宣贊後心較近，再射一箭。只聽得鐺地一聲響，却射上背後護心鏡上。宣贊慌忙馳馬入陣，便使人報與關勝。關勝得知，便唤小校快牽過戰馬來。那疋馬頭至尾長一丈，蹄至脊高八尺，渾身上下没一根雜毛，純是火炭般赤，拴一副皮甲，束三條肚帶。關勝全裝披掛，綽刀上馬，直臨陣前。門旗開處，便乃出馬。有《西江月》一首爲證：

漢國功臣苗裔，三分良將玄孫。綉旗飄掛動天兵，金甲緑袍相稱。赤兔馬騰騰紫霧，青龍刀凛凛寒冰。蒲東郡内産英雄，義勇大刀關勝。

宋江看了關勝一表非俗，與吴用暗暗地喝采。回頭與衆多良將道：「將軍英雄，名不虚傳！」説言未了，林沖忿怒，便道：「我等弟兄自上梁山泊，大小五七十陣，未嘗挫了鋭氣。軍師何故滅自己威風？」説罷，便挺鎗出馬，直取關勝。關勝見了，大喝道：「水泊草寇，汝等怎敢背負朝廷？單要宋江與吾决戰。」宋江在門旗下喝住林沖，縱馬親自出陣，欠身與關勝施禮，説道：「鄆城小吏宋江，到此謹參，(惟)將軍問罪。」(眉)奸詐。關勝道：「汝爲俗吏，安敢背叛朝廷！」宋江答道：「蓋爲朝廷不明，縱容奸臣當道，讒佞專權，設除濫官污吏，陷害天下百姓。宋江等替天行道，並無異心。」關勝大喝：「天兵到此，尚然抗拒，巧言令色，怎敢瞞吾！神明，活佛。若不下馬受降，着你粉骨碎身！」霹靂火秦明聽得大怒，手舞狼牙棍，縱坐下馬，直搶過來。關勝也縱馬出迎，來鬥秦明。林沖怕他奪了頭功，猛可裏飛搶過來，逕奔關勝。三騎馬向征塵影裏，轉燈般厮殺。宋江看了，恐傷關勝，便教鳴金收軍。這是真情。林沖、秦明回馬陣前，説道：「正待擒捉這厮，兄長何故收軍罷戰？」宋江道：「賢弟，我等忠義自守，以强欺弱，非所願也。縱使陣上捉他，此人不伏，亦乃惹人恥笑。詐，可厭。吾看關勝英勇之將，世本忠臣，乃祖爲神。若得此人上山，宋江情願讓位。」詐。林沖、秦明都不喜歡。當日兩邊各自收兵。

且説關勝回到寨中，下馬卸甲，心中暗忖道：「我力鬥二將不過，看看輸與他，宋江倒收了軍馬，不知主何意？」（眉）落了宋江圈套了。却教小軍推出陷車中張横、阮小七過來，問道：「宋江是個鄆城小吏，你這厮們如何伏他？」不必。阮小七應道：「俺哥哥山東、河北馳名，都稱做及時雨呼保義宋公明。你這厮不知禮義之人，如何省的？」佛。關勝低頭不語，且教推過陷車。癡。當晚寨中納悶，坐卧不安。走出中軍，立觀月色滿天，霜華遍地，嗟嘆不已。有伏路小校前來報説：「有個鬍鬚將軍，疋馬單鞭，要見元帥。」關勝道：「你不問他是誰？」小校道：「他又没衣甲軍器，並不肯説姓名，只言要見元帥。」關勝道：「既是如此，與我唤來。」没多時，來到帳中，拜見關勝。關勝看了，有些面熟，燈光之下，略也認得。便問：「是誰？」那人道：「乞退左右。」關勝道：「不妨。」那人道：「小將呼延灼的便是。先前曾與朝廷統領連環馬軍，征進梁山泊。誰想中賊奸計，失陷了軍機，不能還鄉。聽得將軍到來，不勝之喜。早間宋江在陣上，林沖、秦明待捉將軍，宋江火急收軍，誠恐傷犯足下。此人素有歸順之意，無奈衆賊不從。暗與呼延灼商議，（眉）不由人不信他。正要驅使衆人歸順。將軍若是聽從，明日夜間，輕弓短箭，騎着快馬，從小路直入賊寨，生擒林沖等寇，解赴京師，共立功勳。」何淺陋至此。關勝聽罷大喜，癡。請入帳，置酒相待。備説宋江專以忠義爲主，不幸從賊無辜。二人遞相剖露衷情，並無疑心。次日宋江舉衆搦戰。關勝與呼延灼商議：「今日可先贏首將，晚間可行此計。」有詩爲證：

亡命呼延計最奇，單人疋馬夜逃歸。陣前假意鞭黃信，鈎起梁山舊是非。

且說呼延灼借副衣甲穿了，彼各上馬，都到陣前。宋江見了，大罵呼延灼道：關勝也知是假。「我不曾虧負你半分，因何夤夜私去！」呼延灼回道：「汝等草寇，成何大事！」宋江便令鎮三山黃信出馬，仗喪門劍，驅坐下馬，直奔呼延灼。兩馬相交，鬥不到十合，呼延灼手起一鞭，把黃信打落馬下。宋江陣上，衆軍搶出來，扛了回去。關勝大喜，癡。令大小三軍，一齊掩殺。呼延灼道：「不可追掩，恐吴用那廝廣有神機，若還趕殺，恐賊有計。」賊。關勝聽了，火急收軍，都回本寨。癡。到中軍帳裏，置酒相待，動問鎮三山黃信之事。呼延灼道：「此人原是朝廷命官，青州都監，與秦明、花榮一時落草。今日先殺此賊，挫滅威風。今晚偷營，必然成事。」關勝大喜，癡。傳下將令，教宣贊、郝思文兩路接應；自引五百馬軍，輕弓短箭，叫呼延灼引路。至夜二更起身，三更前後，直奔宋江寨中，炮響爲號，裏應外合，一齊進兵。

是夜月光如畫。黃昏時候，披掛已了，馬摘鸞鈴，人披軟戰，軍卒啣枚疾走，一齊乘馬。呼延灼當先引路，衆人跟着。轉過山徑，約行了半個更次，前面撞見三五十個伏路小軍，低聲問道：「來的不是呼將軍麽？宋公明差我等在此迎接。」呼延灼喝道：「休言語，隨在我馬後走！」呼延灼縱馬先行，關勝乘馬在後。又轉過一層山嘴，只見呼延灼把鎗尖一指，遠遠地一碗紅燈。關勝勒住馬，問道：「有紅燈處是那裏？」呼延灼道：「那裏便是宋公明中軍。」急催動人馬。將近紅燈，忽聽得一聲炮響，衆軍跟定關勝，殺奔前來。到紅燈之下看時，不見一個。便喚呼延灼時，亦不見了。關勝大驚，知道中計，〔眉〕方纔知是計，癡子，癡子。慌忙回馬。聽得四邊山上，一齊鼓響鑼鳴，正是慌不擇路，衆軍各自逃生。關勝連忙回馬時，只剩得數騎馬軍跟着。轉出山嘴，又聽得樹林邊腦後一聲炮響，四下裏撓鉤齊出，把關勝拖下雕鞍，奪了刀馬，卸去衣甲，前推後擁，拿投大寨裏來。却説林沖、花榮自引一支軍馬截住郝思文，回頭厮殺。月光之下，遥見郝思文怎生打扮，有《西江月》爲證：

千丈淩雲豪氣，一團筋骨精神。横鎗躍馬蕩征塵，四海英雄難近。身着戰袍錦綉，七星甲掛龍鱗。天丁元是郝思文，飛馬當前出陣。

林沖大喝道：「你主將關勝中計被擒，你這無名小將，何不下馬受縛！」郝思文大怒，直取林沖。二馬相交，鬥無數合，花榮挺鎗助戰。郝思文勢力不加，回馬便走。肋後撞出個女將一丈青扈三娘，撒起紅綿套索，把郝思文拖下馬來。步軍向前，一齊捉住，解投大寨。話分兩處。這邊秦明、孫立自引一支軍馬去捉宣贊，當路正逢此人。醜郡馬宣贊怎生打扮？有《西江月》爲證：

捲踡短黄鬚髮，凹兜黑墨容顔。争開怪眼似雙環，鼻孔朝天仰見。手内鋼刀耀雪，護身鎧甲連環。海騮赤馬錦鞍韉，郡馬英雄宣贊。

當下宣贊出馬，大罵：「草賊匹夫，當我者死，避我者生！」秦明大怒，躍馬揮狼牙棍，直取宣贊。二馬相交，約鬥數合，孫立側首過來。宣贊慌張，刀法不依古格，被秦明一棍掤下馬來。三軍齊喊一聲，向前捉住。再有撲天鵰李應，引領大小軍兵，搶奔關勝寨内來。先救了張横、阮小七並被擒水軍人等，奪去一應糧草馬匹，周匝。却去招安四下敗殘人馬。

天曉，宋江會衆上山。此時東方漸明，忠義堂上分開坐次，早把關勝、宣贊、郝思文分投解來。宋江見了，慌忙下堂，喝退軍卒，親解其縛。（把）關勝扶在正中交椅上，納頭便拜，賊。叩首伏罪。説道：「亡命狂徒，冒犯虎威，望乞恕罪！」關勝連忙答禮，閉口無言，手足無措。呼延灼亦向前來伏罪道：「小可既蒙將令，不敢不依。萬望將軍免恕虚誑之罪！」關勝看了一般頭領義氣深重，回顧與宣贊、郝思文道：「我們被擒在此，所事若何？」好貨。二人答道：「並聽將令。」好貨。關勝道：「無面還京，俺三人願早賜一死。」宋江道：「何故發此言？將軍倘蒙不棄微賤，一同替天行道。若是不肯，不敢苦留，只今便送回京。」妙。關勝道：「人稱忠義宋公明，話不虚傳。癡。今日我等有家難奔，有國難投，願在帳下爲一小卒。」宋江大喜。當日一面設筵慶賀，一邊使人招安逃竄敗軍，又得了五七千人馬。其餘各自四散。投降軍内，有老幼者，隨即給散銀兩，便放回家。一邊差薛永賫書，往蒲東搬取關勝老小，是。都不在話下。宋江正飲宴間，默然想起盧員外、石秀陷在北京，潸然淚下。吴用道：「兄長不必憂心，吴用自有措置。只過今晚，來日再起軍兵去打北京，必然成事。」關勝便起身説道：「小將無可報答不殺之罪，願爲前部。」令祖決不如此。宋江大喜。次日早晨傳令，就教宣贊、郝思文撥回舊有軍馬，便爲前部先鋒。其餘原打北京頭領，不缺一個。再差李俊、張順將帶水戰盔甲隨去，以次再望北京進發。

這裏却説梁中書在城中，正與索超起病飲酒。只見探馬報道：「關勝、宣贊、郝思文並衆軍馬俱被宋江捉去，已入夥了。梁山泊軍馬見今又到。」梁中書聽得，諕得目瞪癡呆，手脚無措。只見索超稟復道：「前者中賊冷箭，今番且復此仇。」隨即賞了索超，便教引本部人馬争先出城，前去迎敵。李成、聞達隨後，調軍接應。其時正是仲冬天氣，時候正冷，連日彤雲密布，朔風亂吼。宋江兵到，索超直至飛虎峪下寨，次日引兵迎敵。宋江引前部吕方、郭盛上高阜處看關勝厮殺。三通戰鼓罷，關勝出陣。只見對面索超出馬。怎生打扮，有詩爲證：

生居河北最英雄，累與朝廷立大功。雙鳳袍籠銀葉鎧，飛魚袋插鐵胎弓。勇如袁達安齊國，壯若靈神劈華峰。馬上横擔金蘸斧，索超名號急先鋒。

當時索超見了關勝，却不認得。隨征軍卒説道：「這個來的，便是新背反的大刀關勝。」索超聽了，並不打話，直搶過來，逕奔關勝。關勝也拍馬舞刀來迎。兩個鬥不十合，李成正在中軍，看見索超斧怯，戰關勝不下，自舞雙刀出陣，夾攻關勝。這邊宣贊、郝思文見了，各持兵前來助戰。五騎攪做一塊。宋江在高阜處看見，鞭梢一指，大軍捲殺過去。李成軍馬大敗虧輸，殺得七斷八絶，連夜退入城去，堅閉不出。宋江催兵直抵城下，扎住軍馬。次日，索超親引一支軍馬出城衝突。吴用見了，便教軍校迎敵戲戰。他若追來，乘勢便退。此時索超又得了這一陣，歡喜入城。當晚彤雲四合，紛紛雪下。吴用已有計了。暗差步軍去北京城外，靠山邊河路狹處，掘成陷坑，上用土蓋。是夜雪急風嚴，平明看時，約有二尺深雪。城上望見宋江軍馬，各有懼色，東西栅立不定。索超看了，便點三百軍馬，就時追出城來。宋江軍馬四散奔波而走。却教水軍頭領李俊、張順身披軟戰，勒馬横鎗，前來迎敵。却纔與索超交馬，棄鎗便走，特引索超奔陷坑邊來。這裏一邊是路，一邊是澗。李俊棄馬跳入澗中去了，〈向着前面〉口裏叫道：〈前面走的是宋江〉「〈宋公明哥哥快走〉！」索超聽了，不顧身體，飛馬搶過陣來。山背後一聲炮響，索超連人和馬攧將下去。後面伏兵齊起，這索超便有三頭六臂，也須七損八傷。正是：爛銀深蓋藏圈套，碎玉平鋪作陷坑。畢竟急先鋒索超性命如何，且聽下回分解。

李禿老曰：宋公明只是一個黃老之術，以退爲進，以捨爲取。可笑關勝、宣贊、郝思文那厮，都被圈套，盡爲出力，人品何在，真强盜也！

托塔天王夢中顯聖

浪裏白跳水
上報冤

第六十五回　托塔天王夢中顯聖　浪裏白跳水上報冤

詩曰：

豈知一夜乾坤老，捲地風嚴雪正狂。隱隱林邊排劍戟，森森竹裏擺刀鎗。六花爲陣成機塹，萬里鋪銀作戰場。却似玉龍初鬥罷，滿天鱗甲亂飛揚。

話說宋江軍中因這一場大雪，吴用定出這條計來，就下雪陷坑中捉了索超。其餘軍馬都逃回城中去了，報説索超被擒。梁中書聽得這個消息，不由他不慌，傳令教衆將只是堅守，不許相戰。且説宋江到寨，中軍帳上坐下，早有伏兵解索超到麾下。宋江見了大喜，喝退軍健，親解其縛，請入帳中，致酒相待，用好言撫慰道：「你看我衆兄弟們，一大半都是朝廷軍官。賊。蓋爲朝廷不明，縱容濫官當道，污吏專權，酷害良民，都情願協助宋江，替天行道。若是將軍不棄，同以忠義爲主。」索超本是天罡星之數，自然凑合，降了宋江。當夜帳中置酒作賀。

次日商議打城。一連打了數日，不得城破。宋江好生憂悶。當夜帳中伏枕而卧，忽然陰風颯颯，寒氣逼人。宋江擡頭看時，只見天王晁蓋，欲進不進，叫聲：「兄弟，你不回去，更待何時！」立在面前。宋江吃了一驚，急起身〈笑〉(問)道：「哥哥從何而來？屈死冤仇不曾報得，〈終〉(中)心日夜不安。前者一向不曾致祭，以此顯靈，必有見責。」晁蓋道：「非爲此也。兄弟靠後，陽氣逼人，我不敢近前。今特來報你：賢弟有百日血光之災，則除江南地靈星可治。你可早早收兵，此爲上計。回軍自保，免致久圍。」宋江却欲再問明白，趕向前去，説道：「哥哥陰魂到此，望説真實！」被晁蓋一推，撒然覺來，却是南柯一夢。便叫小校請軍師圓夢。吴用來到中軍帳上，宋江説其異事。吴用道：「既是晁天王顯聖，不可不依。目今天寒地凍，軍馬難以久住，權且回山守待。冬盡春初，雪消冰解，那時再來打城，未爲晚矣。」宋江道：「軍師言之甚當。只是盧員外和石秀兄弟陷在縲絏，度日如年，只望我等兄弟來救。不争我們回去，誠恐這厮們害他性命，此事進退兩難。」計議未定。

次日，只見宋江覺道神思疲倦，身體酸疼，頭如斧劈，身似籠蒸，一卧不起。衆頭領都在面前看視。宋江道：「我只覺背上好生熱疼。」衆人看時，只見鏊子一般赤腫起來。吴用道：「此疾非癰即疽。吾看方書，菉荳粉可以護心，毒氣不能侵犯。便買此物，安排與哥哥吃。」一面使人請藥醫治，亦不能好。只見浪裏白跳張順説道：「小弟舊在潯陽江時，因母得患背疾，百藥不能治。後請得建康府安道全，手到病除。向後小弟但得些銀兩，便着人送去與他。今見兄長如此病症，此去東途路遠，急速不能便到。爲哥哥的事，只得星夜前去，拜請他來救治哥哥。」吴用道：「兄長夢晁天王所言百日之災，則除江南地靈星可治，莫非正應此人？」宋江道：「兄弟，你若有這個人，快與我去，休辭生受，只以義氣爲重。星夜去請此人，救我一命。」吴用教取蒜條金一百兩與醫人，再將三二十兩碎銀作爲盤纏，分付與張順：「只今便行，好歹定要和他同來，切勿有誤！我今拔寨回山，和他山寨裏相會。兄弟可作急快來。」張順别了衆人，背上包裹，望前便去。且説軍師吴用傳令諸將，權且收軍，罷戰回山。車子上載了宋江，連夜起發。北京城内曾經了伏兵之計，只猜他引誘，不敢來追。好點綴。次日，梁中書見報，説道：「此去未知何意？」李成、聞達道：「吴用那厮詭計極多，只可堅守，不宜追趕。」

話分兩頭。且説張順要救宋江，連夜趲行。時值冬盡，無雨即雪，路上好生艱難。更兼慌張，不曾帶得雨具。行了數千里，早近揚子江邊。是日北風大作，凍雲低垂，飛飛揚揚，下一天大雪。張順冒着風雪，要過大江，捨命而行。雖是景物凄涼，江内别是幾般清致。有《西江月》爲證：

嘹唳凍雲孤雁，盤旋枯木寒鴉。空中雪下似梨花，片片飄瓊亂洒。玉壓橋邊酒旆，銀鋪渡口魚艖。前村隱隱兩三家，江上晚來堪畫。

那張順獨自一個奔至揚子江邊，看那渡船時，並無一隻，只叫得苦。遶着這江邊〈了〉走，只見敗葦折蘆裏面有些烟起。張順叫道：「梢公，快把渡船來載我！」只見蘆葦裏簌簌地響，走出一個人來，頭戴箬笠，身披簑衣，問道：「客人要那裏去？」張順道：「我要渡江去建康幹事至緊，多與你些船錢，渡我則個。」那梢公道：「載你不妨，只是今日晚了，便過江去也没歇處。你只在我船裏歇了。到四更風静月明時，我便渡你過去。多出些船錢與我。」張順道：「也説的是。」便與梢公鑽入蘆葦裏來。見灘邊纜着一隻小船，見篷底下一個瘦後生在那裏向火。梢公扶張順下船，走入艙裏，把身上濕衣服都脱下來，叫那小後生就火上烘焙。張順自打開衣包，取出綿被，和身上捲倒在艙裏，叫梢公道：「這裏有酒賣麽？買些來吃也好。」梢公道：「酒却没買處，要飯便吃一碗。」張順吃了一碗飯，放倒頭便睡。一來連日辛苦，二來十分托大，到初更左側，不覺睡着。那瘦後生向着炭火烘着上蓋的納襖，看見張順睡着了，便叫梢公道：「大哥，你見麽？」梢公盤將來，去頭邊只一捏，覺道是金帛之物，把手摇道：「你去把船放開，去江心裏下手不遲。」那後生推開篷，跳上岸，解了纜索，上船把竹篙點開，搭上櫓，咿咿啞啞地摇出江心裏來。梢公在船艙裏取纜船索，輕輕地把張順綑縛做一塊，便去船梢艎板底下取出板刀來。張順却好覺來，雙手被縛，挣挫不得。梢公手拿大刀，按在他身上。張順道：「好漢，你饒我性命，都把金子與你！」梢公道：「金銀也要，你的性命也要。」張順連聲叫道：「你只教我囫圇死，冤魂便不來纏你。」梢公放下板刀，把張順「撲鼕」的丢下水去。那梢公便去打開包來看時，見了許多金銀，便没心分與那瘦後生，叫道：「五哥，和你説話。」那人鑽入艙裏來，被梢公一手揪住，一刀落時，砍的伶仃，推下水去。梢公打併了船中血迹，自摇船去了。有詩爲證：

宋江偶爾患瘡痍，張順江東去請醫。烟水蘆花深夜後，圖財致命更堪悲。

却説張順是在水底下伏得三五夜的人，一時被推下去，就江底下咬斷索子，赴水過南岸時，見樹林中閃出燈光來。張順爬上岸，水淥淥地轉入林子裏看時，却是一個村酒店，半夜裏起來醡酒，破壁縫透出燈光。張順叫開門時，見個老丈，納頭便拜。老兒道：「你莫不是江中被人劫了，跳水逃命的麽？」張順道：「實不相瞞老丈，小人來建康幹事，晚了，隔江覓船。不想撞着兩個歹人，把小子應有衣服金銀盡都劫了，攛落江中。小人却會赴水，逃得性命。公公救度則個。」老丈見説，領張順入後屋下，把個衲頭與他，替下濕衣服來烘，盪些熱酒與他吃。老丈道：「漢子，你姓甚麽？山東人來這裏幹何事？」張順道：「小人姓張，建康府安太醫是我弟兄，特來探望他。」老丈道：「你從山東來，曾經梁山泊過？」張順道：「正從那裏經過。」老丈道：「他山上宋頭領不刼來往客人，又不殺害人性命，只是替天行道？」張順道：「宋頭領專以忠義爲主，不害良民，只怪濫官污吏。」老丈道：「老漢聽得説，宋江這夥端的仁義，只是救貧濟老，那裏似我這裏草賊。若得他來這裏，百姓都快活，不吃這夥濫污官吏蒿惱。」也未必。張順聽罷道：「公公，不要吃驚！小人便是浪裏白跳張順。因爲俺哥哥宋公明害發背瘡，教我將一百黄金來請安道全。沒關目。誰想托大，在船中睡着，被這兩個賊男女縛了雙手，攛下江裏。被我咬斷繩索，到得這裏。」老丈道：「你既是那裏好漢，我叫兒子出來和你相見。」不多時，後面走出一個後生來，看着張順便拜道：「小人久聞哥哥大名，只是無緣，不曾拜識。小人姓王，排行第六，因爲走跳的快，人都喚小人做活閃婆王定六。平生只好赴水使棒，多曾投師，不得傳受，權在江邊賣酒度日。却纔哥哥被兩個刼了的，小人都認得。一個是截江鬼張旺；那一個瘦後生却是華亭縣人，喚做油裏鰍孫三。這兩個男女如常在這江裏刼人。哥哥放心在此住幾日，等這厮來吃酒，我與哥哥報讎。」張順道：「感承兄弟好意。我爲兄長宋公明，恨不得一日奔回寨裏。只等天明便入城去，請了安太醫回來相會。」王定六把自己衣裳都與張順換了，連忙置酒相待，不在話下。

次日天晴雪消，把十數兩銀子與張順，且教入建康府來。張順進得城中，逕到槐橋下，看見安道全正在門前貨藥。張順進得門，看着安道全納頭便拜。古人有首詩，單題安道全好處。道是：

肘後良方有百篇，金針玉刃得師傳。重生扁鵲應難比，萬里傳名安道全。

這安道全，祖傳内科外科盡皆醫得，以此遠方馳名。當時看了張順，便問道：「兄弟，多年不見，甚風吹得到此？」張順隨至裏面，把這鬧江州，跟宋江上山的事，一一告訴了；後説宋江見患背瘡，特地來請神醫，揚子江中險些兒送了性命，都實訴了。安道全道：「若論宋公明〈的〉天下義士，去走一遭最好。只是拙婦亡過，家中别無親人，離遠不得，以此難出。」張順苦苦求告：「若是兄長推卻不去，張順也難回山。」安道全道：「再作商議。」張順百般哀告，安道全方纔應允。

原來這安道全，卻和建康府一個烟花娼妓，唤做李巧奴，如常往來。這李巧奴生的十分美麗，安道全以此眷顧他。有詩爲證：

蕙質温柔更老成，玉壺明月逼人清。步摇寶髻尋春去，露濕凌波步月行。丹臉笑回花萼麗，朱絃歌罷綵雲停。願教心地常相憶，莫學章臺贈柳情。

當晚就帶張順同去他家，安排酒吃。李巧奴拜張順做叔叔。三杯五盞，酒至半酣，安道全對巧奴説道：「我今晚就你這裏宿歇，明日早和這兄弟去山東地面走一遭。多則是一個月，少是二十餘日，便回來望你。」那李巧奴道：「我卻不要你去。你若不依我口，再也休上我門！」安道全道：「我藥囊都已收拾了，只要動身，明日便去。你且寬心，我便去也，又不擔閣。」李巧奴撒嬌撒癡，倒在安道全懷裏，説道：「你若還不依我去了，我只呪的你肉片片而飛。」張順聽了這話，恨不得一口水吞吃了這婆娘。看看天色晚了，安道全大醉倒了，攙去巧奴房裏，睡在牀上。巧奴卻來發付張順道：「你自歸去，我家又没睡處。」張順道：「只待哥哥酒醒同去。」以此發遣他不動，只得安他在門首小房裏歇。

張順心中憂煎，那裏睡得着。初更時分，有人敲門。張順在壁縫裏張時，只見一個人閃將入來，便與虔婆説話。那婆子問道：「你許多時不來，却在那裏？今晚太醫醉倒在房裏，却怎生奈何？」那人道：「我有十兩金子，送與姐姐打些釵鐶。老娘怎地做個方便，教他和我廝會則個。」虔婆道：「你只在我房裏，我叫女兒來。」張順在燈影下張時，却見是截江鬼張旺。原來這廝但是江中尋得些財，便來他家使。張順見了，按不住火起。再細聽時，只見虔婆安排酒食在房裏，叫巧奴相伴張旺。張順本待要搶入去，却又怕弄壞了事，走了這賊。約莫三更時分，廚下兩個使唤的也醉了。虔婆東倒西歪，却在燈前打醉眼子。張順悄悄開了房門，踅到廚下，見一把廚刀明晃晃放在竈上，看這虔婆倒在側首板凳上。張順走將入來，拿起廚刀，先殺了虔婆。要殺使唤的時，原來廚刀不甚快，砍了一個人，刀口早捲了。那兩個正待要叫，却好一把劈柴斧正在手邊，綽起來，一斧一個砍殺了。房中婆娘聽得，慌忙開門，正迎着張順。手起斧落，匹胸膛砍翻在地。張旺燈影下見砍翻婆娘，推開後窗，跳墻走了。張順懊惱無極。隨即割下衣襟，蘸血去粉壁上寫道：「殺人者，安道全也。」連寫數十處。妙計。捱到五更將明，只聽得安道全在房中酒醒，便叫巧奴。張順道：「哥哥不要則聲！我教你看兩個人。」安道全起來，看了四個死屍，嚇得渾身麻木，顫做一團。張順道：「哥哥，你見壁上寫的麼？」安道全道：「你苦了我也！」張順道：「只有兩條路從你行：若是聲張起來，我自走了，哥哥却用去償命；若還你要没事，家中取了藥囊，連夜逕上梁山泊，救我哥哥。這兩件隨你行。」安道全道：「兄弟忒這般短命見識！」有詩爲證：

久戀烟花不肯休，臨行留滯更綢繆。鐵心張順無情甚，白刃横飛血漫流。

到天明，張順捲了盤纏，同安道全回家，敲開門，取了藥囊出城來，逕到王定六酒店裏。王定六接着，説道：「昨日張旺從這裏過，可惜不遇見哥哥。」張順道：「我自要幹大事，那裏且報小讎。」説言未了，王定六報道：「張旺那厮來也！」張順道：「且不要驚他，看他投那裏去。」只見張旺去灘頭看船。王定六叫道：「張大哥，你留船來載我兩個親眷過去。」張旺道：「要趁船快來。」王定六報與張順。張順道：「安兄，你可借衣服與小弟穿，小弟衣裳却换與兄長穿了，纔去趁船。」安道全道：「此是何意？」張順道：「自有主張，兄長莫問。」安道全脱下衣服，與張順换穿了。張順戴上頭巾，遮塵暖笠影身。王定六背了藥囊，走到船邊。張旺攏船傍岸，三個人上船。張順爬入後梢，揭起艎板看時，板刀尚在。張順拿了，再入船艙裏。張旺把船摇開，咿啞之聲，直到江心裏面。張順脱去上蓋，叫一聲：「梢公快來，你看船艙裏漏入水來！」張旺不知中計，把頭鑽入艙裏來。被張順肐膊地揪住，喝一聲：「强賊！認得前日雪天趁船的客人麽？」張旺看了，則聲不得。張順喝道：「你這厮謀了我一百兩黄金，又要害我性命。你那個瘦後生那裏去了？」張旺道：「好漢，小人得了財，無心分與他，恐他争論，被我殺死，攛入江裏去了。」張順道：「你認得我麽？」張旺道：「不識得好漢，只求饒了小人一命。」癡人。張順喝道：「我生在潯陽江邊，長在小孤山下，作賣魚牙子，誰不認得？只因鬧了江州，上梁山泊隨從宋公明縱横天下，誰不懼我？你這厮漏我下船，縛住雙手，攛下江心。不是我會識水時，却不送了性命！今日冤讎相見，饒你不得！」就勢只一拖，提在船艙中，把手脚四馬攢蹄，綑縛做一塊，看着那揚子大江，直攛下去：「也免了你一刀！」張旺性命，眼見得黄昏做鬼。有詩爲證：

盜金昔日沉張順，今日何期向水攛。終須一命還一命，天道昭昭冤報冤。

這張順將船户賊人張旺綑縛，沉下水去。王定六看了十分嘆息。三人棹船到岸，張順對王定六道：「賢弟恩義，生死難忘。你若不棄，便可同父親收拾起酒店，趕上梁山泊來，一同歸順大義。未知你心下何如？」王定六道：「哥哥所言，正合小弟之心。」説罷分別。張順和安道全就北岸上路。王定六作辭二人，復上小船，自回家去收拾行李趕來。

且説張順與同安道全上得北岸，背了藥囊，移身便走。那安道全是個文墨的人，士大夫出身，不會走路。行不得三十餘里，早走不動。張順請入村店，買酒相待。正吃之間，只見外面一個客人走到面前，叫聲：「兄弟，如何這般遲誤？」張順看時，却是神行太保戴宗，扮做客人趕來。張順慌忙教與安道全相見了，便問宋公明哥哥消息。戴宗道：「如今哥哥神思昏迷，水米不吃，看看待死，不久臨危。」張順聞言，淚如雨下。安道全問道：「皮肉血色如何？」戴宗答道：「肌膚憔悴，終日叫喚疼痛不止，性命早晚難保。」安道全道：「若是皮肉身體得知疼痛，便可醫治。只怕誤了日期。」戴宗道：「這個容易。」取兩個甲馬，拴在安道全腿上。戴宗自背了藥囊，分付張順：「你自慢來，我同太醫前去。」兩個離了村店，作起神行法先去了。有詩爲證：

將軍發背少寧安，千里迎醫道路難。四腿俱粘雙甲馬，星馳電逐奔梁山。

當下且説這張順在本處村店裹，一連安歇了兩三日。只見王定六背了包裹，同父親果然過來。張順接見，心中大喜，説道：「我專在此等你。」王定六問道：「安太醫何在？」張順道：「神行太保戴宗接來迎着，已和他先行去了。」王定六却和張順並自父親，一同起身投梁山泊來。

且説戴宗引着安道全作起神行法，連夜趕到梁山泊，並不困倦。寨中大小頭領接着，引到宋江卧榻内，就牀上看時，口内一絲兩氣。安道全先診了脈息，説道：「衆頭領休慌。脈體無事，身軀雖見沉重，大體不妨。不是安某説口，只十日之間，便要復舊。」衆人見説，一齊便拜。安道全先把艾焙引出毒氣，然後用藥，外使敷貼之餌，内用長托之劑。五日之間，漸漸皮膚紅白，肉體滋潤，飲食漸進。不過十日，雖然瘡口未完，飲食復舊。只見張順引着王定六父子二人，拜見宋江並衆頭領，訴説江中被劫水上報冤之事。衆皆稱嘆：「險不誤了兄長之患！」

宋江纔得病好，便與吴用商量，要打北京，救取盧員外、石秀，以表忠義之心。〔眉〕這是宋公明好□〔處〕。安道全諫道：「將軍瘡口未完，不可輕動；動則急難痊可。」吴用道：「不勞兄長掛心，有傷神思，只顧自己將息，調理元陽真氣。吴用雖然不才，只就目今春初時候，定要打破北京城池，救取盧員外、石秀二人性命，擒拿淫婦奸夫。不知兄長意下如何？」宋江道：「若得軍師如此扶持，宋江雖死瞑目。」吴用便就忠義堂上傳令，言不過數句，話不盡一席。有分教：北京城内，變成火窟鎗林；大名府中，翻作屍山血海。正是談笑鬼神皆喪膽，指揮豪傑盡傾心。畢竟軍師吴用設出甚麼計來，且聽下回分解。

卓吾曰：此回文字極不濟。那裏張旺便到李巧奴家？就到巧奴家，緣何就殺死他四命？不是，不是。即王定六父子過江，亦不合便撞着張順。張順却緣何不渡江南來接王定六父子？都少關目。

時遷火燒翠雲樓
忠義

吳用智取大名府

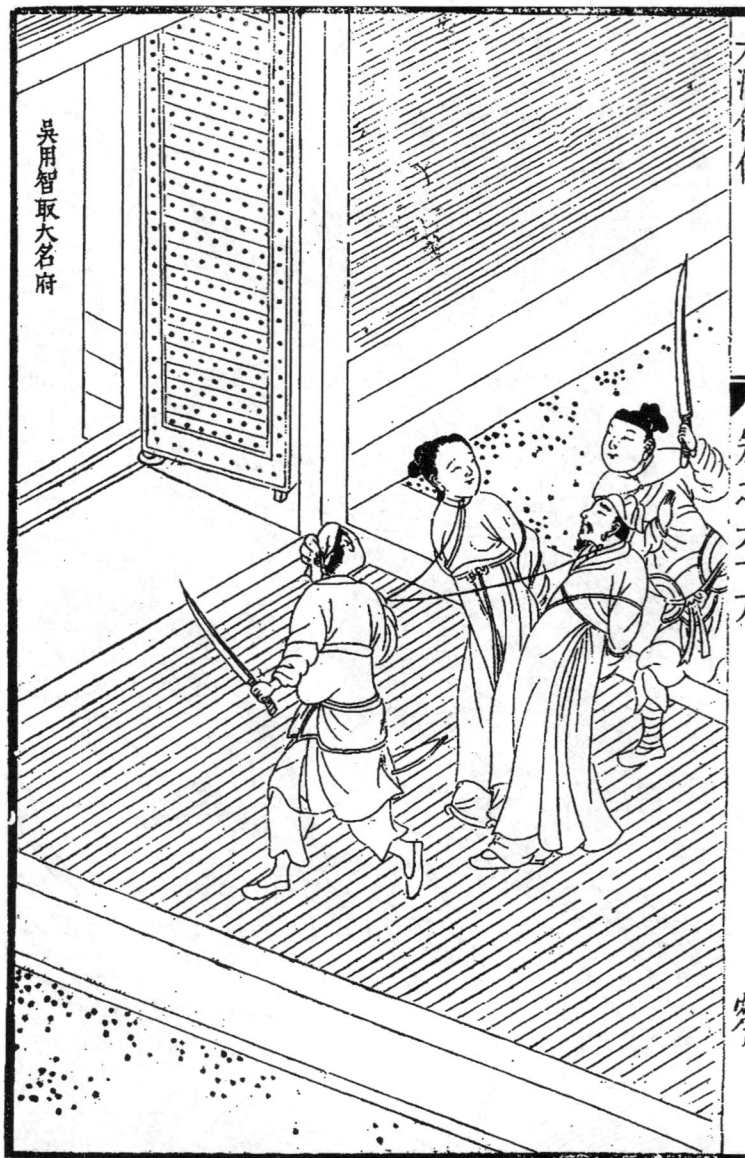

第六十六回　時遷火燒翠雲樓　吴用智取大名府

詩曰：

野戰攻城事不通，神謀鬼計運奇功。星橋鐵鎖悠悠展，火樹銀花處處同。大府忽爲金壁碎，高樓翻作祝融紅。龍羣虎隊真難制，可愧中書智力窮。

話説吴用對宋江道：「今日幸喜得兄長無事，又得安太醫在寨中看視貴疾，此是梁山泊萬千之幸。比及兄長卧病之時，小生累累使人去北京探聽消息，梁中書晝夜憂驚，只恐俺軍馬臨城。又使人直往北京城裏城外市井去處，遍貼無頭告示，曉諭居民，勿得疑慮。寃各有頭，債各有主，大軍到郡，自有對頭。因此梁中書越懷鬼胎。東京蔡太師見説降了關勝，天子之前更不敢題，只是主張招安，大家無事。因此累累寄書與梁中書，教道且留盧俊義、石秀二人性命，好做脚手。」宋江見説，便要催趲軍馬下山去打北京。吴用道：「即今冬盡春初，早晚元宵節近，北京年例，大張燈火。我欲乘此機會，先令城中埋伏，外面驅兵大進，裏應外合，可以救難破城。」宋江道：「若要如此調兵，便請軍師發落。」吴用道：「爲頭最要緊的是城中放火爲號。你衆弟兄中誰敢與我先去城中放火？」只見階下走過一人道：「小弟願往。」衆人看時，却是鼓上蚤時遷。時遷道：「小弟幼年間曾到北京。城内有座樓，喚做翠雲樓，樓上樓下大小有百十個閣子。眼見得元宵之夜，必然喧鬨。乘空潛地入城。正月十五日夜，盤去翠雲樓上放起火來爲號，軍師可自調人馬劫牢，此爲上計。」吴用道：「我心正待如此。你明日天曉先下山去。只在元宵夜一更時候，樓上放起火來，便是你的功勞。」時遷應允，聽令去了。

吴用次日却調解珍、解寶扮做獵户，去北京城内官員府裏獻納野味。正月十五日夜間，只看火起爲號，便去留守司前截住報事官兵。兩個聽令去了。再調杜遷、宋萬扮做糶米客人，推輛車子去城中宿歇。元宵夜只看號火起時，却來先奪東門。「此是你兩個功勞。」兩個聽令去了。再調孔明、孔亮扮做僕者，去北京城内鬧市裏房簷下宿歇。只看樓前火起，便去往來接應。兩個聽令去了。再調李應、史進扮做客人，去北京東門外安歇。只看城中號火起時，先斬把門軍士，奪下東門，好做出路。兩個聽令去了。再調魯智深、武松扮做行脚僧行，去北京城外庵院掛搭。只看城中號火起時，便去南門外截住大軍，衝擊去路。兩個聽令去了。再調鄒淵、鄒潤扮做賣燈客人，直往北京城中尋客店安歇。只看樓中火起，便去司獄司前策應。兩個聽令去了。再調劉唐、楊雄扮作公人，直去北京州衙前宿歇。只看火號起時，便去截住一應報事人員，令他首尾不能救應。兩個聽令去了。再調公孫勝先生扮做雲遊道士，却教淩振扮做道童跟着，將帶風火轟天等砲數百個，直去北京城内淨處守待。只看號火起時施放。兩個聽令去了。再調張順跟隨燕青，從水門裏入城，逕奔盧員外家，單捉淫婦奸夫。再調王矮虎、孫新、張青、扈三娘、顧大嫂、孫二娘，扮作三對村里夫妻，入城看燈，〔眉〕好女不看燈。如何扈三娘、顧大嫂、孫二娘都去看燈?尋至盧俊義家中放火。再調柴進帶同樂和,扮做軍官,直去蔡節級家中,要保救二人性命。調撥已定,衆頭領俱各聽令去了,各各遵依軍令,不可有誤。此是正月初頭。不説梁山泊好漢依次各各下山進發。有詩爲證:

盧生石秀久幽囚,豪傑分頭去復讎。只待上元燈火夜,一時焚却翠雲樓。

且説北京梁中書喚過李成、聞達、王太守等一干官員,商議放燈一事。梁中書道:「年例北京大張燈火,慶賞元宵,與民同樂,全似東京體例。如今被梁山泊賊人兩次侵境,只恐放燈因而惹禍。下官意欲住歇放燈,你衆官心下如何計議?」聞達便道:「想此賊人潛地退去,没頭告示亂貼,此計是窮,必無主意。相公何必多慮?若還今年不放燈時,這厮們細作探知,必然被他恥笑。可以傳下鈞旨,曉示居民:比上年多設花燈,添扮社火,市心中添搭兩座鰲山,照依東京體例,通宵不禁,十三至十七放燈五夜。教府尹點視居民,勿令缺少。相公親自行春,務要與民同樂。聞某親領一彪軍馬出〈入〉(城)去飛虎峪駐扎,以防賊人奸計。再着李都監親引鐵騎馬軍,遶城巡邏,勿令居民驚憂。」〔眉〕是。梁中書見説大喜。衆官商議已定,隨即出榜曉諭居民。

這北京大名府是河北頭一個大郡,衝要去處。却有諸路買賣,雲屯霧集,只聽放燈,都來趕趁。在城坊隅巷陌,該管廂官每日點視,只得裝扮社火。豪富之家各自去賽花燈,遠者三二百里去買,近者也過百十里之外。便有客商,年年將燈到城貨賣。家家門前扎起燈棚,都要賽挂好燈,巧樣烟火。户内縛起山棚,擺放五色屏風炮燈,四邊都挂名人畫片並奇異古董玩器之物。在城大街小巷,家家都要點燈。大名府留守司州橋邊搭起一座鰲山，上面盤紅黄紙龍兩條，每片鱗甲上點燈一盞，口噴浄水。去州橋河内週圍上下，點燈不計其數。銅佛寺前扎起一座鰲山，上面盤青龍一條，週迴也有千百盞花燈。翠雲樓前也扎起一座鰲山，上面盤着一條白龍，四面燈火不計其數。原來這座酒樓名貫河北，號爲第一。上有三滴水雕梁繡柱，極是造得好。樓上樓下有百十處閣子，終朝鼓樂喧天，每日笙歌聒耳。城中各處宫觀寺院佛殿法堂中，各設燈火，慶賞豐年。三瓦兩舍，更不必説。

那梁山泊探細人得了這個消息，報上山來。吴用得知大喜，去對宋江説知備細。宋江便要親自領兵去打北京。安道全諫道：「將軍瘡口未完，切不可輕動。稍若怒氣相侵，實難痊可。」吴用道：「小生替哥哥走一遭。」隨即與鐵面孔目裴宣，點撥八路軍馬：第一隊，雙鞭呼延灼引領韓滔、彭玘爲前部，鎮三山黄信在後策應，都是馬軍。前者呼延灼陣上打了的是假的，故意要賺關勝，故設此計。第二隊，豹子頭林沖引領馬麟、鄧飛爲前部，小李廣花榮在後策應，都是馬軍。第三隊，大刀關勝引領宣贊、郝思文爲前部，病尉遲孫立在後策應，都是馬軍。第四隊，霹靂火秦明引領歐鵬、燕順爲前部，青面獸楊志在後策應，都是馬軍。第五隊，却調步軍頭領没遮攔穆弘，將引杜興、鄭天壽。第六隊，步軍頭領黑旋風李逵，將引李立、曹正。第七隊，步軍頭領插翅虎雷横，將引施恩、穆春。第八隊，步軍頭領混世魔王樊瑞，將引項充、李衮。這八路馬步軍兵，各自取路，即今便要起行，毋得時刻有誤。正月十五日二更爲期，都要到北京城下。馬軍、步軍一齊進發。那八路人馬依令下山。其餘頭領盡跟宋江保守山寨。有詩爲證：

八路軍兵似虎狼，橫天殺氣更鷹揚。安排蓋地遮天技，要使鰲山變殺場。

且說時遷是個飛簷走壁的人，不從正路入城，夜間越墻而過。城中客店内却不着單身客人，他自白日在街上閑走，到晚來東嶽廟内神座底下安身。正月十三日，却在城中往來觀看居民百姓搭縛燈棚，懸挂燈火。正看之間，只見解珍、解寶挑着野味，在城中往來觀看。又撞見杜遷、宋萬兩個從瓦子裏走將出來。時遷當日先去翠雲樓上打一個踅。只見孔明披着頭髮，身穿羊裘破衣，右手拄一條杖子，左手拿個碗，腌腌臢臢在那裏求乞。見了時遷，打抹他去背後說話。時遷道：「哥哥，你這般一個漢子，紅紅白白面皮，不像叫化的。北京做公的多，倘或被他看破，須誤了大事。哥哥可以躲閃回避。」說不了，又見個丐者從墻邊來，看時却是孔亮。時遷道：「哥哥，你又露出雪也似白面來，亦不像忍飢受餓的人。這般模樣，必然決撒。」〔眉〕此等處都可删。却纔道罷，背後兩個匹角兒揪住喝道：「你三個做得好事！」回頭看時，却是楊雄、劉唐。時遷道：「你驚殺我也！」楊雄道：「都跟我來。」帶去僻静處埋冤道：「你三個好没分曉，却怎地在那裏說話？到是我兩個看見，倘若被他眼〈白〉（明）手快的公人看破，却不誤了哥哥大事！我兩個都已見了弟兄們，不必再上街去。」孔明道：「鄒淵、鄒潤自在街上賣燈。魯智深、武松已在城外庵裏。再不必多說，只顧臨期各自行事。」五個說了，都出到一個寺前，正撞見一個先生從寺裏出來，喝道：「你五個在此做甚事！」衆人擡頭看時，却是入雲龍公孫勝，背後凌振扮做道童跟着。七個人都頣指氣使，點頭會意，各自去了。

看看相近上元，梁中書先令聞大刀聞達將引軍馬出城，去飛虎峪駐扎，以防賊寇。十四日，却令李天王李成親引鐵騎馬軍五百，全付披挂，遶城巡視。次日正是正月十五日上元佳節，好生晴明。黄昏月上，六街三市，各處坊隅巷陌，點放花燈。大街小巷，都有社火。值此元宵，有詩爲證：

北京三五風光好，膏雨初晴春意早。銀花火樹不夜城，陸地擁出蓬萊島。燭龍銜照夜光寒，人民歌舞欣時安。五鳳羽扶雙貝闕，六鰲背駕三神山。紅妝女立朱簾下，白面郎騎紫騮馬。笙簫嘹亮入青雲，月光清射鴛鴦瓦。翠雲樓高侵碧天，嬉遊來往多嬋娟。燈毬燦爛若錦繡，王孫公子真神仙。遊人轇轕尚未絶，高樓頃刻生雲烟。

是夜，節級蔡福分付，教兄弟蔡慶看守着大牢，「我自回家看看便來」。方纔進得家門，只見兩個人閃將入來，前面那個軍官打扮，後面僕者模樣。燈光之下看時，蔡福認得是小旋風柴進，後面的已自是鐵叫子樂和。蔡節級只認得柴進，便請入裏面去，見成杯盤，隨即管待。柴進道：「不必賜酒，在下到此有件緊事相央。盧員外、石秀全得足下相覷，稱謝難盡。今晚小子欲就大牢裏，稱此元宵熱鬧，看望一遭，望你相煩引進，休得推却。」蔡福是個公人，早猜了八分。欲待不依，誠恐打破城池，都不見了好處，又陷了老小一家人口性命。只得擔着血海的〈甘結〉（干系），便取些舊衣裳，教他兩個換了，也扮做公人，換了巾幘，帶柴進、樂和逕奔牢中去了。初更左右，王矮虎、一丈青、孫新、顧大嫂、張青、孫二娘三對兒村里夫妻，喬喬畫畫，裝扮做鄉村人，挨入在人叢裏，便入東門去了。公孫勝帶同淩振，挑着荆簍去城隍廟裏廊下坐地。這城隍廟只在州衙側邊。鄒淵、鄒潤挑着燈，在城中閑走。杜遷、宋萬各推一輛車子，逕到梁中書衙前，閃在人鬧處。原來梁中書衙，只在東門裏大街住。劉唐、楊雄各提着水火棍，身邊都自有暗器，來州橋上兩邊坐定。燕青領了張順，自從水門裏入城，靜處埋伏。都不在話下。

不移時，樓上鼓打二更。却説時遷挾着一個籃兒，裏面都是硫黄、焰硝，放火的藥頭，籃兒上插幾朵鬧鵝兒，踅入翠雲樓後，走上樓去。只見閤子内吹笙簫，動鼓板，掀雲鬧社，子弟們鬧鬧嚷嚷，都在樓上打鬨賞燈。時遷上到樓上，只做賣鬧鵝兒的，各處閤子裏去看。撞見解珍、解寶拖着鋼叉，叉上挂着兔兒，在閤子前踅。時遷便道：「更次到了，怎生不見外面動彈？」解珍道：「我兩個方纔在樓前，見探馬過去，多管兵馬到了。你只顧去行事。」言猶未了，只見樓前都發起喊來，説道：「梁山泊軍馬到了西門外。」解珍分付時遷：「你自快去，我自去留守司前接應。」奔到留守司前，只見敗殘軍馬，一齊奔入城來，説道：「聞大刀吃劫了寨也。梁山泊賊寇引軍都趕到城下。」李成正在城上巡邏，聽見説了，飛馬來到留守司前，教點軍兵，分付閉上城門，守護本州。却説王太守親引隨從百餘人，長枷鐵鎖，在街鎮押。聽得報説這話，慌忙回留守司前。却説梁中書正在衙前閑坐，初聽報説，尚自不甚慌。次後没半個更次，流星探馬接連報來，嚇得魂不附體，慌忙快叫備馬。

説言未了，時遷就在翠雲樓上點着硫黄焰硝，放一把火來。那火烈焰衝天，火光奪月，十分浩大。梁中書見了，急上得馬。却待要去看時，只見兩條大漢，推兩輛車子，放在當路，便去取碗挂的燈來，望車子上點着，隨即火起。梁中書要出東門時，兩條大漢口稱：「李應、史進在此！」手撚朴刀，大踏步殺來。把門官軍嚇得走了，手邊的傷了十數個。杜遷、宋萬却好接着出來，四個合做一處，把住東門。梁中書見不是頭勢，帶領隨行伴當，飛奔南門。南門傳説道：「一個胖大和尚輪動鐵禪杖，一個虎面行者掣出雙戒刀，發喊殺入城來！」梁中書回馬，再到留守司前，只見解珍、解寶手撚鋼叉，在那裏東撞西撞。急待回州衙，不敢近前。王太守却好過來，劉唐、楊雄兩條水火棍齊下，打得腦漿迸流，眼珠突出，死於街前。虞候押番各逃殘生去了。梁中書急急回馬奔西門。只聽得城隍廟裏火砲齊響，轟天震地。鄒淵、鄒潤手拏竹竿，只顧就房簷下放起火來。南瓦子前，王矮虎、一丈青殺將來。孫新、顧大嫂身邊掣出暗器，就那裏協助。銅佛寺前，張青、孫二娘入去，爬上鰲山，放起火來。〔眉〕好燈，好燈。請看，請！此時北京城内，百姓黎民，一個個鼠攛狼奔，一家家神號鬼哭。四下裏十數處火光亘天，四方不辨。有詩爲證：

回禄施威特降災，薰天烈焰漲紅埃。黄童白叟皆驚懼，又被雄兵混殺來。

却説梁中書奔到西門，接着李成軍馬，急到南門城上。勒住馬在鼓樓上看時，只見城下兵馬擺滿，旗號上寫着「大將呼延灼」，火焰光中，抖擻精神，舒逞驍勇。左有韓滔，右有彭玘，黄信在後，催動人馬，雁翅一般横殺將來，隨到門下。梁中書出不得城去，和李成躲在北門城下。望見火光明亮，軍馬不知其數，却是豹子頭林沖躍馬横鎗，左有馬麟，右有鄧飛，花榮在後催動人馬，飛奔將來。再轉東門，一連火把叢中，只見没遮攔穆弘，左有杜興，右有鄭天壽，三籌步軍好漢當先，手撚朴刀，引領一千餘人，殺入城來。梁中書逕奔南門，捨命奪路而走。弔橋邊火把齊明，只見黑旋風李逵，左有李立，右有曹正。李逵渾身脱剥，睁圓怪眼，咬定牙根，手搭雙斧，從〈歲〉（城）濠裏飛殺過來。李立、曹正一齊俱到。李成當先，殺開條血路，奔出城來，護着梁中書便走。只見左手下殺聲震響，火把叢中，軍馬無數，却是大刀關勝，拍動赤兔馬，手舞青龍刀，逕搶梁中書。李成手舉雙刀，前來迎敵。那時李成無心戀戰，撥馬便走。左有宣贊，右有郝思文，兩肋裏撞來。孫立在後催動人馬，併力殺來。正門間，背後趕上小李廣花榮，拈弓搭箭，射中李成副將，翻身落馬。李成見了，飛馬奔走。未及半箭之地，只見右手下鑼鼓亂鳴，火光奪目，却是霹靂火秦明，躍馬舞棍，引着燕順、歐鵬，背後楊志，又殺將來。李成且戰且走，折軍大半，護着梁中書，衝路走脱。

話分兩頭，却説城中之事。杜遷、宋萬去殺梁中書老小一門良賤。劉唐、楊雄去殺王太守一家老小。孔明、孔亮已從司獄司後墻爬將入去。鄒淵、鄒潤却在司獄司前接住往來之人。大牢裏柴進、樂和看見號火起了，便對蔡福、蔡慶道：「你弟兄兩個見也不見？更待幾時？」蔡慶在門邊守時，鄒淵、鄒潤早撞開牢門，大叫道：「梁山泊好漢全夥在此！好好送出盧員外、石秀哥哥來！」蔡慶慌忙報蔡福時，孔明、孔亮早從牢屋上跳將下來，不由他弟兄兩個肯與不肯，柴進身邊取出器械，便去開枷，放了盧俊義、石秀。柴進説與蔡福：「你快跟我去家中保護老小！」一齊都出牢門來。鄒淵、鄒潤接着，合做一處。蔡福、蔡慶跟隨柴進，來家中保全老小。盧俊義將引石秀、孔明、孔亮、鄒淵、鄒潤五個弟兄，逕奔家中，來捉李固、賈氏。

却説李固聽得梁山泊好漢引軍馬入城，又見四下裏火起，正在家中有些眼跳，〔眉〕不消眼跳了。便和賈氏商量，收拾了一包金珠細軟背了，便出門奔走。只聽得排門一帶都倒，正不知多少人搶將入來。

李固和賈氏慌忙回身，便望裏面開了後門，踅過墻邊，逕投河下來尋自家躲避處。只見岸上張順大叫：「那婆娘走那裏去！」李固心慌，便跳下船中去躲。却待攢入艙裏，只見一個人伸出手來，匹角兒揪住，喝道：「李固，你認得我麽！」李固聽得是燕青的聲音，慌忙叫道：「小乙哥，我不曾和你有甚冤仇，你休得揪我上岸！」岸上張順早把那婆娘挾在肋下，拖到船邊。燕青拿了李固，都望東門來了。再説盧俊義奔到家中，不見了李固和那婆娘，且叫衆人把應有家私金銀財寶都搬來裝在車子上，往梁山泊給散。

却説柴進和蔡福到家中收拾家資老小，同上山寨。蔡福道：「大官人，可救一城百姓，休教殘害。」〔眉〕蔡福造福不小。聖人，聖人！柴進見説，便去尋軍師吴用。比及柴進尋着吴用，急傳下號令去，休教殺害良民時，城中將及傷損一半。可惡。但見：

烟迷城市，火燎樓臺。千門萬户受災危，三市六街遭患難。鰲山倒塌，紅光影裏碎琉璃；屋宇崩摧，烈焰火中燒翡翠。前街傀儡，顧不得面是背非；後巷清音，盡丢壞龍笙鳳管。班毛老子，猖狂燎盡白髭鬚；緑髮兒郎，奔走不收華蓋傘。耍和尚燒得頭焦額爛，麻婆子趕得屁滚尿流。踏竹馬的暗中刀鎗，舞鮑老的難免刃槊。如花仕女，人叢中金墜玉崩；玩景佳人，片時間星飛雲散。瓦爍藏埋金萬斛，樓臺變作祝融墟。可惜千年歌舞地，翻成一片戰争場。

當時天色大明，吴用、柴進在城内鳴金收軍。衆頭領却接着盧員外並石秀，都到留守司相見。備説牢中多虧了蔡福、蔡慶弟兄兩個看管，已逃得殘生。燕青、張順早把這李固、賈氏解來。盧俊義見了，且教燕青監下，自行看管，聽後發落。不在話下。

再説李成保護梁中書出城逃難，又撞着聞達領着敗殘軍馬回來，合兵一處，投南便走。正走之間，前軍發喊起來，却是混世魔王樊瑞，左有項充，右有李衮，三籌步軍好漢，舞動飛刀飛鎗，直殺將來。背後又是插翅虎雷横，將引施恩、穆春，各引一千步軍，前來截住退路。却似蝦兒逢巨浪，兔子遇豺狼。正是獄囚遇赦重回禁，病客逢醫又上牀。畢竟梁中書一行人馬怎地計結，且聽下回分解。

李和尚曰：這回文字没身分，敍事處亦欠變化，且重復可厭，不濟，不濟。

宋江賞馬步
三軍

關勝降水火二將

第六十七回　宋江賞馬步三軍　關勝降水火二將

詩曰：

申噲莊公臂斷截，靈輀車輪亦能圻。專諸魚腸數寸鋒，姬光座上流將血。路傍手發千鈞鎚，秦王副車烟塵飛。春秋壯士何可比，泰山一死如毛羽。豫讓酬恩荆軻烈，分屍碎骨如何説。吴國要離刺慶忌，赤心赴刀亦何醜。得人小恩施大義，剜心刎頸那回首。丈夫取義能捨生，豈學曹兒誇大口。

話説當下梁中書、李成、聞達慌速尋得敗殘軍馬，投南便走。正行之間，又撞着兩隊〈仇〉(伏)兵，前後掩殺。李成當先，聞達在後，護着梁中書，併力死戰。撞透重圍，脱得大難，頭盔不整，衣甲飄零。雖是折了人馬，且喜三人逃得性命，投西去了。樊瑞引項充，李衮乘勢追趕不上，自與雷横、施恩、穆春等同回北京城内聽令。

再説軍師吴用在城中傳下將令，一面出榜安民，一面救滅了火。梁中書、李成、聞達、王太守各家老小，殺的殺了，走的走了，也不來追究。便把大名府庫藏打開，應有金銀寶物、段匹綾錦，都裝載上車子。又開倉廒，將粮米俵濟滿城百姓了，好。餘者亦裝載上車，將回梁山泊〈倉〉（貯）用。號令衆頭領人馬，都皆完備。把李固、賈氏釘在陷車内，將軍馬摽撥作三隊，回梁山泊來。正是：鞍上將敲金鐙響，步軍齊唱凱歌回。却叫戴宗先去報宋公明。宋江會集諸將下山迎接，都到忠義堂上。宋江見了盧俊義，納頭便拜。盧俊義慌忙答禮。宋江道：「我等衆人欲請員外上山同聚大義，不想却遭此難，幾被傾送，寸心如割。皇天垂祐，今日再得相見，大慰平生。」盧俊義拜謝道：「上托兄長虎威，深感衆頭領之德，齊心併力，救拔賤體，肝膽塗地，難以報答。」便請蔡慶、蔡福拜見宋江。言說：「在下若非此二人，安得殘生到此？」稱謝不盡。當下宋江要盧員外爲尊，盧俊義拜道：「盧某是何等之人，敢爲山寨之主？若得與兄長執鞭墜鐙，願爲一卒，報答救命之恩，實爲萬幸。」宋江再三拜請，盧俊義那裏肯坐。只見李逵道：「哥哥若讓别人做山寨之主，我便殺將起來。」武松道：「哥哥只管讓來讓去，讓得弟兄們心腸冷了。」〔眉〕好一對直人。宋江大喝道：「汝等省得甚麽？不得多言！」盧俊義慌忙拜道：「若是兄長苦苦相讓，着盧某安身不牢！」李逵叫道：「今朝都没事了。哥哥便做皇帝，教盧員外做丞相，我們都做大官。殺去東京，奪了鳥位子，却不强似在這裏鳥亂！」李大哥説話一毫不計較，所以爲妙。〔眉〕都是天籟。宋江大怒，喝罵李逵。吴用勸道：「且教盧員外東邊耳房安歇，賓客相待。等日後有功，却再讓位。」宋江方纔歡喜，就叫燕青一處安歇。另撥房屋，叫蔡福、蔡慶安頓老小。關勝家眷，薛永已取到山寨。宋江便叫大設筵宴，犒賞馬步水三軍，令大小頭目並衆嘍囉軍健，各自成團作隊法吃酒。忠義堂上，設宴慶賀，大小頭領，相〈賺〉（謙）相讓，飲酒作樂。盧俊義起身道：「淫婦奸夫，擒捉在此，聽候發落。」宋江笑道：「我正忘了，叫他兩個過來！」衆軍把陷車打開，拖出堂前。李固綁在左邊將軍柱上，賈氏綁在右邊將軍柱上。宋江道：「休問這厮罪惡，請員外自行發落。」盧俊義得令，手拿短刀，自下堂來，大罵：「潑婦！賊奴！」就將二人割腹剜心，淩遲處死。佛。〔眉〕安得借盧員外手中短刀，殺盡世間潑婦賊奴也！拋棄屍首，上堂來拜謝衆人。衆頭領盡皆作賀，稱贊不已。

且不說梁山泊大設筵宴，犒賞馬步水三軍。却說梁中書探聽得梁山泊軍馬退去，再和李成、聞達引領敗殘軍馬，入城來看覷老小時，十損八九，衆皆嚎哭不已。比及鄰近取軍追趕梁山泊人馬時，已自去得遠了，且教各自收軍。梁中書的夫人躲得在後花園中逃得性命，造化。便教丈夫寫表申奏朝廷，寫書教太師知道，早早調兵遣將，勦除賊寇報仇。抄寫民間被殺死者五千餘人，中傷者不計其數。各部軍馬，總折却三萬有餘。首將賫了奏文密書上路，不則一日，來到東京太師府前下馬。門吏轉報太師，教喚入來。首將直至節堂下拜見了，呈上密書申奏，訴說打破北京，賊寇浩大，難以抵敵。蔡京見了大怒，且教首將退去。次日五更，景陽鐘響，待漏院衆集文武羣臣。蔡太師爲首，直臨玉階，面奏道君皇帝。天子覽奏大驚，與衆臣曰：「此寇累造大惡，當克何如？」有諫議大夫趙鼎出班奏道：「前者差蒲東關勝領兵征勦，收捕不全，累至失陷。往往調兵征發，皆折兵將，蓋因失其地利，以至如此。以臣愚意，不若降勑，赦罪招安，詔取赴闕，命作良臣，以防邊境之害，此爲上策。」〔眉〕也是。但不好説是上策。蔡京聽了大怒，喝叱道：「汝爲諫議大夫，反滅朝廷綱紀，猖獗小人，罪合賜死！」天子曰：「如此，目下便令出朝，無宣不得入朝！」好貨。當日革了趙鼎官爵，罷爲庶人。當朝誰敢再奏。有詩爲證：

璽書招撫是良謀，趙鼎名言孰與儔。堪笑蔡京多誤國，反疏忠直快私仇。

天子又問蔡京曰：「以此賊人猖獗，可遣誰人勦捕此寇？」蔡太師奏曰：「臣量這等山野草賊，安用大軍？臣舉淩州有二將：一人姓單，名廷珪；一人姓魏，名定國，見任本州團練使。伏乞陛下聖旨，星夜差人調此一枝軍馬，克日掃清水泊。」天子大喜，隨即降寫勑符，着樞密院調遣。天子駕起，百官退朝，衆官暗笑。次日，蔡京會省院差官賫捧聖旨勑符，投淩州來。

再説宋江水滸寨内，將北京所得的府庫金寶財物，給賞與馬步水三軍，連日殺牛宰馬，大排筵宴慶賀盧員外，雖無炮鳳烹龍，端的肉山酒海。衆頭領酒至半酣，吴用對宋江等説道：「今爲盧員外打破北京，殺損人民，劫掠府庫，趕得梁中書等離城逃奔，他豈不寫表申奏朝廷？况他丈人是當朝太師，怎肯干罷，必然起軍發馬，前來征討。」宋江道：「軍師所慮，最爲得理。何不使人連夜去北京探聽虚實，我這裏好做准備。」吴用笑道：「小弟已差人去了，將次回也。」使得。正在筵會之間商議未了，只見原差探事人到來報説：「北京梁中書果然申奏朝廷，要調兵征勦。有諫議大夫趙鼎奏請招安，致被蔡京喝罵，削了趙鼎官職。如今奏過天子，差人賫捧勑符，往淩州調遣單廷珪、魏定國兩個團練使，起本州軍馬，前來征討。」宋江便道：「似此如何迎敵？」吴用道：「等他來時，一發捉了。」關勝起身對宋江、吴用道：「關某自從上山，深感仁兄重待，不曾出得半分氣力。單廷珪、魏定國，蒲城多曾相會。久知單廷珪那厮，善能用水浸兵之法，人皆稱爲聖水將軍；魏定國這厮，熟精火攻兵法，上陣專能用火器取人，因此呼爲神火將軍。淩州是本境，兼管本州兵馬，取此二人爲部下。小弟不才，願借五千軍兵，不等他二將起行，先往淩州路上接住他。若肯降時，帶上山來；若不肯投降，必當擒來，奉獻兄長。亦不須用衆頭領張弓挾矢，費力勞神。不知尊意若何？」宋江大喜，便叫宣贊、郝思文二將，就跟着一同前去。〔眉〕宋公明不可及處，全在一毫不疑。關勝帶了五千軍馬，來日下山。次早，宋江與衆頭領在金沙灘寨前餞行，關勝三人引兵去了。衆頭領回到忠義堂上，吴用便對宋江説道：「關勝此去，未保其心。可以再差良將，隨後監督，就行接應。」不及公明多矣！宋江道：「吾看關勝義氣凛然，始終如一，軍師不必見疑。」吴用道：「只恐他心，不似兄長之心。可再叫林沖、楊志領兵，孫立、黄信爲副將，帶領五千人馬，隨即下山。」李逵便道：「我也去走一遭。」宋江道：「此一去用你不着，自有良將建功。」李逵道：「兄弟若閑，便要生病。若不叫我去時，獨自也要去走一遭。」真。〔眉〕好點綴。宋江喝道：「你若不聽我的軍令，割了你頭！」李逵見説，悶悶不已，下堂去了。

不説林沖、楊志領兵下山，接應關勝。次日，只見小軍來報：「黑旋風李逵昨夜二更拿了兩把板斧，不知那裏去了！」妙。宋江見報，只叫得苦：「是我夜來衝撞了他這幾句言語，多管是投别處去了。」胡説。吴用道：「兄長非也。他雖粗鹵，義氣倒重，不到得投别處去，多管是過兩日便來。兄長放心。」宋江心慌，先使戴宗去趕；後着時遷、李雲、樂和、王定六四個首將，分四路去尋。有詩爲證：

李逵斗膽人難及，便要隨軍報不平。只爲宋江軍令肅，手持雙斧夜深行。

且説李逵是夜提着兩把板斧下山，抄小路逕投淩州去，一路上自尋思道：「這兩個鳥將軍，何消得許多軍馬去征他？我且搶入城中，一斧一個都砍殺了，也教哥哥吃一驚，也和他們〈急〉（争）得一口氣！」走了半日，走得肚飢，原來貪慌下山，又不曾帶得盤纏。妙。〔眉〕妙人，妙人。李大哥妙處，只在一言一動都不算計，只是任天而行，率性而動。多時不做這買賣，尋思道：「只得尋個鳥出氣的！」正走之間，看見路傍一個村酒店，李逵便入去裏面坐下，連打了三角酒，二斤肉，吃了，起身便走。酒保攔住討錢。李逵道：「待我前頭去尋得些買賣，却把來還你。」説罷便動身。妙。只見外面走入個彪形大漢來，喝道：「你這黑厮好大膽！誰開的酒店，你來白吃，不肯還錢！」李逵睁着眼道：老爺不揀那裏，只是白吃！」妙。〈韓伯龍〉（那大漢）道：「我對你説時，驚得你尿流屁滚。老爺是梁山泊好漢韓伯龍的便是，本錢都是宋江哥哥的。」李逵聽了暗笑：「我山寨裏那裏認的這個鳥人？」原來韓伯龍曾在江湖上打家劫舍，要來上梁山泊入夥，却投奔了旱地忽律朱貴，要他引見宋江。因是宋公明生發背瘡，在寨中又調兵遣將，多忙少閑，不曾見得。朱貴權且教他在村中賣酒。當時李逵去腰間拔出一把板斧，看着韓伯龍道：「把斧頭爲當。」趣。韓伯龍不知是計，舒手來接，被李逵手起，望面門上只一斧，肐膝地砍着。這便没趣了。可憐韓伯龍做了半世强人，死在李逵之手。兩三個火家，只恨爺娘少生了兩隻脚，望深村裏走了。李逵就地下擄掠了盤纏，放火燒了草屋，望凌州去了。

行不得一日，正走之間，官道旁邊只見走過一條大漢，直上直下相李逵。李逵見那人看他，便道：「你那厮看老爺怎地？」那漢便答道：「你是誰的老爺？」李逵便搶將入來。那漢子手起一拳，打個搭墩。李逵尋思：「這漢子到使得好拳！」坐在地下，仰着臉問道：「你這漢子姓甚名誰？」那漢道：「老爺没姓，要厮打便和你厮打！你敢起來？」也是個妙人。李逵大怒，正待跳將起來，被那漢子肋羅裏又只一脚，踢了一交。李逵叫道：「贏他不得！」爬將起來便走。李大哥也如此，智哉，智哉！〔眉〕李大哥不特勇而已矣，却又智。那漢叫住問道：「這黑漢子，你姓甚名誰？那裏人氏？」李逵道：「我説與你，休要吃驚。我是梁山泊黑旋風李逵的便是。」那漢道：「你端的是不是？不要説謊。」李逵道：「你不信？只看我這兩把板斧。」那漢道：「你既是梁山泊好漢，獨自一個投那裏去？」李逵道：「我和哥哥鱉口氣，要投淩州去殺那姓單姓魏的兩個。」那漢道：「我聽得你梁山泊已有軍馬去了，你且説是誰？」李逵道：「先是大刀關勝領兵，隨後便是豹子頭林沖、青面獸楊志領軍策應。」那漢聽了，納頭便拜。李逵道：「你端的姓甚名誰？」那漢道：「小人原是中山府人氏，祖傳三代相撲爲生。却纔手脚，父子相傳，不教徒弟。平生最無面目，到處投人不着，山東、河北都叫我做没面目焦挺。近日打聽的寇州地面有座山，名爲枯樹山，山上有個强人，平生只好殺人，世人把他比做喪門神，姓鮑名旭。他在那山裏打家劫舍，我如今待要去那裏入夥。」李逵道：「你有這等本事，如何不來投奔俺哥哥宋公明？」焦挺道：「我多時要投奔大寨入夥，却没條門路。今日得遇兄長，願隨哥哥。」李逵道：「我却要和宋公明哥哥争口氣了，下山來，不殺得一個人，空着雙手怎地回去？你和我去枯樹山，説了鮑旭，同去淩州，殺得單、魏二將，便好回山。」妙。焦挺道：「淩州一府城池，許多軍馬在彼，我和你只兩個，便有十分本事，也不濟事，枉送了性命。不如且去枯樹山説了鮑旭，都去大寨入夥，此爲上計。」兩個正説之間，背後時遷趕將來，叫道：「哥哥憂得你苦，便請回山。如今分四路去趕你也！」李逵引着焦挺，且教與時遷廝見了。時遷勸李逵回山：「宋公明哥哥等你。」李逵道：「你且住，我和焦挺商量定了，先去枯樹山捉了鮑旭，方纔回來。」時遷道：「使不得。哥哥等你，即便回寨。」李逵道：「你若不跟我去，你自先回山寨報與哥哥知道，我便回也。」時遷懼怕李逵，自回山寨去了。焦挺却和李逵自投寇州來，望枯樹山去了。

話分兩頭。却説關勝與同宣贊、郝思文引領五千軍馬接來，相近淩州。且説淩州太守，接得東京調兵的勅旨並蔡太師札付，便請兵馬團練單廷珪、魏定國商議。二將受了札付，隨即選點軍兵，關領軍器，拴束鞍馬，整頓粮草，指日起行。忽聞報説：「蒲東大刀關勝引軍到來，征討本州。」單廷珪、魏定國聽得大怒，便收拾軍馬，出城迎敵。兩軍相近，旗鼓相望。門旗下關勝出馬。那邊陣内鼓聲響處，聖水將軍出馬。怎生打扮？

戴一頂渾鐵打就四方鐵帽，頂上撒一顆斗來大小黑纓，披一付熊皮砌就嵌縫沿邊烏油鎧甲，穿一領皂羅繡就點翠團花禿袖征袍，着一雙斜皮踢鐙嵌綫雲跟靴，繫一條紅鞓釘就疊勝獅蠻帶。一張弓，一壺箭，騎一疋深烏馬，使一條黑桿鎗。

前面打一把引軍，按北方皂纛旗，上書七個銀字「聖水將軍單廷珪」。又見這邊鸞鈴響處，轉出這員神火將軍魏定國來出馬。怎生打扮？

戴一頂朱紅綴嵌點金束髮盔，頂上撒一把掃箒長短赤纓，披一付擺連環吞獸面猠猊鎧，穿一領繡雲霞飛怪獸絳紅袍，着一雙刺麒麟間翡翠雲縫錦跟靴，帶一張描金雀畫寶雕弓，懸一壺鳳翎鑿山狼牙箭，騎坐一疋胭脂馬，手使一口熟銅刀。

前面打一把引軍按南方紅繡旗，上書七個銀字「神火將軍魏定國」。兩員虎將一齊出到陣前。關勝見了，在馬上説道：「二位將軍，别來久矣！」單廷珪、魏定國大笑，指着關勝駡道：「無才關勝，背反狂夫！上負朝廷之恩，下辱祖宗名目。也駡得是。不知死活，引軍到來，有何禮説？」關勝答道：「你二將差矣！目今主上昏昧，奸臣弄權，非親不用，非讎不〈談〉（彈）。兄長宋公明仁德施恩，替天行道，特令關某等到來，招請二位將軍。倘蒙不棄，便請過來，同歸山寨。」單、魏二將聽得大怒，驟馬齊出。一個似北方一朵烏雲，一個如南方一團烈火，飛出陣前。關勝却待去迎敵，左手下飛出宣贊，右手下奔出郝思文，兩對兒在陣前厮殺。刀對刀，迸萬道寒光；鎗對鎗，起一天寒氣。關勝遥見神火將越鬥越精神，聖水將無半點懼色。正鬥之間，兩將撥轉馬頭，望本陣便走。郝思文、宣贊隨即追趕，衝入陣中。只見魏定國轉入左邊，單廷珪轉過右邊，隨後宣贊趕着魏定國，郝思文追住單廷珪。且説宣贊正趕之間，只見四五百步軍都是紅旗紅甲，一字兒圍裹將來，撓鈎齊下，套索飛來，和人連馬活捉去了。再説郝思文追趕單廷珪到右邊，只見五百來步軍，盡是黑旗黑甲，一字兒裹轉來，腦後衆軍齊上，把郝思文生擒活捉去了。可憐二將英雄，到此翻成畫餅。一面把人解入淩州，各領五百精兵，殺出陣門，却似烏雲捲地，猶如烈火飛來，衆將捲殺過對陣。關勝舉手無措，大敗輸虧，望後便退。隨即單廷珪、魏定國拍馬在背後追來。關勝正走之間，只見前面衝出二將。關勝看時，左有林沖，右有楊志，從兩肋羅裹撞將出來，殺散淩州軍馬。關勝收住本部殘兵，與林沖、楊志相見，合兵一處。隨後孫立、黄信一同見了，權且下寨。

却説水火二將捉得宣贊、郝思文，得勝回到城中。張太守接着，置酒作賀。一面教人做造陷車，裝了二人，差一員偏將，帶領三百步軍，連夜解上東京，申達朝廷。且説偏將帶領三百人馬，監押宣贊、郝思文上東京來。迤逦前行，來到一個去處，只見滿山枯樹，遍地蘆芽。一聲鑼響，撞出一夥强人。當先一個，手搦雙斧，聲喝如雷，正是梁山泊黑旋風李逵。〔眉〕誰説李大哥私自下山便無用處？隨即後面帶着這個好漢，端的是誰，正是：

相撲叢中人盡伏，拽拳飛脚如刀毒。劣性發時似山倒，焦挺從來没面目。

李逵、焦挺兩個好漢，引着小嘍囉攔住去路，也不打話，便搶陷車。偏將急待要走，背後又撞出一個好漢。正是：

猙獰鬼臉如鍋底，雙睛叠暴露狼唇。放火殺人提闊劍，鮑旭名唤喪門神。

這個好漢正是喪門神鮑旭，向前把偏將手起劍落，砍下馬來。其餘人等撇下陷車，盡皆逃命去了。李逵看時，却是宣贊、郝思文，便問了備細來由。宣贊見李逵，亦問：「你怎生在此？」李逵説道：「爲是哥哥不肯教我來厮殺，獨自一個走下山來，先殺了韓伯龍，後撞見焦挺，引我在此。鮑旭一見如故，便和親兄弟一般接待。却纔商議，正欲去打淩州，只見小嘍囉山頭上望見這夥人馬，監押陷車到來。只道是官兵捕盜，不想却是你二位。」鮑旭邀請到寨内，殺羊置酒相待。郝思文道：「兄弟既然有心上梁山泊入夥，不若將引本部人馬，就同去淩州併力攻打，此爲上策。」鮑旭道：「小可與李兄正如此商議，足下之言，説的最是。我山寨之中，也有三二千疋好馬。」帶領五七百小嘍囉，五籌好漢一齊來打淩州。

却說逃難軍士奔回來，報與張太守說道：「半路裏有强人奪了陷車，殺了首將。」單廷珪、魏定國聽得大怒，便道：「這番拿着，便在這裏施刑！」只聽得城外關勝引兵搦戰。單廷珪爭先出馬，開城門，放下吊橋，引一千軍馬，出城迎敵。門旗中，飛出五百玄甲軍來到，於陣前走出一員大將，爭先出馬，乃是聖水將軍。【端的好表人物，怎生打扮，有詩爲證：

鳳目卧蠶眉，虯鬚黑面皮。錦袍籠獬豸，寶甲嵌狻猊。馬跨東洋獸，人擎北斗旗。淩州聖水將，英雄單廷珪。】贅，可刪。

當下單廷珪出馬，大罵關勝道：「辱國敗將，何不就死！」關勝聽了，舞刀拍馬，兩個鬥不到二十餘合，關勝勒轉馬頭，慌忙便走。單廷珪隨即趕將來。約趕十餘里，關勝回頭喝道：「你這厮不下馬受降，更待何時！」單廷珪挺鎗，直取關勝後心。關勝使出神威，拖起刀背只一拍，喝一聲：「下去！」單廷珪落馬。關勝下馬，向前扶起，叫道：「將軍恕罪！」單廷珪惶恐伏禮，乞命受降。關勝道：「某與宋公明哥哥面前，多曾舉你，特來相招二位將軍同聚大義。」單廷珪答道：「不才願施犬馬之力，好貨。同共替天行道。」兩個說罷，並馬而行出來。林沖接見二人，並馬而行，便問其故。關勝不說輸贏，答道：「山僻之内，訴舊論新，招請歸降。」林沖等衆皆大喜。單廷珪回至陣前，大叫一聲，五百玄甲軍兵一鬨過來，其餘人馬，奔入城中去了，連忙報知太守。魏定國聽了大怒。次日，領起軍馬，出城交戰。單廷珪與同關勝、林沖直臨陣前。只見門旗開處，神火將軍出馬。【怎生打扮，有詩爲證：

朗朗明星露雙目，團團虎面如紫玉。錦袍花繡荔枝紅，襯襖雲鋪鸚鵡緑。行來好似火千團，部領絳衣軍一簇。世間人號神火將，此是淩州魏定國。〔眉〕説了又説，與舉業文何異？

當時魏定國出馬，見了單廷珪順了關勝，大駡：「忘恩背主，負義匹夫！」是。關勝大怒，拍馬向前迎敵。二馬相交，軍器並舉。兩將鬥不到十合，魏定國望本陣便走。關勝却欲要追，單廷珪大叫道：「將軍不可去趕！」關勝連忙勒住戰馬。説猶未了，淩州陣内早飛出五百火兵，身穿絳衣，手執火器，前後踴出有五十輛火車，車上都滿裝蘆葦引火之物。軍人背上各拴鐵葫蘆一個，内藏硫黄焰硝，五色烟藥一齊點着，飛搶出來。人近人倒，馬遇馬傷。關勝軍兵四散奔走，退四十餘里扎住。魏定國收轉軍馬回城，看見本州烘烘火起，烈烈烟生。原來却是黑旋風李逵與同焦挺、鮑旭，帶領枯樹山人馬，都去淩州背後打破北門，殺入城中，放起火來，刼擄倉庫錢糧。〔眉〕李大哥真是異人。魏定國知了，不敢入城，慌速回軍。被關勝隨後趕上追殺，首尾不能相顧。淩州已失，魏定國只得退走，奔中陵縣屯駐。關勝引軍把縣四下圍住，便令諸將調兵攻打。魏定國閉門不出。

單廷珪便對關勝、林沖等衆位説道：「此人是一勇之夫，攻擊得緊，他寧死而不辱。事寬即完，急難成効。小弟願往縣中，不避刀斧，用好言招撫此人，束手來降，免動干戈。」〔眉〕是。關勝見説大喜，隨即叫單廷珪單人疋馬到縣。小校報知，魏定國出來相見了，邀請上廳而坐。單廷珪用好言説道：「如今朝廷不明，天下大亂，天子昏昧，奸臣弄權。我等歸順宋公明，且歸水泊；久後奸臣退位，那時臨朝，去邪歸正，未爲晚矣。」魏定國聽罷，沉吟半晌，説道：「若是要我歸順，須是關勝親自來請我，便投降他；若是不來，我寧死而不辱。」還是人人。單廷珪即便上馬，回來報與關勝。關勝見說，便道：「大丈夫作事，何故疑惑！」便與單廷珪疋馬單刀而去。林沖諫道：「兄長，人心難忖，三思而行。」是。關勝道：「好漢作事無妨。」也是。直到縣衙。魏定國接着大喜，願拜投降，同敍舊情，設宴管待。當日帶領五百火兵，都來大寨。與林沖、楊志並衆頭領俱各相見已了，即便收軍回梁山泊來。宋江早使戴宗接着，對李逵説道：「只爲你偷走下山，空教衆兄弟趕了許多路。如今時遷、樂和李雲、王定六四個，先回山去了。我如今先去報知哥哥，免至懸望。」

不説戴宗争先去了。且説關勝等軍馬回到金沙灘邊，水軍頭領棹船接濟軍馬，陸續過渡。只見一個人氣急敗壞跑將來。衆人看時，却是金毛犬段景住。林沖便問道：「你和楊林、石勇去北地裏買馬，如何這等慌速跑來？」段景住言無數句，話不一席，有分教：宋江調撥軍兵，來打這個去處，重報舊仇，再雪前恨。正是情知語是鈎和綫，從頭釣出是非來。畢竟段景住對林沖等説出甚言語來，且聽下回分解。

李卓老曰：突出李大哥一段大奇。又曰：李大哥作事奇絶，此番又幹這件大功，幾曾如他人興兵動衆而來乎？關勝當無面目見李大哥矣！

宋公明夜打曾頭市

盧俊義活捉史文恭

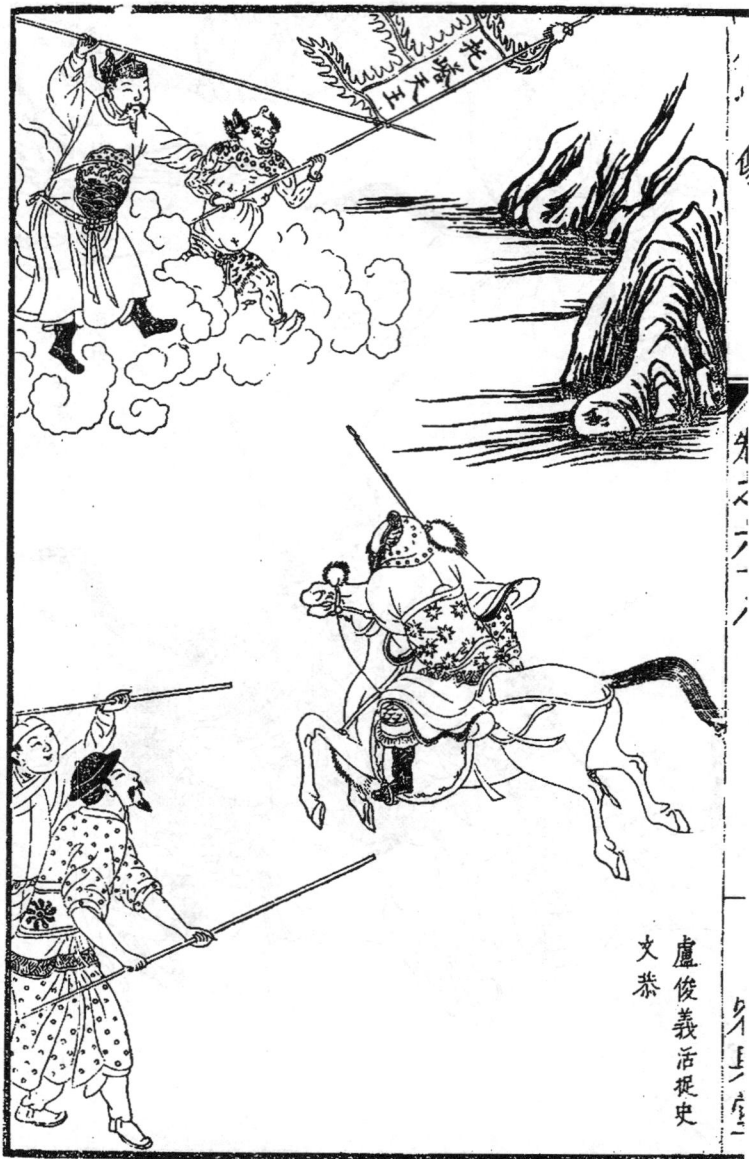

第六十八回　宋公明夜打曾頭市　盧俊義活捉史文恭

詩曰：

恢恢天網實無端，消息盈虛未易觀。不向公家尊禮度，却從平地築峰巒。宋江水滸心初遂，晁蓋泉臺死亦安。天道好還非謬語，身亡家破不勝嘆。

話説當時段景住跑來對林沖等説道：「我與楊林、石勇前往北地買馬。小弟到彼，選得壯竄有筋力好毛片駿馬，買了二百餘匹。回至青州地面，被一夥强人，爲頭一個唤做險道神郁保四，聚集二百餘人，盡數把馬劫奪，解送曾頭市去了。石勇、楊林不知去向。小弟連夜逃來報知，可差人去討馬回山。」關勝見説，教且回山寨，與哥哥相見了，却商議此事。衆人且過渡來，都到忠義堂上見了宋江。關勝引單廷珪、魏定國與大小頭領俱各相見了。李逵把下山殺了韓伯龍，遇見焦挺、鮑旭，同去打破淩州之事，説了一遍。宋江聽罷，又添四個好漢，正在歡喜。段景住備説奪馬一事。宋江聽了大怒道：「前者奪我馬疋，今又如此無禮！晁天王的冤讎未曾報得，旦夕不樂；若不去報此讎，惹人恥笑！」吴用道：「即〈目〉(日)春暖，正好厮殺。前者進兵，失其地利；如今必用智取。」宋江道：「此讎深入骨髓，不報得誓不還山！」吴用道：「且教時遷，他會飛簷走壁，可去探聽消息一遭回來，却作商量。」時遷聽命去了。無三二日，只見楊林、石勇逃得回寨，備説曾頭市史文恭口出大言，要與梁山泊勢不兩立。宋江見説，便要起兵。吴用道：「再待時遷回報，却去未遲。」宋江怒氣填胸，要報此讎，片時忍耐不住。又使戴宗飛去打聽，立等回報。

不過數日，却是戴宗先回來，説：「這曾頭市要與淩州報讎，欲起軍馬。見今曾頭市口札下大寨，又在法華寺内做中軍帳，五百里遍插旌旗，不知何路可進。」次日，時遷回寨報説：「小弟直到曾頭市裏面，探知備細。見今札下五個寨柵。曾頭市前面，二千餘人守住村口。總寨内是教師史文恭執掌，北寨是曾塗與副教師蘇定，南寨内是次子曾密，西寨内是三子曾索，東寨内是四子曾魁，中寨内是第五子曾昇與父親曾弄守把。這個青州郁保四，身長一丈，腰闊數圍，綽號險道神，將這奪的許多馬疋，都喂養在法華寺内。」吴用聽罷，便教會集諸將一同商議：「既然他設五個寨柵，我這裏分調五支軍將，可作五路去打他五個寨柵。」盧俊義便起身道：「盧某得蒙救命上山，未能報効；今願盡命向前。未知尊意若何？」宋江大喜，便道：「員外如肯下山，便爲前部。」吴用諫道：「員外初到山寨，未經戰陣，山嶺崎嶇，乘馬不便，不可爲前部先鋒。别引一支軍馬，前去平川埋伏，只聽中軍砲響，便來接應。」吴用主意，只恐盧俊義捉得史文恭，宋江不負晁蓋之遺言，讓位與他，因此不允。宋江大意只要盧俊義建功，乘此機會教他爲山寨之主，不負晁蓋遺言。〔眉〕要知吴用宋江分身合計，方不被他哄了。吴用不肯，立主叫盧員外帶同燕青，引領五百步軍，平川小路聽號。再分調五路軍馬：曾頭市正南大寨，差馬軍頭領霹靂火秦明、小李廣花榮，副將馬麟、鄧飛，引軍三千攻打。曾頭市正東大寨，差步軍頭領花和尚魯智深、行者武松，副將孔明、孔亮，引軍三千攻打。曾頭市正北大寨，差馬軍頭領青面獸楊志、九紋龍史進，副將楊春、陳達，引軍三千攻打。曾頭市正西大寨，差步軍頭領美髯公朱仝、插翅虎雷横，副將鄒淵、鄒潤，引軍三千攻打。曾頭市正中總寨，都頭領宋公明、軍師吴用、公孫勝，隨行副將吕方、郭盛、解珍、解寶、戴宗、時遷，領軍五千攻打。合後步軍頭領黑旋風李逵、混世魔王樊瑞，副將項充、李衮，引馬步軍兵五千。其餘頭領，各守山寨。怎見得五軍進發，但見：

梁山泊五軍先鋒，馬軍遇水叠橋；水滸寨六丁神將，步卒逢山開路。七星旗帶，飄飄散天上烏雲；八卦陣圖，隱隱動山前虎豹。鞍上將齊披鐵鎧，坐下馬都帶銅鈴。〈妖〉（九）洞妖魔離海內，十方神降人間。

當下宋江部領五軍兵將大進，正是鎗刀流水急，人馬撮風行。

且說曾頭市探事人探知備細，報入寨中。曾長官聽了，便請教師史文恭、蘇定商議軍情重事。史文恭道：「梁山泊軍馬來時，只是多使陷坑，方纔捉得他强兵猛將。這夥草寇，須是這條計，以爲上策。」曾長官便差莊客人等，將了鋤頭鐵鍬，去村口掘下陷坑數十處，上面虚浮土蓋，四下裏埋伏了軍兵，只等敵軍來到。又去曾頭市北路，也掘下十數處陷坑。比及宋江軍馬起行時，吴用預先暗使時遷又去打聽。數日之間，時遷回來報說：「曾頭市寨南寨北盡都掘下陷坑，不計其數，只等俺軍馬到來。」吴用見說，大笑道：「不足爲奇！」引軍前進，來到曾頭市相近。此時日午時分，前隊望見一騎馬來，項帶銅鈴，尾拴雉尾。馬上一人，青巾白袍，手執短鎗。前隊望見，便要追趕。吴用止住，便教軍馬就此下寨，四面掘了濠塹，下了鐵蒺藜。傳令下去，教五軍各自分投下寨，一般掘下濠塹，下了蒺藜。一住三日，不出交戰。吴用再使時遷扮作伏路小軍，去曾頭市寨中，探聽他不出何意；所有陷坑，暗暗地記着有幾處，離寨多少路遠，總有幾處。時遷去了一日，都知備細，暗地使了記號，回報軍師。次日，吴用傳令，教前隊步軍各執鐵鋤，分作兩隊；又把糧車一百有餘，裝載蘆葦乾柴，藏在中軍。當晚傳令與各寨諸軍頭領，來日巳牌，只聽東西兩路步軍先去打寨。再教攻打曾頭市北寨的楊志、史進，把馬軍一字兒擺開；如若那邊擂鼓摇旗，虛張聲勢，切不可進。吴用傳令已了。

再説曾頭市史文恭只要引宋江軍馬打寨，便着他陷坑。寨前路狹，待走那裏去？次日巳牌，只聽得寨前砲響，追兵大隊都到南門。次後只見東寨邊來報道：「一個和尚輪着鐵禪杖，一個行者舞起雙戒刀，攻打前後！」史文恭道：「這兩個必是梁山泊魯智深、武松。」猶恐有失，便分人去幫助曾魁。只見西寨邊又來報道：「一個長髯大漢，一個虎面賊人，旗號上寫着美髯公朱仝、插翅虎雷横，前來攻打甚急！」史文恭聽了，又分撥人去幫助曾索。又聽得寨前砲響，史文恭按兵不動，只要等他入來，塌了陷坑，山後伏兵齊起，接應捉人。這裏吴用却調馬軍從山背後兩路抄到寨前。前面步軍只顧看寨，又不敢去；兩邊伏兵都擺在寨前。背後吴用軍馬趕來，盡數逼下坑去。史文恭却待出來，吴用鞭梢一指，軍寨中鑼響，一齊推出百餘輛車子來，盡數把火點着，上面蘆葦、乾柴、硫黄、焰硝一齊着起，烟火迷天。比及史文恭軍馬出來，盡被火車横攔當住，只得回避，急待退軍。公孫勝早在陣中揮劍作法，借起大風，刮得火焰捲入南門，早把敵樓排柵盡行燒毁。已自得勝，鳴金收軍，四下裏入寨，當晚權歇。史文恭連夜修整寨門，兩下當住。

次日，曾塗對史文恭計議道：「若不先斬賊首，難以追滅。」分付教師史文恭牢守寨柵。曾塗率領軍兵，披挂上馬，出陣搦戰。怎生打扮？

頭戴金盔，身披鐵鎧。腰繫絨縧，坐騎快馬。彎弓插箭，體挂緋袍。脚踏寶鐙，手撚鋼鎗。

當日曾塗上馬，飛出陣來。宋江在中軍，聞知曾塗搦戰，帶領吕方、郭盛相隨出到前軍。門旗影裏看見曾塗，心懷舊恨，用鞭指道：「誰與我先捉這厮，報往日之讎，消向者之恨！」小温侯吕方拍坐下馬，挺手中方天畫戟，直取曾塗。兩馬交鋒，軍器並舉。鬥到三十合已上，郭盛在門旗下，看見兩個中間將及輸了一個。原來吕方本事迭不得曾塗，三十合已前，兀自抵敵得住；三十合已後，戟法亂了，只辦得遮架躲閃。郭盛只恐吕方有失，便驟坐下馬，撚手中方天畫戟，飛出陣來，夾攻曾塗。三騎馬在陣前絞做一團。原來兩枝戟上都拴着金錢豹尾。吕方、郭盛要捉曾塗，兩枝戟齊舉。曾塗眼明，便用鎗只一撥，却被兩條豹尾攪住朱纓，奪扯不開。三個各要掣出軍器使用。小李廣花榮在陣中看見，恐怕輸了兩個，便縱馬出來，左手拈起雕弓，右手急取鈚箭，搭上箭，拽滿弓，望着曾塗射來。這曾塗却好掣出鎗來，那兩枝戟兀自攪做一團。説時遲，那時疾，曾塗掣鎗，便望吕方項根搠來。花榮箭早先到，正中曾塗左臂，翻身落馬，頭盔倒卓，兩脚鐙空。吕方、郭盛雙戟並施，曾塗死於非命。十數騎馬軍飛奔回來，報知史文恭，轉報中寨。曾長官聽得大哭。有詩爲證：

拍馬橫鎗要出尖，當場挑戰勢翩翩。不知暗計雕翎箭，一命悠悠赴九泉。

只見傍邊惱犯了一個壯士曾昇，武藝絶高，使兩口飛刀，人莫敢近。當時聽了大怒，咬牙切齒，喝教：「備我馬來，要與哥哥報仇！」曾長官攔當不住。全身披挂，綽刀上馬，直奔前寨。史文恭接着，勸道：「小將軍不可輕敵！宋江軍中智勇猛將極多。若論史某愚意，只宜堅守五寨，暗地使人前往淩州，便教飛奏朝廷，調兵選將，多撥官軍，分作兩處征勦：一打梁山泊，一保曾頭市。令賊無心戀戰，必欲退兵，急奔回山。那時史某不才，與汝弟兄一同追殺，必獲大功。」説言未了，北寨副教師蘇定到來。見説堅守一節，便道：「梁山泊吳用那厮詭計多謀，不可輕敵。只宜退守，待救兵到來，從長商議。」曾昇叫道：「殺我親兄，此冤不報，更待何時！直等養成賊勢，退敵則難！」史文恭、蘇定阻當不住。曾昇上馬，帶領數十騎馬軍，飛奔出寨搦戰。宋江聞知，傳令前軍迎敵。當時秦明得令，舞起狼牙棍，正要出陣鬥這曾昇；只見黑旋風李逵，手拈板斧，直奔軍前，不問事由，搶出垓心。對陣有人認的，説道：「這個是梁山泊黑旋風李逵！」曾昇見了，便叫放箭。原來李逵但是上陣，便要脱膊，全得項充、李衮蠻牌遮護。此時獨自搶來，被曾昇一箭，腿上正着，身如泰山，倒在地下。曾昇背後馬軍齊搶過來。宋江陣上秦明、花榮飛馬向前死救；背後馬麟、鄧飛、吕方、郭盛一齊接應歸陣。曾昇見了宋江陣上人多，不敢再戰，以此領兵還寨。宋江也自收軍駐札。次日，史文恭、蘇定只是主張不要對陣。怎禁得曾昇催併道：「要報兄仇！」史文恭無奈，只得披掛上馬。那匹馬便是先前奪的段景住的千里龍駒照夜玉獅子馬。宋江引諸將擺開陣勢迎敵。對陣史文恭出馬，怎生打扮？

頭上金盔曜日光，身披鎧甲賽冰霜。坐騎千里龍駒馬，手執朱纓丈二鎗。

斯時史文恭出馬，橫殺過來。宋江陣上秦明要奪頭功，飛奔坐下馬來迎。二騎相交，軍器并舉，約鬥二十餘合。秦明力怯，望本陣便走。史文恭奮勇趕來，神鎗到處，秦明後腿股上早着，倒攧下馬來。吕方、郭盛、馬麟、鄧飛四將齊出，死命來救。雖然救得秦明，軍兵折了一陣，收回敗軍，離寨十里駐扎。宋江叫把車子載了秦明，一面使人送回山寨將息。再與吴用商量，教取大刀關勝、金鎗手徐寧，並要單廷珪、魏定國四位下山，同來協助。宋江自己焚香祈禱，占卜一課。吴用看了卦象，便道：「雖然此處可破，今夜必主有賊兵入寨！」宋江道：「可以早作准備。」吴用道：「請兄長放心，只顧傳下號令：先去報與三寨頭領，今夜起東西二寨，便教解珍在左，解寶在右，其餘軍馬，各於四下裏埋伏。」已定。是夜天晴月白，風静雲閑。史文恭在寨中對曾昇道：「賊兵今日輸了兩將，必然懼怯，乘虚正好劫寨。」曾昇見説，便教請北寨蘇定、南寨曾密、西寨曾索，引兵前來，一同劫寨。二更左側，潛地出哨，馬摘鸞鈴，人披軟戰，直到宋江中軍寨内。見四下無人，劫着空寨，急叫：「中計！」轉身便走。左手下撞出兩頭蛇解珍，右手下撞出雙尾蝎解寶，後面便是小李廣花榮，一發趕上。曾索在黑地裏，被解珍一鋼叉搠於馬下。放起火來，後寨發喊，東西兩邊，進兵攻打寨柵，混戰了半夜。史文恭奪路得回。

曾長官又見折了曾索，煩惱倍增。次日，請史文恭寫書投降。史文恭也有八分懼怯，隨即寫書，速差一人賫擎，直到宋江大寨。〔眉〕這樣降得快的。小校報知，曾頭市有人下書。宋江傳令教喚入來。小校將書呈上，宋江拆開看時，寫道：

「曾頭市主曾弄頓首再拜宋公明統軍頭領麾下：日昨小男倚仗一時之勇，誤有冒犯虎威。向日天王率衆到來，理合就當歸附。奈何無端部卒施放冷箭，更兼奪馬之罪，雖百口何辭？原之實非本意。今頑犬已亡，遣使講和。如蒙罷戰休兵，將原奪馬疋盡數納還；更賫金帛，犒勞三軍。此非虛情，免致兩傷。謹此奉書，伏乞照察。」

宋江看罷來書，心中大怒，扯書罵道：「殺我兄長，焉肯干休！只待洗蕩村坊，是我本願！」下書人俯伏在地，凜顫不已。吴用慌忙勸道：〔眉〕吴用又有賊智了。「兄長差矣！我等相爭，皆爲氣耳。既是曾家差人下書講和，豈爲一時之忿，以失大義？」隨即便寫回書，取銀十兩，賞了來使。回還本寨，將書呈上。曾長官與史文恭拆開看時，上面寫道：

「梁山泊主將宋江手書回覆曾頭市主曾弄帳前：國以信而治天下，將以勇而鎮外邦。人無禮而何爲，財非義而不取。梁山泊與曾頭市，自來無讎，各守邊界。奈緣爾將行一時之惡，惹數載之冤。若要講和，便須發還二次原奪馬疋，並要奪馬兇徒郁保四，犒勞軍士金帛。忠誠既篤，禮數休輕；如或更變，别有定奪。草草具陳，情照不宣。」即書柬也赢了。

曾長官與史文恭看了，俱各〈警〉（驚）憂。次日，曾長官又使人到來，言説若肯講和，各請一人質當。宋江不肯。吴用便道：「無傷。」隨即便差時遷、李逵、樊瑞、項充、李衮五人前去爲信。臨行時，吴用叫過時遷，附耳低言：「如此如此，休得有誤。」不説五人去了。却説關勝、徐寧、單廷珪、魏定國到了，當時見了衆人，就在中軍扎駐。

且説時遷引四個好漢，來見曾長官。時遷向前説道：「奉哥哥將令，差時遷引李逵等四人前來講和。」史文恭道：「吴用差遣五個人來，必然有謀。」李逵大怒，揪住史文恭便打。妙人快人。〔眉〕李大哥一言一動，無不快人意者。曾長官慌忙勸住。時遷道：「李逵雖然粗鹵，却是俺宋公明哥哥心腹之人，特使他來，休得疑惑。」曾長官〈終〉（中）心只要講和，不聽史文恭之言，便叫置酒相待，請去法華寺寨中安歇，撥五百軍人前後圍住。却使曾昇帶同郁保四，來宋江大寨講和。二人到中軍相見了，隨後將原奪二次馬疋並金帛一車，送到大寨。宋江看罷道：「這馬都是後次奪的。正有先前段景住送來那疋千里白龍駒照夜玉獅子馬，如何不見將來？」曾昇道：「是師父史文恭乘坐着，以此不曾將來。」宋江道：「你疾忙快寫書去，教早早牽那疋馬來還我！」曾昇便寫書，叫從人還寨，討這疋馬來。史文恭聽得，回道：「别的馬將去不吝，這疋馬却不與他！」從人往復走了幾遭，宋江定死要這疋馬。史文恭使人來説道：「若還定要我這疋馬時，着他即便退軍，我便送來還他。」宋江聽得這話，便與吴用商議，尚然未決。忽有人來報道：「青州、淩州兩路有軍馬到來。」宋江道：「那厮們知得，必然變卦。」暗傳下號令，就差關勝、單廷珪、魏定國去迎青州軍馬；花榮、馬麟、鄧飛去迎淩州軍馬。暗地叫出郁保四來，用好言撫恤他，十分恩義相待，説道：「你若肯建這場功勞，山寨裏也教你做個頭領。奪馬之讎，折箭爲誓，一齊都罷。你若不從，曾頭市破在旦夕，任從你心。」郁保四聽言，情願投拜，從命帳下。

吴用受計與郁保四道：「你只做私逃還寨，與史文恭説道：『我和曾昇去宋江寨中講和，打聽得真實了：如今宋江大意只要賺這疋千里馬，實無心講和；若還與了他，必然翻變。如今聽得青州、淩州兩路救兵到了，十分心慌，正好乘勢用計，不可有誤。』他若信從了，我自有處置。」郁保四領了言語，直到史文恭寨裏，把前事具説一遍。史文恭引了郁保四來見曾長官，備説宋江無意講和，可以乘勢劫他寨柵。曾長官道：「我那曾昇當在那裏，若還翻變，必然被他殺害。」史文恭道：「打破他寨，好歹救了。今晚傳令與各寨，盡數都起。先劫宋江大寨，如斷去蛇首，衆賊無用。回來却殺李逵等五人未遲。」曾長官道：「教師可以善用良計。」當下傳令與北寨蘇定、東寨曾魁、南寨曾密，一同劫寨。郁保四却閃來法華寺大寨内，看了李逵等五人，暗與時遷走透這個消息。再説宋江同吳用説道：「未知此計若何？」吳用道：「如是郁保四不回，便是中俺之計。他若今晚來劫我寨，我等退伏兩邊。却教魯智深、武松引步軍殺入他東寨，朱仝、雷横引步軍殺入他西寨，却令楊志、史進引馬軍截殺北寨：此名番犬伏窩之計，百發百中。」

當晚却説史文恭帶了蘇定、曾密、曾魁盡數起發。是夜月色朦朧，星辰昏暗。史文恭、蘇定當先，曾密、曾魁押後，馬摘鸞鈴，人披軟戰，盡都來到宋江總寨。只見寨門不關，寨内並無一人，又不見些動静，情知中計。即便回身，急望本寨去時，只見曾頭市裏鑼鳴砲響，却是時遷爬去法華寺鐘樓上撞起鐘來。聲響爲號，東西兩門火砲齊響，喊聲大舉，正不知多少軍馬殺將入來。却説法華寺中，李逵、樊瑞、項充、李衮一齊發作，殺將出來。史文恭等急回到寨時，尋路不見。曾長官見寨中大鬧，又聽得梁山泊大軍兩路殺將入來，就在寨裏自縊而死。曾密逕奔西寨，被朱仝一朴刀搠死。曾魁要奔東寨時，亂軍中馬踏爲泥。蘇定死命奔出北門，却有無數陷坑，背後魯智深、武松趕殺將來，前逢楊志、史進，亂箭射死蘇定。後頭撞來的人馬，都攧入陷坑中去，重重疊疊，陷死不知其數。宋江衆將得勝，在曾頭市捲殺八面殘兵，擄掠財物。有詩爲證：

可怪曾家事不諧，投降特地貢書來。宋江要雪天王恨，半夜驅兵捲殺來。是亦不可以已乎？

且說史文恭得這千里馬行得快，殺出西門，落荒而走。此時黑霧遮天，不分南北，約行了二十餘里，不知何處。只聽得樹林背後一聲鑼響，撞出四五百軍來。當先一將，手提桿棒，望馬脚便打。那疋馬是千里龍駒，見棒來時，從頭上跳過去了。史文恭正走之間，只見陰雲冉冉，冷氣颼颼，黑霧漫漫，狂風颯颯，虛空中一人當住去路。史文恭疑是神兵，勒馬便回。東西南北四邊，都是晁蓋陰魂纏住。〔眉〕好死晁蓋。史文恭再回舊路，却撞着浪子燕青，又轉過玉麒麟盧俊義來，喝一聲：「强賊，待走那裏去！」腿股上只一朴刀搠下馬來，便把繩索綁了，解投曾頭市來。燕青牽了那疋千里龍駒，逕到大寨。宋江看了大喜。仇人相見，分外眼明，心中一喜一怒：喜者得盧員外見功；未必。怒者恨史文恭射殺晁天王，冤仇未曾報得。先把曾昇就本處斬首，曾家一門老少盡數不留；抄擄到金銀財寶、米麥糧食，盡行裝載上車，回梁山泊給散各部頭領，犒賞三軍。且說關勝領軍殺退青州軍馬，花榮領兵殺散淩州軍馬，都回來了。大小頭領，不缺一個，又得了這疋千里龍駒照夜玉獅子馬，其餘物件盡不必說。陷車內囚了史文恭，便收拾軍馬，回梁山泊來。所過州縣村坊，並無侵擾。

回到山寨忠義堂上，都來參見晁蓋之靈。宋江傳令，教聖手書生蕭讓作了祭文，令大小頭領人人掛孝，個個舉哀。將史文恭剖腹剜心，享祭晁蓋已罷。宋江就忠義堂上，與衆弟兄商議立梁山泊之主。吴用便道：「兄長爲尊，盧員外爲次，其餘衆弟兄各依舊位。」宋江道：「向者晁天王遺言，但有人捉得史文恭者，不揀是誰，便爲梁山泊之主。今日盧員外生擒此賊，赴山祭獻晁兄，報仇雪恨，正當爲尊，不必多説。」盧俊義道：「小弟德薄才疏，怎敢承當此位？若得居末，尚自過分。」宋江道：「非宋某多謙，有三件不如員外處：〔眉〕都是假話，獨有吴用知之。第一件，宋江身材黑矮，貌拙才疏；員外堂堂一表，凛凛一軀，有貴人之相。第二件，宋江出身小吏，犯罪在逃，感蒙衆弟兄不棄，暫居尊位；員外出身豪傑之子，又無至惡之名，雖然有些凶險，累蒙天祐，以免此禍。第三件，宋江文不能安邦，武又不能附衆，胡説。手無縛雞之力，身無寸箭之功；員外力敵萬人，通今博古，天下誰不望風而降？尊兄有如此才德，正當爲山寨之主。他時歸順朝廷，建功立業，官爵升遷，能使弟兄們盡生光彩。宋江主張已定，休得推托。」盧俊義恭謙，拜於地下，説道：「兄長枉自多談，盧某寧死實難從命。」吴用勸道：「兄長爲尊，盧員外爲次，人皆所伏。兄長若如是再三推讓，恐冷了衆人之心。」妙。原來吴用已把眼視衆人，故出此語。只見黑旋風李逵大叫道：「我在江州捨身拚命跟將你來，衆人都饒讓你一步。我自天也不怕！真。你只管讓來讓去做甚鳥？我便殺將起來，各自散火！」快人。武松見吴用以目示人，也發作叫道：「哥哥手下許多軍官，受朝廷誥命的，也只是讓哥哥，他如何肯從別人！」劉唐便道：「我們起初七個上山，那時便有讓哥哥爲尊之意。今日却要讓別人！」魯智深大叫道：「若還兄長推讓別人，洒家們各自都散！」宋江道：「你衆人不必多説，我自有個道理。盡天意看是如何，方纔可定。」吴用道：「有何高見，便請一言。」宋江道：「有兩件事。」正是教梁山泊内，重添兩個英雄；東平府中，又惹一場災禍。直教天罡盡數投忠義，地煞齊臨水滸來。畢竟宋江説出那兩件事來，且聽下回分解。

李卓吾曰：要知宋江之讓，只爲中心有愧于盧俊義耳，非真讓也。原與吳用粧成局面，了却此件，不然其中可讓者儘多，何急急讓此一人哉？平白地引誘他上山，到底良心過不去也。

東平府誤陷九紋龍

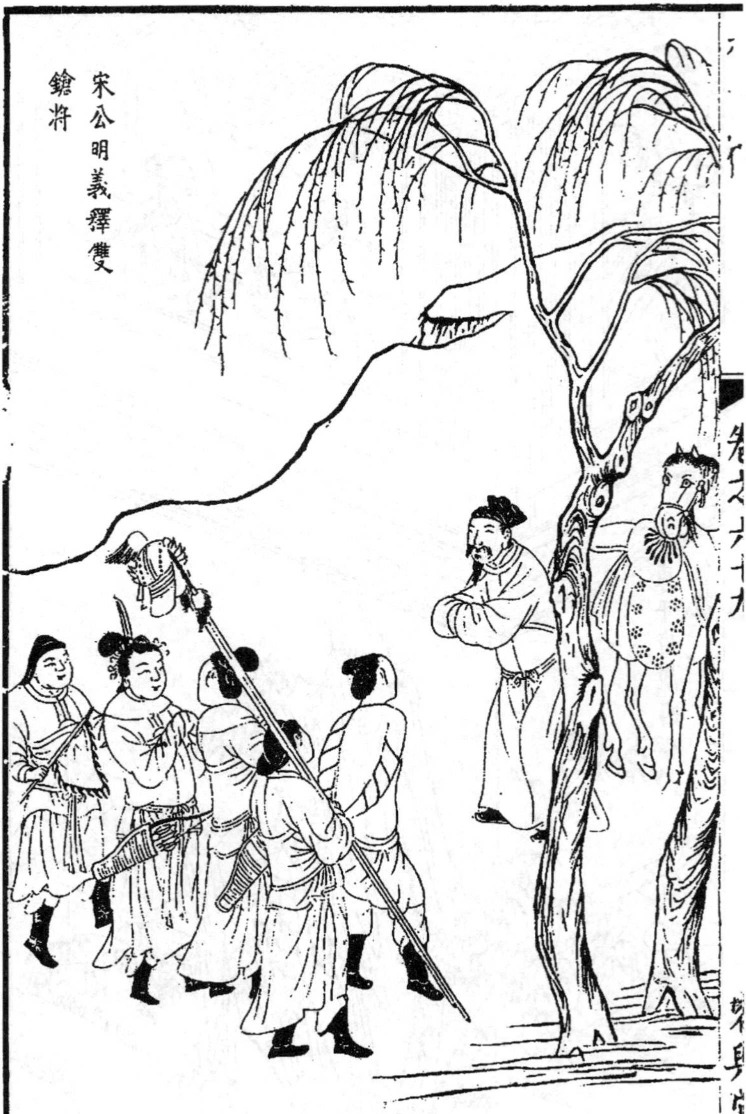
宋公明義釋雙
鎗将

第六十九回　東平府誤陷九紋龍　宋公明義釋雙鎗將

詩曰：

神龍失勢滯飛昇，得遇風雷便不情。豪傑相逢魚得水，英雄際會弟投兄。千金僞買花娘俏，一讓能成俊義名。水戰火攻人罕敵，緑林頭領宋公明。

話說當下梁山泊忠義堂上，宋江打了曾頭市，盧俊義捉得史文恭，祭獻晁天王已了。宋江不負晁蓋遺言，要把主位讓與盧員外，衆人不服。宋江又道：「如此衆志不定，於心不安。目今山寨錢糧缺少，梁山泊東有兩個州府，却有錢糧：一處是東平府，一處是東昌府。我們自來不曾攪擾他那裏百姓。今去問他借糧，公然不肯。今寫下兩個鬮兒，我和盧員外各拈一處，如先打破城子的，便做梁山泊主，如何？」吴用道：「也好，聽從天命。」盧俊義道：「休如此説，只是哥哥爲梁山泊之主，某聽從差遣。」此時不由盧俊義，當下便喚鐵面孔目裴宣寫下兩個鬮兒。焚香對天祈禱已罷，各拈一個。宋江拈着東平府，盧俊義拈着東昌府，衆皆無語。當日設筵，飲酒中間，宋江傳令調撥人馬。宋江部下：林沖、花榮、劉唐、史進、徐寧、燕順、吕方、郭盛、韓滔、彭玘、孔明、孔亮、解珍、解寶、王矮虎、一丈青、張青、孫二娘、孫新、顧大嫂、石勇、郁保四、王定六、段景住，大小頭領二十五員，馬步軍兵一萬；水軍頭領三員：阮小二、阮小五、阮小七，領水軍駕船接應。盧俊義部下：吳用、公孫勝、呼延灼、朱仝、雷横、索超、關勝、楊志、單廷珪、魏定國、宣贊、郝思文、燕青、楊林、歐鵬、淩振、馬麟、鄧飛、施恩、樊瑞、項充、李衮、時遷、白勝，大小頭領二十五員，馬步軍兵一萬；水軍頭領三員：李俊、童威、童猛，引水手駕船策應。其餘頭領並中傷者，看守寨栅。宋江分俵已定，此是一時進兵，去打兩處州郡。有詩爲證：

堯舜推賢萬古無，禹湯傳後亦良圖。誰知聚嘯山林者，揖讓謙恭有盛謨。

且説宋江與衆頭領去打東平府，盧俊義與衆頭領去打東昌府，衆多頭領各自下山。此是三月初一日的話，日暖風和，草青沙軟，正好厮殺。

却説宋江領兵前到東平府，離城只有四十里路，地名安山鎮，扎住軍馬。宋江道：「東平府太守程萬里和一個兵馬都監，乃是河東上黨郡人氏。此人姓董名平，善使雙鎗，人皆稱爲雙鎗將，有萬夫不當之勇。雖然去打他城子，也和他通些禮數。差兩個人，賫一封戰書去那裏下，若肯歸降，免致動兵；若不聽從，那時大行殺戮，使人無怨。〔眉〕假道學。誰敢與我先去下書？」只見部下走過一人，身長一丈，腰闊數圍。那人是誰，有詩爲證：

不好資財惟好義，貌似金剛離古寺。身長唤做險道神，此是青州郁保四。

郁保四道：「小人認得董平，情願賫書去下。」又見部下轉過一人，瘦小身材，叫道：「我幫他去。」

那人是誰，有詩爲證：

蚱蜢頭尖光眼目，鷺鷥瘦腿全無肉。路遥行走疾如飛，揚子江邊王定六。

這兩個便道：「我們不曾與山寨中出得些氣力，今情願去走一遭。」宋江大喜。隨即寫了戰書，與郁保四、王定六兩個去下。書上只説借糧一事。

且説東平府程太守，聞知宋江起軍馬到了安山鎮住扎，便請本州兵馬都監雙鎗將董平商議軍情重事。正坐間，門人報道：「宋江差人下戰書。」程太守教唤至。郁保四、王定六當府厮見了，將書呈上。程萬里看罷來書，對董都監説道：「要借本府錢糧，此事如何？」董平聽了大怒，叫推出去，即便斬首。是。程太守諫道：「不可。自古兩國争戰，不斬來使，胡説。於禮不當。只將二人各打二十訊棍，發回原寨，看他如何。」董平怒氣未息，喝把郁保四、王定六一索綑翻，打得皮開肉綻，推出城去。兩個回到大寨，哭告宋江説：「董平那厮無理，好生眇視大寨！」宋江見打了兩個，怒氣填胸，便要平吞州郡。先叫郁保四、王定六上車，回山將息。只見九紋龍史進起身説道：「小弟舊在東平府時，與院子裏一個娼妓有染，唤做李瑞蘭，往來情熟。〈敬〉我如今多將些金銀，潛地入城，借他家裏安歇。約定時日，哥哥可打城池。只等董平出來交戰，我便爬去更鼓樓上放起火來，裏應外合，可成大事。」宋江道：「最好。」史進隨即收拾金銀，安在包袱裏，身邊藏了暗器，拜辭起身。宋江道：「兄弟善覷方便，我且頓兵不動。」

且説史進轉入城中，逕到西瓦子李瑞蘭家。大伯見是史進，吃了一驚，接入裏面，叫女兒出來厮見。李瑞蘭生的甚是標格出塵。有詩爲證：

萬種風流不可當，梨花帶雨玉生香。翠禽啼醒羅浮夢，疑是梅花靚曉妝。好。

李瑞蘭引去樓上坐了，遂問史進道：「一向如何不見你頭影？聽的你在梁山泊做了大王，官司出榜捉你。這兩日街上亂鬨鬨地，説宋江要來打城借糧，你如何却到這裏？」史進道：「我實不瞞你説，我如今在梁山泊做了頭領，不曾有功。如今哥哥要來打城借糧，我把你家備細説了。如今我特地來做細作，有一包金銀相送與你，切不可走透了消息。明日事完，一發帶你一家上山快活。」（眉）癡人，不可與圖事。李瑞蘭葫蘆提應承，收了金銀，且安排些酒肉相待，却來和大娘商量道：「他往常做客時是個好人，在我家出入不妨。如今他做了歹人，倘或事發，不是耍處。」大伯説道：「梁山泊宋江這夥好漢，不是好惹的。但打城池，無有不破。若還出了言語，他們有日打破城子入來，和我們不干罷！」有見識。虔婆便罵道：「老蠢物！你省得甚麽人事？自古道：『蜂刺入懷，解衣去趕。』也是。天下通例，自首者即免本罪。你快去東平府裏首告，拿了他去，省得日後負累不好！」李公道：「他把許多金銀與我家，不與他擔些干系，買我們做甚麽？」有良心。虔婆罵道：「老畜生！你這般説，却似放屁！我這行院人家，坑陷了千千萬萬的人，豈争他一個？畫。你若不去首告，我親自去衙前叫屈，和你也説在裏面。」畫。李公道：「你不要性發，且教女兒款住他，休得打草驚蛇，吃他走了。待我去報與做公的，先來拿了，却去首告。」

且説史進見這李瑞蘭上樓來，覺得面色紅白不定。史進便問道：「你家莫不有甚事，這般失驚打怪？」癡。李瑞蘭道：「却纔上胡梯踏了個空，爭些兒吃了一交，因此心慌撩亂。」畫。史進雖是英勇，又吃他瞞過了，更不猜疑。有詩爲證：

可嘆虔婆伎倆多，粉頭無奈苦教唆。早知暗裏施奸狡，錯用黃金買笑歌。

當下李瑞蘭相敘間闊之情。爭不過一個時辰，只聽得胡梯邊腳步響，有人奔上來；窗外吶聲喊，數十個做公的搶到樓上。史進措手不及，正如鷹拿野雀，彈打斑鳩，把史進似抱頭獅子綁將下樓來，逕解到東平府裏廳上。程太守看了大罵道：「你這廝膽包身體，怎敢獨自個來做細作！若不是李瑞蘭父親首告，誤了我一府良民。好太守！快招你的情由，宋江教你來怎地！」史進只不言語。好。太守便道：「兩邊公吏獄卒牢子，這等賊骨頭，不打如何肯招？」程太守喝道：「與我加力打這廝！」又將冷水來噴。兩邊腿上，各打一百大棍。史進由他拷打，不招實情。好。董平道：「且把這廝長枷木杻，送在死囚牢裏；等拿了宋江，一並解京施行。」

却說宋江自從史進去了，備細寫書與吳用知道。吳用看了宋公明來書，說史進去娼妓李瑞蘭家做細作，大驚，人人知道，何必吳用。急與盧俊義說知，連夜來見宋江，問道：「誰叫史進去來？」宋江道：「他自願去，說這李行首是他舊日的表子，好生情重，因此前去。」吳用道：「兄長欠這些主張。若吳某在此，決不叫去。賣嘴。常言道娼妓之家，諱『者扯丐漏走』五個字，得便熟閒，迎新送舊，陷了多少才人。更兼水性，無定准之意；總有恩情，也難出虔婆之手。此人今去，必然吃虧！」宋江便問吳用請計。吳用便叫顧大嫂：「勞煩你去走一遭。可扮做貧婆，潛入城中，只做求乞的。若有些動靜，火急便回。若是史進陷在牢中，你可去告獄卒，只說有舊情恩念，我要與他送一口飯。挨入牢中，暗與史進說知：『我們月盡夜黃昏前後，必來打城。你可就水火之處，安排脱身之計。』月盡夜，你就城中放火爲號，此間進兵方好成事。兄長可先打汶上縣，百姓必然都奔東平府。却叫顧大嫂雜在數内，乘勢入城，便無人知覺。」吴用設計已罷，上馬便回東昌府去了。宋江點起解珍、解寶，引五百餘人，攻打汶上縣。果然百姓扶老挈幼，鼠竄狼奔，都奔東平府來。有詩爲證：

史進愴惶已就擒，當官拷掠究來音。若非顧媪通消息，怎救圜中萬死身。

欲避兵戈，逃生匿迹，合城紛擾，都不在話下。却說顧大嫂頭髻鬔鬆，衣服藍縷，雜在衆人裏面，挨入城來，遶街求乞。到於衙前，打聽得果然史進陷在牢中，方知吴用智亮如神。何神之有？次日，提着飯罐，只在司獄司前往來伺候。見一個年老公人從牢裏出來，顧大嫂看着便拜，淚下如雨。那年老公人問道：「你這貧婆，哭做甚麽？」顧大嫂道：「牢中監的史大郎，是我舊的主人。自從離了，又早十年。只說道在江湖上做買賣，不知爲甚事陷在牢裏？眼見得無人送飯。老身叫化得這一口兒飯，特要與他充飢。哥哥怎生可憐見引進則個，强如造七層寶塔。」那公人道：「他是梁山泊强人，犯着該死的罪，誰敢帶你入去？」顧大嫂道：「便是一刀一剮，自教他瞑目而受。只可憐見引老身入去，送這口兒飯，也顯得舊日之情。」說罷又哭。妙。那老公人尋思道：「若是個男子漢，難帶他入去。一個婦人家，有甚利害？」當時引顧大嫂直入牢中來。看見史進項帶沉枷，腰纏鐵索。史進見了顧大嫂，吃了一驚，則聲不得。顧大嫂一頭假啼哭，一頭喂飯。别的節級便來喝道：「這是該死的歹人！獄不通風，誰放你來送飯？即忙出去，饒你兩棍！」顧大嫂見監牢内人多，難説備細，只説得：「月盡夜打城，叫你牢中自挣扎。」史進再要問時，顧大嫂被小節級打出牢門。史進只記得「月盡夜」。

原來那個三月，却是大盡。到二十九，史進在牢中與兩個節級説話。問道：「今朝是幾時？」那個小節級却錯記了，回説道：「今朝是月盡夜，晚些買貼孤魂紙來燒。」史進得了這話，巴不得晚。一個小節級吃的半醉，帶史進到水火坑邊。史進哄小節級道：「背後的是誰？」賺得他回頭，挣脱了枷，只一枷梢，把那小節級面上正着一下，打倒在地。就拾磚頭，敲開水杻〈杻〉，睁着鶻眼，搶到亭心裏。幾個公人都酒醉了，被史進迎頭打着，死的死了，走的走了。拔開牢門，只等外面救應。又把牢中應有罪人，盡數放了，妙。總有五六十人，就在牢内發喊起來，一齊走了。有人報知太守，程萬里驚得面如土色，連忙便請兵馬都監商議。董平道：「城中必有細作，且差多人圍困了這賊。我却乘此機會，領軍出城去捉宋江。相公便緊守城池，差數十個人圍定牢門，休教走了！」董平上馬點軍去了。程太守便點起一應節級、虞候、押番，各執鎗棒，去大牢前吶喊。史進在牢裏不敢輕出，外廂的人又不敢進去。畫。顧大嫂只叫得苦。

却説都監董平點起兵馬，四更上馬，殺奔宋江寨來。伏路小軍報知宋江。宋江道：「此必是顧大嫂在城中又吃虧了！他既殺來，准備迎敵。」號令一下，諸軍都起。當時天色方明，却好接着董平軍馬，兩下擺開陣勢。董平出馬，真乃英雄蓋世，謀勇過人。有詩爲證：

兩面旗牌耀日月，〈簡〉（鏤）銀鐵鎧似霜凝。水磨鳳翅頭盔白，錦綉麒麟戰襖青。一對白龍爭上下，兩條銀蟒遞飛騰。河東英勇風流將，能使雙鎗是董平。

原來董平心靈機巧，三教九流無所不通，品竹調絃無有不會。山東、河北皆號他爲風流雙鎗將。宋江在陣前看了董平這表人品，一見便喜。又見他箭壺中插一面小旗，上寫一聯道：「英勇雙鎗將，風流萬户侯。」宋江隨即遣韓滔出馬迎敵。韓滔得令，手執鐵搠，直取董平。董平那對鐵鎗神出鬼没，人不可當。宋江再教金鎗手徐寧，仗鈎鐮鎗前去交戰，替回韓滔。徐寧得令，飛馬便出，接住董平厮殺。兩個在征塵影裏，殺氣叢中，鬥到五十餘合，不分勝敗。交戰良久，宋江恐怕徐寧有失，便教鳴金收軍。徐寧勒馬回來，董平手舉雙鎗，直追殺入陣來。宋江鞭梢一展，四下軍兵一齊圍住。宋江勒馬上高阜處看望，只見董平圍在陣内。他若投東，宋江便把號旗望東指，軍馬向東來圍他；他若投西，號旗便望西指，軍馬便向西來圍他。董平在陣中横衝直撞，兩枝鎗直殺到申牌已後，衝開條路殺出去了。宋江不趕董平，驅兵大進。董平因見交戰不勝，當晚收軍回城去了。宋江連夜起兵，直抵城下，團團調兵圍住。顧大嫂在城中未敢放火，史進又不得出來，兩下拒住。

原來程太守有個女兒，十分大有顏色。董平無妻，累累使人去求爲親，程萬里不允。因此日常間有些言和意不和。董平當晚領軍入城，其日使個就裏的人，乘勢來問這頭親事。這樣人如何幹得事！程太守回説：「我是文官，他是武官，相贅爲婿，正當其理。只是如今賊寇臨城，事在危急；若還便許，被人恥笑。待得退了賊兵，保護城池無事，那時議親，未爲晚矣。」〔眉〕妙人，妙人。那人把這話却回復董平。董平雖是口裏應道：「説得是。」只是心中躊躇，不十分歡喜，恐怕他日後不肯。好貨。

這裏宋江連夜攻城得緊，太守催請出戰。董平大怒，披掛上馬，帶領三軍出城交戰。宋江親在陣前門旗下喝道：「量你這個寡將，怎敢當吾？豈不聞古人有言：『大廈將傾，非一木可支。』你看我手下雄兵十萬，猛將千員，替天行道，濟困扶危。早來就降，免受一死！」胡說。董平大怒，回道：「文面小吏，該死狂徒，怎敢亂言！」説罷手舉雙鎗，直奔宋江。左有林沖，右有花榮，兩將齊出，各使軍器來戰董平。約鬥數合，兩將便走。宋江軍馬佯敗，四散而奔。董平要逞功勞，拍馬趕來。宋江等却好退到壽張縣界。宋江前面走，董平後面追。離城有十數里，前至一個村鎮，兩邊都是草屋，中間一條驛道。董平不知是計，只顧縱馬趕來。宋江因見董平了得，隔夜已使王矮虎、一丈青、張青、孫二娘四個，帶一百餘人，先在草屋兩邊埋伏；却拴數條絆馬索在路上，又用薄土遮蓋，只等來時鳴鑼爲號，絆馬索齊起，准備捉這董平。董平正趕之間，來到那裏，只聽得背後孔明、孔亮大叫：「勿傷吾主！」恰好到草屋前，一聲鑼響，兩邊門扇齊開，拽起繩索。那馬却待回頭，背後絆馬索齊起，將馬絆倒，董平落馬。左邊撞出一丈青、王矮虎，右邊走出張青、孫二娘，一齊都上，把董平捉了。頭盔、衣甲、雙鎗、隻馬，盡數奪了。兩個女頭領將董平捉住，用麻繩背剪綁了。兩個女將，各執鋼刀，監押董平來見宋江。

却説宋江過了草房，勒住馬，立在緑楊樹下，迎見這兩個女頭領解着董平。宋江隨即喝退兩個女將：「我教你去相請董將軍，誰教你們綁縛他來！」只是這個賊智。二女將喏喏而退。宋江慌忙下馬，自來解其繩索，便脱護甲錦袍與董平穿着，納頭便拜。董平慌忙答禮。宋江道：「倘蒙將軍不棄微賤，就爲山寨之主。」董平答道：「小將被擒之人，萬死猶輕；若得容恕安身，實爲萬幸。」宋江道：「敝寨地連水泊，素無擾害。今爲缺少糧食，特來東平府借糧，别無他意。」董平道：「程萬里那厮，原是童貫門下門館先生。得此美任，安得不害百姓？若是兄長肯容董平，今去賺開城門，殺入城中，共取錢糧，以爲報効。」〔眉〕我道這人不妥。宋江大喜，便令一行人將過盔甲鎗馬，還了董平，披挂上馬。董平在前，宋江軍馬在後，捲起旗旛，都到東平城下。董平軍馬在前大叫：「城上快開城門！」把門軍士將火把照時，認得是董都監，隨即大開城門，放下弔橋。董平拍馬先入，砍斷鐵鎖。背後宋江等長驅人馬，殺入城來，都到東平府裏，急傳將令：不許殺害百姓，放火燒人房屋。這好。董平逕奔私衙，殺了程太守一家人口，奪了這女兒。惡。真强（盗）。宋江先叫開放大牢，救出史進。便開府庫，盡數取了金銀財帛；大開倉廒，裝載糧米上車。先使人護送去梁山泊金沙灘，交割與三阮頭領接遞上山。史進自引人去西瓦子裹李瑞蘭家，把虔婆老幼一門大小，碎屍萬段。佛。宋江將太守家私俵散居民，仍給沿街告示，曉諭百姓：害民州官，已自殺戮；汝等良民，各安生理。告示已罷，收拾回軍。

大小將校再到安山鎮，只見白日鼠白勝飛奔前來，報説東昌府交戰之事，虚實勝敗。宋江聽罷，神眉剔竪，怪眼圓睁，大叫：「衆多兄弟不要回山，且跟我來，再去這個去處降兵捉將！」正是再施忠義輕舒手，復奪資儲錦繡城。畢竟宋江再引軍馬投何處來，且聽下回分解。

卓吾曰：史進既是癡子，宋江又是呆漢，所以使吴用小兒浪得名耳。

又曰：最可恨者董平那厮，只因一個女子便來賣國負人，國家有如是人，真當寢皮食肉。

沒羽箭飛石打
英雄
水滸傳
卷之七十
容與堂

宋公明棄糧
擒壯士

第七十回　没羽箭飛石打英雄　宋公明棄粮擒壯士

詩曰：

龍虎山中降敕宣，鎖魔殿上散霄烟。致令煞曜離金闕，故使罡星下九天。戰馬嚬嘶楊柳岸，征旗布滿藕花船。只因肝膽存忠義，留得清名萬古傳。

話説宋江打了東平府，收軍回到安山鎮，正待要回山寨，只見白勝前來報説：「盧俊義去打東昌府，連輸了兩陣。城中有個猛將，姓張，名清，原是彰德府人，虎騎出身。善會飛石打人，百發百中，人呼爲没羽箭。手下兩員副將：一個喚做花項虎龔旺，渾身上刺着虎斑，脖項上吞着虎頭，馬上會使飛鎗；一個喚做中箭虎丁得孫，面頰連項都有疤痕，馬上會使飛叉。盧員外提兵臨境，一連十日，不出廝殺。前日張清出城交鋒，郝思文出馬迎敵。戰無數合，張清便走。郝思文趕去，被他額角上打中一石子，跌下馬來；却得燕青一弩箭射中張清戰馬，因此救得郝思文性命，輸了一陣。次日，混世魔王樊瑞引項充、李衮舞牌去迎，不期被丁得孫從肋窩裏飛出標叉，正中項充，因此又輸了一陣。二人見在船中養病。軍師特令小弟來請哥哥，早去救應。」宋江見説了，嘆曰：「盧俊義直如此無緣！特地教吴學究、公孫勝幫他，只想要他見陣成功，山寨中也好眉目。誰想又逢敵手！〔眉〕口然，心不然。既然如此，我等衆弟兄引兵都去救應。」當時傳令，便起三軍。諸將上馬，跟隨宋江直到東昌境界。盧俊義等接着，具説前事，權且下寨。

正商議間，小軍來報：「没羽箭張清搦戰。」宋江領衆便起，向平川曠野擺開陣勢，大小頭領一齊上馬，隨到門旗下。宋江在馬上看對陣時，陣排一字，旗分五色。三通鼓罷，没羽箭張清出馬。怎生打扮？有一篇《水調歌》讚張清的英勇：

頭巾掩映茜紅纓，狼腰猿臂體彪形。錦衣綉襖，袍中微露透深青。雕鞍側坐，青驄玉勒馬輕迎。葵花寶鐙，振響熟銅鈴。倒拖雉尾，飛走四蹄輕。金環摇動，飄飄玉蟒撒朱纓。錦袋石子，輕輕飛動似流星。不用强弓硬弩，何須打彈飛鈴。但着處、命歸空。東昌馬騎將，没羽箭張清。

宋江在門旗下見了喝采。張清在馬上蕩起征塵，往來馳走。門旗左邊，閃出那個花項虎龔旺。有詩爲證：

手執標鎗慣飛舞，蓋世英雄誠未睹。斑爛錦體獸吞頭，龔旺名爲花項虎。

又見張清陣内，門旗影裏，右邊閃出口個中箭虎丁得孫。亦有詩爲證：

虎騎奔波出陣門，雙腮連項露疤痕。到處人稱中箭虎，手搭飛叉丁得孫。

三騎馬來到陣前，張清手指宋江罵道：「水洼草賊，願決一陣！」宋江問道：「誰可去戰張清？」傍邊惱犯這個英雄，忿怒躍馬，手舞鈎鐮鎗，出到陣前。宋江看時，乃是金鎗手徐寧。宋江暗喜，便道：「此人正是對手！」徐寧飛馬直取張清。兩馬相交，雙鎗並舉，鬥不到五合，張清便走。徐寧去趕，張清把左手虛提長鎗，右手便向錦袋中摸出石子，扭回身，覷得徐寧面門較近，只一石子，可憐悍勇徐寧，石子眉心早中，翻身落馬。龔旺、丁得孫便來捉人。宋江陣上人多，早有吕方、郭盛兩騎馬，兩枝戟，救回本陣。宋江等大驚，盡皆失色。再問：「那個頭領接着厮殺？」宋江言未盡，馬後一將飛出，看時却是錦毛虎燕順。宋江却待阻當，那騎馬已自去了。燕順接住張清，鬥無數合，遮攔不住，撥回馬便走。張清望後趕來，手取石子，看燕順後心一擲，打在鎧甲護鏡上，錚然有聲，伏鞍而走。宋江陣上一人大叫：「匹夫，何〈以〉（足）懼哉！」有文理。拍馬提搠，飛出陣去。宋江看時，乃是百勝將韓滔。不打話便戰張清。兩馬方交，喊聲大舉。韓滔要在宋江面前顯能，抖擻精神，大戰張清。不到十合，張清便走。韓滔疑他飛石打來，不去追趕。張清回頭不見趕來，翻身勒馬便轉。韓滔却待挺搠來迎，被張清暗藏石子，手起望韓滔鼻凹裏打中，只見鮮血迸流，逃回本陣。彭玘見了大怒：「量這等小輩，何足懼哉！」不等宋公明將令，手舞三尖兩刃刀，飛馬直取張清。兩個未曾交馬，被張清暗藏石子在手，手起，正中彭玘面額，丢了三尖兩刃刀，奔馬回陣。宋江見輸了數將，心内驚惶，便要將軍馬收轉。只見盧俊義背後一人大叫：「今日將威折了，來日怎地厮殺！且看石子打得我麽？」宋江看時，乃是醜郡馬宣贊，拍馬舞刀，直奔張清。張清便道：「一個來，一個走；兩個來，兩個逃。你知我飛石手段麽？」賣弄。宣贊道：「你打得别人，怎近得我？」説言未了，張清手起一石子，正中宣贊嘴邊，翻身落馬。〔眉〕直得説嘴。龔旺、丁得孫却待來捉，怎當宋江陣上人多，衆將救了回陣。宋江見了，怒氣在心，掣劍在手，割袍爲誓：「我若不拿得此人，誓不回軍！」呼延灼見宋江説誓，便道：「兄長此言，要我們弟兄何用！」就拍踢雪烏騅，直臨陣前，大罵張清：「小兒得寵，一力一勇！認得大將呼延灼麽？」張清便道：「辱國敗將之人，也遭我毒手！」言未絶，一石子飛來。呼延灼見石子飛來，急把鞭來隔時，却中在手腕上，早着一下，便使不動鋼鞭，回歸本陣。

宋江道：「馬軍頭領，都被損傷。步軍頭領，誰敢捉這張清？」只見部下劉唐，手撚朴刀，挺身出陣。張清見了大笑，駡道：「你那敗將，馬軍尚且輸了，何況步卒！」劉唐大怒，逕奔張清。張清不戰，跑馬歸陣。劉唐趕去，人馬相迎。劉唐手疾，一朴刀砍去，却砍着張清戰馬。那馬後蹄直踢起來，劉唐面門上掃着馬尾，雙眼生花，早被張清只一石子打倒在地。〔眉〕太繁碎，没收拾，可厭，可厭。急待掙扎，陣中走出軍來，横拖倒拽，拿入陣中去了。宋江大叫：「那個去救劉唐？」只見青面獸楊志，便舞刀直取張清。張清虚把鎗來迎，楊志一刀刺去，張清鐙裏藏身，楊志却砍了個空。張清手拿石子，喝聲道：「着！」石子從肋羅裏飛將過去。張清又一石子，錚的打在盔上，唬得楊志膽喪心寒，伏鞍歸陣。宋江看了，轉轉尋思：「若是今番輸了鋭氣，怎生回梁山泊？誰與我出得這口氣？」朱仝聽得，目視雷横，説道：「捉了劉唐去，却値甚的？一個不濟事，我兩個同去夾攻！」朱仝居左，雷横居右，兩條朴刀，殺出陣前。張清笑道：「一個不濟，又添一個；由你十個，更待如何！」有得説。全無懼色。在馬上藏兩個石子在手。雷横先到，張清手起，勢如招寶七郎。石子來時，面門上怎生躲避？急待擡頭看時，額上早中一石子，撲然倒地。朱仝急來快救，脖項上又一石子打着。關勝在陣上看見中傷，大挺神威，輪起青龍刀，縱開赤兔馬，來救朱仝、雷横。剛搶得兩個，奔走還陣，張清又一石子打來。關勝急把刀一隔，正打着刀口，迸出火光。關勝無心戀戰，勒馬便回。

雙鎗將董平見了，心中暗忖：「吾今新降宋江，若不顯我些武藝，上山去必無光彩。」手提雙鎗，飛馬出陣。張清看見，大罵董平：「我和你鄰近州府，唇齒之邦，共同滅賊，正當其理。你今緣何反背朝廷？豈不自羞！」〔眉〕罵得好。董平大怒，直取張清。兩馬相交，軍器並舉；兩條鎗陣上交加，四雙臂環中撩亂。約鬥五七合，張清撥馬便走。董平道：「別人中你石子，怎近得我？」張清帶住鎗桿，去錦袋中摸出一個石子。手起處，真如流星掣電；石子來，嚇得鬼哭神驚。董平眼明手快，撥過了石子。張清見打不着，再取第二個石子，又打將去。董平又閃過了。兩個石子打不着，張清却早心慌。那馬尾相啣，張清走到陣門左側，董平望後心刺一鎗來，張清一閃，鐙裹藏身，董平却搠了空，那條鎗却搠將過來。董平的馬和張清的馬兩廝並着。張清便撇了鎗，雙手把董平和鎗連臂膊只一拖，却拖不動，兩個攪做一塊。宋江陣上索超望見，輪動大斧，便來解救。對陣龔旺、丁得孫兩騎馬齊出，截住索超廝殺。張清、董平又分拆不開，索超、龔旺、丁得孫三疋馬，攪做一團。林冲、花榮、吕方、郭盛四將一齊盡出，兩條鎗、兩枝戟，來救董平、索超。張清見不是頭，棄了董平，跑馬入陣。是。董平不捨，直撞入去，却忘了提備石子。張清見董平追來，暗藏石子在手。待他馬近，喝聲道：「着！」董平急躲，那石子抹耳根上擦過去了。董平便回。索超撇了龔旺、丁得孫，也趕入陣來。張清停住槍，輕取石子，望索超打來。索超急躲不迭，打在臉上，鮮血迸流，提斧回陣。

却説林沖、花榮把龔旺截住在一邊，吕方、郭盛把丁得孫也截住在一邊。龔旺心慌，便把飛鎗摽將來，却摽不着花榮、林沖。龔旺先没了軍器，被林沖、花榮活捉歸陣。這邊丁得孫不敢棄叉，死命抵敵吕方、郭盛，不提防浪子燕青在陣門裏看見，暗忖道：「我這裏被他片時連打了一十五員大將！」手中棄了桿棒，身邊取出弩弓，搭上弦，放一箭去，一聲響，正中了丁得孫馬蹄，那馬便倒，却被吕方、郭盛捉過陣來。張清要來救時，寡不敵衆，只得拿了劉唐，且回東昌府去。太守在城上，看見張清前後打了梁山泊一十五員大將，雖然折了龔旺、丁得孫，也拿得這個劉唐，回到州衙，先把劉唐長枷送獄，却再商議。

張清神手撥天關，暗裏能將石子攀。一十五人都打壞，脚瘸手跛奔梁山。可笑。

且説宋江收軍回寨，把龔旺、丁得孫先送上梁山泊。宋江再與盧俊義、吴用道：「我聞五代時大梁王彦章，日不移影，連打唐將三十六員。今日張清，無一時連打我一十五員大將，〈雖〉（真）是不在此人之下，也當是個猛將。」衆人無語。宋江又道：「我看此人全仗龔旺、丁得孫爲羽翼。如今手足羽翼被擒，可用良策，捉獲此人。」吴用道：「兄長放心，小生見了此將出没，已自安排定了。雖然如此，且把中傷頭領，送回山寨。却教魯智深、武松、孫立、黄信、李立，盡數引領水軍，安排車仗船隻，水陸並進，船騎相迎，賺出張清，便成大事。」吴用分撥已定。

再説張清在城内，與太守商議道：「雖是贏得賊勢，根本未除。暗使人去探聽虚實，却作道理。」只見探事人來回報：「寨後西北上，不知那裏將許多糧米，有百十輛車子；河内又有糧草船，大小約有五百餘隻，水陸並進，船馬同來。沿路有幾頭領監管。」太守道：「這厮們莫非有計？恐遭他毒手，再差人去打聽，端的果是糧草也不是？」次日，小軍回報説：「車上都是糧，尚且撒下米來。水中船隻雖是遮蓋着，盡有米布袋露出將來。」張清道：「今晚出城，先截岸上車子，後去取他水中船隻。太守助戰，一鼓而得。」太守道：「此計甚妙，只可善覷方便。」叫軍漢飽餐酒食，盡行披挂，捎馱錦袋。張清手執長鎗，引一千軍兵，悄悄地出城。

是夜月色微明，星光滿天。行不到十里，望見一簇車子，旗上明寫「水滸寨忠義糧」。張清看了，見魯智深擔着禪杖，皂直裰拽扎起來，當頭先走。張清道：「這禿驢腦袋上着我一下石子！」趣。魯智深擔着禪杖，此時自望見了，只做不知，大踏步只顧走，却忘了提防他石子。正走之間，張清在馬上喝聲：「着！」一石子正飛在魯智深頭上，打得鮮血迸流，望後便倒。張清軍馬一齊吶喊，都搶將來。武松急挺兩口戒刀，死去救回魯智深，撇了糧車便走。張清奪得糧車，見果是糧米，心中歡喜；不來追趕魯智深，且押送糧車，推入城來。太守見了大喜，自行收管。張清道：「再搶河中糧船。」太守道：「將軍善覷方便。」張清上馬，轉〈到〉(道)南行。此時望見河港内糧船，不計其數。張清便叫開城門，一齊吶喊，搶到河邊。只見陰雲布滿，黑霧遮天，馬步軍兵回頭看時，你我對面不見。——此是公孫勝行持道法。張清看見，心慌眼暗，却待要回，進退無路。四下裏喊聲亂起，正不知軍兵從那裏來。林冲引鐵騎軍兵，將張清連人和馬都趕下水去了。河内却是李俊、張横、張順、三阮、兩童八個水軍頭領，一字兒擺在那裏。張清便有三頭六臂，也怎生掙扎得脱，被阮氏三雄捉住，繩纏索綁，送入寨中。

水軍頭領飛報宋江。

吳用便催大小頭領，連夜打城。太守獨自一個，怎生支持得住？聽得城外四面炮響，城門開了，嚇得太守無路可逃。宋江軍馬殺入城中，先救了劉唐，次後便開倉庫，就將錢糧一分發送梁山泊，一分給散居民。太守平日清廉，饒了不殺。這好。宋江等都在州衙裏聚集，衆人會面。只見水軍頭領早把張清解來，衆多兄弟都被他打傷，咬牙切齒，盡要來殺張清。宋江見解將來，親自直下堂階迎接，便陪話道：「誤犯虎威，請勿挂意！」邀上廳來。説言未了，只見階下魯智深使手帕包着頭，拿着鐵禪杖，逕奔來要打張清。好點綴。宋江隔住，連聲喝退：「怎肯教你下手！」張清見宋江如此義氣，叩頭下拜受降。宋江取酒奠地，折箭爲誓：「衆弟兄若要如此報仇，皇天不祐，死於刀劍之下！」〔眉〕宋公明最善用人，若有片長寸藝，無不留心。所以一百單七人死心塌地，如七十子之服仲尼也。試想官天下者，有如是之人，更當何如？衆人聽了，誰敢再言。也是天罡星合當聚會，自然義氣相投。昔日老郎有一篇言語贊張清道：

祖代英雄播英武，義膽忠肝咸若古。披堅自可爲干城，佐郡應須是公輔。東昌驍將名張清，豪氣淩霄真可數。陣雲冉冉飄征旗，勁氣英英若癡虎。龍鱗鐵甲披鳳毛，宮錦花袍明繡補。坐騎一疋大宛駒，袖中暗器真難睹。非鞭非鐧亦非鎗，陣上隕石如星舞。飛來猛將不能逃，中處應令倒旗鼓。感人義氣成大恩，此日歸心甘受虜。天降罡星大泊中，燁燁英聲傳水滸。

宋江在東昌府州衙堂上，折箭盟誓已罷：「衆弟兄勿得傷情！」衆皆大笑，人各聽令，盡皆歡喜，收拾軍馬，都要回山。只見張清在宋公明面前，舉薦東昌府一個〈醫獸〉（獸醫），復姓皇甫，名端：「此人善能相馬，知得頭口寒暑病症，下藥用針，無不痊可，真有伯樂之才。原是幽州人民，爲他碧眼黄鬚，貌若番人，以此人稱爲紫髯伯。梁山泊亦有用他處。可唤此人帶引妻小，一同上山。乞取鈞旨。」宋江聞言大喜：「我雖在中原，不曉其理；若果皇甫端肯去相聚，大稱予懷。」張清見宋江相愛甚厚，隨即便去唤到〈醫獸〉（獸醫）皇甫端來，拜見宋江並衆頭領。大小衆將看了，盡皆歡喜。有篇七言古風詩，道皇甫端醫術：

傳家藝術無人敵，安驥年來有神力。迴生起死妙難言，拯憊扶危更多益。鄂公烏騅人盡誇，郭公騄駬來渥洼。吐蕃棗騮號神駿，北地又羡拳毛騧。驌驦騋馲皆經見，銜橛背鞍亦多變。天〈閧〉（鬨）十二舊馳名，手到病除能應驗。古人已往名不刊，只今又見皇甫端。解治四百零八病，雙瞳炯炯珠走盤。天集忠良真有意，張清鶚薦誠良計。梁山泊内添一人，號名紫髯伯樂裔。

宋江看了皇甫端一表非俗，碧眼重瞳，虬鬚過腹。皇甫端見了宋江如此義氣，心中甚喜，願從大義。宋江大喜。撫諭已了，傳下號令，諸多頭領收拾車仗、糧食、金銀，一齊進發。鞍上將，鞭敲金鐙響；步下卒，齊唱凱歌聲。把這兩府錢糧，運回山寨。前後諸軍都起。於路無話，早回到梁山泊忠義堂上。宋江叫放出龔旺、丁得孫來，亦用好言撫慰，二人叩首拜降。又添了皇甫端在山寨，專工醫獸。董平、張清亦爲山寨頭領。宋江歡喜，忙叫排宴慶賀，都在忠義堂上，各依次席而坐。宋江看了衆多頭領，却好一百單八員。宋江開言説道：「我等弟兄自從上山相聚，但到處並無疏失，皆是上天護德，非人之能。今來扶我爲尊，皆托衆弟兄英勇。一者合當聚義，二乃我再有句言語，煩你衆兄弟共聽。」

吴用便道：「願請兄長約束，共聽號令。」宋江對着衆頭領，開口説這個主意下來。正是有分教：三十六天罡臨北地，七十二地煞鬧中原。畢竟宋公明説出甚麽主意，且聽下回分解。

李卓老曰：這回文字不濟，不濟。張清石子固好，敍處却没伸縮變化，大不好看。特是張清人品差勝董平耳。

水滸傳
忠義堂石碣受天文

梁山泊英雄排座次

第七十一回　忠義堂石碣受天文　梁山泊英雄排座次

詩曰：

光耀飛離土窟間，天罡地煞降塵寰。說時豪氣侵肌冷，講處英風透膽寒。仗義疏財歸水泊，報讎雪恨下梁山。堂堂一卷天文字，付與諸公仔細看。

話説宋公明一打東平，兩打東昌，回歸山寨忠義堂上，計點大小頭領，共有一百八員，心中大喜。遂對衆兄弟道：「宋江自從鬧了江州上山之後，皆賴托衆弟兄英雄扶助，立我爲頭，今者共聚得一百八員頭領，心中甚喜。自從晁蓋哥哥歸天之後，但引兵馬下山，公然保全，此是上天護佑，非人之能。縱有被擄之人，陷于縲絏，或是中傷回來，且都無事，被擒捉者俱得天佑，非我等衆人之能也。今者一百八人皆在面前聚會，端的古往今來，實爲罕有。如今兵刃到處，殺害生靈，無可禳謝大罪，我〈欲心中〉（心中欲）建一羅天大醮，報答天地神明眷佑之恩。一則祈保衆兄弟身心安樂。二則惟願朝廷早降恩光，赦免逆天大罪，衆當竭力捐軀，盡忠報國，死而後已。三則上薦晁天王早生仙界，世世生生，再得相見。就行超度横亡惡死，火燒水溺，一應無辜被害之人，俱得善道。我欲行此一事，未知衆弟兄意下若何？」衆頭領都稱道：「此是善果好事，哥哥主見不差。」吳用便道：「先請公孫勝一清主行醮事，然後令人下山四邊邀請得道高士，就帶醮器赴寨，仍使人收買一應香燭紙馬，花果祭儀，素饌淨食，並合用一應物件。」商議選定四月十五日爲始，七晝夜好事。山寨廣施錢財，督併幹辦。日期已定，向那忠義堂前挂起長旛，四首堂上，扎縛三層高臺，堂内鋪設七寶三清聖像，兩班設二十八宿十二宫辰，一切主醮星官真宰。堂外仍設監壇崔、盧、鄧、竇神將。擺列已定，設放醮器齊備，請到道衆連公孫勝共是四十九員。是日晴明的好，天和氣朗，月白風清，宋江、盧俊義爲首，吳用與衆頭領爲次拈香。公孫勝作高功主行齋事，關發一應文書符命，不在話下。當日醮筵，但見：

香騰瑞靄，花簇錦屏，一千條畫燭流光，數百盞銀燈散彩。對對高張羽蓋，重重密布幢旛。風清三界步虛聲，月冷九天垂沆瀣。金鐘撞處，高功表進奏虛皇；玉珮鳴時，都講登壇朝玉帝。絳綃衣星辰燦爛，芙蓉冠金碧交加。監壇神將猙獰，直日功曹勇猛。道士齊宣寶懺，上瑤臺酌水獻花；真人密誦靈章，按法劍踏罡布斗。青龍隱隱來黃道，白鶴翩翩下紫宸。

當日公孫勝與那四十八員道衆，都在忠義堂上做醮。每日三朝，至第七日滿散。宋江要求上天報應，特教公孫勝專拜青詞，奏聞天帝。每日三朝，却好至第七日三更時分，公孫勝在虛皇壇第一層，衆道士在第二層，宋江等衆頭領在第三層，衆小頭目並將校都在壇下。衆皆懇求上蒼，務要拜求報應。便有意了。

是夜三更時候，只聽得天上一聲響，如裂帛相似，正是西北乾方天門上。衆人看時，直豎金盤，兩頭尖，中間闊，又唤做天門開，又唤做天眼開，裏面毫光射人眼目，霞彩繚繞，從中間捲出一塊火來，如栲栳之形，直滚下虚皇壇來。〔眉〕這是公孫勝妖法。那團火遶壇滚了一遭，竟攢入正南地下去了。此時天眼已合，衆道士下壇來。宋江隨即叫人將鐵鍬鋤頭掘開泥土，根尋火塊，那地下掘不到三尺深淺，只見一個石碣，正面兩側各有天書文字。〔眉〕這是吴用詭計。有詩爲證：

蕊笈瓊書定有無，天門〈闕〉（開）合亦糊塗。滑稽誰造豐亨論，至理昭昭敢厚誣。

當下宋江且教化紙滿散，平明，齋衆道士，各贈與金帛之物，以充䞋資。方纔取過石碣看時，上面乃是龍章鳳篆蝌蚪之書，人皆不識。衆道士内有一人，姓何法諱玄通，對宋江説道：「小道家間祖上留下一册文書，專能辨驗天書，那上面自古都是蝌蚪文字，以此貧道善能辨認。譯將出來，便知端的。」宋江聽了大喜，連忙捧過石碣，教何道士看了，良久説道：「此石都是義士大名，鐫在上面，側首一邊是『替天行道』四字，一邊是『忠義雙全』四字，頂上皆有星辰南北二斗，下面却是尊號。若不見責，當以從頭一一敷宣。」宋江道：「幸得高士指迷，拜謝不淺。若蒙先生見教，實感大德。唯恐上天見責之言，請勿藏匿，萬望盡情剖露，休遺片言。」妙。〔眉〕賊，賊！只好瞞那□。宋江唤過聖手書生蕭讓，用黄紙謄寫。何道士乃言：「前面有天書三十六行，皆是天罡星；背後也有天書七十二行，皆是地煞星。下面註着衆義士的姓名。」觀看良久，教蕭讓從頭至後，盡數抄謄。石碣前面書梁山泊天罡星三十六員：

天魁星呼保義宋江　　天罡星玉麒麟盧俊義

天機星智多星吴用
天閑星入雲龍公孫勝
天勇星大刀關勝
天雄星豹子（頭）林沖
天猛星霹靂火秦明
天威星雙鞭呼延灼
天英星小李廣花榮
天貴星小旋風柴進
天富星撲天鵰李應
天滿星美髯公朱仝
天孤星花和尚魯智深
天傷星行者武松
天立星雙鎗將董平
天捷星没羽箭張清
天暗星青面獸楊志
天祐星金鎗手徐寧
天空星急先鋒索超
天速星神行太保戴宗
天異星赤髮鬼劉唐
天殺星黑旋風李逵
天微星九紋龍史進
天究星没遮攔穆弘
天退星插翅虎雷横
天壽星混江龍李〈進〉（俊）
天劍星立地太歲阮小二
天竟星船火兒張横
天罪星短命二郎阮小五
天損星浪裏白跳張順
天敗星活閻羅阮小七
天牢星病關索楊雄
天慧星拚命三郎石秀
天暴星兩頭蛇解珍

天哭星雙尾蝎解寶　天巧星浪子燕青

石碣背面書地煞星七十二員

地魁星神機軍師朱武　地煞星鎮三山黄信

地勇星病尉遲孫立　地傑星醜郡馬宣贊

地雄星井木犴郝思文　地威星百勝將韓滔

地英星天目將彭玘　地奇星聖水將單廷珪

地猛星神火將魏定國　地文星聖手書生蕭讓

地正星鐵面孔目裴宣　地闊星摩雲金翅歐鵬

地闔星火眼狻猊鄧飛　地强星錦毛虎燕順

地暗星錦豹子楊林　地軸星轟天雷淩振

地會星神算子蔣敬　地佐星小温侯吕方

地祐星賽仁貴郭盛　地靈星神醫安道全

地獸星紫髯伯皇甫端　地微星矮脚虎王英

地慧星一丈青扈三娘　地暴星喪門神鮑旭

地然星混世魔王樊瑞　地猖星毛頭星孔明

地狂星獨火星孔亮　地飛星八臂那吒項充

地走星飛天大聖李袞
地明星鐵笛仙馬麟
地退星翻江蜃童猛
地遂星通臂猿侯健
地隱星白花蛇楊春
地理星九尾龜陶宗旺
地樂星鐵叫子樂和
地速星中箭虎丁得孫
地嵇星操刀鬼曹正
地妖星摸着天杜遷
地伏星金眼彪施恩
地空星小霸王周通
地全星鬼臉兒杜興
地角星獨角龍鄒潤
地藏星笑面虎朱富
地損星一枝花蔡慶

地巧星玉臂匠金大堅
地進星出洞蛟童威
地满星玉旛竿孟康
地周星跳澗虎陳達
地異星白面郎君鄭天壽
地俊星鐵扇子宋清
地捷星花項虎龔旺
地鎮星小遮攔穆春
地魔星雲裏金剛宋萬
地幽星病大蟲薛永
地僻星打虎將李忠
地孤星金錢豹子湯隆
地短星出林龍鄒淵
地囚星旱地忽律朱貴
地平星鐵臂膊蔡福
地奴星催命判官李立

地察星青眼虎李雲　　地惡星没面目焦挺
地醜星石將軍石勇　　地數星小尉遲孫新
地陰星母大蟲顧大嫂　　地刑星菜園子張青
地壯星母夜叉孫二娘　　地劣星活閃婆王定六
地健星險道神郁保四　　地耗星白日鼠白勝
地賊星鼓上蚤時遷　　地狗星金毛犬段景住

當時何道士辨驗天書，教蕭讓寫録出來。讀罷，衆人看了，俱驚訝不已。癡。宋江與衆頭領道：「鄙猥小吏，原來上應星魁，衆多弟兄也原來都是一會之人。今者上天顯應，合當聚義。將已數足，上蒼分定位數，爲大小二等，天罡、地煞星辰，都已分定次序。衆頭領各守其位，各休争執，不可逆了天言。」〈眉〉莽人多，只得如此計較，妙妙！衆人皆道：「天地之意，物理數定，誰〈敬〉（敢）違拗。」癡。宋江遂取黄金五十兩，酬謝何道士。其餘道衆，收得經資，收拾醮器，四散下山去了。有詩爲證：

忠義堂前啓道場，敬伸丹悃醮虚皇。精誠感得天書降，鳳篆龍章仔細詳。
月明風冷醮壇深，鸞鶴空中送好音。地煞天罡排姓字，激昂忠義一生心。

且不説衆道士回家去了。只説宋江與軍師吴學究、朱武等計議：堂上要立一面牌額，大書「忠義堂」三字，「斷金亭」也换個大牌扁，前面册立三關。忠義堂後建築雁臺一座，頂上正面大廳一所，東西各設兩房。正廳供養晁天王靈位。東邊房内，宋江、吴用、吕方、郭盛；西邊房内，盧俊義、公孫勝、孔明、孔亮。第二坡左一帶房内，朱武、黄信、孫立、蕭讓、裴宣；右一帶房内，戴宗、燕青、張清、安道全、皇甫端。忠義堂左邊，掌管錢糧倉廒收放，柴進、李應、蔣敬、淩振；右邊，花榮、樊瑞、項充、李衮。山前南路第一關，解珍、解寶守把；第二關，魯智深、武松守把；第三關，朱仝、雷横守把。東山一關，史進、劉唐守把；西山一關，楊雄、石秀守把；北山一關，穆弘、李逵守把。六關之外，置立八寨，有四旱寨、四水寨。正南旱寨，秦明、索超、歐鵬、鄧飛；正東旱寨，關勝、徐寧、宣贊、郝思文；正西旱寨，林沖、董平、單廷珪、魏定國；正北旱寨，呼延灼、楊志、韓滔、彭玘；東南水寨，李俊、阮小二；西南水寨，張横、張順；東北水寨，阮小五、童威；西北水寨，阮小七、童猛。其餘各有執事，從新置立旌旗等項。山頂上立一面杏黄旗，上書「替天行道」四字。忠義堂前繡字紅旗二面，一書「山東呼保義」，一書「河北玉麒麟」。外設飛龍飛虎旗，飛熊飛豹旗，青龍白虎旗，朱雀玄武旗，黄鉞白旄，青旛皂蓋，緋纓黑纛。中軍器械外，又有四斗五方旗，三才九曜旗，二十八宿旗，六十四卦旗，週天九宫八卦旗，一百二十四面鎮天旗，盡是侯健製造。金大堅鑄造兵符印信，一切完備。選定吉日良時，殺牛宰馬，祭獻天地神明，挂上「忠義堂」、「斷金亭」牌額，立起「替天行道」杏黄旗。堂前柱上，立硃紅牌二面，各有金書七個字，道是「常懷貞烈常忠義，不愛資財不擾民」。

宋江當日大設筵宴，親捧兵符印信，頒布號令：「諸多大小兄弟，各各管領，悉宜遵守，毋得違誤，有傷義氣。如有故違不遵者，定依軍法治之，決不輕恕。

計開：〔眉〕好一部《百官誌》。

梁山泊總兵都頭領二員：
呼保義宋江　玉麒麟盧俊義
梁山泊掌管機密軍師二員：
智多星吴用　入雲龍公孫勝
梁山泊掌管錢糧頭領二員：
小旋風柴進　撲天鵰李應
馬軍五虎將五員：
大刀關勝　豹子頭林沖　霹靂火秦明　雙鞭呼延灼　雙鎗將董平
馬軍八驃騎兼先鋒使八員：
小李廣花榮　金鎗手徐寧　青面獸楊志　急先鋒索超　没羽箭張清　美髯公朱仝
九紋龍史進　没遮攔穆弘
馬軍小彪將兼遠探出哨頭領一十六員：
鎮三山黄信　病尉遲孫立　醜郡馬宣贊　井木犴郝思文　百勝將韓滔　天目將
彭玘　聖水將單廷珪　神火將魏定國　摩雲金翅歐鵬　火眼狻猊鄧飛　錦毛虎
燕順　鐵笛仙馬麟　跳澗虎陳達　白花蛇楊春　錦豹子楊林　小霸王周通
步軍頭領一十員：

花和尚魯智深　行者武松　赤髮鬼劉唐　插翅虎雷横　黑旋風李逵　浪子燕青
　病關索楊雄　拚命三郎石秀　兩頭蛇解珍　雙尾蝎解寶

步軍將校一十七員：

混世魔王樊瑞　喪門神鮑旭　八臂那吒項充　飛天大聖李衮　病大蟲薛永　金眼
彪施恩　小遮攔穆春　打虎將李忠　白面郎君鄭天壽　雲裏金剛宋萬　摸着天
杜遷　出林龍鄒淵　獨角龍鄒潤　花項虎龔旺　中箭虎丁得孫　没面目焦挺
　石將軍石勇

梁山泊四寨水軍頭領八員：

　混江龍李俊　船火兒張横　浪裏白跳張順　立地太歲阮小二　短命二郎阮小五
　活閻羅阮小七　出洞蛟童威　翻江蜃童猛

梁山泊四店打聽聲息邀接來賓頭領八員：

東山酒店　小尉遲孫新　母大蟲顧大嫂
西山酒店　菜園子張青　母夜叉孫二娘
南山酒店　旱地忽律朱貴　鬼臉兒杜興
北山酒店　催命判官李立　活閃婆王定六

梁山泊總探聲息頭領一員：

神行太保戴宗

梁山泊軍中走報機密步軍頭領四員：

鐵叫子樂和　　鼓上蚤時遷　　金毛犬段景住　　白日鼠白勝

守護中軍馬軍驍將二員：

小温侯吕方　　賽仁貴郭盛

守護中軍步軍驍將二員：

毛頭星孔明　　獨火星孔亮

梁山泊專掌行刑劊子二員：

鐵臂膊蔡福　　一枝花蔡慶

專掌三軍内探事馬軍頭領二員：

矮脚虎王英　　一丈青扈三娘

梁山泊一同參贊軍務頭領一員：

神機軍師朱武

梁山泊掌管監造諸事頭領一十六員：

掌管行文走檄調兵遣將一員　聖手書生蕭讓　　掌管定功賞罰軍政司一員　鐵面孔目裴宣

掌管考算錢糧支出納入一員　神算子蔣敬　　掌管專工監造大小戰船一員　玉旛竿孟康

掌管專造一應兵符印信一員　玉臂匠金大堅　　掌管專造一應旌旗袍襖一員　通臂猿侯健

掌管專攻醫獸一應馬匹一員　紫髯伯皇甫端　　掌管專治諸疾内外科醫士一員　神醫安道全

掌管監督打造一應軍器鐵甲一員　金錢豹子湯隆　　掌管專造一應大小號砲一員　轟天雷淩振　　掌管專一起造修緝房舍一員　青眼虎李雲　　掌管專一屠宰牛馬猪羊牲口一員　操刀鬼曹正　　掌管專一排設筵宴一員　鐵扇子宋清　　掌管監造供應一切酒醋一員　笑面虎朱富　　掌管專一築梁山泊一應城垣一員　九尾龜陶宗旺　　掌管專一把捧帥字旗一員　險道神郁保四〔眉〕劈空捏出，條理井井如此，文人之心，一至此乎！若實有是事，則不奇矣。

宣和二年孟夏四月吉旦，梁山泊大聚會分調人員告示。」

當日梁山泊宋公明傳令已了，分調衆頭領已定，各各領了兵符印信。筵宴已畢，人皆大醉，衆頭領各歸所撥寨分。中間有未定執事者，都于雁臺前後駐扎聽調。有篇言語，單道梁山泊的好處。怎見得：

山分八寨，旗列五方。交情渾似股肱，義氣真同骨肉。斷金亭上，高懸石緑之碑；忠義堂前，特匾金書之額。總兵主將，山東豪傑宋公明；協贊軍權，河北英雄盧俊義。施謀運計，吴加亮號智多星；唤雨呼風，入雲龍是公孫勝。五虎將英雄猛烈，八驃騎悍勇當先。馬步將軍，弓箭鎗刀；遮路水軍，將校艨艟。戰艦相連，八寨軍兵守護山頭；港泊四方，酒肆招邀遠路來賓。掌管錢糧，廉幹李應、柴進；總馳飛報，太保神行戴宗。飛符走檄，蕭讓是聖手書生；定賞行刑，裴宣爲鐵面孔目。神算須還蔣敬，造船原有孟康。金大堅置印信兵符，通臂猿造衣袍鎧甲。皇甫端專攻醫獸，安道全惟務救人。打軍器須是湯隆，造砲石全憑淩振。修緝房舍，李雲善布碧瓦朱甍；屠宰猪羊，曹正慣習挑筋剮骨。宋清安排筵宴，朱富醞造香醪。陶宗旺築補城垣，郁保四護持旌節。人人戮力，個個同心。休言嘯聚山林，真可圖王伯業。列兩副仗義疏財金字障，豎一面替天行道杏黄旗。

梁山泊忠義堂上，號令已定，各各遵守。宋江揀了吉日良時，焚一爐香，鳴鼓聚衆，都到堂上。宋江對衆道：「今非昔比，我有片言。今日既是天罡地曜相會，必須對天盟誓，各無異心，死生相托，吉凶相救，患難相扶，一同保國安民。」妙。〔眉〕是個老賊。衆皆大喜。各人拈香已罷，一齊跪在堂上。宋江爲首誓曰：「宋江鄙猥小吏，無學無能，荷天地之蓋載，感日月之照臨，聚弟兄于梁山，結英雄于水泊，共一百八人，上符天數，下合人心。自今已後，若是各人存心不仁，削絶大義，萬望天地行誅，神人共戮，萬世不得人身，億載永沉末劫。但願共存忠義于心，同著功勳于國，替天行道，保境安民，神天察鑒，報應昭彰。」〔眉〕妙，妙！好計，好計！誓畢，衆皆同聲共願，但願生生相會，世世相逢，永無斷阻。當日歃血誓盟，盡醉方散。看官聽説，這裏方纔是梁山泊大聚義處。

起頭分撥已定，話不重言。原來泊子裏好漢，但閑便下山，或帶人馬，或只是數個頭領，各自取路去。途次中若是客商車輛人馬，任從經過。若是上任官員，箱裏搜出金銀來時，全家不留。所得之物，解送山寨納庫公用。其餘些小，就便分了。折莫便是百十里、三二百里，若有錢財廣積害民的大户，便引人去，公然搬取上山，誰敢阻當。但打聽得有那欺壓良善暴富小人，積攢得些家私，不論遠近，令人便去盡數收拾上山。如此之爲，大小何止千百餘處。爲是無人可以當抵，又不怕你叫起撞天屈來，因此不曾顯露，所以無有説話。〔眉〕真正替天行道，如今何竟絶響也。可嘆，可嘆！

再説宋江自盟誓之後，一向不曾下山。不覺炎威已過，又早秋涼，重陽節近，宋江便叫宋清安排大筵席，會衆兄弟同賞菊花，唤做菊花之會。但有下山的兄弟們，不拘遠近，都要招回寨來赴筵。至日肉山酒海，先行給散馬步水三軍一應小頭目人等，各令自去打團兒吃酒。且説忠義堂上遍插菊花，各依次坐，分頭把盞。堂前兩邊篩鑼擊鼓，大吹大擂，笑語喧譁，觥籌交錯，衆頭領開懷痛飲。馬麟品簫唱曲，燕青彈箏，不覺日暮。宋江大醉，叫取紙筆來，一時乘着酒興，作《滿江紅》一詞，寫畢，令樂和單唱這首詞曲，道是：

「喜遇重陽，更佳釀今朝新熟。見碧水丹山，黄蘆苦竹。頭上盡教添白髮，鬢邊不可無黄菊。願樽前長敍弟兄情，如金玉。統豺虎，禦邊幅。號令明，軍威肅。中心願平虜，保民安國。日月常懸忠烈膽，風塵障却奸邪目。望天王降詔早招安，心方足。」

樂和唱這個詞，正唱到「望天王降詔早招安」，只見武松叫道：「今日也要招安，明日也要招安去，冷了弟兄們的心！」黑旋風便睁圓怪眼大叫道：「招安招安，招甚鳥安！」只一脚把桌子踢起，攧做粉碎。宋江大喝道：「這黑厮怎敢如此無禮，左右與我推去斬訖報來！」衆人都跪在面（前）告道：「這人酒後發狂，哥哥寬恕！」宋江答道：「衆賢弟且起，把這厮推〈搶〉（去）監下。」衆人皆喜。有幾個當刑小校向前來請李逵，李逵道：「你怕我敢掙扎？哥哥剮我也不怨，殺我也不恨，除了他天也不怕。」〔眉〕真忠義。說了便隨着小校去監房裏睡。

宋江聽了他説，不覺酒醒，忽然發悲。吴用勸道：「兄長既設此會，人皆歡樂飲酒，他是個粗鹵的人，一時醉後衝撞，何必挂懷。且陪衆兄弟盡此一樂。」宋江道：「我在江州，醉後誤吟了反詩，得他氣力來。今日又作《滿江紅》詞，險些兒壞了他性命，早是得衆弟兄諫救了。他與我身上情分最重，如骨肉一般，因此潸然淚下。」便叫武松：「兄弟，你也是個曉事的人。我主張招安，要改邪歸正，爲國家臣子，如何便冷了衆人的心？」〔眉〕李大哥是個天民，故把他來做樣子；武二郎就不敢惹他了。賊，賊。魯智深便道：「只今滿朝文武俱是奸邪，蒙蔽聖聰，就比俺的直裰，染做皂了，洗殺怎得乾浄？佛語。招安不濟事。便拜辭了，明日一個個各去尋趁罷。」宋江道：「衆弟兄聽説：今皇上至聖至明，只被奸臣閉塞，暫時昏昧，有日雲開見日，知我等替天行道，不擾良民，赦罪招安，同心報國，竭力施功，有何不美。因此只願早早招安，別無他意。」衆皆稱謝不已。當日飲酒終不暢懷，席散各回本寨。有詩爲證：

虎噬狼吞興已闌，偶攄心願欲招安。武松不解公明意，直要縱横振羽翰。

且説次日清晨，衆人來看李逵時，尚兀自未醒。衆頭領睡裏喚起來説道：「你昨日大醉，駡了哥哥，今日要殺你。」李逵道：「我夢裏也不敢駡他，他要殺我時便由他殺了罷。」真聖人。衆弟兄引着李逵，去堂上見宋江請罪。宋江喝道：「我手下許多人馬，都似你這般無禮，不亂了法度？且看衆兄弟之面，寄下你項上一刀。再犯必不輕恕。」李逵喏喏連聲而退。衆人皆散。

一向無事，漸近歲終，紛紛雪落乾坤，傾刻銀裝世界，正是王猷訪戴之時，袁安高卧之日。不覺雪晴，只見山下有人來報，離寨七八里，拏得萊州解燈上東京去的一行人在關外聽候將令。宋江道：「休要執縛，好生叫上關來。」没多時，解到堂前。兩個公人，八九個燈匠，五輛車子，爲頭的這一個告道：「小人是萊州承差公人，這幾個都是燈匠，年例東京着落本州要燈三架。今年又添兩架，乃是玉棚玲瓏九華燈。」宋江隨即賞與酒食，叫取出燈來看。那做燈匠人將那玉棚燈掛起，搭上四邊結帶，上下通計九九八十一盞。從忠義堂上掛起，直垂到地。宋江道：「我本待都留了你的，惟恐教你吃苦，不當穩便，只留下這碗九華燈在此，其餘的你們自解官去。酬煩之資，白銀二十兩。」〔眉〕婦人之仁。衆人再拜，懇謝不已。下山去了。

宋江教把這碗燈點在晁天王孝堂内，次日對衆頭領説道：「我生長在山東，不曾到京師，聞知今上大張燈火，與民同樂，慶賞元宵，自冬至後便造起燈，至今纔完。我如今要和幾個兄弟私去看燈一遭便回。」吴用便諫道：「不可，如今東京做公的最多，倘有疏失，如之奈何？」宋江道：「我日間只在客店裏藏身，夜晚入城看燈，有何慮焉？」衆人苦諫不住，宋江堅執要行。不爭宋江要去看燈，有分教：舞榭歌臺，翻爲瓦〈爍〉（礫）之場；柳陌花街，變作戰争之地。正是猛虎直臨丹鳳闕，殺星夜犯卧牛城。畢竟宋江怎地去鬧東京，且聽下回分解。

李卓吾曰：梁山泊如李逵、武松、魯智深那一班都是莽男子漢，不以鬼神之事愚弄他，如何得他死心搭地。妙哉！吴用石碣天文之計，真是神出鬼没，不由他衆人不同心一意也。或問：何以見得是吴用之計？曰：眼見得蕭讓任書，金大堅任刻，做成一碣，埋之地下，公孫勝作法，掘將起來，以愚他衆人。曰：這個何道士恐怕不知。卓吾老子笑曰：既有黄金五十兩，人人都是何道士了。不然，何七日之後，定要懇求上蒼，務要拜求報應哉！可知已，可知已。

柴進簪花入禁院

李逵元夜
鬧東京

第七十二回　柴進簪花入禁院　李逵元夜鬧東京

詩曰：

聖主憂民記四凶，施行端的有神功。等閑冒籍來宫内，造次簪花入禁中。潛向御屏剜姓字，更乘明月展英雄。縱横到處無人敵，誰向斯時竭寸衷。

話説當日宋江在忠義堂上，分撥去看燈人數：「我與柴進一路，史進與穆弘一路，魯智深與武松一路，朱仝與劉唐一路。只此四路人去，其餘盡數在家守寨。」李逵便道：「説東京好燈，我也要去走一遭。」宋江道：「你如何去得！」〔眉〕若李大哥不去看燈，便没趣了。李逵守死要去，那裏執拗得他住。宋江道：「你既然要去，不許你惹事，打扮做伴當跟我。」就叫燕青也走一遭，專和李逵作伴。看官聽説，宋江是個文面的人，如何去得京師？原來却得神醫安道全上山之後，却把毒藥與他點去了。後用好藥調治，起了紅疤。再要良金美玉，碾爲細末，每日塗搽，自然消磨去了。那醫書中説美玉滅瘢，正此意也。〔眉〕閑得有趣。當日先叫史進、穆弘扮作客人去了。次後便使魯智深、武松扮作行脚僧行去了。再後朱仝、劉唐也扮做客商去了。各人跨腰刀提朴刀，都藏暗器，不必得説。

且説宋江與柴進扮作閑涼官，再叫戴宗扮作承局，也去走一遭，有些緩急，好來飛報。李逵、燕青扮伴當，各挑行李下山。衆頭領都送到金沙灘餞行。軍師吴用再三分付李逵道：「你閑常下山好歹惹事，今番和哥哥去東京看燈，非比閑時，路上不要吃酒，十分小心在意，使不得往常性格。若有衝撞，弟兄們不好廝見，難以相聚了。」李逵道：「不索軍師憂心，我這一遭並不惹事。」相别了，取路登程。抹過濟州，路經滕州，取單州上曹州來。前望東京萬壽門外，尋一個客店安歇下了。宋江與柴進商議，此是正月十一日的話。宋江道：「明日白日裏，我斷然不敢入城。直到正月十四日夜，人物諠譁，此時方可入城。」柴進道：「小弟明日先和燕青入城中去探路一遭。」宋江道：「最好。」次日，柴進穿一身整整齊齊的衣服，頭上巾幘新鮮，脚下鞋襪乾浄。燕青打扮〈便〉（更）是不俗。兩個離了店肆，看城外人家時，家家熱鬧，户户喧譁，都安排慶賞元宵，各作賀太平風景。來到城門下，並是没人阻當。果然好座東京去處。怎見得？

州名汴水，府號開封。逶迤接吴楚之邦，延亘連齊魯之地。周公建國，畢公臯改作京師；兩晉春秋，梁惠王稱爲魏國。層疊卧牛之勢，按上界戊己中央；崔嵬伏虎之形，像周天二十八宿。金明王堯九讓華夷，太宗一遷基業。元宵景致，鰲山排萬盞華燈；夜月樓臺，鳳輦降三山瓊島。金明池上三春柳，小苑城邊四季花。十萬里魚龍變化之鄉，四百座軍州輻輳之地。黎庶盡歌豐稔曲，嬌娥齊唱太平詞。坐香車佳人仕女，蕩金鞭公子王孫。天街上盡列珠璣，小巷内遍盈羅綺。靄靄祥雲籠紫閣，融融瑞氣罩樓臺。

當下柴進、燕青兩個入得城來，行到御街上往來看玩。轉過東華門外，見酒肆茶坊，不計其數。往來錦衣花帽之人，紛紛濟濟，各有服色，都在茶坊酒肆中坐地。柴進引着燕青，逕上一個小小酒樓，臨街占個閣子，憑欄望時，見班直人等，多從内裏出入，幞頭邊各簪翠葉花一朵。柴進喚燕青附耳低言：「你與我如此如此。」燕青是個點頭會意的人，不必細問，火急下樓。出得店門，恰好迎着個老成的班直官，燕青唱個喏，那人道：「面生全不曾相識。」燕青説道：「小人的東人和觀察是故交，特使小人來相請。」〔眉〕奇。原來那班直姓王，燕青道：「莫非足下是張觀察？」那人道：「我自姓王。」燕青隨口應道：「正是教小人請王觀察，貪慌忘記了。」賊。那王觀察跟隨着燕青，來到樓上。燕青揭起簾子，對柴進道：「請到王觀察來了。」燕青接了手中執色，柴進邀入閣兒裏相見，各施禮罷。王班直看了柴進半晌，却不認得，説道：「在下眼拙，失望了足下。適蒙呼喚，願求大名。」柴進笑道：「小弟與足下童稚之交，且未可説，兄長熟思之。」也妙。一壁便叫取酒食來與觀察小酌。酒保安排到餚饌果品，燕青斟酒慇懃相勸。酒至半酣，柴進問道：「觀察頭上這朵翠花何意？」那王班直道：「今上天子慶賀元宵，我們左右内外共有二十四人，通類有五千七八百人，每人皆賜衣襖一領，翠葉金花一枝，上有小小金牌一個，鑿着『與民同樂』四字，因此每日在這裏聽候點視。如有宮花錦襖，便能勾入内裏去。」柴進道：「在下却不省得。」又飲了數杯，柴進便叫燕青：「你自去與我鏇一杯熱酒來吃。」無移時酒到了，柴進便起身與王班直把盞道：「足下飲過這杯小弟敬酒，方纔達知姓氏。」不□。王班直道：「在下實想不起，願求大名。」王班直拏起酒來，一飲而盡。恰纔吃罷，口角流涎，兩脚騰空，倒在凳上。柴進慌忙去了巾幘衣服靴韈，却脱下王班直身上錦襖踢串鞋胯之類，從頭穿了，帶上花帽，拏了執色，分付燕青道：「酒保來問時，只説這觀察醉了，那官人未回。」〔眉〕柴進好膽。通，通。燕青道：「不必分付，自有道理支吾。」

且説柴進離了酒店，直入東華門去。看那内庭時，真乃人間天上。但見：

祥雲籠鳳闕，瑞靄罩龍樓。琉璃瓦砌鴛鴦，龜背簾垂翡翠。正陽門逕通黄道，長朝殿端拱紫垣。渾儀臺占算星辰，待漏院班分文武。墻塗椒粉，絲絲緑柳拂飛甍；殿繞欄楯，簇簇紫花迎步輦。恍疑身在蓬萊島，仿佛神遊兜率天。

柴進去到内裏，但過禁門，爲有服色，無人阻當。直到紫宸殿，轉過文德殿，都看殿門各有金鎖鎖着，不能勾進去。且轉過凝暉殿，從殿邊轉將入去，到一個偏殿，牌上金書「睿思殿」三字，此是官家看書之處。側首開着一扇硃紅槅子，柴進閃身入去看時，〔眉〕柴大官人是個妙人，用得，用得！見正面鋪着御座，兩邊几案上放着文房四寶：象管筆、花箋、龍墨、端溪硯，書架上盡是羣書，各插着牙籤，勿知其數。正面屏風上堆青疊緑，畫着山河社稷混一之圖。轉過屏風後面，但見素白屏風上，御書四大寇姓名。寫着道：

「山東宋江，淮西王慶，河北田虎，江南方臘。」

柴進看了四大寇姓名，心中暗忖道：「國家被我們擾害，因此如常記心，寫在這裏。」便去身邊拔出暗器，正把「山東宋江」那四個字刻將下來。妙人。慌忙出殿，隨後早有人來，柴進便離了内苑，出了東華門，回到酒樓上。看那王班直時，尚未醒來。依舊把錦衣花帽服色等項，都放在閣兒内，柴進還穿了依舊衣服，唤燕青和酒保計算了酒錢，剩下十數貫錢就賞了酒保。臨下樓來分付道：「我和王觀察是弟兄，恰纔他醉了，我替他去内裏點名了回來，他還未醒，我却在城外住，恐怕誤了城門，剩下錢都賞你。他的服色號衣，都在這裏。」妙人。酒保道：「官人但請放心，男女自伏侍。」柴進、燕青離得酒店，逕出萬壽門去了。王班直到晚起來，見了服色花帽都有，但不知是何意。酒保説柴進的話，王班直似醉如癡，回到家中。次日有人來説，睿思殿上不見「山東宋江」四個字，今日各門好生把得鐵桶般緊，出入的人都要十分盤詰。王班直情知是了，那裏敢説。

再説柴進回到店中，對宋江備細説内宫之中，取出御書大寇「山東宋江」四字與宋江看罷，嘆息不已。十四日晚，宋江引了一干人入城看燈，怎見得好個東京，有古樂府一篇單道東京勝概：

一自梁王，初分晉地，雙魚正照夷門。卧牛城闊，相接四邊村。多少金明陳迹，上林苑花發三春。綠楊外溶溶汴水，千里接龍津。潘樊樓上酒，九重宫殿，鳳闕天閽。東風外，笙歌嘹喨堪聞。御路上公卿宰相，天街畔帝子王孫。堪圖畫，山河社稷，千古汴京尊。

故宋時，東京果是天下第一國都，繁華富貴，出在道君皇帝之時。當日黄昏，明月從東而起，天上並無雲翳。宋江、柴進扮作閑涼官，戴宗扮作承局，燕青扮爲小閑，只留李逵看房。四個人雜在社火隊裏，取路闖入封贈門來。遍玩六街三市，果然夜暖風和，正好遊戲。轉過馬行街來，家家門前扎縛燈棚，賽懸燈火，照耀如同白日。正是：樓臺上下火照火，車馬往來人看人。妙。四個轉過御街，見兩行都是煙月牌。來到中間，見一家外懸青布幕，裏掛斑竹簾，兩邊盡是碧紗窗。外掛兩面牌，牌上各有五個字，寫道：「歌舞神仙女，風流花月魁。」宋江見了，便入茶坊裏來吃茶，問茶博士道：「前面角妓是誰家？」茶博士道：「這是東京上廳行首，喚做李師師，間壁便是趙元奴家。」宋江道：「莫不是和今上打得熱的？」茶博士道：「不可高聲，耳目覺近。」畫。宋江便喚燕青，附耳低言道：「我要見李師師一面，暗裏取事。你可生個宛曲入去，我在此間吃茶等你。」宋江自和柴進、戴宗在茶坊裏吃茶。

却説燕青逕到李師師門首，揭開青布幕，掀起斑竹簾，轉入中門，見掛着一碗鴛鴦燈，下面犀皮香桌兒上，放着一個博山古銅香爐，爐内細細噴出香來。兩壁上掛着四幅名人山水畫，下設四把犀皮一字交椅。燕青見無人出來，轉入天井，〔眉〕燕青這人，使得，使得。裏面又是一個大客位。鋪着三座香楠木雕花玲瓏小牀，鋪着落花流水紫錦褥，懸掛一架玉棚好燈，擺着異樣古董。燕青微微咳嗽一聲，只見屏風背後轉出一個丫嬛來，見燕青道個萬福，便問燕青：「哥哥高姓，那裏來？」燕青道：「相煩姐姐請出媽媽來，小閑自有話説。」梅香入去，不多時轉出李媽媽來。燕青請他坐了，納頭四拜。李媽媽道：「小哥高姓。」燕青答道：「老娘忘了，小人是張乙〈兒〉的兒子張閑的便是。從小在外，今日方歸。」妙。原來世上姓張姓李姓王的最多，那虔婆思量了半晌，又是燈下，認人不仔細，猛然省起叫道：「你不是太平橋下小張閑麼？你那裏去了許多時不來？」燕青道：「小人一向不在家，不得來相望。如今伏侍個山東客人，有的是家私，説不能盡。妙。他是個燕南河北第一個有名財主，來此間做些買賣。一者就賞元宵，二者來京師省親，三者就將貨物在此做買賣，四者要求見娘子一面。怎敢説來宅上出入，只求同席一飲，稱心滿意。不是小閑賣〈買〉（弄），那人實有千百兩金銀，欲送與宅上。」〔眉〕妙人，妙人！那虔婆是個好利之人，愛的是金資，聽的燕青這一席話，便動其心，忙叫李師師出來，與燕青厮見。燈下看時，端的有沉魚落雁之容，閉月羞花之貌。燕青見了，納頭便拜。有詩爲證：

少年聲價冠青樓，玉貌花顔世罕儔。萬乘當時垂睿眷，何慚壯士便低頭。

那虔婆説與備細。李師師道：「那員外如今在那裏？」燕青道：「只在前面對門茶坊裏。」李師師便道：「請過寒舍拜茶。」燕青道：「不得娘子言語，不敢擅進。」虔婆道：「快去請來。」燕青逕到茶坊裏，耳邊道了消息。戴宗取些錢還了茶博士，三人跟着燕青，逕到李師師家内。入得中門，相接請到大客位裏。李師師斂手向前，動問起居道：「適間張閑多談大雅，今辱左顧，綺閣生光。」宋江答道：「山僻之客，孤陋寡聞，得睹花容，生平幸甚。」李師師便邀請坐，又問道：「這位官人，是足下何人？」宋江道：「此是表弟葉巡檢。」就叫戴宗拜了李師師。宋江、柴進居左客席而坐，李師師右邊主位相陪。奶子奉茶至，李師師親手與宋江、柴進、戴宗、燕青换盞。不必説那盞茶的香味，細欺雀舌，香勝龍涎。茶罷，收了盞托，欲敍行藏，只見奶子來報：「官家來到後面。」李師師道：「其實不敢相留，來日駕幸上清宫，必然不來，却請諸位到此少敍三杯，以洗泥塵。」宋江喏喏連聲，帶了三人便行。

出得李師師門來，與柴進道：「今上兩個表子，一個李師師，一個趙元奴，雖然見了李師師，何不再去趙元奴家走一遭？」宋江逕到茶坊間壁，揭起簾幕，張閑便請趙婆出來説話。燕青道：「我這兩位官人，是山東巨富客商，要見娘子一面，一百兩花銀相送。」趙婆道：「恰恨我女兒没緣，不快在牀，出來相見不得。」宋江道：「如此却再來求見。」趙婆相送出門，作别了。

四個且出小御街，逕投天漢橋來看鰲山。正打從樊樓前過，聽得樓上笙簧聒耳，鼓樂喧天，燈火凝眸，遊人似蟻。宋江、柴進也上樊樓尋個閣子坐下，取些酒食餚饌，也在樓上賞燈飲酒。吃不到數杯，只聽得隔壁閣子内有人作歌道：

「浩氣沖天貫斗牛，英氣事業未曾酬。手提三尺龍泉劍，不斬奸邪誓不休。」

宋江聽得，慌忙過來看時，却是九紋龍史進、没遮攔穆弘在閣子内吃得大醉，口出狂言。宋江走近前去喝道：「你這兩個兄弟，嚇殺我也。〔眉〕宋公明是個傷弓之鳥，所以談虎色變。快算還酒錢，連忙出去。早是遇着我，若是做公的聽得，這場横禍不小。誰想你這兩個兄弟也這般無知粗造，快出城，不可遲滯。明日看了正燈，連夜便回，只此十分好了，莫〈非〉（要）弄得撅撒了。」史進、穆弘默默無言，便叫酒保算還了酒錢，兩個下樓，取路先投城外去了。宋江與柴進四人微飲三杯，少添春色，戴宗計算還了酒錢，四人拂袖下樓，逕往萬壽門來客店内敲門。李逵困眼睁開，對宋江道：「哥哥不帶我來也罷了，既帶我來，却教我看房，悶出鳥來，你們都自去快活！」宋江道：「爲你生性不善，面貌醜惡，不争帶你入城，只恐因而惹禍。」李逵便道：「則不帶我去便了，何消得許多推故？幾曾見我那裏嚇殺了别人家小的大的。」趣。宋江道：「只有明日十五日這一夜帶你入去，看罷了正燈，連夜便回。」李逵呵呵大笑。過了一夜，次日正是上元節候，天色晴明得好，看看傍晚，慶賞元宵的人不知其數。古人有一篇《絳都春》詞，單道元宵景致。

融和初報。乍瑞靄霽色，皇都春早。翠幰競飛，玉勒争馳都〈聞〉（門）道。鰲山彩結蓬萊島，向晚色，雙龍啣照。絳霄樓上，彤芝蓋底，仰瞻天表。縹緲。風傳帝樂，慶玉殿共賞，羣仙同到。迤邐御香飄，滿人間開嬉笑。一點星毬小，漸隱隱鳴稍聲杳。遊人月下歸來，洞天未曉。

這一篇詞，稱頌着道君皇帝慶賞元宵，與民同樂。此時國富民安，士農樂業。當夜宋江與同柴進依前扮作閑涼官，引了戴宗、李逵、燕青五個人，逕從萬壽門來。是夜雖無夜禁，各門頭目軍士，全付披掛，都是戎裝慣帶，弓弩上弦，刀劍出鞘，擺布得甚是嚴整。高太尉自引鐵騎馬軍五千，在城上尋禁。宋江等五個，向人叢裏挨挨搶搶，直到城裏，先喚燕青附耳低言：「與我如此如此，只在夜來茶坊裏相等。」燕青逕往李師師家叩門，李媽媽、李行首都出來接見燕青，便説道：「煩達員外休怪，官家不時間來此私行，我家怎敢輕慢！」燕青道：「主人再三上覆媽媽，啓動了花魁娘子。山東海僻之地，無甚希罕之物，便有些出產之物，將來也不中意，只教小人先送黄金一百兩，與娘子打些頭面器皿，權當人事，隨後别有罕物，再當拜送。」李媽媽問道：「如今員外在那裏？」燕青道：「只在巷口，等小人送了人事，同去看燈。」世上虔婆愛的是錢財，見了燕青取出那火炭也似金子兩塊，放在面前，如何不動心。便道：「今日上元佳節，我母子們却待家筵數杯，若是員外不棄，肯到貧家少敍片時，不知肯來也不？」燕青道：「小人去請，無有不來。」説罷轉身回到茶坊，説與宋江這話頭。隨即都到李師師家。宋江教戴宗同李逵出在門前等。三個人入到裏面大客位裏，李師師接着，拜謝道：「員外識荆之初，何故以厚禮見賜，卻之不恭，受之太過。」宋江答道：「山僻村野，絶無罕物，但送些小微物，表情而已，何勞花魁娘子致謝。」李師師邀請到一個小小閣兒裏，分賓坐定。奶子、侍婢捧出珍異果子，濟楚菜蔬，希奇按酒，甘美肴饌，盡用定器，擺一春臺。李師師執盞向前拜道：「夙世有緣，今夕相遇二君。草草杯盤，以奉長者。」宋江道：「在下山鄉，雖有貫伯浮財，未曾見此富貴。花魁風流蘊藉，名播寰宇，求見一面，如登天之難。何况促膝笑談，親賜杯酒。」李師師道：「員外見愛，獎譽太過，何敢當此。」都勸罷酒，叫奶子將小小金杯巡篩。但是李師師説些街市俊俏的話，皆是柴進回答，燕青立在邊頭和鬨取笑。

酒行數巡，宋江口滑，揎拳裸袖，點點指指，把出梁山泊手段來。好嫖客。柴進笑道：「表兄從來酒後如此，娘子勿笑。」李師師道：「酒以合歡，何拘于禮。」丫嬛説道：「門前兩個伴當，一個黃髭鬚，且是生的怕人，在外面喃喃訥訥地罵。」宋江道：「與我唤他兩個入來。」只見戴宗引着李逵到閣子前。李逵看見宋江、柴進與李師師對坐飲酒，自肚裏有五分没好氣，睁圓怪眼，直瞅他三個。李師師便問道：「這漢是誰？恰似土地廟裏對判官立地的小鬼。」通。衆人都笑，李逵不省得他説。宋江答道：「這個是家生的孩兒小李。」那師師笑道：「我倒不打緊，辱〈摸〉（莫）了太白學士。」通。〔眉〕這個丫頭大通。宋江道：「這厮却有武藝，挑得三二百斤擔子，打得三五十人。」李師師叫取大銀賞鍾，各與三鍾。戴宗也吃三鍾。燕青只怕他口出訛言，先打抹他和戴宗依原去門前坐地。宋江道：「大丈夫飲酒，何用小杯！」就取過賞鍾，連飲數鍾。李師師低唱蘇東坡《大江〈西水〉（東去）》詞。宋江乘着酒興，索紙筆來，磨得墨濃，蘸得筆飽，拂開花箋，對李師師道：「不才亂道一詞，盡訴胸中鬱結，呈上花魁尊聽。」當時宋江落筆，遂成樂府詞一首。〔眉〕又來了。道是：

「天南地北，問乾坤何處可容狂客？借得山東煙水寨，來買鳳城春色。翠袖圍香，絳綃籠雪，一笑千金值。神仙體態，薄倖如何消得！想蘆葉灘頭，蓼花汀畔，皓月空凝碧。六六雁行連八九，只等金雞消息。義膽包天，忠肝蓋地，四海無人識。離愁萬種，醉鄉一夜頭白。」

寫畢，遞與李師師，反復看了，不曉其意。宋江只要等他問其備細，却把心腹衷曲之事告訴。只見奶子來報，官家從地道中來至後門。李師師忙道：「不能遠送，切乞恕罪。」自來後門接駕。奶子、丫嬛連忙收拾過了杯盤什物，扛過臺桌，洒掃亭軒。宋江等都未出來，却閃在黑暗處，張見李師師拜在面前，奏道：「起居聖上龍體勞困。」只見天子頭戴軟紗唐巾，身穿滚龍袍，説道：「寡人今日幸上清宮方回，教太子在宣德樓賜萬民御酒，令御弟在千步廊買市。約下楊太尉，久等不至，寡人自來，愛卿近前，與朕攀話。」有詩爲證：

鐵鎖星橋爛不收，翠華深夜幸青樓。六宮多少如花女，却與倡淫賤輩游。好貨。

宋江在黑地裏説道：「今番挫過，後次難逢。奇。俺三個何不就此告一道招安赦書，有何不好？」柴進道：「如何使得！便是應允了，後來也有翻變。」是。三個正在黑地裏商量。却説李逵見了宋江、柴進和那美色婦人吃酒，却教他和戴宗看門，頭上毛髮倒竪起來，一肚子怒氣正没發付處。只見楊太尉揭起簾幕，推開扇門，逕走入來。見了李逵，喝問道：「你這厮是誰，敢在這裏？」李逵也不回應，提起把交椅，望楊太尉劈臉打來。佛。楊太尉到吃了一驚，措手不及，兩交椅打翻地下。戴宗便來救時，那裏攔當得住。李逵扯下書畫來，就蠟燭上點着，東捽西捽，一面放火，香桌椅凳，打得粉碎。〔眉〕好殺風景的李大哥。宋江等三個聽得，趕出來看時，見黑旋風褪下半截衣裳，正在那裏行兇。四個扯出門外去時，李逵就街上奪條棒，直打出小御街來。宋江見他性起，只得和柴進、戴宗先趕出城，恐關了禁門，脱身不得，只留燕青看守着他。李師師家火起，驚得趙官家一道煙走了。妙。鄰右人等，一面救火，一面救起楊太尉，這話都不必說。

城中喊起，殺聲震天動地。高太尉在北門上巡警，聽得了這話，帶領軍馬便來追趕。李逵正打之間，撞着穆弘、史進四人各執鎗棒，一齊助力，直打到城邊。把門軍士急待要關門，外面魯智深輪着鐵禪杖，武行者使起雙戒刀，朱仝、劉唐手撚着朴刀，早殺入城來，救出裏面四個。方纔出得城門，高太尉軍馬恰好趕到城外來。八個頭領不見宋江、柴進、戴宗，正在那裏心慌。原來軍師吳用已知此事，定教大鬧東京，尅時定日，差下五員虎將，引領帶甲馬軍一千騎，是夜恰好到東京城外等接。正逢着宋江、柴進、戴宗三人，帶來的空馬，就教上馬。隨後八人也到，正都上馬時，于內不見了李逵，高太尉軍馬要衝將出來。宋江手下的五虎將關勝、林冲、秦明、呼延灼、董平突到城邊，立馬于濠塹上，大叫道：「梁山泊好漢全夥在此！早早獻城，免汝一死。」高太尉聽得，那裏敢出城來，慌忙教放下弔橋，衆軍上城提防。宋江便叫燕青分付道：「你和黑厮最好，你可略等他一等，隨後與他同來。我和軍馬衆將先回，星夜還寨，恐怕路上別有枝節。」不說宋江等軍馬去了。且說燕青立在人家房簷下看時，只見李逵從店裏取了行李，拏着雙斧，大吼一聲，跳出店門，獨自一個要去打這東京城池。〔眉〕妙人，妙人。正是聲吼巨雷離店肆，手提大斧劈城門。畢竟黑旋風李逵怎地去打城，且聽下回分解。

李生曰：柴進用文，李逵用武。文者智絶，武者勇絶。這一遭東京城裏，真是好燈，大家請看何如。

黑旋風喬

梁山泊雙獻頭

第七十三回　黑旋風喬捉鬼　梁山泊雙獻頭

詩曰：

蛇藉龍威事不誣，奸欺暗室古誰無。只知行劫爲良策，翻笑彝倫是畏途。狄女懷中誅僞鬼，牛頭山裏戮兇徒。李逵救得良人女，真是梁山大丈夫。

話説當下李逵從客店裏搶將出來，手搦雙斧，要奔城邊劈門，奇。被燕青抱住腰胯，只一交，攧個脚稍天，燕青拖將起來，望小路便走，李逵只得隨他。爲何李逵怕燕青，原來燕青小厮撲天下第一，因此宋公明着令燕青相守李逵。李逵若不隨他，燕青小厮撲，手到一交，李逵多曾着他手脚，以此怕他，只得隨順。燕青和李逵不敢從大路上走，恐有軍馬追來，難以抵敵，只得大寬轉奔陳留縣路來。李逵再穿上衣裳，把大斧藏在衣襟底下。又因没了頭巾，却把焦黄髮分開，綰做兩個丫髻。行到天明，燕青身邊有錢，村店中買些酒肉吃了，拽開脚步趲行。次日天曉，東京城中好場熱鬧，高太尉引軍出城，追趕不上自回。李師師只推不知，楊太尉也自歸來將息。抄點城中被傷人數，計有四五百人，推倒跌損者，不計其數。高太尉會同樞密院童貫都到太師府商議啓奏，早早調兵勦捕。

且說李逵和燕青兩個在路，行到一個去處，地名喚做四柳村，不覺天晚。兩個便投一個大莊院來，敲開門直進到草廳上，莊主狄太公出來迎接，看見李逵綰着兩個丫髻，却不見穿道袍，面貌生得又醜，正不知是甚麽人。太公隨口問燕青道：「這位是那裏來的師父？」燕青笑道：「這師父是個蹺蹊人，你們都不省得他，胡亂趁些晚飯吃，借宿一夜，明日早行。」李逵只不做聲。太公聽得這話，倒地便拜李逵説道：「師父可救弟子則個！」李逵道：「你要我救你甚事，實對我說。」那太公道：「我家一百餘口，夫妻兩個嫡親止有一個女兒，年二十餘歲。半年之前，着了一個邪祟，只在房中，茶飯并不出來討吃。若還有人去叫他，磚石亂打出來，家中人多被他打傷了。累累請將法官來，也捉他不得。」李逵道：「太公，我是薊州羅真人的徒弟，會得騰雲駕霧，專能捉鬼。你若捨得東西，我與你今夜捉鬼。如今先要一猪一羊，祭祀神將。」妙人，趣人。太公道：「猪羊我家儘有，酒自不必得說。」李逵道：「你揀得膘肥的宰了，爛煮將來。好酒更要幾瓶，便可安排今夜三更與你捉鬼。」太公道：「師父如要書符紙扎，老漢家中也有。」李逵道：「我的法只是一樣，都没甚麽鳥符。身到房裏，便揪出鬼來。」妙。燕青忍笑不住。老兒只道他是好話，安排了半夜，猪羊都煮得熟了，擺在廳前。李逵叫討大碗，滚熱酒十瓶，假做一巡篩。明晃晃點着兩枝蠟燭，焰焰燒着一爐好香。李逵掇條凳子，坐在當中，並不念甚言語，腰間拔出大斧，砍開猪羊，大塊價扯將下來吃。妙。〔眉〕這便叫做祭祀神將。又叫燕青道：「小乙哥，你也來吃些。」燕青冷笑，那裏肯來吃。李逵吃得飽了，飲過五六碗好酒，驚得太公呆了。李逵便叫衆莊客：「恁們都來散福。」妙。撚指間，散了殘肉。李逵道：「快舀桶湯來，與我們洗手洗脚。」妙。無移時洗了手脚，問太公討茶吃了。又問燕青道：「你曾吃飯也不曾？」燕青道：「吃得飽了。」李逵對太公道：「酒又醉，肉又飽，明日要走路程，老爺們去睡。」妙。太公道：「却是苦也！這鬼幾時捉得？」有詩爲證：

緑酒烏猪儘力噇，奸夫淫女正同牀。山翁謬認爲邪祟，斷送綢繆兩命亡。

李逵道：「你真個要我捉鬼，着人引我去你女兒房裏去。」太公道：「便是神道如今在房中，好神道。磚石亂打出來，誰人敢去？」李逵拔兩把板斧在手，叫人將火把遠遠照着。李逵大踏步直搶到房邊，只見房内隱隱的有燈。李逵把眼看時，見一個後生摟着一個婦人，在那裏説話。李逵一脚踢開了房門，斧到處只見砍得火光爆散，霹靂交加。定睛打一看時，原來把燈盞砍翻了。那後生却待要走，被李逵大喝一聲，斧起處，早把後生砍翻，這婆娘便鑽入牀底下躲了。李逵把那漢子先一斧砍下頭來，佛。提在牀上，把斧敲着牀邊，喝道：「婆娘，你快出來！若不鑽出來時，和牀都剁的粉碎！」婆娘連聲叫道：「你饒我性命，我出來。」却纔鑽出頭來，被李逵揪住頭髮，直拖到死屍邊問道：「我殺的這厮是誰？」〔眉〕李大哥也仔細，奇，奇。婆娘道：「是我奸夫王小二。」李逵又問道：「磚頭飯食，那裏得來？」婆娘道：「這是我把金銀頭面與他，三二更從墻上運將入來。」李逵道：「這等腌臢婆娘，要你何用？」揪到牀邊，一斧砍下頭來，佛。把兩個人頭拴做一處，再提婆娘屍首，和漢子身屍相併。李逵道：「吃得飽，正没消食處。」趣。就解下上半截衣裳，拿起雙斧，看着兩個死屍，一上一下，恰似發擂的，亂剁了一陣。李逵笑道：「眼見這兩個不得活了。」趣。插起大斧，提着人頭，大叫出廳前來：「兩個鬼我都捉了。」趣。

撇下人頭。滿莊裏人都吃一驚，都來看時，認得這個是太公的女兒，那個人頭無人認得。數内一個莊客相了一回，認出道：「有些像東村頭會粘雀兒的王小二。」李逵道：「這個莊客到眼乖。」太公道：「師父怎生得知？」李逵道：「你女兒躲在牀底下，被我揪出來問時，説道他是奸夫王小二。吃的飲食都是他運來，問了備細方纔下手。」太公哭道：「師父，留得我女兒也罷！」好老兒，真亡八。李逵罵道：「打脊老牛，〔眉〕罵得好。女兒偷了漢子，兀自要留他。你恁地哭時，倒要賴我，不謝將我。明日却和你説話。」妙。燕青尋了個房，和李逵自去歇息。太公却引人點着燈燭，入房裏去看時，照見兩個没頭屍首，剁做十來段，丢在地下。太公、太婆煩惱啼哭，便叫人扛出後面去燒化了。李逵睡到天明，跳將起來，對太公道：「昨夜與你捉了鬼，你如何不謝將？」妙。太公只得收拾酒食相待，李逵、燕青吃了便行。狄太公自理家事。除却奸淫，有詩爲證：

惡性掀騰不自由，房中剁却兩人頭。癡翁猶自傷情切，獨立西風哭未休。世人多有此。

且説李逵和燕青離了五柳村，依前上路，此時草枯地闊，木落山空，於路無話。兩個因寬轉梁山泊北，到寨尚有七八十里，巴不到山，離荆門鎮不遠。當日天晚，兩個奔到一個大莊院敲門。燕青道：「俺們尋客店中歇去。」李逵道：「這大户人家，却不强似客店多少。」是。説猶未了，莊客出來回話道：「我主太公正煩惱哩，你兩個别處去歇。」李逵直走入去，燕青拖扯不住，直到草廳上。李逵口裏叫道：「過往客人，借宿一宵，打甚鳥緊！」妙。便道太公煩惱，我正要和煩惱的説話。」裏面太公張時，看見李逵生得兇惡，暗地教人出來接納，請去廳外側首，有間耳房，叫他兩個安歇。造些飯食，與他兩個吃着，他裏面去睡。多樣時，搬出飯來，兩個吃了，就便歇息。

李逵當夜没些酒，在土坑子上翻來復去睡不着。只聽得太公、太婆在裏面哽哽咽咽的哭。李逵心焦，那雙眼怎地得合。巴到天明，跳將起來，便向廳前問道：「你家甚麼人哭？這一夜攪得老爺睡不着。」一些不自是。太公聽了，只得出來答道：「我家有個女兒，年方一十八歲，吃人搶了去，以〈去〉（此）煩惱。」李逵罵道：「打脊老牛！男大須婚，女大須嫁，煩惱做甚麼？」妙。太公道：「不是與他，强奪了去。」李逵道：「又來作怪，奪你女兒的是誰？」太公道：「我與你説他姓名，驚得你屁滾尿流，他是梁山泊頭領宋江，有一百單八個好漢！不算小軍。」李逵道：「我且問你，他是幾個來？」太公道：「兩日前他和一個小後生，各騎着一疋馬來。」李逵便叫：「燕小乙哥，你來聽這老兒説的話，俺哥哥原來心是口非，不是好人了也。」〔眉〕真人。燕青道：「大哥莫要造次，定没這事。」李逵道：「他在東京，兀自去李師師家去，到這裏怕不做出來？」是。李逵道：「你莊裏有飯，討些我們吃。」對太公説道：「我便是梁山泊黑旋風李逵，這個便是浪子燕青，既是宋江奪了你的女兒，我去討來還你。」太公拜謝了，李逵、燕青逕望梁山泊來，路上無話。

直到忠義堂上，宋江見了李逵、燕青回來，便問道：「兄弟你兩個那裏來，錯了許多路，如今方到？」李逵那裏應答，睁圓怪眼，拔出大斧，先砍倒了杏黄旗，把「替天行道」四個字扯做粉碎。〔眉〕真人。衆人都吃一驚。宋江喝道：「黑廝又做甚麽？」李逵拿了雙斧，搶上堂來，逕奔宋江。當有關勝、林沖、秦明、呼延灼、董平五虎將慌忙攔住，奪了大斧，揪下堂來。宋江大怒，喝道：「這廝又來作怪，你且説我的過失。」李逵氣做一團，那裏説得出。有詩爲證：

依草凶徒假姓名，花顔閨女强擡行。李逵不細窮來歷，浪説公明有此情。

且説燕青向前道：「哥哥聽稟一路上備細。他在東京城外客店裏跳將出來，拏着雙斧要去劈門，被我一交攧翻，拖將起來，説與他哥哥已自去了，獨自一個風甚麽？恰纔信小弟説。不敢從大路走，他又没了頭巾，把頭髮綰做兩個丫髻，正來到四柳村狄太公莊上，他去做法官捉鬼，正拿了他女兒並奸夫兩個，都剁做肉醬。後來却從大路西邊上山，他定要大寬轉，將近荆門鎮，當日天晚了，便去劉太公莊上投宿。只聽得太公兩口兒一夜啼哭，他睡不着，巴得天明，起去問他。劉太公説道：『兩日前梁山泊宋江和一個年紀小的後生，騎着兩匹馬來莊上來。老兒聽得説是替天行道的人，因此叫這十八歲的女兒出來把酒。吃到半夜，兩個把他女兒奪了去。』李逵大哥聽了這話，便道是實。我再三解説道：『俺哥哥不是這般的人，多有依草附木、假名托姓的在外頭胡做。』〔眉〕呵呵！道學可假，强盗亦要假。大奇，大奇。李大哥道：『我見他在東京時，兀自戀着唱的李師師不肯放，不是他是誰？』因此來發作。」宋江聽罷便道：「這般屈事，怎地得知，如何不説？」李逵道：「我閑常把你做好漢，你原來却是畜生。是。你做得這等好事！」宋江喝道：「你且聽我説，我和三二千軍馬回來，兩疋馬落路時，須瞞不得衆人，若還得一個婦人，必然只在寨裏，你却去我房裏搜看。」李逵道：「哥哥你説甚麽鳥閑話！山寨裏都是你手下的人，護你的多，是。那裏不藏過了。我當初敬你是個不貪色慾的好漢，你原正是酒色之徒，殺了閻婆惜，便是小樣。去東京養李師師，便是大樣。也是。你不要賴，早早把女兒送還老劉，倒有個商量。你若不把女兒還他時，我早做早殺了你，晚做晚殺了你。」宋江道：「你且不要鬧攘，那劉太公不死，莊客都在，俺們同去面對。若還對番了，就那裏舒着脖子受你板斧。如若對不番，你這廝没上下，當得何罪？」李逵道：「我若還拏你不着，便輸這顆頭與你。」真人。宋江道：「最好，你衆兄弟都是證見。」便叫鐵面孔目裴宣寫了賭賽軍令狀二紙，兩個各書了字。宋江的把與李逵收了，李逵的把與宋江收了。李逵又道：「這後生不是別人，只是柴進。」是。柴進道：「我便同去。」李逵道：「不怕你不來，若到那裏，對番了之時，不怕你柴大官人是〈王〉（米）大官人，也吃我幾斧。」柴進道：「這個不妨，你先去那裏等，我們前去時，又怕有蹺蹊。」李逵道：「正是。」便喚了燕青：「俺兩個依前先去，他若不來，便是心虛，是。回來罷休不得。」有詩爲證：

李逵鬧攘没干休，要砍梁山寨主頭。欲辯是非分彼此，劉家莊上問來由。

燕青與李逵再到劉太公莊上，太公接見問道：「好漢所事如何？」李逵道：「如今我那宋江他自來教你認他。你和太婆並莊客都仔細認他，若還是時，只管實説，不要怕他，我自替你做主。」真漢子。只見莊客報道：「有十數騎馬來到莊上了。」李逵道：「正是了。」側邊屯住了人馬，只教宋江、柴進入來。宋江、柴進逕到草廳上坐下。李逵提着板斧立在側邊。妙。只等老兒叫聲「是」，李逵便要下手。那劉太公近前來，拜了宋江。李逵問老兒道：「這個是奪你女兒的不是？」那老兒睜開尫羸眼，打拍老精神，定睛看了，道：「不是。」宋江對李逵道：「你却如何？」李逵道：「你兩個先着眼瞅他，這老兒懼怕你，便不敢説是。」趣。宋江道：「你便叫滿莊人都來認我。」李逵隨即叫衆莊客人等認時，齊聲叫道：「不是。」宋江道：「劉太公，我便是梁山泊宋江，這位兄弟便是柴進。你的女兒多是吃假名托姓的騙將去了。你若打聽得出來，報上山寨，我與你做主。」宋江對李逵道：「這裏不和你説話，你回來寨裏自有辯理。」宋江、柴進自與一行人馬先回大寨去了。

燕青道：「李大哥怎地好？」李逵道：「只是我性緊上錯做了事，原不錯。既然輸了這顆頭，我自一刀割將下來，你把去獻與哥哥便了。」真漢子。燕青道：「你没來由尋死做甚麽？我教你一個法，則唤做『負荆請罪』。」李逵道：「怎地是負荆？」燕青道：「自把衣服脱了，將麻繩綁縛了，脊梁上背着一把荆杖，拜伏在忠義堂前，告道『由哥哥打多少』，他自然不忍下手，這個唤做『負荆請罪』。」李逵道：「好却好，只是有些惶恐，不如割了頭去乾浄。」妙人。燕青道：「山寨裏都是你弟兄，何人笑你？」李逵没奈何，只得同燕青回寨來，負荆請罪。有詩爲證：

三家對證已分明，方顯公平正大情。此日負荆甘請罪，可憐噂沓愧餘生。有甚愧？

却説宋江、柴進先歸到忠義堂上，和衆弟兄們正説李逵一事。只見黑旋風脱得赤條條地，背上負着一把荆杖，跪在堂前，低着頭，口裏不做一聲。宋江笑道：「你那黑厮怎地負荆，只這等饒了你不成？」李逵道：「兄弟的不是了，哥哥揀大棍打幾十罷！」宋江道：「我和你賭砍頭，你如何却來負荆？」李逵道：「哥哥既是不肯饒我，把刀來割這顆頭去，也是了當。」妙人。衆人都替李逵陪話。宋江道：「若要我饒他，只教他捉得那兩個〈做〉（假）宋江，討得劉太公女兒來還他，這等方纔饒你。」這也是。李逵聽了，跳將起來，説道：「我去！瓮中捉鱉，手到拿來。」宋江道：「他是兩個好漢，又有兩副鞍馬，你只獨自一個，如何近傍得他？再叫燕青和你同去。」燕青道：「哥哥差遣，小弟願往。」便去房中取了弩子，綽了齊眉桿棒，隨着李逵，再到劉太公莊上。燕青細問他來情，劉太公説道：「日平西時來，三更裏去了，不知所在，又不敢跟去。那爲頭的生的矮小，黑瘦面皮。第二個夾壯身材，短鬚大眼。」二人問了備細，便叫：「太公放心，好歹要救女兒還你。我哥哥宋公明的將令，務要我兩個尋將來，不敢違誤。」便叫煮下乾肉，做起蒸餅，各把料袋裝了，拴在身邊，離了劉太公莊上，先去正北上尋。但見荒僻無人煙去處，走了一兩日，絶不見些消耗。却去正東上又尋了兩日，直到淩州高唐界内，又無消息。李逵心焦面熱，却回來望西邊尋去，又尋了兩日，絶無些動静。

當晚兩個且向山邊一個古廟中供牀上宿歇。李逵那裏睡得着，爬起來坐地。只聽得廟外有人走的響，李逵跳將起來，開了廟門看時，只見一條漢子，提着把朴刀，轉過廟後土崗子上去。李逵在背後跟去，燕青聽得，拿了弩弓，提了桿棒，隨後趕來。叫道：「李大哥不要趕，我自有道理。」是夜月色朦朧，燕青遞桿棒與了李逵，遠遠望見那漢低着頭，只顧走。燕青趕近，搭上箭弩弦穩放，叫聲「如意子不要誤我」，只一箭正中那漢的右腿，撲地倒了。李逵趕上，劈衣領揪住，直拿到古廟中，喝問道：「你把劉太公的女兒搶的那裏去了？」那漢告道：「好漢，小人不知此事，不曾搶甚劉太公女兒。小人只是這裏剪徑，做些小買賣，那裏敢大弄搶奪人家子女。」李逵把那漢綑做一塊，提起斧來喝道：「你若不實説，砍你做二十段。」那漢叫道：「且放小人起來商議。」燕青道：「漢子，我且與你拔了這箭。」放將起來，問道：「劉太公女兒端的是甚麽人搶了去？只是你這裏剪徑的，你豈可不知些風聲？」那漢道：「小人胡猜，未知真實。離此間西北上，約有十五里，有一座山，唤做牛頭山，山上舊有一個道院。近來新被兩個强人，一個姓王名江，一個姓董名海，這兩個都是緑林中草賊。先把道士道童都殺了，隨從只有五七個伴當，占住了道院，專一下來打劫，但到處只稱是宋江，多敢是這兩個搶了去。」有詩爲證：

尋賊潛居古廟堂，風寒月冷轉淒涼。夜深偶獲山林客，説出强徒是董王。

燕青道：「這話有些來歷。漢子你休怕我，我便是梁山泊浪子燕青，他便是黑旋風李逵，我與你調理箭瘡，你便引我兩個到那裏去。」那人道：「小人願往。」燕青去尋朴刀還了他，又與他扎縛了瘡口，趁着月色微明，燕青、李逵扶着他，走過十五里來路。到那山看時，苦不甚高，果似牛頭之狀，形如卧牛之勢。三個上這山來，天尚未明。來到山頭看時，團團一遭，土墻裏面約有二十來間房子。李逵道：「我與你先跳將入去。」燕青道：「且等天明却理會。」李逵那裏忍耐得，騰地跳將過去了。只聽得裏面有人喝聲，門開處早有人出來，便挺朴刀來奔李逵。燕青生怕撅撒了事，拄着桿棒也跳過墻來。那中箭的漢子一道煙走了。燕青見這出來的好漢正鬥李逵，潛身暗行，一棒正中那好漢臉頰骨上，倒入李逵懷裏來，被李逵後心只一斧，砍翻在地。只見裏面絶不見一個人出來。燕青道：「這厮必有後路走了，我與你去截住後門，你却把着前門，不要胡亂入去。」且説燕青來到後門墻外，伏在黑暗處，只見後門開處，早有一條漢子拏了鑰匙來開後面墻門。燕青轉將過去，那漢見了，遶房簷便走出前門來。燕青大叫：「前面截住！」李逵搶將過來，只一斧，劈胸膛砍倒。便把兩顆頭都割下來，拴做一處。李逵性起，砍將入去，泥神也似都推倒了。那幾個伴當躲在竈前，被李逵趕去，一斧一個都殺了。來到房中看時，果然見那個女兒在牀上嗚嗚的啼哭。看那女子，雲鬢花顔，其實艶麗。有詩爲證：

弓鞋窄窄剪春羅，香沁酥胸玉一窩。麗質難禁風雨驟，不勝幽恨蹙秋波。

燕青問道：「你莫不是劉太公女兒？」那女子答道：「奴家正是劉太公女兒。十數日之前，被這兩個賊擄在這裏，每夜輪一個將奴家奸宿。奴家晝夜淚雨成行，要尋死處，被他監看得緊。今日得將軍搭救，便是重生父母，再養爹娘。」燕青道：「他有那兩疋馬，在那裏放着？」女子道：「只在東邊房内。」燕青備上鞍子，牽出門外，便來收拾房中積攢下的黄白之資，約有三五千兩。燕青便叫那女子上了馬，將金銀包了，和人頭抓了拴在一疋馬上。李逵縛了個草把，將窗下殘燈，把草房四邊點着燒起，他兩個開了墻門，步送女子金資下山，直到劉太公莊上。爹娘見了女子，十分歡喜，煩惱都没了，盡來拜謝兩位頭領。燕青道：「你不要謝我兩個，你來寨裏拜謝俺哥哥宋公明。」兩個酒食都不肯吃，一家騎了一疋馬，飛奔山上來。回到寨中，紅日啣山之際，都到三關之上。兩個牽着馬，馱着金銀，提了人頭，逕到忠義堂上，拜見宋江。

燕青將前事一一説了一遍，宋江大喜，叫把人頭埋了，金銀收拾庫中，馬放去戰馬羣内喂養。次日設筵宴與燕青、李逵作賀。劉太公也收拾金銀上山來，到忠義堂上拜謝宋江。宋江那裏肯受，與了酒飯，教送下山回莊去了，不在話下。梁山泊自此無話。

不覺時光迅速，看看鵝黄着柳，漸漸鴨緑生波。桃腮亂簇紅英，杏臉微開絳蕊。山前花，山後樹，俱各萌芽；洲上蘋，水中蘆，都回生意。穀雨初晴，可是麗人天氣；禁煙纔過，正當三月韶華。宋江正坐，只見關下解一夥人到，預先報上山來。說道：「拏得一夥牛子，有七八個車箱，又有幾束哨棒。」宋江看時，這夥人都是彪形大漢，跪在堂前告道：「小人等幾個，直從鳳翔府來，今上泰安州燒香。目今三月二十八日，天齊聖帝降誕之辰，我每都去臺上使棒。一連三日，何止有千百對在那裏。今年有個撲手好漢，是太原府人氏，姓任名原，身長一丈，自號擎天柱，口出大言，說道：『相〈出〉（撲）世間無對手，争交天下我爲魁。』聞他兩年曾在廟上争交，不曾有對手，白白地拿了若干利物。今年又貼招兒，單搦天下人相撲。小人等因這個人來，一者燒香，二乃爲看任原本事，三來也要偷學他幾路好棒。伏望大王慈悲則個！」宋江聽了，便叫小校快送這夥人下山去，分毫不得侵犯。今後遇有往來燒香的人，休要驚嚇他，任從過往。那夥人得了性命，拜謝下山去了。只見燕青起身，稟覆宋江，説無數句，話不一席，有分教：閧動了泰安州，大鬧了祥符縣。正是東嶽廟中雙虎鬥，嘉寧殿上二龍争。畢竟燕青說出甚麽話來，且聽下回分解。

卓吾曰：宋公明已是假道學了，又有假假道學的，好笑，好笑。又曰：李大哥真是忠義漢子，他聽得宋公明做出這件事來，就要殺他，那裏再問仔細。此時若參些擬議進退，便不是李大哥了。所稱畏友非耶？交藉中何可少此人！交藉中何可少此人！

燕青智撲擎天柱

李逵壽昌喬坐衙

第七十四回　燕青智撲擎天柱　李逵壽張喬坐衙

古風一首：

罡星飛出東南角，四散奔流遶寥廓。徽宗朝内長英雄，弟兄聚會梁山泊。中有一人名燕青，花繡遍身光閃爍。鳳凰踏碎玉玲瓏，孔雀斜穿花錯落。一團俊俏真堪誇，萬種風流誰可學。錦體社内奪頭籌，東嶽廟中相賽博。功成身退避嫌疑，心明機巧無差錯。世間無物堪比論，金風未動蟬先覺。

話説這一篇詩，單道着燕青，他雖是三十六星之末，果然機巧心靈，多見廣識，了身達命，都强似那三十五個。當日燕青稟宋江道：「小乙自幼跟着盧員外，學得這身相撲，江湖上不曾逢着對手。今日幸遇此機會，三月二十八日又近了，小乙並不要帶一人，自去獻臺上，好歹攧他攧一交。若是輸了攧死，永無怨心。倘或贏時，也與哥哥增些光彩。有甚光彩？這日必然有一場好鬧，哥哥却使人救應。」〔眉〕只因坐不過，不當做也做。宋江説道：「賢弟，聞知那人身長一丈，貌若金剛，約有千百斤氣力，你這般瘦小身材，總有本事，怎地近傍得他？」燕青道：「不怕他長大身材，只恐他不着圈套。常言道：相撲的有力使力，無力鬥智。非是燕青敢説口，臨機應變，看景生情，不到的輸與他那呆漢。」盧俊義便道：「我這小乙端的自小學成好一身相撲，隨他心意叫他去，至期盧某自去接應他回來。」宋江問道：「幾時可行？」燕青答道：「今日是三月二十四日了，來日拜辭哥哥下山，路上略宿一宵，二十六日趕到廟上，二十七日在那裏打探一日，二十八日却好和那厮放對。」

當日無事。次日，宋江置酒與燕青送行。衆人看燕青時，打扮得村村朴朴，將一身花繡，把納襖包得不見。扮做山東貨〈兒〉(郎)，腰裏插着一把串鼓兒，挑一條高肩雜貨擔子。諸人看了都笑。宋江道：「你既然裝做貨郎擔兒，你且唱個山東貨郎轉調歌與我衆人聽。」燕青一手撚串鼓，一手打板，唱出貨郎太平歌，與山東人不差分毫來去。趣。衆人又笑。酒至半酣之後，燕青辭了衆頭領下山。過了金沙灘，取路望泰安州來。有詩爲證：

驍勇燕青不可扳，當場〈鐵〉(跌)撲有機關。欲尋敵手相論較，特地驅馳上泰山。

當日天晚，正待要尋店安歇，只聽得背後有人叫道：「燕小乙哥，等我一等！」燕青歇下擔子看時，却是黑旋風李逵。燕青道：「你趕來怎地？」李逵道：「你相伴我去荆門鎮走了兩遭，我見你獨自個來，放心不下，不曾對哥哥説知，偷走下山，特來幫你。」忠義。〔眉〕李大哥做事必奇，説話必趣，天縱之也。燕青道：「我這裏用你不着，你快早早回去。」李逵焦躁起來，説道：「你便是真個了得的好漢，我好意來幫你，好。你道翻成惡意，我却偏鳥要去！」是。燕青尋思，怕壞了義氣，便對李逵説道：「和你去。不争那裏聖帝生日，都有四山五嶽的人聚會，認的你的頗多，你依的我三件事，便和你同去。」李逵道：「依得。」燕青道：「從今路上和你前後各自走，一〈覺〉〈脚〉到客店裏，入得店門，你便自不要出來，這是第一件了。第二件，到得廟上客店裏，你只推病，把被包了頭臉，假做打齁睡，便不要做聲。第三件，當日廟上你挨在稠人中看争交時，不要大驚小怪。大哥依得麼？」李逵道：「有甚難處，都依你便了。」妙人。〔眉〕李大哥是每意必同我者也。

當晚兩個投客店安歇。次日五更起來，還了房錢，同行到前面打火，吃了飯。燕青道：「李大哥，你先走半里，我隨後來也。」那條路上，只見燒香的人，來往不絶，多有講説任原的本事，「兩年在泰嶽無對，今年又經三年了。」燕青聽得，有在心裏。申牌時候，將近廟上，傍邊衆人都立定脚，仰面在那裏看。燕青歇下擔兒，分開人叢，也挨向前。看時只見兩條紅標柱，恰似坊巷牌額一般相似，上立一面粉牌，寫道：「太原相撲擎天柱任原」，傍邊兩行小字道：「拳打南山猛虎，脚踢北海蒼龍。」燕青看了，便扯扁擔將牌打得粉碎，也不説甚麼，再挑了擔兒望廟上去了。看的衆人，多有好事的，飛報任原説：「今年有劈牌放對的。」

且説燕青前面迎着李逵，便來尋客店安歇。原來廟上好生熱鬧，不算一百二十行經商買賣，只客店也有一千四五百家，延接天下香官。到菩薩聖節之時，也没安着人處，許多客店都歇滿了。燕青、李逵只得就市梢頭賃一所客店安下，把擔子歇了，取一牀夾被教李逵睡着。店小二來問道：「大哥是山東貨郎，來廟上趕趁，怕敢出房錢不起？」燕青打着鄉談説道：「你好小覷人！一間小房值得多少！便比一間大房錢，没處去了，別人出多少房錢，我也出多少還你。」店小二道：「大哥休怪，正是要緊的日脚，先説得明白最好。」燕青道：「我自來做買賣，倒不打緊，那裏不去歇了。不想路上撞見了這個鄉中親戚，見患氣病，因此只得要討你店中歇。我先與你五貫銅錢，央及你就鍋中替我安排些茶飯，臨起身一發酬謝你。」小二哥接了銅錢，自去門前安排茶飯，不在話下。有詩爲證：

李逵平昔性剛强，相伴燕青上廟堂。只恐途中閑惹事，故令推病卧枯牀。

没多時候，只聽得店門外熱鬧，二三十條大漢走入店裏來，問小二哥道：「劈牌定對的好漢，在那房裏安歇？」店小二道：「我這裏没有。」那夥人道：「都説在你店中。」小二哥道：「只有兩眼房，空着一眼，一眼是個山東貨郎，扶着一個病漢賃了。」那一夥人道：「正是那個貨郎兒劈牌定對。」店小二道：「休道別人取笑，那貨郎兒是一個小小後生，做得甚用？」你那得知？〔眉〕知己最難，可恨，可嘆。那夥人齊道：「你只引我們去張一張。」店小二指道：「那隔落頭房裏便是。」衆人來看時，見緊閉着房門，都去窗子眼裏張時，見裏面牀上兩個人脚厮抵睡着。衆人尋思不下，數内有一個道：「既是敢來劈牌，要做天下對手，不是小可的人，怕人算他，以定是假裝做害病的。」此人通得。衆人道：「正是了。都不要猜，臨期便見。」不到黄昏前後，店裏何止三二十夥人來打聽，分説得店小二口唇也破了。當晚搬飯與二人吃，只見李逵從被窩裏鑽出頭來，小二哥見了吃一驚，叫聲：「阿也！這個是争交的爺爺了。」趣。〔眉〕皮相。燕青道：「争交的不是他，他自病患在身，我便是遥來争交的。」小二哥道：「你休要瞞我，我看任原吞得你在肚裏。」燕青道：「你休笑我，我自有法度，教你們大笑一場，回來多把利物賞你。」小二哥看他兩個吃了晚飯，收了碗碟自去廚頭洗刮，心中只是不信。

次日，燕青和李逵吃了些早飯，分付道：「哥哥，你自拴了房門高睡。」燕青却隨了衆人，來到岱嶽廟裏看時，果然是天下第一。但見：

廟居岱嶽，山鎮乾坤，爲山嶽之至尊，乃萬神之領袖。山頭伏檻，直望見弱水蓬萊；絶頂攀松，盡都是密雲薄霧。樓臺森聳，疑是金烏展翅飛來；殿角稜層，定覺玉兔騰身走到。雕梁畫棟，碧瓦朱簷，鳳扉亮槅映黄紗，龜背綉簾垂錦帶。遥觀聖像，九旒冕舜目堯眉；近睹神顔，衮龍袍湯肩禹背。九天司命，芙蓉冠掩映絳綃衣；炳靈聖公，赭黄袍偏稱藍田帶。左侍下玉簪珠履，右侍下紫綬金章。閻殿威嚴，護駕三千金甲將；兩廊勇猛，勤王十萬鐵衣兵。五嶽樓相接東宫，仁安殿緊連北闕。蒿里山下，判官分七十二司；白騾廟中，土神按二十四氣。管火池鐵面太尉，月月通靈；掌生死五道將軍，年年顯聖。御香不斷，天神飛馬報丹書；祭祀依時，老幼望風皆獲福。嘉寧殿祥雲杳靄，正陽門瑞氣盤旋。萬民朝拜碧霞君，四遠歸依仁聖帝。

當時燕青遊玩了一遭，却去草參亭參拜了四拜，問燒香的道：「這相撲任教師在那裏歇？」便有好事人説：「在迎恩橋下那個大客店裏便是。他教着二三百個上足徒弟。」燕青聽了，逕來迎恩橋下看時，見橋邊欄杆子上坐着二三十個相撲子弟，面前遍插鋪金旗牌，錦繡帳額，等身靠背。燕青閃入客店裏去看，見任原坐在亭心上，真乃有揭諦儀容，金剛貌相。坦開胸脯，顯存孝打虎之威；側坐胡牀，有霸王拔山之勢。在那裏看徒弟相撲。數内有人認得燕青曾劈牌來，暗暗報與任原。只見任原跳將起來，搧着膀子，口裏説道：「今年那個合死的，來我手裏納命。」畫。燕青低了頭，急出店門，聽得裏面都笑。畫。急回到自己下處，安排些酒食，與李逵同吃了一回。李逵道：「這們睡，悶死我也。」燕青道：「只有今日一晚，明日便見雌雄。」當時閑話都不必説。

三更前後，聽得一派鼓樂響，乃是廟上衆香官與聖帝上壽。四更前後，燕青、李逵起來，問店小二先討湯，洗了面，梳光了頭，脱去了裏面納襖，下面牢拴了緄綳護膝，匾扎起了熟絹水褌，穿了多耳麻鞋，上穿汗衫，搭膊繫了腰。兩個吃了早飯，叫小二分付道：「房中的行李，你與我照管。」店小二應道：「並無失脱，早早得勝回來。」只這小客店裏，也有三二十個燒香的，都對燕青道：「後生，你自斟酌，不要枉送了性命。」燕青道：「當下小人喝采之時，衆人可與小人奪些利物。」衆人都有先去了的。李逵道：「我帶了這兩把板斧去也好。」趣。燕青道：「這個却使不得，被人看破，誤了大事。」當時兩個雜在人隊裏，先到廊下做一塊兒伏了。那日燒香的人，真乃亞肩疊背，偌大一個東嶽廟，一湧便滿了，屋脊梁上都是看的人。朝着嘉寧殿，扎縛起山棚。棚上都是金銀器皿，錦繡段疋，門外拴着五頭駿馬，全副鞍轡。知州禁住燒香的人，看這當年相撲獻聖。一個年老的部署，拏着竹批，上得獻臺，參神已罷，便請今年相撲的對手出馬爭交。

説言未了，只見人如潮湧，却早十數對哨棒過來，前面列着四把繡旗，那任原坐在轎上，這轎前轎後，三二十對花肐膊的好漢，前遮後擁，來到獻臺上。大凡外面齊整的，決不濟事。部署請下轎來，開了幾句温暖的呵會。任原道：「我兩年到岱嶽奪了頭籌，白白拿了若干利物，今年必用脱膊。」説罷，見一個拿水桶的上來。任原的徒弟都在獻臺邊，一週遭都密密地立着。且説任原先解了搭膊，除了巾幘，虚籠着蜀錦襖子，喝了一聲參神喏，受了兩口神水，脱下錦襖。百十萬人齊喝一聲采。看那任原時，怎生打扮？

頭綰一窩穿心紅角子，腰繫一條絳羅翠袖。三串帶兒，拴十二個玉蝴蝶牙子扣兒，主腰上，排數對金鴛鴦踅褶襯衣。護膝中有銅鐺銅袴，繳臁內有鐵片鐵環。扎腕牢拴，踢鞋緊繫。世間架海擎天柱，嶽下降魔斬將人。

那部署道：「教師兩年在廟上不曾有對手，今年是第三番了。教師有甚言語，安覆天下衆香官？」任原道：「四百座軍州，七千餘縣治，好事香官，恭敬聖帝，都助將利物來！任原兩年白受了，今年辭了聖帝還鄉，再也不上山來了。未必。東至日出，西至日没，兩輪日月，一合乾坤，南及南蠻，北濟幽燕，敢有和我争利物的麽？」説猶未了，燕青納〈出來〉着兩邊人的肩臂，口中叫道：「有！有！」從人背上直飛搶到獻臺上來。衆人齊發聲喊。那部署接着問道：「漢子，你姓甚名誰？那裏人氏？你從何處來？」燕青道：「我是山東張貨郎，特地來和他争利物。」那部署道：「漢子，性命只在眼前，你省得麽？你有保人也無？」燕青道：「我是保人，死了要誰償命！」妙。部署道：「你且脱膊下來看。」燕青除了頭巾，光光的梳着個角兒，脱下草鞋，赤了雙脚，蹲在獻臺一邊。解了腿綳護膝，跳將起來，把布衫脱將下來，吐個架子。則見廟裏的看官，如攪海翻江相似，迭頭價喝采。衆人都呆了。任原看了他這花繡急健身材，心裏倒有五分怯他。

殿門外月臺上，本州太守坐在那裏彈壓，前後皂衣公吏，環列七八十對，隨即使人來叫燕青下獻臺，直到面前。太守見了他這身花繡，一似玉亭柱上鋪着軟翠，心中大喜。問道：「漢子，你是那裏人家？因何到此？」燕青道：「小人姓張，排行第一，山東萊州人氏。聽得任原搦天下人相撲，特來和他争交。」知州道：「前面那疋全副鞍馬，是我出的利物，把與任原。山棚上應有物件，我主張分一半與你，你兩個分了罷，我自擡舉你在我身邊。」（眉）太守也武斷，可恨。燕青道：「相公，這利物到不打緊，只要攧翻他，教衆人取笑，圖一聲喝采。」妙人。知州道：「他是金剛般一條大漢，你敢近他不得！」那個與你比大小。燕青道：「死而無怨。」妙。再上獻臺來，要與任原定對。部署問他先要了文書，懷中取出相撲社條，讀了一遍，對燕青道：「你省得麽？不許暗算。」燕青冷笑道：「他身上都有准備，我單單只這個水褌兒，暗算他甚麽？」是。知州又叫部署來分付道：「這般一個漢子，俊俏後生，可惜了。你去與他分了這撲。」婦人之仁。部署隨即上獻臺，又對燕青道：「漢子，你留了性命還鄉去，我與你分了這撲。」燕青道：「你好不曉事，知是我贏我輸。」是。衆人都和起來，只見分開了數萬香官，兩邊排得似魚鱗一般，廊廡屋脊上也都坐滿，只怕遮着了這對相撲。任原此時，有心恨不得把燕青丢去九霄雲外，跌死了他。部署道：「既然你兩個要相撲，今年且賽這對獻聖。都要小心着，各各在意。」浄浄地獻臺上只三個人。此時宿霧盡收，旭日初起，部署拏着竹批，兩個分付已了，叫聲：「看撲。」這個相撲，一來一往，最要説得分明。説時遲，那時疾，正如空中星移電掣相似，些兒遲慢不得。

當時燕青做一塊兒蹲在右邊，任原先在左邊立個門户，燕青則不動彈。初時獻臺上各占一半，中間心裏合交。任原見燕青不動彈，看看逼過右邊來。燕青只瞅他下三面。任原暗忖道：「這人必來算我下三面，你看我不消動手，只一脚踢這厮下獻臺去。」有詩爲證：

百萬人中較藝强，輕生捐命等尋常。試看兩虎相吞啖，必定中間有一傷。

任原看看逼將入來，虚將左脚賣個破綻，燕青叫一聲：「不要來！」任原却待奔他，被燕青去任原左脇下穿將過去。任原性起，急轉身又來拿燕青，被燕青虚躍一躍，又在右脇下鑽過去。大漢轉身，終是不便，三換換得脚步亂了。燕青却搶將入去，用右手扭住任原，探左手插入任原交襠，用肩胛頂住他胸脯，把任原直托將起來，頭重脚輕，借力便旋五旋，旋到獻臺邊，叫一聲：「下去！」把任原頭在下，脚在上，直攛下獻臺來。這一撲，名换做鵓鴿旋。數萬香官看了，齊聲喝采。那任原的徒弟們，見攧翻了他師父，先把山棚拽倒，亂搶了利物。衆人亂喝打時，那二三十徒弟搶入獻臺來。知州那裏治押得住。不想傍邊惱犯了這個太歲，却是黑旋風李逵看見了，睜圓怪眼，倒竪虎鬚，面前别無器械，便把杉刺子撧葱般拔斷，妙。拏兩條杉木在手，直打將來。〔眉〕此處都用着李大哥了。香官數内有人認得李逵的，説將出名姓來，外面做公的人齊入廟裏，大叫道：「休教走了梁山泊黑旋風！」那知州聽得這話，從頂門上不見了三魂，脚底下疏失了七魄，便投後殿走了。四下裏的人湧併圍將來，廟裏香官各自奔走。李逵看任原時，跌得昏暈，倒在獻臺邊，口内只有些游氣。李逵揭塊石板，把任原頭打得粉碎。佛。兩個從廟裏打將出來，門外弓箭亂射入來。燕青、李逵只得爬上屋去，揭瓦亂打。

不多時，只聽得廟門前喊聲大舉，有人殺將入來。當頭一個頭領，白范陽氊笠兒，身穿白段子襖，挎口腰刀，挺條朴刀，那漢是北京玉麒麟盧俊義。後面帶着史進、穆弘、魯智深、武松、解珍、解寶七條好漢，引一千餘人殺開廟門，入來策應。燕青、李逵見了，便從屋上跳將下來，跟着大隊便走。李逵又去客店裏拿了雙斧，趕來厮殺。妙。這府裏整點得官軍來時，那夥好漢已自去得遠了。官兵已知梁山泊人衆難敵，不敢來追趕。却説盧俊義便叫收拾李逵回去，行了半日，路上又不見了李逵，奇。盧俊義又笑道：「正是招災惹禍！必須使人尋他上山。」穆弘道：「我去尋他回寨。」盧俊義道：「最好。」

且不説盧俊義引衆還山，却説李逵手持雙斧，直到壽張縣。當日午衙方散，李逵來到縣衙門口，大叫入來：「梁山泊黑旋風爹爹在此！」趣。嚇得縣中人手脚都麻木了，動彈不得。原來這壽張縣貼着梁山泊最近，若聽得「黑旋風李逵」五個字，端的醫得小兒夜啼驚哭。今日親身到來，如何不怕。當時李逵逕去知縣椅子上坐了，口中叫道：「着兩個出來説話！不來時便放火。」趣。廊下房内衆人商量，只得着幾個出去答應，「不然，怎地得他去。」數内兩個吏員出來廳上拜了四拜，跪着道：「頭領到此，必有指使。」李逵道：「我不來打攪你縣裏人，因往這裏經過，閑耍一遭。請出你知縣來，我和他厮見。」趣。兩個去了，出來回話道：「知縣相公却纔見頭領來，開了後門，不知走往那裏去了。」好知縣。李逵不信，自轉入後堂房裏來尋，却見有那幞頭衣衫匣子在那裏放着。李逵扭開鎖，取出幞頭，插上展角，將來帶了，把緑袍公服穿上，把角帶繫了；再尋朝靴，換了麻鞋，拿着槐簡，走出廳前。〔眉〕趣人。大叫道：「吏典人等，都來參見！」趣。衆人没奈何，只得上去答應。李逵道：「我這般打扮也好麽？」衆人道：「十分相稱。」李逵道：「你們令史祗候，都與我排衙了便去。若不依我，這縣都翻做白地。」趣。衆人怕他，只得聚集些公吏人來，擎着牙杖、骨朵，打了三通擂鼓，向前聲喏。李逵呵呵大笑，快活。又道：「你衆人内，也着兩個來告狀。」趣。吏人道：「頭領在此坐地，誰敢來告狀？」李逵道：「可知人不來告狀，你這裏自着兩個裝做告狀的來告，我又不傷他，只是取一回笑耍。」趣。公吏人等商量了一回，只得着兩個牢子裝做厮打的來告狀，縣門外百姓都放來看。兩個跪在廳前，這個告道：「相公可憐見，他打了小人。」那個告：「他罵了小人，我纔打他。」李逵道：「那個是吃打的？」原告道：「小人是吃打的。」又問道：「那個是打了他的？」被告道：「他先罵了小人，是打他來。」李逵道：「這個打了人的是好漢，先放了他去。這個不長進的，怎地吃人打了？與我枷號在衙門前示衆。」千古絶唱。李逵起身把緑袍抓扎起，槐簡揣在腰裏，〔眉〕好個風流知縣。掣出大斧，直看着枷了那個原告人，號令在縣門前，方纔大踏步去了。妙。也不脱那衣靴。縣門前看的百姓，那裏忍得住笑。正〈是〉(在)壽張縣前，走過東，走過西，忽聽得一處學堂讀書之聲，李逵揭起簾子走將入去，嚇得那先生跳窗走了。畫。衆學生們哭的哭，叫的叫，跑的跑，躲的躲。〔眉〕李大哥是聖人，真是無可無不可。李逵大笑出門來，快活。正撞着穆弘。穆弘叫道：「衆人憂得你苦，你却在這裏風！快上山去！」那裏由他，拖着便走。李逵只得離了壽張縣，逕奔梁山泊來。有詩爲證：

牧民縣令古賢良，想是腌臢没主張。怪殺李逵無道理，琴堂鬧了鬧書堂。

二人渡過金沙灘，到得寨裏，衆人見了李逵這般打扮都笑。到得忠義堂上，宋江正與燕青慶喜，只見李逵放下緑襴袍，去了雙斧，摇摇擺擺，直至堂前。妙。執着槐簡，來拜宋江。拜不得兩拜，把這緑襴袍踏裂，絆倒在地。畫。衆人都笑。宋江罵道：「你這厮忒大膽，俗。不曾着我知道，私走下山，這是該死的罪過！屁。但到處便惹起事端。今日對衆兄弟説過，再不饒你。」李逵喏喏連聲而退。妙。梁山泊自此人馬平安，都無甚事。每日在山寨中教演武藝，操練人馬。令會水者上船習學。各寨中添造軍器、衣袍、鎧甲、鎗刀、弓箭、牌弩、旗幟，不在話下。

且説泰安州備將前事申奏東京，進奏院中，又有收得各處州縣申奏表文，皆爲宋江等反亂騷擾一事。大卿類總啓奏。是日景陽鐘響，都來到待漏院中伺候早朝，面奏天子。此時道君皇帝，有一個月不曾臨朝視事。當日早朝，正是：三下静鞭鳴御閣，兩班文武列金階。聖主臨朝，百官拜罷，殿頭官喝道：「有事出班早奏，無事捲簾退朝。」進奏院卿出班奏曰：「臣院中收得各處州縣累次表文，皆爲宋江等部領賊寇，公然直進府州，劫掠庫藏，搶擄倉廒，殺害軍民，貪厭無足。所到之處，無人可敵。若不早爲勦捕，日後必成大患。伏乞陛下聖鑑。」天子乃云：「去年上元夜，此寇鬧了京國，今年又往各處騷擾，何况那裏附近州郡。我已累次差遣樞密院進兵，至今不見回奏。」傍有御史大夫崔靖出班奏曰：「臣聞梁山泊上立一面大旗，上書『替天行道』四字。此是曜民之術，知己。民心既伏，不可加兵。即〈目〉〈日〉遼兵犯境，各處軍馬遮掩不及。若要起兵征伐，深爲不便。以臣愚意，此等山間亡命之徒，皆犯官刑，無路可避，遂乃嘯聚山林，恣爲不道。若降一封丹詔，光禄寺頒給御酒珍羞，差一員大臣直到梁山泊，好言撫諭，招安來降，假此以敵遼兵，公私兩便。伏乞陛下聖鑒。」〔眉〕此人着實使得。天子云：「卿言甚當，正合朕意。」聖主。便差殿前太尉陳宗善爲使，賫擎丹詔御酒前去招安梁山泊大小人數。是日朝散，陳太尉領了詔敕回家收拾。不争陳太尉捧詔招安，有分教：千千金戈鐵騎，密布山頭；簇簇戰艦艨艟，平鋪水面。惧沖邪祟，惱犯魔王。正是香醪翻做燒身藥，丹詔應爲引戰書。畢竟陳太尉怎地去招安宋江，且聽下回分解。

李卓老曰：燕青相撲，已屬趣事，然猶有所爲而爲也。何如李大哥做知縣、鬧學堂，都是逢場作戲，真個神通自在。未至不迎，既去不戀，活佛！活佛！

活閻羅倒船偷御酒

黑旋風扯詔謗徽宗

第七十五回　活閻羅倒船偷御酒　黑旋風扯詔謗徽宗

詩曰：

禍福淵潛未易量，兩人行事太猖狂。售奸暗抵黄封酒，縱惡明撕彩鳳章。爽口物多終作疾，快心事過必爲殃。距堙轒轀成虚謬，到此翻爲傀儡場。

話説陳宗善領了詔書，回到府中，收拾起身。多有人來作賀：「太尉此行，一爲國家幹事，二爲百姓分憂，軍民除害。梁山泊以忠義爲主，只待朝廷招安，太尉可着些甜言美語，加意撫恤。留此清名，以傳萬代。」正話間，只見太師府幹人來請，説道：「太師相邀太尉説話。」陳宗善上轎，直到新宋門大街太師府前下轎。幹人直引進節堂内書院中，見了太師，側邊坐下。茶湯已罷，蔡太師問道：「聽得天子差你去梁山泊招安，特請你來説知：到那裏不要失了朝廷綱紀，亂了國家法度。〔眉〕大頭〈申〉〈巾〉語，可惡！你曾聞《論語》有云：『行己有恥，使於四方，不辱君命，可謂使矣。』」又扯書了。陳太尉道：「宗善盡知，承太師指教。」蔡京又道：「我叫這個幹人，跟隨你去。他多省得法度，怕你見不到處，就與你提撥。」陳太尉道：「深感恩相厚意。」辭了太師，引着幹人，離了相府，上轎回家。方纔歇定，門吏來報：

「高殿帥下馬。」陳太尉慌忙出來迎接，請到廳上坐定。敍問寒温已畢，高太尉道：「今日朝廷商量招安宋江一事，若是高俅在内，必然阻住。况此賊輩，累辱朝廷，罪惡滔天，今更赦宥罪犯，引入京城，必成後患。是。〔眉〕也是。欲待回奏，玉音已出，且看天意何如。若還此寇仍昧良心，怠慢太尉，早早回京，不才奏過天子，整點大軍，親身到彼，剪草除根，是吾之願。〔眉〕此人還有些主意。太尉此去，下官手下有個虞候，能言快語，問一答十，好與太尉提撥事情。」陳太尉謝道：「感蒙殿帥憂心。」高俅起身，陳太尉送至府前，上馬去了。

次日，蔡太師府張幹辦，高殿帥府李虞候二人都到了。陳太尉拴束馬匹，整點人數，十將捧十瓶御酒裝在龍鳳擔内挑了，前插黄旗。陳太尉上馬，親隨五六人、張幹辦、李虞候都乘馬疋，丹詔背在前面，引一行人出新宋門。以下官員，亦有送路的，都回去了。迤逦來到濟州，太守張叔夜接着，請到府中，設筵相待。動問招安一節，陳太尉都説了備細。張叔夜道：「論某愚意，招安一事最好。只是一件，太尉到那裏，須是陪些和氣，用甜言美語撫卹他衆人，好共歹只要成全大事，〔眉〕亦是。太尉留個清名於萬古。他數内有幾個性如烈火的漢子，倘或一言半語衝撞了他，便壞了大事。」張幹辦、李虞候道：「放着我兩個跟着太尉，定不致差遲。太守你只管教小心和氣，須壞了朝廷綱紀。小輩人常壓着不得一半，若放他頭起，便做模樣。」〔眉〕大是。張叔夜道：「這兩個是甚麽人？」陳太尉道：「這一個人是蔡太師府内幹辦，這一個是高太尉府虞候。」張叔夜道：「只好教這兩位幹辦不去罷！」陳太尉道：「他是蔡府、高府心腹人，不帶他去，必然疑心。」張叔夜道：「下官這話，只是要好，恐怕勞而無功。」張幹辦道：「放着我兩個，萬丈水無涓滴漏。」張叔夜再不敢言語。一面安排筵宴，送至館驛内安歇。有詩爲證：

一封丹詔下青雲，特地招安水滸軍。可羨明機張叔夜，預知難以策華勳。

且説次日，濟州先使人去梁山泊報知。却説宋江每日在忠義堂上聚衆相會，商議軍情，早有細作人報知此事，未見真實，心中甚喜。當日有一人同濟州報信的，直到忠義堂上，説道：「朝廷今差一個太尉陳宗善，賫到十瓶御酒，赦罪招安丹詔一道，已到濟州城内，這裏准備迎接。」宋江大喜，遂取酒食並綵段二表裏，花銀十兩，打發報信人先回。宋江與衆人道：「我每受了招安，得爲國家臣子，不枉吃了許多時磨難，今日方成正果。」吴用説道：「論吴某的意，這番必然招安不成。縱使招安，也看得俺們如草芥。等這廝引將大軍來到，教他着些毒手，殺得他人亡馬倒，夢裏也怕，那時方受招安，纔有些氣度。」〔眉〕叛賊可惡。宋江道：「你們若如此説時，須壞了『忠義』二字。」林沖道：「朝廷中貴官來時，有多少裝么。中間未必是好事。」關勝便道：「詔書上必然寫着些唬嚇的言語來驚我們。」徐寧又道：「來的人必然是高太尉門下。」宋江道：「你們都休要疑心，且只顧安排接詔。」先令宋清、曹正准備筵席，委柴進都管提調，務要十分齊整。鋪設下太尉幕次，列五色絹段，堂上堂下搭綵懸花。先使裴宣、蕭讓、吕方、郭盛預前下山，離二十里伏道迎接。水軍頭領，准備大船傍岸，吴用傳令：「恁每盡依我行，不〈知〉(如)此行不得。」

且説蕭讓引着三個隨行，帶引五六人，並無寸鐵，將着酒果，在二十里外迎接。陳太尉當日在途中，張幹辦、李虞候不乘馬疋，在馬前步行，背後從人，何止三二百。濟州的軍官，約有十數騎，前面擺列導引人馬，龍鳳擔内挑擔御酒，騎馬的背着詔匣。濟州牢子前後也有五六十人，都要去梁山泊内，指望覓個小富貴。蕭讓、裴宣、吕方、郭盛在半路上接着，都俯伏跪在道傍迎接。那張幹辦便問道：「你那宋江大似誰？皇帝詔敕到來，如何不親自來接？甚是欺君。〔眉〕大是。你這夥本是該死的人，怎受得朝廷招安？請太尉回去。」是。蕭讓、裴宣、吕方、郭盛俯伏在地請罪道：「自來朝廷不曾有詔到寨，未見真實。宋江與大小頭領，都在金沙灘迎接，萬望太尉暫息雷霆之怒。只要與國家成全好事，恕免則個。」李虞候便道：「不成全好事，也不愁你這夥賊飛上天去了。」這便多了。有詩爲證：

貝錦生讒古自然，小人凡事不宜先。九天恩雨今宣布，撫諭招安未十全。

當時吕方、郭盛道：「是何言語？只如此輕看人！」野。蕭讓、裴宣只得懇請他。捧去酒果，又不肯吃。是。衆人相隨來到水邊，梁山泊已擺着三隻戰船在彼，一隻裝載馬匹，一隻裝裴宣等一干人，一隻請太尉下船，並隨從一應人等。先把詔書御酒放在船頭上，那隻船正是活閻羅阮小七監督。當日阮小七坐在船梢上，分撥二十餘個軍健棹船，一家帶一口腰刀。可惡。陳太尉初下船時，昂昂而已，旁若無人，坐在中間。阮小七招呼衆人，把船棹動，兩邊水手齊唱起歌來。不是。李虞候便駡道：「村驢！貴人在此，全無忌憚！」是。那水手那裏睬他，只顧唱歌。李虞候拿起籐條來打兩邊水手，又多了。衆人並無懼色。有幾個爲頭的回話道：「我們自唱歌，干你甚事？」野。李虞候道：「殺不盡的反賊，怎敢回我話！」多了。便把籐條去打。兩邊水手都跳在水裏去了。阮小七在梢上説道：「直這般打我水手下水裏去了，這船如何得去？」只見上流頭兩隻快船下來接。原來：阮小七預先積下兩艙水，見後頭來船相近，阮小七便去拔了楔子，叫一聲「船漏了」，水早滾上艙裏來。〔眉〕阮小七不是。急叫救時，船裏有一尺多水。那兩隻船幫將攏來，衆人急救陳太尉過船去。各人且把船只顧搖開，那裏來顧御酒、詔書。兩隻快船先行去了。阮小七叫上水手來，舀了艙裏水，把展布都拭抹了。却叫水手道：「你且掇一瓶御酒過來，我先嘗一嘗滋味。」一個水手便去擔中取一瓶酒出來，解了封頭，遞與阮小七。阮小七接過來，聞得噴鼻馨香。阮小七道：「只怕有毒，我且做個不着，先嘗些個。」也無碗瓢，和瓶便呷，一飲而盡。阮小七吃了一瓶道：「有些滋味。一瓶那裏濟事，再取一瓶來！」又一飲而盡。吃得口滑，一連吃了四瓶。阮小七道：「怎地好？」水手道：「船梢頭有一桶白酒在那裏。」阮小七道：「與我取舀水的瓢來，我都教你們到口。」將那六瓶御酒，都分與水手衆人吃了。却裝上十瓶村醪水白酒，還把原封頭縛了，再放在龍鳳擔内，飛也似搖着船來，趕到金沙灘，却好上岸。〔眉〕這必定是吴用主張，可惡，可恨！

宋江等都在那裏迎接，香花燈燭，鳴金擂鼓，並山寨裏村樂，一齊都響。將御酒擺在桌子上，每一桌令四個人擡，詔書也在一個桌子上擡着。陳太尉上岸，宋江等接着，納頭便拜。宋江道：「文面小吏，罪惡迷天，曲辱貴人到此，接待不及，望乞恕罪。」李虞候道：「太尉是朝廷大貴人，大臣來招安你們，非〈因〉（同）小可，如何把這等漏船，差那不曉事的村賊乘駕，險些兒誤了大貴人性命。」〔眉〕是。宋江道：「我這裏有的是好船，怎敢把漏船來載貴人？」張幹辦道：「太尉衣襟上兀自濕了，你如何要賴！」宋江背後，五虎將緊隨定，不離左右，又有八驃騎將，簇擁前後。見這李虞候、張幹辦在宋江前面指手劃脚，你來我去，都有心要殺這廝。只是礙着宋江一個，不敢下手。當日宋江請太尉上轎，開讀詔書，四五次纔請得上轎。不是。牽過兩疋馬來，與張幹辦、李虞候騎。這兩個男女，不知身已多大，裝煞臭幺。不是。宋江央及得上馬行了，令衆人大吹大擂，迎上三關來。宋江等一百餘個頭領，都跟在後面，直迎至忠義堂前，一齊下馬。請太尉上堂，正面放着御酒、詔匣，陳太尉、張幹辦、李虞候立在左邊，蕭讓、裴宣立在右邊。宋江叫點衆頭領時，一百七人於內，單只不見了李逵。奇。此時是四月間天氣，都穿夾羅戰襖，跪在堂上，拱聽開讀。陳太尉於詔書匣內取出詔書，度與蕭讓。裴宣贊禮，衆將拜罷，蕭讓展開詔書，高聲讀道：

「制曰：文能安邦，武能定國。五帝憑禮樂而有封疆，三皇用殺伐而定天下。事從順逆，人有賢愚。朕承祖宗之大業，開日月之光輝。普天率土，罔不臣伏。近爲宋江等輩，嘯聚山林，劫擄郡邑，本欲用彰天討，誠恐勞我生民。是。今差太尉陳宗善前來招安。詔書到日，即將應有錢糧、軍器、馬疋、船隻，目下納官，折毁巢穴，〔眉〕要如此。率領赴京，原免本罪。倘或仍昧良心，違戾詔制，天兵一至，齠齔不留。故茲詔示，想宜知悉。

宣和三年孟夏四月　日詔示。」

蕭讓却纔讀罷，宋江已下，皆有怒色。不是。只見黑旋風李逵，從梁上跳將下來，就蕭讓手裏奪過詔書，扯的粉碎，便來揪住陳太尉，拽拳便打。〔眉〕這又是吳用主張，可惡，可恨。此時宋江、盧俊義〈大〉（皆）横身抱住，那裏肯放他下手。恰纔解拆得開，李虞候喝道：「這厮是甚麼人？敢如此大膽！」是。李逵正没尋人打處，匹頭揪住李虞候便打，也好。喝道：「寫來的詔書，是誰説的話？」張幹辦道：「這是皇帝聖旨。」李逵道：「你那皇帝，正不知我這裏衆好漢，來招安老爺們，倒要做大。妙。你的皇帝姓宋，我的哥哥也姓宋。趣。你做得皇帝，偏我哥哥做不得皇帝？你莫要來惱犯着黑爹爹，好歹把你那寫詔的官員盡都殺了！」衆人都來解勸，把黑旋風推下堂去。宋江道：「太尉且寬心，休想有半星兒差池。且取御酒教衆人霑恩。」隨即取過一付嵌寶金花鍾，令裴宣取一瓶御酒，傾在銀酒海内看時，却是村醪白酒。再將九瓶都打開，傾在酒海内，却是一般的淡薄村醪。衆人見了，盡都駭然，一個個都走下堂去了。魯智深提着鐵禪杖，高聲叫駡：「入娘撮鳥，忒殺是欺負人！把水酒做御酒來哄俺們吃！」赤髮鬼劉唐，也挺着朴刀殺上來，行者武松，掣出雙戒刀，没遮攔穆弘、九紋龍史進，一齊發作，六個水軍頭領都駡下關去了。〔眉〕就是村醪，也是聖澤，如何這樣野，都是吴用主意，可恨，可恨！

宋江見不是話，横身在裏面攔當，急傳將令叫轎馬護送太尉下山，休教傷犯。此時四下大小頭領，一大半鬧將起來。宋江、盧俊義只得親身上馬，將太尉並開詔一干人數，護送下三關，再拜伏罪：「非宋江等無心歸降，實是草詔的官員，不知我梁山泊裏彎曲。若以數句善言撫恤，我等盡忠報國，萬死無怨。也説得是。太尉若回到朝廷，善言則個！」急急送過渡口，這一干人唬的屁滚尿流，飛奔濟州去了。有詩爲證：

太尉承宣出帝鄉，爲招忠義欲歸降。卑身辱國難成事，反被無端駡一場。

却説宋江回到忠義堂上，再聚衆頭領筵席。宋江道：「雖是朝廷詔旨不明，胡説！有何不明？你們衆人也忒性躁。」吴用道：「哥哥，你休執迷。招安須自有日，如何怪得衆弟兄們發怒。朝廷忒不將人爲念。要怎麽？如今閑話都打疊起，兄長且傳將令，馬軍拴束馬匹，步軍安排軍器，水軍整頓船隻，早晚必有大軍前來征討。一兩陣殺得他人亡馬倒，片甲不回，夢着也怕，那時却再商量。」〔眉〕這是吴用老主意，可恶，可恶！衆人道：「軍師言之極當。」是日散席，各歸本帳。

且説陳太尉回到濟州，把梁山泊開詔一事，訴與張叔夜。（張叔夜）道：「敢是你們多説甚言語來？」陳太尉道：「我幾曾敢發一言？」好貨。張叔夜道：「既是如此，枉費了心力，壞了事情。太尉急急回京奏知聖上，事不宜遲。」陳太尉、張幹辦、李虞候一行人從，星夜回京，來見了蔡太師，備説梁山泊賊寇扯詔毁謗一節。蔡京聽了，大怒道：「這夥草寇，安敢如此無禮！堂堂宋朝天下，如何教你這夥横行？」陳太尉哭道：「若不是太師福蔭，小官粉骨碎身在梁山泊。好貨。今日死裏逃生，再見恩相。」太師隨即叫請童樞密、高、楊二太尉都來相府商議軍情重事。無片時都請到太師府白虎堂内，衆官坐下。蔡太師教唤過張幹辦、李虞候，備説梁山泊扯詔毁謗一事。楊太尉道：「這夥賊徒，如何主張招安他？當初是那一個官奏來？」高太尉道：「那日我若在朝内，必然阻住，如何肯行此事？」童樞密道：「鼠竊狗盜之徒，何足慮哉！區區不才，親引一支軍馬，剋時定日，掃清水泊而回。」衆官道：「來日奏聞。」當下都散。

次日早朝，衆官都在御階伺候。只見殿上浄鞭三下響，文武兩班，齊三呼萬歲。君臣禮畢，蔡太師出班將此事上奏天子。天子大怒，問道：「當日誰奏寡人主張招安？」侍臣給事中奏道：「此日是御史大夫崔靖所言。」天子教拿崔靖送大理寺問罪。是。天子又問蔡京道：「此賊爲害多時，差何人可以收勦？」蔡太師奏道：「非以重兵，不能收伏。以臣愚意，必得樞密院官親率大軍前去勦捕，可以刻日取勝。」天子教宣樞密使童貫問道：「卿肯領兵收捕梁山泊草寇？」童貫跪下奏曰：「古人有云：孝當竭力，忠則盡命。臣願效犬馬之勞，以除心腹之患。」高俅，楊戩亦皆保舉。天子隨即降下聖旨，賜與金印兵符，拜東廳樞密使童貫爲大元帥，任從各處選調軍馬，前去勦捕梁山泊賊寇，揀日出師起行。不是童貫引大軍來，有分教：千千鐵騎布滿山川，萬萬戰船平鋪緑水。正是只憑飛虎三千騎，捲起貔貅百萬兵。畢竟童貫領了大軍，怎地出師，且聽下回分解。

李卓吾曰：張幹辦、李虞候極識大體，只少轉變。若是阮小七、李大，不過爲吴用所使耳。蠢漢，蠢漢！

又曰：「你的皇帝姓宋，我的哥哥也姓宋。」實是不經人道語。李大哥一派天機，妙人、趣人，真不食烟火人也。

吳加亮布四斗五方旗

宋公明排九宮八卦陣

第七十六回　吴加亮布四斗五方旗　宋公明排九宫八卦陣

詩曰：

廊廟徽猷豈不周，山林却有過人謀。鳳無六翮難高舉，虎入深山得自由。四斗五方排陣勢，九宫八卦運兵籌。陷兵損將軍容失，犬馬從知是寇讎。

話説樞密使童貫，受了天子統軍大元帥之職，徑到樞密院中，便發調兵符驗，要撥東京管下八路軍州，各起軍一萬，就差本處兵馬都監統率。又於京師御林軍内，選〈典〉（點）二萬，守護中軍。樞密院下一應事務，盡委副樞密使掌管。御營中選兩員良將爲左羽右翼。號令已定，不旬日之間，諸事完備，一應接續軍糧，並是高太尉差人趲運。那八路軍馬？

睢州兵馬都監段鵬舉　鄭州兵馬都監陳翥

陳州兵馬都監吴秉彝　唐州兵馬都監韓天麟

許州兵馬都監李明　鄧州兵馬都監王義

洳州兵馬都監馬萬里　嵩州兵馬都監周信

御營中選到左羽右翼良將二員爲中軍，那二人？

御前飛龍大將酆美　御前飛虎大將畢勝

童貫掌握中軍爲主帥，號令大小三軍齊備，武庫撥降軍器，選定吉日出師。高太尉、楊太尉設筵餞行，朝廷着仰中書省一面賞軍。

且説童貫已令衆將次日先驅軍馬出城，然後拜辭天子，飛身上馬，出這新曹門外。〔眉〕興頭。五里短亭，只見高、楊二太尉爲首，率領衆官先在那裏等候。童貫下馬，高太尉執盞，擎杯與童貫道：「樞密相公此行，與朝廷必建大功，早奏凱歌。此寇潛伏水洼，不可輕進，只須先截四邊糧草，堅固寨柵，誘此賊下山，先差的當的人打聽消息，賊情動静，然後可以進兵。那時一個個生擒活捉，庶不負朝廷委用。望乞樞密相公裁之。」〔眉〕會説。童貫道：「重蒙教誨，刻骨銘心，不敢有忘。」各飲罷酒，楊太尉也來執鍾與童貫，道：「樞相素讀兵書，深知韜略，勦擒此寇，易如反掌。〔眉〕奉承。争柰此賊潛伏水泊，地利未便，樞相到彼，必有良策。」童貫道：「下官到彼，見機而作，自有法度。」〔眉〕未必。高、楊二太尉一齊進酒賀道：「都門之外，懸望凱旋。」相别之後，各自上馬。不説高、楊二太尉並衆官回京。有各衙門合屬官員送路的，不知其數，或回，或送半路途回京，皆不必説。

大小三軍一齊進發，人人要鬥，個個欲争。一行人馬，各隨隊伍，甚是嚴整。前軍四隊，先鋒總領行軍；後軍四隊，合後將軍監督；左右八路軍馬，羽翼旗牌催督；童貫鎮握中軍，總統馬步羽林軍二萬，都是御營選揀的人。童貫執鞭指點軍兵進發。怎見得軍容整肅，但見：

兵分九隊，旗列五方。綠沉鎗，點鋼鎗，鴉角鎗，布遍野光芒；青龍刀，偃月刀，雁翎刀，生滿天殺氣。雀畫弓，鐵胎弓，寶雕弓，對插飛魚袋內；射虎箭，狼牙箭，柳葉箭，齊攢獅子壺中。划車弩，漆抹弩，脚登弩，排滿前軍；開山斧，偃月斧，宣花斧，緊隨中隊。竹節鞭，虎眼鞭，水磨鞭，齊懸在肘上；流星鎚，雞心鎚，飛抓鎚，各帶在身邊。方天戟豹尾翩翻，丈八矛珠纓錯落。龍文劍掣一汪秋水，虎頭牌畫幾縷春雲。先鋒猛勇，領拔山開路之精兵；元帥英雄，統喝水斷橋之壯士。左統軍振舉威風，有斬將奪旗之手段；右統軍恢弘膽略，懷安拜濟世之才能。碧油幢下，東廳樞密總中軍；寶纛旗邊，護駕親軍爲羽翼。震天鼙鼓搖山嶽，映日旌旗避鬼神。〔眉〕徒好看耳！

當日童貫離了東京，軍馬上路，正是鎗刀流水急，人馬撮風行。兵行五十里屯住，次日又起行，迤邐前進，不一二日已到濟州界分。太守張叔夜出城迎接，大軍屯住城外。只見童貫引輕騎入城，至州衙前下馬，張叔夜邀請至堂上，拜罷起居已了，侍立在面前。童樞密道：「水洼草賊，殺害良民，邀劫商旅，造惡非止一端。往往勦捕，蓋爲不得其人，致容滋蔓。吾今統率大軍十萬，戰將百員，刻日要掃清山寨，擒拏衆賊，以安兆民。」張叔夜答道：「樞相在上，此寇潛伏水泊，雖然是山林狂寇，中間多有智謀勇烈之士，樞相勿以怒氣自激，引軍長驅。必用良謀，可成功績。」童貫聽了大怒，罵道：「都似你這等畏懼懦弱匹夫，畏刀避劍，貪生怕死，誤了國家大事，以致養成賊勢。吾今到此，有何懼哉！」〔後來自知他是好意。〕張叔夜那裏敢再言語，且備酒食供送。童樞密隨即出城，次日驅領大軍近梁山泊下寨。

且說宋江等已有細作人探知多日了。宋江與吳用已自鐵桶般商量下計策，只等大軍到來。各示諸將，各要遵依，毋得差錯。

再説童樞密調撥軍兵，點差睢州兵馬都監段鵬舉爲正先鋒，鄭州都監陳翥爲副先鋒，陳州都監吴秉彝爲正合後，許州都監李明爲副合後，唐州都監韓天麟、鄧州都監王義二人爲左哨，洳州都監馬萬里、嵩州都監周信二人爲右哨，龍虎二將酆美、畢勝爲中軍羽翼。童貫爲元帥，統領大軍，全身披挂，親自監督。戰鼓三通，諸軍盡起，行不過十里之外，塵土起處，早有敵軍哨路，來的漸近。鸞鈴響處，約有三十餘騎哨馬，都戴青包巾，各穿緑戰襖，馬上盡繫是紅纓，每邊拴挂數十個銅鈴，後插一把雉尾，都是釧銀細桿長鎗，輕弓短箭。爲頭的戰將是誰，怎生打扮，但見：

鎗横鴉角，刀插蛇皮。銷金的巾幘佛頭青，挑繡的戰袍鸚哥緑。腰繫絨縧真紫色，足穿氣袴軟香皮。雕鞍後對懸錦袋，内藏打將的石子；戰馬邊緊挂銅鈴，後插招風的雉尾。驃騎將軍没羽箭，張清哨（路）最當先。

馬上來的將軍，號旗上寫的分明：「巡哨都頭領没羽箭張清。」左有龔旺，右有丁得孫，直哨到童貫軍前，相離不遠，只隔百十步，勒馬便回。前軍先鋒二將，不得軍令，不敢亂動，報至中軍主帥。童貫親到軍前，觀猶未盡，張清又哨將來。童貫欲待遣人追戰，左右説道：「此人鞍後錦袋中都是石子，去不放空，不可追趕。」張清連哨了三遭，不見童貫進兵，返回。行不到五里，只見山背後鑼聲響動，早轉出五百步軍來。當先四個步軍頭領，乃是黑旋風李逵、混世魔王樊瑞、八臂魔吒項充、飛天大聖李衮，直奔前來。但見：

人人虎體，個個彪形。當先兩座惡星神，隨後二員真殺曜。李逵手持雙斧，樊瑞腰掣龍泉，項充牌畫玉爪狻猊，李衮牌描金（精）（睛）獬豸。五百人絳衣赤襖，一部從紅旆朱纓。青山中走出一羣魔，緑林内迸開三昧火。

那五百步軍就山坡下一字兒擺開，兩邊團牌齊齊扎住。童貫領軍在前見了，便將玉麈尾一招，大隊軍馬衝擊前去。李逵、樊瑞引步軍分開兩路，都倒提着蠻牌，踅過山脚便走。童貫大軍赶出山嘴，只見一派平川曠野之地，就把軍馬列成陣勢。遥望李逵、樊瑞度嶺穿林，都不見了。童貫中軍立起攢木將臺，令撥法官二員上去，左招右颭，一起一伏，擺作四門斗底陣。陣勢纔完，只聽得山後砲響，就後山飛出一彪軍馬來，前面先鋒擺布已定，只等敵軍到來相戰。童貫令左右攏住戰馬，自上將臺看時，只見山東一路軍馬湧出來，前一隊軍馬紅旗，第二隊雜彩旗，第三隊青旗，第四隊又是雜綵旗。只見山西一路人馬也湧來，前一隊人馬是雜綵旗，第二隊白旗，第三隊又是雜綵旗，第四隊皂旗。旗背後盡是黄旗，大隊軍將急先湧來，占住中央裏面，列成陣勢。遠觀未實，近睹分明。正南上這隊人馬盡都是火焰紅旗，紅甲紅袍，朱纓赤馬。前面一把引軍紅旗，上面金銷南斗六星，下繡朱雀之狀。那把旗招颭動處，紅旗中湧出一員大將，怎生結束，但見：

盔頂朱纓飄一顆，猩猩袍上花千朵。獅蠻帶束紫玉團，狻猊甲露黄金鎖。狼牙木棍鐵釘排，龍駒遍體胭脂抹。紅旗招展半天霞，正按南方丙丁火。

號旗上寫的分明：「先鋒大將霹靂火秦明。」左右兩員副將，左手是聖水將單廷珪，右邊是神火將魏定國。水尅火如何？三員大將，手搭兵器，都騎赤馬，立於陣前。東壁一隊人馬盡是青旗，青甲青袍，青纓青馬。前面一把引軍青旗，上面金銷東斗四星，下繡青龍之狀。那把旗招展動處，青旗中湧出一員大將，怎生打扮，但見：

藍靛包巾光滿目，翡翠征袍花一簇。鎧甲穿連獸吐環，寶刀閃爍龍吞玉。青驄遍體粉團花，戰襖護身鸚鵡綠。碧雲旗動遠山明，正按東方甲乙木。

號旗上寫得分明：「左軍大將大刀關勝。」左右兩員副將，左手是醜郡馬宣贊，右手是井木犴郝思文。三員大將，手搭兵器，都騎青馬，立於陣前。西壁一隊人馬，盡是白旗，白甲白袍，白纓白馬。前面一把引軍白旗，上面金銷西斗五星，下繡白虎之狀。那把旗招展動處，白旗中湧出一員大將，〔眉〕若照這些陣法行事，分明畫餅充飢。怎生結束，但見：

漠漠寒雲護太陰，梨花萬朵疊層琛。素色羅袍光閃閃，爛銀鎧甲冷森森。賽霜駿馬騎獅子，出白長鎗搭緑沉。一簇旗旛飄雪練，正按西方庚辛金。

號旗上寫的分明：「右軍大將豹子頭林冲。」左右兩員副將，左手是鎮三山黃信，右手是病尉遲孫立。三員大將，手搭兵器，都騎白馬，立於陣前。後面一簇人馬，盡是皂旗，黑甲黑袍，黑纓黑馬。前面一把引軍黑旗，上面金銷北斗七星，下繡玄武之狀。那把旗招展動處，黑旗中湧出一員大將，怎生打扮，但見：

堂堂捲地烏雲起，鐵騎强弓勢莫比。皂羅袍穿龍虎軀，烏油甲挂豺狼體。鞭似烏龍搦兩條，馬如潑墨行千里。七星旗動玄武搖，正按北方壬癸水。

號旗上寫得分明：「合後大將雙鞭呼延灼。」左右兩員副將，左手是百勝將韓滔，右手是天目將彭玘。三員大將，手持兵器，都騎黑馬，立於陣前。東南方門旗影裏，一隊軍馬，青旗紅甲。前面一把引軍繡旗，上面金銷巽卦，下繡飛龍。那把旗招展動處，捧出一員大將，怎生結束，但見：

擐甲披袍出戰場，手中拈着兩條鎗。雕弓鸞鳳壺中插，寶劍沙魚鞘内藏。束霧衣飄黃錦帶，騰空馬頓紫絲韁。青旗紅焰龍蛇動，獨據東南守巽方。

號旗上寫得分明：「虎軍大將雙鎗將董平。」左右兩員副將，左手是摩雲金翅歐鵬，右手是火眼狻猊鄧飛。手持兵器，都騎戰馬，立於陣前。西南方門旗影裏，一隊軍馬，紅旗白甲。前面一把引軍繡旗，上面金銷坤卦，下繡飛熊。那把旗招展動處，捧出一員大將，怎生打扮，但見：

當先湧出英雄將，赳赳威風添氣象。魚鱗鐵甲緊遮身，鳳翅金盔拴護項。衝波戰馬似龍形，開山大斧如弓樣。紅旗白甲火光飛，正據西南坤位上。

號旗上寫得分明：「驃騎大將急先鋒索超。」左右兩員副將，左手是錦毛虎燕順，右手是鐵笛仙馬麟。三員大將，手持兵器，都騎戰馬，立於陣前。東北方門旗影裏，一隊軍馬，皂旗青甲，前面一把引軍繡旗，上面金銷艮卦，下繡飛豹。那把旗招展動處，捧出一員大將，怎生結束，但見：

虎坐雕鞍膽氣昂，彎弓插箭鬼神慌。朱纓銀蓋遮刀面，絨縷金鈴貼馬旁。盔頂穰花紅錯落，甲穿柳葉翠遮藏。皂旗青甲煙雲内，東北天山守艮方。

號旗上寫得分明：「驃騎大將九紋龍史進。」左右兩員副將，左手是跳澗虎陳達，右手是白花蛇楊春。三員大將，手持兵器，都騎戰馬，立於陣前。西北方門旗影裏，一隊軍馬，白旗黑甲，前面一把引軍旗，上面金銷乾卦，下繡飛虎。那把旗招展動處，捧出一員大將，怎生打扮，但見：

雕鞍玉勒馬嘶風，介冑稜層黑霧濛。豹尾壺中銀鏃箭，飛魚袋内鐵胎弓。甲邊翠縷穿雙鳳，刀面金花嵌小龍。一簇白旗飄黑甲，天門西北是乾宮。

號旗上寫得分明：「驃騎大將青面獸楊志。」左右兩員副將，左手是錦豹子楊林，右手是小霸王周通。三員大將，手持兵器，都騎戰馬，立於陣前。八方擺布的鐵桶相似，陣門裏馬軍隨馬隊，步軍隨步隊，各持鋼刀大斧，闊劍長鎗，旗旛齊整，隊伍威嚴。去那八陣中央，只見團團一遭都是杏黃旗，間着六十四面長脚旗，上面金銷六十四卦，亦分四門。南門都是馬軍，正南上黃旗影裏，捧出兩員上將，一般結束。怎生披掛，但見：

熟銅鑼間花腔鼓，簇簇攢攢分隊伍。戧金鎧甲赭黃袍，剪絨戰襖葵花舞。垓心兩騎馬如龍，陣内一雙人似虎。周圍遶定杏黃旗，正按中央戊己土。

那兩員首將都騎黃馬，上首是美髯公朱仝，下手是插翅虎雷横。一遭人馬盡都是黃旗，黃袍銅甲，黃馬黃纓。中央陣四門，東門是金眼彪施恩，西門是白面郎君鄭天壽，南門是雲裏金剛宋萬，北門是病大蟲薛永。那黃旗中間立着那面「替天行道」杏黃旗。旗桿上拴着四條絨繩，四個長壯軍士晃定，中間馬上有那一個守旗的壯士，怎生模樣，但見：

冠簪魚尾圈金綫，甲皺龍鱗護錦衣。凛凛身軀長一丈，中軍守定杏黄旗。

這個守旗的壯士，便是險道神郁保四。那簇黄旗後，便是一叢砲架，立着那個砲手轟天雷淩振，引着副手二十餘人，圍遶着砲架。架子後，一帶都擺着撓鈎套索，準備捉將的器械。撓鈎手後，又是一遭雜綵旗旛，團團便是七重圍子手，四面立着二十八面繡旗，上面銷金二十八宿星辰，中間立着一面堆絨繡就、真珠圈邊、脚綴金鈴、頂插雉尾、鵝黄帥字旗。那一個守旗的壯士，怎生模樣，但見：

鎧甲斜拴海獸皮，絳羅巾幘插花枝。茜紅袍襖香綿甲，定守中軍帥字旗。

這個守旗的壯士，便是没面目焦挺。去那帥字旗邊，設立兩個護旗的將士，都騎戰馬，一般結束。但見：

一個戰袍披錦綺，一個鎧甲繡狻猊。一個穩把驊騮跨，一個能將駿馬騎。一個鋼鎗威氣重，一個利劍雪光飛。一個緊護中軍帳，一個常依寶纛旗。

這兩個守護帥旗的壯士，一個是毛頭星孔明，一個是獨火星孔亮。馬前馬後，排着二十四個把狼牙棍的鐵甲軍士。後面兩把領戰繡旗，兩邊排着二十四枝方天畫戟。左手十二枝畫戟叢中，捧着一員驍將，怎生打扮，但見：

踞鞍立馬天風裏，鎧甲輝煌光焰起。麒麟束帶稱狼腰，獬豸吞胸當虎體。冠上明珠嵌曉星，鞘中寶劍藏秋水。方天畫戟雪霜寒，風動金錢豹子尾。

繡旗上寫得分明：「小温侯吕方。」那右手十二枝畫戟叢中，也捧着一員驍將，怎生打扮，但見：

三叉寶冠珠燦爛，兩條雉尾錦斕斑。柿紅戰襖遮銀鏡，柳緑征裙壓繡鞍。束帶雙跨魚獺尾，護心甲掛小連環。手持畫桿方天戟，飄動金錢五色旛。

繡旗上寫得分明：「賽仁貴郭盛。」兩員將各持畫戟，立馬兩邊。畫戟中間，一簇鋼叉，兩員步軍驍將，一般結束。但見：

虎皮磕腦豹皮褌，襯甲衣籠細織金。手内鋼叉光閃閃，腰間利劍冷森森。沖劍窟，入刀林，弟兄端的有胸襟。兩隻蓋地包天膽，一對誅龍斬虎人。

一個是兩頭蛇解珍，一個是雙尾蝎解寶。弟兄兩個，各執着三股蓮花叉，引着一行步戰軍士，守護着中軍。隨後兩疋錦鞍馬上兩員文士，掌管定賞功罰罪的人。左手那一個怎生打扮，但見：

烏紗唐帽通犀帶，素白羅襴乾皂靴。慷慨胸中藏秀氣，縱横筆下走龍蛇。

這個乃是梁山泊掌文案的秀士聖手書生蕭讓。右手那一個怎生打扮，但見：

緑紗巾插玉螳螂，香皂羅衫紫帶長。爲吏敢欺蕭相國，聲名寰海把名揚。

這個乃是梁山泊掌史事的豪傑鐵面孔目裴宣。這兩個馬後擺着紫衣持節的人，二十四個當路將，二十四把麻札刀。那刀林中立着兩個錦衣三串行刑劊子，怎生結束，但見：

一個皮主腰乾紅簇就，一個羅踢串彩色裝成。一個雙環撲獸〈創〉（戧）金明，一個頭巾畔花枝掩映。一個白紗衫遮籠錦體，一個皂禿袖半露鴉青。一個將漏塵斬鬼法刀擎，一個把水火棍手中提定。

上首是鐵臂膊蔡福，下手是一枝花蔡慶。弟兄兩個立於陣前，左右都是擎刀手。背後兩邊擺着二十四枝金鎗銀鎗，每邊設立一員大將領隊。左邊十二枝金鎗隊裏，馬上一員驍將，手執金鎗，側坐戰馬。怎生打扮，但見：

錦鞍駿馬紫絲韁，金翠花枝壓鬢傍。雀畫弓懸一彎月，龍泉劍掛九秋霜。繡袍巧製鸚哥緑，戰服輕裁柳葉黄。頂上櫻花紅燦爛，手執金絲鐵桿鎗。

這員驍將，乃是梁山泊金鎗手徐寧。右手十二枝銀鎗隊裏，馬上一員驍將，手執銀鎗，也側坐駿馬。怎生披掛，但見：

蜀錦鞍韉寶鐙光，五明駿馬玉玎璫。虎筋弦扣雕弓硬，燕尾梢攢羽箭長。緑錦袍明金孔雀，紅鞓帶束紫鴛鴦。參差半露黄金甲，手執銀絲鐵桿鎗。

這員驍將，乃是梁山泊小李廣花榮。兩勢下都是風流威猛二將。金鎗手，銀鎗手，各帶皂羅巾，鬢邊都插翠葉金花。左手十二個金鎗手穿緑，右手十二個銀鎗手穿紫。背後又是錦衣對對，花帽雙雙，緋袍簇簇，繡襖攢攢。兩壁廂碧幢翠幕，朱旛皂蓋，黄鉞白旄，青萍紫電，兩行二十四把鉞斧，二十四對鞭撾。中間一字兒三把銷金傘蓋，三疋繡鞍駿馬。正中馬前立着兩個英雄。左手那個壯士，端的是儀容濟楚，世上無雙。有《西江月》爲證：

頭巾側一根雉尾，束腰下四顆銅鈴，黄羅衫子晃金明，飄帶繡裙相稱。兜小襪麻鞋嫩白，壓腿絣護膝深青。旗標令字號神行，百十里登時取應。

這個便是梁山泊能行快走的頭領神行太保戴宗，手持鵝黃令字綉旗，專管大軍中往來飛報軍情、調兵遣將一應事務。右手那個對立的壯士，打扮得出衆超羣，人中罕有。〈後〉也有《西江月》爲證：

褐納襖滿身錦簇，青包巾遍體金銷。鬢邊一朵翠花嬌，鸂鶒玉環光耀。紅串繡裙裹肚，白襠素練圍腰。落生弩子棒頭挑，百萬軍中偏俏。

這個便是梁山泊風流子弟，能幹機密的頭領浪子燕青。背着强弩，插着利箭，手提着齊眉桿棒，專一護持中軍。遠望着中軍，去那右邊銷金青羅傘蓋底下，繡鞍馬上，坐着那個道德高人，有名羽士。怎生打扮，有《西江月》爲證：

如意冠玉簪翠筆，絳銷衣鶴舞金霞。火神朱履映桃花，環珮玎璫斜掛。背上雌雄寶劍，匣中微噴光華。青羅傘蓋擁高牙，紫騮馬雕鞍穩跨。

這個便是梁山泊呼風喚雨，役使鬼神，行法真師入雲龍公孫勝。馬上背着兩口寶劍，手中按定紫絲韁。去那左邊銷金青羅傘蓋底下，錦鞍馬上，坐着那個足智多謀全勝軍師。怎生打扮，有《西江月》爲證：

白道服皂羅沿襈，紫絲縧碧玉鈎環。手中羽扇動天關，頭上綸巾微岸。貼裏暗穿銀甲，垓心穩坐雕鞍。一雙銅鍊掛腰間，文武雙全師範。

這個便是梁山泊能通韜略，善用兵機，有道軍師智多星吳學究。馬上手擎羽扇，腰懸兩條銅鍊。去那正中銷金大紅羅傘蓋底下，那照夜玉獅子金鞍馬上，坐着那個有仁有義統軍大元帥。怎生打扮，但見：

鳳翅盔高攢金寶，渾金甲密砌龍鱗。錦征袍花朵簇陽春，錕鋙劍腰懸光噴。繡腿絣絨圈翡翠，玉玲瓏帶束麒麟。真珠傘蓋展紅雲，第一位天罡臨陣。

這個正是梁山泊主，濟州鄆城縣人氏，山東及時雨呼保義宋公明。全身結束，自仗錕鋙寶劍，坐騎金鞍白馬，立於陣前監戰，掌握中軍。馬後大戟長戈，錦鞍駿馬，整整齊齊三五十員牙將，都騎戰馬，手執鎗刀，全副弓箭。馬後又設二十四枝畫角，全部軍鼓大樂。陣後又設兩隊游兵，伏於兩側，以爲護持。中軍羽翼，左是没遮攔穆弘，引兄弟小遮攔穆春，管領馬步軍一千五百人；右是赤髮鬼劉唐，引着九尾龜陶宗旺，管領馬步軍一千五百人，伏在兩脅。後陣又是一隊陰兵，簇擁着馬上三個女頭領，中間是一丈青扈三娘，左邊是母大蟲顧大嫂，右邊是母夜叉孫二娘。押陣後是他三個丈夫，中間矮脚虎王英，左是小尉遲孫新，右是菜園子張青。總管馬步軍兵二千。那座陣勢，非同小可。怎見得好陣，但見：

明分八卦，暗合九宫。占天地之機關，奪風雲之氣象。前後列龜蛇之狀，左右分龍虎之形。出奇正之甲兵，按陰陽之造化。丙丁前進，如萬條烈火燒山；壬癸後隨，似一片烏雲覆地。左勢下盤旋青氣，右手下貫串白光。金霞遍滿中央，黄道全依戊己。東西有序，南北多方。四維有二十八宿之分，週迴有六十四卦之變。先鋒猛勇，合後英雄。左統軍皆奪旗斬將之徒，右統軍盡舉鼎拔山之輩。盤盤曲曲，亂中隊伍變長蛇；整整齊齊，静裹威儀如伏虎。馬軍則一衝一突，步卒是或後或前。人人果敢，爭前出陣奪頭功；個個才能，掠陣監軍擒大將。休誇八陣成功，謾說六韜取勝。孔明施妙計，李靖播神機。

樞密使童貫在陣中將臺上，定睛看了梁山泊兵馬，無移時擺成這個九宫八卦陣勢，軍馬豪傑，將士英雄，驚得魂飛魄散，心膽俱落，不住聲道：「可知但來此間收捕的官軍便大敗而回，原來如此利害！」看了半晌，只聽得宋江軍中催戰的鑼鼓，不住聲發擂。童貫且下將臺，騎上戰馬，再出前軍，來諸將中問道：「那個敢厮殺的出去打話？」先鋒隊裏轉過一員猛將，挺身躍馬而出，就馬上欠身稟童貫道：「小將願往，乞取鈞旨。」看乃是鄭州都監陳翥，白袍銀甲，青馬絳纓，使一口大桿刀，見充副先鋒之職。童貫便教軍中金鼓旗下發三通擂，將臺上把紅旗招展兵馬。陳翥從門旗下飛馬出陣，兩軍一齊吶喊。陳翥兜住馬，横着刀，厲聲大叫：「無端草寇，背逆狂徒，天兵到此，尚不投降，直待骨肉爲泥，悔之何及？」宋江正南陣中，先鋒頭領虎將秦明，飛馬出陣，更不打話，舞起狼牙混棍，直取陳翥。兩馬交相，兵器並舉，一個使棍的當頭便打，一個使刀的劈面砍來，四條臂膊交加，八隻馬蹄撩亂。二將來來往往，翻翻復復，鬥了二十餘合。秦明賣個破綻，放陳翥趕將入來，一刀却砍個空。秦明趁勢手起棍落，把陳翥連盔帶頂，正中天靈，陳翥翻身死於馬下。秦明的兩員副將單廷珪、魏定國，飛馬直衝出陣，來先搶了那匹好馬，接應秦明去了。

東南方門旗裏，虎將雙鎗將董平見秦明得了頭功，在馬上尋思：「大軍已踏動鋭氣，不就這裏搶將過去，捉了童貫，更待何時！」大叫一聲，如陣前起個霹靂，兩手持兩條鎗，把馬一拍，直撞過陣來。

童貫見了，勒回馬望中軍便走。西南方門旗裏，驃騎將急先鋒索超也叫道：「不就這裏捉了童貫，更待何時！」手輪大斧，殺過陣來。中央秦明見了兩邊衝殺過去，也招動本隊紅旗軍馬，一齊搶入陣中，來捉童貫。正是從前作過事，没幸一齊來。直使數隻皂鵰追紫燕，一羣猛虎啖羊羔。畢竟樞（密）使童貫性命如何，且聽下回分解。

卓翁曰：是一架絶精細底羊皮畫燈，畫工之文，非化工之文，低品，低品！又曰：若欲借此陣法封侯拜將，待河之清也。

水滸傳像 卷七十七

梁山泊十面埋伏

卷七七 圖

宋公明兩贏童貫

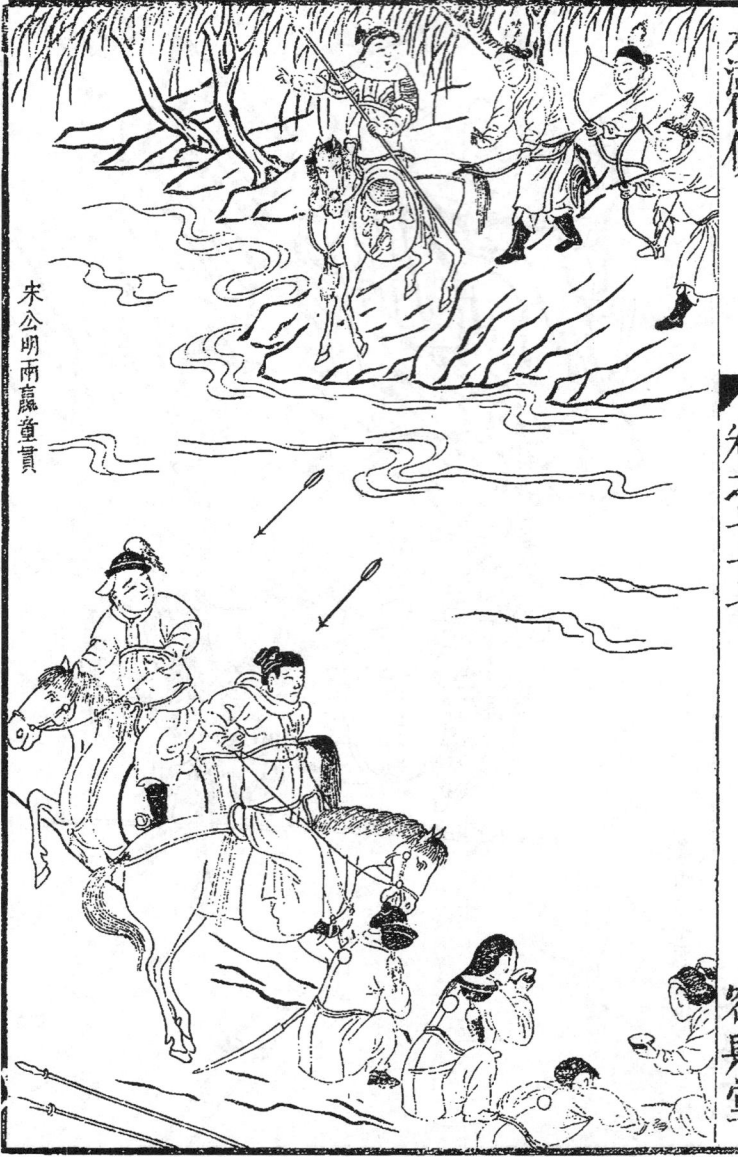

第七十七回　梁山泊十面埋伏　宋公明兩贏童貫

詩曰：

紅日無光氣障霾，紛紛戈戟兩邊排。征鼙倒海翻江振，鐵騎追風捲地來。四斗五方旗影颺，九宮八卦陣門開。奸雄童貫摧心膽，却似當年大會垓。

話說當日宋江陣中，前部先鋒三隊軍馬趕過對陣。大刀闊斧，殺得童貫三軍人馬大敗虧輸，星落雲散，七損八傷。軍士拋金棄鼓，撇戟丢鎗，覓子尋爺，呼兄喚弟，折了萬餘人馬，退三十里外扎住。吴用在陣中鳴金收軍，傳令道：「且未可盡情追殺，略報個信與他。」梁山泊人馬都收回山寨，各自獻功請賞。

且説童貫輸了一陣，折了人馬，早扎寨柵安歇下。心中憂悶，會集諸將商議。酆美、畢勝二將道：「樞相休憂，此寇知得官軍到來，預先擺布下這座陣勢，官軍初到，不知虚實，因此中賊奸計。想此草寇，只是倚山爲勢，多設軍馬，虚張聲勢。一時失了地利。我等且再整練馬步將士，停歇三日，養成鋭氣，將息戰馬。三日後，將全部軍將分作長蛇之陣，俱是步軍，殺將去。此陣如長山之蛇，擊首則尾應，擊尾則首應，擊中則首尾皆應，都要連絡不斷。決此一陣，必見大功。」〔眉〕會説。童貫道：「此計大妙，正合吾意。」即時傳下將令，整肅三軍，訓練已定。第三日，五更造飯，軍將飽食，馬帶皮甲，人披鐵鎧，大刀闊斧，弓弩上弦。正是：鎗刀流水急，人馬撮風行。大將酆美、畢勝當先引軍，浩浩蕩蕩，殺奔梁山泊來。八路軍馬，分於左右。前面發三百鐵甲哨馬，前去探路。回來報與童貫中軍知道，説：「前日戰場上，並不見一個軍馬。」童貫聽了心疑，自來前軍問酆美、畢勝道：「退兵如何？」酆美答道：「休生退心，只顧衝突將去。長蛇陣擺定，怕做甚麽？」

官軍迤逦前行，直進到水泊邊，〈如〉果（然）不見一個軍馬，但見隔水茫茫蕩蕩，都是蘆葦烟火。遠遠地遥望見水滸寨山頂上，一面杏黄旗在那裏招颭，亦不見些動静。童貫與酆美、畢勝勒馬在萬軍之前，遥望見對岸水面上蘆林中一隻小船，船上一個人，頭戴青箬笠，身披緑簑衣，斜倚着船，背岸西獨自釣魚。童貫的步軍隔着岸叫那漁人問道：「賊在那裏？」那漁人只不應。童貫叫能射弓的放箭，兩騎馬直近岸邊灘頭來，近水兜住馬，攀弓搭箭，望那漁人後心颼地一箭去。那枝箭正射到箬笠上，噹地一聲響，那箭落下水裏去了。這一個馬軍放一箭，正射到簑衣上，噹地一聲響，那箭也落下水裏去了。〔眉〕古怪。那兩個馬軍，是童貫軍中第一慣射弓箭的，兩個吃了一驚，勒回馬上來，欠身稟童貫道：「兩箭皆中，只是射不透，不知他身上穿着甚的？」童貫再撥三百能射硬弓的哨路馬軍來，灘頭擺開，一齊望着那漁人放箭。那亂箭射去，漁人不慌，多有落在水裏的，也有射着船上的，但射着簑衣箬笠的，都落下水裏去。童貫見射他不死，便差會水的軍漢，脱了衣甲，赴水過去，捉那漁人。早有三五十人赴將開去。那漁人聽得船尾水響，知有人來，不慌不忙，放下魚釣，取棹竿擔在身邊。近船來的，一棹竿一個，太陽上着的、腦袋上着的、面門上着的，都打下水裏去了。〔眉〕姜太公也没這等手段。後面見沉了幾個，都赴轉岸上去尋衣甲。童貫看見大怒，教撥五百軍漢下水去，定要拿這漁人。若有回來的，一刀兩段。五百軍人脱了衣甲，吶聲喊，一齊都跳下水裏，赴將過去。那漁人回轉船頭，指着岸上童貫大駡道：「亂國賊臣，害民的禽獸！來這裏納命，猶自不知死哩！」〔眉〕快人。童貫大怒，喝教馬軍放箭。那漁人呵呵大笑，説道：「兀那裏有軍馬到了！」把手指一指，棄了簑衣箬笠，翻身攛入水底下去了。奇。那五百軍正赴到船邊，只聽得在水中亂叫，都沉下去了。那漁人正是浪裏白跳張順，頭上箬笠，上面是箬葉裹着，裹面是銅打成的；簑衣裹面，一片熟銅打就，披着如龜殼相似，可知道箭矢射不入。張順攛下水底，拔出腰刀，只顧排頭價戳人，都沉下去，血水滚將起來。有乖的赴了開去，逃得性命。

童貫在岸上看得呆了，不由不呆。身邊一將指道：「山頂上那把黄旗，正在那裏磨動。」童貫定睛看了，不解何意，衆將也没做道理處。酆美道：「把三百鐵甲哨馬，分作兩隊，教去兩邊山後出哨，看是如何。」却纔分到山前，只聽得蘆葦中一個轟天雷砲飛起，火烟撩亂。兩邊哨馬齊回來報：「有伏兵到了！」童貫在馬上，那一驚不小。酆美、畢勝兩邊差人教軍士休要亂動，數十萬軍都掣刀在手。前後飛馬來叫道：「如有先走的，便斬！」按住三軍人馬。童貫且與衆將立馬望時，山背後鼓聲震地，喊殺喧天，早飛出一彪軍馬，都打着黄旗。當先有兩員驍將領兵。怎見得那隊軍馬整齊，好似：

黄旗擁出萬山中，爍爍金光射碧空。馬似怒濤衝石壁，人如烈火撼天風。鼓聲震動森羅殿，砲力掀翻泰華宮。劍隊暗藏插翅虎，鎗林飛出美髯公。

兩騎黄鬃馬上，兩員英雄頭領，上首美髯公朱仝，下首插翅虎雷横，帶領五千人馬，直殺奔官軍。童貫令大將酆美、畢勝當先迎敵。兩個得令，便驟馬挺鎗出陣，大罵：「無端草賊，不來投降，更待何時！」雷横在馬上大笑，喝道：「匹夫死在眼前，尚且不知，怎敢與吾決戰！」畢勝大怒，拍馬挺鎗，直取雷横，雷横也使鎗來迎。兩馬相交，軍器並舉。二將約戰到二十餘合，不分勝敗。酆美見畢勝戰久不能取勝，拍馬舞刀，逕來助戰。朱仝見了，大喝一聲，飛馬輪刀來戰酆美。四疋馬兩對兒在陣前廝殺，童貫看了，喝采不迭。鬥到間深裏，只見朱仝、雷横賣個破綻，撥回馬頭，望本陣便走。酆美、畢勝兩將不捨，拍馬追將過去。對陣軍發聲喊，望山後便走。童貫叫盡力追趕過山脚去。只聽得山頂上畫角齊鳴，衆軍擡頭看時，前後兩個砲直飛起來。童貫知有伏兵，把軍馬約住，教不要去趕。只見山頂上閃出那把杏黄旗來，上面繡着「替天行道」四字。童貫趲過山那邊看時，見山頭上一簇雜綵繡旗開處，顯出那個鄆城縣蓋世英雄山東呼保義宋江來。背後便是軍師吴用、公孫勝、花榮、徐寧、金鎗手、銀鎗手衆多好漢。童貫見了大怒，便差人馬上山來拿宋江。大軍人馬分爲兩路，却待上山。只聽得山頂上鼓樂喧天，衆好漢都笑。童貫越添心上怒，咬碎口中牙，喝道：「這賊怎敢戲吾！我當自擒這厮。」酆美諫道：「樞相，彼必有計，不可親臨險地。且請回軍，來日却再打聽虚實，方可進兵。」童貫道：「胡説！事已到這裏，豈可退軍？教星夜與賊交鋒，今已見賊，勢不容退。」語猶未絶，只聽得後軍吶喊，探子報道：「正西山後衝出一彪軍來，把後軍殺開做兩處。」童貫大驚，帶了酆美、畢勝急回來救應後軍時，東邊山後鼓聲響處，又早飛出一隊人馬來。一半是紅旗，一半是青旗，捧着兩員大將，引五千軍馬殺將來。那紅旗軍隨紅旗，青旗軍隨青旗，隊伍端的整齊。但見：

對對紅旗間翠袍，爭飛戰馬轉山腰。日烘旗幟青龍見，風擺旌旗朱雀摇。二隊精兵皆勇猛，兩員上將最英豪。秦明手舞狼牙棍，關勝斜横偃月刀。

那紅旗隊裏頭領是霹靂火秦明，青旗隊裏頭領是大刀關勝。二將在馬上殺來，大喝道：「童貫早納下首級！」妙。童貫大怒，便差酆美來戰關勝，畢勝去鬥秦明。童貫見後軍發喊甚緊，又教鳴金收軍，且休戀戰，延便且退。朱仝、雷横引黄旗軍又殺將來，兩下裏夾攻。童貫軍兵大亂。酆美、畢勝保護着童貫，逃命而走。正行之間，刺斜裏又飛出一彪人馬來，接住了厮殺。那隊軍馬一半是白旗，一半是黑旗。黑白旗中，也捧着兩員虎將，引五千軍馬攔住去路。這隊軍端的整齊。但見：

砲似轟雷山石烈，緑林深處顯戈矛。素袍兵出銀河湧，玄甲軍來黑氣浮。兩股鞭飛風雨響，一條鎗到鬼神愁。左邊大將呼延灼，右手英雄豹子頭。

那黑旗隊裏頭領是雙鞭呼延灼，白旗隊裏頭領是豹子頭林冲。二將在馬上大喝道：「奸臣童貫，待走那裏去？早來受死！」一衝直殺入軍中來。那睢州都監段鵬舉接住呼延灼交戰，洳州都監馬萬里接着林冲厮殺。這馬萬里與林冲鬥不到數合，氣力不加，却待要走，被林冲大喝一聲，慌了手脚，着了一矛，戳在馬下。段鵬舉看見馬萬里被林冲搠死，無心戀戰，隔過呼延灼雙鞭，霍地撥回馬便走。

呼延灼奮勇趕將入來，兩軍混戰。童貫只教奪路且回。只聽得前軍喊聲大舉，山背後飛出一彪步軍，直殺入垓心裏來。當先一僧、一行，領着軍兵，大叫道：「休教走了童貫！」那和尚不修經懺，專好殺人，單號花和尚，雙名魯智深。這行者景陽岡曾打虎，水滸寨最英雄，有名行者武松。魯智深一條禪杖，武行者兩口戒刀，殺入陣來。怎見得，有《西江月》爲證：

魯智深一條禪杖，武行者兩口鋼刀。鋼刀飛出火光飄，禪杖來如鐵砲。禪杖打開腦袋，鋼刀截斷人腰。兩般兵器不相饒，百萬軍中顯耀。〔眉〕鋪序梁山泊人。

童貫衆軍被魯智深、武松引領步軍一衝，早四分五落。官軍人馬前無去路，後没退兵，只得引酆美、畢勝撞透重圍，殺條血路，奔過山背後來。正方喘息，又聽得砲聲大震，戰鼓齊鳴，看兩員猛將當先，一簇步軍攔路。怎見得：

人人勇欺子路，個個貌若天神。鋼刀鐵搠亂紛紛，戰鼓繡旗相稱。左手解珍出衆，右手解寶超羣。數千鐵甲虎狼軍，攪碎長蛇大陣。

來的步軍頭領解珍、解寶，各撚五股鋼叉，引領步軍殺入陣内。童貫人馬遮攔不住，突圍而走，五面馬軍步軍一齊追殺，趕得官軍星落雲散。酆美、畢勝力保童貫而走。見解珍、解寶弟兄兩個挺起鋼叉，直衝到馬前，童貫急忙拍馬望刺斜裏便走。背後酆美、畢勝趕來救應。又得唐州都監韓天麟、鄧州都監王義，四個併力殺出垓心。方纔進步，喘息未定，只見前面塵起，叫殺連天，緑茸茸林子裏，又早飛出一彪人馬。當先兩員猛將攔住去路，那兩員是誰，但見：

一個開山大斧吞龍口，一個出白銀鎗蟒吐稍。一個咬碎銀牙衝大陣，一個睁圓怪眼躍天橋。一個董平緊要拿童貫，一個捨命争先是索超。

這兩員猛將，雙鎗將董平，急先鋒索超，兩個更不打話，飛馬直取童貫。王義挺鎗去迎，被索超手起斧落，砍於馬下。韓天麟來救，被董平一鎗搠死。酆美、畢勝死保護童貫，奔馬逃命。四下裹金鼓亂響，正不知何處軍來。童貫攏馬上坡看時，四面八方四隊軍馬，兩脅兩隊步軍，拷栳圈，簸箕掌，梁山泊軍馬〈大〉(各)處齊齊殺來。童貫軍馬如風落雲散，東零西亂。正看之間，山坡下一簇人馬出來，認的旗號是陳州都監吴秉彝，許州都監李明。這兩個引着些斷鎗折戟，敗殘軍馬，趕轉琳琅山躲避。看見招呼時，正欲上坡急調人馬，又見山側喊聲起來，飛過一彪人馬趕出，兩把認旗招颭，馬上兩員猛將，各執兵器，飛奔官軍。這兩個是誰，有《臨江(仙)》詞爲證：

盔上長纓飄火焰，紛紛亂撒猩紅。胸中豪氣吐長虹。戰袍裁蜀錦，鎧甲鍍金銅。兩口寶刀如雪練，垓心抖擻威風，左衝右突顯英雄。軍班青面獸，史進九紋龍。

這兩員猛將正是楊志、史進，兩騎馬，兩口刀，却好截住吴秉彝、李明兩個軍官厮殺。李明挺鎗向前，來鬥楊志；吴秉彝使方天戟，來戰史進。兩對兒在山坡下一來一往，盤盤旋旋，各逞平生武藝。童貫在山坡上勒住馬，觀之不定。四個人紛鬥到三十餘合，吴秉彝用戟奔史進心坎上戳將來，史進只一閃，那枝戟從肋羅裹放個過，吴秉彝連人和馬搶近前來，被史進手起刀落，只見一條血顙光連肉，頓落金鳌在馬邊，吴秉彝死於坡下。李明見先折了一個，却待也要撥回馬走時，被楊志大喝一聲，驚得魂消魄散，膽顫心寒，手中那條鎗不知顛倒。楊志把那口刀從頂門上劈將下來，李明只一閃，那刀正剁着馬的後胯下。那馬後蹄迸將下去，把李明閃下馬來。棄了手中鎗，却待奔走。這楊志手快，隨復一刀，砍個正着。可憐李明半世軍官，化作南柯一夢。兩員官將皆死於坡下。楊志、史進追殺敗軍，正如砍瓜截瓠相似。

童貫和酆美、畢勝在山坡上看了，不敢下來，身無所措。三個商量道：「似此如何殺得出去？」酆美道：「樞相且寬心，小將望見正南上尚兀自有大隊官軍扎住在那裏，旗幡不倒，可以解救。畢都統保守樞相在山頭，酆美殺開條路取那枝軍馬來，保護樞相出去。」〔眉〕酆美是個漢子。童貫道：「天色將晚，你可善覰方便，疾去早來。」酆美提着大桿刀，飛馬殺下山來，衝開條路，直到南邊。看那隊軍馬時，却是嵩州都監周信，把軍兵團團擺定，死命抵住。垓心裏看見那酆美來，便接入陣內，問：「樞相在那裏？」酆美道：「只在前面山坡上，專等你這枝軍馬去救護殺出來。事不宜遲，火速便起。」周信聽說罷，便教傳令馬步軍兵，都要相顧，休失隊伍，齊心併力。二員大將當先，衆軍助喊，殺奔山坡邊來。

行不到一箭之地，刺斜裏一枝軍到。酆美舞刀逕出迎敵，認得是睢州都監段鵬舉，三個都相見了，合兵一處殺到山坡下。畢勝下坡迎接上去，見了童貫，一處商議道：「今晚便殺出去好，却捱到來朝去好？」酆美道：「我四人死保樞相，則就今晚殺透重圍出去，可脱賊寇。」看看近夜，只聽得四邊喊聲不絶，金鼓亂鳴。約有二更時候，星月光亮，酆美當先，衆軍官簇擁童貫在中間，一齊併力殺下山坡來。只聽得四下裏亂叫道：「不要走了童貫！」衆官軍只望正南路衝殺過來，看看混戰到四更左右，殺出垓心。童貫在馬上以手加額，頂禮天地神明道：「慚愧！脱得這場大難。」催趲出界，奔濟州去。却纔歡喜未盡，只見前面山坡邊一帶，火把不計其數，背後喊聲又起。看見火把光中，兩員好漢，撚着兩條朴刀，引出一員騎白馬的英雄大將，在馬上横着一條點鋼鎗。那人是誰，有《臨江仙》詞一首爲證：

馬步軍中推第一，偏他數内爲尊。上天降下惡星辰。眼珠如點漆，面部似鐫銀。丈二鋼鎗無敵手，獨騎戰馬侵尋。人材武藝兩絶倫。梁山盧俊義，河北玉麒麟。

那馬上的英雄大將，正是玉麒麟盧俊義，馬前這兩個使朴刀的好漢，一個是病關索楊雄，一個是拚命三郎石秀。在火把光中引着三千餘人，抖擻精神，攔住去路。盧俊義在馬上大喝道：「童貫不下馬受縛，更待何時！」童貫聽得，對衆道：「前有伏兵，後有追兵，似此如之奈何？」酆美道：「小將捨條性命，以報樞相。汝等衆官，緊保樞相奪路望濟州去，我自戰住此賊。」酆美拍馬舞刀直奔盧俊義。兩馬相交，鬥不到數合，被盧俊義把鎗只一逼，逼過大刀，搶入身去，匹腰提住，一脚蹬開戰馬，把酆美活捉去了。楊雄、石秀便來接應，衆軍齊上，横拖倒曳捉了去。畢勝和周信、段鵬舉捨命保童貫衝殺攔路軍兵，且戰且走。背後盧俊義趕來，童貫敗軍，忙忙似喪家之犬，急急如漏網之魚。天曉脱得追兵，望濟州來。正走之間，前面山坡背後，又衝出一隊步軍來。那軍都是鐵掩心甲，絳紅羅頭巾，當先四員步軍頭領。畢竟是誰，但見：

黑旋風持兩把大斧，喪門神仗一口龍泉。項充、李衮在傍邊，手舞團牌體健。斬虎須投大穴，誅龍必向深淵。三軍威勢振青天，惡鬼眼前活見。

這李逵輪兩把板斧，鮑旭仗一口寶劍，項充、李衮各舞蠻牌遮護，却似一團火塊，從地皮上滾將來，殺得官軍四分五落而走。童貫與衆將且戰且走，只逃性命。李逵直砍入馬軍隊裏，把段鵬舉馬脚砍翻，掀將下來，就勢一斧劈開腦袋，再復一斧，砍斷咽喉，眼見得段鵬舉不活了。且説敗殘官軍將次捱到濟州，真乃是頭盔斜掩耳，〈頓〉（護）項半兜腮。馬步三軍，没了氣力，人困馬乏，奔到一條溪邊，軍馬都且去吃水。只聽得對溪一聲砲響，箭矢如飛蝗一般射將過來。官軍急上溪岸去，樹林邊轉出一彪軍馬來，爲頭馬上三個英雄是誰，但見：

銅鈴奮勇敢争征，飛石飛叉衆莫能。二虎相隨没羽箭，東昌驃騎是張清。

原來這没羽箭張清和龔旺、丁得孫，帶領三百餘騎馬軍。那一隊驍騎馬軍，都是銅鈴面具，雉尾紅纓，輕弓短箭，繡旗花鎗。三將爲頭，直衝將來。嵩州都監周信見張清軍馬少，便來迎敵。畢勝保着童貫而走。周信縱馬挺鎗來迎，只見張清左手約住鎗，右手似招寶七郎之形，口中喝一聲道：「着！」去周信鼻凹上只一石子打中，翻身落馬。龔旺、丁得孫傍邊飛馬來相助，將那兩條叉戳定咽喉，好似霜摧邊地草，雨打上林花，周信死於馬下。童貫止和畢勝逃命，不敢入濟州，引了敗殘軍馬連夜投東京去了。於路收拾逃難軍馬下寨。

原來宋江有仁有德，素懷歸順之心，不肯盡情追殺。惟恐衆將不捨，要追童貫，火急差戴宗傳下將令，布告衆頭領，收拾各路軍馬步卒，都回山寨請功，各處鳴金收軍而回。鞍上將都敲金鐙，步下卒齊唱凱歌，紛紛盡入梁山泊，個個同回宛子城。宋江、吴用、公孫勝先到水滸寨中忠義堂上坐下，令裴宣驗看各人功賞。盧俊義活捉酆美，解上寨來，跪在堂前。宋江自解其縛，請入堂内上坐，親自捧杯陪話，奉酒壓驚。〔眉〕此人合該奉酒。衆頭領都到堂上。是日殺牛宰馬，重賞三軍，留酆美住了兩日，備辦鞍馬送下山去。酆美大喜。宋江陪話道：「將軍，陣前陣後冒瀆威嚴，切乞恕罪。宋江等本無異心，只要歸順朝廷，與國家出力。被〈至〉(這)不公不法之人逼得如此，望將軍回朝，善言解救。倘得他日重見恩光，生死不忘大德。」酆美拜謝不殺之恩，登程下山，宋江令人直送出界。酆美放回京，不在話下。

宋江回到忠義堂上，再與吴用等衆頭領商議。原來今次用此十面埋伏之計，都是吴用機謀布置，殺得童貫膽寒心碎，夢裏也怕，大軍三停折了二停。吴用道：「童貫回去京師，奏了官家，如何不再起兵來？必得一人，直投東京，探聽虚實，回報山寨，預作准備。」宋江道：「軍師此論，允合吾心。恁弟兄中不知那個敢去？」只見坐次之中一個人應道：「兄弟願往！」衆人看了都道：「須是他去，必幹大事。」不是這個人來，有分教：濟州城外，造數百隻艨艟戰船；梁山泊中，添萬餘石軍糧米麥。正是衝陣馬亡青嶂下，戲波船陷綠蒲中。畢竟梁山泊是誰人前去打聽，且聽下回分解。

李和尚曰：粧點十面埋伏處，大象自家意思。文人任性如此，可笑哉！

十節度議取梁山泊

宋公明一败高太尉

第七十八回　十節度議取梁山泊　宋公明一敗高太尉

賦曰：

【寨名水滸，泊號梁山。週迴港汊數千條，四方周圍八百里。東連海島，西接咸陽，南通大冶金鄉，北跨青齊兗郡。有七十二段港汊，藏千百隻戰艦艨艟；建三十六座雁臺，屯百千萬軍糧馬草。聲聞宇宙，五千驍騎戰爭夫；名達天庭，三十六員英勇將。躍洪波，迎雪浪，混江龍與九紋龍；踏翠嶺，步青山，玉麒麟共青面獸。〔眉〕俗。逢山開路，索超原是急先鋒；遇水疊橋，劉唐號爲赤髮鬼。小李廣開弓有准，病關索鎗法無雙。黑旋風善會偷營，船火兒偏能劫寨。花和尚豈解參禪，武行者何曾受戒。焚燒屋宇，多應短命二郎；殺戮生靈，除是立地太歲。心雄難比兩頭蛇，毒害怎如雙尾蝎。阮小七號活閻羅，秦明性如霹靂火。假使官軍萬隊，穆弘出陣没遮攔；總饒鐵騎千層，萬馬怎當董一撞。朱仝面如重棗，時人號作雲長；林沖燕頷虎鬚，滿寨稱爲翼德。李應俊似撲天鵰，雷橫猛如插翅虎。燕青能滅竈屯兵，徐寧會平川布陣。呼風喚雨，公孫勝似入雲龍；搶鼓奪旗，石秀衆中偏拚命。〔眉〕文字太巧便太俗。張順赴得三十里水面，馳名浪裏白跳；戴宗走得五百里程途，顯號神行太保。關勝刀長九尺，輪來手上焰光生；呼延灼鞭重十斤，使動耳邊風雨響。没羽箭當頭怎躲，小旋風弓馬熟閑。設計施謀，衆伏智多吴學究；運籌帷幄，替天行道宋公明。大鬧山東，縱横河北。步鬥兩贏童貫，水戰三敗高俅。非圖壞國貪財，豈敢欺天罔地。施恩報國，幽州城下殺遼兵；仗義興師，清溪洞裏擒方臘。千年事迹載皇朝，萬古清名標史記。後有詩爲證：〔删〕。

去時三十六，回來十八雙。縱横千萬里，談笑却還鄉。

再説梁山泊好漢，自從兩贏童貫之後，宋江、吴用商議，必用着一個人去東京，探聽消息虚實，上山回報，預先准備軍馬交鋒。言之未絶，只見神行太保戴宗道：「小弟願往。」宋江道：「探聽軍情，多虧殺兄弟一個。雖然賢弟去得，必須也用一個相幫去最好。」李逵便道：「兄弟幫哥哥去走一遭。」宋江笑道：「你便是那個不惹事的黑旋風！」李逵道：「今番去時，不惹事便了。」宋江喝退一壁。再問：「有那個兄弟敢去走一遭？」赤髮鬼劉唐稟道：「小弟幫戴宗哥哥去如何？」宋江大喜道：「好。」當日兩個收拾了行裝，便下山去。

且不説戴宗、劉唐來東京打聽消息。却説童貫和畢勝沿路收聚得敗殘軍馬四萬餘人，比到東京，於路教衆多管軍的頭領，各自部領所屬軍馬，回營寨去了。只帶御營軍馬入城來。童貫卸了戎裝衣甲，逕投高太尉府中去商議。兩個見了，各敍禮罷，請入後堂深處坐定。童貫把大折兩陣，結果了八路軍官並許多軍馬，酆美又被活捉去了，似此如之奈何，一一都告訴了。高太尉道：「樞相不要煩惱，這件事只瞞了今上天子便了。妙計。誰敢胡奏？我和你去告稟太師，再作個道理。」有詩爲證：

懷私挾詐恨奸雄，詭計邪謀怎建功？數萬兒郎遭敗劫，却連黨惡蔽宸聰。

童貫和高俅上了馬，逕投蔡太師府内來。已有報知：「童樞密回了。」蔡京料道不勝。前知。又聽得和高俅同來，蔡京教喚入書院裏來厮見。童貫拜了太師，淚如雨下。蔡京道：「且休煩惱！我備知你折了軍馬之事。」高俅道：「賊居水泊，非船不能征進，樞密只以馬步軍征勦，因此失利，中賊詭計。」童貫訴説折兵敗陣之事。蔡京道：「你折了許多軍馬，費了許多錢糧，又折了八路軍官，這事怎敢教聖上得知。」好貨。童貫再拜道：「望乞太師遮蓋，救命則個！」蔡京道：「明日只奏道『天氣暑熱，軍士不伏水土，權且罷戰退兵』。妙計。倘或震怒，説道：『似此心腹大患，不去勦滅，後必爲殃。』如此時，恁衆官却怎地回答？」高俅道：「非是高俅誇口，若還太師肯保高俅領兵，親去那裏征勦，一鼓可平。」未必。蔡京道：「若是太尉肯自去，可知是好。明日便當保奏太尉爲帥。」高俅又稟道：「只有一件，須得聖旨，任便起軍並隨造船隻，或是拘刷元用官船民船，或備官價收買木料，打造戰船，水陸並進，船騎同行，方可指日成功。」蔡京道：「這事容易。」正話間，門吏報道：「酆美回來了。」童貫大喜。太師教喚進來，問其緣故。酆美拜罷，敍説：「宋江但是活捉上山去的，盡數放回，不肯殺害，又與盤纏，令回鄉里，因此小將得見鈞顔。」高俅道：「這是賊人詭計，故意慢我國家。知己。今後不點近處軍馬，直去山東、河北揀選得用的人，跟高俅去。」蔡京道：「既然如此，計議定了，來日内裏相見，面奏天子。」各自回府去了。

次日五更三點，都在侍班閤子裏相聚。朝鼓響時，各依品從分列丹墀，拜舞起居已畢，文武分班列於玉階之下。只見殿頭官手執淨鞭喝道：「有事出奏，無事捲簾退班。」只見蔡太師出班奏道：「昨遣樞密使童貫統率大軍征進梁山泊草寇，近因炎熱，軍馬不伏水土；抑且賊居水洼，非船不行。馬步軍兵急不能進，因此權且罷戰。各回營寨暫歇，別候聖旨。」天子乃云：「似此炎熱，再不復去矣。」聖主。蔡京奏道：「童貫可於泰乙宮聽罪，別令一人爲帥再去征伐，乞請聖旨。」天子曰：「此寇乃是腹心大患，不可不除，誰與寡人分憂？」高俅出班奏曰：「微臣不才，願効犬馬之勞，去勦此寇，伏取聖旨。」天子云：「既然卿肯與寡人分憂，任卿擇選軍馬。」高俅又奏：「梁山泊方圓八百餘里，非仗舟船，不能前進。臣乞聖旨於梁山泊近處採伐木植，命督工匠造船，或用官錢收買民船，以爲戰伐之用。」天子曰：「委卿執掌，從卿處置，可行即行，慎勿害民。」聖主。高俅奏道：「微臣安敢。只容寬限，以圖成功。」天子命取錦袍金甲賜與高俅，另選吉日出師。當日百官朝退，童貫、高俅送太師到府，便喚中書省關房掾史，傳奉聖旨，定奪撥軍。高太尉道：「前者有十節度使，多曾與國家建功，或征鬼方國，或伐西夏並大金、大遼等處，武藝精熟，請降旨使差撥爲將。」有詩爲證：

十路英雄用計深，分頭截殺更難禁。高俅原不知行止，却要親征奏捷音。

當時蔡太師依允，便撥十道劄付文書，仰各各部領所屬精兵一萬，前赴濟州取齊，聽候調用。那十個節度使非同小可，每人領軍一萬，剋期並進。那十路軍馬？

河南河北節度使王煥　　上黨太原節度使徐京　　京北弘農節度使王文德　　潁州汝南

節度使梅展　　中山安平節度使張開　　江夏零陵節度使楊溫　　雲中雁門節度使韓存保
隴西漢陽節度使李從吉　　琅琊彭城節度使項元鎮　　清河天水節度使荆忠

原來這十路軍馬，都是曾經訓練精兵。更兼這十節度使，舊日都是在綠林叢中出身，後來受了招安，直做到許大官職，都是精銳勇猛之人，非是一時建了些少功名。當日中書省定了程限，發十道公文，要這十路軍馬如期都到濟州，遲慢者定依軍令處置。金陵建康府有一枝水軍，爲頭統制官喚做劉夢龍，那人初生之時，其母夢見一條黑龍，飛入腹中，感而遂生。及至長大，善知水性，曾在西川峽江討賊有功，升做軍官都統制，統領一萬五千水軍，棹船五百隻，守住江南。高太尉要取這支水軍並船隻，星夜前來聽調。又差一個心腹人，喚做牛邦喜，也做到步軍校尉，教他去沿江上下並一應河道内，拘刷船隻，都要來濟州取齊，交割調用。高太尉帳前牙將極多，於内兩個最了得，一個喚做党世英，一個喚做党世雄，弟兄二人見做統制官，各有萬夫不當之勇。高太尉又去御營内選撥精兵一萬五千，通共各處軍馬一十三萬，先於諸路差官供送糧草，沿途交納。高太尉連日整頓衣甲，製造旌旗，未及發程。有詩爲證：

匿奸罔上非忠藎，好戰全違舊典章。不事懷柔服强暴，只驅良善敵刀鎗。言之酸鼻。

却説戴宗、劉唐在東京住了幾日，打聽得備細消息，星夜回還山寨，報説此事。宋江聽得高太尉親自領兵，調天下軍馬一十三萬、十節度使統領前來，心中驚恐，便與吳用商議。吳用道：「仁兄勿憂！昔日諸葛孔明用三千兵卒，破曹操十萬軍馬。小生也久聞這十節度的名，多與朝廷建功。只是當初無他的敵手，以此只顯他的豪傑。如今放着這一班好弟兄，如狼似虎的人，那十節度已是背時的人了，兄長何足懼哉！比及他十路軍來，先教他吃我一驚。」宋江道：「軍師如何驚他？」吴用道：「他十路軍馬都到濟州取齊，我這裏先差兩個快厮殺的，去濟州相近，接着來軍，先殺一陣，這是報信與高俅知道。」〔眉〕賊。宋江道：「叫誰去好？」吴用道：「差没羽箭張清、雙鎗將董平，此二人可去。」宋江差二將各帶一千軍馬，前去巡哨濟州，相迎截殺各路軍馬。又撥水軍頭領准備泊子裏奪船。山寨中頭領預先調撥已定，且不細説，下來便知。

再説高太尉在京師俄延了二十餘日，天子降敕，催促起軍。高俅先發御營軍馬出城，又選教坊司歌兒舞女三十餘人，隨軍消遣。好貨。至日祭旗，辭駕登程。却好一月光景，時值初秋天氣，大小官員都在長亭餞别，高太尉戎裝披掛，騎一疋金鞍戰馬，前面擺着五疋玉轡雕鞍從馬，左右兩邊排着党世英、党世雄弟兄兩個，背後許多殿帥統制官、統軍提轄、兵馬防禦、團練等官，參隨在後。那隊伍軍馬十分擺布得整齊。〔眉〕空好看耳！怎見得？

飛龍旗纓頭颭颭，飛虎旗火焰紛紛，飛熊旗彩色輝輝，飛豹旗光華袞袞。青旗按東方甲乙，如堆藍疊翠遮天；白旗按西方庚辛，似積雪凝霜向日。紅旗按丙丁前進，火雲隊堆滿山前。皂旗按壬癸後隨，殺氣瀰漫陣後。黄旗按中央戊己，鎮太將臺散亂金霞。七重圍子手，前後遮攔；八面引軍旗，左右招颭。一簇鎗林似竹，一攢劍洞如麻。嘶風戰馬蕩金鞍，開路征夫披鐵鎧。却似韓侯臨魏地，正如王翦出秦關。

那高太尉部領大軍出城，來到長亭前下馬，與衆官作别，飲罷餞行酒，攀鞍上馬登程，望濟州進發。於路上縱容軍士，盡去村中縱横擄掠，黎民受害，非止一端。可殺。

却説十路軍馬陸續都到濟州，有節度使王文德，領着京兆等處一路軍馬，星夜奔濟州來。離州尚有四十餘里。當日催動人馬，趕到一個去處，地名鳳尾坡。坡下一座大林，前軍却好抹過林子，只聽得一棒鑼聲響處，林子背後山坡脚邊，轉出一彪軍馬來。當先一將攔路。那員將頂盔掛甲，插箭彎弓，去那弓袋箭壺内，側插着小小兩面黄旗，旗上各有五個金字，寫道：「英雄雙鎗將，風流萬户侯。」兩手搭兩桿鋼鎗，此將乃是梁山泊第一個慣衝頭陣的勇將董平，因此人稱爲「董一撞」。董平勒定戰馬，截住大路喝道：「來的是那裏兵馬，不早早下馬受縛，更待何時？」這王文德兜住馬，呵呵大笑道：「瓶兒罐兒，也有兩個耳朵。你須曾聞我等十節度使、累建大功、名揚天下上將王文德麽？」董平大笑，喝道：「只你便是殺晚爺的大頑。」王文德聽了大怒，駡道：「反國草寇，怎敢辱吾！」拍馬挺鎗，直取董平，董平也挺雙鎗來迎。兩將鬥到三十合，不分勝敗。王文德料道贏不得董平，喝一聲：「少歇再戰！」各歸本陣。王文德分付衆軍，休要戀戰，且衝過去。王文德在前，三軍在後，大發聲喊，殺將過去。董平後面引軍追趕。將過林子，正走之間，前面又衝出一彪軍馬來，爲首一員上將，正是没羽箭張清，在馬上大喝一聲：「休走！」手中拈定一個石子打將來，望王文德頭上便着。急待躲時，石子打中盔頂，王文德伏鞍而走，跑馬奔逃。兩將趕來，看看趕上，只見側首衝過一隊軍來，王文德看時，却是一般的節度使楊温軍馬，齊來救應。因此董平、張清不敢來追，自回去了。〔眉〕此處不就勝他，都有關目。

兩路軍馬同入濟州歇定。太守張叔夜接待各路軍馬。數日之間，前路報來，高太尉大軍到了。十節度出城迎接，都參見了太尉，一齊護送入城，把州衙權爲帥府，安歇下了。高太尉傳下號令，教十路軍馬都向城外屯駐，伺候劉夢龍水軍到來，一同進發。這十路軍馬各自都來下寨，近山砍伐木植，人家搬擄門窗，搭蓋窩鋪，十分害民。惡。高太尉自在城中帥府内，定奪征進人馬。無銀兩使用者，都充頭哨出陣交鋒；有銀兩者，留在中軍，虛功濫報。好貨。似此奸弊，非止一端。〔眉〕只此便先敗了。有詩爲證：

無錢疲卒當頭陣，用倖精强殿後軍。正法廢來真可笑，貪夫贓吏競紛紛。

高太尉在濟州不過一二日，劉夢龍戰船到了，參見太尉。高俅隨即便喚十節度使都到廳前，共議良策。王焕等禀復道：「太尉先教馬步軍去探路，引賊出戰，然後即調水路戰船去劫賊巢。令其兩下不能相顧，可獲羣賊矣。」高太尉從其所言。當時分撥王焕、徐京爲前部先鋒，王文德、梅展爲合後軍。張開、楊温爲左軍，韓存保、李從吉爲右軍，項元鎮、荊忠爲前後救應。使党世雄引領三千精兵上船協助劉夢龍水軍船隻，就行監戰。諸軍盡皆得令，整束了三日，請高太尉看閱諸路軍馬。高太尉親自出城，一一點看了，便遣大小三軍並水軍，一齊進發，逕望梁山泊來。

且説董平、張清回寨，説知備細。宋江與衆頭領統率大軍，下山不遠，早見官軍到來，前軍射住陣脚，兩邊拒定人馬。只見先鋒王焕出陣，使一條長鎗，在馬上厲聲高叫：「無端草寇，敢死村夫，認得大將王焕麼？」對陣繡旗開處，宋江親自出馬，與王焕聲喏道：「王節度，你年紀高大了，不堪與國家出力。當鎗對敵，恐有些一差二誤，枉送了你一世清名，你回去罷！另教年紀小的出來戰。」〔眉〕惡甚，妙甚。王焕聽得大怒，罵道：「你這廝是個文面俗吏，安敢抗拒天兵？」宋江答道：「王節度，你休逞好手！我這一般兒替天行道的好漢，不到得輸與你！」王焕便挺鎗戳將過來。宋江馬後早有一將，鸞鈴響處，挺鎗出陣。宋江看時，却是豹子頭林沖，來戰王焕。兩馬相交，衆軍助喊。高太尉自臨陣前，勒住馬看，只聽得兩軍吶喊喝采。果是馬軍踏蹬擡身看，步卒掀盔舉眼觀。畫。兩個施逞諸路鎗法，但見：

【一個屏風鎗勢如霹靂，一個水平鎗勇若奔雷。一個朝天鎗難防難躲，一個鑽風鎗怎敵怎遮。這個鎗使得疾如孫策，那個鎗使得猛似霸王。這個恨不得鎗戳透九霄雲漢，那個恨不得鎗刺透九曲黄河。一個鎗如蟒離岩洞，一個鎗似龍躍波津。一個使鎗的雄似虎吞羊，一個使鎗的俊如鶻撲兔。這個使鎗的，英雄蓋盡梁山泊；那個使鎗的，威風播滿宋乾坤。】〔眉〕可删。

王焕大戰林沖，約有七八十合，不分勝敗。兩邊各自鳴金，二騎分開，各歸本陣。只見節度使荆忠，到前軍馬上欠身稟覆高太尉道：「小將願與賊人决一陣，乞請鈞旨。」高太尉便教荆忠出馬交戰。宋江馬後鸞鈴響處，呼延灼來迎。荆忠使一口大桿刀，騎一疋爪黄馬。二將交鋒，約鬥二十合，被呼延灼賣個破綻，隔過大刀，順手提起鋼鞭來，只一下打個襯手，正着荆忠腦袋，打得腦漿迸流，眼珠突出，死於馬下。高俅看見折了一個節度使，火急便差項元鎮驟馬挺鎗，飛出陣前，大喝：「草賊敢戰吾麽？」宋江馬後雙鎗將董平撞出陣前，來戰項元鎮。兩個鬥不到十合，項元鎮霍地勒回馬，拖了鎗便走。〔眉〕有關目。董平拍馬去趕，項元鎮不入陣去，遶着陣脚，落荒而走。董平飛馬去追，項元鎮帶住鎗，左手拈弓，右手搭箭，拽滿弓，翻身背射一箭。董平聽得弓弦響，擡手去隔，一箭正中右臂，棄了鎗，撥回馬便走。項元鎮掛着弓，撚着箭，倒趕將來。呼延灼、林沖見了，兩騎馬各出，救得董平歸陣。高太尉揮指大軍混戰，宋江先教救了董平回山，後面軍馬遮攔不住，都四散奔走。高太尉直趕到水邊，却調人去接應水路船隻。

且說劉夢龍和党世雄布領水軍，乘駕船隻，迤逦前投梁山泊深處來。只見茫茫蕩蕩，盡是蘆葦蒹葭，密密遮定港汊。這裏官船檣篙不斷，相連十餘里水面。正行之間，只聽得山坡上一聲砲響，四面八方小船齊出。那官船上軍士先有五分懼怯，看了這等蘆葦深處，盡皆慌了。怎禁得蘆葦裏面埋伏着小船齊出，衝斷大隊官船，前後不相救應，大半官軍棄船而走。梁山泊好漢看見官軍陣脚亂了，一齊鳴鼓摇船，直衝上來。劉夢龍和党世雄急回船時，原來經過的淺港内，都被梁山泊好漢用小船裝載柴草，砍伐山中木植，填塞斷了。那櫓槳竟摇不動。衆多軍卒，盡棄了船隻下水。劉夢龍脱下戎裝披掛，爬過水岸，揀小路走了。這党世雄不肯棄船，只顧教水軍尋港汊深處摇動了行去。好貨。不到二里，只見前面三隻小船。船上是阮氏三雄，各人手執蓼葉鎗，挨近船邊來。衆多駕船軍士，都跳下水裏去了。党世雄自持鐵搠，立在船頭上與阮小二交鋒。阮小二也跳下水裏去，阮小五、阮小七兩個逼近身來。党世雄見不是頭，撇了鐵搠，也跳下水去了。遲了。只見水底下鑽過船火兒張横來，一手揪住頭髮，一手提定腰胯，的溜溜丢上蘆葦根頭。先有十數個小嘍囉躲在那裏，鐃鈎套索搭住，活捉上水滸寨來。

却説高太尉見水面上船隻，都紛紛滾滾亂投山邊去了，船上縛着的盡是劉夢龍水軍的旗號。情知水路裏又折了一陣，忙傳鈞令，且教收兵回濟州去，别作道理。五軍比及要退，又值天晚，只聽得四下裏火砲不住價響，宋江軍馬不知幾路殺將來。高太尉只叫得：「苦了也！」正是歡喜未來愁又至，纔逢病退又遭殃。有分教：一枚太尉，翻爲陰陵失路之人；十路雄兵，變作赤壁鏖兵之客。只教步卒無門歸大寨，水軍逃路到華胥。畢竟高太尉並十路軍兵怎地脱身，且聽下回分解。

李禿翁曰：《水滸傳》文字不可及處，全在伸縮次第。但看這回，若一味形容梁山泊得勝，便不成文字了。絶妙處正在董平一箭，方有伸縮，方有次第，觀者亦知之乎？

劉唐放火燒戰船

宋江兩敗高太尉

第七十九回　劉唐放火燒戰船　宋江兩敗高太尉

《西江月》：

軟弱安身之本，剛强惹禍之胎。無争無競是賢才，虧我些兒何礙。〈純〉（鈍）斧鎚磚易碎，快刀劈水難開。但看髮白齒牙衰，惟有舌根不壞。

話説當下高太尉望見水路軍士，情知不濟，正欲回軍，只聽得四邊砲響，急收聚衆將，奪路而走。原來梁山泊只把號砲四下裏施放，却無伏兵，只嚇得高太尉心驚膽戰，鼠竄狼奔，連夜收軍回濟州。計點步軍，折陷不多；水軍折其大半，戰船没一隻回來。劉夢龍逃難得回，軍士會水的逃得性命，不會水的都淹死于水中。高太尉軍威折挫，鋭氣衰殘，且向城中屯駐軍馬，等候牛邦喜拘刷船到，再差人賫公文去催：不論是何船隻，堪中的盡數拘拿，解赴濟州，整頓征進。

却説水滸寨中，宋江先和董平上山，拔了箭矢，唤神醫安道全用藥調治。安道全使金鎗藥敷住瘡口，在寨中養病。吴用收住衆頭領上山。水軍頭領張横解党世雄到忠義堂上請功。宋江教且押去後寨軟監着，將奪到的船隻盡數都收入水寨，分派與各頭領去了。

再説高太尉在濟州城中，會集諸將，商議收勦梁山之策。數内上黨節度使徐京稟道：「徐某幼年遊歷江湖，使鎗賣藥之時，曾與一人交游。那人深通韜略，善曉兵機，有孫、吴之才調，諸葛之智謀，姓聞名焕章，見在東京城外安仁村教學。若得此人來爲參謀，可以敵吴用之詭計。」高太尉聽説，便差首將一員，賫帶段疋鞍馬，星夜回東京，禮請這教村學秀才聞焕章，來爲軍前參謀。便要早赴濟州，一同參贊軍務。那員首將回京去。不得三五日，城外報來：「宋江軍馬直到城邊搦戰。」高太尉聽了大怒，隨即點就本部軍兵，出城迎敵。就令各寨節度使同出交鋒。

却説宋江軍馬見高太尉提兵至近，急慌退十五里外平川曠野之地。高太尉引軍趕去，宋江軍馬已向山坡邊擺成陣勢。紅旗隊裏捧出一員猛將，怎生披掛，但見：

戴一頂插交角，嵌金花，光掙掙鐵幞頭；拴一條長數尺，飛紅霞，雲彩彩紅抹額。披一副黑撲撲，齊臻臻，退光漆，烈龍鱗，戧金烏油甲；繫一條攢八寶，嵌七珍，金雀舌，雙獺尾，玲瓏碧玉帶。穿一領按北方，如潑墨，結烏雲，飄黑霧，俏身皂羅袍；着一對緑兜根，金落縫，走雲芽，盤雙鳳，踏山麂皮靴。懸一張射雙鵰，落孤雁，鵲畫寶雕弓；攢十壺穿銀盔，透鐵鎧，點鋼鑿子箭。挽兩條蒼龍梢，排竹節，水磨打將鞭；騎一疋恨天低，嫌地窄，千里烏騅馬。正是斜按鐵鎗臨陣上，渾如黑殺降凡間。

認旗上寫的分明，乃是「雙鞭呼延灼」。兜住馬，横着鎗，立在陣前。高太尉看見道：「這廝便是統領連環馬時背反朝廷的。」便差雲中節度使韓存保出馬迎敵。這韓存保善使一枝方天畫戟。兩個在陣前，更不打話，一個使戟去搠，一個用鎗來迎。使戟的不放半分閑，使鎗的豈饒些子空。兩個戰到五十餘合，呼延灼賣個破綻，閃出去，拍着馬望山坡下便走。韓存保緊要幹功，跑着馬趕來。八個馬蹄翻盞撒鈸相似，約趕過五七里無人之處。看看趕上，呼延灼勒回馬，帶轉鎗，舞起雙鞭來迎。兩個又鬥十數合之上，用雙鞭分開畫戟，回馬又走。韓存保尋思：「這厮鎗又近不得我，鞭又贏不得我，我不就這裏趕上捉了這賊，更待何時？」搶將近來，趕轉一兩山嘴，有兩條路，竟不知呼延灼何處去了。韓存保勒馬上坡來望時，只見呼延灼遶着一條溪走。存保大叫：「潑賊！你走那裏去？快下馬來受降，饒你命！」呼延灼不走，大罵存保。韓存保却大寬轉來抄呼延灼後路。兩個却好在溪邊相迎着，一邊是山，一邊是溪，只中間一條路，兩疋馬盤旋不得。呼延灼道：「你不降我，更待何時？」韓存保道：「你是我手裏敗將，倒要我降你？」呼延灼道：「我漏你到這裏，正要活捉你，你性命只在頃刻。」韓存保道：「我正來活捉你。」兩個舊氣又起，韓存保挺着長戟，望呼延灼前心兩脅軟肚上雨點般戳將來。呼延灼用鎗左撥右逼，捽風般搠入來。兩個又鬥了三十來合，正鬥到濃深處，韓存保一戟望呼延灼軟脅搠來，呼延灼一鎗望韓存保前心刺去，兩個各把身軀一閃，兩邊軍器都從脅下搠來，呼延灼挾住韓存保戟桿，韓存保扭定呼延灼鎗桿，兩個都在馬上你扯我拽，挾住腰胯，用力相挣。〔眉〕畫。韓存保的馬後蹄先塌下溪裏去了，呼延灼連人和馬也拽下溪裏去了。兩個在水中扭做一塊，那兩疋馬踐起水來，一人一身水。呼延灼棄了手裏的鎗，挾住他的戟桿，急去掣鞭時，韓存保也撇了他的鎗桿，雙手按住呼延灼兩條臂。你揪我扯，兩個都滾下水裏去。那兩疋馬迸星也似跑上岸來，望山邊去了。兩個在溪水中都滚没了軍器，頭上戴的盔没了，身上衣甲飄零，兩個只把空拳來在水中厮打。一遞一拳，正在深水裏，又拖上淺水裏來。〔眉〕好一對敵手。正解拆不開，岸上一彪軍馬趕到，爲頭的是没羽箭張清。衆人下手，活捉了韓存保。差人急去尋那走了的兩疋戰馬，只見那馬却聽得馬嘶人喊，也跑回來尋隊，因此收住。又去溪中撈起軍器，還呼延灼，帶濕上馬，却把韓存保背剪縛在馬上，一齊都奔峪口。有詩爲證：

兩人交戰更蹺蹊，脱馬纏綿浸碧溪。可惜韓存英勇士，生擒活捉不堪題。

只見前面一彪軍馬來尋韓存保，兩家却好當住。爲頭兩員節度使，一個是梅展，一個是張開。因見水渌渌地馬上縛着韓存保，梅展大怒，舞三尖兩刃刀直取張清。交馬不到三合，張清便走。梅展趕來，張清輕舒猿臂，款扭狼腰，只一石子飛來，正打中梅展額角，鮮血迸流。撇了手中刀，雙手掩面。張清急便回馬，却被張開搭上箭、拽滿弓，一箭射來。張清提馬頭一提，正射中馬眼，那馬便倒。〔眉〕一勝一敗，都有伸縮，妙，妙。張清跳在一邊，撚着鎗，便來步戰。那張清原來只有飛石打將的本事，鎗法上却慢。張開先救了梅展，次後來戰張清。馬上這條鎗神出鬼没。張清只辦得架隔，遮攔不住，拖了鎗便走入馬軍隊裏躲閃。張開鎗馬到處，殺得五六十馬軍四分五落，再奪得韓存保。却待回來，只見喊聲大舉，峪口兩彪軍到。一隊是霹靂火秦明，一隊是大刀關勝。兩個猛將殺來，張開只保得梅展走了，那裏顧得衆軍。兩路殺入來，又奪了韓存保。張清搶了一疋馬，呼延灼使盡氣力，只好隨衆厮殺。一齊掩擊到官軍隊前，乘勢衝動，退回濟州。梁山泊軍馬也不追趕，只將韓存保連夜解上山寨來。

宋江等坐在忠義堂上，見縛到韓存保來，喝退軍士，親解其索，請坐廳上，慇懃相待。套子。韓存保感激無地，就請出党世雄相見，一同管待。宋江道：「二位將軍切勿相疑，宋江等並無異心，只被濫官污吏逼得如此。若蒙朝廷赦罪招安，情願與國家出力。」韓存保道：「前者陳太尉賫到招安詔敕來山，如何不乘機會去邪歸正？」宋江答道：「便是朝廷詔書寫得不明，更兼用村醪倒换御酒，因此弟兄衆人心皆不伏。那兩個張幹辦、李虞候擅作威福，恥辱衆將。」韓存保道：「只因中間無好人維持，誤了國家大事。」宋江設筵管待已了，次日具備鞍馬送出谷口。這兩個在路上，說宋江許多好處。癡子。回到濟州城外，却好晚了。次早入城來見高太尉，說宋江把二將放回之事。高俅大怒道：「這是賊人詭計，慢我軍心。知己。你這二人有何面目見吾？〔眉〕還像個太尉。左右，與我推出斬訖報來！」是。王焕等衆官都跪下告道：「非干此二人之事，乃是宋江、吴用之計，若斬此二人，反被賊人恥笑。」胡説。高太尉被衆人苦告，饒了兩個性命，削去本身職事，發回東京泰乙宫聽罪。好貨。這兩個解回京師。

原來這韓存保是韓忠彦的侄兒，忠彦乃是國老太師，朝廷官員多有出他門下。有個門館教授，姓鄭名居忠，原是韓忠彦擡舉的人，見任御史大夫。韓存保把上件事告訴他，居忠上轎，帶了存保來見尚書余深，同議此事。余深道：「須是稟得太師，方可面奏。」〔眉〕好一班有用人。二人來見蔡京，說宋江本無異心，只望朝廷招安。蔡京道：「前者毁詔謗上，如此無禮，不可招安，只可勦捕。」是。二人稟說：「前番招安，皆爲去人不布朝廷德意用心撫恤，不用嘉言，專說利害，以此不能成事。」蔡京方允。好貨。約至次日早朝，道君天子升殿，蔡京奏准再降詔勅，令人招安。天子曰：「見今高太尉使人來請安仁村聞焕章爲軍前參謀，早赴邊庭委用，就差此人爲使前去。如肯來降，悉免本罪；如仍不伏，就着高俅定限，日下勦捕盡絶還京。」聖主。蔡太師寫成草詔，一面取聞焕章赴省筵宴。原來這聞焕章是有名文士，朝廷大臣多有知識的，各備酒食迎接。席終各散。一邊收拾起行。有詩爲證：

教學先生最有才，天書特地召將來。展開説地談天口，便使恩光被草萊。

且不説這裏聞焕章辭駕同天使來，却説高太尉在濟州，心中煩惱，門吏報道：「牛邦喜到來。」高太尉便教唤至，拜罷，問道：「船隻如何？」邦喜稟道：「於路拘刷得大小船一千五百餘隻，都到閘下。」太尉大喜，賞了牛邦喜。便傳號令，教把船都放入闊港，每三隻一排釘住，上用板鋪，船尾用鐵環鎖定。盡數撥步軍上船，其餘馬軍，近水護送船隻。比及編排得軍士上船，訓練得熟，已得半月之久。梁山泊盡都知了。吴用唤劉唐受計，掌管水路建功。衆多水軍頭領，各各准備小船，船頭上排排釘住鐵葉，船艙裏裝載蘆葦乾柴，柴中灌着硫黄焰硝引火之物，屯住在小港内。却教砲手淩振，於四望高山上放砲爲號，又於水邊樹木聚雜之處，都縛旌旗於樹上。每一處都設金鼓火砲，虚屯人馬，假設營壘。請公孫勝作法祭風。旱地上分三隊軍馬接應。梁山泊吴用指畫已了。

却説高太尉在濟州催起軍馬，水路統軍却是牛邦喜，又同劉夢龍並党世英這三個掌管。高太尉披掛了，發三通擂鼓，水港裏船開，旱路上馬發。船行似箭，馬去如飛，殺奔梁山泊來。先説水路裏船隻，連篙不斷，金鼓齊鳴，迤邐殺入梁山深處，並不見一隻船。看看漸近金沙灘，只見荷花蕩裏，兩隻打魚船，每隻船上只有兩個人，拍手大笑。頭船上劉夢龍便叫放箭亂射，漁人都跳下水底去了。〔眉〕應敵頗閑暇。劉夢龍催動戰船，漸近金沙灘頭，一帶陰陰的都是細柳，柳樹上拴着兩頭黄牛，緑莎草上睡着三四個牧童。遠遠地又有一個牧童，倒騎着一頭黄牛，口中嗚嗚咽咽，吹着一管笛子來。劉夢龍便教先鋒悍勇的首先登岸，那幾個牧童跳起來，呵呵大笑，都穿入柳陰深處去了。前隊五七百人搶上岸去，那柳陰樹中一聲砲響，兩邊戰鼓齊鳴。左邊就衝出一隊紅甲軍，爲頭是霹靂火秦明；右邊衝出一隊黑甲軍，爲頭是雙鞭將呼延灼。各帶五百軍馬，截出水邊。劉夢龍急招呼軍士下船時，已折了大半軍校。牛邦喜聽得前軍喊起，便教後船且退。只聽得山頂上連珠砲響，蘆葦中颼颼有聲，却是公孫勝披髮仗劍，踏罡布斗，在山頂上祭風。初時穿林透樹，次後走石飛沙，須臾白浪掀天，頃刻黑雲覆地，紅日無光，狂風大作。劉夢龍急教棹船回時，只見蘆葦叢中，藕花深處，小港狹汊，都棹出小船來，鑽入大船隊裏，鼓聲響處，一齊點着火把。原來這小船上都是吴用主意，授計與劉唐，盡使水軍頭領裝載蘆葦乾柴、硫黄焰硝，雜以油薪，（霎）時間大火竟起，烈焰飛天，四分五落，都穿在大船内。前後官船，一齊燒着。怎見得火起，但見：

黑烟迷緑水，紅焰起清波。風威捲荷葉滿天飛，火勢燎蘆林連梗斷。神號鬼哭，昏昏日色無光；岳撼山崩，浩浩波聲鼎沸。艦航遮洋盡倒，艨艟舵櫓皆休。先鋒將魄散魂飛，合後兵心驚膽裂。蕩槳的首先落水，點篙的無路逃生。船尾旌旗，不見青紅交雜；柁樓劍戟，難排霜刃争叉。副將忙舉哀聲，主帥先尋死路。【却似驪山頂上，周幽王褒〈氏〉（姒）戲諸侯；有若夏口三江，施妙策周郎破曹操。】千千條火焰連天起，萬萬道煙霞貼水飛。可删。

當時劉夢龍見滿港火飛，戰船都燒着了，只得棄了頭盔衣甲，跳下水去。又不敢傍岸，揀港深水闊處，赴將開去逃命。蘆林裏面，一個人獨駕着小船，直迎將來。劉夢龍便鑽入水底下去，却好有一個人攔腰抱住，拖上船來。撐船的是出洞蛟童威，攔腰抱的是混江龍李俊。却説牛邦喜見四下官船隊裏火着，也棄了戎裝披掛，却待下水。船梢上鑽起一個人來，拿着撓鈎，匹頭搭住，倒拖下水裏去。那人是船火兒張横。這梁山泊内水面上，殺得屍横遍野，血濺波心，焦頭爛額者，不計其數。只有党世英摇着小船，正走之間，蘆林兩邊弩箭弓矢齊發，射死水中。衆多軍卒，會水的逃得性命回去，不會水的，盡皆淹死，生擒活捉者，都解投大寨。李俊捉得劉夢龍，張横捉得牛邦喜，欲待解上山寨，惟恐宋江又放了。兩個好漢自商量，把這二人就路邊結果了性命，割下首級，送上山來。〔眉〕佛。

再説高太尉引領馬軍在水邊策應，只聽得連珠砲響，鼓聲不絶，料道是水面上厮殺。驟着馬前來，靠山臨水探望。只見紛紛軍士，都從水裏逃命，爬上岸來。高俅認得是自家軍校，問其緣故，説被放火燒盡船隻，俱各不知所在。高太尉聽了，心内越慌。但望見喊聲不斷，黑煙滿空，急引軍回舊路時，山前鼓聲響處，衝出一隊馬軍攔路。當先急先鋒索超，輪起開山大斧，驟馬搶近前來。高太尉身邊節度使王焕，挺鎗便出，與索超交戰。鬥不到五合，索超撥回馬便走。高太尉引軍追趕，轉過山嘴，早不見索超。正走間，背後豹子頭林沖，引軍趕來，又殺一陣。再走不過六七里，又是青面獸楊志引軍趕來，又殺一陣。又奔不到八九里，背後美髯公朱仝趕上來，又殺一陣。這是吴用使的追趕之計，不去前面攔截，只在背後趕殺。敗軍無心戀戰，只顧奔走，救護不得後軍。因此高太尉被追趕得慌，飛奔濟州。比及入得城時，已自三更。又聽得城外寨中火起，喊聲不絕。原來被石秀、楊雄埋伏下五百步軍，放了三五把火，潛地去了。驚得高太尉魂不附體，連使人探視，回報「去了」，方纔放心。整點軍馬，折其大半。有詩爲證：

赤壁鏖兵事可徵，高俅計拙亦無憑。雄兵返敗梁山泊，回首羞將大府登。

高俅正在納悶間，遠探報道：「天使到來。」高俅遂引軍馬並節度使出城迎接。見了天使，就說降詔招安一事。都與聞煥章參謀使相見了，同進城中帥府商議。高太尉先討抄白備詔觀看。待不招安來，又連折了兩陣，拘刷得許多船隻，又被盡行燒毀；待要招安來，恰又羞回京師。心下躊躇，數日主張不定。不想濟州有一個老吏，姓王名瑾，那人平生尅毒，人盡呼爲「剜心王」。却是太守張叔夜撥在帥府供給的吏。因見了詔書抄白，更打聽得高太尉心内遲疑不決，遂來帥府呈獻利便事件，〔眉〕從來奸吏如此。稟説：「貴人不必沉吟，小吏看見詔上已有活路，這個寫草詔的翰林待詔，必與貴人好，先開下一個後門了。」高太尉見説大驚，便問道：「你怎見得先開下後門？」王瑾稟道：「詔書上最要緊是中間一行，道是『除宋江、盧俊義等大小人衆所犯過惡，並與赦免。』這一句是囫圇話。如今開讀時，却分作兩句讀，將『除宋江』另做一句，『盧俊義大小人衆所犯過惡並與赦免』另做一句，小聰明濟得恁事？可惡，可惡！賺他漏到城裏，捉下爲頭宋江一個，把來殺了，却將他手下衆人盡數拆散，分調開去。自古道：『蛇無頭而不行，鳥無翅而不飛。』但没了宋江，其餘的做得甚用？〔眉〕放屁，放屁！此論不知太尉恩相貴意若何？」高俅大喜，隨即升王瑾爲帥府長史，好貨，好貨。便請聞參謀説知此事，一同計議。聞煥章諫道：「堂堂天使，只可以正理相待，不可行詭詐於人。〔眉〕是。倘或宋江以下有智謀之人識破，翻變起來，深爲未便。」高太尉道：「非也！自古兵書有云：『兵行詭道。』豈可用得正大？」胡説。聞參謀道：「然雖『兵行詭道』，這一事是天子聖旨，乃以取信天下。自古王言如綸如綍，因此號爲玉音，不可移改。今若如此，後有知者，難以此爲准信。」〔眉〕是。高太尉道：「且顧眼下，却又理會。」妙。遂不聽聞煥章之言。先遣一人往梁山泊報知，令宋江等全夥前來濟州城下，聽天子詔敕，赦免罪犯。未知真假何如，有詩爲證：

遠捧泥書出大邦，諄諄天語欲招降。高俅輕信奸人語，要構陰謀殺宋江。

却説宋江又贏了高太尉這一陣，燒了的船令小校搬運做柴，不曾燒的拘收入水寨。但是活捉的軍將，盡數陸續放回濟州。當日宋江與大小頭領正在忠義堂上商議事務，小校報道：「濟州府差人上山來報道：『朝廷特遣天使頒降詔書，赦罪招安，加官賜爵，特來報喜。』」宋江聽罷，喜從天降，笑逐顔開，便叫請那報事人到堂上問時，那人説道：「朝廷降詔，特來招安。高太尉差小人前來報請大小頭領，都要到濟州城下行禮，開讀詔書。並無異議，勿請疑惑。」宋江叫請軍師商議定了，且取銀兩段疋，賞賜來人，先發付回濟州去了。

宋江傳下號令，大小頭領盡教收拾，便去聽開讀詔書。盧俊義道：「兄長且未可性急，誠恐這是高太尉的見識，兄長且不可便去！」宋江道：「你們若如此疑心時，如何能勾歸正？衆人好歹去走一遭。」吴用笑道：「高俅那廝，被我們殺得膽寒心碎，便有十分的計策，也施展不得。放着衆弟兄一班好漢，不要疑心，只顧跟隨宋公明哥哥下山。我這裏先差黑旋風李逵引着樊瑞、鮑旭、項充、李衮，將帶步軍一千，埋伏在濟州東路。再差一丈青扈三娘，引着顧大嫂、孫二娘、王矮虎、孫新、張青，將帶馬軍一千，埋伏在濟州西路。若聽得連珠砲響，殺奔北門來取齊。」吴用分調已定，衆頭領都下山，只留水軍頭領看守寨柵。只因高太尉要用詐術誘引這夥英雄下山，不聽聞參謀諫勸，誰想只就濟州城下，翻爲九里山前；梁山泊邊，變作三江夏口。却似狼臨犬隊，虎入羊羣。正是只因一紙君王詔，惹起全班壯士心。畢竟衆好漢怎地大鬧濟州，且聽下回分解。

李秃翁曰：從來小識見、歪肚腸，幹得恁事？適以自誤誤人耳！彼方以爲張良、陳平不是過也，可發大笑，而王瑾者其榜樣乎？戒之何如！

張順鑿漏海鰍船

宋江三败高太尉

第八十回　張順鑿漏海鰍船　宋江三敗高太尉

詩曰：

乾坤日月如梭急，萬死千生如瞬息。只因政化多乖違，奮劍揮刀動白日。梁山義士真英豪，矢心忠義淩雲霄。朝廷遣將非仁義，致令壯士心勞忉。高俅不奉朝廷意，狡獪縈心竟妖魅。詔書違戾害心萌，濟州黎庶肝塗地。仁存方寸不在多，機關萬種將如何。九重天遠豈知得，紛紛寰海興干戈。

話說高太尉在濟州城中帥府坐地，喚過王煥等衆節度商議，傳令將各路軍馬，拔寨收入城中。教見在節度使俱各全付披掛，伏於城内。各寨軍士盡數准備，擺列於城中。城上俱各不豎旌旗，只於北門上立黄旗一面，上書「天詔」二字。高俅〈於〉（與）天使衆官，都在城上，只等宋江到來。

當日梁山泊中先差没羽箭張清，將帶五百哨馬，到濟州城邊，週迴轉了一遭，望北去了。須臾，神行太保戴宗步行來探了一遭。人報與高太尉，親自臨月城上女牆邊，左右從者百餘人，大張麾蓋，前設香案。遥望北邊，宋江軍馬到來。前面金〈古〉（鼓），五方旌旗，衆頭領簇簟掌，拷栳圈，雁翅一般擺列將來。當先爲首宋江、盧俊義、吴用、公孫勝，在馬上欠身，與高太尉聲喏。高太尉見了，使人在城上叫道：「如今朝廷赦你們罪犯，特來招安，如何披甲前來？」怕。宋江使戴宗至城下回覆道：「我等大小人員，未蒙恩澤，不知詔意若何？未敢去其介胄。望太尉周全，可盡唤在城百姓耆老，一同聽詔，那時承恩卸甲。」高太尉出令，教唤在城耆老百姓，盡都上城聽詔。無移時，紛紛滚滚，盡皆到了。宋江等在城下看見城上百姓老幼擺滿，方纔勒馬向前。鳴鼓一通，衆將下馬。鳴鼓二通，衆將步行到城邊。背後小校牽着戰馬，離城一箭之地，齊齊地伺候着。鳴鼓三通，衆將在城下拱手，共聽城上開讀詔書。那天使讀道：

「制曰：人之本心，本無二端；國之恒道，俱是一理。作善則爲良民，造惡則爲逆黨。爲惡黨者，此非正命，深可憫焉。朕聞梁山泊聚衆已久，不蒙善化，未復良心。今差天使頒降詔書，除宋江，盧俊義等大小人衆所犯過惡，並與赦免。其爲首者，詣京謝恩；協隨助者，各歸鄉閭。毋違朕意，以負汝懷。嗚呼！速霑雨露，以就去邪歸正之心；毋犯雷霆，當效革故鼎新之意。故兹詔示，想宜悉知。〔眉〕「除宋江」這等想頭，從天而墮，把好(奸)吏心肝都寫出。

宣和　年　月　日」

當時軍師吴用正聽讀到「除宋江」三字，便目視花榮道：「將軍聽得麽？」却纔讀罷詔書，花榮大叫：「既不赦我哥哥，我等投降則甚？」搭上箭，拽滿弓，望着那個開詔使臣道：「看花榮神箭！」一箭射中面門，衆人急救。城下衆好漢一齊叫聲：「反！」亂箭望城上射來。高太尉回避不迭。四門突出軍馬來。宋江軍中一聲鼓響，一齊上馬便走。城中官軍追趕，約有五六里回來。只聽得後軍砲響，東有李逵，引步軍殺來。西有扈三娘，引馬軍殺來。兩路軍兵一齊合到。城内官軍只怕有埋伏，都急退時，宋江全夥却回身捲殺將來，三面夾攻，城中軍馬大亂，急急奔回，殺死者多。宋江收軍，不教追趕，自回梁山泊去了。却説高太尉在濟州寫表，申奏朝廷，稱説「宋江賊寇，射死天使，不伏招安」。外寫密書送與蔡太師、童樞密、楊太尉煩爲商議，教太師奏過天子，沿途接應糧草，星夜發兵前來，併力勦捕羣賊。

却説蔡太師收得高太尉密書，徑自入朝奏知天子。天子聞奏，龍顔不悦，云：「此寇數辱朝廷，累犯大逆。」隨次降敕教諸路各助軍馬，並聽高太尉調遣。楊太尉已知節次失利，再於御營司選撥二將，就於龍猛、虎翼、捧日、忠義四營内，各選精兵五百，共計二千，跟隨兩個上將去助高太尉殺賊。這兩員將軍是誰？一個是八十萬禁軍都教頭，官帶左義衛親軍指揮使，護駕將軍丘岳。一個是八十萬禁軍副教頭，官帶右義衛親軍指揮使，車騎將軍周昂。這兩個將軍，累建奇功，名聞海外，深通武藝，威鎮京師，又是高太尉心腹之人。當時楊太尉點定二將，限目下起身，來辭蔡太師。蔡京分付道：「小心在意，早建大功，必當重用。」二將辭謝了，去四營内，一個個選揀長身體健，腰細膀闊，山東、河北能登山、慣赴水，那一等精鋭軍漢，撥與二將。這丘岳、周昂辭了衆省院官，去辭楊太尉，稟説明日出城。楊太尉各賜與二將五疋好馬，以爲戰陣之用。就教披掛列布出城，教東京百姓看這隊軍馬。二人謝了太尉，各自回營，收拾起身。次日，軍兵拴束了行程，都在御營司前伺候。丘岳、周昂二將分做四隊。龍猛、虎翼二營一千軍，有二千餘騎軍馬，丘岳總領。捧日、忠義二營一千軍，也有二千餘騎軍馬，周昂總領。又有一千步軍，分與二將隨從。丘岳、周昂到辰牌時分，擺列出城，楊太尉親自在城門上看軍。且休説小校威雄，親隨勇猛，去那兩面綉旗下，一叢戰馬之中，簇擁着護駕將軍丘岳。怎生打扮，但見：

戴一頂纓撒火，錦兜鍪，雙鳳翅照天盔；披一副緑絨穿，紅錦套，嵌連環鎖子甲；穿一領翠沿邊，珠絡縫，荔枝紅，圈金綉戲獅袍；繫一條襯金葉，玉玲瓏，雙獺尾，紅鞓釘蟣螭帶；着一雙簇金綫，海驢皮，胡桃紋，抹緑色雲根靴；彎一張紫檀靶，泥金梢，龍角面，虎筋絃寶雕弓；懸一壺紫竹桿，朱紅扣，鳳尾翎，狼牙金點鋼箭；掛一口七星裝，沙魚鞘，賽龍泉，欺巨闕霜鋒劍；横一把撒朱纓，水磨桿，龍吞頭，偃月樣三停刀；騎一疋快登山，能跳澗，背金鞍，摇玉勒胭脂馬。

那丘岳坐在馬上，昂昂奇偉，領着左隊人馬。東京百姓看了，無不喝采。隨後便是右隊捧日、忠義兩營軍馬，端的整齊。去那兩面綉旗下，一叢戰馬之中，簇擁着車騎將軍周昂。怎生打扮，但見：

戴一頂吞龍頭，撒青纓，珠閃爍爛銀盔；披一副損鎗尖，壞箭頭，襯香綿熟鋼甲；穿一領綉牡丹，飛雙鳳，圈金綫絳紅袍；繫一條稱狼腰，宜虎體，嵌七寶麒麟帶；着一雙起三尖，海獸皮，倒雲根虎尾靴；彎一張雀畫面，龍角靶，紫綜纗六鈞弓；攢一壺皂鵰翎，鐵梨桿，透唐猊鑿子箭；使一柄欺袁達，賽石丙，劈開山金蘸斧；騎一疋負千斤，高八尺，能衝陣火龍駒；懸一條簡銀桿，四方稜，賽金光劈楞簡。好似南天六丁將，渾如西嶽巨靈神。

這周昂坐在馬上，停停威猛，領着右隊人馬來到城邊。與丘岳下馬來拜辭楊太尉，作別衆官，離了東京，取路望濟州進發。

且説高太尉在濟州，和聞參謀商議，比及添撥得軍馬到來，先使人去近處山上砍伐木植大樹，附近州縣拘刷造船匠人，就濟州城外搭起船場，打造戰船。一面出榜招募敢勇水手軍士。濟州城中客店内，歇着一個客人，姓葉名春，原是泗州人氏，善會造船，因來山東，路經梁山泊過，被他那裏小夥頭目劫了本錢，流落在濟州，不能勾回鄉。知得高太尉要伐木造船，征進梁山泊，以圖取勝，將紙畫成船樣，來見高太尉。拜罷，稟道：「前者恩相以船征進，爲何不能取勝？蓋因船隻皆是各處拘刷將來的，使風摇櫓，俱不得法。更兼船小底尖，難以用武。葉春今獻一計，若要收伏此寇，必須先造大船數百隻，最大者名爲大海鰍。船兩邊置二十四部水車，船中可容數百人，每車用十二個人踏動，外用竹笆遮護，可避箭矢。船面上竪立弩樓，另造剗車，擺布放於上。如要進發，垛樓上一聲梆子響，二十四部水車一齊用力踏動，其船如飛，他將何等船隻可以攔當！若是遇着敵軍，船面上伏弩齊發，他將何物可以遮護！其第二等船，名爲小海鰍。船兩邊只用十二部水車，船中可容百十人，前面後尾都釘長釘，兩邊亦立弩樓，仍設遮洋笆片。這船却行梁山泊小港，當住這厮私路伏兵。若依此計，梁山之寇，指日唾手可平。」高太尉聽説，看了圖樣，心中大喜。便叫取酒食衣服賞了葉春，就着他監造戰船都作頭。連日曉夜催併，砍伐木植，限日定時，要到濟州交納。各路府州縣，均派合用造船物料。如若違限二日，笞四十，每三日加一等。若違限五日外者，定依軍令處斬。各處逼迫守令催督，百姓亡者數多，萬民嗟怨。〔眉〕又先輸了。有詩爲證：

井蛙小見豈知天，可慨高俅聽譎言。畢竟鰍船難取勝，傷財勞衆更徒然。

且不説葉春監造海鰍等船。却説各處添撥水軍人等，陸續都到濟州。高太尉俱各分撥各寨節度使下聽調，不在話下。只見門吏報道：「朝廷差遣丘岳、周昂二將到來。」高太尉令衆節度使出城迎接，二將到帥府，參見了，太尉親賜酒食，撫慰已畢。一面差人賞軍，一面管待二將。二將便請太尉將令，引軍出城搦戰。高太尉道：「二公且消停數日，待海鰍船完備，那時水陸並進，船騎雙行，一鼓可平賊寇。」〔眉〕忒説容易了。丘岳、周昂稟道：「某等覷梁山泊草寇，如同兒戲，太尉放心，必然奏凱還京。」高俅道：「二將若果應口，吾當奏知天子前，必當重用。」是日宴散，就帥府前上馬，回歸本寨，且把軍馬屯駐聽調。

不説高太尉催促造船征進。却説宋江與衆頭領自從濟州城下叫反殺人，奔上梁山泊來。却與吴用等商議道：「兩次招安，都傷犯了天使，越增的罪惡重了。如何是好？朝廷必然又差軍馬來討罪。」便差小嘍囉下山，去探事情如何，火急回報。不數日，只見小嘍囉探知備細，報上山來。忠義堂上宋江與軍師吴用等相論，高俅近日招募一水軍，叫葉春爲作頭，打造大小海鰍船數百隻，東京又新遣差兩個御前指揮使到來助戰，一個姓丘名岳，一個姓周名昂，二將英勇，各路又添撥到許多人馬，前來助戰。宋江便與吴用計議道：「似此大船飛遊水面，如何破得？」吴用笑道：「有何懼哉！只消得幾個水軍頭領便了。旱路上交鋒，自有猛將應敵。然雖如此，料這等大船要造，必在數旬間，方得成就。

目今尚有四五十日光景，先教一兩個弟兄去那造船廠裏，先蒿惱他一遭，後却和他慢慢地放對。」惡。宋江道：「此言最好，可教鼓上蚤時遷、金毛犬段景住這兩個走一遭。」吴用道：「再叫張青、孫新扮作拽樹民夫，雜在人叢裏入船廠去。却叫顧大嫂、孫二娘扮做送飯婦人，和一般的婦人雜將入去。却教時遷、段景住接應。」前後唤到堂上，聽令已了。這兩個歡喜無限，分投下山，自去行事。〔眉〕以行兵爲戲，妙，妙。

却説高太尉曉夜催促督造船隻，朝暮捉拿民夫供役。那濟州東路上一帶都是船廠，攢造大海鰍船百隻，何止匠人數千，紛紛攘攘。那等蠻軍，都拔出刀來，唬嚇民夫。無分星夜，要攢完備。畫。是日時遷、段景住先到了廠內。兩個商量道：「眼見的孫、張二夫妻只是去船廠裏放火，我和你也去那裏，不顯我和你高强。我們只伏在這裏左右，等他船廠裏火發，我便却去城門邊伺候，必然有救軍出來，乘勢閃將入去，就城樓上放起火來。你便却去城西草料場裏也放起把火來，教他兩下裏救應不迭，教他這場驚嚇不小。」〔眉〕這班賊頭，一味戲要。兩個自暗暗地相約了，身邊都藏了引火的藥頭，各自去尋個安身之處。

却説張青、孫新兩個來到濟州城下，看見三五百人拽木頭入船廠裏去。張、孫二人雜在人叢裏，也去拽木頭投廠裏去。廠門口約有二百來軍漢，各帶腰刀，手拿棍棒，打着民夫，儘力拖拽入廠裏面交納。團團一遭，都是排柵，前後搭蓋茅草廠屋，有三二百間。張青、孫新入到裏面看時，匠人數千，解板的在一處，釘船的在一處，艌船的在一處，匠人民夫亂滚滚往來，不記其數。這兩個逕投做飯的笆棚下去躲避。孫二娘、顧大嫂兩個穿了些腌腌臢臢衣服，各提着個飯罐，隨着一般送飯的婦人，打鬨入去。看看天色漸晚，月色光明，衆匠人大半尚兀自在那裏掙攢未辦的工程。有詩爲證：

戰船打造役生靈，枉費工夫用不成。內外不知誰放火，可憐燒得太無情。

當晚約有二更時分，孫新、張青在左邊船廠裏放火，孫二娘、顧大嫂在右邊船廠裏放火。兩勢下火起，草屋焰騰騰地價燒起來。船廠內民夫工匠，一齊發喊，拔翻排柵，各自逃生。高太尉正睡間，忽聽得人報道：「船場裏火起！」急忙起來，差撥官軍出城救應。丘岳、周昂二將各引本部軍兵，出城救火。去不多時，城樓上一把火起。高太尉聽了，親自上馬引軍上城救火時，又見報道：「西草場內又一把火起，照耀渾如白日。」丘、周二將引軍去西草場中救護時，又聽得鼓聲振地，喊殺連天。原來没羽箭張清，引着五百驃騎馬軍在那裏埋伏，看見丘岳、周昂引軍來救應，張清便直殺將來。正迎着丘岳、周昂軍馬。張清大喝道：「梁山泊好漢全夥在此！」丘岳大怒，拍馬舞刀，直取張清。張清手搭長鎗來迎，不過三合，拍馬便走。丘岳要逞功勞，隨後趕來，大喝：「反賊休走！」張清按住長鎗，輕輕去錦袋內偷取個石子在手，扭回身軀，看丘岳來得較近，手起喝聲道：「着！」一石子正中丘岳面門，翻身落馬。周昂見了，便和數個牙將，死命來救丘岳。周昂戰住張清，衆將救得丘岳，上馬去了。張清與周昂戰不到數合，回馬便走。周昂不趕，張清又回來，却見王焕、徐京、楊温、李從吉四路軍到，張清手招引了五百驃騎軍，竟回舊路去了。這裏官軍恐有伏兵，不敢去趕，自收軍兵回來，且只顧救火。三處火滅，天色已曉。高太尉教看丘岳中傷如何。原來那一石子正打着面門，唇口裏打落了四個牙齒，鼻子嘴唇都打破了。高太尉着令醫人治療，見丘岳重傷，恨梁山泊深入骨髓。一面使人喚葉春分付，教在意造船征進。船廠四圍都教節度使下了寨柵，早晚提備，不在話下。

却說張青、孫新夫妻四人，俱各歡喜。時遷、段景住兩個都回舊路。六人已自都有部從人馬，迎接回梁山泊去了。都到忠義堂上，說放火一事。宋江大喜，設宴特賞六人。自此之後，不時間使人探視。造船將完，看看冬到，其年天氣甚暖，高太尉心中大喜，以爲天助。葉春造船已都完辦，高太尉催趲水軍，都要上船演習本事。大小海鰍等船陸續下水。城中帥府招募到四山五嶽水手人等，約有一萬餘人。先教一半去各船上學踏車，着一半學放弩箭，不過二十餘日，戰船演習已都完足了。葉春請太尉看船。有詩爲證：

自古兵機在速攻，鋒摧師老豈成功。高俅鹵莽無通變，經歲勞民造戰艟。真正癡絶。

是日，高俅引領衆多節度使、軍官頭目都來看船，把海鰍船三百餘隻分布水面。選十數船隻，遍插旌旗，篩鑼擊鼓。梆子響處，兩邊水車一齊踏動，端的是風飛電走。高太尉看了，心中大喜，「似此如飛船隻，此寇將何攔截？此戰必勝。」隨取金銀段疋，賞賜葉春，其餘人匠，各給盤纏，疏放歸家。次日，高俅令有司宰烏牛白馬，菓品猪羊，擺列金銀錢紙，致祭水神。排列已了，衆將請太尉行香。丘岳瘡口已完，恨入心髓，只要活捉張清報仇。當同周昂與衆節度使一齊都上馬，跟隨高太尉到船邊下馬，隨侍高俅致祭水神。焚香讚禮已畢，燒化楮帛，衆將稱賀已了。高俅叫取京師原帶來的歌兒舞女，都令上船作樂侍宴。一面教軍健車船演習，飛走水面，船上笙簫謾品，歌舞悠揚，遊玩終夕不散。

當夜就船中宿歇。次日，又設席面飲酌。一連三日筵宴，不肯開船。好貨。〔眉〕似此舉動，如何幹得事？忽有人報道：「梁山泊賊人寫一首詩，貼在濟州城裏土地廟前，有人揭得在此。」寫道：

「生擒楊戩與高俅，掃蕩中原四百州。便有海鰍船萬隻，俱來泊内一齊休。」惡。

高太尉看了詩，大怒，便要起軍征勦，「若不殺盡賊寇，誓不回軍」。聞參謀諫道：「太尉暫息雷霆之怒。想此狂寇懼怕，特寫惡言唬嚇，不爲大事。消停數日之間，撥定了水陸軍馬，那時征進未遲。目今深冬，天氣和暖，此是天子洪福，元帥虎威也。」高俅聽罷甚喜，遂入城中商議撥軍遣將。旱路上便調周昂、王焕同領大軍，隨行策應。却調項元鎮、張開總領軍馬一萬，直至梁山泊山前那條大路上守住厮殺。原來梁山泊自古四面八方，茫茫蕩蕩，都是蘆葦野水。近來只有山前這條大路，却是宋公明方纔新築的，舊不曾有。高太尉教調馬軍先進，截住這條路口，其餘聞參謀、丘岳、徐京、梅展、王文德、楊温、李從吉、長史王瑾、造船人葉春，隨行牙將大小軍校隨從人等，都跟高太尉上船征進。聞參謀諫道：「主帥只可監督馬軍陸路進發，不可自登水路，親臨險地。」是。高太尉道：「無傷。前番二次，皆不得其人，以致失陷了人馬，折了許多船隻。今番造得若干好船，我若不親臨監督，如何擒捉此寇？今次正要與賊人決一死戰，汝不必多言。」聞參謀再不敢開口，只得跟隨高太尉上船。高俅撥三十隻大海鰍船，與先鋒丘岳、徐京、梅展管領。撥五十隻小海鰍船開路，令楊温同長史王瑾、船匠葉春管領。頭船上立兩面大紅繡旗，上書十四個金字道：「攪海翻江衝白浪，安邦定國滅洪妖。」中軍船上却是高太尉、聞參謀引着歌兒舞女，自守中軍隊伍。向那三五十隻大海鰍船上擺開碧油幢、帥字旗、黄鉞白旄，朱旛皂蓋，中軍器械。後面船上，便令王文德、李從吉壓陣。此是十一月中時。馬軍得令先行，水軍先鋒丘岳、徐京、梅展三個在頭船上，首先進發。飛雲捲霧，望梁山泊來。但見海鰍船：

前排箭洞，上列弩樓。衝波如蛟蜃之形，走水似鯤鯨之勢。龍鱗密布，左右排二十四部絞車；雁翅齊分，前後列一十八般軍器。青布織成皂蓋，紫竹製作遮洋。往來衝擊似飛梭，展轉交鋒欺快馬。五方旗幟，翻風遍插垜樓；兩下甲兵，挺劍皆潛艎道。攪起掀天駭浪，掀翻滾雪洪濤。來時金鼓喧闐，到處波瀾洶湧。荷葉池中風雨響，蒹葭叢裏海鰍來。

當下三個先鋒，催動船隻，把小海鰍分在兩邊，當住小港。大海鰍船望中進發。衆軍諸將，正如蟹眼鶴頂，只望前面奔竄，迤邐來到梁山泊深處。宋江、吴用已知備細，預先布置已定，單等官軍船隻到來。只見遠遠地早有一簇船來，每隻船上，只有十四五人，身上都有衣甲，當中坐着一個頭領，前面三隻船上，插着三把白旗，旗上寫道：「梁山泊阮氏三雄。」中間阮小二，左邊阮小五，右邊阮小七。遠遠地望見，明晃晃都是戎裝衣甲，却原來盡把金銀箔紙糊成的。奇。三個先鋒見了，便叫前船上將火砲火鎗火箭一齊打放，那三阮全然不懼。料着船近，鎗箭射得着時，發聲喊，都跳下水裏去了。丘岳等奪得三隻空船。又行不過三里來水面，見三隻快船搶風摇來。頭隻船上只有十數個人，都把青黛、黄丹、土硃泥粉抹在身上。奇。〔眉〕似此等舉動，都奇。頭上披着髮，口中打着胡哨，飛也似來。兩邊兩隻船上，都只五七個人，搽紅畫緑不等。奇。中央是玉旛竿孟康，左邊是出洞蛟童威，右邊是翻江蜃童猛。這裏先鋒丘岳，又叫打放火器。只見對面發聲喊，都棄了船，一齊跳下水裏去了。又捉得三隻空船。

再行不得三里多路，又見水面上三隻中等船來，每船上四把櫓，八個人摇動，十餘個小嘍囉打着一面紅旗，簇擁着一個頭領，坐在船頭上，旗上寫：「水軍頭領混江龍李俊。」左邊這隻船上，坐着這個頭領，手拿鐵鎗，打着一面緑旗，上寫道：「水軍頭領船火兒張横。」右邊那隻船上，立着那個好漢，上面不穿衣服，下腿赤着雙脚，腰間插着幾個鐵鑿，手中挽個銅鎚，打着一面皂旗，銀字，上書：「頭領浪裏白跳張順。」乘着船，高聲説道：「承謝送船到泊。」妙。三個先鋒聽了，喝教放箭。弓弩響時，對面三隻船上衆好漢，都翻筋斗跳下水裏去了。此是暮冬天氣，官軍船上招來的水手軍士，那裏敢下水去。正猶豫間，只聽得梁山泊頂上號砲連珠價響。只見四分五落蘆葦叢中，鑽出千百隻小船來。水面如飛蝗一般，每隻船上只三五個人，船艙中竟不知有何物。大海鰍船要撞時，又撞不得。水車正要踏動時，前面水底下都填塞定了車輻板，竟踏不動。弩樓上放箭時，小船上人一個個自頂片板遮護。看看逼將攏來，一個把撓鈎搭住了舵，一個把板刀便砍那踏車的軍士。早有五六十個爬上先鋒船來。官軍急要退時，後面又塞定了，急切退不得。前船正混戰間，後船又大叫起來。高太尉和聞參謀在中軍船上，聽得大亂，急要上岸。只聽得蘆葦中金鼓大振，艙内軍士一齊喊道：「船底漏了！」滾滾走入水來，前船後船盡皆都漏，看看沉下去。四下小船如螞蟻相似，望大船邊來。高太尉新船，緣何得漏？却原來是張順引領一班兒高手水軍，都把鎚鑿在水底下，鑿透船底，四下裏滾入水來。高太尉爬去舵樓上，叫後船救應，只見一個人從水底下鑽將起來，便跳上舵樓來，口裏説道：「太尉，我救你性命。」高俅看時，却不認得，那人近前便一手揪住高太尉巾幘，一手提住腰間束帶，喝一聲：「下去！」把高太尉撲同地丢下水裏去。妙。〔眉〕要得他妙！堪嗟架海擎天手，翻作生擒敗陣人。有詩爲證：

攻戰鰍船事已空，高俅人馬竟無功。堂堂奉命勤王將，却被生擒落水中。

只見傍邊兩隻小船，飛來救應，拖起太尉上船去。那個人便是浪裏白跳張順，水裏拿人，渾如甕中捉鱉，手到拈來。前船丘岳見陣勢大亂，急尋脱身之計。只見傍邊水手叢中，走出一個水軍來。丘岳不曾提防，被他趕上只一刀，把丘岳砍下船去。那個便是梁山泊錦豹子楊林。徐京、梅展見殺了先鋒丘岳，兩個奔來殺楊林。水軍叢中，連搶出四個小頭領來：一個是白面郎君鄭天壽，一個是病大蟲薛永，一個是打虎將李忠，一個是操刀鬼曹正。一發從後面殺來。徐京見不是頭，便跳下水去逃命。不想水底下已有人在，被又吃拿了。薛永將梅展一鎗搠着腿股，趺下艙裏去。原來八個頭領來投充水軍，尚兀自有三個在前船上，一個是青眼虎李雲，一個是金錢豹子湯隆，一個是鬼臉兒杜興。衆節度使便有三頭六臂，到此也施展不得。梁山泊宋江、盧俊義已自各分水陸進攻。宋江掌水路，盧俊義掌旱路。

休説水路全勝。且説盧俊義引領諸將軍馬，從山前大路殺將出來，正與先鋒周昂、王焕馬頭相迎。周昂見了，當先出馬，高聲大罵：「反賊，認得俺麽？」盧俊義大喝：「無名小將，死在目前，尚且不知！」便挺鎗躍馬直奔周昂。周昂也輪動大斧，縱馬來敵。兩將就山前大路上交鋒。鬥不到二十餘合，未見勝敗。只聽得後隊馬軍發起喊來，原來梁山泊大隊軍馬都埋伏在山前兩下大林叢中，一聲喊起，四面殺將出來。東南關勝、秦明，西北林冲、呼延灼，衆多英雄四路齊到，項元鎮、張開那裏攔當得住，殺開條路，先逃性命走了。周昂、王焕不敢戀戰，拖了鎗斧，撥回馬，也隨從項元鎮、張開奪路而走。逃入濟州城中，扎住軍馬，打聽消息。

再説宋江掌水路，捉了高太尉。急教戴宗傳令，不許殺害軍士。是。中軍大海鰍船上聞參謀等並歌兒舞女，一應部從，盡擄過船，鳴金收軍，解投大寨。宋江、吴用、公孫勝等都在忠義堂上，見張順水渌渌地解到高俅。宋江見了，慌忙下堂扶住，便取過羅段新鮮衣服，與高太尉從新換了，扶上堂來，請在正面而坐。宋江納頭便拜，口稱死罪。惡甚。高俅慌忙答禮。宋江叫吴用、公孫勝扶住。拜罷，就請上坐。〔眉〕强似殺他多矣。再叫燕青傳令下去，如若今後殺人者，定依軍令，處以重刑。號令下去，不多時，只見紛紛解上人來。童威、童猛解上徐京，李俊、張横解上王文德，楊雄、石秀解上楊温，三阮解上李從吉，鄭天壽、薛永、李忠、曹正解上梅展，楊林解獻丘岳首級，李雲、湯隆、杜興解獻葉春、王瑾首級，解珍、解寶擄捉聞參謀，並歌兒舞女一應部從，解將到來。單單只走了四人：周昂、王焕、項元鎮、張開。宋江都教換了衣服，從新整頓。盡皆請到忠義堂上，列坐相待。但是活捉軍士，盡數放回濟州，另教安排一隻好船，安頓歌兒舞女一應部從，令他自行看守。惡。有詩爲證：

奉命高俅欠取裁，被人活捉上山來。不知忠義爲何物，翻宴梁山嘯聚臺。

當時宋江便教殺牛宰馬，大設筵宴。一面分投賞軍，一面大吹大擂，會集大小頭領，都來與高太尉相見。各施禮罷，宋江執盞擎杯，吴用、公孫勝執瓶捧案，盧俊義等侍立相待。宋江乃言道：「文面小吏，安敢反逆聖朝。奈緣積累罪犯，逼得如此。二次雖奉天恩，中間委曲奸弊，難以〈屢〉（縷）陳，萬望太尉慈憫，救拔深陷之人，得瞻天日，刻骨銘心，誓圖死報。」高俅見了衆多好漢，一個個英雄勇烈，智勇威嚴，盡是錦衣繡襖，不似上陣之時，先有五分懼怯，便道：「宋公明，你等放心，高某回朝，必當重奏，請降寬恩大赦，前來招安，重賞加官。大小義士盡食天祿，以爲良臣。」宋江聽了大喜，拜謝太尉。當日筵會，雖無炮鳳烹龍，端的有肉山酒海，大小頭領輪番把盞，慇懃相勸。高太尉大醉，酒後不覺失言，疏狂放蕩，便道：「我自小學得一身相撲，天下無對。」盧俊義却也醉了，怪高太尉自誇天下無對，便指着燕青道：「我這個小兄弟，也會相撲，三番上岱岳争交，天下無對。」高俅便起身來，脱了衣裳，要與燕青廝撲。衆頭領見宋江敬他是個天朝太尉，没奈何處，只得隨順聽他説。不想要勒燕青相撲，正要滅高俅的嘴，都起身來道：「好，好！且看相撲。」衆人都鬨下堂去，宋江亦醉，主張不定。兩個脱了衣裳，就廳階上，宋江叫把軟褥鋪下，兩個在剪絨毯上，吐個門户。高俅搶將入來，燕青手到，把高俅扭〈碎〉(捽)得定，只一交，攧翻在地褥上，妙。做一塊，半晌掙不起。這一撲，唤做「守命撲」。宋江、盧俊義慌忙扶起高俅，再穿了衣服，都笑道：「太尉醉了，如何相撲得成功？切乞恕罪。」惡。高俅惶恐無限，却再入席，飲至夜深，扶入後堂歇了。有詩爲證：

禽争獸攘共喧譁，醉後高俅儘自誇。堪笑將軍不持重，被人跌得眼睛花。也罷！

次日又排筵會，與高太尉壓驚。高俅遂要辭回，與宋江等作别。宋江道：「某等淹留大貴人在此，並無異心，若有瞞昧，天地誅戮。」高俅道：「若是義士肯放高某回京，便將全家於天子前保奏義士，定來招安，國家重用。若更翻變，天所不蓋，地所不載，死於鎗箭之下。」宋江聽罷，叩首拜謝。高俅又道：「義士恐不信高某之言，可留下衆將爲當。」宋江道：「太尉乃大貴人之言，焉肯失信？何必拘留衆將，容日各備鞍馬，俱送回營。」高太尉謝了：「既承如此相款，深感厚意，只此告回。」宋江等衆苦留，當日再排大宴，序舊論新，筵席直至更深方散。第三日高太尉定要下山，宋江等相留不住，再設筵宴送行。高俅道：「義士可叫一個精細之人，跟隨某去，我直引他面見天子，奏知你梁山泊衷曲之事。隨即好降詔赦。」宋江一心只要招安，便與吴用計議，教聖手書生蕭讓跟隨太尉前去。吴用便道：「再教鐵叫子樂和作伴，兩個同去。」高太尉道：「既然義士相托，便留聞參謀在此爲信。」宋江大喜。至第四日，宋江與吴用帶二十餘騎，送高太尉等並衆節度使下山，過金沙灘二十里外餞別。拜辭了高太尉，自回山寨。正是：眼觀旌節至，耳聽好消息。

却説高太尉等一行人馬望濟州回來，先有人報知。濟州先鋒周昂、王焕、項元鎮、張開、太守張叔夜等出城迎接。高太尉進城，略住了數日，傳下號令，收拾軍馬，教衆節度使各自領兵回程，暫歇聽候調用。高太尉自帶了周昂並太小牙將頭目，領了三軍，同蕭讓、樂和一行部從，離了濟州，迤逦望東京進發。太守張叔夜自回濟州，緊守城池。不因高太尉帶領梁山泊兩個人來，有分教：風流浪子，花階柳陌遇君王；神聖公人，相府侯門尋俊傑。直教龍鳳宴中知猛勇，虎狼叢裏顯英雄。畢竟高太尉回京怎地保奏招安宋江等衆，且聽下回分解。

李生曰：梁山泊好漢，一味以戰爲戲，所以爲妙。

又曰：高俅醜態也彀了。

燕青月夜遇道君

戴宗定計賺蕭讓

第八十一回　燕青月夜遇道君　戴宗定計賺蕭讓

詩曰：

混沌初分氣磅礴，人生稟性有愚濁。聖君賢相共裁成，文臣武士登臺閣。忠良聞者盡歡忻，邪佞聽時俱忿躍。歷代相傳至宋朝，罡星煞曜離天角。宣和年上亂縱横，梁山泊内如期約。百單八位盡英雄，乘時播亂居山東。替天行道存忠義，三度招安受帝封。二十四陣破遼國，大小諸將皆成功。清溪洞裏擒方臘，雁行零落悲秋風。事事集成忠義傳，用資談柄江湖中。

話説梁山泊好漢水戰三敗高俅，盡被擒捉上山，宋公明不肯殺害，盡數放還高太尉許多人馬回京。就帶蕭讓、樂和前往京師，聽候招安一事，却留下參謀聞煥章在梁山泊裏。那高俅在梁山泊時，親口説道：「我回到朝廷，親引蕭讓等面見天子，便當力奏親自保舉，火速差人就便前來招安。」因此上就叫樂和爲伴，與蕭讓一同去了。不在話下。

且説梁山泊衆頭目商議，宋江道：「我看高俅此去，未知真實。」吴用笑道：「我觀此人生的蜂目蛇形，是個轉面無恩之人。他折了許多軍馬，廢了朝廷許多錢糧，回到京師，必然推病不出，朦朧奏過天子，權將軍士歇息。蕭讓、樂和軟監在府裏。若要等招安，空勞神力。」宋江道：「似此怎生奈何？招安猶可，又且陷了二人。」吴用道：「哥哥再選兩個乖覺的人，多將金寶，前去京師探聽消息。就行鑽刺關節，〔眉〕强盗也行鑽刺關節，行鑽刺關節，就是强盗了。〈斡運〉（把）衷情達知今上，令高太尉藏匿不得，此爲上計。」燕青便起身説道：「舊年鬧了東京，是小弟去李師師家入肩。不想這一場大鬧，他家已自猜了八分。只有一件，他却是天子心愛的人，官家那裏疑他？他自必然奏説，梁山泊知得陛下在此私行，故來驚嚇，已是奏過了。如今小弟多把些金珠，去那裏入肩。枕頭上關節最快，亦是容易，小弟可長可短，見機而作。」宋江道：「賢弟此去，須擔干係。」戴宗便道：「小弟幫他去走一遭。」神機軍師朱武道：「兄長昔日打華州時，嘗與宿太尉有恩，此人是個好心的人，若得本官於天子前早晚題奏，亦是順事。」宋江想起九天玄女之言「遇宿重重喜」，莫非正應着此人身上。便請聞參謀來堂上同坐。宋江道：「相公曾認得太尉宿元景麽？」聞焕章道：「他是在下同窗朋友，如今和聖上寸步不離。此人極是仁慈寬厚，待人接物，一團和氣。」宋江道：「實不瞞相公説，我等疑高太尉回京，必然不奏招安一節。宿太尉舊日在華州降香，曾與宋江有一面之識。好相識。今要使人去他那裏打個關節，求他添力，早晚於天子處題奏，共成此事。」聞參謀答道：「將軍既然如此，在下當修尺書奉去。」宋江大喜。隨即教取紙筆來，一面焚起好香，取出《玄女課》望空祈禱，卜得個上上大吉之兆。隨即置酒與戴宗、燕青送行，收拾金珠細軟之物兩大籠子，書信隨身藏了，仍帶了開封府印信公文，兩個扮作公人，辭了頭領下山，渡過金沙灘，望東京進發。

戴宗托着雨傘，背着個包裹。燕青把水火棍挑着籠子，拽札起皂衫，腰繫着纏袋，脚下都是腿綳護膝，八搭麻鞋。於路上離不得饑餐渴飲，夜住曉行。不則一日，來到東京。不由順路入城，却轉過萬壽門來。妙。兩個到得城門邊，把門軍當住。燕青放下籠子，打着鄉談説道：「你做甚麼當我？」軍漢道：「殿帥府有鈞旨，梁山泊諸色人等恐有夾帶入城，因此着仰各門，但有外鄉客人出入，好生盤詰。」燕青笑道：「你便是了事的公人，將着自家人只管盤問。妙。俺兩個從小在開封府勾當，這門下不知出入了幾萬遭，你顛倒只管盤問。梁山泊人眼睜睜的都放他過去了。」妙。便向身邊取出假公文，劈臉丢將去道：「你看這是開封府公文不是？」妙。那監門官聽得喝道：「既是開封府公文，只管問他怎地？放他入去！」燕青一把抓了公文，揣在懷裹，挑起籠子便走。戴宗也冷笑了一聲，只得如此。兩個逕奔開封府前來，尋個客店安歇了。有詩爲證：

兩挑行李奔東京，晝夜兼行不住程。盤詰徒勞費心力，禁門安識僞批情。

次日，燕青換領布衫穿了，將搭膊繫了腰，換頂頭巾歪帶着，只粧做小閑模樣，籠内取了一帕子金珠，分付戴宗道：「哥哥，小弟今日去李師師家幹事。倘有些撅撒，哥哥自快回去。」分付戴宗了當，一直取路逕投李師師家來。到的門前看時，依舊曲檻雕欄，緑窗朱户，比先時又修的好。燕青便揭起斑竹簾子，便從側首邊轉將入來。早聞的異香馥郁，入到客位前，見週迴弔掛名賢書畫，階簷下放着三二十盆怪石蒼松。坐榻盡是雕花香楠木，小牀坐褥，盡鋪錦繡。燕青微微地咳嗽一聲，丫嬛出來見了，便傳報李媽媽出來，看見是燕青，吃了一驚，便道：「你如何又來此間？」燕青道：「請出娘子來，小人自有話説。」李媽媽道：「你前番連累我家，壞了房子，你有話便説。」燕青道：「須是娘子出來，方纔説的。」李師師在窗子後聽了多時，轉將出來。燕青看時，别是一般風韻。但見容貌似海棠滋曉露，腰肢如楊柳裊東風，渾如閬苑瓊姬，絶勝桂宮仙姊。有詩爲證：

芳容麗質更妖嬈，秋水精神瑞雪標。鳳眼半彎藏琥珀，朱唇一顆點櫻桃。露來玉指纖纖軟，行處金蓮步步嬌。白玉生香花解語，千金良夜實難消。

當下李師師輕移蓮步，款蹙湘裙，走到客位裏面。燕青起身，把那帕子放在桌上。先拜了李媽媽四拜，後拜李行首兩拜。李師師謙讓道：「免禮。俺年紀幼小，難以受拜。」燕青拜罷，起身道：「前者驚恐，小人等安身無處。」李師師道：「你休瞞我，你當初説道是張閑，那兩個是山東客人，臨期鬧了一場。不是我巧言奏過官家，别的人時，却不滿門遭禍。他留下詞中兩句，道是『六六雁行連八九，只等金雞消息』。我那時便自疑惑，正待要問，誰想駕到。後又鬧了這場，不曾問的。今喜你來，且釋我心中之疑。你不要隱瞞，實對我説知。若不明言，决無干休。」燕青道：「小人實訴衷曲，花魁娘子休要吃驚。前番來的那個黑矮身材爲頭坐的，正是呼保義宋江。第二位坐的白俊面皮三牙髭鬚那個，便是柴世宗嫡派子孫小旋風柴進。這公人打扮立在面前的，便是神行太保戴宗。門首和楊太尉厮打的，正是黑旋風李逵。小人是北京大名府人氏，人都唤小人做浪子燕青。當初俺哥哥來東京，求見娘子，教小人詐作張閑，來宅上入肩。俺哥哥要見尊顔，非圖買笑迎歡，只是久聞娘子遭際今上，以此親自特來告訴衷曲，指望將替天行道、保國安民之心，上達天聽，早得招安，免致生靈受苦。若蒙如此，則娘子是梁山泊數萬人之恩主也。妙。如今被奸臣當道，讒佞專權，閉塞賢路，下情不能上達。因此上來尋這條門路，不想驚嚇娘子。今俺哥哥無可拜送，只有些少微物在此，萬望笑留。」燕青便打開帕子，攤在桌上，都是金珠寶貝器皿。那虔婆愛的是財，一見便喜，忙叫奶子收拾過了。便請燕青教進裏面小閤兒内坐地，安排好細食茶果，殷勤相待。原來李師師家皇帝不時間來，因此上公子王孫富豪子弟誰敢來他家討茶吃。好大娼妓。且説當時鋪下盤饌酒肴菓子，李師師親自相待。燕青道：「小人是個該死的人，如何敢對花魁娘子坐地？」妙。李師師道：「休恁地説！你這一般義士，久聞大名。只是奈緣中間無有好人與你們衆位作成，因此上屈沉水泊。」燕青道：「前番陳太尉來招安，詔書上並無撫恤的言語，更兼抵換了御酒。第二番領詔招安，正是詔上要緊字樣，故意讀破句讀：『除宋江，盧俊義等大小人衆所犯過惡，並與赦免。』因此上又不曾歸順。童樞密引將軍來，只兩陣，殺的片甲不歸。次後高太尉役天下民夫，造船征進，只三陣，人馬折其大半。高太尉被俺哥哥活捉上山，不肯殺害，重重管待，送回京師。生擒人數，盡都放還。他在梁山泊説了大誓：『如回到朝廷，奏過天子，便來招安。』因此帶了梁山泊兩個人來，一個是秀才蕭讓，一個是能唱樂和。眼見的把這二人藏在家裏，不肯令他出來。損兵折將，必然瞞着天子。」李師師道：「他這等破耗錢糧，損折兵將，如何敢奏？這話我盡知了。且飲數杯，别作商議。」燕青道：「小人天性不能飲酒。」李師師道：「路遠風霜，到此開懷，也飲幾杯，再作計較。」燕青被央不過，一杯兩盞，只得陪侍。原來這李師師是個風塵妓女，水性的人，見了燕青這表人物，能言快説，口舌利便，倒有心看上他。酒席之間，用些話來嘲惹他，數杯酒後，一言半語，便來撩撥。燕青是個百伶百俐的人，如何不省得。他却是好漢胸襟，怕誤了哥哥大事，那裏敢來承惹。不可及。李師師道：「久聞的哥哥諸般樂藝，酒邊閑聽，願聞也好。」燕青答道：「小人頗學的些本事，怎敢在娘子跟前賣弄過？」李師師道：「我便先吹一曲教哥哥聽。」便喚丫嬛取簫來，錦袋内掣出那管鳳簫，李師師接來口中，輕輕吹動，端的是穿雲裂石之聲。有詩爲證：

俊俏煙花大有情，玉簫吹出鳳凰聲。燕青亦自心伶俐，一曲穿雲裂太清。

燕青聽了，喝采不已。妙。李師師吹了一曲，遞過簫來與燕青道：「哥哥也吹一曲，與我聽則個。」燕青却要那婆娘歡喜，只得把出本事來，接過簫，便嗚嗚咽咽也吹一曲。李師師聽了，不住聲喝采，説道：「哥哥原來恁地吹的好簫。」李師師取過阮來，撥個小小的曲兒，教燕青聽。果然是玉珮齊鳴，黄鶯對囀，餘韻悠揚。燕青拜謝道：「小人也唱個曲兒，伏侍娘子。」妙。頓開喉咽便唱，端的是聲清韻美，字正腔真。唱罷又拜。李師師執盞擎杯，親與燕青回酒，謝唱曲兒，口兒裏悠悠放出些妖嬈聲嗽，來惹燕青。（燕青）緊緊的低了頭，唯諾而已。妙。數杯之後，李師師笑道：「聞知哥哥好身文繡，願求一觀，如何？」燕青笑道：「小人賤體，雖有些花繡，怎敢在娘子跟前揎衣裸體？」妙。李師師説道：「錦體社家子弟，那裏去問揎衣裸體？」這個婦人也不俗。三回五次，定要討看。燕青只的脱膊下來，李師師看了，十分大喜，把尖尖玉手便摸他身上。燕青慌忙穿了衣裳，李師師再與燕青把盞，又把言語來調他。燕青恐怕他動手動脚，難以迴避，心生一計，便動問道：「娘子今年貴庚多少？」妙。李師師答道：「師師今年二十有七。」燕青説道：「小人今年二十有五，却小兩年，娘子既然錯愛，願拜爲姐姐。」

妙，妙。燕青便起身，推金山，倒玉柱，拜了八拜。那八拜是拜住那婦人一點邪心，中間裏好幹大事。若是第二個，在酒色之中的，也壞了大事。真。因此上單顯燕青心如鐵石，端的是好男子。當時燕青又請李媽媽來，也拜了，拜做乾娘。妙。燕青辭回，李師師道：「小哥只在我家下，休去店中歇。」燕青道：「既蒙錯愛，小人回店中取了些東西便來。」李師師道：「休教我這裏專望。」燕青道：「店中離此間不遠，少頃便到。」

燕青暫别了李師師，逕到客店中，把上件事和戴宗説了。戴宗道：「如此最好，只恐兄弟心猿意馬，拴縛不定。」也好。燕青道：「大丈夫處世，若爲酒色而忘其本，此與禽獸何異。真大丈夫。燕青但有此心，死於萬劍之下。」戴宗笑道：「你我都是好漢，何必説誓。」燕青道：「如何不説誓？兄長必然生疑。」戴宗道：「你當速去，善覷方便，早幹了事便回，休教我久等。宿太尉的書，也等你來下。」燕青收拾一包零碎金珠細軟之物，再回李師師家，將一半送與李媽，將一半散與全家大小，妙。無一個不歡喜。便向客位側邊收拾一間房，教燕青安歇，合家大小都叫叔叔。也是緣法凑巧，至夜却好有人來報：「天子今晚到來。」燕青聽的，便去拜告李師師道：「姐姐做個方便，今夜教小弟得見聖顔，這却大胆。告的紙御筆赦書，赦了小〈一〉(弟)罪犯，出自姐姐之德。」李師師道：「今晚教你見天子一面，你却把些本事，動達天顔，赦書何愁没有？」

看看天晚，月色朦朧，花香馥郁，蘭麝芬芳。只見道君皇帝引着一個小黄門，扮作白衣秀士，從地道中逕到李師師家後門來。到的閣子裏坐下，便教前後關閉了門户，明晃晃點起燈燭熒煌。李師師冠梳插帶，整肅衣裳，前來接駕。拜舞起居寒温已了。天子命：「去其整粧衣服，相待寡人。」李師師承旨，去其服色，迎駕入房。家間已准備下諸般細菓、異品肴饌，擺在面前。李師師舉杯上勸天子，天子大喜，叫：「愛卿近前，一處坐地。」李師師見天子龍顏大喜，向前奏道：「賤人有個姑舅兄弟，從小流落外方，今日纔歸，要見聖上，未敢擅便，乞取我王聖鑑。」天子道：「既然是你兄弟，便宣將來見寡人，有何妨？」好皇帝！奶子遂喚燕青直到房内，面見天子。燕青納頭便拜。官家看了燕青一表人物，先自大喜。李師師叫燕青吹簫，伏侍聖上飲酒。少頃，又撥一回阮，然後叫燕青唱曲。燕青再拜奏道：「所記無非是淫詞豔曲，如何敢伏侍聖上？」妙。官家道：「寡人私行妓館，其意正要聽豔曲消悶，好皇帝！卿當勿疑。」燕青借過象板，再拜罷聖上，對李師師道：「音韻差錯，望姐姐見教。」妙人。燕青頓開喉咽，手擎象板，唱《漁家傲》一曲。道是：

「一别家鄉音信杳，百種相思，腸斷何時了！燕子不來花又老，一春瘦的腰兒小。薄倖郎君何日到，想是當初，莫要相逢好。着我好夢欲成還又覺，緑窗但覺鶯聲曉。」

燕青唱罷，真乃是新鶯乍囀，清韻悠揚。天子甚喜，命教再唱。燕青拜倒在地奏道：「臣有一隻《減字木蘭花》，上達聖聽。」天子道：「好，寡人願聞。」好皇帝。燕青拜罷，遂唱《減字木蘭花》一曲，道是：

「聽哀告，聽哀告，賤軀流落誰知道，誰知道！極天罔地，罪惡難分顛倒。有人提出火坑中，肝膽常存忠孝，常存忠孝！有朝須把大恩人報。」大胆，大胆。

燕青唱罷，天子失驚，便問：「卿何故有此曲？」燕青大哭，拜在地下。妙。天子轉疑，便道：「卿且訴胸中之事，寡人與卿理會。」燕青奏道：「臣有迷天之罪，不敢上奏。」天子曰：「赦卿無罪，但奏不妨。」好皇帝。燕青奏道：「臣自幼飄泊江湖，流落山東，跟隨客商，路經梁山泊過，致被劫擄上山，妙，妙。一住三年，今日方得脱身逃命，走回京師。雖然見的姐姐，則是不敢上街行走。倘或有人認得，通與做公的，此時如何分説。」妙。李師師便奏道：「我兄弟心中只有此苦，望陛下做主則個。」天子笑道：「此事至容易，你是李行首兄弟，誰敢拿你？」好皇帝。燕青以目送情與李師師，李師師撒嬌撒癡，奏天子道：「我只要陛下親書一道赦書，赦免我兄弟，他纔放心。」天子云：「又無御寶在此，如何寫的？」李師師又奏道：「陛下親書御筆，便强似玉寶天符，救濟兄弟做的護身符時，也是賤人遭際聖時。」天子被逼不過，好皇帝。只得命取紙筆，奶子隨即捧過文房四寶，燕青磨的墨濃，李師師遞過紫毫象管，天子拂開花箋黄紙，横内大書一行。臨寫又問燕青道：「寡人忘卿姓氏。」燕青道：「男女唤做燕青。」天子便寫御書道云：「神霄玉府真主宣和羽士虚静道君皇帝，特赦燕青本身一應無罪，諸司不許拿問。」下面押個御書花字。燕青再拜叩頭受命，李師師執盞擎杯謝恩。天子便問：「汝在梁山泊，必知那裏備細。」燕青奏道：「宋江這夥，旗上大書『替天行道』，堂設忠義爲名，不敢侵占州府，不肯擾害良民，單殺貪官污吏、讒佞之人。妙。只是早望招安，願與國家出力。」妙。天子乃曰：「寡人前者兩番降詔，遣人招安，如何抗拒，不伏歸降？」燕青奏道：「頭一番招安，詔書上並無撫恤招諭之言，更兼抵换了御酒，盡是村醪，以此變了事情。第二番招安，故把詔書讀破句讀，要除宋江，暗藏弊倖，因此又變了事情。童樞密引軍到來，只兩陣，殺的片甲不回。高太尉提督軍馬，又役天下民夫，修造戰船征進，不曾得梁山泊一根折箭。只三陣，殺的手脚無措，軍馬折其二停，自己亦被活捉上山，許了招安，方纔放回。又帶了山上二人在此，却留下聞參謀在彼質當。」〔眉〕不好了！童貫、高俅露出事樣來了。畢竟燕青是個妙人。天子聽罷，便嘆道：「寡人怎知此事？童貫回京時，奏說軍士不伏暑熱，暫且收兵罷戰。高俅回軍，奏道病患不能征進，權且罷戰回京。」李師師奏說：「陛下雖然聖明，身居九重，却被奸臣閉塞賢路，如之奈何？」天子嗟嘆不已。約有更深，燕青拏了赦書，叩頭安置，自去歇息。天子與李師師上牀同寢，共樂綢繆。有詩爲證：

清夜宫車暗出遊，青樓深處樂綢繆。當筵誘得龍章字，逆罪滔天一筆勾。

當夜五更，自有内侍黄門接將去了。燕青起來，推道清早幹事，逕來客店裏，把說過的話，對戴宗一一說知。戴宗道：「既然如此，多是幸事，我兩個去下宿太尉的書。」燕青道：「飯罷便去。」兩個吃了些早飯，打挾了一籠子金珠細軟之物，拿了書信，逕投宿太尉府中來。街坊上借問人時，說太尉在内裏未歸。燕青道：「這早晚正是退朝時分，如何未歸？」街坊人道：「宿太尉是今上心愛的近侍官員，早晚與天子寸步不離，歸早歸晚，難以指定。」正說之間，有人報道：「這不是太尉來也！」燕青大喜，便對戴宗道：「哥哥，你只在此衙門前伺候，我自去見太尉去。」燕青近前，看見一簇錦衣花帽從人，捧着轎子，燕青就當街跪下，便道：「小人有書札上呈太尉。」宿太尉見了，叫道：「跟將進來。」燕青隨到廳前。太尉下了轎子，便投側首書院裏坐下。太尉叫燕青入來，便問道：「你是那裏來的幹人？」燕青道：「小人從山東來，今有聞參謀書札上呈。」太尉道：「那個聞參謀？」燕青便向懷中取出書呈遞上去。宿太尉看了封皮，説道：「我道是那個聞參謀，原來是我幼年間同窗的聞煥章。」遂拆開書來看時，寫道：

「侍生聞煥章沐手百拜，無謂。奉書太尉恩相鈞座前：賤子自髫年時出入門牆，已三十載矣。昨蒙高殿帥喚至軍前，參謀大事。奈緣勸諫不從，忠言不聽，三番敗績，言之甚羞。真可羞。高太尉與賤子一同被擄，陷于縲絏。義士宋公明，寬裕仁慈，不忍加害。則令高殿帥帶領梁山蕭讓、樂和赴京，欲請招安，留賤子在此質當。萬望恩相不惜齒牙，早晚於天子前題奏，早降招安之典，俾令義士宋公明等早得釋罪獲恩，建功立業，非特國家之幸甚，實天下之幸甚也。立功名於萬古，見義勇於千年，也罷！救取賤子，實領再生之賜。拂楮拳拳，幸垂昭察，不勝感激之至。

宣和四年春正月　　日，聞煥章再拜奉上。」

宿太尉看了書大驚，便問道：「你是誰？」燕青答道：「男女是梁山泊浪子燕青。」隨即出來取了籠子，逕到書院裏。燕青稟道：「太尉在華州降香時，多曾伏侍太尉來，恩相緣何忘了？宋江哥哥有些微物相送，聊表我哥哥寸心，每日占卜課内，只着求太尉提拔救濟，妙。宋江等滿眼只望太尉來招安。若得恩相早晚於天子前題奏此事，則梁山泊十萬人之衆，皆感大恩。哥哥責着限次，男女便回。」燕青拜辭了，便出府來。宿太尉使人收了金珠寶物，已有在心。

且説燕青便和戴宗回店中商議：「這兩件事都有些次第，只是蕭讓、樂和在高太尉府中，怎生得出？」戴宗道：「我和你依舊扮作公人去高太尉府前伺候。等他府裏有人出來，把些金銀賄賂與他，賺得一個厮兒通了消息，便有商量。」當時兩個換了結束，帶將金銀，逕投太平橋來。在衙門前窺望了一回，只見府裏一個年紀小的虞候搖擺將出來。燕青便向前與他施禮，那虞候道：「你是甚人？」燕青道：「請幹辦到茶肆中說話。」兩個到閤子內，與戴宗相見了，同坐吃茶。燕青道：「實不瞞幹辦說，前者太尉從梁山泊帶來那兩個人，一個跟的叫做樂和，與我這哥哥是親眷，欲要見他一見，因此上相央幹辦。」虞候道：「你兩個且休說，節堂深處的勾當，誰理會的？」戴宗便向袖內取出一錠大銀，放在桌子上，對虞候道：「足下只引的樂和出來，相見一面，不要出衙門，便送這錠銀子與足下。」那人見了財物，一時利動人心，便道：「端的有這兩個人在裏面。太尉鈞旨：只教養在後花園裏宿歇。我與你喚他出來，說了話，你休失信，把銀子與我。」戴宗道：「這個自然。」那人便起身分付道：「你兩個只在此茶坊裏等我。」那人急急入府去了。未知如何，有詩爲證：

虞候衙中走出來，便將金帛向前排。燕青當下通消息，準擬更深有刮劃。押韻而已。

戴宗、燕青兩個在茶坊中等，不到半個時辰，只見那小虞候慌慌出來說道：「先把銀子來！〔眉〕人家伴當，只是要銀子。樂和已叫出在耳房裏了。」戴宗與燕青咐耳低言：「如此如此……」就把銀子與他。虞候得了銀子，便引燕青耳房裏來見樂和。那虞候道：「你兩個快說了話便去。」燕青便與樂和道：「我同戴宗在這裏定計，賺你兩個出去。」樂和道：「直把我們兩個養在後花園中，牆垣又高，無計可出。折花梯子盡都藏過了，如何能勾出來？」燕青道：「靠牆有樹麼？」樂和道：「傍牆一邊都是大柳樹。」燕青道：「今夜晚間，只聽咳嗽爲號，我在外面漾過兩條索去，你就相近的柳樹上把索子絞縛了，我兩個在牆外各把一條索子扯住，你兩個就從索上盤將出來。四更爲期，不可失誤。」那虞候便道：「你兩個只管說甚的？快去罷！」樂和自入去了，暗暗通報了蕭讓。燕青急急去與戴宗說知，當日至夜伺候。

且說燕青、戴宗兩個就街上買了兩條粗索，藏在身邊，先去高太尉府後看了落脚處。原來離府後是條河，河邊却有兩隻空船纜着，離岸不遠。兩個便就空船裏伏了。看看聽的更鼓已打四更，兩個便上岸來遶着牆後咳嗽。只聽的牆裏應聲咳嗽，兩邊都已會意。燕青便把索來漾將過去，約莫裏面拴繫牢了，兩個在外面對絞定，緊緊地拽住索頭。只見樂和先盤出來，隨後便是蕭讓，兩個都溜將下來，却把索子丟入牆內去了。四人再來空船內，伏到天色將曉，却去敲開客店門，房中取了行李，就店中打火做了早飯吃，算了房宿錢，四個來到城門外，等門開時一湧出來，望梁山泊回報消息。不是這四個回來，有分教，宿太尉單奏此事，宋公明全受招安。正是中貴躬親頒鳳詔，英雄朝賀在丹墀。畢竟宿太尉怎生奏請聖旨前去招安，且聽下回分解。

李禿翁曰：今人只管說男盜女娼便不好了。童貫、高俅那廝非不做大官，燕青、李師師都指爲奸佞，是又强盜娼婦不如了。真。官大那裏便算得人。真。

又曰：燕青不承應李師師，是大聖人，風流少年定以爲滯貨。

梁山泊分金大買市
容與堂

宋公明全夥受招安

第八十二回　梁山泊分金大買市　宋公明全夥受招安

詩曰：

燕青心膽堅如鐵，外貌風流却異常。花柳曲中逢妓女，洞房深處遇君王。只因姓字題金榜，致使皇恩降玉章。持本御書丹詔去，英雄從此作忠良。

話説燕青在李師師家遇見道君皇帝，告得一道本身赦書，次後見了宿太尉。又和戴宗定計，高太尉府中賺出蕭讓、樂和，四個人等城門開時，隨即出城，逕趕回梁山泊來，報知上項事務。且説李師師當夜不見燕青來家，心中亦有些疑慮。疑些什麼來？却説高太尉府中親隨人次日供送茶飯與蕭讓、樂和，就房中不見了二人，慌忙報知都管。都管便來花園中看時，只見柳樹邊拴着兩條粗索，因此已知走了二人，只得報知太尉。高俅聽罷，吃了一驚，越添憂悶，只在府中推病不出。次日五更，道君皇帝設朝，受百官朝賀。

星斗依稀玉漏殘，鏘鏘環珮列千官。露凝仙掌金盤冷，月映瑶空貝闕寒。禁柳緑連青瑣闥，宮桃紅壓碧欄杆。皇風清穆乾坤泰，千載君臣際會難。

當日天子駕坐文德殿，道：「今日文武班齊麽？」殿頭官奏道：「是日左文右武，都會集在殿下，俱各班齊。」天子宣命捲簾，旨令左右近臣宣樞密使童貫出班。問道：「你去歲統十萬大軍，親爲招討，征進梁山泊，勝敗如何？」發作了。童貫跪下，便奏道「臣舊歲統率大軍，前去征進，非不效犬馬力，奈緣暑熱，軍士不伏水土，患病者衆，十死二三。却還不知。臣見軍馬委頓，以此權且收兵振旅，各歸本營操練。所有御林軍，於路傷暍者計損大半。後蒙降詔，賊人假氣遊魂，未伏招撫。及高俅以戈船進征，亦中途抱病而返。」天子大怒，喝道「汝這不才奸佞之臣，政不奏聞寡人，以致壞了國家大事。你去歲統兵征伐梁山泊，如何只兩陣，被寇兵殺的人馬辟易，片甲隻騎無還，遂令王師敗績。童貫當時舌吐汗出。次後高俅那廝，廢了州郡多少錢糧，陷害了許多兵船，折了若干軍馬，自又被寇活捉上山，宋江等不忍誅之，以禮放還，大辱君命，豈不爲天下僇笑！〔眉〕纔像個皇帝。寡人聞宋江等不侵州府，不掠良民，只待招安，與國家出力。都是汝等嫉賢妬能之臣，壅蔽不使下情上達，何異城狐社鼠也。汝掌管樞密，豈不自慚。本欲拿問，以謝天下，姑且待後。」喝退一壁。童貫默默無言，退在一邊。天子命宣：「翰林學士與寡人親修丹詔，便差大臣前去招撫梁山泊宋江等歸還。」天子聖宣未了，有殿前太尉宿元景出班跪下奏道：「臣雖不才，願往一遭。」天子大喜：「寡人御筆親書丹詔。」便叫擡上御案，拂開詔紙，天子就御案上親書丹詔，左右近臣捧過御寶，天子自行用訖。又命庫藏官教取金牌三十六面，銀牌七十二面，紅錦三十六匹，綠錦七十二匹，黄封御酒一百八瓶，盡付與宿太尉。又贈正從表裏二十四，金字招安御旗一面，限次日便行。宿太尉就文德殿辭了天子。百官朝罷，童樞密羞顏回府，推病不敢入朝。高太尉聞知，恐懼無措，亦不敢入朝。還是有愧於宋江。正是：鳳凰丹禁裏，銜出紫泥書。有詩爲證：

一封恩詔出明光，共喜懷柔邁漢唐。珍重侍臣宣帝澤，會看水滸盡來王。

且説宿太尉打擔了御酒、金銀牌面、段匹表裏之物，上馬出城，打起御賜金字黄旗，衆官相送出南薰門，投濟州進發，不在話下。却説燕青、戴宗、蕭讓、樂和四個連夜到山寨，把上件事都説與宋公明並頭領知道。燕青便取出道君皇帝御筆親寫赦書，此事亦奇。與宋江等衆人看了。吴用道：「此回必有佳音。」宋江焚起好香，取出九天玄女課來，望空祈禱祝告了，卜得個上上大吉之兆。宋江大喜，「此事必成。再煩戴宗、燕青前去探聽虚實，作急回報，好做准備。」〔眉〕描寫他來王之誠。戴宗、燕青去了，數日回來報説：「朝廷差宿太尉親賫丹詔，更有御酒、金銀牌面、紅緑錦段表裏，前來招安，早晚到也。」宋江聽罷大喜。在忠義堂上忙傳將令，分撥人員，從梁山泊直抵濟州地面，扎縛起二十四座山棚，上面都是結綵懸花，下面陳設笙簫鼓樂。各處附近州郡，顧倩樂人，分撥於各山棚去處迎接詔敕。每一座山棚上撥一個小頭目監管，一壁教人分投買辦菓品海味、按酒乾食等項，准備筵宴茶飯席面。

且説宿太尉奉敕來梁山泊招安，一干人馬迤邐都到濟州。太守張叔夜出郭迎接，入城館驛中安下。太守起居宿太尉已畢，把過接風酒，張叔夜稟道：「朝廷頒詔敕來招安，已是二次，蓋因不得其人，誤了國家大事。今者太尉此行，必與國家立大功也。」宿太尉乃言：「天子近聞梁山泊一夥，以義爲主，不侵州郡，不害良民，專一替天行道。今差下官賫到天子御筆親書丹詔，敕賜金牌三十六面，銀牌七十二面，紅錦三十六匹，緑錦七十二匹，黄封御酒一百八瓶，表裏二十四匹，來此招安，禮物輕否？」張叔夜道：「這一般人，非在禮物輕重，要圖忠義報國，揚名後代。若得太尉早來如此，也不教國家損兵折將，虛耗了錢糧。此一夥義士歸降之後，必與朝廷建功立業。」宿太尉道：「下官在此專待，有煩太守親往山寨報知，着令准備迎接。」張叔夜答道：「小官願往。」隨即上馬出城，帶了十數個從人，逕投梁山泊來。到的山下，早有小頭目接着，報上寨裏來。宋江聽罷，慌忙下山迎接。張太守上山，到忠義堂上，相見罷，張叔夜道：「義士恭喜！朝廷特遣殿前宿太尉，賫擎丹詔御筆親書，前來招安。勑賜金牌、表裏、御酒、段匹，見在濟州城内，義士可以准備迎接詔旨。」宋江大喜，以手加額道：「實江等再生之幸。」當時留請張太守茶飯，張叔夜道：「非是下官拒意，惟恐太尉見怪回遲。」宋江道：「略奉一杯，非敢爲禮。」托出一盤金銀相送。張太守見了，便道：「叔夜更不敢受。」宋江道：「些少微物，何故推却，未足以爲報謝，聊表寸心。若事畢之後，則當重酬。」張叔夜道：「深感義士厚意，且留於大寨，却來請領，未爲晚矣。」太守可謂廉以律己者也。〔眉〕似卓老。有詩爲證：

風流太守來傳信，便把黄金作餞行。捧獻再三原不受，一〈廉〉(簾)水月更分明。

宋江便差大小軍師吴用、朱武，並蕭讓、樂和四個跟隨張太守下山，直往濟州來參見宿太尉。約至後日，衆多大小頭目離寨三十里外，伏道相迎。當時吴用等跟隨太守張叔夜連夜下山，直到濟州。次日來館驛中參見宿太尉，拜罷，跪在面前。宿太尉教平身起來，俱各命坐。四個謙讓，那裏敢坐。太尉問其姓氏，吴用答道：「小生吴用，在下朱武、蕭讓、樂和，奉兄長宋公明命，特來迎接恩相。兄長與弟兄後日離寨三十里外，伏道相迎。」宿太尉大喜，便道：「加亮先生，間别久矣。好太尉。自從華州一别之後，已經數載，誰想今日得與重會。下官知汝弟兄之心，素懷忠義，只被奸臣閉塞，讒佞專權，使汝衆人下情不能上達。目今天子悉已知之，特命下官賫到天子御筆親書丹詔，金銀牌面、紅緑錦段，御酒表裏，故來招安。汝等勿疑，盡心受領。」吴用等再拜稱謝道：「山野狂夫，有勞恩相降臨，感蒙天恩，皆出乎太尉之賜也。衆弟兄刻骨銘心，難以補報。」張叔夜一面設宴管待。

到第三日清晨，濟州裝起香車三座，將御酒另一處龍鳳盒内擡着，金銀牌面、紅緑錦段另一處扛擡，御書丹詔龍亭内安放。宿太尉上了馬，靠龍亭東行，太守張叔夜騎馬在後相陪。吴用等四人乘馬跟着，大小人伴，一齊簇擁。前面馬上，打着御賜銷金黄旗、金鼓旗旛，隊伍開路，出了濟州，迤邐前行。未及十里，早迎着山棚。宿太尉在馬上看了，見上面結綵懸花，下面笙簫鼓樂，迫道迎接。再行不過數十里，又是結綵山棚，前面望見香烟拂道，宋江、盧俊義跪在面前，背後衆頭領齊齊都跪在地下，迎接恩詔。此時李大哥不知作何光景？宿太尉道：「都教上馬。」一同迎至水邊，那梁山泊千百隻戰船，一齊渡將過去，直至金沙灘上岸。三關之上，三關之下，鼓樂喧天，軍士導從，儀衛不斷，異香繚繞，直至忠義堂前下馬。〔眉〕齊整。香車龍亭擡放忠義堂上。中間設着三個几案，都用黄羅龍鳳桌圍圍着。正中設萬歲龍牌，將御書丹詔放在中間。金銀牌面放在左邊，紅緑錦段放在右邊，御酒表裏亦放於前，金爐内焚着好香。宋江、盧俊義邀請宿太尉、張太守上堂設坐，左邊立着蕭讓、樂和，右邊立着裴宣、燕青。盧俊義等都跪在堂前。裴宣喝拜，拜罷，蕭讓開讀詔文：

「制曰：朕自即位以來，用仁義以治天下，行禮樂以變海内，公賞罰以定干戈。求賢之心，未嘗少怠；愛民之心，未嘗少洽。博施濟衆，欲與天地均同；體道行仁，咸使黎民蒙庇。遐邇赤子，感知朕心。切念宋江、盧俊義等，素懷忠義，不施暴虐，歸順之心已久，報效之志凜然。雖犯罪惡，各有所由，察其情懇，深可憫憐。〔眉〕知己之言。朕今特差殿前太尉宿元景，賫捧詔書，親到梁山水泊，將宋江等大小人員所犯罪惡，盡行赦免。給降金牌三十六面，紅錦三十六匹，賜與宋江等上頭領。銀牌七十二面，緑錦七十二匹，賜與宋江部下頭目。赦書到日，莫負朕心，早早歸降，必當重用。故茲詔敕，想宜悉知。

宣和四年春二月　日詔示。」

蕭讓讀罷丹詔，宋江等山呼萬歲，再拜謝恩已畢。宿太尉取過金銀牌面、紅緑錦段，令裴宣依次照名給散已罷。叫開御酒，取過銀酒海，都傾在裏面。隨即取過鏇杓舀酒，就堂前温熱，傾在銀壺内。宿太尉執着金鍾，斟過一杯酒來，對衆頭領道：「宿元景雖奉君命，特賫御酒到此，命賜衆頭領，誠恐義士見疑，元景先飲此杯，與衆義士看，勿得疑慮。」〔眉〕此人亦停當。衆頭領稱謝不已。宿太尉飲畢，再斟酒來先勸宋江，宋江舉杯跪飲。然後盧俊義、吴用、公孫勝陸續飲酒，遍勸一百單八名頭領，俱飲一杯。宋江傳令，教收起御酒，却請太尉居中而坐，衆頭領拜覆起居。宋江進前稱謝道：「宋江昨者西嶽得識台顔，多感太尉恩厚，於天子左右力奏，救拔宋江等再見天日之光，銘心刻骨，不敢有忘。」宿太尉道：「元景雖知義士等忠義凜然，替天行道，奈緣不知就裏委曲之事，因此天子左右，未敢題奏，以致擔誤了許多時。前者收得聞參謀書，又蒙厚禮，方知有此衷情。其日天子在披香殿上，官家與元景閑論，問起義士，以此元景奏知此事，不期天子已知備細，與某所奏相同。亦孝（老）實。次日天子駕坐文德殿，就百官之前，痛責童樞密，深怪高太尉累次無功，親命取過文房四寶，天子御筆親書丹詔，特差宿某親到大寨啓請衆頭領。煩望義士早早收拾朝京，休負聖天子宣召撫安之意。」衆皆大喜，拜手稱謝。宋江邀請聞參謀相見，宿太尉欣然交集，滿堂歡喜。當請宿太尉居中上坐，張太守、聞參謀對席相陪，堂上堂下皆列位次，大設筵宴，輪番把盞。廳前大吹大擂。雖無炮龍烹鳳，端的是肉山酒海。當日盡皆大醉，各扶歸幕次裏安歇。

次日又排筵宴，彼各敍舊論新，講說平生之懷。第三日再排席面，請宿太尉遊山，至暮，盡醉方散，各歸安歇。倏爾已經數日，宿太尉要回，宋江等堅意相留。宿太尉道：「義士不知就裏，元景奉天子敕旨而來，到此間數日之久。荷蒙英雄慨然歸順，大義俱全，若不急回，誠恐奸臣相妬，別生異議。」是。宋江等道：「據某愚意，相留恩相遊玩數日。太尉既然有此之念，不敢苦留，今日盡此一醉，來早拜送恩相下山。」當時會集大小頭領，盡來集義飲宴。吃酒中間，衆皆稱謝。宿太尉又用好言撫恤，至晚方散。次日清晨，安排車馬，宋江親捧一盤金珠，到宿太尉幕次內，再拜上獻。宿太尉那裏肯受，宋江再三獻納，方纔收了，打挾在衣箱內。拴束行李鞍馬，准備起程。其餘跟來人數，連日自是朱武、樂和管待，依例飲饌，酒量高低，並皆厚贈金銀財帛。衆人皆喜。仍將金寶賫送聞參謀、張太守，二公亦不肯受。宋江堅執奉承，纔肯收納。〔眉〕張太守又不似卓老了。宋江遂令聞參謀跟同宿太尉回京師。梁山泊大小頭領，俱金鼓細樂相送太尉下山。渡過金沙灘，俱送過三十里外，衆皆下馬，與宿太尉把盞餞行相别。宋江當先執盞，擎杯道：「太尉恩相回見天顔，善言保奏。」宿太尉回道：「義士但且放心，只早早收拾朝京爲上。軍馬若到京師來，可先使人到我府中通報，俺先奏聞天子，使人持節來迎，方見十分公氣。」是。宋江道：「恩相容覆：小可水洼，自從王倫上山開創之後，却是晁蓋上山，今至宋江，已經數載。附近居民擾害不淺，小可愚意，今欲罄竭資財，買市十日。收拾已了，便當盡數朝京，安敢遲滯。亦望太尉煩請將此愚衷，上達聖聽，以寬限次。」不必。宿太尉應允，别了衆人，帶了開詔一干人馬，自投濟州而去。

宋江等却回大寨，到忠義堂上，鳴鼓聚衆。大小頭領坐下，諸多軍校都到堂前。宋江傳令：「衆弟兄在此，自從王倫創立山寨以來，次後晁天王上山建業，如此興旺。我自江州得衆兄弟相救到此，推我爲尊，已經數載。今日喜得朝廷招安，重見天日之面，早晚要去朝京，與國家出力，圖個廕子封妻，共享太平之福。今來汝等衆人，但得府庫之物，納於庫中公用；其餘所得之資，並從均分，以義逢義，以仁達仁，並無争執。〔眉〕此是梁山泊大關節。我一百八人，上應天星，生死一處。今者天子寬恩降詔，赦罪招安，大小衆人，盡皆釋其所犯。我等一百八人早晚朝京面聖，莫負天子洪恩。汝等軍校，也有自來落草的，也有隨衆上山的，亦有軍官失陷的，亦有擄掠來的。今次我等受了招安，俱赴朝廷，你等如願去的，作速上名進發；如不願去的，就這裏報名相辭，我自賫發你等下山，任從生理。」是。宋江號令已罷，着落裴宣、蕭讓照數上名。號令一下，三軍各各自去商議。當下辭去的也有三五千人。宋江皆賞錢物，賫發去了。願隨去充軍者，作速報官。

次日，宋江又令蕭讓寫了告示，差人四散去貼，曉示臨近州郡、鄉鎮村坊，各各報知，仍請諸人到山買市十日。其告示曰：

「梁山泊義士宋江等，謹以大義布告四方：昨因嘯聚山林，多擾四方百姓，今日幸天子寬仁厚德，特降詔敕，赦免本罪，招安歸降。朝暮朝覲，無以酬謝，就本身買市十日。〔眉〕今人一中進士，便先吃附近居民起了，那肯買市十日？倘蒙不外，賫價前來，以一報答，並無虛謬。特此告知，遠近居民，勿疑辭避，惠然光臨，不勝萬幸！

宣和四年三月　日梁山泊義士宋江等謹請。」

蕭讓寫畢告示，差人去附近州郡及四散村坊，盡行貼遍。發庫内金珠寶貝、綵段綾羅紗絹等項，分散各頭領並軍校人員。另選一分，爲上國進奉，其餘堆集山寨，盡行招人買市十日。於三月初三日爲始，至十三日終止。宰下牛羊，醖造酒醴，但到山寨裏買市的人，盡以酒食管待，妙。犒勞從人。至期四方居民擔囊負笈，霧集雲屯，俱至山寨。宋江傳令以一舉十，俱各歡喜，拜謝下山。一連十日，每日如此。十日已外，住罷買市。號令大小，收拾赴京朝覲。宋江便要起送各家老小還鄉，吴用諫道：「兄長未可，且留衆寶眷在此山寨，待我等朝覲面君之後，承恩已定，那時發遣各家老小還鄉未遲。」是。宋江聽罷道：「軍師言之極當。」再傳將令，教頭領即便收拾整頓軍士。宋江等隨即火速起身，早到濟州，謝了太守張叔夜。太守即設筵宴管待衆多義士，賞勞三軍人馬。

宋江等辭了張太守，出城進發，帶領衆多軍馬，大小約有五七百人，逕投東京來。先令戴宗、燕青前來京師宿太尉府中報知。太尉見説，隨即便入内裏奏知天子：「宋江等衆軍馬朝京。」天子聞奏大喜，便差太尉並御駕指揮使一員，手持旌旄節鉞，出城迎接宋江。當下宿太尉領聖旨出郭。且説宋江軍馬在路，甚是擺的整齊，前面打著兩面紅旗，一面上書「順天」二字，一面上書「護國」二字。都停當。衆頭領都是戎裝披掛，惟有吴學究綸巾羽服，公孫勝鶴氅道袍，魯智深烈火僧衣，武行者香皂直裰，其餘都是戰袍金鎧，本身服色。好看。在路非止一日，前到京師城外，前逢御駕指揮使持節迎着軍馬。宋江聞知，領衆頭領前來，參見宿太尉已畢，且把軍馬屯駐新曹門外，下了寨栅，聽候聖旨。

且説宿太尉並御駕指揮使入城，至朝前面奏天子説：「宋江等軍馬屯住新曹門外，聽候我王聖旨。」天子乃曰：「寡人久聞梁山泊宋江等有一百八人，上應天星，更兼英雄勇猛，人不可及。今已歸降，作爲良臣，到於京師。寡人來日引百官登宣德樓，可教宋江等衆俱以臨敵披掛，本身戎裝服色，休帶大隊人馬，只將三五百步軍馬軍進城，自東過西，寡人親要觀看。〔眉〕此事亦危，吴用這班人尚未可測。也教在城黎庶、軍民、官僚，知此英雄豪傑，爲國良臣。然後却令卸其衣甲，除去軍器，都穿所賜錦袍，從東華門而入，就文德殿朝見。」御駕指揮使領聖旨，直至行營寨前，口傳聖旨與宋江等説知。次日，宋江傳令，教鐵面孔目裴宣選揀彪形大漢五七百人步軍，前面打着金鼓旗旛，後面擺着鎗刀斧鉞，中間竪着「順天」、「護國」二面紅旗，軍士各懸刀劍弓矢，衆人各各都穿本身披掛，戎裝袍甲，擺成隊伍，從東郭門而入。只見東京百姓軍民，扶老挈幼，迫路觀看，如睹天神。是時天子引百官在宣德樓上臨軒觀看。見前面擺列金鼓旗旛，鎗刀斧鉞，盡都擺列隊伍，中有踏白馬軍，打起「順天」、「護國」二面紅旗，外有二三十騎馬上隨軍鼓樂，後面衆多好漢，簇簇而行。解珍、解寶開路，朱武壓後。怎見得一百八員英雄好漢入城朝覲，但見：

和風開御道，細雨潤香塵。東方曉日初昇，北闕珠簾半捲。南薰門外，一百八員義士朝京；宣德樓中，萬萬歲君王刮目。解珍、解寶，仗鋼叉相對而行；孔明、孔亮，執兵器齊肩而過。前列着鄒淵、鄒潤，次分着李立、李雲。韓滔、彭玘顯精神，薛永、施恩逞猛烈。單廷珪皂袍閃爍，魏定國紅甲光輝。宣贊緊對郝思文，淩振相隨神算子。黄信左朝孫立，歐鵬右向鄧飛。鮑旭、樊瑞仗雙鋒，郭盛、吕方持畫戟。紗巾吏服，左手下鐵面孔目裴宣；烏帽儒衣，右手下聖手書生蕭讓。絲韁玉勒，山東豪傑宋公明；畫鐙琱鞍，河北英雄盧俊義。吴加亮綸巾羽扇，公孫勝鶴氅道袍。豹子頭與關勝連鞍，呼延灼同秦明共轡。花榮相連楊志，索超緊對董平。魯智深烈火袈裟，武行者香皂直裰。柴進與李應相隨趁，楊雄共石秀並肩行。徐寧不離張清，劉唐緊隨史進。朱仝與雷横作伴，燕青和戴宗同行。李逵居左，穆弘在右。諸阮内阮二爲尊，兩張内李俊居長。陶宗旺共鄭天壽爲雙，王矮虎與一丈青作配。項充、李衮，宋萬、杜遷。菜園子相對小尉遲，孫二娘緊隨顧大嫂。後面有蔡福、蔡慶、陳達、楊春，前頭列童威、童猛、侯健、孟康。燕順、楊林對對挨肩，穆春、曹正雙雙接踵。朱貴對連朱富，周通相接李忠。左有玉臂匠，右有鐵笛仙。宋清相接樂和，焦挺追陪石勇。湯隆共杜興作伴，得孫與龔旺同行。王定六面目猙獰，郁保四身軀長大。時遷乖覺，白勝高强。段景住馬上超羣，隨後有三人壓陣。安道全身披素服，皇甫端胸拂紫髯。神機朱武在中間，馬上隨軍全樂部。護國旗盤旋瑞氣，順天旗招颭祥雲。重重鎧甲爍黄金，對對錦袍盤軟翠。有如帝釋引天男天女下天宫，渾似海神共龍子龍孫離洞府。正是夾道萬民齊束手，臨軒帝主喜開顔。〔眉〕敍得不變化，没光景。

且説道君天子同百官在宣德樓上，看了梁山泊宋江等這一行部從，喜動龍顔，心中大悦。與百官道：「此輩好漢，真英雄也。」觀看嘆羨不已，命殿頭官傳旨，教宋江等各换御賜錦袍見帝。殿頭官領命傳與宋江等，向東華門外脱去戎裝慣帶，各穿御賜紅緑錦袍，懸帶金銀牌面，各帶朝天巾幘，抹緑朝靴。惟公孫勝將紅錦裁成道袍，魯智深縫做僧衣，武行者改作直裰，皆不忘君賜也。趣。宋江、盧俊義爲首，吴用、公孫勝爲次，引領衆人從東華門而入。只見儀禮司整肅朝儀，陳設鑾駕，正是：

金殿當頭紫閣重，仙人掌上玉芙蓉。太平天子朝元日，五色雲車駕六龍。皇風清穆，温温靄靄氣氤氲；麗日當空，郁郁蒸蒸雲靉靆。微微隱隱，龍樓鳳闕散滿天香霧；霏霏拂拂，珠宫貝闕映萬縷朝霞。文德殿燦燦爛爛，金碧交輝；未央宫光光彩彩，丹青炳焕。蒼蒼涼涼，日映着玉砌雕闌；裊裊英英，花簇着皇宫禁苑。紫扉黄閣，寶鼎内縹縹緲緲，沉檀齊爇；丹陛彤墀，玉臺上明明朗朗，玉燭高焚。籠籠鼕鼕，振天鼓擂疊三通；鏗鏗鍧鍧，長樂鐘撞百八下。枝枝杈杈，叉刀手互相磕撞；摇摇拽拽，龍虎旗來往飛騰。錦襠花帽，擎着的是圓蓋傘、方蓋傘上下開展；玉節龍旂，駕着的是大輅輦、玉輅輦左右相陳。立金瓜、卧金瓜，三三兩兩；雙龍扇、單龍扇，疊疊重重。羣羣隊隊，金鞍馬、玉轡馬，性貌馴習；雙雙對對，寶匣象、駕轅象，勇力猙獰。鎮殿將軍，長長大大甲披金；侍朝勳衞，齊齊整整刀晃銀。嚴嚴肅肅，殿門內擺列着糾儀御史官；端端正正，姜擦邊立站定近侍錦衣人。金殿上參參差差，齊開寶扇；畫棟前輕輕款款，捲起珠簾。文樓上嘐嘐噦噦，報時雞人三唱；玉階下刮刮剌剌，肅静鞭響三聲。濟濟楚楚，侍螭頭、列簪纓，有五等之爵；巍巍蕩蕩，坐龍牀、倚繡褥，瞻萬乘之尊。晴日照開青瑣闥，天風吹下御爐香。千條瑞靄浮金闕，一朵紅雲捧玉皇。〔眉〕可删。

當日辰牌時候，天子駕升文德殿。儀禮司郎官引宋江等依次入朝，排班行禮。殿頭官贊拜舞起居，山呼萬歲已畢。天子欣喜，敕令宣上文德殿來，照依班次賜坐，命排御筵。敕光禄寺排宴，良醖署進酒，珍羞署進食，掌醢署造飯，大官署供膳，教坊司奏樂，天子親〈陪〉〈御〉寶座陪宴宋江等。〔眉〕大不是。只見：

九重門啓，鳴噦噦之鸞聲；閶闔天開，睹巍巍之龍衮。當重熙累洽之日，致星曜降附之時。光禄珍羞具陳，大官水陸畢集。銷金御帳上，有舞鶴飛鸞；織錦圍屏中，畫盤龍走鳳。合殿金花紫翠，滿庭錦繡綺羅。樓臺寶座千層玉，案桌龍床一塊金。筵開玳瑁，七寶器黄金嵌就；爐列麒麟，百和香龍腦修成。玻璃盞間虎珀鍾，瑪瑙杯聯珊瑚斝。赤瑛盤内，高堆麟脯鸞肝；紫玉碟中，滿飣駝蹄熊掌。桃花湯潔，縷塞北之黄羊；銀絲膾鮮，剖江南之赤鯉。黄金盞滿泛香醪，紫霞杯灔浮瓊液。寶瓶中金菊對芙蓉，争妍競秀；玉沼内芳蘭和菡萏，薦馥呈芬。翠蓮房掩映寶珠榴，錦帶羹相稱胡麻飯。五俎八簋，百味庶羞。黄橙緑橘，合殿飄香；雪藕冰桃，盈盤沁齒。糖澆就甘甜獅仙，麪製成香酥定勝。四方珍菓，盤中色色絶新鮮；諸郡佳肴，席上般般皆奇異。方當進酒五巡，正是湯陳三獻。教坊司鳳鸞韶舞，禮樂司排長伶官。朝鬼門道，分明開説。頭一個裝外的，黑漆幞頭，有如明鏡。描花羅襴，儼若生成。雖不比持公守正，亦能辨律吕宫商。第二個戲色的，繫離水犀角腰帶，裹紅花緑葉羅巾。黄衣襴長襯短靿靴，綵袖襟密排山水樣。第三個末色的，裹結絡毬頭帽子，着篾役疊勝羅衫。最先來提掇甚分明，念幾段雜文真罕有。説的是敲金擊玉敍家風，唱的是風花雪月梨園樂。第四個淨色的，語言動衆，顔色繁過。開呵公子笑盈腮，舉口王侯歡滿面。依院本填腔調曲，按格範打諢發科。第五個貼淨的，忙中九伯，眼目張狂。隊額角塗一道明創，匹門面搭兩色蛤粉。裹一頂油油膩膩舊頭巾，穿一領刺刺塌塌潑戲襖。吃六捧枒板不嫌疼，打兩杖麻鞭渾是耍。這五人引領著六十四回隊舞優人，百二十名散做樂工，搬演雜劇，裝孤打攛。個個青巾桶帽，人人紅帶花袍。吹龍笛，擊鼉鼓，聲震雲霄；彈錦瑟，撫銀箏，韻驚魚鳥。悠悠音調繞梁飛，濟濟舞衣翻月影。吊百戲衆口諠譁，縱諧語齊聲喝采。粧扮的是太平年萬國來朝，雍熙世八仙慶壽；搬演的是玄宗夢遊廣寒殿，狄青夜奪崑崙關。也有神仙道辦，亦有孝子順孫。觀之者真可堅其心志，聽之者足以養其性情。須臾間八個排長，簇擁着四個金翠美人，歌舞雙行，吹彈並舉。歌的是《朝天子》《賀聖朝》《感皇恩》《殿前歡》，治世之音；舞的是《醉回回》《活觀音》《柳青娘》《鮑老兒》淳正之態。歌喉似新鶯宛囀，舞腰如細柳牽風。當殿上魚水同歡，君臣共樂，果然道：百寶粧腰帶，珍珠絡臂鞲。笑時花近眼，舞罷錦纏頭。大宴已成，衆樂齊舉。主上無爲千萬壽，天顔有喜萬方同。〔眉〕可删。有詩爲證：

堯舜垂衣四惡摧，宋皇端拱叛臣歸。九重鳳闕新開宴，十載龍墀舊賜衣。蓋世功名須早進，矢心忠義莫相違。乾坤好作奇男子，珍重詩章足佩韋。

且說天子賜宋江等筵宴，至暮方散。謝恩已罷，宋江等俱各簪花出内，在西華門外各各上馬，回歸本寨。次日入城，禮儀司引至文德殿謝恩。喜動龍顔，天子欲加官爵，敕令宋江等來日受職。宋江等謝恩出内回寨，不在話下。

又説樞密院官具本上奏：「新降之人，未效功勞，不可輒便加爵，可待日後征討建立功勳，量加官賞。見今數萬之衆，逼城下寨，甚爲不宜，〔眉〕是，是。陛下可將宋江等所部軍馬，原是京師有被陷之將，仍還本處。外路軍兵，各歸原所。其餘之衆，分作五路，山東、河北分調開去，此爲上策。」次日天子命御駕指揮使，直至宋江營中，口傳聖旨。宋江等分開軍馬，各歸原所。衆頭領聽的，心中不悦，又野了。回道：「我等投降朝廷，都不曾見些官爵，便要將俺弟兄等分遣調開。俺等衆頭領生死相隨，誓不相捨，端的要如此，我們只的再回梁山泊去！」宋江急忙止住，遂用忠言懇求來使，煩乞善言回奏。那指揮使回到朝廷，那裏敢隱蔽，只得把上項所言奏聞天子。天子大驚，忒怕。急宣樞密院官。奏道：「這廝們雖降朝廷，其心不改，終貽大患。以臣愚意，不若陛下傳旨賺入京城，將此一百八人盡數勦除，然後分散他的軍馬，以絶國家之患。」胡説。天子聽罷，聖意沉吟未決。向那御屏風背後，轉出一大臣，紫袍象簡，高聲喝道：「四邊狼烟未息，中間又起禍胎。都是汝等忘家敗國之臣，壞了聖朝天下。」正是只憑立國安邦口，來救驚天動地人。畢竟御屏風後喝的那員大臣是誰，且聽下回分解。

卓吾老子曰：梁山泊買市十日，我道勝如道學先生講十年道學。何也？以其實有益於人耳。可笑宋室好一夥君臣，賜宴於殿上，與謀斬於城中，都是一般見識。

宋公明奉詔征大遼

保義滴淚斬小卒

第八十三回　宋公明奉詔破大遼　陳橋驛滴淚斬小卒

古風一首：

大鵬久伏北溟裏，海運摶風九萬里。丈夫按劍居蓬蒿，時間談笑鷹揚起。縣官失政羣臣妬，天下黎民思樂土。壯哉一百八英雄，任俠施仁聚山塢。宋江意氣天下稀，學究謀略人中奇。折馘擒俘俱虎將，披堅執鋭盡健兒。艨艟戰艦環湍瀨，劍戟短兵布山寨。三關部伍太森嚴，萬姓聞風俱膽碎。惟誅國蠹去貪殘，替天行道民盡安。只爲忠貞同皦日，遂令天詔降梁山。東風拂拂征袍舞，朱鷺翩翩動鉦鼓。黄封御酒遠相頒，紫泥錦綺仍安撫。承恩將校舒衷情，焚香再拜朝玉京。天子龍顔動喜色，諸侯擊節歌昇平。汴州城下屯梟騎，一心報國真嘉會。盡歸廊廟佐清朝，萬古千秋尚忠義。

話說當年有大遼國王，起兵前來侵占山後九州邊界。兵分四路而入，劫擄山東、山西，搶掠河南、河北。各處州縣，申達表文，奏請朝廷求救。先經樞密院，然後得到御前。所有樞密童貫同太師蔡京、太尉高俅、楊戩商議，納下表章不奏。妙計。只是行移鄰近州府，催攢各處，逕調軍馬，前去策應。

正如擔雪填井一般，此事人皆盡知，只瞞着天子一個。適來四個賊臣設計，教樞密童貫啓奏，將宋江等衆要行陷害。不期那御屏風後轉出一員大臣來喝住，正是殿前都太尉宿元景。便向殿前啓奏道：「陛下，宋江這夥好漢，方始歸降，百單八人，恩同手足，意若同胞。他們決不肯便折散分開，雖死不捨相離。如何今又要害他衆人性命？此輩好漢智勇非同小可，倘或城中翻變起來，將何解救，如之奈何？是。見今遼國興兵十萬之衆，侵占山後九州。所屬縣治，各處申達表文求救，累次調兵前去征勦交鋒，如湯潑蟻，賊勢浩大，所遣官軍，又無良策可退。每每只是折兵損將，惟瞞陛下不奏。以臣愚〈諫〉（見），正好差宋江等全夥良將，部領所屬軍將人馬，直抵本境，收伏遼國之賊。令此輩好漢建功，進用於國，實有便益。微臣不敢自專，乞請聖鑑。」〔眉〕是，大是！天子聽罷宿太尉所奏，龍顔大喜，巡問衆官，俱言有〈禮〉（理）。天子大罵樞密院童貫等官：「都是汝等讒佞之徒，悞國之輩，妬賢嫉能，閉塞賢路，飾詞矯情，壞盡朝廷大事。姑恕情罪，免其追問。」畢竟疲軟。天子親書詔敕，賜宋江爲破遼都先鋒，其餘諸將，待建功加官受爵。就差太尉宿元景，親賫詔敕去宋江軍前行營開讀。天子朝退，百官皆散。

且說宿太尉領了聖旨出朝，逕到宋江行寨軍前開讀，宋江等忙排香案，拜謝君恩，開讀詔敕：

「制曰：舜有天下，舉皐陶而四海咸服；湯有天下，舉伊尹而萬民俱安。朕自即位以來，任賢之心，夙夜靡怠。近得宋江等衆，順天護國，秉義全忠，如斯大才，未易輕任。今爲遼兵侵境，逆虜犯邊。敕加宋江爲破遼兵馬都先鋒使，盧俊義爲副先鋒，其餘軍將，如奪頭功，表申奏聞，量加官爵。就統所部軍馬，尅日興師，直抵巢穴，伐罪弔民，掃清邊界。所過州府，另敎應付錢糧，如有隨處官吏人等，不遵將令者，悉從便益處治。故茲制示，想宜知悉。

宣和四年夏月日。」

當下宋江、盧俊義等跪聽詔敕已罷，衆皆大喜。宋江等拜謝宿太尉道：「某等衆人，正欲如此與國家出力，立功立業，以爲忠臣。今得太尉恩相力賜保奏，恩同父母。只有梁山泊晁天王靈位未曾安厝，亦有各家老小家眷，未曾發送還鄉，所有城垣未曾拆毀，戰船亦未曾將來。有煩恩相題奏，乞降聖旨，寬限旬日，還山了此數事，整頓器具、鎗刀、甲馬，便當盡忠報國。」宿太尉聽罷大喜，回奏天子，即降聖旨，敕賜庫内取金一千兩、銀五千兩、綵段五千匹，頒賜衆將。就令太尉於庫藏關支，去行營俵散與衆將。原有老小者，賞賜給付與老小，養贍終身。原無老小者，給付本身，自行收受。宋江奉敕，謝恩已畢，給散衆人收訖。宿太尉回朝，分付宋江道：「將軍還山，可速去快來，先使人報知下官，不可遲誤。」有詩爲證：

兵陣堂堂已受降，佞臣潛地害忠良。宿公力奏征驕虜，始得孤忠達廟廊。

再說宋江聚衆商議，所帶還山人數是誰。宋江與同軍師吴用、公孫勝、林沖、劉唐、杜遷、宋萬、朱貴、宋清、阮家三弟兄，馬步水軍一萬餘人回去，其餘大隊人馬，都隨盧先鋒在京師屯扎。宋江與吴用、公孫勝等於路無話，回到梁山泊忠義堂上坐下。便傳將令，教各家老小眷屬收拾行李，准備起程。一面叫宰殺猪羊牲口，香燭錢馬祭獻晁天王，然後焚化靈牌，做個會衆的筵席，管待衆將。隨即將各家老小各各送回原所州縣，上車乘馬，俱已去了。然後教自家莊客，送老小、宋太公並家眷人口，再回鄆城縣宋家村，復爲良民。隨即叫阮家三弟兄揀選合用船隻，其餘不堪用的小船，盡行給散與附近居民收用。山中應有屋宇房舍，任從居民搬拆。〔眉〕到底是大手段漢子，若是道學先生，定要時值賈價。三關城垣、忠義等屋盡行拆毁。一應事務，整理已了，收拾人馬火速還京。

一路無話，早到東京。盧俊義等接至大寨，先使燕青入城報知宿太尉，要辭天子引領大兵起程。宿太尉見報，入内奏知天子。次日引宋江於武英殿朝見。天子龍顔欣悦，賜酒已罷，玉音問道：「卿等休辭道途跋涉、軍馬驅馳，與寡人征虜破遼，早奏凱歌而回，朕當重加録用。其衆將校，量功加爵，卿勿怠焉！」宋江〈扣〉（叩）頭稱謝，端簡啓奏：「臣乃鄙猥小吏，誤犯刑典，流遞江州，醉後狂言，臨刑棄市，衆力救之，無處逃避。遂乃潛身水泊，苟延微命，所犯罪惡，萬死難逃。今蒙聖上寬恤收録，大敷曠蕩之恩，得蒙赦免本罪。臣披肝瀝膽，尚不能補報皇上之恩。今奉詔命，敢不竭力盡忠，死而後已！」天子大喜，再賜御酒，教取描金鵲畫弓箭一副、名馬一疋、全副鞍轡、寶刀一口，賜與宋江。宋江叩首謝恩，辭陛出内，將領天子御賜寶刀、鞍馬、弓箭，就帶回營，傳令諸軍將校，准備起行。且說徽宗天子次早令宿太尉傳下聖旨，教中書省院官二員，就陳橋驛與宋江先鋒犒勞三軍，每名軍士酒一瓶、肉一斤，對衆關支，毋得尅減。中書省得了聖旨，一面連更曉夜整頓酒肉，差官二員，前去給散。

再說宋江傳令諸軍，便與軍師吴用計議，將軍馬分作二起進程。令五虎八彪將引軍先行，十驃騎將在後，宋江、盧俊義、吳用、公孫勝統領中軍。水軍頭領三阮、李俊、張橫、張順，帶領童威、童猛、孟康、王定六並水手頭目人等，撑駕戰船，自蔡河内出黄河，投北進發。宋江催趲三軍，取陳橋驛大路而進。號令軍將，毋得動擾鄉民。有詩爲證：

招摇旌旆出天京，受命專師事遠征。虎視龍驤從此去，區區北虜等閑平。

且説中書省差到二員廂官，在陳橋驛給散酒肉，賞勞三軍。誰想這夥官員，貪濫無厭，循私作弊，尅減酒肉，都是那等讒佞之徒，貪愛賄賂的人。〔眉〕有波瀾。却將御賜的官酒，每瓶尅減只有半瓶，肉一斤尅減六兩。前隊軍馬盡行給散過了，後軍散到一隊皂軍之中，都是頭上黑盔，身披玄甲，却是項充、李衮所管的牌手。那軍漢中一個軍校，接得酒肉過來看時，酒只半瓶，肉只十兩，指着廂官罵道：「都是你這等好利之徒，壞了朝廷恩賞。」廂官喝道：「我怎得是好利之徒？」那軍校道：「皇帝賜俺一瓶酒、一斤肉，你都尅減了。不是我們争嘴，堪恨你這厮們無道理，佛面上去刮金。」廂官罵道：「你這大膽剮不盡殺不絶的賊，梁山泊反性尚不改！」軍校大怒，把這酒和肉匹臉都打將去。廂官喝道：「捉下這個潑賊！」那軍校就團牌邊掣出刀來，廂官指着手大罵道：「腌臢草寇，拔刀敢殺誰？」軍校道：「俺在梁山泊時，强似你的好漢，被我殺了萬千。量你這等贓官，何足道哉！」〔眉〕這個軍校，實是可取。廂官喝道：「你敢殺我？」那軍校走入一步，手起一刀飛去，正中廂官臉上剁着，撲地倒了。衆人發聲喊，都走了。那軍漢又趕將入來，再剁了幾刀，眼見的不能勾活了。衆軍漢簇住了不行。當下項充、李衮飛報宋江。宋江聽的大驚，便與吳用商議，此事如之奈何？吳學究道：「省院官甚是不喜我等，今又做出這件事來，正中了他的機會。只可先把那軍校斬首號令，是。一面申復省院，勒兵聽罪。急急可叫戴宗、燕青悄悄進城，備細告知宿太尉，煩他預先奏知委曲。令中書省院讒害不得，方保無事。」是。大是。宋江計議定了，飛馬親到陳橋驛邊，那軍校立在死屍邊不動。妙。宋江自令人於館驛内搬出酒肉，賞勞三軍，都教進前。却喚這軍校直到館驛中，問其情節。那軍校答道：「他千梁山泊反賊，萬梁山泊反賊，駡俺們殺剮不盡，因此一時性起，殺了他，專待將軍聽罪。」妙人。宋江道：「他是朝廷命官，我兀自懼他，你如何便把他來殺了？須是要連累我等衆人。俺如今方始奉詔去破大遼，未曾見尺寸之功，倒做下這等的勾當，如之奈何？」那軍校叩首伏死。妙人。宋江哭道：「我自從上梁山泊以來，大小兄弟，不曾壞了一個。今日一身入官，事不由我，當守法律。雖是你强氣未滅，使不的舊時性格。」這軍校道：「小人只是伏死。」妙人。宋江令那軍校痛飲一醉，教他樹下縊死，却斬頭來號令。將廂官屍首，備棺槨盛貯，然後動文書申呈中書省院。院官都已知了，不在話下。有詩爲證：

尅减官人不自羞，被人刀砍一身休。宋江軍令多嚴肅，流淚軍前斬卒頭。

再説戴宗、燕青潛地進城，逕到宿太尉府内，備細訴知衷情。當晚宿太尉入内，將上項事務奏知天子。次日，皇上於文德殿設朝，龍樓振鼓，鳳閣鳴鍾，殿下浄鞭三下響，階前文武兩班齊。當有中書省院官出班啓奏：「新降將宋江部下兵卒，殺死省院差去監散酒肉命官一員，乞聖旨拿問。」天子曰：「寡人待不委你省院來，事却該你這衙門。蓋因委用不得其人，以致惹起事端。賞軍酒肉，必然大破小用，梁山軍士虚受其名，以致如此。」省院等官又奏道：「御酒之物，誰敢尅減？」是時天威震怒，喝道：「寡人已自差人暗行體察，深知備細。爾等尚自巧言令色，對朕支吾。〔眉〕皇帝亦太偏了。寡人御賜之酒一瓶，尅減半瓶；賜肉一斤，只有十兩。以致壯士一怒，目前流血。」天子喝問：「正犯安在？」省院官奏道：「宋江已自將本犯斬首號令示衆，申呈本院，勒兵聽罪。」天子曰：「他既斬了正犯軍士，待報聽罪。宋江禁治不嚴之罪，權且紀録。待破遼回日，量功理會。」是。省院官默然無言而退。天子當時傳旨差官前去催督宋江，提兵前去。所殺軍校，就於陳橋驛梟首示衆。却説宋江正在陳橋驛勒兵聽罪，只見駕上差官來到，着宋江等進兵征遼，違犯軍校，梟首示衆。宋江謝恩已畢，將軍校首級掛於陳橋驛號令，將屍埋了。宋江大哭一場，秀才氣。垂淚上馬，提兵望北而進。每日兵行六十里，扎營下寨。所過州縣，秋毫無犯，沿路無話。

將次相近大遼境界，宋江便請軍師吴用商議道：「即日遼兵分作四路侵犯大宋州郡，我等分兵前去征討的是，只打城池的是？」吴用道：「若是分兵前去，奈緣地廣人稀，首尾不能救應，不如只是打他幾個城池，却再商量。若還攻擊的緊，他自然收兵。」是。宋江道：「軍師此計甚高。」隨即喚過段景住來分付道：「你走北路甚熟，你可引領軍馬前進，近的是甚州縣？」段景住稟道：「前面便是檀州，正是遼國緊要隘口。有條水路，港汊最深，喚做潞水，團團遶著城池。這潞水直通渭河，須用戰船征進。宜先趲水軍頭領船隻到了，然後水陸並進，船騎相連，可取檀州。」是。宋江聽罷，便使戴宗催趲水軍頭領李俊等曉夜趲船，至潞水取齊。却説宋江整點人馬水軍船隻，約會日期，水陸並行，殺投檀州來。

且説檀州城内守把城池番官，却是遼國洞仙侍郎孛堇相公。手下四員猛將：一個唤做阿里奇，一個唤做咬兒惟康，一個唤做楚明玉，一個唤做曹明濟。此四員戰將，皆有萬夫不當之勇。聞知宋朝差宋江全夥到來，一面寫表申奏郎主，一面關報鄰近薊州、霸州、涿州、雄州求救，一面調兵出城迎敵。便差阿里奇、楚明玉兩個引兵三萬，辭了總兵侍郎，領兵出戰。且説大刀關勝在於前部先鋒，引軍殺近檀州所屬密雲縣來。縣官聞的，飛報與兩個番將，説道：「宋朝軍馬大張旗號，乃是梁山泊新受招安宋江這夥。」阿里奇聽了，笑道：「既是這夥草寇，何足道哉！」傳令教番兵扎掂已了，來日出密雲縣與宋江交鋒。次日，宋江聽報遼兵來近，即時傳令諸軍將士，首先交鋒，要看個頭勢，休要失支脱節。衆將得令，欣然披掛上馬。宋江、盧俊義俱各戎裝擐帶，親在軍前監戰。遠遠望見遼兵蓋地而來，黑洞洞地遮天蔽地，都是皂雕旗。兩下齊把弓弩射住陣脚。只見對陣皂旗開處，正中間捧出一員番將，騎着一疋達馬，彎環踢跳。宋江看那番將時，怎生打扮，但見：

戴一頂三叉紫金冠，冠口内拴兩根雉尾；穿一領襯甲白羅袍，袍背上繡三個鳳凰。披一副連環鑌鐵鎧，繫一條嵌寶獅蠻帶。着一對雲根鷹爪靴，掛一條護項銷金帕。帶一張雀畫鐵胎弓，懸一壺鵰翎鈚子箭。手搭梨花點鋼鎗，坐騎銀色拳花馬。

那番官面白唇紅，鬚黄眼碧，身長九尺，力敵萬人。旗號下寫的分明：「大遼戰將阿里奇。」宋江看了，與諸將道：「此番將不可輕敵。」言未絶，金鎗手徐寧出戰，横着鈎鐮鎗，驟坐下馬，直臨陣前。

番將阿里奇見了，大罵道：「宋朝合敗，命草寇爲將，敢來侵犯大國，尚不知死！」徐寧喝道：「辱國小將，敢出穢言！」兩軍吶喊，徐寧與阿里奇搶到垓心交戰。兩馬相逢，手中兵器並舉。二將鬥不過三十餘合，徐寧敵不住番將，望本陣便走。花榮急取弓箭在手。那番將正趕將來，張清又早按住鞍鞽，探手去錦袋内取個石子。看着番將較親，照面門上只一石子，却似流星飛墜，弩箭離弦，正中阿里奇左眼，翻筋斗落於馬下。這裏花榮、林冲、秦明、索超四將齊出，先搶了那疋好馬，活捉了阿里奇歸陣。副將楚明玉，見折了阿里奇，急要向前去救時，被宋江大隊軍馬前後掩殺將來。就棄了密雲縣，大敗虧輸，奔檀州來。宋江且不追趕，就在密雲縣屯扎下營。看番將阿里奇時，打破眉稍，損其一目，負痛身死。宋江傳令，教把番官屍骸燒化，功績簿上標寫張清第一功。就將阿里奇連環鑌鐵鎧、出白梨花鎗、嵌寶獅蠻帶、銀色拳花馬，並靴袍弓箭，都賜了張清。是日且就密雲縣中，衆皆作賀，設宴飲酒，不在話下。有詩爲證：

大遼閏位非天命，累縱狼狐寇北疆。阿里可憐無勇略，交鋒時下一身亡。

次日，宋江升帳，傳令起軍，調兵遣將，都離密雲縣，直抵檀州來。却説檀州洞仙侍郎，聽的報來，折了一員主將，堅閉城門，不出迎敵。又聽的報有水軍戰船在於城下，遂乃引衆番將上城觀看。只見宋江陣中猛將摇旗吶喊，耀武揚威，搦戰厮殺。洞仙侍郎見了，説道：「似此怎不輸了小將軍阿里奇！」當下副將楚明玉答應道：「小將軍那裏是輸與那厮！蠻兵先輸了，俺小將軍趕將過去，被那裏一個穿緑的蠻子，一石子打下馬去。那厮隊裏四個蠻子四條鎗便來攢住了，俺這壁廂措手不及，以此輪與他了。」洞仙侍郎道：「那個打石子的蠻子怎地模樣？」左右有認得的，指着説道：「城下兀那個帶青包巾，見今披着小將軍的衣甲，騎着小將軍的馬，那個便是。」洞仙侍郎攀着女牆邊看時，只見張清已自先見了，趲馬向前，只一石子飛來，左右齊叫一聲躲時，那石子早從洞仙侍郎耳根邊擦過，把耳輪擦了一片皮。洞仙侍郎負疼道：「這個蠻子真這般利害。」下城來一面寫表申奏大遼郎主，一面行報外境各州提備。

却説宋江引兵在城下，一連打了三五日，不能取勝，再引軍馬回密雲縣屯住，帳中坐下計議破城之策。只見戴宗報來，取到水軍頭領，乘駕戰船，都到潞水。宋江便喚李俊等到中軍商議，着戴宗傳令下去。李俊等都到密雲縣中帳前參見宋江。宋江道：「今次厮殺，不比在梁山泊時，可要先探水勢深淺，然後方可進兵。我看這條潞水，水勢甚急，倘或一失，難以救應。爾等可宜仔細，不可托大，將船隻蓋伏的好着，只扮作運糧船相似。你等頭領各帶暗器，潛伏於船内。止着三五人撑駕摇櫓，岸上着兩人牽拽，一步步捱到城下，把船泊在兩岸，待我這裏進兵。城中知道，必開水門來搶糧船，爾等伏兵却起，奪他水門，可成大功。」李俊等聽令去了。只見探水小校報道：「西北上有一彪軍馬，捲殺而來。都打着皂雕旗，約有一萬餘人，望檀州來了。」吴用道：「必是遼國調來救兵。我這裏先差幾將攔截厮殺，殺的散時，免令城中得他壯膽。」是。宋江便差張清、董平、關勝、林冲各帶十數個小頭領、五千軍馬，飛奔前來。原來大遼郎主，聞知説是梁山泊宋江這夥好漢領兵殺至檀州，圍了城子，特差這兩個皇侄前來救應。一個唤做耶律國珍，一個唤做國寶，兩個乃是遼國上將，又是皇侄，皆有萬夫不當之勇。引起一萬番軍，來救檀州。看看至近，迎着宋兵，兩邊擺開陣勢。兩員番將一齊出馬，都一般打扮。但見：

頭戴粧金嵌寶三叉紫金冠，身披錦邊珠嵌鎖子黄金鎧。身上猩猩血染戰紅袍，袍上班班錦織金翅鵰。腰繫白玉帶，背插虎頭牌。左邊袋内插雕弓，右手壺中攢硬箭。手中拈丈二緑沉鎗，坐下騎九尺銀鬃馬。

那番將是弟兄兩個，都一般打扮，都一般使鎗。宋兵迎着，擺開陣勢。雙鎗將董平出馬，厲聲高叫：「來者甚處番官？」那耶律國珍大怒，喝道：「水洼草寇，敢來犯吾大國，倒問俺那裏來的！」董平也不再問，躍馬挺鎗，直搶耶律國珍。那番官年少的將軍，氣性正剛，那裏肯饒人一步，挺起鋼鎗直迎過來。二馬相交，三鎗亂舉。二將正在征塵影裏，殺氣叢中，使雙鎗的另有鎗法，使單鎗的各有神機。兩個鬥過五十合，不分勝敗。那耶律國寶見哥哥戰了許多時，恐怕力怯，就中軍篩起鑼來。耶律國珍正鬥到熱處，聽的鳴鑼，急要脱身，被董平兩條鎗絞住，那裏肯放。耶律國珍此時心忙，鎗法慢了些，被董平右手逼過緑沉鎗，使起左手鎗來，望番將項根上只一鎗，搠個正着。可憐耶律國珍金冠倒卓，兩脚登空，落於馬下。兄弟耶律國寶看見哥哥落馬，便搶出陣來，一騎馬一條鎗，奔來救取。宋兵陣上没羽箭張清見他過來，這裏那得放空，在馬上約住梨花鎗，探隻手去錦袋内拈出一個石子。那石子百發百中。把馬一拍，飛出陣前。説時遲，那時快，這耶律國寶飛也似來，張清迎頭撲將去。兩騎馬隔不的十來丈遠近。番將不提防，只道他來交戰。只見張清手起，喝聲道：「着！」那石子望耶律國寶面上打個正着，翻筋斗落馬。關勝、林冲擁兵掩殺，遼兵無主，東西亂竄。只一陣，殺散遼兵萬餘人馬。把兩個番官全副鞍馬，兩面金牌，收拾寶冠袍甲，仍割下兩顆首級。當時奪了戰馬一千餘匹，解到密雲縣來，見宋江獻納。宋江大喜，賞勞三軍，書寫董平、張清第二功，等打破檀州，一併申奏。宋江與吴用商議，到晚寫下軍帖，差調林冲，關勝引領一彪軍馬，從西北上去取檀州。再調呼延灼、董平也引一彪軍馬，從東北上進發。却教盧俊義引一彪軍馬，從西南上取路進兵。「我等中軍，從東南上進發，只聽的砲響，一齊進發。」却差砲手凌振、黑旋風李逵、混世魔王樊瑞、喪門神鮑旭，並牌手項充、李衮，將帶滚牌軍一千餘人，直至城下，施放號砲。至二更爲期，水陸並進，各路軍兵都要厮應。號令已下，諸軍各各准備取城。

且說洞仙侍郎正在檀州堅守，專望救兵到來。却有皇侄敗殘人馬，逃命奔入城中，備細告說：「兩個皇侄大王，耶律國珍被個使雙鎗的害了，耶律國寶被個戴青包巾的使石子打下馬來拿去。」洞仙侍郎跌脚罵道：「又是這蠻子！〔眉〕這個蠻子真好石子。不争損了二位皇侄，教俺有甚面目去見郎主！拿住那個青包巾的蠻子時，碎碎的割那厮。」只怕石子利害。至晚，番兵報洞仙侍郎道：「潞水河内有五七百隻糧船，泊在兩岸。遠遠處又有軍馬來也。」洞仙侍郎聽了道：「那蠻子不識俺的水路，錯把糧船直行到這裏。岸上人馬一定是來尋糧船。」便差三員番將楚明玉、曹明濟、咬兒惟康前來，分付道：「那宋江等蠻子，今晚又調許多人馬來也。却有若干糧船在俺河裏。可教咬兒惟康引一千軍馬出城衝突，却教楚明玉、曹明濟開放水門，從緊溜裏放船出去。三停之内，截他二停糧船也好。便是汝等幹大功也。」不知成敗何如，有詩爲證：

妙算從來逈不同，檀州城下列艨艟。侍郎不識兵家意，反自開門把路通。

再説宋江人馬，當晚黄昏左側，李逵、樊瑞爲首將，引步兵在城下大駡番人。洞仙侍郎叫咬兒惟康催趲軍馬，出城衝殺。城門開處，放下弔橋，遼兵出城。却説李逵、樊瑞、鮑旭、（項充）、李衮五個好漢，引一千步軍，盡是悍勇刀牌手，就弔橋邊衝住，番軍人馬那裏能勾出的城來。淩振却在軍中搭起砲架，准備放砲，只等時候來到。由他城上放箭，自有牌手左右遮抵着。鮑旭却在後面呐喊，雖是一千餘人，却有萬餘人的氣象。洞仙侍郎在城中見軍馬衝突不出，急叫楚明玉、曹明濟開了水門搶船。此時宋江水軍頭領，都已先自伏在船中准備，未曾動彈。見他水門開了，一片片絞起閘板，放出戰船來。淩振得了消息，便先點起一個風火砲來。砲聲響處，兩邊戰船厮迎將來，抵敵番船。左邊踴出李俊、張横、張順，摇動戰船殺來。右邊踴出阮家三弟兄，使着戰船，殺入番船隊裏。〔眉〕蠻子原來却識水路。番將楚明玉、曹明濟見戰船踴躍而來，抵敵不住，料道有埋伏軍兵，急待要回船，早被這裏水〈首〉（手）軍兵都跳過船來，只得上岸而走。宋江水軍那六個頭領，先搶了水門，管門番將殺的殺了，走的走了。這楚明玉、曹明濟各自逃生去了。水門上預先一把火起，淩振又放一個車箱砲來，那砲直飛在半天裏響。洞仙侍郎聽的火砲連天聲響，嚇的魂不附體。李逵、樊瑞、鮑旭引領牌手項充、李衮等衆，直殺入城。洞仙侍郎和咬兒惟康在城中，看見城門已都被奪了，又見四路宋兵人馬一齊都殺到來，只得上馬，棄了城池，出北門便走。未及二里，正撞着大刀關勝、豹子頭林沖兩員上將，攔住去路。洞仙侍郎怎生奈何，只得教咬兒惟康到此迎敵。正是天羅密布難移步，地網高張怎脱身。畢竟洞仙侍郎怎生脱身，且聽下回分解。

卓老曰：這個軍校却是妙人！他何常要活，只是宋公明有些秀才氣耳！即出至誠，一覺可厭，况參之以詐乎？

盧俊義大戰玉田縣

卷八四 圖

大宋
宋公明三打蘇州城

第八十四回　宋公明兵打薊州城　盧俊義大戰玉田縣

詩曰：

志氣衝天貫斗牛，更將逆虜盡平收。檀州驍將俱心碎，遼國雄兵總淚流。紫塞風高横劍戟，黄沙月冷照戈矛。絶憐躍馬男兒事，談笑功成定九州。

話説洞仙侍郎見檀州已失，只得奔走出城，與同咬兒惟康保護而行，正撞着林沖、關勝，大殺一陣，那裏有心戀戰，望刺斜裏死命撞出去。關勝、林沖要搶城子，也不來追趕，且奔入城。却説宋江引大隊軍馬入檀州，趕散番軍，一面出榜，安撫百姓軍民，秋毫不許有犯。傳令教把戰船盡數收〈拾〉(入)城中，一面賞勞三軍。及將在城遼國所用官員，有姓者仍前委用，無姓番官，盡行發遣出城，還於沙漠。是。一面寫表申奏朝廷，得了檀州。盡將府庫財帛金寶，解赴京師。寫書申呈宿太尉，題奏此事。天子聞奏，龍顔大喜，隨即降旨，欽差樞密院同知趙安撫，統領二萬御營軍馬，前來監戰。

却説宋江等聽的報來，引衆將出郭遠遠迎接，入到檀州府内歇下，權爲行軍帥府。諸將頭目盡來參見，施禮已畢。原來這趙安撫，祖是趙家宗派，爲人寬仁厚德，作事端方。亦是宿太尉於天子前保奏，特差此人上邊監督兵馬。這趙安撫見了宋江仁德，十分歡喜，説道：「聖上已知你等衆將好生用心，軍士勞苦，特差下官前來軍前監督，就賫賞賜金銀段匹二十五車。但有奇功，申奏朝廷，請降官封。將軍今已得了州郡，下官再當申達朝廷。衆將皆須盡忠竭力，早成大功，班師回京，天子必當重用。」宋江等拜謝道：「請煩安撫相公鎮守檀州，小將等分兵攻取遼國緊要州郡，教他首尾不能相顧。」一面將賞賜俵散軍將，一面勒回各路軍馬聽調，攻取大遼州郡。有楊雄稟道：「前面便是薊州相近，此處是個大郡，錢糧極廣，米麥豐盈，乃是遼國庫藏。打了薊州，諸處可取。」宋江聽罷，便請軍師吴用商議。

却説洞仙侍郎與咬兒惟康正往東走，撞見楚明玉、曹明濟引着些敗殘軍馬，忙忙似喪家之狗，急急如漏網之魚，一同投奔薊州。入的城來，見了御弟大王耶律得重，訴説：「宋江兵將浩大，内有一個使石子的蠻子，十分了得。那石子百發百中，不放一個空，最會打人。兩位皇侄並小將阿里奇，盡是被他石子打死了。」耶律大王道：「既是這般，你且在這裏幫俺殺那蠻子。」説猶未了，只見流星探馬報將來，説道：「宋江兵分兩路，來打薊州。一路殺至平峪縣，一路殺至玉田縣。」御弟大王聽了，隨即便叫洞仙侍郎：「將引本部軍馬把住平峪縣口，不要和他厮殺。俺先引兵且拿了玉田縣的蠻子，却從背後抄將過來。平峪縣的蠻子，走往那裏去？」一邊關報霸州、幽州，教兩路軍馬前來接應。有詩爲證：

> 敗將殘兵入薊州，軀奴元自少機謀。宋江兵勢如雲捲，掃穴犂庭始罷休。

當時御弟大王親引大軍，將帶四個孩兒，飛奔玉田縣來。且説宋江、盧俊義各引軍三萬，戰將人馬，各取州縣。宋江引兵前至平峪縣，見前面把住關隘，未敢進兵，就平峪縣西屯住。却説盧俊義引許多戰將，三萬人馬，前到玉田縣，早與遼兵相近。盧俊義便與軍師朱武商議道：「目今與遼兵相接，只是吳人不識越境，到他地理生疏，何策可取？」朱武答道：「若論愚意，未知他地理，諸軍不可擅進。可將隊伍擺爲長蛇之勢，擊首則尾應，擊尾則首應，擊中則首尾相應，循環無端，如此則不愁地理生疏。」〔眉〕放屁。盧先鋒大喜道：「軍師所言，正合吾意。」癡子。遂乃催兵前進。遠遠望見遼兵蓋地而來，怎見的遼兵，但見：

黑霧濃濃至，黃沙漫漫連。皂雕旗展一派烏雲，拐子馬蕩半天殺氣。青氊笠兒，似千池荷葉弄輕風；鐵打〈夔〉〈兜〉鍪，如萬頃海洋凝凍日。人人衣襟左掩，個個髮搭齊肩。連環鐵鎧重披，刺納戰袍緊繫。番軍壯健，黑面皮碧眼黃鬚；達馬咆哮，闊膀膊鋼腰鐵脚。羊角弓攢沙柳箭，虎皮袍襯窄雕鞍。生居邊塞，長成會拽硬弓；世本朔方，養大能騎劣馬。銅羫羯鼓軍前打，蘆葉胡笳馬上吹。

那御弟大王耶律得重，領兵先到玉田縣，將軍馬擺開陣勢。宋軍中朱武上雲梯看了，下來回報盧先鋒道：「番人布的陣，乃是五虎靠山陣，不足爲奇。」朱武再上將臺看，把號旗招動，左盤右旋，調撥衆軍，也擺一個陣勢。盧俊義看了不識，問道：「此是何陣勢？」朱武道：「此乃是鯤化爲鵬陣。」盧俊義道：「何爲鯤化爲鵬？」朱武道：「北海有魚，其名曰鯤，能化大鵬，一飛九萬里。此陣遠近看只是個小陣，若來攻時，一發變做大陣，因此喚做鯤化爲鵬。」〔眉〕扯淡。盧俊義聽了，稱讚不已。癡子。對陣敵軍鼓響，門旗開處，那御弟大王親自出馬，四個孩兒分在左右，都是一般披掛。但見：

頭戴鐵縵笠戧箭番盔，上拴純黑毬纓；身襯寶圓鏡柳葉細甲，繫條獅蠻金帶。踏蹬靴半彎鷹嘴，梨花袍錦繡盤龍。各掛强弓硬弩，都騎駿馬雕鞍。腰間盡插錕鋙劍，手内齊拿掃帚刀。

中間馬上御弟大王，兩邊左右四個小將軍，身上兩肩胛都懸着小小明鏡，鏡邊對嵌着皂纓，四口寶刀，四騎快馬，齊齊擺在陣前。那御弟大王背後，又是層層擺列，自有許多戰將。那四員小將軍高聲大叫：「汝等草賊，何敢犯吾邊界！」盧俊義聽的，便問道：「兩軍臨敵，那個英雄當先出戰？」説猶未了，只見大刀關勝，舞起青龍偃月刀，争先出馬。那邊番將耶律宗雲，舞刀拍馬來迎關勝。兩個鬥不上五合，番將耶律宗霖，拍馬舞刀，便來協助。呼延灼見了，舉起雙鞭，直出迎住厮殺。那兩個耶律宗電、耶律宗雷弟兄，挺刀躍馬，齊出交戰。這裏徐寧、索超各舉兵器相迎。四對兒在陣前厮殺，絞做一團，打做一塊。正門之間，没羽箭張清看見，悄悄的縱馬趲向陣前，却有檀州敗殘的軍士，認的張清，慌忙報知御弟大王道：「這對陣穿緑戰袍的蠻子，便是慣飛石子的。他如今趲馬出陣來，又使前番手段。」天山勇聽了便道：「大王放心！教這蠻子吃俺一弩箭。」原來那天山勇馬上慣使漆抹弩，一尺來長鐵翎箭，有名唤做「一點油」。那天山勇在馬上把了事環帶住，趲馬出陣，教兩個副將在前面影射着。三騎馬悄悄直趲至陣前。張清又先見了，偷取石子在手，看着那番將，當頭的只一石子，急叫「着」，却從盔上擦過。仲縮。〔眉〕石子再着也没趣了。那天山勇却閃在這將馬背後，安的箭穩，扣的弦正，覰着張清較親，直射將來。張清叫聲「阿也」，急躲時，射中咽喉，翻身落馬。雙鎗將董平、九紋龍史進，將引解珍、解寶死命去救回。盧先鋒看了，急教拔出箭來，血流不止，項上便束縛兜住。隨即叫鄒淵、鄒潤扶張清上車子，護送回檀州，教神醫安道全調治。車子却纔去了，不在話下。有詩爲證：

張清石子最通神，到處將人打得真。此日却逢强弩手，當喉一箭便翻身。

只見陣前喊聲又起，報道西北上有一彪軍馬飛奔殺來，並不打話，横撞直撞，趕入陣中。盧俊義見箭射了張清，無心戀戰。四將各佯輸詐敗，退回本陣。四個番將乘勢趕來，西北上來的番軍，刺斜裏又殺將來。對陣的大隊番軍，山倒也似踴躍將來，那裏變的陣法？原變不得。三軍衆將，隔的七斷八續，你我不能相救。只留盧俊義一騎馬一條鎗，倒殺過那邊去了。天色傍晚，四個小將軍却好回來，正迎着。盧俊義一騎馬一條鎗，力敵四個番將，並無半點懼怯。約鬥了一個時辰，盧俊義得便處，賣個破綻，耶律宗霖把刀砍將入來，被盧俊義大喝一聲，那番將措手不及，着一鎗刺下馬去。那三個小將軍各吃了一驚，皆有懼色。無心戀戰，拍馬去了。盧俊義下馬，拔刀割了耶律宗霖首級，拴在馬項下，翻身上馬，望南而行。又撞見一夥遼兵，約有一千餘人，被盧俊義又撞殺入去，遼兵四散奔走。〔眉〕是個漢子。再行不到數里，又撞見一彪軍馬。此夜月黑，不辨是何處的人馬。只聽的語音，却是宋朝人説話。盧俊義便問：「來軍是誰？」却是呼延灼答應。盧俊義大喜，合兵一處。呼延灼道：「被遼兵衝散，不相救應，小將撞開陣勢，和韓滔、彭玘直殺到此，不知諸將如何？」盧俊義又説力敵四將，「被我殺了一個，三個走了。次後又撞着一千餘人，亦被我殺散，來到這裏，不想迎着將軍」。兩個並馬，帶着從人，望南而行。不過十數里路，前面早有軍馬攔路。呼延灼道：「黑夜怎地厮殺，待天明決一死戰。」對陣聽的，便問道：「來者莫非呼延灼將軍？」呼延灼認的聲音是大刀關勝，便呼道：「盧頭領在此。」衆頭領都下馬，且來草地上坐下。盧俊義、呼延灼説了本身之事，關勝道：「陣前失利，你我不相救應，我和宣贊、郝思文、單廷珪、魏定國五騎馬尋條路走，然後收拾的軍兵一千餘人，來到這裏。不識地理，只在此伏路，待天明却行，不想撞着哥哥。」合兵一處，衆人捱到天曉，迤邐望南再行。將次到玉田縣，見一彪人馬哨路，看時却是雙鎗將董平、金鎗手徐寧，弟兄們都扎住玉田縣中，遼兵盡行趕散，説道：「侯健、白勝兩個去報宋公明，只不見了解珍、解寶、楊林、石勇。」盧俊義教且進兵在玉田縣内，計點衆將軍校，不見了五千餘人，心中煩惱。巳牌時分，有人報道：「解珍、解寶、楊林、石勇將領二千餘人來了。」盧俊義又喚來問時，解珍道：「俺四個倒撞過去了，深入重地，迷踪失路，急切不敢回轉。今早又撞見遼兵，大殺了一場，方纔到的這裏。」盧俊義叫將耶律宗霖首級於玉田縣號令，撫諭三軍百姓。

未到黄昏前後，軍士們正要收拾安歇，只見伏路小校來報道：「遼兵不知多少，四面把縣圍了。」盧俊義聽的大驚，引了燕青上城看時，遠近火把有十里厚薄。一個小將軍當先指點，正是耶律宗雲，騎着一疋劣馬，在火把中間催趲三軍。燕青道：「昨日張清中他一冷箭，今日回禮則個。」妙。〔眉〕禮尚往來，妙甚。燕青取出弩子，一箭射去，正中番將鼻凹，番將落馬。衆兵急救，番軍早退五里。盧俊義縣中與衆將商議：「雖然放了一冷箭，遼兵稍退，天明必來攻圍，裏的鐵桶相似，怎生救解？」朱武道：「宋公明若得知這個消息，必然來救，裏應外合，方可以免難。」正是：纔離虎穴龍坑險，又撞天羅地網災。未知交鋒勝敗何如，有詩爲證：

一番遇敵一番驚，疋馬單鎗暮夜行。四面天驕圍古縣，請看何計退胡兵。

衆人捱到天明，望見遼兵四面擺的無縫。只見東南上塵土起處，兵馬數萬而來。衆將皆望南兵，朱武道：「此必是宋公明軍馬到了。等他收軍，齊望南殺去，這裏盡數起兵隨後一掩。」且説對陣遼兵從辰時直圍到未牌，抵當不住，盡數收拾都去。朱武道：「不就這裏追趕，更待何時？」盧俊義當即傳令，開縣四門，盡領軍馬出城追殺。遼兵大敗，殺的星落雲散，七斷八續，遼兵四散敗走。宋江趕的遼兵去遠，到天明，鳴金收軍，進玉田縣。盧先鋒合兵一處，訴説攻打薊州。留下柴進、李應、李俊、張横、張順、阮家三弟兄、王矮虎、一丈青、孫新、顧大嫂、張清、孫二娘、裴宣、蕭讓、宋清、樂和、安道全、皇甫端、童威、童猛、王定六，都隨趙樞密在檀州守禦。其餘諸將，分作左右二軍；宋先鋒總領左軍人馬四十八員：軍師吳用，公孫勝，林冲、花榮、秦明、楊志、朱仝、雷横、劉唐、李逵、魯智深、武松、楊雄、石秀、黄信、孫立、歐鵬、鄧飛、吕方、郭盛、樊瑞、鮑旭、項充、李衮、穆弘、穆春、孔明、孔亮、燕順、馬麟、施恩、薛永、宋萬、杜遷、朱貴、朱富、淩振、湯隆、蔡福、蔡慶、戴宗、蔣敬、金大堅、段景住、時遷、郁保四、孟康。盧先鋒總領右軍人馬三十七員：軍師朱武，關勝、呼延灼、董平、張清、索超、徐寧、燕青、史進、解珍、解寶、韓滔、彭玘、宣贊、郝思文、單廷珪、魏定國、陳達、楊春、李忠、周通、陶宗旺、鄭天壽、龔旺、丁得孫、鄒淵、鄒潤、李立、李雲、焦挺、石勇、侯健、杜興、曹正、楊林、白勝。分兵已罷，作兩路來取薊州。宋先鋒引軍取平峪縣進發，盧俊義引兵取玉田縣進發，趙安撫與二十三將鎮守檀州，不在話下。

原來這薊州，却是大遼郎主差御弟耶律得重守把，部領四個孩兒，長子耶律宗雲，次子耶律宗電，三子耶律宗雷，四子耶律宗霖。手下十數員戰將，一個總兵大將，唤做寶密聖，一個副總兵，唤做天山勇，守住着薊州城池。且説宋江見軍士連日辛苦，且教暫歇。攻打薊州，自有計較了。先使人往檀州問張清箭瘡如何，神醫安道全使人回話道：「雖然外損皮肉，却不傷内，請主將放心。調理的膿水乾時，自然無事。即〈目〉(日)炎天，軍士多病，已稟過趙樞密相公，遣蕭讓、宋清前往東京，收買藥餌，仍向〈前〉太醫院關支暑藥。皇甫端亦要關給官局内唉馬的藥材物料，都委蕭讓、宋清去了。就報先鋒知道。」宋江聽的，心中頗喜，再與盧先鋒計較，先打薊州。宋江道：「我未知你在玉田縣受圍時，已自先商量下計了。有公孫勝，原是薊州人，楊雄亦曾在那府裏做節級，石秀、時遷亦在那裏住的久遠。前日殺退遼兵，我教時遷、石秀也只做敗殘軍馬，雜在裏面，是。必然都投薊州城内住扎。他兩個若入的城中，自有去處。時遷曾獻計道：『薊州城有一座大寺，唤做寶嚴寺。廊下有法輪寶藏，中間大雄寶殿，前有一座寶塔，直聳雲霄。』石秀説道：『我教他去寶藏頂上躲着，每日飯食，我自對付來與他吃。如要水火，直待夜間爬下來浄手。只等城外哥哥軍馬打的緊急時，然後却就寶嚴寺塔上放起火來爲號。』時遷自是個慣飛簷走壁的人，那裏不躲了身子。石秀臨期自去州衙内放火，他兩個商量已定，自去了。我這裏一面收拾進兵。」有詩爲證：

朋計商量破薊州，旌旗蔽日擁貔貅。更將一把硝黄散，黑夜潛焚塔上頭。

次日宋江引兵撇了平峪縣，與盧俊義合兵一處，催起軍馬，逕奔薊州來。且説御弟大王自折了兩個孩兒，以自懊恨，便向大將寶密聖、天山勇、洞仙侍郎等商議道：「前次涿州、霸州兩路救兵，各自分散前去。如今宋江合兵在玉田縣，早晚進兵來打薊州，似此怎生奈何？」大將寶密聖道：「宋江兵若不來，萬事皆休；若是那夥蠻子來時，小將自出去與他相敵。若不活拿他幾個，這廝們那裏肯退？」洞仙侍郎道：「那蠻子隊有那個穿緑袍的，慣使石子，好生利害，可以提防他。」還怕。天山勇道：「這個蠻子已被俺一弩箭射中脖子，多是死了也。」未必。洞仙侍郎道：「除了這個蠻子，別的都不打緊。」未必。正商議間，小校來報，宋江軍馬殺奔薊州來。御弟大王連忙整點三軍人馬，火速出城迎敵。離城三十里外，與宋江對敵，各自擺開陣勢。番將寶密聖橫搠出馬，宋江在陣前見了，便問道：「斬將奪旗，乃見頭功。」説猶未了，只見豹子頭林沖便出陣前來，與番將寶密聖大戰。兩個鬥了三十餘合，不分勝敗。林沖要見頭功，持丈八蛇矛，鬥到間深裏，暴雷也似大叫一聲，撥過長鎗，用蛇矛去寶密聖脖項上刺中，一矛搠下馬去。宋江大喜。兩軍發喊。番將天山勇見刺了寶密聖，橫鎗便出。宋江陣裏徐寧，挺鈎鐮鎗直迎將來。二馬相交，鬥不到二十來合，被徐寧手起一鎗，把天山勇搠于馬下。宋江見連贏了二將，心中大喜，催軍混戰。遼兵見折了兩員大將，心中懼怯，望薊州奔走。宋江軍馬趕了十數里，收兵回來。當日宋江扎下營寨，賞勞三軍。次日傳令拔寨都起，直抵薊州。第三日，御弟大王見折了二員大將，十分驚慌，又見報道宋軍到了，忙與洞仙侍郎道：「你可引這支軍馬出城迎敵，替俺分憂也好。」洞仙侍郎不敢不依，〔眉〕形容得妙。只得引了咬兒惟康、楚明玉、曹明濟，領起一千軍馬，就城下擺開。宋江軍馬漸近城邊，雁翅般排將來。門旗開處，索超橫擔大斧，出馬陣前。番兵隊裏，咬兒惟康便搶出陣來。兩個並不打話，二馬相交，鬥到二十餘合，番將終是膽怯，無心戀戰，只得要走。

原來那御弟大王耶律得重在城頭上，看見咬兒惟康鬥不上數合，撥回馬望本陣便走，索超縱馬趕上，雙手輪起大斧，看着番將腦門上劈將下來，把這咬兒惟康腦袋劈做兩半個。洞仙侍郎見了，慌忙叫楚明玉、曹明濟快去策應。這兩個已自八分膽怯，因吃逼出陣去，兩個只得挺起手中鎗，向前出陣。宋江軍中九紋龍史進，見番軍中二將雙出，便舞刀拍馬，直取二將。史進逞起英雄，手起刀落，先將楚明玉砍在馬下。這曹明濟急待要走，史進趕上一刀，也砍於馬下。史進縱馬殺入大遼軍陣。宋江見了，鞭梢一指，驅兵大進，直殺到弔橋邊。耶律得重見了，越添愁悶，便教緊閉城門，各將上城緊守，一面中奏大遼郎主，一面差人往霸州、幽州求救。有詩爲證：

二將昂然犯敵鋒，宋江兵擁一窩蜂。可憐身死無人救，白骨誰爲馬鬣封。

且說宋江與吳用計議道：「似此城中緊守，如何擺布？」吳用道：「既城中已有石秀、時遷在裏面，如何躭擱的長遠？教四面豎起雲梯砲架，即便攻城。再教凌振將火砲四下裏施放，打將入去。攻擊的緊，其城必破。」宋江聽罷，便道：「軍師之言，正合吾意。」即便傳令四面連夜攻城。再說御弟大王見宋兵四下裏攻擊的緊，盡驅薊州在城百姓，上城守護。當下石秀在城中寶嚴寺内，守了多日，不見動静。只見時遷來報道：「城外哥哥軍馬打的城子緊，我們不就這裏放火，更待何時！」石秀見説了，便和時遷商議，先從寶塔上放起一把火來，然後去佛殿上燒着。時遷道：「你快去州衙内放火。在南門要緊的去處火着起來，外面見了，定然加力攻城，愁他不破！」兩個商量了，都自有引火的藥頭、火刀、火石、火筒、煙煤，藏在身邊。當日晚來，宋江軍馬打城甚緊。却説時遷，他是個飛簷走壁的人，跳墻越城，如登平地。當時先去寶嚴寺塔上，點起一把火來。那寶塔最高，火起時，城裏城外那裏不看見。火光照的三十餘里遠近，似火鑽一般。然後却來佛殿上放火。那兩把火起，城中鼎沸起來。百姓人民，家家老幼慌忙，户户兒啼女哭，大小逃生。石秀直爬去薊州衙門庭屋上，博風板裏點起火來。薊州城中見三處火起，知有細作。百姓那裏有心守護城池，已都阻當不住，各自逃歸看家。没多時，山門裏又一把火起。却是時遷出寶嚴寺來，又放了一把火。那御弟大王見了城中無半個更次，四五路火起，知宋江有人在城裏，慌慌急急收拾軍馬，帶了老小並兩個孩兒，裝載上車，開北門便走。宋江見城中軍馬慌亂，催促軍兵捲殺入城。城裏城外喊殺連天，早奪了南門。洞仙侍郎見寡不敵衆，只得跟着御弟大王，投北門而走。宋江引大隊人馬入薊州城來，便傳下將令，先教救滅了四邊風火。天明，出榜安撫薊州百姓。將三軍人馬盡數收拾薊州屯住，賞勞三軍。諸將功績簿上，標寫石秀、時遷功次。便行文書申覆趙安撫知道：「得了薊州大郡，請相公前來駐扎。」趙安撫回文書來，説道：「我在檀州權且屯扎，教宋先鋒且守住薊州。即〈目〉（日）炎暑天氣暄熱，未可動兵。待到天氣微涼，再作計議。」宋江得了回文，便教盧俊義分領原撥軍將，於玉田縣屯扎。其餘大隊軍兵，守住薊州，待到天氣微涼，别行聽調。

却説御弟大王耶律得重與洞仙侍郎將帶老小，奔回幽州，直至燕京，來見大遼郎主。且説遼國郎主升坐金殿，聚集文武兩班臣僚，朝參已畢。有閤門大史奏道：「薊州御弟大王回至門下。」郎主聞奏，忙教宣召，宣至殿下。那耶律得重與洞仙侍郎俯伏御階之下，放聲大哭。郎主道：「俺的愛弟，且休煩惱，有甚事務，當以盡情奏知寡人。」那耶律得重奏道：「宋朝童子皇帝，差調宋江領兵前來征討。其軍馬勢大，難以抵敵。送了臣的兩個孩兒，殺了檀州四員番將。宋軍席捲而來，又失陷了薊州。特來殿前請死。」大遼國主聽了，傳聖旨道：「卿且起來。俺〈的〉這裏好生商議。」郎主道：「引兵的那蠻子是甚人？這等嘍囉！」班部中右丞相太師褚堅出班奏道：「臣聞宋江這夥，原是梁山泊水滸寨草寇。却不肯殺害良民百姓，專一替天行道，只殺濫官污吏、詐害百姓的人。後來童貫、高俅引兵前去收捕，被宋江只五陣，殺的片甲不回。他這夥好漢，剿捕他不得，童子皇帝遣使三番降詔去招安他。後來都投降了，只把宋江封爲先鋒使，又不曾實授官職。其餘都是白身人。今日差將他來，便和俺們厮殺。道他有一百八人，應上天星宿。這夥人好生了得，郎主休要小覷了他。」大遼國主道：「你這等話説時，恁地怎生是好？」班部叢中轉過一員官，乃是歐陽侍郎，襴袍拂地，象簡當胸，奏道：「郎主萬歲，爲人子的合當盡孝，爲人臣的合當盡忠，腐。臣雖不才，願獻小計，可退宋兵。」郎主大喜道：「你既有好的見識，當下便説。」歐陽侍郎言無數句，話不一席，有分教：宋江成幾陣大功，名標清史，事載丹書。直教人唱凱歌離紫寨，鞭敲金鐙轉京師。正是護國謀成欺呂望，順天功就賽張良。畢竟遼國歐陽侍郎奏出甚事來，且聽下回分解。

禿老曰：朱武胡説長蛇陣，是老生常談；〈鵾〉(鯤)化爲鵬陣，是小兒强作解事。盧俊義連聲唯唯，的是聾瞶之人。若渠一鎗一馬獨戰番軍兩陣，則真將才也。可取，可取！

宋明公夜度益津關

吳學究智取文安縣

第八十五回　宋公明夜度益津關　吴學究智取文安縣

《西江月》：

山後遼兵侵境，中原宋帝興軍。水鄉取出衆天星，奉詔去邪歸正。暗地時遷放火，更兼石秀同行。等閑打破永平城，千載功勳可敬。

話説當下歐陽侍郎奏道："宋江這夥都是梁山泊英雄好漢，如今宋朝童子皇帝，被蔡京、童貫、高俅、楊戬四個賊臣弄權，嫉賢妬能，閉塞賢路，非親不進，非財不用，久後如何容的他們。論臣愚意，郎主可加官爵，重賜金帛，多賞輕裘肥馬，臣願爲使臣，説他來降俺大遼國。郎主若得這夥軍馬來，覷中原如同反掌。〔眉〕計則妙矣。但能料宋皇帝，而不能料宋公明，何也？臣不敢自專，乞郎主聖鑑不錯。"大遼國主聽罷，便道："你也説的是。你就爲使臣，將帶一百八騎好馬，一百八疋好段子，俺的敕命一道，封宋江爲鎮國大將軍，總領遼兵大元帥。賜與金一提、銀一秤，權當信物。教把衆頭目的姓名，都抄將來，盡數封他官爵。"只見班部中兀顔都統軍出來，啓奏郎主道："宋江這一夥草賊，招安他做甚？放着奴婢手下有二十八宿將軍，十一曜大將，有的是强兵猛將，怕不赢他？若是這夥蠻子不退呵，奴婢親自引兵去勦殺這廝。」國主道：「你便是了的好漢，如插翅大蟲。再添的這夥呵，你又加生兩翅。你且休得阻當。」遼主不聽兀顔之言，再有誰敢多言。原來這兀顔光都統軍，正是遼國第一員上將，十八般武藝，無有不通，兵書戰策，盡皆熟閑。年方三十五六，堂堂一表，凜凜一軀，八尺有餘身材，面白唇紅，鬚黄眼碧，威儀猛勇，力敵萬人。上陣時仗條渾鐵點鋼鎗，殺到濃處，不時掣出腰間鐵鐧，使的錚錚有聲，端的是有萬夫不當之勇。

且不説兀顔統軍諫奏，却説那歐陽侍郎，領了遼國敕旨，將了許多禮物馬疋，上了馬，逕投薊州來。宋江正在薊州作養軍士，聽的遼國有使命至，未審來意吉凶，遂取玄女之課，當下一卜，卜得個上上之兆。便與吴用商議道：「卦中上上之兆，多是遼國來招安我們，似此如之奈何？」說出便沒關目。吴用道：「若是如此時，正可將計就計，受了他招安。將此薊州與盧先鋒管了，却取他霸州。若更得了他霸州，不愁他遼國不破。即今取了他檀州，先去遼國一隻左手。此事容易，只是放些先難後易，令他不疑。」是。〔眉〕好賊智。有詩爲證：

委質爲臣志不移，宋江忠義亦堪奇。遼人不識堅貞節，空把黄金事餽遺。

且説那歐陽侍郎已到城下，宋江傳令教開城門，放他進來。歐陽侍郎入進城中，至州衙前下馬，直到廳上。敍禮罷，分賓主而坐。宋江便問：「侍郎來意何幹？」歐陽侍郎道：「有件小事，上達鈞聽，乞屏左右。」宋江遂將左右喝退，請進後堂深處説話。歐陽侍郎至後堂，欠身與宋江道：「俺大遼國久聞將軍大名。争耐山遥水遠，無由拜見威顔。又聞將軍在梁山大寨，替天行道，衆弟兄同心協力。今日宋朝奸臣們閉塞賢路，有金帛投于門下者，便得高官重用；無賄賂投于門下者，總有大功於國，空被沉埋，不得升賞。妙。如此奸黨弄權，讒佞僥倖，嫉賢妬能，賞罰不明，以致天下大亂。江南、兩浙、山東、河北，盜賊並起，草寇猖狂，不識忌諱。良民受其塗炭，不得聊生。今將軍統十萬精兵，赤心歸順，止得先鋒之職，又無升授品爵。妙。衆弟兄劬勞報國，俱各白身之士。妙。遂命引兵直抵沙漠，受此勞苦，妙。與國建功，朝廷又無恩賜。此皆奸臣之計。若將沿途擄掠金珠寶貝，令人饋送浸潤與蔡京、童貫、高俅、楊戩四個賊臣，妙。〈當此〉（可保）官爵恩命立至。妙。若還不肯如此行事，將軍縱使赤心報國，建大功勳，回到朝廷，反坐罪犯。妙。〔眉〕此人儘去得，好一副伶牙俐齒。歐某今奉大遼國主特遣小官賫勑命一道，封將軍爲遼邦鎮國大將軍、總領兵馬大元帥，贈金一提、銀一秤、彩段一百八疋、名馬一百八騎，便要抄録一百八位頭領姓名赴國，照名欽授官爵。非來誘說將軍，賊。此是國主久聞將軍盛德，特遣歐某前來，吁請將軍，招安衆將，同意歸降。」宋江聽罷，便答道：「侍郎言之極是。妙。爭奈宋江出身微賤。鄆城小吏，犯罪在逃，權居梁山水泊，避難逃災。宋天子三番降詔，赦罪招安。雖然官小職微，亦未曾立得功勳，以報朝廷赦罪之恩。今大遼郎主賜我以厚爵，贈之以重賞。然雖如此，未敢拜受。妙。請侍郎且回。即今溽暑炎熱，權且令軍馬停歇，暫且借國王這兩座城子屯兵，守待早晚秋涼，再作商議。」妙。〔眉〕含糊得妙。歐陽侍郎道：「將軍不棄，權且收下遼王金帛、彩段、鞍馬，俺回去，慢慢地再來說話，未爲晚矣。」宋江道：「侍郎不知我等一百八人，耳目最多。倘或走透消息，先惹其禍。」妙。歐陽侍郎道：「兵權執掌，盡在將軍手内，誰敢不從？」宋江道：「侍郎不知就裏，我等弟兄中間，多有性直剛勇之士，妙。等我調和端正，衆所同心，却慢慢地回話，亦未爲遲。」〔眉〕是個對手。有詩爲證：

金帛重馱出薊州，薰風回首不勝羞。遼王若問歸降事，雲在青山月在樓。大有言外之景。

於是令備酒肴相待，妙。送歐陽侍郎出城上馬去了。

宋江却請軍師吳用商議道：「適來遼國侍郎這一席話如何？」吳用聽了，長嘆一聲，低首不語，肚裏沉吟。做身分可厭。宋江便問道：「軍師何故嘆氣？」吳用答道：「我尋思起來，只是兄長以忠義爲主，小弟不敢多言。我想歐陽侍郎所説這一席話，端的是有理。目今宋朝天子至聖至明，果被蔡京、童貫、高俅、楊戩四個奸臣專權，主上聽信。設使日後縱有功成，必無升賞。我等三番招安，兄長爲尊，止得個先鋒虛職。若論我小子愚意，從其大遼，豈不勝如梁山水寨！只是負了兄長忠義之心。」〔眉〕我道這人不妥當。文字却有關目。宋江聽罷，便道：「軍師差矣！若從大遼，此事切不可題。縱使宋朝負我，我忠心不負宋朝。久後縱無功賞，也得青史上留名。有見識。若背正順逆，天不容恕。吾輩當盡忠報國，死而後已。」吳用道：「若是兄長存忠義於心，只就這條計上，可以取他霸州。目今盛暑炎天，且當暫停，將養軍馬。」宋江、吳用計議已定，且不與衆人說。同衆將屯駐薊州，待過暑熱。

次日，與公孫勝在中軍閑話，宋江問道：「久聞先生師父羅真人，乃盛世之高士。前番因打高唐州，要破高廉邪法，特地使戴宗、李逵來尋足下，説尊師羅真人術法多有靈驗。敢煩賢弟來日引宋江去法座前焚香參拜，一洗塵俗。未知尊意若何？」〔眉〕好點綴。公孫勝便道：「貧道亦欲歸望老母，參省本師，爲見兄長連日屯兵未定，不敢開言。今日正欲要稟仁兄，不想兄長要去，來日清晨，同往參禮本師，貧道就行省視親母。」次日，宋江暫委軍師掌管軍馬，收拾了名香淨果，金珠彩段，將帶花榮、戴宗、吕方、郭盛、燕順、馬麟六個頭領，宋江與公孫勝共八騎馬，帶領五千步卒，取路投九宫縣二仙山來。宋江等在馬上，離了薊州，來到山峯深處。但見青松滿徑，涼氣翛翛，炎暑全無，端的好座佳麗之山。公孫勝在馬上答道：「有名唤做呼魚鼻山。」宋江看那山時，但見：

四圍巑岏，八面玲瓏。重重曉色映晴霞，瀝瀝琴聲飛瀑布。溪澗中漱玉飛瓊，石壁上堆藍叠翠。白雲洞口，紫藤高掛緑蘿垂；碧玉峯前，丹桂懸崖青蔓裊。引子蒼猿獻果，呼羣麋鹿銜花。千峯競秀，夜深白鶴聽仙經；萬壑争流，風暖幽禽相對語。地僻紅塵飛不到，山深車馬幾曾來。

當下公孫勝同宋江，直至紫虚觀前，衆人下馬，整頓衣巾。小校托着信香禮物，逕到觀裏鶴軒前面，觀裏道衆見了公孫勝，俱各向前施禮。道衆同來見宋江，亦施禮罷。公孫勝便問：「吾師何在？」道衆道：「師父近日只在後面退居静坐，倦於迎送，少曾到觀。」公孫勝聽了，便和宋公明逕投後山退居内來。轉進觀後，崎嶇徑路，曲折階衢，行不到一里之間，但見荆棘爲籬，外面都是青松翠柏，籬内盡是瑶草琪花。中有三間雪洞，羅真人在内端坐誦經。童子知有客來，開門相接。公孫勝先進草庵鶴軒前，禮拜本師已畢，便稟道：「弟子舊友山東宋公明，受了招安，今奉敕命封先鋒之職，統兵來破大遼。今到薊州，特地要來參禮我師，見在此間。」羅真人見説，便教請進。宋江進得草庵，羅真人降階迎接。宋江再三懇請羅真人坐受拜禮。羅真人道：「將軍做了國家大臣，腰金衣紫，受天子之命，貧道乃山野村夫，何敢當此？」宋江堅意謙讓，要禮拜他。羅真人方纔肯坐。宋江先取信香爐中焚爇，參禮了八拜。遂呼花榮等六個頭領，俱各禮拜已了。羅真人都教請坐，命童子烹茶獻果已罷。動問行藏，羅真人乃曰：「將軍上應星魁天象，威鎮中原，外合列曜，一同替天行道。今則歸順宋朝，此清名千秋不朽矣。徒弟公孫勝，本從貧道山中出家，以絶塵俗，正當其理。奈緣是一會下星辰，不由他不來。今蒙將軍不棄，折節下問，出家人無可接見，幸勿督過。」宋江道：「江乃鄆城小吏，逃罪上山，感謝四方豪傑，望風而來，同聲相應，同氣相求，恩如骨肉，情若股肱。天垂景象，方知上應天星地曜，會合一處。宋朝天子三番降詔，赦罪招安，衆等皆隨宋江歸順大義。今奉詔命統領大兵，征進大遼，逕涉真人仙境，夙生有緣，得一瞻拜，萬望真人願賜指迷前程之事，不勝萬幸。」羅真人道：「將軍少坐，當具素齋。天色已晚，就此荒山草榻權宿一宵，來早回馬，未知尊意若何？」宋江便道：「宋江正欲我師指教，聽其點悟愚迷，安忍便去。」隨即喚從人托過金珠彩段上獻羅真人。羅真人乃曰：「貧道僻居野叟，寄形宇內，縱使受此金珠，亦無用處。隨身自有布袍遮體，綾錦彩段亦不曾穿。將軍統數萬之師，軍前賞賜，日費何止千萬。所賜之物，乞請納回，貧道決無用處。盤中果木，小道可留。」宋江再拜，望請收納，羅真人堅執不受。當即供獻素齋。齋罷又吃了茶，羅真人令公孫勝回家省視老母，明早却來隨將軍回城。

當晚留宋江庵中閑話，宋江把心腹之事，備細告知羅真人，願求指迷。羅真人道：「將軍一點忠義之心，與天地均同，神明必相護佑。他日生當封侯，死當廟食，决無疑慮。只是將軍一生命薄，不得全美。」宋江告道：「我師，莫非宋江此身不得善終？」羅真人道：「非也。將軍亡必正寢，屍必歸墳，只是所生命薄，爲人好處多磨，憂中少樂，得意濃時便當退步，勿以久戀富貴。」宋江再告：「我師，富貴非宋江之意，但只願的弟兄常常完聚。癡人。雖居貧賤，亦滿微心，只求大家安樂。」羅真人笑道：「大限到來，豈容汝等留戀乎？」有道之言。宋江再拜，求羅真人法語。羅真人命童子取過紙筆，寫下八句法語，度與宋江。那八句説道是：

忠心者少，義氣者稀。〔眉〕真正法語。幽燕功畢，明月虛輝。始逢冬暮，鴻雁分飛。吴頭楚尾，官禄同歸。

宋江看畢，不曉其意，再拜懇告：「乞我師金口剖決，指引迷愚。」癡人。羅真人道：「此乃天機，不可泄漏。他日應時，將軍自知。夜深更静，請將軍觀内暫宿一宿，來早再與拜會。貧道當年寢寐，未曾還的，再欲赴夢去也，好話。將軍勿罪。」宋江收了八句法語，藏在身邊，辭了羅真人，來觀内宿歇。〔眉〕如同李大哥來，定有一場好笑。衆道衆接至方丈，宿了一宵。次日清晨，來參真人，其時公孫勝已到草庵裏了。羅真人叫備素饌齋飯相待。早膳已畢，羅真人再與宋江道：「將軍在上，貧道一言可稟：這個徒弟公孫勝，俗緣日短，道行漸長，若今日便留下在此，伏侍貧道，却不見了弟兄往日情分。從今日跟將軍去幹大功，如奏凱還京，此時方當徒弟相辭，却望將軍還放。一者使貧道有傳道之人，二乃免徒弟老母倚門之望。將軍忠義之士，必舉忠義之行。未知將軍雅意肯納貧道否？」宋江道：「師父法旨，弟子安敢不聽。況公孫勝先生與江弟兄，去住從他，焉敢阻當。」羅真人同公孫勝都打個稽首道：「謝承將軍金諾。」當下衆人拜辭羅真人，羅真人直送宋江等出庵相別。羅真人道：「將軍善加保重，早得建節封侯。」宋江拜別出到觀前，所有乘坐馬疋，在觀中喂養，從人已牽在觀外伺候。衆道士送宋江等出到觀外相別。宋江教牽馬至半山平坦之處，與公孫勝等一同上馬，再回薊州。〔眉〕如何不去參見公孫老母？有詩爲證：

兵隙乘驂訪道流，紫虛仙觀白雲稠。當壇乞得幽玄語，楚尾吴頭事便休。

宋江等回來，一路無話，早到城中州衙前下馬。黑旋風李逵接着説道：「哥哥去望羅真人，怎生不帶兄弟去走一遭？」〔眉〕好點綴。戴宗道：「羅真人説你要殺他，好生怪你。」李逵道：「他也奈何的我也勾了。」衆人都笑。宋江入進衙内，衆人都到後堂。宋江取出羅真人那八句法語，遞與吴用看詳，不曉其意。衆人反復看了，亦不省的。公孫勝道：「兄長，此乃是天機玄語，不可泄漏。收拾過了，終身受用，休得只顧猜疑。師父法語，過後方知。」宋江遂從其説，藏於天書之内。自此之後，屯駐軍馬在薊州一月有餘，並無軍情之事。

至七月半後，檀州趙樞密行文書到來，説奉朝廷敕旨，催兵出戰。宋江接得樞密院劄付，便與軍師吴用計議，前到玉田縣，合會盧俊義等，操練軍馬，整頓軍器，分撥人員已定，再回薊州，祭祀旗纛，選日出師。聞左右報道：「遼國有使來到。」宋江出接，却是歐陽侍郎，便請入後堂。敍禮已罷，宋江問道：「侍郎來意如何？」歐陽侍郎道：「乞退左右。」宋江隨即喝散軍士，侍郎乃言：「俺大遼國主好生慕公之德。若蒙將軍慨然歸順，肯助大遼，必當建節封侯，此乃小事耳。全望早成大義，免俺遼主懸望之心。」宋江答道：「這裏也無外人，亦當盡忠告訴。侍郎不知，前番足下來時，衆軍皆知其意，内中有一半人不肯歸順。若是宋江便隨侍郎出幽州朝見郎主時，有副先鋒盧俊義，必然引兵追趕。若就那裏城下厮併，不見了我弟兄們日前的義氣。我今先帶些心腹之人，不揀那座城子，借我躲避。他若引兵趕來，知我下落，那時却好回避他。他若不聽，却和他厮併，也未遲。他若不知我等下落時，他軍馬回報東京，必然别生支節，我等那時朝見郎主，引領大遼軍馬，却來和他厮殺，未爲晚矣。」歐陽侍郎聽了宋江這一席言語，心中大喜，便回道：「俺這裏緊靠霸州，有兩個隘口，一個唤做益津關，兩邊都是險峻高山，中間只一條驛路。一個是文安縣，兩面都是惡山，過的關口，便是縣治。這兩座去處，是霸州兩扇大門。將軍若是如此，可往霸州躲避。本州是俺遼國國舅康里定安守把。將軍可就那裏與國舅同住，却看這裏如何。」宋江道：「若得如此，宋江星夜使人回家搬取老父，以絶根本。妙。侍郎可暗地使人來引宋江去，只如此説，今夜我等收拾也。」歐陽侍郎大喜，别了宋江，出衙上馬去了。未知行止真僞，有詩爲證：

遼國君臣性特俫，説降剛去又還來。宋江一志堅如鐵，翻使謀心漸漸開。

當日宋江令人去請盧俊義、吴用、朱武到薊州，一同計議智取霸州之策。下來便見。宋江酌量已定，盧俊義領令去了。吴用、朱武暗暗分付衆將，如此如此而行。宋江帶去人數，林冲、花榮、朱仝、劉唐、穆弘、李逵、樊瑞、鮑旭、項充、李衮、吕方、郭盛、孔明、孔亮共計一十五員頭領，止帶一萬來軍校，撥定人數，只等歐陽侍郎來到便行。望了兩日，只見歐陽侍郎飛馬而來，對宋江道：「俺大遼國主知道將軍實是好心的人，既蒙歸順，怕他宋兵做甚麽？俺大遼國有的是漁陽突騎、上谷雄兵相助。你既然要取老父，不放心時，且請在霸州與國舅作伴，俺却差人去取令大人未遲。」宋江聽了，與侍郎道：「願去的軍將，收拾已完備，幾時可行？」歐陽侍郎道：「則今夜便行，請將軍傳令。」宋江隨即分付下去，都教馬摘鑾鈴，軍卒銜枚疾走，當晚便行。一面管待來使。黄昏左側，開城西門便出，歐陽侍郎引數十騎在前領路。宋江引一支軍馬，隨後便行。約行過二十餘里，只見宋江在馬上猛然失聲叫聲：「苦也！」說道：「約下軍師吴學究，同來歸順大遼郎主，不想來的慌速，不曾等的他來。軍馬慢行，却快使人取接他來。」妙。當時已是三更左側，前面已到益津關隘口，歐陽侍郎大喝一聲：「開門！」當下把關的軍將，開放關口，軍馬人將盡數度關，直到霸州。

天色將晚，歐陽侍郎請宋江入城，報知國舅康里定安。原來這國舅是大遼郎主皇后親兄，爲人最有權勢，更兼膽勇過人。將着兩員侍郎，守住霸州，一個唤做金福侍郎，一個唤做葉清侍郎。聽的報道宋江來降，便教軍馬且在城外下寨，只教爲頭的宋先鋒請進城來。歐陽侍郎便同宋江入城，來見定安國舅。國舅見了宋江，一表非俗，便乃降階而接，請至後堂，敍禮罷，請在上坐。宋江答道：「國舅乃金枝玉葉，小將是投降之人，怎消受國舅殊禮重待！宋江將何報答？」定安國舅道：「多聽得將軍的名傳寰海，威鎮中原，聲名聞於大遼。俺的國主好生慕愛，必當重用。」宋江道：「小將比領國舅的福蔭，宋江當盡心報答郎主大恩。」定安國舅大喜，忙叫安排慶賀筵宴，一面又叫椎牛宰馬，賞勞三軍。城中選了一所宅子，教宋江、花榮等安歇，方纔教軍馬盡數入城屯扎。花榮等衆將都來見了國舅等衆多番將，同宋江一處安歇已了。宋江便請歐陽侍郎分付道：「可煩侍郎差人報與把關的軍漢，怕有軍師吴用來時，分付便可放他進關來，我和他一處安歇。昨夜來的倉卒，不曾等候的他，我一時與足下只顧先來了，正忘了他。軍情主事，少他不得。更兼軍師文武足備，智謀並〈爲〉（優），六韜三略，無有不會。」歐陽侍郎聽了，隨即便傳下言語，差人去與益津關、文安縣二處把關軍將説知，但有一個秀才模樣的人，姓吴名用，便可放他過來。

且説文安縣得了歐陽侍郎的言語，便差人轉出益津關上，報知就裏，説與備細。上關來望時，只見塵頭蔽日，土霧遮天，有軍馬奔上關來。把關將士准備檑木砲石，安排對敵。只見山前一騎馬上，坐着一人，秀才模樣，背後一僧一行，却是行脚僧人。行者隨後又有數十個百姓，都趕上關來。馬到關前，高聲大叫：「我是宋江手下軍師吴用，欲待來尋兄長，被宋兵追趕得緊，你可開關救我。」把關將道：「想來正是此人。」隨即開關放入吴學究來。只見那兩個行脚僧人行者也挨入關，關上人當住，那行者早撞在門裏了。和尚便道：「俺兩個出家人，被軍馬趕的緊，救咱們則個！」把關的軍定要推出關去，那和尚發作，行者焦躁，大叫道：「俺不是出家人，俺是殺人的太歲魯智深、武松的便是。」花和尚輪起鐵禪杖，攔頭便打。武行者掣出雙戒刀，就便殺人。正如砍瓜切菜一般。那數十個百姓，便是解珍、解寶、李立、李雲、楊林、石勇、時遷、段景住、白勝、郁保四這夥人，早奔關裏，一發奪了關口。盧俊義引着軍兵，都趕到關上，一齊殺入文安縣來。把關的官員，那裏迎敵的住。這夥都到文安縣取齊，似此以僞亂真，有詩爲證：

僞計歸降妙莫窮，便開城郭縱奸雄。公明反諜無端罵，混殺腥羶頃刻中。

却説吴用飛馬奔到霸州城下，守門的番官，報入城來。宋江與歐陽侍郎在城邊相接，便教引見國舅康里定安。吴用説道：「吴用不合來的遲了些個，正出城來，不想盧俊義知覺，直趕將來追到關前。小生今入城來，此時不知如何？」又見流星探馬報來説道：「宋兵奪了文安縣，軍馬殺近霸州。」定安國舅便教點兵出城迎敵。宋江道：「未可調兵，等他到城下，宋江自用好言招撫他。如若不從，却和他厮併未遲。」只見探馬又報將來，説宋兵離城不遠。定安國舅與宋江一齊上城看望，見宋兵整整齊齊，都擺列在城下。盧俊義頂盔掛甲，躍馬横鎗，點軍調將，耀武揚威，立馬在門旗之下，高聲大叫道：「只教反朝廷的宋江出來！」妙。宋江立在城樓下女墻邊，指着盧俊義説道：「兄弟，所有宋朝賞罰不明，妙。奸臣當道，讒佞專權，我已順了大遼國主。汝可回心，也來幫助我同扶大遼郎主，不失了梁山許多時相聚之意。」妙。盧俊義大罵道：「俺在北京，安家樂業，你來賺我上山。宋天子三番降詔，招安我們，有何虧負你處？你怎敢反背朝廷。你那黑矮無能之人，早出來打話，見個勝敗輸贏。」妙。宋江大怒，喝教開城門，便差林沖、花榮、朱仝、穆弘四將齊出，活拿這厮。盧俊義一見了四將，約住軍校，躍馬横鎗，直取四將，全無懼怯。林沖等四將鬥了二十餘合，撥回馬頭望城中便走。盧俊義把鎗一招，後面大隊軍馬，一齊趕殺入來。林沖、花榮占住弔橋，回身再戰，詐敗佯輸，誘引盧俊義搶入城中，背後三軍齊聲吶喊。城中宋江等諸將，一齊兵變，接應入城，四方混殺，人人束手，個個歸心。定安國舅氣的目睁口呆，罔知所措，與衆等侍郎束手被擒。宋江將引軍到城中，諸將都至州衙内來参見宋江。宋江傳令先請上定安國舅並歐陽侍郎、金福侍郎、葉清侍郎，並皆分坐，以禮相待。宋江〈問說〉道：「汝遼國不知就裏，看的俺們差矣。我這夥好漢，非比嘯聚山林之輩，一個個乃是列宿之臣，豈肯背主降遼？〔眉〕說得有理，怨他不得。只要取汝霸州，特地承此機會。今已成功，國舅等請回本國，切勿憂疑，俺無殺害之心。妙。但是汝等部下之人，並各家老小俱各還本國。妙。霸州城子，已屬天朝，汝等勿得再來爭執。今後刀兵到處，無有再容。」妙。宋江號令已了，將城中應有番官，盡數驅遣起身，隨從定安國舅，都回幽州。宋江一面出榜安民，令副先鋒盧俊義將引一半軍馬，回守薊州。宋江等一半軍將，守住霸州。差人賫奉軍帖飛報趙樞密，得了霸州。趙安撫聽了大喜，一面寫表申奏朝廷。

且說定安國舅與同三個侍郎，帶領衆人歸到燕京，來見郎主，備細奏說宋江詐降一事，因此被那夥蠻子占了霸州。大遼郎主聽了大怒，喝罵歐陽侍郎：「都是你這奴婢佞臣，往來搬鬥，折了俺霸州緊要的城池，教俺燕京如何保守？快與我拿去斬了！」班部中轉出兀顏統軍，啓奏道：「郎主勿憂，量這廝何須國主費力，奴婢自有個道理。且免斬歐陽侍郎，若是宋江知得，反被他恥笑。」也是。大遼國主准奏，赦了歐陽侍郎。再說兀顏統軍，如何收伏這蠻子，恢復城池。只見兀顏統軍奏道：「奴婢引起部下二十八宿將軍，十一曜大將，前去布下陣勢，把這些蠻子一鼓兒平收。」說言未絕，班部中却轉出賀統軍，前來奏道：「郎主不用憂心，奴婢自有個見識。常言道：『殺雞焉用牛刀。』那裏消得正統軍自去，只賀某聊施小計，教這一夥蠻子死無葬身之地。」〔眉〕人人會說大話。郎主聽了，大喜道：「俺的愛卿，願聞你的妙策。」賀統軍啓口揺舌説這妙計。有分教：盧俊義來到一個去處，馬無料草，人絶口糧，直教三軍人馬幾乎死，一代英雄咫尺休。畢竟賀統軍對郎主道出甚計來，且聽下回分解。

李載贄曰：歐陽侍郎不特忠於大遼郎主，抑且忠於宋公明兄弟。特是信得宋公明太過耳。不可便以成敗論他。

宋公明大戰獨鹿山

盧俊義兵陷青石谷

第八十六回　宋公明大戰獨鹿山　盧俊義兵陷青石峪

詩曰：

莫逞區區智力餘，天公元自有乘除。謝玄真得擒王技，趙括徒能讀父書。青石兵如沙上雁，幽州勢若釜中魚。敗軍損將深堪愧，遼主行當坐陷車。

話説賀統軍姓賀名重寶，是大遼國中兀顏統軍部下副統軍之職。身長一丈，力敵萬人，善行妖法，使一口三尖兩刃刀。見今守住幽州，就行提督諸路軍馬。當時賀重寶奏郎主道：「奴婢這幽州地面，有個去處，唤做青石峪，只一條路入去，四面盡是高山，並無活路。臣撥十數騎人馬，引這夥蠻子直入裏面，却調軍馬外面圍住，教這厮前無出路，後無退步，必然餓死。」兀顏統軍道：「怎生便得這厮們來？」賀統軍道：「他打了俺三個大郡，氣滿志驕，必然想着幽州。俺這裏分兵去誘引他，他必然乘勢來趕，引入陷坑山内，走那裏去？」兀顏統軍道：「你的計策怕不濟事，必還用俺大兵撲殺。且看你去如何。」當下賀統軍辭了國主，帶了盔甲刀馬，引了一行步從兵卒，回到幽州城内。將軍點起，分作三隊，一隊守住幽州，二隊望霸州、薊州進發。傳令已下，便驅遣兩隊軍馬出城，差兩個兄弟前去領兵。大兄弟賀拆去打霸州，小兄弟賀雲去打薊州，都不要贏他，只佯輸詐敗，引入幽州境界，自有計策。却説宋江等守住霸州，有人來報：「遼兵侵犯薊州，恐有疏失，望調軍兵救護。」宋江道：「既然來打，那有干罷之理，就此機會，去取幽州。」宋江留下些少軍馬，守定霸州，其餘大隊軍兵，拔寨都起，引軍前去薊州，會合盧俊義軍馬，約日進兵。

且説番將賀拆引兵霸州來，宋江正調軍馬出來，却好半路裏接着。不曾鬥的三合，賀拆引軍敗走，宋江不去追趕。却説賀雲去打薊州，正迎着呼延灼，不戰自退。宋江會合盧俊義，一同上帳，商議攻取幽州之策。吴用、朱武便道：「幽州分兵兩路而來，此必是誘引之計，且未可行。」〔眉〕朱武未必曉得。盧俊義道：「軍師錯矣！那厮連輸了數次，如何是誘敵之計。當取不取，過後難取。不就這裏去取幽州，更待何時？」宋江道：「這厮勢窮力盡，有何良策可施，正好乘此機會。」遂不從吴用、朱武之言，引兵往幽州便進。將兩處軍馬，分作大小三路起行。只見前軍報來説：「遼兵在前攔住。」宋江遂到軍前看時，山坡後轉出一彪皂旗來。宋江便教前軍擺開人馬。只見那番軍番將，蓋地而來。皂鵰旗分作四路，向山坡前擺開。宋江、盧俊義與衆將看時，如黑雲踴出千百萬人馬相似，簇擁着一員大將番官，横着三尖兩刃刀，立馬陣前。那番官怎生打扮，但見：

頭戴明霜鑌鐵盔，身披耀日連環甲。足穿抹緑雲根靴，腰繫龜背狻猊帶。襯着錦繡緋紅袍，執着鐵桿狼牙棒。手持三尖兩刃八環刀，坐下四蹄雙翼千里馬。

前面引軍旗上，寫的分明：「大遼副統軍賀重寶。」躍馬横刀，出於陣前。宋江看了道：「遼國統軍，必是上將，誰敢出馬？」説猶未了，大刀關勝舞起青龍偃月刀，縱坐下赤兔馬，飛出陣來，也不打話，便與賀統軍相併。正似兩條龍競寶，一對虎争餐，一來一往鳳翻身，一上一下鸞展翅。刀鬥刀迸數丈寒光，馬蕩馬動半天殺氣。關勝與賀統軍鬥到三十餘合，賀統軍氣力不加，撥回刀望本陣便走。關勝驟馬追趕，賀統軍引了敗兵，奔轉山坡。宋江便調軍馬追趕，約有四五十里，聽的四下裏戰鼓齊響，宋江急叫回軍時，山坡左邊早撞過一彪番軍攔路。宋江急分兵迎敵時，右手下又早撞出一支大遼軍馬。前面賀統軍勒兵回來夾攻，宋江兵馬四下救應不迭，被番兵撞做兩段。

却説盧俊義引兵在後面厮殺時，不見了前面軍馬。急尋門路要殺回來，只見脅窩裏又撞出番軍來厮併。遼兵喊殺連天，四下裏撞擊，左右被番軍圍住在垓心。盧俊義調撥衆將，左右衝突，前後捲殺，尋路出去。衆將揚威耀武，抖擻精神，正奔四下裏厮殺。忽見陰雲閉合，黑霧遮天，白晝如夜，不分東西南北。盧俊義心慌，急引一支軍馬，死命殺出。大遼兵馬聽的前面鑾鈴聲響，縱馬引軍趕殺過去。至一山口，盧俊義聽的裏面人語馬嘶，領兵趕將入去。只見狂風大作，走石飛沙，對面不見。盧俊義殺到裏面，約莫二更前後，方纔風静雲開，復見一天星斗。衆人打一看時，四面盡是高山，左右是懸崖峭壁，只見山川峻嶺，無路可登。隨行人馬，只見徐寧、索超、韓滔、彭玘、陳達、楊春、周通、李忠、鄒淵、鄒潤、楊林、白勝大小十二個頭領，有五千軍馬。星光之下，待尋歸路，四下高山圍匝，不能得出。盧俊義道：「軍士厮殺了一日，神思困倦，且就這裏權歇一宵，暫停戰馬，明日却尋歸路。」未知脱離何如，有詩爲證：

四山環繞路難通，原是陰陵死道中。若要大軍相脱釋，除非雙翼駕天風。

再説宋江正厮殺間，只見黑雲四起，走石飛沙，軍士對面都不相見。隨軍内却有公孫勝，在馬上見了，知道此是妖法。急拔寶劍在手，就馬上作用，口中念念有詞，喝聲道：「疾！」把寶劍指點之處，只見陰雲四散，狂風頓息，大遼軍馬不戰自退。遥望漫漫陰氣，盡皆四邊散了。宋江驅兵殺透重圍，退到一座高山，迎着本部軍馬，且把糧車頭尾相銜，權做寨栅。計點大小頭領，于内不見了盧俊義等一十三人，並五千餘軍馬。至天明，宋江便遣呼延灼、林冲、秦明、關勝各帶軍兵，四下裏去尋了一日，不知些消息。回覆宋江，宋江便取玄女課焚香占卜已罷，説道：「大象不妨，只是陷在幽陰之處，急切難得出來。」宋江放心不下，遂遣解珍、解寶扮作獵户，繞山來尋；又差時遷、石勇、段景住、曹正，四下裏去打聽消息。

且説解珍、解寶披上虎皮袍，駄了鋼叉，只望深山裏行。看看天色向晚，兩個行到山中，四邊只一望不見人烟，都是亂山疊障。解珍、解寶又行了幾個山頭。是夜月色朦朧，遠遠地望見山畔一點燈光。弟兄兩個道：「那裏有燈光之處，必是有人家。我兩個且尋去討些飯吃。」望着燈光處，拽開脚步奔將來。未得一里多路，來到一個去處，傍着樹林，破二作三數間草屋下，破壁裏閃出燈光來。解珍、解寶推開扇門，燈光之下，見是個婆婆，年老六旬之上。弟兄兩個放下鋼叉，納頭便拜。那婆婆道：「我只道是俺孩兒來家，不想却是客人到此。客人休拜，你是那裏獵户，怎生到此？」解珍道：「小人原是山東人氏，舊日是獵户人家。因來此間做些買賣，不想正撞着軍馬熱鬧，連連厮殺，以此消折了本錢，無甚生理。弟兄兩個只得來山中尋討些野味養口。誰想不識路徑，迷踪失迹，來到這裏，投宅上暫宿一宵。望老奶奶收留則個。」那婆婆道：「自古云，誰人頂着房子走哩。我家兩個孩兒，也是獵户，敢如今便回來也。客人少坐，我安排些晚飯與你兩個吃。」解珍、解寶謝道：「多感老奶奶。」那婆婆入裏面去了。弟兄兩個，却坐在門前。不多時，只見門外兩個人，扛着一個獐子入來，口裏呼道：「娘娘，你在那裏？」只見那婆婆出來道：「孩兒，你們回了。且放下獐子，與這兩位客人厮見。」解珍、解寶慌忙下拜，那兩個答禮已罷，便問：「客人何處，因甚到此？」解珍、解寶便把却纔的話再説一遍。那兩個道：「俺祖居在此，俺是劉二，兄弟劉三，父是劉一，〔眉〕父親是一，大兒子是二，小兒子便是三了，好，好。不幸死了，止有母親，專靠打獵營生，在此二三十年了。此間路逕甚雜，俺們尚有不認的去處。你兩個是山東人氏，如何到此間討得衣飯吃？你休瞞我，你二位敢不是打獵户麽？」解珍、解寶道：「既到這裏，如何藏的。實訴與兄長。」都少關目。有詩爲證：

峯巒重疊繞周遭，兵陷垓心不可逃。二解欲知消息實，便將踪迹混漁樵。

當時解珍、解寶跪在地下，説道：「小人們果是山東獵户，弟兄兩個，唤做解珍、解寶。在梁山泊跟隨宋公明哥哥許多時落草，今來受了招安，隨着哥哥來破大遼。前日正與賀統軍大戰，被他衝散，一支軍馬不知陷在那裏，特差小人弟兄兩個來打探消息。」那兩個弟兄笑道：「你二位既是好漢，且請起，俺指與你路頭。你兩個且少坐，俺煮一腿獐子肉，煖杯社酒，安排請你二位。」〔眉〕還是劉二、劉三好哩。没一個更次，煮的肉來，劉二、劉三管待解珍、解寶。飲酒之間，動問道：「俺們久聞你梁山泊宋公明替天行道，不損良民，直傳聞到俺遼國。」解珍、解寶便答道：「俺哥哥以忠義爲主，誓不擾害善良，單殺濫官酷吏、倚强淩弱之人。」那兩個道：「俺們只聽的説，原來果然如此。」盡皆歡喜，便有相愛不捨之情。解珍、解寶道：「我那支軍馬，有十數個頭領、三五千兵卒，正不知下落何處？我想也得好一片地來排陷他。」那兩個道：「你不知俺這北邊去處。只此間是幽州管下，有個去處，喚做青石峪。只有一條路入去，四面盡是懸崖峭壁的高山。若是填塞了那條入去的路，再也出不來。多定只是陷在那裏了。此間别無這般寬闊去處。如今你那宋先鋒屯軍之處，喚做獨鹿山，這山前平坦地面，可以廝殺，若山頂上望時，都見四邊來的軍馬。你若要救那支軍馬，捨命打開青石峪，方纔可以救出。那青石峪口，必然多有軍馬截斷這條路口。此山柏樹極多，惟有青石峪口兩株大柏樹最大的好，形如傘蓋。四面盡皆望見。那大樹邊，正是峪口。更提防一件：賀統軍會行妖法，教宋先鋒破他這一件要緊。」解珍、解寶得了這言語，拜謝了劉家弟兄，兩個連夜回寨來。宋江見了，問道：「你兩個打聽的些分曉麽？」解珍、解寶却把劉家弟兄的言語，備細説了一遍。宋江失驚，便請軍師吴用商議。

正説之間，只見小校報道：「段景住、石勇引將白勝來了。」宋江道：「白勝是與盧先鋒一同失陷，他此來必是有異。」隨即唤來帳下問時，段景住先説：「我和石勇正在高山澗邊觀望，只見山頂上一個大毡包滾將下來。我兩個看時，看看滾到山脚下，却是一團毡衫，裹面四圍裹定，上用繩索緊拴。直到樹邊看時，裹面却是白勝。」白勝便道：「盧頭領與小弟等一十三人，正厮殺間，只見天昏地暗，日色無光，不辨東西南北。只聽的人語馬嘶之間，盧頭領便教只顧殺將入去。誰想深入重地，那裏盡是四圍高山，無計可出，又無糧草接濟，一行人馬，實是艱難。盧頭領差小人從山頂上滚將下來，尋路報信，不想正撞着石勇、段景住二人。望哥哥早發救兵前去接應，遲則諸將必然死矣。」有詩爲證：

青石峪中人馬陷，絶無糧草濟饑荒。暗將白勝重毡裹，滚下山來報宋江。

宋江聽罷，連夜點起軍馬，令解珍、解寶爲頭引路，望這大柏樹，便是峪口。傳令教馬步軍兵，併力殺去，務要殺開峪口。人馬行到天明，遠遠的望見山前兩株大柏樹，果然形如傘蓋。當下解珍、解寶引着軍馬，殺到山前峪口。賀統軍便將軍馬擺開，兩個兄弟争先出戰。宋江軍將要搶峪口，一齊向前。豹子頭林沖飛馬先到，正迎着賀拆。交馬只兩合，從肚皮上一鎗搠着，把那賀拆搠于馬下。步軍頭領見馬軍先到贏了，一發都奔將入去。黑旋風李逵手輪雙斧，一路裏砍殺遼兵。背後便是混世魔王樊瑞、喪門神鮑旭，引着牌手項充、李衮並衆多蠻牌，直殺入遼兵隊裏。李逵正迎着賀雲，搶到馬下，一斧砍斷馬脚，當時倒了，賀雲落馬，李逵雙斧如飛，連人帶馬，只顧亂剁。遼兵正擁將來，却被樊瑞、鮑旭兩下衆牌手撞住。賀統軍見折了兩個兄弟，便口中念念有詞，作起妖法。不知道些甚麽，只見狂風大起，就地生雲，黑暗暗罩住山頭，昏慘慘迷合谷口。正作用間，宋軍中轉過公孫勝來，在馬上掣出寶劍在手，口中念不過數句，大喝一聲道：「疾！」只見四面狂風掃退浮雲，現出明朗朗一輪紅日。馬步三軍衆將，向前捨死併殺遼兵。賀統軍見作法不行，敵軍衝突的緊，自舞刀拍馬殺過陣來。只見兩軍一齊混戰，宋江殺的遼兵東西亂竄。馬軍追趕遼兵，步軍便去扒開峪口，原來被這遼兵重重疊疊將大塊青石，填塞住這條出路。步軍扒開峪口，殺進青石峪内，盧俊義見了宋江軍馬，皆稱慚愧。

宋江傳令，教且休趕遼兵，收軍回獨鹿山，將息被困人馬。盧俊義見了宋江，放聲大哭道：「若不得仁兄垂救，幾喪兄弟性命」。不濟。宋江、盧俊義同吴用、公孫勝並馬回寨將息，三軍解甲暫歇。次日，軍師吴學究説道：「可乘此機會，就好取幽州。若得了幽州，遼國之亡唾手可待。」宋江便叫盧俊義等一十三人軍馬，且回薊州權歇。宋江自領大小諸將軍卒人等，離了獨鹿山，前來攻打幽州。

賀統軍正退回在城中，爲折了兩個兄弟，心中好生納悶。又聽得探馬報道：「宋江軍馬來打幽州。」番軍越慌，衆遼兵上城觀望，見東北下一簇紅旗，西北下一簇青旗，兩彪軍馬奔幽州來。即報與賀統軍。賀統軍聽的大驚，親自上城來看時，認的是遼國來的旗號，心中大喜。來的紅旗軍馬，盡寫銀字，這支軍乃是大遼國駙馬太真胥慶，只有五千餘人。這一支青旗軍馬，旗上都是金字，盡插雉尾，乃是李金吾大將。原來那個番官正受黄門侍郎、左執金吾上將軍，姓李名集，呼爲李金吾。乃李陵之後，蔭襲金吾之爵。粧點。見在雄州屯扎，部下有一萬來軍馬。侵犯大宋邊界，正是此輩。聽的遼主折了城子，因此調兵前來助戰。賀統軍見了，使人去報兩路軍馬：「且休入城，教去山背後埋伏暫歇。待我軍馬出城，一面等宋江兵來，左右掩殺。」賀統軍傳報已了，遂引軍兵出幽州迎敵。宋江諸將已近幽州，吴用便道：「若是他閉門不出，便無准備。若是他引兵出城迎敵，必有埋伏。我軍可先分兵兩路，作三路而進。一路直往幽州進發，迎敵來軍。兩路如羽翼相似，左右護持。若有埋伏軍起，便教這兩路軍去迎敵。」正是水來土掩，兵至將迎。有詩爲證：

堂堂金鼓振天台，知是援兵特地來。莫向陣前乾打哄，血流漂杵更堪哀。

宋江便撥調關勝，帶宣贊、郝思文，領兵在左。再調呼延灼，帶單廷珪、魏定國，領兵在右。各領一萬餘人，從山後小路慢慢而行。宋江等引大軍前來，逕往幽州進發。

却説賀統軍引兵前來，正迎着宋江軍馬。兩軍相對，林沖出馬，與賀統軍交戰。鬥不到五合，賀統軍回馬便走。宋江軍馬追趕。賀統軍分兵兩路，不入幽州，遶城而走。吳用在馬上便叫：「休趕！」説猶未了，左邊撞出太真駙馬來，已有關勝恰好迎住；右邊撞出李金吾來，又有呼延灼恰好迎住。正來三路軍馬遇住大戰，殺的屍横遍野，流血成河。賀統軍情知遼兵不勝，欲回幽州時，撞過二將接住便殺。乃是花榮、秦明，死戰定賀統軍。欲退回西門城邊，又撞見雙鎗將董平，又殺了一陣。轉過南門，撞見朱仝，接着又殺一陣。賀統軍不敢入城，撞條大路，望北而去。不提防前面撞着鎮三山黄信，舞起大刀，直取賀統軍。賀統軍心慌，措手不及，被黄信一刀正砍在馬頭上。賀統軍棄馬而走，不想脅窩裏撞出楊雄、石秀兩個步軍頭領齊上，把賀統軍撚翻在肚皮下。宋萬挺鎗又趕將來，衆人只怕争功，壞了義氣，就把賀統軍亂鎗戳死。那隊遼兵已自先散，各自逃生。太真駙馬見統軍隊裏倒了帥字旗，軍校漫散，情知不濟，便引了這彪紅旗軍從山背後走了。李金吾正戰之間，不見了這紅旗軍，料道不濟事，也引了這彪青旗軍，望山後退去。宋江見這三路軍兵盡皆退了，大驅宋軍人馬，奔來奪取幽州。不動聲色，一鼓而收。來到幽州城内，扎駐三軍，便出榜安撫百姓。隨即差人急往檀州報捷，請趙樞密移兵薊州把守。就取這支水軍頭領並船隻，前來幽州聽調。却教副先鋒盧俊義分守霸州。又得了四個大郡，趙安撫見了來文大喜，一面申奏朝廷，一面行移薊、霸二州，説此大遼國漸漸危矣，便差水軍頭領，收拾進發。堪嘆北方大郡，一時收復歸宋。有詩爲證：

胡雛鹵莽亦機謀，三路軍兵布列稠。堪羡宋江能用武，等閑談笑取幽州。

且説大遼國主升登寶殿，會集文武番官，左丞相幽西孛瑾，右丞相太師褚堅，統軍大將等衆，當廷商議：「即日宋江侵奪邊界，占了俺四座大郡。如今又犯幽州，早晚必來侵犯皇城，燕京難保。賀統軍弟兄三個已亡，幽州又失。汝等文武羣臣，當國家多事之秋，如何處置？」有大遼國都統軍兀顔光奏道：「郎主勿憂。前者奴婢累次只要自去領兵，往往被人阻當，以致養成賊勢，成此大禍。伏乞親降聖旨，任臣選調軍馬，會合諸處軍兵，尅日興師，務要擒獲宋江等頭領，恢復原奪城池。」郎主准奏，遂賜出明珠虎牌，金印敕旨，黄鉞白旄，朱旛皂蓋，盡付與兀顔統軍：「不問金枝玉葉，皇親國戚，不揀是何軍馬，並聽愛卿調遣，速便起兵前去征進。」兀顔統軍領了聖旨兵符，便下教場，會集諸多番將，傳下將令，調遣諸處軍馬，前來策應。却纔傳令已罷，有統軍長子兀顔延壽，直至演武亭上，禀父親道：「父親一面整點大軍，孩兒先帶數員猛將，會集太真駙馬、李金吾將軍二處軍馬，先到幽州，殺敗這蠻子們八分。待父親來時，甕中捉鱉，一鼓掃清宋兵。不知父親鈞意如何？」兀顔統軍道：「吾兒言見得是。與汝突騎五千，精兵二萬，就做先鋒。即便會同太真駙馬、李金吾，刻下便行。如有捷音，羽檄飛報。」小將軍欣然領了號令，整點三軍人馬，逕奔幽州來。不是這個兀顔小將軍前來搦戰，有分教：幽州城下，變爲九里山前；灣水河邊，翻作三江渡口。正是萬馬奔馳天地怕，千軍踴躍鬼神愁。畢竟兀顔小將軍怎生搦戰，且聽下回分解。

水滸傳象

卷之八十七

容與堂

宋公明大戰幽州

第八十七回　宋公明大戰幽州　呼延灼力擒番將

古風：

胡馬嘶風蕩塵土，旗幟翩翩雜鉦鼓。黃髯番將跨雕鞍，插箭彎弓排隊伍。搖韁縱馬望南來，個個揚威並耀武。刀誅北海赤鬚龍，劍斬南山白額虎。梁山泊內衆英雄，胸中勁氣吞長虹。一朝歸順遵大義，誓清天下誅羣兇。奉宣直抵幽燕界，累奪城池建大功。兀顏統軍真良將，神機妙策欺飛熊。幽州城下決勝負，青草山川塵影紅。擒胡破虜容易事，盡在功名掌握中。

當時兀顏延壽將引二萬餘軍馬，會合了太真駙馬、李金吾二將，共領三萬五千番軍，整頓鎗刀弓箭，一應器械完備，擺布起身。早有探子來幽州城裏報知宋江。宋江便請軍師吴用商議：「遼兵累敗，今次必選精兵猛將，前來厮殺。當以何策應之？」吴用道：「先調兵出城，布下陣勢，待遼兵來，慢慢地挑戰。他若無能，自然退去。」宋江道：「軍師高論至明。」隨即調遣軍馬出城，離城十里，地名方山，地勢平坦，靠山傍水，排下九宫八卦陣勢。等候間，只見遼兵分做三隊而來。兀顏小將軍兵馬是皂旗，太真駙馬是紅旗，李金吾軍是青旗。三軍齊到。見宋江擺成陣勢，那兀顏延壽在父親手下曾習得陣法，深知玄妙。見宋江擺下九宮八卦陣勢，便令青旗二軍分在左右，扎下營寨，自去中軍豎起雲梯，看了宋兵，果是九宮八卦陣勢。下雲梯來，冷笑不止。左右副將問道：「將軍何故冷笑？」兀顏延壽道：「量他這個九宮八卦陣，誰不省得？他將此等陣勢瞞人不過，俺却驚他則個。」令衆軍擂三通畫鼓，豎起將臺。就臺上用兩把號旗招展，左右列成陣勢已了。下將臺來，上馬，令首將哨開陣勢，親到陣前，與宋江打話。那小將軍怎生結束，但見：

戴一頂三叉如意紫金冠，穿一件蜀錦團花白銀鎧。足穿四縫鷹嘴抹綠靴，腰繫雙環龍角黃鞓帶。蚪螭吞首打將鞭，霜雪裁鋒殺人劍。左懸金畫寶雕弓，右插銀嵌狼牙箭。使一枝畫桿方天戟，騎一疋鐵脚棗騮馬。

兀顏延壽勒馬直到陣前，高聲叫道：「你擺九宮八卦陣，待要瞞誰！你却識得俺的陣麼？」宋江聽的番將要鬥陣法，叫軍中豎起雲梯。宋江、吳用、朱武上雲梯，觀望了遼兵陣勢，三隊相連，左右相顧。朱武早已認得，對宋江道：「此遼兵之陣，是太乙三才陣也。」宋江留下吳用同朱武在將臺上，自下雲梯來。上馬出到陣前，挺鞭直指遼將喝道：「量你這太乙三才陣，何足爲奇！」兀顏小將軍道：「你識吾陣，看俺變法，教汝不識。」勒馬入中軍，再上將臺，把號旗招展，變成陣勢。吳用、朱武在將臺上看了：「此乃變作河洛四象陣。」使人下雲梯來回復宋江知了。兀顏小將軍再出陣門，橫戟問道：「還識俺陣否？」宋江答道：「此乃變出河洛四象陣。」那兀顏小將軍搖著頭冷笑。再入陣中，上將臺，把號旗左招右展，又變成陣勢。吳用、朱武在將臺上看了，朱武道：「此乃變作循環八卦陣。」再使人報與宋江知道。那小將軍再出陣前高聲問道：「還能識吾陣否？」宋江笑道：「料然只是變出循環八卦陣，不足爲奇。」小將軍聽了，心中自忖道：「俺這幾個陣勢，都是秘傳來的，不期却被此人識破。宋兵之中，必有人物。」兀顏小將軍再入陣中，下馬上將臺，將號旗招展，左右盤旋，變成個陣勢，四邊都無門路，内藏八八六十四隊兵馬。朱武再上雲梯看了，對吴用説道：「此乃是武侯八陣圖，藏了首尾，人皆不曉。」便着人請宋公明到陣中，上將臺看這陣法：「休欺負他遼兵，這等陣圖皆得傳授。此四陣皆從一派傳流下來，並無走移。先是太乙三才，生出河洛四象，四象生出循環八卦，八卦生出八八六十四卦，已變爲八陣圖。此是循環無比，絶高的陣法。」宋江下將臺，上戰馬，直到陣前。小將軍搠戟在地，勒馬陣前，高聲大叫：「能識俺陣否？」宋江喝道：「汝小將年幼學淺，如井底之蛙，只知此等陣法，以爲絶高。量這藏頭八陣圖法瞞誰？瞞吾大宋小兒也瞞不過。」兀顏小將軍道：「你雖識俺陣法，你且排一個奇異的陣勢，瞞俺則個。」宋江喝道：「只俺這九宫八卦陣勢，雖是淺薄，你敢打麽？」〔眉〕不與他鬥陣法，極是。小將軍大笑道：「量此等小陣，有何難哉！你軍中休放冷箭，看咱打你這個小陣。」有詩爲證：

九宫八卦已無敵，河洛四象真堪奇。莫向陣前誇大口，交鋒時下見危機。

且説兀顏小將軍便傳將令，直教太真駙馬、李金吾各撥一千軍：「待俺打透陣勢，便來策應。」傳令已罷，衆軍擂鼓。宋江也傳下將令，教軍中整擂三通戰鼓，門旗兩開，放打陣的小將入來。那兀顏延壽帶本部下二十來員牙將，一千披甲馬軍，用手掐算，當日屬火，不從正南離位上來。帶了軍馬，轉過右邊，從西方兑位上，蕩開白旗，殺入陣内。後面的被弓箭手射住，止有一半軍馬入的去，其餘都回本陣。却説小將軍走到陣裏，便奔中軍，只見中間白蕩蕩如銀墻鐵壁，團團圍住小將軍。那兀顏延壽見了，驚的面如土色，心中暗想：「陣裏那得這等城子？」便教四邊且打通舊路，要殺出陣來。衆軍回頭看時，白茫茫如銀海相似，滿地只聽的水響，不見路徑。小將軍甚慌，引軍殺投南門來，只見千團火塊，萬縷紅霞，就地而滚，並不見一個軍馬。小將軍那裏敢出南門。剗斜裏殺投東門來。只見帶葉樹木，連枝山柴，交横塞滿地下。兩邊都是鹿角，無路可進。却轉過北門來，又見黑氣遮天，烏雲蔽日，伸手不見掌，如黑暗地獄相似。那兀顏小將軍在陣内，四門無路可出，〔眉〕説夢。癡人却要認真。心中疑道：「此必是宋江行持妖法。休問怎生，只就這裏死撞出去。」衆軍得令，齊聲吶喊，殺將出去。傍邊撞出一員大將，高聲喝道：「孺子小將，走那裏去！」兀顏小將軍欲待來戰，措手不及，腦門上早飛下一鞭來。那小將軍眼明手快，既在黑處，如何眼明？便把方天戟來攔住。只聽得雙鞭齊下，早把戟桿折做兩段。急待掙扎，被那將軍撲入懷内，輕舒猿臂，款扭狼腰，把這兀顏小將軍活捉過去。攔住後軍，都喝下馬來。衆軍黑天摸地，不辨東西，只得下馬受降。拿住小將軍的，不是别人，正是虎軍大將雙鞭呼延灼。當時公孫勝在中軍作法，見報捉了小將軍，便收了法術，陣中仍復如舊青天白日。

且説太真駙馬並李金吾將軍各引兵一千，只等陣中消息，便要來策應。却不想不見些動静，不敢殺過來。宋江出到陣前，高聲喝道：「你那兩軍不降，更待何時！兀顏小將已被吾生擒在此。」喝令羣刀手簇出陣前。李金吾見了，一騎馬，一條鎗，直趕過來，要救兀顏延壽。却有霹靂火秦明，正當前部，飛起狼牙棍，直取李金吾。二馬相交，軍器並舉，兩軍齊聲吶喊。李金吾先自心中慌了，手段緩急差遲，被秦明當頭一棍，連盔透頂，打的粉碎，李金吾攧下馬來。大真駙馬見李金吾輸了，引軍便回。宋江催兵掩殺，遼兵大敗奔走。奪得戰馬三千餘疋，旗旛劍戟棄滿山川。宋江引兵遥望燕京進發，直欲長驅席捲，以復王封。有詩爲證：

矢心直欲退强兵，力殫機危竟不成。生捉兩員英勇將，敗軍殘卒奔遼城。

却説遼兵敗殘人馬，逃回遼國，見了兀顏統軍，俱説小將軍去打宋兵陣勢，被他活捉去了，其餘牙將盡皆歸降。李金吾亦被他那裏一個秦明一棍打死，軍卒四散逃走，不知下落。太真駙馬逃的性命，不知去向。兀顏統軍聽了大驚，便道：「吾兒自小習學陣法，頗知玄妙，宋江那厮把甚陣勢，捉了吾兒？」左右道：「只是個九宫八卦陣勢，又無甚希奇。俺這小將軍布了四個陣勢，都被那蠻子識破了。臨了，對俺小將軍説道：『你識我九宫八卦陣，你敢來打麽？』俺小將軍便領了千百騎馬軍，從西門打將入去，被他强弓硬弩射住，只有一半人馬能勾入去。不知怎生被他生擒活捉了。」兀顏統軍道：「量這個九宫八卦陣，有甚難打。必是被他變了陣勢。」衆軍道：「俺們在將臺上，望見他陣中隊伍不動，旗旛不改，只見上面一派黑雲，罩定陣中。」兀顏統軍道：「恁的必是妖術。吾不起軍，這厮也來。若不取勝，吾當自刎。誰敢與吾作前部先鋒，引兵前去？俺驅大隊隨後便來。」帳前轉過二將齊出：「某等兩個願爲前部。」一個是大遼番官瓊妖納延；一個是燕京番將，姓寇，雙名鎮遠。兀顏統軍大喜，便道：「你兩個小心在意，與吾引一萬軍兵，作前部先鋒。逢山開路，遇水叠橋，吾引大軍隨後便到。」且不説瓊、寇二將起身作先鋒開路，却説兀顔統軍隨即整點本部下十一曜大將、二十八宿將軍，盡數出征。先説那十一曜大將：

太陽星御弟大王耶律得重，引兵五千；
太陰星天壽公主答里孛，引女兵五千；
羅睺星皇侄耶律得榮，引雄兵三千；
計都星皇侄耶律得華，引雄兵三千；
紫炁星皇侄耶律得忠，引雄兵三千；
月孛星皇侄耶律得信，引雄兵三千；
東方青帝木星大將只兒拂郎，引兵三千；
西方太白金星大將烏利可安，引兵三千；
南方熒惑火星大將洞仙文榮，引兵三千；
北方玄武水星大將曲利出清，引兵三千；
中央鎮星土星上將都統軍兀顔光，總領各飛兵馬首將五千，鎮守中壇。

兀顔統軍再點部下那二十八宿將軍：

角木蛟孫忠　亢金龍張起　氐土貉劉仁　房日兔謝武　心月狐裴直　尾火虎
顧永興　箕水豹賈茂　斗木獬蕭大觀　牛金牛薛雄　女土蝠俞得成　虚日鼠

徐威　　危月燕李益　　室火猪祖興　　壁水貐成珠那海　　奎木狼郭永昌　　婁金狗阿哩義　　胃土雉高彪　　昴日雞順受高　　畢月烏國永泰　　觜火猴潘異　　參水猿周豹　　井木犴童里合　　鬼金羊王景　　柳土獐雷春　　星日馬卞君保　　張月鹿李復　　翼火蛇狄聖　　軫水蚓班古兒

那兀顏光整點就十一曜大將、二十八宿將軍，引起大隊軍馬精兵二十餘萬，傾國而起，奉請大遼國主御駕親征。且不說兀顏統軍興起大隊之師捲地而來。再說先鋒瓊、寇二將引一萬人馬，逢山開路，先來進兵。早有細作報與宋江，這場厮殺不小。宋江聽了大驚，傳下將令，一面教取盧俊義部下盡數軍馬，一面又取檀州、薊州舊有人員，都來聽調。就請趙樞密前來監戰，再要水軍頭目，將帶水手人員，盡數登岸，都到霸州取齊，陸路進發。水軍頭領護持趙樞密，在後而來。應有軍馬盡到幽州。宋江等接見趙樞密，參拜已罷。趙樞密道：「將軍如此勞神，國之柱石，名傳萬載，不泯之德也。奉承。下官回朝，於天子前必當重保。」宋江答道：「無能小將，不足掛齒。上托天子洪福齊天，下賴元帥虎威，偶成小功，非人能也。今有探細人報來就裏，聞知遼國兀顏統軍，起二十萬軍馬，傾國而來。興亡勝敗，決此一戰。特請樞相另立營寨，於十五里外屯扎，看宋江盡忠竭力，施犬馬之勞，與衆弟兄併力向前，決此一戰。托天子盛德，早得取勝，以報朝廷。」趙樞密道：「將軍善覷方便，孫子有云：『多算勝，少算不勝。』善加謀略，事事皆宜仔細。」就是通達世務的了。

宋江遂辭了趙樞密，與同盧俊義引起大兵，轉過幽州地面所屬永清縣界，把軍馬屯扎下了營寨。

聚集諸將頭領，上帳同坐，商議軍情大事。宋江道：「今次兀顔統軍，親引遼兵傾國而來，決非小可，死生勝負，在此一戰。汝等衆兄弟，皆宜努力向前，勿生退悔。但得微功，上達朝廷。天子恩賞，必當共享，並無獨善之理。」衆皆起身，都道：「兄長之命，誰敢不依！盡心竭力，當報大恩。」正商議間，小校來報，有遼國使人下戰書來。宋江教喚至帳下，將書呈上。宋江拆書看了，乃是遼國兀顔統軍帳前先鋒使瓊、寇二將軍，充前部兵馬，〈早探〉（相期）來日決戰。宋江就批書尾，回示來日決戰。叫與來使酒食，放回本寨。來日天明，准決勝負。此時秋盡冬來，軍披重鎧，馬掛皮甲，盡皆得時。次日，五更造飯，平明拔寨，盡數起行。不到四五里，宋兵早與遼兵相迎。遥望皂鵰旗影裏，閃出兩員先鋒旗號來。戰鼓喧天，門旗開處，那個瓊先鋒當先出馬。怎生打扮，但見：

頭戴魚尾捲雲鑌鐵冠，披掛龍鱗傲霜嵌縫鎧。身穿石榴紅錦綉羅袍，腰繫荔枝七寶黄金帶。足穿抹緑鷹嘴金綫靴，腰懸鍊銀竹節熟鋼鞭。左插硬弓，右懸長箭。馬跨越嶺巴山獸，鎗掿翻江攪海龍。

當下那個瓊妖納延横鎗躍馬，立在陣前。宋江在門旗下看了瓊先鋒如此英雄，便問：「誰與此將交戰？」當下九紋龍史進提刀躍馬出來，與瓊將軍挑戰。二騎戰馬相交，兩般軍器並舉。鞍上人鬥人，坐下馬鬥馬。刀來鎗去花一團，鎗來刀去錦一簇。四條臂膊亂縱横，八隻馬蹄撩亂走。史進與瓊妖納延鬥到二三十合，史進氣力不加，畫。撥回馬望本陣便走。瓊先鋒縱馬趕來。宋江陣上，小李廣花榮正在宋江背後，見輸了史進，便拈起弓、搭上箭，把馬挨出陣前，覷的來馬〈交〉（較）近，「颼」的只一箭，正中瓊先鋒面門，翻身落馬。史進聽的背後墜馬，霍地回身，復上一刀，畫。結果了瓊妖納延。可憐能敵番官，到此〈瀆〉（須）還喪命。

那寇先鋒望見砍了瓊先鋒，怒從心上起，惡向膽邊生，躍馬挺鎗，直出陣前，高聲大罵：「賊將怎敢暗算吾兄！」當有病尉遲孫立飛馬直出，逕來奔寇鎮遠。軍中戰鼓喧天，耳畔喊聲不絕。那孫立的金鎗神出鬼没，寇先鋒見了，先自八分膽喪。畫。鬥不過二十餘合，寇先鋒勒回馬便走，不敢回陣，恐怕撞動了陣脚。畫。遶陣東北而走。孫立正要建功，那裏肯放，縱馬趕去，寇先鋒去的遠了。孫立在馬上，帶住鎗，左手拈弓，右手取箭，搭上箭，拽滿弓，覷着寇先鋒後心較親，只一箭，那寇將軍聽的弓弦響，把身一倒，那枝箭却好射到，順手只一綽，綽了那枝箭。畫。孫立見了，暗暗地喝采。寇先鋒冷笑道：「這厮賣弄弓箭。」便把那枝箭咬在口裏，畫。自把鎗帶住了事環上，急把左手取出硬弓，右手箭搭上弦，扭過身來，望孫立前心窩裏一箭射來。孫立早已偷眼見了，在馬上左來右去，那枝箭到胸前，把身望後便倒。畫。那枝箭從身上飛過去了。這馬收勒不住，畫。只顧跑來。寇先鋒把弓穿在臂上，扭回身且看孫立倒在馬上。寇先鋒想道：「必是中了箭。」畫。原來孫立兩腿有力，夾住寶鐙，倒在馬上，故作如此，却不墜下馬來。寇先鋒勒轉馬，要來捉孫立。兩個馬頭却好相迎着，隔不的丈尺來去。孫立却跳將起來，畫。大喝一聲：「不恁地拿你，你須走了！」畫。寇先鋒吃了一驚，便回道：「你只躲的我箭，須躲不的我鎗！」望孫立胸前盡力一鎗搠來。孫立挺起胸脯，受他一鎗。畫。鎗尖到甲，略側一側，那鎗從肋羅裏放將過去。那寇將軍却撲入懷裏來。孫立就手提起腕上虎眼鋼鞭，向那寇先鋒腦袋上飛將下來，削去了半個天靈骨。那寇將軍在鎮遠做了半世番官，死於孫立之手，屍骸落于馬前。孫立提鎗回來陣前。宋江大縱三軍，掩殺過對陣來。遼兵無主，東西亂竄，各自逃生。宋江正趕之間，聽的前面連珠砲響，宋江便教水軍頭領先當住一枝軍卒人馬，把住水口。差花榮、秦明、吕方、郭盛騎馬上山頂望時，只見垓垓攘攘，番軍人馬蓋地而來，唬的宋江三魂蕩蕩，七魄悠悠。正是饒君便有張良計，到底難逃白虎危。畢竟來的大隊番軍是何處人馬，且聽下回分解。

卓吾曰：描畫瓊妖納延、史進、花榮、寇鎮遠、孫立弓馬刀劍處，委曲次第，變化玲瓏，是丹青上手；若門陣法處，則村俗不可言矣。

顏統軍陣列渾天像

宋公明夢授玄女法

第八十八回　顏統軍陣列混天象　宋公明夢授玄女法

古風：

羊角風旋天地黑，黄沙漠漠雲陰澀。大遼兵發山岳摧，萬里乾坤皆失色。皂鵰旗展烏雲飛，沙柳箭發流星馳。連環駿馬起風急，虎臂强弓蹜地追。千池荷葉青毡笠，鐵甲鋪兵映寒日。朱纓棍擺豹狼牙，寶雕弓挽烏龍脊。胡笳共賀天山歌，鼓聲振起白駱駝。番王左右持鉞斧，統軍前後横金戈。瀚海風翻動人馬，乳酪香飄宴君罷。海青放起鴻雁愁，豹子鳴時神鬼怕。番奴平掩貂鼠袍，健兒戲舞魚腹刀。十萬番兵耀英武，虎筋弦勁悲聲號。幽州城下人兵攘，連珠砲發轟天響。神兵飛下九天來，四野茫茫萬人仰。

當時宋江在高阜處，看了遼兵勢大，慌忙回馬來到本陣，且教將軍馬退回永清縣山口屯扎，便就帳中與盧俊義、吴用、公孫勝等商議道：「今日雖是贏了他一陣，損了他兩個先鋒，我上高阜處觀望遼兵，其勢浩大，漫天遍地而來。此乃是大隊番軍人馬，來日必用與他大戰交鋒，恐寡不敵衆，如之奈何？」吴用道：「兵微將寡，古之善用兵者，能使寡敵衆，斯爲美矣。昔晉謝玄五萬人馬，戰退苻堅百萬雄兵。似此寡能敵衆者多矣。先鋒何爲懼哉？〔眉〕只管之乎者也，真是學究氣。可傳令與三軍衆將，來日務要旗旛嚴整，弓弩上弦，刀劍出鞘。深栽鹿角，警守營寨，濠塹齊備，軍器並施。整頓雲梯砲石之類，預先伺候。還只擺九宫八卦陣勢。如若他來打陣，依次而起，縱他有百萬之衆，安敢衝突？」宋江道：「軍師言之甚妙。」隨即傳令已畢，各將三軍盡皆聽令。五更造飯，平明拔寨都起，前抵昌平縣界。即將軍馬擺開陣勢，扎下營寨。前面擺列馬軍，還是虎軍大將秦明在前，呼延灼在後，關勝居左，林沖居右，東南索超，東北徐寧，西南董平，西北楊志。宋江守領中軍，其餘衆將，各依舊職。後面步軍，另作一處，做一陣在後，盧俊義、魯智深、武松三個爲主。數萬之中，都是能征慣戰之將，個個磨拳擦掌，准備厮殺。陣勢已完，專候番軍。

未及良久，遥望遼兵遠遠而來。前面六隊番軍人馬，又號哨路，又號壓陣，番兵六隊，每隊各有五百，左設三隊，右設三隊，循環往來，其勢不定。前看遊兵，次後大隊蓋地來時，前軍盡是皂纛旗，一帶有七座旗門，每門有千疋馬，各有一員大將。怎生打扮，頭頂黑盔，身披玄甲，上穿皂袍，坐騎烏馬，手中一般軍器，正按北方斗、牛、女、虚、危、室、壁。七門之内，總設一員把總大將，按上界北方玄武水星。怎生打扮，頭披青絲細髮，黄抹額緊束烏雲；身穿秃袖皂袍，銀壓鎧半兜冷氣。獅蠻帶緊扣烏油甲，錦雕鞍穩跨烏騅馬。掛一副走獸飛魚沙柳硬弓長箭，擎一口三尖兩刃四楞八環刀。乃是番將曲利出清，引三千披髮黑甲人馬，按北辰五炁星君。皂旗下軍兵不計其數。正是凍雲截斷東方日，黑氣平吞北海風。有詩爲證：

兵按北方玄武象，黑旗黑鎧黑刀鎗。烏雲影裏玄冥降，凛凛威風不可當。

左軍盡是青龍旗，一帶也有七座旗門，每門有千疋馬，各有一員大將。怎生打扮，頭戴四縫盔，身披柳葉甲，上穿翠色袍，下坐青騣馬，手拿一般軍器，正按東方角、亢、氐、房、心、尾、箕。七門之内，總設一員把總大將，按上界東方蒼龍木星。怎生打扮，頭戴獅子盔，身披狻猊鎧，堆翠繡青袍，縷金碧玉帶。坐雕鞍腰懸弓箭，踏寶鐙鷹嘴花靴。手中月斧金絲桿，身坐龍駒玉塊青。乃是番將只兒拂郎，引三千青色寶旛人馬，按東震九炁星君。青旗下左右圍繞軍兵，不計其數。〔眉〕後人若依此陣法擺，也只好當得一個畫餅。濟得恁事！不要癡，不要癡。正似翠色點開黄道路，青霞截斷紫雲根。有詩爲證：

青龍驅陣下天曹，青蓋青旗青戰袍。共向山前呈武勇，堂堂殺氣拂雲霄。

右軍盡是白虎旗，一帶也有七座旗門，每門有千匹馬，各有一員大將。怎生打扮，頭帶水磨盔，身披爛銀鎧，上穿素羅袍，坐騎雪白馬，各拿伏手軍器，正按西方奎、婁、胃、昴、畢、觜、參。七門之内，總設一員把總大將，按上界西方咸池金星。怎生打扮，頭頂兜鍪鳳翅盔，身披花銀雙鈎甲，腰間玉帶迸寒光，稱體素袍飛雪練。騎一疋照夜玉狻猊馬，使一枝純鋼銀棗槊。乃是番將烏利可安，引三千白纓素旗人馬，按西兑七炁星君。白旗下前後護禦軍兵，不計其數。正似征駝捲盡陰山雪，番將斜披玉井冰。有詩爲證：

太白分兵下九天，白雲光擁素袍鮮。巨靈翻海人難敵，擾得蒼龍夜不眠。

後軍盡是緋紅旗，一帶亦有七座旗門，每門有千疋馬，各有一員大將。怎生打扮，頭戴鑽箱朱紅漆笠，身披猩猩血染征袍，桃紅鎖甲現魚鱗，衝陣龍駒名赤兔，各掿伏手軍器，正按南方井、鬼、柳、星、張、翼、軫。七門之内，總設一員把總大將，按上界南方朱雀火星。怎生打扮，頭頂着絳冠，朱纓粲爛；身穿緋紅袍，茜色光輝。甲披一片紅霞，靴刺數條花縫。腰間寶帶紅鞓，臂掛硬弓長箭。手持八尺火龍刀，坐騎一疋胭脂馬。乃是番將洞仙文榮，引三千紅羅寶旛人馬，按南離三炁星君。紅旗下朱纓絳衣軍兵，不計其數。正似離宫走却六丁神，霹靂震開三昧火。有詩爲證：

祝融飛令下南宫，十萬貔貅烈火紅。閃閃赤雲瀰澗谷，陣前誰敢去當鋒？

陣前左有一隊五千猛兵，人馬盡是金纓弁冠，鍍金銅甲，緋袍朱纓，火焰紅旗，絳鞍赤馬，簇擁着一員大將，頭戴簇芙蓉如意縷金冠，身披結連環獸面鎖子黄金甲，猩紅烈火繡花袍，碧玉嵌金七寶帶。使兩口日月雙刀，騎一疋五〈名〉（明）赤馬。〔眉〕鋪敍處少伸縮變化之法。乃是遼國御弟大王耶律得重。正按上界太陽星君。正似金烏擁出扶桑國，火傘初離東海洋。有詩爲證：

海神英武出扶桑，耶律提兵準太陽。雄略嘉謀播遼國，源源兵陣遠鷹揚。

陣前右設一隊五千女兵，人馬盡是銀花弁冠，銀鈎鎖甲，素袍素纓，白旗白馬，銀桿刀鎗，簇擁着一員女將，頭上鳳釵對插青絲，紅羅抹額亂鋪珠翠，雲肩巧襯錦裙，繡襖深籠銀甲，小小花靴金鐙穩，翩翩翠袖玉鞭輕。使一口七星寶劍，騎一疋銀鬃白馬。乃是遼國天壽公主答里孛，按上界太陰星君。正似玉兔團團離海角，冰輪皎皎照瑶臺。有詩爲證：

貌似春烟籠芍藥，顔如秋水浸芙蓉。玉纖輕搦龍泉劍，到處交兵占上風。怎麽説？

兩隊陣中，團團一遭，盡是黄旗簇簇，軍將盡騎黄馬，都披金甲。襯甲袍起一片黄雲，繡包巾散半天黄霧。黄軍隊中有軍馬大將四員，各領兵三千，分於四角。每角上一員大將，團團守護。東南一員大將，青袍金甲，三叉金冠，獸面束帶，全副弓箭，青纓寶鎗，坐騎粉青馬，立於陣前，按上界羅睺星君，乃是遼國皇侄耶律得榮。西南一員大將，紫袍銀甲，寶冠束帶，硬弓長箭，使一口寶刀，坐騎海騮馬，立於陣前，按上界計都星君，乃是遼國皇侄耶律得華。東北一員大將，緑袍銀甲，紫冠寶帶，腰懸龍弓鳳箭，手執方天畫戟，坐騎五明黄馬，立於陣前，按上界紫炁星君，乃是遼國皇侄耶律得忠。西北一員大將，白袍銅甲，紅抹額青絲亂撒，金廂帶七寶粧成，腰懸雕箭畫弓，手仗七星寶劍，坐騎踢雪烏騅馬，立於陣前，按上界月孛星君，乃是遼國皇侄耶律得信。黄軍陣内簇擁着那員上將，按上界中央鎮星，左有執青旗，右有持白鉞，前有擎朱旛，後有張皂蓋。週迴旗號按二十四氣、六十四卦、南辰、北斗、飛龍、飛虎、飛熊、飛豹，明分陰陽左右，暗合旋璣玉衡乾坤混沌之象。那員上將怎生打扮，頭戴七寶紫金冠，耀日黄金龜背甲，西川蜀錦繡征袍，藍田美玉玲瓏帶。左懸金畫鐵胎弓，右帶鳳翎鈚子箭。足穿鷹嘴雲根靴，坐騎鐵脊銀騣馬。錦雕鞍穩踏金鐙，紫絲韁牢絆山轎。腰間掛劍驅番將，手内揮鞭統大軍。馬前一將，擎着朱紅畫桿方天戟。這簇軍馬光輝，四邊渾如金色，按中宫土星一炁天君，乃是大遼國都統軍大元帥兀顔光上將軍。黄旗之後，中軍是鳳輦龍車，前後左右七重劍戟鎗刀圍繞。九重之内，又有三十六對黄巾力士推捧車駕。前有九騎金鞍駿馬駕轅，後有八對錦衣力士隨陣。輦上中間坐着大遼郎主，頭戴衝天唐巾，身穿九龍黄袍，腰繫藍田玉帶，足穿朱履朝靴。左右兩個大臣：

左丞相幽西孛瑾，右丞相太師褚堅，各戴貂蟬冠，火裙朱服，紫綬金章，象簡玉帶。龍牀兩邊，金童玉女，執簡捧珪。龍車前後，左右兩邊，簇擁護駕天兵。大遼國主，自按上界北極紫微大帝，總領鎮星。左右二丞相，按上界左輔右弼星君。〔眉〕已前陣勢，只是擺得好看耳。正是一天星斗離乾位，萬象森羅降世間。有詩爲證：

旗旛鎧甲與刀鎗，正按中央土德黃。天意豈能人力勝，枉將生命苦相戕。此等處都可删。

那遼國番軍，擺列天陣已定，正如雞卵之形，屯扎定時，團團似覆盆之狀。旗排四角，鎗擺八方，循環無定，進退有則，擺下陣勢。再說宋江便教强弓硬弩，射住陣脚。壓陣輕騎，就中軍竪起雲梯將臺，引吳用、朱武上臺觀望。宋江看了，驚訝不已。吳用看了，也不識的。朱武看了，認的是天陣。便對宋江、吳用道：「此乃是太乙混天象陣也。」宋江問道：「如何攻擊？」朱武道：「此天陣變化無窮，交加莫測，不可造次攻打。」宋江道：「若不打得開陣勢，如何得他軍退？」吳用道：「急切不知他陣内虛實，如何便去打的？」正商議間，兀顏統軍在中軍傳令：「今日屬金，可差亢金龍張起、牛金牛薛雄、婁金狗阿哩義、鬼金羊王景四將，跟隨太白金星番將烏利可安，離陣攻打宋兵。」宋江衆將在陣前，望見對陣右軍七門，或開或閉，軍中雷響，陣勢團團。那引軍旗在陣内自東轉北，北轉西，西投南。朱武見了，在馬上道：「此乃是天盤左旋之象。今日屬金，天盤左動，必有兵來。」說猶未了，五砲齊響，早見對陣踴出軍來。中是金星，四下是四宿，引動五旗軍馬捲殺過來，勢如山倒，力不可當。宋江軍馬措手不及，望後急退，大隊壓住陣脚。遼兵兩面夾攻，宋軍大敗，急忙退兵，回到本寨。遼兵也不來追趕，點視軍中頭領，孔亮傷刀，李雲中箭，朱富着砲，石勇着鎗，中傷軍卒，不計其數。隨即發付上車，去後寨令安道全醫治。宋江教前軍下了鐵蒺藜，深栽鹿角，堅守寨門。

宋江在中軍納悶，與盧俊義等商議：「今日折了一陣，如之奈何？再若不出交戰，必來攻打。」盧俊義道：「來日着兩路軍馬撞住他那壓陣軍兵，再調兩路軍馬撞那廝正北七門。却教步軍從中間打將入去，且看裏面虛實如何。」宋江道：「也是。」次日，便依盧俊義之言，收拾起寨，前至陣前准備，大開寨門，引兵前進。遥望遼兵不遠，六隊壓陣遼兵遠探將來。宋江便差關勝在左，呼延灼在右，引本部軍馬撞退壓陣遼兵，大隊前進，與遼兵相接。宋江再差花榮、秦明、董平、楊志在左，林冲、徐寧、索超、朱仝在右，兩隊軍兵來撞皂旗七門。果然撞開皂旗陣勢，殺敗皂旗人馬。正北七座旗門，隊伍不整。宋江陣中，却轉過李逵、樊瑞、鮑旭、項充、李衮五百牌手向前，背後魯智深、武松、楊雄、石秀、解珍、解寶將帶應有步軍頭目，撞殺入去。混天陣内，只聽四面砲響，東西兩軍，正面黄旗軍，撞殺將來。宋江軍馬抵當不住，轉身便走。後面架隔不定，大敗奔走，退回原寨。急點軍時，折其大半。杜遷、宋萬又帶重傷，於内不見了黑旋風李逵。原來李逵殺的性起，只顧砍入他陣裏去，被他撓鈎搭住，活捉去了。宋江在寨中聽的，心中納悶。傳令教先送杜遷、宋萬去後寨，令安道全調治。帶傷馬匹，叫牽去與皇甫端料理。宋江又與吴用等商議：「今日又折了李逵，輸了這一陣，似此怎生奈何？」吴用道：「前日我這裏活捉的他那個小將軍，是兀顔統軍的孩兒，正好與他打换。」宋江道：「這番换了，後來倘若折將，何以解救？」罷軟。吴用道：「兄長何故執迷，且顧眼下。」説猶未了，小校來報：「有遼將遣使到來打話。」宋江喚入中軍，那番官來與宋江厮見，説道：「俺奉元帥將令，今日拿得你的一個頭目，到俺總兵面前，不肯殺害，好生與他酒肉管待在那裏。統軍要送來與你换他孩兒小將軍還他。如是將軍肯時，便送那個頭目來還。」宋江道：「既是恁地，俺明日取小將軍來到陣前，兩相交换。」番官領了宋江言語，上馬去了。有詩爲證：

宋江前日擒王子，番將今朝捉李逵。此是乾坤消息理，不須惆悵苦生悲。

宋江再與吴用商議道：「我等無計破他陣勢，不若取將小將軍來，就這裏解和這陣，兩邊各自罷戰。」（眉）不濟，不濟！吴用道：「且將軍馬暫歇，别生良策，再來破敵，未爲晚矣。」到曉，差人星夜去取兀顔小將軍來，也差個人直往兀顔統軍處，説知就裏。且説兀顔統軍正在帳中坐地，小軍來報：「宋先鋒使人來打話。」統軍傳令，教唤入來。到帳前，見了兀顔統軍，説道：「俺的宋先鋒拜意統軍麾下，今送小將軍回來，换俺這個頭目。即今天氣嚴寒，軍士勞苦，兩邊權且罷戰，待來春别作商議，俱免人馬凍傷，請統軍將令。」兀顔統軍聽了，大喝道：「無智辱子被汝生擒，縱使得活，有何面目見咱。不用相换，便拿下替俺斬了。」（眉）是，大是。若要罷戰權歇，教你宋江束首來降，免汝一死。若不如此，吾引大兵一到，寸草不留。」大喝一聲：「退去！」使者飛馬回寨報復，將這話訴與宋江。宋江慌速，只怕救不得李逵，拔寨便起，帶了兀顔小將軍，直抵前軍，隔陣大叫：「可放過俺的頭目來！我還你小將軍，不罷戰不妨，自與你對陣厮殺。」這便妙。只見遼兵陣中，無移時把李逵一騎馬送出陣前來。這裏也牽一疋馬，送兀顔小將軍出陣去。兩家如此，一言爲定，兩邊一齊同收同放。李將軍回寨，小將軍也騎馬過去了。當日兩邊都不厮殺，宋江退兵回寨，且與李逵賀喜。

宋江在帳中與諸將商議道：「遼兵勢大，無計可破，使我憂煎，度日如年，怎生奈何？」呼延灼道：「我等來日可分十隊軍馬，兩路去當壓陣軍兵，八路一齊撞擊，决此一戰。」宋江道：「全靠你等衆弟兄同心僇力，來日必行。」吴用道：「兩番撞擊不動，不如守等他來交戰。」宋江道：「等他來也不是良法，只是衆弟兄當以力敵，豈有連敗之理？」當日傳令，次早拔寨起軍，分作十隊，飛搶前去。兩路先截住後背壓陣軍兵，八路軍馬更不打話，吶喊摇旗，撞入混天陣去。聽的裏面雷聲高舉，四七二十八門一齊分開，變作一字長蛇之陣，便殺出來。宋江軍馬措手不及，急令回軍，大敗而走，旗鎗不整，金鼓偏斜，速退回來。到得本寨，於路損折軍馬數多。宋江傳令，教軍將緊守山口寨栅，深掘濠塹，牢栽鹿角，堅閉不出，且過冬寒。

却説副樞密趙安撫累次申達文書赴京，奏請索取衣襖等件。因此朝廷特差御前八十萬禁軍鎗棒教頭，正授鄭州團練使，姓王雙名文斌，此人文武雙全，智勇足備，將帶京師一萬餘人，起差民夫車輛，押運衣襖五十萬領，前赴宋先鋒軍前交割。就行催併軍將，向前交戰，早奏凱歌，毋得違慢，取罪不便。王文斌領了聖旨文書，將帶隨行軍器，拴束衣甲鞍馬，催攢人夫軍馬，起運車仗，出東京望陳橋驛進發。監押着一二百輛車子，上插黄旗，書「御賜衣襖」，迤邐前進。經過去處，自有官司供給口糧。在路非則一日。來到邊庭，參見了趙樞密，呈上中書省公文。趙安撫看了大喜道：「將軍來的正好。目今宋先鋒被大遼兀顏統軍，把兵馬擺成混天陣勢，連輸了數陣。頭目人等中傷者多，見今發在此間將養，令安道全醫治。宋先鋒扎寨在永清縣地方，並不敢出戰，好生納悶。」王文斌稟道：「朝廷因此就差某來，催併軍士前向，早要取勝。今日既然累敗，王某回京師，見省院官難以回奏聖上。文斌不才，自幼頗讀兵書，略曉些陣法，就到軍前略施小策，願决一陣，與宋先鋒分憂。〔眉〕替死鬼來了。未知樞相鈞命若何？」趙樞密大喜，致酒宴賞，就軍中犒勞押車人夫。就教王文斌轉運衣襖解付宋江軍前給散，趙安撫先使人報知宋先鋒去了。有詩爲證：

文斌天使解衣裝，共仰才名世少雙。自逞英雄衝大陣，遼兵不日便歸降。

且説宋江在中軍帳中納悶，聞知趙樞密使人來，轉報東京差教頭鄭州團練使王文斌，押送衣襖五十萬領，就來軍前，催併用功。宋江差人接至寨中下馬，請入帳内，把酒接風。數杯酒後，詢問緣由，宋江道：「宋某自蒙朝廷差遣到邊，上托天子洪福齊天，得了四個大郡。今到幽州，不想被大遼兀顔統軍設此混天象陣，屯兵二十萬，整整齊齊，按周天星象，請啓大遼國主，御駕親征。宋江連敗數陣，堅守不出，無計可施，屯駐不敢輕動。今幸得將軍降臨，願賜指教。」王文斌道：「量這個混天陣，何足爲奇！王某不才，同到軍前一觀，别有主見。」宋江大喜。先令裴宣且將衣襖給散軍將，衆人穿罷，望南謝恩，口呼萬歲。當日中軍置酒，殷勤管待，就行賞勞三軍。

來日結束五軍都起，王文斌取過帶來的頭盔衣甲，全副披掛上馬，都到陣前對陣。遼兵望見宋兵出戰，報入中軍。金鼓齊鳴，喊聲大舉，六隊戰馬哨出陣來，宋江分兵殺退。王文斌上將臺親自看一回，下雲梯來説道：「這個陣勢也只如常，不見有甚驚人之處。」不想王文斌自己不識，且圖詐人要譽。

妙人。〔眉〕今人詐人要譽的，不知死了若干。可憐，可憐！便叫前軍擂鼓搦戰。對陣番軍也撾鼓鳴金。宋江立馬大喝道：「不要狐朋狗黨，敢出來挑戰麽？」説猶未了，黑旗隊裏第四座門内飛出一將。那番官披頭散髮，黄羅抹額，襯着金箍烏油鎧甲，禿袖皂袍，騎疋烏騅馬，挺三尖刀，直臨陣前。背後牙將，不記其數。引軍皂旗上書銀字「大將曲利出清」，躍馬陣前搦戰。王文斌尋思道：「我不就這裏顯揚本事，再於何處施逞？」便挺鎗躍馬出陣，與番官更不打話，驟馬相交。王文斌使鎗便搠，番將舞刀來迎，鬥不到二十餘合，番將回身便走。王文斌見了，便驟馬飛鎗，直趕將去。原來番將不輸，特地要賣個破綻漏他來趕。番將輪起罩刀，覷着王文斌較親，翻身背砍一刀，把王文斌連肩和胸脯砍做兩段，死於馬下。〔眉〕要得好譽。宋江見了，急叫收軍。那遼兵撞掩過來，又折了一陣，慌慌忙忙收拾還寨。衆多軍將看見立馬斬了王文斌，都面面廝覷，俱各駭然。宋江回到寨中，動紙文書，申覆趙樞密，説王文斌自願出戰身死，發付帶來人伴回京。趙樞密聽知此事，展轉憂悶，甚是煩惱。只得寫了申呈奏本，關會省院打發來的人伴，回京去了。有詩爲證：

趙括徒能讀父書，文斌詭計又何愚。輕生容易論兵策，無怪須臾喪厥軀。

且説宋江自在寨中納悶，百般尋思，無計可施。怎生破的遼兵，寢食俱廢，夢寐不安，坐卧憂煎。是夜嚴冬，天氣甚冷。宋江閉上帳房，秉燭沉吟悶坐。時已二鼓，神思困倦，和衣隱几而卧。覺道寨中狂風忽起，冷氣侵人。宋江起身，見一青衣女童，向前打個稽首，宋江便問：「童子自何而來？」童子答曰：「小童奉娘娘法旨，有請將軍，便煩移步。」宋江道：「娘娘見在何處？」童子指道：「離此間不遠。」宋江遂隨童子出的帳房。〔眉〕説夢。但見上下天光一色，金碧交加，香風細細，瑞靄飄飄，有如二三月間天氣。行不過三二里多路，見座大林，青松茂盛，翠柏森然，紫桂亭亭，石欄隱隱。兩邊都是茂林修竹，垂柳夭桃，曲折闌干。轉過石橋，朱紅欞星門一座。仰觀四面，蕭墻粉壁，畫棟雕梁，金釘朱户，碧瓦重簷，四邊簾捲蝦鬚，正面窗横龜背。女童引宋江從左廊下而進，到東向一個閣子前，推開朱户，教宋江裏面少坐。舉目望時，四面雲窗寂静，霞彩滿階，天花繽紛，異香繚繞。童子進去，復又出來，傳旨道：「娘娘有請，星主便行。」宋江坐未暖席，即時起身。又見外面兩個仙女入來，頭戴芙蓉碧玉冠，身穿金縷絳綃衣，面如滿月，體貌輕盈，手似春笋，與宋江施禮。宋江不敢仰視。那兩個仙女道：「將軍何故作謙，娘娘更衣便出，請將軍議論國家大事。便請同行。」宋江唯然而行。有詩爲證：

蕊珠仙子碧霞衣，綽約姿容世亦稀。口奉九天玄女命，夜深飛夢入靈扉。

聽的殿上金鐘聲響，玉磬音鳴，青衣迎請宋江上殿。二仙女前進，奉引宋江，自東階而上。行至珠簾之前，宋江只聽的簾内玎璫隱隱，玉珮鏘鏘。青衣請宋江入簾内，跪在香案之前。舉目觀望殿上，祥雲靄靄，紫霧騰騰，正面九龍牀上坐着九天玄女娘娘。頭戴九龍飛鳳冠，身穿七寶龍鳳絳綃衣，腰繫山河日月裙，足穿雲霞珍珠履，手執無瑕白玉珪璋。兩邊侍從女仙約有三二十個。玄女娘娘與宋江曰：「吾傳天書與汝，不覺又早數年矣。汝能忠義堅守，未嘗少怠。今宋天子令汝破遼，勝負如何？」宋江俯伏在地，拜奏曰：「臣自得蒙娘娘賜與天書，未嘗輕慢泄漏於人。今奉天子敕命破遼，不期被兀顔統軍設此混天象陣，累敗數次。臣無計可施得破天陣，正在危急存亡之際。」玄女娘娘曰：

「汝知混天象陣法否？」宋江再拜奏道：「臣乃下土愚人，不曉其法。望乞娘娘賜教。」玄女娘娘曰：「此陣之法，聚陽象也。只此攻打，永不能破。若欲要破，須取相生相尅之理。且如前面皂旗軍馬内設水星，按上界北方五炁辰星。你宋兵中可選大將七員，黄旗、黄甲、黄衣、黄馬，撞破遼兵皂旗七門，續後命猛將一員，身披黄袍直取水星，此乃土尅水之義也。却以白袍軍馬，選將八員，打透大遼左邊青旗軍陣，此乃金尅木之義也。却以紅袍軍馬，選將八員，打透大遼右邊白旗軍陣，此乃火尅金之義也。却以皂旗軍馬，選將八員，打透大遼後軍紅旗軍陣，此乃水尅火之義也。却命一枝青旗軍馬，選將九員，直取中央黄旗軍陣主將，此乃木尅土之義也。再選兩枝軍馬，命一枝繡旗花袍軍馬，扮作羅睺，獨破遼兵太陽軍陣。命一枝素旗銀甲軍馬，扮作計都，直破遼兵太陰軍陣。再造二十四部雷車，按二十四氣，上放火石火砲，直推入遼兵中軍。令公孫勝布起風雷天罡正法，逕奔入大遼國主駕前。可行此計，足取全勝。日間不可行兵，須是夜黑可進。〔眉〕胡説！汝當親自領兵，掌握中軍，催動人馬，一鼓而可成功。吾之所言，汝當秘受，保國安民，勿生退悔。天凡有限，從此永別。他日瓊樓金闕，别當重會。汝宜速還，不可久留。」特命青衣獻茶，宋江吃罷，令青衣即送星主還寨。有詩爲證：

玉女虚無忽下來，嚴祠特請敘高懷。當時傳得幽玄秘，遼陣堂堂頃刻開。

宋江再拜，懇謝娘娘，出離殿庭。青衣前引宋江下殿，從西階而出，轉過欞星紅門，再登舊路。纔過石橋松徑，青衣用手指道：「遼兵在那裏，汝當可破。」宋江回顧，青衣用手一推，猛然驚覺。就帳中做了一夢。静聽軍中更鼓，已打四更。宋江便叫請軍師圓夢。吴用來到中軍帳内，宋江道：「軍師有計破混天陣否？」吴學究道：「未有良策可施。」宋江道：「我已夢玄女娘娘傳與秘訣，尋思定了，特請軍師商議。可以會集諸將，分撥行事。盡此一陣，須用大將。」吴用道：「願聞良策，如何破敵？」宋江言無數句，話不一席，有分教：大遼國主拱手歸降，兀顔統軍死於非命。正是動達天機施妙策，擺開星斗破迷關。畢竟宋江用甚計策，怎生打陣，且聽下回分解。

李卓吾曰：混天陣竟同兒戲。至玄女娘娘相生相尅之説，此三家村裏死學究見識。施耐庵、羅貫中儘是史筆，此等處便不成材矣。此其所以爲〈水〉〈小〉説也與？

宋公明破
成功

宿太尉頒
恩降詔

第八十九回　宋公明破陣成功　宿太尉頒恩降詔

詩曰：

　　陣列混天排劍戟，四圍八面怪雲生。分分曜宿當前現，朗朗明星直下横。黄鉞白旄風内舞，朱幡皂蓋陣中行。若非玄女親傳法，邊塞焉能定太平。

話説當下宋江夢中授得九天玄女之法，不忘一句，便請軍師吴用計議定了，申覆趙樞密。寨中合造雷車二十四部，都用畫板鐵葉釘成，下裝油柴，上安火砲，連更曉夜，催併完成。商議打陣，會集諸將人馬。宋江傳令各各分派。便點按中央戊己土黄袍軍馬，戰大遼水星陣内，差大將一員：雙鎗將董平。左右撞破皂旗軍七門，差副將七員：朱仝、史進、歐鵬、鄧飛、燕順、馬麟、穆春。再點按西方庚辛金白袍軍馬，戰大遼木星陣内，差大將一員：豹子頭林沖。左右撞破青旗軍七門，差副將七員：徐寧、穆弘、黄信、孫立、楊春、陳達、楊林。再點按南方丙丁火紅袍軍馬，戰大遼金星陣内，差大將一員：霹靂火秦明。左右撞破白旗軍七門，差副將七員：劉唐、雷横、單廷珪、魏定國、周通、龔旺、丁得孫。再點按北方壬癸水黑袍軍馬，戰大遼火星陣内，差大將一員：雙鞭呼延灼。左右撞破紅旗軍七門，差副將七員：楊志、索超、韓滔、彭玘、孔明、鄒淵、鄒潤。再點按東方甲乙木青袍軍馬，戰大遼土星主將陣內，差大將一員：大刀關勝。左右撞破中軍黄旗主陣人馬，差副將八員：花榮、張清、李應、柴進、宣贊、郝思文、施恩、薛永。再差一枝繡旗花袍軍，打大遼太陽左軍陣內，差大將七員：魯智深、武松、楊雄、石秀、焦挺、湯隆、蔡福。再差一枝素袍銀甲軍，打大遼太陰右軍陣中，差大將七員：扈三娘、顧大嫂、孫二娘、王英、孫新、張青、蔡慶。再差打中軍一枝悍勇人馬，直擒大遼國主，差大將六員：盧俊義、燕青、呂方、郭盛、解珍、解寶。再遣護送雷車至中軍大將五員：李逵、樊瑞、鮑旭、項充、李衮。其餘水軍頭領，並應有人員，盡到陣前協助破陣。陣前還立五方旗幟八面，分撥人員，仍排九宫八卦陣勢。宋江傳令已罷，衆將各各遵依。一面攢造雷車已了，裝載法物，推到陣前。正是：計就驚天地，謀成破鬼神。有詩爲證：

五行生尅本天成，化化生生自不停。玄女忽然傳法象，兀顔機陣一時平。

且説兀顔統軍連日見宋江不出交戰，差遣壓陣軍馬，直哨到宋江寨前。〔眉〕也倒好看。宋江連日製造完備，選定日期，是晚起身，來與遼兵相接。一字兒擺開陣勢，前面盡把强弓硬弩射住陣脚，只待天色傍晚。黄昏左側，只見朔風凛凛，彤雲密布，罩合天地，未晚先黑。宋江教衆軍人等斷蘆爲笛，銜於口中，唿哨爲號。當夜先分出四路兵去，只留黄袍軍擺在陣前。這分出四路軍馬，趕殺大遼哨路番軍，繞陣脚而走，殺投北去。初更左側，宋江軍中連珠砲響，呼延灼打開陣門，殺入後軍，直取火星。關勝隨即殺入中軍，直取土星主將。林沖引軍殺入左軍陣内，直取木星。秦明領軍撞入右軍陣内，直取金星。董平便調軍攻打頭陣，直取水星。公孫勝在陣中，仗劍作法，踏罡布斗，敕起五雷。是夜南風大作，吹的樹梢垂地，走石飛沙，雷公閃電。一齊點起二十四部雷車，李逵、樊瑞、鮑旭、項充、李袞將引五百牌手，悍勇軍兵，護送雷車，推入大遼軍陣。一丈青扈三娘，引兵便打入遼兵太陰陣中。花和尚魯智深，引兵便打入遼兵太陽陣中。玉麒麟盧俊義，引領一枝軍馬，隨着雷車，直奔中軍。你我自去尋隊厮殺。是夜雷車火起，空中霹靂交加，殺氣滿天，走石飛沙，端的是殺得星移斗轉，日月無光，鬼哭神號，人兵撩亂。

且說兀顔統軍正在中軍遣將，只聽得四下裏喊聲大振，四面厮殺。急上馬時，雷車已到中軍。烈焰漲天，砲聲震地，關勝一枝軍馬早到帳前。兀顔統軍急取方天畫戟，與關勝大戰。怎禁没羽箭張清，取石子望空中亂打，打的四邊牙將，中傷者多逃命散走。李應、柴進、宣贊、郝思文縱馬橫刀，亂殺軍將。兀顔統軍見身畔没了羽翼，撥回馬望北而走，關勝飛馬緊追。正是：饒君走上焰摩天，脚下騰雲須趕上。花榮在背後，見兀顔統軍輸了，一騎馬也追將來。急拈弓搭箭，望兀顔統軍射將去。那箭正中兀顔統軍後心，聽地錚地一聲，火光迸散，正射在護心鏡上。却待再射，關勝趕上，提起青龍刀，當頭便砍。那兀顔統軍披着三重鎧甲，貼裏一層連環鑌鐵鎧，中間一重海獸皮甲，外面方是鎖子黄金甲。關勝那一刀砍過，只透的兩層，〔眉〕此處都形容得好。再復一刀，兀顔統軍就刀影裏閃過，勒馬挺方天戟來迎。兩個又鬥到三五合，花榮趕上，覷兀顔統軍面門又放一箭。兀顔統軍急躲，那枝箭帶耳根穿住鳳翅金冠。兀顔統軍急走。張清飛馬趕上，拈起石子，望頭臉上便打。石子飛去，打的兀顔統軍撲在馬上，拖着畫戟而走。關勝趕上，再復一刀。那青龍刀落處，把兀顔統軍連腰截骨帶頭砍着，攧下馬去。花榮搶到，先换了那匹好馬。張清趕來，再復一鎗。可憐兀顔統軍一世豪傑，一柄刀、一條鎗，結果了性命。堪嘆遼國英雄，化作南柯一夢。有詩爲證：

李靖六花人亦識，孔明八卦世應知。混天只想無人敵，也有神機打破時。

却説魯智深引着武松等六員頭領，衆將吶聲喊，殺入遼兵太陽陣内。那耶律得重急待要走，被武松一戒刀，掠斷馬頭，倒撞下馬來，揪住頭髮，一刀取了首級。兩個孩兒逃命走了。殺散太陽陣勢。魯智深道：「俺們再去中軍，拿了大遼國主，便是了事也。」好。且説遼兵太陰陣中天壽公主，聽得四邊喊起厮殺，慌忙整頓軍器上馬，引女兵伺候。只見一丈青舞起雙刀，縱馬引着顧大嫂等六員頭領，殺入帳來，正與天壽公主交鋒。兩個鬥無數合，一丈青放開雙刀，搶入公主懷内，匹胸揪住，兩個在馬上扭做一團，絞做一塊。王矮虎趕上，活捉了天壽公主。一丈青不要疑心。顧大嫂、孫二娘在陣裏殺散女兵，孫新、張青、蔡慶在外面夾攻。可憐金枝玉葉如花女，却作歸降被縛人。且説盧俊義引兵殺到中軍，解珍、解寶先把帥字旗砍翻，亂殺番官番將。當有護駕大臣與衆多牙將，緊護大遼國主鑾駕，往北而走，送入幽州。陣内羅睺、月孛二皇侄，俱被刺死於馬下。計都皇侄就馬上活拿了。紫炁皇侄不知去向。大兵重重圍住，直殺到四更方息。殺的遼兵二十餘萬，不留一個。將及天明，諸將都回，宋江鳴金收軍下寨，傳令教生擒活捉之衆，各自獻功。一丈青獻太陰星天壽公主，盧俊義獻計都星皇侄耶律得華，朱仝獻水星曲利出清，歐鵬、鄧飛、馬麟獻斗木獬蕭大觀，楊林、陳達獻心月狐裴直，單廷珪、魏定國獻胃土雉高彪，韓滔、彭玘獻柳土獐雷春，翼火蛇狄聖。諸將獻首級不計其數。宋江將生擒八將，盡行解赴趙樞密中軍收禁。所得馬疋，就行俵撥各將騎坐。

且説大遼國主慌速退入幽州行宮歇下，急傳聖旨，堅閉四門，緊守城池，不出對敵。宋江知得大遼國主退在幽州，便教軍馬把幽州團團圍住，令人請趙樞密直至後營，監臨打城。宋江傳令教就幽州城下，團團豎起雲梯砲石，扎下寨柵，准備打城。遼國郎主心慌，會集羣臣商議，都道：「事在危急，莫若歸降大宋，此爲上計。」大遼郎主遂從衆議。於是城上早豎起降旗，差人來宋營求告：「年年進牛馬，歲歲獻珠珍，再不敢侵犯中國。」宋江引着來人直到後營，拜見趙樞密，通説投降一節，年年進貢，歲歲來朝。趙樞密聽了道：「此乃國家大事。投降之事，須用取自上裁，我未敢擅便主張。你遼國有心投降，可差的當大臣，親赴東京朝見天子。聖旨准你遼國皈降表文，降詔赦罪，方敢退兵罷戰。」趙樞密回了這話，來人便回幽州，回復郎主，奏知此事。當下國主聚集文武百官，商議此事。時有右丞相太師褚堅出班奏曰：「目今郎主兵微將寡，人馬皆無，如何迎敵？在於危急之際，論臣愚意，可多把金帛賄賂，以結人心。微臣親往宋先鋒寨内，重許厚禮，一面令其住兵停戰，免的攻城；一面收拾禮物，逕往東京，投買省院諸官，令其於天子之前善言啓奏，别作宛轉。目今中國蔡京、童貫、高俅、楊戩四個賊臣專權，童子皇帝聽他四個主張，可把金帛賄賂與此四人，買其講和。必降詔赦，收兵罷戰。」郎主准奏。

次日，丞相褚堅出幽州城來，直到宋先鋒寨中。宋江接至帳上，便問：「丞相來意何如？」褚堅先

是。

説了國主投降一事，然後許宋先鋒金帛玩好之物。宋江聽了，説與丞相褚堅道：「俺連日攻城，不愁打你這個城池不破。一發斬草除根，免了萌芽再發。看見你城上豎起降旗，以此停兵罷戰。兩國交鋒，自古國家有投降之理。准你投拜納降，因此按兵不動。容汝赴朝廷請罪獻納。汝今以賄賂相許，覷宋江爲何等之人，〔眉〕不是鄆城小吏，定是梁山泊大强盜。再勿復言！」褚堅惶恐。宋江又道：「丞相，容汝上國朝京，取自上裁。俺等按兵不動，待汝速去快來。汝勿遲滯！」褚堅拜謝了宋先鋒，作別出寨，上馬回幽州城來。直至行宫，奏知國主。衆大臣商議已定。次日，遼國君臣收拾玩好之物，金銀寶貝，綵繒珍珠，裝載上車。差丞相褚堅並同番官一十五員前往京師。鞍馬三十餘騎，修下請罪表章一道，離了幽州，到宋江寨内，參見了宋江。宋江引褚堅來見趙樞密，説知此事：「遼國今差丞相褚堅親往京師朝見，告罪投降。」趙樞密留住褚堅，以禮相待，自來與宋先鋒商議，亦動文書，申達天子。就差柴進、蕭讓賫奏，就帶行軍公文，關會省院，一同相伴丞相褚堅，前往東京。於路無話。有詩爲證：

戰罷遼兵不自由，便將降表上皇州。謙恭已布朝宗義，螻蟻真貽敗國羞。剩水殘山秋漠漠，荒城破郭月悠悠。金珠滿載爲恍質，水滸英雄志已酬。

在路不止一日，早到京師。便將十車進奉金寶禮物，車仗人馬，於館驛内安下。柴進、蕭讓賫捧行軍公文，先去省院下了稟，説道：「即日兵馬圍困幽州，旦夕可破。遼國郎主於城上豎起降旗，今遣丞相褚堅前來上表，請罪納降，告赦罷兵。未敢自專，來請聖旨。」省院官説道：「你且與他館驛内權時安歇，待俺這裏從長計議。」此時蔡京、童貫、高俅、楊戩並省院大小官僚，都是好利之徒。却説大遼丞相褚堅並衆人，先尋門路，見了太師蔡京等四個大臣。次後省院各官處都有賄賂，各各先以門路餽送禮物諸官已了。次日早朝，大宋天子升殿，百官朝賀拜舞已畢，樞密使童貫出班奏曰：「有先鋒使宋江殺退遼兵，直至幽州臨敵，圍住城池攻擊，旦夕可破。今有大遼國主早豎降旗，情願投降。遣使丞相褚堅，奉表稱臣，納降請罪，告赦講和，求敕退兵罷戰。情願年年進奉，不敢有違。臣等省院，不敢自專，伏乞聖鑑。」天子曰：「似此講和休兵罷戰，仍存本國。汝等衆卿如何計議？」傍有太師蔡京出班奏曰：「臣等衆官俱各計議，自古及今，四夷未嘗盡滅。臣等愚意，可存遼國，作北方之屏障，堪爲唇齒之邦。年年進納歲幣，於國有益。合准投降請罪，休兵罷戰，詔回軍馬，以護京師。〔眉〕會說見成話。臣等未敢擅便，乞陛下聖鑑。」天子准奏，傳聖旨令遼國來使面君。當有殿頭官傳令，宣褚堅等一行來使，都到金殿之下，揚塵拜舞，頓首山呼。侍臣呈上表章，就御案上展開，宣表學士高聲讀道：

「大遼國主臣耶律輝頓首頓首百拜上言：臣生居朔漠，長在番邦。不通聖賢之大經，罔究綱常之大禮。詐文僞武，左右多狼心狗行之徒；好賂貪財，前後悉鼠目獐頭之輩。〔眉〕四語實是罵蔡京等衆人。小臣昏昧，屯衆猖狂。侵犯疆封，以致天兵而討罪；妄驅士馬，動勞王室以興師。量螻蟻安足以撼泰山，想衆水必然歸于大海。念臣等雖守數座之荒城，應無半年之積蓄。今特遣使臣褚堅，冒干天威，納上請罪。倘蒙聖上憐憫蕞爾之微生，不廢祖宗之遺業，是以銘心刻骨，瀝膽披肝，永爲戎狄之番邦，實作天朝之屏翰。老老幼幼，真獲再生；子子孫孫，久遠感戴。進納歲幣，誓不敢違。臣等不勝戰慄屏營之至。誠惶誠恐，稽首頓首。謹上表以聞。」

宣和四年冬月　日大遼國主臣耶律輝　表。」

徽宗天子御覽表文已畢，階下羣臣稱善。天子命取御酒以賜來使。丞相褚堅等，便取金帛歲幣，進在朝前。天子命寶藏庫收訖，仍另納下每年歲幣牛馬等物。天子回賜段疋表裏，光禄寺賜宴。敕令丞相褚堅等先回：「待寡人差官自來降詔。」褚堅等謝恩，拜辭天子出朝，且歸館驛。是日朝散，褚堅又令人再於各官門下，重打關節。蔡京力許：「令丞相自回，都在我等四人身上。」褚堅謝了太師，自回遼國去了。

却説蔡太師次日引百官入朝，啓奏降詔回下遼國。天子准奏，急敕翰林學士草詔一道。就御前便差太尉宿元景，賫擎丹詔，直往遼國開讀。另敕趙樞密，令宋先鋒收兵罷戰，班師回京。將應有被擒之人，釋放還國；原奪城池，仍舊給還管領；府庫器具，交割遼邦歸管。天子朝退，百官皆散。次日，省院諸官都到宿太尉府，約日送行。

再説宿太尉領了詔敕，不敢久停君命，准備轎馬從人，辭了天子，别了省院諸官，就同柴進、蕭讓同上遼邦。出京師，望陳橋驛投邊塞進發。在路行時，正值嚴冬之月，四野彤雲密布，分揚雪墜平鋪，粉塑千林，銀裝萬里。宿太尉一行人馬，冒雪撞風，迤邐前進。正是：雲横秦嶺家何在，雪擁藍關馬不前。有詩爲證：

太尉承宣不敢停，遠賫恩詔到邊庭。皚皚積雪關山路，卉服雕題迓使星。

雪霽未消，漸臨邊塞，柴進、蕭讓先使哨馬報知趙樞密，前去通報宋先鋒。宋江見哨馬飛報，便攜酒禮引衆出五十里，伏道迎接。接着宿太尉，相見已畢，把了接風酒，各官俱喜。請至寨中設筵相待，同議朝廷之事。宿太尉言説：「省院等官，蔡京、童貫、高俅、楊戩俱各受了遼國賄賂，於天子前極力保奏此事，准其投降，休兵罷戰，詔回軍馬，守備京師。」宋江聽了，嘆道：「非是宋某怨望朝廷，功勳至此，又成虚度。」宿太尉道：「先鋒休憂。元景回朝，天子前必當重保。」趙樞密又道：「放着下官爲證，怎肯教虚費了將軍大功。」宋江稟道：「某等一百八人，竭力報國，並無異心，亦無希恩望賜之念。只得衆弟兄同守勞苦，實爲幸甚。若得樞相肯做主張，深感厚德。」當日飲宴，衆皆歡喜，至晚席散。隨即差人一面報知大遼國主，准備接詔。

次日宋江撥十員大將，護送宿太尉進遼國頒詔。都是錦袍金甲，戎裝革帶。那十員上將：關勝、林沖、秦明、呼延灼、花榮、董平、李應、柴進、吕方、郭盛，引領馬步軍三千，護持太尉，前遮後擁，擺布入城。幽州百姓，排門香花燈燭。大遼國主，親引百官文武，具服乘馬，出南門迎接詔旨，直至行宫金鑾殿上。十員大將立於左右，宿太尉立于龍亭之左，國主同百官跪于殿前。殿頭官喝拜，國主同文武拜罷，遼國侍郎承恩請詔，就殿上開讀，詔曰：

「大宋皇帝制曰：三王立位，五帝禪宗。無君子莫治野人，無野人莫養君子。雖中華而有主，焉夷狄豈無君！兹爾遼國，不遵天命，數犯疆封，理合一鼓而滅。朕今覽其情詞，憐其哀切，憫汝惸孤，不忍加誅，仍存其國。詔書至日，即將軍前所擒之將，盡數釋放還國；原奪一應城池，仍舊給還遼國管領。所供歲幣，慎勿怠忽。於戲！敬事大國，祗畏天地，此藩翰之職也。爾其欽哉！故茲詔示，想宜知悉。

宣和四年冬月　日。」

當時遼國侍郎開讀詔旨已罷，郎主與百官再拜謝恩。行君臣禮畢，擡過詔書龍案。郎主便與宿太尉相見。敍禮已畢，請入後殿，大設華筵，水陸俱備。番官進酒，戎將傳杯，歌舞滿筵，胡笳聒耳。燕姬美女，各奏戎樂；羯鼓塤篪，胡旋慢舞。筵宴已終，送宿太尉並衆將於館驛内安歇。是日，跟去人員，都有賞勞。

次日，國主命丞相褚堅出城至寨，邀請趙樞密、宋先鋒同入幽州赴宴。宋江便與軍師吴用計議不行，是。只請的趙樞密入城，相陪宿太尉飲宴。是日，遼國郎主大張筵席，管待朝使。葡萄酒熟傾銀瓮，黄羊肉美滿金盤。異果堆筵，奇花散彩。筵席將終，只見國主金盤捧出玩好之物，上獻宿太尉、趙樞密，直飲至更深方散。第三日，大遼國主會集文武羣臣，番戎鼓樂，送太尉、樞密出城還寨。再命丞相褚堅，將牛羊、馬疋、金銀綵段等項禮物，直至宋先鋒軍前寨内，大設廣會，犒勞三軍，重賞衆將。宋江傳令教取天壽公主一干人口，放回本國。仍將奪過檀州、薊州、霸州、幽州，依舊給還大遼管領。一面先送宿太尉還京。次後，收拾諸將軍兵車仗人馬，分撥人員，先發中軍軍馬，護送趙樞密起行。宋先鋒寨内，自己設宴，一面賞勞水軍頭目已了，着令乘駕船隻從水路先回東京，駐扎聽調。

宋江再使人入幽州，請出左右二丞相，前赴軍中説話。當下遼國郎主，教左丞相幽西孛瑾，右丞相太師褚堅，來至宋先鋒行營，至於中軍相見。宋江邀請上帳，分賓而坐。宋江開話道：「俺武將兵臨城下，將至壕邊，奇功在邇，本不容汝投降，打破城池，盡皆勦滅，正當其理。主帥聽從，容汝申達朝廷。皇上憐憫，存惻隱之心，不肯盡情追殺。如此容汝投降，納表請罪，今獲大全。吾待朝京，汝等勿以宋江等輩不能勝爾，休生反復，年年進貢，不可有缺。吾今班師還國，汝宜謹慎自守，休得故犯。天兵再至，决無輕恕！」〔眉〕是，大是。二丞相叩首伏罪拜謝。宋江再用好言戒諭，更妙。二丞相懇謝而去。宋江即撥一隊軍兵，與女將一丈青等先行。隨即喚令隨軍石匠，採石爲碑，令蕭讓作文，以記其事。金大堅鐫石已畢，〔眉〕也要如此，不然蕭讓、金大堅就没用了。豎立在永清縣東一十五里茅山之下，至今古迹尚存。有詩爲證：

僞遼歸順已知天，納幣稱臣自歲年。勒石鐫銘表功蹟，頡頏銅柱及燕然。

宋江却將軍馬分作五起進發，尅日起行。只見魯智深忽到帳前，合掌作禮，對宋江道：「小弟自從打死了鎮關西，逃走到代州雁門縣，趙員外送洒家上五臺山，投禮智真長老，落髪爲僧。不想醉後兩番鬧了禪門，有亂清規，師父送俺來東京大相國寺，投托智清禪師，討個執事僧做。相國寺裏，着洒家看守菜園。爲救林沖，被高太尉要害，因此落草。得遇哥哥，隨從多時，已經數載。思念本師，一向不曾參禮。〔眉〕好點綴。洒家常想師父説，俺雖是殺人放火的性，久後却得正果真身。今日太平無事，兄弟權時告假數日，欲往五臺山參禮本師，就將平昔所得金帛之資，都做布施，再求問師父前程如何，哥哥軍馬只顧前行，小弟隨後便趕來也。」宋江聽罷愕然，默上心來，便道：「你既有這個活佛羅漢在彼，韻。何不早説，與俺等同去參禮，求問前程？」當時與衆人商議，盡皆要去，惟有公孫勝道教不行。

癡。宋江再與軍師計議，留下金大堅、皇甫端、蕭讓、樂和四個，委同副先鋒盧俊義掌管軍馬，陸續先行。「俺們只帶一千來人，隨從衆弟兄跟着魯智深同去，參禮智真長老。」魯智深見宋江説要去參禪，便道：「願從哥哥同往。」宋江等衆當時離了軍前，收拾名香綵帛、表裏金銀，上五臺山來。正是：暫棄金戈甲馬，來遊方外叢林。雨花臺畔，來訪道德高僧；善法堂前，要見燃燈古佛。直教一語打開名利路，片言踢透死生關。畢竟宋江與魯智深怎地參禪，且聽下回分解。

李和尚曰：突出智真長老一事，真是匪夷所思。公孫勝道是自家道士，不來相見和尚，俗殺，俗殺！

五臺山宋江參禪

雙林渡燕青射鴈

第九十回　五臺山宋江參禪　雙林渡燕青射雁

詩曰：

韓文參大顛，東坡訪玉泉。僧來白馬寺，經到赤烏年。葉葉風中樹，重重火裏蓮。無塵心鏡淨，只此是金仙。

原來五臺山這個智真長老，是故宋時一個當世的活佛，知得過去未來之事。數載之前，已知魯智深是個了身達命之人，只是俗緣未盡，要還殺生之債，因此教他來塵世中走這一遭。本人宿根，還有道心，今日起這個念頭，要來參禪投禮本師。宋公明亦然是素有善心，時刻點悟，因此要同魯智深來參智真長老。當時衆弟兄亦要同往，宋江難以阻當。就與軍師衆皆計議，只除公孫勝道教外，可委副先鋒掌管軍馬。四哨無人，可差金大堅、皇甫端、蕭讓、樂和一同盧俊義管領大隊軍馬，陸續前進。

宋江與衆將只帶一千人馬，同魯智深來到五臺山下。就將人馬屯扎下營，先使人上山報知。宋江等衆弟兄都脱去戎裝慣帶，各穿隨身錦繡戰袍，步行上山。轉到山門外，只聽寺内撞鐘擊鼓，衆僧出來迎接，向前與宋江、魯智深等施了禮。數内有認的魯智深的多，又見齊齊整整百餘個頭領，跟着宋江，盡皆驚羨不已。當頭首座來稟宋江道：「長老坐禪入定之際，不能相接，將軍切勿見罪，恕責則個！」遂請宋江等先去知客寮内少坐。供茶罷，侍者出來請道：「長老禪定方回，已在方丈專候，啓請將軍進來。」宋江等一行百餘人，直到方丈，來參智真長老。那長老慌忙降階而接，邀至上堂，各施禮罷。宋江看那和尚時，六旬之上，眉髮盡白，骨格清奇，儼然有天台方廣出山之相。衆人入進方丈之中，宋江便請智真長老上座，焚香禮拜，一行衆將，都已拜罷。魯智深向前插香禮拜，智真長老道：「徒弟一去數年，殺人放火不易。」魯智深默默無言。宋江向前道：「久聞長老清德，争耐俗緣淺薄，無路拜見尊顔。今因奉詔破遼到此，得以拜見堂頭大和尚，平生萬幸。智深和尚與宋江做兄弟時，雖是殺人放火，忠心不害良善，善心常在。今引宋江等衆弟兄來參大師。」智真長老道：「常有高僧到此，亦曾閑論世事循環。久聞將軍替天行道，忠義於心，深知衆將義氣爲重，吾弟子智深跟着將軍，豈有差錯。」宋江稱謝不已。有詩爲證：

謀財致命兇心重，放火屠城惡行多。忽地尋思念頭起，五臺山上禮彌陀。

魯智深將出一包金銀綵段來，供獻本師。智真長老道：「吾弟子此物何處得來？無義錢財，决不敢受。」智深稟道：「弟子累經功賞積聚之物，弟子無用，特地將來獻納本師，以充公用。」長老道：「衆亦難消，與汝置經一藏，消滅罪惡，早登善果。」魯智深拜謝已了，宋江亦取金銀綵段上獻智真長老。長老堅執不受。宋江稟説：「我師不納，可令庫司辦齋，供獻本寺僧衆。」當日就五臺山寺中宿歇一宵，長老設素齋相待，不在話下。且説次日庫司辦齋完備，五臺寺中法堂上鳴鐘擊鼓。智真長老會集衆僧於法堂上，講法參禪。須臾，合寺衆僧都披袈裟坐具，到於法堂中坐下。宋江、魯智深並衆頭領立於兩邊。引磬響處，兩碗紅紗燈籠，引長老上升法座。智真長老到法座上，先拈信香祝讚道：「此一炷香，伏願今上天子萬歲萬萬歲，皇后齊肩，太子千秋，金枝茂盛，玉葉光輝，文武官僚，同增禄位，天下太平，萬民樂業。」再拈信香一炷：「願今齋主身心安樂，壽算延長，日轉千階，名垂萬載。」再拈信香一炷：「願今國安民泰，歲稔年和，五穀豐登，三教興隆，四方寧靜，諸事禎祥，萬事如意。」祝讚已罷，就法座而坐。兩下衆僧打罷問訊，復皆侍立。宋江向前拈香禮拜畢，合掌近前參禪道：「某有一語，敢問吾師。」智真長老道：「有何法語，要問老僧？」宋江向前道：「請問吾師，浮世光陰有限，苦海無邊，人身至微，生死最大。特來請問於禪師。」智真長老便答偈曰：

「六根束縛多年，四大牽纏已久。堪嘆石火光中，翻了幾個筋斗。咦！閻浮世界諸衆生，泥沙堆裏頻哮吼。」

長老説偈已畢，宋江禮拜侍立。衆將都向前拈香禮拜，設誓道：「只願弟兄同生同死，世世相逢。」焚香已罷，衆僧皆退。就請去雲堂内請齋。衆人齋罷，宋江與魯智深跟隨長老來到方丈内。至晚閑話間，宋江求問長老道：「弟子與魯智深本欲從師數日，指示愚迷，但以統領大軍，不敢久戀。我師語録，實不省悟。今者拜辭還京，某等衆弟兄此去前程如何，萬望吾師明彰點化。」智真長老命取紙筆，寫出四句偈語：

「當風雁影翩，東闕不團圓。隻眼功勞足，雙林福壽全。」

寫畢，遞與宋江道：「此是將軍一生之事，可以秘藏，久而必應。」宋江看了，不曉其意。又對長老道：「弟子愚意，不悟法語。乞吾師明白開解，以釋某心前程凶吉。」智真長老道：「此乃禪機隱語，汝宜自參，不可明說，恐泄天機。」長老説罷，喚過智深近前道：「吾弟子，此去與汝前程永別，正果將臨也。與汝四句偈去，收取終身受用。」偈曰：

「逢夏而擒，遇臘而執。聽潮而圓，見信而寂。」

魯智深拜受偈語，讀了數遍，藏於身邊，拜謝本師。智真長老道：「吾弟子記取其言，休忘了本來面目。」説罷，又歇了一宵。次日，宋江、魯智深並吴用等衆頭領，辭別長老下山，衆人便出寺來。智真長老並衆僧都送出山門外作別。不説長老衆僧回寺。且説宋江等衆將下到五臺山下，引起軍馬，星火趕來。衆將回到軍前，盧俊義、公孫勝等接着宋江衆將，都相見了。宋江便對盧俊義等説五臺山衆人參禪設誓一事，將出禪語與盧俊義、公孫勝看了，皆不曉其意。蕭讓道：「禪機法語，等閑如何省的？」衆皆嗟呀不已。宋江傳令，催趲軍馬起程。衆將得令，催起三軍人馬，望東京進發。在路行了數日，五軍前進到一個去處，地名雙林渡。宋江在馬上正行之間，仰觀天上，見空中數行塞雁，不依次序，高低亂飛，都有驚鳴之意。宋江見了，心疑作怪。又聽的前軍喝采，使人去問緣由，飛馬回報，原來是浪子燕青初學弓箭，向空中射雁，箭箭不空。却纔須臾之間，射下十數隻鴻雁，因此諸將驚呀不已。宋江教喚燕青飛馬前來。這燕青頭戴着白范陽遮塵毡笠兒，身穿着鵝黃紵絲衲襖，騎一疋五明紅沙馬，彎弓插箭，飛馬而來。背後馬上捎帶死雁數隻，來見宋江。下馬離鞍，立在一邊。宋公明問道：「恰纔你射雁來？」燕青答道：「小弟初學弓箭，見空中羣雁而來，無意射之，不想箭箭皆中，誤射了十數隻雁。」宋江道：「爲軍的人，學射弓箭，是本等的事。射的親是你能處。我想賓鴻避暑寒，離了天山，銜蘆渡關，趁江南地暖，求食稻粱，初春方回。此賓鴻仁義之禽，或數十，或三五十隻，遞相謙讓，尊者在前，卑者在後，次序而飛，不越羣伴。遇晚宿歇，亦有當更之報。且雄失其雌，雌失其雄，至死不配，不失其意。此禽仁、義、禮、智、信五常俱備。空中遥見死雁，盡有哀鳴之意，失伴孤雁，並無侵犯，此爲仁也。一失雌雄，死而不配，此爲義也。依次而飛，不越前後，此爲禮也。預避鷹鵰，銜蘆過關，此爲智也。秋南〈冬〉（春）北，不越而來，此爲信也。此禽五常足備之物，豈忍害之！天上一羣鴻雁，相呼而過，正如我等弟兄一般，你却射了那數隻，比俺弟兄中失了幾個，衆人心内如何？兄弟今後不可害此禮義之禽。」燕青默默無語，悔罪不及。宋江有感於心，在馬上口占一首詩道：

「山嶺崎嶇水渺茫，横空雁陣兩三行。忽然失却雙飛伴，月冷風清也斷腸。」〔眉〕此等舉動，大是不祥。

宋江吟詩罷，不覺自己心中凄慘，睹物傷情。當晚屯兵於雙林渡口。宋江在帳中，因復感嘆燕青射雁之事，心中納悶，叫取過紙筆，作詞一首：

「楚天空闊，雁離羣萬里，恍然驚散。自顧影、欲下寒塘，正草枯沙浄，水平天遠。寫不成書，只寄的相思一點。暮日空濠，曉烟古塹，訴不盡許多哀怨。揀盡蘆花無處宿，嘆何時、玉關重見。嘹嚦憂愁嗚咽，恨江渚難留戀。請觀他春晝歸來，畫梁雙燕。」

宋江寫畢，遞與吴用、公孫勝看。詞中之意，甚是有悲哀憂戚之思，宋江心中鬱鬱不樂。當夜吴用等設酒備肴飲酌，盡醉方休。次早天明，俱各上馬，望南而行。路上行程，正值暮冬，景物凄凉。宋江於路，此心終有所感。不則一日，回到京師，屯駐軍馬於陳橋驛，聽候聖旨。

且説先是宿太尉並趙樞密中軍人馬入城，宿太尉、趙樞密將宋江等功勞奏聞天子，報説宋先鋒等諸將兵馬，班師回京，已到關外。趙樞密前來啓奏天子，説宋江等諸將邊庭勞苦之事。天子聞奏，大加稱贊。就傳聖旨，命黄門侍郎宣宋江等面君朝見，都教披掛入城。且説宋江等衆將屯駐軍馬在於陳橋驛，聽候宣詔入朝。黄門侍郎傳旨，教宋江等衆將一百八員，都要本身披掛，戎裝革帶，頂盔掛甲，身穿錦襖，懸帶金銀牌面，從東華門而入，都至文德殿朝見天子。拜舞起居，山呼萬歲。皇上看了宋江等衆將英雄，盡是錦袍金帶，惟有吴用、公孫勝、魯智深、武松，身着本身服色。天子聖意大喜，乃曰：「寡人多知卿等征進勞苦，邊塞用心，中傷者多，寡人甚爲憂戚。」宋江再拜奏曰：「皆托聖上洪福齊天，邊庭寧息。臣等衆將雖有金傷，俱各無事。今已沙塞投降，實陛下仁育之賜。」再拜稱謝。天子特命省院等官計議封爵。太師蔡京、樞密童貫商議奏道：「方今四邊未寧，不可升遷。胡説。且加宋江爲保義郎，帶御器械，正授皇城使。副先鋒盧俊義加爲宣武郎，帶御器械，行營團練使。吴用等三十四員加封爲正將軍，朱武等七十二員加封爲偏將軍。支給金銀，賞賜三軍人等。」天子准奏，仍敕與省院衆官加封爵禄，與宋江等支給賞賜。宋江等就於文德殿頓首謝恩。【天子命光禄寺大設御宴，怎見的好宴，但見：

香焚寶鼎，花插金瓶。掛蝦鬚織錦簾櫳，懸翡翠銷金帳幙。武英宮裏，屏幃畫舞鶴飛鸞；文德殿中，御座描盤龍走鳳。屏開孔雀，列華筵君臣共樂；褥隱芙蓉，設御宴文武同歡。珊瑚碟仙桃異果，玳瑁盤鳳髓龍肝。鱗鱗膾切銀絲，細細茶烹玉蕊。七珍嵌筯，好似碧玉琉璃；八寶裝匙，有如紅絲瑪瑙。玻璃碗滿泛馬乳羊羔，琥珀杯淺酌瑤池玉液。合殿金花翠葉，滿筵錦繡綺羅。仙音院聽唱新詞，教坊司吹彈歌曲。幾多食味烹金鼎，無限香醪瀉玉壺。黄金殿上，君王親賜紫霞杯；白玉階前，臣子承恩沾御酒。將軍邊塞久勞心，今日班師朝聖主。佳人齊賀昇平曲，畫鼓頻敲得勝回。

當日天子親賜御宴已罷。【〔眉〕强盜安得如此遭際，不可信，不可信。删之爲是。】欽賞宋江錦袍一領、金甲一副、名馬一疋；盧俊義等賞賜，盡於内府關支。宋江與衆將謝恩已罷，盡出宮禁，都到西華門外，上馬回營。一行衆將，出的城來，直至行營安歇，聽候朝廷委用。次日，只見公孫勝直至行營中軍帳内，與宋江等衆人打了稽首，便稟宋江道：「向日本師羅真人囑付小道，已曾預稟仁兄，令小道送兄長還京師畢日，便回山中學道。今日兄長功成名遂，貧道亦難久處，就今拜别仁兄，辭了衆位，即今日便歸山中，從師學道，侍養老母，以終天年。」宋江見公孫勝説起前言，不敢翻悔，潸然淚下，便對公孫勝道：「我想昔日弟兄相聚，如花方開；今日弟兄分别，如花零落。吾雖不敢負汝前言，中心豈忍分别？」公孫勝道：「若是小道半途撇了仁兄，便是貧道寡情薄意。今來仁兄功成名遂，此去非貧道所趨。仁兄只得曲允。」宋江再四挽留不住，便乃設一筵宴，令衆弟兄相别。筵上舉杯，衆皆嘆息。人人洒淚，各以金帛相贐。公孫勝推卻不受，衆弟兄只顧打拴在包裹。次日衆皆相別，公孫勝穿上麻鞋，背了包裹，打個稽首，望北登程去了。宋江連日思憶，淚如雨下，鬱鬱不樂。婆子氣。有詩爲證：

數年相與建奇功，斡運玄機妙莫窮。一旦浩然思舊隱，飄然長往入山中。

時下又值正旦節相近，諸官准備朝賀。蔡太師恐宋江人等都來朝賀，天子見之，必當重用。隨即奏聞天子，降下聖旨，使人當住。只教宋江盧俊義兩個有職人員，隨班朝賀；其餘出征官員，俱係白身，恐有驚御，盡皆免禮。纔是真太師。〔眉〕是，大是。是日正旦，天子設朝，百官朝賀。宋江、盧俊義俱各公服，都在待漏院伺候早朝，隨班行禮。天子殿上簪纓玉帶，文武大臣。是日駕坐紫宸殿，受百官朝罷。宋江、盧俊義隨班拜罷，於兩班侍下，不能上殿。仰觀殿上玉簪珠履，紫綬金章，往來稱觴獻壽。自天明直至午牌，方始得沾謝恩御酒。百官朝散，天子駕起。宋江、盧俊義出内，卸了公服幞頭，上馬回營，面有愁顏赧色。〔眉〕不祥，不祥。吴用等接着。衆將見宋江面帶憂容，心悶不樂，都來賀節。百餘人拜罷，立於兩邊。宋江低首不語。吴用問道：「兄長今日朝賀天子回來，何以愁悶？」宋江嘆口氣道：「想我生來八字淺薄，年命蹇滯。破遼受了許多勞苦，今日連累衆弟兄無功。我自職小官微，因此愁悶。」作怪，作怪，忠義何在？吴用答道：「兄長既知造化未通，何故不樂？萬事分定，不必多憂。」黑旋風李逵道：「哥哥好没尋思。當初在梁山泊裏，不受一個的氣。卻今日也要招安，明日也要招安，討得招安了，卻惹煩惱。放着兄弟們都在這裏，再上梁山泊去，卻不快活！」〔眉〕也説得是。宋江大喝道：「這黑禽獸，又來無禮。如今做了國家臣子，都是朝廷良臣。你這廝不省得道理，反心尚兀自未除。」卻又道他不是。李逵又應道："哥哥不聽我説，明朝有的氣受哩！"是。衆人都笑。且捧酒與宋江添壽。是日只飲到二更，各自散了。

次日，引十數騎馬入城，到宿太尉、趙樞密並省院官各處賀節。往來城中，觀看者甚衆，就裏有人對蔡京説知此事。次日，奏過天子，傳旨教省院出榜禁約，於各城門上張掛："但凡一應有出征官員將軍頭目，許於城外下營屯扎，聽候調遣。非奉上司明文呼唤，不許擅自入城。如違，定依軍令擬罪施行。"〔眉〕是，大是。差人賫榜逕來陳橋門外，張掛榜文。有人看了，逕來報知宋江。宋江轉添愁悶，衆將得知，亦皆焦躁，盡有反心，只礙宋江一個。有詩爲證：

聖主爲治本無差，胡越從來自一家。何事憸人行謬計，不容忠義入京華。胡説。

且説水軍頭領特地來請軍師吴用，商議事務。吴用去到船中，見了李俊、張横、張順、阮家三昆仲，俱對軍師説道："朝廷失信，奸臣弄權，閉塞賢路。俺哥哥破了大遼，止得個皇城使做，又未曾升賞我等衆人。如今倒出榜文來，禁約我等，不許入城。〔眉〕野人不知道理。我想那夥奸臣，漸漸的待要拆散我們弟兄，各調開去。今請軍師自做個主張，和哥哥商量，斷然不肯。就這裏殺將起來，把東京劫掠一空，再回梁山泊去，只是落草到好。"吴用道："宋公明兄長斷然不肯，你衆人枉費了力。箭頭不發，努折箭桿。自古蛇無頭而不行，我如何敢自主張？這話須是哥哥肯時，方纔行得。他若不肯做主張，你們要反也反不出去。"六個水軍頭領見吴用不敢主張，都做聲不得。吴用回至中軍寨中，來與宋江閑話，計較軍情，便道："仁兄往常千自由，百自在，衆多弟兄亦皆快活。今來受了招安，爲國家臣子，不想到受拘束，不能任用。弟兄們都有怨心。」宋江聽罷，失驚道：「莫不誰在你行説甚來？」吴用道：「此是人之常情，更待多説？古人云：『富與貴，人之所欲；貧與賤，人之所惡。』觀形察色，見貌知情。」宋江道：「軍師，若是有弟兄們但要異心，我當死於九泉，忠心不改！」次日早起，會集諸將商議軍機，大小人等都到帳前。宋江開話道：「俺是鄆城小吏出身，又犯大罪。托賴你衆弟兄扶持，尊我爲頭，今日得爲臣子。自古道：『成人不自在，自在不成人。』雖然朝廷出榜禁治，理合如此。汝諸將士，無故不得入城。我等山間林下，鹵莽軍漢極多。倘或因而惹事，必然以法治罪，却又壞了聲名。如今不許我等入城去，到是幸事。你們衆人苦嫌拘束，但有異心，先當斬我首級，然後你們自去行事。不然，吾亦無顔居世，必當自刎而死，一任你們自爲。」〔眉〕還象個做頭的。衆人聽了宋江之言，俱各垂淚，設誓而散。有詩爲證：

堪羡公明志操堅，矢心忠鯁少欹偏。不知當日秦長脚，可愧黄泉自刎言。

宋江諸將，自此之後，無事也不入城。看看上元節至，東京年例大張燈火，慶賞元宵。諸路盡做燈火，於各衙門點放。且説宋江營内，浪子燕青自與樂和商議：「如今東京點放華燈火戲，慶賞豐年，今上天子與民同樂。我兩個便换些衣服，潛地入城，看了便回。」〔眉〕好點綴。只見有人説道：「你們看燈，也帶挈我則個！」燕青看見，却是黑旋風李逵。李逵道：「你們瞞着我商量看燈，我已聽了多時。」燕青道：「和你去不打緊，只吃你性子不好，必要惹出事來。見今省院出榜，禁治我們不許入城。倘或和你入城去看燈，惹出事端，正中了他省院之計。」李逵道：「我今番再不惹事便了，都依着你行。」也信他不得。〔眉〕忘却已前李師師家故事了麼？燕青道：「明日換了衣巾，都打扮做客人相似，和你入城去。」李逵大喜。

次日，都打扮做客人，伺候燕青同入城去。不期樂和潛與時遷先入城去了。燕青洒脱不開，只得和李逵入城看燈。不敢從陳橋門入去，大寬轉，却從封丘門入城。兩個手厮挽着，正投桑家瓦來。來到瓦子前，聽的勾欄内鑼響。李逵定要入去，燕青只得和他挨在人叢裏，聽的上面説評話，正説《三國志》。説到關雲長刮骨療毒，當時有雲長左臂中箭，箭毒入骨，醫人華陀道：「若要此疾毒消，可立一銅柱，上置鐵環，將臂膊穿將過去，用索拴牢。割開皮肉，去骨三分，除却箭毒。却用油綫縫攏，外用敷藥貼了，内用長托之劑。不過半月，可以平復如初，因此極難治療。」關公大笑道：「大丈夫死生不懼，何况隻手？不用銅柱鐵環，只此便割何妨！」隨即叫取棋盤，與客弈棋。伸起左臂，命華陀刮骨取毒，面不改色，對客談笑自若。正説到這裏，李逵在人叢中高叫道：「這個正是好男子！」衆人失驚，都看李逵。〔眉〕如此想頭，真是神出鬼没。怪哉！文人之口，文人之心，無所不到，如是如是。燕青慌忙攔道：「李大哥，你怎地好村！勾欄瓦舍，如何使的大驚小怪這等叫？」李逵道：「説到這裏，不由人不喝采。」是。燕青拖了李逵便走。兩個離了桑家瓦，轉過串道。只見一個漢子飛磚擲瓦，去打一户人家。那人家道：「清平世界，蕩蕩乾坤，散了二次，不肯還錢，顛倒打我屋裏。」黑旋風聽了，路見不平，便要去勸。燕青務死抱住。李逵睁着雙眼，要和他厮打的意思。那漢子便道：「俺自和他有帳討錢，干你甚事？即日要跟張招討下江南出征去，你休惹我。到那裏去，也是死。要打便和你厮打，死在這裏，也得一口好棺材。」李逵道：「却是甚麽下江南，不曾聽的點軍調將。」〔眉〕兩番厮打都不成，光景倒添百倍。燕青且勸開了門，兩個厮挽着，轉出串道，離了小巷。見一個小小茶肆，兩個入去裏面，尋付座頭，坐了吃茶。對席有個老者，便請會茶，閑口論閑話。燕青道：「請問丈丈，却纔巷口一個軍漢厮打，他説道：『要跟張招討下江南，早晚要去征進。』請問端的那裏去出征？」那老人道：「客人原來不知。如今江南草寇方臘反了，占了八州二十五縣。從睦州起直至潤州，自號爲一國，早晚來打揚州。因此朝廷已差下張招討、劉都督去剿捕。」燕青、李逵聽了這話，慌忙還了茶錢，離了小巷，逕奔出城，回到營中，來見軍師吴學究，報知此事。吴用見説，心中大喜，來對宋先鋒説知，江南方臘造反，朝廷已遣張招討領兵。宋江聽了，道：「我等軍馬諸將，閑居在此，甚是不宜。不若使人去告知宿太尉，令其于天子前保奏，我等情願起兵前去征進。」當時會集諸將商議，盡皆歡喜。有詩爲證：

屏迹行營思不勝，相攜城内看花燈。偶從茶肆傳消息，虎噬狼吞事又興。

次日，宋江換了些衣服，帶領燕青自來説此一事。逕入城中，直至太尉府前下馬。正值太尉在府，令人傳報。太尉聞知，即忙教請進。宋江來到堂上，再拜起居。宿太尉道：「將軍何事，更衣而來？」宋江稟道：「近因省院出榜，但凡出征官軍，非奉呼唤，不敢擅自入城。今日小將私步至此，上告恩相，聽的江南方臘造反，占據州郡，擅改年號，侵至潤州，早晚渡江來打揚州。宋江等人馬久閑，在此屯扎不宜。某等情願部領兵馬，前去征勦，盡忠報國。望恩相於天子前題奏則個！」宿太尉聽了，大喜道：「將軍之言，正合吾意。此乃爲國爲民之盛事，下官當以一力保奏，有何不可。將軍請回，來早宿某具本奏聞天子，必當重用。」宋江辭了太尉，自回營寨，與衆弟兄説知。

却説宿太尉次日早朝入内，見天子在披香殿與百官文武計事。正説江南方臘作耗，占據八州二十五縣，改年建號，如此作反，自霸稱尊，目今早晚兵犯揚州。天子乃曰：「已命張招討、劉光世征進，未見次第。」宿太尉越班奏曰：「想此草寇，既成大患，陛下已遣張總兵、劉都督，再差破遼得勝宋先鋒，這兩支軍馬爲前部，可去勦除，必幹大功。」天子聞奏大喜：「卿之所言，正合朕意。」急令使臣宣省院官聽聖旨。當下張招討，從、耿二參謀，亦行保奏，要調宋江這一干人馬爲前部先鋒。省院官到殿，領了聖旨，隨即宣取宋先鋒、盧先鋒直到披香殿下，朝見天子。拜舞已畢，天子降敕：封宋江爲平南都總管、征討方臘正先鋒，封盧俊義爲兵馬副總管、平南副先鋒。各賜金帶一條，錦袍一領，金甲一副，名馬一騎，綵段二十五表裏。其餘正偏將佐，各賜段疋銀兩，待有功次，照名升賞，加受官爵。三軍頭目給賜銀兩。都就於内府關支，定限目下出師起行。宋江、盧俊義領了聖旨，就辭了天子。【皇上乃曰：「卿等數内有個能鐫玉石印信金大堅，又有個能識良馬皇甫端，留此二人駕前聽用。」】（象）可删。宋江、盧俊義承旨再拜，仰觀天顔，謝恩出内，上馬回營。宋江、盧俊義兩個在馬上歡喜，並馬而行。【出的城來，只見街市上一個漢子，手裏拿着一件東西，兩條巧棒，中穿小索，以手牽動，那物便響。宋江見了，却不識的，使軍士唤那漢子問道：「此是何物？」那漢子答道：「此是胡敲也。用手牽動自然有聲。」宋江乃作詩一首：

「一聲低了一聲高，嘹喨聲音透碧霄。空有許多雄氣力，無人提處謾徒勞。」

宋江在馬上與盧俊義笑道：「這胡敲正比着我和你，空有衝天的本事，無人提挈，何能振響？」叫左右取些碎銀，賞了調胡敲的自去。兩個並馬閑話，宋江餘意不盡，在馬上再作詩一首：

「玲瓏心地最虛鳴，此是良工巧製成。若是無人提挈處，到頭終久没聲名。」

盧俊義道：「兄長何故發此言？據我等胸中學識，雖不在古今名將之下，如無本事，枉自有人提挈，亦作何用？」宋江道：「賢弟差矣！我等若非宿太尉一力保奏，如何能勾天子重用，聲名冠世？爲人不可忘本。」盧俊義自覺失言，不敢回話。】〔眉〕此段雖閑適有趣，畢竟無謂，删之爲是。兩個回到營寨，升帳而坐。當時會集諸將，盡數收拾鞍馬衣甲，准備起身征討方臘。次日於内府關到賞賜段疋銀兩，分表諸將，給散三軍頭目。便就起送金大堅、皇甫端去御前聽用。宋江一面調撥戰船先行，着令水軍頭領自去整頓篙櫓風帆，撑駕望大江進發。傳令與馬軍頭領，整頓弓箭鎗刀，衣袍鎧甲。水陸並進，船騎同行，收拾起程。只見蔡太師差府幹到營，索要聖手書生蕭讓。次日，王都尉自來問宋江求要鐵叫子樂和：「聞此人善能歌唱，要他府裏使令。」宋江只得依允，隨即又起送了二人去訖。宋江自此去了五個弟兄，心中好生鬱鬱不樂。當與盧俊義計議定了，號令諸軍准備出師。

却説這江南方臘，起義已久，即漸而成，不想弄到許大事業。此人原是歙州山中樵夫，因去溪邊淨手，水中照見自己頭戴平天冠，身穿衮龍袍，以此向人道他有天子福分，因而造反。就清溪縣内幫源洞中起造寶殿内苑宫闕，睦州、歙州亦各有行宫。仍設文武職臺，省院官〈也〉（僚），内相外將，一應大臣。睦州即今時建德，宋改爲嚴州；歙州即今時婺源，宋改爲徽州。這方臘直從這裏占到潤州，今鎮江是也。共該八州二十五縣。那八州？歙州、睦州、杭州、蘇州、常州、湖州、宣州、潤州。那二十五縣，都是這八州管下。此時嘉興、松江、崇德、海寧，皆是縣治，方臘自爲國主，仍設三省六郡臺院等官，非同小可，不比嘯聚山林之輩。〔眉〕氣象比梁山泊又闊大。原來方臘上應天書，推背圖上道：「自是十千加一點，冬盡始稱尊。縱横過浙水，顯迹在吴興。」那十千乃「万」也，頭加一點，乃「方」字也。冬盡乃「臘」也；稱尊者，乃南面爲君也。正應「方臘」二字。占據江南八郡，又比遼國差多少來去。

再説宋江選日出師，相辭了省院諸官。當有宿太尉、趙樞密親來送行，賞勞三軍。水軍頭領已把戰船從泗水入淮河，望淮安軍壩，俱到揚州取齊。宋江、盧俊義謝了宿大尉、趙樞密，掿了上路。將軍馬分作五起，取旱路投揚州來。於路無話，前軍已到淮安縣屯扎。當有本州官員，置筵設席，等接宋先鋒到來，請進城中管待，訴説：「方臘賊兵浩大，不可輕敵。前面便是揚子大江，九千三百餘里，奔流入海。此是江南第一個險隘去處。隔江却是潤州，如今是方臘手下樞密吕師囊並十二個統制官守把住江岸。若不得潤州爲家，難以抵敵。」宋江聽了，便請軍師吴用計較良策：「即目前面大江攔截，作何可渡？破遼國時，都是旱路，水軍頭領不曾建的功勞。今次要渡江南，須用水軍船隻向前。」吴用道：「揚子江中有金、焦二山，靠着潤州城郭。可叫幾個弟兄前去探路，打聽隔江消息，用何船隻可以渡江。」宋江傳令，教喚水軍頭領前來聽令：「你衆弟兄誰人與我先去探路，打聽隔江消息？用何良策，可以進兵？」只見帳下轉過四員戰將，盡皆願往。不是這幾個人來探路，有分教：横屍似北固山高，流血染揚子江赤。潤州城内直須鬼哭神嚎，金山寺中從使天翻地覆。直教大軍飛渡烏龍嶺，戰艦平呑白雁灘。畢竟宋江軍馬怎地去收方臘，且聽下回分解。

此一回内，京師留下四員將佐：

金大堅　皇甫端　蕭讓　樂和

辭别歸山一員將佐：

公孫勝

李贄曰：可笑蔡京那班人不通世務，把梁山這些人馬放在京華，是分明移梁山泊到天子身邊也。萬一非宋公明有以收拾之，禍豈在江南方臘哉！

智取滁州九

第九十一回　張順夜伏金山寺　宋江智取潤州城

詩曰：

萬里長江似建瓴，東歸大海若雷鳴。浮天雪浪人皆懼，動地煙波鬼亦驚。竭力只因靖國難，勤王端擬耀天兵。潛蹤斂迹金山下，斬將搴旗在此行。

話説這九千三百里揚子大江，遠接三江，却是漢陽江、潯陽江、揚子江，從四川直至大海。中間通着多少去處，以此呼爲萬里長江。地分吴、楚，江心内有兩座山，一座唤做金山，一座唤做焦山。金山上有一座寺，繞山起蓋，謂之寺裹山。焦山上一座寺，藏在山凹裹，不見形勢，謂之山裹寺。這兩座山，生在江中，正占着楚尾吴頭，一邊是淮東揚州，一邊是浙西潤州，今時鎮江是也。

且説潤州城郭，却是方臘手下東廳樞密使吕師囊守把江岸。此人原是歙州富户，因獻錢糧與方臘，官封爲東廳樞密使。幼年曾讀兵書戰策，慣使一條丈八蛇矛，武藝出衆。部下管領着十二個統制官，名號「江南十二神」，協同守把潤州江岸。那十二神是：

擎天神福州沈剛　　游弋神歙州潘文得　　遁甲神睦州應明　　六丁神明州徐統　　霹

弔客神

太歲神宣州高可立

太白神湖州趙毅

巨靈神杭州沈澤

纛神越州張近仁

喪門神蘇州沈抃

豹尾神江州和潼

黄旛神潤州卓萬里

常州范疇

話說樞密使吕師囊，統領着五萬南兵，據住江岸。甘露亭下，擺列着戰船三千餘隻，江北岸却是瓜洲渡口，淨蕩蕩地無甚險阻。此時先鋒使宋江奉着詔敕，征勦方臘，兵馬戰船，五軍諸將，水陸並進，船騎同行，已到淮安了，約至揚州取齊。當日宋先鋒在帳中，與軍師吳用等計議：「此去大江不遠，江南岸便是賊兵守把。誰人與我先去探路一遭，打聽隔江消息，可以進兵？」帳下轉過四員戰將，皆云願往。那四個？一個是小旋風柴進，一個是浪裏白跳張順，一個是拚命三郎石秀，一個是活閻羅阮小七。宋江道：「你四人分作兩路，張順和柴進，阮小七和石秀，可直到金焦二山上宿歇，打聽潤州賊巢虛實，前來揚州回話。」四人辭了宋江，各帶了兩個伴當，扮做客人，取路先投揚州來。此時於路百姓，聽得大軍來征勦方臘，都挈家搬在村裏躲避了。四個人在揚州城裏，分別各辦了些乾糧。石秀自和阮小七，帶了兩個伴當，投焦山去了。

却說柴進和張順也帶了兩個伴當，將乾糧捎在身邊，各帶把鋒芒快尖刀，提了朴刀，四個奔瓜洲來。此時正是初春天氣，日暖花香，到得揚子江邊，憑高一望，淘淘雪浪，滚滚烟波，是好江景也。有詩爲證：

萬里烟波萬里天，紅霞遥映海東邊。打魚舟子渾無事，醉擁青簑自在眠。

這柴進二人望見北固山下，一帶都是青白二色旌旗，岸邊一字兒擺着許多船隻，江北岸上一根木頭也無。柴進道：「瓜洲路上雖有屋宇，並無人住，江上又無渡船，怎生得知隔江消息？」張順道：「須得一間屋兒歇下，看兄弟赴水過去對江金山脚下，打聽虛實。」柴進道：「也説得是。」當下四個人奔到江邊，見一帶數間草房，盡皆關閉，推門不開。張順轉過側首，撥開一堵壁子，鑽將入去，見個白頭婆婆從竈邊走起來。張順道：「婆婆，你家爲甚不開門？」那婆婆答道：「實不瞞客人説，如今聽得朝廷起大軍來與方臘厮殺。我這裏正是風門水口，有些人家都搬了別處去躲，只留下老身在這裏看屋。」張順道：「你家男子漢那裏去了？」婆婆道：「村裏去望老小去了。」張順道：「我有四個人要渡江過去，那裏有船覓一隻。」婆婆道：「船却那裏去討？近日呂師囊聽得大軍來和他厮殺，都把船隻拘管過潤州去了。」張順道：「我四人自有糧食，只借你家宿歇兩日，與你些銀子作房錢，並不攪擾你。」婆婆道：「歇却不妨，只是没牀席。」張順道：「我們自有措置。」婆婆道：「客人，只怕早晚有大軍來。」張順道：「我們自有迴避。」於是開門，放柴進和伴當入來。都倚了朴刀，放了行李，取些乾糧燒餅出來吃了。張順再來江邊，望那江景時，見金山寺正在江心裏。但見：

江吞鼇背，山聳龍鱗。爛銀盤湧出青螺，軟翠帷遠拖素練。遥觀金殿，受八面之天風；遠望鐘樓，倚千層之石壁。梵塔高侵滄海日，講堂低映碧波雲。無邊閣看萬里征帆，飛步亭納一天爽氣。郭璞墓中龍吐浪，金山寺裏鬼移燈。

張順在江邊看了一回，心中思忖道：「潤州呂樞密必然時常到這山上，我且今夜去走一遭，必知消息。」回來和柴進商量道：「如今來到這裏，一隻小船也没，怎知隔江之事？我今夜把衣服打拴了兩個大銀，頂在頭上，直赴過金山寺去，把些賄賂與那和尚，討個虛實，回報先鋒哥哥。你只在此間等候。」柴進道：「早幹了事便回。」是夜星月交輝，風恬浪静，水天一色。黄昏時分，張順脱膊了，匾扎起一腰白絹水褌兒，把這頭巾衣服裹了兩個大銀，拴縛在頭上，腰間帶一把尖刀，從瓜洲下水，直赴開江心中來。那水淹不過他胸脯，在水中如走旱路。看看赴到金山脚下，見石峯邊纜着一隻小船。張順爬到船邊，除下頭上衣包，解了濕衣，抹拭了身上，穿上衣服，坐在船中。聽得潤州更鼓，正打三更。張順伏在船内望時，只見上溜頭一隻小船，摇將過來。張順看了道：「這隻船來得蹺蹊，必有奸細。」便要放船開去。不想那隻船一條大索鎖了，又無櫓篙。張順只得又脱了衣服，拔出尖刀，再跳下江裹，只赴到那船邊。船上兩個人摇着櫓，只望北岸，不提防南邊，只顧摇。張順却從水底下一鑽，鑽到船邊，扳住船舫，把尖刀一削，兩個摇櫓的撒了櫓，倒撞下江裹去了。張順早跳在船上。那船艙裹鑽出兩個人來。張順手起一刀，砍得一個下水去。那個嚇得倒入艙裹去。張順喝道：「你是甚人，那裹來的船隻？實説，我便饒你。」

那人道：「好漢聽稟：小人是此間揚州城外定浦村陳將士家幹人，使小人過潤州，投拜吕樞密那裹獻糧，准了，使個虞候和小人同回，索要白糧米五萬石，船三百隻，作進奉之禮。」張順道：「那個虞候，姓甚名誰，見在那裹？」幹人道：「虞候姓葉名貴，却纔好漢砍下江裹去的便是。」張順道：「你却姓甚？甚麽名字？幾時過去投拜？船裹有甚物件？」幹人道：「小人姓吴名成，今年正月初七日渡江，吕樞密直叫小人去蘇州，見了御弟三大王方貌，關了號色旌旗三百面，並主人陳將士官誥，封做揚州府尹，正授中明大夫名爵，更有號衣一千領，及吕樞密札付一道。」張順又問道：「你的主人家有多少人馬？」吴成道：「人有數千，馬有百十餘疋。嫡親有兩個孩兒，好生了得。長子陳益，次子陳泰。」張順都問了備細來情去意，一刀也把吴成剁下水裏去了。船尾上裝了梢，一逕摇到瓜洲。柴進聽櫓聲響，急忙出來看時，見張順摇隻船來。柴進便問來由。張順把前事一一説了，柴進大喜，去船艙裏取出一包袱文書，並三百面紅絹號旗，雜色號衣一千領，做兩擔打〈角〉（疊）了。張順道：「我却去取了衣裳來。」把船再摇到金山脚下，取了衣裳、巾幘、銀子，再摇到爪洲岸邊，天色方曉，重霧罩地。張順把船砍漏，推開江裏去沉了。來到屋下，把二三兩銀子與了婆婆，兩個伴當挑了擔子，逕回揚州來。此時宋先鋒軍馬，俱屯扎在揚州城外。本州官員置宴設席，迎接宋先鋒入城，館驛内安下。連日筵宴，供給軍士。

却説柴進、張順伺候席散，在館驛内見了宋江，備説「陳將士陳觀交結方臘，早晚誘引賊兵渡江，來打揚州。天幸江心裏遇見，教主公成這件功勞。」宋江聽了大喜，便請軍師吴用商議：「如何定計，用甚良策？」吴用道：「既有這個機會，覷潤州城易如反掌。先拿了陳觀，大事便定。只除如此如此……」宋江道：「正合吾意。」即時唤浪子燕青扮做葉虞候，教解珍、解寶扮做南軍。問了定浦村路頭，解珍、解寶挑着擔子，燕青都領了備細言語。三個出揚州城來，取路投定浦村。離城四十餘里，早問到陳將士莊前。見其家門首二三十莊客，都整整齊齊一般打扮。但見：

攢竹笠子，上鋪着一把黑纓；細綫衲襖，腰繫着八尺紅絹。牛膀鞋登山似箭，獐皮韈護脚如綿。人人都帶雁翎刀，個個盡提鵶嘴搠。

當下燕青改作浙人鄉談，與莊客唱喏道：「將士宅上有麽？」莊客道：「客人那裏來？」燕青道：「從潤州來。渡江錯走了路，半日盤旋，問得到此。」莊客見説，便引入客房裏去，教歇了擔子，帶燕青到後廳來見陳將士。燕青便下拜道：「葉貴就此參見。」拜罷，陳將士問道：「足下何處來？」燕青打浙音道：「回避閑人，方敢對相公説。」陳將士道：「這幾個都是我心腹人，但説不妨。」燕青道：「小人姓葉名貴，是呂樞密帳前虞候。正月初七日，接得吴成密書，樞密甚喜，特差葉貴送吴成到蘇州，見御弟三大王，備説相公之意。三大王使人啓奏，降下官誥，就封相公爲揚州府尹。兩位直閤舍人，待呂樞密相見了時，再定官爵。今欲使令吴成回程，誰想感冒風寒病症，不能動止。樞密怕誤了大事，特差葉貴送到相公官誥，並樞密文書，關防牌面，號旗三百面，號衣一千領。尅日定時，要相公糧食船隻，前赴潤州江岸交割。」便取官誥文書遞與陳將士，看了大喜。忙擺香案，望南謝恩已了。便唤陳益、陳泰出來相見。燕青叫解珍、解寶取出號衣號旗，入後廳交付。陳將士便邀燕青請坐。燕青道：「小人是個走卒，相公處如何敢坐？」妙。〔眉〕此人用得。陳將士道：「足下是那壁恩相差來的人，又與小官賫誥敕，怎敢輕慢！權坐無妨。」燕青再三謙讓了，遠遠地坐下。妙。陳將士叫取酒來，把盞勸燕青。燕青推却道：「小人天戒不飲酒。」待他把過三兩巡酒，兩個兒子都來與父親慶賀遞酒。燕青把眼使叫解珍、解寶行事。解寶身邊取出不按君臣的藥頭，張人眼慢，放在酒壺裏。燕青便起身説道：「葉貴雖然不曾將酒過江，借相公酒菓，權爲上賀之意。」便斟一大鍾酒，上勸陳將士滿飲此杯。隨即便勸陳益、陳泰兩個，各飲了一杯。當面有幾個心腹莊客，都被燕青勸了一杯。燕青那嘴一努，解珍出來外面尋了火種，身邊取出號旗號砲，就莊前放起。左右兩邊，已有頭領等候，只聽號砲響，前來策應。燕青在堂裏，見一個個都倒了，身邊掣出短刀，和解寶一齊動手，早都割下頭來。莊門外鬨動十個好漢，從前面打將入來。那十員將佐？花和尚魯智深、行者武松、九紋龍史進、病關索楊雄、黑旋風李逵、八臂那吒項充、飛天大聖李衮、喪門神鮑旭、錦豹子楊林、病大蟲薛永。門前衆莊客那裏迎敵得住。裏面燕青、解珍、解寶早提出陳將士父子首級來。莊門外又早一彪人馬官軍到來，爲首六員將佐。那六員？美髯公朱仝、急先鋒索超、没羽箭張清、混世魔王樊瑞、打虎將李忠、小霸王周通。當下六員首將引一千軍馬，圍住莊院，把陳將士一家老幼，盡皆殺了。好個揚州府尹！拏住莊客，引去浦裏看時，傍莊傍港，泊着三四百隻船，却滿滿裝載糧米在内。衆將得了數目，飛報主將宋江。

宋江聽得殺了陳將士，便與吴用計議進兵。收拾行李，辭了總督張招討，部領大隊人馬，親到陳將士莊上，分撥前隊將校，上船行計。一面使人催攢戰船過去。吴用道："選三百隻快船，船上各插着方臘降來的旗號。着一千軍漢，各穿了號衣，其餘三四千人，衣服不等。三百隻船内，埋伏二萬餘人。更差穆弘扮做陳益，李俊扮做陳泰，各坐一隻大船。其餘船分撥將佐。"

第一撥船上，穆弘、李俊管領。穆弘身邊，撥與十個偏將簇擁着。那十個？

項充　李衮　鮑旭　薛永　楊林

杜遷　宋萬　鄒淵　鄒潤　石勇

李俊身邊，也撥與十個偏將簇擁着。那十個？

童威　童猛　孔明　孔亮　鄭天壽

李立　李雲　施恩　白勝　陶宗旺

第二撥船上，差張横、張順管領。張横船上，撥與四個偏將簇擁着。那四個？

曹正　杜興　龔旺　丁得孫

張順船上，撥與四個偏將簇擁着。那四個？

孟康　侯健　湯隆　焦挺

第三撥船上，便差十員正將管領。也分作兩船進發。那十個？

史進　雷横　楊雄　劉唐　蔡慶

張清　李逵　解珍　解寶　柴進

這三百船上，分派大小正偏將佐，共計四十二員渡江。次後，宋江等却把戰船裝載馬疋、遊龍、飛鯨等船一千隻，打着宋朝先鋒使宋江旗號，大小馬步將佐，一發載船渡江。兩個水軍頭領，一個是阮小二，一個是阮小五，總行催督。且不説宋江中軍渡江。却説潤州北固山上，哨見對港三百來隻戰船，一齊出浦，船上却插着護送衣糧先鋒紅旗號。南軍連忙報入行省裏來，吕樞密聚集十二個統制官，都全副披掛，弓弩上弦，刀劍出鞘，帶領精兵，自來江邊觀看。見前面一百隻船，先傍岸攏來。船上望着兩個爲頭的，前後簇擁着的，都披着金鎖子號衣，一個個都是那彪形大漢。吕樞密下馬，坐在銀交椅上，十二個統制官兩行把住江岸。穆弘、李俊見吕樞密在江岸上坐地，起身聲喏。左右虞候喝令住船，一百隻船，一字兒抛定了矛。背後那二百隻船，乘着順風，都到了。分開在兩下攏來，一百隻在左，一百隻在右，做三下均匀擺定了。客帳司下船來問道：「船從那裏來？」穆弘答道：「小人姓陳名益，兄弟陳泰，父親陳觀，特遣某等弟兄獻納白米五萬石，船三百隻，精兵五千，來謝樞密恩相保奏之恩。」客帳司道：「前日樞密相公使葉虞候去來，見在何處？」穆弘道：「虞候和吴成各染傷寒時疫，見在莊上養病，不能前來。今將關防文書在此呈上。」客帳司接了文書，上江岸來稟復吕樞密道：「揚州定浦村陳府尹男陳益、陳泰納糧獻兵，呈上原賫去關防文書在此。」吕樞密看果是原領公文，傳鈞旨，教唤二人上岸。客帳司唤陳益、陳泰上來參見。

穆弘、李俊上得岸來，隨後二十個偏將都跟上去。排軍喝道：「卿相在此，閑雜人不得近前。」二十個偏將都立住了。穆弘、李俊躬身叉手，遠遠侍立。客帳司半晌，方纔引二人過去參拜了，跪在面前。吕樞密道：「你父親陳觀如何不自來？」穆弘稟道：「父親聽知是梁山泊宋江等領兵到來，誠恐賊人下鄉攪擾，在家支吾，未敢擅離。」吕樞密道：「你兩個那個是兄？」穆弘道：「陳益是兄。」吕樞密道：「你弟兄兩個曾習武藝麽？」穆弘道：「托賴恩相福廕，頗曾訓練。」吕樞密道：「你將來白糧，怎地裝載？」穆弘道：「大船裝糧三百石，小船裝糧一百石。」吕樞密道：「你兩個來到，恐有他意。」穆弘道：「小人父子一片孝順之心，怎敢懷半點外意？」吕樞密道：「雖然是你好心，吾觀你船上軍漢，模樣非常，不由人不疑。〔眉〕此人亦有眼力。你兩個只在這裏，吾差四個統制官，引一百軍人下船搜看。但有分外之物，决不輕恕。」穆弘道：「小人此來指望恩相重用，何必見疑。」吕師囊正欲點四個統制下船搜看，只見探馬報道：「有聖旨到南門外了！請樞相便上馬迎接。」吕樞密急上了馬，便分付道：「且與我把住江岸，這兩個陳益、陳泰隨將我來。」穆弘把眼看李俊一覺。等吕樞密先行去了，穆弘、李俊隨後招呼二十個偏將，便入城門。守門將校喝道：「樞密相公只叫這兩個爲頭的入來，其餘人伴休放進去。」穆弘、李俊過去了，二十個偏將都被當住在城邊。

且説吕樞密到南門外接着天使，便問道：「緣何來得如此要急？」那天使是方臘面前引進使馮喜，悄悄地對吕師囊道：「近日司天太監浦文英奏道：『夜觀天象，有無數罡星入吴地分野，中間雜有一半無光，就裏爲禍不小。』〔眉〕浦文英亦有意思。天子特降聖旨，教樞密緊守江岸。但有北邊來的人，須要仔細盤詰，磨問實情。如是形影奇異者，隨即誅殺，勿得停留。」吕樞密聽了大驚：「却纔這一班人，我十分疑忌。如今却得這話，且請到城中開讀。」馮喜同吕樞密都到行省，開讀聖旨已了。只見飛馬又報：「蘇州又有使命，賚擎御弟三大王令旨到來，言説：『你前日揚州陳將士投降一節，未可准信，誠恐有詐。忒怕。近奉聖旨，近來司天監内照見罡星入于吴地分野。可以牢守江岸，我早晚自差人到來監督。』」吕樞密道：「大王亦爲此事掛心，下官已奉聖旨。」隨即令人牢守江面，來的船上人，一個也休放上岸。一面設宴管待兩個使命。有詩爲證：

奸黨三陳已被傷，假乘服色進軍糧。因覰形貌生猜忌，揭地掀天起戰場。

却説那三百隻船上人，見半日没些動静。左邊一百隻船上張横、張順，帶八個偏將，提軍器上岸。

右邊一百隻船上十員正將，都拿了鎗刀，鑽上岸來。守江面南軍，攔當不住。黑旋風李逵和解珍、解寶，便搶入城。守門官軍急出攔截，李逵輪起雙斧，一砍一剁，早殺翻兩個把門軍官，城邊發起喊來。解珍、解寶各挺鋼叉入城，都一時發作，那裏關得城門迭？李逵橫身在門底下，尋人砍殺，先在城邊二十個偏將，各奪了軍器，就殺起來。呂樞密急使人傳令來，教牢守江面時，城門邊已自殺入城了。十二個統制官聽得城邊發喊，各提動軍馬時，史進、柴進早招起三百隻船内軍兵，脱了南軍的號衣，爲首先上岸，船艙裏埋伏軍兵，一齊都殺上岸來。爲首統制官沈剛、潘文得兩路軍馬來保城門時，沈剛被史進一刀剁下馬去，潘文得被張横刺斜裏一鎗搠倒。衆軍混殺。那十個統制官都望城門裏退入去，保守家眷。好個十二神。穆弘、李俊在城中聽得消息，就酒店裏奪得火種，便放起火來。呂樞密急上馬時，早得三個統制官到來救應。城裏降天也似火起。瓜洲望見，先發一彪軍馬過來接應。城裏四門，混戰良久，城上早豎起宋先鋒旗號。四面八方，混殺人馬，難以盡説，下來便見。

且説江北岸早有一百五十隻戰船傍岸，一齊牽上戰馬，爲首十員戰將登岸，〈却〉（都）是全付披掛。那十員大將？關勝、呼延灼、花榮、秦明、郝思文、宣贊、單廷珪、韓滔、彭玘、魏定國。正偏戰將一十員，部領二千軍馬，衝殺入城。此時呂樞密方纔大敗，引着中傷人馬，逕奔丹徒縣去了。大軍奪得潤州，且教救滅了火，分撥把住四門，却來江邊迎接宋先鋒船。正見江面上遊龍、飛鯨船隻，乘着順風，都到南岸。大小將佐迎接宋先鋒入城，預先出榜，安撫百姓，點本部將佐，都到中軍請功。史進獻沈剛首級，張横獻潘文得首級，劉唐獻沈澤首級，孔明、孔亮生擒卓萬里，項充、李袞生擒和潼，郝思文箭射死徐統。得了潤州，殺了四個統制官，生擒兩個統制官，殺死牙將官兵，不計其數。宋江點本部將佐，折了三個偏將，都是亂軍中被箭射死，馬踏身亡。那三個？一個是雲裏金剛宋萬，一個是没面目焦挺，一個是九尾龜陶宗旺。宋江見折了三將，心中煩惱，怏怏不樂。吴用勸道：「生死人之分定，雖折了三個兄弟，且喜得了江南第一個險隘州郡。何故煩惱，有傷玉體？要與國家幹功，且請理論大事。」宋江道：「我等一百八人，天文所載，上應星曜。當初梁山泊發願，五臺山設誓，但願同生同死。回京之後，誰想道先去了公孫勝，御前留了金大堅、皇甫端，蔡太師又用了蕭讓，王都尉又要了樂和。今日方渡江，又折了我三個弟兄。想起宋萬這人，雖然不曾立得奇功，當初梁山泊開創之時，多虧此人，今日作泉下之客。」宋江傳令，叫軍士就宋萬死處，搭起祭儀，列了銀錢，排下烏猪、白羊，宋江親自祭祀奠酒。就押生擒到僞統制卓萬里、和潼，就那裏斬首瀝血，享祭三位英魂。宋江回府治裏，支給功賞，一面寫了申狀，使人報捷，親請張招討，不在話下。沿街殺的死屍，盡教收拾出城燒化。收拾三個偏將屍骸，葬於潤州東門外。

且説吕樞密折了大半人馬，引着六個統制官，退守丹徒縣，那裏敢再進兵。申將告急文書，去蘇州報與三大王方貌求救。聞有探馬報來，蘇州差元帥邢政，領軍到來了。吕樞密接見邢元帥，問慰了。來到縣治，備説陳將士詐降緣由，冤枉。以致透漏宋江軍馬渡江：「今得元帥到此，可同恢復潤州。」邢政道：「三大王爲知罡星犯吴地，特差下官領軍到來，巡守江面。不想樞密失利。下官與你報仇，樞密當以助戰。」次日，邢政引軍來恢奪潤州。

却説宋江在潤州衙内，與吴用商議，（差）童威、童猛引百餘人去焦山，尋取石秀、阮小七。一面調兵出城，來取丹徒縣。點五千軍馬，爲首差十員正將。那十人？關勝、林沖、秦明、呼延灼、董平、花榮、徐寧、朱仝、索超、楊志。當下十員正將部領精兵五千，離了潤州，望丹徒縣來。關勝等正行之次，路上正迎着邢政軍馬。兩軍相對，各把弓箭射住陣脚，排成陣勢。花腔鞭鼓擂，雜彩繡旗摇。南軍陣上，邢政挺鎗出馬，六個統制官分在兩下。宋軍陣中，關勝見了，縱馬舞青龍偃月刀來戰邢政。兩員將蕩起一天殺氣，兩疋馬驟遍地征塵。鬥到十四五合，一將翻身落馬。正是只云會使英雄勇，怎敵將軍一智謀。全憑捉將拿人手，來奪江南第一州。畢竟二將厮殺輸了的是誰，我道不是關勝。且聽下回分解。

此一回内折了三員將佐：

宋萬　焦挺　陶宗旺

李和尚曰：人説宋江人馬到征方臘時，漸漸損折，不知此正是一百單八人幸處。不但死於王事爲得死所，倘令既征方臘之後，一百單八人尚在，朝廷當何以處之？即一百單八人，亦何以自處？

盧俊義分兵宣州道

宋公明大戰毗陵郡

第九十二回　盧俊義分兵宣州道　宋公明大戰毗陵郡

詩曰：

罡星殺曜奔江東，舉足妖氛一掃空。鞭指毗陵如拉朽，旗飄寧國似摧蓬。一心直欲尊中國，衆力那堪捍下風。今日功名青史上，萬年千載播英雄。

話說元帥邢政和關勝交馬，戰不到十四五合，被關勝手起一刀，砍於馬下。可憐南國英雄，化作南柯一夢。呼延灼見砍了邢政，大驅人馬，捲殺將去。六個統制官，望南而走。吕樞密見本部軍兵大敗虧輸，棄了丹徒縣，領了傷殘軍馬，望常州縣而走。宋兵十員大將，奪了縣治，報捷與宋先鋒知道。部領大隊軍兵，前進丹徒縣駐扎。賞勞三軍，飛報張招討，移兵鎮守潤州。次日，中軍從、耿二參謀，賫送賞賜到丹徒縣。宋江祇受，給賜衆將。

宋江請盧俊義計議，調兵征進，宋江道：「目今宣、湖二州，亦是賊寇方臘占據，我今與你分兵撥將，作兩路征勦。寫下兩個鬮子對天拈取，若拈得所征地方，便引兵去。」當下宋江鬮得常、蘇二處，盧俊義鬮得宣、湖二處。宋江便叫鐵面孔目裴宣，把衆將均分。除楊志患病不能征進寄留丹徒外，其餘將校撥開兩路。宋先鋒分領將佐，攻打常、蘇二處，正偏將共計四十二人，正將一十三員，偏將二十九員：

正將：先鋒使呼保義宋江　軍師智多星吴用　撲天鵰李應　大刀關勝　小李廣花榮　霹靂火秦明　金鎗手徐寧　美髯公朱仝　花和尚魯智深　行者武松　九紋龍史進　黑旋風李逵　神行太保戴宗

偏將：鎮三山黄信　病尉遲孫立　井木犴郝思文　醜郡馬宣贊　百勝將韓滔　天目將彭玘　混世魔王樊瑞　鐵笛仙馬麟　錦毛虎燕順　八臂那吒項充　飛天大聖李衮　喪門神鮑旭　矮脚虎王英　一丈青扈三娘　錦豹子楊林　金眼彪施恩　鬼臉兒杜興　毛頭星孔明　獨火星孔亮　轟天雷凌振　鐵臂膊蔡福　一枝花蔡慶　金毛犬段景住　通臂猿侯健　神算子蔣敬　神醫安道全　險道神郁保四　鐵扇子宋清　鐵面孔目裴宣

大小正偏將佐四十二員，隨行精兵三萬人馬，宋先鋒總領。副先鋒盧俊義，亦分將佐攻打宣、湖二處，正偏將佐共四十七員，正將一十四員，偏將三十三員。朱武偏將之首，受軍師之職。

正將：副先鋒玉麒麟盧俊義　軍師神機朱武　小旋風柴進　豹子頭林沖　雙鎗將董平　雙鞭呼延灼　急先鋒索超　没遮攔穆弘　病關索楊雄　插翅虎雷横　兩頭蛇解珍　雙尾蝎解寶　没羽箭張清　赤髮鬼劉唐　浪子燕青

偏將：聖水將單廷珪　神火將魏定國　小温侯吕方　賽仁貴郭盛　摩雲金翅歐鵬
火眼狻猊鄧飛　打虎將李忠　小霸王周通　跳澗虎陳達　白花蛇楊春　病
大蟲薛永　摸着天杜遷　小遮攔穆春　出林龍鄒淵　獨角龍鄒潤　催命判
官李立　青眼虎李雲　石將軍石勇　旱地忽律朱貴　笑面虎朱富　小尉遲
孫新　母大蟲顧大嫂　菜園子張青　母夜叉孫二娘　白面郎君鄭天壽　金
錢豹子湯隆　操刀鬼曹正　白日鼠白勝　花項虎龔旺　中箭虎丁得孫　活
閃婆王定六　鼓上蚤時遷

大小正偏將佐四十七員，隨征精兵三萬人馬，盧俊義管領。看官牢記話頭，盧先鋒攻打宣、湖二州，共是四十七人；宋公明攻打常、蘇二處，共是四十二人。計有水軍頭領，自是一夥。爲因童威、童猛差去焦山，回報：「石秀、阮小七來到江邊，殺了一家老小，奪〈頭〉（得）一隻快船，前到焦山寺内，〈尋見石秀、阮小七〉。寺主知道是梁山泊好漢，留在寺中宿食。後知張順幹了功勞，打聽得焦山下船，取茆港，好去征伐江陰、太倉沿海。使人申將文書來，索請水軍頭領，並要戰具船隻。」宋江即差李俊等八員，撥與水軍五千，跟隨石秀、阮小七等，共取水路，計正偏將一十員。那十員？正將七員，偏將三員：

拚命三郎石秀　混江龍李俊　船火兒張横　浪裏白跳張順　立地太歲阮小二
短命二郎阮小五　活閻羅阮小七　出洞蛟童威　翻江蜃童猛　玉旛竿孟康

大小正偏將佐一十員，水軍精兵五千，戰船一百隻。看官聽説：宋江自丹徒分兵，共是九十九人，已自不滿百數。大戰船都撥與水軍頭領，攻打江陰、太倉，小戰船却俱入丹徒，都在裏港隨軍攻打常州。

話説呂師囊引着六個統制官，退保常州毗陵郡。這常州原有守城統制官錢振鵬，手下兩員副將：一個是晉陵縣上濠人氏，姓金名節；一個是錢振鵬心腹之人許定。錢振鵬原是清溪縣都頭出身，協助方臘，累得城池，升做常州制置使。聽得呂樞密失利，折了潤州，一路退回常州。隨即引金節、許定，開門迎接，請入州治，管待已了，商議退戰之策。錢振鵬道：「樞相放心。錢某不才，上托天子洪福，下賴樞相虎威，願施犬馬之〈恩〉（勞），直殺的宋江那廝們大敗過江，恢復潤州，復爲吾地，使宋江正眼兒不敢再覷江南，振鵬之願也。」呂樞密撫慰道：「若得制置如此用心，何慮大國不安矣。殺退敵軍之後，克復得潤州，以爲家邦，呂某當極力保奏，高遷重爵。」當日筵宴，不在話下。

且説宋先鋒領起分定人馬，攻打常、蘇二州，撥馬軍長驅大進，望毗陵郡來。爲頭正將一員關勝，部領十員將佐。那十人？秦明、徐寧、黄信、孫立、郝思文、宣贊、韓滔、彭玘、馬麟、燕順。正偏將佐共計十一員，引馬軍三千，直取常州城下，摇旗擂鼓搦戰。呂樞密看了道：「誰敢去退敵軍？」錢振鵬備了戰馬道：「錢某當以效力向前。」呂樞密隨即撥六個統制官相助，六個是誰？應明、張近仁、趙毅、沈抃、高可立、范疇。七員將帶領五千人馬，開了城門，放下弔橋。錢振鵬使口潑風刀，騎一疋捲毛赤兔馬，當先出城。關勝見了，把軍馬暫退一步，讓錢振鵬列成陣勢，排開六個統制官，分在兩下對陣。關勝當先立馬横刀，厲聲高叫：「反賊聽着！汝等助一匹夫謀反，損害生靈，天人共怒。今日天兵臨境，尚不知死，敢來與吾拒敵！我等不把你這賊徒誅盡殺絕，誓不回兵！」錢振鵬聽了大怒，罵道：「量你等一夥，是梁山泊草寇，不知天時，却不思圖王霸業，倒去降無道昏君，要來和俺大國相併！我今直殺的你片甲不回纔罷。」關勝大怒，舞起青龍偃月刀，直衝將來。錢振鵬使動潑風刀，迎殺將去。兩員將廝殺，正是敵手，堪描堪畫。但見：

寒風閃灼，殺氣彌漫。兩疋馬騰踏咆哮，二員將遮攔駕隔。潑風刀起，似半空飛下流星；青龍刀輪，如平地奔馳閃電。馬蹄撩亂，鸞鈴響處陣雲飛；兵器相交，殺氣横時神鬼懼。好似武侯擒孟獲，恰如關羽破蚩尤。

這關勝和錢振鵬鬥了三十合之上，錢振鵬漸漸力怯，抵當不住。南軍門旗下兩個統制官，看見錢振鵬力怯，挺兩條鎗一齊出馬，前去夾攻關勝，上首趙毅，下首范疇。宋軍門旗下，惱犯了兩員偏將，一個舞動喪門劍，一個使起虎眼鞭，搶出馬來，乃是鎮三山黄信，病尉遲孫立。六員將，三對兒在陣前廝殺。吕樞密急使許定、金節出城助戰。兩將得令，各持兵器，都上馬直到陣前，見趙毅戰黄信，范疇戰孫立，却也都是對手。鬥到澗深裏，趙毅、范疇漸折便宜。許定、金節各使一口大刀出陣，宋軍陣中韓滔、彭玘二將，雙出來迎。金節戰住韓滔，許定戰住彭玘，四將又鬥。五隊兒在陣前廝殺。原來金節素有歸降大宋之心，故意要本隊陣亂，略鬥數合，撥回馬望本陣先走。韓滔乘勢追將去。南軍陣上高可立看見金節被韓滔追趕得緊，急取雕弓，搭上硬箭，滿滿地拽開，颼的一箭，把韓滔面頰上射着，倒撞下馬來。這裏秦明急把馬一拍，輪起狼牙棍前來救時，早被那裏張近仁搶出來，咽喉上復一鎗，結果了性命。彭玘和韓滔是一正一副的弟兄，見他身死，急要報仇，撇了許定，直奔陣上去尋高可立。許定趕來，却得秦明占住厮殺。高可立看見彭玘趕來，挺鎗便迎，不提防張近仁從肋窩裏撞將出來，把彭玘一鎗搠下馬去。關勝見損了二將，心中忿怒，恨不得殺進常州，使轉神威，把錢振鵬一刀也剁于馬下。待要搶他那騎赤色捲毛馬，不提防自己坐下赤兔馬，一脚前失，倒把關勝掀下馬來。南陣上高可立、張近仁兩騎馬便來搶關勝，却得徐寧引宣贊、郝思文三將齊出，救得關勝回歸本陣。吕樞密大驅人馬，捲殺出城。關勝衆將失利，望北退走。南兵追趕二十餘里。

此日關勝折了些人馬，引軍回見宋江，訴説折了韓滔、彭玘。宋江大哭道：「誰想渡江已來，損折我五個兄弟。莫非皇天有怒，不容宋江收捕方臘，以致損兵折將？」腐。吴用勸道：「主帥差矣！輸贏勝敗，兵家常事。人之生死，乃是分定，不足爲怪。此是兩個將軍禄絶之日，以致如此。請先鋒免憂，且理大事。」有詩爲證：

勝敗兵家不可期，安危端有命爲之。出師未捷身先死，落日江流不盡悲。

旦説帳前轉過李逵便説道：「着幾個認得殺俺兄弟的人，引我去殺那厮賊徒，替我兩個哥哥報仇！」真忠義。宋江傳令，教：「來日打起一面白旗，我親自引衆將直至城邊，與賊交鋒，决個勝負。」次日，宋公明領起大隊人馬，水陸並進，船騎相迎，拔寨都起。黑旋風李逵，引着鮑旭、項充、李衮，帶領五百悍勇步軍，先來出哨，直到常州城下。吕樞密見折了錢振鵬，心下甚憂，連發了三道飛報文書，去蘇州三大王方貌處求救，一面寫表申奏朝廷。又聽得報道：「城下有五百步軍打城，認旗上寫道，爲頭的是黑旋風李逵。」呂樞密道：「這厮是梁山泊第一個兇徒，慣殺人的好漢，知己之言。誰敢與我先去拿他？」帳前轉過兩個得勝獲功的統制官高可立、張近仁。呂樞密道：「你兩個若拿得這個賊人，我當一力保奏加官重賞。」張、高二統制，各綽了鎗上馬，帶領一千馬步兵，出城迎敵。黑旋風李逵見了，便把五百步軍一字兒擺開，手搭兩把板斧，立在陣前。喪門神鮑旭，仗着一口大闊板刀，隨於側首。項充、李衮兩個，各人手挽着蠻牌，右手拿着鐵標。四個人各披前後掩心鐵甲，列於陣前。高、張二統制正是得勝狸猫强似虎，及時鴉鵲便欺鵰，統着一千軍馬，靠城排開。宋軍内有幾個探子却認得高可立、張近仁兩個是殺韓滔、彭玘的，便指與黑旋風道：「這兩個領軍的，便是殺俺韓、彭二將軍的。」李逵那裏聽了這説，也不打話，拿起兩把板斧，直搶過對陣去。真忠義。〔眉〕如李大哥，纔是言顧行，行顧言底君子。鮑旭見李逵殺過對陣，急呼項充、李衮舞起蠻牌，便去策應。四個齊心滚將過對陣，高可立、張近仁吃了一驚，措手不及，急待回馬，那兩個蠻牌早滚到馬頷下。高可立、張近仁在馬上把鎗望下搠時，項充、李衮把牌迎住，李逵斧起，早砍翻高可立馬脚，高可立攧下馬來。項充叫道「留下活的」時，李逵是個好殺人的漢子，那裏忍耐得住，早一斧砍下頭來。真。鮑旭從馬上揪下張近仁，一刀也割了頭。四個在陣裏亂殺南軍。黑旋風把高可立頭縛在腰裏，輪起兩把板斧，不問天地，横身在裏面砍殺。殺得一千馬步軍退入城去，也殺了三四百人，直趕到弔橋邊。李逵和鮑旭兩個便要殺入城去，項充、李衮死當回來。城上擂木砲石，早打下來。四個回到陣前，五百軍兵依原一字擺開，那裏敢輕動。本是也要來混戰，怕黑旋風不分皂白，見的便砍，因此不敢近前。〔眉〕好點綴。

兩個提着高、張二統制的頭，却待接去，宋先鋒軍馬已到，李逵、鮑旭各獻首級。衆將認的是高可立、張近仁的頭，都吃了一驚，道：「如何獲得仇人首級？」兩個説殺了許多人衆，本待要捉活的來，一時手痒，忍耐不住，就便殺了。趣。宋江道：「既有讐人首級，可於白旗下望空祭祀韓、彭二將。」宋江又哭了一場，放倒白旗，賞了李逵、鮑旭、項充、李衮四人，便進兵到常州城下。有詩爲證：

苟圖富貴虎吞虎，僞取功名人殺人。清世不生鄒孟子，就中玄妙許誰論。孟子那裏論得玄妙？

且説吕樞密在城中心慌，便與金節、許定並四個統制官商議退宋江之策。諸將見李逵等殺了這一陣，衆人都膽顫心寒，不敢出戰。問了數聲，如箭穿雁嘴，鈎搭魚腮，默默無言，無人敢應。吕樞密心内納悶，教人上城看時，宋江軍馬三面圍住常州，盡在城下擂鼓摇旗，納喊搦戰。吕樞密叫衆將且各上城守護。衆將退去，吕樞密自在後堂尋思，無計可施，唤集親隨左右心腹人商量，自欲棄城逃走，好計策。不在話下。且説守將金節回到自己家中，與其妻秦玉蘭説道：「如今宋先鋒圍住城池，三面攻擊，我等城中糧食缺少，不經久困。倘或打破城池，我等那時皆爲刀下之鬼。」秦玉蘭答道：「你素有忠孝之心、歸降之意，更兼原是宋朝舊官，朝廷不曾有甚負汝，不若去邪歸正，擒捉吕師囊獻與宋先鋒，便有進身之計」。〔眉〕這個婦人倒也通得。金節道：「他手下見有四個統制官，各有軍馬，許定這厮又與我不睦，與吕師囊又是心腹之人。我恐單絲不成綫，孤掌豈能鳴。恐事未諧，反惹其禍。」〔眉〕真。其妻道：「你只密密地夤夜修一封書緘，拴在箭上，射出城去，和宋先鋒達知，裏應外合取城。你來日出戰，詐敗佯輸，引誘入城，便是你的功勞。」不愧玉蘭之名。金節道：「賢妻此言極當，依汝行之。」也只得聽老婆説話了。史官詩曰：

金節知天欲受降，玉蘭力贊更賢良。〔眉〕夫妻兩個却是一金一玉，真是金玉君子。宋家文武皆如此，安得河山社稷亡。

次日，宋江領兵攻城得緊。呂樞密聚衆商議，金節答道：「常州城池高廣，只宜守不可敵。衆將且堅守，等待蘇州救兵來到，方可會合出戰。」呂樞密道：「此言極是。」分撥衆將：應明、趙毅守把東門，沈抃、范疇守把北門，金節守把西門，許定守把南門。調撥已定，各自領兵堅守。當晚金節寫了私書，拴在箭上，待夜深人静，在城上望着西門外探路軍人射將下去。那軍校拾得箭矢，慌忙報入寨裏來。守西寨正將花和尚魯智深同行者武松兩個見了，隨即使偏將杜興，賫了飛報東北門大寨裏來。宋江、吴用點着明燭，在帳裏議事。杜興呈上金節的私書，宋江看了大喜，便傳令叫三寨中知會。次日，三寨内頭領三面攻城，呂樞密在敵樓上正觀見宋江陣裏轟天雷淩振，扎起砲架，却放了一個風火砲，直飛起去，正打在敵樓角上，骨碌碌一聲響，平塌了半邊。呂樞密急走，救得性命下城來，催督四門守將，出城退戰。擂了三通戰鼓，大開城門，放下弔橋，北門沈汴、范疇引軍出戰。宋軍中大刀關勝，坐下錢振鵬的捲毛赤兔馬，出於陣前，與范疇交戰。兩個正待相持，西門金節又引出一彪軍來搦戰，宋江陣上病尉遲孫立出馬，兩個交戰，鬥不到三合，金節詐敗，撥轉馬頭便走。孫立當先，燕順、馬麟爲次，魯智深、武松、孔明、孔亮、施恩、杜興一發進兵。金節便退入城，孫立已趕入城門邊，占住西門。城中鬧起，知道大宋軍馬已從西門進城了。那時百姓都被方臘殘害不過，怨氣沖天，聽得宋軍入城，盡出來助戰，城上早豎起宋先鋒旗號。范疇、沈抃見了城中事變，急要奔入城去保全老小時，左邊衝出王矮虎、一丈青，早把范疇捉了。右邊衝出宣贊，郝思文兩個，一齊向前，把沈抃一鎗刺下馬去，衆軍活捉了。宋江、吴用大驅人馬入城，四下裏搜捉南兵，盡行誅殺。吕樞密引了許定，自投南門而走，死命奪路，衆軍追趕不上，自回常州聽令，論功升賞。趙毅躲在百姓人家，被百姓捉來獻出，應明亂軍中殺死，獲得首級。宋江來到州治，便出榜安撫，百姓扶老攜幼，詣州拜謝。宋江撫慰百姓，復爲良民。衆將各來請功。金節赴州治拜見宋江，宋江親自下階迎接金節，上廳請坐。金節至階下參拜頓首謝了，復爲宋朝良臣。此皆其妻贊成之功。有詩爲證：

貞静幽閑女丈夫，心存宗社有深圖。名同魏國韓希孟，千古清風振八區。

宋江教把范疇、沈抃、趙毅三個陷車盛了，寫道申狀，就叫金節親自解赴潤州張招討中軍帳前。金節領了公文，監押三將，前赴潤州交割。比及去時，宋江已自先叫神行太保戴宗，賫飛報文書，保舉金節到中軍了。張招討見宋江申覆金節如此忠義，後金節到潤州，張招討使人接入城中，見了金節大喜，賞賜金節金銀段疋，鞍馬酒禮。有副都督劉光世，就留了金節，升做行軍都統，留於軍前聽用。後來金節跟隨劉光世，破大金兀朮四太子，多立功勞，直做到親軍指揮使，至中山陣亡。這是金節的結果，有詩爲證：

金節歸降世罕儔，也知天命有歌謳。封侯享爵心無愧，忠蓋今從史筆收。

當日張招討、劉都督賞了金節，把三個賊人碎屍萬段，梟令示衆。隨即使人來常州，犒勞宋先鋒軍馬。且說宋江在常州屯駐軍馬，使戴宗去宣州、湖州盧先鋒處，飛報調兵消息。一面又有探馬報來說：「吕樞密逃回在無錫縣，又會合蘇州救軍，正欲前來迎敵。」宋江聞知，便調馬軍步軍正偏將佐十員頭領，撥與軍兵一萬，望南迎敵。那十員將佐？關勝、秦明、朱仝、李應、魯智深、武松、李逵、鮑旭、項充、李衮。當下關勝等領起前部軍兵人馬，與同衆將辭了宋先鋒，離城去了。

且說戴宗探聽宣、湖二州進兵的消息，與同柴進回見宋江，報說：「副先鋒盧俊義得了宣州，特使柴大官人到來報捷。」宋江甚喜。柴進到州治，參拜已了，宋江把了接風酒，同入後堂坐下，動問盧先鋒破宣州備細緣由。柴進將出申達文書，與宋江看了，備說打宣州一事：「方臘部下鎮守宣州經略使家余慶，手下統制官六員，都是歙州、睦州人氏，那六人？李韶、韓明、杜敬臣、魯安、潘濬、程勝祖。宣州經略家余慶，當日分調六個統制，做三路出城對陣。俺這盧先鋒也分三路軍兵迎敵。中間是呼延灼和李韶交戰，董平共韓明相持。戰到十合，韓明被董平兩鎗刺死，中路軍馬大敗。左軍是林冲和杜敬臣交戰，索超與魯安相持。林冲蛇矛刺死杜敬臣，索超斧劈死魯安。右軍是張清和潘濬交戰，穆弘共程勝祖相持。張清一石子打下潘濬，打虎將李忠趕出去殺了，程勝祖棄馬逃回。此日連勝四將，賊兵退入城去。盧先鋒急驅衆將奪城。趕到門邊，不提防賊兵城上飛下一片磨扇來，打死俺一個偏將，城上箭如雨點一般射下來，那箭矢都有毒藥，射中俺兩個偏將。比及到寨，俱各身死。盧先鋒因見折了三將，連夜攻城。守東門賊將不緊，因此得了宣州。亂軍中殺死了李韶。家余慶領了些敗殘軍兵，望湖州去了。程勝祖自陣上不知去向。磨扇打死了白面郎君鄭天壽。兩個中藥箭的是操刀鬼曹正、活閃婆王定六。」宋江聽得又折了三個兄弟，大哭一聲，默然倒地。〔眉〕都是詐。只見面皮黄，唇口紫，指甲青，眼無光。未知五臟如何，先見四肢不舉。正是花開又被風吹落，月皎那堪雲霧遮。畢竟宋江昏暈倒了性命如何，且聽下回分解。

此一回内折了五員將佐：

韓滔　彭玘　鄭天壽　曹正　王定六

患病寄留丹徒縣一員將佐：

楊志

禿翁曰：李大哥爲韓、彭報仇，都是真的。宋公明假哭，信他不得。

宋公明蘇州大會垓

混江龍太湖小結義

第九十三回　混江龍太湖小結義　宋公明蘇州大會垓

詩曰：

不識存亡妄逞能，吉凶禍福並肩行。只知武士戡離亂，未許將軍見太平。自課赤心無諂屈，豈知天道不昭明。韓彭功業人難辨，狡兔身亡獵犬烹。

話說當下衆將救起宋江，半晌方纔甦醒，對吳用等説道：「我們今番必然收伏不得方臘了。自從渡江以來，如此不利，連連損折了我八個弟兄。」吳用勸道：「主帥休説此言，以懈軍心。當初破大遼之時，大小完全回京，皆是天數。今番折了兄弟們，此是各人壽數。眼見得渡江以來，連得了三個大郡：潤州、常州、宣州，此乃皆是天子洪福齊天，主將之虎威，如何不利？先鋒何故自喪志氣？」宋江道：「軍師言之極當。雖然天數將盡，我想一百八人上應列宿，又合天文所載。兄弟們過如手足之親，今日聽了這般凶信，不由我不傷心。」吳用再勸道：「主將請休煩惱，勿傷貴體，且請理會調兵接應，攻打無錫縣。」宋江道：「留下柴大官人與我做伴。別寫軍帖，使戴院長與我送去，回覆盧先鋒，着令進兵攻打湖州，早至杭州聚會。」吳用教裴宣寫了軍帖回覆，使戴宗往宣州去了。不在話下。

却說呂師囊引着許定逃回至無錫縣，正迎着蘇州三大王發來救應軍兵，爲頭是六軍指揮使衛忠，帶十數個牙將，引兵一萬，來救常州，合兵一處，守住無錫縣。呂樞密訴說金節獻城一事，衛忠道：「樞密寬心，小將必然再要恢復常州。」只見探馬報道：「宋軍至近，早作准備。」衛忠便引兵上馬，出北門外迎敵，早見宋江軍馬勢大，爲頭是黑旋風李逵，引着鮑旭、項充、李衮，當先直殺過來。衛忠力怯難加，軍馬不曾擺成行列，大敗而走。急退入無錫縣時，四個早隨馬後入縣治。呂樞密便奔南門而走。關勝引着兵馬已奪了無錫縣，四下裏放起火來。衛忠、許定亦望南門走了，都回蘇州去了。關勝等得了縣治，便差人飛報宋先鋒。宋江與衆頭領都到無錫縣，便出榜安撫了本處百姓，復爲良民。引大隊軍馬，都屯駐在本縣。却使人申請張、劉二總兵，鎮守常州。

且說呂樞密會同衛忠、許定三個，引了敗殘軍馬，奔蘇州城來，告三大王方貌求救，訴說：「宋軍勢大，迎敵不住。兵馬席捲而來，以致失陷城池。」三大王大怒，喝令武士推轉呂樞密，斬訖報來。衛忠等告說：「宋江部下軍將，皆是慣戰兵馬，多有勇烈好漢了得的人。更兼步卒都是梁山泊小嘍囉，多曾慣鬥，因此難敵。」方貌道：「權且寄下你項上一刀。與你五千軍馬，首先出哨，我自分撥大將，隨後便來策應。」呂師囊拜謝了，全身披掛，手執丈八蛇矛，上馬引軍，首先出城。却說三大王方貌聚集手下八員戰將，名爲八驃騎，一個個都是身長力壯，武藝精熟的人，那八員？

飛龍大將軍劉贇　飛虎大將軍張威　飛熊大將軍徐方　飛豹大將軍郭世廣　飛天大將軍鄔福　飛雲大將軍苟正　飛山大將軍甄誠　飛水大將軍昌盛

當下三大王方貎，親自披掛，手持方天畫戟，上馬出陣，監督中軍人馬前來交戰。馬前擺列着那八員大將，背後整整齊齊有三十二個副將。引五萬南兵人馬，出閶闔門來，迎敵宋軍。前部吕師囊引着衛忠、許定，已過寒山寺了，望無錫縣而來。宋江已使人探知，盡引許多正偏將佐，把軍馬調出無錫縣，前進十里餘路。兩軍相遇，旗鼓相望，各列成陣勢。吕師囊忿那口氣，躍坐下馬，横手中矛，親自出陣，要與宋江交戰。有詩爲證：

頭帶茜紅巾，身披錦戰袍。内穿黄金甲，外繫彩絨絛。馬振銅鈴響，身騰殺氣高。乾坤無敵手，當陣逞英豪。

宋江在門旗下見了，回頭問道：「誰人敢拿此賊？」説猶未了，金鎗手徐寧挺起手中金鎗，驟坐下馬，出到陣前，便和吕樞密交戰。二將交鋒，左右助喊。約戰了二十餘合，吕師囊露出破綻來，被徐寧肋下刺着一鎗，搠下馬去，兩軍一齊吶喊，黑旋風李逵，手揮雙斧，喪門神鮑旭，挺仗飛刀，項充、李衮各舞鎗牌，殺過對陣來，南兵大亂。宋江驅兵趕殺，正迎着方貎大隊人馬，兩邊各把弓箭射住陣脚，各列成陣勢，南軍陣上一字擺開八將。方貎在中軍聽得説殺了吕樞密，心中大怒，便横戟出馬來，大駡宋江道：「量你等只是梁山泊一夥打家劫舍的草賊！宋朝合敗，封你爲先鋒，領兵侵入吴地。我今直把你誅盡殺絶，方纔罷兵。」宋江在馬上指道：「你這厮只是睦州一夥村夫，量你有甚福禄，妄要圖王霸業。不如及早投降，免汝一死。天兵到此，猶自巧言抗拒。我若不把你殺盡，誓不回軍。」方貎喝道：「且休與你論口。我手下有八員猛將在此，你敢撥八個出來厮殺麽？」有詩爲證：

兵知虛實方爲得，將識存亡始是賢。方貌兩端俱不省，冥驅八將向軍前。

宋江笑道：「若是我兩個併你一個，也不算好漢。你使八個出來，我使八員首將，和你比試本事，便見輸贏。但是殺下馬的，各是擡回本陣。不許暗箭傷人，亦不許搶擄屍首。如若不見輸贏，不得混戰，明日再約厮殺。」方貌聽了，便叫八將出來，各執兵器，驟馬向前。宋江道：「諸將相讓馬軍出戰。」説言未絶，八將齊出。那八人？關勝、花榮、徐寧、秦明、朱仝、黄信、孫立、郝思文。宋江陣内門旗開處，左右兩邊，分出八員首將，齊齊驟馬，直臨陣上。兩軍中花腔鼓擂，雜彩旗摇，各家放了一個號砲，兩軍助着喊聲，十六騎馬齊出，各自尋着敵手，捉對兒厮殺。那十六員將佐，如何見得尋着敵手，配合交鋒？關勝戰劉贇，秦明戰張威，花榮戰徐方，徐寧戰鄔福，朱仝戰苟正，黄信戰郭世廣，孫立戰甄誠，郝思文戰昌盛。兩陣上主帥，立了信約，十六員大將交鋒厮殺，真乃是堪描堪畫。但見：

征塵迷鐵甲，殺氣罩銀盔。繡旗風擺團花，駿馬烟籠金鞊。英雄關勝，舞青龍刀直奔劉贇；猛健徐寧，挺金鎗勇衝鄔福。節級朱仝逢苟正，鐵鞭孫立遇甄誠。秦明使棍戰張威，郭世廣正當黄信。徐方舉搠鬥花榮，架隔難收；昌盛横刀敵思文，遮攔不住。

這一十六員猛將，各人都是英雄，用心相敵。鬥到三十合之上，數中一將，翻身落馬，贏得的是誰？美髯公朱仝，一鎗把苟正刺下馬來。兩陣上各自鳴金收軍。七對將軍分開，兩下各回本陣。三大王方貌，見折了一員大將，尋思不利，引兵退回蘇州城内。宋江當日催趲軍馬，直近寒山寺下寨，升賞朱仝。〈徐寧〉〈裴宣〉寫了軍狀，申覆張招討，不在話下。

且説三大王方貌，退兵入城，堅守不出。分調諸將，守把各門，深栽鹿角。城上列着踏弩硬弓，擂木砲石，窩鋪内鎔煎金汁，女墻邊堆垛灰瓶，准備牢守城池。次日，宋江見南兵不出，引了花榮、徐寧、黄信、孫立，帶領三十餘騎馬軍，前來看城。見蘇州城郭，一週遭都是水港環繞，墻垣堅固，想道：「急不能勾打得城破。」回到寨中，和吴用計議攻城之策。有人報道：「水軍頭領正將李俊，從江陰來見主將。」宋江教請入帳中。見了李俊，宋江便問沿海消息。李俊答道：「自從撥領水軍，一同石秀等殺至江陰、太倉沿海等處，守將嚴勇、副將李玉，部領水軍船隻，出戰交鋒。嚴勇在船上被阮小二一鎗搠下水去，李玉已被亂箭射死，因此得了江陰、太倉。即〈目〉(日)石秀、張横、張順去取嘉定，三阮去取常熟，小弟特來報捷。」宋江見説大喜，賞賜了李俊，着令自往常州，去見張、劉二招討，投下申狀。

且説這李俊徑投常州來，見了張招討、劉都督，備説收復了江陰、太倉海島去處，殺了賊將嚴勇、李玉。張招討給與了賞賜，令回宋先鋒處聽調。李俊回到寒山寺寨中，來見宋先鋒。宋江因見蘇州城外水面空闊，必用水軍船隻厮殺，因此就留下李俊，教整點船隻，准備行事。李俊説道：「容俊去看水面闊狹，如何用兵，却作道理。」宋江道：「是。」李俊去了兩日，回來説道：「此城正南上相近太湖，兄弟欲得備舟一隻，投宜興小港，私入太湖裏去，出吴江，探聽南邊消息，然後可以進兵，四面夾攻，方可得破。」宋江道：「賢弟此言極當，正合吾意。只是没有副手與你同去。」隨即便撥李大官人帶同孔明、孔亮、施恩、杜興四個去江陰、太倉、崑山、常熟、嘉定等處，協助水軍，收復沿海縣治，便可替回童威、童猛來幫助李俊行事。李應領了軍帖，辭别宋江，引四員偏將投江陰去了。不過兩日，童威、童猛回來，參見宋先鋒。宋江撫慰了，就叫隨從李俊，乘駕小船前去探聽南邊消息。且說李俊帶了童威、童猛，駕起一葉扁舟，兩個水手摇櫓，五個人逕奔宜興小港裏去，盤旋直入太湖中來。看那太湖時，果然水天空闊，萬頃一碧。但見：

天連遠水，水接遥天。高低水影無塵，上下天光一色。雙雙野鷺飛來，點破碧琉璃；兩兩輕鷗驚起，衝開青翡翠。春光淡蕩，溶溶波皺魚鱗；夏雨滂沱，滚滚浪翻銀屋。秋蟾皎潔，金蛇遊走波瀾；冬雪紛飛，玉洞瀰漫天地。混沌鑿開元氣窟，馮夷獨占水晶宫。仙子時時飛寶劍，聖僧夜夜伏驪龍。

又有詩爲證：

溶溶漾漾白鷗飛，緑浄春深好染衣。南去北來人自老，夕陽常送釣船歸。

當下李俊和童威、童猛並兩個水手，駕着一葉小船，逕奔太湖，漸近吴江。遠遠望見一派魚船，約有四五十隻。李俊道：「我等只做買魚，去那裏打聽一遭。」五個人一逕摇到那打魚船邊。李俊問道：「漁翁，有大鯉魚麽？」漁人道：「你們要大鯉魚，隨我家裏去賣與你。」李俊摇着船，跟那幾隻魚船去。没多時，漸漸到一個處所。看時，團團一遭都是駝腰柳樹，籬落中有二十餘家。那漁人先把船來纜了，隨即引李俊、童威、童猛三人上岸，到一個莊院裏。一脚入得莊門，那人嘔了一聲，兩邊攢出七八條大漢，都拿着撓鈎，把李俊三人一齊搭住，逕捉入莊裏去。不問事情，便把三人都綁在樁木上。李俊把眼看時，只見草廳上坐着四個好漢。爲頭那個，赤鬚黄髮，穿着領青綢衲襖。第二個瘦長短髯，穿着一領黑緑盤領木綿衫。第三個黑面長鬚。第四個骨臉闊腮，扇圈鬍鬚。兩個都一般穿着領青納襖子，頭上各帶黑毡笠兒，身邊都倚着軍器。爲頭那個喝問李俊道：「你等這厮們，都是那裏人氏，來我這湖泊裏做甚麼？」李俊應道：「俺是揚州人，來這裏做客，特來買魚。」那第四個骨臉的道：「哥哥休問他，眼見得是細作了。只顧與我取他心肝來吃酒。」李俊聽得這話，尋思道：「我在潯陽江上做了許多年私商，梁山泊内又粧了幾年的好漢，却不想今日結果性命在這裏。罷，罷，罷！」嘆了口氣，看着童威、童猛道：「今日是我連累了兄弟兩個，做鬼也只是一處去。」童威、童猛道：「哥哥休説這話！我們便死也勾了，只是死在這裏，埋没了兄長大名。」三面厮覷着，腆起胸脯受死。是。

那四個好漢却看了他們三個，説了一回，互相厮覷道：「這個爲頭的人，必不是以下之人。」具眼。那爲頭的好漢又問道：「你三個正是何等樣人？可通個姓名，教我們知道。」李俊又應道：「你們要殺便殺，我等姓名至死也不説與你，枉惹的好漢們恥笑。」是。那爲頭的見説了這話，想這三人必是好漢，便跳起來，把刀都割斷了繩索，放起這三個人來。這人也不俗。四個漁人都扶他至屋内請坐。爲頭那個納頭便拜，説道：「我等做了一世强人，不曾見你這般好義氣人物，好漢，三位老兄正是何處人氏，願聞大名姓字。」李俊道：「眼見得你四位大哥，必是個好漢了，便説與你，隨你們拿我三個那裏去。是。我三個是梁山泊宋公明手下副將混江龍李俊的便是。這兩個兄弟，一個是出洞蛟童威，一個是翻江蜃童猛。今來受了朝廷招安，新破大遼，班師回京，又奉敕命來收方臘。你若是方臘手下人員，便解我三人去請賞，休想我們掙扎。」那四個聽罷，納頭便拜，是。〔眉〕七個人都通得。齊齊跪道：「有眼不識泰山，却纔甚是冒瀆。休怪，休怪！俺四個弟兄，非是方臘手下賊兵，原舊都在緑林叢中討衣吃飯，今來尋得這個去處，地名唤做榆柳莊，四下裏都是深港，非船莫能進。俺四個只着打魚的做眼，太湖裏面尋些衣食。近來一冬，都學得些水勢，因此無人敢來侵傍。俺們也久聞你梁山泊宋公明，招集天下好漢，並兄長大名，亦聞有個浪裏白跳張順，蛇足。不想今日得遇哥哥。」李俊道：「張順是我弟兄，亦做同班水軍頭領，見在江陰地面，收捕賊人。改日同他來，却和你們相會。願求你等四位大名。」爲頭那一個道：「小弟們因在緑林叢中走，都有異名，哥哥勿笑。小弟是赤鬚龍費保，一個是捲毛虎倪雲，一個是太湖蛟卜青，一個是瘦臉熊狄成。」李俊聽説了四個姓名，大喜道：「列位從此不必相疑，你豈不聞唐朝國子博士李涉夜泊被盜，〔眉〕難道李俊三人便不是强盜了。贈之以詩？今録與公輩一看。詩曰：

『暮雨蕭蕭江上村，緑林豪客偶知聞。相逢不用頻猜忌，遊宦而今半是君。』還有不如君的。

俺哥哥宋公明見做收方臘正先鋒，即〈目〉(日)要取蘇州，不得次第，特差我三個來探路。今既得遇你四位好漢，可隨我去見俺先鋒，都保你們做官。待收了方臘，朝廷升用。」費保道：「容覆：若是我四個要做官時，方臘手下也得個統制做了多時，所以不願爲官，只求快活。若是哥哥要我四人幫助時，水裏水裏去，火裏火裏去。若説保我做官時，其實不要。」〔眉〕高人，高人！李俊却不羞。李俊道：「既是恁地，我等只就這裏結義爲兄弟如何？」是。四個好漢見説大喜，便叫宰了一口猪、一腔羊，致酒設席，結拜李俊爲兄。李俊叫童威、童猛都結義了。七個人在榆柳莊上商議，説宋公明要取蘇州一事，方貌又不肯出戰，城池四面是水，無路可攻，舟船港狹難以進，只似此怎得城子破？費保道：「哥哥且寬心住兩日。杭州不時間有方臘手下人來蘇州公幹，可以乘勢智取城郭。小弟使幾個打魚的去緝聽，若還有人來時，便定計策。」李俊道：「此言極妙。」費保便喚幾個漁人先行去了。自同李俊每日在莊上飲酒。在那裏住了兩三日，只見打魚的回來報道：「平望鎮上有十數隻遞運船隻，船尾上都插着黄旗，旗上寫着『承造王府衣甲』，眼見的是杭州解來的。每隻船上，止有五七人。」李俊道：「既有這個機會，萬望兄弟們助力。」費保道：「只今便往。」李俊道：「但若是那船上走了一個，其計不諧了。」費保道：「哥哥放心，都在兄弟身上。」隨即聚集六七十隻打魚小船，七籌好漢，各坐一隻，其餘都是漁人，各藏了暗器，盡從小港透入大江，四散接將去。

當夜星月滿天，那十隻官船都灣在江東龍王廟前。費保船先到，忽起一聲號哨，六七十隻魚船一齊攏來，各自幫住大船。那官船裏人，急鑽出來，早被撓鉤搭住，三個五個做一串兒縛了。及至跳得下水的，都被撓鉤搭上船來。盡把小船帶住官船，都移入太湖深處。直到榆柳莊時，已是四更天氣。閑雜之人，都縛做一串，把大石頭墜定，抛在太湖裏淹死。捉得兩個爲頭的來問時，原來是守把杭州方臘大太子南安王方天定手下庫官，特奉令旨，押送新造完鐵甲三千副，解赴蘇州三大王方貌處交割。李俊問了姓名，要了一應關防文書，也把兩個庫官殺了。李俊道：「須是我親自去，和哥哥商議，方可行此一件事。」費保道：「我着人把船渡哥哥從小港裏稍到軍前，覺近便。」就叫兩個漁人，摇一隻快船，送出去。李俊分付童威、童猛並費保等，且教把衣甲船隻，悄悄藏在莊後港内，休得吃人知覺了。費保道：「無事。」自來打併船隻。

却説李俊和兩個漁人，駕起一葉快船，逕取小港，稍到軍前寒山寺上岸來。至寨中，見了宋先鋒，備説前事。吴用聽了，大喜道：「若是如此，蘇州唾手可得。便請主將傳令，就差李逵、鮑旭、項充、李袞帶領衝陣牌手二百人，跟隨李俊回太湖莊上，與費保等四位好漢，如此行計，約在第二日進發。」李俊領了軍令，帶同一行人，直到太湖邊來。三個先過湖去，却把船隻接取李逵等一干人，都到榆柳莊上。李俊引着李逵、鮑旭、項充、李袞四個，和費保等相見了。費保看見李逵這般相貌，都皆駭然。邀取二百餘人，在莊上致備酒食相待。到第三日，衆人商議定了，費保扮做解衣甲正庫官，倪雲扮做副使，都穿了南官的號衣，將帶了一應關防文書。衆漁人都裝做官船上梢公水手，却藏黑旋風等二百餘人將校在船艙裏。卜青、狄成押着後船，都帶了放火的器械。

却欲要行動，只見漁人又來報道：「湖面上有一隻船在那裏摇來摇去。」〔眉〕有餘波。李俊道：「又來作怪。」急急自去看時，船頭上立着兩個人，看來却是神行太保戴宗和轟天雷淩振。李俊喲了一聲號哨，那隻船飛也似奔來莊上。到得岸邊，上岸來都相見了。李俊問：「二位何來？甚事見報？」戴宗道：「哥哥急使李逵來了，正忘却一件大事，特地差我與淩振賫一百號砲在船裏，湖面上尋趕不上，這裏又不敢攏來傍岸，教兄弟明早卯時進城，到得裏面，便放這一百個火砲爲號。」李俊道：「最好！」便就船裏搬過砲籠砲架來，都藏埋衣甲船内。費保等聞知是戴宗，又致酒設席管待。淩振帶來十個砲手，都埋伏擺在第三隻船内。有詩爲證：

攻城無計正憂心，忽有漁郎送好音。
殺却庫官施妙術，蘇州城郭等閑侵。

當夜四更離莊，望蘇州來。五更已後，到得城下。守門軍士在城上望見是南國旗號，慌忙報知管門大將，却是飛豹大將軍郭世廣，親自上城來，問了小校備細，接取關防文書，弔上城來看了。郭世廣使人賫至三大王府裏，辨看了來文，又差人來監視，却纔教放入城門。郭世廣直在水門邊坐地，再叫人下船看時，滿滿地堆着鐵甲號衣，因此一隻隻都放入城去。放過十隻船了，便關水門。三大王差來的監視官員，引着五百軍，在岸上跟定，便着灣住了船。李逵、鮑旭、項充、李衮從船艙裏鑽出來，監視官見了四個人形容粗醜，急待問是甚人時，項充、李衮早舞起團牌，飛出一把刀來，把監視官剁下馬去。那五百軍欲待上船，被李逵掣起雙斧，早跳在岸上，一連砍翻十數個，那五百軍人都走了。船裏衆好漢並牌手二百餘人，一齊上岸，便放起火來。淩振就岸邊撒開砲架，搬出號砲，連放了十數個。那砲震得城樓也動，四下裏打將入去。三大王方貌正在府中計議，聽的火砲接連響，驚的魂不附體，各門守將聽得城中砲響不絕，各引兵奔城中來。各門飛報：「南軍都被冷箭射死，宋軍已上城了。」蘇州城内，鼎沸起來，正不知多少宋軍入城。黑旋風李逵和鮑旭，引着兩個牌手，在城裏横衝直撞，追殺南兵。李俊、戴宗引着費保四人，護持淩振，只顧放砲。宋江已調三路軍將取城，宋兵人馬殺入城來，南軍漫散，各自逃生。

且說三大王方貌，急急披掛上馬，引了五七百鐵甲軍奪路。待要殺出南門，不想正撞見黑旋風李逵這一夥，殺得鐵甲軍東西亂攛，四散奔走。小巷裏又撞出魯智深，輪起鐵禪杖打將來，方貌抵當不住，獨自躍馬再回府來。烏鵲橋下轉出武松，趕上一刀，掠斷了馬脚，方貌倒攧將下來，被武松再復一刀砍了。提首級逕來中軍，參見先鋒請功。此時宋江已進城中王府坐下，令諸將各自去城裏搜殺南軍，盡皆捉獲。單只走了劉贇一個，領了些敗殘軍兵投秀州去了。有詩爲證：

神器從來不可干，僭王稱號詎能安？武松立馬誅方貌，留與奸臣做樣看。

宋江到王府坐下，便傳下號令，休教殺害良民百姓，一面教救滅了四下裏火，便出安民文榜，曉諭軍民，次後聚集諸將，到府請功。已知武松殺了方貌，朱仝生擒徐方，史進生擒了甄誠，孫立鞭打死張威，李俊鎗刺死昌盛，樊瑞殺死鄔福，宣贊和郭世廣鏖戰，你我相傷，都死於飲馬橋下。其餘都擒得牙將，解來請功。宋江見折了醜郡馬宣贊，傷悼不已。便使人安排花棺彩槨，迎去虎丘山下殯葬。把方貌首級並徐方、甄誠，解赴常州張招討軍前施行。張招討就將徐方、甄誠碎剮于市，方貌首級解赴京師。回將許多賞賜來蘇州，給散衆將。張招討移文申狀，請劉光世鎮守蘇州，却令宋先鋒沿便進兵，收捕賊寇。只見探馬報道：「劉都督、耿參謀來守蘇州。」當日衆將都跟着宋先鋒迎接劉光世等官入城，王府安下，參賀已了。宋江衆將，自來州治議事，使人去探沿海水軍頭領消息如何。却早報説沿海諸處縣治，聽得蘇州已破，羣賊各自逃散，海僻縣道，盡皆平静了。宋江大喜，申達文書到中軍報捷，請張招討曉諭舊官復職，另撥中軍統制前去各處守禦安民，退回水軍頭領正偏將佐，來蘇州調用。數日之間，統制等官各自分投去了。水軍頭領都回蘇州，訴説三阮打常熟，折了施恩，又去攻取崑山，折了孔亮。石秀、李應等盡皆回了，施恩、孔亮不識水性，一時落水，俱被淹死。宋江見又折了三將，心中大憂，嗟嘆不已。

費保等四人來辭宋先鋒要回去，宋江堅意相留不肯，重賞了四人，再令李俊送費保等回榆柳莊去。李俊當時又和童威、童猛送費保四人到榆柳莊上，費保等又治酒設席相款。飲酒中間，費保起身與李俊把盞，説出幾句言語來。有分教：李俊名聞海外，聲播寰中。去作化外國王，不犯中原之境。正是了身達命蟾離殼，立業成名魚化龍。畢竟費保與李俊説出甚言語來，且聽下回分解。

此一回内折了三員將佐：

宣贊　施恩　孔亮

李載贄曰：戴紗帽中絶少人品，如費保四人不要做官，却有見識。李俊要宋江保他做官，特地當一件事與費保説，正不知費保聽之失聲大笑也。人之知量不同如此。

湧金門張順歸神

寧海軍宋江吊孝

第九十四回　寧海軍宋江弔孝　湧金門張順歸神

詩曰：

家本潯陽江上住，翻騰波浪幾春秋。江南地面收功績，水滸天罡占一籌。寧海郡中遥弔孝，太湖江上返漁舟。湧金門外歸神處，今日香烟不斷頭。

話説當下費保對李俊説道：「小弟雖是個愚鹵匹夫，曾聞聰明人道：『世事有成必有敗，爲人有興必有衰。』哥哥在梁山泊勳業，到今已經數十餘載，更兼百戰百勝，去破大遼時，不曾損折了一個弟兄。今番收方臘，眼見挫動鋭氣，天數不久。爲何小弟不願爲官爲將？有日太平之後，一個個必然來侵害你性命。自古道：『太平本是將軍定，不許將軍見太平。』此言極妙。今我四人既已結義了哥哥三人，何不趁此氣數未盡之時，尋個了身達命之處，對付些錢財，打了一隻大船，聚集幾人水手，江海内尋個浄辦處安身，以終天年，豈不美哉！」〔眉〕費保是個大聰明人。李俊聽罷，倒地便拜，説道：「仁兄，重蒙教導，指引愚迷，十分全美。亦是晚人。只是方臘未曾勦得，宋公明恩義難抛，行此一步未得。今日便隨賢弟去了，全不見平生相聚的義氣。若是衆位肯姑待李俊，容待收伏方臘之後，李俊引兩個兄弟逕來相投，萬望帶挈。是必賢弟們先准備下這條門路。若負今日之言，天實厭之！非爲男子也。」那四個道：「我等准備下船隻，專望哥哥到來，切不可負約。」李俊、費保結義飲酒，都約定了，誓不負盟。

次日李俊辭別了費保四人，自和童威、童猛回來，參見宋先鋒俱説費保等四人不願爲官，只願打魚快活。宋江又嗟嘆了一回，傳令整點水陸軍兵起程。吴江縣已無賊寇，直取平望鎮，長驅人馬進發，前望秀州而來。本州守將段愷聞知蘇州三大王方貎已死，只思量收拾走路。使人探知大軍離城不遠，遥望水陸路上，旌旗蔽日，船馬相連，嚇得魂消膽喪。前隊大將關勝、秦明已到城下，便分調水軍船隻，圍住西門。段愷在城上叫道：「不須攻擊，准備納降。」好貨。隨即開放城門，段愷香花燈燭，牽羊擔酒，迎接宋先鋒入城，直到州治歇下。段愷爲首參見了，宋江撫慰段愷，復爲良臣。便出榜安民，段愷稱説：「愷等原是睦州良民，累被方臘殘害，不得已投順部下。今得天兵到此，安敢不降？」若段愷者，可謂知宋朝天命之有在矣。有詩爲證：

> 堂堂兵陣六師張，段愷開城便納降。從此清溪如破竹，梁山功業更無雙。

宋江備問：「杭州寧海軍城池，是甚人守據，有多少人馬良將？」段愷稟道：「杭州城郭闊遠，人烟稠密，東北旱路，南面大江，西面是湖，乃是方臘大太子南安王方天定守把。部下有七萬餘軍馬，二十四員戰將，四個元帥，共是二十八員。爲首兩個最了得，一個是歙州僧人，名號寶光如來，俗姓鄧，法名元覺，使一條禪杖，乃是渾鐵打就的，可重五十餘斤，人皆稱爲國師。〔眉〕又是一個魯智深，奇，奇！又一個乃是福州人氏，姓石名寶，慣使一個流星鎚，百發百中，又能常使一口寶刀，名爲劈風刀，可以裁銅截鐵，遮莫三層鎧甲，如劈風一般過去。外有二十六員，都是遴選之將，亦皆悍勇，主公切不可輕敵。」宋江聽罷，賞了段愷，便教去張招討軍前，說知備細。後來段愷就跟了張招討行軍，守把蘇州。却委副都督劉光世來秀州守禦。宋先鋒却移兵在檇李亭下寨，當與諸將筵宴賞軍，商議調兵攻取杭州之策。只見小旋風柴進起身道：「柴某自蒙兄長高唐州救命已來，一向累蒙仁兄顧愛，坐享榮華，奈緣命薄功微，不曾報得恩義。今願深入方臘賊巢，去做細作，成得一陣功勳，報効朝廷，也與兄長有光。未知尊意肯容否？」〔眉〕柴大官人紅鸞星動了。宋江大喜道：「若得大官人肯去，直入賊巢。知得裏面溪山曲折，可以進兵，生擒賊首方臘，解上京師，方表微功，同享富貴。只恐賢弟路程勞苦去不得。」柴進道：「情願捨死一往，有何不可。只是得燕青爲伴同行最好。此人曉得諸路鄉談，更兼見機而作。」宋江道：「賢弟之言，無不依允；只是燕青撥在盧先鋒部下，便可行文取來。」正商議未了，聞人報道：「盧先鋒特使燕青到來報捷。」宋江見報大喜，說道：「賢弟此行必成大功矣。恰限燕青到來，也是吉兆。」柴進也喜。

燕青到寨中上帳，拜罷宋江，吃了酒食，問道：「賢弟水路來，旱路來？」燕青答道：「乘船到此。」宋江又問道：「戴宗回時，說道進兵攻取湖州之事如何？」燕青稟道：「自離宣州，盧先鋒分兵兩處，先鋒自引一半軍馬，攻打湖州，殺死僞留守弓温，並手下副將五員，收伏了湖州，殺散了賊兵，安撫了百姓，一面行文申覆張招討，撥統制守禦。特令燕青來報捷主將。所分這一半人馬，叫林沖引領，前去收取獨松關，都到杭州聚會。小弟來時，聽得說獨松關路上每日廝殺，取不得關。先鋒又同朱武去了，囑付委呼延將軍統領軍兵守住湖州，待中軍招討調撥得統制到來，護境安民，纔一面進兵，攻取德清縣，到杭州會合。」宋江又問道：「湖州守禦取德清，並調去獨松關厮殺，兩處分的人將，你且說與我姓名，共是幾人去，並幾人跟呼延灼來？」燕青道：「有單在此：分去獨松關厮殺取關，見有正偏將佐二十三員：

先鋒盧俊義　朱武　林冲　董平　張清　解珍　解寶　呂方　郭盛
歐鵬　鄧飛　李忠　周通　鄒淵　鄒潤　孫新　顧大嫂　李立
白勝　湯隆　朱貴　朱富　時遷

見在湖州守禦，即〈目〉〈日〉進兵德清縣，見有正偏將佐一十九員：

呼延灼　索超　穆弘　雷横　楊雄　劉唐　單延珪　魏定國　陳達
楊春　薛永　杜遷　穆春　李雲　石勇　龔旺　丁得孫　張青
孫二娘

這兩處將佐通計四十二員。小弟來時，那裏商議定了目下進兵。」宋江道：「既然如此，兩路進兵攻取最好。却纔柴大官人要和你去方臘賊巢裏面，去做細作，你敢去麽？」燕青道：「主帥差遣，安敢不從。小弟願往陪侍柴大官人，只顧投那裏去。」柴進甚喜，便道：「我扮做個白衣秀才，你扮做個僕者，一主一僕，背着琴劍書箱上路去，無人疑忌。直去海邊尋船，使過越州，却取小路去諸暨縣。就那裏穿過山路，取睦州不遠了。」宋江道：「越州一境，還是我中原，不屬方臘。我押公文，教那裏官司放行。」擇日，柴進、燕青辭了宋先鋒，收拾琴劍書箱，自投海邊尋船過去做細作，不在話下。有詩爲證：

柴進爲人志頗奇，僞爲儒士入清溪。展開説地談天口，誰識其中是禍梯。

且説軍師吴用再與宋江道：「杭州南半邊有錢塘大江通達海島。若得幾個人駕小船從海邊去，進赭山門，到南門外江邊放起號砲，豎立號旗，城中必慌。你水軍中頭領，誰人去走一遭？」説猶未了，張橫、三阮道：「我們都去。」宋江道：「杭州西路又靠着湖泊，亦要水軍用度，你等不可都去。」吴用道：「只可叫張橫同阮小七駕船，將引侯健、段景住去。」當時撥了四個人，引着三十餘個水手，將帶了十數個火砲號旗，自來海邊尋船，望錢塘江裏進發。看官聽説，這回話都是散沙一般。先人書會留傳，一個個都要説到，只是難做一時説，慢慢敷演關目，下來便見。看官只牢記關目頭行，便知衷曲奧妙。

再説宋江分調兵將已了，回到秀州，計議進兵攻取杭州。忽聽得東京有使命賫捧御酒賞賜到州。宋江引大小將校，迎接入城。謝恩已罷，作御酒公宴管待天使。飲酒中間，天使又將出太醫院奏准，爲上皇乍感小疾，索取神醫安道全回京，駕前委用。降下聖旨，就令來取。宋江不敢阻當。次日，管待天使已了，就行起送安道全赴京。宋江等送出十里長亭餞行，安道全自同天使回京。有詩贊曰：

安子青囊藝最精，山東行散有聲名。人誇脈得倉公妙，自負丹如葪子成。刮骨立看金鏃出，解肌時有刃痕平。梁山結義堅如石，此别難忘手足情。

再説宋江把頒降到賞賜，分俵衆將，擇日祭旗起軍，辭别劉光世、耿參謀，上馬進兵，水陸並行，船騎同發。路至崇德縣。守將聞知，逩走回杭州去了。好貨。且說方臘大太子方天定聚集諸將，在行宮議事。今時龍翔宮基址，乃是舊日行宮。當日諸將商議迎敵宋兵之策，共是二十八員，四個元帥。那四員？

寶光如來國師鄧元覺　南離大將軍元帥石寶　鎮國大將軍厲天閏　護國大將軍司行方

這四個皆稱元帥，封贈大將軍名號，是方臘加封。又有二十四人，皆封將軍。那二十四員？

厲天祐　吴值　趙毅　黄愛　晁中　湯逢士　王勣　薛斗南　冷恭
張儉　元興　姚義　温克讓　茅迪　王仁　崔彧　廉明　徐白
張道原　鳳儀　張韜　蘇涇　米泉　貝應夔

這二十四個，皆封爲將軍。共是二十八員大將，都在方天定行宮，聚集計議。方天定令旨説道：「即目（日）宋江爲先鋒，水陸並進過江南來，平折了與他三個大郡。止有杭州，是南國之屏障，若有虧失，睦州焉能保守？前者司天太監浦文英奏，是罡星侵入吴地，就裏爲禍不小。正是這夥人了。今來犯吾境界，汝等諸官，各受重爵，務必赤心報國，休得怠慢，以負朝廷任用。」衆將啓奏方天定道：「主上寬心，放着許多精兵猛將，未曾與宋江對敵。目今雖是折陷了數處州郡，皆是不得其人，以致如此。今聞宋江、盧俊義分兵三路，來取杭州。殿下與國師謹守寧海軍城郭，作萬年基業。臣等衆將，各各分調迎敵。」太子方天定大喜，傳下令旨，也分三路軍馬，前去策應。只留國師鄧元覺同保城池。分去那三員元帥，乃是：

護國元帥司行方，引四員首將，救應德清州：

薛斗南　黄愛　徐白　米泉

鎮國元帥厲天閏，引四員首將，救應獨松關：

厲天祐　張儉　張韜　姚義

南離元帥石寶，引八員首將，總軍出郭迎敵大隊人馬：

温克讓　趙毅　冷恭　王仁　張道原　吴值　廉明　鳳儀

三員大將，分調三路，各引軍三萬。分撥人馬已定，各賜金帛，催促起身。元帥司行方，引了一枝軍馬，救應德清州，望奉口鎮進發。元帥厲天閏，引了一枝軍馬，救應獨松關，望餘杭州進發。

且不説兩路策應軍馬去了。却説這宋先鋒大隊軍兵，迤邐前進，來至臨平山，望見山頂一面紅旗，在那裏磨動。宋江當下差正將二員花榮、秦明，先來哨路，隨即催趲戰船車過長安壩來。花榮、秦明兩個，帶領了一千軍馬，轉過山嘴，早迎着南兵石寶軍馬。手下兩員首將，當先望見花榮、秦明，一齊出馬，一個是王仁，一個是鳳儀，各挺一條長鎗，便奔將來。宋軍中花榮、秦明，便把軍馬擺開出戰。

有詩爲證：

團花袍染猩猩血，鳳翅盔明豔豔金。手挽鵰弓騎駿馬，堂堂威武似兇神。

秦明手舞狼牙大棍，直取鳳儀；花榮挺鎗來戰王仁。四馬相交，鬥過十合，不分勝敗。秦明、花榮覩見南軍後有接應，都喝一聲：「少歇！」各回馬還陣。花榮道：「且休戀戰，快去報哥哥來，別作商議。」後軍隨即飛報去中軍，宋江引朱仝、徐寧、黃信、孫立四將，直到陣前。南軍王仁、鳳儀再出馬交鋒，大罵：「敗將敢再出來交戰！」秦明大怒，舞起狼牙棍，縱馬而出，和鳳儀再戰。王仁却搦花榮出戰。只見徐寧一騎馬，便挺鎗殺去。花榮與徐寧是一副一正，金鎗手，銀鎗手。花榮隨即也縱馬便出，在徐寧背後，拈弓取箭在手。不等徐寧、王仁交手，覷得較親，只一箭，把王仁射下馬去。南軍盡皆失色。鳳儀見王仁被箭射下馬來，吃了一驚，措手不及，被秦明當頭一棍打着，攧下馬去。南兵漫散奔走，宋軍衝殺過去，石寶抵當不住，退回臯亭山來，直近東新橋下寨。當日天晚，策立不定，南兵且退入城去。次日，宋先鋒軍馬已過了臯亭山，直抵東新橋下寨，傳令教分調本部軍兵，作三路夾攻杭州。那三路軍兵將佐？

一路分撥步軍頭領正偏將，從湯鎮路去取東門，是：

朱仝　史進　魯智深　武松　王英　扈三娘

一路分撥水軍頭領正偏將，從北新橋取古塘，截西路，打靠湖城門：

李俊　張順　阮小二　阮小五　孟康

中路馬步水三軍，分作三隊進發，取北關門、艮山門。前隊正偏將是：

關勝　花榮　秦明　徐寧　郝思文　凌振

第二隊總兵主將宋先鋒、軍師吴用，部領人馬正偏將是：

戴宗　李逵　石秀　黃信　孫立　樊瑞　鮑旭　項充　李衮　馬麟

裴宣　蔣敬　燕順　宋清　蔡福　蔡慶　郁保四

第三隊水路陸路助戰策應，正偏將是：

李應　孔明　杜興　楊林　童威　童猛

當日宋江分撥大小三軍已定，各自進發。有話即長，無話即短。且說中路大隊軍兵，前隊關勝直哨到東新橋，不見一個南軍。關勝心疑，退回橋外，使人回覆宋先鋒。宋江聽了，使戴宗傳令，分付道：「且未可輕進，每日輪兩個頭領出哨。」頭一日是花榮、秦明，第二日徐寧、郝思文，一連哨了數日，又不見出戰。此日又該徐寧、郝思文，兩個帶了數十騎馬，直哨到北關門來，見城門大開着。兩個來到弔橋邊看時，城上一聲擂鼓響，城裏早撞出一彪馬軍來。徐寧、郝思文急回馬時，城西偏路喊聲又起，一百餘騎馬軍衝在前面。徐寧併力死戰，殺出馬軍隊裏，回頭不見了郝思文。再回來看時，見數員將校把郝思文活捉了入城去。徐寧急待回身，項上早中了一箭，帶着箭飛馬走時，六將背後趕來。路上正逢着關勝，救得回來，血暈倒了。六員南將已被關勝殺退，自回城裏去了。慌忙報與宋先鋒知道，宋江急來看徐寧時，七竅内流血。宋江垂淚，便喚隨軍醫士治療，拔去箭矢，用金鎗藥敷貼。宋江且教扶下戰船内將息，自來看視。當夜三四次發昏，方知中了藥箭。宋江仰天嘆道：「神醫安道全已被取回京師，此間又無良醫可救，杭州醫派如此！必損吾股肱也。」傷感不已。吴用來請宋江回寨，主議軍情大事，勿以兄弟之情，誤了國家重事。宋江使人送徐寧到秀州去養病，不想箭中藥毒，調治半月之上，金瘡不痊身死。這是後話。且說宋江又差人去軍中打聽郝思文消息。次日只見小軍來報道：「杭州北關門城上，把竹竿挑起郝思文頭來示衆。」方知道被方天定碎剮了。宋江見報，好生傷感。後半月，徐寧已死，申文來報。宋江因折了二將，按兵不動，且守住大路。

却說李俊等引兵到北新橋守路，分軍直到古塘深山去處探路。聽得飛報，道折了郝思文，徐寧中箭而死。李俊與張順商議道：「尋思我等這條路道，第一要緊是去獨松關，湖州、德清二處衝要路口，抑且賊兵都在這裏出没。我們若當住他咽喉道路，被他兩面來夾攻，我等兵少，難以迎敵，不若一發殺入西山深處，却好屯扎。西湖水面，好做我們戰場。山西後面通接忠溪，却又好做退步。」便使小校報知先鋒，請取軍令，次後引兵直過桃源嶺西山深處，正在今時靈隱寺屯駐。山北面西溪山口，亦扎小寨，在今時古塘深處。前軍却來唐家瓦出哨。當日張順對李俊説道：「南兵都已收入杭州城裏去了，我們在此屯兵，今經半月之久，不見出戰，只在山裏，幾時能勾獲功？小弟今欲從湖裏汊水過去，從水門中暗入城去，放火爲號，哥哥便可進兵，取他水門。就報與主將先鋒，教三路一齊打城。」李俊道：「此計雖好，只恐兄弟獨力難成。」張順道：「便把這命報答先鋒哥哥許多年好情分，也不多了。」李俊道：「兄弟且慢去，待我先報與哥哥，整點人馬策應。」張順道：「我這裏一面行事，哥哥一面使人去報，比及兄弟到得城裏，先鋒哥哥已自知了。」

當晚張順身邊藏了一把蓼葉尖刀，飽吃了一頓酒食，來到西湖岸邊。看見那三面青山，一湖緑水，遠望城郭四座禁門，臨着湖岸。那四座門？錢塘門，湧金門，清波門，錢湖門。看官聽説：那時西湖，不比南渡以後，安排得十分的富貴。蓋爲金、宋二國講和罷戰休兵，天下太平，皇帝建都之地，如何不富盛。西湖上排着數十處遊賞去處。那時三面青山，景物非常，畫船酒館，水閣涼亭，其實好看。蘇東坡有詩道：

「湖光瀲灧晴偏好，山色空濛雨亦奇。欲把西湖比西子，淡粧濃抹也相宜。」

又詩曰：

「山外青山樓外樓，西湖歌舞幾時休。暖風薰得遊人醉，只把杭州作汴州。」

這西湖景致，自東坡稱讚之後，亦有書會吟詩和韻，不能盡記。又有一篇言語，單道着西湖好景，曲名《水調歌詞》：

三吴都會地，千古羡無窮。鑿開混沌，何年湧出水晶宫。春路如描桃杏發，秋賞金菊芙蓉，夏宴鮮藕池中。柳影六橋明月，花香十里薰風。也宜晴，也宜雨，也宜風，冬景淡粧濃。王孫公子，亭臺閣内管絃中。北嶺寒梅破玉，南屏九里蒼松。四面青山疊翠，侵漢二高峯。疑是蓬萊景，分開第一重。

這篇詞章說不盡西湖佳景，以致後人吟咏頗多，再有一篇詞語，亦道着西湖好處，詞名《臨江仙》：

自古錢塘風景，西湖歌舞歡筵。遊人終日玩花船，簫鼓夕陽不斷。昭慶壇聖僧古蹟，放生池千葉紅蓮。蘇公堤紅桃緑柳，林逋宅竹館梅軒。雷峯塔上景蕭然，清淨慈門亭苑。三天竺曉霞低映，二高峯濃抹雲烟。太子灣一泓秋水，佛國山翠靄連綿。九里松青蘿共翠，雨飛來龍井山邊。西陵橋上水連天，六橋金綫柳，纜住採蓮船。斷橋回首不堪觀，一輩先人不見。這西湖，故宋時果然景致無比，説不盡。

張順來到西陵橋上，看了半晌。時當春暖，西湖水色拖藍，四面山光疊翠，張順看了道：「我身生在潯陽江上，大風巨浪，經了萬千，何曾見這一湖好水。便死在這裏，也做個快活鬼。」生着貪愛心了。〔眉〕此心一起，所以至今不能擺脱。可憐，可憐！説罷，脱下布衫，放在橋下。頭上挽着個穿心紅的髻兒，下面着腰生絹水裙，繫一條膊膊，掛一口尖刀，赤着脚鑽下湖裏去，却從水底下摸將過湖來。此時已是初更天氣，月色微明。張順摸近湧金門邊，探起頭來，在水面上聽時，城上更鼓却打一更四點。城外静悄悄地，没一個人。城上女牆邊，有四五個人在那裏探望。張順再伏在水裏去了。又等半回，再探起頭來看時，女墻邊不見了一個人。張順摸到水口邊看時，一帶都是鐵窗櫺槅着，摸裏面時，都是水簾護定。簾子上有繩索，索上縛着一串銅鈴。張順見窗櫺牢固，不能勾入城，舒隻手入去扯那水簾時，牽得索子上鈴響，城上人早發起喊來。張順從水底下再鑽入湖裏伏了。聽得城上人馬下來看那水簾時，又不見有人，都在城上説道：「鈴子響得蹺蹊，莫不是個大魚順水遊來，撞動了水簾。」衆軍漢看了一回，並不見一物，又各自去睡了。

張順再聽時，城上已打三更。打了好一回更點，想必軍人各自去東倒西歪睡熟了。張順再鑽向城邊去，料是水裏入不得城，爬上岸來看時，那城上不見一個人在上面，便欲要爬上城去。〔眉〕這番再去，不是，不是。且又尋思道：「倘或城上有人，却不干折了性命。我且試探一試探。」摸些土塊，擲撒上城去。有不曾睡的軍士叫將起來，再下來看水門時，又沒動静。再上城來敵樓上看湖面上時，又没一隻船隻。原來西湖上船隻，已奉方天定令旨，都收入清波門外和浄慈港内，别門俱不許泊船。衆人道：「却是作怪。」口裏説道：「定是個鬼，不是鬼，却是個金華太保。我們各自睡去，休要睬他。」口裏雖説，却不去睡，盡伏在女墻邊。張順又聽了一個更次，不見些動静，却鑽到城邊來。聽上面更鼓不響，張順不敢便上去，又把些土石抛擲上城去，又没動静。張順尋思道：「已是四更，將及天亮，不上城去，更待幾時？」却纔爬到半城，只聽得上面一聲梆子響，衆軍一齊起，張順從半城上跳下水池裏去。待要趁水沒時，城上踏弩硬弓、苦竹鎗、鵝卵石一齊都射打下來。可憐張順英雄，就湧金門外水池中身死。才人有詩説道：

潯陽江上英雄漢，水滸城中義烈人。天數盡時無可救，湧金門外已歸神。

當下張順被苦竹鎗並亂箭射死於水池内。話分兩頭，却説宋江日間已接了李俊飛報，説張順没水入城，放火爲號，便轉報與東門軍士去了。當夜宋江在帳中和吴用議事。到四更，覺道神思困倦，退了左右，在帳中伏几而卧。猛然一陣冷風，宋江起身看時，只見燈燭無光，寒氣逼人。定睛看時，見一個似人非人，似鬼非鬼，立於冷氣之中。看那人時，渾身血污着，低低道：「小弟跟隨哥哥許多年，恩愛至厚，今以殺身報答，死於湧金門下鎗箭之中。今特來辭别哥哥。」宋江道：「這個不是張順兄弟？」回過臉來，這邊又見三四個，都是鮮血滿身，看不仔細。宋江大哭一聲，驀然覺來，乃是南柯一夢。帳外左右聽得哭聲，入來看時，宋江道：「怪哉！」叫請軍師圓夢。吴用道：「兄長却纔困倦暫時，有何異夢？」宋江道：「適間冷氣過處，分明見張順一身血污，立在此間，告道：『小弟跟着哥哥許多年，蒙恩至厚，今以殺身報答，死于湧金門下鎗箭之中，特來辭別。』轉過臉來，這面又立着三四個帶血的人，看不分曉，就哭覺來。」吴用道：「早間李俊報説，張順要過湖裏去，越城放火爲號。莫不只是兄長記心，却得這惡夢？」宋江道：「只想張順是個精靈的人，必然死於無辜。」吴用道：「西湖到城邊，必是險隘，想端的送了性命，張順魂來，與兄長托夢。」宋江道：「若如此時，這三四個又是甚人？」和吴學究議論不定，坐而待旦，絶不見城中動静，心中越疑。

看看午後，只見李俊使人飛報將來説：「張順去湧金門越城，被箭射死于水中，見今湖西城上，把竹竿挑起頭來，掛着號令。」宋江見報了，又哭的昏倒。吴用等衆將亦皆傷感。原來張順爲人甚好，深得弟兄情分。宋江道：「我喪了父母，也不如此傷惱，不由我連心透骨苦痛。」吴用及衆將勸道：「哥哥以國家大事爲念，休爲弟兄之情，自傷貴體。」宋江道：「我必須親自到湖邊，與他弔孝。」吴用諫道：「兄長不可親臨險地，若賊兵知得，必來攻擊。」宋江道：「我自有計較。」隨即點李逵、鮑旭、項充、李袞四個，引五百步軍去探路。宋江隨後帶了石秀、戴宗、樊瑞、馬麟，引五百軍士，暗暗地從西山小路裏去李俊寨裏。李俊等得知，接至半路接着，請到靈隱寺中方丈内歇下。宋江又哭了一場，便請本寺僧人，就寺裏誦經追薦張順。

次日天晚，宋江叫小軍去湖邊，揚一首白旛，上寫道：「亡弟正將張順之魂。」插於水邊西陵橋上，排下許多祭物，却分付李逵道：「如此如此……」埋伏在北山路口，樊瑞、馬麟、石秀左右埋伏，戴宗隨在身邊，只等天色相近一更時分，宋江掛了白袍金盔，上蓋着一層孝絹，同戴宗並五七個僧人，却從小行山轉到西陵橋上。軍校已都列下黑猪白羊，金銀祭物，點起燈燭熒煌，焚起香來。宋江在當中證盟，朝着湧金門下哭奠，戴宗立在側邊。先是僧人摇鈴誦呪，攝召呼名，祝讚張順魂魄，降墜神旛。次後戴宗宣讀祭文，宋江親自把酒澆奠，仰天望東而哭。正哭之間，只聽得橋下兩邊一聲喊起，南北兩山一齊鼓響，兩彪軍馬來拿宋江。正是方施恩念行仁義，翻作勤王小戰場。正是直誅南國數員將，攪動西湖萬丈波。畢竟宋江、戴宗怎地迎敵，且聽下回分解。

此一回内折了三員將佐：

郝思文　徐寧　張順

京師取回一員將佐：

安道全

李和尚曰：張順汶水入城，極莽，極癡，不是白着送了性命！

宋江智取寧海軍

張順魂殺方天定

第九十五回　張順魂捉方天定　宋江智取寧海軍

詩曰：

黄鉞南征自渡江，風飛雷厲過錢塘。回觀伍相江濤險，前望嚴陵道路長。擊楫宋江真祖逖，運籌吴用賽張良。出師得勝收功績，萬載題名姓字香。

話説浙江錢塘西湖這個去處，果然天生佳麗，水秀山明。正是帝王建都之所，名實相孚，繁華第一。自古道：江浙昔時都會，錢塘自古繁華。休言城内風光，且説西湖景物：

有一萬頃碧澄澄掩映琉璃，列三千面青娜娜参差翡翠。春風湖上，豔桃穠李如描；夏日池中，緑蓋紅蓮似畫。秋雲涵茹，看南園嫩菊堆金；冬雪紛飛，觀北嶺寒梅破玉。九里松青烟細細，六橋水碧響泠泠。曉霞連映三天竺，暮雲深鎖二高峯。風生在猿呼洞口，雨飛來龍井山頭。三賢堂畔，一條鰲背侵天；四聖觀前，百丈祥雲繚繞。蘇公堤，東坡古迹；孤山路，和靖舊居。訪友客投靈隱去，簪花人逐淨慈來。平昔只聞三島遠，豈知湖上勝蓬萊。

有古詞名《浣溪沙》爲證：

湖上朱橋響畫輪，溶溶春水浸春雲，碧琉璃滑淨無塵。當路遊絲迎醉客，隔花黃鳥喚行人。日斜歸去奈何春。〔眉〕通。

這篇詞章言語，單道着杭州西湖景致，自從錢王開創已來，便自整齊。舊宋以前，喚做清河鎮，錢王手裏改爲杭州寧海軍。高宗車駕南渡之後，喚做花花臨安府。錢王之時，只有十座城門，後南渡建都，又添了三座城門。目今方臘占據時，東有菜市門、薦橋門；南有候潮門、嘉會門；西有錢湖門、清波門、湧金門、錢塘門；北有北關門、艮山門。城子方圓八十里。果然杭州城郭非常，風景勝絕。有詩爲證：

赤岸銀濤捲雪寒，龍窩潮勢白漫漫。妙高峯上頻翹首，罨畫樓臺特地看。】〔眉〕都可删。

却纔説不了宋江和戴宗正在西陵橋上祭奠張順，不期方天定已知，着令差下十員首將，分作兩路，來拏宋江，殺出城來。南山五將，是吴值、趙毅、晁中、元興、蘇涇。北山路也差五員首將，是温克讓、崔彧、廉明、茅迪、湯逢士。南兵兩路，共十員首將，各引三千人馬，半夜前後開門，兩頭軍兵一齊殺出來。宋江正和戴宗奠酒化紙，只聽得橋下喊聲大舉。左有樊瑞、馬麟，右有石秀，各引五千人埋伏。聽得前路火起，一齊也舉起火來，兩路分開趕殺南北兩山軍馬。南兵見有准備，急回舊路。兩邊宋兵追趕。温克讓引着四將急回過河去時，不提防保叔塔山背後，撞出阮小二、阮小五、孟康，引五千軍殺出來，正截斷了歸路，活捉了茅迪，亂鎗戳死湯逢士。南山吴值，也引着四將，迎着宋兵追趕，急退回來，不提防定香橋正撞着李逵、鮑旭、項充、李衮，引五百步隊軍殺出來。那兩個牌手，直搶入懷裏來，手舞蠻牌，飛刀出鞘，早剁倒元興。鮑旭刀砍死蘇涇，李逵斧劈死趙毅。軍兵大半殺下湖裏去了，都被淹死。投到城裏救軍出來時，宋江軍馬已都入山裏去了，都到靈隱寺取齊，各自請功受賞。兩路奪得好馬五百餘匹。宋江分付留下石秀、樊瑞、馬麟，相幫李俊等同管西湖山寨，准備攻城。宋江只帶了戴宗、李逵等回皁亭山寨中。吴用等接入中軍帳坐下。宋江對軍師説道：「我如此行計，已得他四將之首，活捉了茅迪，將來解赴張招討軍前斬首施行。」

宋江在寨中，惟不知獨松關、德清二處消息，便差戴宗去探，急來回報。戴宗去了數日，回來寨中，參見先鋒，説知：「盧先鋒已過獨松關了，早晚便到此間。」宋江聽了，憂喜相半，又問：「兵將如何？」戴宗答道：「我都知那裏厮殺的備細，更有公文在此，先鋒請休煩惱。」宋江道：「莫非又損了我幾個弟兄？你休隱避，可與我實説情由。」戴宗道：「盧先鋒自從去取獨松關，那關兩邊都是高山，只中間一條路。山上蓋着關所，關邊有一株大樹，可高數十餘丈，望得諸處皆見。下面盡是叢叢雜雜松樹。關上守把三員賊將，爲首的唤做吴昇，第二個是蔣印，第三個是衞亨。初時連日下關，和林冲厮殺，被林冲蛇矛戳傷蔣印。吴昇不敢下關，只在關上守護。次後厲天閏又引四將到關救應，乃是厲天祐、張儉、張韜、姚義四將。次日下關來厮殺。賊兵内厲天祐首先出馬，和吕方相持，約鬥五六十合，被吕方一戟刺死厲天祐。賊兵上關去了，並不下來。連日在關下等了數日。盧先鋒爲見山嶺嶮峻，却差歐鵬、鄧飛、李忠、周通四個上山探路。不提防厲天閏要替兄弟復仇，引賊兵衝下關來，首先一刀斬了周通，李忠帶傷走了。若是救應得遲時，都是休了的。救得三將回寨。次日，雙鎗將董平焦躁，要去復仇，勒馬在關下大罵賊將。不提防關上一火砲打下來，砲風正傷了董平左臂，回到寨裏，就使鎗不得，把夾板綁了臂膊，次日定要去報仇。盧先鋒當住了，不曾去。過了一夜，臂膊料好，不教盧先鋒知道，自和張清商議了，兩個不騎馬，先行上關來。關上走下厲天閏、張韜來交戰。董平要捉厲天閏，步行使鎗，厲天閏也使長鎗來迎，與董平鬥了十合。董平心裏只要厮殺，争奈左手使鎗不應，只得退步。厲天閏趕下關來。張清便挺鎗去搠厲天閏。厲天閏却閃去松樹背後，張清手中那條鎗却搠在松樹上，急要拔時，搠牢了拽不脱，被厲天閏還一鎗來，腹上正着，戳倒在地。董平見搠倒張清，急使雙鎗去戰時，不提防張韜却在背後攔腰一刀，把董平剁做兩段。盧先鋒知得急去救應，兵已上關去了。下面又無計可施。得了孫新、顧大嫂夫妻二人，扮做逃難百姓，去到深山裏尋得一條小路，引着李立、湯隆、時遷、白勝四個，從小路過到關上。半夜裏却摸上關放起火來。賊將見關上火起，知有宋兵已透過關，一齊棄了關隘便走。盧先鋒上關點兵將時，孫新、顧大嫂活捉得原守關將吴昇。李立、湯隆活捉得原守關將蔣印。時遷、白勝活捉得原守關將衛亨。將此三人，都解付張招討軍前去了。收拾得董平、張清、周通三人屍骸，葬于關上。盧先鋒追過關四十五里，趕上賊兵，與厲天閏交戰。約鬥了三十餘合，被盧先鋒殺死厲天閏。止存張儉、張韜、姚義引着敗殘軍馬，勉强迎敵，得便退回。只在早晚便到。主帥不信，可看公文。」宋江看了文書，心中添悶，眼淚如泉。吴用道：「既是盧先鋒得勝了，可調軍將去夾攻，南兵必敗。就行接應湖州呼延灼那路軍馬。」宋江應道：「言之極當。」便調李逵、鮑旭、項充、李衮引三千步軍，從山路接將去。黑旋風引了軍兵，歡天喜地去了。有詩爲證：

張順英魂顯至誠，宋江臨祭更傷情。伏兵已戮諸奸賊，席捲長驅在此行。

且說宋江軍馬攻打東門，正將朱仝等，原撥五千馬步軍兵，從湯鎮路上村中奔到菜市門外，攻取東門。那時東路沿江，都是人家，村居道店，賽過城中，茫茫蕩蕩，田園地段。當時來到城邊，把軍馬排開。魯智深首先出陣，步行搦戰，提着鐵禪杖，直來到城下大罵：「蠻撮鳥們！出來和你厮殺。」那城上見是個和尚挑戰，慌忙報入太子宮中來。當有寶光國師鄧元覺，聽的是個和尚勒戰，便起身奏太子道：「小僧聞梁山泊有這個和尚，名爲魯智深，慣使一條鐵禪杖。請殿下去東門城上，看小僧和他步門幾合。」方天定見說大喜，傳令旨，遂引八員猛將，同元帥石寶，都來菜市門城上，看國師迎敵。當下方天定和石寶在敵樓上坐定，八員戰將簇擁在兩邊，看寶光國師戰時，那寶光和尚怎生結束，但見：

穿一領烈天猩紅直裰，繫一條虎觔打就圓絛。掛一串七寶瓔珞數珠，着一雙九環鹿皮僧鞋。襯裏是香綫金獸掩心，〈伏〉〈雙〉手使錚光渾鐵禪杖。

當時開城門，放弔橋，那寶光國師鄧元覺引五百刀手步軍，飛奔出來。魯智深見了道：「原來南軍也有這禿厮出來！洒家教那厮吃俺一百禪杖！」也不打話，輪起禪杖，便奔將來。寶光國師也使禪杖來迎。兩個一齊都使禪杖相併。但見：

裊裊垂楊影裏，茸茸芳草郊原。兩條銀蟒飛騰，一對玉龍戲躍。魯智深忿怒，全無清淨之心；鄧元覺生嗔，豈有慈悲之念。這個何會尊佛道，只於月黑殺人；那個不會看經文，惟要風高放火。這個向靈山會上惱如來，懶坐蓮臺；那個去善法堂前勒揭諦，使回金杵。一個盡世不修梁武懺，一個平生那識祖師禪。〔眉〕好看，好看，還須李和尚看耳。

這魯智深和寶光國師鬥過五十餘合，不分勝敗。方天定在敵樓上看了，與石寶道：「只說梁山泊有個花和尚魯智深，不想原來如此了得，名不虛傳。鬥了這許多時，不曾折半點兒便宜與寶光和尚。」石寶答道：「小將也看得呆了，不曾見這一對敵手。」有詩爲證：

不會參禪不誦經，殺人場上久馳名。龍華會上三千佛，鎮日何曾念一聲。念他怎麼？

正說之間，只聽的飛馬又報道：「北關門下又有軍到城下。」石寶慌忙起身去了。且說城下宋軍中行者武松，見魯智深戰寶光不下，恐有疏失，心中焦躁，便舞起雙戒刀，飛出陣來，直取寶光。寶光見他兩個併我一個，拖了禪杖，望城裏便走。武松奮勇直趕殺去。忽地城門裏突出一員猛將，乃是方天定手下貝應夔，便挺鎗躍馬，接住武松廝殺。兩個正在弔橋上撞着，被武松閃個過，撇了手中戒刀，搶住他鎗桿，只一拽，連人和軍器拖下馬來。嗝察一刀，把貝應夔剁下頭來。〔眉〕佛。魯智深隨後接應了回來。方天定急叫拽起弔橋，收兵入城。這裏朱仝也叫引軍退十里下寨，使人去報捷宋先鋒知會。

當日宋江引軍到北關門搦戰，石寶帶了流星鎚上馬，手裏橫着劈風刀，開了城門出來迎敵。宋兵陣上大刀關勝出馬，與石寶交戰。兩個鬥到二十餘合，石寶撥回馬便走。關勝急勒住馬，也回本陣。宋江問道：「緣何不去追趕？」關勝道：「石寶刀法不在關勝之下，雖然回馬，必定有計。」通得。吴用道：「段愷曾說此人慣使流星鎚，回馬詐輸，漏人深入重地。」宋江道：「若去追趕，定遭毒手。且收軍回寨。」一面差人去賞賜武松。

却説李逵等引着步軍去接應盧先鋒，來到山路裏，正撞張儉敗軍，併力衝殺入去。〔眉〕過接處都無痕迹，文至此妙矣。亂軍中殺死姚義。有張儉、張韜二人，再奔回關上那條路去。正逢着盧先鋒，大殺一陣，便望深山小路而走。背後追趕得緊急，只得棄了戰馬，奔走山下逃命。不期竹篠中鑽出兩個人來，各拏一把鋼叉，張儉、張韜措手不及，被兩個拏叉戳翻，直捉下山來。原來戳翻張儉、張韜的是解珍、解寶。盧先鋒見拏二人到來，大喜。與李逵等合兵一處，會同衆將，回到臯亭山大寨中來，參見宋先鋒等。都相見了，訴説折了董平、張清、周通一事，彼各傷感。諸將盡來參拜了宋江，合兵一處下寨。次日，教把張儉解赴蘇州張招討軍前，梟首示衆；將張韜就寨前割腹剜心，遥空祭獻董平、張清、周通了當。宋先鋒與吴用計議道：「啓請盧先鋒領本部人馬，去接應德清縣路上呼延灼等這支軍，同到此間，計合取城。」盧俊義得令，便點本部兵馬，起程取路，望奉口鎮進發。三軍路上到得奉口，正迎着司行方敗殘軍兵回來。盧俊義接着大殺一陣，司行方墜水而死，其餘各自逃散去了。呼延灼參見盧先鋒，合兵一處，回來臯亭山總寨，參見宋先鋒等。諸將會合計議，宋江見兩路軍馬都到了杭州，那宣州、湖州、獨松關等處，皆是張招討、從參謀自調統制前去各處護境安民，不在話下。

宋江看呼延灼部内，不見了雷横、龔旺二人。呼延灼訴説：「雷横在德清縣南門外，和司行方交鋒，鬥到二十合，被司行方砍下馬去。龔旺因和黄愛交戰，趕過溪來，和人連馬，陷倒在溪裏，被南軍下水亂鎗戳死。米泉却是索超一斧劈死。黄愛、徐白，衆將向前活捉在此。司行方趕逐在水裏淹死，薛斗南亂軍中逃難，不知去向。」宋江聽得又折了雷橫、龔旺兩個兄弟，淚如雨下，對衆將道：「前日張順與我托夢時，見右邊立着三四個血污衣襟之人，在我面前見形，正是董平、張清、周通、雷橫、龔旺這夥陰魂了。我若得了杭州寧海軍時，重重地請僧人設齋做好事，追薦超度衆兄弟。」將黄愛、徐白解赴張招討軍前斬首，不在話下。當日宋江叫殺牛宰馬，宴勞三軍。次日與吴用計議定了，分撥正偏將佐攻打杭州。

副先鋒盧俊義，帶領正偏將一十二員，攻打候潮門：

林沖　呼延灼　劉唐　解珍　解寶　單廷珪　魏定國　陳達　楊春
杜遷　李雲　石勇

花榮等正偏將一十四員，攻打艮山門：

花榮　秦明　朱武　黄信　孫立　李忠　鄒淵　鄒潤　李立　白勝
湯隆　穆春　朱貴　朱富

穆弘等正偏將十一員，去西山寨内，幫助李俊等攻打靠湖門：

李俊　阮小二　阮小五　孟康　石秀　樊瑞　馬麟　穆弘　楊雄
薛永　丁得孫

孫新等正偏將八員，去東門寨幫助朱仝攻打菜市薦橋等門：

朱仝　史進　魯智深　武松　孫新　顧大嫂　孫二娘　張青

東門寨内，取回偏將八員，兼同李應等，管領各寨探事，各處策應：

李應　孔明　楊林　杜興　童猛　童威　王英　扈三娘

正先鋒使宋江，帶領正偏將二十一員，攻打北關門大路：

吴用　關勝　索超　戴宗　李逵　吕方　郭盛　歐鵬　鄧飛　燕順

凌振　鮑旭　項充　李衮　宋清　裴宣　蔣敬　蔡福　蔡慶　時遷

郁保四

當下宋江調撥將佐，取四面城門。宋江等部領大隊人馬，直近北關門城下勒戰。城上鼓響鑼鳴，大開城門，放下吊橋，石寶首先出馬來戰。宋軍陣上，急先鋒索超，平生性急，揮起大斧，也不打話，飛奔出來，便鬥石寶。兩馬相交，二將猛戰，未及十合，石寶賣個破綻，回馬便走。索超追趕，關勝急叫休去時，索超臉上着一鎚，打下馬去。鄧飛急去救時，石寶馬到，鄧飛措手不及，又被石寶一刀砍做兩段。城中寶光國師，引了數員猛將，衝殺出來，宋兵大敗，望北而走。却得花榮、秦明等刺斜裏殺將來，衝退南軍，救得宋江回寨。石寶得勝，歡喜回城中去了。宋江等回到皐亭山大寨歇下，升帳而坐，又見折了索超、鄧飛二將，心中好生納悶。吴用諫道：「城中有此猛將，只宜智取，不可對敵。」宋江道：「似此損兵折將，用何計可取？」吴用道：「先鋒計會各門了當，再引軍攻打北關門，城裏兵馬必然出來迎敵，我却佯輸詐敗，誘引賊兵遠離城郭，放砲爲號，各門一齊打城。但得一門軍馬進城，便放起火來應號。賊兵必然各不相顧，可獲大功。」宋江便喚戴宗傳令知會。次日，令關勝引些少馬軍去北關門城下勒戰。城上鼓響，石寶引軍出城，和關勝交馬。戰不過十合，關勝急退。石寶軍兵趕來，凌振便放起砲來。號砲起時，各門都發起喊來，一齊攻城。

且説副先鋒盧俊義，引着林冲等調兵攻打候潮門。軍馬來到城下，見城門不關，下着弔橋。劉唐要奪頭功，一騎馬、一把刀直搶入城去。城上看見劉唐飛馬奔來，一斧砍斷繩索，墜下閘板，可憐悍勇劉唐，連馬和人，同死于門下。原來杭州城子，乃錢王建都，製立三重門關。外一重閘板，中間兩扇鐵葉大門，裏面又是一層排柵門。劉唐搶到城門下，上面早放下閘板來，兩邊又有埋伏軍兵，劉唐如何不死。林沖、呼延灼見折了劉唐，領兵回營，報覆盧俊義。各門都入不去，只得且退，使人飛報宋先鋒大寨知道。宋江聽得又折了劉唐，被候潮門閘死，痛哭道：「屈死了這個兄弟！自鄆城縣結義，跟着晁天王上梁山泊，受了許多年辛苦，不曾快樂。大小百十場出戰交鋒，出百死得一生，未嘗折了鋭氣。誰想今日却死于此處。」〔眉〕也强似死在鄆城縣中雷横手裏了。因作詩一首哭之：

「百戰英雄士，生平志未降。忠心扶社稷，義氣助家邦。此日梟鳴纛，何時馬渡江？不堪哀痛意，清淚逐流淙。」

且説軍師吴用道：「此非良法。這計不成，倒送了一個兄弟。且教各門退軍，别作道理。」宋江心焦，急欲要報仇雪恨，嗟嘆不已。部下黑旋風便道：「哥哥放心，我明日和鮑旭、項充、李衮四個人，好歹要拏石寶那厮。」宋江道：「那人英雄了得，你如何近傍得他？」李逵道：「我不信！我明日不捉得他，不來見哥哥面！」豪傑。宋江道：「你只小心在意，休覷得等閑。」黑旋風李逵回到自己帳房裏，篩下大碗酒、大盤肉，請鮑旭、項充、李衮來吃酒，説道：「我四個從來做一路厮殺。今日我在先鋒哥哥面前砍了大嘴，明日要捉石寶那厮。你三個不要心懶。」鮑旭道：「哥哥今日也教馬軍向前，明日也教馬軍向前，今晚我等約定了，來日務要齊心向前，捉石寶那厮。我們四個都争口氣。」〔眉〕真同調也。

次日早晨，李逵等四人吃得醉飽了，都拏軍器出寨，「請先鋒哥哥看厮殺。」宋江見四個都半醉，便道：「你四個兄弟，休把性命作戲。」李逵道：「哥哥休小覷我們。」宋江道：「只願你們應得口便好。」宋江上馬，帶同關勝、歐鵬、吕方、郭盛四個馬軍將佐，來到北關門下，擂鼓摇旗搦戰。李逵火雜雜地搦着雙斧，立在馬前；鮑旭挺着板刀，睁着怪眼，只待厮殺；項充、李衮各挽一面團牌，插着飛刀二十四把，挺鐵鎗伏在兩側。只見城上鼓響鑼鳴，石寶騎着一匹爪黄馬，拏着劈風刀，引兩員首將出城來迎敵。有詩爲證：

慣陣李逵心似火，項充李衮挽團牌。三人當陣如雄虎，專待讎家石寶來。

上首吴值，下首廉明，三員將却纔出得城來，李逵是個不怕天地的人，大吼了一聲，四個直奔到石寶馬頭前來。石寶便把劈風刀去迎時，早來到懷裏，李逵一斧斫斷馬脚，石寶便跳下來，望馬軍羣裏躲了。鮑旭早把廉明一刀砍下馬來。兩個牌首早飛出刀來，空中似玉魚亂躍，銀葉交加。〔眉〕四人真是好漢，不必論成敗也。宋江把馬軍衝到城邊時，城上擂木砲石亂打下來。宋江怕有疏失，急令退軍。不想鮑旭早鑽入城門裏去了，宋江只叫得苦。石寶却伏在城門裏面，看見鮑旭搶將入來，刺斜裏只一刀，早把鮑旭砍做兩段。項充、李衮急護得李逵回來。宋江軍馬退還本寨，又見折了鮑旭，宋江越添愁悶。李逵也哭了回寨裏來。吴用道：「此計亦非良策。雖是斬得他一將，却折了李逵的副手。」

正是衆人煩惱間，只見解珍、解寶到寨來報事。宋江問其備細時，解珍稟道：「小弟和解寶直哨到南門外二十餘里，地名范村，見江邊泊着一連有數十隻船。下去問時，原來是富陽縣裏評事解糧船，小弟欲要把他殺了，本人哭道：『我等皆是大宋良民，累被方臘不時科斂，但有不從者，全家殺害。我等今得天兵到來剪除，只指望再見太平之日，誰想又遭橫亡。』小弟見他說的情切，不忍殺他。是。又問他道：『你原何却來此處？』他（說）爲『近奉方天定令旨，行下各縣，要刷洗村坊，着科斂白糧五萬石。老漢爲頭斂得五千石，先解來交納。今到此間，爲大軍圍城厮殺，不敢前去，屯泊在此。』小弟得了備細，特來報知主將。」【有詩爲證：

解寶趨營忽報言，糧舟數十泊河邊。憑誰說與方天定，此是成功破敵年。】刪。

吴用大喜道：「此乃天賜其便。這些糧船上定要立功。」便請先鋒傳令：「就是你兩個弟兄爲頭，帶將砲手淩振並杜遷、李雲、石勇、鄒淵、鄒潤、李立、白勝、穆春、湯隆，王英、扈三娘，孫新、顧大嫂，張青、孫二娘三對夫妻，扮做梢公梢婆，都不要言語，混雜在梢後，一攬進得城去，便放連珠砲爲號。我這裏自調兵來策應。」解珍、解寶喚袁評事上岸來，傳下宋先鋒言語道：「你等既宋國良民，可依此行計。事成之後，必有重賞。」此時不由袁評事不從。許多將校已都下船，却把船上梢公人等都只留在船上雜用。却把梢公衣服脱來與王英、孫新、張青穿了，裝扮做梢公；扈三娘、顧大嫂、孫二娘三人女將扮做梢婆，小校人等都做摇船水手。軍器衆將都埋藏在船艙裏，把那船一齊都放到江岸邊。此時各門圍哨的宋軍，也都不遠。袁評事上岸，解珍、解寶和那數個梢公跟着直到城下叫門。城上得知，問了備細來情，報入太子宮中。方天定便差吴值開城門，直來江邊，點了船隻，回到城中奏知方天定。方天定差下六員將，引一萬軍出城，攔住東北角上。着袁評事搬運糧米，入城交納。此時衆將人等都雜在梢公、水手人内，混同搬糧運米入城。三個女將也隨入城裏去了。五千糧食，須臾之間，都搬運已了。六員首將，却統引軍入城中。宋兵分投而來，復圍住城郭，離城三二里，列着陣勢。當夜二更時分，淩振取出九箱子母等砲，直去吴山頂上放將起來。衆將各取火把，到處點着。城中不一時鼎沸起來，正不知多少宋軍在城裏。方天定在宫中聽了大驚，急急披掛上馬時，各門城上軍士已都逃命去了。宋兵大振，各自争功奪城。有詩爲證：

糧米五千纔運罷，三員女將入城來。車箱火砲連天起，眼見杭州起禍災。

且説城西山内李俊等得了將令，引軍殺到浄慈港，奪得船隻，便從湖裏使將過來湧金門上岸。衆將分投去搶各處水門。李俊、石秀首先登城，就夜城中混戰，止存南門不圍。亡命敗軍都從那門下奔走。却説方天定上得馬，四下裏尋不着一員將校，止有幾個步軍跟着，出南門奔走。忙忙似喪家之狗，急急如漏網之魚。走得到五雲山下，只見江裏走起一個人來。□裏啣着一把刀，赤條條跳上岸來。〔眉〕奇。方天定在馬上見來得兇，便打馬要走。可奈那匹馬作怪，百般打也不動，却似有人籠住嚼環的一般。那漢搶到馬前，把方天定扯下馬來，一刀便割了頭。却騎了方天定的馬，一手提了頭，一手執刀，奔回杭州城來。林沖、呼延灼領兵趕到六和塔時，恰好正迎着那漢。二將認的是船火兒張横，吃了一驚。呼延灼便叫：「賢弟那裏來？」張横也不應，一騎馬直跑入城裏去。

此時宋先鋒軍馬大隊，已都入城了，就在方天定宮中爲帥府。衆將校都守住行宮，望見張横一騎馬跑將來，衆人皆吃一驚。張横直到宋江面前，滚鞍下馬，把頭和刀撇在地下，納頭拜了兩拜，便哭起來。宋江慌忙抱住張横道：「兄弟，你從那裏來？阮小七又在何處？」張横道：「我不是張横。」〔眉〕奇。宋江道：「你不是張横，却是誰？」張横道：「小弟是張順。因在湧金門外被鎗箭攢死，一點幽魂，不離水裏飄蕩。感得西湖震澤龍君，收做金華太保，留於水府龍宮爲神。今日哥哥打破了城池，兄弟一魂纏住方天定，半夜裏隨出城去。見哥哥張横在大江裏，來借哥哥屍殼，飛奔上岸，跟到五雲山脚下，殺了這賊，一逕奔來見哥哥。」説了，驀然倒地。宋江親自扶起，張横睜開眼，看了宋江並衆將，刀劍如林，軍士叢滿。張横道：「我莫不在黄泉見哥哥麽？」宋江哭道：「却纔你與兄弟張順傅體，殺了方天定這賊。你不曾死。我等都是陽人，你可精神着。」張横道：「恁地説時，我的兄弟已死了？」宋江道：「張順因要從西湖水底下去拱水門，入城放火，不想至湧金門外越城，被人知覺，鎗箭攢死在彼。」張横聽了，大哭一聲：「兄弟！」驀然倒了。衆人看張横時，四肢不舉，兩眼朦朧。七魄悠悠，三魂杳杳。正是未隨五道將軍去，定是無常二鬼催。畢竟張横悶倒性命如何，且聽下回分解。

此一回内折了九員將佐：

董平　張清　周通　雷横　龔旺　索超　鄧飛　劉唐　鮑旭

李和尚曰：張順只因一念貪着西湖好水，便做了金華太保，永世不得出身。可惜，可惜！

盧俊義分兵歙州道

宋公明大戰烏龍嶺

第九十六回　盧俊義分兵歙州道　宋公明大戰烏龍嶺

詩曰：

七里灘頭鼓角聲，烏龍嶺下戰塵生。白旄黄鉞横山路，虎旅狼兵遍歙城。天助宋江扶社稷，故教邵俊顯威靈。將軍指日成功後，定使閭閻賀太平。

話説當下張横聽得道没了他兄弟張順，煩惱得昏暈了，半晌却救得甦醒。宋江道：「且扶在帳房裹調治，却再問他海上事務。」宋江令裴宣、蔣敬寫録衆將功勞，辰巳時分都在營前聚集。李俊、石秀生擒吴值，三員女將生擒張道原，林冲蛇矛戳死冷恭，解珍、解寶殺了崔彧。只走了石寶、鄧元覺、王勣、晁中、温克讓五人。宋江便出榜安撫百姓，賞勞三軍，把吴值、張道原解赴張招討軍前，斬首施行。獻糧袁評事申文保舉，作富陽縣令。張招討處，關領空頭官誥，不在話下。

衆將都到城中歇下。左右報道：「阮小七從江裹上岸入城來了。」宋江唤到帳前問時，説道：「小弟和張横和侯健、段景住帶領水手，海邊覓得船隻，行至海鹽等處，指望便使入錢塘江來。不期風水不順，打出大洋裹去了。急使得回來，又被風打破了船，衆人都落在水裹。侯健、段景住不識水性，落下去淹死。海中衆多水手，各自逃生，四散去了。小弟赴水到海口，進得赭山門，被潮直漾到半墦山。赴水回來，却見張横哥哥在五雲山江裏。本待要上岸來，又不知他在那地裏。昨夜望見城中火起，又聽得連珠砲響，想必是哥哥在杭州城厮殺，以此從江裏上岸來，不知張横曾到岸也不曾？」宋江説張横之事與阮小七知道，令和他自己兩個哥哥相見了，依前管領水軍頭領船隻。宋江傳令，先調水軍頭領去江裏收拾江船，伺候征進睦州。想起張順如此通靈顯聖，去湧金門外靠西湖邊建立廟宇，題名「金華太保」。宋江親去祭賽。後來收伏方臘有功於朝，宋江回京奏知此事，特奉聖旨，敕封爲金華將軍，廟食杭州。有詩爲證：

生前勇悍無人敵，死後英靈助壯圖。香火綿延森廟宇，至今血食在西湖。

再説宋江在行宮内，因思渡江以來，損折許多將佐，心中十分悲愴。却去浄慈寺修設水陸道場七晝夜，判施斛食，濟拔沉冥，超度衆將，各設靈位享祭，做了好事已畢。將方天定宮中一應禁物，盡皆毀壞。所有金銀寶貝羅段等項，分賞諸將軍校。杭州城百姓俱寧，設宴慶賀。當與軍師從長計議，調兵收復睦州。此時已是四月盡間，忽聞報道：「副都督劉光世並東京天使，都到杭州。」宋江當下引衆將出北關門迎接入城，就行宮開讀聖旨：「敕先鋒使宋江等收勦方臘，累建大功。敕賜皇封御酒三十五瓶，錦衣三十五領，賞賜正將。其餘偏將，照名支給賞賜段疋。」原來朝廷只知公孫勝不曾渡江收勦方臘，却不知折了許多人馬。宋江見了三十五員錦衣御酒，驀然傷心，淚不能止。天使問時，宋江把折了衆將的話，對天使説知。天使道：「如此折將，朝廷怎知？下官回京，必當奏聞皇上。」即時設宴管待天使，劉光世主席，其餘大小將佐，各依次序而坐。御賜酒宴，各各沾恩已罷。已亡正偏將佐，留下錦衣御酒賞賜。次日，設位遥空享祭。宋江將一瓶御酒、一領錦衣，去張順廟裏呼名享祭，錦衣就穿泥神身上。其餘的都只遥空焚化錦衣。天使住了幾日，送回京師。

不覺迅速光陰，早過了十數日。張招討差人賫文書來催趲先鋒進兵。宋江與吴用請盧俊義商議：「此去睦州，沿江直抵賊巢。此去歙州，却從昱嶺關小路而去。今從此處分兵征勦，不知賢弟兵取何處？」盧俊義道：「主兵遣將，聽從哥哥嚴令，安敢選擇？」宋江道：「雖然如此，試看天命。」作兩隊分定人數，寫成兩處鬮子，焚香祈禱，各鬮一處。宋江拈鬮得睦州，盧俊義拈鬮得歙州。宋江道：「方臘賊巢正在清溪縣幫源洞中，賢弟取了歙州，可屯住軍馬，申文飛報知會，約日同攻清溪賊洞。」盧俊義便請宋公明約量分調將佐軍校：

先鋒使宋江，帶領正偏將佐三十六員，攻取睦州並烏龍嶺：

軍師吴用　關勝　花榮　秦明　李應　戴宗　朱仝　李逵　魯智深

武松　解珍　解寶　吕方　郭盛　樊瑞　馬麟　燕順　宋清　項充

李衮　王英　扈三娘　淩振　杜興　蔡福　蔡慶　裴宣　蔣敬

郁保四

水軍頭領正偏將佐七員，部領船隻，隨軍征進睦州：

李俊　阮小二　阮小五　阮小七　童威　童猛　孟康

副先鋒盧俊義，管領正偏將佐二十八員，收取歙州並昱嶺關：

軍師朱武　林沖　呼延灼　史進　楊雄　石秀　單廷珪　魏定國

孫立　黃信　歐鵬　杜遷　陳達　（楊）春　李忠　薛永　鄒淵

鄒潤　李立　李（雲）　湯隆　石勇　時遷　丁得孫　孫新　顧大嫂

張青　孫二娘

當下盧先鋒部領正偏將校共計二十九員，隨行軍兵三萬人馬，擇日辭了劉都督，別了宋江，引兵至杭州，取山路經過臨安縣，進發登程去了。却說宋江等整頓船隻軍馬，分撥正偏將校，選日祭旗出師，水陸並進，船騎相迎。此時杭州城内瘟疫盛行，已病倒六員將佐，是張橫、穆弘、孔明、朱貴、楊林、白勝，患體未痊，不能征進。就撥穆春、朱富看視病人，共是八員，寄留於杭州。其餘衆將，盡隨宋江攻取睦州。共計三十七員。取路沿江望富陽縣進發。

且不説兩路軍馬起程，再説柴進同燕青自秀州槜李亭別了宋先鋒，行至海鹽縣前，到海邊趁船，使過越州，迤邐來到諸暨縣，渡過漁浦，前到睦州界上。把關隘將校攔住。柴進告道：「某乃是中原一秀士，能知天文地理，善會陰陽，識得六甲風雲，辨別三光氣色，九流三教，無所不通。遥望江南有天子氣數而來，何故閉塞賢路？」把關將校聽得柴進言語不俗，便問姓名。柴進道：「某乃姓柯，名引，一主一僕，投上國而來。别無他故。」守將見説，留住柴進，差人逕來睦州，報知右丞相祖士遠、參政沈壽、僉書桓逸、元帥譚高，四個跟前稟了。便使人接取柴進，至睦州相見，各敍寒温。柴進一段話，聳動那四個，更兼柴進一表非俗，那裏坦然不疑。好貨。右丞相祖士遠大喜，便叫僉書桓逸，引柴進去清溪大内朝覲。原來睦州、歙州、方臘都有行宫。大殿内却有五府六部總制。在清溪縣幫源洞中，亦自有去處。

且説柴進、燕青跟隨桓逸來到清溪帝都，先來參見左丞相婁敏中。柴進高談闊論，一片言語，婁敏中大喜，好貨。就留柴進在相府管待。看了柴進、燕青出言不俗，知書通禮，先自有八分歡喜。這婁敏中原是清溪縣教學的先生，雖有些文章，苦不甚高。被柴進這一段話，説得他大喜。過了一夜，次日早朝，等候方臘王子升殿。内列着侍御嬪妃綵女，外列九卿四相，文武兩班，殿前武士，金瓜長隨侍從。〔眉〕好一班君君臣臣。當有左丞相婁敏中出班啓奏：「中原是孔夫子之鄉，今有一賢士，姓柯名引，文武兼資，智勇足備，善識天文地理，能辨六甲風雲，貫通天地氣色，三教九流，諸子百家，無不通達。望天子氣象而來，見在朝門外，伺候我主傳宣。」方臘道：「既有賢士到來，便令白衣朝見。」好貨。各門大使傳宣，引柴進到於殿下。拜舞起居，山呼萬歲已畢，宣入簾前。方臘看見柴進一表非俗，有龍子龍孫氣象，先有八分喜色。方臘問道：「賢士所言，望天子氣色而來，在於何處？」柴進奏道：「臣柯引賤居中原天子之鄉，父母雙亡，隻身學業，傳先賢之秘訣，授祖師之玄文。近日夜觀乾象，見帝星明朗，正照東吴。因此不辭千里之勞，望氣而來，特至江南。又見一縷五色天子之氣，起自睦州。今得瞻天子聖顔，抱龍鳳之姿，挺天日之表，正應此氣，臣不勝幸甚之至。」言訖再拜。有詩爲證：

五色龍光照碧天，葱葱佳氣藹祥烟。定知有客乘黄屋，特地相尋到御前。

方臘道：「寡人雖有東南地土之分，近被宋江等侵奪城池，將近吾地，如之奈何？」柴進奏道：「臣聞古人有言：『得之易，失之易；得之難，失之難。』今陛下東南之境，開基以來，席捲長驅，得了許多州郡。今雖被宋江侵了數處，不久氣運復歸於聖上。陛下非止江南之境，他日中原社稷，亦屬於陛下所統，以享唐虞無窮之樂。雖炎漢、盛唐，亦不可及也。」〔眉〕有恁學識，一味奉承而已。方臘見此等言語，心中大喜，好貨。敕賜錦墩命坐，管待御宴，加封爲中書侍郎。自此柴進每日得近方臘，無非用些阿諛美言諂佞，以取其事。真。未經半月之間，方臘及内外官僚，無一人不喜柴進。

次後，方臘見柴進署事公平，盡心喜愛。却令左丞相婁敏中做媒，把金芝公主招贅柴進爲駙馬，封官主爵都尉。折了一個女兒了。〔眉〕好一個强盜女婿。燕青改名雲壁，人都稱爲雲奉尉。柴進自從與公主成親之後，出入宮殿，都知内苑備細。方臘但有軍情重事，便宣柴進至内宮計議。柴進時常奏說：「陛下氣色真正，只被罡星沖犯，正不知駙馬也在裏頭。尚有半年不安。直待併得宋江手下無了一員戰將，罡星退度，陛下復興基業，席捲長驅，直占中原之地。」方臘道：「寡人手下愛將數員，盡被宋江殺死，似此奈何？」柴進又奏道：「臣夜觀天象，陛下氣數，將星雖多數十位，不爲正氣，未久必亡。却有二十八宿星象，正來輔助陛下，復興基業。宋江夥内，亦有十數員來降。妙。此也是數中星宿，盡是陛下開疆展土之臣也。」方臘聽了大喜。有詩爲證：

柴進英雄世少雙，神謀用處便歸降。高官厚禄妻公主，一念元來爲宋江。

且不說柴進做了駙馬。却說宋江部領大隊人馬軍兵，水陸並進，船騎同行，離了杭州，望富陽縣進發。時有寶光國師鄧元覺，並元帥石寶、王勣、晁中、温克讓五個，引了敗殘軍馬，守住富陽縣關隘，却使人來睦州求救。右丞相祖士遠當差兩員親軍指揮使，引一萬軍馬，前來策應。正指揮白欽、副指揮景德，兩個都有萬夫不當之勇。來到富陽縣，和寶光國師等合兵一處，占住山頭。宋江等大隊軍馬已到七里灣，水軍引着馬軍，一發前進。石寶見了，上馬帶流星鎚，拿劈風刀，離了富陽縣山頭，來迎宋江。關勝正欲出馬，吕方叫道：「兄長少停，看吕方和這厮鬥幾合。」宋江在門旗影裏看時，吕方一騎馬、一枝戟，直取石寶。那石寶使劈風刀相迎。兩個鬥到五十合，吕方力怯。郭盛見了，便持戟縱馬前來夾攻。那石寶一口刀戰兩枝戟，没半分漏泄。正鬥到至處，南邊寶光國師急鳴鑼收軍。原來見大江裏戰船，乘着順風，都上灘來，却來傍岸。怕他兩處夾攻，因此鳴鑼收軍。吕方、郭盛纏住廝殺，那裏肯放。石寶又鬥了三五合，宋兵陣上朱仝一騎馬、一條鎗又去夾攻。石寶戰不過三將，分開兵器便走。宋江鞭梢一指，直殺過富陽山嶺。石寶軍馬於路屯扎不住，直到桐廬縣界内。宋江連夜進兵過白蜂嶺下寨。當夜差遣解珍、解寶、燕順、王矮虎、一丈青取東路，李逵、項充、李衮、樊瑞、馬麟取西路，各帶一千步軍，去桐廬縣劫寨。江裏却教李俊、三阮、二童、孟康七人取水路進兵。

且説解珍等引着軍兵殺到桐廬縣時，已是三更天氣。寶光國師正和石寶計議軍務。猛聽的一聲砲響，衆人上馬不迭。急看時，三路火起，諸將跟着石寶，只顧逃命，那裏敢來迎敵。三路軍馬，横衝直撞殺將來。温克讓上得馬遲，便望小路而走，正撞着王矮虎、一丈青。他夫妻二人一發上，把温克讓横拖倒拽，活捉去了。李逵和項充、李衮、樊瑞、馬麟，只顧在縣裏殺人放火。宋江見報，催趲軍兵拔寨都起，直到桐廬縣屯駐軍馬。王矮虎、一丈青獻温克讓請功，賞賜二人。宋江教把温克讓解赴杭州張招討前斬首，不在話下。

次日，宋江調兵水陸並進，直到烏龍嶺下，過嶺便是睦州。此時寶光國師引着衆將，都上嶺去把關隘，屯駐軍馬。那烏龍關隘正靠長江，山峻水急，上立關防，下排戰艦。宋江軍馬近嶺下屯駐，扎了寨栅。步軍中差李逵、項充、李衮引五百牌手出哨探路。到得烏龍嶺下，上面擂木砲石打將下來，不能前進，無計可施，回報宋先鋒。宋江又差阮小二、孟康、童威、童猛四個，先棹一半戰船上灘。當下阮小二帶了兩個副將，引一千水軍，分作一百隻船上，摇船擂鼓，唱着山歌，漸近烏龍嶺邊來。原來烏龍嶺下那面靠山，却是方臘的水寨。那寨裏也屯着五百隻戰船，船上有五千來水軍。爲頭四個水軍總管，名號浙江四龍。那四龍是：

玉爪龍都總管成貴　錦鱗龍副總管翟源
衝波龍左副管喬正　戲珠龍右副管謝福

這四個總管，却是方臘加封的綽號。這四人原是錢塘江裏梢公，投奔方臘，却受三品職事。當日阮小二等乘駕船隻，從急流下來，摇上灘去。南軍水寨裏四個總管，已自知了，准備下五十連火排。原來這火排只是大松杉木穿成，排上都堆草把，草把内暗藏着硫黄焰硝引火之物，把竹索編住，排在灘頭。這裏阮小二和孟康、童威、童猛四個，只顧摇上灘去。那四個水軍總管，在上面看見了，各打一面乾紅號旗，駕四隻快船，順水下來。四個都一般打扮。但見：

萬字頭巾髮半籠，白羅衫繡繫腰紅。手執長鎗懸雪刃，錢塘江上四條龍。

那四隻快船順水搖將下來，漸近，阮小二看見，喝令水手放箭。那四隻快船便回。阮小二便叫乘勢趕上灘去。四隻快船傍灘住了。四個總管却跳上岸，許多水手們也都走了。阮小二望見灘上水寨裏船廣，不敢上去，只在下水頭望。只見烏龍嶺上把旗一招，金鼓齊鳴，火排一齊點着，望下灘順風衝將下來。背後大船一齊喊起，都是長鎗撓鈎，盡隨火排下來，只顧亂殺敵軍。童威、童猛見勢大難近，便把船傍岸，棄了船隻，爬過山邊，〈出〉（步）行上山，尋路回寨。阮小二和孟康，兀自在船上迎敵，火排連燒將來。阮小二急下水時，後船趕上，一撓鈎搭住。阮小二心慌，怕吃他拿去受辱，扯出腰刀，自刎而亡。真漢子。孟康見不是頭，急要下水時，火排上火砲齊發，一砲正打中孟康頭盔，透頂打做肉泥。四個水軍總管，却上火船殺將下來，李俊和阮小五、阮小七都在後船，見前船失利，沿江岸殺來，只得急忙轉船，便隨順水只放下桐廬岸來。

再說烏龍嶺上寶光國師並元帥石寶，見水軍總管得勝，乘勢引軍殺下嶺來。水深不能相趕，路遠不能相追，宋兵復退在桐廬駐扎，南兵也收軍上烏龍嶺去了。有詩爲證：

計拙謀疏事不成，寶光兵術更難名。火船火砲連天起，殺得孤軍太不情。

宋江在桐廬扎駐寨柵，又見折了阮小二、孟康，在帳中煩惱，寢食俱廢，夢寐不安。吴用與衆將苦勸不得，阮小五、阮小七掛孝已了，自來諫勸宋江道：「我哥哥今日爲國家大事折了性命，也强似死在梁山泊，埋没了名目。是。先鋒主兵，不須煩惱，且請理國家大事，我弟兄兩個自去復讎。」宋江聽了，稍稍回頭。次日仍復整點軍馬，再要進兵。吴用諫道：「兄長未可急性，且再尋思計策渡嶺未遲。」只見解珍、解寶便道：「我弟兄兩個，原是獵户出身，巴山度嶺得慣。我兩個裝做此間獵户，爬上山去，放起一把火來，教那賊兵大驚，必然棄了關去。」吴用道：「此計雖好，〔眉〕此計極不好。只恐這山險峻，難以進步。倘或失脚，性命難保。」解珍、解寶便道：「我弟兄兩個，自登州越獄上梁山泊，托哥哥福蔭，做了許多年好漢，又受了國家誥命，穿了錦襖子，今日爲朝廷，便粉骨碎身，報答仁兄，也不爲多。」是。宋江道：「賢弟休説這凶話，只願早早幹了大功回京，朝廷不肯虧負我們。你只顧盡心竭力，與國家出力。」解珍、解寶便去拴束，穿了虎皮套襖，腰裏各跨一口快刀，提了鋼叉。兩個來辭了宋江，便取小路望烏龍嶺上來。

此時纔有一更天氣。路上撞着兩個伏路小軍，二人結果了兩個，到得嶺下。時已有二更，聽得嶺上寨内更鼓分明，兩個不敢從大路走，攀藤攬葛，一步步爬上嶺來。是夜月光星朗，如同白日。兩個三停爬了二停之上，望見嶺上燈光閃閃。兩個伏在嶺凹邊聽時，上面更鼓已打四更。解珍暗暗地叫兄弟道：「夜又短，天色無多時了，我兩個上去罷。」兩個又攀援上去。正爬到岩壁崎嶇之處，懸崖嶮峻之中，兩個只顧爬上去，手脚都不閑，却把膳膊拴住鋼叉，拖在背後，刮得竹藤亂響。山嶺上早吃人看見了。解珍正爬在山凹處，只聽得上面叫聲「着」，一撓鈎正搭住解珍頭髻。解珍急去腰裏拔得刀出來時，上面已把他提得脚懸了。解珍心慌，連忙一刀砍斷撓鈎，是。却從空裏墜下來。可憐解珍做了半世好漢，從這百十丈高崖上倒撞下來，死於非命。下面都是狼牙亂石，粉碎了身軀。解寶見哥哥攧將下去，急退步下嶺時，上頭早滚下大小石塊並短弩弓箭，從竹藤裏射來。可憐解寶爲了一世獵户，做一塊兒射死在烏龍嶺邊竹藤叢裏。兩個身死。〔眉〕兩人原是自討死，不足惜也。天明，嶺上差人下來，將解珍、解寶屍首，就風化在嶺上。探子體得備細，報與宋先鋒知道：解珍解寶已死在烏龍嶺。有詩爲證：

千尺懸崖峻渺茫，古藤高樹亂蒼蒼。夜深欲作幽探計，兩將誰知頃刻亡。

宋江聽得又折了解珍、解寶，哭得幾番昏暈。便喚關勝、花榮點兵取烏龍嶺關隘，與四個兄弟報讎。吴用諫道：「仁兄不可性急，已死者皆是天命，若要取關，不可造次，須用神機妙策，智取其關，方可調兵遣將。」宋江怒道：「誰想把我弟兄們手足，三停損了一停，不忍那賊們把我兄弟風化在嶺上，今夜必須提兵，先去奪屍首回來，具棺槨埋葬。」〔眉〕婦人之仁，匹夫之勇。吴用阻道：「賊兵將屍風化，誠恐有計，兄長未可造次。」是。宋江那裏肯聽軍師諫勸，隨即點起三千精兵，帶領關勝、花榮、吕方、郭盛四將，連夜進兵到烏龍嶺。時已是二更時分。小校報道：「前面風化起兩個人在那裏，敢是解珍、解寶的屍首。」宋江縱馬親自來看時，見兩株樹上把竹竿挑起兩個屍首，樹上削去了一片皮，寫兩行大字在上，月黑不見分曉。宋江令討放砲火種，吹起燈來看時，上面寫道：「宋江早晚也號令在此處。」宋江看了大怒，却傳令人上樹去取屍首。只見四下裏火把齊起，金鼓亂鳴，團團軍馬圍住。〔眉〕宋江也是自取，可恨，可恨。當前嶺上，早亂箭射來。江裏船内水軍，都紛紛上岸來。宋江見了叫聲「苦」，不知高低。急退軍時，石寶當先截住去路。轉過側首，又是鄧元覺殺將下來，可憐宋江，平生義氣，高如不老之天；

今日遭殃，死無葬身之地。直使規模有似馬陵道，光景渾如落鳳坡。畢竟宋江軍馬怎地脱身，且聽下回分解。

此一回内，折了六員將佐：

侯健　段景住　阮小二　孟康　解珍　解寶

患病寄留杭州並看視，共八員將佐：

張横　穆弘　孔明　朱貴　楊林　白勝　穆春　朱富

李生曰：此内儘有不必死而死之人，如解珍、解寶等是也。

睦州城箭射鄧元覺

烏龍嶺神助宋公明

第九十七回　睦州城箭射鄧元覺　烏龍嶺神助宋公明

詩曰：

　　海上髡囚號寶光，解將左道恣猖狂。從來邪法難歸正，到底浮基易滅亡。吴用良謀真妙算，花榮神箭世無雙。興亡多少英雄事，看到清溪實感傷。

話説宋江因要救取解珍、解寶的屍，到於烏龍嶺下，正中了石寶計策。四下裏伏兵齊起，前有石寶軍馬，後有鄧元覺截住回路。石寶厲聲高叫："宋江不下馬受降，更待何時？"關勝大怒，拍馬輪刀戰石寶。兩將交鋒未定，後面喊聲又起。腦背後却是四個水軍總管，一齊登岸，會同王勣、晁中從嶺上殺將下來。花榮急出當住後隊，便和王勣交戰。鬥無數合，花榮便走。王勣、晁中乘勢趕來，被花榮手起，急放連珠二箭，射中二將，翻身落馬。衆軍吶聲喊，不敢向前，退後便走。四個水軍總管，見一連射死王勣、晁中，不敢向前，因此花榮抵敵得住。刺斜裏又撞出兩陣軍來，一隊是指揮白欽，一隊是指揮景德。這裏宋江陣中，二將齊出，吕方便迎住白欽交戰，郭盛便與景德相持。四下裏分頭厮殺，敵對死戰。宋江正慌促間，只聽得南軍後面喊殺連天，衆軍奔走。原來却是李逵引兩個牌手項充、李袞一千步軍，從石寶馬軍後面殺來。鄧元覺引軍却待來救應時，背後撞過魯智深、武松。兩口戒刀，橫剁直砍，渾鐵禪杖，一衝一截。兩個引一千步軍，直殺入來。隨後又是秦明、李應、朱仝、燕順、馬麟、樊瑞、一丈青、王矮虎，各帶馬軍步軍，捨死撞殺入來。四面宋兵殺散石寶、鄧元覺軍馬，救得宋江等回桐廬縣去。石寶也自收兵上嶺去了。宋江在寨中稱謝衆將：「若非我兄弟相救，宋江已與解珍、解寶同爲泉下之鬼。」吳用道：「爲是兄長此去，不合愚意，惟恐有失，便遣衆將相接。」宋江稱謝不已。

且說烏龍嶺上，石寶、鄧元覺兩個元帥在寨中商議道：「即〈目〉（日）宋江兵馬退在桐廬縣駐扎，倘或被他私越小路，度過嶺後，睦州咫尺危矣。不若國師親往清溪大内，面見天子，奏請添調軍馬，守護這條嶺隘，可保長久。」鄧元覺道：「元帥之言極當，小僧便往。」鄧元覺隨即上馬，先來到睦州，見了右丞相祖士遠說：「宋江兵强人猛，勢不可當，軍馬席捲而來，誠恐有失。小僧特來奏請添兵遣將，保守關隘。」祖士遠聽了，便同鄧元覺上馬，離了睦州，一同到清溪縣幫源洞中，先見了左丞相婁敏中，説過了奏請添調軍馬。次日早朝，王子方臘升殿，左右二丞相一同鄧元覺朝見。拜舞已畢，鄧元覺向前起居萬歲，便奏道：「臣僧元覺，領着聖旨，與太子同守杭州。不想宋江軍馬兵强將勇，席捲而來，勢難迎敵，致被袁評事引誘入城，以致失陷杭州，太子貪戰出奔而亡。今來元覺與元帥石寶退守烏龍嶺關隘，近日連斬宋江四將，聲勢頗振。即〈目〉（日）宋江已進兵到桐廬駐扎，誠恐早晚賊人私越小路，透過關來，嶺隘難保。請陛下早選良將，添調精鋭軍馬，同保烏龍嶺關隘，以圖退賊，克復城池。臣僧元覺特來啓請。」方臘道：「各處軍兵已都調盡，近日又爲歙州昱嶺上關隘甚緊，又分去了數萬軍兵。止有御林軍馬，寡人要護禦大内，如何四散調得開去？」鄧元覺又奏道：「陛下不發救兵，臣僧無奈。若是宋兵度嶺之後，睦州焉能保守？」左丞相婁敏中出班奏曰：「這烏龍嶺關隘，亦是要緊去處。臣知御林軍兵總有三萬，可分一萬跟國師去保守關隘，乞我王聖鑑。」方臘不聽婁敏中之言，堅執不肯調撥御林軍馬，去救烏龍嶺。好貨。有詩爲證：

僞朝事體潰如癰，要請廷兵去折衝。自古江山歸聖主，髡囚猶自妄争鋒。

當日朝罷，衆人出内。婁丞相與衆官商議，只教祖丞相睦州分一員將，撥五千軍與國師去保烏龍嶺。因此鄧元覺同祖士遠回睦州來，選了五千精鋭軍馬，首將一員夏侯成，同到烏龍嶺寨内，與石寶説知此事。石寶道：「既是朝廷不撥御林軍馬來退宋兵，我等且守住關隘，不可出戰。着四個水軍總管，牢守灘頭江岸邊，但有船來便去殺退，不可進兵。」

且不説寶光國師同石寶、白欽、景德、夏侯成五個守住烏龍嶺關隘，却説宋江自折了將佐，只在桐廬縣駐扎，按兵不動，一住二十餘日，不出交戰。忽有探馬報道：「朝廷又差童樞密賫賞賜，已到杭州。聽知分兵兩路，童樞密轉差大將王稟，分賫賞賜，投昱嶺關盧先鋒軍前去了。童樞密即〈目〉（日）便到，親賫賞賜。」宋江見報，便與吴用衆將都離縣二十里迎接。來到縣治裏，開讀聖旨，便將賞賜分給衆將。宋江等參拜童樞密，隨即設宴管待。童樞密問道：「征進之間，多聽得損折將佐。」宋江垂淚稟道：「往年跟隨趙樞相北征大遼，兵將全勝，端的不曾折了一個將校。自從奉敕來征方臘，未離京師，首先去了公孫勝，駕前又留下了數人。進兵渡得江來，但到一處，必損折數人。近又有八九個將佐，病倒在杭州，存亡未保。前面烏龍嶺厮殺二次，又折了幾將，蓋因山險水急，難以對陣，急切不能打透關隘。正在憂惶之際，幸得恩相到此。」童樞密道：「今上天子多知先鋒建立大功，後聞損折將佐，特差下官引大將王稟、趙譚前來助陣，已使王稟賫賞往盧先鋒處，分俵給散衆將去了。」隨唤趙譚與宋江等相見，俱於桐廬縣駐扎，飲宴管待已了。

次日，童樞密整點軍馬，欲要去打烏龍嶺關隘。吴用諫道：「恩相未可輕動，且差燕順、馬麟去溪僻小徑去處，尋覓當村土居百姓，問其鄉道，别求小路，度得關那邊去，兩面夾攻，彼此不能相顧，此關唾手可得。」宋江道：「此言極妙。」隨即差遣馬麟、燕順引數十個軍健，去村落中尋訪百姓問路去了。一日至晚，引將一個老兒來見宋江。宋江問道：「這老者是甚人？」馬麟道：「這老的是本處土居人户，都知這裏路徑谿山。」宋江道：「老者，你可指引我一條路徑過烏龍嶺去，我自重重賞你。」老兒告道：「老漢祖居是此間百姓，累被方臘殘害，無處逃躲。幸得天兵到此，萬民有福，再見太平。老漢指引一條小路，過烏龍嶺去，便是東管，取睦州不遠。便到北門，却轉過西門，便是烏龍嶺。」宋江聽了大喜，隨即叫取銀物，賞了引路老兒，留在寨中，又着人與酒飯管待。次日，宋江請啓童樞密守把桐廬縣：「宋江自引軍馬，親來睦州城下，兩面夾攻，可取烏龍嶺關隘。」童貫便教宋先鋒分兵撥將。宋江親自帶領正偏將一十二員，取小路進發。童樞密部領兵馬，大路而進。宋江所帶那十二員是：花榮、秦明、魯智深、武松、戴宗、李逵、樊瑞、王英、扈三娘、項充、李衮、淩振。有詩爲證：

山嶺崎嶇繞睦州，損兵折將重堪憂。若非故老爲嚮導，焉得奇功頃刻收。

話説當下宋江親自帶領正偏將一十二員，隨行馬步軍兵一萬人數，跟着引路老兒便行。馬摘鑾鈴，軍士銜枚，疾走至小半嶺，已有一夥軍兵攔路。宋江便叫李逵、項充、李衮衝殺入去，約有三五百守路賊兵，都被李逵等殺盡。四更前後，已到東管。本處守把將伍應星，聽得宋兵已透過東管，思量部下止有三千人馬，如何迎敵得，當時一鬨都走了，逕回睦州，報與祖丞相等官知道：「今被宋江軍兵私越小路，已透過烏龍嶺這邊，盡到東管來了。」祖士遠聽了大驚，急聚衆將商議。宋江已令砲手淩振，放起連珠砲。烏龍嶺上寨中石寶等聽得大驚，急使指揮白欽引軍探時，見宋江旗號遍天遍地，擺滿山林，急退回嶺上寨中，報與石寶等官。石寶便道：「既然朝廷不發救兵，我等只堅守關隘，不要去救。」鄧元覺便道：「元帥差矣！如今若不調兵救應睦州，也自由可，倘或内苑有失，我等亦不能保。你不去時，我自去救應睦州。」〔眉〕是。石寶苦勸不住，鄧元覺點了五千人馬，綽了禪杖，帶領夏侯成下嶺去了。

且説宋江引兵到了東管，且不去打睦州，先來取烏龍嶺關隘。却好正撞着鄧元覺軍馬漸近。兩軍相迎，鄧元覺當先出馬挑戰。花榮看見，便向宋江耳邊低低道：「此人則除如此如此可獲。」宋江點頭道：「是。」就囑付了秦明，兩將都會意了。秦明首先出馬，便和鄧元覺交戰。鬥到五六合，秦明回馬便走。衆軍各自東西四散。鄧元覺看見秦明輸了，倒撇了秦明，逕奔來捉宋江。原來花榮已准備了護持着宋江，只待鄧元覺來得較近，花榮滿滿地攀着弓，覷得親切，〈點〉（照）面門上颼地一箭。弓開滿月，箭發流星，正中鄧元覺面門，墜下馬去，被衆軍殺死，一齊捲殺攏來，南兵大敗。夏侯成抵敵不住，便奔睦州去了。宋兵直殺到烏龍嶺邊，嶺上擂木砲石，打將下來，不能上去。宋兵却殺轉來，先打睦州。

且說祖丞相見首將夏侯成逃來，報說宋兵已度過東管，殺了鄧國師，即日來打睦州。祖士遠聽了，便差人同夏侯成去清溪大內，請婁丞相入朝啓奏：「見今宋兵已從小路透過到東管，前來攻打睦州甚急。乞我王早發軍兵救應，遲延必至失陷。」方臘聽了大驚，急宣殿前太尉鄭彪，點與一萬五千御林軍馬，星夜去救睦州。何不早些？鄭彪奏道：「臣領聖旨，乞請天師同行策應，可敵宋江。」方臘准奏，便宣靈應天師包道乙。當時宣詔天師，直至殿下面君。包道乙打了稽首，方臘傳旨道：「今被宋江兵馬，看看侵犯寡人地面，累次陷了城池兵將。即〈目〉（日）宋兵見今俱到睦州，可望天師闡揚道法，護國救民，以保江山社稷。」好貨。包天師奏道：「主上寬心。貧道不才，憑胸中之學識，仗陛下之洪福，一掃宋江兵馬，死無葬身之地。」方臘大喜，賜坐設宴，管待包道乙。飲筵罷，辭帝出朝。包天師便和鄭彪、夏侯成商議起軍。

原來這包道乙祖是金華山中人，幼年出家，學左道之法。向後跟了方臘，謀叛造反，以邪作正。但遇交鋒，必使妖法害人。有一口寶劍，號爲玄天混元劍，能飛百步取人，協助方臘，行不仁之事，因此尊爲靈應天師。那鄭彪，原是婺州蘭溪縣都頭出身，自幼使得鎗棒慣熟，遭際方臘，做到殿帥太尉，酷愛道法，禮拜包道乙爲師，學得他許多法術在身，但遇厮殺之處，必有雲氣相隨，因此人呼爲鄭魔君。這夏侯成，亦是婺州山中人，原是獵户出身，慣使鋼叉，自來隨着祖丞相管領睦州。當日三個在殿帥府中商議起軍，門吏報道：「有司天太監浦文英來見。」天師問其來故，浦文英説道：「聞知天師與太尉、將軍三位提兵去和宋兵戰，文英夜觀乾象，南方將星皆是無光，宋江等將星尚有一半明朗者。天師此行雖好，只恐不利。何不回奏主上，商量投拜爲上，且解一國之厄。」〔眉〕是人通得。包天師聽了大怒，掣出玄天混天劍，把這浦文英一劍揮爲兩段。胡説。急動文書，申奏朝廷去訖，不在話下。有詩爲證：

文英占玩極精詳，進諫之言亦善良。妖道不知天命在，怒將雄劍斬身亡。

當下便遣鄭彪爲先鋒，調前部軍馬出城前進。包天師爲中軍，夏侯成做合後，軍馬進發，來救睦州。且説宋江兵將攻打睦州，未見次第。忽聞探馬報來：「清溪救軍到了。」宋江聽罷，便差王矮虎、一丈青兩個出哨迎敵。夫妻二人帶領三千馬軍，投清溪路上來。正迎着鄭彪，首先出馬，便與王矮虎交戰。兩個更不打話，排開陣勢，交馬便鬥。纔到八九合，只見鄭彪口裏念念有詞，喝聲道「疾」！就頭盔頂上流出一道黑氣來。黑氣之中，立着一個金甲天神，手持降魔寶杵，從半空裏打將下來。王矮虎看見，吃了一驚，手忙脚亂，失了鎗法，被鄭魔君一鎗戳下馬去。一丈青看見戳了他丈夫落馬，急舞雙刀去救時，鄭彪便來交戰。略鬥一合，鄭彪回馬便走。一丈青要報丈夫之讎，急趕將來。鄭魔君歇住鐵鎗，舒手去身邊錦袋内摸出一塊鍍金銅磚，扭回身，看着一丈青面門上只一磚，打落下馬而死。可憐能戰佳人，到此一場春夢。〔眉〕妙，妙，真是夫妻偕老。有詩哀挽爲證：

花朵容顏妙更新，損軀報國竟亡身。老夫借得春秋筆，女輩忠良傳此人。

戈戟森嚴十里周，單鎗獨馬雪夫讎。噫嗟食禄忘君者，展卷聞風豈不羞。腐甚。

那鄭魔君招轉軍馬，却趕宋兵。宋兵大敗，回見宋江，訴説王矮虎、一丈青都被鄭魔君戳打傷死，帶去軍兵，折其大半，宋江聽得又折了王矮虎、一丈青，心中大怒，急點起軍馬，引了李逵、項充、李衮，帶了五千人馬，前去迎敵。早見鄭魔君兵馬已到。宋江怒氣填胸，遽爾當先出馬，大喝鄭彪道：「逆賊，怎敢殺吾二將！」鄭彪便提鎗出馬，要戰宋江。李逵見了大怒，拏起兩把板斧，便飛奔出去。項充、李衮急舞蠻牌遮護，三個直衝殺入鄭彪懷裏去。那鄭魔君回馬便走，三個直趕入南兵陣裏去。宋江恐折了李逵，急招起五千人馬，一齊掩殺，南兵四散奔走。宋江且叫鳴金收兵。兩個牌手，當得李逵回來。只見四下裏烏雲罩合，黑氣漫天，不分南北東西，白晝如夜。宋江軍馬，前無去路。但見：

陰雲四合，黑霧漫天。下一陣風雨滂沱，起數聲怒雷猛烈。山川震動，高低渾似天崩；溪澗顛狂，左右却如地陷。悲悲鬼哭，衮衮神號。定睛不見半分形，滿耳惟聞千樹響。

宋江軍兵當被鄭魔君使妖法，黑暗了天地，迷蹤失路，衆將軍兵，難尋路徑。〈扱〉(撞)到一個去處，黑漫漫不見一物，本部軍兵自亂起來。宋江仰天嘆曰：「莫非吾當死於此地矣！」從巳時直至未牌，方纔雲起氣清，黑霧消散。看見一週遭都是金甲大漢，團團圍住。宋江兵馬，伏地受死。宋江見了，下馬受降，只稱：「乞賜早死！」不是好漢。伏於地下。耳邊只聽得風雨之聲，却不見人。手下衆軍將士，都掩面受死，只等刀來砍殺。須臾風雨過處，宋江却見刀不砍來，有一人來攙宋江，口稱「請起！」宋江擡頭仰臉看時，只見面前一個秀才來扶。看那人時，怎生打扮，但見：

頭裹烏紗軟角唐巾，身穿白羅圓領涼衫。腰繫烏犀金鞓束帶，足穿四縫乾皂朝靴。面如傅粉，唇若塗朱。堂堂七尺之軀，楚楚三旬之上。若非上界靈官，定是九天進士。

宋江見了失驚，起身敍禮，便問：「秀才高姓大名？」那秀才答道：「小生姓邵名俊，土居於此。今特來報知義士，方十三氣數將盡，只在旬日可破。小生多曾與義士出力，今雖受困，救兵已至，義士知否？」宋江再問道：「先生，方十三氣數何時可獲？」邵秀才把手一推，宋江忽然驚覺，乃是南柯一夢。醒來看時，面前一週遭大漢，却原來都是松樹。宋江大叫軍將起來，尋路出去。此時雲收霧斂，天朗氣清，只聽得松樹外面發喊將來。宋江便領起軍兵，從裏面殺出去時，早望見魯智深、武松一路殺來，正與鄭彪交手。那包天師在馬上見武松使兩口戒刀，步行直取鄭彪。包道乙便向鞘中掣出那口玄天混元劍來，從空飛下，正砍中武松左臂，血暈倒了。却得魯智深一條禪杖，忿力打入去，救得武松時，已自左臂砍得伶仃將斷，却奪得他那口混元劍。武松醒來，看見左臂已折，伶仃將斷，一發自把戒刀割斷了。佛。〔眉〕較關壯繆醫臂事更快人。宋江先叫軍校扶送回寨將息。魯智深却殺入後陣去，正遇着夏侯成交戰。兩個鬥了數合，夏侯成敗走。魯智深一條禪杖直打入去，南軍四散。夏侯成便望山林中奔走，魯智深不捨，趕入深山裏去了。

且說鄭魔君那廝，又引兵趕將來。宋軍陣內李逵、項充、李衮三個見了，便舞起蠻牌飛刀，標鎗板斧，一齊衝殺入去。那鄭魔君迎敵不過，越嶺渡溪而走。三個不識路徑，要在宋江面前逞能，死命趕過溪去，緊追鄭彪。溪西岸邊，搶出三千軍來截斷宋兵。項充急回時，早被岸邊兩將攔住。便叫李逵、李袞時，已過溪趕鄭彪去了。不想前面溪澗又深，李袞先一交跌翻在溪裏，被南軍亂箭射死。項充急鑽下岸來，又被繩索絆翻。却待要掙扎，衆軍亂上，剁做肉泥。可憐李袞、項充，到此英雄怎使！只有李逵獨自一個，趕入深山裏去了。溪邊軍馬，隨後襲將去。未經半里，背後喊聲振起，却是花榮、秦明、樊瑞三將，引軍來救。殺散南軍，趕入深山，救得李逵回來。只不見了魯智深。衆將回來參見宋江，訴説追趕鄭魔君過溪厮殺，折了項充、李袞，止救了李逵回來。宋江聽罷，痛哭不止。整點軍兵，折其一停。又不見了魯智深，武松已折了左臂。

宋江正哭之間，探馬報道：「軍師吴用和關勝、李應、朱仝、燕順、馬麟提一萬軍兵，從水路到來。」宋江迎見吴用等，便問來情。吴用答道：「童樞密自有隨行軍馬，並大將王稟、趙譚，都督劉光世又領軍馬，已到烏龍嶺下。只留下吕方、郭盛、裴宣、蔣敬、蔡福、蔡慶、杜興、郁保四，併水軍頭領李俊、阮小五、阮小七、童威、童猛等一十三人，其餘都跟吴用到此策應。」宋江訴説折了將佐：「武松已成廢人，魯智深又不知去向，不由我不傷感。」吴用勸道：「兄長且宜開懷，即〈目〉(日)正是擒捉方臘之時，只以國家大事爲重，不可念弟兄之情，憂損貴體。」宋江指着許多松樹，説夢中之事與軍師知道。吴用道：「既然有此靈驗之夢，莫非此處坊隅廟宇，有靈顯之神，故來護佑兄長？」宋江乃言：「軍師所見極當，就與足下進山尋訪。」吴用當與宋江信步行入山林。未及半箭之地，松樹林中早見一所廟宇，金書牌額，上寫：「烏龍神廟。」宋江、吴用入廟上殿看時，吃了一驚。殿上塑的龍君聖像，正和夢中見者無異。宋江再拜懇謝道：「多蒙龍君神聖救護之恩，未能報謝。望乞靈神助威。若平復了方臘，敬當一力申奏朝廷，重建廟宇，加封聖號。」宋江、吴用拜罷，下階看那石碑時，神乃唐朝一進士，姓邵名俊，應舉不第，墜江而死。天帝憐其忠直，賜作龍神。本處人民祈風得風，祈雨得雨，以此建立廟宇，四時享祭。宋江看了，隨即叫取烏猪白羊，祭祀已畢。出廟來再看備細，見週遭松樹顯化，可謂異事。直至如今，嚴州北門外有烏龍大王廟，亦名萬松林，古迹尚存。有詩爲證：

萬松林裏烏龍主，夢顯陰靈助宋江。爲報將軍莫惆悵，方家不日便投降。

且說宋江謝了龍君庇祐之恩，出廟上馬回到中軍寨内，便與吴用商議敵軍之法，打睦州之策。坐至半夜，宋江覺道神思困倦，伏几而卧。只聞一人報曰：「有邵秀才相訪。」宋江急忙起身出帳迎接時，只見邵龍君長揖宋江道：「昨日若非小生救護，松樹已被包道乙作起邪法，松樹化人，擒獲足下矣。適間深感祭奠之禮，特來致謝。就行報知，睦州來日可破，方十三旬日可擒。」宋江正待邀請入帳再問間，忽被風聲一攪，撒然覺來，又是一夢。宋江急請軍師圓夢，説知其事。吴用道：「既是龍君如此顯靈，來日便可進兵攻打睦州。」宋江道：「言之極當。」至天明，傳下軍令，點起大隊人馬，攻取睦州。便差燕順、馬麟守住烏龍嶺這條大路，却令關勝、花榮、秦明、朱仝四員正將，當先進兵，來取睦州，便望北門攻打。却令淩振施放九廂子母等火炮，直打入城去。那火砲飛將起去，震的天崩地動，岳撼山摇，城中軍馬驚得魂消魄喪，不殺自亂。

且說包天師、鄭魔君後軍，已被魯智深殺散，追趕夏侯成，不知下落。那時已將軍馬退入城中屯駐，却和右丞相祖士遠、參政沈壽、僉書桓逸、元帥譚高、守將伍應星等商議：「宋兵已至，何以解救？」祖士遠道：「自古兵臨城下，將至濠邊，若不死戰，何以解之？打被城池，必被擒獲，事在危厄，盡須向前。」當下鄭魔君引着譚高、伍應星併牙將十數員，領精兵一萬，開放城門，與宋江對敵。宋江教把軍馬略退半箭之地，讓他軍馬出城擺列。那包天師拿着把交椅坐在城頭上，祖丞相、沈參政並桓僉書皆坐在敵樓上看。鄭魔君便挺鎗躍馬出陣，宋江陣上大刀關勝出馬舞刀來戰鄭彪。二將交馬，鬥不數合，那鄭彪如何敵得關勝，只辦得架隔遮攔，左右躲閃。這包道乙正在城頭上看了，便作妖法，口中念念有詞，喝聲道：「疾！」念着那助呪法，吹口氣去。鄭魔君頭上，滾出一道黑氣，黑氣中間顯出一尊金甲神人，手提降魔寶杵，望空打將下來。南軍隊裏，蕩起昏鄧鄧黑雲來。宋江見了，便喚混世魔王樊瑞來看，急令作法。並自念天書上回風破暗的密呪秘訣。只見關勝頭盔上，早捲起一道白雲，白雲之中也顯出一尊神將，怎生模樣，但見：

青臉獠牙紅髮，金盔碧眼英雄。手把鐵鎚鋼鑿，坐下穩跨烏龍。

這尊天神，騎一條烏龍，手執鐵鎚，去戰鄭魔君頭上那尊金甲神人。〔眉〕荒謬至此，可發一笑。下面兩軍吶喊，二將交鋒。戰無數合，只見上面那騎烏龍的天將，戰退了金甲神人；下面關勝，一刀砍了鄭魔君於馬下。包道乙見宋軍中風起雷響，急待起身時，被淩振放起一個轟天砲，一個火彈子正打中包天師頭和身軀，擊得粉碎，南兵大敗。乘勢殺入睦州。朱仝把元帥譚高一鎗戳在馬下，李應飛刀殺死守將伍應星。睦州城下，見一火砲打中了包天師身軀，南軍都滾下城去了。宋江軍馬已殺入城，衆將一發向前，生擒了祖丞相、沈參政、桓僉書，其餘牙將，不問姓名，俱被宋兵殺死。宋江等入城，先把火燒了方臘行宮，所有金帛就賞與了三軍衆將，便出榜文安撫了百姓。尚兀自點軍未了，探馬飛報將來：「西門烏龍嶺上，馬麟被白欽一標鎗標下去，石寶趕上復了一刀，把馬麟剁做兩段。燕順見了，便向前來戰時，又被石寶那廝一流星鎚打死。石寶得勝，即〈目〉(日)引軍乘勢殺來。」宋江聽得又折了燕順、馬麟，扼腕痛哭不盡。急差關勝、花榮、秦明、朱仝四員正將迎敵石寶、白欽，就要取烏龍嶺關隘。不是這四員將來烏龍嶺厮殺，有分教：清溪縣裏，削平嘯聚賊兵；幫源洞中，活捉草頭天子。直教宋江等名標青史千年在，力播清時萬古傳。直使黑嶺關前施勇猛，清溪洞裏顯功名。畢竟宋江等怎地用功迎敵，且聽下回分解。

此一回内，折了六員將佐：

王英　扈三娘　項充　李袞　馬麟　燕順

李和尚曰：《水滸傳》文字不好處，只在説夢、説怪、説陣處；其妙處，都在人情物理上。人亦知之否？

盧俊義大戰昱嶺關

宋公明智取清溪洞

第九十八回　盧俊義大戰昱嶺關　宋公明智取清溪洞

詩曰：

手握貔貅號令新，睦州談笑定妖塵。全師大勝勢無敵，背水調兵真有神。殄滅渠魁如拉朽，解令僞國便稱臣。班班青史分明看，忠義公明志已伸。

話説當下關勝等四將，飛馬引軍殺到烏龍嶺上，正接着石寶軍馬。關勝在馬上大喝：「賊將安敢殺吾弟兄！」石寶見是關勝，無心戀戰，便退上嶺去。指揮白欽却來戰關勝。兩馬相交，軍器並舉。兩個鬥不到十合，烏龍嶺上，急又鳴鑼收軍。關勝不趕，嶺上軍兵自亂起來。原來石寶只顧在嶺東廝殺，却不提防嶺西已被童樞密大驅人馬，殺上嶺來。宋軍中大將王稟，便和南兵指揮景德廝殺。兩個鬥了十合之上，王稟將景德斬于馬下。自此吕方、郭盛，首先奔上山來奪嶺。未及到嶺邊，山頭上早飛下一塊大石頭，將郭盛和人連馬打死在嶺邊。這面嶺東關勝，望見嶺上大亂，情知嶺西有宋兵上嶺了。急招衆將一齊都殺上去，兩面夾攻，嶺上混戰。吕方却好迎着白欽，兩個交手廝殺，鬥不到三合，白欽一鎗搠來，吕方閃個過。白欽那條鎗從吕方肋下戳個空，吕方這枝戟，却被白欽撥個倒横。兩將在馬上各施展不得，都棄了手中軍器，在馬上你我厮相揪住。原來正遇着山嶺嶮峻處，那馬如何立得脚牢，二將使得力猛，不想連人和馬都滚下嶺去，這兩將做一處攧死在那嶺下。這邊關勝等衆將步行，都殺上嶺來。兩面盡是宋兵，已殺到嶺上。石寶看見兩邊全無去路，恐吃捉了受辱，便用劈風刀自刎而死。豪傑。宋江衆將奪了烏龍嶺關隘，關勝急令人報知宋先鋒。

睦州上溜頭，又有軍馬殺來，上下夾攻。江裏水寨中，四個水軍總管，見烏龍嶺已失，睦州俱陷，都棄了船隻，逃過對江，被隔岸百姓生擒得成貴、謝福，解送獻入睦州。走了翟源、喬正，不知去向。宋兵大隊回到睦州，宋江得知，出城迎接童樞密、劉都督入城。屯駐安營已了，出榜招撫軍民復業。南兵投降者，勿知其數。宋江盡將倉廒糧米，給散於民，各歸本業，復爲良民。將水軍總管成貴、謝福割腹取心，致祭兄弟阮小二、孟康，並在烏龍嶺亡過一應將佐，前後死魂，俱皆受享。再叫李俊等水軍將佐管領了許多船隻，把獲到賊首僞官解送張招討軍前去了。宋江又見折了吕方、郭盛，惆悵不已。按兵不動，等候盧先鋒兵馬，同取清溪。有詩爲證：

古睦封疆悉已平，行宫滚滚火烟生。幾多賊將俱誅戮，準擬清溪大進兵。

且不說宋江在睦州屯駐。却說副先鋒盧俊義，自從杭州分兵之後，統領三萬人馬，本部下正偏將佐二十八員，引兵取山路，望杭州進發。經過臨安鎮錢王故都，道近昱嶺關前。守關把隘却是方臘手下一員大將，綽號小養由基龐萬春，乃是江南方臘國中第一個會射弓箭的。帶領着兩員副將：一個唤做雷炯，一個唤做計稷。這兩個副將，都蹬的七八百斤勁弩，各會使一枝蒺藜骨朵。手下有五千人馬。三個守把住昱嶺關隘，聽知宋兵分撥副先鋒盧俊義引軍到來，已都准備下了敵對器械，只待來軍相近。

且説盧先鋒軍馬，將次近昱嶺關前。當日先差史進、石秀、陳達、楊春、李忠、薛永六員將校，帶領三千步軍，前去出哨。當下史進等六將，都騎戰馬，其餘都是步軍，迤邐哨到關下，並不曾撞見一個軍馬。史進在馬上心疑，和衆將商議。説言未了，早已來到關前看時，見關上豎着一面綵繡白旗，旗下立着那小養由基龐萬春，看了史進等大笑，駡道：「你這夥草賊，只好在梁山泊裏住，掯勒宋朝招安誥命，如何敢來我這國土裏裝好漢！你也曾聞俺小養由基的名字麽？我聽得你這厮夥裏有個甚麽小李廣花榮，着他出來和我比箭，先教你看我神箭！」説言未了，颼的一箭，正中史進，攧下馬去。五將一齊急急向前救得，上馬便回。又見山頂上一聲鑼響，左右兩邊松樹林裏一齊放箭，五員將顧不得史進，各自逃命而走。轉得過山嘴對面，兩邊山坡上一邊是雷炯，一邊是計稷，那弩箭如雨一般射將來。總是有十分英雄，也躲不得這般的箭矢。可憐水滸六員將佐，都作南柯一夢。史進、石秀等六人，不曾透得一個出來，做一堆兒都被射死在關下。三千步卒，止剩得百餘個小軍，逃得回來，見盧先鋒説知此事。盧俊義聽了大驚，如癡似醉，呆了半晌。神機軍師朱武便諫道：「今先鋒如此煩惱，有誤大事。可以别商量一個計策，去奪關斬將，報此讎恨。」盧俊義道：「宋公(明)兄長特分許多將校與我，今番不曾贏得一陣，首先倒折了六將。更兼三千軍卒，止有得百餘人回來，似此怎生到歙州相見？」朱武答道：「古人有云：『天時不如地利，地利不如人和。』我等皆是中原山東、河北人氏，不曾慣演水戰，因此失了地利。須獲得本處鄉民，指引路徑，方纔知得他此間山路曲折。」盧先鋒道：「軍師言之極當，差誰去緝探路徑好？」朱武道：「論我愚意，可差鼓上蚤時遷。他是個飛簷走壁的人，好去山中尋路。」盧俊義隨即教喚時遷領了言語，捎帶了乾糧，跨口腰刀，離寨去了。有詩爲證：

六位統軍俱射死，三千步卒盡銷亡。欲施妙計勍强寇，先使時遷去探詳。

且說時遷便望山深去處，只顧走尋路去了。半日天色已晚，來到一個去處，遠遠地望見一點燈光明朗，時遷道：「燈光處，必有人家。」趁黑地裏摸到燈明之處看時，却是個小小庵堂，裏面透出燈光來。時遷來到庵前，便鑽入去看時，見裏面一個老和尚，在那裏坐地誦經。時遷便乃敲他房門。那老和尚喚一個小行者來開門，時遷進到裏面便拜老和尚。那老僧便道：「客官休拜。見今萬馬千軍厮殺之地，你如何走得到這裏？」時遷應道：「實不敢瞞師父說，小人是梁山泊宋江部下一個偏將時遷的便是。今來奉聖旨剿收方臘，誰想夜來被昱嶺關上守把賊將，亂箭射死了我六員首將，無計度關。特差時遷前來尋路探聽，有何小路過關。今從深山曠野尋到此間，萬望師父指迷，有所小徑，私越過關，當以厚報。」那老僧道：「此間百姓，俱被方臘殘害，無一個不怨恨他，老僧亦靠此間當村百姓施主齋糧養口。如今村裏人民都逃散了，老僧没有去處，只得在此守死。今日幸得天兵到此，萬民有福，將軍來收此賊，與民除害，老僧只是不敢多口，恐防賊人知得。今既是天兵處差來的頭目，便多口也不妨。我這裏却無路過得關去，直到西山嶺邊，却有一條小路，可過關上，只怕近日也被賊人築斷了，過去不得。」時遷道：「師父，既然有這條小路通得關上，只不知可到得賊寨裏麽？」老和尚道：「這條私路，一逕直到得龐萬春寨背後，下嶺去便是過關的路了。只恐賊人已把大石塊築斷了，難得過去。」時遷道：「不妨。既有路徑，不怕他築斷了，我自有措置。既然如此，有了路頭，小人回去報知主將，却來酬謝。」老和尚道：「將軍見外人時，休説貧僧多口。」趣。時遷道：「小人是個精細的人，不敢説出老師父來。」有詩爲證：

破庵深院草蕭蕭，老衲幽栖更寂寥。指引時遷知嚮導，剪除方臘若蒭蕘。

當日辭了老和尚，逕回到寨中，參見盧先鋒，説知此事。盧俊義聽了大喜，便請軍師計議取關之策。朱武道：「若是有此路徑，十分好了。覷此昱嶺關，唾手而得。再差一個人和時遷同去，幹此大事。」時遷道：「軍師要幹甚大事？」朱武道：「最要緊的是放火放砲，須用你等身邊將帶火砲、火刀、火石，直要去他寨背後放起號砲火來，便是你幹大事了。」時遷道：「既然只是要放火放砲，别無他事，不須再用别人同去，只小弟自往便是。再差一個同去，也跟我走不得飛簷走壁的路，倒誤了時候，假如我去那裏行事，你這裏如何到得關邊？」朱武道：「這却容易。他那賊人的埋伏，也只好使一遍，我如今不管他埋伏不埋伏，但是於路遇着琳瑯樹木稠密去處，便放火燒將去，任他埋伏不妨。」〔眉〕是。時遷道：「軍師高見極明。」當下收拾了火刀、火石並引火煤筒，脊梁上用包袱背着火砲，來辭盧先鋒便行。盧俊義叫時遷賫銀二十兩，並米一石，送與老和尚，就着一個軍校挑去。

當日午後，時遷引了這個軍校挑米，再尋舊路來到庵裏，見了老和尚説道：「主將先鋒多方拜覆，些小薄禮相送。」便把銀兩米糧都與了和尚。老僧收受。時遷分付小軍自回寨去，却再來告復老和尚：「望煩指引路徑，可着行者引小人去。」那老和尚道：「將軍少待，夜深可去，日間恐關上知覺。」〔眉〕是。　當備晚飯待時遷。　至夜，却令行者引路：「送將軍到於那邊，便教行者即回，休教人知覺了。」當時小行者領着時遷，離了草庵，便望深山徑裏尋路。　穿林透嶺，攬葛攀藤，行過數里山徑野坡。　月色微明，天氣昏〈鼜〉（慘）。　到一處山嶺險峻，石壁嵯峨，遠遠地望見開了個小路口。　嶺岩上〈監〉（盡）把大石堆壘砌斷了，高高築成牆壁，如何過得去。　小行者道：「將軍，關已望見，石壘牆壁那邊便是。過得那石壁，亦有大路。」時遷道：「小行者，你自回去，我已知路途了。」小行者自回。　時遷却把飛簷走壁跳籬騙馬的本事出來，這些石壁撚指爬過去了。　望東去時，只見林木之中，半天價都紅滿了。　却是盧先鋒和朱武等拔寨都起，一路上放火燒着，望關上來。　先使三五百軍人於路上打併屍首。　沿山巴嶺放火開路，使其埋伏軍兵，無處藏躲。　昱嶺關上小養由基龐萬春，聞知宋兵放火燒林開路，龐萬春道：「這是他進兵之法，使吾伏兵不能施展。　我等只牢守此關，任汝何能得過？」望見宋兵漸近關下，帶了雷炯、計稷，都來關前守護。

却説時遷一步步摸到關上，爬在一株大樹頂頭，伏在枝葉稠密處，看那龐萬春、雷炯、計稷，都將弓箭踏弩，伏在關前伺候。　看見宋兵時，一派價把火燒將來。　中間林沖、呼延灼立馬在關下大駡：「賊將安敢抗拒天兵！」南軍龐萬春等却待要放箭射時，不提防時遷已在關上。　那時遷悄悄地溜下樹來，轉到關後，見兩堆柴草。　時遷便摸在裏面，取出火刀火石，發出火種，把火砲閣在柴堆上。　先把些硫黄焰硝去燒那邊草堆，又來點着這邊柴堆。　却纔方點着火砲，拿那火種帶了，直爬上關屋脊上去，點着那兩邊柴草堆裏，一齊火起，火砲震天價響，關上衆將不殺自亂，發起喊來。衆軍都只顧走，那裏有心來迎敵？龐萬春和兩個副將急來關後救火時，時遷就在屋脊上又放起砲來。那火砲震得關屋也動，嚇得這南兵都棄了刀鎗弓箭，衣袍鎧甲，盡望關後奔走。時遷在屋上大叫道：「已有一萬宋兵，先過關了。汝等急早投降，免汝一死。」妙。龐萬春聽了，驚得魂不附體，只管跌脚。雷炯、計稷驚得麻木了，動彈不得。林沖、呼延灼首先上山，早趕到關頂。衆將都要爭先，一齊趕過關去三十餘里，追着南兵。孫立生擒得雷炯，魏定國活拏了計稷，單單只走了龐萬春。手下軍兵擒捉了大半。宋兵已到關上屯駐人馬。盧先鋒得了昱嶺關，厚賞了時遷，將雷炯、計稷就關上割腹取心，享祭史進、石秀等六人，收拾屍骸，葬于關上。其餘屍首，盡行燒化。次日，與同諸將披掛上馬，一面行文申覆張招討，飛報得了昱嶺關；一面引軍前進，迤邐追趕過關，直至歙州邊城下寨。

原來歙州守禦，乃是皇叔大王方垕，是方臘的親叔叔，與同兩員大將，官封文職，共守歙州。一個是尚書王寅，一個是侍郎高玉。統領十數員戰將，屯軍二萬之衆，守住歙州城郭。原來王尚書是本州山東裏石匠出身，慣使一條鋼鎗，坐下有一騎好馬，名喚轉山飛。那匹戰馬登山渡水，如行平地。那高侍郎也是本州士人，故家子孫，會使一條鞭鎗。因這兩個頗通文墨，方臘加封做文職官爵，管領兵權之事。當有小養由基龐萬春敗回到歙州，直至行宮，面奏皇叔，告道：「被土居人民透漏，誘引宋兵私越小路過關，因此衆軍漫散，難以抵敵。」皇叔方垕聽了大怒，喝罵龐萬春道：「這昱嶺關是歙州第一處要緊的牆壁，今被宋兵已度關隘，早晚便到歙州，怎與他迎敵？」王尚書奏道：「主上且息雷霆之怒。自古道：『非干征戰罪，天賜不全功。』今殿下權免龐將軍本罪，取了軍令必勝文狀，着他引軍，首先出戰迎敵，殺退宋兵。如或不勝，二罪俱併。」〔眉〕是。方垕然其言，撥與軍五千，跟龐萬春出城迎敵，得勝回奏。有詩爲證：

雷勵風飛兵似虎，翻江騰地馬如龍。宋江已得重關隘，僭竊何煩待戰攻。

且説盧俊義度過昱嶺關之後，催兵直趕到歙州城下。當日與諸將上下攻打歙州。城門開處，龐萬春引軍出來交戰。兩軍各列成陣勢。龐萬春出到陣前勒戰。宋軍隊裏歐鵬出馬，使根鐵鎗，便和龐萬春交戰。兩個鬥不過五合，龐萬春敗走，歐鵬要顯頭功，縱馬趕去，龐萬春扭過身軀，背射一箭。宋將歐鵬手段高强，綽箭在手。原來歐鵬却不提防龐萬春能放連珠箭。歐鵬綽了一箭，只顧放心去趕。弓弦響處，龐萬春又射第二隻箭來。歐鵬早着墜下馬去。城上王尚書、高侍郎見射中了歐鵬落馬，龐萬春得勝，引領城中軍馬，一發趕殺出來。宋軍大敗，退回三十里下寨扎駐軍馬安營。整點兵將時，亂軍中又折了菜園子張青。孫二娘見丈夫死了，着令手下軍人尋得屍首燒化，痛哭了一場。盧先鋒看了，心中納悶。思量不是良法，便和朱武計議道：「今日進兵又折了二將，似此如之奈何？」朱武道：「輸贏勝敗，兵家常事；死活交鋒，人之分定。今日賊兵見我等退回軍馬，自逞其能，衆賊計議，今晚乘勢必來劫寨。我等可把軍馬衆將分調開去，四下埋伏，中軍縛幾隻羊在彼，如此如此整頓。」叫呼延灼引一支軍在左邊埋伏，林沖引一支軍在右邊埋伏，單廷珪、魏定國引一支軍在背後埋伏，其餘偏將，各於四散小路裏埋伏。夜間賊兵來時，只看中軍火起爲號，四下裏各自捉人。盧先鋒都發放已了，各各自去守備。

且説南國王尚書、高侍郎兩個，頗有些謀略，便與龐萬春等商議，上啓皇叔方垕道：「今日宋兵敗回，退去三十餘里屯駐。營寨空虚，軍馬必然疲倦，何不乘勢去劫寨栅，必獲全勝。」方垕道：「你衆官從長計議，可行便行。」高侍郎道：「我便和龐將軍引兵去劫寨，尚書與殿下緊守城池。」當夜二將披掛上馬，引領軍兵前進。馬摘鸞鈴，軍士銜枚疾走，前到宋軍寨栅。看見營門不關，南兵不敢擅進，初時聽得更點分明，向後更鼓便打得亂了。高侍郎勒住馬道：「不可進去。」龐萬春道：「相公緣何不進兵？」高侍郎答道：「聽他營裏更點不明，必然有計。」龐萬春道：「相公誤矣！今日兵敗膽寒，必然困倦，睡裏打更，有甚分曉，因此不明。相公何必見疑，只顧殺去。」高侍郎道：「也見得是。」當下催軍劫寨，大刀闊斧殺將進去。二將入得寨門，直到中軍，並不見一個軍將。却是柳樹上縛着數隻羊，羊蹄上拴着鼓槌打鼓，因此更點不明。兩將劫着空寨，心中自慌，急叫：「中計！」回身便走。中軍内却早火起，只見山頭上砲響，又放起火來。四下裏伏兵亂起，齊殺將攏來。兩將衝開寨門奔走，正迎着呼延灼，大喝：「賊將快下馬受降，免汝一死！」高侍郎心慌，只要脱身，無心戀戰，被呼延灼趕進去，手起雙鞭齊下，腦袋骨打碎了半個天靈。龐萬春死命撞透重圍，得脱性命。正走之間，不提防湯隆伏在路邊，被他一鈎鐮鎗，拖倒馬脚，活捉了解來。衆將已都在山路裏趕殺南兵，至天明，都赴寨裏來。盧先鋒已先到中軍坐下，隨即賞賜，不在話下。有詩爲證：

賊寇乘虚夜劫營，豈知埋伏有强兵。中軍砲響神威振，混殺南軍滿歙城。

盧先鋒下令點本部將佐時，丁得孫在山路草中被毒蛇咬了脚，毒氣入腹而死。將龐萬春割腹剜心，祭獻歐鵬並史進等，把首級解赴張招討軍前去了。次日，盧先鋒與同諸將再進兵。到歙州城下，見城門不關，城上並無旌旗，城樓上亦無軍士。單廷珪、魏定國兩個要奪頭功，引軍便殺入城去。後面中軍盧先鋒趕到時，只叫得苦，那二將已到城門裏了。原來王尚書見折了劫寨人馬，只許做棄城而走，城門裏却掘下陷坑。二將是一勇之夫，却不提防，首先入去。不想連馬和人，都陷在坑裏，那陷坑兩邊却埋伏着長鎗手弓箭軍士，一齊向前戳殺，兩將死於坑中。可憐聖水並神火，今日嗚呼喪土坑。盧先鋒又見折了二將，心中忿怒，急令差遣前部軍兵，各人兜土塊入城，一面填塞陷坑，一面鏖戰厮殺，殺倒南兵人馬，俱填於坑中。當下盧先鋒當前，躍馬殺入城中，正迎着皇叔方垕。交馬只一合，盧俊義又忿心頭之火，展平生之威，只一朴刀，剁方垕於馬下。城中軍馬，開城西門衝突而走。宋兵衆將各各併力向前，勦捕南兵。

（却說王尚書正走之間，）正撞着李雲截住厮殺。王尚書便挺鎗向前，李雲却是步鬥。那王尚書鎗起馬到，早把李雲踏倒。石勇見衝翻了李雲，便衝突向前，步走急來救時，王尚書把條鎗神出鬼没，石勇如何抵當得住。王尚書戰了數合，得便處把石勇一鎗結果了性命，當下身死。城裏却早趕出孫立、黄信、鄒淵、鄒潤四將，截住王尚書厮殺。那王寅奮勇力敵四將，並無懼怯。不想又撞出林冲趕到。這個又是個會厮殺的，那王寅便有三頭六臂，也敵不過五將。衆人齊上亂戳殺王寅。可憐南國尚書將，今日方知志莫伸。當下五將取了首級，飛馬獻與盧先鋒。盧俊義已在歙州城内行宫歇下，平復了百姓，出榜安民。將軍馬屯駐在城裏，一面差人賫文報捷張招討，馳書轉達宋先鋒，知會進兵。却説宋江等兵將在睦州屯駐，等候軍齊，同攻賊洞。收得盧俊義書報，平復了歙州，軍將已到城中屯駐，專候進兵，同取賊巢。又見折了史進、石秀、陳達、楊春、李忠、薛永、歐鵬、張青、丁得孫、單廷珪、魏定國、李雲、石勇一十三人，許多將佐，煩惱不已，痛哭哀傷。軍師吴用勸道：「生死人皆分定，主將何必自傷玉體？且請理料國家大事。」宋江道：「雖然如此，不由人不傷感。我想當初石碣天文所載一百八人，誰知到此漸漸凋零，損吾手足。」吴用勸了宋江煩惱「可以回書與盧先鋒，交約日期起兵，攻取清溪縣。」

且不説宋江回書與盧俊義，約日進兵。却説方臘在清溪幫源洞中大内設朝，與文武百官計議宋江用兵之事。只聽見西州敗殘軍馬回來報説：「歙州已陷，皇叔、尚書、侍郎俱已陣亡了。今宋兵作兩路而來，攻取清溪。」方臘見報大驚，當下聚集兩班大臣商議。方臘道：「汝等衆卿，各受官爵，同占州郡城池，共享富貴。豈期今被宋江軍馬席捲而來，州城俱陷，止有清溪大内。今聞宋兵兩路而來，如何迎敵？」當有左丞相婁敏中出班啓奏道：「今次宋兵人馬已近神州内苑，宫廷亦難保守。奈緣兵微將寡，陛下若不御駕親征，誠恐兵將不肯盡心向前。」方臘道「卿言極當。」隨即傳下聖旨：「命三省六部、御史臺官、樞密院、都督府護駕，二營金吾、龍虎，大小官僚，都跟隨寡人御駕親征，决此一戰。」婁丞相又奏：「差何將帥可做前部先鋒？」方臘道：「着殿前金吾上將軍，内外諸軍都招討皇侄方杰爲正先鋒，馬步親軍都太尉，驃騎上將軍杜微爲副先鋒，部領幫源洞大内護駕御林軍一萬五千，戰將三十餘員前進。逢山開路，遇水疊橋，招軍征進。」原來這方杰是方臘的親侄兒，乃是歙州皇叔方垕長孫。聞知宋兵盧先鋒殺了他公公，正要來報讎，他願爲前部先鋒。這方杰平生習學，慣使一條方天畫戟，有萬夫不當之勇。那杜微原是歙州山中鐵匠，會打軍器，亦是方臘心腹之人，會使六口飛刀，只是步鬥。方臘另行聖旨一道：「差御林護駕都教師賀從龍撥與御林軍一萬，總督兵馬，去敵歙州盧俊義軍馬。」有詩爲證：

八郡山川已敗傾，便馳黄屋特親征。宋江兵勢無人敵，國破身亡是此行。

不説方臘分調人馬，兩處迎敵。先説宋江大隊軍馬起程，水陸並進，離了睦州，望清溪縣而來。水軍頭領李俊等，布領水軍船隻，撑駕從溪灘裏上去。且説吴用與宋江在馬上同行，並馬商議道：「此行去取清溪幫源，誠恐賊首方臘知覺，逃竄深山曠野，難以得獲。若要生擒方臘，解赴京師，面見天子，必須裏應外合，認得本人，可以擒獲。亦要知方臘去向下落，不致被其走失。」宋江道：「若要如此，須用詐降，將計就計，方可得裏應外合。前者柴進與燕青去做細作，至今不見些消耗。今次着誰去好？須是會詐投降的。」吴用道：「若論愚意，只除非叫水軍頭領李俊等，就將船内糧米去詐獻投降，教他那裏不疑。方臘那厮是山僻小人，見了許多糧米船隻，如何不收留了。」宋江道：「軍師高見極明。」便唤戴宗隨即傳令，從水路裏直至李俊處，説知：「如此如此……教你等衆將行計。」李俊等領了計策，戴宗自回中軍。

李俊却叫阮小五、阮小七扮做梢公，童威、童猛扮做隨行水手，乘駕六十隻糧船，船上都插着新換的獻糧旗號，却從大溪裏使將上去。將近清溪縣，只見上水頭早有南國戰船迎將來，敵軍一齊放箭。李俊在船上叫道：「休要放箭！我有話説。俺等都是投拜的人，特將糧米獻納大國，接濟軍士，萬望收録。」對船上頭目看見李俊等船上並無軍器，因此就不放箭，使人過船來問了備細，看了船内糧米，便去報知婁丞相，稟説李俊獻糧投降。婁敏中聽了，叫唤投拜人上岸來。李俊登岸，見婁丞相拜罷。婁敏中問道：「你是宋江手下甚人？有何職役，今番爲甚來獻糧投拜？」李俊答道：「小人姓李名俊，原是潯陽江上好漢，就江州劫法場，救了宋江性命。他如今受了朝廷招安，得做了先鋒使，忘了我等前恩，累次窘辱小人。見今宋江雖然占得大國州郡，手下弟兄漸次折得没了。他猶自不知進退，威逼小人等水軍向前。因此受辱不過，特將他糧米船隻徑自私來獻納投拜大國。」婁丞相見李俊説了這一席話，就便准信。好貨。便引李俊來大内朝見方臘，具説獻糧投拜一事。李俊見方臘，再拜起居，奏説前事。方臘坦然不疑，好貨。〔眉〕恰好一君一臣。加封李俊爲水軍都總管之職。阮小五、阮小七、童威、童猛皆封水寨副總管。且教只在清溪管領水寨守船，「待寡人退了宋江軍馬還朝之時，别有賞賜。」李俊拜謝了出内，自去搬運糧米上岸，進倉交收，不在話下。有詩爲證：

神謀妙算擒方臘，先遣行人假獻糧。指日宋軍平大内，清溪花鳥亦淒涼。

再説宋江與吴用分調軍馬，差關勝、花榮、秦明、朱仝四員正將爲前隊，引軍直進清溪縣界，正迎着南國皇侄方杰。兩下軍兵各列陣勢。南軍陣上方杰横戟在馬，杜微步行在後。那杜微渾身掛甲，背藏飛刀五把，手中仗口七星寶劍，跟在後面。兩將出到陣前，宋江陣上秦明首先出馬，手舞狼牙大棍，直取方杰。方杰亦不打話，兩將便鬥。那方杰年紀後生，精神一擻，那枝戟使得精熟，和秦明連鬥了三十餘合，不分勝敗。方杰見秦明手段高强，也放出自己平生學識，不容半點空閑。兩個正鬥到分際，秦明也把出本事來，不放方杰些空處。却不提防杜微那厮在馬後，見方杰戰秦明不下，從馬後閃將出來，掣起飛刀，望秦明臉上早飛將來。秦明急躲飛刀時，却被方杰一方天戟，聳下馬去，死於非命。可憐霹靂火，也作橫亡人。方杰一戟戳死了秦明，却不敢追過對陣。宋兵小將，急把撓鈎搭得屍首過來。宋江見説折了秦明，盡皆失色。一面叫備棺槨盛貯，一面再調軍將出戰。且説這方杰得勝誇能，却在陣前高叫：「宋兵再有好漢，快出來厮殺！」宋江在中軍聽得報來，急出到陣前。看見對陣方杰背後，便是方臘御駕，直來到軍前擺開，但見：

金瓜密布，鐵斧齊排。方天畫戟成行，龍鳳繡旗作隊。旗旄旌節，一攢攢緑舞紅飛；玉鞓雕鞍，一簇簇珠圍翠繞。飛龍傘散青雲紫霧，飛虎旗盤瑞靄祥烟。左侍下一帶文官，右侍下滿排武將。雖是詐稱天子位，也須直列宰臣班。苟非嘯聚山林，且自圖王霸業。〔眉〕方臘也是個漢子，勿小看了他。

南國陣中，只見九曲黃羅傘下，玉轡逍遥馬上坐着那個草頭王子方臘。怎生打扮，但見：

頭戴一頂衝天轉角明金幞頭，身穿一領日月雲肩九龍繡袍，腰繫一條金箱寶嵌玲瓏玉帶，足穿一對雙金顯縫雲根朝靴。

那方臘騎着一疋銀騣白馬，出到陣前，親自監戰。看見宋江親在馬上，便遣方杰出戰，要拿宋江。

這邊宋兵等衆將亦準備迎敵，要擒方臘。南軍方杰正要出陣，只聽得飛馬報道：「御林都教師賀從龍總督軍馬去救歙州，被宋兵盧先鋒活捉過陣去了。軍馬俱已漫散，宋兵已殺到山後。」方臘聽了大驚，急傳聖旨，便教收軍，且保大内。當下方杰且委杜微押住陣脚，却待方臘御駕先行，方杰、杜微隨後而退。方臘御駕回至清溪州界，只聽得大内城中喊起連天，火光遍滿，兵馬交加。却是李俊、阮小五、阮小七、童威、童猛在清溪城裏放起火來。方臘見了，大驅御林軍馬，來救城中，入城混戰。宋江軍馬見南兵退去，隨後追殺，趕到清溪。見城中火起，知有李俊等在彼行事，急令衆將招起軍馬，分頭殺將入去。此時盧先鋒軍馬也過山了，兩下接應，却好湊着。四面宋兵夾攻清溪大内，宋江等諸將四面八方殺將入去，各各自去搜捉南軍，打破了清溪城郭。方臘却得方杰引軍保駕防護，送投幫源洞中去了。

宋江等大隊軍馬都入清溪縣來。衆將殺入方臘宫中，收拾違禁器仗、金銀寶物，搜檢内裏庫藏，就殿上放起火來，把方臘内外宫殿盡皆燒毁，府庫錢糧，搜索一空。宋江會合盧俊義軍馬，屯駐在清溪縣内，聚集衆將，都來請功受賞。整點兩處將佐時，長漢郁保四、女將孫二娘，都被杜微飛刀傷死，鄒淵、杜遷馬軍中踏殺，李立、湯隆、蔡福，各帶重傷，醫治不痊身死，阮小五先在清溪縣，已被婁丞相殺了。衆將擒捉得南國僞官九十二員，請功賞賜已了，只不見婁丞相、杜微下落。一面且出榜文，安撫了百姓，把那活捉僞官，解赴張招討軍前，斬首示衆。後有百姓報説：「婁丞相因殺了阮小五，見大兵打破清溪縣，自縊松林而死。」杜微那廝躲在他原養的娼妓王嬌嬌家，好計策。被他社老獻將出來。宋江賞了社老，却令人先取了婁丞相首級，叫蔡慶將杜微剖腹剜心滴血，享祭秦明、阮小五、郁保四、孫二娘，並打清溪亡過衆將。宋江親自拈香祭賽已了，次日，與同盧俊義起軍直抵幫源洞口圍住。且說方臘只得方杰保駕，走到幫源洞口大内，屯駐人馬，堅守洞口，不出迎敵。宋江、盧俊義把軍馬週迴圍住了幫源洞，却無計可入。却說方臘在幫源洞如坐針毡，亦無計可施。兩軍困住，已經數日。方臘正憂悶間，忽見殿下錦衣繡襖一大臣，俯伏在地金階殿下啓奏：「我王，臣雖不才，深蒙主上聖恩寬大，無可補報。憑夙昔所學之兵法，仗平日所韞之武功，六韜三略曾聞，七縱七擒曾習。願借主上一支軍馬，立退宋兵，中興國祚。未知聖意若何，伏候我王詔旨。」方臘見了大喜，便傳敕令，盡點山洞内府兵馬，教此將引軍出洞去，與宋江相持。未知勝敗如何，先見威風出衆。不是方臘國中又出這個人來引兵，有分教：金階殿下人頭滾，玉砌朝門熱血噴。直使掃清巢穴擒方臘，竪立功勳顯宋江。畢竟方臘國中出來引兵的是甚人，〔眉〕决是令婿。且聽下回分解。

此一回内折了二十四員將佐：

吕方　郭盛　史進　石秀　陳達　楊春　李忠　薛永　歐鵬　張青

丁得孫　單廷珪　魏定國　李雲　石勇　秦明　郁保四　孫二娘

鄒淵　杜遷　李立　湯隆　蔡福　阮小五

禿翁曰：文字至此，都是强弩之末了。妙處還在前半截。

魯智深浙江坐化

宋公明衣錦還鄉

第九十九回　魯智深浙江坐化　宋公明衣錦還鄉

詩曰：

鐵石禪機已點開，錢塘江上早心灰。六和寺内月明夜，三竺山中歸去來。衲子心空圓寂去，將軍功遂錦衣回。兩人俱是男兒漢，不忝英雄濟世才。

話説當下方臘殿前啓奏願領兵出洞征戰的，正是東牀駙馬主爵都尉柯引。方臘見奏，不勝之喜：「是今日天幸，得駙馬冒矢石之威，出戰草寇，願逞奇才，復興社稷。」柯駙馬當下同領南兵，帶了雲壁奉尉，披掛上馬出師。方臘將自己金甲錦袍，賜與駙馬，又選一騎好馬，叫他出戰。那駙馬怎生結束：

頭戴鳳翅金盔，身披連環鐵甲，上穿團龍錦袍，腰繫獅蠻束帶。足穿抹緑皂靴，跨懸雕弓鐵箭。使一條穿心透骨點鋼鎗，騎一匹能征慣戰青驄馬。

那柯駙馬與同皇侄方杰，引領洞中護御軍兵一萬人馬，駕前上將二十餘員，出到幫源洞口，列成陣勢。却説宋江軍馬困在洞口，已教將佐分調守護。宋江在陣中，因見手下弟兄，三停内折了二停，方臘又未曾拿得，南兵又不出戰，眉頭不展，面帶憂容。只聽得前軍報來説：「洞中有軍馬出來交戰。」宋江、盧俊義見報，急令諸將上馬，引軍出戰，擺開陣勢，看南軍陣裏當先是柯駙馬出戰，宋江軍中誰不認得是柴進。宋江便令花榮出馬迎敵，花榮得令，便横鎗躍馬，出到陣前，高聲喝問：「你那廝是甚人，敢助反賊與吾天兵敵對？我若拏住你時，碎屍萬段，骨肉爲泥。好好下馬受降，免汝一命。」柯駙馬答道：「吾乃山東柯引，誰不聞我大名？量你這廝們是梁山泊一夥强徒草寇，何足道哉！偏俺不如你們手段！我直把你們殺盡，尅復城池，是吾之願。」宋江與盧俊義在馬上聽了，尋思：「柴進説的話語，言中必無背逆之心。他把『柴』字改作『柯』字，『柴』即是『柯』也；『進』字改作『引』字，『引』即是『進』也。」吴用道：「我想柴大官人未曾落草時，尚且專藏犯罪做私商之人，今日安肯忘本？」（眉）不該疑柴進，疑了反無關目。　盧俊義道：「且看花榮與他迎敵。」

當下花榮挺鎗躍馬來戰柯引。兩馬相交，二般軍器並舉。兩將鬥到間深裏，絞做一團，紐做一塊。柴進低低道：「兄長可且詐敗，來日議事。」妙。花榮聽了，略戰三合，撥回馬便走。柯引喝道：「敗將，吾不趕你。别有了得的叫他出來，和俺交戰。」花榮跑馬回陣，對宋江、盧俊義説知就裏。吴用道：「再叫關勝出戰交鋒。」當時關勝舞起青龍偃月刀，飛馬出戰，大喝道：「山東小將，敢與吾敵？」那柯駙馬挺鎗便來迎敵。兩個交鋒，全無懼怯。二將鬥不到五合，關勝也詐敗佯輸，走回本陣。柯駙馬不趕，只在陣前大喝：「宋兵敢有强將出來，與吾對敵？」宋江再叫朱仝出陣，與柴進交鋒。往來廝殺，只瞞衆軍。兩個鬥不過五七合，朱仝詐敗而走。柴進趕來，虛搠一鎗，朱仝棄馬跑歸本陣。南軍先搶得這匹好馬。柯駙馬招動南軍，掩殺過來。宋江急令諸將引軍退去十里下寨。柯駙馬引軍追趕了一程，收兵退回洞中。已自有人先去報知方臘，説道：「柯駙馬如此英雄，戰退宋兵，連勝三將。宋江等又折一陣，殺退十里。」方臘大喜，〔眉〕此時公主聞知報，亦必大喜。叫排下御宴，等待駙馬卸了戎裝披掛，請入後宮賜坐，親捧金杯，滿勸柯駙馬道：「不想駙馬有此文武雙全，寡人只道賢婿只是文才秀士。若早知有此等英雄豪傑，不致折許多州郡。煩望駙馬大展奇才，立誅賊將，重興基業，與寡人共享太平無窮之富貴，同樂悠久，興復家邦。」柯引奏道：「主上放心，爲臣子當以盡心報効，同興國祚。明日謹請聖上登山看柯引厮殺，立斬宋江等輩。」方臘見奏，心中大喜。當夜宴至更深，各還宫中去了。次日早方臘設朝，叫洞中敲牛宰馬，令三軍都飽食已了，各自披掛上馬。出到幫源洞口，摇旗發喊，擂鼓搦戰。方臘却領引近侍内臣，登幫源洞山頂，看柯駙馬厮殺。有詩爲證：

駙馬提兵戰六師，佯輸詐敗信爲之。勾連方臘親臨陣，一鼓功成計更奇。

且説宋江當日傳令，分付諸將「今日厮殺，非比他時，正在要緊之際。汝等軍將各各用心，擒獲賊首方臘，休得殺害。你衆軍士，只看南軍陣上柴進回馬引領，就便殺入洞中，併力追捉方臘，不可違誤。」三軍諸將得令，各自磨拳擦掌，掣劍拔鎗，都要擄掠洞中金帛，盡要活捉方臘，建功請賞。當時宋江諸將都到洞前，把軍馬擺開，列成陣勢。只見南兵陣上，柯駙馬立在門旗之下，正待要出戰，只見皇侄方杰，立馬横戟道：「都尉且押手停騎，看方某先斬宋兵一將，然後都尉出馬，用兵對敵。」宋兵望見燕青跟在柴進後頭，衆將皆喜道：「今日計必成矣。」各人自行准備。且説皇侄方杰争先縱馬搦戰，宋江陣上關勝出馬，舞起青龍刀來與方杰對敵。兩將交馬，一往一來，一翻一復。戰不過十數合，宋江又遣花榮出陣，共戰方杰。方杰見兩將來夾攻，全無懼怯，力敵二將。又戰數合，雖然難見輸贏，也只辦得遮攔躲避。宋江隊裏，再差李應、朱仝驟馬出陣，併力追殺。方杰見四將來夾攻，方纔撥回馬頭，望本陣中便走。柯駙馬却在門旗下截住，把手一招，宋將關勝、花榮、朱仝、李應四將趕過來，柯駙馬便挺起手中鐵鎗，奔來直取方杰。（方杰）見頭勢不好，急下馬逃命時，措手不及，早被柴進一鎗戳着背後，雲奉尉燕青趕上，一刀殺了方杰。南軍衆將驚得呆了，各自逃生。柯駙馬大叫：「我非柯引，吾乃柴進，宋先鋒部下正將小旋風的便是。隨行雲奉尉，即是浪子燕青。今者已知得洞中內外備細，若有人活捉得方臘的，高官任做，細馬揀騎。三軍投降者，俱免血刃有生；抗拒者，斬首全家。」回身引領四將，招起大軍，殺入洞中。方臘領着內侍近臣，在幫源山頂上，看見殺了方杰，三軍潰亂。情知事急，一脚踢翻了金交椅，便望深山中奔走。宋江領起大隊軍馬，分開五路，殺入洞來，争捉方臘。不想已被方臘逃去，止拏得侍從人員。燕青搶入洞中，叫了數個心腹伴當，去那庫裏擄了兩擔金珠細軟出來，就內宮禁苑放起火來。柴進殺入東宮時，那金芝公主自縊身死。柴進見了，就連宮苑燒化，柴進忒薄情。以下細人，放其各自逃生。是。衆軍將都入正宮，殺盡嬪妃彩女、親軍侍御、皇親國戚，都擄掠了方臘內宮金帛。宋江大縱軍將入宮，搜尋方臘。

却說阮小七殺入內苑深宮裏面，搜出一箱，却是方臘僞造的平天冠、衮龍袍、碧玉帶、白玉珪、無憂履。阮小七看見上面都是珍珠異寶，龍鳳錦文，心裏想道：「這是方臘穿的，我便着一着，也不打緊。」便把衮龍袍穿了，繫上碧玉帶，着了無憂履，戴起平天冠，却把白玉圭插放懷裏，跳上馬，手執鞭，跑出宮前。〔眉〕阮小七也是個趣人。三軍衆將只道是方臘，一齊鬧動，搶將攏來看時，却是阮小七，衆皆大笑。這阮小七也只把做好嬉，騎着馬東走西走，看那衆將多軍搶擄。正在那裏鬧動，早有童樞密帶來的大將王稟、趙譚入洞助戰。聽得三軍鬧嚷，只説拏得方臘，逕來争功。却見是阮小七穿了御衣服，戴着平天冠，在那裏嬉笑。王稟、趙譚罵道：「你這厮莫非要學方臘，做這等樣子！」胡説。阮小七大怒，指着王稟、趙譚道：「你這兩個直得甚鳥！若不是俺哥哥宋公明時，你這兩個驢馬頭，早被方臘已都砍下了。今日我等衆將弟兄成了功勞，你們顛倒來欺負！朝廷不知備細，只道是兩員大將來協助成功。」真。〔眉〕妙人。説得直恁快人意。王稟、趙譚大怒，便要和阮小七火併。胡説。當時阮小七奪了小校鎗，便奔上來戳王稟。這又不是了。呼延灼看見，急飛馬來隔開。已自有軍校報知宋江，飛馬到來，見阮小七穿着御衣服。宋江、吴用喝下馬來，剥下違禁衣服，丢去一邊。宋江陪話解勸。王稟、趙譚二人雖被宋江並衆將勸和了，只是記恨于心。當日幫源洞中殺的屍横遍野，流血成渠。按《宋鑑》所載，斬殺方臘蠻兵二萬餘級。當下宋江傳令，教四下舉火，監臨燒毁宮殿，龍樓鳳閣，内苑深宮，珠軒翠屋，盡皆焚化。但見：

黑烟罩地，紅焰遮天。金釘朱户灰飛，碧瓦雕簷影倒。三十六宮煨燼火，七十二苑作飛灰。金殿平空，不見嵯峨氣象；玉階迸裂，全無錦繡花紋。金水河不見丹墀御道，午門前已無臣宰官僚。龍樓移上九重天，鳳閣盡歸南極院。

當時宋江等衆將，監看燒毀了幫源洞中宮殿器皿、屋宇樓閣，引軍都來洞口屯駐，下了寨栅。計點生擒人數，只有賊首方臘，未曾獲得。傳下將令，教軍將沿山搜捉。告示鄉民，但有人拿得方臘者，奏聞朝廷，高官任做；知而首者，隨即給賞。

却說方臘從幫源洞山頂落路而走，忙忙似喪家之狗，急急如漏網之魚，便望深山曠野，透嶺穿林，脱了赭黄袍，丢去金花幞頭，脱下朝靴，穿上草履、麻鞋，爬山奔走，要逃性命。又見出本相來了。連夜退過五座山頭，走到一處山凹邊，見一個草庵，嵌在山凹裏。方臘肚中饑餓，却待正要去茅庵内尋討些飯吃，只見松樹背後轉出一個胖大和尚來，一禪杖打翻，便取條繩索綁了。那和尚不是别人，是花和尚魯智深。拿了方臘，帶到草庵中，取了些飯吃，正解出山來。却好迎着搜山的軍健，一同幫住擒捉方臘，來見宋先鋒。宋江見拿得方臘，大喜，便問道：「吾師，你却如何正等得這賊首着？」魯智深道：「洒家自從在烏龍嶺上萬松林裏厮殺，追趕夏侯成入深山裏去，被洒家殺了。貪戰賊兵，直趕入亂山深處，迷蹤失逕，迤邐隨路尋去。正到曠野琳琅山内，忽遇一個老僧，引領洒家到此處茅庵中，囑付道：『柴米菜蔬都有，只在此間等候。但見個長大漢，從松林深處來，你便捉住。』夜來望見山前火起，小僧看了一夜，又不知此間山徑路數是何處。今早正見這賊爬過山來，因此俺一禪杖打翻，就捉來綁了。不想正是方臘。」宋江又問道：「那一個老僧，今在何處？」魯智深道：「那個老僧，自引小僧到茅庵裏，分付了柴米出來，竟不知投何處去了。」宋江道：「那和尚眼見得是聖僧羅漢，如此顯靈。今吾師成此大功，回京奏聞朝廷，可以還俗爲官，在京師圖個蔭子封妻，光耀祖宗，報答父母劬勞之恩。」只說得宋江話。魯智深答道：「洒家心已成灰，不願爲官。只圖尋個浄了去處，安身立命足矣。」宋江道：「吾師既不肯還俗，便到京師去住持一個名山大刹，爲一僧首，也光顯宗風，亦報答得父母。」俗人只説俗話。智深聽了，摇首叫道：「都不要，要多也無用。佛。只得個囫圇屍首，便是强了。」佛。宋江聽罷，默上心來，各不喜歡。癡。點本部下將佐，俱已數足。教將方臘陷車盛了，解上東京，面見天子，催起三軍，帶領諸將，離了幫源洞清溪縣，都回睦州。

却説張招討會集都督劉光世、童樞密從、耿二參謀，都在睦州聚齊，合兵一處屯駐軍馬。見説宋江獲了大功，拿住方臘，解來睦州，衆官都來慶賀。宋江等諸將參拜〈已了〉張招討、童樞密等衆官（已了），張招討道：「已知將軍邊塞勞苦，損折弟兄，今已全功，實爲萬幸。」宋江再拜，泣涕道：「當初小將等一百八人，破大遼還京都，不曾損了一個。誰想首先去了公孫勝，京師已留下數人。克復揚州，渡大江，怎知十停去七。今日宋江雖存，有何面目再見山東父老，故鄉親戚！」張招討道：「先鋒休如此説！自古道：『貧富貴賤，宿生所載；壽夭命長，人生分定。』常言道：『有福人送無福人。』何以損折將佐爲羞爲恥。今日功成名顯，朝廷知道，必當重用，封官賜爵，光顯門閭，衣錦還鄉，誰不稱羨。閑事不須掛意，只顧收拾回軍朝覲。」宋江拜謝了總兵等官，自來號令諸將。張招討已傳下軍令，教把生擒到賊徒僞官等衆，除留方臘另行解赴東京，其餘從賊，都就睦州市曹斬首施行。所有未收去處，衢、婺等縣賊役贓官，得知方臘已被擒獲，一半逃散，一半都來睦縣自行投首，拜參張招討並衆官，盡皆准首，復爲良民。是。就行出榜，去各處招撫，以安百姓。其餘隨從賊徒，不傷人者，亦准其自首投降，復爲鄉民，撥還産業田園。克復州縣已了，各調守禦官軍護境安民，不在話下。有詩爲證：

柴進勾連用計深，幫源軍馬亂駸駸。奇功更有花和尚，一杖生擒僭號人。

所有這新克復睦州、歙州、清溪、幫源二處城郭鎮市，民安物阜，鄉村溪島山林，俱各民安復業。再説張招討衆官都在睦州設太平宴，慶賀衆將官僚，賞勞三軍將校。傳令教先鋒頭目，收拾朝京。軍令傳下，各各准備行裝，陸續登程。

且説先鋒使宋江，思念亡過衆將，洒然淚下。不想患病在杭州張橫、穆弘等六人，朱富、穆春看視，共是八人在彼。後亦各患病身死，止留得楊林、穆春到來，隨軍征進。想起諸將勞苦，今日太平，當以超度，便就睦州宮觀浄處，揚起長旛，修設超度九幽拔罪好事，做三百六十分羅天大醮，追薦前亡後化列位偏正將佐已了。次日，椎牛宰馬，致備牲醴，與同軍師吴用等衆將，俱到烏龍神廟裏，焚帛享祭烏龍大王，謝祈龍君護祐之恩。回至寨中，所有部下正偏將佐陣亡之人，收得屍骸者，俱令各自安葬已了。宋江與盧俊義收拾軍馬將校人員，隨張招討回杭州，聽候聖旨，班師回京。衆多將佐功勞，俱各造册，上了文簿，進呈御前。先寫表章申奏天子。三軍齊備，陸續起程。宋江看了部下正偏將佐，止剩得三十六員回軍。那三十六人是：

呼保義宋江　玉麒麟盧俊義　智多星吴用　大刀關勝　豹子頭林沖　雙鞭呼延灼　小李廣花榮　小旋風柴進　撲天鵰李應　美髯公朱仝　花和尚魯智深　行者武松　神行太保戴宗　黑旋風李逵　病關索楊雄　混江龍李俊　活閻羅

阮小七　浪子燕青
神機軍師朱武　鎮三山黄信　病尉遲孫立　混世魔王樊瑞　轟天雷凌振　鐵面孔目裴宣　神算子蔣敬　鬼臉兒杜興　鐵扇子宋清　獨角龍鄒潤　一枝花蔡慶　錦豹子楊林　小遮攔穆春　出洞蛟童威　翻江蜃童猛　鼓上蚤時遷
小尉遲孫新　母大蟲顧大嫂

當下宋江因爲征勦方臘，自渡江已過，損折了許多將佐，止剩得正偏將三十六員回京。催促起人馬，俱要到杭州取齊，與張招討約會，聽命朝覲。宋江與同諸將引兵馬離了睦州，前望杭州進發。詩曰：

宋江三十六，回來十八雙。内中有四個，談笑又還鄉。

正是收軍鑼響千山震，德勝旗開十里紅。馬上將敲金鐙響，三軍齊唱凱歌回。宋先鋒軍馬，於路無話，已回到杭州。因張招討軍馬在城，宋先鋒且屯兵在六和塔駐扎，諸將都在六和寺安歇。先鋒使宋江、盧俊義早晚入城聽令。

且説魯智深自與武松在寺中一處歇馬聽候，看見城外江山秀麗，景物非常，心中歡喜。是夜月白風清，水天共碧。二人正在僧房裏睡至半夜，忽聽得江上潮聲雷響。魯智深是關西漢子，不曾省得浙江潮信，只道是戰鼓響，賊人生發，跳將起來，摸了禪杖，大喝着便搶出來。夙業將完矣。衆僧吃了一驚，都來問道：「師父何爲如此，趕出何處去？」魯智深道：「洒家聽得戰鼓響，待要出去厮殺。」衆僧都笑將起來，道：「師父錯聽了，不是戰鼓響，乃是錢塘江潮信響。」魯智深見説，吃了一驚，問道：「師父，怎地喚做潮信響？」寺内衆僧推開窗，指着那潮頭，叫魯智深看，説道：「這潮信日夜兩番來，並不違時刻。今朝是八月十五日，合當三更子時潮來，因不失信，〈爲〉（謂）之潮信。」魯智深看了，從此心中忽然大悟。佛。拍掌笑道：「俺師父智真長老，曾囑付與洒家四句偈言，道是『逢夏而擒』，俺在萬松林裏厮殺，活捉了個夏侯成。『遇臘而執』，俺生擒方臘，今日正應了。『聽潮而圓，見信而寂』，俺想既逢潮信，合當圓寂。衆和尚，俺家問你：如何喚做圓寂？」佛。寺内衆僧答道：「你是出家人，還不省得？佛門中圓寂便是死。」魯智深笑道：「既然死乃喚做圓寂，洒家今已必當圓寂。煩與俺燒桶湯來，洒家沐浴。」〔眉〕如今知道許〈侈〉（多）教典的，反不濟事。寺内衆僧，都只道他説耍，又見他這般性格，不敢不依他，只得喚道人燒湯來，與魯智深洗浴。換了一身御賜的僧衣，便叫部下軍校：「去報宋公明先鋒哥哥，來看洒家。」又問寺内衆僧處討紙筆寫下一篇頌子，去法堂上捉把禪椅，當中坐了，焚起一爐好香，放了那張紙在禪牀上，自疊起兩隻脚，左脚搭在右脚，自然天性騰空。比及宋公明見報，急引衆頭領來看時，魯智深已自坐在禪椅上不動了。看其頌曰：

「平生不修善果，只愛殺人放火。忽地頓開金枷，這裏指斷玉鎖。咦！錢塘江上潮信來，今日方知我是我。」通。〔眉〕今人知道我是□□，都是日裏承當。

宋江與盧俊義看了偈語，嗟嘆不已。衆多頭領都來看視魯智深，焚香拜禮。城内張招討並童樞密等衆官，亦來拈香拜禮。宋江教把魯智深衣鉢並朝廷賞賜，出來俵散衆僧，做了三晝夜功果，合個朱紅龕子盛了，直去請徑山住持大惠禪師，來與魯智深下火。五山十刹禪師，都來誦經懺悔，迎出龕子，去六和塔後燒化那魯智深。那徑山大惠禪師手執火把，直來龕子前，指着魯智深道幾句法語，是：

「魯智深，魯智深！起身自緑林。兩隻放火眼，一片殺人心。忽地隨潮歸去，果然無處跟尋。咄！解使滿空飛白玉，能令大地作黃金。」通。

大惠禪師下了火已了，衆僧誦經懺悔，焚化龕子，在六和塔山後，收取骨殖，葬入塔院。所有魯智深隨身多餘衣鉢金銀並各官布施，盡都納入六和寺裏，常住公用。當下宋江看視武松，雖然不死，已成廢人。武松對宋江説道：「小弟今已殘疾，不願赴京朝覲，盡將身邊金銀賞賜，都納此六和寺中陪堂公用，已作清閑道人，十分好了。哥哥造冊，休寫小弟進京。」宋江見説：「任從你心。」武松自此只在六和寺中出家，後至八十善終。這是後話。

再説先鋒宋江，每日去城中聽令，待張招討中軍人馬前進，已將軍兵入城屯扎。半月之間，朝廷天使到來，奉聖旨：令先鋒宋江等班師回京。張招討、童樞密、都督劉光世、從、耿二參謀、大將王禀、趙譚，中軍人馬，陸續先回京師去了。宋江等隨即收拾軍馬回京。比及起程，不想林沖染患風病癱了，楊雄發背瘡而死，時遷又感攪腸沙而死。宋江見了，感傷不已。丹徒縣又申將文書來報，説楊志已死，葬於本縣山園。林沖風癱又不能痊，就留在六和寺中，教武松看視，後半載而亡。

再説宋江與同諸將離了杭州，望京師進發。只見浪子燕青私自來勸主人盧俊義道：「小乙自幼隨侍主人，蒙恩感德，一言難盡。今既大事已畢，欲同主人納還原受官誥，私去隱迹埋名，尋個僻浄去處，以終天年。未知主人意下若何？」高。盧俊義道：「自從梁山泊歸順宋朝已來，北破遼兵，南征方臘，勤勞不易。邊塞苦楚，弟兄殞折，幸存我一家二人性命。正要衣錦還鄉，圖個封妻蔭子，你如何却尋這等没結果？」癡。燕青笑道：「主人差矣！小乙此去，正有結果。好。只恐主人此去，定無結果。」〔眉〕已自説破。若燕青，可謂知進退存亡之機矣。有詩爲證：

略地攻城志已酬，陳辭欲伴赤松遊。時人苦把功名戀，只怕功名不到頭。

盧俊義道：「燕青，我不曾存半點異心，朝廷如何負我？」燕青道：「主人豈不聞韓信立下十大功勞，只落得未央宫前斬首，彭越醢爲肉醬，英布弓弦藥酒。主公，你可尋思，臨禍到頭難走。」〔眉〕高人。盧俊義道：「我聞韓信三齊擅自稱王，教陳豨造反。彭越殺身亡家大梁，不朝高祖。英布九江受任，要謀漢帝江山。以此漢高帝詐遊雲夢，令吕后斬之。我雖不曾受這般重爵，亦不曾有此等罪過。」只爲記問壞了事。〔眉〕癡人不可與言。燕青道：「既然主公不聽小乙之言，只怕悔之晚矣。高。小乙本待去辭宋先鋒，他是個義重的人，必不肯放，高。只此辭別主公。」盧俊義道：「你辭我，待要那裏去？」燕青道：「也只在主公前後。」更高。盧俊義笑道：「原來也只恁地。看你到那裏？」癡漢，癡漢！燕青納頭拜了八拜，當夜收拾了一擔金珠寶貝挑着，逕不知投何處去了。次日早晨，軍人收得字紙一張，來報覆宋先鋒。宋江看那一張字紙時，上面寫道是：

「辱弟燕青百拜懇告先鋒主將麾下：自蒙收録，多感厚恩，効死幹功，補報難盡。今自思命薄身微，不堪國家任用。情願退居山野，爲一閑人。本待拜辭，恐主將義氣深重，不肯輕放，連夜潛去。今留口號四句拜辭，望乞主帥恕罪：

情願自將官誥納，不求富貴不求榮。身邊自有君王赦，淡飯黄虀過此生。」也罷。

宋江看了燕青的書並四句口號，心中鬱悒不樂。當時盡收拾損折將佐的官誥牌面，送回京師，繳納還官。宋兵人馬迤邐前進。比及行至蘇州城外，只見混江龍李俊詐中風疾，倒在牀上。高。手下軍人來報宋先鋒。宋江見報，親自領醫人來看治李俊。李俊道：「哥哥休誤了回軍的程限，朝廷見責，亦恐張招討先回日久。哥哥憐憫李俊時，可留下童威、童猛看視兄弟，待病體痊可，隨後趕來朝覲。哥哥軍馬，請自赴京。」宋江見説，心雖不然，倒不疑慮，只得引軍前進。又被張招討行文催趲，宋江只得留下李俊、童威、童猛三人，自同諸將上馬赴京去了。且説李俊三人竟來尋見費保四個，不負前約，七人都在榆柳莊上商議定了，盡將家私打造船隻，從太倉港乘駕出海，自投化外國去了。後來爲暹羅國之主。童威、費保等都做了化外官職，自取其樂，另霸海濱。〔眉〕妙人。這是李俊的後話。

再説宋江等諸將一行軍馬，在路無話。復過常州、潤州相戰去處，宋江無不傷感。軍馬渡江，十存二三，過揚州，進淮安，望京師不遠了。宋江傳令，叫衆將各各准備朝覲。三軍人馬，九月二十後回到東京。張招討中軍人馬，先進城去。宋江等軍馬，只就城外屯住，扎營于舊時陳橋驛，聽候聖旨。宋江叫裴宣寫録見在朝京大小正偏將佐數目，共計二十七員。正將一十二員：宋江、盧俊義、吴用、關勝、呼延灼、花榮、柴進、李應、朱仝、戴宗、李逵、阮小七；偏將一十五員：朱武、黄信、孫立、樊瑞、凌振、裴宣、蔣敬、杜興、宋清、鄒潤、蔡慶、楊林、穆春、孫新、顧大嫂。是日宋江將大小諸將見在者，殁于王事者，録其名數，寫成謝恩表章。仍令正偏將佐俱各准備幞頭公服，伺候朝見天子。三日之後，上皇設朝，近臣奏聞。天子教宣宋江等面君朝見。正是：

雞鳴紫陌曙光寒，鶯囀皇州春色闌。金闕曉鐘開萬户，玉階仙仗擁千官。花迎劍珮星初落，柳拂旌旗露未乾。宣召邊庭征戰士，九重深處見天顏。

當下早朝，道君天子升座，命侍御引進宋江等，各具公服，入内朝見。此日東方漸明，宋江、盧俊義等二十七員將佐承旨，即忙上馬入城。東京百姓看了時，此是第三番朝見。想這宋江等初受招安時，却奉聖旨，都穿御賜的紅緑錦襖子，懸掛金銀牌面，入城朝見。破大遼之後回京師時，天子宣命，都是披袍掛甲，戎裝入城朝見。今番太平回朝，天子特命文扮，却是幞頭公服，入城朝覲。東京百姓看了，只剩得這幾個回來，衆皆嗟嘆不已。宋江等二十七人來到正陽門下，齊齊下馬入朝。侍御史引至丹墀玉階之下，宋江、盧俊義爲首，上前八拜，退後八拜，進中八拜，三八二十四拜，揚塵舞蹈，山呼萬歲，君臣禮足。徽宗天子看見宋江等只剩得這些人員，心中嗟念。上皇命都宣上殿。宋江、盧俊義引領衆將，都上金階，齊跪在珠簾之下。上皇命賜衆將平身。左右近臣，早把珠簾捲起。天子乃曰：「朕知卿等衆將，收勦江南，多負勞苦。卿之弟兄，損折大半。朕聞不勝傷悼。」宋江垂淚不起，仍自再拜奏曰：「以臣鹵鈍薄才，肝腦塗地，亦不能報國家大恩。昔日念臣共聚義兵一百八人，登五臺發願。誰想今日十損其八。謹録人數，未敢擅便具奏。伏望天慈，俯賜聖鑑。」上皇曰：「卿等部下歿於王事者，朕命各墳加封，不没其功。」宋江再拜進上表文一通。表曰：

「平南都總管正先鋒使臣宋江等謹上表：伏念臣江等愚拙庸才，孤陋俗吏，往犯無涯之罪，幸蒙莫大之恩，高天厚地豈能酬，粉骨碎身何足報。股肱竭力，離水泊以除邪；兄弟同心，登五臺而發願。全忠秉義，護國保民。幽州城鏖戰遼兵，清溪洞力擒方臘。雖則微功上達，奈緣良將下沉。臣江日夕懷憂，旦暮悲愴。伏望天恩俯賜聖鑑，使已歿者皆蒙恩澤，見在生者得庇洪休。臣江乞歸田野，願作農民。實陛下仁育之賜，遂微臣退休之心。誠惶誠恐，稽首頓首。臣江等不勝戰悚之至。謹録存歿人數，隨表上進以聞。

陣亡正偏將佐五十九員：

正將一十四員：

秦明　徐寧　董平　張清　劉唐　史進　索超　張順　雷横　石秀

解珍　解寶　阮小二　阮小五

偏將四十五員：

宋萬　焦挺　陶宗旺　韓滔　彭玘　曹正　宣贊　孔亮　鄭天壽

施恩　鄧飛　周通　龔旺　鮑旭　段景住　侯健　孟康　王英

項充　李衮　單廷珪　吕方　燕順　馬麟　郭盛　歐鵬　郁保四

陳達　楊春　李忠　薛永　李雲　丁得孫　石勇　杜遷　鄒淵

李立　湯隆　王定六　蔡福　張青　郝思文　扈三娘　魏定國

孫二娘

於路病故正偏將佐一十員：

正將五員：

林沖　楊志　張横　穆弘　楊雄

偏將五員：

孔明　朱貴　朱富　白勝　時遷

杭州六和寺坐化正將一員：魯智深

折臂不願恩賜，六和寺出家正將一員：武松

舊在京，回還薊州出家正將一員：公孫勝

不願恩賜，於路辭去正偏將四員：

正將二員：

燕青　李俊

偏將二員：

童威　童猛

舊留在京師，並取回醫士，見在京偏將五員：

安道全　皇甫端　金大堅　蕭讓　樂和

見在朝覲正偏將佐二十七員：

正將一十二員：
宋江　盧俊義　吴用　關勝　花榮　柴進　李應　呼延灼　朱仝
戴宗　李逵　阮小七
偏將一十五員：
朱武　黄信　孫立　樊瑞　淩振　裴宣　蔣敬　杜興　宋清　鄒潤
蔡慶　楊林　穆春　孫新　顧大嫂
宣和五年九月　日先鋒使臣宋江　副先鋒臣盧俊義等謹上表。」

上皇覽表，嗟嘆不已，乃曰：「卿等一百八人，上應星曜，今止有二十七人見存，又辭去了四個，真乃十去其八矣！」隨降聖旨，將這已歿于王事者，正將、偏將各授名爵。正將封爲忠武郎，偏將封爲義節郎。如有子孫者，就令赴京，照名承襲官爵。如無子孫者，敕賜立廟，所在享祭。惟有張順顯靈有功，敕封金華將軍。僧人魯智深，擒獲方臘有功，善終坐化於大刹，加封義烈昭暨禪師。武松對敵有功，傷殘折臂，見於六和寺出家，封贈清忠祖師，賜錢十萬貫，以終天年。已故女將二人，扈三娘加封花陽郡夫人，孫二娘加封旌德郡君。見在朝覲，除先鋒使另封外，正將十員，各授武節將軍，諸州統制；偏將十五員，各授武奕郎，諸路都統領。管軍管民，省院聽調。女將一員顧大嫂，封授東源縣君。

先鋒使宋江，加授武德大夫、楚州安撫使兼兵馬都總管。副先鋒盧俊義，加授武功大夫、廬州安撫使兼兵馬副總管。軍師吴用，授武勝軍承宣使。關勝，授大名府正兵馬總管。

呼延灼，授御營兵馬指揮使。花榮，授應天府兵馬都統制。柴進，授横海軍滄州都統制。李應，授中山府鄆州都統制。朱仝，授保定府都統制。戴宗，授兖州府都統制。李逵，授鎮江潤州都統制。不必壽張做知縣矣。阮小七，授蓋天軍都統制。

上皇敕命各各正偏將佐，封官授職，謝恩聽命，給付賞賜。偏將一十五員，各賜金銀三百兩，綵段五表裏。正將一十員，各賜金銀五百兩，綵段八表裏。先鋒使宋江、盧俊義，各賜金銀一千兩，錦段十表裏，御花袍一套，名馬一匹。宋江等謝恩畢。又奏睦州烏龍大王，二次顯靈，護國保民，救護軍將，以全德勝。上皇准奏，聖敕加封忠靖靈德普祐孚惠龍王。御筆改睦州爲嚴州，歙州爲徽州，因是方臘造反之地，各帶反文字體。清溪縣改爲淳安縣，幫源洞鑿開爲山島，敕委本州官庫内支錢，起建烏龍大王廟，御賜牌額。至今古迹尚存。江南但是方臘殘破去處，被害人民，普免差徭三年。〔眉〕是。當日宋江等，各各謝恩已了。天子命設太平筵宴，慶賀功臣。文武百官，九卿四相，同登御宴。但見：

屏開孔雀，褥繡芙蓉。黄金殿上開筵，白玉階前設宴。朱紅臺上，擺列着百味珍羞；龍鳳桌圍，設放着金銀器皿。玻璃碗内，供獻上熊掌駝蹄；琥珀杯中，滿斟下瑶池玉液。珊瑚碟四時異果，瑪瑙盤鳳髓龍肝。教坊司搬演新文雜劇，承應院擺列舞女歌姬。光禄寺進呈御酒，帝王開顔；鴻臚寺報名賞宴，臣宰歡忭。大官署宰馬敲牛，供筵賜飯；珍羞署推裝果品，美味時新。往來進酒，無非是紫衣陪臣；上下傳杯，盡都是錦衣内侍。太平設宴，顯皇上不負功臣；德勝回朝，是武將赤心報國。畫鼓振敲歡宴美，教坊齊賀太平歌。

上皇設宴，慶賀太平，御筵已畢，衆將謝恩。宋江又奏：「臣部下自梁山泊受招安，軍卒亡過大半，尚有願還家者，乞陛下聖恩優恤。」〔眉〕是。天子准奏，降敕如願爲軍者，賜錢一百定，絹十疋，於龍猛、虎威二營收操，月支俸糧養贍。如不願者，賜錢二百定，絹十疋，各令回鄉爲民當差。宋江又奏：「臣生居鄆城縣，獲罪以來，自不敢還鄉。乞聖上寬恩，給假回鄉，拜掃省視親族，却還楚州之任。未敢擅便，乞請聖旨。」上皇聞奏大喜，再賜錢十萬貫，作還鄉之資。當日飲宴席終，謝恩已罷，辭駕出朝。次日，中書省作太平筵宴，管待衆將。第三日，樞密院又設宴慶賀太平。其張招討，劉都督，童樞密，從、耿二參謀，王、趙二大將，朝廷自升重爵，不在此本話内。太乙院題本奏請聖旨，將方臘於東京市曹上凌遲處死，剮了三日示衆。有詩爲證：

宋江重賞升官日，方臘當刑受剮時。善惡到頭終有報，只争來早與來遲。

再説宋江奏請了聖旨，給假回鄉省親。當部下軍將，願爲軍者，報名送發龍猛、虎威二營收操，關給賞賜，馬軍守備。願爲民者，關請銀兩，各各還鄉爲民當差。部下偏將，亦各請受恩賜，聽除管軍管民，護境爲官，關領誥命，各人赴任，與國安民。

宋江分派已了，與衆暫別，自引兄弟宋清，帶領隨行軍健一二百人，挑擔御物行李衣裝賞賜，離了東京，望山東進發。宋江、宋清在馬上衣錦還鄉，回歸故里。離了京師，於路無話。自來到山東鄆城縣宋家村，鄉中故舊，父老親戚，都來迎接。宋江回到莊上，〔眉〕兩個强盜回來了。不期宋太公已死，靈柩尚存。宋江、宋清痛哭傷感，不勝哀戚。家眷莊客，都來拜見宋江。莊院田産家私什物，宋太公存日，整置得齊備，亦如舊時。宋江在莊上修設好事，請僧命道，修建功果，薦拔亡過父母宗親。州縣官僚，探望不絕。擇日選時，親扶太公靈柩，高原安葬。〔眉〕如何不求篇墓志，如今都是如此。是日，本州官員，親鄰父老，賓朋眷屬，盡來送葬已了，不在話下。宋江思念玄女娘娘，願心未酬，將錢五萬貫，命工匠人等，重建九天玄女娘娘廟宇。兩廊山門，粧飾聖像，彩畫兩廡，俱已完備。不覺在鄉日久，誠恐上皇見責，選日除了孝服，又做了幾日道場，次後設一大會，請當村鄉尊父老，飲宴酌杯，以敍間別之情。次日，親戚亦皆置筵慶賀，以會故舊之心。不在話下。宋江將莊院交割與次弟，宋清雖受官爵，只在鄉中務農，奉祀宗親香火。將多餘錢帛，散惠下民。把閑話都打疊起。有詩爲證：

衣錦還鄉實可誇，承恩又復入京華。戴宗指點迷途破，身退名全遍海涯。

再說宋江在鄉中住了數月，辭別鄉老故舊，再回東京來，與衆弟兄相見。衆人亦各自搬取老小家眷，回京住的，有往任所去的；亦有夫主兄弟歿於王事的，朝廷已自頒降恩賜金帛，令歸鄉里，優恤其家。宋江自到東京，每日給散三軍。諸將已亡過者，家眷老小發遣回鄉，都已完足。朝前聽命，辭別省院諸官，收拾赴任。只見神行太保戴宗，來相探宋江，坐間說出一席話來。有分教：宋公明生爲鄆城縣英雄，死作蓼兒洼土地。只教名標史記幾千年，事載丹書百萬載。正是凛凛清風生廟宇，堂堂遺像在淩烟。畢竟戴宗對宋江說出甚話來，且聽下回分解。

卓翁曰：人但知魯智深成佛，李俊爲王，都是頂天立地漢子，不知燕青更不可及。意者其猶龍乎！意者其猶龍乎！

宋公明神聚蓼兒洼

徽宗帝夢遊梁山泊

第一百回　宋公明神聚蓼兒洼　徽宗帝夢遊梁山泊

《滿庭芳》：

罡星起河北，豪傑四方揚。五臺山發願，掃清遼國轉名香。奉詔南收方臘，催促渡長江。一自潤州破敵，席捲過錢塘。抵清溪，登昱嶺，涉高岡。蜂巢勦滅，班師衣錦盡還鄉。堪恨當朝讒佞，不識男兒定亂，誑主降遺殃。可憐一場夢，令人淚兩行。哭他做甚？

話說宋江衣錦還鄉，拜掃回京。自離鄆城縣，還至東京，與衆弟兄相會，令其各人收拾行裝，前往任所。當有神行太保戴宗，來探宋江，二人坐間閑話。只見戴宗起身道：「小弟已蒙聖恩，除受兖州都統制。今情願納下官誥，要去泰安州嶽廟裏，陪堂求閑，過了此生，實爲萬幸。」宋江道：「賢弟何故行此念頭？」癡人。戴宗道：「兄弟夜夢崔府君勾喚，因此發了這片善心。」宋江道：「賢弟生身既爲神行太保，他日必作岳府靈聰。」自此相別之後，戴宗納還了官誥，去到泰安州岳廟裏，陪堂出家。在彼每日慇懃奉祀聖帝香火，虔誠無忽。後數月，一夕無恙，請衆道伴相辭作別，大笑而終。後來在岳廟裏累次顯靈，州人廟祝隨塑戴宗神像於廟裏，胎骨是他真身。又有阮小七，受了誥命，辭別宋江，已往蓋天軍做都統制職事。未及數月，被大將王稟、趙譚懷挾幫源洞辱罵舊恨，累累於童樞密前訴説阮小七的過失：「曾穿着方臘的赭黄袍，龍衣玉帶，雖是一時戲耍，終久懷心造意。」是。待要殺他。「亦且蓋天軍地僻人蠻，必致造反。」〔眉〕王、趙大有見識，用得，用得。童貫把此事達知蔡京，奏過天子，請降了聖旨，行移公文到彼處，追奪阮小七本身的官誥，復爲庶民。是，大是。阮小七見了，心中也自歡喜，高人。帶了老母，回還梁山泊石碣村，依舊打魚爲生，奉養老母，以終天年。妙人。後自壽至六十而亡。〔眉〕如今戴紗帽的，一失官職，性命一併失了。視阮小七何如？且説小旋風柴進在京師，見戴宗納還官誥，求閑去了。又見説朝廷追奪了阮小七官誥，不合戴了方臘的平天冠，龍衣玉帶，意在學他造反，罰爲庶民。尋思：「我亦曾在方臘處做駙馬。倘或日後奸臣們知得，於天子前讒佞見責起來，追了誥命，豈不受辱？不如聞早自省，免受玷辱。」推稱風疾病患，不時舉發，難以任用，不堪爲官，情願納還官誥，求閑爲農。辭別衆官，再回滄州横海郡爲民，自在過活。高。忽然一日無疾而終。李應授中山府都統制，赴任半年，聞知柴進求閑去了，自思也推稱風癱，不能爲官。學樣。申達省院，繳納官誥，復還故鄉獨龍岡村中過活。後與杜興一處作富豪，俱得善終。關勝在北京大名府總管兵馬，甚得軍心，衆皆欽伏。一日操練軍馬回來，因大醉失脚落馬，得病身亡。呼延灼受御營指揮使，每日隨駕操備，後領大軍破大金兀朮四太子，出軍殺至淮西陣亡。只有朱仝在保定府管軍有功，後隨劉光世破了大金，直做到太平軍節度使。花榮帶同妻小妹子前赴應天府到任。吳用自來單身，只帶了隨行安童去武勝軍到任。李逵亦是獨自帶了兩個僕從，自來潤州到任。【話説爲何只説這三個到任，別的都説了絶後結果？爲這七員正將，都不斷見着，先説了結果。後這五員正將：宋江、盧俊義、吴用、花榮、李逵還有厮會處，以此未説絶了結果。下來便見。有詩爲證：

百八英雄聚義間，東征西討日無閑。甫能待得功成後，死別生離意莫還。】〔眉〕可刪。

再説宋江、盧俊義在京師，都分派了諸將賞賜，各各令其赴任去訖。殁于王事者，正將家眷人口，關給與恩賞錢帛金銀，仍各送回故鄉，聽從其便。再有見在朝京偏將一十五員，除兄弟宋清還鄉爲農外，杜興已自跟隨李應還鄉去了。黄信仍任青州。孫立帶同兄弟孫新、顧大嫂並妻小，自依舊登州任用。鄒潤不願爲官，回登雲山去了。高。蔡慶跟隨關勝，仍回北京爲民。裴宣自與楊林商議了，自回飲馬川受職求閑去了。蔣敬思念故鄉，願回潭州爲民。朱武自來投授樊瑞道法，兩個做了全真先生，雲遊江湖，去投公孫勝出家，以終天年。穆春自回揭陽鎮鄉中，後爲良民。淩振砲手非凡，仍授火藥局御營任用。舊在京師偏將五員，安道全欽取回京，就於太醫院做了金紫醫官。皇甫端原受御馬監大使。金大堅已在内府御寶監爲官。蕭讓在蔡太師府中受職，作門館先生。樂和在駙馬王都尉府中，盡老清閑，終身快樂。不在話下。且説宋江自與盧俊義分別之後，各自前去赴任。盧俊義亦無家眷，不若無，妙。帶了數個隨行伴當，自望廬州去了。宋江謝恩辭朝，別了省院諸官，帶同幾個家人僕從，前往楚州赴任。自此相別，都各分散去了，亦不在話下。

且説宋朝元來自太宗傳太祖帝位之時，説了誓願，以致朝代奸佞不清。至今徽宗天子，至聖至明，不期致被奸臣當道，讒佞專權，屈害忠良，深可憫念。當此之時，却是蔡京、童貫、高俅、楊戩四個賊臣，變亂天下，壞國壞家壞民。當有殿帥府太尉高俅、楊戩，因見天子重禮厚賜宋江等這夥將校，心内好生不然。兩個自來商議道：「這宋江、盧俊義皆是我等讎人，今日倒吃他做了有功大臣，受朝廷這等欽恩賞賜，却教他上馬管軍，下馬管民。我等省院官僚，如何不惹人恥笑？自古道：『恨小非君子，無毒不丈夫。』」楊戩道：「我有一計，先對副了盧俊義，便是絶了宋江一隻臂膊。這人十分英勇，若先對副了宋江，他若得知，必變了事，到惹出一場不好。」也是。高俅道：「願聞你的妙計如何？」楊戩道：「排出幾個廬州軍漢，來省院首告盧安撫招軍買馬，積草屯糧，意在造反。便與他申呈去太師府啓奏。和這蔡太師都瞞了，等太師奏過天子，請旨定奪，却令人賺他來京師。待上皇賜御食與他，於内下了些水銀，却墜了那人腰腎，做用不得，便成不得大事。再差天使却賜御酒與宋江吃，酒裏也與他下了慢藥，只消半月之間，以定没救。」高俅道：「此計大妙。」果然妙。有詩爲證：

自古權奸害善良，不容忠義立家邦。皇天若肯明昭報，男作俳優女作倡。罵得好快活，快活。

兩個賊臣計議定了，着心腹人出來尋覓兩個廬州土人，寫與他狀子，叫他去樞密院，首告盧安撫在廬州即日招軍買馬，積草屯糧，意欲造反。使人常往楚州，結連安撫宋江，通情起義。樞密院却是童貫，亦與宋江等有讎。當即收了原告狀子，逕呈來太師府啓奏。蔡京見了申文，便會官計議。此時高俅、楊戩俱各在彼，四個奸臣定了計策，引領原告人入内啓奏天子。上皇曰：「朕想宋江、盧俊義破大遼、收方臘，掌握十萬兵權，尚且不生歹心，今已去邪歸正，焉肯背反？寡人不曾虧負他，如何敢叛逆朝廷？其中有詐，未審虚的，難以准信。」聖主。〔眉〕明見萬里。當有高俅、楊戩在傍奏道：「聖上道理雖是忠愛，人心難忖，想必是盧俊義嫌官卑職小，不滿其心，說得好。復懷反意，不幸被人知覺。」上皇曰：「可喚來，寡人親問，自取實招。」聖主。蔡京、童貫又奏道：「盧俊義是一猛獸，未保其心。倘若驚動了他，必致走透，深爲未便，今後難以收捕。是。只可賺來京師，陛下親賜御膳御酒，將聖言撫諭之，窺其虛實動静。若無，不必究問。妙。亦顯陛下不負功臣之念。」上皇准奏。聖主。隨即降下聖旨，差一使命逕往廬州，宣取盧俊義還朝，有委用的事。天使奉命來到廬州，大小官員出郭迎接，直至州衙開讀已罷。

話休絮繁。盧俊義聽了聖旨宣取回朝，便同使命離了廬州，一齊上了鋪馬來京。於路無話。早至東京皇城司前歇了。次日早，到東華門外伺候早朝。時有太師蔡京、樞密院童貫、太尉高俅、楊戩，引盧俊義於偏殿朝見上皇，拜舞已罷。天子道：「寡人欲見卿一面。」又問：「廬州可容身否？」聖主。盧俊義再拜奏道：「托賴聖上洪福齊天，彼處軍民亦皆安泰。」上皇又問了些閑話，俄延至午，尚膳廚官奏道：「進呈御膳在此，未敢擅便，乞取聖旨。」此時高俅、楊戩已把水銀暗地着放在裏面，供呈在御案上。惡。天子當面將膳賜與盧俊義，盧俊義拜受而食。上皇撫諭道：「卿去廬州，務要盡心安養軍士，勿生非意。」聖主。盧俊義頓首謝恩，出朝回還廬州，全然不知四個賊臣設計相害。高俅、楊戩相謂曰：「此後大事定矣。」有詩爲證：

奸賊陰謀害善良，共爲讒語惑徽皇。潛將鴆毒安中饍，俊義何辜一命亡。〔眉〕不好了。

再說盧俊義星夜便回廬州來，覺道腰腎疼痛，動舉不得，不能乘馬，坐船回來。行至泗州淮河，天數將盡，自然生出事來。其夜因醉，要立在船頭上消遣。不想水銀墜下腰胯並骨髓裏去，站立不牢，亦且酒後，失脚落於淮河深處而死。〔眉〕盧生已死了，彼賈氏、李固如何見面？羞死，羞死。可憐河北玉麒麟，屈作水中冤抑鬼。從人打撈起屍首，具棺槨殯於泗州高原深處。本州官員動文書，申覆省院，不在話下。

且說蔡京、童貫、高俅、楊戩四個賊臣，計較定了，將賫泗州申達文書，早朝奏聞天子，說：「泗州申覆：盧安撫行至淮河，墜水而死，臣等省院不敢不奏。今盧俊義已死，只恐宋江心内設疑，別生他事。乞陛下聖鑑，可差天使賫御酒往楚州賞賜，以安其心。」〔眉〕好計好計，一毫不露痕迹，當是殺人妙手。上皇沉吟良久，欲道不准，未知其心意；欲准理，誠恐害人。上皇無奈，終被奸臣讒佞所惑，片口張舌，花言巧語，緩裏取事，無不納受。好貨。遂降御酒二樽，差天使一人，賫往楚州，限目下便行。眼見得這使臣亦是高俅、楊戩二賊手下心腹之輩。天數只註宋公明合當命盡，不期被這奸臣們將御酒内放了慢藥在裏面，却教天使賫擎了，逕往楚州來。

且說宋公明自從到楚州爲安撫兼管總領兵馬，到任之後，惜軍愛民，百姓敬之如父母，軍校仰之若神明。楚州又被他哄了。訟庭肅然，六事俱備，人心既服，軍民欽敬。宋江赴任之後，時常出郭遊玩。原來楚州南門外有個去處，地名喚做蓼兒洼。其山四面都是水港，中有高山一座。其山秀麗，松柏森然，甚有風水，和梁山泊無異。像梁山泊了，何不造反？雖然是個小去處，其内山峯環遶，龍虎踞盤，曲折峯巒，坡階臺砌，四圍港汊，前後湖蕩，儼然似水滸寨一般。宋江看了，心中甚喜。自己想道：「我若死於此處，堪爲陰宅。」又貪風水來。但若身閑，常去遊玩，樂情消遣。

話休絮煩。自此宋江到任以來，將及半載，時是宣和六年首夏初旬，忽聽得朝廷降賜御酒到來，與衆出郭迎接，入到公廨，開讀聖旨已罷。天使捧過御酒，教宋安撫飲畢。宋江亦將御酒回勸天使，天使推稱自來不會飲酒。此人也知道的。御酒宴罷，天使回京，宋江備禮饋送天使，天使不受而去。宋江自飲御酒之後，覺道肚腹疼痛，心中疑慮，想被下藥在酒裏。却自急令從人打聽那來使時，於路館驛却又飲酒。遲了。宋江已知中了奸計，必是賊臣們下了藥酒，乃嘆曰：「我自幼學儒，長而通吏，不幸失身於罪人，並不曾行半點異心之事。未必。今日天子信聽讒佞，賜我藥酒，得罪何辜。我死不争，只有李逵見在潤州都統制。他若聞知朝廷行此奸弊，必然再去嘯聚山林，把我等一世清名忠義之事壞了。〔眉〕到底爲自家。只除是如此行方可。」有詩爲證：

奸邪誤國太無情，火烈擎天白玉莖。他日三邊如有警，更憑何將統雄兵。

連夜使人往潤州唤取李逵，星夜到楚州，别有商議。且説黑旋風李逵自到潤州爲都統制，只是心中悶倦，與衆終日飲酒，只愛貪杯。妙。聽得楚州宋安撫差人到來有請，李逵道：「哥哥取我，必有話説。」好直性人。便同幹人下了船，直到楚州，逕入州治拜見。宋江道：「兄弟自從分散之後，日夜只是想念衆人。吴用軍師武勝軍又遠，花知寨在應天府，又不知消耗。只有兄弟在潤州鎮江較近，特請你來商量一件大事。」李逵道：「哥哥，甚麽大事？」宋江道：「你且飲酒。」宋江請進後廳，見成杯盤，隨即管待李逵，吃了半晌酒食。將至半酣，宋江便道：「賢弟不知，我聽得朝廷差人賫藥酒來賜與我吃。如死，却是怎的好？」李逵大叫一聲：「哥哥，反了罷！」舊性還在。宋江道：「兄弟，軍馬盡都没了，兄弟們又各分散，如何反得成？」李逵道：「我鎮江有三千軍馬，哥哥這裏楚州軍馬盡點起來，並這百姓都盡數起去，併氣力招軍買馬殺將去，只是再上梁山泊，倒快活，强似在這奸臣們手下受氣。」〔眉〕癡子，做不來了。宋江道：「兄弟且慢着，再有計較。」不想昨日那接風酒内，已下了慢藥。當夜李逵飲酒了。

次日，具舟相送。李逵道：「哥哥幾時起義兵，我那裏也起軍來接應。」宋江道：「兄弟，你休怪我！前日朝廷差天使賜藥酒與我服了，死在旦夕。我爲人一世，只主張『忠義』二字，不肯半點欺心。今日朝廷賜死無辜，寧可朝廷負我，我忠心不負朝廷。我死之後，恐怕你造反，壞了我梁山泊『替天行道』忠義之名，因此請將你來相見一面。昨日酒中已與了你慢藥服了，回至潤州必死。你死之後，可來此處楚州南門外，有個蓼兒洼，風景盡與梁山泊無異，和你陰魂相聚。我死之後，屍首定葬於此處，我已看定了也。」真忠義。〔眉〕死處也與別人不同。言訖，墮淚如雨。李逵見説，亦垂淚道：「罷，罷，罷！生時伏侍哥哥，死了也只是哥哥部下一個小鬼。」言訖淚下，便覺道身體有些沉重，當時洒淚拜别了宋江，下船回到潤州，果然藥發身死。有詩爲證：

宋江飲毒已知情，恐壞忠良水滸名。便約李逵同一死，蓼兒洼内起佳城。

李逵臨死之〈後〉（時），付囑從人：「我死了，可千萬將我靈柩去楚州南門外蓼兒洼，和哥哥一處埋葬。」囑罷而死。從人置備棺槨盛貯，不負其言，扶柩而往。

原來楚州南門外蓼兒洼，〈如〉果（然）風景異常，四面俱是水，中有此山。宋江自到任以來，便看在眼裏，常時遊玩樂情。雖然窄狹，山峯秀麗，與梁山泊無異。常言：「我死當葬於此處。」不期果應其言。宋江自與李逵別後，心中傷感，思念吳用、花榮，不得會面。是夜藥發，臨危囑付從人親隨之輩：「可依我言，將我靈柩殯葬此間南門外蓼兒洼高原深處，必報你衆人之德。乞依我囑。」言訖而逝。有詩爲證：

受命爲臣賜錦袍，南征北伐有功勞。可憐忠義難容世，鴆酒奸讒竟莫逃。

宋江從人置備棺槨，依禮殯葬。楚州官吏聽從其言，不負遺囑，當與親隨人從，本州吏胥老幼，扶宋公明靈柩，葬於蓼兒洼。數日之後，李逵靈柩亦從潤州到來，從人不違其言，扶柩葬于宋江墓側。不在話下。有詩爲證：

始爲放火圖財賊，終作投降受命人。千古英雄兩坯土，暮雲衰草倍傷神。

且說宋清在家患病，聞知家人回來報說，哥哥宋江已故在楚州。病在鄆城，不能前來津送。後又聞說葬于本州南門外蓼兒洼。只令得家人到來祭祀，看視墳塋，修築完備，回復宋清，不在話下。

却說武勝軍承宣使軍師吳用，自到任之後，常常心中不樂，每每思念宋公明相愛之心。忽一日，心情恍惚，寢寐不安，至夜夢見宋江、李逵二人扯住衣服說道：「軍師，我等以忠義爲主，替天行道，於心不曾負了天子。今朝廷賜飲藥酒，〔眉〕李逵之死，不關朝廷，是宋公明。直是這般冤枉。我死無辜。身亡之後，見已葬於楚州南門外蓼兒洼深處。軍師若想舊日之交情，可到墳塋親來看視一遭。」吳用要問備細，撒然覺來，乃是南柯一夢。吳用淚如雨下，坐而待旦。得了此夢，寢食不安。

次日，便收拾行李，逕往楚州來。不帶從人，獨自奔來。於路無話。前至楚州，到時，〈如〉果（然）

宋江已死。只聞彼處人民，無不嗟嘆。吴用安排祭儀，直至南門外蓼兒洼，尋到墳塋，哭祭宋公明、李逵。就於墓前以手摑其墳冢，哭道：「仁兄英靈不昧，乞爲昭鑒。吴用是一村中學究，始隨晁蓋，後遇仁兄，救護一命，坐享榮華，到今數十餘載，皆賴兄長之德。今日既爲國家而死，托夢顯靈與我。兄弟無以報答，願得將此良夢，與仁兄同會於九泉之下。」〔眉〕生死交情。言罷痛哭，正欲自縊，只見花榮從船上飛奔到於墓前。見了吴用，各吃一驚。吴學究便問道：「賢弟在應天府爲官，緣何得知宋兄長已喪？」花榮道：「兄弟自從分散到任之後，無日身心得安，常想念衆兄之情。因夜得一異夢，夢見宋公明哥哥和李逵前來扯住小弟，訴説：『朝廷賜飲藥酒鴆死，見葬於楚州南門外蓼兒洼高原之上。兄弟如不棄舊，可到墳前看望一遭。』因此小弟擲了家間，不避驅馳，星夜到此。」吴用道：「我得異夢，亦是如此，與賢弟無異，因此而來看探墳所。今得賢弟知而到來，在此最好。吴某心中想念宋公明，恩義難報，交情難捨，正欲就此處自縊一死，魂魄與仁兄同聚一處，以表忠義之心。」花榮道：「軍師既有此心，小弟便當隨之，亦與仁兄同盡忠義。」〔眉〕生死交情。似此真乃死生契合者也。有詩爲證：

紅蓼洼中客夢長，花榮吴用苦悲傷。一腔義烈原相契，封樹高懸兩命亡。

吴用道：「我指望賢弟看見我死之後，葬我於此。你如何也行此義？」花榮道：「小弟尋思宋兄長，仁義難捨，恩念難忘。我等在梁山泊時，已是大罪之人，真。幸然不死，累累相戰，亦爲好漢。感得天子赦罪招安，北討南征，建立功勳，今已姓揚名顯，天下皆聞。朝廷既已生疑，必然來尋風流罪過。倘若被他奸謀所施，誤受刑戮，那時悔之無及。如今隨仁兄同死於黄泉，也留得個清名於世，屍必高。

歸墳矣。」〔眉〕高。 吴用道：「賢弟你聽我説。 我已單身，又無家眷，死却何妨。 你今見有幼子嬌妻，使其何依？」花榮道：「此事不妨，自有囊篋，足以餬口。 妻室之家，亦自有人料理。」兩個大哭一場，雙雙懸於樹上，自縊而死。 船上從人，久等不見本官出來，都到墳前看時，只見吴用、花榮自縊身死。 慌忙報與本州官僚，置備棺槨，葬於蓼兒洼宋江墓側，宛然東西四丘。 楚州百姓，感念宋江仁德忠義兩全，建立祠堂，四時享祭，里人祈禱，無不感應。

且不説宋江在蓼兒洼，累累顯靈，所求立應。 却説道君皇帝在東京内院，自從賜御酒與宋江之後，聖意累累設疑。 又不知宋江消息，常只掛念於懷。 每日被高俅、楊戩議論奢華受用所惑，只要閉塞賢路，謀害忠良。 忽然一日，上皇在内宮閑玩，猛然思想起李師師，〔眉〕這時李師師也老了。 就從地道中和兩個小黄門逕來到他後園中，拽動鈴索。 李師師慌忙迎接聖駕，到於卧房内坐定。 上皇便叫前後關閉了門户，李師師盛粧向前起居已罷。 天子道：「寡人近感微疾，見今神醫安道全看治，有數十日不曾來與愛卿相會，思慕之甚。 今一見卿，朕懷不勝悦樂。」有詩爲證：

不見芳卿十日餘，朕心眷戀又踟躕。 今宵得遂風流興，美滿恩情錦不如。

李師師奏道：「深蒙陛下眷愛之心，賤人愧感莫盡。」房内鋪設酒肴，與上皇飲酌取樂。 纔飲過數杯，只見上皇神思困倦，點的燈燭熒煌，忽然就房裏起一陣冷風。 上皇見個穿黄衫的立在面前。 上皇驚起問道：「你是甚人，直來到這裏？」〔眉〕莫非李大哥又在外面發作起來？ 那穿黄衫的人奏道：「臣乃是梁山泊宋江部下神行太保戴宗。」上皇道：「你緣何到此？」戴宗奏曰：「臣兄宋江只在左右，啓請陛下車駕同行。」上皇曰：「輕屈寡人車駕何往？」戴宗道：「自有清秀好去處，請陛下游玩。」上皇聽罷此語，便起身隨戴宗出得後院來，見馬車足備。戴宗請上皇乘馬而行。但見如雲似霧，耳聞風雨之聲，到一個去處。則見：

漫漫烟水，隱隱雲山。不觀日月光明，只見水天一色。紅瑟瑟滿目蓼花，綠依依一洲蘆葉。雙雙鸂鶒，遊戲在沙渚磯頭；對對鴛鴦，睡宿在敗荷汀畔。林巒霜葉，紛紛萬片火龍鱗；堤岸露花，簇簇千雙金獸眼。淡月疏星長夜景，涼風冷露九秋天。

當下上皇在馬上觀之不足，問戴宗道：「此是何處，屈寡人到此？」戴宗指着山上關路道：「請陛下行去，到彼便知。」上皇縱馬登山，行過三重關道。至第三座關前，見有百餘人俯伏在地，盡是披袍掛鎧，戎裝革帶，金盔金甲之將。上皇大驚，連問道：「卿等皆是何人？」只見爲頭一個，鳳翅金盔，錦袍金甲，向前奏道：「臣乃梁山泊宋江是也。」上皇曰：「寡人已教卿在楚州爲安撫使，卻緣何在此？」宋江奏道：「臣等謹請陛下到忠義堂上，容臣細訴衷曲枉死之冤。」上皇到忠義堂前下馬，上堂坐定。看堂下時，烟霧中拜伏着許多人。上皇猶豫不定，只見爲首的宋江上階，跪膝向前，垂淚啓奏。上皇道：「卿何故淚下？」宋江奏道：「臣等雖曾抗拒天兵，素秉忠義，並無分毫異心。自從奉陛下敕命招安之後，北退遼兵，東擒方臘，弟兄手足，十損其八。臣蒙陛下命守楚州，到任已來，與軍民水米無交，天地共知臣心。陛下賜以藥酒，與臣服吃，臣死無憾。但恐李逵懷恨，輒起異心，臣特令人去潤州，喚李逵到來，親與藥酒鴆死。吳用、花榮亦爲忠義而來，在臣冢上，俱皆自縊而亡。臣等四人，同葬於楚州南門外蓼兒洼。里人憐憫，建立祠堂於墓前。今臣等與衆已亡者，陰魂不散，俱聚於此，伸告陛下，訴平生衷曲，始終無異，乞陛下聖鑑。」上皇聽了大驚曰：「寡人親差天使親賜黄封御酒，不知是何人換了藥酒賜卿？」宋江奏道：「陛下可問來使，便知奸弊所出也。」上皇看見三關寨栅雄壯，慘然問曰：「此是何所，卿等聚會於此？」宋江奏曰：「此是臣等舊日聚義梁山泊也。」上皇又曰：「卿等已死，當往受生於陽世，何故相聚於此？」宋江奏道：「天帝哀憐臣等忠義，蒙玉帝符牒敕命，封爲梁山泊都土地。因到鄉中爲神，衆將已會於此。有屈難伸，特令戴宗屈萬乘之主，親臨水泊，懇告平日之衷曲。」上皇曰：「卿等何不詣九重深苑，顯告寡人？」宋江奏道：「臣乃幽陰魂魄，怎得到鳳闕龍樓？今者陛下出離宫禁，屈邀至此。」上皇曰：「寡人久坐，可以觀玩否？」宋江等再拜謝恩。上皇下堂，回首觀看堂上牌額，大書「忠義堂」三字。上皇點頭下階。忽見宋江背後轉過李逵，手掿雙斧，厲聲高叫道：「皇帝，皇帝！你怎地聽信四個賊臣挑撥，屈壞了我們性命？今日既見，正好報仇。」黑旋風説罷，輪起雙斧，逕奔上皇。〔眉〕李大哥做鬼也是爽利的。天子吃這一驚，撒然覺來，乃是南柯一夢。渾身冷汗，閃開雙眼，見燈燭熒煌，李師師猶然未寢。有詩爲證：

偶入青樓訪愛卿，夢經水滸見豪英。　無窮冤抑當階訴，身後何人報不平。

上皇問曰：「寡人恰纔何處去來？」李師師奏道：「陛下適間伏枕而卧。」上皇却把夢中神異之事，對李師師一一説知。李師師又奏曰：「凡人正直者，必然爲神也。莫非宋江端的已死，是他故顯神靈托夢與陛下？」上皇曰：「寡人來日必當舉問此事。若是如果真實，必須與他建立廟宇，敕封烈侯。」李師師奏曰：「若聖上如此加封，顯陛下不負功臣之德。」上皇當夜嗟嘆不已。次日早朝，傳聖旨會羣臣於偏殿。當有蔡京、童貫、高俅、楊戩朝罷，慮恐聖上問宋江之事，已出宮去了。只有宿太尉等近上大臣，在彼侍側。上皇便問宿元景曰：「卿知楚州安撫宋江消息否？」宿太尉奏道：「臣雖一向不知宋安撫消息，臣昨夜得一異夢，甚是奇怪。」上皇曰：「卿得異夢，可奏與寡人知道。」宿太尉奏曰：「臣夢見宋江親到私宅，戎裝慣帶，頂盔掛甲，見臣訴説陛下以藥酒見賜而亡。楚人憐其忠義，葬於本州南門外蓼兒洼内，建立祠堂，四時享祭。」上皇聽罷，摇着頭道：「此誠異事！與朕夢一般。」又分付宿元景道：「卿可使心腹之人，往楚州體察此事有無，急來回報。」宿太尉是日領了聖旨，自出宮禁，歸到私宅，便差心腹之人，前去楚州打聽宋江消息，不在話下。次日，上皇駕坐文德殿，見高俅、楊戩在側。聖旨問道：「汝等省院，近日知楚州宋江消息否？」二人不敢啓奏，各言不知。上皇展轉心疑，龍體不樂。

且説宿太尉幹人已到楚州打探回來，備説：「宋江蒙御賜飲藥酒而死。已喪之後，楚人感其忠義，今葬於楚州蓼兒洼高原之上。更有吴用、花榮、李逵三人，一處埋葬。百姓哀憐，蓋造祠堂於墓前，春秋祭賽，虔誠奉事，士庶祈禱，極有靈驗。」宿太尉聽了，慌忙引領幹人入内，備將此事面奏天子。上皇見説，不勝傷感。次日早朝，天子大怒，當百官前責駡高俅、楊戩：「敗國奸臣，壞寡人天下。」二人俯伏在地，叩頭謝罪。蔡京、童貫亦向前奏道：「人之生死，皆由註定。省院未有來文，不敢妄奏，其實不知。昨夜楚州纔有申文到院，目今臣等正欲啓奏聖上，正待取問此事。」上皇終被四賊曲爲掩飾，不加其罪，當即喝退高俅、楊戩，便教追要原賫御酒使臣。不期天使自離楚州回還，已死於路。宿太尉次日見上皇於偏殿駕坐，再以宋江忠義爲神顯靈士庶之事，奏聞天子。上皇准宣宋江親弟宋清承襲宋江名爵。不期宋清已感風疾在身，不能爲官，上表辭謝，只願鄆城爲農。上皇憐其孝道，賜錢十萬貫、田三千畝，以贍其家。待有子嗣，朝廷録用。後來宋清生一子宋安平，應過科舉，官至秘書學士。〔眉〕强盜子孫也有讀書做官的。一讀書做官，原是强盜了。這是後話。

再説上皇具宿太尉所奏，親書聖旨，勑封宋江爲忠烈義濟靈應侯，仍敕賜錢於梁山泊起蓋廟宇，大建祠堂，粧塑宋江等殁于王事諸多將佐神像。敕賜殿宇牌額，御筆親書「靖忠之廟」。濟州奉敕，於梁山泊起造廟宇。但見：

金釘朱户，玉柱銀門，畫棟雕梁，朱簷碧瓦。緑欄干低應軒窗，繡簾幙高懸寶檻。五間大殿，中懸敕額金書；兩廡長廊，綵畫出朝入相。緑槐影裏，櫺星門高接青雲；翠柳陰中，靖忠廟直侵霄漢。黄金殿上，塑宋公明等三十六員天罡正將；兩廊之内，列朱武爲頭七十二座地煞將軍。門前侍從猙獰，部下神兵勇猛。紙爐巧匠砌樓臺，四季焚燒楮帛；桅竿高竪掛長旛，二社鄉人祭賽。庶民恭敬正神祇，祀典朝參忠烈帝。萬年香火享無窮，千載功勳標史記。

又有絶句一首，詩曰：

天罡盡已歸天界，地煞還應入地中。千古爲神皆廟食，萬年青史播英雄。

後來宋公明累累顯靈，百姓四時享祭不絶。梁山泊内，祈風得風，禱雨得雨。又在楚州蓼兒洼，亦顯靈驗。彼處人民重建大殿，添設兩廊，奏請賜額。粧塑神像三十六員於正殿，兩廊仍塑七十二將，侍從人衆。楚人行此誠心，遠近祈禱，無有不應。護國保民，受萬萬年香火。年年享祭，歲歲朝參。萬民頂禮保安寧，士庶恭祈而賜福。至今古迹尚存。太史有唐律二首哀挽。詩曰：

莫把行藏怨老天，韓彭當日亦堪憐。一心征臘摧鋒日，百戰擒遼破敵年。煞曜罡星今已矣，讒臣賊相尚依然。早知鴆毒埋黄壤，學取鴟夷泛釣船。

生當廟食死封侯，男子平生志已酬。鐵馬夜嘶山月暗，玄猿秋嘯暮雲稠。不須出處求真迹，却喜忠良作話頭。千古蓼洼埋玉地，落花啼鳥總關愁。

李卓吾曰：施、羅二公，真是妙手，臨了以夢結局，極有深意。見得從前種種，都是説夢。不然，天下那有强盜生封侯而死廟食之理？只是借此以發洩不平耳。讀者認真，便是癡人説夢。

附録

批評水滸傳述語

和尚自入龍湖以來，口不停誦，手不停批者三十年，而《水滸傳》、《西廂曲》，尤其所不釋手者也。蓋和尚一肚皮不合時宜，而獨《水滸傳》足以發抒其憤懣，故評之爲尤詳。

據和尚所評《水滸傳》，玩世之詞十七，持世之語十三。然玩世處亦俱持世心腸也，但以戲言出之耳。高明者自能得之語言文字之外。

《水滸傳》訛字極多，和尚謂不必改正，原以通俗與經史不同故耳。故一切如「代」爲「帶」，「的」爲「得」之類，俱照原本不改一字。

和尚評語中亦有數字不可解，意和尚必自有見，故一如原本云。

和尚又有《清風史》一部，此則和尚手自删削而成文者也，與原本《水滸傳》絶不同矣。所謂太史公之豆腐帳，非乎？

和尚讀《水滸傳》，第一當意黑旋風李逵，謂爲梁山泊第一尊活佛，特爲手訂《壽張縣令黑旋風集》。此則令人絶倒者也，不讓《世説》諸書矣。藝林中亦似少此一段公案不得。小沙彌懷林謹述。本衙已精刻《黑旋風集》、《清風史》將成矣，不日即公海内，附告。

梁山泊一百單八人優劣

李逵者，梁山泊第一尊活佛也，爲善爲惡，彼俱無意。宋江用之，便知有宋江而已，無成心也，無執念也。藉使道君皇帝能用之，我知其不爲蔡京、高俅、童貫、楊戩矣。其次如石秀之爲楊雄，魯達之爲林沖，武松之爲施恩，俱是也。若夫宋江者，逢人便拜，見人便哭，自稱曰「小吏小吏」，或招曰「罪人罪人」，的是假道學真强盗也。然能以此收拾人心，亦非無用人也。當時若使之爲相，雖不敢曰休休一個臣，亦必能以人事君，有可觀者矣。至於吴用，一味權謀，全身奸詐，佛性到此，澌滅殆盡。倘能置之帷幄之中，似亦可與陳平諸人對壘。屈指梁山，有如此者。若其餘諸人，不過梁山泊中一班强盗而已矣，何足言哉，何足言哉！或曰：其中儘有事窮勢迫，爲宋公明勾引入夥，如秦明、呼延灼等輩，豈可概以强盗目之？予謂不能殺身成仁，舍生取義，便是强盗耳。獨盧俊義、李應，在諸人中稍可原耳，亦終不如祝氏三雄、曾氏五虎之爲得死所也，亦終不如祝氏三雄、曾氏五虎之爲得死所也。

水滸傳一百回文字優劣

世上先有《水滸傳》一部，然後施耐庵、羅貫中借筆墨拈出。若夫姓某名某，不過劈空揑造，以